BASTEI
LÜBBE

Isaac Asimov

Die Psycho-Historiker

Die berühmte Foundation-Trilogie

BASTEI
LÜBBE

BASTEI-LÜBBE-PAPERBACK
Band 28 108

Deutsche Lizenzausgabe 1983
Bastei-Verlag Gustav H. Lübbe GmbH & Co., Bergisch Gladbach
Originaltitel: The Foundation Trilogy
(Foundation, Foundation and Empire, Second Foundation)
Ins Deutsche übertragen von: Barbara Heidkamp
Titelillustration: Paul Lehr
Umschlaggestaltung: Quadro-Grafik, Bensberg
Druck und Verarbeitung:
Clausen & Bosse, Leck
Printed in Western Germany
ISBN 3-404-28108-X

Inhalt

Buch I

Die Stiftung

Die Stiftung
(Foundation)

Für meine Mutter

von deren echten grauen Haaren
nicht wenige ich verursacht habe

Teil I
Die Psychohistoriker

1

Hari Seldon – . . . geboren im 11988sten Jahr der Galaktischen Zeitrechnung; gestorben 12069. Allgemeiner werden seine Lebensdaten nach der gegenwärtigen Stiftungszeitrechnung mit -79 bis zum Jahr 1 S.Z. (Stiftungszeit) angegeben. Er wurde auf Helikon im Arktus-Sektor geboren. Seine Eltern gehörten dem dortigen Mittelstand an, und der Überlieferung zufolge, deren Authentizität allerdings fragwürdig ist, war sein Vater Tabakpflanzer in den Hydroponikanlagen des Planeten. Schon früh zeigte Seldon eine erstaunliche Begabung für Mathematik, und die Anekdoten über diese Begabung sind ungezählt, wenn auch zum Teil widersprüchlich. Im Alter von zwei Jahren soll er . . .

. . . Zweifellos lagen seine größten Verdienste auf dem Gebiet der Psychohistorie, die Seldon als kaum mehr als eine Reihe vager Axiome vorfand und die er als profunde, statistische Wissenschaft hinterließ . . .

. . . Als wichtigste Quelle für die einzelnen Daten und Stationen seines Lebens gilt die Biographie von Gaal Dornick, der als junger Mann den großen Mathematiker zwei Jahre vor dessen Tod kennenlernte. Die Geschichte ihrer Begegnung . . .

*Encyclopedia Galactica**

Er hieß Gaal Dornick und war ein Junge aus der Provinz, der Trantor noch nie vorher gesehen hatte. Das heißt, nicht in Wirklichkeit. Er hatte ihn schon viele Male auf dem Hypervideo erlebt, und hin und wieder in gewaltigen, dreidimensionalen Nachrichtensendungen über eine kaiserliche Krönungsfeier oder die Eröffnung eines Galaktischen Rates. Obwohl er sein bisheriges Leben ausschließlich auf Synnax, einem Planeten, der um einen Stern am Rande des Blauen Nebels kreiste, verbracht

* *Alle hier aus der Encyclopedia Galactica abgedruckten Zitate sind, mit freundlicher Erlaubnis der Herausgeber, der 116. Auflage entnommen, veröffentlicht im Jahr 1020 S.Z. von der Encyclopedia Galactica Publishing Co., Terminus*

hatte, war er keineswegs von der Zivilisation abgeschnitten. Das war zu jener Zeit kein Ort in der Galaxis.

Damals gab es fast fünfundzwanzig Millionen bewohnte Planeten in der Galaxis, und sie alle waren ohne Ausnahme dem Imperium untertan, dessen Thron sich auf Trantor befand. Es sollten die letzten fünfzig Jahre sein, in denen dies zutraf.

Für Gaal war diese Reise zweifellos der Höhepunkt seines jungen Gelehrtenlebens. Er war nicht zum erstenmal im Raum, so daß ihm der Flug an sich, als Reise und nicht mehr, wenig bedeutete. Sicher, bisher war er noch nicht weiter als bis zu Synnax' einzigem Satelliten gekommen, wo er sich Daten über die Driftmechanik von Meteoren besorgt hatte, die er für seine Dissertation benötigte, aber Raumflug war Raumflug, ob man nun eine halbe Million Meilen oder ebenso viele Lichtjahre reiste.

Allein gegen den Sprung durch den Hyperraum hatte er sich etwas gewappnet, ein Phänomen, das man auf normalen interplanetarischen Flügen nicht erlebte. Der Sprung war der einzig praktische Weg, von einem Stern zum anderen zu fliegen, und er würde es wahrscheinlich auch immer bleiben. Beim Flug durch den Normalraum konnte keine höhere als einfache Lichtgeschwindigkeit erreicht werden (eine wissenschaftliche Erkenntnis, die zu den wenigen Dingen zählte, die schon seit den längst vergessenen Anfängen der Geschichte der Menschheit bekannt waren), was bedeutete, daß man allein für die Reise zwischen den nächstgelegenen bewohnten Systemen Jahre benötigt hätte. Durch den Hyperraum, jene Region, die sich nicht begreifen läßt und die weder Raum noch Zeit ist, weder Materie noch Energie und weder Etwas noch Nichts, konnte man die Galaxis in weniger als einem Augenblick durchqueren.

Gaal hatte den ersten dieser Sprünge mit einer Spur von Angst erwartet, die seinen Magen leicht zusammenzog, doch er spürte nichts weiter als einen winzigen Ruck, einen kleinen inneren Stoß, der schon vorbei war, bevor er sich sicher war, daß er ihn überhaupt gefühlt hatte. Das war alles.

Danach gab es nur noch das große, glänzende Schiff; das kühle Produkt von 12 000 Jahren imperialen Fortschritts. Und ihn selbst, mit seinem gerade erlangten Doktortitel in Mathematik und einer Einladung des großen Hari Seldon, nach Trantor zu kommen und sich dem großen und etwas mysteriösen Seldon-Projekt anzuschließen.

Nach der Enttäuschung über den Sprung blieb Gaal die Erwartung auf den Augenblick, in dem er Trantor zum erstenmal sehen konnte. Der Aussichtsraum wurde zu seinem Lieblingsort. Zu bestimmten Zeiten wurden die stählernen Jalousien hochgerollt, und dann war Gaal immer da, um das harte Leuchten der Sterne zu betrachten oder sich an dem Anblick eines Sternhaufens zu erfreuen, der an einen Riesenschwarm von

Leuchtkäfern erinnerte, die mitten in der Bewegung abgefangen und so erstarrt zu sein schienen. Einmal sah er die kalte, weißblaue Wolke eines Gasnebels keine fünf Lichtjahre vom Schiff entfernt, der das Fenster mit einem milchigen Schein überzog und den Raum mit einem eisigen Licht erfüllte. Zwei Stunden später, nachdem das Schiff den nächsten Sprung vollzogen hatte, war er wieder verschwunden.

Der erste Eindruck, den Gaal von der Sonne Trantors bekam, war der eines harten, weißen Lichtflecks, der sich unter Myriaden von seinesgleichen verlor und nur zu identifizieren war, weil der Schiffslotse auf ihn aufmerksam machte. Die Sterne waren hier am galaktischen Zentrum sehr dicht. Doch mit jedem Sprung wurde die Sonne heller, ließ die anderen Sterne in den Hintergrund treten und durch ihr strahlendes Leuchten blasser und verstreuter werden.

Ein Offizier kam vorbei. »Der Aussichtsraum bleibt für den Rest des Fluges geschlossen«, verkündete er. »Bereiten Sie sich auf die Landung vor.«

Gaal war ihm gefolgt und faßte ihn nun am Ärmel seiner weißen Uniform, die das Raumschiff-und-Sonne-Abzeichen des Imperiums trug.

»Wäre es möglich, daß ich hierbleibe?« bat er. »Ich würde Trantor gerne sehen.«

Der Offizier lächelte, und Gaal errötete, als ihm bewußt wurde, daß er mit dem Akzent eines Provinzlers sprach.

»Wir werden gegen Morgen auf Trantor landen«, erklärte der Mann.

»Ich meine, ich würde ihn gern aus dem Raum sehen.«

»Ach so. Tut mir leid, mein Junge. Wenn wir hier auf einer Raumyacht wären, dann könnten wir es vielleicht einrichten. Aber wir bewegen uns spiralenförmig abwärts, und zwar auf der Sonnenseite. Sie wollen doch sicher nicht blind, verbrannt und von der Strahlung verunstaltet werden, oder?«

Gaal wandte sich ab.

»Sie würden von Trantor sowieso nichts weiter als einen grauen Fleck sehen, mein Junge«, rief ihm der Offizier nach. »Machen Sie doch eine Raumtour, wenn Sie erst einmal auf Trantor sind. Die Flüge sind gar nicht teuer.«

Gaal blickte sich um. »Vielen Dank.«

Es war im Grunde kindisch, enttäuscht zu sein, aber dieses Gefühl ist bei einem Mann fast ebenso natürlich wie bei einem Kind, und Gaal spürte einen dicken Kloß in seiner Kehle. Er hatte Trantor noch nie in seiner ganzen Unglaublichkeit und Größe erlebt, und er hatte nicht damit gerechnet, noch länger warten zu müssen.

2

Die Landung wurde von einer Vielfalt von Geräuschen begleitet. Gaal hörte das schwache Zischen, als das Schiff in die Atmosphäre eintrat und sie durchschnitt. Da war das beständige Brummen der Klimaanlagen, die die Reibungswärme kompensierten, das Dröhnen der Maschinen, die das Bremsmanöver einleiteten. Aus den Passagierräumen erklangen andere, menschliche Geräusche, die Stimmen von Männern und Frauen, die sich hier versammelten. Und dann das Quietschen und Ächzen der Winden, die Gepäck, Post und Güter zur Längsachse des Schiffes hoben, von wo sie anschließend bis zur Entladebühne weitertransportiert wurden.

Gaal fühlte den leisen Ruck, als das Schiff aufsetzte. Schon vor Stunden war die künstliche Schwerkraft des Schiffes durch die planetarische Schwerkraft abgelöst worden. Tausende von Passagieren hatten geduldig in den Ausschiffungsräumen gewartet, die auf nachgebenden Kraftfeldern gelagert waren, so daß sie sich in ihrer Lage der wechselnden Richtung der Gravitationskräfte anpassen konnten. Jetzt stiegen die Reisenden die gewundenen Rampen hinunter, die zu den großen, offenstehenden Schleusen führten.

Gaal hatte nur wenig Gepäck. Er stand vor dem Schalter und sah zu, wie es schnell und sachkundig durchsucht wurde. Anschließend wurde sein Visum überprüft und mit einem Stempel versehen. Aber er selbst nahm von all dem kaum etwas wahr.

Das also war Trantor! Die Luft schien etwas dichter und die Schwerkraft etwas größer als auf seinem Heimatplaneten Synnax, aber daran würde er sich schon gewöhnen. Nur ob er sich jemals an all die Gewaltigkeit um ihn herum würde gewöhnen können, das wußte Gaal nicht.

Das Abfertigungsgebäude war riesig und das Dach hoch, daß es sich fast in seinen ungeheuren Dimensionen verlor. Gaal konnte sich fast vorstellen, daß sich Wolken irgendwo dort oben, hoch über ihm, bilden könnten. Die gegenüberliegende Wand war nicht zu sehen, nur Menschen und Schalter, soweit das Auge reichte.

Der Mann hinter dem Schalter sagte etwas. Er klang ärgerlich. »Gehen Sie weiter, Dornick«, forderte er Gaal auf, nachdem er zuvor noch einmal das Visum aufgeschlagen und den Namen nachgelesen hatte.

»Wo – wo –« begann Gaal.

Der Beamte zeigte mit dem Daumen an Gaal vorbei. »Zu den Taxis nach rechts.«

Gaal folgte der Richtung, in die der Daumen wies, und sah plötzlich die Leuchtschrift, die hoch über ihm in der Luft zu schweben schien: TAXIS IN ALLE RICHTUNGEN.

Aus der anonymen Masse von Menschen löste sich eine Gestalt und blieb kurz vor dem Schalter stehen, den Gaal gerade verlassen hatte. Der

Beamte sah auf und nickte, worauf die Gestalt ebenfalls nickte und dann dem jungen Einwanderer folgte.

Er kam gerade rechtzeitig, um noch Gaals Ziel zu hören.

Gaal fand sich dicht vor einer Barriere wieder.

»Aufseher«, stand auf dem kleinen Schild. Der Mann, auf den es sich bezog, blickte nicht auf. »Wohin?« fragte er nur.

Gaal zögerte unentschlossen, und es dauerte nur wenige Sekunden, bis sich hinter ihm schon eine kleine Schlange gebildet hatte.

Der Aufseher hob jetzt den Kopf. »Wohin?« wiederholte er.

Gaals finanzielle Mittel waren beschränkt, aber es würde ja nur für eine Nacht sein, und dann würde er schon eine Stellung haben. Er versuchte, sich betont lässig zu geben. »Zu einem guten Hotel, bitte.«

»Unsere Hotels sind alle gut«, erwiderte der Aufseher gleichgültig. »Also wohin?«

»Dann zum nächsten, bitte«, antwortete Gaal verzweifelt.

Der Aufseher drückte einen Knopf, worauf auf dem Boden eine dünne, leuchtende Linie erschien, die sich zwischen anderen, verschieden hellen und verschieden farbigen, dahinwand. Dann drückte er Gaal ein Ticket in die Hand, das schwach leuchtete.

»Einskommazwölf«, sagte der Aufseher.

Gaal suchte in seiner Tasche nach den Münzen. »Wohin muß ich gehen?«

»Folgen Sie dem Licht. Das Ticket leuchtet, solange Sie in die richtige Richtung gehen.«

Gaal sah auf und setzte sich in Bewegung. Hunderte von Menschen um ihn herum folgten wie er ihrer eigenen Linie, die sie nach vielen Überkreuzungen und Schnittpunkten zu ihrem jeweiligen Zielpunkt brachte.

Auch Gaals Spur endete. Ein Mann in einer auffälligen, blaugelben Uniform aus glänzendem Kunststoff griff nach seinen beiden Koffern.

»Direktverbindung zum Luxor«, erklärte er.

Der Mann, der Gaal bis hierher gefolgt war, hörte es ebenfalls. »Fein«, meinte Gaal. Dann stieg er, gefolgt von dem Blick des Fremden, in das wartende Taxi.

Gaal blickte aus dem abgerundeten, transparenten Fenster, während das Taxi senkrecht in die Luft aufstieg. Das Gefühl eines Flugs durch die Luft innerhalb eines geschlossenen Gebäudes war ihm völlig neu, und unwillkürlich klammerte er sich an die Rücklehne des Fahrersitzes. Die ungeheure Weite schrumpfte zusammen, und die Menschen unter ihm wurden zu Ameisen, die scheinbar ziellos hin- und herliefen. Immer kleiner wurde die Szenerie und wich schließlich zurück.

Vor ihnen war eine Wand. Sie begann mitten in der Luft und reichte so hoch hinauf, daß Gaal nicht erkennen konnte, wo sie aufhörte. Er sah, daß sich zahllose Öffnungen in ihr befanden, die Eingänge von Tunneln. Auf einen von ihnen hielt sein Taxi jetzt zu, und verwundert fragte sich Gaal, wie der Fahrer einen einzelnen unter so vielen finden konnte.

Sie tauchten in tiefe Dunkelheit ein, die nur einmal von einem farbigen Signallicht, an dem sie vorbeirasten, durchbrochen wurde. Die Luft war von einem Rauschen und Brausen erfüllt.

Gaal beugte sich vor, als das Taxi abbremste und schließlich wieder aus dem Tunnel auftauchte, um zur Landung aufzusetzen.

»Das Luxor Hotel«, verkündete der Fahrer überflüssigerweise. Er half Gaal mit seinem Gepäck, steckte fast gleichgültig das Zehntelkreditstück ein, das Gaal ihm als Trinkgeld gab, und stieg wieder auf, nachdem ein neuer Passagier zugestiegen war.

Und während der ganzen Zeit, vom Verlassen des Schiffes an, hatte Gaal auch nicht ein einziges Mal den Himmel sehen können.

3

Trantor – . . . Am Anfang des dreizehnten Jahrtausends erreichte diese Tendenz ihren Höhepunkt. Seit Hunderten von Generationen Sitz der Imperialen Regierung und im Zentrum der Galaxis gelegen, zwischen dicht besiedelten und industriell hochstehenden Planeten, entwickelte er sich fast automatisch zur dichtesten Ansammlung von Menschen, die die Rasse je gesehen hatte.

Seine Urbanisierung, die beständig fortgeschritten war, hatte schließlich ihre äußersten Grenzen erreicht. Die gesamte Oberfläche von Trantor, die sich über 75 000 000 Quadratmeilen erstreckte, war zu einer einzigen Stadt geworden, in der über vierzig Milliarden Menschen lebten. Die gesamte Bevölkerung war fast ausschließlich mit den administrativen Aufgaben des Imperiums beschäftigt, die sie aber trotz ihrer großen Zahl nicht recht bewältigen konnte. (Das Unvermögen unter der schwunglosen Führung der letzten Kaiser, das Galaktische Imperium richtig zu verwalten, war übrigens ein wesentlicher Faktor bei dessen späterem Fall.) Zehntausende von Schiffen brachten tagtäglich die Produkte von zwanzig Agrarwelten auf Trantors Tische . . .

Seine Abhängigkeit von den äußeren Planeten, nicht nur in Bezug auf Nahrungsmittel, sondern genau genommen auf alle zum Leben notwendigen Dinge, machte Trantor in steigendem Maße anfällig für eine Eroberung durch Belagerung. Die zahlreichen Aufstände im letzten Jahrtausend des Imperiums machten den Kaisern diese Tatsache deutlich, und entsprechend richtete sich die Imperiale Politik dann auch vor allem darauf, Trantors empfindliche Halsschlagader zu schützen . . .

Encyclopedia Galactica

Gaal konnte nicht sagen, ob die Sonne schien; er wußte noch nicht einmal, ob es Tag oder Nacht war, und zu fragen schämte er sich. Der ganze Planet schien unter einer Hülle aus Metall zu leben. Die Mahlzeit, die eben serviert worden war, wurde als Mittagessen bezeichnet, aber es gab viele Planeten, auf denen man nach einer einheitlichen Zeitrechnung lebte, die die möglicherweise unbequemen Tag- und Nachtperioden nicht berücksichtigte. Praktisch jeder Planet hatte eine andere Umlaufbahn um seine Sonne, und Gaal kannte die von Trantor nicht.

Er war voller Erwartung den Schildern, die zum »Sonnenraum« führten, gefolgt, doch als er ihn schließlich erreichte, hatte er feststellen müssen, daß es sich nur um einen Raum handelte, in dem man ein Sonnenbad unter künstlichem Licht nehmen konnte. Nach einem Augenblick kehrte er schließlich wieder in die Eingangshalle des Luxor zurück.

»Wo kann ich ein Ticket für einen Rundflug kaufen?« fragte er den Empfangschef.

»Hier bei mir.«

»Und wann beginnt er?«

»Sie haben ihn gerade verpaßt. Der nächste findet erst morgen statt. Aber wenn Sie sich schon jetzt ein Ticket kaufen, werden wir Ihnen einen Platz reservieren.«

»Ach so.« Morgen würde es zu spät sein, denn am nächsten Tag mußte er schon zur Universität. »Gibt es vielleicht einen Aussichtsturm – oder so etwas Ähnliches?« wollte er wissen. »Ich meine, im Freien.«

»Sicher! Sie können das Ticket dafür auch bei mir kaufen. Aber lassen Sie mich besser nachsehen, ob es regnet.« Er betätigte einen Schalter, worauf in rascher Reihenfolge Buchstaben über einen milchigen Bildschirm liefen. Gaal las mit.

»Wir haben gutes Wetter«, bestätigte der Empfangschef. »Stimmt ja, wir haben ja jetzt Sommer. Wissen Sie«, fügte er im Plauderton hinzu, »ich persönlich gehe so gut wie nie ins Freie. Es ist sicher drei Jahre her, seit ich das letztemal draußen war. Wenn man es einmal gesehen hat, dann weiß man, wie es draußen ist – also was soll's. – Hier ist Ihr Ticket. Den Sonderaufzug finden Sie dort hinten, der mit dem Schild ›Zum Turm‹. Viel Spaß.«

Es war einer dieser neuen Aufzüge, die durch Gravitationsrepulsion betrieben wurden. Gaal betrat die Kabine, gefolgt von anderen Fahrgästen. Der Liftführer drückte auf einen Knopf, worauf Gaal plötzlich das Gefühl hatte, im Raum zu hängen, als die Schwerkraft unvermittelt auf Null sank. Der Lift beschleunigte, und Gaal spürte wieder das Gewicht seines Körpers, doch dann verließen seine Füße auf einmal den Boden, als sie abbremsten. Gegen seinen Willen entfuhr ihm ein kleiner Aufschrei.

»Klemmen Sie Ihre Füße unter die Schiene«, rief ihm der Führer zu. »Können Sie denn das Schild nicht lesen?«

Die übrigen Fahrgäste waren vorsichtiger gewesen und sahen jetzt lächelnd zu, wie er verzweifelt versuchte, sich die Wand hinunterzuhangeln. Gaal hatte die Schienen, die in parallelen Reihen quer über den Boden liefen, wohl beim Betreten der Kabine bemerkt, ihnen aber weiter keine Beachtung geschenkt. Endlich erbarmte sich jemand. Eine Hand griff nach ihm und zog ihn hinunter.

Gaal bedankte sich atemlos, während der Aufzug zum Stillstand kam.

Er trat hinaus auf eine freie Terrasse, die in gleißendes Licht getaucht war, das ihn blinzeln ließ. Der Mann, der ihm vorhin geholfen hatte, war unmittelbar hinter ihm.

»Es sind genug freie Plätze da«, hörte Gaal ihn sagen.

Er merkte, daß er mit offenem Mund da stand, und schloß ihn rasch. »Ja, sieht so aus«, erwiderte er. Dann ging er mechanisch auf einen der Sitze zu, überlegte es sich aber im letzten Augenblick noch einmal anders.

»Wenn es Ihnen nichts ausmacht, dann bleibe ich einen Augenblick am Geländer stehen. Ich – ich möchte mich ein bißchen umsehen.«

Der Mann nickte ihm freundlich zu, und Gaal lehnte sich über die schulterhohe Brüstung, um das Panorama zu genießen.

Soweit er sehen konnte, erstreckten sich die von Menschenhand errichteten Stahlkonstruktionen, die die gesamte Planetenoberfläche bedeckten und sich in den Himmel reckten, wo sie sich irgendwo weit am Horizont als gleichmäßige graue Linie verliefen. Es war kaum eine Bewegung auszumachen, denn der gesamte Verkehr zur Beförderung von Milliarden von Menschen spielte sich unter der Metallhaut des Planeten ab. Nur hier und da bewegte sich ein Vergnügungsschiff träge durch den Himmel.

Nirgendwo war auch nur ein Fleck Grün zu sehen oder ein Stück Erde. Es gab kein anderes Leben als den Menschen. Irgendwo auf dieser Welt, wurde sich Gaal vage bewußt, stand der Palast des Kaisers, der von hundert Quadratmeilen natürlichen Bodens umgeben war, eingehüllt in das Grün von zahllosen Bäumen, umschlossen von einem Regenbogen von Blumen. Es war eine kleine Insel inmitten eines stählernen Ozeans, aber von seinem Standpunkt aus konnte er sie nicht sehen. Wie weit sie von ihm entfernt war, wußte er nicht. Es konnten zehntausend Meilen oder mehr sein.

Er konnte es kaum noch erwarten, endlich den Rundflug zu unternehmen.

Gaal seufzte laut. Endlich war er auf Trantor, auf jenem Planeten, der das Zentrum der Galaxis und den Kern der menschlichen Rasse bildete. Er konnte keinen seiner schwachen Punkte sehen, er sah nicht die vielen Schiffe, die Trantor täglich mit Nahrung versorgten, er sah nicht die empfindliche Schlagader, die den Planeten und seine vierzig Milliarden Bewohner mit dem Rest der Galaxis verband. Gaal sah nur, daß er hier eine der gewaltigsten Leistungen vor sich hatte, die die Menschheit je vollbracht hatte: die totale und vollkommene Eroberung einer ganzen Welt.

Als Gaal von der Brüstung zurücktrat, lag ein fast kindlicher Ausdruck des Staunens in seinen Augen. Sein Freund aus dem Aufzug deutete auf einen Platz neben ihm, und Gaal setzte sich.

Der Fremde lächelte. »Ich heiße Jerril«, stellte er sich vor. »Sie sind zum erstenmal auf Trantor?«

»Ja, Mr. Jerril.«

»Das habe ich mir gleich gedacht. Jerril ist übrigens mein Vorname. Der Anblick kann einem ganz schön unter die Haut gehen, wenn man romantisch veranlagt ist. Trantorianer kommen allerdings nie hier hoch. Es gefällt ihnen nicht. Es macht sie nervös.«

»Nervös? – Ich heiße übrigens Gaal. Warum sollte die Aussicht von hier oben sie nervös machen? Ich finde sie einfach phantastisch.«

»Das ist Ansichtssache, Gaal. Wenn Sie in einem kleinen Raum geboren und in einem Korridor aufgewachsen wären, in einer Zelle arbeiteten und Ihren Urlaub in einem überfüllten Sonnenraum verbrächten, dann würden Sie vielleicht auch einen Nervenzusammenbruch bekommen, wenn Sie plötzlich hier oben im Freien stünden und nichts als den Himmel über sich hätten. Die Kinder kommen einmal im Jahr hier herauf, wenn sie fünf sind. Aber ich bezweifle, daß es viel nützt. Das eine Mal im Jahr reicht einfach nicht, und wenn sie zum erstenmal hier heraufkommen, schreien sie wie hysterisch. Ich meine, man müßte damit anfangen, sobald sie entwöhnt sind, und sie dann einmal pro Woche nach draußen bringen.

Aber im Grunde ist es sowieso nicht wichtig«, fuhr Jerril fort. »Warum sollten sie überhaupt herauskommen? Sie sind doch ganz zufrieden da unten, und sie leiten das Imperium. Was glauben Sie, wie hoch wir sind?«

»Eine halbe Meile?« schätzte Gaal und überlegte sofort, ob es vielleicht naiv klang.

Es mußte wohl so gewesen sein, denn Jerril lachte in sich hinein. »Falsch. Nur fünfhundert Fuß.«

»Was? Aber der Aufzug hat doch so lange –«

»Ich weiß. Aber die meiste Zeit davon hat er gebraucht, um an die Planetenoberfläche zu kommen. Trantor liegt hauptsächlich unter der Erde. Die Stadt ist wie ein Eisberg; neun Zehntel von ihr sind nicht zu sehen. Sie reicht über eine Meile in die Tiefe und erstreckt sich sogar mehrere Meilen in den früheren Meeresboden an den Küstenstreifen. Dadurch können wir uns der Temperaturunterschiede zwischen der Oberfläche und den tiefer gelegenen Schichten bedienen, um sämtliche Energie zu erzeugen, die wir benötigen. Wußten Sie das?«

»Nein. Ich dachte, Sie würden mit Atomgeneratoren arbeiten.«

»Das haben wir früher. Aber diese Methode ist billiger.«

»Das kann ich mir vorstellen.«

»Was halten Sie von all dem hier?« Einen Moment lang wich die Freundlichkeit aus den Augen des Mannes und machte einem gespannten Ausdruck Platz. Gaal fand, daß er so fast verschlagen aussah.

Er suchte nach einer Antwort. »Eh, ich finde es phantastisch«, meinte er schließlich.

»Machen Sie hier Urlaub? Oder sind Sie geschäftlich hier?«

»Weder noch. Es war eigentlich schon immer mein Traum, Trantor einmal kennenzulernen, aber in erster Linie bin ich wegen einer Stellung hier.«

»So?«

Gaal sah sich zu einer näheren Erklärung gezwungen. »In Dr. Seldons Projekt an der Universität von Trantor.«

»Raven Seldon?«

»Nein. Ich meine Hari Seldon. – Den Psychohistoriker. Ein Raven Seldon ist mir nicht bekannt.«

»Wir sprechen von ein und demselben Mann, Gaal. Raven – der Rabe – ist sein Spitzname. Man nennt ihn so, weil er ständig von einer kommenden Katastrophe redet.«

»Tut er das?« Gaal war ehrlich überrascht.

»Sicher. Wissen Sie das nicht?« Jerril lächelte nicht mehr. »Sie sollen doch schließlich für ihn arbeiten, oder?«

»Nun, ja. Ich bin Mathematiker. Warum redet er denn von einer Katastrophe? Und was für eine Katastrophe soll es sein?«

»Was schätzen Sie?«

»Ich habe nicht die geringste Ahnung. Ich kenne nur die Abhandlungen, die Dr. Seldon und seine Gruppe veröffentlicht haben, und die befassen sich ausschließlich mit mathematischen Problemen.«

»Sicher – die, die sie veröffentlicht haben.«

Gaal war etwas verärgert. »Ich glaube, ich gehe jetzt zurück in mein Zimmer. War nett, Sie kennengelernt zu haben.«

Jerril winkte ihm gleichgültig mit der Hand nach.

Als Gaal in sein Zimmer zurückkehrte, wartete dort ein Mann auf ihn. Einen Augenblick lang war er zu verblüfft, um das zu sagen, was man zwangsläufig in seiner Situation sagte. »Was machen Sie hier?« brachte er schließlich heraus.

Der Fremde erhob sich. Er war alt, fast kahl und hinkte beim Gehen, aber seine blauen Augen leuchteten.

»Ich bin Hari Seldon«, sagte er, bevor Gaal noch dem Gesicht, das er so viele Male auf Bildern gesehen hatte, einen Namen zuordnen konnte.

4

Psychohistorie – . . . Gaal Dornick hat die Psychohistorie, unter Benutzung nichtmathematischer Begriffe, als jenen Zweig der Mathematik bezeichnet, der sich mit den Reaktionen von großen Menschenmassen auf bestimmte soziale und ökonomische Stimuli befaßt . . .

. . . Allen diesen Definitionen liegt die Voraussetzung zugrunde, daß die Menschenmasse, auf die man sich bezieht, groß genug für eine gültige statistische Berechnung ist. Die notwendige Größe einer solchen Masse läßt sich aus Seldons Erstem Theorem festlegen, das . . . Weiterhin ist es erforderlich, daß sich die Menschenmasse selbst nicht ihrer psychohistorischen Analyse bewußt ist, damit ihre Reaktionen wirklich willkürlich sind . . .

Die Grundlage für eine gültige Psychohistorie liegt in der Entwicklung der Seldon-Funktionen, die Eigenschaften aufzeigen, die kongruent zu denen solcher sozialen und ökonomischen Kräfte wie . . .

Encyclopedia Galactica

»Guten Tag, Sir«, erwiderte Gaal. »Ich – ich –«

»Sie hatten nicht damit gerechnet, mich heute schon zu sehen? Das hätten Sie auch normalerweise nicht, aber wenn Sie unser Mitarbeiter werden sollen, dann müssen wir schnell sein. Es wird immer schwieriger, neue Leute zu bekommen.«

»Ich verstehe nicht, Sir.«

»Sie haben sich oben auf dem Aussichtsturm mit einem Mann unterhalten, nicht wahr?«

»Ja. Er heißt Jerril mit Vornamen. Mehr weiß ich nicht von ihm.«

»Sein Name spielt keine Rolle. Er ist ein Agent der Kommission für öffentliche Sicherheit. Er ist Ihnen vom Raumhafen an gefolgt.«

»Aber warum? Ich muß zugeben, ich bin etwas durcheinander.«

»Hat er nichts über mich gesagt?«

Gaal zögerte. »Er hat Sie Raven Seldon genannt.«

»Hat er auch gesagt, warum?«

»Weil Sie ständig von einer kommenden Katastrophe reden.«

»Damit hat er recht. – Was halten Sie von Trantor?«

Es schienen aber auch alle wissen zu wollen, wie er über Trantor dachte. Gaal fiel auf die Schnelle nur das ein, was er schon dem Mann auf dem Turm zu verstehen gegeben hatte. »Ich – ich finde es phantastisch.«

»Das haben Sie gesagt, ohne nachzudenken. Und was ist mit der Psychohistorie?«

»Ich habe noch nicht daran gedacht, sie auf Ihre Frage anzuwenden.«

»Bevor Sie bei mir ausgelernt haben, junger Mann, werden Sie gelernt haben, die Psychohistorie ganz selbstverständlich auf alle Fragen und Probleme anzuwenden. – Passen Sie auf.« Seldon zog seinen Rechner aus der Gürteltasche. Man erzählte sich, daß er sogar unter seinem Kopfkissen einen liegen hatte, wenn er nachts nicht schlafen konnte. Die graue, glänzende Oberfläche war vom häufigen Gebrauch schon etwas abgenutzt. Seldons Finger, auf denen sich braune Altersflecken zeigten, glitten rasch über den Rand aus Hartplastik, worauf rote Symbole aus dem Grau hervortraten.

»Das hier stellt den gegenwärtigen Zustand des Imperiums dar«, erklärte er.

Er wartete.

»Das ist doch bestimmt nicht vollständig«, meinte Gaal schließlich.

»Nein, das ist es nicht«, entgegnete Seldon. »Es freut mich, daß Sie nicht blindlings alles akzeptieren, was ich sage. Es handelt sich um eine annähernde Darstellung, die für das, was ich Ihnen zeigen will, im Augenblick aber völlig ausreicht. Akzeptieren Sie das?«

»Ja, vorausgesetzt, daß ich die Ableitung der Funktion später selbst überprüfen kann.« Gaal war vorsichtig genug, eine mögliche Falle zu umgehen.

»Gut. Fügen wir folgende Faktoren hinzu: die jederzeit mögliche Ermordung des Kaisers, ein Aufstand des Vizeregenten, eine neue Periode wirtschaftlicher Depression, die sinkende Ziffer neu erforschter Planeten, das . . .«

Seldon fuhr mit seinen Berechnungen fort, und jedesmal, wenn er einen weiteren Punkt aufzählte, tauchten auf eine Bewegung seines Zeigefingers neue Symbole auf dem Rechner auf. Sie gingen in der Basisfunktion auf, die sich veränderte und größer wurde.

Gaal unterbrach den alten Mann nur ein einziges Mal. »Ich verstehe nicht, wie Sie das berechnen.«

Seldon wiederholte den Vorgang, diesmal etwas langsamer.

»Aber Sie bedienen sich dabei doch einer verbotenen Sozialfunktion«, bemerkte Gaal.

»Gut. Sie denken schnell, aber noch nicht schnell genug. In diesem Zusammenhang ist die Anwendung der Sozialfunktion erlaubt. Und jetzt lassen Sie mich das Ganze nach dem Gleichungsprinzip berechnen.«

Der Vorgang dauerte diesmal wesentlich länger, und schließlich nickte Gaal. »Jetzt verstehe ich.«

»Das ist Trantor in fünfhundert Jahren«, erklärte Seldon. »Wie interpretieren Sie es? Hm?« Er legte den Kopf schief und wartete.

»Völlige Zerstörung!« antwortete Gaal ungläubig. »Aber – aber das ist doch unglaublich. Trantor ist nie –«

Seldon wurde ungeduldig. »Kommen Sie, kommen Sie«, meinte er erregt. »Sie haben gesehen, wie ich zu diesem Ergebnis gekommen bin. Drücken Sie es in Worten aus und vergessen Sie die Symbole für einen Augenblick.«

»Trantor spezialisiert sich immer weiter und wird damit immer verwundbarer, kann sich aber gleichzeitig nicht mehr verteidigen. Als Verwaltungszentrum des Imperiums wird es für eine Eroberung immer attraktiver. Die Kaiserliche Erbfolge wird immer unsicherer, und gleichzeitig greifen die Fehden unter den großen Familien immer weiter um sich, wodurch das soziale Verantwortungsbewußtsein verschwindet.«

»Das reicht. Und wie sieht es mit der numerischen Wahrscheinlichkeit einer völligen Zerstörung innerhalb von fünfhundert Jahren aus?«

»Das kann ich nicht sagen.«

»Sie haben doch sicher schon einmal etwas von der Feld-Differentation gehört?«

Gaal begann zu schwitzen. Er konnte noch nicht einmal den Rechner benutzen, der zum Greifen nah fest in Seldons Hand lag. Während er die Zahlen verzweifelt in seinem Kopf überschlug, merkte er, wie Schweißtropfen auf seine Stirn traten.

»Rund 85 Prozent«, schätzte er.

»Nicht schlecht. Aber auch nicht exakt. Tatsächlich sind es 92,5 Prozent.«

»Und deshalb nennt man Sie also Raven Seldon? Warum liest man denn nie von diesen Berechnungen?«

»So etwas kann man nicht drucken. Glauben Sie, das Imperium würde zulassen, daß allgemein bekannt wird, auf wie wackligen Füßen es steht? Trotzdem sind einige unserer psychohistorischen Ergebnisse in Adelskreisen durchgesickert.«

»Das ist schlimm.«

»Nein, nicht unbedingt. Das alles wird mit berücksichtigt.«

»Und deshalb hat man mich beschattet?«

»Ja. Man überwacht alle, die mit meinem Projekt zu tun haben.«

»Sind Sie in Gefahr, Sir?«

»Sicher. Die Wahrscheinlichkeit, daß ich hingerichtet werde, liegt bei 1,7 Prozent, aber auch dadurch läßt sich das Projekt nicht aufhalten. Wir haben selbst diesen Faktor miteinbezogen. Nun, wie auch immer – wir sehen uns morgen in der Universität, nicht?«

»Natürlich«, antwortete Gaal.

5

Kommission für Öffentliche Sicherheit – . . . Nach der Ermordung von Cleon I., dem letzten der Etuner, gelangte die Aristokratie an die Macht. Sie stellte zunächst einen wichtigen Ordnungsfaktor während der Jahrhunderte der Instabilität und Unsicherheit im Imperium dar, aber unter Führung der großen Familien Chen und Divart degenerierte die Politik des Adels schließlich zu einem blinden Beharren an der Erhaltung des Status quo . . . Völlig entmachtet wurde er dann erst nach der Thronbesteigung des letzten mächtigen Kaisers, Cleon II. Der erste Präsident der Kommission . . .

. . . In gewisser Hinsicht lassen sich die ersten Anzeichen für das Ende der Kommission bis zu dem Prozeß gegen Hari Seldon zwei Jahre vor Beginn der Stiftungsära zurückverfolgen. Dieser Prozeß wird auch in Gaal Dornicks Biographie über Hari Seldon erwähnt . . .

Encyclopedia Galactica

Gaal hielt sein Versprechen nicht. Am nächsten Morgen wurde er von einem gedämpften Summen geweckt. Als er den Hörer des Telefons abnahm, meldete sich die ebenso gedämpfte Stimme des Empfangschefs, der ihm höflich, aber mißbilligend mitteilte, daß er auf Anweisung der Kommission für Öffentliche Sicherheit unter Arrest stehe.

Gaal stürzte zur Tür und mußte feststellen, daß sie sich von innen nicht mehr öffnen ließ. Es blieb ihm nichts weiter zu tun, als sich anzuziehen und zu warten.

Irgendwann holte man ihn ab und brachte ihn zum Verhör. Es ging alles sehr zivilisiert vor sich, und der Mann, der Gaal seine Fragen stellte, war ausgesprochen höflich, aber trotzdem war der junge Mathematiker ein Gefangener. Er gab bereitwillig Auskunft und erklärte, daß er von Synnax stamme, welche Schulen er besucht hatte und wann er seinen Titel als Doktor der Mathematik erworben hatte. Er hatte sich dann um eine Aufnahme in Dr. Seldons Mitarbeiterstab beworben und war angenommen worden. Immer wieder mußte er Einzelheiten wiederholen, und immer wieder kehrte sein Gegenüber zu der Frage zurück, warum er sich dem Projekt Seldons angeschlossen hatte. Wie hatte er davon erfahren? Welche Aufgaben würde er haben? Welche Instruktionen habe er bekommen? Und worum ginge es überhaupt bei Seldons Projekt?«

Gaal schüttelte den Kopf. Er habe keinerlei Instruktionen bekommen. Er sei Wissenschaftler und Mathematiker, und für Politik interessiere er sich nicht.

»Und wann soll Trantor zerstört werden?« wollte der Untersuchungsbeamte schließlich wissen.

»Das kann ich persönlich nicht beurteilen«, wich Gaal aus.

»Kann es denn jemand anders?«

»Ich kann doch nicht für einen anderen sprechen.« Ihm wurde plötzlich sehr warm.

»Hat irgend jemand mit Ihnen über eine solche Zerstörung gesprochen? Ein Datum genannt?« Als Gaal zögerte, fuhr er fort: »Wir haben Sie überwachen lassen, Doktor. Von Ihrer Ankunft am Flughafen an ist Ihnen einer unserer Leute ständig gefolgt. Wir haben selbst Ihr Gespräch mit Dr. Seldon abgehört.«

»Dann kennen Sie ja seine Ansichten.«

»Vielleicht. Aber wir würden es gern von Ihnen hören.«

»Er glaubt, daß Trantor innerhalb von fünfhundert Jahren zerstört wird.«

»Und das hat er – eh – mathematisch bewiesen?«

»Ja.«

»Und Sie finden diesen – eh – mathematischen Beweis überzeugend?«

»Wenn Dr. Seldon sich dafür verbürgt, dann bestehen für mich keine Zweifel an seiner Gültigkeit.«

»Das wär's dann im Augenblick.«

»Warten Sie. Ich habe das Recht auf einen Anwalt. Ich verlange meine Rechte als Imperialer Bürger.«

»Sie werden sie bekommen.«

Und Gaal bekam sie.

Der Mann, der hereinkam, war groß und schlank, und sein Gesicht war so schmal, daß sich Gaal unwillkürlich fragte, ob noch Platz für ein Lächeln war.

Der junge Mathematiker fühlte sich müde und durcheinander. Er war erst dreißig Stunden auf Trantor, und doch war in der Zwischenzeit schon so viel passiert.

»Mein Name ist Lors Avakim«, stellte sich der Fremde vor. »Dr. Seldon hat mich beauftragt, Sie zu vertreten.«

»So? Dann passen Sie auf. Ich verlange, daß Sie sofort Einspruch beim Kaiser erheben. Man hält mich grundlos hier fest. Ich bin völlig unschuldig. *Völlig.*« Er breitete die Arme aus. »Sie müssen dafür sorgen, daß ich sofort eine Audienz beim Kaiser bekomme.«

Avakim ignorierte Gaals empörten Ausbruch. Er war damit beschäftigt, einige Dinge auf dem Fußboden auszubreiten, die er seiner flachen Aktenmappe entnahm. Wenn Gaal nicht so aufgeregt gewesen wäre, dann hätte er unter ihnen einen Taschenrekorder sowie einen dünnen Metallstreifen, Cellomet in seiner legalen Form, erkennen können.

Schließlich sah der Rechtsanwalt auf. »Die Kommission wird unser Gespräch natürlich abhören lassen. Es ist zwar illegal, aber das wird sie kaum interessieren.« Gaal knirschte mit den Zähnen.

»Dieser Rekorder hier«, fuhr Avakim fort, während er bedächtig Platz nahm, »sieht zwar aus wie ein ganz gewöhnlicher Rekorder und erfüllt auch dessen Funktionen, aber er hat zusätzlich die Eigenschaft, den Richtstrahl zu stören, über den sie uns abhören. Es wird vermutlich eine Weile dauern, bis sie das herausgefunden haben.«

»Dann kann ich also frei sprechen.«

»Ja.«

»Ich will eine Audienz beim Kaiser.«

Avakims Lächeln bewies, daß dafür doch noch Platz in seinem schmalen Gesicht war, wenn er seine Wangen in Falten legte. »Sie kommen aus der Provinz.«

»Trotzdem bin ich Imperialer Bürger, genau wie Sie oder die Mitglieder dieser Kommission für Öffentliche Sicherheit.«

»Natürlich. Ich wollte damit auch nur sagen, daß Sie als Provinzler keine Ahnung von den Zuständen auf Trantor haben. Es gibt keine Audienzen beim Kaiser.«

»An wen kann man sich denn sonst wenden? Gibt es keinen anderen Weg?«

»Nein. Es gibt in der Praxis keine Rekursmöglichkeit. Natürlich können Sie rechtlich gesehen Einspruch beim Kaiser erheben, aber man würde Ihnen keine Audienz gewähren. Der heutige Kaiser ist kein Kaiser einer Entun-Dynastie, müssen Sie wissen. Die wahren Herrscher über Trantor sind die adligen Familien, aus denen sich die Kommission für öffentliche Sicherheit zusammensetzt. Die Psychohistorie hat diese Entwicklung übrigens vorausgesehen.«

»Tatsächlich? Wenn Dr. Seldon die Zukunft Trantors auf fünfhundert Jahre voraussagen kann –«

»Er kann sie auf fünfzehnhundert Jahre voraussagen.«

»Meinetwegen auch auf fünfzehntausend. Aber warum konnte er mir dann gestern nicht sagen, was mich heute erwarten würde, und mich warnen? – Nein, tut mir leid.« Gaal setzte sich und stützte den Kopf in die Hand. »Ich weiß, daß die Psychohistorie eine statistische Wissenschaft ist, die die Zukunft eines einzelnen nicht mit Exaktheit voraussagen kann. Sie werden verstehen, daß ich ziemlich verwirrt bin.«

»Aber Sie irren sich. Dr. Seldon hat damit gerechnet, daß Sie heute morgen verhaftet werden würden.«

»Was?«

»Sie haben recht verstanden, so bedauerlich es auch ist. Die Kommission stört seine Aktivitäten in letzter Zeit immer häufiger und versucht immer wieder, neue Leute daran zu hindern, der Gruppe um Dr. Seldon beizutreten. Die Berechnungen haben gezeigt, daß es für unsere Zwecke am günstigsten ist, jetzt eine Entscheidung zu erzwingen. Da die Kommission zu sehr zögerte, hat Dr. Seldon Sie gestern besucht, um sie zum Handeln zu veranlassen. So sehen die Dinge aus.«

Gaal war sprachlos. »Ich lasse es mir nicht gefallen –«

»Bitte. Es ließ sich nicht vermeiden. Dr. Seldon hat Sie nicht aus irgendwelchen persönlichen Gründen ausgewählt. Sie müssen wissen, daß seine Pläne alle Möglichkeiten mit einem hohen Prozentsatz an Wahrscheinlichkeit miteinbeziehen. Das hier ist eine davon. Dr. Seldon hat mich zu Ihnen geschickt, um Sie zu beruhigen. Es wird alles gut ausgehen; das gilt mit größter Wahrscheinlichkeit für das Projekt und fast ebenso sicher für Sie selbst.«

»Wie sieht es mathematisch aus?«

»Für das Projekt beträgt die Wahrscheinlichkeit über 99,9 Prozent.«

»Und für mich?«

»Soweit ich informiert bin, sind es bei Ihnen 77,2 Prozent.«

»Dann stehen die Chancen, daß ich zu einer Gefängnisstrafe oder zum Tod verurteilt werde, ungefähr eins zu fünf.«

»Für die letztere Möglichkeit liegt die Wahrscheinlichkeit unter einem Prozent.«

»Wie erfreulich. Nur lassen sich die Berechnungen bekanntlich nicht auf eine Einzelperson anwenden. Ich will Dr. Seldon sprechen.«

»Das ist leider nicht möglich. Dr. Seldon ist nämlich ebenfalls verhaftet worden.«

Bevor Gaal zu einer Reaktion fähig war, wurde plötzlich die Tür aufgerissen. Ein Wächter kam herein, ging zum Tisch, nahm den Rekorder und steckte ihn dann in die Tasche, nachdem er ihn zuvor von allen Seiten betrachtet hatte.

»Ich brauche das Gerät noch«, wandte Avakim ein.

»Wir werden Ihnen eins zur Verfügung stellen, das keine Störungen verursacht.«

»In diesem Fall möchte ich meinen Besuch als beendet betrachten.«

Der Anwalt verließ mit dem Wächter die Zelle, und Gaal blieb allein zurück.

6

Die Verhandlung (Gaal nahm zumindest an, daß es sich um eine solche handelte, auch wenn sie in legaler Hinsicht wenig Ähnlichkeit mit den ausführlichen Verhandlungsverfahren aufwies, von denen Gaal gehört hatte), hatte nicht lange auf sich warten lassen. Obwohl dies erst der dritte Tag des Verfahrens war, konnte sich Gaal schon nicht mehr genau daran erinnern, wie es begonnen hatte.

Ihm selbst hatte man nur wenig Aufmerksamkeit geschenkt; dafür hatte sich das Gericht um so mehr mit Dr. Seldon selbst befaßt. Doch so sehr man ihn auch bedrängte und ins Kreuzverhör nahm, der alte Mann blieb ruhig und gelassen. Für Gaal war er der einzige Halt, der ihm blieb.

Es waren nur wenige, ausgesuchte Zuhörer anwesend, die alle aus den Adelskreisen des Imperiums stammten. Presse und Öffentlichkeit waren ausgeschlossen, und es war fraglich, ob die Außenwelt überhaupt wußte, daß hier eine Gerichtsverhandlung gegen Hari Seldon geführt wurde. Die Atmosphäre war geladen mit unverhüllter Feindseligkeit gegenüber den Angeklagten.

Fünf Mitglieder der Kommission für Öffentliche Sicherheit saßen in ihren rot-goldenen Uniformen und den glänzenden, enganliegenden Hauben der Richter hinter dem erhöhten Tisch. In der Mitte hatte der Präsident der Kommission, Linge Chen, Platz genommen. Gaal, der noch nie eine so hochgestellte Persönlichkeit zu Gesicht bekommen hatte, beobachtete ihn fasziniert. Chen verlor während der gesamten Verhandlung kaum ein Wort. Offensichtlich hielt er es für unter seiner Würde, viel zu sagen.

Der Kommissionsanwalt sah in seine Notizen und fuhr dann mit der Verhörung Seldons fort, der sich im Zeugenstand befand:

F. Hm, lassen Sie mich sehen, Dr. Seldon. Wieviele Leute arbeiten zur Zeit an dem Projekt, dessen Leiter Sie sind?

A. Fünfzig Mathematiker.

F. Einschließlich Dr. Dornick?

A. Nein. Dr. Dornick ist der einundfünfzigste.

F. Also sind es einundfünfzig? Denken Sie nach, Dr. Seldon. Vielleicht sind es auch zweiundfünfzig oder dreiundfünfzig? Oder noch mehr?

A. Dr. Dornick arbeitet noch nicht offiziell für mich. Im Augenblick sind es noch fünfzig, wie ich bereits gesagt habe.

F. Nicht vielleicht rund hunderttausend?

A. Mathematiker? Nein.

F. Ich sagte nicht Mathematiker. Sind es hunderttausend insgesamt?

A. Alles in allem genommen könnte Ihre Zahl stimmen.

F. *Könnte?* Ich sage, sie *stimmt*. Ich behaupte, daß sich die Zahl aller Personen, die an Ihrem Projekt beteiligt sind, auf exakt achtundneunzigtausendfünfhundertzweiundsiebzig beläuft.

A. Ich nehme an, Sie haben dabei auch die Frauen und Kinder mitgezählt.

F. (mit erhobener Stimme) Meine Zahl lautet achtundneunzigtausendfünfhundertzweiundsiebzig. Ist das richtig oder nicht?

A. Ja, das ist richtig.

F. (nach einem Blick in seine Notizen) Aber lassen wir das im Augenblick und wenden wir uns statt dessen einem anderen Thema zu, über das wir ausführlich gesprochen haben. Würden Sie bitte noch einmal wiederholen, wie Sie sich Trantors Zukunft vorstellen, Dr. Seldon?«

A. Ich habe gesagt, und ich bleibe dabei, daß Trantor innerhalb der nächsten fünfhundert Jahre zerstört wird.

F. Finden Sie diese Behauptung nicht illoyal?

A. Nein, Sir. Die wissenschaftliche Wahrheit kennt keine Loyalität oder Illoyalität.

F. Und Sie sind sich sicher, daß Ihre Behauptung die wissenschaftliche Wahrheit wiedergibt?

A. Völlig.

F. Und wie sind Sie zu dieser Behauptung gelangt?

A. Auf der Basis der Mathematik der Psychohistorie.

F. Können Sie auch beweisen, daß diese mathematischen Berechnungen Gültigkeit besitzen?

A. Ja, aber nur einem Mathematiker.

F. (mit einem Lächeln) Sie wollen also behaupten, daß Ihre Wahrheit von so esoterischer Natur ist, daß sie nur für Eingeweihte verständlich ist, nicht aber für den einfachen Mann. Es scheint mir doch, daß die Wahrheit allgemeinverständlicher sein sollte, als Ihre es ist.

A. Für gewisse Leute ist sie ohne weiteres verständlich. Nehmen Sie zum Beispiel die Physik der Beziehungen zwischen Wärme und Kraft, die uns besser bekannt ist unter dem Namen Thermodynamik. Dieser Begriff ist seit Menschengedenken allgemein bekannt, und doch gibt es sicher eine ganze Reihe unter den hier Anwesenden, die nicht in der Lage wären, eine Kraftmaschine zu skizzieren. Leute, die man durchaus als intelligent bezeichnen könnte. Ich möchte sogar bezweifeln, daß die gelehrten Herren Kommissare –

An diesem Punkt beugte sich einer der Kommissare zu dem Öffentlichen Ankläger vor. Es war nicht zu hören, was er sagte, aber in seiner flüsternden Stimme lag eine gewisse Schärfe. Der Angesprochene errötete und unterbrach Seldon.

F. Wir sind nicht hier, um uns Vorträge anzuhören, Dr. Seldon. Sie haben damit Ihr Argument vorgebracht. Ich behaupte, Ihre angeblichen Berechnungen einer zukünftigen Katastrophe zielen nur darauf ab, das öffentliche Vertrauen in die Imperiale Regierung zu Ihren eigenen Gunsten zu zerstören. Was sagen Sie zu diesem Vorwurf?

A. Das ist nicht wahr.

F. Aber es ist doch richtig, daß Sie behaupten, daß es in der Zeit vor der sogenannten Zerstörung Trantors zu zahlreichen Unruhen und Aufständen kommen wird.

A. Ja, das ist richtig.

F. Und daß Sie hoffen, durch Ihre Voraussagen diese Zeit der inneren Unruhen herbeizuführen, wobei Ihnen Ihre Armee von hunderttausend Mann sehr gelegen käme.

A. Das ist nicht so. Und selbst wenn es so wäre, würden Sie bei einer näheren Überprüfung dieser, wie Sie es nennen, Armee feststellen müssen, daß nur knapp zehntausend Männer im wehrfähigen Alter sind, von denen darüberhinaus niemand militärisch ausgebildet ist.

F. Dann arbeiten Sie für jemand anderen?

A. Ich arbeite für niemanden, Herr Staatsanwalt.

F. Wirklich nicht? Sie dienen also nur der Wissenschaft?

A. Ja, das ist richtig.

F. Dann lassen Sie uns doch einmal sehen, was diese Wissenschaft sagt. Kann die Zukunft verändert werden, Dr. Seldon?

A. Sicher. Dieser Gerichtssaal kann zum Beispiel in den nächsten Stunden in die Luft fliegen. Oder auch nicht. Wenn ja, dann würde das einige, wenn auch vielleicht unbedeutendere, Veränderungen für die Zukunft zur Folge haben.

F. Sie weichen mir aus, Dr. Seldon. Läßt sich die gesamte Geschichte der menschlichen Rasse beeinflussen?

A. Ja.

F. Ohne weiteres?

A. Nein. Es wäre mit großen Schwierigkeiten verbunden.

F. Wieso?

A. Der psychohistorische Trend der Menschenmasse eines ganzen Planeten schließt eine ungeheure Trägheit mit ein. Um diesen Zustand zu ändern, muß sie mit etwas konfrontiert werden, das eine gleiche Trägheit besitzt. Also entweder mit einer gleichen Masse Menschen oder mit einer kleineren Anzahl, der dann allerdings mehr Zeit zur Verfügung stehen muß. Verstehen Sie, was ich sagen will?

F. Ich glaube schon. Trantor muß nicht unbedingt zerstört werden, wenn nur genügend Menschen dieser Entwicklung entgegentreten.«

A. Richtig.

F. Genügen hunderttausend?

A. Nein, Sir. Das sind viel zu wenig.

F. Sind Sie sicher?

A. Sie müssen dabei berücksichtigen, daß über vierzig Milliarden Menschen auf Trantor leben. Außerdem dürfen Sie nicht vergessen, daß die Entwicklung, die zur Zerstörung Trantors führt, nicht von diesem Planeten allein, sondern vom gesamten Imperium ausgeht, und das umfaßt fast eine Trillion Menschen.

F. Ich verstehe. Dann könnten hunderttausend Menschen die Entwicklung vielleicht beeinflussen, wenn sie und ihre Nachkommen fünfhundert Jahre daran arbeiten würden.

A. Nein. Fünfhundert Jahre ist viel zu kurz.

F. Aha! In diesem Fall können wir aus Ihren Behauptungen folgenden Schluß ziehen, Dr. Seldon: An Ihrem Projekt arbeiten hunderttausend Menschen, aber diese Zahl reicht nicht aus, um die Geschichte Trantors innerhalb von fünfhundert Jahren zu verändern. Mit anderen Worten, sie können die Zerstörung Trantors nicht verhindern, ganz gleich, was sie auch tun.

A. Das ist leider richtig.

F. Und andererseits dienen Ihre hunderttausend keinem illegalen Zweck.

A. Richtig.

F. (langsam und überzeugend) Hören Sie mir jezt genau zu, Dr. Seldon, denn wir wollen eine wohlüberlegte Antwort von Ihnen. Welchen Zweck erfüllen Ihre hunderttausend?

Die Stimme des Anwalts war schneidend. Seine Falle war zugeschnappt.

Er hatte Seldon in die Enge getrieben und ihm jede Möglichkeit zu einer Antwort genommen.

Unter den Zuhörern brach Unruhe aus, die sich sogar auf die Richterbank übertrug. Die Kommissare begannen zu flüstern, nur der Präsident zeigte sich unbewegt.

Hari Seldon wartete gelassen, bis sich die allgemeine Erregung wieder etwas gelegt hatte.

A. Um die negativen Auswirkungen dieser Zerstörung so gering wie möglich zu halten.

F. Und was genau verstehen Sie darunter?

A. Ganz einfach. Die Zerstörung Trantors ist nicht als isoliertes Ereignis in der Geschichte der Menschheit zu sehen, sondern stellt den Höhepunkt eines komplizierten Dramas dar, dessen Beginn Jahrhunderte zurückliegt und dessen Entwicklung immer schneller voranschreitet. Ich meine damit den Niedergang und Fall des Galaktischen Imperiums.

Das Gemurmel der Stimmen schwoll zu einem empörten Aufschrei an. »Sie geben also in aller Öffentlichkeit zu –« begann der Advokat unbeirrt, brach dann aber ab, weil die Rufe »Verrat«, die jetzt aus den Zuhörerreihen ertönten, zeigten, daß seine Argumentation auch so verstanden worden war.

Der Präsident der Kommission hob jetzt langsam seinen Hammer und schlug einmal auf den Tisch. Als das Echo des gongartigen Geräusches verklang, verstummten auch die letzten Stimmen. Der Ankläger holte tief Luft.

F. (theatralisch) Sind Sie sich darüber im klaren, Dr. Seldon, daß Sie von einem Imperium sprechen, das seit zwölftausend Jahren besteht und hinter dem die Zuneigung und die guten Wünsche einer Trillion Menschen stehen?

A. Ich kenne sowohl den gegenwärtigen Zustand wie auch die Geschichte des Imperiums. Ohne respektlos zu sein, darf ich wohl von mir behaupten, es besser als alle hier Anwesenden zu kennen.

F. Und Sie sagen seinen Untergang voraus?

A. Es ist eine Voraussage, die sich auf mathematische Berechnungen stützt. Ich gebe hier keine moralischen Ansichten wieder, und ganz persönlich bedauere ich die absehbare Entwicklung sehr. Auch wenn das Imperium schlecht wäre – was ich übrigens nie behaupten würde –, wäre der Zustand der Anarchie, in den es verfallen würde, noch viel schlimmer. Und gegen diese Anarchie anzukämpfen, hat sich mein Projekt zur Aufgabe gemacht. Aber der Untergang des Imperiums, meine Herren, ist ein massives und schweres Ereignis, das sich nicht so leicht bekämpfen läßt. Es wird von steigender Bürokratisierung, abnehmender Initiative, erstarrtem Kastenbewußtsein und hundert anderer Faktoren bestimmt. Diese Bewegung ist, wie schon gesagt, seit Jahrhunderten im Gange und zu gewaltig und massiv, als daß man sie aufhalten könnte.

F. Ich glaube doch, daß jeder sehen kann, daß das Imperium nichts von seiner früheren Stärke verloren hat.

A. Nach außen hin ja. Oberflächlich betrachtet scheint es unvergänglich. Aber sieht nicht auch der von innen verfaulte Stamm eines Baumes mächtig und unerschütterlich aus, bis zu dem Augenblick, in dem die Wucht des Sturmes ihn fällt? Und jetzt, in diesem Augenblick, pfeift der Sturm schon durch die Äste des Imperiums. Lauschen Sie mit den Ohren der Psychohistorie, und Sie werden ihr Knacken hören können.

F. (unsicher) Wir sind nicht hier, Dr. Seldon, um uns –

A. (überzeugt) Das Imperium wird untergehen, und mit ihm alle seine Vorzüge. Das im Laufe der Zeit angesammelte Wissen wird genauso verlorengehen wie die Ordnung, die es aufgebaut hat. Es wird zu zahllosen interstellaren Kriegen kommen; der interstellare Handel wird verkümmern, die Bevölkerung schrumpfen, und die Welten werden den Kontakt zu ihrem Mutterplaneten verlieren. – Und so wird es bleiben.

F. (eine unsichere Stimme inmitten des allgemeinen Schweigens) Für immer?

A. Die Psychohistorie, die den Untergang voraussieht, ist auch in der Lage, Angaben über die Zeit danach zu machen. Das Imperium, meine Herren, besteht seit zwölftausend Jahren, wie eben bereits erwähnt wurde. Doch die Zeit der Finsternis, die kommen wird, wird nicht zwölf-, sondern dreißigtausend Jahre andauern. Es wird sich ein zweites Imperium erheben, aber zwischen ihm und unserer Zivilisation werden tausend Generationen einer leidgeplagten Menschheit liegen. Und dagegen müssen wir kämpfen.

F. (wieder etwas sicherer) Sie verwickeln sich in Widersprüche. Vorhin sagten Sie, daß Sie die Zerstörung Trantors – und damit wohl auch den Fall des Imperiums, oder das, was Sie als Fall bezeichnen – nicht verhindern könnten.

A. Ich behaupte nicht, daß wir den Fall des Imperiums verhindern können. Aber noch ist es nicht zu spät, die anschließende Übergangszeit zu verkürzen. Es ist möglich, meine Herren, die Dauer der Anarchie auf tausend Jahre zu beschränken, wenn meine Gruppe jetzt ungehindert weiterarbeiten kann. Wir befinden uns an einem entscheidenden Punkt der Geschichte. Die gewaltige Masse der Ereignisse, die vorwärtsdrängen, muß umgelenkt werden. Nicht viel, nur ein wenig, denn mehr ist nicht möglich. Aber dieses Wenige mag vielleicht genügen, der Menschheit neunundzwanzigtausend Jahre des Elends und Leidens zu ersparen.

F. Und wie wollen Sie das machen?

A. Indem wir das Wissen unserer Rasse retten. Das gesamte Wissen der Menschheit ist weitaus größer, als es ein einzelner, als es tausend Menschen je besitzen können. Mit der Zerstörung unserer Sozialstruktur wird sich das Gesamtwissen in Millionen Teile aufsplittern. Der einzelne wird nur Bruchstücke des Ganzen kennen, die ihm allein nicht nützen können. Diese für sich allein bedeutungslosen Wissensfragmente werden nicht weitergegebeben werden, sondern gehen im Laufe der Generationen verloren. Aber wenn wir jetzt das *ganze* Wissen zusammenfassen und festhalten, wird es der Menschheit erhalten bleiben. Die zukünftigen Generationen werden darauf aufbauen können und müssen es nicht erst wieder neu entdecken. Die Arbeit von tausend Jahren kann dreißigtausend ersparen.

F. Und das alles –

A. Genau das ist das Ziel meines Projekts. Meine dreißigtausend Mitarbeiter mit ihren Frauen und Kindern sind damit beschäftigt, eine *Encyclopedia Galactica* zusammenzustellen. Diese Aufgabe werden sie nicht in ihrem Leben bewältigen, und ich selbst werde wahrscheinlich kaum ihren Beginn mehr erleben. Aber bis zu dem Zeitpunkt, wenn Trantor untergeht, wird sie erfüllt sein, und dann werden in jeder größeren Bibliothek in der Galaxis Ausgaben dieser Enzyklopädie stehen.

Wieder hob und senkte sich der Hammer des Präsidenten. Hari Seldon verließ den Zeugenstand und ging ruhig zurück zu seinem Platz neben Gaal.

»Na, wie hat Ihnen die Show gefallen?« fragte er lächelnd.

»Sie haben sie ihnen gestohlen. Und was passiert jetzt?«

»Sie werden die Verhandlung vertagen und versuchen, zu einem privaten Übereinkommen mit mir zu gelangen.«

»Woher wollen Sie das wissen?«

»Ich will ehrlich sein: Ich weiß es nicht. Es hängt völlig vom Präsidenten ab. Ich habe den Mann seit Jahren studiert und versucht, seine Handlungen zu analysieren, aber Sie wissen ja, wie unsicher die Launen eines einzelnen als Faktoren in den psychohistorischen Gleichungen sind. Aber ich hoffe.«

7

Avakim kam heran, nickte Gaal zu und flüsterte dann Seldon etwas zu. Die Vertagung der Verhandlung wurde verkündet, und Gaal wurde von Seldon getrennt und aus dem Saal geführt.

Die Verhandlung wurde am nächsten Tag fortgesetzt, doch diesmal war alles ganz anders. Hari Seldon und Gaal Dornick waren allein mit der Kommission. Sie saßen gemeinsam an einem Tisch, die fünf Richter und die beiden Angeklagten. Man bot ihnen sogar Zigarren aus einer irisierenden Kunststoffschachtel an, die aussah wie Wasser, das ständig in Bewegung war. Seldon nahm eine an, während Gaal ablehnte.

»Mein Anwalt ist nicht anwesend«, stellte Seldon fest.

»Das hier ist keine Verhandlung mehr, Dr. Seldon«, erwiderte eins der Kommissionsmitglieder. »Wir möchten uns mit Ihnen über die Sicherheit des Staates unterhalten.«

»Ich werde jetzt sprechen«, erklärte Linge Chen, worauf sich die anderen abwartend in ihren Sesseln zurücklehnten. Schweigen breitete sich aus, damit der Präsident beginnen konnte.

Gaal hielt den Atem an. Chen, ein hagerer Mann mit harten Zügen, der älter aussah, als er in Wirklichkeit war, war der eigentliche Herrscher der ganzen Galaxis. Das Kind, das tatsächlich den Kaisertitel trug, war nur ein von ihm geformtes Symbol, und es war nicht das erstemal, daß so etwas vorkam.

»Sie stören den Frieden des Imperiums, Dr. Seldon«, begann Chen. »Keiner der unzähligen Menschen, die heute in der Galaxis leben, wird in hundert Jahren noch da sein. Warum sollten wir uns also heute um das Sorgen machen, was in fünfhundert Jahren geschieht?«

»Ich werde schon in einem halben Jahrzehnt nicht mehr da sein«, gab Seldon zurück, »und doch ist es meine vornehmlichste Sorge. Nennen Sie es von mir aus Idealismus oder die Identifikation mit jener mystischen Verallgemeinerung, die wir mit dem Begriff ›Menschheit‹ bezeichnen.«

»Ich habe nicht die Absicht, mir die Mühe zu machen, mich mit mystischen Begriffen auseinanderzusetzen. Können Sie mir einen logischen Grund nennen, warum ich mich nicht einfach Ihrer und damit des Problems der Zukunft entledigen soll, indem ich Sie heute abend hinrichten lasse?«

»Das hätten Sie noch vor einer Woche tun können«, entgegnete Seldon leichthin, »und hätten dabei vielleicht mit einer berechtigten Chance von eins zu zehn das Jahresende erleben können. Heute stehen die Chancen dagegen kaum mehr eins zu zehntausend.«

Unter den Mitgliedern des Richtergremiums brach Unruhe aus. Gaal spürte, wie sich seine Nackenhaare sträubten. Chens Lider senkten sich kaum merklich.

»Und warum?« wollte er wissen.

»Der Untergang Trantors«, fuhr Seldon fort, »kann durch nichts aufgehalten werden. Aber er kann sehr leicht beschleunigt werden. Die Kunde, daß mein Prozeß abgebrochen worden ist, wird sich wie ein Lauffeuer durch die Galaxis verbreiten. Wenn meine Pläne, das Ausmaß der Katastrophe in Grenzen zu halten, vereitelt werden, werden die Menschen zu der Überzeugung kommen, daß sie von der Zukunft nichts mehr zu erwarten haben. Schon heute beneiden sie ihre Großväter. Es wird zu politischen Revolutionen und einer Stagnation des Handels kommen. Die ganze Galaxis wird von dem Bewußtsein ergriffen werden, daß nur noch wichtig ist, was der einzelne im Augenblick für sich ergattern kann. Die Ehrgeizigen werden keine Minute zögern, und die Skrupellosen werden nicht zurückstehen. Und mit allem, was sie tun, werden sie den Verfall der Welten vorantreiben. Wenn Sie mich töten lassen, bleiben Trantor nicht mehr fünfhundert, sondern höchstens noch fünfzig Jahre, und Ihnen selbst kaum eines.«

»Mit solchen Drohungen können Sie vielleicht Kindern Angst machen«, meinte Chen. »Trotzdem wissen wir, daß Ihr Tod nicht die einzige Antwort auf unser Problem ist.«

Er nahm die schmale Hand von den Papieren, auf denen sie gelegen hatte, so daß nur noch zwei Finger das oberste Blatt berührten.

»Sagen Sie«, fuhr er fort, »besteht Ihre einzige Aktivität in der Vorbereitung dieser Enzyklopädie, von der Sie gesprochen haben?«

»Ja. Das versichere ich.«

»Muß denn diese Enzyklopädie unbedingt ausgerechnet auf Trantor zusammengestellt werden?«

»Auf Trantor befindet sich die Imperiale Bibliothek, Mylord. Außerdem können wir hier auf die wissenschaftlichen Möglichkeiten unserer Universität zurückgreifen.«

»Nehmen wir an, Sie würden irgendwo anders arbeiten, sagen wir auf einem Planeten, wo Sie in Ihren wissenschaftlichen Betrachtungen nicht durch die Hast und Ablenkungen einer Metropole wie Trantor gestört würden und wo sich Ihre Mitarbeiter ganz auf ihre Aufgabe konzentrieren könnten – brächte das nicht gewisse Vorteile mit sich?«

»Vielleicht geringe.«

»Wir haben einen solchen Planeten für Sie ausgesucht, wo Sie im Kreise Ihrer hunderttausend Mitarbeiter ungestört arbeiten können. Die ganze Galaxis wird erfahren, daß Sie dort gegen den Untergang Trantors kämpfen. Wir werden ihnen sogar sagen, daß Sie ihn verhindern werden.« Er lächelte. »Da ich sowieso kaum an etwas glaube, wird es mir nicht schwerfallen, auch an den Untergang des Imperiums nicht zu glauben, so daß ich vollauf davon überzeugt sein werde, daß ich dem Volk die Wahrheit sage. Und gleichzeitig stören Sie weder die Ruhe Trantors noch die des Kaisers.

Wenn Sie meinen Vorschlag nicht akzeptieren, werden Sie und so viele Ihrer Mitarbeiter, wie es uns notwendig scheint, sterben. Sie haben fünf Minuten Zeit, sich zwischen den beiden Alternativen Tod oder Exil zu entscheiden.«

»Welchen Planeten haben Sie gewählt, Mylord?« wollte Seldon wissen.

»Ich glaube, er heißt Terminus«, erwiderte Chen. Mit den Fingerspitzen schob er nachlässig die Papiere auf dem Tisch so herum, daß sie

Seldon gegenüberlagen. »Er ist unbewohnt, aber durchaus bewohnbar und läßt sich den Bedürfnissen von Wissenschaftlern entsprechend umformen. Er liegt etwas abseits –«

»Am Rande der Galaxis, Sir«, unterbrach ihn Seldon.

»Ich sagte ja: etwas abseits. Genau das Richtige für Wissenschaftler, die sich konzentrieren müssen. Nun? Sie haben noch zwei Minuten Zeit.«

»Wir werden Zeit brauchen, eine solche Reise vorzubereiten«, wandte Seldon ein. »Immerhin sind von dieser Entscheidung zwanzigtausend Familien betroffen.«

»Die werden Sie bekommen.«

Seldon überlegte einen Moment, und dann brach die letzte Minute an. »Ich entscheide mich für das Exil«, meinte er schließlich.

Gaals Herz machte einen Sprung, so erleichterte ihn die Tatsache, in letzter Minute dem Tod entronnen zu sein. Doch in die Erleichterung mischte sich eine Spur von Bedauern, daß Seldon eine Niederlage hatte hinnehmen müssen.

8

Lange saßen sie schweigend in dem Taxi, das sich durch die endlos langen, höhlenähnlichen Tunnel in Richtung Universität wand.

»Stimmt es, was Sie dem Präsidenten erzählt haben?« wollte Gaal schließlich wissen. »Hätte Ihre Hinrichtung tatsächlich den Untergang beschleunigt?«

»Ich lüge nie, was psychohistorische Tatsachen betrifft«, gab Seldon zurück. »Außerdem hätte es mir in diesem Fall nicht geholfen. Chen wußte, daß ich die Wahrheit sagte. Er ist ein guter Politiker, und gute Politiker haben ein Gespür für die psychohistorischen Wahrheiten.«

»Mußten Sie das Exil annehmen?« überlegte Gaal laut, doch Seldon gab ihm keine Antwort.

Als sie das Universitätgelände erreichten, schienen sich Gaals Muskeln selbständig zu machen. Ihm wurde plötzlich so weich in den Knien, daß man ihn fast aus dem Taxi herausheben mußte.

Die ganze Umgebung war in grellem Licht gebadet, das Gaal in Erinnerung rief, daß es doch noch eine Sonne gab. Die Universität lag allerdings nicht im Freien. Über ihren Gebäuden wölbte sich ein riesiger Dom aus einem glasähnlichen Material, das polarisiert war, so daß Gaal unmittelbar in die Sonne hoch über ihm sehen konnte. Dennoch schienen ihre Strahlen ungedämpft und spiegelten sich in den Metallgebäuden, soweit das Auge reichte.

Es war ein anderes Metall als das, aus dem der Rest von Trantor bestand, denn hier war das harte Stahlgrau durch einen Silberton ersetzt, der fast ins Elfenbeinfarbene hineinspielte. »Soldaten«, bemerkte Seldon zu Gaal, der fasziniert die schimmernden Gebäude betrachtete.

»Was?« Gaal riß sich von dem Anblick los und mußte feststellen, daß ihnen eine Wache den Weg versperrte. Als sie vor dem Mann stehenblieben, tauchte ein Captain aus einem Eingang neben ihnen auf.

»Dr. Seldon?« erkundigte er sich.

»Ja.«

»Wir haben auf Sie gewartet. Sie und Ihre Leute stehen ab sofort unter Kriegsrecht. Ich habe den Auftrag, Ihnen mitzuteilen, daß Sie genau sechs Monate für die Vorbereitungen bis zum Antritt Ihres Exils auf Terminus haben.«

»Sechs Monate!« entfuhr es Gaal, doch ein sanfter Druck von Seldons Fingern an seinem Ellbogen ließ ihn verstummen.

»Das sollte ich Ihnen ausrichten.« Der Offizier nickte und verschwand.

»Sechs Monate!« wiederholte Gaal, als er gegangen war. »Was kann man schon in sechs Monaten ausrichten? Das läuft doch auf Mord hinaus, nur daß es langsamer geht.«

»Immer mit der Ruhe, mein junger Freund. Gehen wir in mein Büro.«

Es war kein großes Büro, aber es hatte den Vorzug, daß es abhörsicher war, ohne daß es auffiel. Die Abhörstrahlen, die auf es gerichtet waren, gaben weder eine verdächtige Stille noch irgendwelche noch verdächtigeren Störungen weiter, sondern empfingen statt dessen eine ganz normale Unterhaltung, die sich aus einem umfangreichen Vorrat an harmlosen Phrasen in verschiedenen Stimmen und Tonlagen zusammensetzte.

»Sechs Monate reichen völlig aus«, erklärte Seldon, als er es sich bequem gemacht hatte.

»Das kann ich mir nicht vorstellen.« Gaal schüttelte den Kopf.

»Sehen Sie, mein Junge, bei einem Plan wie dem unseren sind die Entscheidungen der anderen so kalkuliert, daß sie sich mit unseren Erfordernissen decken. Ich habe Ihnen ja bereits einmal gesagt, daß wir Chens Charakter sorgfältiger studiert haben, als es je bei einem anderen geschehen ist. Wir haben dafür gesorgt, daß es erst zu der Verhandlung kam, als Zeitpunkt und Umstände für unseren Plan am günstigsten waren.«

»Aber war es denn möglich, es so einzurichten, daß Sie –«

»Daß wir ausgerechnet nach Terminus verbannt werden? Wieso nicht?« Er legte den Finger auf eine ganz bestimmte Stelle seines Schreibtisches, worauf ein kleines Stück der Wand hinter ihm zurückglitt. Der Öffnungsmechanismus wurde durch einen Abtaststrahl in Betrieb gesetzt, der auf Seldons Fingerabdruck reagierte.

»In dem Fach liegen einige Mikrofilme«, sagte Seldon. »Nehmen Sie den heraus, der mit dem Buchstaben T markiert ist.«

Gaal gehorchte und sah dann zu, wie Seldon die Spule in den Projektor einlegte. Schließlich reichte ihm der alte Mann ein Okular, und nachdem Gaal es eingestellt hatte, begann der Film vor seinen Augen abzulaufen.

»Aber –« stotterte er schließlich.

»Was überrascht Sie so?« wollte Seldon wissen.

»Sie bereiten also schon seit zwei Jahren alles für ein Exil vor?«

»Seit zweieinhalb, um genau zu sein. Natürlich konnten wir nicht mit Sicherheit sagen, daß er gerade Terminus wählen würde, aber wir hofften darauf und handelten entsprechend –«

»Ich verstehe das nicht, Dr. Seldon. Wieso haben Sie Ihre eigene Verbannung in die Wege geleitet? Hätten Sie nicht besser den Lauf der Ereignisse hier von Trantor aus kontrollieren können?«

»Ich habe meine Gründe. Unter anderem haben wir die Unterstützung des Imperiums, wenn wir auf Terminus arbeiten, denn auf einem so abseits gelegenen Planeten stellen wir keine Gefahr für die Imperiale Sicherheit dar.«

»Dann haben Sie diesen Eindruck also nur erweckt, damit man Sie ins Exil schickt? Ich begreife es immer noch nicht, Dr. Seldon.«

»Glauben Sie, daß zwanzigtausend Familien freiwillig ins Exil gehen würden?«

»Aber warum sollten sie denn dazu gezwungen werden?« Gaal zögerte. »Oder darf ich das nicht wissen?«

»Noch nicht. Für den Augenblick genügt es, wenn Sie wissen, daß auf Terminus ein wissenschaftliches Refugium entstehen wird. Und ein zweites wird am anderen Ende der Galaxis, sagen wir –« er lächelte – »auf Star's End, errichtet werden. Ich werde bald sterben, und Sie werden noch vieles sehen, was ich nicht mehr erlebe. – Nein, nein. Es hilft auch nicht, wenn Sie jetzt ein entsetztes Gesicht machen und es mir ausreden wollen. Meine Ärzte haben mir erklärt, daß ich noch höchstens ein oder zwei Jahre zu leben habe. Aber bis dahin habe ich das Ziel, das ich mir für mein Leben gesetzt habe, erreicht und kann ruhig sterben.«

»Und dann? Was geschieht nach Ihrem Tod, Sir?«

»Dann wird jemand anders meine Nachfolge antreten – wer weiß, vielleicht sogar Sie selbst. Meine Nachfolger werden unseren Plan zu Ende führen und zum richtigen Zeitpunkt und auf die richtige Art und Weise die Revolte auf Anacreon initiieren. Und danach nehmen die Dinge dann ihren Lauf.«

»Ich begreife immer noch nicht.«

»Das werden Sie schon noch.« Auf Seldons faltiges Gesicht trat ein müder und gleichzeitig friedlicher Ausdruck. »Die meisten meiner Mitarbeiter werden mit mir nach Terminus kommen, aber einige werden zurückbleiben. Es wird nicht schwer sein, alles dem Plan entsprechend zu arrangieren. Und was mich betrifft«, schloß er so leise, daß Gaal ihn kaum verstehen konnte, »ich bin am Ende.«

Teil II
Die Enzyklopädisten

1

Terminus – . . . Seine Lage (siehe Karte) war in Anbetracht der Rolle, die der Planet in der Geschichte der Galaxis spielen sollte, im Grunde merkwürdig und dennoch geradezu ideal, wie es viele Historiker immer wieder betont haben. Als Welt am Rande der Galaxis und einziger Planet einer isoliert gelegenen Sonne, der arm an Bodenschätzen und wirtschaftlich uninteressant war, blieb er nach seiner Entdeckung fünfhundert Jahre lang unbesiedelt, bis die Enzyklopädisten auf ihm landeten . . .

Als neue Generationen heranwuchsen, wurde Terminus zwangsläufig zu mehr als nur dem Refugium der Psychohistoriker von Trantor. Mit der Revolte Anacreons und der Machtübernahme durch Salvor Hardin, den ersten in der langen Reihe . . .

Encyclopedia Galactica

Lewis Pirenne saß an seinem Schreibtisch in einer Ecke des Raumes und arbeitete. Arbeit mußte koordiniert werden, Bemühungen mußten organisiert und Fäden zu einem Muster versponnen werden.

Fünfig Jahre waren inzwischen vergangen, fünfzig Jahre, in denen sie sich auf Terminus eingerichtet und die Enzyklopädiestiftung Nummer Eins aufgebaut hatten. Fünfzig Jahre der Vorbereitung, in denen sie das Rohmaterial gesammelt hatten.

Und nun war es fast geschafft. Noch fünf Jahre, dann würde der erste Band des monumentalsten Werkes veröffentlicht werden, das die Galaxis je hervorgebracht hatte. Und dann sollten im Abstand von jeweils zehn Jahren – mit der Regelmäßigkeit eines Uhrwerks – die weiteren Bände folgen. Und gleichzeitig würden Ergänzungsbände erscheinen, Sonderartikel über Ereignisse von allgemeinem Interesse, bis –

Pirenne kehrte widerwillig in die Wirklichkeit zurück, als der Summer auf seinem Schreibtisch gereizt zu brummen begann. Fast hätte er über der ganzen Arbeit seine Verabredung vergessen. Er betätigte den Türöffner und nahm aus den Augenwinkeln heraus wahr, wie die Tür aufging und die breite Gestalt Salvor Hardins eintrat. Pirenne machte sich nicht die Mühe, aufzusehen.

Hardin mußte unwillkürlich lächeln. Er war in Eile, aber er ließ sich nicht durch Pirennes unhöfliches Verhalten stören, da er dessen Reaktion kannte, wenn er bei der Arbeit gestört wurde. Er nahm im Sessel auf der anderen Seite des Schreibtisches Platz und wartete geduldig.

Pirennes Stift fuhr mit leisem Kratzen über das Papier. Es war das einzige Geräusch im Raum. Schließlich zog Hardin eine Zweikreditmünze aus der Tasche und begann, sie in die Luft zu werfen und wieder aufzufangen, wobei er beobachtete, wie sich das Licht in der Edelstahloberfläche fing. Edelstahl war ein ideales Zahlungsmittel auf einem Planeten, der sämtliche Metalle importieren mußte.

Pirenne blickte auf und blinzelte. »Hören Sie auf damit, Hardin!« befahl er ärgerlich.

»Was?«

»Diese gräßliche Werferei mit der Münze. Schluß damit.«

»Ach so.« Hardin steckte das Geldstück in seine Tasche zurück. »Sagen Sie mir, wenn Sie einen Augenblick für mich erübrigen können, ja? Ich habe versprochen, zurück bei der Stadtratsversammlung zu sein, bevor sie über das neue Wasserleiungsprojekt abstimmen.«

Pirenne schob sich seufzend vom Schreibtisch zurück. »Schön. Ich habe jetzt Zeit für Sie. Ich hoffe nur, Sie haben nicht die Absicht, mich mit Ihrer Politik zu belästigen. Das ist Ihre Angelegenheit. Die Enzyklopädie nimmt meine ganze Zeit in Anspruch.«

»Haben Sie schon gehört?« fragte Hardin ungerührt.

»Was?«

»Die Neuigkeit, die vor zwei Stunden über das Ultrawellengerät in Terminus City eingelaufen ist. Der Generalgouverneur der Präfektur von Anacreon hat den Titel des Königs angenommen.«

»So? Na und?«

»Na und?« echote Hardin. »Das heißt, daß wir vom inneren Bereich des Imperiums abgeschnitten sind. Wir haben zwar damit gerechnet, aber das macht die Situation auch nicht besser. Anacreon versperrt uns damit unsere letzte Handelsroute nach Santanni, Trantor und zur Wega. Woher sollen wir in Zukunft unser Metall beziehen? Seit sechs Monaten ist kein Stahl- oder Aluminiumtransport mehr durchgekommen, und jetzt sind wir völlig von der Gnade des Königs von Anacreon abhängig.«

Pirenne schnalzte ungeduldig mit der Zunge. »Dann versuchen Sie doch, sich mit ihm zu einigen.«

»Können Sie mir auch verraten, wie? Hören Sie, Pirenne, nach der Charta, die diese Stiftung begründet, liegt die gesamte administrative Gewalt in den Händen des Kuratoriums des Enzyklopädieausschusses. Ich als Bürgermeister von Terminus City habe gerade soviel zu sagen, daß ich mir eine Kugel durch den Kopf jagen und vielleicht niesen darf, wenn Sie mir vorher die schriftliche Erlaubnis dazu geben. Die Entscheidung in dieser Sache liegt bei Ihnen und Ihrem Ausschuß. Ich beantrage deshalb im Namen der Stadt, deren Wohlstand vom ungestörten Handel mit der Galaxis abhängt, daß Sie eine Dringlichkeitssitzung einberufen –«

»Stopp! Ihre Wahlreden sind hier fehl am Platze, Hardin. Sie wissen genau, daß sich das Kuratorium nie gegen die Einrichtung einer Stadtverwaltung gewehrt hat. Wir sind uns darüber im klaren, daß sie aufgrund der steigenden Bevölkerungszahl seit der Gründung der Stiftung vor fünfzig Jahren und der steigenden Zahl von Bürgern, die nicht mit der Enzyklopädie beschäftigt sind, notwendig geworden ist. *Aber* das bedeutet noch lange nicht, daß sich die Stiftung plötzlich von ihrem wichtigsten und *einzigen* Ziel, der Veröffentlichung einer Enzyklopädie des gesamten menschlichen Wissens, abwendet. Wir sind eine vom Staat geförderte, wissenschaftliche Einrichtung, Hardin. Wir können, dürfen und werden uns nicht in lokalpolitische Angelegenheiten einmischen.«

»Lokalpolitische Angelegenheiten! Beim großen Zeh des Kaisers, Pirenne, hier geht es um Leben oder Tod! Terminus selbst ist nicht in der Lage, eine mechanisierte Gesellschaft zu unterhalten. Sie wissen, daß wir praktisch keine Bodenschätze haben. Uns fehlen sämtliche Metalle wie Eisen, Kupfer oder Aluminium, und auch andere Rohstoffe sind kaum vorhanden. Was meinen Sie, was aus der Enzyklopädie wird, wenn es diesem komischen König von Anacreon plötzlich einfällt, sich näher mit uns zu befassen?«

»Mit *uns*? Ich glaube, Sie vergessen dabei, daß wir dem Kaiser direkt unterstehen. Wir gehören weder zur Präfektur von Anacreon noch zu irgendeiner anderen. Das sollten Sie sich immer vor Augen halten, Hardin. Wir sind Teil des persönlichen Dominiums des Kaisers und damit unantastbar. Und der Kaiser wird das, was ihm ist, zu verteidigen wissen.«

»Und warum hat er den Generalgouverneur von Anacreon dann nicht daran gehindert, über die Stränge zu schlagen? Und es ist ja nicht Anacreon allein. Mindestens zwanzig andere Präfekturen am Rande der Galaxis, praktisch die gesamte Peripherie, haben sich selbständig gemacht. Angesichts dieser Situation bezweifle ich stark, ob das Imperium noch in der Lage ist, uns zu beschützen.«

»Unsinn! Ob Generalgouverneur oder König – wo liegt da schon ein Unterschied? Im Imperium hat es immer schon Männer mit unterschiedlichen politischen Einstellungen und Zielsetzungen gegeben. Gouverneure haben rebelliert, Kaiser sind abgesetzt oder sogar ermordet worden. Aber das hat doch nichts mit dem Imperium selbst zu tun. Vergessen Sie die ganze Angelegenheit, Hardin. Sie geht uns nichts an. Unsere erste Sorge gilt immer noch der Enzyklopädie. Ach ja, Hardin, da ist noch etwas.«

»Ja?«

»Es kann nicht so weitergehen mit Ihrer Zeitung!« Pirenne klang ärgerlich.

»Der Terminus City-Anzeiger? Die Zeitung gehört nicht mir. Sie ist in Privatbesitz. Warum?«

»Seit Wochen schon drängt sie darauf, daß der fünfzigste Jahrestag der Gründung der Stiftung zum Anlaß für einen staatlichen Feiertag und völlig unangebrachte Feierlichkeiten genommen werden soll.«

»Warum nicht? In drei Monaten öffnet die Radiumuhr die Erste Gruft. Ich halte das für einen großen Augenblick, Sie nicht?«

»Trotzdem bin ich dagegen, daß ein Volksschauspiel daraus gemacht wird. Die Öffnung der Ersten Gruft betrifft nur das Kuratorium und niemand anders. Die Öffentlichkeit wird danach alles erfahren, was sich an Wichtigem ergibt. Das ist endgültig, und ich möchte Sie dringend bitten, es auch dem *Anzeiger* klar zu machen.«

»Tut mir leid, Pirenne, aber in unserer Verfassung ist uns nun einmal jener Punkt garantiert, der allgemein als Pressefreiheit bekannt ist.«

»Das mag sein, aber das trifft nicht für das Kuratorium zu. Ich bin der Vertreter des Kaisers auf Terminus, Hardin, und habe alle diesbezüglichen Vollmachten.«

Hardin schien im Geiste bis zehn zu zählen. Mit düsterer Miene meinte er schließlich: »Dann muß ich Ihnen in Anbetracht der Tatsache, daß Sie hier den Kaiser vertreten, noch eine Nachricht weitergeben.«

»Betrifft sie ebenfalls Anacreon?« Pirenne preßte verärgert die Lippen zusammen.

»Ja. In zwei Wochen wird uns ein Sonderbotschafter von Anacreon einen Besuch abstatten.«

»Ein Sonderbotschafter? Bei uns? Von Anacreon?« Pirenne brauchte Zeit, die Neuigkeit zu verdauen. »Wozu?«

Hardin stand auf und schob seinen Sessel zurück. »Dreimal dürfen Sie raten.«

Ohne sich zu verabschieden, ging er hinaus.

2

Anselm Haut Rodric – »haut« als Bezeichnung der adligen Abstammung –, Subpräfekt von Pluema und Gesandter seiner Hoheit des Königs von Anacreon, wurde von Salvor Hardin mit allem bei einem Staatsbesuch üblichen Pomp empfangen.

Mit einem steifen Lächeln verbeugte sich der Subpräfekt, zog seinen Blaster aus der Tasche und reichte ihn Hardin mit dem Griff zuerst. Hardin erwiderte diese Geste der Höflichkeit mit einem anderen Blaster, den er sich speziell für diese Gelegenheit besorgt hatte. Auf diese Weise wurden Freundschaft und guter Wille bezeugt, und falls Hardin die

Ausbuchtung an Haut Rodrics Schulter auffiel, so übersah er diese Tatsache doch geflissentlich.

Langsam fuhren sie in einem Wagen zum Cyclopedia Square, gefolgt von dem unvermeidlichen Konvoi der untergeordneten Funktionäre. Die Straßen waren gesäumt von Bürgern, die dem Besucher begeistert zujubelten, wie es sich bei einem so hohen Gast gehörte.

Subpräfekt Anselm nahm die Jubelrufe mit der für einen Soldaten und Aristokraten geziemenden Gelassenheit entgegen.

»Sie haben nur diese eine Stadt?« wandte er sich an Hardin.

»Unsere Welt ist noch jung, Eminenz.« Hardin mußte seine Stimme erheben, damit er über die lärmende Menge zu verstehen war. »In unserer kurzen Geschichte haben erst wenige Persönlichkeiten von hohem Adel unseren kargen Planeten besucht. Daher auch unsere Begeisterung.«

Es war offensichtlich, daß die »Persönlichkeit von hohem Adel« eine ironisch gemeinte Bemerkung nicht verstand.

»Vor fünfzig Jahren gegründet«, meinte er nachdenklich. »Hm! Es gibt noch sehr viel ungenutztes Land auf Terminus, Bürgermeister. Haben Sie nie daran gedacht, es in einzelne Güter aufzuteilen?«

»Bisher besteht dazu noch keine Notwendigkeit. Unsere Arbeit an der Enzyklopädie bringt es mit sich, daß wir sehr zentralisiert sind. Aber vielleicht später einmal, wenn unsere Bevölkerung größer geworden ist –«

»Eine seltsame Welt! Sie haben keinen Bauernstand?«

Es war unschwer zu erkennen, daß Haut Rodric versuchte, seinen Gastgeber auszufragen. »Nein«, gab Hardin gleichzeitig zurück. »Und auch keinen Adelsstand.«

Haut Roderic runzelte die Stirn. »Und Ihr Führer – der Mann, mit dem ich mich treffen soll?«

»Sie meinen Dr. Pirenne? Er ist der Präsident des Kuratoriums und der persönliche Vertreter des Kaisers.«

»*Doktor*? Ist das sein einziger Titel? Ein Gelehrter? Und er steht über der Zivilverwaltung?«

»Warum nicht?« erwiderte Hardin liebenswürdig. »Wir sind alle mehr oder weniger Gelehrte. Schließlich sind wir eine wissenschaftliche Stiftung – die unmittelbar dem Kaiser untersteht.«

Der Nachdruck, den Hardin auf den letzten Teil des Satzes gelegt hatte, schien den Subpräfekten etwas zu verwirren. Für den Rest der Fahrt zum Cyclopedia Square verfiel er jedenfalls in nachdenkliches Schweigen.

So sehr sich Hardin auch während des restlichen Tages langweilte, tröstete ihn doch die Gewißheit, daß es Pirenne und Haut Rodric viel schlimmer ging. Es war offensichtlich, daß sich die beiden, obwohl sie sich mit wohltönenden gegenseitigen Achtungsbezeugungen begrüßt hatten, nicht ausstehen konnten.

Haut Rodric hatte mit abwesendem Blick Pirennes Vortrag bei der Rundführung durch das Enzyklopädie-Gebäude verfolgt. Mit einem höflichen und nichtssagenden Lächeln hatte er sich dessen Erklärungen angehört, als sie die ausgedehnten Lagergebäude für das Filmmaterial und die zahllosen Projektionsräume besichtigt hatten.

Erst als sie sämtliche Abteilungen des riesigen Projektes, angefangen von der Forschungsabteilung über die Setzerei bis hin zu der Abteilung für die Veröffentlichung hinter sich gelassen hatten, gab der Besucher den ersten sinnvollen Satz von sich.

»Das ist alles sehr interessant«, stellte er fest, »aber es erscheint mir doch als eine recht merkwürdige Beschäftigung für erwachsene Leute. Was für einen Sinn hat denn das Ganze?«

Pirenne antwortete nicht, doch Hardin bemerkte, daß sein Gesichtsausdruck mehr sagte als alle Worte.

Das Bankett am Abend verlief ähnlich wie der Nachmittag, nur daß diesmal Haut Roderic die Unterhaltung an sich riß. Er ließ es sich nicht nehmen, in allen Einzelheiten und mit unglaublicher Begeisterung seine Großtaten als Bataillonsführer im jüngsten Krieg zwischen Anacreon und dem soeben zum Königreich erklärten Nachbarn Smyrno zu beschreiben.

Er war mit seinem Bericht noch immer nicht zu Ende, als das Essen schon längst vorbei war und die geladenen Beamten einer nach dem anderen die Flucht ergriffen. Erst als der Subpräfekt in Begleitung von Pirenne und Hardin die Terrasse aufgesucht hatte und sich in der warmen Luft des Sommerabends entspannte, beendete er seine Beschreibung mit der triumphierenden Schilderung des entscheidenden Raumschiffgemetzels.

»Und jetzt«, verkündete er schließlich jovial, »wollen wir zu ernsteren Dingen übergehen.«

»Nichts lieber als das«, murmelte Hardin, der sich eine lange Zigarre aus Tabak von der Wega angezündet hatte und mit seinem Stuhl auf zwei Beinen wippte.

Hoch am Himmel erstreckte sich die Galaxis in ihrer milchigen Linsenform von Horizont zu Horizont. Im Vergleich mit ihr waren die wenigen Sterne hier am äußersten Rand des Universums unbedeutende Lichtpunkte.

»Natürlich werden alle Formalitäten wie die Unterzeichnung der Abkommen und ähnliche langweilige Einzelheiten bei einer Sitzung Ihres – wie nennen Sie doch gleich noch Ihren Rat?«

»Das Kuratorium«, erwiderte Pirenne eisig.

»Ein seltsamer Name! Na ja, wie auch immer. Jedenfalls werden diese Dinge bei einer Sitzung Ihres – Kuratoriums abgewickelt werden. Aber das hat bis morgen Zeit. Ich dachte mir, wir könnten uns vielleicht jetzt schon in einer etwas persönlicheren Atmosphäre über gewisse Punkte einigen. Was meinen Sie?«

»Und das bedeutet –« Hardin versuchte, ihn aus der Reserve zu locken.

»Die Situation hier draußen in der Peripherie hat sich etwas verändert, was bedeutet, daß der Status Ihres Planeten ein bißchen unsicher geworden ist. Es wäre gewiß von Nutzen, wenn wir im Hinblick auf unser gegenwärtiges Verhältnis zu einer Einigung kommen könnten. Übrigens, Bürgermeister, haben Sie vielleicht noch eine von diesen Zigarren für mich?«

Widerwillig bot Hardin dem Gast das Gewünschte an.

Anselm Haut Rodric roch an der Zigarre und stieß dann einen entzückten Laut aus. »Tabak von der Wega! Woher haben Sie ihn?«

»Er ist mit der letzten Schiffsladung gekommen. Leider ist fast nichts mehr davon übrig, und der Raum weiß, wann wir neue Zigarren dieser Sorte bekommen – wenn überhaupt.«

Pirenne verzog das Gesicht. Er war Nichtraucher und konnte den Geruch nicht ausstehen. »Lassen Sie mich eines klarstellen, Eminenz: Sind Sie nur mit dem Auftrag hierhergekommen, unser gegenseitiges Verhältnis zu klären?«

Haut Rodric nickte durch die Rauchschwaden seiner Zigarre.

»In diesem Fall gibt es nicht viel zu besprechen. Die Situation der Enzyklopädienstiftung Nummer Eins ist nach wie vor unverändert.«

»Aha! Und wie sieht diese Situation aus?«

»Wir sind eine vom Staat geförderte wissenschaftliche Stiftung und Teil des persönlichen Dominiums Seiner Majestät, des Kaisers.«

Der Subpräfekt blies unbeeindruckt Rauchringe in die Luft. »So mag die Theorie aussehen, Dr. Pirenne. Sicher besitzen Sie auch die entsprechenden Urkunden mit dem Imperialen Siegel. Doch wie sieht die tatsächliche Situation aus? Wie stehen Sie zu Smyrno? Sie sind keine fünfzig Parseks von Smyrnos Verwaltungssitz entfernt. Und was ist mit Konom und Daribow?«

»Wir haben nichts mit Präfekturen zu tun. Als Teil des kaiserlichen Dominiums –«

»Es sind jetzt keine Präfekturen mehr«, erinnerte ihn Haut Rodric, »sondern Königreiche.«

»Von mir aus Königreiche. Auf jeden Fall haben wir nichts mit ihnen zu tun. Als wissenschaftliche Institution –«

»Zum Teufel mit der Wissenschaft«, fluchte der adlige Gast nach Soldatenmanier. Die Atmosphäre war plötzlich geladen. »Das hat doch verdammt noch mal nichts mit der Tatsache zu tun, daß Terminus jederzeit von Smyrno eingenommen werden kann.«

»Glauben Sie, der Kaiser würde dabei ruhig zusehen?«

Haut Rodric beruhigte sich etwas. »Schön, Dr. Pirenne, Sie respektieren das Eigentum des Kaisers, und Anacreon tut das auch, aber Smyrno? Vergessen Sie nicht, daß wir gerade erst einen Vertrag mit dem Kaiser unterzeichnet haben – von dem ich Ihrem Kuratorium übrigens morgen eine Kopie vorlegen werde –, in dem uns die Verantwortung für die Bewahrung der Ordnung innerhalb der Grenzen der früheren Präfektur Anacreon im Namen des Kaisers übertragen wird. Dann dürfte unsere Pflicht doch wohl klar sein, oder?«

»Sicher. Aber Terminus gehört nicht zur Präfektur Anacreon.«

»Und Smyrno –«

»Und wir gehören auch nicht zur Präfektur Smyrno. Wir gehören zu überhaupt keiner Präfektur.«

»Weiß Smyrno das auch?«

»Es interessiert mich nicht, was Smyrno weiß.«

»Aber *uns*. Wir haben gerade den Krieg mit Smyrno beendet, und sie kontrollieren noch immer zwei Stellarsysteme, die uns gehören. Terminus stellt eine strategisch äußerst wichtige Position zwischen zwei Nationen dar.«

Hardin war es langsam aber sicher leid. »Und wie lautet Ihr Vorschlag, Eminenz?« fiel er ein.

Der Subpräfekt schien nichts dagegen zu haben, das Wortgefecht zugunsten einer direkteren Aussage abzubrechen. »Es liegt doch auf der Hand«, erklärte er rasch, »daß in Anbetracht der Tatsache, daß Terminus sich nicht selbst verteidigen kann, Anacreon diese Aufgabe für Sie übernehmen muß. Ich möchte betonen, daß wir nicht die Absicht haben, uns in die Verwaltungsangelegenheiten Ihres Planeten einzumischen –«

»Wie beruhigend zu wissen«, kommentierte Hardin trocken.

»– aber wir sind zu der Überzeugung gekommen, daß es für alle Beteiligten am besten ist, wenn Anacreon einen militärischen Stützpunkt auf Terminus errichtet.«

»Einen militärischen Stützpunkt in irgendeinem unbesiedelten Gebiet – mehr wollen Sie nicht?«

»Nun, natürlich wäre da noch ein anderes Problem . . . Die Schutzkräfte müssen ja unterhalten werden –«

Hardin ließ seinen Stuhl mit einem Ruck wieder auf alle vier Beine kippen und stützte die Ellbogen auf die Knie. »Nun kommen wir endlich zum Kern der Sache. Also, konkret ausgedrückt: Terminus soll ein Protektorat werden und Anacreon anerkennen.«

»Nein, Sie sollen nur eine Steuer entrichten. Wir beschützen Sie, und Sie bezahlen dafür.«

Pirenne schlug in einem plötzlichen Zornausbruch mit der Hand auf seinen Stuhl. »Jetzt lassen Sie mich reden, Hardin. Mich interessieren weder Anacreon noch Smyrno oder Ihre politischen Auseinandersetzungen und Kleinkriege, Eminenz. Ich sage Ihnen noch einmal: Wir sind eine vom Staat geförderte, steuerfreie Institution.«

»Vom Staat gefördert? Aber der Staat sind doch *wir*, Dr. Pirenne, und wir haben nicht die Absicht, Sie zu fördern.«

Pirenne stand verärgert auf. »Eminenz, ich bin der direkte Vertreter Seiner –«

»– Majestät des Kaisers«, fiel Anselm Haut Rodric verdrießlich ein. »Und ich bin der direkte Vertreter des Königs von Anacreon. Anacreon liegt sehr viel näher, Dr. Pirenne.«

»Zurück zur Sache«, drängte Hardin. »In welcher Form sollten diese sogenannten Steuern entrichtet werden, Eminenz? Was wäre Ihnen am liebsten? Weizen, Kartoffeln, Gemüse, oder vielleicht Vieh?«

Der Subpräfekt starrte den Bürgermeister verblüfft an. »Was soll das? Agrarprodukte haben wir selbst im Überfluß. Was wir wollen, ist Gold. Oder Chrom und Vanadium, falls diese Metalle in ausreichender Menge vorhanden sind.«

Hardin lachte. »In ausreichender Menge ist gut! Wir haben ja noch nicht einmal Eisen in ausreichender Menge. Gold! Hier, sehen Sie sich einmal unsere Währung an.« Er warf dem Abgesandten eine Münze zu.

Haut Rodric fing sie auf und betrachtete sie. »Was ist das? Stahl?«

»Exakt.«

»Ich verstehe nicht.«

»Es gibt so gut wie keine Metallvorkommen auf Terminus. Wir müssen alles importieren. Folglich können wir Ihnen auch kein Gold geben und Sie höchstens mit ein paar tausend Säcken Kartoffeln bezahlen.«

»Nun – dann nehmen wir eben Industrieprodukte.«

»Industrieprodukte ohne Metalle? Woraus sollten wir die nötigen Maschinen herstellen?«

Als Haut Rodric nicht antwortete, versuchte Pirenne es noch einmal. »Diese ganze Diskussion ist doch völlig sinnlos. Terminus ist nicht einfach ein Planet, sondern eine wissenschaftliche Stiftung, die sich mit der Zusammenstellung einer umfangreichen Enzyklopädie befaßt. Gütiger Raum, Mann, haben Sie denn keinen Respekt vor der Wissenschaft?«

»Mit einer Enzyklopädie kann man keinen Krieg gewinnen«, erwiderte Haut Rodric stirnrunzelnd. »Terminus ist also ein völlig unproduktiver Planet – und darüber hinaus so gut wie unbesiedelt. Nun, Sie könnten zum Beispiel mit Land bezahlen.«

»Was meinen Sie damit?« fragte Pirenne.

»Ihr Planet ist praktisch unbewohnt, und das Land wahrscheinlich fruchtbar. Es gibt viele Adlige auf Anacreon, die sicher gern ihren Grundbesitz vergrößern wollen.«

»Sie werden doch nicht allen Ernstes –«

»Es gibt gar keinen Grund, sich so aufzuregen, Dr. Pirenne. Es ist genug für uns alle da. Wenn es soweit ist und Sie sich kooperativ zeigen, könnten wir es sicher so einrichten, daß Sie nichts verlieren würden.

Entsprechende Titel und Grundbesitze lassen sich immer finden. Wir verstehen uns?«

»Vielen Dank!« Pirenne verzog verächtlich das Gesicht.

»Glauben Sie, Anacreon könnte uns ausreichende Mengen Plutonium für unser Atomkraftwerk liefern?« fragte Hardin in einer plötzlichen Eingebung.

Pirenne schnappte nach Luft, dann herrschte Totenstille. Als Haut Rodric wieder Worte fand, klang seine Stimme verändert.

»Sie besitzen Atomkraft?«

»Sicher. Was finden Sie daran so ungewöhnlich? Atomkraft gibt es doch inzwischen seit über fünfzigtausend Jahren. Warum sollten wir keine Atomenergie haben? Nur ist es leider etwas schwierig, Plutonium zu bekommen.«

»Ja . . . natürlich.« Der Abgesandte brach ab und fügte dann unsicher hinzu: »Nun, meine Herren, ich bin dafür, daß wir unsere Unterhaltung auf morgen verschieben. Wenn Sie mich jetzt bitte entschuldigen –«

Pirenne sah ihm zähneknirschend nach, wie er davoneilte. »Dieser widerliche, hirnlose Esel! Ich könnte –«

»Sie tun ihm Unrecht«, unterbrach ihn Hardin. »Er kann doch nichts dafür. Er ist nur das Produkt seiner Umwelt. Unser Gast versteht nur solche Tatsachen wie ›Ich habe ein Gewehr und du nicht‹.«

»Was soll das?« fuhr Pirenne den Bürgermeister gereizt an. »Und was haben Sie sich überhaupt dabei gedacht, als Sie plötzlich mit einem Militärstützpunkt anfingen? Haben Sie denn völlig den Verstand verloren?«

»Nein. Ich habe ihm nur ein Stichwort gegeben, damit er endlich mit dem wirklichen Grund für seinen Besuch herausrückte. Jetzt wissen wir, daß Anacreon die Absicht hat, Terminus in einzelne Grundbesitze aufzuteilen. Natürlich habe ich nicht vor, es soweit kommen zu lassen.«

»*Sie*? Für wen halten Sie sich denn eigentlich? Und darf ich fragen, welcher Teufel Sie geritten hat, als Sie ihm von unserem Atomkraftwerk erzählten? So etwas macht uns erst recht zu einem militärischen Ziel.«

»Genau«, grinste Hardin. »Aber ein militärisches Ziel, von dem man die Finger läßt. Verstehen Sie nicht, warum ich das Thema angeschnitten habe? Und die Reaktion unseres Gastes hat genau das bestätigt, was ich vermutet habe.«

»Und das wäre?«

»Daß Anacreon keine Atomwirtschaft mehr hat. Denn wenn man sie hätte, dann hätte unser Freund wissen müssen, daß Plutonium längst nicht mehr für Atomkraftwerke benutzt wird. Und daraus folgt, daß auch der Rest der Peripherie keine Atomenergie mehr besitzt. Für Smyrno trifft das mit Sicherheit zu, denn sonst hätte Anacreon nicht die meisten Schlachten in der jüngsten Auseinandersetzung gewonnen. Ein interessanter Aspekt, finden Sie nicht?«

»Pah!« Pirenne erhob sich mißmutig und ging, während Hardin lächelnd zurückblieb.

Er warf seine Zigarre fort und blickte hinauf zur Galaxis. »Also wären sie wieder bei Öl und Kohle, oder?« murmelte er – doch was er sonst noch dachte, behielt er für sich.

3

Als Hardin bestritt, daß der *Terminus City-Anzeiger* ihm gehörte, hatte er damit nur rein formal gesehen recht. Hardin war die treibende Kraft in der Bewegung gewesen, die durchgesetzt hatte, daß Terminus eine autonome Stadtverwaltung bekam, und war dann zu ihrem ersten Bürgermeister gewählt worden. Es war also nicht verwunderlich, daß er zwar offiziell keine Anteile an der Zeitung besaß, aber trotzdem – auf subtileren Wegen – rund sechzig Prozent der Aktien kontrollierte.

Er hatte da seine Mittel.

Es war also kein Zufall, daß ausgerechnet zu dem Zeitpunkt, als Hardin Pirenne zu drängen begann, ihn an den Versammlungen des Kuratoriums teilnehmen zu lassen, der Anzeiger eine ähnliche Kampagne startete. Es kam zu der ersten Massenversammlung in der Geschichte der Stiftung, in der die Vertretung der Stadt in der »nationalen« Regierung gefordert wurde.

Schließlich blieb Pirenne nichts anderes übrig, als zähneknirschend zu kapitulieren.

Hardin, der am Ende der Konferenztafel saß, dachte gerade darüber nach, warum Physiker eigentlich so schlechte Verwaltungsbeamte abgaben. Vielleicht lag es daran, daß sie tagein tagaus nur mit starren Fakten und zu selten mit den flexibleren Menschen zu tun hatten.

Zu seiner Linken saßen Tomaz Sutt und Jord Fara, wie Hardin mit einem flüchtigen Seitenblick feststellte, rechts von ihm Lundin Crast und Yate Fulham. Pirenne, der den Vorsitz führte, hatte seinen Platz am Kopfende des Tisches.

Hardin nahm die einleitenden Formalitäten nur mit halbem Ohr wahr und merkte erst auf, als Pirenne einen Schluck Wasser aus dem Glas trank, das vor ihm stand, und dann sagte:

»Es freut mich, dem Kuratorium mitteilen zu können, daß Lord Dorwin, der Kanzler des Imperiums, uns in zwei Wochen besuchen wird. Ich glaube, wir dürfen mit Recht annehmen, daß sich unsere Beziehungen zu Anacreon zu unserer vollsten Zufriedenheit normalisieren, sobald der Kaiser über unsere Situation in Kenntnis gesetzt worden ist.«

Er lächelte. »Der *Anzeiger* hat bereits entsprechende Informationen in dieser Sache bekommen«, fuhr er mit einem Blick auf Hardin fort.

Der Bürgermeister grinste verstohlen. Es lag auf der Hand, daß ein

Grund, warum man ihm erlaubt hatte, dieser Versammlung beizuwohnen, der war, daß sich Pirenne unbedingt mit seiner Neuigkeit vor ihm brüsten wollte.

»Ganz klar ausgedrückt: Was erwarten Sie von Lord Dorwin?« fragte er ruhig.

»Es ist nicht zu übersehen, daß Bürgermeister Hardin wieder einmal recht zynisch ist«, erwiderte Tomaz Sutt. Er hatte die seltsame Angewohnheit, einen in der dritten Person anzureden, wenn er sich besonders würdevoll vorkam. »Auch ihm muß doch klar sein, daß der Kaiser es kaum mitansehen würde, wenn seine persönlichen Rechte verletzt werden.«

»So? Und was sollte er in so einem Fall unternehmen?«

Die anderen starrten ihn verärgert an. »Wissen Sie überhaupt, was Sie da sagen?« erwiderte Pirenne. »Das grenzt ja schon fast an Hochverrat.«

»Ist das Ihre Antwort auf meine Frage?«

»Ja! Wenn Sie nichts weiter zu sagen haben –«

»Bitte nicht so voreilig. Ich möchte Sie etwas fragen. Ist abgesehen von diesem diplomatischen Schritt, dessen Bedeutung sich noch herausstellen wird, irgend etwas Konkretes gegen die Bedrohung seitens Anacreon unternommen worden?«

Yate Fulham fuhr sich mit der Hand über seinen feuerroten Schnurrbart. »Sie sehen also in Anacreon eine Gefahr für uns?«

»Sie nicht?«

»Kaum«, entgegnete er ungeduldig. »Das Kaiser –«

»Meine Güte«, unterbrach ihn Hardin verärgert. »Was stellen Sie sich eigentlich vor? Ständig erwähnt irgend jemand von Ihnen den ›Kaiser‹ oder das ›Imperium‹, als wenn es Zauberworte wären. Der Kaiser ist fünfzigtausend Parseks weit weg, und ich bezweifle, daß er sich dafür interessiert, was mit uns passiert. Und selbst wenn, was könnte er schon unternehmen? Der Teil der Imperialen Flotte, der in diesem Gebiet stationiert war, befindet sich jetzt in der Hand der vier Königreiche, zu denen auch Anacreon gehört. Hier helfen keine Worte mehr. Wir müssen endlich zur Tat schreiten.

Wir hatten bisher eine Galgenfrist von zwei Monaten, weil Anacreon glaubt, wir besäßen Atomwaffen. Wir alle wissen, meine Herren, daß das nicht stimmt. Wir haben zwar Atomenergie, aber wir benutzen sie nur für kommerzielle Zwecke, und auch das nur mit Einschränkungen. Es wird nicht mehr lange dauern, bis auch Anacreon dies weiß, und wenn Sie glauben, daß er es komisch finden wird, von uns an der Nase herumgeführt worden zu sein, dann befinden Sie sich in einem gewaltigen Irrtum.«

»Mein lieber –«

»Moment! Ich bin noch nicht fertig.« Hardin geriet langsam in Fahrt. Es war eine Situation, wie er sie liebte. »Es ist ja schön und gut, daß ein

Kanzler in dieser Sache herkommt, aber ich glaube, ein paar große Kanonen, aus denen man hübsche kleine Atombomben abschießen kann, würden uns mehr nützen. Zwei Monate haben wir schon verloren, meine Herren, und niemand kann sagen, wieviel Zeit uns noch bleibt. Was schlagen Sie also vor?«

»Wenn Sie auf eine Militarisierung der Stiftung hinauswollen«, erwiderte Lundin Cast mit ärgerlich gerunzelter Stirn, »dann lautet unsere Antwort nein. Damit würden wir offen in die Politik einsteigen. Wir sind eine wissenschaftliche Einrichtung, Bürgermeister, und nichts anderes.«

»Außerdem ist ihm wohl nicht bewußt«, fügte Sutt hinzu, »daß der Bau von Waffen bedeuten würde, daß Leute von der Arbeit an der Enzyklopädie abgezogen werden müßten. Und das darf niemals sein, ganz gleich, was auch geschieht.«

»Sehr richtig«, stimmte ihm Pirenne bei. »Die Enzyklopädie kommt zuerst – immer.«

Hardin stieß in Gedanken einen Stoßseufzer aus. Das Kuratorium litt offensichtlich an einem Gehirnschaden namens Enzyklopädie.

»Ist den werten Herrschaften schon jemals der Gedanke gekommen«, entgegnete er kalt, »daß Terminus möglicherweise auch noch andere Interessen als nur die Enzyklopädie hat?«

»Ich kann mir nicht vorstellen, Hardin«, antwortete Pirenne, »daß die Stiftung irgendein *anderes* Interesse außer der Enzyklopädie haben könnte.«

»Ich habe nicht von der Stiftung, sondern von *Terminus* gesprochen. Ich habe den Eindruck, meine Herren, daß Sie die Situation nicht richtig sehen. Wir sind etwas über eine Million Menschen hier auf Terminus, und davon arbeiten nur hundertfünfzigtausend direkt an der Enzyklopädie. Für den Rest von uns ist das hier unsere Heimat. Wir sind hier geboren worden, und wir leben hier. Unsere Farmen, unsere Heime und unsere Fabriken bedeuten uns mehr als die Enzyklopädie. Und wir wollen, daß sie geschützt werden –«

Empörte Ausrufe stoppten ihn.

»Die Enzyklopädie kommt an erster Stelle«, leierte Crast. »Wir haben eine Mission zu erfüllen.«

»Zum Teufel mit Ihrer Mission«, rief Hardin. »Das mag vielleicht vor fünfzig Jahren zugetroffen haben, aber das hier ist eine neue Generation.«

»Das spielt keine Rolle«, gab Pirenne zurück. »Wir sind Wissenschaftler!«

Hardin griff das Stichwort auf. »Tatsächlich? Eine hübsche Wahnvorstellung. Sie, meine Herren, sind das perfekte Beispiel für die Krankheit, an der die Galaxis seit Jahrtausenden leidet. Nennen Sie das wissenschaftliche Arbeit, wenn Sie sich jahrhundertelang hier draußen verkriechen und die wissenschaftlichen Errungenschaften der letzten tausend

Jahre ordnen? Haben Sie je daran gedacht, nach vorn zu arbeiten, auf dem vorhandenen Wissen aufzubauen und es zu erweitern? Nein! Sie geben sich damit zufrieden zu stagnieren. Und das gilt für die ganze Galaxis. Deshalb erhebt sich die Peripherie, deshalb die ewigen Kleinkriege, deshalb verliert das System die Atomenergie und muß wieder auf die primitiven Verfahren der chemischen Energiegewinnung zurückgreifen.

Wenn Sie mich fragen«, rief er, *»geht die Galaxis vor die Hunde!«*

Er hielt inne und ließ sich wieder in seinen Sessel zurückfallen, um zu Atem zu kommen. Die anderen versuchten zu mehreren gleichzeitig, ihm zu antworten, doch Hardin ignorierte sie.

Schließlich gelang es Crast, sich Gehör zu verschaffen. »Ich weiß nicht, was Sie mit Ihren Hysterieausbrüchen erreichen wollen, Herr Bürgermeister. Auf jeden Fall tragen Sie damit nichts Konstruktives zu dieser Diskussion bei. Ich beantrage daher, Herr Präsident, die Bemerkungen des Sprechers außer acht zu lassen und die Diskussion an dem Punkt wiederaufzunehmen, an dem sie unterbrochen wurde.«

Zum erstenmal ergriff nun Jord Fara das Wort, der sich bisher zurückgehalten hatte. »Haben wir nicht etwas vergessen, meine Herren?« dröhnte er mit einer Stimme, die genauso gewichtig war wie sein über zweieinhalb Zentner schwerer Körper.

»Was?« wollte Pirenne gereizt wissen.

»Daß wir in einem Monat unseren fünfzigsten Jahrestag begehen.« Fara brachte es fertig, auch altbekannte Tatsachen so vorzubringen, daß sie bedeutsam klangen.

»Ja und?«

»Und daß sich anläßlich dieses Jahrestages«, fuhr Fara gelassen fort, »Hari Seldons Gruft öffnen wird. Haben Sie sich schon einmal überlegt, was uns dort erwarten wird?«

»Ich weiß es nicht. Wahrscheinlich irgendeine nichtssagende Gratulationsrede. Ich glaube nicht, daß wir der Öffnung der Gruft eine größere Bedeutung beimessen sollten, auch wenn der *Anzeiger«* – er blitzte Hardin an, der freundlich zurückgrinste – »versucht hat, die ganze Sache aufzubauschen. Ich habe aber dafür gesorgt, daß das aufhört.«

»Soso«, meinte Fara. »Vielleicht irren Sie sich aber auch. Ist Ihnen noch nicht aufgefallen« – er zögerte und legte einen Finger auf seine runde Nase – »daß die Gruftöffnung zu einem sehr günstigen Zeitpunkt stattfindet?«

»Sehr ungünstig, meinen Sie wohl«, murmelte Fulham. »Wir haben uns um wichtigere Dinge zu kümmern.«

»Wichtigere Dinge als eine Botschaft von Hari Seldon? Das kann ich mir nicht vorstellen.« Fara wurde feierlich, und Hardin betrachtete ihn nachdenklich. Worauf wollte er hinaus?

»Sie haben offensichtlich alle vergessen«, sagte Fara, »daß Seldon der größte Psychologe unserer Zeit und der Gründer unserer Stiftung gewesen ist. Es scheint deshalb nur logisch, anzunehmen, daß er mit Hilfe seiner Wissenschaft den wahrscheinlichen Lauf der Geschichte der unmittelbaren Zukunft zu bestimmen versucht hat. Und wenn das so ist, was ich für wahrscheinlich halte, dann hat er auch sicher einen Weg gefunden, uns vor möglichen Gefahren zu warnen und uns vielleicht auch eine Lösung anzubieten. Wir alle wissen ja, wie sehr ihm das Wohl der Enzyklopädie am Herzen lag.«

Die anderen sahen sich zweifelnd an. Dann räusperte sich Pirenne. »Also – ich weiß nicht so recht. Die Psychologie ist eine große Wissenschaft, aber – ich glaube, im Augenblick befinden sich keine Psychologen unter uns. Ich habe den Eindruck, wir bewegen uns auf sehr unsicherem Boden.«

»Haben Sie nicht bei Alurin Psychologie studiert?« wandte sich Fara an Hardin.

»Ja«, antwortete der Bürgermeister nachdenklich. »Ich habe mein Studium allerdings nicht beendet, weil ich genug von der Theorie hatte. Ich wollte ursprünglich Psychotechniker werden, aber da die entsprechenden Möglichkeiten nicht vorhanden waren, habe ich dann das nächstliegende getan – ich bin in die Politik gegangen. Es ist praktisch das gleiche.«

»Und wie denken Sie über die Gruft?«

»Ich bin mir nicht sicher«, erwiderte Hardin vorsichtig.

Dann verfiel er für den Rest der Versammlung in Schweigen – obwohl man noch einmal das Thema des Besuchs des Imperialen Kanzlers aufbrachte.

Er schwieg nicht nur, sondern hörte auch nicht mehr zu. Er war auf eine neue Spur gebracht worden, die ihn gewisse Dinge plötzlich klarer sehen ließ.

Die Psychologie war der Schlüssel zu ihren Problemen, davon war er jetzt überzeugt.

Er versuchte angestrengt, sich an die psychologischen Theorien zu erinnern, die er einmal gelernt hatte, und dabei kam er sehr rasch zu einer ersten Erkenntnis.

Ein so bedeutender Psychologe wie Hari Seldon konnte die Emotionen und Reaktionen der Menschen exakt genug berechnen, um in der Lage zu sein, den Verlauf der Zukunft mit einiger Genauigkeit vorauszusagen.

Und das bedeutete . . .

4

Lord Dorwin schnupfte. Er hatte langes, in kunstvolle Locken gelegtes Haar und trug einen dichten, blonden Backenbart, über den er sich immer wieder mit affektiertem Gehabe strich. Außerdem sprach er übertrieben geziert und hatte die Angewohnheit, alle i's wie ö auszusprechen.

Im Augenblick blieb Hardin keine Zeit, noch mehr Gründe zu finden, warum ihm der Edelmann vom ersten Moment an äußerst unsympathisch gewesen war. Ach ja, nicht zu vergessen die gezierten Handbewegungen, mit denen er jede seiner Bemerkungen unterstrich, und seine herablassende Art, wenn er sich mit jemandem unterhielt.

Doch jetzt ging es zuerst einmal darum, ihn ausfindig zu machen. Vor einer halben Stunde war er mit Pirenne spurlos verschwunden, und Hardin war überzeugt, daß der Präsident des Kuratoriums seine Abwesenheit zu einem Sondierungsgespräch in eigener Sache nutzen würde.

Pirenne war in diesem Flügel und Stock gesehen worden, also würde er einfach in jedem Raum nachsehen. Irgendwo mußten die beiden ja sein. Schließlich hatte er die richtige Tür gefunden und trat in den abgedunkelten Raum. Das unverwechselbare Profil Lord Dorwins mit der kunstvollen Frisur hob sich deutlich gegen den hellen Schirm ab.

Der Kanzler blickte auf. »Ah, Hardön«, begrüßte er den Neuankömmling. »Sö haben uns söcher gesucht, nöcht wahr?« Er hielt ihm seine Schnupftabakdose entgegen, doch Hardin lehnte dankend ab, worauf sich Lord Dorwin selbst eine Prise nahm und huldvoll in die Runde blickte.

Pirenne runzelte finster die Stirn, während Hardin dem Blick des Besuchers betont lässig begegnete.

Das einzige Geräusch, das die Stille unterbrach, war das Zuschnappen der Tabakdose. Nachdem Lord Dorwin sie wieder in der Tasche verstaut hatte, meinte er:

»Eine großartige Leistung, Öhre Enzöklopädö, Hardön. Öch fönde, daß sö söch durchaus möt den größten Leistungen aller Zeiten messen kann.«

»Das finden die meisten von uns, Mylord. Noch ist sie allerdings nicht vollendet.«

»Ön döser Hönsöcht habe öch keine Zweifel, nachdem öch gesehen habe, wö effektöv Öhre Stöftung arbeitet.« Er nickte Pirenne gnädig zu, der sich geschmeichelt verbeugte.

Mir kommen gleich die Tränen, dachte Hardin. »Ich meinte damit auch weniger die Effektivität unserer Mitarbeiter, Mylord, sondern viel mehr den allzu großen Tatendrang der Anacreoner, der sich allerdings mit etwas anderen, zerstörerischen Zielen beschäftigt.«

»Ja, ja, Anacreon.« Der Kanzler winkte lässig mit der Hand. »Öch komme gerade von dort. Wörklöch eine barbarösche Welt. Man kann söch nöcht vorstellen, daß Menschen hör draußen ön der Peröpherö leben können, wo doch dö elementarsten Dönge für einen zövölösörten Menschen fehlen, wo man auf allen Komfort und alle Annehmlöchkeiten eines kultövörten Lebens verzöchten muß –«

»Die Anacreoner verfügen aber leider über die elementarsten Dinge zur Kriegsführung und Zerstörung, Mylord«, fiel ihm Hardin ins Wort.

»Söcher, söcher.« Lord Dorwin schien verärgert, vielleicht, weil man ihn mitten im Satz unterbrochen hatte. »Aber wör wollen doch öm Augenblöck nöcht über Geschäfte reden, nöcht wahr, meine Herren. Würden Sö mör jetzt den zweiten Band zeigen, Dr. Pörenne?«

Das Licht ging wieder aus, und während der nächsten halben Stunde schenkten Pirenne und Dorwin dem Bürgermeister so viel oder besser so wenig Beachtung, als wenn er meilenweit entfernt gewesen wäre. Das Buch auf dem Projektionsschirm sagte ihm überhaupt nichts, und er machte auch gar nicht erst den Versuch, der Vorführung zu folgen. Lord Dorwin dagegen wirkte ab und zu in seiner Begeisterung direkt menschlich und vergaß darüber sogar sein ö, wie Hardin bemerkte.

»Wundervoll«, seufzte Lord Dorwin, als das Licht wieder anging. »Wörklöch wundervoll. Sö önteressören söch nöcht zufällög für Archäologö, Hardön?«

»Wie?« Hardin war in Gedanken versunken gewesen. »Eh, nein, Mylord, eigentlich nicht. Ich wollte ursprünglich Psychologe werden und habe mich letztendlich für die Politik entschieden.«

»Ah! Zweifellos ein önteressantes Geböt. Mein Hobbö« – er nahm eine Prise Tabak und schnupfte ausgiebig – »öst dö Archäologö.«

»Ach ja?«

»Seine Lordschaft ist Experte auf diesem Gebiet«, warf Pirenne ein.

»Sö übertreiben, Dr. Pörenne.« Er nickte selbstgefällig. »Aber es stömmt schon, daß öch möch möt dösem Geböt sehr öntensöv beschäftögt habe. Öch habe alles gelesen, was dazu veröffentlöcht worden öst. Jardun, Oböjasö, Kromwöll . . . Sö kennen döse Autoren söcher auch.«

»Ich habe von ihnen gehört«, erwiderte Hardin, »aber noch nichts von ihnen gelesen.«

»Das sollten Sö nachholen, mein Löber. Es lohnt söch. Meine Reise hör hönaus ön dö Peröpherö hat söch allein wegen döser Ausgabe von Lameth gelohnt. Sö fehlt noch ön meiner Böblöothek. Ach, übrögens, Dr. Pörenne, Sö vergessen doch nöcht, daß Sö mör versprochen haben, eine Kopö für mich zu machen, bevor öch wöder abreise?«

»Mit Vergnugen, Mylord.«

»Lameth«, fuhr der Kanzler gewichtig fort, »hat nämlöch eine neue Theorö zur ›Ursprungsfrage‹ entwöckelt.«

»Welche Frage?« wollte Hardin wissen.

»Dö ›Ursprungsfrage‹. Dö Frage nach dem Ursprung der Menschheit. Es öst Öhnen doch söcher bekannt, daß man annömmt, daß dö menschlöche Rasse von einem einzögen Planetensöstem stammt.«

»Ja, das weiß ich.«

»Natürlöch kann nömand möt Söcherheit sagen, um welches Söstem es söch dabei handelt – dazu öst das alles schon völ zu lange her. Einöge

Theoröen sprechen von Söröus, andere von Alpha Centaurös oder Sol oder 61 Cögnö – dö alle öm Söröus-Sektor lögen.«

»Und was sagt Lameth?«

»Er hat eine völlög neue Theorö aufgestellt und versucht, anhand von archäologöschen Funden auf dem drötten Planeten des Arktur-Söstems zu beweisen, daß dort schon vor den Anfängen des Raumflugs Menschen gelebt haben.«

»Und das bedeutet, daß dort die Wiege der Menschheit stand?«

»Völleicht. Natürlich muß öch zuerst alle Argumente und Beweise abwägen, bevor öch söcher bön.«

Hardin schwieg. Schließlich meinte er: »Wann hat Lameth dieses Buch denn geschrieben?«

»Oh – vor rund achthundert Jahren, würde öch sagen. Allerdöngs stützt er söch dabei größtenteils auf dö früheren Arbeiten von Gleen.«

»Warum verlassen Sie sich dann blindlings auf ihn? Warum fliegen Sie nicht nach Arktur und sehen sich dort die Funde persönlich an?«

Lord Dorwin runzelte die Stirn und nahm hastig eine Prise Schnupftabak. »Wozu, mein Löber?«

»Um sich an Ort und Stelle von der Richtigkeit der Theorie zu überzeugen.«

»Aber wozu denn, Hardön? Das wäre doch reine Zeitverschwendung. Sehen Sö, öch besötze dö Werke aller alten Experten – der großen Archäologen der Vergangenheit. Öch wäge sö gegeneinander ab, überprüfe, wo Gegensätze vorkommen, analösöre wödersprüchlöche Behauptungen, suche dö heraus, dö wahrscheinlöch korrekt sönd, und zöhe daraus meine Schlußfolgerungen. Das öst dö wössenschaftlöche Methode. So sehe öch es zumöndest«, fügte er herablassend hinzu. »Es öst doch völlög überflüssög, herumzuflögen und mör dö Mühe zu machen, Arktur oder Sol aufzusuchen, wenn dö alten Meister das Geböt längst und wesentlich gründlöcher, als wör es könnten, erarbeitet haben.«

»Ich verstehe«, murmelte Hardin höflich.

Wissenschaftliche Methode! Kein Wunder, wenn dann die Galaxis vor die Hunde ging.

»Ich glaube, wir müssen langsam zurück, Mylord«, ermahnte Pirenne vorsichtig.

»Ah ja, Sö haben recht.«

»Mylord, darf ich Sie etwas fragen?« sagte Hardin plötzlich, als sie den Raum verließen.

Lord Dorwin lächelte verbindlich und unterstrich seine Antwort mit einer gezierten Handbewegung. »Aber ja, mein Löber. Ömmer gern zu Dönsten. Wenn öch Öhnen möt meinem bescheidenen Wössen weiterhelfen kann –«

»Es hat eigentlich nichts mit Archäologie zu tun.«

»Nein?«

»Nein. Sehen Sie, wir haben gehört, daß im letzten Jahr auf Planet V im Gamma Andromeda-System ein Kernkraftwerk explodiert ist. Leider konnten wir keine näheren Einzelheiten darüber erfahren, und nun frage ich mich, ob Sie nicht vielleicht etwas näher über den Hergang des Unfalls informiert sind.«

Pirenne verzog das Gesicht. »Ich glaube, Seine Lordschaft fühlt sich durch solche trivialen Fragen bestimmt belästigt.«

»Aber nein, Doktor Pörenne«, mischte sich der Kanzler ein. »Keineswegs. Nur göbt es ön döser Angelegenheit nöcht völ zu beröchten. Bei der Katastrophe kamen mehrere Möllöonen Menschen ums Leben, und über dö Hälfte des Planeten wurde verwüstet. Dö Regörung erwägt bereits, dö Benutzung von Atomenergö weitgehend einzuschränken – aber das bleibt unter uns, ja?«

»Ich verstehe«, nickte Hardin. »Wie kam es überhaupt zu der Explosion?«

»Nun«, erwiderte Lord Dorwin gleichgültig, »wer kann das schon so genau sagen? Das Kraftwerk öst vor ein paar Jahren einmal defekt gewesen, und man nömmt an, daß unsachgemäß durchgeführte Reparaturarbeiten zu der Katastrophe geführt haben. Es öst heutzutage auch so schwörög, Leute zu fönden, dö söch ön den technöschen Details unserer Atomkraftsösteme auskennen.« Mit sorgenvollem Blick nahm er eine Prise Schnupftabak.

»Wissen Sie, daß die unabhängigen Königreiche der Peripherie nicht mehr über Atomenergie verfügen?« fragte Hardin.

»So? Wössen Sö, das überrascht möch eigentlöch nöcht. Solche unzövölösörten Planeten – Aber, mein Löber, Sö dürfen sö nöcht unabhängög nennen. Das sönd sö nämlöch nöcht, wö dö Verträge, dö wör möt öhnen abgeschlossen haben, beweisen. Sö erkennen dö Souveränötät des Ömperöums an. Es bleibt öhnen nöchts anderes übrög, denn sonst hätten wör uns nöcht zu Verhandlungen bereiterklärt.«

»Sicher, aber sie haben trotzdem beträchtliche Handlungsfreiheiten.«

»Da mögen Sö recht haben. Beträchtlöche. Aber das öst eigentlöch nöcht weiter wöchtög. Dem Omperöum kann es nur recht sein, wenn dö Perophero söch selbst überlassen öst. Was sollen wör möt solchen unzövölösörten Planeten schon anfangen?«

»Sie waren aber früher einmal zivilisiert. Anacreon war einmal eine der reichsten Außenprovinzen und stand damit ungefähr auf derselben Stufe wie Wega.«

»Aber Hardön, das öst doch Hunderte von Jahren her. Daran kann man söch nöcht mehr oröentören. Früher war alles ganz anders. Vergessen Sö nöcht, wör sönd nöcht mehr dö, dö wör früher einmal waren. Dö Menschen haben söch verändert. Sö sönd doch wörklöch unverbesserlöch, Hardön. Öch habe Öhnen doch bereits gesagt, daß öch heute nöcht ön der Stömmung bön, über Geschäfte zu sprechen. Dr. Pörenne hatte möch vor Öhnen gewarnt. Er meinte, Sö würden söcher versuchen, möch auszufragen. Nein, nein, mein Löber, nöcht möt einem alten Fuchs wö mör. Verschöben wör das auf morgen.«

Und damit war dieses Thema erledigt.

5

Es war das zweitemal, daß Hardin einer Sitzung des Kuratoriums beiwohnte, wenn man von den Informationsgesprächen absah, die die Kuratoriumsmitglieder mit dem inzwischen wieder abgereisten Lord Dorwin geführt hatten. Obwohl es niemand ausdrücklich gesagt hatte, war der Bürgermeister überzeugt, daß in der Zwischenzeit mindestens eine, wenn nicht zwei oder sogar drei Versammlungen abgehalten worden waren, zu denen er aus irgendeinem Grunde nie eine Einladung erhalten hatte.

Wahrscheinlich hätte man ihn auch diesmal nicht informiert, wenn es nicht um das Ultimatum gegangen wäre.

Bei einer oberflächligen Betrachtung des über Visigraph eingegangenen Dokumentes hätte man annehmen können, daß es sich dabei lediglich um den Austausch von Grußformeln zwischen zwei Potentaten handelte, doch in Wirklichkeit lief es auf ein Ultimatum heraus.

Hardin las es gespannt. Das Schreiben begann blumenreich mit einem Gruß »Seiner Erlauchten Majestät, dem König von Anacreon, an seinen Freund und Bruder, Dr. Lewis Pirenne, Präsident des Kuratoriums der Enzyklopädiestiftung Nummer Eins«, und endete mit einem riesigen Siegel, das in vielen Farben schimmerte.

Trotzdem war und blieb es ein Ultimatum.

»Ich hatte also recht, als ich Ihnen sagte, es bliebe uns nicht mehr viel Zeit«, begann Hardin. »Und die Zeit von drei Monaten, die wir alles in allem hatten, haben wir ungenützt verstreichen lassen. Nach diesem Ultimatum hier bleibt uns also noch eine Woche. Und was machen wir jetzt?«

Pirenne runzelte sorgenvoll die Stirn. »Es muß irgendeinen Ausweg geben. Ich kann einfach nicht glauben, daß Anacreon es soweit kommen lassen will, obwohl sie doch wissen, daß uns Lord Dorwin der Unterstützung des Kaisers und des Imperiums versichert hat.«

Hardin merkte auf. »Ah, ich verstehe. Demnach haben Sie den König über diese Einstellung informiert?«

»Das habe ich – nachdem ich diesen Vorschlag zuvor dem Kuratorium zur Abstimmung vorgelegt habe und er einstimmig angenommen worden ist.«

»Und wann hat diese Abstimmung stattgefunden?«

Pirenne besann sich auf seine Position. »Ich glaube nicht, daß ich Ihnen in irgendeiner Hinsicht Rechenschaft schuldig bin, Bürgermeister Hardin.«

»Schon gut. Es ist auch nicht so wichtig. Ich bin nur überzeugt, daß Sie durch Ihre Entscheidung, den König von Anacreon über Lord Dorwins wertvollen Beitrag zu unserer gegenwärtigen Situation zu unterrichten« – er zog ironisch die Mundwinkel hoch – »dieses freundliche Schreiben direkt herausgefordert haben. Vielleicht hätte Anacreon sonst noch etwas gezögert – obwohl ich nicht glaube, daß diese zusätzliche Galgenfrist Terminus in Anbetracht der Einstellung des Kuratoriums noch geholfen hätte.«

»Und wie kommen Sie zu dieser bemerkenswerten Schlußfolgerung, Herr Bürgermeister?« wollte Yate Fulham wissen.

»Ganz einfach. Man braucht dazu nur seinen gesunden Menschenverstand – der offensichtlich weitgehend so strafbar vernachlässigt wird. Sehen Sie, es gibt einen Zweig der Humanwissenschaften, der als Logistik bekannt ist und der es uns ermöglicht, unsere Sprache von allen schmückenden Beiworten und Umschreibungen zu befreien und auf das Wesentliche zu reduzieren.«

»Und weiter?«

»Ich habe mich mit dieser Logistik beschäftigt und sie unter anderem auf unser Dokument hier angewendet. Ich habe es nicht für mich getan, denn mir war von Anfang an klar, worum es ging. Aber ich dachte mir, daß ich es fünf Physikern einfacher anhand von Symbolen als mit Worten erklären kann.«

Hardin holte einige Papiere aus seiner Aktentasche und breitete sie auf dem Tisch aus. »Ich habe das hier übrigens nicht selbst ausgearbeitet, sondern Muller Holk von der Abteilung für Logik übergeben. Wie Sie sich selbst überzeugen können, hat er die Analysen unterschrieben.«

Pirenne beugte sich vor, um besser sehen zu können. »Die Botschaft von Anacreon«, fuhr Hardin fort, »war im Grunde einfach zu analysieren, denn die Männer, die sie geschrieben haben, sind Leute der Tat, die normalerweise nicht viele Worte machen. Die Aussage dieses Dokuments läßt sich in einem einzigen Satz zusammenfassen, der in Symbolen ausgedruckt so aussieht, wie Sie hier sehen können, und der sich ungefähr in die folgenden Worte übertragen läßt: ›Wenn ihr uns nicht innerhalb von einer Woche das gebt, was wir fordern, dann geht es euch an den Kragen, und wir werden es uns einfach nehmen.‹«

Schweigend betrachteten die fünf Mitglieder des Kuratoriums die Symbole vor ihnen. Schließlich setzte sich Pirenne zurück und hustete unbehaglich.

»Na, sehen Sie da einen Ausweg, Dr. Pirenne?«

»Nun, anscheinend gibt es tatsächlich keinen.«

»Schön.« Hardin holt einige andere Blätter aus seiner Tasche. »Und das hier ist eine Kopie des Vertrages zwischen dem Imperium und Anacreon – ein Vertrag, der zufällig von demselben Lord Dorwin im Auftrag des Kaisers unterzeichnet worden ist, der letzte Woche bei uns zu Besuch war. Daneben finden Sie seine symbolische Analyse.«

Der Vertrag ging über fünf kleinbedruckte Seiten, während die Analyse mit weniger als einer halben Seite auskam.

»Wie Sie sehen, meine Herren, sind rund neunzig Prozent des Vertrages bedeutungslose Phrasen; der Rest läßt sich in den folgenden, interessanten Aussagen zusammenfassen:

»Verpflichtungen Anacreons gegenüber dem Imperium: *Keine*!«

»Autorität des Imperiums über Anacreon: *Keine*!«

Wieder verfolgten fünf Augenpaare gespannt die Analyse, die sorgfältig mit der Kopie des Vertrages verglichen wurde. Schließlich meinte Pirenne mit besorgter Miene: »Es scheint zu stimmen.«

»Sie geben also zu, daß es sich bei diesem Vertrag um nichts anderes als um die Unabhängigkeitserklärung Anacreons und die Anerkennung dieses Status durch das Imperium handelt?«

»Es sieht ganz so aus.«

»Stimmen Sie nicht auch mit mir darin überein, daß sich Anacreon dieser Tatsache mit Sicherheit bewußt und darauf bedacht ist, seine Unabhängigkeit unter Beweis zu stellen – woraus sich ergibt, daß Anacreon auf Drohungen seitens des Imperiums äußerst gereizt reagieren würde? Und das ganz besonders, wenn offensichtlich ist, daß das Imperium nicht über die Macht verfügt, seine Drohungen auch in die Tat umzusetzen, denn sonst hätte es wohl kaum der Unabhängigkeit Anacreons zugestimmt.«

»Kann uns Bürgermeister Hardin dann auch vielleicht erklären, warum uns Lord Dorwin die Unterstützung des Imperiums hätte zusagen sollen, wenn die Dinge so liegen, wie er sie darstellt?« warf Sutt ein. »Ich fand seine Zusicherungen sehr überzeugend.«

Hardin lehnte sich in seinem Sessel zurück. »Sehen Sie, das ist der interessanteste Aspekt der ganzen Angelegenheit. Zugegeben, ich habe seine Lordschaft zuerst für einen kompletten Schwachkopf gehalten – doch dann stellte sich heraus, daß er in Wirklichkeit ein gewiefter Diplomat und ein äußerst schlauer Kopf ist. Ich habe mir erlaubt, seine Aussagen auf Band aufzunehmen.«

Pirenne öffnete entsetzt den Mund.

»Und?« fuhr Hardin fort, bevor Pirenne etwas erwidern konnte. »Ich bin mir durchaus bewußt, daß es sich dabei um einen schweren Bruch der Gastfreundschaft handelt. Ein wahrer Gentleman würde so etwas natürlich nie tun. Natürlich weiß ich, daß es äußerst unangenehm für uns geworden wäre, wenn seine Lordschaft es bemerkt hätte. Aber er hat es nicht, und ich habe meine Aufzeichnung, von der ich ebenfalls eine Kopie zur Analyse zu Dr. Holk geschickt habe.«

»Und wo ist diese Analyse?« wollte Lundin Crast wissen.

»Das«, entgegnete Hardin, »ist gerade das Interessante. Sie war übrigens die schwierigste von allen dreien. Nachdem Holk es in zwei Tagen mühevoller Arbeit geschafft hatte, alle bedeutungslosen Aussagen, vagen Erklärungen und überflüssigen Phrasen, kurz: den ganz nichtssagenden Schmus – gestrichen hatte, mußte er feststellen, daß nichts mehr übriggeblieben war. Nichts.

Lord Dorwin, meine Herren, hat in den fünf Tagen, die er hier war, *gar nichts* gesagt, und das auf eine so geschickte Weise, daß es keinem von Ihnen aufgefallen ist. Da haben Sie Ihre Versprechungen Ihres hochgeschätzten Imperiums.«

Hardin hätte mit einer Stinkbombe nicht mehr Verwirrung anrichten können. Die Mitglieder des Kuratoriums redeten aufgeregt durcheinander, und Hardin wartete geduldig, bis sich der Tumult gelegt hatte, bevor er weitersprach.

»Als Sie Anacreon Ihre Drohung – denn das war sie – bezüglich eines Einschreitens des Imperiums gegen Anacreon übermittelten, haben Sie damit lediglich den Zorn eines Monarchen herausgefordert, der besser informiert war als Sie. Natürlich verlangte sein Ego, daß er sofort etwas unternahm – und das Ergebnis ist dieses Ultimatum, das hier vor uns liegt. Was mich auf meine ursprüngliche Frage zurückbringt: Was sollen wir in der Woche tun, die uns noch bleibt?«

»Es sieht so aus, daß uns nichts anderes übrigbleibt, als Anacreon zu erlauben, Militärbasen auf Terminus zu errichten.«

»In diesem Punkt stimme ich mit Ihnen überein«, erwiderte Hardin, »aber was könnten wir tun, um sie bei der erstbesten Gelegenheit wieder loszuwerden?«

Yate Fulham verzog das Gesicht. »Das klingt ja so, als ob Sie sich bereits dazu entschieden hätten, mit Gewalt gegen die Anacreoner vorzugehen.«

»Gewalt«, gab Hardin zurück, »ist die letzte Zuflucht des Unfähigen. Trotzdem habe ich keineswegs die Absicht, sie mit offenen Armen und einem roten Teppich zu empfangen.«

»Sie können sich noch so vorsichtig ausdrücken«, beharrte Fulham, »Ihre Einstellung ist und bleibt gefährlich, und das um so mehr, als wir in der letzten Zeit festgestellt haben, daß ein beträchtlicher Teil der Bevölkerung voll hinter Ihnen steht. Ich möchte nicht versäumen, Sie darauf hinzuweisen, Bürgermeister Hardin, daß das Kuratorium über Ihre jüngsten Aktivitäten durchaus im Bilde ist.«

Zustimmendes Gemurmel wurde laut. Hardin zuckte gleichgültig die Achseln.

»Wenn Sie die Stadt zur Gewaltanwendung aufwiegeln würden«, fuhr Fulham fort, »würde das unvermeidlich zu großem Blutvergießen führen – und das werden wir nicht zulassen. Unsere ganze Politik ist auf ein Ziel gerichtet, und das ist die Enzyklopädie. Gleichgültig, wie wir uns auf entscheiden, unsere vornehmlichste Sorge wird immer die Sicherheit dieser Enzyklopädie sein.«

»Dann werden Sie unweigerlich zu dem Schluß kommen, daß wir weiterhin die Hände in den Schoß legen und nichts unternehmen sollen.«

»Sie haben uns doch selbst gezeigt, daß uns das Imperium nicht helfen kann«, sagte Pirenne verbittert. »Auch wenn ich immer noch nicht verstehe, wieso nicht. Sollte ein Kompromiß erforderlich werden –«

Hardin kam sich wie in einem bösen Alptraum vor, in dem er wie der Teufel rannte und doch nicht von der Stelle kam. »Es *gibt* keinen Kompromiß! Verstehen Sie denn nicht, daß dieses Gefasel von einer Militärbasis nur ein Vorwand ist? Haut Rodric hat uns doch selbst verraten, worauf Anacreon in Wirklichkeit aus ist – sie wollen Terminus annektieren und uns dann ihr eigenes Feudalsystem mit Grundbesitztümern und Landadel aufzwingen. Unser Bluff über unsere angebliche Atomenergie wird sie vielleicht zur Vorsicht veranlassen, aber aufhalten kann er sie nicht.«

Er war ungehalten aufgestanden, und die anderen hatten sich mit ihm erhoben – mit Ausnahme von Jord Fara.

»Nehmen Sie doch bitte wieder Platz, meine Herren«, ließ sich Fara vernehmen. »Beruhigen Sie sich wieder. Und machen Sie nicht so ein böses Gesicht, Herr Bürgermeister. Keiner von uns ist ein Verräter unserer Sache.«

»Davon müssen Sie mich erst überzeugen!«

Fara lächelte ihm begütigend zu. »Sie wissen genauso gut wie ich, daß Sie es nicht so meinen. Jetzt möchte ich einmal etwas sagen.«

Seine klugen Augen waren halb geschlossen, und auf seinem Kinn standen feine Schweißtropfen. »Ich denke, Sie sollten wissen, daß das Kuratorium zu dem Schluß gekommen ist, mit einer Entscheidung bis nach der Öffnung der Gruft heute in sechs Tagen zu warten. Wir sind alle überzeugt, daß sich unser Problem dann von selbst lösen wird.«

»Ist das Ihr Beitrag zu unserem Problem?«

»Ja.«

»Verstehe ich Sie recht, daß wir die Hände in den Schoß legen und darauf vertrauen sollen, daß der Deus ex machina aus der Gruft erscheint?«

»Sie haben zwar eine recht eigenwillige Ausdrucksweise, aber darauf läuft es letztendlich hinaus.«

»Das ist doch eine Flucht vor der Realität! Sie betreiben Vogelstraußpolitik, Dr. Fara.«

Fara lächelte nachsichtig. »Sie können sich sicher noch an meine Argumentation zu diesem Problem vor drei Wochen erinnern?«

»In der Tat. Und ich halte sie nach wie vor, schon allein vom Standpunkt der deduktiven Logik aus gesehen, für absolut schwachsinnig. Sie sagten – unterbrechen Sie mich, wenn ich falsch bin –, daß Hari Seldon der größte Psychologe im System war und daß er die prekäre Lage, in der wir uns jetzt befinden, exakt voraussagen konnte und deshalb die Gruft eingerichtet hat, um uns einen Ausweg aus unserer Situation bieten zu können.«

»Sie haben den Kern meiner Argumentation erkannt.«

»Wissen Sie, daß ich mich mit dieser Angelegenheit in den vergangenen Wochen sehr intensiv beschäftigt habe?«

»Wie schmeichelhaft. Und zu welchem Ergebnis sind Sie gekommen?«

»Ich bin zu dem Ergebnis gekommen, daß uns die reine Deduktion nicht weiterhelfen kann. Wir brauchen wieder einmal unseren gesunden Menschenverstand.«

»Und das heißt?«

»Wenn Seldon diesen Ärger, den wir jetzt mit Anacreon haben, tatsächlich voraussehen konnte, warum hat er die Stiftung dann nicht auf einem Planeten gegründet, der näher am galaktischen Zentrum liegt? Es ist doch allgemein bekannt, daß er den Ausschuß auf Trantor dahingehend beeinflußt hat, die Stiftung auf Terminus zu errichten. Und aus welchem Grund? Warum befinden wir uns so weit abseits, wenn er schon damals wußte, daß irgendwann die Verbindung zum Imperium abbrechen würde und wir von der Galaxis isoliert und von unseren Nachbarn bedroht sein würden – und völlig hilflos dastehen, weil es keine Metallvorkommen auf unserem Planeten gibt? Wenn er das alles vorausgesehen hat, warum hat er dann die ersten Siedler nicht schon damals gewarnt, damit sie Zeit hatten, sich auf eine kommende Notlage einzustellen, anstatt zu warten, wie er es tut, bis alles fast zu spät ist?

Und überlegen Sie sich eins: Selbst wenn er unser Problem *damals* voraussehen konnte, dann kennen wir es *jetzt* ebenso gut. Wenn er also schon *damals* eine Lösung parat hatte, dann müßten wir *jetzt* auch darauf kommen. Schließlich war Seldon kein Zauberer. Es gibt keine Wundertricks, um aus diesem Dilemma herauszukommen, die ihm eingefallen sind und uns nicht.«

»Aber Tatsache ist doch, Hardin«, erinnerte ihn Fara, »daß wir bisher keine Losung gefunden haben.«

»Sie haben es ja nicht *versucht*. Nicht ein einziges Mal. Zuerst wollten Sie nicht zugeben, daß die Gefahr tatsächlich existiert! Dann haben Sie sich damit zufriedengegeben, blindlings auf den Kaiser zu vertrauen, und jetzt ist Hari Seldon an der Reihe! Sie haben sich die ganze Zeit immer nur auf andere verlassen, nie aber auf sich selbst.«

Er ballte die Fäuste. »Es ist eine kranke Einstellung – ein bedingter Reflex, der Sie Ihre geistige Unabhängigkeit verlieren läßt, sobald Sie mit einem Problem konfrontiert werden, bei dem Sie einer Autorität gegenüberstehen. Sie sind felsenfest davon überzeugt, daß der Kaiser oder

Hari Seldon mehr vermag als Sie selbst. Und diese Einstellung ist falsch. Begreifen Sie das endlich.«

Als ihm niemand antwortete, fuhr Hardin fort: »Es sind nicht Sie allein. Die ganze Galaxis ist von dieser Krankheit befallen. Nehmen Sie zum Beispiel Lord Dorwin – Pirenne kennt ebenfalls dessen Vorstellung von wissenschaftlicher Forschung. Lord Dorwin war fest überzeugt, daß man, um ein guter Archäologe zu sein, nur alle Bücher gelesen haben muß, die über dieses Thema geschrieben worden sind – von Leuten, die schon seit Jahrhunderten tot sind. Er meinte, daß man archäologische Fragen lösen müßte, indem man die verschiedenen Theorien gegeneinander abwägt. Und Pirenne hat ihm brav zugehört und alles ohne einen einzigen Einwand geschluckt. Verstehen Sie nicht, daß da ganz offensichtlich irgend etwas nicht stimmt?«

Wieder klang seine Stimme fast bittend, und wieder bekam er keine Antwort.

»Und mit Ihnen und halb Terminus ist es nicht anders«, fuhr er fort. »Sie sitzen hier und kennen nichts weiter als die Enzyklopädie. Ihr größtes wissenschaftliches Ziel ist es, die vergangenen Erkenntnisse zu sammeln. Ich bestreite nicht, daß diese Aufgabe auch wichtig ist, aber gibt es nicht noch andere? Sehen Sie denn nicht, daß wir uns rückentwikkeln und vergessen? Hier in der Peripherie gibt es schon keine Atomenergie mehr. Im Gamma Andromeda-System ist ein Kernkraftwerk in die Luft geflogen, nur weil es schlecht repariert worden ist, und der Kanzler des Imperiums klagt darüber, daß man heute kaum noch gute Atomtechniker finden kann. Und wie will man dieses Problem lösen? Etwa durch die Ausbildung neuer Experten? Nein! Sie schränken einfach die Nutzung von Atomenergie ein.

Begreifen Sie denn nicht?« drängte er noch einmal. »Diese Krankheit hat die gesamte Galaxis befallen, die Krankheit, die Verehrung und Anbetung der Vergangenheit heißt. Ihre Auswirkung: *Stagnation!*«

Hardin ließ seinen Blick über die Runde schweifen, und die Mitglieder des Kuratoriums sahen ihn gespannt an.

Fara erholte sich als erster. »Philosophieren hilft uns nicht weiter. Halten wir uns an die Fakten. Wollen Sie bestreiten, Hardin, daß Hari Seldon die Zukunft durch einfache psychologische Berechnungen hätte voraussagen können?«

»Nein, natürlich nicht«, rief Hardin. »Aber wir können und dürfen uns nicht auf ihn verlassen. Er könnte uns höchstens auf unser Problem hinweisen. Die Lösung – wenn es eine gibt – müssen wir selbst finden. Das kann er uns nicht abnehmen.«

Fulham meldete sich zu Wort. »Was meinen Sie damit – ›uns auf unser Problem hinweisen‹? Wir kennen doch alle unser Problem.«

»So? Glauben Sie?« blitzte Hardin ihn an. »Wenn Sie glauben, daß Hari Seldon keine anderen Sorgen hatte als unseren möglichen Ärger mit

Anacreon, dann kann ich nur den Kopf schütteln! Ich sage Ihnen, meine Herren, bis jetzt ahnt niemand von Ihnen auch nur im entferntesten, worum es in Wirklichkeit geht.«

»Nur Sie, was?« höhnte Pirenne.

»Ich glaube schon!« Hardin war aufgesprungen und schob seinen Sessel zurück. Ein kalter, harter Ausdruck trat in seine Augen. »Wenn ich etwas mit Sicherheit weiß, dann ist es das: irgend etwas an dieser Sache stinkt gewaltig. Überlegen Sie doch einmal, meine Herren: Warum war unter der ursprünglichen Bevölkerung von Terminus kein guter Psychologe, abgesehen von Bor Alurin? Und er hat es bewußt unterlassen, seinen Schülern mehr als nur die Grundlagen der Psychologie beizubringen.«

»Schön«, meldete sich Fara nach kurzem Schweigen. »Können Sie uns auch verraten, warum?«

»Vielleicht, weil ein guter Psychologe schnell begriffen hätte, was hier vorgeht – zu schnell für Hari Seldons Geschmack. Wir dagegen stolpern blind herum und bekommen höchstens einen verschwommenen Eindruck davon, wie die Wahrheit aussehen könnte. Und genau das hat Hari Seldon gewollt.«

Er lachte hart. »Guten Tag, meine Herren!«

Dann verließ er ohne ein weiteres Wort den Raum.

6

Bürgermeister Hardin kaute auf dem Ende seiner Zigarre, die längst ausgegangen war. Er hatte die vergangene Nacht nicht geschlafen und ahnte, daß er wahrscheinlich auch in dieser Nacht nicht dazu kommen würde. Entsprechend müde sah er aus.

»Und das würde genügen?« fragte er langsam.

»Ich denke schon.« Yohan Lee rieb sich das Kinn. »Wie gefällt es Ihnen?«

»Nicht schlecht. Wir dürfen uns dabei allerdings keine Skrupel erlauben. Ich meine damit, daß wir nicht zögern und ihnen damit Zeit geben dürfen, der Situation Herr zu werden. Sobald wir an der Macht sind, müssen wir anfangen, Befehle zu geben, als hätten wir nie im Leben etwas anderes getan, und sie werden aus Gewohnheit gehorchen. Das ist das ganze Geheimnis eines Staatsstreiches.«

»Aber wenn das Kuratorium sich trotzdem weigert –«

»Das Kuratorium? Das können Sie vergessen. Ab morgen wird es niemanden mehr interessieren, was das Kuratorium will und was nicht.«

Lee nickte langsam. »Trotzdem kann ich nicht verstehen, daß sie bisher nichts unternommen haben, uns zu stoppen. Sie sagten doch selbst, daß sie nicht ganz im Dunkeln tappen.«

»Fara ahnt mit Sicherheit etwas. Manchmal macht mich der Mann richtig nervös. Und Pirenne mißtraut mir, seit ich zum Bürgermeister gewählt worden bin. Aber sie sind noch nie fähig gewesen, ein Problem richtig zu erfassen. Sie können nur in autoritären Maßstäben denken. Sie sind überzeugt, daß der Kaiser, nur weil er eben der Kaiser ist, allmächtig ist. Und sie sind genauso überzeugt, daß das Kuratorium, weil es eben das Kuratorium ist und im Namen des Kaisers handelt, die absolute und unantastbare Macht auf Terminus ist. Ihre Unfähigkeit, die Möglichkeit einer Revolte zu erkennen, ist unser bester Verbündeter.«

Hardin drückte sich mühsam aus seinem Sessel hoch und ging hinüber zum Wasserkühler. »Sie können im Grunde nicht viel Schaden anrichten, solange sie sich um nichts anderes als um ihre Enzyklopädie kümmern – und daß sie sich in Zukunft um nichts anderes mehr kümmern, dafür werden wir sorgen, Lee. Sie sind einfach nicht in der Lage, Terminus zu regieren. Und jetzt gehen Sie und bringen die Dinge ins Rollen. Ich möchte alleine sein.«

Er setzte sich auf die Ecke seines Schreibtisches und starrte auf das Glas Wasser in seiner Hand.

Wenn er doch nur so zuversichtlich gewesen wäre, wie er sich nach außen hin gab! Die Anacreoner würden in zwei Tagen landen, und er hatte nichts außer ein paar vagen Vermutungen, worauf Hari Seldon in den vergangenen fünfzig Jahren hinausgewollt hatte. Und er selbst war noch nicht einmal ein richtiger Psychologe – nur ein blutiger Anfänger, der versuchte, mit seinem bißchen Wissen das größte Genie seiner Zeit zu durchschauen.

Und was war, wenn Fara recht hatte? Wenn Hari Seldon wirklich nur das Problem mit Anacreon vorhergesehen hatte? Wenn seine einzige Sorge doch nur der Enzyklopädie gegolten hatte? Lohnte sich dann der Staatsstreich?

Er zuckte die Achseln und trank einen Schluck.

7

Die Gruft war mit weitaus mehr als sechs Stühlen ausgestattet, so, als hätte man ursprünglich mit einer größeren Gesellschaft gerechnet. Hardin nahm diese Tatsache nachdenklich zur Kenntnis, als er sich erschöpft so weit wie möglich von den fünf anderen in einer Ecke niederließ.

Den Mitgliedern des Kuratoriums schien es nur recht zu sein. Nachdem sie sich anfänglich noch flüsternd unterhalten hatten, beschränkten sie sich bald auf gelegentliche Bemerkungen, bis sie schließlich ganz in Schweigen verfielen. Nur Jord Fara schien verhältnismäßig ruhig. Er hatte eine Uhr aus der Tasche gezogen, auf die er nun mit düsterer Miene starrte.

Hardin blickte von seiner eigenen Uhr auf den gläsernen Würfel, der, gänzlich leer, die Hälfte des Raumes einnahm. Er bildete zugleich die einzige Besonderheit in diesem Raum, denn abgesehen von diesem Kasten deutete nichts darauf hin, daß sich irgendwo ein Stückchen Radium verbrauchte, das endlich einen Kontakt schließen und –

Plötzlich verdunkelten sich die Lichter!

Sie gingen nicht ganz aus, sondern wurden auf einmal gelb und schwächer, aber das Ganze geschah so abrupt, daß Hardin zusammenzuckte. Erstaunt wanderte sein Blick zur Decke, und als er ihn wieder senkte, stellte er fest, daß der Kasten nicht mehr leer war.

Eine Gestalt saß jetzt in ihm – eine Gestalt in einem Rollstuhl!

Sie schwieg lange Sekunden, klappte dann das Buch zu, das in ihrem Schoß lag, und nahm es in die Hand. Es handelte sich um einen Mann, wie Hardin sah, und als er jetzt lächelte, schien es, als sei er lebendig.

»Ich bin Hari Seldon«, stellte er sich vor. Seine Stimme klang alt und sanft.

Hardin wollte sich schon erheben und verbeugen, doch dann besann er sich darauf, daß er nicht vor einem wirklich existierenden Menschen saß.

»Wie Sie sehen, bin ich an diesen Rollstuhl gefesselt«, fuhr der Wissenschaftler im Plauderton fort, »und kann daher leider nicht aufstehen, um Sie zu begrüßen. Seit der Übersiedlung Ihrer Großeltern vor ein paar Monaten meiner Zeit bin ich unangenehmerweise gelähmt. Und da ich Sie nicht sehen kann, kann ich Sie auch nicht begrüßen, wie es sich gehört. Ich weiß noch nicht einmal, wie viele Personen anwesend sind, so daß ich dieses Zusammentreffen ganz zwanglos halten möchte. Falls Sie stehen, so nehmen Sie doch bitte Platz. Es stört mich nicht, wenn Sie rauchen möchten.« Er lächelte. »Wie sollte es auch? Schließlich bin ich ja nicht wirklich hier.«

Hardin griff mechanisch nach einer Zigarre, überlegte es sich dann aber anders.

Hari Seldon legte jetzt sein Buch zur Seite – als stünde irgendwo neben ihm ein Tisch –, und als seine Finger den Kontakt mit ihm verloren, verschwand es.

»Es ist jetzt genau fünfzig Jahre her, daß diese Stiftung gegründet wurde«, fuhr er fort. »Fünfzig Jahre, in denen die Mitglieder der Stiftung an unserer Enzyklopädie gearbeitet haben, ohne zu wissen, woran sie tatsächlich gearbeitet haben. Es war notwendig, daß sie es nicht wußten, aber diese Notwendigkeit besteht jetzt nicht mehr.

Als erstes sollen Sie erfahren, daß die Enzyklopädiestiftung nichts weiter als ein großer Schwindel ist!«

Hardin hörte, wie hinter ihm die Mitglieder des Kuratoriums unruhig auf ihren Stühlen rückten, und zwei von ihnen stießen hörbar die Luft aus, doch er drehte sich nicht um.

Hari Seldon, der von alledem natürlich nichts wahrnahm, fuhr unbewegt fort: »Und zwar ist es insofern ein Schwindel, als es weder mich noch meine Kollegen interessiert, ob überhaupt jemals ein Band der Enzyklopädie veröffentlicht wird. Sie hat ihren Zweck erfüllt, denn sie hat uns dabei geholfen, daß wir vom Kaiser einen imperialen Schutzvertrag bekamen, daß wir die für unseren Plan nötigen hunderttausend Menschen überzeugen konnten, uns zu folgen und sie zu beschäftigen, während die Ereignisse von selbst ihren Lauf nahmen, bis es kein Zurück mehr gab.

Während der fünfzig Jahre, die Sie an diesem Schwindelprojekt gearbeitet haben – nein, nein, protestieren Sie jetzt nicht; ich will es so nennen, wie es ist – ist Ihnen der Rückweg abgeschnitten worden, und es bleibt Ihnen keine Wahl, als an dem weitaus wichtigeren Projekt weiterzuarbeiten, das von Anfang an unser wirkliches Ziel war und ist.

Wir haben bewußt den Zeitpunkt und den Planeten gewählt, damit Sie nach fünfzig Jahren in eine Situation gedrängt wären, in der Sie keine Handlungsfreiheit mehr besitzen. Von jetzt an gibt es für Sie durch die Jahrhunderte nur einen Weg, den Sie nehmen könnten und auf dem Sie im Laufe der Zeit mit zahlreichen Krisensituationen konfrontiert werden, von denen die erste jetzt eingetreten ist. In jeder dieser Situation wird Ihre Handlungsfreiheit so eingeschränkt werden, daß Sie nur jenen einen, von vornherein vorgezeichneten Weg gehen können.

Unsere Psychologie hat diesen Weg ausgearbeitet – und nicht ohne Grund gerade diesen.

Seit Jahrhunderten stagniert und verfällt die Zivilisation der Galaxis, eine Tatsache, die nur wenigen bewußt ist. Und jetzt strebt die Peripherie ihre Unabhängigkeit an, wodurch die politische Einheit des Imperiums zerbricht. An irgendeinem Punkt der vergangenen fünfzig Jahre werden die späteren Historiker einen Strich ziehen und sagen: ›Dieser Strich markiert den Untergang des Imperiums.‹

Und damit werden sie recht haben, auch wenn in den kommenden Jahrhunderten kaum jemand etwas von einem Untergang bemerken wird.

Auf den Untergang folgt zwangsläufig die Barbarei. Diese Periode würde nach unseren psychohistorischen Berechnungen unter normalen Umständen dreißigtausend Jahre dauern. Den Untergang können – und wollen wir nicht verhindern, denn die Kultur des Imperiums hat all ihre Kraft und ihren Wert, die sie einmal besessen hat, verloren. Was wir aber können, ist, die Periode der Barbarei, die folgen muß, zu verkürzen – und zwar auf nur tausend Jahre.

Wie diese Zeitverkürzung aussehen wird, wollen wir Ihnen noch nicht verraten, genau wie wir Ihnen vor fünfzig Jahren noch nicht die Wahrheit über die Stiftung gesagt haben. Wenn Sie es nämlich wüßten, könnte dies das Scheitern unseres Plans bedeuten, und dazu hätte es ebenfalls kommen können, wenn Sie schon früher den Schwindel mit der Enzyklopädie durchschaut hätten. Durch dieses Wissen wäre nämlich Ihre Handlungsfreiheit größer geworden, wodurch die Zahl der zusätzlich eingeführten Variablen so angestiegen wäre, daß unsere Psychologie das Problem nicht mehr hätte bewältigen können.

Aber Sie werden nicht herausfinden, wie diese Zeitverkürzung aussieht, weil es keine Psychologen auf Terminus gibt und sie nie gegeben hat, abgesehen von Alurin, und er war einer von uns.

Ich kann Ihnen nur soviel verraten: Terminus und die zweite Stiftung am anderen Ende der Galaxis sind die Wiegen der Renaissance und die zukünftigen Begründer des Zweiten Galaktischen Imperiums. Und es ist die gegenwärtige Krise, mit der Ihr Weg zu diesem Ziel beginnt.

Sie ist übrigens direkter und einfacher als viele der Krisen, die noch vor Ihnen liegen. Um es mit wenigen Worten auszudrücken: Ihr Planet ist plötzlich vom bisher noch zivilisierten Zentrum der Galaxis abgeschnitten und von Ihren stärkeren Nachbarn bedroht. Sie sind eine Insel der Atomenergie in einem immer größer werdenden Ozean der primitiveren Energie, aber trotzdem sind Sie hilflos, weil Ihnen Metalle fehlen.

Die Zwangslage, in der Sie sich befinden, wird Sie zwingen zu handeln, und was Sie tun müssen, damit Sie aus dieser Zwangslage herauskommen, ist offensichtlich!«

Die Projektion von Hari Seldon griff in die Luft, und plötzlich lag das Buch wieder in seiner Hand. Er schlug es auf und fuhr fort:

»Wie abwegig der Lauf Ihrer Zukunft auch sein mag, so dürfen Sie nie versäumen, Ihre Nachkommen daran zu erinnern, daß der Weg vorgezeichnet ist und an seinem Ende ein neues und größeres Imperium wartet!«

Als sich sein Blick auf das Buch heftete, löste er sich unvermittelt in Nichts auf, und im Raum wurde es wieder hell.

Hardin bemerkte, daß Pirenne ihn mit tragischer Miene und bebenden Lippen ansah.

»Es sieht so aus, als hätten Sie doch recht gehabt, Hardin«, stellte er tonlos fest. »Wenn Sie sich heute abend um sechs mit uns treffen, werden wir mit Ihnen unser weiteres Vorgehen besprechen.«

Sie reichten ihm nacheinander die Hand und verließen dann wortlos den Raum. Hardin blieb lächelnd zurück. Als Wissenschaftlern blieb ihnen nichts weiter übrig, als einzugestehen, daß sie sich geirrt hatten – aber jetzt war es zu spät für sie.

Er sah auf seine Uhr. Inzwischen war schon alles vorbei. Lees Leute hatten die Macht übernommen, und das Kuratorium hatte jetzt nichts mehr zu sagen.

Am nächsten Tag würden die Anacreoner mit ihren ersten Raumschiffen landen, aber auch das beunruhigt ihn nicht mehr. In sechs Monaten hatten auch sie nichts mehr zu sagen.

Wie Hari Seldon gesagt und Salvor Hardin seit dem Besuch von Anselm Haut Rodric vermutet hatte, als dieser ihm bestätigt hatte, daß es auf Anacreon keine Atomenergie mehr gab – die Lösung dieser ersten Krise war offensichtlich.

Und wie offensichtlich!

Teil III
Die Bürgermeister

1

Die Vier Königreiche – . . . Der Name für jene Teile der Provinz Anacreon, die sich in den ersten Jahren der Stiftungsära vom Ersten Imperium losgelöst hatten und für kurze Zeit unabhängige Königreiche geworden waren. Das größte und mächtigste von Ihnen war Anacreon selbst, das eine Fläche von . . .

. . . Zweifellos ist der interessanteste Aspekt der Geschichte dieser Vier Königreiche die eigenartige Gesellschaft, die ihnen unter der Regierung von Salvor Hardin vorübergehend aufgezwungen wurde . . .

Encyclopedia Galactica

Eine Deputation!

Salvor Hardin hatte so etwas zwar kommen sehen, aber das machte es auch nicht erfreulicher. Ganz im Gegenteil, er ärgerte sich sogar darüber.

Yohan Lee war für eine direkte Aktion. »Ich sehe nicht ein, Hardin«, sagte er, »warum wir Zeit vergeuden sollten. Sie können doch nichts machen bis zur nächsten Wahl – zumindest legal gesehen. Damit bliebe uns also noch ein ganzes Jahr. Warum werfen Sie sie nicht einfach vor die Tür?«

Hardin verzog den Mund. »Sie werden es aber auch nie lernen, Lee. Seit vierzig Jahren versuche ich nun vergeblich, Ihnen beizubringen, wie man auch auf die sanfte Tour hintenherum zum Ziel kommen kann.«

»Das ist nun mal nicht meine Art«, brummte Lee.

»Ja, ich weiß. Das ist wohl auch der Grund, warum Sie der einzige sind, dem ich vertraue.« Er brach ab und griff nach einer Zigarre. »Wir haben einen langen Weg hinter uns, Lee, seit wir damals diesen Staatsstreich gegen die Enzyklopädisten organisiert haben. Ich werde langsam alt. Ich bin jetzt zweiundsechzig. Haben Sie sich auch schon einmal überlegt, wie schnell diese dreißig Jahre vorbeigegangen sind?«

»Ich fühle mich überhaupt noch nicht alt.« Lee schüttelte den Kopf. »Und dabei bin ich vier Jahre älter als Sie.«

»Sicher, aber Sie haben auch keinen Ärger mit Ihrem Magen.« Hardin zog nachdenklich an seiner Zigarre. Er hatte es schon seit langem aufgegeben, sich nach dem milden Tabak der Wega zu sehnen. Jene Zeiten, als Terminus noch mit allen Teilen des Galaktischen Imperiums Handel getrieben hatte, gehörten auf den Abfallhaufen der Geschichte, auf den alle Guten Alten Zeiten einmal wandern. Jener Abfallhaufen, auf den jetzt auch das Galaktische Imperium zusteuerte. Er überlegte, wer wohl der neue Kaiser sein mochte – und ob es überhaupt einen neuen Kaiser gab – oder noch ein Imperium. Seit dem Abbruch aller Verbindungen zum Zentrum vor dreißig Jahren bestand für Terminus das ganze Universum aus dem Planeten selbst und den vier umliegenden Königreichen.

Wie tief die Mächtigen gefallen waren! *Königreiche*! Früher waren sie Präfekturen gewesen, die alle zu derselben Provinz gehört hatten, die wiederum Teil eines Quadranten gewesen war, der seinerseits Teil des allumfassenden Galaktischen Imperiums war. Und als das Imperium die Kontrolle über die Randgebiete der Galaxis verloren hatte, waren diese kleinen Splittergruppen von Planeten zu Königreichen geworden – Königreiche mit komischen Königen und Adligen, die sinnlose Kleinkriege und ein Leben führten, das sich nur noch zwischen Ruinen abspielte.

Eine im Untergang begriffene Zivilisation, in der es keine Atomenergie mehr gab und die Wissenschaft langsam aber sicher zu einer Mythologie wurde – bis die Stiftung eingeschritten war. Die Stiftung, die Hari Seldon zu genau diesem Zweck hier auf Terminus gegründet hatte.

Lees Stimme, der zum Fenster gegangen war, riß Hardin aus seinen Träumereien. »Da kommen sie, diese jungen Bengel. In einem funkelnagelneuen und supermodernen Schlitten.« Er ging zögernd auf die Tür zu und blickte dann auf Hardin.

Der lächelte und winkte ihn zurück. »Ich habe Anweisung gegeben, daß man sie heraufbringt.«

»Was? Hierher? Sie machen sie viel zu wichtig.«

»Warum die ganzen Formalitäten, die bei einer offiziellen Audienz beim Bürgermeister üblich sind? Ich werde langsam zu alt für den roten Teppich. Außerdem können solche Schmeicheleien manchmal ganz nützlich sein, besonders, wenn man es mit jungen Leuten zu tun hat – und wenn sie ganz unverbindlich sind.« Er zwinkerte. »Setzen Sie sich, Lee, und geben Sie mir moralische Unterstützung. Die werde ich bei diesem jungen Sermak gebrauchen können.«

»Dieser Sermak ist gefährlich«, sagte Lee bedrückt. »Die Leute hören auf ihn, Hardin, also unterschätzen Sie ihn nicht.«

»Habe ich schon einmal jemanden unterschätzt?«

»Dann lassen Sie ihn verhaften. Sie können sich später einen Grund einfallen lassen.«

Hardin ignorierte den Vorschlag. »Da sind Sie, Lee«, meinte er nur. Gleichzeitig betätigte er einen Fußhebel unter seinem Schreibtisch, worauf die Tür zur Seite glitt.

Sie kamen nacheinander herein, die vier, die die Abordnung bildeten. Hardin bedeutete ihnen freundlich, auf den Stühlen Platz zu nehmen, die in einem Halbkreis vor seinem Schreibtisch angeordnet waren. Sie verbeugten sich und warteten, daß der Bürgermeister als erster zu sprechen begann.

Hardin öffnete den eigenwillig verzierten Silberdeckel der Zigarrendose, die einmal Jord Fara vom ehemaligen Kuratorium der längst vergessenen Enzyklopädisten gehört hatte. Es war noch ein echtes Produkt des Imperiums von Santanni, auch wenn die Zigarren, die sich in der Dose befanden, aus hier angebautem Tabak waren. Mit feierlichem Ernst bedienten sich die vier Deputierten und zündeten dann umständlich ihre Zigarren an.

Sef Sermak, der Jüngste in dieser jungen Gruppe, war der zweite von rechts. Mit seinem sorgfältig gepflegten blonden Schnurrbart und den tiefliegenden Augen von undefinierbarer Farbe war er gleichzeitig auch der Interessanteste der vier. Die anderen drei vergaß Hardin sofort, denn bei ihnen handelte es sich ganz offensichtlich nur um Mitläufer. Der wirkliche Kopf war Sermak, der schon in seiner ersten Amtszeit im Stadtrat diese würdevolle Körperschaft mehr als einmal völlig durcheinander gebracht hatte.

Die ganze Aufmerksamkeit des Bürgermeisters konzentrierte sich nun auf diesen jungen Mann.

»Seit Ihrer ganz exzellenten Rede im letzten Monat«, wandte er sich an Sermak, »habe ich mir gewünscht, mich einmal mit Ihnen unterhalten zu können, Stadtverordneter Sermak. Ihr Angriff auf die Außenpolitik unserer Regierung war überzeugend.«

Sermak verengte die Augen. »Ihr Interesse ehrt mich. Ob der Angriff überzeugend war oder nicht, jedenfalls war er gerechtfertigt.«

»Vielleicht! Aber natürlich steht jedem eine eigene Meinung zu. Allerdings muß ich sagen, daß Sie noch recht jung sind.«

»Die Jugend ist ein Fehler, den man wohl jedem Menschen irgendwann einmal vorwerfen kann«, konterte Sermak trocken. »Wenn ich mich recht erinnere, waren Sie sogar noch zwei Jahre jünger als ich jetzt, als man Sie zum Bürgermeister unserer Stadt wählte.«

Hardin mußte in Gedanken lächeln. Hut ab vor diesem jungen Burschen, dachte er. »Ich nehme an«, sagte er, »daß der Grund, warum Sie hierher gekommen sind, wieder die Außenpolitik ist, über die Sie schon in der Ratssitzung so aufgebracht waren. Sprechen Sie auch für Ihre drei Kollegen, oder muß ich jedem von Ihnen einzeln zuhören?«

»Ich spreche für das Volk von Terminus«, erwiderte Sermak schließlich, nachdem die vier Männer flüchtige Blicke getauscht hatten. »Ein Volk, das in dieser komischen Körperschaft, die Sie Rat nennen, nur unzulänglich repräsentiert ist.«

»Ich verstehe. Fahren Sie fort!«

»Um es kurz zu machen, Herr Bürgermeister: Wir sind unzufrieden mit –«

»Mit ›wir‹ meinen Sie ›das Volk‹, ja?«

Sermak ahnte eine Falle und starrte Hardin feindselig an. »Ich glaube, daß meine Ansichten die der Mehrheit der Wähler von Terminus widerspiegeln«, entgegnete er kühl. »Beantwortet das Ihre Frage?«

»Nun, es wäre natürlich um so besser, wenn Sie diese Behauptung auch beweisen könnten, aber lassen wir das vorerst. Fahren Sie fort. Sie sind also unzufrieden.«

»Ja. Wir sind unzufrieden mit der Politik, die hier seit dreißig Jahren betrieben wird und die dazu geführt hat, daß Terminus dem unvermeidlichen Angriff von außen hilflos und ohne die Möglichkeit, sich zu verteidigen, gegenübersteht.«

»Ich verstehe. Und darum? Weiter, weiter.«

»Und darum werden wir eine neue Partei bilden, eine Partei, deren Konzept auf die direkten Bedürfnisse von Terminus abgestimmt sein wird und nicht auf irgendein ›unvermeidbares Schicksal‹ des Imperiums. Wir werden Sie und diese Speichellecker, die Sie unterstützen, aus dem Rathaus werfen – und das schon bald.«

»Es sei denn? Es gibt immer ein ›es sei denn‹, oder?«

»Diesmal kaum. Sie können höchstens sofort zurücktreten. Ich verlange nicht von Ihnen, daß Sie Ihre Politik ändern – denn das würde ich Ihnen doch nicht abnehmen. Wir glauben Ihren Versprechungen nicht. Wir werden nur Ihre sofortige Abdankung akzeptieren.«

»Ich verstehe.« Hardin schlug die Beine übereinander und lehnte sich mit seinem Stuhl auf zwei Beine zurück. »So sieht also Ihr Ultimatum aus. Wie nett von Ihnen, daß Sie mich vorher gewarnt haben. Aber ich denke doch, ich werde es ignorieren.«

»Es war nicht als Warnung gedacht, Herr Bürgermeister. Es ist die Ankündigung von Prinzipien und entsprechenden Aktionen. Genau genommen besteht die neue Partei bereits, und sie wird ab morgen ihre offizielle Tätigkeit aufnehmen. Es ist weder ein Grund noch der Wunsch zu einem Kompromiß vorhanden, und offengestanden haben Sie es nur Ihren Verdiensten für die Stadt zu verdanken, daß wir Ihnen dieses Angebot gemacht haben. Ich habe von Anfang an nicht damit gerechnet, daß Sie es annehmen würden, aber jetzt ist wenigstens mein Gewissen beruhigt. Die nächste Wahl wird Ihnen deutlicher und unmißverständlicher als unsere Worte jetzt beweisen, daß Ihnen nichts anderes übrigbleibt, als zurückzutreten.«

Er erhob sich und bedeutete seinen Kollegen, ebenfalls aufzustehen.

»Einen Moment noch!« Hardin hob seinen Arm. »Bleiben Sie sitzen!«

Sef Sermak setzte sich eine Spur zu eifrig wieder hin, und Hardin mußte innerlich lachen. Der junge Mann wartete also tatsächlich auf ein Angebot, auch wenn er es nicht hatte zugeben wollen.

»In welcher Hinsicht müßte Ihrer Ansicht nach die Außenpolitik geändert werden?« wollte Hardin wissen. »Wollen Sie, daß wir jetzt die Vier Königreiche angreifen, alle auf einmal?«

»Nein, keineswegs, Herr Bürgermeister. Unser Vorschlag lautet nur, daß sofort mit der Beschwichtigungspolitik aufgehört wird. In der ganzen Amtszeit haben Sie eine Politik der wissenschaftlichen Unterstützung der Königreiche betrieben. Sie haben Ihnen zur Atomenergie verholfen. Sie haben ihnen geholfen, Kernkraftwerke zu bauen und Krankenhäuser, chemische Laboratorien und Fabriken zu errichten.«

»Und? Was stört Sie daran?«

»Das alles haben Sie nur getan, um sie davon abzuhalten, uns anzugreifen. Es war Bestechung, und Sie haben sich in einer großangelegten Erpressung zum Narren halten lassen, durch die Terminus jetzt der Gnade dieser Barbaren ausgeliefert ist.«

»In welcher Hinsicht?«

»Dadurch, daß Sie ihnen zu Atomenergie und damit zu einer gefährlichen Waffe verholfen haben und sogar ihre Flotten instand gebracht haben, sind sie jetzt bei weitem mächtiger als vor dreißig Jahren. Ihre Ansprüche werden immer größer, bis sie sie schließlich alle auf einen Schlag mit Hilfe ihrer neuen Waffen durch die gewaltsame Annektierung von Terminus befriedigen werden. Enden Erpressungen nicht allgemein so?«

»Und was schlagen Sie vor?«

»Hören Sie sofort mit diesen Bestechungen auf, so lange Sie es noch können. Konzentrieren Sie Ihre Anstrengungen darauf, Terminus zu stärken – und greifen Sie als erster an!«

Hardin betrachtete mit einer fast schon krankhaften Faszination den blonden Schnurrbart des jungen Mannes vor ihm. Sermak war überzeugt von dem, was er sagte, andernfalls hätte er nicht so sprechen können. Und zweifellos dachte ein großer, ein bemerkenswert großer Teil der Bevölkerung genau wie er.

»Sind Sie fertig?« fragte Hardin. Seine Stimme klang eher gleichgültig und verriet nichts von der leichten Beunruhigung, die ihn ergriffen hatte.

»Für den Augenblick ja.«

»Nun, dann mochte ich Sie bitten, sich doch einmal diesen eingerahmten Spruch hinter mir anzusehen. Würden Sie ihn bitte laut vorlesen?«

Sermak verzog den Mund. »›Gewalt ist die letzte Zuflucht des Unfähigen.‹ Das Motto eines alten Mannes, Herr Bürgermeister.«

»Das ich als junger Mann angewendet habe, Stadtabgeordneter Sermak – und zwar erfolgreich. Damals waren Sie noch gar nicht geboren, aber vielleicht haben Sie in der Schule schon davon gehört.«

Er musterte Sermak eingehend und fuhr dann ruhiger fort: »Als Hari Seldon die Stiftung hier gegründet hat, geschah dies unter dem Vorwand, eine große Enzyklopädie zusammenzustellen, und fünfzig Jahre lang sind wir diesem Irrlicht gefolgt, bis wir schließlich herausfanden, was er wirklich vorhatte. Aber da war es schon fast zu spät. Als die Verbindungen zum Zentrum des alten Imperiums abbrachen, waren wir isoliert – ein Planet voll Wissenschaftler, die in einer einzigen Stadt konzentriert waren, eine Welt ohne Industrie und umringt von neu geschaffenen Königreichen, die aggressiv und größtenteils unzivilisiert waren. Wir waren eine winzige Insel der Atomenergie inmitten dieses Ozeans der Barbarei und damit eine äußerst lohnenswerte Beute.

Anacreon, das damals wie heute das mächtigste der Vier Königreiche war, wollte eine Militärbasis auf Terminus errichten, ein Vorhaben, das es schließlich auch in die Tat umsetzte und das nur als einleitender Schritt zur Übernahme des gesamten Planeten gedacht war, wie die damaligen Herren der Stadt, die Enzyklopädisten, sehr wohl wußten. Das war die Situation, als ich . . . eh . . . die Regierung übernahm. Was hätten Sie an meiner Stelle getan?«

Sermak zuckte die Schultern. »Das ist eine akademische Frage. Natürlich weiß ich, was *Sie* getan haben.«

»Ich möchte es trotzdem noch einmal wiederholen. Vielleicht begreifen Sie dann besser. Die Versuchung war groß, eine Armee aufzustellen und zu kämpfen. Es ist die einfachste Lösung und am besten geeignet, die Selbstachtung zu befriedigen, aber sie ist auch fast immer die dümmste. *Sie* hätten diesen Weg natürlich gewählt, Sie mit Ihrem Gerede, daß wir ›als erste angreifen müssen‹. Ich habe statt dessen nacheinander die drei Königreiche besucht und ihnen klar gemacht, daß es ihren Untergang bedeuten könnte, wenn sie zuließen, daß Anacreon an das Geheimnis der Atomenergie käme. Und dann habe ich ihnen ganz behutsam vorgeschlagen, doch das Naheliegendste zu tun. Das war alles. Einen Monat nachdem die Streitkräfte von Anacreon auf Terminus gelandet waren, erhielt ihr König ein gemeinsames Ultimatum von seinen drei Nachbarn. In sieben Tagen hatte auch der letzte Anacreoner Terminus wieder verlassen.

Und jetzt verraten Sie mir bitte, warum ich Gewalt hätte anwenden sollten.«

Der junge Abgeordnete betrachtete nachdenklich das Ende seiner Zigarre und warf sie dann in den Verbrenner. »Tut mir leid, aber ich sehe da keinen Zusammenhang. Einem Diabetiker hilft man mit Insulin, dazu braucht man kein Messer, aber bei einem entzündeten Blinddarm muß man operieren. In diesem Fall kann man ohne ein Messer nichts ausrichten. Wenn alle anderen Mittel versagen, was bleibt einem da anderes übrig, als zur letzten Zuflucht, wie Sie es ausdrücken, zu greifen. Es ist Ihr Fehler, daß uns keine andere Wahl mehr bleibt.«

»Meiner? Ach ja, wieder meine Beschwichtigungspolitik. Sie scheinen noch immer nicht begriffen zu haben, in welcher Situation wir uns befinden. Mit dem Abzug der Anacreoner war unser Problem keinesfalls gelöst. Es fing gerade erst richtig an. Die Vier Königreiche waren jetzt noch mehr unsere Feinde als vorher, denn jedes wollte Atomenergie – und jedes ließ uns nur aus Furcht vor den drei anderen unbehelligt. Wir befanden uns in einer äußerst heiklen Situation. Wenn das Gleichgewicht gestört wurde, wenn zum Beispiel ein Königreich zu mächtig wurde oder sich zwei verbündeten – Sie verstehen, was ich meine?«

»Sicher. Und das war genau der Zeitpunkt, um mit großangelegten Vorbereitungen für einen Krieg zu beginnen.«

»Oh nein, ganz im Gegenteil. Es war genau der Zeitpunkt, um mit den Vorbereitungen *gegen* einen Krieg zu beginnen. Ich habe sie gegeneinander ausgespielt. Ich habe ihnen Wissen, Handel, Erziehung und Medizin angeboten. Ich habe ihnen gezeigt, daß sie auf diese Weise von Terminus mehr profitieren, als wenn sie uns annektieren würden. Und diese Politik hat dreißig Jahre funktioniert.«

»Sicher, aber nur, weil Sie diese wissenschaftlichen Geschenke in einen unerhörten Mummenschanz verpackt haben. Sie haben das Ganze zu einer Mischung aus Religion und Unsinn werden lassen. Sie haben eine Priesterhierarchie mit einem komplizierten und gleichzeitig unsinnigen Ritual errichtet.«

Hardin runzelte die Stirn. »Ja und? Ich verstehe nicht, was diese Tatsache mit unserem Problem zu tun hat. Ich habe zuerst damit angefangen, weil unsere Wissenschaft für die Barbaren eine Art magische Hexerei war, und auf dieser Basis konnten wir sie am einfachsten dazu bringen, sie zu akzeptieren. Die Priesterhierarchie ist von selbst entstanden, und wenn wir sie unterstützen, dann nur, weil wir immer dem Weg des geringsten Widerstandes folgen. Ich glaube nicht, daß diese Tatsache ins Gewicht fällt.«

»Aber diese Priester kontrollieren die Kraftwerke. Fällt *das* auch nicht ins Gewicht?«

»Sicher, das stimmt, aber vergessen Sie nicht, daß wir es waren, die sie ausgebildet haben. Ihre Kenntnisse sind rein empirisch, und sie glauben fest an den Mummenschanz um sie herum.«

»Und wenn irgendwann einer von ihnen diesen Mummenschanz durchschaut und auf den Gedanken kommt, seine eigenen Erfahrungen zu machen? Wie wollen Sie ihn daran hindern, sich das nötige Wissen selbst anzueignen und es dann an den Meistbietenden zu verkaufen? Was wird dann aus uns?«

»Dazu dürfte es kaum kommen. Sie denken zu oberflächlich, Sermak. Die besten Leute der Planeten der Königreiche werden jedes Jahr nach Terminus geschickt und hier zu Priestern ausgebildet. Und die besten von ihnen bleiben wiederum zu Forschungszwecken hier. Glauben Sie, daß die, die dann noch übrigbleiben, mit den dürftigen Grundkenntnissen, die wir ihnen vermittelt haben, das Geheimnis durchschauen können? Dann hätten Sie aber wirklich eine sehr romantische und dazu naive Vorstellung von Wissenschaft. Es sind Generationen der Ausbildung und dazu noch eine hohe Intelligenz nötig, um soweit zu kommen.«

Yohan Lee war während Hardins Ausführungen abrupt aufgestanden und hatte den Raum verlassen. Jetzt war er wieder da, und als Hardin zu Ende gesprochen hatte, beugte er sich zu seinem Vorgesetzten hinunter, flüsterte ihm etwas zu und reichte ihm dann einen Bleizylinder. Mit einem feindseligen Blick auf die Deputierten nahm er schließlich seinen Platz wieder ein.

Hardin drehte den Behälter in den Händen und beobachtete unter gesenkten Wimpern seine Besucher. Mit einer plötzlichen, ruckartigen Handbewegung öffnete er ihn dann, und nur Sermak konnte sich beherrschen, nicht auf das zusammengerollte Stück Papier zu schauen, das herausfiel.

»Kurz und gut, meine Herren«, fuhr Hardin endlich fort, »die Regierung ist der Meinung, daß sie weiß, was sie tut.«

Während er sprach, flog sein Blick über das Papier. Es war mit einem komplizierten, aber nichtssagenden Code bedeckt, während die eigentliche Botschaft aus drei mit Bleistift geschriebenen Wörtern in einer Ecke des Blattes bestand. Dann warf er es gleichgültig in den Verbrenner.

»Damit wäre unsere Besprechung wohl beendet, meine Herren«, informierte er die jungen Männer. »Es hat mich gefreut, Sie kennengelernt zu haben. Vielen Dank für Ihren Besuch.« Nachdem er jedem einzelnen mechanisch die Hand gegeben hatte, verließen sie nacheinander den Raum.

Hardin lachte nur noch selten, aber nachdem Sermak und seine drei schweigenden Partner hinausgegangen waren, schmunzelte er zufrieden und sah Lee amüsiert an.

»Na, wie hat Ihnen das Bluff-Gefecht gefallen, Lee?«

Lee schüttelte zweifelnd den Kopf. »Ich weiß nicht, ob *er* geblufft hat. Wenn Sie ihn nicht ernst nehmen, brauchen Sie sich nicht zu wundern, wenn er die nächste Wahl gewinnt, genau, wie er Ihnen prophezeit hat.«

»Das ist schon möglich – wenn nicht vorher etwas passiert.«

»Passen Sie auf, daß nicht am Ende *Sie* der Dumme sind. Ich sage Ihnen, die Leute hören auf diesen Sermak. Was machen Sie, wenn er nicht mehr bis zur nächsten Wahl wartet? Es hat einmal eine Zeit gegeben, in der Sie und ich unsere Absichten mit Gewalt durchgesetzt haben, trotz Ihres Slogans über die Gewalt.«

Hardin runzelte die Stirn. »Sie sind heute wirklich pessimistisch, Lee. Es überrascht mich, daß Sie immer wieder von Gewalt reden. Haben Sie vergessen, daß wir damals unseren kleinen Putsch ohne ein einziges Opfer durchgeführt haben? Es war eine notwendige Maßnahme zum nötigen Zeitpunkt, die unblutig, wenn auch nicht ganz mühelos vonstatten gegangen ist. Sermak befindet sich in einer völlig anderen Lage als wir damals. *Wir* sind nämlich vorbereitet. Setzen Sie Ihre Männer auf die Burschen an, alter Freund, aber seien Sie vorsichtig. Sie sollen nicht wissen, daß sie beobachtet werden, ja?«

Lee lachte trocken. »Halten Sie mich für so unselbständig, daß Sie glauben, ich würde immer auf Ihre Anweisungen warten? Sermak und seine Leute stehen schon seit einem Monat unter Beobachtung, Hardin.«

Der Bürgermeister grinste. »Schön«, meinte er dann. »Übrigens wird Botschafter Verisof nach Terminus zurückkehren. Nur vorübergehend, hoffe ich.«

Lee schwieg einen Augenblick, und auf seinem Gesicht lag ein etwas entsetzter Ausdruck. »War das die Nachricht?« wollte er schließlich wissen. »Bricht der Sturm schon los?«

»Ich weiß es nicht. Ich muß erst hören, was Verisof zu sagen hat. Aber es könnte schon sein. Schließlich muß es ja noch vor der Wahl passieren. Aber warum machen Sie denn so ein erschrockenes Gesicht?«

»Weil ich nicht weiß, wie die Sache enden wird. Sie spielen ein äußerst riskantes Spiel, Hardin, und ich weiß nicht, ob es richtig ist, was Sie vorhaben.«

»Auch du, mein Sohn Brutus?« murmelte Hardin. »Wollen Sie damit sagen, daß Sie zu Sermaks neuer Partei überlaufen?« fragte er laut.

Lee mußte lächeln. »Schön. Sie werden gewinnen. Was halten Sie davon, wenn wir jetzt essen gehen?«

2

Hardin, der ein Epigrammatiker aus Leib und Seele war, werden viele Epigramme zugeschrieben, von denen sicher eine ganze Reihe erfunden sind. Es wird allerdings berichtet, daß er einmal gesagt haben soll:

»Es zahlt sich aus, offen zu sein, besonders wenn man in dem Ruf steht, raffiniert zu sein.«

Poly Verisof hatte in den vierzehn Jahren, die er jetzt seinen doppelten Status auf Anacreon führte, mehr als einmal die Gelegenheit gehabt, diesem Rat zu folgen. Dieses Doppelleben aufrechtzuhalten, erinnerte ihn unerfreulich oft an einen Barfußtanz auf glühendem Eisen.

Für das Volk von Anacreon war er der hohe Priester, der Repräsentant jener Stiftung, die für diese »Barbaren« das höchste Geheimnis und der physische Mittelpunkt der Religion war, die sie – unter Hardins Führung – in den letzten dreißig Jahren geschaffen hatten. In dieser Position genoß er die Huldigung des Volkes, was ihm inzwischen zutiefst widerstrebte, denn alles in ihm wehrte sich gegen das Ritual, dessen Mittelpunkt er war.

Für den König von Anacreon – sowohl für den früheren wie auch für seinen Enkel, der jetzt auf dem Thron war – war er einfach der Vertreter einer Macht, die man gleichzeitig fürchtete und begehrte.

Insgesamt gesehen war es eine unangenehme Aufgabe, und seine erste Reise seit drei Jahren nach Terminus kam ihm fast wie ein Urlaub vor, auch wenn der Anlaß weniger erfreulich war.

Und da es nicht das erstemal war, daß er geheim reisen mußte, hielt er sich wieder einmal an Hardins Ausspruch über den Vorteil, wenn man offen war.

Er tauschte seine offizielle Kleidung gegen Zivilkleidung ein – was an sich schon eine Erholung war – und flog auf einem Passagierschiff zweiter Klasse nach Terminus. Auf der Stiftung gelandet, bahnte er sich einen Weg durch die Menge am Raumhafen und rief von einem öffentlichen Visifon aus das Rathaus an.

»Mein Name ist Jan Smite«, meldete er sich. »Ich habe heute nachmittag eine Besprechung mit dem Bürgermeister.«

Die junge Dame am anderen Ende, die etwas gelangweilt aber sehr tüchtig klang, stellte eine zweite Verbindung her und wechselte ein paar schnelle Worte mit jemandem. »Bürgermeister Hardin erwartet Sie in einer halben Stunde, Sir«, erklärte sie dann mit ausdrucksloser Stimme, worauf der Sichtschirm wieder dunkel wurde.

Der Botschafter kaufte sich die neueste Ausgabe des *Terminus City Anzeiger* und schlenderte langsam zum Rathauspark, wo er sich auf die erste freie Bank setzte und den Leitartikel, den Sportteil und die Witze las, um sich die Wartezeit zu vertreiben. Als die halbe Stunde um war, klemmte er sich die Zeitung unter den Arm, betrat das Rathaus und ging in das Vorzimmer des Bürgermeisters hinauf.

Und während der ganzen Zeit blieb er sicher und unerkannt, denn weil er sich so normal gab, verschwendete niemand einen zweiten Blick auf ihn.

»Eine Zigarre gefällig?« begrüßte ihn Hardin, als er eintrat. Der Bürgermeister grinste. »Wie war der Flug?«

Verisof bediente sich. »Interessant. Ich hatte einen Priester neben mir, der auf dem Weg hierher war, um sich in der Herstellung radioaktiver Synthetikstoffe ausbilden zu lassen – wissen Sie, zur Krebsbehandlung –«

»Er hat sie doch sicher nicht radioaktive Synthetikstoffe genannt, oder?«

»Wo denken Sie hin. Für ihn war es das ›Heilige Mahl‹.«

Der Bürgermeister lächelte. »Fahren Sie fort.«

»Er verwickelte mich in eine theologische Diskussion und versuchte, mich vor dem verdorbenen Materialismus zu retten.«

»Und die ganze Zeit über hat er nicht gemerkt, wen er vor sich hatte?«

»Ohne meine rote Robe? Außerdem war er von Smyrna. Aber es war trotzdem interessant. Es ist wirklich erstaunlich, Hardin, wieviel Macht die Religion der Wissenschaft über die Menschen hat. Ich habe einen

Aufsatz über das Thema geschrieben – nur so zum Spaß, verstehen Sie; es würde sich nicht lohnen, ihn zu veröffentlichen. Vom soziologischen Standpunkt aus gesehen begann der Verfall des Imperiums, als die Wissenschaft in den Außenwelten verlorenging. Um wieder akzeptiert zu werden, mußte sie sich maskieren – und genau das hat sie getan. Es ist ganz einfach, wenn Sie das Problem mit Hilfe der Logistik untersuchen.«

»Interessant!« Der Bürgermeister verschränkte die Arme hinter dem Nacken. »Und jetzt erzählen Sie mir etwas über die Situation auf Anacreon«, verlangte er dann.

Der Botschafter runzelte die Stirn und nahm die Zigarre aus dem Mund. Er betrachtete sie mit angewidertem Gesicht und legte sie ab. »Tja, sie sieht ziemlich schlecht aus.«

»Sonst wären Sie wahrscheinlich auch nicht hier.«

»Kaum. Die Dinge liegen wie folgt: Die Schlüsselfigur auf Anacreon ist der Prinzregent Wienis. Er ist König Leopolds Onkel.«

»Ich weiß. Aber Leopold wird doch nächstes Jahr volljährig, oder nicht? Er wird im Februar sechzehn, wenn ich mich nicht irre.«

»Ja.« Er brach ab und fügte dann sarkastisch hinzu: »Wenn er noch solange lebt. Sein Vater starb unter sehr zweifelhaften Umständen. Er ist auf einer Jagd von einer Kugel in die Brust getroffen worden. Alle sprachen von einem Unfall.«

»Hm. Ich glaube, ich habe Wienis einmal getroffen, als ich auf Anacreon war, damals, als wir sie von Terminus vertrieben haben. Es war vor Ihrer Zeit. Warten Sie mal. Wenn ich mich recht erinnere, war er ein junger Mann mit schwarzen Haaren und einer Hakennase. Er schielte auf dem rechten Auge.«

»Genau der ist es. Die Hakennase und das Schielen hat er auch heute noch, aber seine Haare sind inzwischen grau geworden. Er arbeitet mit ziemlich faulen Tricks, aber zum Glück ist er der größte Schwachkopf auf dem ganzen Planeten. Außerdem sieht er sich gern als gerissenen Teufel, was seine Dummheit natürlich noch durchsichtiger nacht.«

»So etwas soll häufiger vorkommen.«

»Er würde ein Ei köpfen, indem er es mit Atomenergie beschießt. Denken Sie nur an die Steuer, die er vor zwei Jahren nach dem Tod des alten Königs auf Tempeleigentum legen wollte. Wissen Sie noch?«

Hardin nickte nachdenklich und lächelte dann. »Die Folge war ein Aufstand der Priesterschaft.«

»Und was für einer. Man konnte ihr Protestgeschrei bis hinaus nach Lucreza hören. Seitdem ist er vorsichtiger geworden, wenn es um die Priester geht, aber trotzdem kennt er keine Skrupel. Er besitzt ein unbegrenztes Selbstvertrauen, eine Tatsache, die für uns eigentlich eher von Nachteil ist.«

»Wahrscheinlich leidet er an Minderwertigkeitskomplexen. Das ist schon fast typisch für die jüngeren Söhne von Königen.«

»Aber das ändert nichts an der Sache selbst. Er brennt darauf, die Stiftung anzugreifen, und gibt sich auch keine Mühe, es zu verheimlichen. Von der militärischen Ausrüstung her gesehen wäre er dazu durchaus in der Lage, denn der alte König hat eine ausgezeichnete Flotte aufgebaut, und Wienis hat in den letzten zwei Jahren auch nicht geschlafen. Mit den Einnahmen aus der geplanten Tempelsteuer wollte er weiter aufrüsten, und als das nicht klappte, hat er einfach die Einkommensteuer auf das Doppelte angehoben.«

»Und wie hat die Bevölkerung darauf reagiert?«

»Verhältnismäßig gelassen, nachdem ihnen die Priester wochenlang in jeder Predigt vorgehalten haben, daß Gehorsam gegenüber dem König beziehungsweise seinem Vertreter oberstes Gebot sei.«

»Schön, jetzt weiß ich also den Hintergrund. Und was ist nun passiert?«

»Vor zwei Wochen stieß ein Handelsschiff von Anacreon auf das Wrack eines Kampfkreuzers der alten Imperialen Flotte. Es muß seit mindestens dreihundert Jahren im Raum treiben.«

Hardin setzte sich interessiert auf. »Ja, ich habe davon gehört. Der Flottenausschuß hat mich gebeten, ihnen das Schiff zu Studienzwecken zu überlassen. Soweit ich weiß, ist es noch in verhältnismäßig gutem Zustand.«

»In viel zu gutem Zustand«, erwiderte Verisof trocken. »Als Wienis letzte Woche Ihre Anfrage erhielt, das Schiff der Stiftung zu übergeben, erlitt er fast einen Nervenzusammenbruch.«

»Ich habe bisher noch keine Antwort von ihm bekommen.«

»Das werden Sie wohl auch nicht – höchstens mit Kanonen, wenn es nach ihm geht. Am Tag, als ich von Anacreon abgeflogen bin, ist Wienis zu mir gekommen und hat verlangt, daß die Stiftung das Schiff repariert und es dann der Flotte von Anacreon übergibt. Er besaß sogar die Unverschämtheit zu behaupten, daß Ihre Anfrage auf einen geplanten Angriff der Stiftung auf Anacreon schließen ließe. Er sagte, daß es seinen Verdacht nur bestärken würde, wenn Sie sich weigerten, den Kampfkreuzer wieder instandzusetzen, und daß er sich dann gezwungen sähe, Maßnahmen zur Selbstverteidigung Anacreons zu ergreifen. Er sähe sich gezwungen, das hat er wortwörtlich gesagt. Und das ist auch der Grund, warum ich hier bin.

Hardin lachte leise.

»Natürlich rechnet er damit, daß Sie sich weigern«, fuhr er lächelnd fort, »und es wäre ein willkommener Grund für ihn, die Stiftung sofort anzugreifen.«

»Ich verstehe, Verisof. Wir haben noch ein halbes Jahr Zeit, also lassen Sie das Schiff reparieren und übergeben Sie es ihm mit meinen Komplimenten. Und lassen Sie es als Zeichen unserer Freundschaft und Hochachtung in *Wienis* umtaufen.«

Wieder lachte er, und wieder verzog sich Verisofs Gesicht zu einem schwachen Lächeln. »Es ist wohl der einzig logische Schritt, Hardin – aber ich mache mir trotzdem Sorgen.«

»Weshalb?«

»Es ist ein *Schiff*! Aus einer Zeit, als man noch richtige Kampfschiffe bauen konnte. Seine Effizienz ist beinahe doppelt so groß wie die der gesamten Flotte Anacreons. Es hat Atomstrahler an Bord, die einen ganzen Planeten in die Luft jagen können, und einen Schutzschild, der auch einen C-Strahl ohne weiteres schluckt. Ich finde es zu riskant, Hardin –«

»Überlegen Sie einmal, Verisof. Sie wissen genauso gut wie ich, daß Wienis mit der militärischen Ausrüstung, über die er jetzt verfügt, Terminus ohne weiteres besiegen könnte, noch bevor wir dazu kämen, den Kreuzer für unsere eigenen Zwecke zu reparieren. Was macht es denn da noch aus, wenn wir ihm das Schiff überlassen? Sie wissen doch, daß es nie zum Krieg kommen wird.«

»Wahrscheinlich. Hm, Sie haben wohl recht.« Der Botschafter sah auf. »Aber, Hardin –«

»Ja? Warum reden Sie nicht weiter? Sagen Sie es ruhig.«

»Also, es geht mich zwar nichts an, aber – ich habe vorhin die Zeitung gelesen.« Er legte den *Terminus City Anzeiger* auf den Schreibtisch vor Hardin und deutete auf die Titelseite. »Was bedeutet das hier eigentlich?«

Hardin warf einen flüchtigen Blick auf die Überschrift. »Eine Gruppe Stadtverordneter will eine neue Partei gründen.«

»Das habe ich gelesen«, antwortete Verisof ungeduldig. »Ich weiß, daß Sie über Ihre Innenpolitik besser Bescheid wissen als ich, aber man greift Sie doch ganz offensichtlich ziemlich heftig an. Wie stark ist diese Gruppe denn?«

»Verdammt stark. Sie werden wahrscheinlich nach der nächsten Wahl an die Macht kommen.«

»Nicht schon früher?« Verisof musterte den Bürgermeister prüfend. »Es gibt auch Wege, wie man ohne eine Wahl an die Macht kommen oder vielmehr an ihr bleiben kann.«

»Halten Sie mich für einen Wienis?«

»Nein. Aber die Reparatur des Schiffes wird Monate dauern, und ein Angriff danach ist so gut wie sicher. Wenn wir nachgeben, wird man uns das als Zeichen der Schwäche auslegen, und mit dem Imperialen Kreuzer verdoppelt sich die Schlagkraft von Wienis' Flotte. Er wird uns so sicher angreifen, wie ich der Hohepriester bin. Warum ein Risiko eingehen? Wenn Sie mich fragen, würde ich Ihnen raten, sich zwischen zwei Möglichkeiten zu entscheiden: Entweder Sie unterrichten den Stadtrat von Ihrem Plan, oder Sie erzwingen jetzt sofort eine Entscheidung mit Anacreon!«

Hardin runzelte die Stirn. »Ich soll jetzt eine Entscheidung erzwingen? Bevor die Krise eintritt? Nein, Verisof, das ist das einzige, was ich nicht tun darf. Ich halte mich an Hari Seldon und den Plan.«

Verisof zögerte und murmelte schließlich: »Sind Sie wirklich sicher, daß es diesen Plan gibt?«

»Daran dürfte es kaum einen Zweifel geben«, erwiderte Hardin steif. »Ich war bei der Öffnung der Zeitgruft dabei, und was Seldon damals sagte, war eindeutig.«

»Das will ich auch gar nicht bestreiten, Hardin. Ich begreife nur nicht, wie es möglich sein könnte, den Lauf der Geschichte auf tausend Jahre voraus zu bestimmen. Vielleicht hat Seldon seine Fähigkeiten überschätzt.« Als er Hardins ironisches Lächeln bemerkte, senkte er den Kopf und fügte vorsichtiger hinzu: »Nun, aber ich bin ja kein Psychologe.«

»Genau. Und das ist keiner von uns. Aber ich habe in meiner Jugend die Grundzüge der Psychologie studiert und glaube, beurteilen zu können, was sie vermag, auch wenn ich selbst sie nicht benutzen kann. Ich bin felsenfest davon überzeugt, das Seldon genau das getan hat, was er behauptet. Die Stiftung wurde, wie er gesagt hat, als wissenschaftliches Refugium gegründet – mit ihrer Hilfe sollte das Wissen und die Kultur des sterbenden Imperiums über die Jahrhunderte der Barbarei, die nun begonnen haben, bewahrt werden, damit dann am Ende ein zweites Imperium aus ihr entsteht.«

Verisof nickte etwas zweifelnd. »Wir alle wissen, daß die Zukunft so verlaufen *soll*. Aber können wir es uns leisten, ein Risiko einzugehen? Dürfen wir die Gegenwart einer ungewissen Zukunft zuliebe aufs Spiel setzen?«

»Wir müssen es sogar – denn die Zukunft ist keineswegs ungewiß. Sie ist von Seldon vorausberechnet und geplant worden. Jede kommende Krise ist vorgezeichnet und in gewissem Maße abhängig von der erfolgreichen Lösung der vorangegangenen. Das hier ist erst die zweite Krise, und der Raum weiß, welche Auswirkungen auch nur eine geringe Abweichung letzten Endes haben würde.«

»Das sind doch alles nur Spekulationen.«

»*Nein*! Hari Seldon hat in der Zeitgruft gesagt, daß in jeder Krisensituation unsere Handlungsfreiheit so eingeschränkt würde, daß wir nur noch einen bestimmten Weg gehen könnten.«

»Den er vorgezeichnet hat?«

»Ja, den er vorgezeichnet hat. Und wenn uns noch mehr als ein Weg offensteht, dann ist diese Krisensituation noch nicht erreicht. Wir *müssen* den Dingen solange wie eben möglich ihren freien Lauf lassen, und genau das werde ich tun.«

Verisof sagte nichts, sondern kaute schweigend auf seiner Unterlippe. Es war erst ein Jahr her, daß Hardin mit ihm zum erstenmal über dieses

Problem gesprochen hatte – das wirkliche Problem, die Frage, wie man auf Anacreons Kriegsvorbereitungen reagieren sollte. Und damals auch nur, weil er, Verisof, sich gegen eine weitere Beschwichtigungspolitik gestellt hatte.

Hardin schien den Gedankengängen seines Gegenübers zu folgen. »Ich glaube, es wäre besser gewesen, wenn ich Ihnen nie etwas darüber erzählt hätte.«

»Wie kommen Sie darauf?« fragte Verisof überrascht.

»Weil es jetzt schon sechs Leute gibt – das sind Sie und ich, die anderen drei Botschafter und Yohan Lee – die eine ungefähre Vorstellung von dem haben, was uns erwartet.«

»Und?«

»Auch Seldons weiterentwickelte Psychologie hatte ihre Grenzen. Es durften nicht zu viele unabhängige Variablen vorkommen. Er konnte seine Theorie nicht auf einzelne, sondern nur auf die Masse anwenden, genauso, wie Sie die Kinetiktheorie der Gase nicht auf einzelne Moleküle anwenden können. Seldon arbeitete mit der Bevölkerung ganzer Planeten, der blinden Masse, die die Auswirkungen ihres eigenen Handelns nicht voraussehen können.«

»Das verstehe ich nicht.«

»Daran kann ich auch nichts ändern. Meine Kenntnisse in der Psychologie reichen nicht aus, um es Ihnen wissenschaftlich zu erklären. Aber Sie wissen doch selbst, daß es hier auf Terminus weder ausgebildete Psychologen noch mathematische Texte über Seldons Wissenschaft der Psychohistorie gibt. Daraus läßt sich schließen, daß Seldon nicht wollte, daß jemand von uns die Zukunft vorausberechnen kann. Wir sollen gemäß dem Gesetz der Massenpsychologie blind – und damit richtig – vorgehen. Ich habe Ihnen ja schon einmal erzählt, daß ich nicht wußte, was vor uns lag, als ich das erstemal nach Anacreon geflogen bin. Mein Plan war einfach, dafür zu sorgen, daß sich das Kräftegleichgewicht nicht verschob, und erst hinterher habe ich im Ablauf der Ereignisse ein bestimmtes Muster festgestellt. Aber ich habe mein möglichstes getan, nicht nach diesem Wissen zu handeln. Eine Abweichung aufgrund dieses Wissens um die Zukunft hätte Seldons Plan zunichte machen können.«

Verisof nickte nachdenklich. »Ich habe ähnlich komplizierte Argumente in den Tempeln auf Anacreon gehört. Und woher wollen Sie nun wissen, wann der richtige Moment zum Handeln gekommen ist?«

»Ich weiß es bereits. Sobald wir den Schlachtkreuzer repariert haben, wird Wienis keinen Augenblick mehr zögern, uns anzugreifen. Dann gibt es in dieser Hinsicht für uns keine Alternative mehr.«

»Das stimmt.«

»Schön. Soweit der äußere Aspekt. Was den inneren betrifft, so werden Sie zugeben müssen, daß nach der nächsten Wahl ein neuer und aggressiver Stadtrat ein Einschreiten gegen Anacreon erzwingen wird. Auch hier gibt es keine Alternative mehr.«

»Das ist richtig.«

»Und wenn es keine Alternativen mehr gibt, ist die Krise erreicht. Totzdem – ich mache mir langsam Sorgen.«

Er brach ab, und Verisof wartete, daß er fortfuhr. »Meine Vermutung – so vage sie auch ist – geht dahin, daß der Druck von innen und außen gleichzeitig den Höhepunkt erreichen soll. Wie es jetzt aussieht, werden aber doch ein paar Monate dazwischen liegen. Wienis wird wahrscheinlich noch vor dem Frühjahr angreifen, während die Wahlen erst in einem Jahr stattfinden.«

»Halten Sie das für wichtig?«

»Ich weiß nicht. Es kann auf unvermeidliche Fehler in den Berechnungen oder möglicherweise auch auf die Tatsache zurückzuführen sein, daß ich zuviel wußte. Ich habe mich zwar bemüht, mich bei dem, was ich getan habe, nicht von meinem Wissen um die Zukunft beeinflussen zu lassen, aber woher soll ich wissen, ob mir das auch gelungen ist? Und wer weiß, welche Auswirkungen diese Zeitdiskrepanz haben wird? Wie auch immer, ich bin jedenfalls zu einem Entschluß gekommen.« Hardin sah auf.

»Und der wäre?«

»Wenn die Krise eintritt, werde ich mich nach Anacreon begeben. Ich möchte an Ort und Stelle sein . . . Aber ich glaube, das reicht, Verisof. Es ist schon spät. Was ist, kommen Sie mit? Machen wir einen Nachtbummel. Ich brauche unbedingt etwas Ablehnkung.«

»Dann bleiben wir doch am besten gleich hier«, schlug Verisof vor. »Ich möchte nicht erkannt werden. Wer weiß, was diese neue Partei dann gleich wieder über mich erzählen würde. Lassen Sie das Brandyfaß anrollen.«

Und Hardin ließ es anrollen – aber nur ein ganz kleines.

3

In den alten Zeiten, als das Galaktische Imperium noch die gesamte Galaxis umfaßt hatte und Anacreon die reichste Präfektur in der Peripherie gewesen war, war mehr als ein König auf einem Staatsbesuch auch in den Palast des Vizekönigs gekommen. Und nicht einer hatte ihn wieder verlassen, ohne nicht zuvor mit Gleiter und Nadelgewehr seine Geschicklichkeit mit dem Nyakbird, einem Riesenvogel, zu messen.

Der Ruhm Anacreons war inzwischen verblaßt, und der Palast des Vizekönigs lag in Ruinen, mit Ausnahme des einen Flügels, den Arbeiter der Stiftung wiederaufgebaut hatten. Und seit zweihundert Jahren war kein fremder König mehr nach Anacreon gekommen.

Aber die Nyakjagd war immer noch der königliche Sport, und ein gutes Auge und Treffsicherheit mit dem Nadelgewehr gehörten zu den wichtigsten Voraussetzungen, die ein König von Anacreon mitbringen mußte.

Leopold I., König von Anacreon und Herrscher über die Außendominien, ein Titel, den jeder König trug, der aber inzwischen nicht mehr zutraf, hatte trotz seiner Jugend von fünfzehn Jahren sein Geschick in diesem Sport schon oft unter Beweis gestellt. Seinen ersten Nyak hatte er mit knapp dreizehn erlegt, den zehnten in der Woche nach seiner Thronbesteigung, und eben war er von seinem sechsundvierzigsten zurückgekehrt. »Den fünfzigsten schaffe ich noch vor meinem nächsten Geburtstag«, hatte er verkündet. »Wer wettet dagegen?«

Aber Höflinge setzen nicht gegen den König, denn damit gehen sie das tödliche Risiko ein, zu gewinnen. Also nahm niemand die Herausforderung an, und der König verließ sie frohgelaunt, um sich umzuziehen.

»Leopold!«

Es gab nur eine Stimme, die den König veranlassen konnte, mitten in der Bewegung stehenzubleiben, und das hier war sie. Leopold I. drehte sich mürrisch um.

Wienis stand auf der Schwelle zu seinem Arbeitszimmer und blickte seinen jungen Neffen finster an.

»Schick sie fort«, winkte er ungeduldig. »Ich will dich allein sprechen.«

Der König nickte knapp, worauf sich die beiden Kammerdiener verbeugten und rückwärts entfernten. Leopold betrat die Räume seines Onkels.

Wienis starrte verdrießlich auf den Jagdanzug des Königs. »Du wirst noch bald genug wichtigeren Dingen nachgehen müssen als der Nyakjagd.«

Er wandte sich um und ging hinüber zu seinem Schreibtisch. Seit er selbst zu alt für diesen Sport geworden war, war er ihm völlig zuwider. Leopold las aus der griesgrämigen Miene seines Onkels, womit dessen Gedanken beschäftigt waren.

»Du hättest heute dabei sein müssen, Onkel«, begann er deshalb mit einer Begeisterung, in der eine Spur von Bosheit mitschwang. »Wir haben ein wahres Prachtexemplar in der Steppe von Samia aufgespürt. Es war einfach phantastisch. Wir sind ihm sicher zwei Stunden über mehr als siebzig Quadratmeilen nachgesetzt. Und dann sind wir im Sturzflug auf ihn herunter. Ich habe ihn unterhalb des linken Flügels erwischt. Du hättest sehen müssen, wie er mit den Flügeln um sich geschlagen hat. Und dann habe ich gewartet, bis er herunterkam. Ich wußte, er würde herunterkommen. Genau vor meine Füße, und dann –«

»Leopold!«

»Ja! – Jedenfalls habe ich ihn erwischt.«

»Natürlich. Wirst du jetzt *bitte* zuhören?«

Der König zuckte die Achseln und schlenderte zum Tisch hinüber, wo er sich schweigend eine Lera-Nuß nahm. Er wagte es nicht, seinem Onkel in die Augen zu sehen.

»Ich bin heute bei dem Schiff gewesen«, begann Wienis einleitend.

»Was denn für ein Schiff?«

»Es gibt nur ein Schiff. *Das* Schiff. Das die Stiftung für unsere Flotte repariert. Den alten Imperialen Kreuzer. Verstehst du jetzt?«

»Ach so, den. Habe ich dir nicht gleich gesagt, daß die Leute von der Stiftung ihn reparieren, wenn wir sie darum bitten. Es ist doch alles Blödsinn, dieses ganze Gerede, daß sie uns angreifen wollten. Wenn sie es nämlich wirklich vorhätten, warum sollten sie dann das Schiff für uns reparieren? Das wäre doch wirklich unlogisch.«

»Du bist ein Dummkopf, Leopold.«

Der König, der gerade die Nußschalen beiseite gelegt hatte und sich jetzt eine neue Nuß nahm, wurde rot.

»Ich werde in zwei Monaten volljährig, Onkel«, sagte er leicht gereizt, »und ich finde, du hast kein Recht, mich so zu nennen. Du vergißt dich.«

»Sicher, bald bist du volljährig, aber König spielen, wie du es tust, kann jeder. Wenn du nur die Hälfte der Zeit, die du mit der Nyakjagd verbringst, den öffentlichen Angelegenheiten widmen würdest, könnte ich mich mit einem reinen Gewissen sofort zur Ruhe setzen.«

»Das interessiert mich nicht. Außerdem hat es nichts mit der Sache zu tun. Tatsache ist, daß immer noch ich der König bin und du mein Untertan bist, auch wenn du Prinzregent und mein Onkel bist. Du hast nicht das Recht, mich einen Dummkopf zu nennen, und wo wir schon einmal dabei sind: Du hast auch nicht das Recht, in meiner Gegenwart zu sitzen. Ich habe jedenfalls nicht gehört, daß du mich um Erlaubnis gebeten hast. Ich meine, du solltest besser etwas vorsichtiger sein, sonst könnte es dir passieren, daß ich unfreundlich werde, und zwar sehr schnell.«

Wienis starrte ihn unbewegt an. »Darf ich dich dann mit ›Eure Majestät‹ anreden?«

»Natürlich.«

»Schön! Sie sind ein Dummkopf, Eure Majestät!«

Seine dunklen Augen fixierten Leopold unter grauen Brauen, und unter dem eisigen Blick setzte sich der junge König schweigend in einen Sessel. Einen Augenblick lang lag ein Ausdruck grimmiger Genugtuung auf dem Gesicht des Regenten, der aber schnell wieder verschwand. Seine dicken Lippen verzogen sich zu einem Lächeln, und er legte dem jungen König beschwichtigend die Hand auf die Schulter.

»Vergiß es, Leopold. Ich habe es nicht so gemeint. Weißt du, es ist manchmal schwierig, sich zu beherrschen, wenn die Last der Ereignisse so drückend ist – Du verstehst das doch sicher?« Seine Worte mochten versöhnlich klingen, aber sein Blick hatte sich nicht erwärmt.

»Sicher«, entgegnete Leopold unsicher. »Staatsgeschäfte sind verteufelt kompliziert.« Wahrscheinlich erwartete ihn jetzt ein Vortrag über irgendwelche langweiligen Details der Handelsbeziehungen zwischen Smyrno und Anacreon oder eine endlos lange Diskussion über die kaum besiedelten Planeten im Roten Korridor.

»Ich wollte eigentlich schon früher mit dir darüber sprechen, mein Junge«, fuhr Wienis fort, »und vielleicht hätte ich das auch tun sollen. Aber ich dachte mir, daß ihr jungen Leute nichts über die trockenen Details der Staatsführung hören wollt.«

Leopold nickte. »Da hast du gar nicht so unrecht –«

»Aber du wirst jetzt in zwei Monaten volljährig«, unterbrach ihn sein Onkel entschlossen. »Und in den schwierigen Zeiten, die uns bevorstehen, wirst du die Aufgabe erfüllen müssen, die dir zusteht. Dann wirst du *wirklich* König sein, Leopold.«

Wieder nickte der Junge, aber seine Miene blieb ausdruckslos.

»Es wird Krieg geben, Leopold.«

»Krieg? Aber wir haben doch Waffenruhe mit Smyrno –«

»Ich rede nicht von Smyrno. Ich rede von der Stiftung.«

»Aber sie haben sich doch bereiterklärt, das Schiff zu reparieren, Onkel. Du hast gesagt –«

Er brach ab, als er sah, wie es um die Mundwinkel seines Onkels zuckte.

»Wir wollen uns jetzt von Mann zu Mann unterhalten, Leopold.« Wienis' Stimme klang jetzt nicht mehr ganz so freundlich. »Es wird zum Krieg mit der Stiftung kommen, ganz gleich, ob das Schiff repariert wird oder nicht, und offengestanden um so eher, je schneller es fertig wird. Die Stiftung ist die Quelle der Macht. Die ganze Größe Anacreons, seine Schiffe, seine Städte, seine Bevölkerung und der ganze Handel hängen von dem bißchen Macht ab, das uns die Stiftung widerwillig gelassen hat. Ich kann mich noch daran erinnern, als die Heime Anacreons mit Kohle und Öl geheizt wurden. Aber das kannst du dir heute nicht mehr vorstellen.«

»Ich meine«, erwiderte der junge König zögernd, »wir sollten eigentlich dankbar sein –«

»Dankbar?« polterte Wienis. »Wofür? Daß sie uns mit dem Abfall abgefertigt haben, während sie für sich selbst wer weiß was behalten haben – und wer weiß, in welcher Absicht? Ja, ich weiß es. Weil sie eines Tages über die ganze Galaxis herrschen wollen.«

Er legte seine Hand jetzt auf das Knie seines Neffen und runzelte die Stirn. »Du bist der König von Anacreon, Leopold. Deine Kinder und Enkel können einmal die Könige des Universums sein – wenn es dir gelingt, in den Besitz der Macht zu kommen, die die Stiftung vor uns verborgen hält.«

»Da könntest du recht haben.« Wienis Worte hatten ihre Wirkung auf den König nicht verfehlt, und Leopold richtete sich auf. »Schließlich ist es doch nicht richtig, wenn sie alles für sich behalten. Das ist unfair. Schließlich ist Anacreon nicht einfach irgendwer.«

»Ich sehe, langsam verstehen wir uns. Was meinst du, mein Junge, was passiert, wenn Smyrno beschließt, die Stiftung zuerst anzugreifen und sich so die Macht zu sichern? Was denkst du, wie lange wir noch ein freies Königreiche wären und wie lange du noch König von Anacreon bleiben würdest?«

Leopold wurde sichtlich aufgeregt. »Ja, du hast recht. Vollkommen recht. Wir müssen als erste losschlagen. Es ist eine reine Selbstverteidigung.«

Wienis Lächeln wurde eine Spur breiter. »Es gibt noch einen weiteren Grund. Damals, als dein Großvater gerade König geworden war, hat Anacreon eine Militärbasis auf Terminus, dem Planeten der Stiftung errichtet – eine Basis, die für unsere nationale Verteidigung lebenswichtig war. Wir wurden dann gezwungen, diese Basis wieder aufzugeben, und zwar aufgrund der Machenschaften des Führers der Stiftung, ein gerissener Fuchs, ein Gelehrter, in dessen Adern nicht ein Tropfen blauen Blut fließt. Begreifst du, Leopold? Dein Großvater ist von diesem Bürgerlichen gedemütigt worden. Ich kann mich noch daran erinnern, als wäre es gestern gewesen. Er war kaum älter als ich selbst, als er damals mit seinem teuflischen Lächeln und seiner teuflischen Gerissenheit nach Anacreon kam – mit der Macht der anderen drei Königreiche im Rücken, die sich, feige wie sie waren, gegen das mächtige Anacreon zusammengerottet hatten.«

Leopold wurde rot, und ein Funkeln trat in seine Augen. »Bei Seldon, wenn ich an der Stelle meines Großvaters gewesen wäre, ich hätte trotzdem gekämpft.«

»Nein, Leopold. Wir beschlossen damals, zu warten, bis wir die Beleidigung zu einem geeigneteren Zeitpunkt rächen konnten. Dein Vater hat bis zu seinem Tode die Hoffnung nicht aufgegeben, daß er derjenige sein würde – aber leider . . .« Wienis wandte sich einen Augenblick ab, als kämpfte er um seine Beherrschung. »Er war mein Bruder«, fuhr er schließlich fort. »Aber wenn sein Sohn bereit wäre –«

»Ich werde ihn nicht enttäuschen, Onkel. Ich weiß jetzt, was zu tun ist. Anacreon muß dieses Nest von Störenfrieden ausräuchern, und zwar sofort.«

»Nein, nicht sofort, Leopold. Wir müssen warten, bis die Reparaturarbeiten an dem Schlachtschiff beendet sind. Schon die Tatsache, daß sie es für uns reparieren, beweist, daß sie Angst vor uns haben. Diese Narren versuchen, uns auf diese Weise zu versöhnen, aber wir lassen uns nicht von unserem Entschluß abbringen, nicht wahr?«

König Leopold schlug sich mit der Faust in die Handfläche. »Nicht, solange *ich* König von Anacreon bin.«

Wienis verzog grimmig den Mund. »Außerdem müssen wir die Ankunft von Salvor Hardin abwarten.«

»Salvor Hardin?« Der König bekam plötzlich große Augen, und sein jugendlisches, bartloses Gesicht, in das sich im Laufe der Unterhaltung fast harte Linien gegraben hatten, glättete sich.

»Ja, Leopold, zu deinem Geburtstag kommt der Führer der Stiftung höchstpersönlich nach Anacreon – wahrscheinlich, um uns mit Schmeicheleien zu beschwichtigen. Aber das wird ihm nichts nützen.«

»Salvor Hardin!« murmelte Leopold kaum hörbar.

Wienis runzelte die Stirn. »Jagt dir der Name etwa Angst ein? Es ist derselbe Salvor Hardin, der uns bei seinem ersten Besuch so gedemütigt hat. Du wirst doch diese tödliche Beleidigung gegenüber dem Königshaus nicht ignorieren wollen? Und dann auch noch von einem Bürgerlichen. Der Abfall der Gosse.«

»Nein. Natürlich nicht. Nein, das werde ich nicht. Wir werden es ihm heimzahlen – aber . . . ich . . . ich fürchte mich trotzdem ein bißchen.«

Der Regent stand auf. »Du fürchtest dich? Wovor? Wovor, du junger –« Er brach ab.

»Es wäre . . . es wäre doch so etwas wie Blasphemie, wenn wir die Stiftung angreifen würden. Ich meine –« Er zögerte.

»Sprich weiter.«

»Also, ich meine, wenn sich dort wirklich der Galaktische Geist befindet, dann . . . eh . . . dann würde es ihm vielleicht nicht gefallen. Meinst du nicht?«

»Nein, das meine ich nicht«, antwortete Wienis hart. Er nahm wieder Platz, und seine Lippen verzogen sich zu einem eigenartigen Lächeln. Du zerbrichst dir also tatsächlich den Kopf über den Galaktischen Geist, was? Das kommt davon, wenn man dich nicht genug im Auge behält. Ich nehme an, es ist auf den Einfluß Verisofs zurückzuführen.«

»Er hat mir eine ganze Menge erklärt –«

»Dinge über den Galaktischen Geist?«

»Ja.«

»Ich will dir mal etwas sagen, du Grünschnabel: Verisof glaubt an diesen Mummenschanz noch viel weniger als ich, und ich glaube überhaupt nicht daran. Wie oft habe ich dir jetzt nicht schon gesagt, daß das alles reiner Unsinn ist?«

»Ich weiß. Aber Verisof sagt –«

»Zum Teufel mit Verisof. Es ist Unsinn, sage ich.«

Leopold schwieg einen Augenblick. Schließlich meinte er rebellisch: »Trotzdem glauben es alle. Ich meine, das, was man sich über den Prophet Hari Seldon erzählt, und daß er die Stiftung dazu ernannt hat, seine Gebote weiterzuführen, damit eines Tages das Paradies auf Erden zurückkehrt. Und daß jeder, der seine Gebote mißachtet, für alle Ewigkeit verloren ist. Alle glauben es. Ich bin schon bei vielen Feiern dabei gewesen, und ich bin überzeugt, daß sie es glauben.«

»Sicher, *sie* ja, aber wir nicht. Und du kannst froh sein, daß es so ist, dieser Unsinn macht dich zum König von Gottes Gnaden und gleichzeitig zu einem Halbgott. Eine äußerst nützliche Tatsache. Dadurch werden von vornherein alle Möglichkeiten zu Revolten oder Ungehorsam gegenüber der Autorität ausgeschaltet. Und aufgrund dieser Tatsache mußt du es auch sein, der den Krieg gegen die Stiftung erklärt. Ich bin nur der Prinzregent und ein normal Sterblicher. Du dagegen bist der König – und fast ein Gott, jedenfalls für das Volk.«

»Ich glaube, das bin ich nicht.« Leopold schüttelte nachdenklich den Kopf.

»Natürlich bist du das nicht«, erwiderte Wienis ironisch, »aber alle halten dich dafür, alle, mit Ausnahme der Leute von der Stiftung. Und wenn sie erst nicht mehr da sind, dann wird es niemanden mehr geben, der deine Göttlichkeit anzweifelt. Betrachte es einmal so!«

»Aber werden wir in der Lage sein, die Energiemaschinen in den Tempeln und die Schiffe, die ohne Menschen fliegen, das heilige Mahl, das den Krebs heilt, und all die anderen Dinge selbst handhaben zu können? Verisof hat mir erklärt, daß nur die, die vom Galaktischen Geist erfüllt sind –«

»Ja, Verisof erklärt dies, Verisof sagt das! Leopold, Verisof ist abgesehen von Salvor Hardin dein größter Feind. Vertraue auf mich, mein Junge, und zerbrich dir nicht den Kopf über sie. Wir werden zusammen ein neues Imperium aufbauen, ein Imperium, das die Milliarden Sonnen der Galaxis umschließt. Was sagst du dazu? Klingt das nicht besser als dieses Gerede von einem ›Paradies auf Erden‹?«

»J-ja.«

»Kann Verisof mehr als das versprechen?«

»Nein.«

»Siehst du.« Seine Stimme wurde zwingend. »Ich glaube, damit können wir dieses Thema als erledigt betrachten.« Er wartete nicht auf eine Antwort. »Du kannst jetzt schon gehen. Ich komme später herunter. Und noch eins, Leopold.«

Der junge König wandte sich auf der Türschwelle noch einmal um.

Wienis lächelte über das ganze Gesicht, nur sein Blick blieb kalt. »Sei vorsichtig bei deiner Nyakjagd, mein Junge. Seit dein Vater auf so tragische Weise ums Leben gekommen ist, habe ich manchmal auch um dich Angst. Wie leicht könntest nicht auch du von einer verirrten Kugel getroffen werden. Versprich mir, daß du vorsichtig bist, ja? Und du wirst in Bezug auf die Stiftung so vorgehen, wie wir es besprochen haben, nicht wahr?«

Leopolds Augen weiteten sich, und er senkte den Blick. »Ja – natürlich.«

»Gut!« Wienis starrte mit ausdrucksloser Miene seinem Neffen nach, bis sich die Tür wieder hinter ihm geschlossen hatte. dann kehrte er an seinen Schreibtisch zurück.

Mit düsteren Gedanken begab sich Leopold beunruhigt in seine Räume. Vielleicht war es wirklich das beste, die Stiftung zu besiegen und an ihre Macht zu gelangen. Aber dann, wenn der Krieg vorbei war und er fest auf seinem Thron saß – Noch nie war ihm so bewußt gewesen wie in diesem Augenblick, daß Wienis und seine beiden arroganten Söhne die nächsten in der Thronfolge waren.

Aber er war der König. Und Könige konnten Leute hinrichten lassen. Auch Onkel und Vetter.

4

Der zweitwichtigste Mann in jener Dissidentenbewegung, die sich zu der lautstarken Aktionspartei zusammengeschlossen hatte, war neben Sermak selbst Lewis Bort. Dennoch war er nicht bei der Deputation gewesen, die vor nun fast einem halben Jahr Salvor Hardin aufgesucht hatte, was allerdings keineswegs daran lag, daß man seine Bemühungen nicht anerkannte. Es gab einen einfachen Grund für seine Abwesenheit: Zu jener Zeit befand er sich gerade auf Anacreons Hauptplaneten.

Er besuchte ihn als Privatmann. Er traf sich mit keinen offiziellen Persönlichkeiten und unternahm auch nichts von Bedeutung. Er hielt ganz einfach die Augen auf, beobachtete die dunkelsten Winkel des Planeten und steckte seine Nase in verstaubte Ecken.

Gegen Abend eines kurzen Wintertages, der mit bewölktem Himmel begonnen hatte und nun mit Schneetreiben zu Ende ging, kehrte er nach Hause zurück. Es dauerte keine Stunde, bis er an dem oktagonalen Tisch in Sermaks Wohnzimmer saß.

Was er sagte, war nicht gerade dazu angetan, die durch die von Schnee erfüllte Abenddämmerung an sich schon gedrückte Stimmung zu heben.

»Ich muß Ihnen leider sagen«, begann er, »daß man unsere Lage melodramatisch ausgedrückt als ›Verlorene Sache‹ bezeichnen könnte.«

»Glauben Sie?« fragte Sermak düster.

»Das hat nichts mit glauben zu tun, Sermak. Es ist eine Tatsache.«

»Die Ausrüstung –« begann Dokor Walto eifrig, doch Bort unterbrach ihn sofort.

»Vergessen Sie das. Das ist doch eine alte Geschichte.« Sein Blick wanderte über die Anwesenden. »Ich spreche hier nicht von Material, sondern von Menschen. Ich muß zugeben, daß ich ursprünglich mit dem Gedanken gespielt habe, eine Palastrevolution zu inszenieren und dann jemanden auf den Thron zu setzen, der der Stiftung günstiger gesonnen ist. Es war ein guter Plan. Er ist es immer noch. Nur habe ich dabei eine Winzigkeit übersehen, das ist die Tatsache, daß es nicht möglich ist. Dafür hat der große Salvor Hardin gesorgt.«

»Wenn Sie jetzt vielleicht zu den Einzelheiten kommen könnten, Bort–« meinte Sermak mit säuerlicher Miene.

»Einzelheiten! Es gibt keine Einzelheiten! So einfach ist das nicht. Es hat nichts mit Einzelheiten zu tun. Es liegt an der ganzen verdammten Situation auf Anacreon. An dieser Religion, die die Stiftung aufgebaut hat. Sie funktioniert!«

»Und?«

»Sie müssen es mit eigenen Augen gesehen haben, bevor Sie es beurteilen können. Alles, was wir hier sehen, ist, daß wir eine große Schule haben, in der Priester ausgebildet werden, und daß von Zeit zu Zeit in einem entlegenen Winkel der Stadt irgendein Spuk für die Pilger inszeniert wird, mehr nicht. Wir selbst merken von der ganzen Sache so gut wie nichts. Aber auf Anacreon –«

Lem Tark strich sich über seinen Spitzbart und räusperte sich. »Was für eine Art von Religion ist es denn? Hardin hat immer behauptet, daß es sich nur um so einen komischen Mummenschanz handelt, damit sie unsere Wissenschaft akzeptieren, ohne dumme Fragen zu stellen. Können Sie sich noch daran erinnern, Sermak, daß er uns damals erklärt hat, wie –«

»Man sollte Hardins Erklärungen nicht immer allzu ernst nehmen«, erwiderte Sermak. »Was für eine Religion ist es nun, Bort?«

Bort überlegte. »Ethisch gesehen ist sie ganz in Ordnung. Sie unterscheidet sich kaum von den verschiedenen Philosophien des alten Imperiums. Hohe moralische Wertmaßstäbe und all das. In dieser Hinsicht gibt es nichts zu beanstanden. Die Religion hat einen enormen zivilisierenden Einfluß in der Geschichte, und in dieser Beziehung erfüllt sie durchaus ihre Aufgabe –«

»Das wissen wir«, unterbrach ihn Sermak ungeduldig. »Kommen Sie zur Sache.«

»Also hören Sie zu.« Bort war etwas aus der Fassung gebracht, bemühte sich aber, es nicht zu zeigen. »Die Religion – die ja, wie wir alle wissen, von der Stiftung unterstützt und gefördert wird – baut auf streng autoritären Grundsätzen auf. Die Priester haben die alleinige Kontrolle über die wissenschaftlichen Geräte und Apparate, die Anacreon von uns bekommen hat, aber sie können sie nur auf rein empirischer Basis bedienen. Sie glauben fest an diese Religion und an den ... eh ... geistigen Wert der Macht, die sie bedienen. Vor zwei Monaten hat zum Beispiel irgendein Dummkopf an dem Kraftwerk im Thessalekian Tempel herumgepfuscht – eines der größeren. Prompt hat er dadurch fünf Häuserblöcke der Stadt in die Luft gejagt, ein Unfall, den alle, einschließlich der Priester, als göttlichen Racheakt auslegten.«

»Ich erinnere mich. Es hat in den Zeitungen gestanden. Ich verstehe allerdings nicht, worauf Sie damit hinauswollen.«

»Passen Sie auf«, meinte Bort. »Die Priesterschaft bildet eine Hierarchie, an deren Spitze der König steht, der als eine Art niederer Gott verehrt wird. Er ist ein absoluter Monarch von Gottes Gnaden, und sowohl das Volk wie auch die Priester sind davon fest überzeugt. In diesem Fall kann man einen König nicht einfach stürzen. Verstehen Sie *jetzt*, was ich meine?«

»Moment«, fiel Walto ein. »Wieso sagten Sie vorhin, daß Hardin dafür verantwortlich ist? Was hat er denn damit zu tun?«

Bort sah ihn verbittert an. »Die Stiftung hat diese Illusion beharrlich gefördert. Wir haben den Schwindel mit unserem gesamten wissenschaftlichen Wissen unterstützt. Der König wohnt jeder Feierlichkeit persönlich bei, wobei er ganz in eine radioaktive Aura gehüllt ist, die wie eine Krone über seinem Kopf schwebt. Jeder, der ihn berührt, erleidet schwere Verbrennungen. Er kann sich durch die Luft bewegen – mit Hilfe des göttlichen Geistes, wie das Volk glaubt, und kann auf eine bloße Handbewegung hin den Tempel in schimmerndes Licht tauchen. Ich könnte Ihnen noch eine ganze Reihe dieser Tricks nennen, die wir für ihn ausführen. Sogar die Priester glauben es, obwohl sie sie doch selbst bewirken.«

»Das ist schlecht!« Sermak biß sich auf die Lippe.

»Ich könnte weinen – wie der Brunnen im Rathauspark«, fuhr Bort ernst fort, »wenn ich mir überlege, welche Chance wir verpaßt haben. Nehmen Sie die Situation vor dreißig Jahren, als Hardin die Stiftung vor Anacreon rettete. Damals war dem Volk von Anacreon noch nicht bewußt, daß das Imperium seinem Untergang entgegenging. Seit der Revolte von Zeon verwalteten sie sich zwar mehr oder weniger selbst, aber auch nachdem die Verbindungen zum Zentrum zusammenbrachen und Leopolds Großvater sich zum König erhob, erkannten sie nie so richtig, daß das Imperium zerbrochen war.

Wenn es der Kaiser gewollt hätte, dann hätte er mit Hilfe zweier Kreuzer und einer Bürgerrevolution, zu der es dann sicher gekommen wäre, wieder die Herrschaft übernehmen können. Und wir, wir hätten das gleiche tun können, aber nein, Hardin mußte einen Monarchenkult aufbauen. Ich kann es einfach nicht begreifen. Warum, frage ich Sie? Warum hat er das getan?«

»Was macht denn Verisof?« wollte Jaim Orsy plötzlich wissen. »Früher war er doch selbst ein erklärter Aktionist. Was macht er dort? Ist er denn auch blind?«

»Ich weiß es nicht«, gab Bort knapp zurück. »Er ist der Hohepriester auf Anacreon. Soweit ich weiß, fungiert er nur als Berater der Priesterschaft in technischen Fragen. Der Teufel soll ihn holen, diesen Verräter!«

Schweigen breitete sich über den Raum, und alle Augen richteten sich auf Sermak. Der junge Parteiführer kaute nervös an einem Fingernagel. »Ich weiß nicht«, sagte er dann laut. »Irgend etwas ist faul an der Sache.«

Er musterte die übrigen Anwesenden. »Ist Hardin denn wirklich ein solcher Dummkopf?« fügte er dann energischer hinzu.

»Es sieht so aus.« Bort zuckte die Achseln.

»Nein, ich glaube es einfach nicht! Da stimmt etwas nicht. Um sich in eine derart ausweglose Lage zu bringen, in der wir uns befinden, müßte man schon mehr als dumm sein, und ich glaube nicht, daß Hardin so dumm ist. Ich begreife es einfach nicht. Auf der einen Seite hat er eine Religion aufgebaut, die jede innere Unruhe von vornherein ausschließt, und auf der anderen hat er Anacreon mit allen Waffen und technischen Mitteln für eine Kriegsführung ausgerüstet.«

»Ich gebe zu, das Ganze ist tatsächlich etwas rätselhaft«, erklärte Bort, »aber die Tatsachen existieren. Ich weiß nicht, was wir denken sollen.«

»Wie wäre es denn mit Verrat?« mischte sich Walto ein. »Er läßt sich von ihnen bezahlen.«

Sermak schüttelte ungeduldig den Kopf. »Das kann ich mir nicht vorstellen. Das Ganze ergibt einfach keinen Sinn – Sagen Sie, Bort, haben Sie irgend etwas von einem Schlachtkreuzer gehört, den die Stiftung angeblich für die Flotte von Anacreon repariert haben soll?«

»Ein Schlachtkreuzer?«

»Ein alter Imperialer Kreuzer –«

»Nein. Aber das hat nicht viel zu sagen. Die Marinewerft ist ein religiöses Heiligtum, das der Öffentlichkeit nicht zugänglich ist. Als normaler Bürger erfährt man nichts über die Flotte.«

»Es sind da jedenfalls gewisse Gerüchte im Umlauf. Ein paar von uns haben das Thema in der Ratssitzung vorgebracht. Hardin hat es übrigens nicht bestritten. Seine Leute haben es irgendwelchen Gerüchtemachern zugeschrieben und es dabei belassen. Es könnte von Bedeutung sein.«

»Es paßt genau zu den anderen Dingen«, antwortete Bort. »Wenn es stimmt, dann ist es völlig verrückt. Aber es wäre jedenfalls nicht schlimmer als das übrige.«

»Ich kann mir nicht vorstellen, daß Hardin noch irgendeine Geheimwaffe im Ärmel hat«, meinte Orsy. »Das wäre –«

»Warum eigentlich nicht«, unterbrach ihn Sermak boshaft. »Vielleicht einen großen Kastenteufel, der im psychologisch richtigen Augenblick aus seiner Schachtel springt und den alten Wienis zu Tode erschreckt. Vielleicht jagt sich die Stiftung auch selbst in die Luft, um sich die Peinlichkeit der Niederlage zu ersparen.«

Orsy wechselte hastig das Thema. »Alles läuft im Grunde doch auf die eine Frage hinaus: Wieviel Zeit bleibt uns noch? Was meinen Sie, Bort?«

»Sie haben recht. Nur sehen Sie dabei nicht mich an. Ich kann Ihnen keine Antwort darauf geben. In der Presse von Anacreon wird die Stiftung mit keinem Wort erwähnt. Im Augenblick hat sie nur Raum für die nahenden Feierlichkeiten und für nichts anderes. Sie wissen ja, Leopold wird nächste Woche volljährig.«

»Dann haben wir noch Monate.« Walto lächelte zum erstenmal an diesem Abend. »Zeit genug –«

»Zeit genug, Zeit genug«, platzte Bort ungeduldig heraus. »Ich habe Ihnen doch gesagt, daß der König ein Gott ist. Meinen Sie, er muß erst einen Propagandafeldzug starten, um seine Leute in Kampfstimmung zu bringen? Meinen Sie, er muß uns erst Aggression vorwerfen und diese ganze Palette emotionsgeladener Schlagwörter auf den Tisch bringen, bevor seine Männer kämpfen? Wenn der richtige Zeitpunkt gekommen ist, dann gibt Leopold ganz einfach den Befehl zum Angriff, und seine Leute werden kämpfen. Das ist ja das Verfluchte an diesem System. Man stellt einen Gott nicht in Frage. Er kann den Befehl zum Angriff schon morgen geben, und wir können nichts tun als ruhig zuzusehen.«

Alle redeten durcheinander, und Sermak schlug gerade mit der Hand auf den Tisch, um Ruhe in die Versammlung zu bringen, als die Haustür aufging und Levi Norast hereingestapft kam. Noch im Mantel und voller Schnee stieg er die Treppe hinauf und betrat den Raum, in dem die Aktionisten saßen.

»Sehen Sie sich das hier an!« rief er und warf eine kalte, von geschmolzenen Schneeflocken feuchte Zeitung auf den Tisch. »Es kommt schon überall in den Nachrichten.«

Sermak faltete die Zeitung auseinander, und fünf Köpfe beugten sich über sie.

»Großer Raum, er fliegt nach Anacreon!« flüsterte Sermak mit heiserer Stimme. *»Er fliegt nach Anacreon*!«

»Es *ist* Verrat!« empörte sich Tarki. »Ich gehe jede Wette ein, daß Walto recht hat. Er hat uns verraten und holt sich jetzt seine Belohnung ab.«

Sermak war aufgestanden. »Wir haben keine andere Wahl mehr. Ich werde morgen vor dem Rat beantragen, daß Hardin angeklagt wird. Sollte der Antrag *nicht* angenommen werden –«

5

Es schneite nicht mehr, aber der Schnee lag so hoch in den Straßen, daß der Wagen Mühe hatte, sich einen Weg zu bahnen. Das trübe graue Licht der hereinbrechenden Morgendämmerung war nicht nur im poetischen, sondern auch im ganz wörtlichen Sinn kalt – und selbst in der damals recht unruhigen politischen Lage der Stiftung konnten sich weder Aktionisten noch Hardin-Befürworter überwinden, so früh am Morgen ihre wärmenden Heime zu verlassen.

Yohan Lee war unzufrieden, und er gab seiner Unzufriedenheit lautstark Ausdruck. »Es gefällt mir nicht, Hardin. Man wird sagen, Sie hätten sich davongeschlichen.«

»Sollen sie doch. Ich muß nach Anacreon, und das möglichst ohne Schwierigkeiten. Und jetzt genug davon, Lee.«

Hardin lehnte sich in dem Polstersitz zurück und schüttelte sich, obwohl es im Innern des Wagens warm war. Aber selbst durch das Glas der Fenster schien der Eishauch der schneebedeckten Welt um sie herum in das Fahrzeug einzudringen.

»Irgendwann, wenn wir technisch soweit sind, werden wir uns mit dem Problem der Klimaregulierung auf Terminus befassen. Es müßte zu machen sein.«

»Ich meine«, erwiderte Lee, »es gibt ein paar wichtigere Dinge, die zuerst erledigt werden müssen. Wie wäre es zum Beispiel mit einer Klimaregulierung für Sermak? Eine hübsche, trockene Zelle mit einer Temperatur von fünfundzwanzig Grad das ganze Jahr hindurch wäre genau das Richtige für ihn.«

»Sicher, und dann würde ich wirklich Leibwächter brauchen«, überlegte Hardin. »Und nicht nur die beiden da.« Er zeigte auf zwei von Lees Leuten, die vorn neben dem Fahrer saßen, den Blick unverwandt auf die Straße vor ihnen gerichtet und die Hände schußbereit auf ihren Atomstrahlern. »Sie wollen wohl mit aller Gewalt einen Bürgerkrieg entfachen.«

»Ich? Da sind aber noch ganz andere als ich, und viel gehört sicher nicht mehr dazu, bis er ausbricht, das sage ich Ihnen.« Er fing an, die einzelnen Punkte an seinen Fingern abzuzählen. »Erstens: Sermak, der gestern ein Höllenspektakel in der Ratssitzung veranstaltet und Ihre Anklage beantragt hat.«

»Er war völlig im Recht«, erwiderte Hardin kühl. »Außerdem wurde sein Antrag mit 206 zu 184 Stimmen abgelehnt.«

»Sicher. Mit einer Mehrheit von 22, obwohl wir mit mindestens 60 gerechnet hatten. Sagen Sie jetzt nicht nein; Sie wissen, daß ich recht habe.«

»Es war knapp«, gab Hardin zu.

»Schön. Zweitens: Nach der Abstimmung hoben sich die neunundfünfzig Mitglieder der Aktionspartei auf ihre Hinterbeine und stampften aus dem Ratssaal.«

Als Hardin nichts sagte, fuhr Lee fort: »Und drittens: Bevor sie hinausgingen, hat Sermak in den Saal geschrien, daß Sie ein Verräter seien, daß Sie jetzt nach Anacreon gingen, um Ihre dreißig Silberlinge abzuholen, daß sich die Mehrheit des Rates an diesem Verrat mitschuldig gemacht habe, weil sie gegen Ihre Anklage gestimmt habe, und daß sie sich nicht umsonst ›Aktionisten‹ nennen würden. Na, wie klingt das in *Ihren* Ohren?«

»Nach Ärger, nehme ich an.«

»Und dann schleichen Sie sich wie ein Verbrecher in der Morgendämmerung davon. Sie müssen sich ihnen stellen, Hardin – und wenn es nicht mehr anders geht, dann lassen Sie das Kriegsrecht verhängen!«

»Gewalt ist die letzte Zuflucht –«

»– des Unfähigen. Ich weiß. Alles Unsinn!«

»Schön. Wir werden ja sehen. Und jetzt hören Sie mir einmal genau zu, Lee. Vor dreißig Jahren öffnete sich die Zeitgruft, und am fünfzigsten Jahrestag der Stiftungsgründung wurde uns eine Aufzeichnung von Hari Seldon vorgespielt, in der er uns eine erste Vorstellung von dem gab, was wirklich auf uns zu kommt.«

»Ich erinnere mich.« Lee nickte mit einem schwachen Lächeln. »An jenem Tag haben wir die Regierung übernommen.«

»Richtig. Damals wurden wir mit unserer ersten großen Krise konfrontiert. Jetzt stehen wir vor unserer zweiten – und heute in drei Wochen begehen wir den achtzigsten Jahrestag der Stiftungsgründung. Sagt Ihnen das nicht irgend etwas?«

»Sie meinen, er kommt wieder?«

»Ich bin noch nicht fertig. Seldon hat nie etwas davon erwähnt, ob er zurückkehrt, aber das paßt zu seinem ganzen Plan. Er wollte immer verhindern, daß wir erfahren, was auf uns zukommt. Wir wissen auch nicht, ob das Radiumschloß auf weitere Öffnungen eingestellt ist – und wenn wir versuchen würden, es gewaltsam zu manipulieren, würde es sich wahrscheinlich selbst zerstören. Ich bin seit jenem Tag, als er zum erstenmal erschienen ist, an jedem Jahrestag dort gewesen, aber er hat sich nicht wieder gezeigt. Allerdings befinden wir uns seit damals jetzt zum erstenmal wieder in einer wirklichen Krisensituation.«

»Dann kommt er.«

»Vielleicht. Ich weiß es nicht. Passen Sie auf. Bei der heutigen Ratssitzung werden Sie nicht nur erklären, daß ich nach Anacreon abgereist bin, Sie werden auch öffentlich verkünden, daß sich die Zeitgruft am vierzehnten März mit einer weiteren Aufzeichnung von Hari Seldon öffnen wird, in der er eine wichtige Mitteilung in Bezug auf die jüngste, erfolgreich beigelegte Krise zu machen hat. Es ist sehr wichtig, Lee, daß Sie nur das und nicht mehr sagen, ganz gleich, wie sehr man Sie auch mit Fragen bombardiert.«

Lee sah ihn zweifelnd an. »Meinen Sie, sie werden es glauben?«

»Das spielt keine Rolle. Auf jeden Fall wird sie diese Ankündigung verwirren, und mehr will ich nicht. Sie werden sich überlegen, ob es stimmt und, wenn nicht, was ich damit bezwecken könnte, und dann beschließen, erst nach dem vierzehnten März zu handeln. Ich werde schon eine ganze Weile vorher wieder zurück sein.«

Lee machte ein unsicheres Gesicht. »Aber das mit dem ›erfolgreich beigelegt‹. Das ist doch reiner Quatsch.« »Sicher, aber höchst verwirrender Quatsch. Ah, da ist ja schon der Flughafen!«

Vor ihnen waren die dunklen Konturen des wartenden Raumschiffes aufgetaucht. Hardin stieg mit Lee aus dem Wagen und stapfte durch den Schnee auf die offene Schleuse zu, vor der er sich mit ausgestreckter Hand noch einmal umdrehte.

»Auf Wiedersehen, Lee. Es gefällt mir gar nicht, Sie in dieser Situation allein zu lassen, aber Sie sind der einzige, dem ich vertrauen kann. Passen Sie auf sich auf.«

»Keine Sorge. Ich werde mir schon zu helfen wissen. Sie können sich auf mich verlassen.« Er trat einen Schritt zurück, und die Schleuse schloß sich.

6

Salvor Hardin flog nicht direkt nach Anacreon – das heißt auf den Planeten, der dem Königreich seinen Namen gegeben hatte. Er kam dort erst am Tag vor den Krönungsfeierlichkeiten an, nachdem er zuvor acht der größeren Stellarsysteme des Königreiches zu kurzen Stippvisiten angeflogen hatte, um die lokalen Repräsentanten der Stiftung aufzusuchen.

Er kehrte von dem Besuch der verschiedenen Systeme mit dem bedrückenden Bewußtsein der gewaltigen Größe des Königreiches zurück. Im Vergleich zu den unvorstellbaren Weiten des Galaktischen Imperiums, zu dem es einmal gehört hatte, war es nur ein winziger Splitter, aber für jemanden, dessen Gedanken sich nur um einen einzigen und darüberhinaus noch kaum besiedelten Planeten drehten, waren Größe und Bevölkerungszahl Anacreons einfach überwältigend.

Die neuen Grenzen entsprachen ungefähr denen der alten Präfektur Anacreon und umschlossen fünfundzwanzig Stellarsysteme, von denen sechs mehr als eine bewohnbare Welt umfaßten. Die Bevölkerungszahl betrug neunzehn Milliarden und lag damit immer noch beträchtlich niedriger als zur Blütezeit des Imperiums, aber aufgrund der raschen wissenschaftlichen Entwicklung, die von der Stiftung gefördert wurde, stieg sie immer schneller an.

Erst jetzt, nach dieser Reise, war sich Hardin des Ausmaßes dieser Aufgabe erst richtig bewußt beworden. Obwohl sie schon dreißig Jahre daran arbeiteten, hatten sie bisher erst den Hauptplaneten mit Atomenergie versorgen können. In den Außenprovinzen gab es immer noch riesige Gebiete, wo die Atomkraft noch nicht wiedereingeführt worden war. Und selbst dieser begrenzte Fortschritt wäre nicht möglich gewesen, wenn man nicht auf die alten, aber noch einsatzfähigen Atomkraftwerke hätte zurückgreifen können, die noch aus den Zeiten des alten Imperiums stammten.

Als Hardin auf dem Hauptplaneten eintraf, mußte er feststellen, daß das normale Geschäftsleben völlig zum Stillstand gekommen war. Auch in den Außenprovinzen war gefeiert worden, aber hier auf dem Planeten Anacreon stürzten sich alle ohne Ausnahme begeistert in die religiösen

Festivitäten, die den Tag einleiteten, an dem ihr göttlicher König, Leopold I., volljährig wurde.

Hardin hatte sich nur eine halbe Stunde mit einem abgehetzt aussehenden Verisof unterhalten können, bevor der Botschafter sich auf den Weg machen mußte, um ein weiteres Tempelfest zu überwachen. Allerdings war es eine äußerst interessante und aufschlußreiche halbe Stunde, und Hardin konnte sich zufrieden auf das Feuerwerk vorbereiten, das am Abend stattfinden sollte.

Er selbst hielt sich als Beobachter im Hintergrund, denn er hatte nicht die geringste Lust zu jenen religiösen Pflichten, die er zweifellos würde übernehmen müssen, wenn seine Identität bekannt wurde. So stand Hardin bescheiden in einer Ecke, als sich der Ballsaal des Königspalastes mit prachtvoll aufgeputzten Adligen von höchstem Rang füllte.

Er war dem König in einer langen Reihe von Gästen und aus sicherer Entfernung vorgestellt worden, denn Leopold, der erhaben und würdevoll abseits von der Menge stand, war wieder von seiner tödlichen radioaktiven Aura umgeben. In weniger als einer Stunde würde er seinen Platz auf dem massiven Thron aus einer Rhodium-Iridium-Legierung mit der mit Juwelen verzierten Goldplattierung besteigen. Dann würde sich der Thron mitsamt dem jungen König majestätisch in die Luft erheben und hinüber zum Fenster schweben, durch das auch das gemeine Volk seinen König sehen und ihm bis zur Hysterie zujubeln konnte. Der Thron war natürlich nur deshalb so massiv, damit genug Platz für den eingebauten Atommotor war.

Es war inzwischen nach elf. Hardin suchte ungeduldig seine Umgebung ab und stellte sich schließlich auf die Zehenspitzen, um besser sehen zu können. Er widerstand der Versuchung, auf einen Stuhl zu klettern, und entspannte sich schließlich, als er in der Menge Wienis erkannte, der sich einen Weg in seine Richtung bahnte.

Wienis kam nur langsam voran, denn ständig mußte er ein paar freundliche Worte mit irgendeinem ehrenwerten Edelmann wechseln, dessen Großvater Leopolds Großvater bei der Übernahme des Königreiches geholfen und als Dank ein Herzogtum bekommen hatte. Schließlich gelang es dem Regenten, auch den letzten Adligen hinter sich zu lassen. Mit einem affektierten Lächeln trat er zu Hardin und musterte ihn unter buschigen Brauen mit einem Blick, in dem Genugtuung glitzerte.

»Mein lieber Hardin«, begrüßte er den Gast halblaut, »warum haben Sie sich nicht zu erkennen gegeben. So müssen Sie sich doch entsetzlich langweilen.«

»Keineswegs, Hoheit. Ich finde es äußerst interessant. Wissen Sie, bei uns auf Terminus gibt es solche Zeremonien ja nicht.«

»Sicher, sicher. Nun, mein Lieber, hätten Sie Lust, mich in meine Privaträume zu begleiten? Ich glaube, dort können wir uns ausführlicher und ungestörter unterhalten.«

»Selbstverständlich.«

Der Prinzregent hakte Hardin unter, und zusammen stiegen sie die breite Treppe hinauf. Mehr als eine der vornehmen Herzoginnen nahm verwundert ihre Lorgnette hoch und überlegte, wer wohl dieser einfach gekleidete und unbedeutend aussehende Mann sein mochte, dem der Prinzregent eine solche Ehre zuteil werden ließ.

In der komfortablen Umgebung von Wienis Arbeitszimmer entspannte sich Hardin bei einem Glas Wein, das ihm Wienis persönlich eingoß.

»Wein von Lokris«, erklärte Wienis, »aus den königlichen Kellern. Ein köstlicher Tropfen – zweihundert Jahre alt. Er ist zehn Jahre vor der Rebellion von Zeon gelagert worden.«

»Wirklich ein königlicher Tropfen«, nickte Hardin höflich. »Auf Leopold I., König von Anacreon.«

Sie prosteten sich zu. »Und darauf, daß er bald Kaiser der Peripherie und wer weiß wovon noch sein möge«, fügte Wienis langsam hinzu. »Vielleicht wird sogar eines Tages die Galaxis wiedervereint.«

»Zweifellos. Unter Anacreon?«

»Warum nicht? Mit Hilfe der Stiftung ist unsere wissenschaftliche Überlegenheit über den Rest der Peripherie garantiert.«

Hardin setzte sein Glas ab. »Nun, sicherlich, aber Sie dürfen nicht vergessen, daß die Stiftung jeder Nation helfen muß, die sie um wissenschaftliche Unterstützung bittet. Aufgrund des hohen Idealismus unserer Regierung und des großen moralischen Ziels unseres Gründers, Hari Seldon, können wir niemanden bevorzugen. An dieser Tatsache läßt sich nun einmal nichts ändern, Hoheit.«

Wienis Lächeln wurde breiter. »Der Galaktische Geist, um es einmal mit der Zunge des Volkes auszudrücken, hilft denen, die sich selbst helfen. Mir ist völlig klar, daß die Stiftung freiwillig nie zur Zusammenarbeit bereit wäre.«

»Das würde ich nicht sagen. Wir haben zum Beispiel auch den Imperialen Kreuzer für Sie repariert, obwohl ihn unser Navigationsausschuß für Forschungszwecke behalten wollte.«

»Für Forschungszwecke!« echote der Regent ironisch. »Ja! Aber Sie hätten ihn nicht repariert, wenn ich Ihnen nicht mit Krieg gedroht hätte.«

Hardin hob abwehrend die Hände. »Ich weiß es wirklich nicht.«

»Aber ich. Und diese Drohung war ernst gemeint.«

»Und? Ist sie es immer noch?«

»Jetzt ist es zu spät, noch von Drohungen zu sprechen.« Wienis hatte einen flüchtigen Blick auf die Uhr auf seinem Schreibtisch geworfen. »Sehen Sie, Hardin, Sie sind schon einmal auf Anacreon gewesen. Damals waren Sie jung; wir beide waren noch junge Leute, aber schon damals gingen unsere Ansichten völlig auseinander. Sie sind ein Mann des Friedens, wie man so schön sagt.«

»Ich glaube schon. Zumindest halte ich Gewaltanwendung für einen unwirtschaftlichen Weg, ein Ziel zu erreichen. Es gibt immer bessere Mittel, auch wenn sie manchmal nur auf Umwegen zum Ziel führen.«

»Ich habe von Ihrem berühmten Wahlspruch gehört: ›Gewalt ist die letzte Zuflucht des Unfähigen‹. Trotzdem« – der Prinzregent rieb sich über das Ohr – »würde ich mich eigentlich nicht als unfähig bezeichnen.«

Hardin nickte höflich, erwiderte aber nichts.

»Dennoch habe ich immer den direkteren Weg vorgezogen«, fuhr Wienis fort. »Ich bin für die direkte Aktion und halte es für besser, dem geraden Weg zum Ziel zu folgen. Ich habe auf diese Weise vieles erreicht, und ich rechne fest damit, noch mehr zu erreichen.«

»Das kann ich mir denken«, unterbrach ihn Hardin. »In Anbetracht des tödlichen Unfalls von Leopolds Vater, der ja Ihr älterer Bruder war, und des äußerst bedenklichen Gesundheitszustands des jungen Königs führt dieser Weg, den Sie im Augenblick vor Augen haben, wohl für Sie selbst und Ihre Kinder direkt zum Thron. Der Gesundheitszustand Ihres Neffen ist doch bedenklich, oder?«

Wienis runzelte mißbilligend die Stirn, und seine Stimme wurde schärfer. »Es wäre vielleicht besser für Sie, Hardin, gewisse Themen nicht zu berühren. Wenn Sie glauben, als Bürgermeister von Terminus das Recht zu . . . eh . . . unüberlegten Äußerungen zu haben, dann möchte ich Sie doch dringend bitten, sich von dieser irrigen Annahme freizumachen. Im übrigen lasse ich mich nicht durch Worte einschüchtern. Meine Lebensphilosophie richtet sich nach dem Grundsatz, daß Probleme verschwinden, wenn man sich ihnen stellt. Und bisher habe ich noch vor keinem die Augen geschlossen.«

»Das glaube ich Ihnen gern. Und wie sieht Ihr derzeitiges Problem aus, vor dem Sie nicht die Augen schließen wollen?«

»Es ist das Problem, mein lieber Hardin, die Stiftung zur Zusammenarbeit zu bewegen. Durch Ihre Friedenspolitik haben Sie sich zu einigen sehr schwerwiegenden Fehlern verleiten lassen, nur weil Sie die Kühnheit Ihrer Gegner unterschätzt haben. Nicht jeder schreckt wie Sie vor dem direkten Weg zurück.«

»Was soll das heißen?«

»Das soll heißen, daß Sie allein nach Anacreon gekommen sind und mich allein hier hinauf begleitet haben.«

Hardin sah sich um. »Ja – und?«

»Nichts und«, antwortete der Regent, »außer daß draußen vor der Tür fünf schwer bewaffnete Polizisten stehen, die nur auf den Befehl warten zu schießen. Ich fürchte, Sie können nicht gehen, Hardin.«

Der Bürgermeister hob die Brauen. »Ich habe keineswegs den Wunsch, schon zu gehen. Fürchten Sie mich denn so sehr?«

»Ich fürchte Sie überhaupt nicht. Aber vielleicht möchte ich Ihnen damit meine Entschlossenheit beweisen. Nennen wir es eine Geste, ja?«

»Nennen Sie es von mir aus, wie Sie wollen. Ich werde mich jedenfalls nicht von dem Zwischenfall stören lassen, ganz gleich, wie Sie ihn bezeichnen.«

»Ich bin sicher, daß Sie Ihre Ansicht noch ändern werden. Aber Sie haben einen weiteren und wesentlich schwereren Fehler begangen, Hardin. Es stimmt doch, daß der Planet Terminus praktisch keine Schutz- und Verteidigungssysteme besitzt.«

»Ja. Was sollten wir auch zu befürchten haben? Wir bedrohen niemandes Interessen und helfen allen gleichermaßen.«

»Und während Sie selbst ohne Schutzsysteme geblieben sind, haben Sie uns geholfen, eine eigene Flotte, eine sehr große noch dazu, aufzubauen. Da Sie so freundlich waren, uns den Imperialen Kreuzer zu überlassen, ist unsere Marine nun unbesiegbar.«

»Sie verschwenden nur Ihre Zeit, Hoheit.« Hardin machte Anstalten, aufzustehen. »Wenn Sie mir damit zu verstehen geben wollen, daß Sie uns den Krieg erklären, dann erlauben Sie mir, meine Regierung unverzüglich davon in Kenntnis zu setzen.«

»Bleiben Sie sitzen, Hardin. Ich erkläre keinen Krieg, und Sie werden sich auch nicht mit Ihrer Regierung in Verbindung setzen. Wenn der Krieg beginnt – verstehen Sie, Hardin, *beginnt*, nicht erklärt wird –, dann wird es die Stiftung noch früh genug durch die Atomstrahlen unserer Flotte merken. Sie wird übrigens von meinem eigenen Sohn auf dem Flaggschiff *Wienis*, einem ehemaligen Kreuzer der Imperialen Flotte, angeführt.«

Hardin runzelte die Stirn. »Und wann soll das passieren?«

»Wenn es Sie interessiert: Die Schiffe unserer Flotte haben Anacreon vor genau fünfzig Minuten, um Punkt elf, verlassen, und der erste Schuß wird abgefeuert werden, sobald sie in Sichtweite von Terminus sind, was morgen mittag sein dürfte. Betrachten Sie sich ab jetzt bitte als Kriegsgefangenen, Hardin.«

»Natürlich, Hoheit«, erwiderte Hardin. »Aber ich muß sagen, daß ich enttäuscht bin.«

Wienis grinste verächtlich. »So?«

»Ja. Ich hatte mir eigentlich den Augenblick der Krönung – also Mitternacht – als den logischen Zeitpunkt für den Aufbruch der Flotte ausgerechnet. Offensichtlich wollten Sie den Krieg beginnen, solange Sie noch Regent sind. Wie ich es mir vorgestellt habe, wäre es dramatischer gewesen.«

Wienis starrte ihn verblüfft an. »Wovon um alles im Raum reden Sie?«

»Begreifen Sie nicht?« antwortete Hardin freundlich. »Ich hatte meinen Gegenschlag für Mitternacht angesetzt.«

Wienis stand langsam auf. »Sie können mich nicht bluffen. Es wird keinen Gegenschlag geben. Wenn Sie auf die Unterstützung der anderen

Königreiche zählen, dann sind Sie im Irrtum. Unsere Flotte ist unbesiegbar, selbst wenn sie uns gemeinsam angreifen.«

»Das weiß ich. Ich habe nicht die Absicht, auch nur einen Schuß abzufeuern. Es ist so, daß ich vor einer Woche habe verkünden lassen, daß Anacreon heute um Mitternacht mit dem Interdikt belegt wird.«

»Ein Interdikt?«

»Ja. Wenn Sie sich darunter nichts vorstellen können, dann sollte ich vielleicht erklären, daß ab diesem Augenblick alle Priester auf Anacreon streiken, bis ich den Befehl wieder aufhebe. Und das kann ich nicht, solange ich hier festgehalten werde. Allerdings muß ich gestehen, daß ich es auch dann nicht tun würde, wenn ich mich auf freiem Fuß befände!« Er beugte sich vor. »Ist Ihnen klar, Hoheit, daß ein Angriff auf die Stiftung eines der größten Sakrilege ist?« fügte er eindringlich hinzu.

Wienis rang sichtlich um seine Fassung. »Kommen Sie mir nicht so, Hardin. Das können Sie dem Pöbel erzählen.«

»Mein lieber Wienis, was glauben Sie denn, *wem* ich es erzählen will? Seit ungefähr einer halben Stunde drängt sich in jedem Tempel auf Anacreon der Mob um die Priester, die die Bevölkerung über genau diesen Punkt aufklären. Jeder Bürger weiß inzwischen von dem gemeinen und grundlosen Angriff seiner Regierung auf das Zentrum seiner Religion. Aber ich sehe, es sind nur noch vier Minuten bis Mitternacht. Ich schlage vor, Sie gehen jetzt hinunter in den Ballsaal und verfolgen die Ereignisse mit eigenen Augen. Kümmern Sie sich nicht weiter um mich. Ich habe ja fünf Wachen, die auf mich aufpassen.« Er lehnte sich in seinem Sessel zurück, goß sich noch ein Glas Wein ein und starrte dann betont gleichgültig die Decke an.

Wienis stieß einen leisen Fluch aus und stürzte aus dem Raum.

Die elitären Gäste im Ballsaal waren in ehrfürchtiges Schweigen verfallen, als eine breite Gasse für den Thron geschaffen wurde, auf dem jetzt Leopold saß. Er hatte die Hände fest auf die Arme gelegt, und sein Gesicht glich einer starren Maske. Die riesigen Leuchter waren verdunkelt worden, und im diffusen, vielfarbigen Licht der winzigen Atombirnen an der gewölbten Decke erstrahlte die königliche Aura, die hoch über Leopolds Kopf eine gleißend helle Krone formte.

Wienis blieb auf der Treppe stehen. Niemand beachtete ihn, denn alle Augen waren auf den Thron gerichtet. Er ballte die Fäuste und beschloß, die Zeremonie nicht zu unterbrechen. Nein, er würde sich *nicht* durch einen vorschnellen Schritt lächerlich machen.

Plötzlich kam Bewegung in den Thron. Geräuschlos hob er sich in die Luft und schwebte langsam vom Podest die Stufen hinunter, auf das riesige Fenster zu, das weit offenstand.

Beim tiefen Klang der Glocke, die Mitternacht anschlug, hatte der Thron das Fenster erreicht – und dann erlosch die königliche Aura.

Den Bruchteil einer Sekunde lang blieb der junge König wie erstarrt sitzen, das Gesicht vor Überraschung verzerrt und ohne seine Aura plötzlich nur noch ein Mensch wie jeder andere. Und dann fiel der Thron, der knapp über dem Boden geschwebt hatte, mit einem harten Ruck herunter, während gleichzeitig alle Lichter im Palast schlagartig erloschen.

»Holt Fackeln her! Holt Fackeln her!« dröhnte Wienis Stimme durch den Lärm der verwirrenden Menge.

Er kämpfte sich durch die Menge vor und bahnte sich einen Weg zur Tür, durch die Palastwachen hereindrängten.

Irgendwie gelang es dann, die Fackeln in den Ballsaal zu schaffen, die ursprünglich für den gigantischen Fackelzug gedacht gewesen waren, der im Anschluß an die Krönung durch die Straßen der Stadt hatte gehen sollen.

Mit blauen, grünen und roten Fackeln in den Händen schwärmten die Wachen im Saal aus, und überall riß das bunte Licht erschrockene Gesichter aus der Dunkelheit.

»Es ist nichts weiter passiert«, rief Wienis. »Bleiben Sie auf Ihren Plätzen. Der Strom wird jeden Augenblick zurückkommen.«

»Was ist los, Captain?« wandte er sich an den Offizier der Palastwache, der vor ihm strammstand.

»Der Palast ist von den Bürgern der Stadt eingekreist, Hoheit.«

»Was wollen sie?« schnarrte Wienis.

»Ihr Anführer ist der Hohepriester Verisof. Er verlangt die sofortige Freilassung von Bürgermeister Salvor Hardin und die Beendigung des Krieges gegen die Stiftung.« Der Offizier erstattete mit ausdrucksloser Stimme Bericht, aber sein Blick wanderte unsicher hin und her.

»Wer versucht, an den Palastwachen vorbeizukommen, wird auf der Stelle erschossen, verstanden?« schrie Wienis. »Unternehmen Sie vorerst nichts. Sollen sie von mir aus toben, solange sie wollen. Wir werden morgen weiter sehen.«

Inzwischen waren die Fackeln soweit verteilt worden, daß es im Ballsaal wieder hell war. Wienis eilte zum Thron, der immer noch vor dem Fenster stand, und zerrte den zu Tode erschrockenen, wachsbleichen Leopold herunter.

»Komm mit.« Ein Blick aus dem Fenster zeigte ihm, daß die ganze Stadt in tiefste Finsternis gehüllt war. Unter ihm hörte er die erregten Rufe des Pöbels. Nur der Argolid-Tempel rechts von ihm war noch beleuchtet. Wienis fluchte wütend und zog den König mit sich.

Mit den fünf Wächtern im Gefolge stürzte Wienis in seine Privaträume. Leopold, dem es vor Entsetzen die Sprache verschlagen hatte, kam mit weit aufgerissenen Augen als letzter herein.

»Hardin«, krächzte Wienis, »Sie spielen mit einem Feuer, das zu heiß für Sie ist.«

Der Bürgermeister übersah ihn völlig. Er saß unbeweglich im perlmuttfarbenen Licht der Taschenlampe, die neben ihm lag, den Mund zu einem leicht ironischen Lächeln verzogen.

»Guten Morgen, Majestät«, begrüßte er Leopold. »Darf ich Ihnen zu Ihrer Krönung gratulieren.«

»Hardin«, kreischte Wienis, »befehlen Sie sofort den Priestern, wieder zurück an ihre Arbeit zu gehen.«

Hardin sah mit ausdrucksloser Miene auf. »Versuchen Sie es doch selbst, Wienis. Dann werden Sie schon merken, wer hier mit Feuer spielt, das zu heiß für ihn ist. Im Augenblick stehen alle Räder still auf Anacreon. Nirgendwo brennt eine Lampe, mit Ausnahme der Tempel. Nur dort fließt noch Wasser. Auf der Winterseite des Planeten funktioniert keine Heizung mehr, mit Ausnahme der Tempel. Die Krankenhäuser nehmen keine Patienten mehr auf. Die Kernkraftwerke sind stillgelegt. Alle Schiffe liegen fest. Wenn Ihnen die Situation nicht gefällt, Wienis, dann können *Sie* ja den Priestern den Befehl geben, zurück an ihre Arbeit zu gehen. *Ich* werde es jedenfalls nicht tun.«

»Das werde ich auch, Hardin, so wahr ich hier stehe. Wenn Sie auf eine Kraftprobe hinaus wollen, dann bitte. Wir werden ja sehen, was Ihre Priester gegen die Armee auszurichten vermögen. Noch diese Nacht wird jeder Tempel auf diesem Planeten von meinen Soldaten besetzt werden.«

»Eine gute Idee, aber können Sie mir auch verraten, wie Sie die entsprechenden Befehle geben wollen? Sämtliche Verbindungen sind unterbrochen. Weder Rundfunk- noch Fernsehgeräte noch die Ultrawellenempfänger funktionieren. Der einzige Apparat, der auf diesem Planeten noch in Betrieb ist – abgesehen natürlich von denen in den Tempeln – ist der Televisor hier in diesem Raum, und den habe ich nur auf Empfang eingestellt.«

Wienis versuchte etwas zu sagen, bekam aber kein Wort heraus. »Wenn Sie möchten«, fuhr Hardin ungerührt fort, »können Sie Ihrer Wache ja befehlen, sich im Argolid-Tempel vor den Toren des Palastes zu versammeln, damit Sie über die Ultrawellengräte dort Ihre Truppen auf dem Rest des Planeten informieren können. Nur fürchte ich, daß der Pöbel dann Ihre Wache in Stücke zerreißt, und wer soll dann noch Ihren Palast beschützen, Wienis? Und *Ihr* Leben?«

»Wir werden warten«, erwiderte Wienis schleppend. »Wir halten durch. Soll der Pöbel doch toben, und soll von mir aus der Strom ausfallen, wir halten durch. Wenn erst die Nachricht zurückkommt, daß die Stiftung eingenommen worden ist, wird Ihr so geschätzter Pöbel sich von Ihren Priestern abwenden und sich gegen sie stellen, wenn er erkennen muß, daß seine Religion im Grunde auf einem Nichts aufgebaut ist. Ich gebe Ihnen noch bis morgen mittag, Hardin, denn Sie können vielleicht die Energiezufuhr auf Anacreon stoppen, aber *meine Flotte können Sie nicht aufhalten.*« Seine Stimme überschlug sich vor

Erregung. »Meine Schiffe sind unterwegs, Hardin, und sie werden angeführt von dem großen Schlachtkreuzer, den Sie selbst haben reparieren lassen.«

»Sie haben recht«, antwortete Hardin gelassen, »ich habe ihn reparieren lassen, aber nach meinen eigenen Vorstellungen. Sagen Sie, Wienis, haben Sie schon einmal etwas von einem Ultrawellenrelais gehört? Nein, haben Sie nicht? Nun, dann werden Sie in etwa zwei Minuten herausfinden können, was man damit machen kann.«

Noch während er sprach, wurde der Schirm des Televisors hell. »Nein, ich habe mich geirrt. In zwei Sekunden«, verbesserte sich Hardin. »Und jetzt setzen Sie sich, Wienis, und hören Sie gut zu.«

7

Theo Aporat war einer der höchsten Priester von Anacreon, und schon aufgrund seines hohen Ranges hätte ihm seine jetzige Position als begleitender Hohepriester auf dem Flaggschiff *Wienis* zugestanden.

Aber es hatte nicht nur mit seinem Rang oder seiner Stellung zu tun. Er kannte das Schiff. Er hatte direkt unter den heiligen Männern der Stiftung bei den Reparaturarbeiten am Schiff mitgeholfen. Er hatte unter ihrer Aufsicht die Antriebe überprüft, die Empfänger erneuerte und das ganze Kommunikationssystem auf den neuesten Stand gebracht. Man hatte ihm sogar erlaubt, den weisen Männern bei der Installation eines heiligen Gerätes zu helfen, das noch nie auf einem anderen Schiff eingebaut und nur für diesen gewaltigen Koloß reserviert worden war – das Ultrawellenrelais.

Es schmerzte ihn, daß man dieses wundervolle Schiff nun für solche schändlichen Zwecke mißbrauchen wollte. Er hatte nie glauben wollen, was ihm Verisof erzählt hatte – daß das Schiff für eine ganz und gar böse Tat benutzt werden sollte und daß man seine Kanonen gegen die große Stiftung richten würde. Auf jene Stiftung, auf der er in seiner Jugend ausgebildet worden war und von der alles Gute kam.

Doch jetzt, nach allem, was der Admiral gesagt hatte, gab es keinen Zweifel mehr daran, daß Verisof recht gehabt hatte.

Wie konnte der König, sein von Gott selbst eingesetzter König, nur eine solch schändliche Tat erlauben? Oder hatte der König vielleicht gar keine Schuld? War es nicht wahrscheinlicher, daß der abscheuliche Regent Wienis das Ganze ohne das Wissen des Königs inszeniert hatte? Immerhin war es dessen Sohn, der Admiral dieses Schiffes war und der ihm gerade vor fünf Minuten zu verstehen gegeben hatte:

»Kümmern Sie sich um Ihre Seelen und Gebete, Priester. *Ich* kümmere mich um mein Schiff.«

Aporat lächelte versonnen. Ja, er würde sich um seine Seelen und um seine Gebete kümmern – aber auch noch um etwas anderes; und Prinz Lefkin würde noch sehr schnell merken, woher der Wind wehte.

Er betrat jetzt im Gefolge seines Akoluthen die Kommunikationszentrale des Flaggschiffes. Die beiden diensthabenden Offiziere machten keine Anstalten, ihn am Betreten des Raumes zu hindern, denn als begleitender oberster Priester hatte er freien Zutritt zum gesamten Schiff.

»Schließ die Tür«, befahl er seinem Gehilfen und sah dann auf den Chronometer. Es war fünf Minuten vor zwölf. Er hatte den Zeitpunkt genau abgepaßt.

Mit ein paar raschen, geschickten Handgriffen schloß er sämtliche Funkverbindungen, so daß sein Bild und seine Stimme auch bis in den letzten Winkel des zwei Meilen langen Schiffes drangen.

»Soldaten des königlichen Flaggschiffs *Wienis*, aufgemerkt! Hier spricht euer begleitender oberster Priester!« Er wußte, daß seine Stimme jetzt von den Atomantrieben im Heck bis zu den Navigationstischen im Bug widerhallte.

»Euer Schiff«, rief er laut, »ist an einem Sakrileg beteiligt. Auch wenn es ohne euer Wissen geschieht, werden eure Seelen in die ewige Verdammnis und Finsterheit des Raumes fallen! Hört mir zu! Euer Kommandant hat die Absicht, mit diesem Schiff die Stiftung, die Quelle des Segens und alles Guten für euch, anzugreifen, weil es ihm eine böse Stimme einflüstert. Und deshalb enthebe ich ihn im Namen des Galaktischen Geistes seines Kommandos, denn wo der Segen des Galaktischen Geistes fehlt, dort gibt es auch keine Macht mehr. Selbst der göttliche König verliert seine Königswürde, wenn er das Wohlwollen des Geistes nicht mehr hat.«

Der Akoluth hörte ihm mit Ehrfurcht, die beiden Offiziere immer ängstlicher zu, als seine Stimme jetzt noch eindringlicher wurde. »Und weil dieses Schiff mit einer Mission des Satans unterwegs ist«, donnerte er, »ruht das Wohlwollen und der Segen des Galaktischen Geistes nicht mehr auf ihm.«

Er hob feierlich die Arme, und vor den unzähligen Schirmen im ganzen Schiff senkten die Soldaten ehrfürchtig ihre Köpfe, während das Bild ihres Hohepriesters unbeirrt fortfuhr:

»Im Namen des Galaktischen Geistes, im Namen seines Propheten Hari Seldon und im Namen seiner Jünger, der heiligen Männer der Stiftung, verfluche ich dieses Schiff. Mögen die Schirme, die seine Augen sind, blind werden. Mögen seine Greifer, die seine Arme sind, lahm werden. Mögen die Atomstrahler, die seine Fäuste sind, ihre Kraft verlieren. Mögen die Motoren, die sein Herz sind, aufhören zu schlagen. Mögen die Klimaanlagen, die sein Atem sind, stocken. Mögen die Lichter, die seine Seele sind, erlöschen. Im Namen des Galaktischen Geistes verfluche ich dieses Schiff.«

Und als er das letzte Wort aussprach, öffnete eine Hand im Lichtjahre entfernten Argolid-Tempel auf Anacreon ein Ultrawellenrelais, das im selben Augenblick ein anderes auf dem Flaggschiff *Wienis* öffnete.

Und das Schiff lag still!

Denn es ist die wichtigste Eigenschaft der Religion der Wissenschaft, daß sie funktioniert und daß solche Verwünschungen wie die von Aporat auch wirklich eintreffen.

Aporat saß in der Dunkelheit, die sich über das Schiff senkte, und hörte, wie das leise Brummen der Hyperatomantriebe plötzlich verstummte. Triumphierend zog er aus den weiten Falten seines langen Gewandes eine Atomlampe, die den Raum in ein perlmuttfarbenes Licht tauchte.

Die beiden Soldaten lagen vor ihm auf den Knien und zitterten, als sei ihre letzte Stunde nahe. »Retten Sie uns, Ehrwürden. Wir sind nur einfache Männer, die nichts von den Verbrechen Ihrer Anführer wußten«, wimmerte einer von ihnen.

»Dann folgt mir«, wies Aporat sie streng an. »Eure Seelen sind noch nicht verloren.«

Entsetzen herrschte in den dunklen Gängen des Schiffes, Entsetzen und eine Furcht, die so groß war, daß sie förmlich greifbar zu sein schien. Wo Aporat mit seinem kleinen Licht vorbeikam, scharten sich die Soldaten um ihn, versuchten, den Saum seines Gewandes zu berühren, und flehten ihn um Gnade an. Und immer war seine Antwort: »Folgt mir!«

Er entdeckte Prinz Lefkin in den Offiziersquartieren. Der Admiral stolperte blindlings durch die Dunkelheit und brüllte lauthals nach Licht. Als er den Priester erkannte, blieb er stehen und starrte ihn mit haßerfülltem Blick an.

»Da sind Sie!« Lefkin hatte die blauen Augen seiner Mutter geerbt, aber die Hakennase und das Schielen verrieten eindeutig den Erbteil seines Vaters. »Was bedeutet das alles? Schalten Sie sofort die Energiezufuhr wieder ein. Ich bin immer noch der Kommandant an Bord.«

»Sie *waren* es«, widersprach Aporat ungerührt.

Lefkin blickte wild um sich. »Nehmt diesen Mann fest. Sofort, oder ich lasse jeden, der sich weigert, nackt in den Raum werfen.« Er brach ab und fuhr dann mit schriller Stimme fort: »Ich bin euer Admiral. Ich befehle euch, nehmt diesen Mann auf der Stelle fest.«

Als niemand Anstalten machte zu gehorchen, verlor er die Nerven. »Ihr wollt euch doch nicht von diesem Betrüger, diesem Scharlatan zum Narren halten lassen? Ihr zittert vor einer Religion, die ein einziger Schwindel ist. Dieser Mann hier ist ein Lügner, und der Galaktische Geist ist eine Erfindung der Stiftung, mit der man euch –«

»Ergreift den Gotteslästerer!« unterbrach ihn Aporat zornentbrannt. »Eure Seelen verfallen der Hölle, wenn ihr ihm noch länger zuhört.«

Unverzüglich bemächtigten sich ein Dutzend Soldaten ihres Admirals.

»Nehmt ihn mit und folgt mir.«

Aporat wandte sich um und kehrte mit den Soldaten im Gefolge, die den ehemaligen Admiral mitschleppten, in die Kommunikationszentrale zurück. Dort plazierte er den Prinz vor den einzigen noch funktionierenden Televisor.

»Befehlen Sie den anderen Schiffen, ihren Kurs zu ändern und sich auf die Rückkehr nach Anacreon vorzubereiten.«

Lefkin, der zerrauft und zerschlagen war und aus mehreren kleinen Wunden blutete, gehorchte widerspruchslos.

»Wir stehen jetzt über den Ultrawellenstrahl direkt mit Anacreon in Verbindung«, fuhr Aporat mit grimmigem Gesicht fort. »Sprechen Sie mir genau nach, was ich sage.«

Als Lefkin den Kopf schütteln wollte, begannen die Soldaten, die sich im Raum und im dahinterliegenden Korridor drängten, mißbilligend zu grollen.

»Sprechen Sie!« befahl Aporat. »Die Flotte von Anacreon –«

Und Lefkin begann.

8

In Wienis' Arbeitszimmer herrschte Totenstille, als das Bild Prinz Lefkins auf dem Televisor erschien. Beim Anblick des zerzausten Gesichts und der zerfetzten Uniform seines Sohnes stöhnte Wienis leise auf und sank dann mit verzerrtem Gesicht in seinem Sessel zusammen.

Hardin hörte gleichmütig zu, während der frisch gekrönte König Leopold in einem Sessel in der dunkelsten Ecke kauerte und an seinem goldgesäumten Jackenärmel kaute. Sogar die Soldaten verloren die ihnen anerzogene stoische Gleichgültigkeit und starrten erregt, die Atomstrahler immer noch schußbereit in den Händen, auf die Gestalt auf dem Televisor.

Lefkin sprach zögernd und brach immer wieder ab, als würde er zum Reden gezwungen – und das nicht gerade sanft:

»Die Flotte von Anacreon . . . kennt inzwischen ihre wirkliche Mission . . . und weigert sich . . . sich an dem schändlichen Sakrileg zu beteiligen . . . Deshalb kehrt sie mit folgendem Ultimatum . . . an die sündigen Gotteslästerer nach Anacreon zurück . . . die sich erdreisten wollten . . . mit profaner Gewalt gegen die Stiftung . . . die Quelle allen Heils . . . und gegen den Galaktischen Geist vorzugehen. Beendet sofort den Krieg gegen . . . den wahren Glauben . . . und garantiert der Flotte . . . deren Stellvertreter unser begleitender oberster Priester, Theo Aporat, ist . . . daß ein solcher Krieg in Zukunft . . . verhindert wird und daß« – an dieser Stelle brach der Prinz ab und fuhr erst nach längerem Zögern wieder fort – »und daß der ehemalige Prinzregent Wienis . . . verhaftet und wegen . . . seiner Verbrechen vor ein kirchliches Gericht gestellt wird. Werden unsere Forderungen nicht erfüllt . . . dann wird die königliche Flotte . . . den Palast dem Erdboden gleichmachen . . . und die notwendigen Maßnahmen ergreifen . . . um das Nest der Sünder auszurotten . . . und alle, die sich gegen den Galaktischen Geist stellen . . . zu vernichten.«

Die Stimme endete in einem Schluchzen, worauf der Schirm wieder dunkel wurde.

Hardins Finger fuhren rasch über die Atomlampe, deren Schein blasser wurde, bis der bisherige Regent, der neue König und die Soldaten nur noch als schemenhafte Gestalten zu erkennen waren; und nun konnte man zum erstenmal sehen, daß Hardin von einer Aura umgeben war.

Es war nicht das strahlende Licht, das das Privileg der Könige war, sondern ein schwacheres, weniger spektakuläres, das aber auf seine Weise noch wirksamer und nützlicher als das andere war.

Hardin wandte sich mit leiser Ironie an denselben Wienis, der ihn noch vor einer Stunde zum Kriegsgefangenen erklärt und von der Zerstörung Terminus' als abgemachte Sache gesprochen hatte und der jetzt stumm, ein gebrochener Mann, in seinem Sessel hockte.

»Es gibt eine alte Fabel«, begann er, »die vielleicht so alt ist wie die Menschheit selbst, denn die ältesten Aufzeichnungen, in denen sie erwähnt wird, sind nur Kopien von noch älteren Aufzeichnungen. Ich glaube, sie wird Sie interessieren. Hören Sie zu:

Ein Pferd hatte einen mächtigen und gefährlichen Wolf zum Feind und lebte in ständiger Angst um sein Leben. Als es weder ein noch aus wußte, kam ihm in den Sinn, sich einen starken Verbündeten zu suchen. Es ging also zum Menschen und bot ihm ein Bündnis an, wobei es ihm vor Augen hielt, daß der Wolf ja auch ein Feind des Menschen sei. Der Mensch schlug sogleich ein und versprach, den Wolf zu töten, wenn das Pferd ihm dabei helfen würde, indem es ihm seine größere Geschwindigkeit zur Verfügung stellte. Das Pferd willigte ein und erlaubte dem Menschen, ihm Sattel und Zaumzeug anzulegen. Der Mensch stieg auf, jagte den Wolf und tötete ihn.

Das Pferd dankte dem Menschen erleichtert und voller Freude und sagte: ›Und jetzt, da unser Feind tot ist, nimm mir wieder den Sattel und die Zügel ab und gib mir die Freiheit wieder‹.

Der Mensch aber lachte nur und meinte: ›Den Teufel werd' ich tun. Vorwärts!‹ Und er gab dem Pferd die Sporen.«

Niemand sagte etwas. Auch Wienis rührte sich nicht.

»Ich hoffe, Sie sehen den Zusammenhang«, fuhr Hardin ruhig fort. »In Ihrem Bestreben, als absolute Herrscher und unantastbar über ihr Volk zu herrschen, akzeptierten die Könige der Vier Königreiche die Religion der Wissenschaft, die sie zu Königen von Gottes Gnaden machte; und diese Religion der Wissenschaft war ihr Sattel und Zaumzeug, denn sie legte die lebenswichtige Atomenergie in die Hände der Priester – die, wohlgemerkt, ihre Anweisungen von uns und nicht von Ihnen entgegennahmen. Sie töteten den Wolf, aber sie wurden den Men –«

Wienis sprang auf, und im Halbdunkel des Raumes glänzten seine Augen irre. »Und ich kriege Sie doch«, krächzte er heiser. »Sie entkommen mir nicht. Sie müssen krepieren. Sollen sie uns doch in die Luft jagen. Sollen sie von mir aus alles in die Luft jagen. Ich muß Sie kriegen!

Soldaten!« brüllte er hysterisch. »Schießt diesen Mistkerl nieder! Schießt ihn nieder!«

Hardin drehte sich in seinem Sessel herum und sah die Soldaten lächelnd an. Einer von ihnen legte den Atomstrahler auf ihn an, senkte ihn dann aber wieder. Die anderen rührten sich nicht. Sie brachten es nicht fertig, angesichts dieses so zuversichtlich lächelnden Mannes vor ihm, der von dieser weichen Aura umgeben war und vor dem die Macht von Anacreon zu einem Nichts zerbröckelt war, die Waffen auf ihn anzulegen, und wenn dieser kreischende Irre neben ihm auch noch so tobte.

Wienis stieß einen Fluch aus und stapfte unsicher zu dem Soldaten, der ihm am nächsten stand. Mit einer wilden Geste riß er ihm den Atomstrahler aus der Hand, legte auf Hardin an – und schoß.

Der blasse Strahl prallte auf das Kraftfeld, das den Bürgermeister von Terminus einhüllte, und wurde neutralisiert. Wienis drückte noch fester auf den Auslöser und lachte schrill.

Hardin lächelte immer noch, und die Aura seines Kraftfeldes wurde kaum heller, als es die Energie des Atomstrahls absorbierte. Leopold, der in seiner Ecke kauerte, hatte die Hände vor das Gesicht geschlagen und stöhnte.

Und dann änderte der ehemalige Prinzregent mit einem verzweifelten Schrei sein Ziel und drückte noch einmal ab – und stürzte mit zerfetztem Kopf zu Boden.

Hardin zuckte bei dem Anblick zusammen. »Bis zuletzt ein Mann des ›direkten Weges‹«, murmelte er. »Die letzte Zuflucht!«

9

In der Zeitgruft drängten sich die Menschen. Da die Sitzplätze nicht ausreichten, mußten eine ganze Reihe von ihnen im hinteren Teil des Raumes stehen.

Hardin verglich die große Versammlung mit den wenigen Männern, die hier vor dreißig Jahren mit ihm zum erstenmal auf das Erscheinen von Hari Seldon gewartet hatten. Damals waren es nur sechs gewesen: die fünf alten Enzyklopädisten, die inzwischen alle längst tot waren, und er, der junge Bürgermeister, der nicht mehr als eine Repräsentationsfigur gewesen war. Es war jener Tag gewesen, an dem er mit Yohan Lees Hilfe das »Repräsentations«stigma von seinem Amt entfernt hatte.

Jetzt war die Situation eine ganz andere, und das in jeder Hinsicht. Jeder Stadtabgeordnete wollte bei Hari Seldons Erscheinen dabei sein. Er selbst war immer noch Bürgermeister, aber inzwischen der mächtigste Mann und seit der totalen Niederlage Anacreons auch der beliebteste. Als er mit der Nachricht von Wienis' Tod und dem neuen Vertrag, den der junge König mit zittrigen Fingern unterschrieben hatte, von Anacreon zurückgekehrt war, hatte ihn die Bevölkerung von Terminus mit lautem Jubel empfangen. Und als daraufhin in rascher Reihenfolge auch die anderen drei Königreiche neue Verträge unterzeichneten – Verträge, die der Stiftung soviel Macht und Gewalt zugestanden, daß ein ähnlicher Angriff wie der von Anacreon geplante in Zukunft nicht mehr möglich sein würde – da gingen Fackelzüge durch jede Straße von Terminus. Die Menschen ließen Salvor Hardin hochleben, und noch nicht einmal Hari Seldons Name war so laut umjubelt worden wie der des Bürgermeisters.

Hardin verzog spöttisch den Mund. Auch nach der ersten Krise war er so beliebt gewesen.

Am anderen Ende des Raumes sah er Sef Sermak und Lewis Bort, die sich angeregt unterhielten. Sie hatten sich von den jüngsten Ereignissen keineswegs aus dem Rennen werfen lassen. Sie hatten gemeinsam mit allen anderen dem Bürgermeister ihr Vertrauen ausgesprochen, hatten in Reden öffentlich ihren Irrtum eingestanden, sich artig dafür entschuldigt, daß sie in früheren Debatten gewisse Phrasen benutzt hatten, sie hatten ihr Verhalten mit der Erklärung gerechtfertigt, daß sie nur der Stimme ihres Gewissens gefolgt seien – und dann sofort eine neue Aktionistenkampagne gestartet.

Yohan Lee zupfte Hardin am Ärmel und zeigte vielsagend seine Uhr.

Hardin blickte auf. »Ach, Sie sind's, Lee. Mit so einem verdrießlichen Gesicht? Was ist denn jetzt schon wieder verkehrt?«

»Er müßte in fünf Minuten erscheinen, nicht?«

»Ich nehme es jedenfalls an. Das erstemal ist er auch um Punkt zwölf mittags gekommen.«

»Und wenn er nicht kommt?«

»Lee, wollen Sie mich denn mein ganzes Leben lang mit Ihren ›wenns‹ verfolgen? Wenn er nicht kommt, dann bleibt er eben da.«

Lee runzelte die Stirn und schüttelte langsam den Kopf. »Wenn die Sache schief geht, dann kommen wir ganz schön in Schwierigkeiten. Ohne Seldons Rückhalt bei dem, was wir getan haben, kann Sermak so weiter machen wie bisher und womöglich seine Forderungen nach unverzüglicher Annektierung der Vier Königreiche und der damit verbundenen Ausweitung der Stiftung durchsetzen. Er hat schon mit seiner Kampagne begonnen.«

»Ich weiß. Ein Feuerschlucker muß immer Feuer schlucken, und wenn er es selbst anzünden muß. Und Sie, Lee, müssen immer irgend etwas haben, worüber Sie sich Sorgen machen können, und wenn Sie sich den Kopf zerbrechen müssen, um sich etwas auszudenken.«

Lee wollte etwas sagen, doch er kam nicht mehr dazu, denn genau in diesem Augenblick wurde das Licht gelb und dann dunkler. Er hob den Arm, um auf den Glaskasten zu deuten, der die Hälfte des Raumes einnahm, und fiel dann mit einem schwachen Seufzer auf einen Stuhl.

Hardin spannte sich beim Anblick der Gestalt, die jetzt in dem Kasten erschien – eine Gestalt in einem Rollstuhl! Er war der einzige unter den Anwesenden, der an jenem Tag dabei gewesen war, als Hari Seldon zum erstenmal erschienen war. Damals war er jung gewesen und die Gestalt alt. Während sich Seldon seit damals nicht verändert hatte, war er inzwischen selbst ein alter Mann geworden.

Die Gestalt sah geradeaus, die Hände auf ein Buch gelegt, das sie in ihrem Schoß hielt.

»Ich bin Hari Seldon!« stellte sich der Mann mit einer Stimme vor, die alt und weich klang.

Atemloses Schweigen herrschte im Raum, während Hari Seldon im Plauderton fortfuhr: »Das ist nun das zweite Mal, daß ich hier erscheine. Ich weiß natürlich nicht, ob irgend jemand unter Ihnen schon beim ersten Mal dabei gewesen ist, aber das ist auch nicht weiter wichtig. Wenn Sie die zweite Krise sicher überstanden haben, dann müssen Sie hier sein; es geht gar nicht anders. Sollten Sie aber nicht hier sein, dann waren Sie mit der zweiten Krise überfordert.«

Er lächelte gewinnend. »Was ich allerdings stark bezweifle, denn meine Berechnungen haben ergeben, daß es in den ersten achtzig Jahren mit einer Wahrscheinlichkeit von achtundneunzigkommavier Prozent keine wesentlichen Abweichungen vom Plan gibt.

Nach unseren Berechnungen haben Sie inzwischen die Vorherrschaft über die barbarischen Königreiche erlangt, die in unmittelbarer Umgebung der Stiftung liegen. So, wie Sie sie in der ersten Krise durch das Gleichgewicht der Kräfte zurückhalten konnten, so haben Sie in der zweiten durch den Einsatz der Geistigen Kraft gegen die Weltliche die Oberhand gewonnen.

Aber ich möchte Sie vor übermäßigem Selbstvertrauen warnen. Ich will Ihnen in diesen Aufzeichnungen nicht zu viel über die Zukunft verraten, aber ich halte es für angebracht, Sie darauf hinzuweisen, daß das, was Sie erreicht haben, nur ein neues Gleichgewicht ist – wobei allerdings Ihre Position diesmal wesentlich besser ist. Die Geistige Kraft vermag vielleicht die Angriffe der Weltlichen abzuwehren, aber sie selbst kann nicht angreifen. Aufgrund des immer stärker werdenden feindlichen Elements, das als Regionalismus oder Nationalismus bekannt ist, kann sich die Geistige Kraft nicht durchsetzen. Aber ich nehme an, damit erzähle ich Ihnen nichts Neues.

Sie müssen übrigens entschuldigen, daß ich mich nur so vage ausdrücke. Die Begriffe, die ich benutze, sind nur Andeutungen, aber niemand von Ihnen kann die wahre Symbolik der Psychohistorie verstehen, also muß ich es, so gut es geht, auf diese Weise versuchen.

Die Stiftung befindet sich erst am Anfang des Weges, der zum Neuen Imperium führt. Die benachbarten Königreiche sind Ihnen an menschlichen und materiellen Reserven immer noch haushoch überlegen. Jenseits von ihnen liegt der dichte Dschungel der Barbarei, der sich über die gesamte Breite der Galaxis erstreckt. Und in seinem Zentrum liegt immer noch das, was vom Galaktischen Imperium übriggeblieben ist – und das, so schwach und degeneriert es auch sein mag, immer noch unvergleichlich mächtig ist.«

Hari Seldon nahm jetzt sein Buch auf und öffnete es. Sein Gesicht nahm einen feierlichen Ausdruck an. »Und vergessen Sie niemals, daß vor achtzig Jahren *noch* eine Stiftung gegründet wurde, die am anderen Ende der Galaxis, auf Star's End, liegt. Diese Tatsache müssen Sie stets berücksichtigen. Neunhundertzwanzig Jahre des Plans liegen noch vor Ihnen, meine Herren. Und nun: an die Aufgabe!«

Er senkte den Blick auf das Buch und löste sich in Nichts auf, während das Licht wieder hell wurde. In dem Stimmengewirr, das nun ausbrach, beugte sich Lee zu Hardin herüber. »Er hat nicht gesagt, wann er zurückkommt.«

»Ich weiß«, gab Hardin zurück. »Aber ich bin sicher, daß er erst zurückkommen wird, wenn wir längst unter der Erde liegen!«

Teil IV
Die Händler

1

Händler – . . . die Wegbereiter der politischen Hegemonie der Stiftung waren die Händler, die die ungeheuren Entfernungen in der Peripherie als erste überbrückten. Monate oder auch Jahre mochten vergehen, bis sie wieder einmal auf Terminus landeten; ihre Schiffe waren oft nicht mehr als eigenhändig reparierte Wracks oder zusammengebastelte Improvisationen; ihre Redlichkeit recht zweifelhaft; aber ihr Wagemut . . .

Es gelang ihnen, ein Imperium zu schaffen, das wesentlich dauerhafter als der pseudo-religiöse Despotismus der Vier Königreiche . . .

Zahllose Geschichten werden von diesen eindrucksvollen und einsamen Männern erzählt, die sich halb im Ernst und halb spöttisch einen Leitspruch aus einem der Epigramme Salvor Hardins entlehnt hatten: »Dein Moralbegriff soll dich nie davon abhalten, das zu tun, was richtig ist!« Es ist heute schwierig, zwischen jenen Geschichten, die wahr, und jenen, die erfunden sind, zu unterscheiden. Wahrscheinlich gibt es sogar keine mehr, zu der nicht in irgendeiner Form etwas hinzugedichtet wurde . . .

Encyclopedia Galactica

Limmar Ponyets hatte sich gerade eingeseift, als ihn der Anruf erreichte – was beweist, daß die abgedroschenen Geschichten über Telebotschaften und den Empfänger in der Badewanne selbst im dunklen Raum der galaktischen Peripherie zutreffen.

Zum Glück ist es in jenem Teil eines freien Handelsschiffes, der nicht den Waren vorbehalten ist, angenehm warm, und die Duschzelle mit fließend warmem Wasser befindet sich ganz in der Nähe des Kontrollpultes, so daß Ponyets das klappernde Stakkato des Empfängers ganz deutlich hören konnte.

Tropfnaß und fluchend kam er unter der Dusche vor, um den Lautsprecher einzustellen, und drei Stunden später legte längsseits ein zweites Handelsschiff an. Durch die Verbindungsschleuse zwischen den beiden Schiffen kam ein junger Mann mit einem breiten Grinsen auf den Gesicht.

Ponyets bot ihm seinen besten Sessel an und hockte sich selbst auf den Pilotensitz.

»Was machen Sie hier, Gorm?« wollte er wissen. »Haben Sie mich den ganzen Weg von der Stiftung bis hierher verfolgt?«

Les Gorm zog eine Zigarette aus der Tasche und schüttelte abwehrend den Kopf. »Ich? Woher denn. Ich bin nur der Pechvogel, der zufällig einen Tag nach Ankunft der Post auf Glyptal IV gelandet ist. Also hat man mich Ihnen mit dem hier nachgeschickt.« Mit diesen Worten reichte er Ponyets eine kleine, glänzende Metallkugel. »Eine vertrauliche Mitteilung«, fügte er hinzu. »Streng geheim. So geheim, daß man sie nicht über den Subäther schicken wollte. Nehme ich jedenfalls an. Auf alle Fälle ist es eine Personalkapsel, die sich nur von Ihnen öffnen läßt.«

»Das sehe ich.« Ponyets betrachtete die Kugel mißtrauisch. »Und ich habe noch nie erlebt, daß eins von diesen Dingern gute Nachrichten enthält.«

Er öffnete sie und entnahm ihr einen schmalen Papierstreifen, den er hastig überflog. Als er den letzten Teil des Streifens aus dem Metallbehälter zog, war der vordere bereits braun und verschrumpelt. In weniger als zwei Minuten war die Mitteilung kohlschwarz, und das Papier löste sich in seine Einzelteile auf.

»Heilige Galaxis!« brummte Ponyets tonlos.

»Kann ich Ihnen irgendwie helfen?« erkundigte sich Les Gorm ruhig. »Oder ist es zu geheim?«

»Da Sie zur Gilde gehören, kann ich es Ihnen ja sicher sagen. Ich muß nach Askone.«

»Nach Ascone? Wieso gerade dorthin?«

»Man hat einen Händler eingesperrt. Aber behalten Sie es für sich.«

Gorm wurde zornig. »Eingesperrt? Das verstößt doch gegen die Konvention.«

»Einmischung in die Innenpolitik auch.«

»Oh! Wirft man ihm das vor?« Gorm überlegte. »Wer ist der Händler? Jemand, den ich kenne?«

»Nein!« antwortete Ponyets so scharf, daß Gorm das Thema fallen ließ.

Ponyets war aufgestanden und starrte düster auf den Bildschirm, der die Sterne in diesem Teil der Galaxis zeigte. »Verfluchter Mist!«, schimpfte er dann laut. »Ich liege mit meinem Soll zurück.«

Endlich begriff Gorm. »Hey, stimmt ja, Askone ist ja autarkes Gebiet.«

»Genau. Man kann auf Askone nicht mal ein Taschenmesser verkaufen. Atomare Geräte kauft einem da kein Mensch ab. Wo mir mein Soll so im Nacken sitzt, ist es der reinste Schwachsinn, dort hinzufliegen.«

»Dann vergessen Sie die Sache doch einfach«, schlug Gorm vor.

Ponyets schüttelte abwesend den Kopf. »Ich kenne den Händler, um den es geht. Ich kann doch nicht einen Freund im Stich lassen. Was soll's? Der Galaktische Geist hält seine Hand über mich, und ich gehe vollen Mutes den Weg, den er mir zeigt.«

»Was?« fragte Gorm verständnislos.

Ponyets sah ihn an und grinste. »Stimmt. Habe ich völlig vergessen. Sie haben wahrscheinlich noch nie etwas vom ›Buch des Geistes‹ gehört, was?«

»Nein, noch nie.« Gorm schüttelte den Kopf.

»Nun, Sie würden es kennen, wenn Sie eine Priesterausbildung hinter sich hätten.«

»Eine *Priesterausbildung*?« Gorm war vor Überraschung sprachlos.

»Das ist die traurige Wahrheit. Sozusagen der dunkle Punkt in meiner Vergangenheit. Aber ich war den Ehrwürdigen Vätern wohl zu anstrengend. Jedenfalls haben sie mich dann hinausgeworfen, doch offensichtlich gefielen ihre Gründe der Stiftung so gut, daß man sich dort meiner annahm und mir eine weltliche Ausbildung zukommen ließ. Aber ich glaube, das führt jetzt zu weit. Wie sieht Ihr Soll für dieses Jahr aus?«

Gorm drückte seine Zigarette aus und rückte seine Mütze zurecht. »Ich habe jetzt meine letzte Fracht. Ich schaffe es sicher.«

»Glückspilz«, brummte Ponyets. Gorm war schon lange wieder gegangen, als er immer noch reglos dasaß, in tiefes Nachdenken versunken.

Eskel Gorov war also auf Askone – und dann auch noch im Gefängnis! Das war schlecht! Sehr schlecht sogar! Er hatte Gorm nicht alles gesagt, sondern nur so viel, wie nötig war, um ihn so schnell wie möglich wieder loszuwerden. Die Wahrheit, der er sich stellen mußte, sah jedoch anders aus.

Limmar Ponyets war einer der wenigen, die wußten, daß Händlermeister Eskel Gorov in Wirklichkeit gar kein Händler war, sondern – ein Agent der Stiftung!

2

Zwei Wochen waren vergangen! Zwei Wochen vergeudete Zeit!

Eine Woche hatte er gebraucht, um Askone zu erreichen, und bereits an seinen äußeren Grenzen hatten ihn Kriegsschiffe in Empfang genommen. Wie immer ihr Aufklärungssystem aufgebaut sein mochte, es funktionierte jedenfalls – und zwar sehr gut.

Sie glitten ohne irgendein Signal an seine Seite und dirigierten ihn durch ihren Kurs direkt auf die Zentralsonne von Askone zu.

Ponyets wäre im Notfall mit ihnen fertig geworden. Die Begleitschiffe, die noch aus den Tagen des längst vergessenen Galaktischen Imperiums stammten, waren nämlich keine richtigen Kriegsschiffe, sondern Sportkreuzer, und ohne Atomwaffen wirkten diese zahlreichen, aber ungefährlichen Ellipsoide eher pittoresk. Allerdings hatten sie Eskel Gorov in ihrer Gewalt, und der angebliche Händlermeister war keine Geisel, die so einfach aufgegeben wurde. Das mußten auch die Askonianer wissen.

Eine weitere Woche hatte es gedauert, bis er sich endlich einen Weg durch die Masse der Beamten gebahnt hatte, die eine Art Pufferzone zwischen dem Großmeister und der Außenwelt bildeten. Jeder kleine Sekretär mußte umschmeichelt und gewonnen werden. Jeder mußte unendlich vorsichtig und unendlich lange bearbeitet werden, bis man ihm schließlich jene Unterschrift entlockt hatte, die der Schlüssel zum nächsthöheren Büro war.

Zum ersten Mal mußte Ponyets feststellen, daß ihm sein Händlerausweis nicht alle Türen öffnete.

Irgendwann stand er dann endlich vor der von zwei Wachposten flankierten Tür mit dem Zeichen des Großmeisters – aber inzwischen waren zwei Wochen vergangen.

Gorov war immer noch ein Gefangener, und Ponyets Ladung lag ungenützt in den Frachträumen seines Schiffes.

Der Großmeister war ein kleiner, fast kahlköpfiger Mann mit einem runzligen Gesicht. Um den Nacken trug er einen riesigen Pelzkragen, der fast zu schwer für seinen schmächtigen Körper zu sein schien.

Er winkte mit der Hand, worauf die bewaffneten Männer, die sich vor ihm aufgebaut hatten, eine Gasse bildeten, durch die Ponyets zum Sessel des Staatsoberhauptes schritt.

»Schweigen Sie«, fuhr ihn der Großmeister an, und Ponyets, der gerade etwas hatte sagen wollen, schloß gehorsam wieder den Mund.

»So ist recht.« Der Herrscher von Askone entspannte sich merklich. »Ich kann sinnloses Geplapper nicht ausstehen. Sie können mir nicht drohen, und ich falle auch nicht auf irgendwelche Schmeicheleien herein. Ich werde mir auch keine Beschwerden anhören, denn ich weiß nicht, wie oft ihr Händler schon gewarnt worden seid, daß eure Teufelsgeräte hier auf Askone nicht erwünscht sind.«

»Ich habe nicht die Absicht, Sir«, erwiderte Ponyets ruhig, »den fraglichen Händler zu verteidigen. Gewöhnlich meiden wir Planeten, auf denen wir nicht erwünscht sind. Aber die Galaxis ist groß, und es ist schon früher vorgekommen, daß eine Grenze unwissentlich überschritten wurde. Es handelt sich um einen bedauernswerten Irrtum des betreffenden Händlers.«

»Bedauernswert, das gewiß«, gab der Großmeister zurück. »Aber ein Irrtum? Ihre Leute auf Glyptal IV haben mich förmlich mit Verhandlungsversuchen bombardiert, kaum daß der Frevler ergriffen worden war. Man hat mich dabei auch von Ihrem Kommen informiert. Das Ganze scheint mir eine gut organisierte Rettungskampagne zu sein. Zu gut, als daß man da noch von einem Irrtum sprechen könnte, ob bedauernswert oder nicht.«

Dunkle Augen musterten Ponyets verächtlich. »Wollen Sie mir wirklich erzählen, daß ein Händler, der so viel herumkommt, versehentlich eine Grenze übertritt? Sie glauben wohl, Sie können es sich erlauben, zu landen, wo Sie wollen.«

Ponyets zuckte innerlich zusammen. »Wenn der Händler tatsächlich mit Absicht versucht haben sollte, hier seine Waren zu verkaufen, Ehrwürden«, erwiderte er, »dann war es höchst unklug von ihm und ein Verstoß gegen die Regeln unserer Gilde.«

»Höchst unklug, in der Tat«, nickte der Askonianer knapp. »Eine Torheit, für die Ihr Kamerad wahrscheinlich mit seinem Leben bezahlen muß.«

Ponyets spürte, wie sich sein Magen verkrampfte. Der Großmeister würde keine Skrupel haben, seine Drohung wahrzumachen. »Der Tod, Ehrwürden«, entgegnete der Händler, »ist so absolut und unwiderruflich, daß es doch sicher noch eine Alternative geben muß.«

Der Großmeister überlegte. Schließlich antwortete er vorsichtig: »Ich habe gehört, daß die Stiftung sehr reich sein soll.«

»Reich? Sicher. Aber unsere Reichtümer bestehen in jenen Dingen, von denen Sie nichts wissen wollen. Unsere atomaren Waren sind viel –«

»Ihre Waren sind wertlos, weil ihnen der Segen der Vorfahren fehlt. Ihre Waren sind schlecht und verrucht, weil sie mit dem Interdikt der Vorfahren belegt sind.« Die Worte des Großmeisters klangen ausdruckslos und wie einstudiert.

»Sonst haben Sie nichts von Wert?« fragte er vielsagend, wobei er Ponyets nicht ansah.

»Ich verstehe nicht.« Der Händler schüttelte verständnislos den Kopf. »Was wollen Sie?«

Der andere breitete die Hände aus. »Es sieht mir ganz danach aus, daß Sie meine Stelle einnehmen wollen, denn Sie fragen *mich*, was ich will. Wer ist hier der Bittsteller? Ich glaube, Ihr Freund wird jene Strafe auf sich nehmen müssen, die die askonianischen Gesetze bei einem Sakrileg vorschreiben, und das ist der Tod in der Gaskammer. Wir sind ein gerechtes Volk. Selbst der ärmste Bauer würde in einem solchen Fall nicht härter bestraft. Ich selbst nicht milder.«

»Würden Sie mir erlauben, Ehrwürden«, mumelte Ponyets resignierend, »mit dem Gefangenen zu sprechen?«

»Unsere Gesetze erlauben einem Mann, der zum Tode verurteilt ist, keine Besuche«, erwiderte der Großmeister unbewegt.

Ponyets stand kurz vor der Verzweiflung. »Haben Sie Erbarmen mit der Seele eines Mannes, Ehrwürden, der den Tod vor Augen hat. Die ganze Zeit über, in der sein Leben nun in Gefahr ist, hat er ohne geistlichen Beistand auskommen müssen. Können Sie es wirklich verantworten, daß er unvorbereitet vor das Antlitz des Geistes tritt, der uns alle lenkt?«

»Sind Sie ein Seelsorger?« fragte der Großmeister langsam und musterte Ponyets mißtrauisch.

Der Händler senkte demütig den Kopf. »Ich bin in der Seelsorge ausgebildet worden, Ehrwürden. In den unendlichen Weiten des Raumes werden Männer wie ich gebraucht, die sich um die Seelen der Händler kümmern, deren Leben so sehr von dem Streben nach irdischen Gütern bestimmt wird.«

Der Herrscher von Askone nagte nachdenklich an seiner Unterlippe. »Man muß jedem Menschen die Möglichkeit geben, seine Seele auf die lange Reise zu den Geistern seiner Vorfahren vorzubereiten. Es überrascht mich nur, zu hören, daß ihr Händler gläubig seid.«

3

Eskel Gorov hob den Kopf und öffnete ein Auge. Als er sah, wer durch die schwer befestigte Tür in seine Zelle kam, erhob er sich von seiner Liege.

»Ponyets! Warum hat man ausgerechnet Sie geschickt?«

»Reiner Zufall«, antwortete Ponyets mürrisch. »Oder das Werk eines bösen Geistes, dem mein Gesicht nicht gefällt. Punkt eins: Sie sind auf Askone in Schwierigkeiten geraten. Punkt zwei: Meine Handelsroute führt mich, wie der Handelskammer sehr wohl bekannt ist, genau zum Zeitpunkt von Punkt eins keine zwanzig Parseks an dem betreffenden System vorbei. Punkt drei: Wir haben schon früher zusammengearbeitet, und auch das ist der Handelskammer bekannt. Reizend, wie gut sich die einzelnen Punkte ergänzen, nicht wahr? Auf wen fiel also die logische Wahl? Auf mich.«

»Seien Sie vorsichtig«, warnte ihn Gorov. »Man wird unser Gespräch abhören. Tragen Sie einen Felddistorter bei sich?«

Als Ponyets auf das verzierte Armband deutete, das er um sein Handgelenk trug, atmete Gorov erleichtert auf.

Der Besucher musterte neugierig seine Umgebung. Die Zelle war zwar kahl, aber recht geräumig und hell, und Ponyets konnte keine störenden Gerüche feststellen. »Nicht schlecht«, kommentierte er seinen Eindruck. »Man behandelt Sie anscheinend mit Samthandschuhen.«

Gorov überhörte die Bemerkung. »Wie haben Sie es überhaupt geschafft, hier runter zu kommen? Ich sitze hier seit fast zwei Wochen in strengster Einzelhaft.«

»Hm, also seit meiner Ankunft. Es sieht so aus, daß der Alte, der hier den Boß spielt, auch seine schwachen Punkte hat. Er hat eine Vorliebe für fromme Reden, also habe ich mein Glück auf diese Weise versucht, und wie Sie sehen können, hat es funktioniert. Ich bin hier in der Eigenschaft als Ihr Seelentröster. Diese frommen Vögel sind wirklich komisch. Er würde Ihnen, ohne mit der Wimper zu zucken, die Kehle durchschneiden, wenn es ihm paßt, aber das Wohl Ihrer unsterblichen und zweifelhaften Seele setzt er nicht so ohne weiteres aufs Spiel. Es ist eine Frage der psychologischen Erfahrung. Ein Händler muß sich eben auf jedem Gebiet ein bißchen auskennen.«

Gorov lächelte ironisch. »Und theologische Erfahrung haben Sie auch. Nichts für ungut, Ponyets. Ich bin froh, daß man Sie geschickt hat. Aber dem Großmeister geht es sicher nicht nur um das Wohl meiner Seele. Hat er von einem Lösegeld gesprochen?« Ponyets runzelte die Stirn. »Er hat so eine vage Andeutung gemacht. Er hat auch mit der Gaskammer gedroht. Ich bin lieber auf Nummer sicher gegangen und nicht weiter darauf eingegangen, weil ich nicht wußte, ob es eine Falle war. Es läuft also auf Erpressung hinaus, was? Was will er denn?«

»Gold.«

»Gold?« Ponyets runzelte die Stirn. »Das Metall? Wozu denn?«

»Weil Gold ihre Währung ist.«

»So? Und woher soll ich es besorgen?«

»Egal, woher. Hören Sie gut zu; es ist sehr wichtig. Es wird mir nichts zustoßen, solange der Großmeister Gold wittert. Verprechen Sie ihm soviel er will, und fliegen Sie, wenn nötig, zur Stiftung zurück, um es dort zu besorgen. Wenn ich frei bin, wird man uns aus dem System bringen, und dann trennen sich unsere Wege wieder.«

Ponyets sah ihn mißbilligend an. »Damit Sie zurückkommen und es noch einmal versuchen.«

»Es ist meine Aufgabe, Atomgeräte auf Askone zu verkaufen.«

»Man wird Sie erwischen, bevor Sie einen Parsek weit gekommen sind. Aber ich nehme an, das wissen Sie.«

»Nein.« Gorov schüttelte den Kopf. »Aber das ändert auch nichts.«

»Das nächstemal wird man Sie töten.«

Der Gefangene zuckte die Achseln.

»Wenn ich mit dem Großmeister verhandeln soll«, sagte Ponyets ruhig, »dann muß ich die ganze Geschichte wissen. Bisher bin ich praktisch blind vorgegangen, und die paar harmlosen Bemerkungen, die ich gemacht habe, haben den Großmeister ganz schön in Rage gebracht.«

»Die Sache ist ganz einfach«, erklarte Gorov. »Der einzige Weg, wie wir die Sicherheit der Stiftung hier in der Peripherie festigen können, ist die Errichtung eines Handelsimperiums auf religiöser Basis. Wir sind noch zu schwach, um eine politische Kontrolle durchzusetzen. Auf diese Weise lenken wir auch die Vier Königreiche.«

Ponyets nickte. »Ich verstehe. Und wenn sich ein System weigert, Atomgeräte zu kaufen, kann es nicht unter unsere religiöse Kontrolle gebracht werden –«

»Und ist damit ein potentieller Brennpunkt für Feindseligkeiten und ein Streben nach Unabhängigkeit«, ergänzte Gorov.

»Schön, so sieht also die Theorie aus. Aber was verbietet in der Praxis die Einfuhr von Atomgeräten? Sind es religiöse Gründe? Der Großmeister erwähnte etwas in dieser Richtung.«

»Man betreibt hier eine Art Ahnenkult. Ihre Überlieferungen erzählen von einer bösen Vergangenheit, aus der sie durch die einfachen und tugendsamen Helden der vorangegangenen Generationen gerettet wurden. Es handelt sich dabei um eine verdrehte Version der Periode der Anarchie vor rund hundert Jahren, als man die imperialen Truppen vertrieb und eine unabhängige Regierung einsetzte. Die moderne Wissenschaft und ganz besonders die Atomkraft wurden gleichgesetzt mit dem früheren imperialen Regime, an das sich die Askonianer mit Schrekken erinnern.«

»So? Aber immerhin haben sie doch diese hübschen kleinen Schiffe, mit denen sie mich schon auf zwei Parseks Entfernung geortet haben. Haben sie da auf einmal nichts gegen Atomenergie?«

Gorov zuckte die Achseln. »Bei diesen Schiffen handelt es sich zweifellos um Überbleibsel aus der Zeit des Imperiums, und was sie einmal haben, behalten sie auch. Sie sind mit Atomantrieben ausgerüstet, wenn ich mich nicht irre. Die Sache ist die, daß sich die Askonianer gegen alle Neuerungen stellen und Atomenergie ablehnen. Ihre Wissenschaft kommt völlig ohne Atomenergie aus, und das müssen wir ändern.«

»Und wie wollen Sie das anfangen?«

»Indem wir den Widerstand an einer Stelle brechen. Ich will es einmal einfach ausdrücken: Wenn ich einem Adligen ein Taschenmesser mit einer Kraftfeld-Klinge verkaufen könnte, dann würde er sich dafür einsetzen, daß neue Gesetze erlassen werden, die ihm die Benutzung des Messers erlauben. Es mag vielleicht dumm klingen, ist aber, vom psychologischen Standpunkt aus betrachtet, völlig logisch. Durch den Verkauf von Atomgeräten an strategisch wichtige Leute würde man am Hof eine Partei schaffen, die den Gebrauch von Atomgeräten befürwortet.«

»Zu diesem Zweck hat man *Sie* hierhergeschickt, während ich nur das Lösegeld besorgen und Sie dann wieder allein weitermachen lassen soll? Ist das nicht etwas umständlich?«

»Wie meinen Sie das?« fragte Gorov wachsam.

»Hören Sie«, erwiderte Ponyets gereizt. »Sie sind Diplomat und kein Händler, und nur weil Sie sich Händler nennen, sind Sie noch lange keiner. Hier gehört jemand her, dessen Geschäft es ist, Waren zu verkaufen – und ich bin zufällig mit einer ganzen Ladung hier, die nutzlos vergammelt, und werde, wie es aussieht, mein Soll nicht erfüllen, wenn nicht bald etwas passiert.«

»Sie meinen, Sie wollen Ihr Leben für eine Sache riskieren, die Sie im Grunde nichts angeht?« Gorov lächelte schwach.

»Und Sie meinen, es ist eine Sache des Patriotismus, und Händler sind keine Patrioten?« konterte Ponyets.

»Bekanntlich doch nicht. Das sind Pioniere nie.«

»Schön. Das gebe ich zu. Die Stiftung interessiert mich also nicht im geringsten. Aber ich muß Geschäfte machen, und das hier ist *die* Gelegenheit. Und wenn ich damit gleichzeitig der Stiftung helfen kann, um so besser. Außerdem habe ich mein Leben schon in Situationen aufs Spiel gesetzt, die weniger Gewinn versprachen.«

Ponyets stand auf, und Gorov folgte seinem Beispiel. »Was wollen Sie tun?«

Der Händler lächelte. »Ich weiß es nicht, Gorov – noch nicht. Aber wenn es bei dieser Sache nur darum geht zu verkaufen, dann bin ich Ihr Mann. Es ist im allgemeinen nicht meine Art, zu prahlen, aber eins darf ich mit Sicherheit von mir behaupten: ich habe bisher noch *jedes* Mal mein Soll erfüllt.«

Auf sein Klopfen hin wurde die Tür fast augenblicklich geöffnet, und zwei Posten nahmen ihn in ihre Mitte, als er hinausging.

4

»Eine Vorführung!« sagte der Großmeister zornig. Er lehnte sich in seine Pelze zurück und umklammerte mit seiner hageren Hand fester den Griff des Eisenstabes, den er als Stock benutzte.

»Und Gold, Ehrwürden.«

»*Und* Gold«, wiederholte der Großmeister unüberlegt.

Ponyets setzte den Kasten ab und gab sich so selbstsicher, wie ihm möglich war, als er ihn öffnete. Er fühlte sich allein angesichts der allgemeinen Feindseligkeit, die man ihm entgegenbrachte; genauso hatte er sich gefühlt, als er zum erstenmal mit seinem Schiff im Raum gewesen war. Die bärtigen Berater, die ihn im Halbkreis umgaben, musterten ihn unfreundlich. Unter ihnen befand sich auch Pherl, der hagere Lieblingshöfling des Großmeisters, der unmittelbar neben dem Herrscher saß und Ponyets feindselig beobachtete. Der Händler war ihm schon einmal begegnet und hatte ihn auf den ersten Blick als gefährlichsten Feind und deshalb als erstes Opfer vorgemerkt.

Vor den Türen des Saales harrte eine kleine Armee der Ereignisse, die kommen würden. Ponyets stand hier ganz auf sich allein gestellt; er hatte keine Waffe außer seiner versuchten Bestechung, und Gorov wurde immer noch als Geisel festgehalten.

Er nahm einige letzte Einstellungen an dem schweren Kasten vor, der ihn eine ganze Woche angestrengten Nachdenkens gekostet hatte, und schickte ein letztes Stoßgebet in den Raum, daß der bleibeschichtete Quarz der Belastung standhielt.

»Was ist das?« wollte der Großmeister wissen.

»Das hier«, erwiderte Ponyets und trat einen Schritt zurück, »ist ein

Gerät, das ich selbst konstruiert habe.«

»Das ist unschwer zu erkennen, aber Ihre Erklärung beantwortet nicht meine Frage. Ist es eine dieser schwarzmagischen Teufelsmaschinen Ihrer Welt?«

»Sie arbeitet mit Atomenergie«, gab Ponyets zu, »aber niemand von Ihnen braucht sie zu berühren. Sie haben nichts damit zu tun, und wenn Sie Teufelswerk enthält, nehme ich alle Schuld auf mich.«

Der Großmeister hatte seinen Eisenstock drohend gegen das Gerät erhoben und bewegte nun die Lippen, als er lautlose Beschwörungsformeln betete. Sein Lieblingsschüler beugte sich zu ihm herüber, bis er mit seinem struppigen roten Schnurrbart fast das Ohr des Großmeisters berührte. Der alte Herrscher kehrte mit einem Achselzucken in die Wirklichkeit zurück.

»Und wo liegt nun die Verbindung zwischen Ihrer Teufelsmaschine und dem Gold, das Ihrem Landsmann das Leben retten kann?«

Ponyets strich fast zärtlich über das Gerät. »Mit dieser Maschine«, begann er, »kann ich Eisen in hochwertiges Gold umwandeln. Es ist das einzige Gerät in der ganzen Galaxis, Ehrwürden, das aus Eisen – dem unansehnlichen Eisen, das den Stuhl, auf dem Sie sitzen, und die Mauern dieses Gebäudes stützt – glänzendes, schweres, gelbes Gold macht.«

Ponyets fühlte sich unsicher. Wenn er gewöhnlich eine Ware anpries, dann geschah das ganz nüchtern und sachlich, und diese umständlichen und ausladenden Phrasen waren ihm völlig fremd. Aber letztendlich war es der Inhalt und nicht die Form, der den Großmeister interessierte.

»So? Eine Umwandlung also? Das haben schon andere vor Ihnen versucht – und sie alle haben diese Gotteslästerung teuer bezahlt.«

»Es ist ihnen demnach nicht gelungen?«

»Nein.« Der Großmeister schien belustigt. »Wären sie erfolgreich gewesen, dann wäre ihr Verbrechen dadurch aufgehoben worden. Tödlich ist nur der mißglückte Versuch. Hier, versuchen Sie Ihr Glück mit meinem Stab.«

»Sie werden mir verzeihen, Ehrwürden, aber mein Gerät ist nur ein kleines Modell, das eigentlich für mich selbst bestimmt ist. Ihr Stab ist zu lang.«

Der Großmeister ließ den Blick über die Anwesenden schweifen. »Randel«, sagte er plötzlich, »Ihre Schnalle. Machen Sie schon. Sie bekommen Sie ersetzt, wenn der Versuch mißlingt.«

Die Schnalle wurde von Hand zu Hand weitergegeben, bis sie schließlich beim Großmeister angekommen war, der sie abschätzend hochhob.

»Hier«, meinte er dann und warf sie auf den Boden.

Ponyets nahm sie auf und öffnete das zylinderförmige Gerät. Seine Augen verengten sich vor Konzentration zu schmalen Schlitzen, denn die Schnalle mußte genau in der Mitte des Anodenschirms liegen. Später würde es einfacher sein, aber beim erstenmal durfte er sich keinen Patzer erlauben.

Der selbstgebastelte Umwandler krachte und knisterte zehn Minuten lang, und ein schwacher Geruch nach Ozon erfüllte die Luft. Die Askonianer wichen unruhig zurück, und wieder beugte sich Pherl zu seinem Herrscher hinüber, um ihm etwas ins Ohr zu flüstern, doch der Großmeister blieb mit unbewegtem Gesicht stocksteif sitzen.

Und dann war aus der Schnalle Gold geworden.

»Ehrwürden!« Ponyets hielt sie dem alten Mann hin, doch dieser zögerte und winkte dann ab. Sein Blick fiel auf den Umwandler.»Das hier ist Gold, meine Herren«, sagte Ponyets rasch. »Reines Gold. Wenn Sie mir nicht glauben, unterziehen Sie es ruhig jedem bekannten physischen und chemischen Test. Es unterscheidet sich in nichts von jenem Gold, wie es in der Natur vorkommt. Ich kann alles Eisen auf diese Weise umwandeln, ganz gleich, ob es rostig oder mit anderen Matallen legiert ist –«

Aber Ponyets hätte sich seine Worte eigentlich sparen können, denn die Tatsache, daß die Schnalle, die er noch immer in der ausgestreckten Hand hielt, aus purem Gold war, sprach für sich.

Als der Großmeister schließlich langsam nach dem Gold greifen wollte, ergriff Pherl das Wort. »Das Gold stammt aus einer Teufelsmaschine, Ehrwürden«, gab er zu bedenken.

»Auch aus dem Schlamm kann eine Rose wachsen, Ehrwürden«, konterte Ponyets. »Bei Ihren Geschäften mit Ihren Nachbarn kaufen Sie so viele Dinge und fragen auch nie danach, woher sie stammen. Außerdem biete ich Ihnen ja nicht diese Maschine, sondern Gold an.«

»Sie tragen keine Verantwortung für die Sünden von Fremden, Ehrwürden«, wandte Perl ein, »die ohne Ihr Wissen und ohne Ihre Zustimmung handeln. Aber wir beleidigen unsere heiligen Vorfahren, wenn wir dieses seltsame Pseudo-Gold annehmen, das in Ihrer Gegenwart auf sündhafte Weise aus Eisen gemacht wurde.«

»Aber Gold ist Gold«, antwortete der Großmeister nachdenklich, »und es ist ja nur die Auslösung für die heidnische Seele eines verurteilten Schurken.« Dennoch zog er seine Hand zurück

»Ihre Weisheit ist groß, Ehrwürden«, erwiderte Ponyets. »Deshalb überlegen Sie: Was zählt schon ein Heide für Ihre Vorfahren, wenn Sie für ihn so viel Gold bekommen, daß Sie damit die Schreine ihrer unsterblichen Seelen ausschmücken können? Und selbst wenn das Gold schlecht wäre, wird es nicht ganz von selbst gut, wenn es für einen so frommen Zweck verwendet wird?«

»Bei den Gebeinen meines Großvaters«, sagte der Großmeister mit überraschender Heftigkeit. »Was sagen Sie zu diesem jungen Mann, Pherl?« Er lachte schrill. »Hat er nicht recht? Was er sagt, ist genauso wahr wie die Worte meiner Vorfahren.«

»So scheint es«, entgegnete Pherl finster. »Vorausgesetzt er redet nicht mit der Zunge des Bösen Geistes.«

»Ich habe noch einen besseren Vorschlag«, mischte sich Ponyets plötzlich ein. »Behalten Sie das Gold als Pfand. Legen Sie es als Opfergabe auf die Altäre Ihrer Vorfahren und halten Sie mich dreißig Tage hier als Geisel fest. Wenn Ihre Ahnen nach Ablauf dieser Zeit kein Zeichen ihres Mißfallens kundgetan haben – wenn also nichts Widriges geschieht – müßte dies doch beweisen, daß sie das Opfer annehmen. Was sagen Sie zu diesem Angebot?«

Der Großmeister erhob sich, um die Meinung der Anwesenden zu diesem Vorschlag einzuholen. Alle nickten zustimmend, und sogar Pherl, der auf dem zerfransten Ende seines Schnurrbarts kaute, senkte zum Zeichen seines Einverständnisses den Kopf.

Ponyets lächelte und mußte daran denken, wie nützlich doch eine religiöse Ausbildung manchmal sein konnte.

5

Eine weitere Woche verging, bevor das Treffen mit Pherl endlich zustande kam. Ponyets war etwas nervös, aber er hatte sich inzwischen an das Gefühl der physischen Hilflosigkeit gewöhnt. Unter strenger Bewachung hatte er die Stadt verlassen, und jetzt befand er sich, ebenfalls unter strenger Bewachung, in Pherls Landhaus, das am Rande der Stadt lag. Es blieb ihm nichts weiter übrig, als zu gehorchen und das zu tun, was man von ihm verlangte.

Ohne seine Robe und in alltäglicher Umgebung wirkte Pherl größer und jünger, als ihn Ponyets von seiner letzten Begegnung im Kreise der Ältesten in Erinnerung hatte.

»Sie sind ein seltsamer Mann«, sagte er plötzlich. Seine eng zusammenstehenden Augen schienen Ponyets durchbohren zu wollen. »In der ganzen letzten Woche und besonders in den vergangenen zwei Stunden haben Sie nichts weiter getan als mich davon zu überzeugen versucht, daß ich Gold brauche. Eine völlig unnötige Mühe, denn wer braucht es nicht? Warum kommen Sie nicht zur Sache?«

»Es geht nicht einfach um Gold«, erwiderte Ponyets vorsichtig. »Nicht nur um ein paar Münzen. Es geht um das, was dahinter liegt.«

»Was kann denn schon hinter Gold liegen?« Pherl verzog den Mund zu einem verächtlichen Lächeln. »Dies wird doch hoffentlich nicht die Einleitung zu einer weiteren plumpen Vorführung.«

»Plump?« Ponyets runzelte die Stirn.

»Natürlich.« Pherl faltete die Hände und legte sie unter sein Kinn. »Ich will Sie nicht kritisieren. Ich bin sicher, daß Sie Ihre Vorführung mit Absicht so plump vorgebracht haben. Wenn ich mir über das Motiv im klaren gewesen wäre, hätte ich den Großmeister vielleicht darauf hingewiesen. Ich an Ihrer Stelle hätte das Gold auf meinem Schiff hergestellt und es dann im Kreis der Ältesten angeboten. Ihre Vorführung war gänzlich überflüssig.«

»Sicher«, nickte Ponyets, »aber da nicht Sie, sondern ich an meiner Stelle war, habe ich die Vorführung in Kauf genommen, um auf diese Weise Ihre Aufmerksamkeit zu erregen.«

»Das ist es also? Mehr nicht?« Pherl gab sich keine Mühe, seine Belustigung zu verbergen. »Und ich nehme an, daß Sie die Wartezeit von dreißig Tagen vorgeschlagen haben, um aus dieser Aufmerksamkeit etwas Handfesteres zu machen. Aber was fangen Sie an, wenn sich das Gold als nicht rein herausstellen sollte?«

Ponyets lächelte düster. »Wenn das Urteil von jenen Leuten abhängt, die äußerst interessiert daran sind, daß es rein ist?«

Pherl runzelte die Stirn und musterte den Händler eingehend. Er schien gleichzeitig überrascht und zufrieden.

»Ein gutes Argument. Und jetzt verraten Sie mir doch bitte, warum Sie meine Aufmerksamkeit erregen wollten.«

»Das werde ich. In der kurzen Zeit, die ich hier bin, habe ich einige nützliche Beobachtungen gemacht, die Sie betreffen und mich interessieren. Sie sind zum Beispiel sehr jung – ich meine, für ein Mitglied des Ältestenrates, wo Sie noch dazu aus einer verhältnismäßig jungen Familie stammen.«

»Sie kritisieren meine Familie?«

»Das ist keineswegs meine Absicht. Ihre Ahnen sind groß und heilig, das wird niemand bestreiten. Aber es gibt Leute, die sagen, daß Sie nicht zu einem der Fünf Stämme gehören.«

Pherl lehnte sich zurück. »Mit allem Respekt vor den Betroffenen«, gab er giftig zurück, »aber die Fünf Stämme sind degeneriert, und ihr Blut ist ausgelaugt. Es leben höchstens noch fünfzig Mitglieder von ihnen.«

»Trotzdem gibt es Leute, die sagen, daß das Volk nur einen Angehörigen eines dieser Stämme als Großmeister sehen will. Und deshalb ist es unvermeidlich, daß sich der junge Günstling des Großmeisters gefährliche Feinde unter den einflußreichen Männern des Staates macht – so heißt es jedenfalls. Der Großmeister ist ein alter Mann, und seine Protektion geht nicht über seinen Tod hinaus, wenn es einer Ihrer Feinde ist, der seine letzten Worte auslegt.«

»Für einen Fremden hören Sie ziemlich viel. So lange Ohren müßte man stutzen.« Pherl sah den Händler finster an.

»Darüber können wir uns später unterhalten.«

»Lassen Sie mich raten.« Pherl rückte ungeduldig in seinem Sessel hin und her. »Sie bieten mir Reichtum und Macht in Form dieser kleinen Teufelsmaschinen, die Sie an Bord Ihres Schiffes haben. Stimmt es?«

»Schon möglich. Und was hätten Sie dagegen einzuwenden? Ist es einfach eine Frage Ihrer religiösen Einstellung?«

Pherl schüttelte den Kopf. »Keineswegs. Sehen Sie, Sie haben in Ihrem heidnischen Agnostizismus eine ganz bestimmte Vorstellung von uns – aber ich bin nicht der Sklave unserer Mythologie, auch wenn das so aussehen mag. Ich bin ein gebildeter Mensch, Sir, und ich hoffe, auch ein aufgeklärter. Unsere religiösen Bräuche sind allein für die Masse des Volkes bestimmt, wenn auch mehr im rituellen als im ethischen Sinn.«

»Und Ihr Einwand?«

»Genau das ist mein Einwand. Die Massen. Ich wäre unter Umständen bereit, mich mit Ihnen zu einigen, aber Ihre kleinen Maschinen müssen zu etwas Nützlichem benutzt werden. Wie sollte ich zu Reichtümern kommen, wenn ich – was verkaufen Sie? – schön, einen Rasierapparat nur insgeheim und zitternd vor Angst benutzen könnte. Selbst wenn mein Gesicht dann glatter rasiert wäre, wie sollte ich auf diese Weise reich werden? Und wie sollte ich dem Tod in der Gaskammer oder dem Terror der Massen entgehen, wenn man mich mit dem Rasierapparat in der Hand überraschen würde?«

Ponyets zuckte die Achseln. »Sie haben natürlich völlig recht. Mir fällt nur ein Ausweg ein: Sie müssen Ihr Volk zum Gebrauch von Atomgeräten zu seiner eigenen Bequemlichkeit und zu Ihrem materiellen Vorteil erziehen. Ich will nicht leugnen, daß dies ein gewaltiges Stück Arbeit wäre, aber Ihre Gewinne wären noch gewaltiger. Doch das ist Ihre Sorge und, jedenfalls im Augenblick, nicht meine. Denn ich biete Ihnen weder Rasierapparate, noch Messer, noch mechanische Müllschlucker an.«

»Was sonst?«

»Gold. Reines Gold. Ich biete Ihnen die Maschine an, die ich Ihnen vergangene Woche vorgeführt habe.«

Pherl hob ruckartig den Kopf. »Den Umwandler?«

»Richtig. Sie können Ihren gesamten Eisenvorrat in Gold umwandeln und sich damit jeden Wunsch erfüllen, auch die Position des Großmeisters, ungeachtet Ihrer Jugend und Ihrer Gegner. Und sie ist sicher.«

»In welcher Hinsicht?«

»In der, daß sie gerade im geheimen Nutzen bringt, was bei den Atomgeräten nicht der Fall ist, wie Sie selbst festgestellt haben. Sie können den Umwandler im tiefsten Gewölbe Ihrer stärksten Festung auf Ihrem abgelegensten Besitz verstecken, und trotzdem wird er Ihnen sofort zu Reichtum verhelfen. Es ist das Gold, das Sie kaufen, nicht die Maschine, und dieses Gold trägt keine Spuren seiner Herkunft, denn es läßt sich nicht von dem natürlichen Metall unterscheiden.«

»Und wer soll die Maschine bedienen?«

»Sie selbst. Ich kann Ihnen in fünf Minuten alles erklären, was Sie wissen müssen. Sagen Sie mir, wo Sie sie haben wollen, und ich stelle sie Ihnen auf.«

»Und was erwarten Sie als Gegenleistung?«

»Nun«, Ponyets wurde vorsichtig, »ich verlange einen Preis, der recht hoch ist. Aber schließlich muß ich ja auch leben. Sagen wir – immerhin handelt es sich um eine wertvolle Maschine – eine Tonne Gold.«

Pherl lachte, und Ponyets wurde rot. »Ich möchte Sie daran erinnern, Sir«, erwiderte der Händler steif, »daß Sie diese Menge in zwei Stunden herstellen können.«

»Natürlich, und nach einer Stunde wären Sie vielleicht verschwunden, und die Maschine funktionierte auf einmal nicht mehr. Ich verlange eine Garantie.«

»Ich gebe Ihnen mein Wort.«

»Wie großzügig von Ihnen.« Pherl verbeugte sich spöttisch. »Aber Ihrer Gegenwart wäre mir noch lieber. Ich gebe Ihnen *mein* Wort, daß ich Sie eine Woche nach Übergabe der betriebsbereiten Maschine bezahlen werde.«

»Unmöglich.«

»Unmöglich? Vergessen Sie, daß Sie schon mit einem Fuß in der Gaskammer stehen, weil Sie versucht haben, mir etwas zu verkaufen? Wenn Sie meinen Vorschlag nicht annehmen, dann gebe ich Ihnen mein Wort, daß morgen die Gaskammer auf Sie wartet.«

Ponyets' Gesicht war ausdruckslos, nur seine Lider zuckten leicht. »Das ist unfair. Geben Sie mir Ihr Versprechen wenigstens schriftlich?«

»Um mich damit ebenfalls für die Gaskammer anzumelden? Nein, mein Lieber!« Pherl grinste zufrieden. »Nein, es reicht, wenn einer von uns ein Narr ist.«

»Dann bleibt mir wohl nichts anderes übrig, als zuzustimmen«, erwiderte der Händler leise.

6

Am dreißigsten Tag wurde Gorov gegen fünfhundert Pfund reinsten Goldes wieder auf freien Fuß gesetzt. Gleichzeitig gab man auch sein Schiff wieder frei, das unter strengster Quarantäne festgehalten worden war.

Genau wie auf dem Hinflug wurden sie auch beim Verlassen des askonianischen Systems wieder von jenen kleinen Sportkreuzern eskortiert.

Ponyets sah auf den dunklen Fleck vor ihm, der Gorovs Schiff war, während die Stimme des angeblichen Händlermeisters klar und deutlich über den abhörsicheren Ätherstrahl in seine Kabine drang.

»Das hilft uns aber nicht weiter, Ponyets«, sagte Gorov gerade. »Ein Umwandler nützt uns nichts. Wo haben Sie ihn überhaupt her?«

»Ich habe ihn mir selbst zusammengebastelt«, antwortete Ponyets geduldig. »Er ist im Grunde völlig wertlos. Wenn er in größerem Maße eingesetzt wird, werden die Kosten für den Energieverbrauch unerschwinglich. Die Stiftung würde ihn sonst längst eingesetzt haben, statt die ganze Galaxis nach Schwermetallen abzusuchen. Es ist einer der Standardtricks, mit denen wir Händler arbeiten, allerdings ist es das erstemal, daß ich einen Umwandler angeboten habe, der Eisen in Gold verwandelt. Überaus eindrucksvoll, diese Maschine, und sie funktioniert – wenn auch nicht lange.«

»Schön und gut, aber dieser Trick nützt uns nicht viel.«

»Immerhin habe ich Sie damit aus einer höchst unerfreulichen Situation befreit.«

»Was uns nicht weiterbringt. Ich muß nämlich zurück, sobald wir unsere anhänglichen Begleiter abgeschüttelt haben.«

»Wieso?«

»Sie haben es doch selbst diesem jungen Politiker erklärt.« Gorovs Stimme klang ungeduldig. »Ihre ganze Verkaufsargumentation baute auf der Tatsache auf, daß der Umwandler nur ein Mittel zum Zweck und an sich wertlos sei. Daß er das Gold kaufen würde und nicht die Maschine. Es war eine psychologisch gute Taktik, denn sie hat funktioniert, aber –«

»Aber?« echote Ponyets ausdruckslos.

»Aber wir wollen ihnen eine Maschine verkaufen, die selbst einen Wert und Nutzen hat.« Gorovs Stimme wurde einen Ton höher. »Etwas, das sie in aller Öffentlichkeit benutzen können und das sie dazu bringt, sich in eigenem Interesse für die Atomtechnik einzusetzen.«

»Das ist mir klar«, antwortete Ponyets freundlich. »Sie haben mir das alles ja schon einmal erklärt. Aber jetzt überlegen Sie sich doch einmal, welche Folgen der Verkauf meiner Maschine nach sich zieht. Solange der Umwandler funktioniert, wird Pherl Gold produzieren; und er wird lange genug funktionieren, daß Pherl mit seiner Hilfe die nächste Wahl gewinnt. Der derzeitige Großmeister hat nicht mehr allzu lange zu leben.«

»Rechnen Sie mit seiner Dankbarkeit?« wollte Gorov wissen.

»Nein – aber mit seiner Intelligenz und Selbstsucht. Der Umwandler hilft ihm, die Wahl zu gewinnen; andere Maschinen können dann –«

»Nein, nein und nochmals nein! Sie verdrehen die Tatsachen. Es ist nicht der Umwandler, dem er den Gewinn der Wahl zuschreiben wird, sondern das gute, altmodische Gold. Das versuche ich Ihnen schon die ganze Zeit über klar zu machen.«

Ponyets grinste und setzte sich bequemer zurecht. Er hatte den armen Kerl jetzt lange genug an der Angel zappeln lassen. Gorov klang, als würde er langsam wild werden.

»Nicht so voreilig, Gorov«, sagte er. »Ich bin noch nicht fertig. Es geht nicht nur um den Umwandler, sondern auch um andere Atomgeräte.«

Gorov schwieg. Schließlich erkundigte er sich vorsichtig: »Um was für Geräte?«

»Sehen Sie unsere Eskorte?« Ponyets deutete überflüssigerweise nach draußen.

»Natürlich«, antwortete Gorov knapp. »Was ist mit den Geräten?«

»Moment – hören Sie mir erst einmal zu. Die Schiffe, die uns eskortieren, gehören zu Pherls Privatflotte, die er dem Großmeister als Zeichen der besonderen Wertschätzung abschwatzen konnte.«

»Und?«

»Was glauben Sie, wohin man uns jetzt bringt? Zu seinen Bergwerken am Rande des askonianischen Herrschaftsgebiets. Hören Sie zu!« Ponyets wurde plötzlich erregt. »Ich habe Ihnen ja gesagt, daß es mir bei dieser Sache in erster Linie um Geld und erst in zweiter um das Wohl von Welten geht. Ich habe den Umwandler verschenkt. Ich habe nichts dafür bekommen und mußte sogar noch damit rechnen, in die Gaskammer zu kommen. Auf diese Weise kann ich mein Soll sicher nicht erfüllen.«

»Zurück zu den Bergwerken, Ponyets. Was haben die Bergwerke mit all dem zu tun?«

»Mit dem Profit, Gorov, mit dem Profit. Wir laden Zinn, soviel mein – und Ihr Schiff – fassen. Ich werde mit Pherl hinuntergehen und meine Frachträume mit Zinn füllen, und Sie geben mir Deckung aus der Luft – nur für den Fall, daß Pherl es nicht so ehrlich meint, wie er tut. Dieses Zinn ist mein Gewinn.«

»Für den Umwandler?«

»*Für meine gesamte Ladung an Atomgeräten*. Zum doppelten Preis, plus einem Bonus obendrein.« Er zuckte die Schultern, fast, als wollte er sich entschuldigen. »Ich gebe zu, ich habe ihn damit übers Ohr gehauen, aber schließlich muß ich doch zusehen, daß ich mein Soll erfülle, oder nicht?«

Gorov wußte offensichtlich nicht mehr, was er sagen sollte. »Würden Sie mir das etwas näher erklären?« bat er schließlich kleinlaut.

»Was gibt es denn da groß zu erklären? Die Sache ist doch ganz klar, Gorov. Sehen Sie, dieser gerissene Hund von Pherl dachte, er hätte mich in der Hand, weil sein Wort vor dem Großmeister mehr gilt als das meine. Er nahm den Umwandler an, was auf Askone als Schwerverbrecher geahndet wird. Aber er konnte ja jederzeit behaupten, er hätte mich aus rein patriotischen Motiven in eine Falle locken wollen, um mich dann als Verkäufer verbotener Waren zu entlarven.«

»Was er womöglich auch getan hätte.«

»Allerdings, nur hätte dann nicht nur sein Wort gegen meines gestanden. Mit einem hat er nämlich nicht gerechnet. Wissen Sie, Gorov, Pherl hatte noch nie etwas von einem Mikrofilmrekorder gehört.«

Gorov lachte plötzlich.

»Ich sehe, Sie verstehen, worauf ich hinaus will«, fuhr Ponyets fort. »Pherl hatte mich also in der Hand, wie es aussah. Aber als ich ihm brav den Umwandler aufstellte, habe ich den Rekorder mit eingebaut und ihn bei der Überprüfung am nächsten Tag wieder herausgenommen. Damit hatte ich einen hübschen und äußerst aufschlußreichen Film in der Hand, der den armen Pherl gestochen scharf in seinem Allerheiligsten zeigt, wie er die Maschine bedient und dann staunend sein erstes selbstgefertigtes Stück Gold betrachtet, als hätte er gerade ein Ei gelegt.«

»Haben Sie ihm den Film gezeigt?«

»Ja, zwei Tage später. Der Ärmste hatte noch nie in seinem Leben einen dreidimensionalen Tonfilm und dazu noch in Farbe gesehen. Er behauptet zwar von sich, nicht abergläubig zu sein, aber er hat ein Gesicht gemacht, als wäre ihm gerade einer seiner Vorfahren über den Weg gelaufen. Und als ich ihm dann erzählte, ich hätte einen Rekorder mit dem gleichen Film auf dem Marktplatz deponiert, der vor den Augen einer Million fanatischer Askonianer Punkt zwölf Uhr mittags abgespielt werden würde, warf er sich mir völlig aufgelöst vor die Füße und erklärte sich mit allem einverstanden, was ich von ihm verlangte.«

»Hätten Sie das wirklich?« fragte Gorov lachend. »Ich meine, einen Rekorder auf dem Marktplatz deponiert?«

»Nein, aber das spielte keine Rolle mehr. Er hat sofort sämtliche Geräte, die ich und auch Sie an Bord haben, für soviel Zinn verkauft, wie wir mitnehmen können. Ich glaube, er hat mich in dem Augenblick zu allem fähig gehalten. Wir haben den Vertrag schriftlich abgefaßt, und bevor ich mit ihm heruntergehe, bekommen Sie vorsichtshalber noch eine Kopie davon.«

»Sie haben sein Ego ziemlich schwer verletzt«, gab Gorov zu bedenken. »Glauben Sie wirklich, daß er die Geräte benutzen wird?«

»Warum nicht? Es ist die einzige Möglichkeit, wie er seinen Verlust wiedergutmachen kann, und wenn er dabei noch verdient, heilt auch sein verletzter Stolz wieder. Außerdem wird *er* der nächste Großmeister werden – und einen besseren Mann könnten wir gar nicht auf unserer Seite haben.«

»Wirklich ein gutes Geschäft«, entgegnete Gorov. »Allerdings muß ich sagen, daß Sie mit höchst ungewöhnlichen Verkaufstaktiken arbeiten. Kein Wunder, daß Sie damals aus dem Seminar geflogen sind. Haben Sie denn überhaupt keine Moral?«

»Was hätte ich davon?« antwortete Ponyets gleichgültig. »Sie wissen ja, was Salvor Hardin über die Moral gesagt hat.«

Teil V

Die Handelsherren

1

Händler – . . . Wie die Psychohistorie vorausberechnet hatte, breitete sich der wirtschaftliche Einfluß der Stiftung immer weiter aus. Die Händler gelangten zu Reichtum, und mit dem Reichtum zur Macht . . .

Es wird oft vergessen, daß Hober Mallow seine Laufbahn als einfacher Händler begann. Nie in Vergessenheit geraten wird dagegen die Tatsache, daß er der erste Handelsherr wurde . . .

Encyclopedia Galaktica

Jorane Sutt legte die Spitzen seiner sorgfältig manikürten Finger gegeneinander. »Die Sache ist mir ein Rätsel«, sagte er. »Womöglich – aber das bleibt streng unter uns – handelt es sich um eine neue Seldon-Krise«

Der Mann ihm gegenüber griff in die Tasche seiner kurzen Smyrna-Jacke und zog eine Zigarette heraus. »Ich weiß nicht so recht, Sutt. Es ist schon fast zur Gewohnheit geworden, daß die Politiker vor jeder Bürgermeisterwahl von einer Seldon-Krise reden.«

Sutt lächelte dünn. »Wir stehen aber vor keiner Wahl, Mallow. Unser Problem sind Atomwaffen und die Tatsache, daß wir nicht wissen, woher sie kommen.«

Hober Mallow, der Händlermeister von Smyrno, sog gelassen an seiner Zigarette. »Fahren Sie fort. Kommen Sie endlich zur Sache.« Mallow war nie besonders freundlich zu Leuten der Stiftung.

Sutt deutete auf die dreidimensionale Sternenkarte auf dem Tisch. Er drehte an den Steuerknöpfen, und plötzlich leuchtete eine Gruppe von einem halben Dutzend Stellarsystemen rot auf.

»Das da«, erklärte er ruhig, »ist die Republik Korell.«

Der Händler nickte. »Ich bin schon dort gewesen. Eine üble Gegend! Es nennt sich zwar Republik, aber rein zufällig ist es immer jemand aus der Argo-Familie, der zum Commdor gewählt wird. Und wenn es einem nicht paßt, dann muß man damit rechnen, daß einem etwas zustößt.« Er verzog den Mund und wiederholte: »Ich bin schon dort gewesen.«

»Aber Sie sind zurückgekommen, was durchaus nicht immer der Fall ist. Im letzten Jahr sind drei Handelsschiffe, die unter dem Schutz der Konvention standen, im Territorium der Republik verschwunden. Und diese Schiffe waren mit den üblichen Nuklearsprengstoffen und Kraftfeld-Verteidigungssystemen ausgerüstet.«

»Was haben die Schiffe als letzte Meldung durchgegeben?«

»Nur Routineberichte. Nichts Außergewöhnliches.«

»Und was hat Korell dazu gesagt?«

Sutts Augen blitzten spöttisch. »Wir konnten sie nicht danach fragen. Die stärkste Seite der Stiftung ist die Tatsache, daß man sie in der ganzen Peripherie für äußerst mächtig hält. Glauben Sie, wir können es uns leisten, drei Schiffe zu verlieren und dann einfach zu fragen, wo sie geblieben sind?«

»Dann schlage ich vor, Sie verraten mir jetzt endlich, was Sie von mir wollen.«

Jorane Sutt ließ sich nicht aus der Ruhe bringen. Als Sekretär des Bürgermeisters hatte er tagtäglich mit Abgeordneten der Opposition, Stellenjägern, Reformatoren und Spinnern zu tun, die von sich behaupten, den Verlauf der Zukunft zu kennen, wie ihn Hari Seldon berechnet hatte. Er war so abgebrüht, daß schon eine ganze Menge dazu gehörte, bis er aus der Haut fuhr.

»Sofort«, erwiderte er geduldig. »Sehen Sie, es kann kein Zufall sein, daß drei Schiffe im selben Jahr und in ein und demselben Sektor verlorengegangen sind, und Atomwaffen können nur durch andere Atomwaffen besiegt werden. Daraus ergibt sich die Frage: Wenn Korell über Atomwaffen verfügt, woher bekommen sie sie?«

»Woher also?«

»Es gibt zwei Möglichkeiten. Entweder die Korellaner haben sie selbst gebaut –«

»Das ist aber weit hergeholt!«

»Ziemlich weit sogar! Die andere Möglichkeit ist die, daß wir es mit einem Fall von Verrat zu tun haben.«

»Glauben Sie wirklich?« fragte Mallow kühl.

»Diese Möglichkeit ist keineswegs so abwegig«, erwiderte Sutt ruhig. »Seit die Vier Königreiche die Stiftungskonvention unterzeichnet haben, haben wir in jeder Nation immer wieder mit durchaus ernstzunehmenden Dissidentengruppen zu tun. In jedem der ehemaligen Königreiche gibt es eine ganze Reihe von Leuten, wie zum Beispiel die früheren Adelsschichten, die gegen die Stiftung sind. Möglicherweise werden sie jetzt langsam aktiv.«

»Ich verstehe«, zischte Mallow mit hochrotem Kopf. »Haben Sie vielleicht auch *mir persönlich* etwas zu sagen. Ich stamme von Smyrno.«

»Ich weiß, daß Sie Smyrnianer sind und auf Smyrno, einem der ehemaligen Vier Königreiche, geboren wurden. Sie gehören nur Ihrer

Ausbildung nach zur Stiftung. Der Geburt nach sind Sie ein Ausländer. Wahrscheinlich war Ihr Großvater zur Zeit des Krieges zwischen Anacreon und Loris ein Baron, und wahrscheinlich hat man Ihre Familie enteignet, als Sef Sermak den Grundbesitz des Adels neu verteilte.«

»Nein und nochmal nein! Mein Großvater war der bettelarme Sohn eines Raumfahrers, der sich vor der Zeit der Stiftung für einen Hungerlohn in den Kohleminen zu Tode gearbeitet hat. Ich fühle mich dem alten Regime zu nichts verpflichtet. Aber ich bin auf Smyrno geboren worden, und ich bin stolz auf meine Heimat. Mit Ihrem Gerede über Verrat können Sie mich nicht auf Ihre Seite ziehen. Und jetzt sagen Sie mir, was Sie von mir wollen, oder fangen Sie von mir aus auch mit Ihren Beschuldigungen an, aber kommen Sie endlich zur Sache.«

»Mein lieber Händlermeister, es interessiert mich nicht im geringsten, ob Ihr Großvater König von Smyrno oder der Ärmste unter den Armen dort gewesen ist. Ich habe diesen Unsinn über Ihre Herkunft und Ihre Familie nur erzählt, um Ihnen zu beweisen, daß es mich nicht interessiert. Sie haben offensichtlich nicht begriffen, worum es mir geht. Aber zurück zur Sache. Sie sind Smyrnianer und kennen sich mit Ausländern aus. Außerdem sind Sie einer der besten Händler. Sie sind schon in Korell gewesen und kennen die Korellaner. Und genau dorthin möchte ich Sie schicken.«

Mallow holte tief Luft. »Als Spion?«

»Nein. Ganz einfach als Händler – aber Sie sollen die Augen offenhalten. Vielleicht finden Sie heraus, woher die Atomwaffen kommen – da Sie Smyrnianer sind, möchte ich Sie noch einmal daran erinnern, daß die Mannschaften von zwei der vermißten Schiffe aus Smyrnianern bestand.«

»Wann soll ich starten?«

»Wann ist Ihr Schiff startklar?«

»In sechs Tagen.«

»Gut, dann starten Sie in sechs Tagen. Alle weiteren Anweisungen bekommen Sie bei der Admiralität.«

»In Ordnung!« Der Händler erhob sich, reichte dem anderen flüchtig die Hand und ging dann hinaus.

Sutt blieb sitzen und spreizte die Finger, um sich zu entspannen. Schließlich hob er die Schultern, stand auf und betrat das Büro des Bürgermeisters.

Der Bürgermeister schaltete den Schirm aus und lehnte sich zurück. »Was halten *Sie* davon, Sutt?«

»Vielleicht ist er nur ein guter Schauspieler«, antwortete der Sekretär und starrte nachdenklich in die Luft.

2

Am Abend desselben Tages saß Publis Manlio in Jorane Sutts Junggesellenwohnung im einundzwanzigsten Stock des Hardin-Gebäudes und nippte an seinem Wein.

Der bereits betagte Mann hatte zwei wichtige Ämter innerhalb der Stiftung inne. Er war einmal Außenminister im Kabinett des Bürgermeisters und zum anderen, für alle anderen Außenplaneten außer der Stiftung selbst, Primas der Kirche, Lieferant des Heiligen Mahles, Herr über die Tempel und noch eine ganze Menge mehr. Die Reihe seiner verwirrenden, aber wohltönenden Titel ließ sich fast endlos fortsetzen.

»Aber er war einverstanden, daß Sie diesen Händler hinschicken. Das ist doch immerhin schon etwas«, sagte Manlio gerade.

»Aber nicht viel«, gab Sutt zurück. »Und es bringt uns außerdem nicht direkt weiter. Das Ganze ist doch nur ein Trick, und wir haben keine Ahnung, wie es am Ende ausgeht. Es ist, als ob wir ein Netz einzögen und darauf hofften, daß sich irgend jemand in seinen Maschen verfangen hat.«

»Da haben Sie recht. Und dieser Mallow ist wirklich ein fähiger Mann. Was machen Sie, wenn er sich nicht täuschen läßt?«

»Das Risiko müssen wir eingehen. Wenn es sich tatsächlich um Verrat handelt, dann stecken fähige Köpfe hinter der Sache. Wenn nicht, dann brauchen wir einen fähigen Mann, um die Wahrheit herauszufinden. Wir werden Mallow ständig überwachen lassen. Möchten Sie noch etwas trinken?«

»Nein, danke. Ich habe genug.«

Sutt füllte sein eigenes Glas nach und wartete dann geduldig, während der Außenminister seinen Gedanken nachhing.

Offensichtlich konnte er mit seinen Überlegungen zu keinem Ergebnis kommen, denn plötzlich fragte er: »Was beschäftigt Sie, Sutt?«

»Ich werde es Ihnen sagen, Manlio«, antwortete der Sekretär. »Wir befinden uns mitten in einer Seldon-Krise.«

Manlio sah ihn nachdenklich an. »Woher wollen Sie das wissen?« meinte er dann. »Ist Seldon wieder einmal in der Zeitgruft erschienen?«

»Das ist gar nicht nötig. Überlegen Sie doch einmal. Seit das Galaktische Imperium die Peripherie aufgegeben und uns selbst überlassen hat, haben wir nie einen Gegner gehabt, der Atomwaffen besaß. Und nun ist dieser Fall zum erstenmal eingetreten. Diese Tatsache ist für sich allein gesehen schon bedeutsam genug. Aber es kommt noch ein anderer Punkt hinzu. Zum erstenmal seit siebzig Jahren stehen wir wieder vor einer ernsten innenpolitischen Krise. Meiner Meinung nach gibt es angesichts dieser Duplizität zweier Krisen, einer äußeren und einer inneren, keinerlei Zweifel mehr.«

Manlio runzelte die Stirn. »Wenn das alles ist, dann ist es nicht genug.

Es hat bisher zwei Seldon-Krisen gegeben, und jedesmal war die Existenz der Stiftung bedroht. Erst wenn diese Situation eintritt, kann man von einer dritten Krise sprechen.«

Sutt blieb ruhig. »Diese Situation wird bald eintreten. Jeder Dummkopf erkennt eine Krise, wenn sie da ist. Wenn wir dem Staat wirklich einen Dienst erweisen wollen, dann müssen wir sie bereits in ihrem Anfangsstadium erkennen. Sehen Sie, Manlio, wir bewegen uns auf einem vorgezeichneten Weg vorwärts. Wir *wissen*, daß Hari Seldon vorausberechnet hat, wie die Zukunft aller Wahrscheinlichkeit nach aussieht. Wir *wissen*, daß wir dazu bestimmt sind, eines Tages ein neues Galaktisches Imperium aufzubauen. Wir *wissen*, daß bis dahin rund tausend Jahre vergehen werden. Und wir *wissen*, daß wir in diesem Zeitraum gewisse Krisen überwinden müssen.

Die erste Krise trat fünfzig Jahre nach der Gründung der Stiftung ein, die zweite dreißig Jahre später. Seitdem sind fast fünfundsiebzig Jahre vergangen. Es ist an der Zeit für eine neue Krise, Manlio, glauben Sie mir.«

Manlio rieb sich zweifelnd über seine Nase. »Und haben Sie schon Pläne, wie Sie dieser Krise begegnen wollen?«

Sutt nickte.

»Und ich«, fuhr Manlio fort, »soll dabei auch eine Rolle übernehmen?«

Sutt nickte wieder. »Bevor wir uns mit der atomaren Bedrohung von außen befassen, müssen wir erst im eigenen Haus Ordnung schaffen. Diese Händler –«

»Aha!« Der Primas wurde plötzlich hellhörig.

»Richtig. Diese Händler. Sie mögen nützlich sein, aber sie sind zu mächtig – und zu selbstständig. Sie sind Ausländer und ohne Religion ausgebildet worden. Auf der einen Seite vermitteln wir ihnen unser Wissen, und auf der anderen verzichten wir auf unseren größten Einfluß auf sie.«

»Und wenn wir ihnen Verrat nachweisen können?«

»Wenn uns das gelänge, könnten wir direkt gegen sie vorgehen. Aber das ist im Grunde nicht von Bedeutung. Auch wenn sich herausstellen sollte, daß sie nichts mit Verrat zu tun haben, bleiben sie ein unberechenbarer Faktor in unserer Gesellschaft. Sie sind weder durch Patriotismus noch durch ihre Abstammung oder religiöse Überzeugung an uns gebunden. Unter ihrer weltlichen Führung könnten sich die Außenprovinzen, die uns seit Hardin als den Heiligen Planeten betrachten, von der Stiftung lösen.«

»Das ist mir klar, aber was –«

»Wir müssen handeln, bevor die Seldon-Krise ihren Höhepunkt erreicht. Eine Bedrohung durch Atomwaffen von außen und Unzufriedenheit im Innern ist einfach zu viel.« Sutt setzte das leere Glas ab, das er in den Händen gedreht hatte. »Das ist Ihre Aufgabe.«

»Meine?«

»Ich kann es nicht. Ich habe in meiner Position nicht genug Einfluß.«

»Der Bürgermeister –«

»Unmöglich. Er ist von Natur aus völlig passiv. Aktiv wird er nur dann, wenn es gilt, der Verantwortung aus dem Wege zu gehen. Wenn sich allerdings eine unabhängige Partei bilden würde, die seine Wiederwahl gefährden könnte, würde er sich vielleicht lenken lassen.«

»Ich habe wirklich keine Begabung für praktische Politik, Sutt«, wandte Manlio ein.

»Überlassen Sie das getrost mir. Wer weiß, Manlio? Seit Hardin sind Primat und Bürgermeisteramt nie mehr in einer Person vereinigt gewesen. Aber jetzt könnte dies wieder passieren – wenn Sie Ihre Aufgabe zur Zufriedenheit lösen würden.«

3

Am anderen Ende der Stadt fand ein zweites Treffen statt. Einer der Beteiligten war Hober Mallow. Er hatte lange zugehört und meinte jetzt vorsichtig: »Ja, ich habe von Ihrer Kampagne gehört, daß die Händler direkt im Stadtrat vertreten sein sollten. Aber warum gerade *ich*, Twer?«

Jaim Twer, der, gefragt oder ungefragt, jede Gelegenheit ergriff, sich damit zu brüsten, daß er zu der ersten Gruppe von Ausländern gehörte, die eine Laienausbildung von der Stiftung erhielten, strahlte über das ganze Gesicht.

»Ich weiß, was ich tue«, erklärte er. »Erinnern Sie sich noch daran, als wir uns im vergangenen Jahr kennengelernt haben?«

»Auf dem Händlerkongreß.«

»Genau. Sie haben diesen Kongreß geleitet. Sie haben diese stiernäckigen Händlertypen förmlich in die Tasche gesteckt, und ich bin sicher, daß Sie auch mit den Massen fertig würden. Sie haben etwas an sich, das die Leute fasziniert – eine bestimmte Ausstrahlung, einen Geruch nach Abenteuer.«

»Was Sie nicht sagen«, meinte Mallow trocken. »Aber warum ausgerechnet jetzt?«

»Weil jetzt der günstigste Zeitpunkt ist. Ist Ihnen bekannt, daß der Bildungsminister seinen Rücktritt eingereicht hat? Es ist noch nicht offiziell, aber es kann nicht mehr lange dauern.«

»Und woher wissen *Sie* es denn?«

»Ich – eh – das ist nicht weiter wichtig.« Er machte eine abwehrende Handbewegung. »Ich weiß es eben. Die Aktionistenpartei ist im Begriff auseinanderzubrechen, und wir könnten jetzt unsere Forderung nach Gleichberechtigung der Händler durchsetzen. Wir wollen eine demokratische Verteilung –«

»Ich, eh, es tut mir leid, Twer«, unterbrach ihn Mallow. Er setzte sich in seinem Sessel zurück. »Aber ich muß nächste Woche geschäftlich fort. Sie müssen sich also jemand anderen suchen.«

Twer sah ihn überrascht an. »Geschäftlich? Was sind das denn für Geschäfte?«

»Es ist alles streng geheim. Ich hatte eine persönliche Unterredung mit dem Sekretär des Bürgermeisters.«

»Dieser Sutt?« fragte Jaim Twer erregt. »Das ist ein Trick. Er will Sie loswerden. Hören Sie, Mallow –«

»Einen Augenblick!« unterbrach ihn Mallow beschwichtigend. »Gehen Sie nicht gleich in die Luft. Wenn es wirklich ein Trick ist, dann werde ich eines Tages zurückkommen und mit Sutt abrechnen. Wenn nicht, dann hilft er uns nur. Eine Seldon-Krise steht unmittelbar bevor.«

Mallow wartete auf eine Reaktion, doch sie blieb aus. Twer sah ihn nur verständnislos an. »Was ist denn eine Seldon-Krise?«

»Heilige Galaxis!« explodierte Mallow am Ende seiner Geduld. »An dem Tag haben Sie wohl gerade in der Schule gefehlt. Was denken Sie sich überhaupt dabei, eine so idiotische Frage zu stellen?«

»Würden Sie die Güte haben, mir zu erklären, was es mit dieser Krise auf sich hat?« bat der ältere Mann stirnrunzelnd.

Mallow schwieg. Schließlich antwortete er: »Schön, ich werde es Ihnen erklären. Als das Galaktische Imperium zu zerfallen begann und die Randbezirke der Galaxis von ihm abfielen und sich der Barbarei zukehrten, gründete Hari Seldon mit einer Gruppe von Psychologen hier draußen, inmitten des Chaos, eine Kolonie, die Stiftung, in der Kunst, Wissenschaft und Technologie bewahrt wurden und die zum Grundstein des Zweiten Imperiums werden sollte.«

»Ach ja, richtig –«

»Ich bin noch nicht fertig«, unterbrach ihn der Händler kühl. »Die geschichtliche Entwicklung der Stiftung wurde von der Wissenschaft der Psychohistorie, die damals in ihrer Blütezeit stand, genau vorgezeichnet, und zwar auf eine Weise, daß eine Reihe von Krisen entstehen, die uns schneller auf dem Weg zum künftigen Imperium vorantreiben sollen. Jede Krise, jede *Seldon*-Krise, markiert eine Epoche in unserer geschichtlichen Entwicklung. Einer solchen Krise nähern wir uns jetzt – der dritten.«

»Natürlich!« Twer zuckte die Achseln. »Daß es mir nicht eingefallen ist. Aber meine Schulzeit liegt schon so lange zurück – länger als Ihre.«

»Sicher. Aber lassen wir das. Wichtig ist, daß ich mitten in die Entstehung einer solchen Krise hineingeschickt werde. Ich habe keine Ahnung, womit ich zurückkommen werde, und jedes Jahr finden Ratswahlen statt.«

Twer sah auf. »Sind Sie hinter etwas her?«

»Nein.«

»Haben Sie schon bestimmte Pläne?«

»Nicht einen einzigen.«

»Tja, dann –«

»Nichts dann. Hardin hat einmal gesagt: ›Planen allein führt nicht zum Erfolg. Man muß auch improvisieren können.‹ Und ich werde letzteres tun.«

Twer schüttelte zweifelnd den Kopf. Die beiden Männer standen auf und sahen sich an.

»Warum kommen Sie nicht einfach mit?« fragte Mallow unvermittelt, und wie er es sagte, klang es schon wie eine beschlossene Sache. »Sehen Sie mich nicht so entsetzt an. Sie sind doch Händler gewesen, bevor Sie den Reiz der Politik entdeckt haben. Das hat man mir jedenfalls erzählt.«

»Sagen Sie mir erst, wohin Sie fliegen.«

»In Richtung Whassallischer Riß. Mehr kann ich Ihnen nicht verraten, bis wir im Raum sind. Was sagen Sie zu meinem Vorschlag?«

»Und wenn Sutt mich nun hier behalten will, wo er mich besser im Auge hat?«

»Das glaube ich nicht. Wenn er mich tatsächlich loswerden will, warum dann nicht gleich zwei auf einen Schlag. Außerdem steht es jedem Händler frei, sich seine Mannschaft selbst auszusuchen.«

In Twers Augen lag ein seltsames Funkeln. »Schön. Einverstanden. Ich komme mit.« Er streckte die Hand aus. »Es wird mein erster Flug seit drei Jahren werden.«

Mallow griff zu und schüttelte seine Hand. »Fein! Auf gutes Gelingen. Und jetzt muß ich sehen, daß ich meine Leute zusammenbekomme. Sie wissen doch sicher, wo die *Far Star* liegt, ja? Dann kommen Sie morgen vorbei. Gute Nacht.«

4

Bei Korell handelt es sich um ein geschichtliches Phänomen, das häufig vorkommt: um eine Republik, deren Herrscher jedes Attribut eines absoluten Monarchen trägt, mit Ausnahme des Namens selbst. Hier kam der Despotismus voll zum Tragen, da auch jene beiden mäßigenden Einflüsse der legitimen Monarchien fehlten: die »Hochachtung« vor dem König und die Hofetikette.

Korells wirtschaftliche Situation war nicht gerade die beste. Die Zeit des Galaktischen Imperiums war vorbei, und zurückgeblieben waren nur stumme Erinnerungen und Ruinen als Zeugen einer längst vergangenen Epoche. Die Zeit der Stiftung war noch nicht gekommen – und wenn es nach dem Willen seines Herrschers, Commdor Asper Argo, ging, der Händler nur unter strengsten Bedingungen und Missionare erst gar nicht in seinen Herrschaftsbereich ließ, würde sie auch nie kommen.

Auch der Raumhafen befand sich in einem völlig verwahrlosten Zustand, eine Tatsache, die die Mannschaft der *Far Star* mit düsteren Mienen zur Kenntnis nahm. Die verfallenen Hangars sorgten für eine bedrückende Atmosphäre, die sich auf die Stimmung der Männer legte. Jaim Twer vertrieb sich die Zeit mit Patiencen.

»Nicht schlecht zum Handeln«, bemerkte Hober Mallow nachdenklich.« Er sah ruhig aus dem Schiffsfenster. Viel ließ sich bisher nicht über Korell sagen. Der Flug war ohne Zwischenfälle verlaufen. An den Grenzen des korellanischen Territoriums hatte sie ein Geschwader von Aufklärungsschiffen in Empfang genommen, kleine, alterschwache Überbleibsel aus ruhmvolleren Tagen oder schwerfällige und oft beschädigte Kampfkreuzer. Sie hatten einen respektvollen Sicherheitsabstand zu *Far Star* eingehalten, in dem sie auch jetzt noch, eine Woche später, das Schiff umgaben. Solange wartete Mallow nämlich schon auf eine Antwort auf seine Bitte um eine Audienz bei der lokalen Regierung.

»Nicht schlecht, wirklich nicht«, wiederholte Mallow. »Es ist praktisch noch jungfräuliches Gebiet.«

Jaim Twer sah ungeduldig auf und warf die Karten auf den Tisch. »Was zum Teufel wollen Sie unternehmen, Mallow? Die Mannschaft murrt, die Offiziere machen sich Sorgen, und ich frage mich –«

»Ja? Was fragen Sie sich?«

»Ich frage mich, was wir tun sollen.«

»Warten.«

Der alte Händler lief rot an. »Sie können doch nicht einfach den Kopf in den Sand stecken, Mallow«, brummte er zornig. »Um uns herum haben sie Wachtposten aufgestellt, und aus der Luft überwachen uns Schiffe. Was machen wir, wenn sie uns angreifen?«

»Dazu hätten sie schon eine Woche Zeit gehabt.«

»Vielleicht warten sie auf Verstärkung.« Twer musterte Mallow scharf.

Der Händler setzte sich unvermittelt. »Offen gestanden, ich habe auch schon daran gedacht. Es ist wirklich ein Problem. Wir sind ohne Ärger hierhergekommen. Dies muß nicht unbedingt etwas bedeuten, denn die drei im letzten Jahr verschwundenen Schiffe sind bei einer Gesamtzahl von über dreihundert ein geringer Prozentsatz. Es kann aber bedeuten, daß die Korellaner nur ein paar Schiffe besitzen, die mit Atomwaffen ausgerüstet sind, und daß sie diese Maschinen nicht leichtsinnig einsetzen wollen, bis sie mehr davon haben.

Es könnte auf der anderen Seite aber auch bedeuten, daß sie überhaupt keine Atomenergie haben. Oder vielleicht haben sie sie doch und halten es nur geheim, aus Angst, wir könnten etwas davon erfahren. Es ist schließlich etwas anderes, ein leichtbewaffnetes Handelsschiff zu überfallen, als sich an einen offiziellen Abgesandten der Stiftung heranzuwagen, wenn schon allein die Tatsache seiner Anwesenheit ein Zeichen dafür sein könnte, daß die Stiftung mißtrauisch geworden ist.

Wenn wir diese Punkte kombinieren –«

»Hören Sie auf, Mallow.« Twer hob abwehrend die Hand. »Sie machen mich mit Ihren Erklärungen ja völlig verrückt. Sagen Sie mir klipp und klar, worauf Sie hinauswollen, und halten Sie sich nicht mit langen Nebensächlichkeiten auf.«

»Sie müssen diese Nebensächlichkeiten, wie Sie es nennen, aber kennen, Twer, weil Sie sonst nichts begreifen. Wir warten beide. Sie wissen nicht, was ich hier mache, und ich weiß nicht, was mich hier erwartet. Aber ich befinde mich in der schlechteren Position, weil ich allein gegen eine ganze Welt stehe – die dazu möglicherweise noch über Atomenergie und Atomwaffen verfügt. Ich kann es mir nicht leisten, Schwäche zu zeigen. Natürlich ist es gefährlich. Natürlich können sie uns irgendwo auflauern und darauf warten, uns anzugreifen. Aber das wußten wir von Anfang an. Was sollten wir Ihrer Meinung nach tun, Twer?«

»Ich weiß es nicht – Was ist denn jetzt schon wieder?«

Mallow sah geduldig auf und schaltete den Empfänger ein. Auf dem Schirm erschien das rauhe Gesicht des wachhabenden Sergeanten.

»Ja, was gibt's, Sergeant?«

»Entschuldigen Sie die Störung, Sir, aber die Männer haben einen Missionar der Stiftung hereingelassen.«

»Einen *was*?« Mallow wurde blaß.

»Einen Missionar, Sir«, wiederholte der Sergeant. »Er braucht dringend einen Arzt, Sir –«

»Den werden wahrscheinlich bald noch mehr brauchen, Sergeant. Rufen Sie die Männer sofort auf Gefechtsstation.«

Der Mannschaftsraum war verlassen. Fünf Minuten nach dem Alarm waren alle, auch die Männer, die keinen Dienst hatten, an den Geschützen. In den anarchistischen Regionen der Peripherie war Schnelligkeit oft lebenswichtig, und deshalb wurde von der Mannschaft eines Händlermeisters als wichtigste Eigenschaft schnelle Reaktion gefordert.

Mallow kam langsam herein und musterte den Missionar von oben bis unten. Dann streifte sein Blick Lieutenant Tinter, der unbehaglich von einem Fuß auf den anderen trat, und den wachhabenden Sergeanten Demen, der mit unbeweglicher Miene an der Seite des Gastes stand. Der Händlermeister wandte sich nachdenklich an Twer. »Rufen Sie die Offiziere zusammen, Twer. Das heißt, bis auf die Koordinatoren und die Feuerleitoffiziere. Die Männer sollen bis auf weiteres auf ihren Posten bleiben.«

Es vergingen fünf Minuten, die Mallow dazu benutzte, die Türen zu den Waschräumen aufzustoßen, hinter der Theke nachzusehen und die Vorhänge vor die dicken Fenster zu ziehen. Dann verließ er für kurze Zeit ganz den Raum, und als er zurückkehrte, summte er abwesend vor sich hin.

Die Offiziere kamen herein, und Twer schloß als letzter leise die Tür hinter sich.

»Zuerst einmal: Wer hat diesen Mann ohne meine ausdrückliche Erlaubnis hereingelassen?« begann Mallow ruhig.

Der wachhabende Sergeant trat vor, und alle Augen richteten sich jetzt auf ihn. »Es war niemand Bestimmtes, Sir. Wir fanden alle, daß wir ihn hereinlassen sollten. Man könnte sagen, er ist einer von uns, und diese Fremden da draußen –«

Mallow schnitt ihm das Wort ab. »Ich kann Ihre Gefühle verstehen, Sergeant. Standen die Männer unter Ihrem Kommando?«

»Ja, Sir.«

»Wenn das hier vorbei ist, stehen die verantwortlichen Männer eine Woche unter Hausarrest. Sie selbst sind für den gleichen Zeitraum aller leitenden Pflichten enthoben. Haben Sie mich verstanden?«

Das Gesicht des Sergeanten blieb ausdruckslos, nur seine Schultern fielen herunter. »Ja, Sir«, antwortete er steif.

»Sie können abtreten. Begeben Sie sich auf Ihre Gefechtsstation.«

Als die Tür hinter ihm ins Schloß fiel, brach Unruhe unter den Anwesenden aus.

»Was soll die Bestrafung, Mallow?« wollte Twer wissen. »Ich muß Ihnen doch nicht sagen, daß die Korellaner gefangengenommene Missionare töten.«

»Die Männer haben gegen meine Anweisungen gehandelt und müssen deshalb bestraft werden, ganz gleich, welche Gründe sie für ein solches Verhalten hatten. Niemand durfte das Schiff ohne meine ausdrückliche Erlaubnis betreten oder verlassen.«

»Seit sieben Tagen sind die Männer jetzt zur Untätigkeit verurteilt«, murmelte Lieutenant Tinter aufsässig. »Auf diese Weise können Sie keine Disziplin aufrechterhalten.«

»Doch, das kann ich«, gab Mallow eisig zurück. »Unter normalen Bedingungen Disziplin zu bewahren, ist nicht schwer. Ich brauche sie auch in Todesgefahr, anders ist sie wertlos. Und jetzt Schluß mit diesem Thema. Wo ist der Missionar?«

Der Händler setzte sich, während man einen in eine scharlachrote Robe gekleideten Mann vor ihn führte.

»Wie heißen Sie, Ehrwürden?«

Der Missionar schien plötzlich aus einem Fiebertraum zu erwachen. Er breitete die Arme aus. »Mein Sohn – meine Kinder. Möge die schützende Hand des Galaktischen Geistes stets über euch ruhen.«

Twer trat mit besorgter Miene vor. »Der Mann ist krank«, meinte er heiser. Er gehört ins Bett. Erlauben Sie, daß man ihn in eine Kabine bringt und daß sich jemand um ihn kümmert. Er ist schwer verletzt.«

»Halten Sie sich zurück, Twer, oder Sie müssen den Raum verlassen.« Mallow schob ihn ungehalten zurück. »Ihr Name, Ehrwürden.«

Der Missionar schlug plötzlich bittend die Hände zusammen. »Als gläubige Menschen retten Sie mich vor diesen Heiden. Retten Sie mich vor diesen Unmenschen, die keine Achtung vor einem Diener des Galaktischen Geistes haben. Ich bin Jord Parma von den anacreonischen Welten. Ich bin von der Stiftung ausgebildet worden, von der Stiftung selbst, meine Kinder. Ich bin ein Priester des Geistes und mit allen Mysterien vertraut. Ich bin dem Ruf meiner inneren Stimme gefolgt und so hierher gekommen.« Er brach ab, um zu Atem zu kommen. »Ich habe Schlimmes erleiden müssen in den Händen der Heiden. Ihr seid Kinder des Galaktischen Geistes, und im Namen dieses Geistes flehe ich euch an, mich vor ihnen zu retten.«

In diesem Augenblick ertönte aus dem Lautsprecher die alarmierte Stimme eines Postens.

»Feindliche Einheiten in Sicht! Erbitten Anweisungen!«

Alle Köpfe fuhren ruckartig zu dem Lautsprecher herum.

Mallow fluchte laut und drückte auf die Sprechtaste. »Bleiben Sie in Alarmbereitschaft und warten Sie auf weitere Befehle.«

Er ging zu den dicken Vorhängen an den Fenstern hinüber und zog sie auf. Feindliche Einheiten! Die gemeldeten feindlichen Einheiten bestanden aus Tausenden von korellanischen Bürgern, die den gesamten Raumhafen eingekreist hatten und sich jetzt im harten Licht der Magnesiumscheinwerfer immer enger um das Schiff drängten.

»Tinter!« Der Händler drehte sich nicht um, aber der rote Nacken verriet seine Erregung. »Gehen Sie an die Außenlautsprecher und stellen Sie fest, was sie wollen. Fragen Sie, ob ein Vertreter des Gesetzes unter ihnen ist. Versprechen Sie nichts, und drohen Sie auch nicht, sonst bringe ich Sie eigenhändig um.«

Tinter drehte sich um und verließ den Raum.

Mallow fühlte, wie sich eine schwere Hand auf seine Schulter legte, und schob sie beiseite. Es war Twer. »Sie dürfen diesen Mann nicht wegschicken, Mallow«, zischte ihm der ältere Mann ins Ohr. »Sonst verlieren Sie Ihr Gesicht. Er gehört zur Stiftung, und außerdem ist er ein Priester. Diese Wilden da draußen – Hören Sie mir überhaupt zu?«

»Natürlich höre ich Ihnen zu, Twer.« Mallows Stimme war schneidend. »Aber ich habe noch anderes zu tun als den Beschützer für Missionare zu spielen. Ich werde das tun, was ich für richtig halte, und wenn Sie versuchen, mich daran zu hindern, dann drehe ich Ihnen, bei Seldon und der Galaxis, den Hals um. Stellen Sie sich mir nicht in den Weg, Twer, oder es wird das letzte sein, was Sie tun.«

Er drehte sich herum und ging auf den Missionar zu. »Und Sie, Ehrwürden, wußten Sie nicht, daß laut Konvention kein Missionar der Stiftung korellanisches Hoheitsgebiet betreten darf?«

Der Missionar zitterte. »Ich folge stets dem Ruf des Geistes, mein Sohn, und gehe, wohin er mich führt. Wenn sich die Heiden gegen den wahren Glauben wehren, ist das nicht ein Zeichen dafür, wie dringend sie ihn brauchen?«

»Das hat nichts mit der Sache zu tun, Ehrwürden. Sie verstoßen mit Ihrer Anwesenheit hier sowohl gegen das Gesetz Korells wie auch gegen das der Stiftung. Ich darf Ihnen keine Hilfe gewähren.«

Wieder hob der Missionar die Hände. Seine Verwirrung schien plötzlich verflogen zu sein. Von draußen drangen die Stimme des verhandelnden Offiziers und das gedämpfte Brüllen der aufgebrachten Menge herein. Parma rollte wild die Augen.

»Hören Sie sie? Warum sprechen Sie vor mir von Gesetzen, Gesetzen, die von Menschen gemacht wurden? Es gibt höhere Gesetze. Hat nicht der Galaktische Geist gesagt: Du sollst nicht untätig zusehen, wenn dein Nächster in Not ist? Und hat er nicht auch gesagt: Wie du mit deinem Nächsten verfährst, so soll mit dir verfahren werden?

Haben Sie nicht Kanonen? Kanonen und ein Schiff. Und steht nicht die Stiftung hinter Ihnen? Und vor allem der Geist, der über die Galaxis herrscht?« Er brach ab, um Luft zu holen.

In diesem Augenblick kehrte Lieutenant Tinter mit besorgtem Gesicht zurück.

»Was ist?« wollte Mallow wissen.

»Sie verlangen die Herausgabe von Jord Parma, Sir«, antwortete Tinter.

»Und wenn wir uns weigern?«

»Die Drohungen kommen von allen Seiten, Sir, und es ist schwierig, in dem allgemeinen Aufruhr etwas Genaueres zu verstehen. Es sind jedenfalls sehr viele, und sie scheinen ziemlich aufgebracht zu sein. Einer der Leute behauptet, so etwas wie der Bezirksleiter zu sein und Polizeigewalt zu haben, aber er steht ganz offensichtlich unter dem Einfluß der anderen.«

Mallow zuckte die Achseln. »Ob er unter dem Einfluß der anderen steht oder nicht, wenn das stimmt, was er sagt, verkörpert er das Gesetz. Sagen Sie diesem – diesem Polizeichef oder was auch immer er ist, er könnte Ehrwürden Jord Parma haben, wenn er allein zum Schiff kommt.«

Plötzlich hielt er eine Pistole in der Hand. »Ich weiß nicht, was Insubordination ist, und ich habe noch nie Erfahrungen auf diesem Gebiet gemacht. Wenn es irgend jemanden gibt, der es mir zeigen möchte, dann soll er herkommen, und *ich* werde *ihm* dann zeigen, wie ich in einem solchen Fall verfahre.«

Die Waffe zeigte jetzt auf Twer. Der alte Händler beherrschte sich mühsam und ließ die geballten Hände sinken. Er sog scharf die Luft ein.

Tinter ging hinaus, und fünf Minuten später löste sich eine Gestalt aus der Menge, die zögernd auf das Schiff zukam. Zweimal drehte sich der Mann wieder um und wollte zurückgehen, doch er wurde durch die wüsten Drohungen des vielköpfigen Ungeheuers, das sich Masse Mensch nannte, vorwärtsgetrieben.

Mallow deutete mit dem schußbereiten Handstrahler auf zwei der anwesenden Offiziere. »Grun und Upshur, bringen Sie ihn hinaus.«

Der Missionar begann zu kreischen. Er riß die Arme hoch und spreizte die knochigen Finger, wobei die Ärmel seiner Robe zurückfielen und die dünnen Arme enthüllten, unter deren Haut bläulich die Adern hervortraten. In diesem Moment blitzte es für den Bruchteil einer Sekunde hell auf. Mallow blinzelte und winkte dann ungeduldig mit der Hand.

»Verflucht sei der Verräter, der seinen Nächsten dem Tod ausliefert«, krächzte der Missionar, während er vergeblich versuchte, sich aus dem Griff der beiden Offiziere zu befreien. »Taub mögen die Ohren werden, die taub sind für das Flehen des Hilflosen. Blind werden die Augen, die sich vor der Not eines Unschuldigen verschließen. In ewige Finsternis möge die Seele fallen, die kein Erbarmen zeigt –«

Twer hielt sich verzweifelt die Ohren zu.

Als sich die Tür hinter dem tobenden Priester geschlossen hatte, steckte Mallow den Strahler zurück in die Tasche. »Gehen Sie zurück auf Ihre Stationen«, befahl er den Männern. »Bleiben Sie noch sechs Stunden, nachdem sich die Menge zerstreut hat, in voller Alarmbereitschaft. Verdoppeln Sie aber auch weiterhin die Wachposten. In achtundvierzig Stunden erhalten Sie dann weitere Instruktionen. Und Sie, Twer, kommen mit mir.«

In Mallows Privatquartier deutete der Händler auf einen Stuhl, und Twer setzte sich. Sein stämmiger Körper schien in sich zusammengesackt.

Mallow sah ihn spöttisch an. »Ich bin enttäuscht von Ihnen, Twer«, begann er. »Sie haben anscheinend in den drei Jahren, die Sie jetzt in der Politik sind, viel verlernt. Zu Hause auf Terminus mag ich ein Demokrat sein, aber vergessen Sie nicht, daß man ein Schiff nur dann wirklich führen kann, wenn man ein Tyrann ist. Ich habe noch niemals eine Waffe auf meine Männer richten müssen und wäre auch diesmal nicht dazu gezwungen gewesen, wenn Sie sich zurückgehalten hätten.

Sie erfüllen keine offizielle Aufgabe an Bord und sind nur als mein Gast hier, und als solchen werde ich Sie auch weiterhin behandeln – solange wir unter uns sind. In Anwesenheit meiner Leute bin ich für Sie ab jetzt ›Sir‹, und nicht mehr nur ›Mallow‹, und wenn ich Ihnen einen Befehl gebe, dann springen Sie schneller als der jüngste Rekrut, sonst lasse ich Sie in Eisen legen, bevor Sie auch nur dazu kommen, den Mund aufzumachen. Haben Sie mich verstanden?«

Der Parteiführer schluckte. »Ich möchte mich für mein Verhalten entschuldigen«, meinte er dann zögernd.

»Akzeptiert! Schlagen Sie ein?«

Twer legte zögernd seine schmalen Finger in Mallows große Hand.

»Ich habe es wirklich nur gut gemeint«, beteuerte er. »Es ist nicht leicht, einen Mann in den sicheren Tod zu schicken. Dieser komische Polizeichef, der sich vor Angst fast in die Hose gemacht hat, kann ihn bestimmt nicht schützen. Es war Mord, diesen Mann auszuliefern.«

»Daran kann ich auch nichts ändern. Ehrlich gesagt, ich finde, die ganze Sache stinkt zum Himmel? Ist Ihnen denn nichts aufgefallen?«

»Was soll mir aufgefallen sein?«

»Da stehen wir hier auf dem Raumhafen, der tief in einer abgelegenen Sektion liegt. Plötzlich taucht ein entflohener Missionar auf. Woher kommt er? Und wieso kommt er ausgerechnet hierher? Ein Zufall? Eine riesige Menschenmenge versammelt sich vor dem Schiff. Woher kommen all diese Leute? Die nächstgrößere Stadt liegt mindestens hundert Meilen entfernt, aber die Leute sind innerhalb von einer halben Stunde eingetroffen. Wie erklären Sie sich das?«

»Ich weiß es nicht.« Twer schüttelte verständnislos den Kopf.

»Ich würde sagen, daß man den Missionar als ein Köder hierhergebracht hat. Unser Freund, Ehrwürden Parma, war ziemlich durcheinander. Er schien die ganze Zeit über nicht so recht bei klarem Verstand zu sein.«

»Kaum verwunderlich, bei seinem Zustand –« murmelte Twer.

»Vielleicht! Vielleicht wollte man dadurch auch nur erreichen, daß wir den Mann in einem Anflug von Tapferkeit und Edelmut blind verteidigen. Seine Anwesenheit hier verstößt gegen das Gesetz Korells wie auch gegen das der Stiftung. Wenn wir ihn nicht herausgegeben hätten, wäre dies ein kriegerischer Akt gegen Korell gewesen, und die Stiftung hätte rechtlich gesehen keinen Grund gehabt, *uns* zu verteidigen.«

»Das – das ist ziemlich weit hergeholt.«

Mallow wollte gerade antworten, als eine Stimme aus dem Lautsprecher ertönte: »Wir haben soeben eine offizielle Mitteilung erhalten, Sir.«

»Sofort durchgeben!«

Mit einem klackenden Geräusch fiel der glänzende Zylinder aus dem Rohrpostschlitz. Mallow öffnete ihn und entnahm ihm ein silbrig schimmerndes Blatt. »Kommt direkt aus der Hauptstadt«, meinte er, nachdem er es mit einem abschätzenden Blick zwischen Daumen und Zeigefinger gerieben hatte. »Das Privatpapier des Commdors.«

Er überflog den Inhalt. »Sie meinen also, meine Vermutung sei weit hergeholt?« sagte er dann.

Er warf Twer das Papier zu und fügte hinzu: »Eine halbe Stunde, nachdem wir den Missionar ausgeliefert haben, bekommen wir plötzlich eine sehr höfliche Einladung zu einer Audienz beim Commdor – auf einmal, nachdem wir sieben Tage gewartet haben. *Ich* glaube, daß wir soeben einen Test bestanden haben.«

5

Commdor Asper war ein Mann des Volkes, oder zumindest sah er sich so. Der Kranz grauer Haare, die ihm noch geblieben waren, fielen unordentlich auf seine Schultern, sein Hemd brauchte dringend eine Wäsche, und er näselte beim Sprechen.

»Bei uns gibt es keinen Pomp, Händler Mallow«, erklärte er gerade. »Nicht den ganzen Rummel, der sonst üblich ist. In mir sehen Sie einfach den ersten Bürger des Staates. Genau das ist die Bedeutung von Commdor, und das ist auch der einzige Titel, den ich trage.«

Er schien äußerst zufrieden. »Ich weiß, wie stark das Band zwischen Korell und Ihrer Nation ist. Soweit mir bekannt ist, genießt Ihr Volk ebenso wie wir den Segen einer Demokratie.«

»Richtig, Commdor«, erwiderte Mallow, während er in Gedanken Abstand von einem solchen Vergleich nahm. »Ein Argument, das in meinen Augen für den Fortbestand des Friedens und der Freundschaft zwischen unseren beiden Regierungen spricht.«

»Ja, der Frieden!« Der kümmerliche graue Bart des Commdors verzog sich in einer sentimentalen Anwandlung. »Ich glaube, es gibt niemanden in der ganzen Peripherie, dem das Friedensideal so sehr am Herzen liegt wie mir. Ich darf mit Recht behaupten, daß mit dem Augenblick, als ich dieses Amt von meinem seligen Vater übernommen habe, eine Herrschaft des Friedens für Korell begonnen hat. Vielleicht sollte ich es nicht sagen« – er hüstelte – »aber ich höre immer wieder, daß mich mein Volk, oder besser meine Mitbürger, Asper, den Vielgeliebten, nennen.«

Mellow ließ den Blick über den gepflegten Garten wandern. Wenn es stimmte, was der Commdor behauptete, dann waren die kräftigen Männer mit den fremdartigen, aber offensichtlich gefährlichen Waffen, die überall Posten bezogen hatten, wohl nur dazu da, den Commdor vor sich selbst zu schützen. Das hätte er ja noch verstehen können. Aber diese hohen Mauern, die das Gebäude und den Garten umgaben, waren ganz deutlich vor noch nicht allzu langer Zeit zusätzlich verstärkt und befestigt worden – eine höchst auffällige Vorsichtsmaßnahme für einen so vielgeliebten Commdor.

»Dann darf ich mich glücklich schätzen, daß ich ausgerechnet mit Ihnen verhandeln kann«, entgegnete Mallow. »Den Despoten und Monarchen der umliegenden Welten fehlen oft jene Eigenschaften, die einen Herrscher so beliebt machen.«

»Und diese Eigenschaften wären?« erkundigte sich der Commdor vorsichtig.

»Zum Beispiel die vornehmliche Sorge um das Wohl ihres Volkes. Aber Ihnen muß ich das ja nicht erklären, Commdor. Sie wissen es ja.«

Der Commdor hielt den Blick auf den Kiesweg gerichtet, den sie entlang spazierten. Die Hände hatte er hinter dem Rücken ineinander verschränkt.

»Bisher hat sich der Handel zwischen unseren beiden Nationen aufgrund der Beschränkungen, die Ihre Regierung unseren Händlern auferlegt hat, nicht so entwickeln können, wie er eigentlich sollte. Bestimmt sind Sie sich schon seit langem bewußt, daß uneingeschränkter Handel –«

»Freihandel!« murmelte der Commdor.

»Schön, also Freihandel. Ich brauche Ihnen sicher nicht zu sagen, daß es für beide Parteien von Vorteil wäre. Sie haben Dinge, die wir haben möchten, und wir haben Dinge, die Sie haben möchten. Dieser Tausch würde beiden Völkern Wohlstand bringen. Aber ich muß wohl nicht näher auf dieses Argument eingehen, denn als aufgeklärter Herrscher, als Freund des Volkes – ja, ich darf wohl sagen, als *Mann* dieses Volkes – wissen Sie, wovon ich spreche. Ich möchte Ihre Intelligenz nicht beleidigen, indem ich Ihnen Dinge erkläre, deren Sie sich ja längst bewußt sind.«

»Sicher. Natürlich verstehe ich, was Sie meinen. Aber« – seine Stimme wurde fast klagend – »Ihre Leute sind immer so unvernünftig gewesen. Selbstverständlich bin ich für Handel, aber nicht zu Ihren Bedingungen. Ich bin schließlich kein Alleinherrscher. Ich bin nur der Diener des Volkes, und mein Volk will nun einmal keinen Handel, der an rotgoldene Roben gebunden ist.«

Mallow blieb stehen. »Sie meinen eine Religionspflicht?«

»Darauf läuft es doch letztendlich hinaus. Sie erinnern sich doch sicher an den Fall von Askone vor zwanzig Jahren. Zuerst haben Sie ihnen Waren verkauft und Ihnen dann Ihre Missionare ins Land geschickt, die Ihre Geräte und Maschinen bedienen sollten. Es wurden Gesundheitstempel und religiöse Schulen errichtet und den Repräsentanten der neuen Religion autonome Rechte eingeräumt. Und das Ergebnis? Askone ist jetzt ein integrierter Mitgliedstaat des Stiftungssystems, und der Großmeister kann nicht einmal seine Unterwäsche sein eigen nennen. Oh nein. Vielen Dank! Ein unabhängiges und freies Volk würde so etwas nie zulassen.«

»Das alles interessiert mich nicht«, erklärte Mallow.

»Nein?«

»Nein. Ich habe nichts mit Religion zu tun, jedenfalls nicht mit dieser. Ich bin Händlermeister, und *meine* Religion ist das Geld. Dieser ganze Hokuspokus mit ihrer Religion und ihren Missionaren regt mich auf, und ich bin froh, daß Sie nichts damit zu tun haben wollen. Diese Einstellung macht Sie mir noch sympathischer.«

Der Commdor lachte schrill. »Gut gesagt! Die Stiftung hätte schon früher einen Mann Ihres Schlages herschicken sollen.«

Er legte dem Händler vertraulich die Hand auf die Schulter. »Aber Sie haben mir noch nicht alles gesagt. Sie haben mir den Haken genannt, den die Sache *nicht* hat. Jetzt verraten Sie mir doch auch noch den, den die Sache *hat*.«

»Der einzige Haken ist der, Commdor, daß dann die Last eines ungeheuren Reichtums auf Ihnen liegen wird.«

»Tatsächlich?« Der Herrscher schnüffelte. »Aber was sollte ich mit Reichtümern anfangen? Der wahre Reichtum ist die Liebe und Zuneigung des Volkes. Und die besitze ich.«

»Sie können beides haben, denn es ist möglich, mit der einen Hand Gold zu sammeln und mit der anderen die Liebe des Volkes.«

»Das, mein junger Freund, wäre wirklich ein interessantes Phänomen, wenn es tatsächlich möglich wäre. Wie würden Sie es denn anfangen?«

»Oh, es gibt eine ganze Reihe von Möglichkeiten. Das Problem ist nur, eine herauszusuchen. Warten Sie. Wie wäre es zum Beispiel mit Luxusartikeln? Sehen Sie –«

Mallow holte aus einer Innentasche eine glänzende Kette aus flachen Metallgliedern hervor. »Zum Beispiel dies hier.«

»Was ist das?«

»Ich müßte es Ihnen demonstrieren. Dazu brauche ich allerdings ein Mädchen, irgendeins, ganz egal. Und einen großen Spiegel.«

»Hmmm. Dann gehen wir am besten ins Haus.«

Das Haus, von dem der Commdor sprach, war eher ein Palast, auch wenn ihn Mallow unwillkürlich mit einer Festung verglich. Er stand auf einer Anhöhe, die sich über die Hauptstadt erhob. Die dicken Mauern waren verstärkt, alle Zufahrtswege bewacht, und das Ganze machte eher den Eindruck einer Verteidigungsanlage. Der passende Wohsitz für Asper, den Vielgeliebten, dachte Mallow ironisch.

Vor ihnen stand ein junges Mädchen, das sich tief vor dem Commdor verneigte. »Das hier ist eines der Mädchen der Commdora«, erklärte Asper. »Geht es mit ihr?«

»Aber natürlich!«

Der Commdor sah genau zu, wie Mallow die Kette um die Taille des Mädchens befestigte und dann zurücktrat.

»Und?« fragte der Commdor schnüffelnd. »Ist das alles?«

»Würden Sie bitte den Vorhang vorziehen, Commdor? Neben dem Verschluß der Kette befindet sich ein kleiner Knopf, junge Dame. Würden Sie ihn jetzt bitte nach oben drücken? Keine Angst, es passiert Ihnen nichts.«

Das Mädchen gehorchte und stieß dann einen kleinen Schrei aus, als es auf seine Hände sah. Es war von Kopf bis Fuß in eine schimmernde Aura gehüllt, die von der Taille ausging und als Flammenkrone über seinem Kopf endete.

Es trat vor den Spiegel und betrachtete sich fasziniert.

»Hier, nehmen Sie das.« Mallow reichte ihm eine Kette aus dunklen Steinen. »Legen Sie sie um Ihren Hals.«

Sobald sich die Kette im Bereich des Strahlungsfeldes befand, wurde jeder einzelne Stein zu einer kleinen Flamme, die in Rot und Gold hüpfte und funkelte.

»Na, wie gefällt Ihnen das?« fragte er das Mädchen. Es gab keine Antwort, aber in seinem Blick konnte er Bewunderung lesen. Auf einen Wink des Commdors drückte es schließlich den Knopf zögernd wieder herunter, und die Aura verschwand. Schweigend verließ es das Zimmer, nachdem es die Ketten wieder zurückgegeben hatte.

»Sie gehören Ihnen, Commdor«, sagte Mallow. »Für die Commdora. Betrachten Sie es als kleines Geschenk der Stiftung.«

»Hmmm.« Der Commdor nahm den Gürtel und die Halskette von einer Hand in die andere, als wolle er ihr Gewicht schätzen. »Wie funktioniert das?«

Mallow zuckte die Achseln. »Da müssen Sie schon unsere Technikexperten fragen. Die Hauptsache ist, *daß* es funktioniert – und zwar *ohne* die Hilfe eines Priesters, wie Sie sehen.«

»Schon, aber es ist doch letzten Endes Flitterzeug für die Frauen. Ich könnte kaum etwas damit anfangen, oder? Wie sollte so etwas Geld einbringen?«

»Sie veranstalten doch sicher Bälle, Empfänge, Banketts und ähnliches, nicht wahr?«

»Ja, natürlich.«

»Wissen Sie, was Frauen für solchen Schmuck bezahlen würden? Ich schätze, mindestens zehntausend Kredite.«

»Ach ja!« Der Commdor schien plötzlich zu verstehen.

»Und da die Energiequelle dieser Ketten nach spätestens sechs Monaten erschöpft ist, wird ständig eine Nachfrage sein. Wir können Ihnen so viele von diesen Ketten verkaufen, wie Sie haben wollen, und zwar zum Preis von Schmiedeeisen im Wert von tausend Kredit das Stück. Das bedeutet einen Gewinn von neunhundert Prozent für Sie.«

Der Commdor zupfte an seinem Bart und schien in Gedanken die Zahlen zu überschlagen. »Die Damen werden sich förmlich um sie reißen. Ich werde dafür sorgen, daß nur eine begrenzte Menge auf den Markt kommt, um den Preis in die Höhe zu treiben. Natürlich dürfen sie nicht erfahren, daß ich selbst –«

»Ich kann Ihnen gern erklären, wie man mit einer Scheinfirma arbeitet«, erbot sich Mallow. »Sie könnten dann vielleicht auch den Verkauf unserer sämtlichen Haushaltsgeräte übernehmen. Wir bieten Klappherde an, in denen man auch das zäheste Fleisch in zwei Minuten weich bekommt; Messer, die man nie zu schärfen braucht; eine Maschine, die eine ganze Wäscherei ersetzt, obwohl sie nur so groß ist wie ein kleiner Schrank, und die vollautomatisch arbeitet. Desgleichen

Geschirrspülmaschinen, Bodenreinigungsgeräte, Möbelpolierer, Staubfänger, Beleuchtungskörper und und und. Denken Sie nur daran, um wieviel mehr das Volk Sie lieben wird, wenn Sie ihm all diese Dinge zugänglich machen. Denken Sie daran, wie sehr sich Ihr – eh, Bestand an irdischen Gütern vermehren wird, wenn die Regierung das Monopol für den Verkauf all dieser Artikel mit einem Gewinn von neunhundert Prozent hat. Für die Leute, die sie kaufen, werden sie viel mehr wert sein als das Geld, das sie dafür bezahlen, und sie brauchen ja nicht zu erfahren, was *Sie* dafür bezahlt haben. Und vergessen Sie nicht: Das alles geht ganz ohne Priester. Alle werden glücklich und zufrieden sein.«

»Alle, außer Ihnen, oder? Was verdienen Sie denn an dem Geschäft?«

»Das, was jedem Händler nach dem Stiftungsgesetz zusteht. Meine Männer und ich bekommen die Hälfte der Gewinne, die wir machen. Wenn Sie alles kaufen, was ich Ihnen verkaufen will, dann machen wir beide ein gutes Geschäft. Ein *sehr* gutes.«

»Was sagten Sie, womit Sie bezahlt werden wollen? Eisen?«

»Ja, und Kohle und Bauxit. Auch Tabak, Pfeffer, Magnesium und Hartholz. Alles Dinge, von denen Sie hier genug haben.«

»Das klingt gut.«

»Ach ja, noch etwas, Commdor. Ich könnte Ihre Fabriken mit neuen Maschinen und Geräten ausrüsten.«

»Eh? Wozu soll das gut sein?«

»Nun, nehmen Sie zum Beispiel Ihre Stahlhütten. Wir können Ihnen sehr nützliche Geräte liefern, die die Produktionskosten bis auf ein Prozent der früheren Kosten senken würden. Sie könnten die Preise um die Hälfte senken, wobei immer noch ein beträchtlicher Gewinn für Sie selbst und die Hersteller übrigbliebe. Wenn Sie mir eine Demonstration erlauben, zeige ich Ihnen genau, was ich meine. Gibt es ein Stahlwerk in der Stadt? Es würde nicht lange dauern.«

»Es ließe sich einrichten, Händler Mallow. Aber morgen, morgen. Darf ich Sie heute abend zum Essen bei uns einladen?«

»Meine Männer –« begann Mallow.

»Bringen Sie Ihre Männer ruhig mit«, entgegnete der Commdor großzügig. »Als Symbol der freundschaftlichen Verbindung unserer Nationen. Ich hoffe, es wird ein Anfang zu weiteren freundschaftlichen Gesprächen. Allerdings, mein junger Freund«, sein Gesicht wurde unvermittelt streng, »kein Wort über Ihre Religion. Glauben Sie jetzt nicht, daß Sie mit Ihren Geschäften langsam Missionare ins Land bringen können.«

»Glauben Sie mir, Commdor«, erwiderte Mallow trocken, »daß die Religion nur meine Gewinne schmälern würde.«

»Dann möchte ich unser Gespräch für jetzt beenden. Man wird Sie zu Ihrem Schiff zurückbegleiten.«

6

Die Commdora war beträchtlich jünger als ihr Mann. Sie hatte ein blasses, kühles Gesicht und trug das schwarze Haar streng zurückgekämmt.

»Bist du endlich fertig, mein gütiger und edelmütiger Gatte?« fragte sie mit bissiger Stimme. »Ja? Darf ich vielleicht auch wieder in den Garten, wenn ich möchte.«

»Warum so dramatisch, Licia, meine Liebe«, antwortete der Commdor nachsichtig. »Der junge Mann wird heute abend unser Gast sein, und dann kannst du dich solange mit ihm unterhalten, wie du möchtest, und vielleicht auch einmal mir zuhören. Wir werden auch seine Leute irgendwo im Palast unterbringen müssen. Die Sterne geben, daß es nicht zu viele sind.«

»Wahrscheinlich ist es ein Haufen grober Kerle, die wie die Wölfe über das Fleisch herfallen und literweise Wein in sich hineinschütten. Und dann wirst du wieder zwei Tage jammern, wenn du am Ende ausgerechnet hast, was sie dich gekostet haben.«

»Vielleicht aber auch nicht. Ich möchte jedenfalls, daß bei dem Essen heute abend an nichts gespart wird.«

»Ah, ich verstehe.« Sie sah ihn verächtlich an. »Du willst dich bei diesen Wilden anbiedern. Vielleicht wolltest du mir deshalb nicht erlauben, bei eurem Gespräch dabei zu sein. Vielleicht hast du vor, dich gegen meinen Vater zu wenden.«

»Das ist nicht der Fall.«

»Sicher, als brave Gattin muß ich dem Wort meines Mannes glauben. Aber du weißt genauso gut wie ich, warum ich dich geheiratet habe. Weil man mich der Politik meines Landes geopfert hat. Ich hätte unter den Verbündeten und Männern unseres Volkes mit Sicherheit jemanden gefunden, der mir einen besseren Ehemann abgegeben hätte als du.«

»Ich werde dir einmal etwas sagen, meine reizende Gattin. Vielleicht möchtest du lieber in deine Heimat zurückkehren? Und damit ich dann nicht ganz ohne Erinnerung an dich zurückbleibe, könnte ich dir vorher noch die Zunge herausschneiden lassen, jenen Teil an dir, der mir am besten vertraut ist. Und«, dabei legte er abwägend den Kopf zur Seite, »um deine Schönheit zu vollenden, könnte ich dir vielleicht auch noch die Ohren und deine Nasenspitze abschneiden.«

»Das würdest du nicht wagen, mein kleines Miststück. Mein Vater würde deinen komischen Planeten in die Luft jagen, daß kein Staubkorn mehr von ihm übrigbleibt. Vielleicht tut er es sogar eines Tages, wenn ich ihm erzähle, daß du mit diesen Wilden Geschäfte machst.«

»Hmmm. Du kannst dir deine Drohungen sparen. Es steht dir frei, unseren Gast heute abend persönlich danach zu fragen. Und jetzt will ich nichts mehr hören.«

»Wie mein Herr und Gebieter befiehlt.«

»Hier, nimm das und sei ruhig.« Er legte ihr den Gürtel und die Kette um, die er von Mallow bekommen hatte, und trat dann zurück, nachdem er eigenhändig den Knopf nach oben gedrückt hatte.

Die Commdora hielt unwillkürlich den Atem an und streckte steif die Hände nach vorn. Dann betastete sie sprachlos die Kette.

Der Commdor rieb sich zufrieden die Hände. »Ich möchte, daß du sie heute abend trägst – und ich werde dir noch mehr Schmuck dieser Art besorgen. Und jetzt sei still.«

7

Jaim Twer trat ungeduldig von einem Fuß auf den anderen. »Was ist los mit Ihnen?« wollte er wissen.

Hober Mallow hob den Kopf. »Was soll denn mit mir los sein?«

»Ich weiß nicht. Ihr Gesicht verrät mir, daß irgend etwas nicht stimmt. Es muß etwas passiert sein gestern – ich meine, abgesehen von diesem Fest.« Er sah den Händler nachdenklich an. »Es gibt Probleme, nicht wahr?«

»Probleme? Nein, ganz im Gegenteil. Wissen Sie, wie ich mir vorkomme? Wie ein Mann, der sich mit seinem ganzen Gewicht gegen eine Tür wirft und feststellen muß, daß sie offen ist. Wir kommen zu einfach in dieses Stahlwerk.«

»Vermuten Sie eine Falle?«

»Um Seldons willen, jetzt werden Sie nicht melodramatisch, Twer.« Mallow schluckte seine aufsteigende Ungeduld herunter und fügte erklärend hinzu: »Ich fürchte nur, daß es nichts Besonderes zu sehen gibt, wenn man uns so ohne weiteres hineinläßt.«

»Sie spielen auf Atomenergie an, was?« überlegte Twer. »Ich sage Ihnen etwas. Es gibt keinerlei Beweise dafür, daß man hier auf Korell mit Atomkraft arbeitet. Und ich halte es für ziemlich schwierig, alle Spuren der umfangreichen Auswirkungen zu verschleiern, die eine so grundlegende Technologie wie die Atomenergie mit sich bringt.«

»Nicht, wenn sie noch in den Anfängen steckt, Twer, und nur für die Kriegswirtschaft verwendet wird. Dann nämlich würden Sie nur bei den Schiffswerften und in den Stahlwerken auf sie stoßen.«

»Wenn wir dort also nichts finden, dann –«

»Dann haben sie entweder keine Atomenergie, oder sie verheimlichen es uns. Sie können raten oder eine Münze werfen, welche der beiden Möglichkeiten zutrifft.«

Twer schüttelte den Kopf. »Ich wünsche, ich wäre gestern abend dabei gewesen.«

»Das wünsche ich auch«, gab Mallow unbewegt zurück. »Ich hätte moralische Unterstützung gebrauchen können. Aber leider war es nun einmal der Commdor, der das Treffen arrangiert hat, und nicht ich. Sehen Sie mal nach draußen. Das scheint der Wagen des Commdors zu sein, der uns zum Stahlwerk bringen soll. Haben Sie alles dabei?«

»Ja. Alles.«

8

Die Fabrik war riesig und von einem Hauch des Verfalls umgeben, den auch die oberflächlichen Reparaturen nicht ganz beseitigen konnten. Im Augenblick war sie leer, und in den großen Hallen herrschte eine unnatürliche Stille, als der Commdor mit seinen Gästen und dem Hofstaat eintraf.

Mallow legte jetzt das Stahlblech mit ausdrucksloser Miene auf die beiden Stützen und umfaßte dann den Ledergriff des Gerätes, das ihm Twer in einer Bleischeide hinhielt.

»Dieses Gerät«, erklärte er, »ist gefährlich, aber das ist eine Kreissäge auch. Sie müssen nur auf Ihre Finger aufpassen.«

Während er sprach, fuhr er mit der schlitzförmigen Mündung des Gerätes quer über die Platte, die augenblicklich in zwei Hälften auseinanderfiel.

Mallow mußte lachen, als er sah, wie seine Zuschauer ängstlich zurücksprangen. Er hob eine der Hälften auf und lehnte sie gegen sein Knie. »Sie können die Schnittiefe beliebig fein einstellen und auch handdicke Bleche genauso mühelos wie dieses hier zerschneiden. Wenn Sie die Dicke eines Bleches genau wissen, können Sie es auf einem Holztisch zerteilen, ohne die Unterlage auch nur im geringsten zu beschädigen.«

Bei jedem Satz fuhr er mit dem Atomschneider über die Platte vor seinem Knie, und jedesmal fiel ein Stück Blech zu Boden.

»Es ist wie Holzschnitzen – nur mit Metall.«

Mallow gab Twer das Gerät zurück. »Oder Sie können auch hobeln. Wollen Sie ein Blech dünn haben, eine Unebenheit glätten oder Rost entfernen? Passen Sie auf!«

Er nahm ein anderes Gerät in die Hand und begann, hauchdünne Schichten von der anderen Hälfte des Bleches abzuschälen, die dann immer dicker wurden.

»Oder möchten Sie bohren? Das geht genauso einfach.«

Die Zuschauer drängten sich jetzt dicht um die beiden Männer. Es war wie eine Zaubervorführung, eine Varietédarbietung mit überwältigender Überzeugungskraft. Commdor Asper hatte ein Metallstück aufgehoben und betrachtete es neugierig. Hohe Regierungsbeamte versuchten, sich gegenseitig über die Schultern zu schauen, und unterhielten sich flüsternd, während Mallow mit seinem Atombohrer mühelos saubere Löcher in ein dickes Blechstück bohrte.

»Ich möchte Ihnen noch etwas zeigen. Würde jemand von Ihnen so freundlich sein, mir zwei kurze Rohre zu bringen?«

Einer der vornehmen Herren beeilte sich in der allgemeinen Aufregung und Verblüffung, Mallows Bitte nachzukommen, und machte sich wie ein ganz gewöhnlicher Arbeiter seine Hände schmutzig.

Mallow stellte sie aufrecht und schnitt mit einer raschen Bewegung die beiden Enden ab. Dann fügte er die frischen Schnittflächen zusammen.

Plötzlich war aus den zwei Rohren eins geworden! Die Enden waren so glatt abgeschnitten, daß selbst atomare Unregelmäßigkeiten fehlten und sie zu einem einzigen Stück zusammenschmolzen, sobald sie aneinanderkamen.

Mallow sah auf sein Publikum und wollte gerade etwas sagen, doch plötzlich verschlug es ihm die Sprache. Eine Welle der Erregung ergriff ihn, und in seinem Magen begann es zu prickeln.

In der allgemeinen Verwirrung hatten sich die Leibwächter des Commdors in die erste Reihe vorgedrängt, und Mallow konnte zum erstenmal die seltsamen Handwaffen, die sie trugen, näher betrachten.

Es waren Atomwaffen! Es gab keinen Zweifel, denn die Form des Laufs war zu typisch. Doch das war es nicht, was Mallow so überraschte. Etwas anderes war viel merkwürdiger.

Die Griffe dieser Waffen trugen das Raumschiff-und Sonne Zeichen! Das gleiche in Gold geprägte Zeichen, das sich auf jedem der dicken Originalbände der Enzyklopädie befand, an der die Stiftung immer noch arbeitete. Das gleiche Raumschiff-und-Sonne Zeichen, das Jahrtausende lang das Banner des Galaktischen Imperiums geziert hatte.

Mallow konzentrierte seine Gedanken. »Nehmen Sie das Rohr ruhig in die Hand«, forderte er seine Zuschauer auf. »Testen Sie es! Es ist ein einziges Stück, obwohl es natürlich nicht so perfekt ist, als wenn es maschinell gemacht wird.«

Damit war seine Vorführung beendet. Sie hatte ihren Zweck erfüllt, denn Mallow wußte jetzt, was er in Erfahrung hatte bringen wollen. In seinem Kopf war im Augenblick nur noch Platz für einen einzigen Gedanken. Die goldene Kugel mit dem Strahlenkranz und die spitze Zigarre, die ein Raumschiff darstellte.

Das Raumschiff-und-Sonne Zeichen des Imperiums!

Das Imperium! Plötzlich schien die Vergangenheit wieder lebendig zu werden. Einhundertfünfzig Jahre waren vergangen, aber irgendwo, tief in der Galaxis, existierte das Imperium noch. Und jetzt befand es sich ganz offensichtlich wieder auf dem Vormarsch, in das Gebiet der Peripherie hinein.

Mallow lächelte!

9

Die *Far Star* befand sich seit zwei Tagen wieder im Raum, als Hober Mallow Oberleutnant Drawt in seiner Kabine einen Umschlag, eine Mikrofilmspule und eine silbrige Kugel übergab.

»In einer Stunde, Lieutenant, übernehmen Sie das Kommando über die *Far Star*, bis ich zurückkehre – das heißt, *wenn* ich zurückkehre.«

Drawt setzte zu einer Erwiderung an, doch Mallow brachte ihn mit einer ungeduldigen Handbewegung zum Schweigen.

»Hören Sie zu. In dem Umschlag finden Sie die genauen Koordinaten des Planeten, der Ihr Ziel ist. Dort werden Sie zwei Monate auf mich warten. Sollte die Stiftung Sie vor Ablauf dieser Zeit ausfindig machen, dann geben Sie den Mikrofilm als meinen Reisebericht ab.

Wenn ich aber«, Mallows Stimme wurde düster, »am Ende der zwei Monate *nicht* zurückgekehrt sein sollte und Sie von der Stiftung noch nicht lokalisiert worden sind, dann nehmen Sie Kurs auf Terminus, wo Sie die Zeitkapsel als Bericht abliefern. Haben Sie alles verstanden?«

»Jawohl, Sir.«

»Weder Sie noch Ihre Leute dürfen meinen offiziellen Bericht ergänzen, ganz gleich in welcher Form.«

»Und wenn man uns verhört, Sir?«

»Dann wissen Sie nichts.«

»Jawohl, Sir.«

Damit war die Unterredung beendet, und fünf Minuten später löste sich eine Pinasse von der *Far Star*.

10

Onum Barr war zu alt, um noch Angst zu haben. Nach den letzten Unruhen hatte er sich in eine einsame Gegend zurückgezogen, wo er allein mit den Büchern lebte, die er aus den Ruinen hatte retten können. Er fürchtete um nichts mehr, am allerwenigsten um das, was er noch sein Leben nannte, und so sah er dem Fremden, der plötzlich vor ihm stand, gleichmütig entgegen.

»Die Tür war offen«, erklärte der Eindringling.

Er sprach mit einem harten Akzent, und Barr bemerkte, daß er eine seltsame Handwaffe trug. Im Halbdunkel des kleinen Raums war deutlich zu erkennen, daß der Mann von einem leuchtenden Kraftfeld umgeben war.

»Ich habe keinen Grund, sie zu verschließen«, antwortete Barr müde. »Kann ich Ihnen irgendwie helfen?«

»Ja.« Der Fremde, ein großer, kräftiger Mann, stand unbeweglich in der Mitte des Raumes. »Das hier ist das einzige Haus im Umkreis.«

»Ja, es ist eine einsame Gegend«, nickte der Alte, »aber im Osten finden Sie eine Stadt. Ich zeige Ihnen gern, wie Sie dort hinkommen.«

»Später. Darf ich mich setzen?«

»Wenn der Stuhl Ihr Gewicht trägt, bitte«, erwiderte Barr langsam. Auch seine Möbel waren alt, wie er, und sie hatten schon bessere Zeiten gesehen.

»Ich heiße Hober Mallow«, stellte sich der Fremde vor. »Ich komme aus einer weit entfernten Provinz.«

Barr nickte lächelnd. »Ihre Sprache verrät Sie. Ich bin Onum Barr von Siwenna – früher einmal Patrizier des Imperiums.«

»Dann bin ich also wirklich auf Siwenna. Ich hatte nur alte Karten, nach denen ich mich orientieren konnte.«

»Sie hätten wirklich sehr alt sein müssen, wenn die Position der Sterne auf ihnen anders eingezeichnet gewesen wäre.«

Barr beobachtete schweigend, wie sein Besucher gedankenverloren auf irgendeinen Punkt im Raum starrte. Ihm fiel auf, daß das Kraftfeld verschwunden war. Ganz offensichtlich, gestand er sich voll Selbstironie ein, waren die Zeiten, in denen er noch Eindruck auf Fremde – oder auch auf seine Feinde – gemacht hatte, endgültig vorbei.

»Ich bin arm und kann Ihnen nicht viel anbieten«, sagte er. Wenn Sie mit dem wenigen, was ich habe, zufrieden sind, teile ich gern mit Ihnen.«

Mallow schüttelte den Kopf. »Danke, ich habe schon gegessen. Ich kann nicht bleiben. Ich wollte Sie nur bitten, mir den Weg zur Hauptstadt zu beschreiben.«

»Diese Bitte ist leicht zu erfüllen und kostet mich, so arm wie ich bin, nichts. Aber sagen Sie mir, welche Hauptstadt Sie meinen. Die des Planeten oder die des Imperialen Sektors?«

Der Besucher runzelte die Stirn. »Ist es denn nicht ein und dieselbe? Bin ich denn hier nicht auf Siwenna?«

Der alte Patrizier nickte langsam. »Doch, das hier ist Siwenna. Aber auf Siwenna ist die Hauptstadt des Normannischen Sektors nicht mehr. Ihre alte Sternenkarte hat Sie also doch verkehrt geführt. Die Position der Sterne ändert sich auch in Jahrhunderten nicht, aber politische Grenzen sind sehr beweglich.«

»Das ist schlecht. Sehr schlecht sogar. Ist die neue Hauptstadt weit von hier entfernt?«

»Sie liegt auf Orsha II. Zwanzig Parseks von hier. Ihre Karte wird Ihnen den Weg zeigen. Wie alt ist sie eigentlich?«

»Hundertfünfzig Jahre.«

»So alt?« der alte Mann seufzte. »In der Zwischenzeit ist viel geschehen. Wissen Sie etwas darüber?«

Mallow schüttelte langsam den Kopf.

»Dann können Sie sich glücklich schätzen. Nach dem Tod des Herrschers Stannell VI. vor fünfzig Jahren hat eine schlimme Zeit für die Provinzen begonnen. Seitdem gibt es nichts als Rebellionen und Verfall und Verfall und Rebellionen.« Barr überlegte, ob er zuviel redete. Aber er hatte hier draußen in dieser Einsamkeit so selten Gelegenheit, sich einmal mit jemandem zu unterhalten.

»Verfall, sagen Sie?« Mallow horchte plötzlich auf. »Das klingt ja, als sei die Provinz verarmt.«

»Vielleicht noch nicht völlig. Es dauert eine lange Zeit, bis die Bodenschätze von fünfundzwanzig großen Planeten erschöpft sind, aber verglichen mit dem Wohlstand des letzten Jahrhunderts geht es steil mit uns bergab – und es gibt keinerlei Anzeichen dafür, daß sich diese Situation in nächster Zeit ändert. Aber warum interessieren Sie sich so dafür, junger Mann?«

Mallow spürte, wie er unter dem prüfenden Blick des alten Mannes fast rot geworden wäre. Plötzlich lächelte Barr.

»Sehen Sie«, suchte Mallow nach einer Erklärung, »ich bin Händler. Bisher habe ich mich mehr auf den Rand der Galaxis beschränkt. Nun sind mir vor einiger Zeit alte Karten in die Hände gefallen, und so bin ich in diese Gegend gekommen, um neue Märkte zu erschließen. Da ist es doch nur natürlich, wenn mich die Vorstellung von verarmten Provinzen beunruhigt. Man kann nur dann verdienen, wenn ein Planet Geld hat. Wie steht es zum Beispiel mit Siwenna?«

Der alte Mann beugte sich vor. »Ich weiß es nicht. Vielleicht haben Sie Glück. Aber *Sie* und ein Händler? Sie sehen mir eher wie ein Kämpfer aus. Sie haben die Hand immer dicht bei der Waffe, und auf Ihrer Wange sehe ich eine Narbe.«

Mallow drehte den Kopf ruckartig zur Seite. »Wo ich herkomme, muß man sich selbst helfen. Vom Gesetz sieht und hört man da nicht viel. Kämpfe und Verletzungen sind die ständigen Begleiter eines Händlers dort. Aber kämpfen lohnt sich nur, wenn am Ende Geld auf einen wartet, und wenn ich es kampflos bekommen kann, um so besser. Glauben Sie, es gibt hier genug Geld, daß sich der Einsatz lohnt? Kämpfen kann ich doch sicher überall.«

»Sicher«, nickte Barr. »Sie könnten sich zum Beispiel Wiscards Leuten in den Red Stars anschließen. Ich weiß allerdings nicht, ob Sie das, was sie tun, als kämpfen oder eher als Piraterie bezeichnen würden. Sie könnten auch in die Dienste unseres derzeitigen Vizekönigs treten – auch dort wird nach Herzenslust gemordet, geplündert und geraubt.« Die Wangen des alten Patriziers röteten sich mit dessen wachsender Erregung. Er schloß die Augen und öffnete sie dann wieder.

»Ich habe den Eindruck, daß Ihnen der Vizekönig nicht gerade sympathisch ist, Patrizier Barr«, stellte Mallow fest. »Was ist, wenn ich einer seiner Agenten bin?«

»Wenn schon«, erwiderte Barr bitter. »Was können Sie mir schon nehmen?« Er deutete mit seiner hageren Hand auf die ärmliche Einrichtung des kleinen Raumes.

»Ihr Leben zum Beispiel.«

»Dazu wäre nicht viel nötig. Außerdem hätte ich es besser schon vor fünf Jahren verloren. Aber Sie gehören nicht zu den Männern des Vizekönigs. Wenn es nämlich so wäre, würde mich mein Selbsterhaltungstrieb vielleicht doch dazu veranlassen zu schweigen.«

»Woher wollen Sie das wissen?«

Der alte Mann lachte. »Warum so mißtrauisch? Haben Sie Angst, ich wollte Sie zu regierungsfeindlichen Äußerungen verleiten und Sie dann verraten? Nein, nein, seien Sie beruhigt. Ich habe schon lange nichts mehr mit Politik zu tun.«

»Gibt es das? Ich meine, daß man nichts mehr mit Politik zu tun hat? Als Sie vorhin über den Vizekönig sprachen – wie waren die Worte doch noch gleich, die Sie gebraucht haben? Morden, plündern und so weiter. Das klang aber nicht gerade objektiv. Und sicher nicht so, als ob Sie sich nicht mehr für Politik interessierten.«

Der alte Mann zuckte die Achseln. »Man kommt eben niemals ganz über seine Erinnerungen hinweg. Ich werde Ihnen etwas erzählen. Dann können Sie ja selbst urteilen. Damals, als Siwenna noch die Hauptstadt der Provinz war, war ich Patrizier und Mitglied des Senats der Provinz. Meine Familie war alt und angesehen. Mein Urgroßvater war sogar – Aber ich schweife ab. Das ist jetzt alles tiefste Vergangenheit.«

»Ich nehme an«, sagte Mallow, »daß es einen Bürgerkrieg oder eine Revolution gegeben hat.«

Barrs Gesicht umwölkte sich. »Bürgerkriege sind fast zu etwas Alltäglichem geworden, aber Siwenna hielt sich immer abseits. Unter Stannell VI. war der Planet fast wieder zu seinem früheren Wohlstand gelangt. Aber dann folgten schwache Herrscher, und schwache Herrscher bedeuten starke Vizekönige, und unser letzter Vizekönig – jener Wiscard, dessen Anhänger es auf den Handel zwischen den Red Stars abgesehen haben – strebte nach dem kaiserlichen Purpur. Er war nicht der erste mit diesem Ziel, und wenn er es erreicht hätte, wäre er ebenfalls nicht der erste gewesen.

Aber er hatte kein Glück. Denn als der Admiral des Kaisers an der Spitze einer Flotte erschien, erhob sich Siwenna gegen seinen rebellischen Vizekönig.« Er brach traurig ab.

Mallow, der vor Erregung auf seinem Stuhl immer weiter nach vorn gerutscht war, entspannte sich langsam. »Bitte fahren Sie fort, Sir«, bat er.

»Danke«, antwortete Barr müde. »Es ist sehr freundlich von Ihnen, daß Sie einem alten Mann so geduldig zuhören. Sie rebellierten; oder ich sollte besser sagen: wir rebellierten, denn ich war einer der Anführer. Wiscard flüchtete von unserem Planeten, und wir erklärten dem Admiral unsere Loyalität. Ich weiß bis heute nicht genau, warum. Vielleicht fühlten wir uns einem Symbol zur Loyalität verpflichtet, wenn auch nicht der Person des Kaisers selbst, der ein grausames und böses Kind war. Vielleicht hatten wir auch nur Angst vor den Schrecken einer Belagerung.«

»Und?« drängte Mallow sanft.

»Aber das paßte dem Admiral nicht«, antwortete Barr zornig. »Er strebte nach dem Ruhm, eine rebellische Provinz erobert zu haben, und seine Männer nach der Kriegsbeute, die bei einer solchen Eroberung anfällt. Während sich das Volk in allen größeren Städten versammelte und dem Kaiser und seinem Admiral zujubelte, ließ dieser alle militärischen Stützpunkte besetzen und befahl, die Bevölkerung zu erschießen.«

»Mit welcher Begründung?«

»Mit der Begründung, daß wir gegen unseren vom Kaiser persönlich eingesetzten Vizekönig rebelliert hätten. Nach einem vierwöchigen Massaker wurde der Admiral der neue Vizekönig. Seine Leute zogen plündernd und mordend durch das Land. Ich habe sechs Söhne gehabt – fünf davon sind auf verschiedene Weise getötet worden. Und meine Tochter – ich *hoffe* für sie, daß sie gestorben ist. Ich entkam dem Tod nur, weil ich schon so alt war. Dann kam ich hierher, zu alt, als daß mich noch jemand als potentiellen Gegner ernst genommen hätte.« Er senkte den Kopf. »Sie haben mir alles genommen, weil ich geholfen hatte, einen rebellischen Gouverneur zu verjagen, und einen Admiral um seinen Ruhm gebracht hatte.«

Mallow saß schweigend da und wartete. »Was ist aus Ihrem sechsten Sohn geworden?« erkundigte er sich schließlich.

»Wie? Ach ja.« Barr lächelte bitter. »Es geht ihm gut. Er hat sich unter einem falschen Namen als Soldat bei den Truppen des Admirals verpflichtet. Er ist Bordschütze in der persönlichen Flotte des Admirals. Nein, nein, ich weiß, was Sie jetzt denken. Er ist ein guter Junge. Er besucht mich, sooft er kann, und ernährt mich. Und wenn unser großer und ruhmreicher Vizekönig eines Tages stirbt, dann wird mein Sohn an seinem Tod nicht unbeteiligt sein.«

»Und das erzählen Sie einem Fremden? Damit bringen Sie doch Ihren Sohn in Gefahr.«

»Nein. Ich helfe ihm, indem ich aus Ihnen einen neuen Feind mache. Wenn ich ein Freund des Vizekönigs wäre, so, wie ich jetzt sein Feind bin, dann würde ich ihm raten, Schiffe bis an den Rand der Galaxis zu verteilen.«

»Gibt es hier denn keine Schiffe?«

»Haben Sie welche gesehen? Sind Sie von Aufklärern oder Wachkreuzern in Empfang genommen worden, als Sie in das System kamen? Bei den wenigen Schiffen, die wir haben, und den Intrigen und Unruhen, die auf den Nachbarprovinzen herrschen, können wir keine Kreuzer für die Bewachung der barbarischen Außensonnen erübrigen. Außerdem hat uns vom Rande der Galaxis nie eine Gefahr gedroht – bis *Sie* kamen.«

»Ich? Ich bin doch keine Gefahr für Sie und Ihr Land.«

»Es werden andere nach Ihnen kommen.«

Mallow schüttelte langsam den Kopf. »Ich glaube, ich verstehe nicht, was Sie meinen.«

»Dann passen Sie auf!« Die Stimme des alten Mannes klang erregt. »Ich habe auf den ersten Blick gewußt, wer Sie sind. Sie sind von einem Kraftfeld umgeben – oder waren es jedenfalls, als Sie hereinkamen.«

»Ja, das stimmt«, gab Mallow nach einer Pause zu.

»Gut. Es war ein Fehler, aber das konnten Sie ja nicht wissen. Ich kenne mich in einigen Dingen aus, obwohl es in diesen Zeiten nicht mehr modern ist, Gelehrter zu sein. Die Ereignisse überschlagen sich, und wer nicht mit dem Strahler kämpfen kann, der wird von ihnen überrollt, so wie ich. Aber ich war einmal ein gelehrter Mann, und ich weiß, daß in der ganzen Geschichte der Atomtechnik nie ein tragbares Schutzfeld gegeben hat. Sicher, wir haben Schutzfelder – aber die werden durch große Maschinen erzeugt, mit denen eine Stadt oder ein Schiff geschützt wird, nicht aber ein einzelner Mensch.«

»So?« Mallow schob seine Unterlippe vor. »Und was schließen Sie daraus?«

»Es gehen da Geschichten im Raum um. Sie kommen manchmal über lange Wege und werden mit jedem Parsek, den sie zurücklegen, etwas mehr entstellt – aber als ich jung war, ist einmal ein kleines Schiff mit Fremden gelandet, die unsere Gebräuche nicht kannten und nicht wußten, woher sie kamen. Sie erzählten von Zauberern am Rande der Galaxis; Zauberer, die in der Dunkelheit leuchteten, die ohne fremde Hilfe durch die Luft flogen und die Waffen nicht verletzen konnten.

Wir haben darüber gelacht. Auch ich habe damals gelacht. Und bis heute hatte ich das alles vergessen. Doch nun – Sie leuchten in der Dunkelheit, und ich glaube nicht, daß ich Sie mit einem Strahler verletzen könnte, wenn ich einen hätte. Sagen Sie, können Sie so, wie Sie jetzt dort sitzen, durch die Luft fliegen?«

»Ich verstehe nicht, was Sie meinen«, antwortete Mallow ruhig.

Barr lächelte. »Ich begnüge mich mit dieser Antwort. Ich bedränge meine Gäste nicht. Aber wenn es Zauberer gäbe, wenn *Sie* einer von Ihnen wären, dann kämen eines Tages noch viel mehr von ihnen. Vielleicht wäre das gut. Vielleicht brauchen wir neues Blut.« Er murmelte etwas, das Mallow nicht verstehen konnte, und fuhr dann lauter fort: »Wer weiß. Jeder hat Träume, sogar unser Vizekönig, der den gleichen hat wie unser alter Wiscard.«

»Träumt er auch von der Kaiserkrone?«

Barr nickte. »Mein Sohn hört vieles, da er sich ja immer in der näheren Umgebung des Vizekönigs aufhält. Er erzählt mir oft davon. Unser neuer

Vizekönig würde die Krone nicht ablehnen, wenn er sie angeboten bekäme, aber er will sich den Rückzug freihalten. Es gibt Gerüchte, daß er ein neues Imperium in den barbarischen Randgebieten der Galaxis aufbauen will, wenn sein ursprünglicher Plan, die Kaiserkrone zu bekommen, mißlingt. Es heißt auch, daß er schon eine seiner Töchter irgendeinem kleinen König in der Peripherie zur Frau gegeben hat, aber ich kann natürlich nicht sagen, wie weit das der Wahrheit entspricht.«

»Wenn man alles glauben würde, was erzählt wird –«

»Ich weiß. Es wird so viel geredet. Ich bin ein alter Mann und rede Unsinn. Aber was sagen Sie dazu?« Barrs scharfe Augen musterten den Händler prüfend.

Mallow überlegte. »Nichts. Aber ich möchte gern etwas fragen. Besitzt Siwenna Atomenergie? Nein, warten Sie, ich weiß, daß man hier über das entsprechende Wissen verfügt. Was mich interessiert, ist die Frage, ob es noch intakte Kraftwerke gibt. Oder sind sie von den Truppen des Admirals zerstört worden?«

»Zerstört? Oh nein. Man müßte den halben Planeten auslöschen, bevor man auch nur an ein Kraftwerk herankäme. Sie sind unersetzlich und die Stärke unserer Flotte. Wir haben die größten und besten auf dieser Seite von Trantor«, fügte der Alte stolz hinzu.

»Was müßte ich tun, wenn ich mir einen dieser Generatoren ansehen wollte?«

»Nichts!« erwiderte Barr entschieden. »Wer sich einer militärischen Anlage nähert, wird sofort erschossen. Auf Siwenna gibt es immer noch keine Bürgerrechte, und das Wort des Militärs ist Gesetz.«

»Sind denn alle Kraftwerke in der Hand des Militärs?«

»Nein. Es gibt noch die kleineren, die die Städte mit Energie versorgen. Sie werden von den Tech-Leuten kontrolliert.«

»Und wer sind diese Leute?«

»Eine Gruppe von Spezialisten, die die Kraftwerke überwachen. Es ist ein Ehrenamt, das vom Vater auf den Sohn weitergegeben wird. Die Söhne, die dieses Amt erben, werden schon von klein an im Bewußtsein ihrer Aufgabe erzogen. Man verlangt von ihnen ein ausgeprägtes Pflichtgefühl, Ehrgefühl und all das. Nur ein Tech-Mann darf ein Kraftwerk betreten.«

»Ich verstehe.«

»Ich will damit aber nicht sagen«, fügte Barr hinzu, »daß alle Tech-Leute unbestechlich sind. In diesen Zeiten, in denen wir in fünfzig Jahren neun Kaiser gehabt haben, von denen sieben ermordet worden sind, in denen jeder Schiffskommandant meint, er müsse Vizekönig werden und jeder Vizekönig Kaiser, wird wahrscheindlich auch ein Tech-Mann beim Anblick von Geld schwach werden. Aber dazu brauchte man schon eine große Summe, und ich habe keins. Sie?«

»Was? Geld? Nein. Aber warum muß man immer mit Geld bestechen?«

»Womit sonst, wenn man sich mit Geld alles kaufen kann?«

»Es gibt eine ganze Reihe von Dinge, die man sich mit Geld *nicht* kaufen kann. Und jetzt wäre ich Ihnen dankbar, wenn Sie mir den Weg zur nächsten Stadt mit einem Kraftwerk beschreiben würden.«

»Warten Sie!« Barr streckte seine hageren Hände aus. »Nicht so eilig. In der Stadt, wo die Bewohner immer noch als Rebellen behandelt werden, würden Sie sofort angehalten werden, wenn man Ihren Akzent und Ihre Kleidung bemerkte.«

Er stand auf und holte aus irgendeiner dunklen Ecke einer alten Truhe einen Ausweis hervor. »Hier, mein Paß – er ist gefälscht. Ich konnte mit ihm fliehen.«

Er drückte ihn Mallow in die Hand und legte seine eigene darüber. »Die Beschreibung paßt zwar nicht, aber wenn Sie Ihre Rolle gut spielen, wird man kaum genau hinsehen.«

»Und Sie? Sie haben dann keinen Ausweis mehr.«

Barr zuckte gleichmütig die Achseln. »Was macht das schon? Ich würde Ihnen raten, nicht zu viel zu reden! Ihr Akzent verrät Sie. Wenn Sie den Mund halten, dürften Sie keinen Verdacht erregen. Und jetzt werde ich Ihnen erklären, wie Sie in die Stadt kommen –«

Fünf Minuten später war Mallow fort.

Er kehrte aber noch einmal ganz kurz zum Haus des alten Patriziers zurück, bevor er sich endgültig auf den Weg zur Stadt machte. Und als Onum Barr am nächsten Morgen in seinen kleinen Garten gehen wollte, fand er vor der Tür eine Kiste, die Proviant enthielt, wie man ihn an Bord eines Raumschiffes fand. Es sah seltsam aus und schmeckte eigenartig.

Aber es war gut und würde lange reichen.

11

Der Tech-Mann war klein und stämmig. Er hatte eine Halbglatze, und inmitten des verbliebenen Haarkranzes glänzte die rosa Kopfhaut. An den Fingern trug er dicke Ringe, seine Kleider waren parfümiert, und er war der erste, dem Mallow auf diesem Planeten begegnete, der nicht hungrig aussah.

Er verzog jetzt verdrießlich das Gesicht. »Aber bitte schnell. Ich bin ein sehr beschäftigter Mann. Sie scheinen fremd hier zu sein –« Er betrachtete mißtrauisch Mallows Kleidung, die ihn als Fremden verriet.

»Richtig, ich bin nicht von hier«, erwiderte Mallow ruhig, »aber das ist unwichtig. Ich habe mir erlaubt, Ihnen gestern ein kleines Geschenk schicken zu lassen –«

Der Tech-Mann hob den Kopf. »Ich habe es erhalten. Ein interessantes

Spielzeug. Ich werde sicher gelegentlich Verwendung dafür finden.«

»Ich habe noch andere und wesentlich interessantere Geschenke, die über bloße Spielereien hinausgehen.«

»So-so?« Der Tech-Mann sah ihn nachdenklich an. »Ich kann mir schon denken, wie unser Gespräch verlaufen wird. Es passiert nicht zum erstenmal. Sie werden mir irgend etwas anbieten; ein paar Kredite vielleicht, einen Mantel oder billigen Schmuck. Etwas, von dem Sie glauben, daß Sie damit einen Tech-Mann bestechen könnten.« Er schob angriffslustig die Unterlippe vor. »Und ich weiß auch, was Sie als Gegenleistung haben wollen. Sie sind nicht der erste, der auf diese glänzende Idee kommt. Sie wollen in unsere Gruppe aufgenommen werden. Sie wollen in die Geheimnisse der Atomtechnik und der Wartung und Pflege der Maschinen eingewiesen werden. Sie gehören zu den siwennischen Rebellen – Ihr seltsamer Akzent und diese fremde Kleidung dienen wahrscheinlich nur Ihrer Sicherheit –, und weil diese Mistbrut für ihre Aufsässigkeit tagtäglich aufs neue bestraft wird, versuchen Sie, die Privilegien und den Schutz der Tech-Leute Gilde zu bekommen, um auf diese Weise Ihrer verdienten Strafe zu entrinnen.«

Mallow wollte etwas erwidern, doch der Tech-Mann begann jetzt zu brüllen. »Und jetzt machen Sie, daß Sie von hier verschwinden, bevor ich Ihren Namen dem Stadtprotektor melde. Sie glauben doch nicht im Ernst, daß ich meine Vertrauensposition mißbrauche. Bei diesen siwennischen Verrätern, die vor mir dieses Amt hatten – da hätten Sie vielleicht Erfolg gehabt. Aber nicht mit mir. Sie können von Glück sagen, daß ich Ihnen nicht mit meinen bloßen Händen für Ihre Unverschämtheit den Hals umdrehe.«

Mallow mußte im stillen lächeln. Die ganze Aufregung des Tech-Mannes wirkte so unecht und gekünstelt, daß seine Empörung zu einer reinen Farce wurde.

Der Händler warf einen amüsierten Blick auf die beiden schlaffen Hände, mit denen der andere ihn soeben bedroht hatte. Wirklich zwei beeindruckende Mordwerkzeuge! Schließlich meinte er: »Ich muß Sie in drei Punkten berichtigen. Erstens bin ich kein Spion des Vizekönigs, der Ihre Loyalität testen soll. Zweitens habe ich Ihnen ein Geschenk anzubieten, das selbst der Kaiser nicht besitzt und nie besitzen wird. Und drittens will ich dafür nur eine Kleinigkeit; im Grunde ein Nichts, verglichen mit dem, was Sie dafür bekommen.«

»Was Sie nicht sagen!« gab der andere sarkastisch zurück. »Wie sieht denn dieses fürstliche Geschenk aus, das Sie mir in Ihrer unübertroffenen Großzügigkeit zukommen lassen wollen? Und das noch nicht einmal der Kaiser besitzt?« Er lachte meckernd.

Mallow stand auf und schob den Stuhl zurück. »Ich habe drei Tage gewartet, bis man mich endlich zu Ihnen vorgelassen hat, aber meine Demonstration wird nicht länger als drei Sekunden dauern. Ich wäre

Ihnen sehr verbunden, wenn Sie jetzt den Strahler ziehen würden, auf dem Ihre Hand liegt –«

»Was?«

»Und auf mich schießen.«

»*Was*?«

»Wenn Sie mich töten sollten, können Sie der Polizei ja erzählen, ich hätte versucht, Sie zu bestechen, mir die Geheimnisse der Gilde zu verraten. Sie würden dafür sogar großes Lob bekommen. Wenn ich am Leben bleibe, verspreche ich Ihnen mein Schutzfeld.«

Erst jetzt bemerkte der Tech-Mann die weißliche Aura, die seinen Besucher einhüllte. Er hob den Strahler, zielte verwirrt und mißtrauisch und drückte ab.

Die Luftmoleküle, die von der plötzlichen Welle atomaren Verfalls ergriffen wurden, zerrissen in grelle, brennende Ionen und zogen einen blendenden, dünnen Strich durch die Luft, der genau auf Mallows Herz traf – und wirkungslos verpuffte!

Das Gesicht des Händlers blieb unbewegt, während die atomaren Kräfte, die gegen ihn entfesselt worden waren, von der perlmuttfarbenen Aura, die ihn umgab, neutralisiert wurden.

Der Strahler des Tech-Mannes fiel polternd zu Boden.

»Besitzt der Kaiser einen persönlichen Schutzschild? *Sie* können einen haben.«

»Sind Sie ein Tech-Mann?« stotterte der Tech-Mann.

»Nein.«

»Dann – woher haben Sie dann das da?«

»Das braucht Sie nicht zu interessieren«, gab Mallow kühl zurück. »Wollen Sie es nun haben oder nicht?« Er legte eine dünne Kette auf den Tisch. »Hier.«

Der Tech-Mann griff hastig danach und betrachtete sie mißtrauisch. »Ist das alles?«

»Das ist alles.«

»Und woher kommt die Energie?«

Mallow zeigte auf die größte der Kugeln, aus denen die Kette bestand. Sie war von einer Bleihülle umgeben.

Der Tech-Mann sah mit hochrotem Kopf auf. »Sir, ich bin seit zwanzig Jahren Tech-Mann. Ich habe beim berühmten Bler an der Universität von Trantor studiert. Wenn Sie die unverschämte Dreistigkeit besitzen, mir weismachen zu wollen, daß sich in dieser walnußgroßen Kugel ein Atomgenerator befindet, denn stehen Sie in drei Sekunden vor dem Protektor.«

»Dann bleibt Ihnen wohl nichts anderes übrig, als selbst nach einer Erklärung zu suchen. Ich bleibe dabei: Das ist alles.«

Der Tech-Mann gewann langsam wieder seine normale Gesichtsfarbe zurück, als er die Kette um seine Taille schlang und auf einen Wink

Mallows hin den Knopf nach oben drückte. Sofort hüllte ihn ein schwach leuchtendes Strahlenfeld ein. Er hob zögernd seinen Strahler und stellte ihn auf Minimalkraft.

Und dann drückte er langsam und mit sichtlicher Überwindung ab. Der Strahl aus der Waffe prallte harmlos an seiner Hand ab.

»Und was wollen Sie machen, wenn ich Sie jetzt erschieße und Ihr Schutzfeld für mich behalte?« fragte der Tech-Mann plötzlich.

»Versuchen Sie es! Glauben Sie, ich würde Ihnen mein einziges Exemplar geben?« Auch Mallow war noch immer von einer perlmuttfarbenen Aura eingehüllt.

Der Tech-Mann kicherte nervös und warf den Strahler auf den Tisch. »Und wie sieht diese Kleinigkeit, dieses Nichts aus, das Sie dafür haben wollen?«

»Ich möchte Ihre Generatoren sehen.«

»Sie wissen, daß das verboten ist. Man würde uns beide in den Raum stoßen –«

»Ich will sie weder anfassen noch sonst etwas. Ich möchte sie nur *sehen* – Sie können aufpassen, daß ich sie wirklich nicht berühre.«

»Und wenn ich es nicht erlaube?«

»Dann können Sie trotzdem Ihr Schutzfeld behalten, aber ich habe auch noch andere Dinge. Zum Beispiel einen Strahler, der dieses Schutzfeld durchdringen kann.«

»Hmmm.« Der Tech-Mann sah Mallow nachdenklich an. »Kommen Sie mit.«

12

Das Haus des Tech-Mannes war ein kleines, zweistöckiges Gebäude, das neben dem gewaltigen, fensterlosen Klotz stand, der das Kraftwerk und der das Stadtbild beherrschte. Ein Tunnel führte von dem einen zum anderen, an dessen Ende sich Mallow in der lautlosen, ozonreichen Atmosphäre des Kraftwerks wiederfand.

Eine Viertelstunde lang folgte er schweigend seinem Führer, ohne irgend etwas zu berühren. Schließlich drehte sich der Tech-Mann zu ihm um und fragte erstickt: Reicht das? Ich mußte Sie selbst führen, denn meinen Untergebenen konnte ich in diesem Fall nicht trauen.«

»Können Sie das überhaupt?« meinte Mallow spöttisch. »Ja, das reicht.«

Als sie wieder im Büro des Tech-Mannes waren, sagte der Händler nachdenklich: »Und Sie sind für alle Generatoren verantwortlich?«

»Ja, für alle«, nickte der andere stolz.

»Und Sie sorgen dafür, daß sie funktionieren und immer in Ordnung sind?«

»Richtig!«
»Und was passiert, wenn einmal ein Generator ausfällt?«
Der Tech-Mann schüttelte entrüstet den Kopf. »Das kommt nicht vor. Nie! Die Generatoren sind für die Ewigkeit gebaut.«
»Aber die Ewigkeit ist lang. Wenn nun –«
»Es gibt kein wenn.«
»Schön, dann versuche ich es anders. Was würde passieren, wenn ich einen wichtiges Teil zerstören würde? Gegen Atomenergie sind die Maschinen doch sicher nicht immun. Angenommen, ich zerstöre ein wichtiges Verbindungsteil oder zum Beispiel eine D-Röhre aus Quarz?«
»Das würde Sie das Leben kosten«, brüllte der Tech-Mann zornig.
»Ja, das weiß ich.« Auch Mallow schrie jetzt. »Aber was ist mit dem Generator? Könnten Sie ihn wieder reparieren?«
»Sir«, stieß der Tech-Mann schrill hervor, »Sie haben bekommen, was Sie wollten. Und jetzt machen Sie, daß Sie verschwinden! Ich schulde Ihnen nichts mehr!«
Mallow verbeugte sich spöttisch und ging hinaus.
Zwei Tage später traf er auf dem Planeten ein, wo die *Far Star* auf ihn wartete. Sofort nach seiner Rückkehr nahmen sie Kurs auf Terminus.
Und noch zwei Tage später erlosch der Schutzschirm des Tech-Mannes, und so sehr er auch schimpfte und fluchte, die Aura war und blieb verschwunden.

13

Mallow konnte sich zum erstenmal in sechs Monaten wieder entspannen. Nackt bis auf die Haut räkelte er sich wohlig im Sonnenraum seines neuen Hauses.
Der Mann neben ihm steckte ihm eine Zigarre zwischen die Lippen und zündete sie an. »Sie müssen doch völlig überarbeitet sein«, brummte er und biß das Ende seiner eigenen Zigarre ab. »Vielleicht sollten Sie besser mal Urlaub machen.«
»Vielleicht, Jael, aber noch lieber würde ich mich auf einem Platz im Stadtrat ausruhen. Und ich werde diesen Platz bekommen, und Sie werden mir dabei helfen.«
Ankor Jael runzelte die Stirn. »Warum gerade ich?«
»Das liegt doch auf der Hand. Erstens sind Sie ein alter Hase in der Politik, und zweitens sind Sie von Jorane Sutt von Ihrem Sitz im Stadtrat verdrängt worden, demselben Jorane Sutt, der sich lieber ein Auge ausreißen würde als mich im Stadtrat zu sehen. Sie glauben nicht, daß ich Chancen habe, was?«
»Kaum«, gab der ehemalige Erziehungsminister zu. »Schließlich sind Sie Smyrnianer.«

»Das ist rein rechtlich gesehen kein Hindernis. Ich bin hier auf Terminus ausgebildet worden.«

»Ach, kommen Sie. Seit wann richten sich Vorurteile nach anderen Gesetzen als den eigenen? Was ist denn mit Ihrem eigenen Mann – diesem Jaim Twer? Was meint *er* denn dazu?«

»Er wollte mich schon vor einem Jahr für den Stadtrat vorschlagen«, erklärte Mallow, »aber ich habe abgelehnt. Er hätte es doch nicht durchbringen können. Er ist einfach nicht der richtige Mann für so etwas. Er ist laut und haut mächtig auf den Putz – aber solche Eigenschaften werden meistens nur als Belästigung empfunden. Ich will das Ganze richtig aufziehen und den Sitz bekommen, und dazu brauche ich einen Mann wie Sie.«

»Jorane Sutt ist der cleverste Politiker auf dem ganzen Planeten, und er wird gegen Sie sein. Ich weiß nicht, ob ich gegen ihn gewinnen kann. Er kämpft bedingungslos – und mit schmutzigen Mitteln.«

»Ich habe Geld.«

»Das hilft uns natürlich. Aber Sie brauchen schon eine ganze Menge, um die Vorurteile abzubauen – als dreckiger Smyrnianer.«

»Ich habe eine ganze Menge.«

»Also schön, ich werde mich um die Sache kümmern. Aber kommen Sie hinterher nicht und beschweren sich, ich hätte Sie zu einer Kandidatur ermutigt. Wer ist denn das?«

»Ich nehme an, Jorane Sutt höchstpersönlich.« Mallow verzog das Gesicht. »Er kommt ziemlich früh, aber das ist kein Wunder. Schließlich bin ich ihm seit einem Monat aus dem Weg gegangen. Hören Sie, Jael, gehen Sie doch in den Nebenraum und schalten Sie den Lautsprecher an. Aber leise. Ich möchte, daß Sie unser Gespräch mithören.«

Er schob den Abgeordneten mit dem nackten Fuß hinaus, stand dann auf und zog sich einen Seidenmantel über. Auf einen Knopfdruck wurde das künstliche Sonnenlicht ausgeschaltet, so daß der Raum jetzt nur noch durch das normale Tageslicht erhellt war.

Der Sekretär des Bürgermeisters trat steifbeinig ein, während der würdevolle Hausdiener leise die Tür hinter ihm schloß.

Mallow knotete seinen Gürtel zusammen. »Sie können sich setzen, wo Sie möchten«, bot er seinem Gast an.

Sutt brachte mühsam ein unsicheres Lächeln zustande. Er nahm in einem Sessel Platz, blieb aber gespannt auf der Kante sitzen. »Kommen wir sofort zur Sache«, begann er. »Wie sehen Ihre Bedingungen aus?«

»Welche Bedingungen?«

»Muß ich deutlicher werden? Schön. Was haben Sie zum Beispiel auf Korell gemacht? Ihr Bericht war lückenhaft.«

»Ich habe ihn Ihnen bereits vor einem Monat gegeben, und damals waren Sie völlig zufrieden.«

»Sicher.« Sutt rieb sich nachdenklich mit dem Finger über die Stirn.

»Aber seitdem sind Sie nicht untätig gewesen. Wir sind weitgehend über das, was Sie tun, informiert, Mallow. Wir wissen genau, wieviele Fabriken Sie bauen, wie eilig Sie es damit haben und wieviel es Sie kostet. Und dann dieser Palast hier, der bestimmt noch einiges mehr gekostet hat, als ich im Jahr verdiene.« Sutt sah sich mit ausrucksloser Miene um. »Sie werfen mit Geld nur so um sich.«

»Soso. Und was beweist das, außer daß Ihre Spione offensichtlich sehr fleißig sind?«

»Es beweist, daß Sie auf einmal über eine ganze Menge Geld verfügen, das Sie voriges Jahr noch nicht hatten. Und das wiederum kann alles mögliche beweisen – zum Beispiel, daß auf Korell einiges passiert ist, von dem wir nichts wissen. Woher kommt das Geld?«

»Mein lieber Sutt, Sie werden doch nicht im Ernst erwarten, daß ich Ihnen das verrate.«

»Nein.«

»Sehen Sie, das habe ich mir gedacht. Und deshalb verrate ich es Ihnen jetzt doch. Es kommt direkt aus den Schatztruhen des Commdors von Korell.«

Sutt zwinkerte ungläubig.

Mallow lächelte. »So leid es mir für Sie tut, aber das Ganze ist völlig legitim. Ich bin Händlermeister, und ich habe dem Commdor verschiedene Dinge geliefert, die er mir in Form von Schmiedeeisen und Cromeisenerz bezahlt hat. Laut Vertrag stehen mir fünfzig Prozent vom Gewinn zu, während die andere Hälfte am Ende des Jahres, wenn alle braven Bürger ihre Steuern bezahlen, an den Staat geht.«

»In Ihrem Bericht hat aber nichts von irgendeinem Handelsabkommen gestanden.«

»Nein, genauso wenig wie das, was ich an jenem Tag zum Frühstück hatte oder wie meine augenblickliche Freundin heißt. Das sind doch alles irrelevante Details.« Mallow verzog spöttisch den Mund. »Sie haben mich nach Korell geschickt, um dort – wie war das gleich noch? – die Augen offenzuhalten. Das habe ich getan. Sie wollten wissen, was aus den verschwundenen Handelsschiffen geworden ist. Ich habe von ihnen weder etwas gehört noch gesehen. Sie wollten wissen, ob Korell über Atomwaffen verfügt. In meinem Bericht habe ich erwähnt, daß ich bei der privaten Leibwache des Commdors Atomstrahler gesehen habe. Das war alles, was ich an Beweisen habe entdecken können. Und die Waffen, die sie hatten, sind offensichtlich aus der Zeit des alten Imperiums übriggeblieben und funktionieren wahrscheinlich schon längst nicht mehr.

Sie sehen, ich habe meinen Auftrag genau ausgeführt, aber ansonsten stand mir frei, zu tun, was immer ich für richtig hielt. Ich bin Händlermeister, und nach den Gesetzen der Stiftung ist es einem Händlermeister erlaubt, nach eigenem Gutdünken neue Märkte zu erschließen. Von dem

Gewinn, den er dabei macht, darf er die Hälfte für sich behalten. Und nun sagen Sie mir, was Sie dagegen einzuwenden haben.«

Sutt starrte auf die Wand und bemühte sich, seine Verärgerung zu unterdrücken. »Es ist allgemein üblich, daß ein Händler mit seinen Waren auch unsere Religion auf dem betreffenden Planeten einführt.«

»Ich halte mich an das Gesetz. Was ›allgemein üblich‹ ist, interessiert mich nicht.«

»Manchmal gilt aber das, was üblich ist, mehr als das Gesetz.«

»Dann gehen Sie doch von mir aus vor Gericht.«

Sutt sah den Händler zornig an, und seine Augen schienen noch tiefer in ihre Höhlen zu sinken. »Sie sind und bleiben ein Smyrnianer. Sie sind der beste Beweis dafür, daß auch die Ausbildung und Eingliederung in eine andere Gemeinschaft nicht die Abstammung verleugnen kann. Hören Sie mir trotzdem zu.

Es geht hier nicht um Geld oder neue Märkte. Die Wissenschaft des großen Hari Seldon beweist, daß wir der Grundstock zu einem neuen Imperium werden sollen, und wir können nicht von dem Weg abweichen, der zu diesem Imperium führt. Das wichtigste Mittel zur Erreichung dieses Ziels ist die Religion. Mit ihrer Hilfe haben wir die Vier Königreiche unter unsere Herrschaft gebracht, obwohl sie die Macht gehabt hätten, uns zu vernichten. Sie ist das wirksamste Instrument, um Menschen und Planeten unter unsere Kontrolle zu bekommen.

Der Hauptgrund für die Förderung und Unterstützung des Handels und der Händler war, daß man auf diese Weise versuchen wollte, die Religion schneller zu verbreiten und sicherzugehen, daß die Planeten durch die Einführung neuer, von uns kontrollierter Techniken und einer neuen Wirtschaft enger an uns gebunden würden.«

Er brach ab, um Luft zu holen, und Mallow nutzte die Pause, um etwas einzuwerfen. »Ich kenne die Theorie. Und ich verstehe sie auch.«

»Tatsächlich. Das ist ja mehr, als ich erwartet habe. Dann werden Sie auch sicher begreifen können, worauf Ihr eigennütziges Handeln hinausläuft. Ihr Handelsabkommen zur Lieferung von wertlosen Massenprodukten, die die Wirtschaft eines Planeten nur oberflächlich beeinflussen können, die Untergrabung der interstellaren Politik nur um des Gewinnes willen, die Trennung der Atomenergie von unserer Religion – das alles kann letzten Endes nur zum Sturz und zur totalen Ablehnung einer Politik führen, die sich über hundert Jahre hinweg bewährt hat.«

»Dann ist es höchste Zeit, diese Politik zu ändern«, erwiderte Mallow gleichgültig. »Sie mögen vielleicht in den Vier Königreichen mit Ihrer Politik Erfolg gehabt haben, aber im übrigen hat sie auf kaum einem anderen Planeten Fuß fassen können. Als wir damals die Vier Königreiche unter unsere Herrschaft gebracht haben, hat doch die Geschichte, wie Salvor Hardin mit Hilfe der Priester und des Aberglaubens der Leute den weltlichen Monarchen Macht und Unabhängigkeit genommen hat, in der ganzen Peripherie ihre Runde gemacht. Und wenn das noch nicht deutlich genug war, so hat die Sache mit Askone vor zwanzig Jahren auch den letzten abgeschreckt. Es gibt heute keinen Herrscher in der Peripherie mehr, der nicht eher Selbstmord begehen würde, als daß er einem Priester der Stiftung erlaubte, sein Territorium zu betreten.

Ich habe nicht die Absicht, Korell oder irgendeinen anderen Planeten zu zwingen, etwas anzunehmen, was sie nicht haben wollen. Nein, Sutt. Wenn Atomenergie sie zu einer Gefahr macht, dann ist eine aufrichtige Freundschaft aufgrund guter Handelsbeziehungen tausendmal besser als eine unsichere Oberherrschaft, die auf dem verhaßten Supremat einer religiösen Gewalt basiert und die zusammenbricht, sobald sie auch nur die geringste Schwäche zeigt. Was dann von dieser Herrschaft zurückbleibt, ist nichts als unvergängliche Furcht und ewiger Haß.«

»Ich wußte gar nicht, daß Sie ein so guter Redner sind«, entgegnete Sutt ironisch. »Aber um auf meine erste Frage zurückzukommen: wie lauten nun Ihre Bedingungen? Was verlangen Sie dafür, wenn Sie Ihre Vorstellungen gegen meine eintauschen?«

»Sie glauben, daß ich meine Ansichten verkaufen würde?«

»Warum nicht?« antwortete Sutt kalt. »Leben Sie nicht vom Kauf und Verkauf?«

»Nur, wenn es dabei um Gewinne geht«, gab Mallow gleichgültig zurück. »Können Sie mir mehr bieten, als ich jetzt bekomme?«

»Sie könnten zum Beispiel drei Viertel Ihrer Gewinne behalten dürfen, anstatt wie bisher die Hälfte.«

Mallow lachte zynisch. »Welch ein Angebot. Wenn ich nach Ihren Bedingungen Geschäfte mache, würde ich höchstens ein Zehntel von dem verdienen, was ich jetzt verdiene. Haben Sie keinen besseren Vorschlag?«

»Wie wäre es mit einem Sitz im Stadtrat?«

»Den bekomme ich auch so, mit oder ohne Ihre Hilfe.«

Sutt verlor plötzlich die Beherrschung und ballte die Faust. »Sie könnten sich auch eine Gefängnisstrafe ersparen. Zwanzig Jahre, wenn es nach mir geht. Was sagen Sie zu einem solchen Gewinn?«

»Nichts, es sei denn, Sie können Ihre Drohung wahr machen.«

»Was würden Sie sagen, wenn man Sie wegen Mordes vor Gericht stellen würde?«

»Wen sollte ich denn ermordet haben?« fragte Mallow verächtlich.

Sutts Stimme klang plötzlich hart. »Sie haben sich des Mordes an einem anacreonischen Priester schuldig gemacht, der im Dienste der Stiftung stand.«

»Tatsächlich? Und welche Beweise haben Sie für diese Beschuldigung?«

Der Sekretär des Bürgermeisters beugte sich vor. »Ich bluffe nicht, Mallow. Es ist mein Ernst. Ich brauche nur die Anklage zu unterschreiben, dann beginnt der Prozeß Stiftung gegen den Händlermeister Hober Mallow. Sie haben einen Angehörigen der Folter und dem sicheren Tod ausgeliefert, als Sie ihn rücksichtslos einem fremden Pöbel übergaben, und Sie haben genau fünf Sekunden Zeit, wenn Sie Ihrer verdienten Strafe entgehen wollen. Ich persönlich sähe Sie offengestanden lieber vor Gericht. Ein toter Gegner ist immer noch sicherer als ein unter Drohungen bekehrter Freund.«

»Ich werde Ihnen Ihren Wunsch erfüllen«, erklärte Mallow feierlich.

»Sehr schön!« Der Sekretär lächelte verzerrt. »Es war der Wunsch des Bürgermeisters, zu versuchen, auf diese Weise zu einer gütlichen Einigung mit Ihnen zu kommen, nicht meiner. Sie wissen ja, daß ich mir für einen solchen Kompromiß nicht gerade ein Bein ausgerissen habe.«

Er erhob sich abrupt und verließ den Raum.

Mallow blickte auf, als Ankor Jael aus dem Nebenzimmer hereinkam.

»Haben Sie alles gehört?« fragte der Händler.

Der Politiker setzte sich. »Ich habe Sutt noch nie so wütend und aufgebracht erlebt, solange ich diesen Mann kenne.«

»Von mir aus. Aber was halten Sie nun davon?«

»Ich werde es Ihnen sagen. Seine fixe Idee ist eine Politik der Kontrolle über die Planeten der Peripherie mit Hilfe religiöser Mittel, aber ich vermute, daß seine wirklichen Ziele eher weltlicher Natur sind. Ich brauche Ihnen ja nicht zu sagen, daß ich wegen meiner gegensätzlichen Ansichten zu dieser Frage aus dem Kabinett geworfen worden bin.«

»Nein, das ist mir bekannt. Und was, glauben Sie, sind das für Ziele?«

Jael wurde ernst. »Nun, da er nicht dumm ist, weiß er mit Sicherheit selbst, wie kläglich unsere Politik der Religion versagt hat, denn in siebzig Jahren haben wir keine einzige Eroberung machen können. Ich glaube, er benutzt sie für seine eigenen Zwecke.

Jedes Dogma, das in erster Linie auf Glauben und Emotionen aufgebaut ist, ist eine gefährliche Waffe, denn man kann nie dafür garantieren, daß sie nicht eines Tages gegen den gerichtet wird, der sie benutzt. Seit hundert Jahren fördern wir jetzt ein Ritual und eine Mythologie, die immer merkwürdiger und traditioneller werden – und damit immer starrer. In gewisser Beziehung haben wir sie eigentlich nicht mehr unter unserer Kontrolle.«

»Erklären Sie mir das näher«, verlangte Mallow. »Nein, reden Sie nur weiter. Ich möchte Ihre Überlegungen hören.«

»Nun, nehmen wir an, jemand, der sehr streng ehrgeizig ist, benutzt die Macht der Religion nicht für, sondern gegen uns.«

»Sie meinen, Sutt –«

»Richtig. Ich meine Sutt. Sehen Sie, wenn es ihm gelänge, die Priester der verschiedenen Planeten, die unter unserer Kontrolle stehen, im Namen der Orthodoxie gegen uns aufzuwiegeln, dann wären wir verloren. Als Vertreter des ›Wahren Glaubens‹ könnte er einen Krieg gegen die Ketzer, wie zum Beispiel Sie, beginnen und sich schließlich sogar zum König erheben. Salvor Hardin hat einmal gesagt: ›Ein Atomstrahler ist eine nützliche Waffe, aber er kann auch nach hinten losgehen‹.«

Mallow schlug sich auf den nackten Schenkel. »Also gut, Jael, sorgen Sie dafür, daß ich in den Stadtrat komme, dann werde ich ihm den Kampf ansagen.«

»Vielleicht kommen Sie gar nicht so weit«, erwiderte Jael bedeutungsvoll. »Was sollte denn diese Sache mit dem Priester? Sie stimmt doch sicher nicht.«

»Doch, sie stimmt«, antwortete Mallow gleichgültig.

Jael pfiff durch die Zähne. »Hat er denn hieb- und stichfeste Beweise?«

»Ich nehme es an.« Mallow zögerte und fügte dann hinzu: »Jaim Twer hat von Anfang an für ihn gearbeitet, aber keiner von beiden ahnte, daß ich es wußte. Und Jaim Twer war bei dieser Sache als Augenzeuge dabei.«

Jael schüttelte den Kopf. »Hmmm. Das ist schlimm!«

»Schlimm? Wieso schlimm? Dieser Priester durfte nach den Gesetzen der Stiftung nicht auf dem Planeten sein. Der Commdor von Korell hat ihn offensichtlich als Köder benutzt. Ob der Mann es freiwillig getan hat, oder ob man ihn dazu gezwungen hat, kann ich nicht sagen. Ich habe mich völlig richtig verhalten – nach meinem gesunden Menschenverstand und nach dem Gesetz. Wenn er mich wirklich vor Gericht bringt, macht er sich nur selbst zum Narren.«

Wieder schüttelte Jael den Kopf. »Nein, Mallow, ich glaube, Sie begreifen nicht. Ich habe Ihnen doch gesagt, daß er mit schmutzigen Tricks arbeitet. Er weiß, daß kein Gericht Sie verurteilen würde, und darum geht es ihm auch gar nicht. Er will etwas ganz anderes. Er will Ihren guten Ruf ruinieren. Sie haben ja gehört, was er gesagt hat. Manchmal gilt das, was üblich ist, mehr als das Gesetz. Auch wenn das Gericht Sie nicht verurteilt – wenn die Leute glauben, daß Sie einen Priester dem sicheren Tod ausgeliefert haben, dann sind Sie unten durch.

Natürlich wird jeder zustimmen, daß Sie legal gehandelt und das einzig Richtige getan haben. Aber trotzdem werden Sie in den Augen der Leute ein feiger Hund und ein hartherziges Ungeheuer sein. Und man würde Sie *nie* in den Stadtrat wählen. Vielleicht nimmt man Ihnen sogar Ihre Staatsbürgerschaft wieder ab, und Sie verlieren Ihren Rang eines Händlermeisters. Sie stammen ja nicht von Terminus. Und genau das ist es, was Sutt will.«

»Dann soll er es doch versuchen!« Mallow runzelte störrisch die Stirn.

»Ich halte natürlich zu Ihnen, mein Junge«, versicherte ihm Jael. »Aber helfen kann ich Ihnen nicht. Ich glaube, Sie stehen auf verlorenem Posten.«

14

Es war der vierte Tag des Prozesses gegen den Händlermeister Hober Mallow, und der Ratssaal war überfüllt. Alle Ratsmitglieder waren anwesend, bis auf einen, der krank war. Überall drängten sich die Zuschauer, die es mit Einfluß, Geld oder einfach durch Hartnäckigkeit geschafft hatten, zu der Verhandlung zugelassen zu werden. Eine weitaus größere Menge aber mußte auf dem Platz vor dem Gebäude warten, wo dreidimensionale Televisoren aufgestellt waren, damit sie die Ereignisse wenigstens über Bildschirm mitverfolgen konnten.

Anker Jael bahnte sich mit Unterstützung der Polizei, die allerdings nicht viel ausrichten konnte, mühsam einen Weg in den Verhandlungssaal und dann durch das kaum geringere Gedränge zu der Anklagebank, wo Hober Mallow saß.

Bei seinem Anblick atmete Mallow erleichtert auf. »Meine Güte, Sie haben sich vielleicht Zeit gelassen. Haben Sie alles mitgebracht?«

»Ja, hier. Es ist alles da, was Sie haben wollten.«

»Ausgezeichnet. Wie sieht es draußen aus?«

»Die Leute sind ziemlich aufgebracht«, antwortete Jael nervös. »Sie hätten nie einer öffentlichen Verhandlung zustimmen dürfen. Sie hätten es verhindern können.«

»Ich wollte es aber nicht.«

»Die Leute reden sogar schon davon, Sie zu lynchen. Und Publius Manlios Leute auf den Außenplaneten –«

»Das wollte ich Sie gerade fragen, Jael. Er wiegelt die Priester gegen mich auf, nicht wahr?«

»Er hat das Ganze raffiniert eingefädelt. Als Außenminister führt er die Verhandlung als Fall, der unter das interstellare Gesetz fällt. Als Oberster Priester und Primas der Kirche wiegelt er die fanatischen Massen auf –«

»Hm, lassen wir das. Erinnern Sie sich noch an dieses Hardin-Zitat, mit dem Sie mir neulich gekommen sind? Wir werden ihnen demonstrieren, daß ein Atomstrahler auch nach hinten losgehen kann.«

Der Bürgermeister kam jetzt herein und nahm seinen Platz ein, während sich die Ratsmitglieder respektvoll erhoben.

»Heute bin ich an der Reihe«, flüsterte Mallow. »Passen Sie auf. Das Spektakel beginnt.«

Eine Viertelstunde nach der Eröffnung der Verhandlung wurde Mallow in den Zeugenstand vor der Bank des Bürgermeisters gerufen. Ein Scheinwerferstrahl richtete sich auf ihn, als er durch das feindselige Geflüster der Menge zum Zeugenstand schritt, und auf den öffentlichen Televisoren der Stadt wie auch auf unzähligen Bildschirmen in fast jedem Heim des Planeten stand seine trotzige Gestalt im Mittelpunkt.

»Um keine Zeit zu verschwenden«, begann der Angeklagte ruhig, »möchte ich die Richtigkeit aller Punkte der Anklage bestätigen. Der

Bericht über den Fall des Priesters und seine Auslieferung ist völlig exakt.«

Mallow brach ab und wartete geduldig, bis sich die allgemeine Erregung, die auf seine Worte hin ausbrach, wieder gelegt hatte.

»Allerdings ist die Schilderung nicht ganz vollständig. Ich bitte darum, sie auf meine Weise ergänzen zu dürfen, und wenn das, was ich zu berichten habe, zuerst auch vielleicht belanglos zu sein scheint, so möchte ich Sie ein wenig um Geduld bitten.«

Ohne auf die Notizen zu blicken, die vor ihm lagen, fuhr er fort:

»Ich beginne mit demselben Zeitpunkt, mit dem auch die Anklage angefangen hat; mit dem Tag, an dem ich zwei Besprechungen, einmal mit Jorane Sutt und dann mit Jaim Twer hatte. Worum es dabei ging, ist Ihnen bekannt, und dem habe ich nichts hinzuzufügen, außer meinen eigenen Überlegungen an jenem Tag.

Ich war mißtrauisch, denn die vorangegangenen Ereignisse kamen mir verdächtig vor. Überlegen Sie nur. Zwei Männer, die ich beide nur flüchtig kannte, kommen mit ungewöhnlichen und etwas unglaublichen Vorschlägen zu mir. Der eine, der Sekretär des Bürgermeisters, bittet mich, im Auftrag der Regierung in einer streng vertraulichen Angelegenheit den Spion zu spielen. Worum es genau ging, ist Ihnen ja hinlänglich bekannt. Der andere, der selbsternannte Führer irgendeiner politischen Partei, fragt mich, ob ich für ihn für einen Sitz im Stadtrat kandidieren würde.

Natürlich stellte ich mir sofort die Frage nach dem Warum. Sutts Motiv lag auf der Hand: er mißtraute mir. Vielleicht dachte er, ich würde Atomwaffen an unsere Feinde verkaufen und eine Rebellion planen. Wahrscheinlich glaubte er, mich auf diese Weise dazu bringen zu können, meine Karten frühzeitig aufzudecken. Um mich zu überführen, brauchte er aber einen Mann seines Vertrauens in meiner Nähe. Dieser Gedanke kam mir allerdings erst, als Jaim Twer plötzlich auftauchte.

Überlegen Sie wieder: Twer stellt sich als Händler vor, der seinen Beruf aufgegeben hat und sich nun der Politik widmet, aber ich hatte seinen Namen im Zusammenhang mit Händlern noch nie gehört, obwohl ich auf diesem Gebiet sehr gut informiert bin. Und dann gab er vor, eine Laienausbildung von der Stiftung bekommen zu haben, *aber er hatte noch nie etwas von einer Seldon-Krise* gehört.«

Hober Mallow wartete, um die Bedeutung seiner Worte einsinken zu lassen. Plötzlich war es totenstill im Saal geworden, und die Zuhörer schwiegen atemlos vor Erwartung. Dies war zumindest das Bild, das die Bevölkerung von Terminus bekam. Die Leute auf den Außenplaneten konnten nur zensierte Versionen seiner Erklärung hören, die sich mit den Forderungen der Religion deckten. Sie erfuhren nichts von einer Seldon-Krise. Aber Mallow hatte noch mehr Argumente, die man ihnen nicht vorenthalten würde.

»Sagen Sie selbst«, fuhr Mallow schließlich fort. »Muß nicht jeder, der eine Laienerziehung bekommen hat, irgendwann einmal etwas von den Seldon-Krisen gehört haben? Es gibt nur eine Ausbildung auf unserem Planeten, bei der die Wissenschaft von Hari Seldon mit keinem Wort erwähnt wird und die nur seine Person als ein halb mythisches Genie behandelt –

In diesem Augenblick wußte ich mit Sicherheit, daß Jaim Twer nie ein Händler gewesen ist. Mir war klar, daß er dem geistlichen Stand angehörte und wahrscheinlich ein Priester mit allen Weihen war; und in den drei Jahren, die er sich als Führer einer Händlerpartei ausgegeben hatte, *hatte er für Jorane Sutt gearbeitet*.

Ich wußte nicht, was Sutt mit mir vorhatte, aber ich beschloß, das Spiel, das er mit mir spielte, mitzuspielen. Ich hatte den Verdacht, daß Twer mich in Sutts Auftrag auf der Reise begleiten und den Aufpasser spielen sollte. Wenn ich ihn nicht mitkommen ließ, würde mir Sutt wahrscheinlich jemand anders auf den Hals schicken, den ich nicht früh genug entlarvte, so überlegte ich. Und wenn man seinen Feind kennt, ist man in einer besseren Ausgangsposition. Also lud ich Twer ein, mich zu begleiten, und er willigte ein.

Damit, meine Herren Abgeordnete, möchte ich zwei Punkte klären. Zum einen beweist es, daß Twer nicht mein Freund ist, der nur widerwillig und aus Gewissensgründen gegen mich aussagt, wie Ihnen die Anklage weismachen wollte. Er ist ein Spion, der einen bezahlten Auftrag erledigt hat. Zum zweiten erklärt es eine Reaktion von mir auf das Erscheinen jenes Priesters an Bord, den ich ermordet haben soll, wie mir die Anklage vorwirft. Diese Reaktion ist bisher noch nicht erwähnt worden, weil niemand davon wußte.« Die Ratsmitglieder begannen verwirrt zu flüstern. Mallow räusperte sich theatralisch, bevor er fortfuhr:

»Ich kann Ihnen nicht meine Gefühle beschreiben, als ich erfuhr, daß ein geflohener Missionar an Bord meines Schiffes Zuflucht gesucht hatte. Ich möchte mich nicht an diesen Moment erinnern. Ich war unsicher und von Zweifeln geplagt, denn ich hatte sofort den Verdacht, daß das Ganze von Sutt inszeniert worden war, nur hatte ich nicht damit gerechnet und wußte nicht wieso und warum. Ich war ratlos – völlig ratlos.

Ich konnte nur eins tun, und das tat ich dann auch. Ich entledigte mich für fünf Minuten Twers, indem ich ihn nach meinen Offizieren schickte. In seiner Abwesenheit baute ich eine Filmkamera auf, um die Ereignisse festzuhalten. Es geschah in der verzweifelten, aber festen Hoffnung, daß mir die Dinge, die mich in jenem Augenblick noch völlig verwirrten, nachträglich klarer werden würden, wenn ich mir die Aufzeichnung dann ansah.

Ich habe mir den Film sicher an die fünfzig Male angesehen. Ich habe ihn dabei und möchte ihn jetzt in Ihrer Anwesenheit das einundfünfzigste Mal abspielen.«

Aufregung brach unter den Stadtgeordneten aus, und das Publikum begann durcheinanderzureden und laut in den Saal zu rufen, während der Bürgermeister immer wieder auf seinen Tisch klopfte, um die Ordnung wieder herzustellen. In fünf Millionen Heimen auf Terminus drängten sich die Zuschauer dichter um ihre Fernsehgeräte, und auf der Anklägerbank schüttelte Jorane Sutt kalt den Kopf über die offensichtliche Nervosität des Kirchenprimas. Sein Blick heftete sich auf Mallows Gesicht.

Die Mitte des Saales wurde geräumt und der Raum abgedunkelt. Ankor Jael schaltete den Projektor ein, und vor den Augen unzähliger Zuschauer spielte sich in Farbe und dreidimensional das Geschehen um den Missionar noch einmal ab.

Da war der verstörte und zerschundene Missionar, der zwischen dem Lieutenant und dem Sergeant stand. Mallow wartete schweigend, bis dann Männner hereinkamen, mit Twer als Schlußlicht.

Alles lief wortwörtlich so ab, wie es wirklich stattgefunden hatte. Der Sergeant wurde gemaßregelt und anschließend der Missionar verhört. Dann war der Mob zu sehen, man konnte das aufgebrachte Rufen der Menge hören, und Ehrwürden Jord Parma bat verzweifelt um Gnade. Mallow zog seine Waffe, und während der Missionar weggeführt wurde, hob er einmal in einer wilden Geste die Arme, um den Händler zu verfluchen. In diesem Moment blitzte im Film ein kleines Licht auf.

Die Szene endete mit einem Blick auf die Offiziere, die vor Entsetzen über die Entscheidung wie erstarrt dastanden, während sich Twer die Ohren zuhielt und Mallow seelenruhig seine Waffe wieder wegsteckte.

Die Lichter gingen an, und die Mitte des Saales, wo sich das Geschehen wie ein reales Spektakel abgespielt hatte, war plötzlich wieder leer. Mallow, der echte Mallow, fuhr jetzt mit seinem Bericht fort:

«Sie konnten sich überzeugen, daß alles genauso gewesen ist, wie es die Anklage dargestellt hat – oberflächlich betrachtet jedenfalls. Ich werde Ihnen gleich erklären, was ich damit meine. Twers Verhalten während des ganzen Geschehens verriet übrigens deutlich seine priesterliche Ausbildung.

Noch am selben Tag unterhielt ich mich mit Twer über gewisse Ungereimtheiten bei dem Vorfall mit dem Missionar. Ich fragte ihn, wo der Mann seiner Meinung nach in dieser verlassenen Gegend, in der wir uns befanden, so plötzlich hergekommen sei. Ich fragte ihn auch, wie er sich das Auftauchen einer riesigen Menschenmenge erklärte, obwohl die nächst größere Stadt hundert Meilen weit weg war. Die Anklage hat diese beiden Punkte übrigens großzügig übersehen.

Aber sie hat noch mehr übersehen. Zum Beispiel, wie verdächtig die Person Jord Parmas von Anfang an war. Ein Missionar auf Korell, der sich unter Lebensgefahr dort aufhält und durch seine Anwesenheit sowohl gegen das Gesetz Korells wie auch gegen das der Stiftung verstößt, spaziert in einer ziemlich neuen und sehr auffälligen Robe herum. Jeder wird mir zustimmen, daß da etwas nicht stimmte. Damals nahm ich an, daß der Missionar ein unfreiwilliger Komplize des Commdors war, der ihn dazu benutzte, um uns zu einer illegalen Aggressionshandlung zu veranlassen, denn dann hätte er das Recht auf seiner Seite gehabt, wenn er uns und unser Schiff anschließend vernichtet hätte.

Die Anklage hat offenbar erwartet, daß ich mein Handeln mit dieser Entschuldigung rechtfertige. Sie hat damit gerechnet, ich würde mich damit verteidigen, daß die Sicherheit meines Schiffes, meiner Mannschaft und meine Mission selbst auf dem Spiel standen und nicht für einen einzelnen geopfert werden konnten, wenn dieser auf jeden Fall umgekommen wäre, mit uns oder ohne uns. Sie kommen dann mit der ›Ehre‹ der Stiftung und der Notwendigkeit, unsere ›Würde‹ und unser ›Ansehen‹ zu bewahren, wenn wir nicht unsere Vorrangstellung verlieren wollen.

Darüber werden genug Worte verloren, aber die Person des Jord Parma selbst, als Individuum, hat die Anklage seltsamerweise sträflich vernachlässigt. Sie hat keinerlei Einzelheiten über ihn angegeben, weder seinen Geburtsort, noch wie und wo er ausgebildet wurde noch was er vorher gemacht hatte. Die Erklärung, die ich dafür habe, erklärt auch die Ungereimtheiten, auf die ich bei der Aufzeichnung, die Sie eben gesehen haben, hingewiesen habe. Es besteht nämlich ein enger Zusammenhang zwischen diesen Dingen.

Die Anklage hat keine Einzelheiten zu der Person Jord Parmas gegeben, weil sie das nicht *kann*. Die Szene, die Sie eben haben verfolgen können, erschien faul, weil Jord Parma selbst faul war. Es hat *nie* einen Jord Parma gegeben. *Dieser ganze Prozeß ist die größte Farce, die je abgezogen worden ist, weil es nämlich nie einen Fall ›Parma‹ gegeben hat.*«

Wieder mußte er warten, bis sich der allgemeine Aufruhr wieder gelegt hatte. Dann fuhr er langsam fort:

»Ich möchte Ihnen jetzt eine Ausschnittsvergrößerung aus dem Film von eben zeigen, die für sich selbst spricht. Bitte, Jael.«

Es wurde wieder dunkel, und der freie Raum in der Mitte des Saales füllte sich mit Gestalten, die zu geisterhaften Wachsfiguren erstarrt waren. Die Offiziere der *Far Star* standen steif da, die Gesichter vor Entsetzen verzerrt. In Mallows Hand lag eine Waffe. Links von ihm konnte man Ehrwürden Jord Parma sehen, mitten in der Bewegung eingefroren, die klauenartigen Hände hoch in die Luft gestreckt, während die Ärmel halb heruntergerutscht waren.

Und von der Hand des Missionars ging jenes Licht aus, das bei der vorangegangenen Vorführung nur als flüchtiges Aufblitzen zu erkennen gewesen war. Jetzt war es zu einem anhaltenden Leuchten geworden.

»Beobachten Sie dieses Licht auf seiner Hand«, forderte Mallow die Zuschauer mit lauter Stimme auf. »Vergrößern Sie den Ausschnitt, Jael!«

Das Bild wurde herangezogen, wurde immer größer. Die anderen Figuren verblaßten, bis im Zentrum der Szene nur noch die inzwischen ins Riesenhafte angewachsene Gestalt Jord Parmas stand. Dann fiel er auch in den Hintergrund zurück, und schließlich war nur noch seine Hand da, die in ihrer Gewaltigkeit alles ausfüllte.

Das Licht hatte sich jetzt in drei leuchtende Buchstaben verwandelt: G P K.

»Was Sie dort sehen, meine Herren«, durchbrach Mallow die Stille, »ist eine besondere Art der Tätowierung. Im normalen Licht ist sie unsichtbar, aber bei ultraviolettem Licht – mit dem der Raum während der Aufnahmen beleuchtet wurde – tritt sie deutlich hervor. Sicher, für uns ist es eine primitive Methode der geheimen Kennzeichnung, aber auf Korell, wo man UV-Licht noch nicht an jeder Straßenecke findet, reicht sie völlig aus. Und selbst auf unserem Schiff war es reiner Zufall, daß ich sie entdeckt habe.

Vielleicht können sich einige unter Ihnen schon denken, wofür die Abkürzung G P K steht. Jord Parma spielte seine Rolle ausgezeichnet, ich weiß nicht, wo er so gut gelernt hat, wie sich ein Priester verhält. Was ich aber weiß, ist, daß G P K für ›Geheimpolizei von Korell‹ steht.«

Mallow mußte schreien, um sich in dem ausbrechenden Tumult noch verständlich machen zu können. »Ich kann es Ihnen anhand von Dokumenten beweisen, die ich von Korell mitgebracht habe. Ich werde sie der Anklage auf Wunsch als Beweise vorlegen.

Und jetzt sagen Sie mir, welche Beschuldigung die Anklage nun noch gegen mich vorbringen will. Sie hat zur Genüge wiederholt, daß ich den Missionar eigentlich auch gegen das Gesetz verteidigen und meine Mission, mein Schiff und mich selbst für die ›Ehre‹ und das ›Ansehen‹ der Stiftung hätte opfern müssen.

Aber dieses Opfer für einen Schwindler zu bringen?

Für einen korellischen Geheimagenten, der mich mit einer geborgten Robe und heuchlerischen Worten täuschen wollte? Wenn es Jorane Sutt und Publis Manlio gelungen wäre, mich in diese dumme und gemeine Falle zu locken –«

Seine Stimme ging in dem erregten Protestgeschrei der Menge unter. Man nahm ihn auf die Schultern und trug ihn zur Bank des Bürgermeisters. Durch die Fenster konnte er sehen, wie sich ein riesiger Menschenstrom auf den Platz vor dem Ratsgebäude ergoß, auf dem sich bereits Tausende von Leuten drängten.

Mallow blickte sich suchend nach Ankor Jael um, aber in der Masse war es unmöglich, ein einzelnes Gesicht auszumachen. Ganz langsam wurde ihm bewußt, daß die Rufe und Schreie der Leute in einen rhythmischen Sprechgesang übergegangen waren, der immer lauter wurde und sich bis zum Wahnsinn steigerte:

»Lang lebe Mallow – lang lebe Mallow – lang lebe Mallow –«

15

Ankor Jael sah müde und erschöpft aus, denn die letzten beiden Tage waren so chaotisch gewesen, daß er kaum Zeit zum Schlafen gefunden hatte.

»Sie sind phantastisch gewesen, Mallow«, sagte er jetzt zu dem Händler, »aber verderben Sie nicht alles, indem Sie plötzlich größenwahnsinnig werden. Sie können doch nicht allen Ernstes mit dem Gedanken spielen, für das Bürgermeisteramt zu kandidieren. Die Begeisterung der Massen mag ja sehr wirkungsvoll sein – aber sie ist bekanntlich auch sehr unbeständig.«

»Richtig!« antwortete Mallow entschlossen. »Und deshalb müssen wir sie weiter schüren. Zu diesem Zweck müssen wir mit dem Spektakel für die Massen weitermachen.«

»Und was bedeutet das?«

»Sie werden veranlassen, daß man Publius Manlio und Jordane Sutt verhaftet –«

»Was?«

»Sie haben richtig verstanden. Der Bürgermeister soll sie verhaften lassen! Es ist mir völlig egal, wie Sie das erreichen. Drohen Sie ihm von mir aus. Im Augenblick habe ich die Massen in der Hand. Sagen Sie ihm das. Ich glaube nicht, daß er dann noch den Mut hat, sich zu weigern.«

»Können Sie mir auch sagen, mit welcher Begründung, Mallow?«

»Nichts leichter als das. Sie haben die Priester auf den Außenplaneten dazu angestiftet, bei den innerpolitischen Querelen der Stiftung Partei zu ergreifen. Das ist nach Seldon gegen das Gesetz. Werfen Sie ihnen ›Gefährdung der Staatssicherheit‹ vor. Ob sie wirklich verurteilt werden, interessiert mich genauso wenig, wie es sie in meinem Fall interessiert hat. Die Hauptsache ist, sie sind aus dem Verkehr, bis ich Bürgermeister bin.«

»Die Wahlen finden erst in sechs Monaten statt.«

»Und?« Mallow war aufgesprungen und umklammerte Jaels Arm mit festem Griff. »Hören Sie, wenn es sein müßte, würde ich auch einen Staatsstreich inszenieren, um an die Macht zu kommen – genau wie es Salvor Hardin vor hundert Jahren getan hat. Die Seldon-Krise rückt immer näher, Jael, und wenn sie da ist, muß ich unbedingt Bürgermeister und Oberster Priester sein. Beides!«

Jael runzelte die Stirn. »Was wird es für eine Krise sein? Hat es doch etwas mit Korell zu tun?«

Mallow nickte. »Natürlich. Sie werden uns irgendwann den Krieg erklären, obwohl ich glaube, daß bis dahin noch ein paar Jahre ins Land gehen werden.«

»Mit nuklearen Schiffen?«

»Was glauben Sie? Diese drei Handelsschiffe, die verschwunden sind, haben sie bestimmt nicht mit Luftgewehren besiegt. Sie bekommen Schiffe vom Imperium, Jael! Jetzt sehen Sie mich nicht so entgeistert an. Ja, das Imperium! Es besteht immer noch, auch wenn wir es fast vergessen hätten. Vielleicht ist sein Einfluß hier draußen in der Peripherie verschwunden, aber im Galaktischen Zentrum ist es immer noch sehr aktiv. Und ein falscher Schritt kann zur Folge haben, daß wir es auf dem Hals haben. Deshalb muß ich Bürgermeister und Hoherpriester sein, wenn die Krise kommt, weil ich der einzige bin, der weiß, wie wir sie überwinden können.«

»Und wie?« Jael schluckte trocken. »Was wollen Sie tun?«

»Nichts.«

Jael grinste unsicher. »Nun, das ist nicht gerade viel.«

Und Mallows Antwort verwirrte ihn noch mehr. »Wenn ich erst das Oberhaupt der Stiftung bin, werde ich nichts mehr tun. Nichts, aber auch wirklich nichts mehr, und darin liegt das Geheimnis der Krise.«

16

Asper Argo, der Vielgeliebte, Commdor der Republik Korell, sah mürrisch auf, als seine Frau hereinkam. Zumindest was sie betraf, war sein angenommener Beiname ein Witz. Und das wußte selbst Asper.

»Ich nehme an«, sagte sie mit einer Stimme, die so glatt war wie ihr Haar und so kalt wie ihre Augen, »daß mein teurer Gatte endlich zu einer Entscheidung über das Schicksal der Stiftung gekommen ist.«

»Ach, wirklich?« erwiderte der Commdor säuerlich. »Und was nimmt dein kluges Köpfchen sonst noch an?«

»Eine ganze Menge, mein teurer Gatte. Du hattest wieder einmal eine Besprechung mit deinen Ratgebern. Schöne Berater.« Verächtlich fuhr sie fort: Ein Haufen stockblinder Idioten, die nichts als ihren Profit im Sinn haben und sich nicht darum kümmern, ob sie mit ihren Vorschlägen gegen den Willen meines Vaters handeln.«

»Und aus welcher Quelle, meine Liebe«, fragte der Commdor gespielt freundlich, »weißt du das alles?«

Die Commdora lachte spöttisch. »Wenn ich dir das verraten würde, Teuerster, dann würdest du sehr schnell dafür sorgen, daß meine Quelle versiegt.«

»Wie du willst.« Der Commdor zuckte die Achseln und wandte sich ab. »Ich nehme an, daß du mit der Erwähnung deines Vaters eben darauf anspielen wolltest, daß er uns keine Schiffe mehr liefern wird, wenn wir ihn verärgern.«

»Schiffe! Schiffe!« zischte die Commdora wütend. »Hast du nicht schon fünf? Gib dir nicht die Mühe, es abzustreiten. Ich *weiß*, daß du fünf hast, und ein sechstes sollst du noch bekommen.«

»Ja, schon letztes Jahr.«

»Aber eins – ein einziges – genügt, um die Stiftung in einen stinkenden Aschehaufen zu verwandeln. Nur eins! Mit einem einzigen kannst du ihre lächerlichen Boote vernichten.«

»Auch mit zwölf könnte ich ihren Planeten nicht angreifen.«

»Und wie lange, glaubst du, könnten sie sich noch halten, wenn ihr Handel zusammenbricht und ihre Schiffsladungen mit diesen Kinkerlitzchen vernichtet werden?«

»Diese Kinkerlitzchen, wie du sie nennst«, seufzte der Commdor, »bedeuten Geld. Und zwar eine ganze Menge.«

»Aber wenn die Stiftung in deinen Händen wäre, würde dir dann nicht automatisch alles gehören, was mit ihr zu tun hat? Sind die Achtung und Dankbarkeit meines Vaters nicht viel mehr wert als alles, was dir die Stiftung geben kann? Es ist jetzt mehr als drei Jahre her, daß dieser Barbar hier aufgetaucht ist und seine Zaubervorstellung gegeben hat. Ich meine, es wird langsam Zeit, etwas zu unternehmen.«

»Meine Liebe!« Der Commdor drehte sich herum und musterte seine Frau. »Ich werde langsam alt und müde. Ich habe nicht mehr die Geduld, dein rasendes Mundwerk so gelassen zu ertragen wie früher. Du sagst, du wüßtest, daß ich zu einem Entschluß gekommen bin. Also schön, du hast recht. Es ist beschlossene Sache, daß Korell gegen die Stiftung Krieg führen wird.«

»Ausgezeichnet!« Die Commdora richtete sich auf, und ihre Augen funkelten. »Du hast also doch endlich Vernunft angenommen, auch wenn es lange genug gedauert hat. Und wenn du erst Herr über das Hinterland bist, dann wirst du angesehen genug sein, um auch im Imperium eine wichtige und einflußreiche Position einzunehmen. Wir könnten zum Beispiel diesen barbarischen Planeten verlassen und an den Hof des Vizekönigs ziehen. Wirklich, eine verlockende Idee.«

Sie stemmte eine Hand auf die Hüfte und rauschte mit einem Lächeln hinaus.

Der Commdor wartete, bis sie verschwunden war. »Und wenn ich erst Herr über das Hinterland, wie du es nennst, bin«, sagte er boshaft und haßerfüllt zu der geschlossenen Tür, »dann bin ich vielleicht auch einflußreich genug, um auf deinen arroganten Vater und die spitze Zunge seiner Tochter verzichten zu können. Und zwar endgültig!«

17

Der Kapitän der *Dark Nebula* starrte entsetzt auf den Schirm.

»Du liebe Galaxis!« Was ein erschrockener Ausruf hatte werden sollen, erstickte in einem kaum hörbaren Flüstern. »Was ist denn das?«

Es war ein Schiff, aber was den Kapitän so entsetzte, war seine gewaltige Größe. Neben der *Dark Star* wirkte es wie ein alptraumhafter Riese. Auf der Seite trug es das Raumschiff-und-Sonne Zeichen des Imperiums. Grell schrillten die Alarmanlagen auf dem kleineren Schiff.

Der Kapitän gab seine Befehle durch, und auf der *Dark Nebula* traf man alle Vorbereitungen zur Flucht, falls eine Flucht möglich war, und zum Kampf, wenn sich ein Kampf nicht vermeiden ließ. Gleichzeitig wurde durch den Hyperraum ein dringender Funkspruch an die Stiftung herausgegeben.

Immer wieder wurde er wiederholt – es war eine Bitte um Hilfe, aber auch eine Warnung vor Gefahr.

18

Hober Mallow überflog mißmutig die Berichte. In den zwei Jahren, die er jetzt Bürgermeister war, war er ruhiger und geduldiger geworden – aber noch immer hatte er es nicht gelernt, sich an die Regierungsberichte und die umständliche Amtssprache, in der sie abgefaßt waren, gewöhnen zu können.

»Wieviele Schiffe haben sie erwischt?« wollte Jael wissen.

»Vier sind zerstört, zwei werden noch vermißt. Die übrigen sind in Sicherheit«, brummte Mallow. »Es ist nicht gerade berühmt, aber es hätte auch noch schlimmer kommen können.«

Als Jael nichts erwiderte, sah Mallow auf. »Beunruhigt Sie irgend etwas?«

»Ich wünsche, Sutt wäre jetzt hier«, antwortete Jael fast zusammenhanglos.

»Aha. Und jetzt hören wir wieder einmal einen Vortrag über die Heimatfront.«

»Nein, hören wir nicht«, entgegnete Jael ungehalten, »aber trotzdem sind Sie störrisch, Mallow. Sie kümmern sich ausschließlich um die außenpolitische Situation, und wie es im Innern aussieht, ist Ihnen völlig egal.«

»Das ist doch Ihre Aufgabe, oder? Wozu habe ich Sie denn sonst zum Minister für Erziehung und Propaganda ernannt?«

»Offensichtlich, um mich so schnell wie möglich unter die Erde zu bringen, wenn ich mir überlege, wie wenig Sie mir bei meiner Aufgabe helfen. Seit einem Jahr predige ich Ihnen immer wieder, wie gefährlich

Sutt und seine Religionisten sind. Was nützen Ihnen Ihre ganzen Pläne, wenn Sutt verfrühte Neuwahlen durchsetzt und gewinnt?«

»Nichts, da haben Sie recht.«

»Und dann Ihre Rede von gestern abend. Sie hätten genauso gut Sutt gleich Ihr Amt abtreten können. War es denn nötig, so offen zu sprechen?«

»Haben Sie noch nie etwas davon gehört, daß man auch jemandem die Show stehlen kann?«

»Aber bestimmt nicht so, wie Sie es angefangen haben«, erwiderte Jael heftig. »Sie behaupten, Sie hätten es alles kommen sehen, aber Sie haben es nicht für nötig gehalten zu erklären, warum Sie dann drei Jahre lang Geschäfte mit Korell gemacht haben, von denen ausschließlich die andere Seite profitiert hat. Ihr einziger Kampfplan ist, sich kampflos zurückzuziehen. Sie geben den Handel mit den Sektoren auf, sie erklären in aller Öffentlichkeit ein Patt, und Sie versprechen, keine Offensive zu beginnen, auch nicht in der Zukunft. Was sollte ich aus einem solchen Durcheinander machen, Mallow?«

»Ist es nicht aufregend und sensationell genug?«

»Es spricht die Massen nicht an.«

»Das läuft auf das gleiche hinaus.«

»Wachen Sie endlich auf, Mallow. Sie haben zwei Möglichkeiten: Entweder Sie bieten den Leuten eine dynamische Außenpolitik an, ungeachtet Ihrer privaten Pläne, oder Sie schließen einen Kompromiß mit Sutt.«

»Schön«, meinte Mallow. »Versuchen wir es einmal mit der zweiten Möglichkeit. Sutt ist gerade gekommen.«

Seit der Verhandlung, die jetzt zwei Jahre zurücklag, hatten sich Sutt und Mallow nicht mehr getroffen. Beide hatten sich so gut wie nicht verändert, nur die Situation war etwas anders, denn sie hatten ihre Rollen als Führer und Opponent getauscht.

Sutt nahm Platz, ohne Mallow die Hand zu geben.

Der Bürgermeister bot ihm eine Zigarre an. »Haben Sie etwas dagegen, wenn Jael hierbleibt?« wollte er wissen. »Er wünscht sich ernsthaft einen Kompromiß. Er kann ja die Rolle des Vermittlers spielen, wenn unser Gespräch zu hitzig werden sollte.«

Sutt zuckte die Achseln. »Ein Kompromiß ist wohl das beste für Sie. Ich habe Sie bei früheren Gelegenheiten nach Ihren Bedingungen gefragt. Ich vermute, jetzt sieht es umgekehrt aus.«

»Sie vermuten richtig.«

»Also, meine Bedingungen sehen wie folgt aus: Sie geben Ihre verfehlte Politik der wirtschaftlichen Bestechung und des Handels mit technischen Spielereien auf und kehren zu der altbewährten Außenpolitik unserer Väter zurück.«

»Sie meinen Eroberung durch Missionare?«

»Richtig.«

»Es gibt keinen anderen Kompromiß?«

»Nein.«

»Hmmm.« Mallow zündete sich seine Zigarre an und inhalierte tief. »Zur Zeit Hardins, als die Eroberung von Planeten durch Mission ein neues und radikales Mittel war, opponierten Männer wie Sie dagegen. Jetzt ist diese Methode altbewährt und viel gerühmt – Eigenschaften, die ein Jorane Sutt befürwortet. Und jetzt verraten Sie mir doch einmal, wie Sie es anfangen würden, damit wir aus unserer gegenwärtigen Lage wieder herauskommen.«

»Zunächst einmal befinden *Sie* sich in dieser Lage, nicht ich. Ich habe nichts damit zu tun.«

»Schön. Ich korrigiere mich. Aber wie sieht Ihr Vorschlag nun aus?«

»Ich empfehle eine starke Offensive. Das Patt, mit dem Sie sich zufriedengeben wollen, könnte fatale Folgen für uns haben. Es wäre ein Eingeständnis der Schwäche für alle Planeten der Peripherie, und das gerade jetzt, wo es von größter Wichtigkeit ist, so stark und mächtig wie möglich zu erscheinen. Sie würden sich wie die Aasgeier zusammenrotten, weil jeder ein Stück von der Leiche haben will. Gerade *Sie* müßten das doch verstehen. Sie stammen doch von Smyrno, nicht wahr?«

Mallow ging nicht auf die vielsagende Anspielung ein. »Und wenn es Ihnen nun wirklich gelingen würde, Korell zu besiegen, was dann? Es bleibt immer noch das Imperium. *Das* ist unser wirklicher Gegner.«

Sutt lächelte ironisch. »Oh nein. Ihr Bericht über Ihren Besuch auf Siwenna war sehr ausführlich. Der Vizekönig des Normannischen Sektors ist zwar daran interessiert, zu seinen eigenen Gunsten Streit in der Peripherie zu säen, aber er wird nicht alles aufs Spiel setzen, indem er eine Militärexpedition an den Rand der Galaxis schickt, wenn er fünfzig feindselige Nachbarn und einen Kaiser hat, die gegen ihn rebellieren könnten. Damit gebe ich Ihre eigenen Worte wieder.«

»Ich muß Ihnen widersprechen, Sutt. Ich bin überzeugt, daß er es doch tun würde, wenn er in uns eine Gefahr sieht. Und zu dieser Einsicht könnte er kommen, wenn wir Korell durch einen Frontalangriff besiegen. Wir müßten wesentlich subtiler vorgehen.«

»Ja?«

Mallow lehnte sich zurück. »Ich möchte Ihnen Ihre Chance geben, Sutt. Ich brauche Sie nicht unbedingt, aber Sie könnten mir doch ganz nützlich sein. Ich werde Ihnen jetzt alles erklären, und danach können Sie entscheiden, ob Sie sich lieber auf meine Seite stellen und dafür einen Ministerposten im Koalitionskabinett bekommen, oder ob Sie es vorziehen, den Märtyrer zu spielen und im Gefängnis zu verschimmeln.«

»Letzteres haben Sie schon einmal versucht.«

»Aber ohne mir dabei große Mühe zu geben, Sutt. Also hören Sie zu.« Mallow runzelte die Stirn.

»Als ich damals auf Korell landete«, begann er, »habe ich den Commdor mit solchen technischen Spielereien gekauft, die zu der Standardausrüstung eines Händlers gehören. Ich wollte mir damit eigentlich nur den Zutritt zu einem seiner Stahlwerke verschaffen, und das ist mir dann ja auch gelungen. Ich erfuhr, was ich erfahren wollte. Erst später, nachdem ich dem Imperium einen Besuch abgestattet hatte, wurde mir zum erstenmal bewußt, welche Waffe ich mit diesem Handel in der Hand hatte.

Wir stehen vor einer Seldon-Krise, Sutt, und Seldon-Krisen werden nicht durch einzelne, sondern durch geschichtliche Kräfte gelöst. Als Hari Seldon den Verlauf unserer Zukunft plante, bezog er keine superklugen Helden in seine Berechnungen mit ein, sondern stützte sich auf breite wirtschaftliche und gesellschaftliche Entwicklungen. Deshalb müssen die Krisen durch die Mittel gelöst werden, die uns zum jeweiligen Zeitpunkt zur Verfügung stehen.

Und das ist in diesem Fall – der Handel!«

Sutt hob skeptisch die Augenbrauen und nutzte die Pause zu einer Erwiderung. »Ich weiß nicht, ob ich vielleicht geistig zurückgeblieben bin, aber ich muß ehrlich gestehen, daß ich aus Ihren Erklärungen nicht ganz schlau werde.«

»Warten Sie ab. Wir müssen von der Tatsache ausgehen, daß der Einfluß und die Macht des Handels bisher unterschätzt worden sind. Man hat immer angenommen, daß er nur unter der Kontrolle unserer Priester zu einer wirkungsvollen Waffe würde. Aber das ist ein Irrtum, und mein Vorschlag in Bezug auf die galaktische Situation lautet: Handel ohne Priester! Der Handel ist auch allein eine wirkungsvolle Waffe. Nehmen wir einmal ein ganz konkretes Beispiel: Korell befindet sich jetzt im Krieg mit uns, deshalb haben wir den Handel mit den Korellanern eingestellt. Aber – und ich möchte Sie darauf aufmerksam machen, daß ich das Problem so einfach wie eine Rechenaufgabe darstelle – in den letzten drei Jahren haben die Korellaner ihre Wirtschaft in steigendem Maße auf die Atomtechnik umgestellt, die wir eingeführt haben und mit der nur wir sie versorgen können. Was meinen Sie, was nun passiert, wenn die winzigen Atomgeneratoren ausfallen und ihre Geräte eins nach dem anderen plötzlich nicht mehr funktionieren?

Als erstes werden die Geräte im Haushalt versagen. Nach einem halben Jahr dieses Patts, gegen das Sie sich so wehren, schneidet plötzlich das Atommesser der Hausfrau nicht mehr. Die Herde werden kalt, und die Waschmaschinen waschen nicht mehr richtig. Und dann versagen irgendeines schönen Tages, vielleicht wenn es gerade besonders heiß draußen ist, die Klimaanlagen. Was geschieht?«

Er brach ab, und Sutt erwiderte ruhig: »Nichts. Die Leute ertragen eine ganze Menge in Kriegszeiten.«

»Sicher, das stimmt. Sie schicken ihre Söhne in den Kampf im Raum, wo sie in irgendeinem Gefecht eines schrecklichen Todes sterben. Sie ertragen feindliche Bombardierungen, ohne aufzumucken, auch wenn das bedeutet, daß sie sich irgendwo in Höhlen tief unter der Erde bei schimmeligem Brot und faulem Wasser verstecken müssen. Aber es ist sehr schwer, solche im Vergleich dazu eher unbedeutenden Kleinigkeiten wie den Ausfall von Haushaltgeräten ruhig hinzunehmen, wenn dieser patriotische Auftrieb fehlt, den das Bewußtsein einer drohenden Gefahr mit sich bringt. Und deshalb werden wir uns abwartend verhalten. Es wird keine Bombardierungen, keine Gefechte und keine Toten geben.

Das einzige, was passiert, wird sein, daß ein Messer nicht mehr schneidet, daß man auf einem Ofen nicht mehr kochen kann und daß es im Winter plötzlich kalt ist. Kleine, aber ärgerliche Dinge, über die die Leute irgendwann zu murren beginnen.«

»Darauf setzen Sie Ihre Hoffnungen?« fragte Sutt kopfschüttelnd. »Was erwarten Sie sich davon? Einen Aufstand der Hausfrauen? Eine Rebellion der Metzger und Ladenbesitzer, die mit ihren Hackbeilen und Brotmessern auf die Straßen gehen und schreien: ›Wir wollen unsere Vollautomatischen Super-Atomwaschmaschinen wiederhaben?‹«

»Nein, Sutt«, erwiderte Mallow ungeduldig. »Ich hoffe auf eine allgemeine Unzufriedenheit, die letztendlich auch auf die wichtigen Personen der Wirtschaft übergreift.«

»Und wer soll das sein?«

»Die Fabrikbesitzer und Industriellen von Korell. Nach zwei Jahren werden nämlich schließlich auch die großen Maschinen in den Fabriken ausfallen. Die Industriebetriebe werden plötzlich vor dem Ruin stehen, wenn ihre Besitzer feststellen müssen, daß sie in ihren Werkshallen nur schrottreife Maschinen stehen haben, die nicht mehr funktionieren.«

»Aber die Fabriken haben auch funktioniert, bevor Sie gekommen sind, Mallow.«

»Sicher, Sutt, das haben sie – aber sie haben nur ein Zwanzigstel des jetzigen Gewinnes abgeworfen, und dabei sind die Kosten für eine Umstellung auf die frühere Funktionsweise noch nicht mitgerechnet. Was glauben Sie, wie lange sich der Commdor noch behaupten kann, wenn auf einmal alle gegen ihn sind, die Industriellen, die Finanziers und der einfache Mann auf der Straße?«

»Solange er will, denn er wird nicht lange brauchen, um zu begreifen, daß er die Atomgeneratoren auch vom Imperium bekommen kann.«

Mallow lachte amüsiert. »Sie befinden sich im Irrtum, Sutt, genau wie der Commdor. Und zwar in einem ganz gewaltigen Irrtum. Sie irren sich in jedem Punkt und haben nichts begriffen. Das Imperium kann nämlich nichts ersetzen. Es ist immer ein Reich gewaltiger Mittel gewesen. Sie haben nur in Planeten, Stellarsystemen, in ganzen Sektoren der Galaxis gerechnet. Ihre Generatoren sind riesig, weil sie nur in solchen riesenhaften Maßstäben denken.

Aber wir – *wir*, unsere kleine Stiftung, unser Planet, auf dem es so gut wie keine Bodenschätze gibt –, wir mußten mit primitiveren Mitteln auskommen. Unsere Generatoren mußten ganz klein sein, weil wir nicht mehr Metall zur Verfügung hatten. Wir mußten neue Techniken und neue Methoden entwickeln – Techniken und Methoden, in denen uns das Imperium nicht mehr folgen kann, weil es soweit degeneriert ist, daß ein wissenschaftlicher Fortschritt unmöglich geworden ist.

Sie besitzen riesige nukleare Schutzschirme, mit denen sie ein Schiff, eine Stadt oder sogar einen ganzen Planeten abschirmen können; aber sie haben es nie geschafft, einen zu entwickeln, mit dem man einen einzelnen Menschen schützt. Die Generatoren, mit denen sie ihre Städte mit Licht und Wärme versorgen, sind sechs Stockwerke hoch – ich habe es selbst gesehen. Unsere dagegen würden in dieses Zimmer hier passen. Und als ich einem ihrer Atomspezialisten erzählte, daß ein Bleibehälter von der Größe einer Walnuß einen Atomgenerator enthalten kann, war er tödlich beleidigt, weil er dachte, ich wollte mich über ihn lustig machen.

Sie kennen sich noch nicht einmal mehr mit ihren Maschinen aus. Die Generatoren arbeiten automatisch, und die Techniker sind Männer, die ihr Amt von ihren Vätern übernommen haben. Sie stünden völlig hilflos da, wenn auch nur eine einzelne D-Röhre im ganzen System ausfallen würde.

Das Ganze ist ein Krieg zwischen zwei Systemen, dem Imperium und der Stiftung, ein Kampf zwischen Goliath und David. Das Imperium versucht, die Kontrolle über eine Welt zu bekommen, indem es ihr riesige Schiffe liefert, mit denen man zwar Krieg führen kann, die aber wirtschaftlich gesehen von keinerlei Bedeutung sind. Wir dagegen versuchen es mit kleinen Dingen, die zwar im Krieg nichts nützen, die aber äußerst wichtig sind, wenn es um Wohlstand und Profit geht.

Ein König, oder auch ein Commdor, nimmt die Schiffe und führt Krieg. Unzählige Despoten haben in der Vergangenheit das Wohl ihrer Untertanen für Ehre, Ruhm und Machterweiterung geopfert. Aber es sind immer noch die kleinen Dinge im Leben, die zählen – und Asper Argo wird hilflos dastehen, wenn ganz Korell in zwei oder drei Jahren eine Wirtschaftsdepression erlebt.«

»Nein«, erwiderte Sutt. »Nicht mit Ihnen.«

»Sie glauben mir nicht?«

»Ich will damit sagen, ich traue Ihnen nicht. Sie sind mir zu glattzüngig. Sie haben mich schon einmal getäuscht, damals, als ich Sie nach Korell geschickt habe. Und als ich dann dachte, ich hätte Sie mit dem Prozeß gegen Sie endgültig aus dem Weg geräumt, schafften Sie es doch wieder, sich herauszuwinden und durch Volksaufwiegelung sogar den Posten des Bürgermeisters zu bekommen. Sie sind mir zu verschlagen, Mallow. Bei Ihnen gibt es kein Motiv, hinter dem nicht noch ein anderes stehen würde, keine Aussage, die man nicht auf mehrere Weisen auslegen kann.

Was ist, wenn Sie ein Verräter sind? Angenommen, man hätte Sie bei Ihrem Besuch im Imperium mit Geld und Machtversprechungen bestochen. Dann würden Sie genauso handeln wie jetzt. Sie würden einen Krieg auslösen, nachdem Sie zuerst den Feind genügend gestärkt haben. Sie würden dafür sorgen, daß die Stiftung nichts unternimmt. Und Sie würden für alles eine plausible Erklärung haben, mit der Sie alle überzeugen könnten.«

»Sie meinen also, es gibt keinen Kompromiß?« fragte Mallow freundlich.

»Ich meine, daß Sie von diesem Stuhl müssen – freiwillig oder mit Gewalt.«

»Ich habe Ihnen gesagt, was Sie erwartet, wenn Sie nicht mit mir kooperieren wollen.«

Jorane Sutt lief rot an. »Und ich sage Ihnen, Hober Mallow von Smyrno, daß es kein Pardon für Sie gibt, wenn Sie mich verhaften lassen. Meine Männer werden dem Volk die Wahrheit über Sie erzählen, und die Bürger der Stiftung werden sich gegen ihren ausländischen Führer verbünden. Sie werden wissen, was zu tun ist – und Sie vernichten.«

Hober wandte sich ruhig an die beiden Wachen, die gerade hereingekommen waren. »Führen Sie ihn ab. Er steht unter Arrest.«

»Es ist Ihre letzte Chance«, sagte Sutt.

Doch Mallow drückte nur gleichgültig seine Zigarre aus, ohne noch ein Wort zu verlieren.

»Schön«, meinte Jael schließlich, der bisher noch nichts gesagt hatte. »Jetzt hätten wir also einen Märtyrer. Und was kommt als nächstes?«

Mallow hörte auf, mit dem Aschenbecher zu spielen und sah Jael nachdenklich an. »Das ist nicht der Sutt, wie ich ihn früher gekannt habe. Er ist wie ein Stier, der rot sieht. Er haßt mich aus tiefstem Herzen.«

»Das macht ihn um so gefährlicher.«

»Gefährlicher? Unsinn! Er hat jedes objektive Urteilsvermögen verloren.«

»Sie sind zu selbstsicher, Mallow«, gab Jael gereizt zurück. »Sie übersehen die Möglichkeit eines Volksaufstandes.«

»Wann werden Sie endlich begreifen, Jael«, antwortete Mallow genauso gereizt, »daß es nicht zu einem Volksaufstand kommen wird?«

»Wie kann man nur so überzeugt von sich sein?«

»Wovon ich überzeugt bin, das ist die Tatsache, daß wir vor einer Seldon-Krise stehen und daß sie sich mehr oder weniger von selbst löst. Es gibt da einige Dinge, die ich Sutt noch verschwiegen habe. Er hat versucht, die Stiftung selbst mit den gleichen religiösen Mitteln unter seine Kontrolle zu bringen, mit denen wir die Außenwelten kontrollieren, und dieser Versuch ist gescheitert – ein sicheres Zeichen dafür, daß die Religion nach Seldons Plan ihre Rolle ausgespielt hat.

Die wirtschaftliche Kontrolle hat andere Ergebnisse gebracht. Und um es einmal mit Ihrem Salvor-Hardin-Zitat auszudrücken, das Sie einmal benutzt haben: ›Nur ein schlechter Atomstrahler geht nicht auch nach hinten los‹. Nicht nur Korell hat von dem Handel mit uns profitiert, sondern auch wir. Wenn die korellischen Fabriken schließen, weil wir den Handel stoppen, und wenn die Außenwelten durch einen Handelsboykott verarmen, dann bedeutet das für uns, daß auch unsere Fabriken schließen müssen und wir ebenfalls verarmen.

Es gibt keine Fabrik, kein Handelszentrum und keine Schiffahrtslinie, die nicht unter meiner Kontrolle steht und die ich nicht stillegen kann, wenn Sutt versucht, die Bevölkerung gegen mich aufzuhetzen. Sollte er mit seiner Hetzkampagne Erfolg haben, werden in diesen Gebieten meine Fabriken stillgelegt, und ich werde dafür sorgen, daß es dort mit dem Wohlstand vorbei ist. Wo seine Politik auf taube Ohren stößt, wird auch weiterhin Wohlstand herrschen, weil meine Fabriken dort weiterarbeiten.

Die gleichen Überlegungen, die mich zu der Überzeugung kommen lassen, daß die Korellaner um ihres Wohlstandes willen rebellieren werden, geben mir auch die Gewißheit, daß *wir* nicht zu unserem eigenen Schaden rebellieren werden. Und ich werde das Spiel zu Ende spielen.«

»Sie wollen also eine Plutokratie errichten«, resümierte Jael. Sie machen aus Terminus einen Planeten der Händler und Handelsherren. Und wie sieht dann die Zukunft aus?«

Mallow sah mit düsterer Miene auf. »Was interessiert mich die Zukunft?« stieß er hervor. »Ich bin sicher, daß Seldon sie voraussehen konnte und entsprechende Vorbereitungen getroffen hat. Es werden andere Krisen kommen, in einer Zeit, wenn das Geld genauso seine Macht verloren hat wie jetzt die Religion. Sollen meine Nachfolger diese neuen Probleme lösen – ich habe meins heute gelöst.«

Korell – . . . Und so kapitulierte nach drei Jahren Krieg, der mit Sicherheit der unblutigste Krieg in der Geschichte der Menschheit war, die Republik Korell bedingungslos, und Hober Mallow nahm seinen wohlverdienten Platz in den Herzen der Bevölkerung der Stiftung neben Hari Seldon und Salvor Hardin ein.

Encyclopedia Galactica

Buch II
Stiftung und Imperium

Stiftung und Imperium
(Foundation and Empire)

Für Mary und Henry
Für ihre unerschöpfliche Geduld

Teil I
Der General

1

Auf der Suche nach den Zauberern

Bel Riose – . . . Im Laufe seiner relativ kurzen Karriere erwarb sich Riose den Titel »Der Letzte der Kaisertreuen«, den er zu Recht verdiente. Wenn man seine Feldzüge betrachtet, wird deutlich, daß er Peurifoy an strategischem Können durchaus gleichwertig und ihm im Umgang mit Menschen vielleicht sogar überlegen war. Die Tatsache, daß er in jener Zeit geboren wurde, als das Imperium zerfiel, machte es ihm unmöglich, als Eroberer ebenso berühmt zu werden wie Peurifoy. Dennoch bekam auch er seine große Chance, als er als erster Imperialer General den Kampf gegen die Stiftung aufnahm . . .

Encyclopedia Galactica

Bel Riose reiste ohne Begleitung, was keineswegs der Etikette entsprach, die der Hof für den Oberbefehlshaber einer Flotte vorsah, die in einem noch nicht befriedeten Stellarsystem der Galaxis stationiert war.

Aber Bel Riose war jung und voller Tatendrang – so voll Tatendrang, daß er vom Hof ganz bewußt möglichst weit weg an den Rand der Galaxis geschickt worden war – und außerdem neugierig. Seltsame und unglaubwürdige Geschichten, die von Hunderten wiederholt wurden und Tausenden oft nur vage bekannt waren, stachelten letztere Eigenschaft an; die Möglichkeit eines militärischen Abenteuers die beiden ersten. Alle drei zusammen ergaben sie eine bezwingende Persönlichkeit.

Er stieg aus dem schäbigen Fahrzeug, das er sich besorgt hatte, und ging zur Eingangstür der schon etwas verfallenen Villa, die sein Ziel war. Dort blieb er stehen und wartete. Die Photozelle im Eingang war offensichtlich in Betrieb, aber die Tür wurde von Hand geöffnet.

Bel Riose sah den alten Mann lächelnd an. »Ich bin Riose . . .«

»Ich weiß.« Der alte Mann stand unbeweglich und mit ausdrucksloser Miene vor ihm. »Sie wünschen?«

Riose trat einen Schritt zurück. »Ich komme in friedlicher Absicht.

Wenn Sie Ducem Barr sind, dann möchte ich Sie um eine Unterredung bitten.«

Ducem Barr gab den Eingang frei, und im Innern des Hauses leuchteten die Wände auf. Der General trat ins Tageslicht.

Er fuhr erstaunt über eine Wand des Arbeitszimmers und starrte dann auf seine Fingerspitzen. »Erstaunlich.«

Barr lächelte dünn. »Ja. Ich glaube, das gibt es auch nur auf Siwenna. Ich repariere es selbst, so gut es geht. Übrigens muß ich mich entschuldigen, daß Sie so lange vor der Tür haben warten müssen. Das automatische System registriert zwar noch die Anwesenheit eines Besuchers, aber es öffnet nicht mehr die Tür.«

»Und Sie können den Schaden nicht reparieren?« Die Stimme des Generals klang leicht spöttisch.

»Es gibt keine Ersatzteile mehr. Nehmen Sie doch Platz, Sir. Möchten Sie Tee?«

»Auf Siwenna? Aber natürlich. Es gehört doch hier schließlich zum guten Ton, Tee zu trinken.«

Der alte Patrizier zog sich geräuschlos und mit einer leichten Verbeugung zurück, eine zeremonielle Geste der Höflichkeit, die in den besseren Tagen des vergangenen Jahrhunderts in Adelskreisen üblich gewesen war. Riose sah seinem Gastgeber nach und merkte, wie er unter der nach außen hin zur Schau gestellten Lässigkeit doch leicht unsicher wurde. Sowohl seine Ausbildung wie auch seine Erfahrungen beschränkten sich auf rein militärische Dinge. Er hatte, wie es so schön heißt, dem Tod schon oft ins Auge gesehen, aber es war immer ein Tod gewesen, mit dessen Wesen er vertraut und der greifbar war. Es war also kaum verwunderlich, daß sich der von seinen Leuten verehrte Löwe der Zwanzigsten Flotte in der fremden, verstaubten Atmosphäre dieses alten Raumes recht unbehaglich fühlte.

Der Blick des Generals glitt über die kleinen schwarzen Kassetten, die in den Bücherregalen standen. Die Titel sagten ihm nichts. Er nahm an, daß der große Apparat in einer Ecke des Arbeitszimmers der Projektor war, der die Bücher auf Wunsch in optische und akustische Eindrücke umwandelte. Er hatte zwar noch nie eines dieser Geräte in Funktion gesehen, aber er hatte schon viel von ihnen gehört.

Irgend jemand hatte ihm sogar einmal erzählt, daß vor langer Zeit, als das Imperium noch die ganze Galaxis umfaßt hatte, in neun von zehn Häusern solche Projektoren gestanden hatten – und auch solche Bücher.

Aber jetzt gab es anderes zu tun. Vor allem mußten die Grenzen bewacht werden; Bücher waren für alte Leute. Und außerdem war sowieso die Hälfte der Geschichten, die man sich über das goldene Zeitalter erzählte, erfunden. Mehr als die Hälfte.

Der alte Mann kehrte mit dem Tee zurück, und Riose setzte sich. Ducem Barr nahm seine Tasse hoch. »Auf Ihr Wohl.«

»Danke. Auf das Ihre.«
»Sie sollen noch sehr jung sein«, sagte der alte Patrizier nachdenklich. »Fünfunddreißig?«
»Fast. Vierunddreißig.«
»In diesem Fall«, fuhr Barr mit leichtem Nachdruck fort, »möchte ich Sie lieber gleich darauf aufmerksam machen, daß ich Ihnen zu meinem Bedauern nicht mit irgendwelchen Liebes- oder Zaubertränken weiterhelfen kann. Es ist mir nicht möglich, irgendeine junge Dame zu Ihren Gunsten zu beeinflussen, an der Sie vielleicht Gefallen gefunden haben.«
»In dieser Beziehung habe ich bisher noch keine künstlichen Hilfsmittel nötig gehabt, Sir«, erwiderte der General mit einer Mischung aus Selbstgefälligkeit und Amüsiertheit. »Bittet man Sie denn öfter um solche Gefälligkeiten?«
»Oft genug. Leider verwechselt die unwissende Öffentlichkeit sehr häufig Gelehrte mit Zauberern, und das Liebesleben ist ganz offensichtlich der Bereich des menschlichen Lebens, bei dem der Eingriff der Zauberei am nötigsten ist.«
»Das mag sein, aber ich gehöre nicht zu diesen Leuten. Für mich ist ein Gelehrter ganz einfach jemand, der schwierige Fragen beantworten kann.«
»Vielleicht irren Sie sich da genauso wie die unwissende Öffentlichkeit«, gab der Siwennianer düster zurück.
»Das wird sich noch herausstellen.« Als der junge General seine Tasse in ihre leuchtende Hülle setzte, füllte sie sich von selbst wieder mit Tee. Er nahm die Aromakapsel, die Barr ihm anbot, und ließ sie in die Flüssigkeit fallen. »Dann verraten Sie mir doch, Patrizier, wer die Zauberer sind. Die wirklichen.«
Barr sah überrascht auf, als ihn sein Gast mit diesem längst veralteten Titel anredete. »Es gibt keine Zauberer.«
»Aber die Leute reden doch von ihnen. Überall auf Siwenna erzählt man sich Geschichten über sie. Es entstehen sogar schon Kults um sie. Ich vermute irgendeine Verbindung zwischen diesen Gerüchten und jenen Gruppen unter Ihren Landsleuten, die von alten Zeiten und jenen Dingen, die sie Freiheit und Autonomie nennen, träumen und reden. Ich halte es nicht für ausgeschlossen, daß sie damit eines Tages die Staatssicherheit gefährden.«
Der alte Mann schüttelte den Kopf. »Warum kommen Sie damit ausgerechnet zu mir? Vermuten Sie einen Aufstand, mit mir selbst an der Spitze?«
Riose zuckte die Achseln. »Nein. Obwohl – der Gedanke ist im Grunde gar nicht so abwegig. Immerhin lebte Ihr Vater im Exil, und Sie selbst waren früher erklärter Patriot und Chauvinist. Es ist vielleicht unhöflich, wenn ich als Gast in Ihrem Haus diese Tatsache erwähne, aber es läßt

sich leider nicht vermeiden. Aber jetzt eine Verschwörung? Nein, das kann ich mir nicht vorstellen. In den drei vergangenen Generationen ist Siwenna der Kampfgeist ausgetrieben worden.«

»Ich bin jetzt als Gastgeber ebenso unhöflich wie Sie als Gast«, antwortete der alte Mann langsam, »wenn ich Sie daran erinnere, daß es früher einmal einen Vizekönig gegeben hat, der die gleiche Ansicht über uns Siwennianer vertreten hat wie Sie. Dieser Vizekönig war schuld, daß mein Vater ins Exil mußte, daß meine Brüder ermordet wurden und meine Schwester Selbstmord beging. Und dann ist er selbst durch die Hände eben jener unterwürfigen Siwennianer eines schrecklichen und verdienten Todes gestorben.«

»Damit schneiden Sie ein Thema an, zu dem ich auch noch etwas sagen möchte. Ich weiß seit drei Jahren über den geheimnisvollen Tod dieses Vizekönigs Bescheid. Es hat da nämlich einen jungen Soldaten in seiner Leibwache gegeben, dessen Verhalten äußerst interessant war. Dieser Soldat waren Sie. Ich glaube, ich muß nicht näher ins Detail gehen.«

»Nein«, entgegnete Barr gelassen. »Was wollen Sie von mir?«

»Ich möchte, daß Sie meine Fragen beantworten.«

»Nicht unter Drohungen. Ich bin zwar alt, aber noch nicht so alt, daß ich übermäßig am Leben hänge.«

»Wir leben in schweren Zeiten«, meinte Riose bedeutungsvoll, »und Sie haben Kinder und Freunde. Sie haben ein Vaterland, für das Sie in der Vergangenheit Parolen der Liebe und Torheit verkündet haben. Wenn ich mich wirklich entscheiden sollte, Gewalt anzuwenden, dann wären mein Ziel ganz gewiß nicht Sie.«

»Was wollen Sie?« wiederholte Barr kalt.

Riose hielt seine leere Tasse hoch, während er antwortete. »Hören Sie mir zu, Patrizier. Wir leben in einer Zeit, in der jene Soldaten Karriere machen, die an Festtagen die Paraden vor dem kaiserlichen Palast anführen oder die die Vergnügungsschiffe eskortieren, die Seine Kaiserliche Hoheit zu jenen Planeten bringen, auf denen er seine Sommerresidenz hat. Ich . . . ich bin dagegen ein Versager. Ich bin mit vierunddreißig Jahren ein Versager und werde immer einer bleiben, und zwar deshalb, weil ich gerne kämpfe.

Das ist auch der Grund, warum man mich hier hinaus geschickt hat. Ich passe einfach nicht an den Hof, weil ich mich nicht in die Etikette füge. Ich bin eine Beleidigung für die Gecken und Herren Admirale, aber ich bin ein zu guter General, als daß man mich so ohne weiteres loswerden wollte. Also hat man mich nach Siwenna geschickt, in ein Grenzsystem, eine aufsässige und öde Provinz, die so weit weg ist, daß alle zufrieden sind.

Und hier kann ich verschimmeln. Es gibt keine Rebellionen, die ich niederschlagen könnte, und die Vizekönige rebellieren nicht mehr, zumindest nicht mehr, seit der verstorbene Vater Seiner Kaiserlichen Majestät an Mountel of Paramay ein Exempel statuiert hat.«

»Ein mächtiger Kaiser«, murmelte Barr.

»Das stimmt, und wir brauchen mehr von dieser Sorte. Vergessen Sie nie, daß er mein Herr ist und daß es seine Interessen sind, die ich wahre.«

»Und was hat das alles mit unserem Thema von vorhin zu tun?« Barr zuckte gleichgültig die Achseln.

»Ich werde es Ihnen sofort erklären. Diese Zauberer, von denen ich vorhin sprach, kommen offenbar aus einem Gebiet jenseits unserer Grenzen, wo die Sterne dünn gesät sind.«

»›Wo die Sterne dünn gesät‹«, zitierte Barr, »›und die Kälte des Raumes deine Haut durchdringt‹.«

»Ist das ein Gedicht?« fragte Riose stirnrunzelnd. Verse waren in diesem Augenblick doch wohl etwas unpassend. »Wie auch immer, jedenfalls kommen sie aus der Peripherie, dem einzigen Teil der Galaxis, in dem ich noch für den Ruhm des Kaisers kämpfen kann.«

»Und so den Interessen Seiner Kaiserlichen Majestät dienen und Ihre eigenen befriedigen können, indem Sie wieder einmal so nach Herzenslust kämpfen.«

»Richtig. Aber ich muß wissen, wogegen ich kämpfe, und dazu brauche ich Ihre Hilfe.«

»Woher wollen Sie wissen, daß ich Ihnen helfen kann?«

Riose knabberte gedankenverloren an einem Keks. »Ich bin seit drei Jahren jedem Gerücht und jeder Geschichte nachgegangen, die man sich über die Zauberer erzählt – und von allen Informationen, die ich gesammelt habe, stimmen nur zwei voneinander unabhängige Fakten überein und müssen deshalb wahr sein. Einmal, daß die Zauberer aus dem Randgebiet der Galaxis kommen, das Siwenna gegenüber liegt, und zweitens, daß Ihr Vater einmal einen echten Zauberer getroffen und sogar mit ihm gesprochen hat.«

Als der alte Patrizier ihn nur unbewegt ansah, fuhr Riose fort: »Sie würden mir besser alles erzählen, was Sie darüber wissen . . .«

»Es wäre vielleicht interessant, Ihnen einige Dinge zu erzählen«, sagte Barr nachdenklich. »Ein eigenes psychohistorisches Experiment, sozusagen.«

»Was für ein Experiment?«

»Ein psychohistorisches.« Der alte Mann lächelte hintergründig und fuhr dann fort: »Sie nehmen besser noch etwas Tee. Es wird nämlich ein längerer Vortrag werden.«

Er lehnte sich in die weichen Kissen seines Sessels zurück. Die Wandbeleuchtung schimmerte jetzt in einem weißlich-rosa Licht, das selbst die harten Züge des Soldaten weicher erscheinen ließ.

»Ich verdanke mein Wissen zwei Zufällen«, begann Barr. »Einmal, daß ich als Sohn meines Vaters geboren wurde, und zum zweiten, daß ich als Bürger meines Landes geboren wurde. Die Geschichte beginnt vor mehr als vierzig Jahren, kurz nach dem großen Massaker. Damals lebte mein Vater als Flüchtling in den Wäldern im Süden, während ich selbst Bordschütze in der persönlichen Flotte des Vizekönigs war. Übrigens derselbe Vizekönig, der das Massaker angeordnet hatte und der später eines so grausamen Todes starb.«

Barr lächelte verzerrt. »Mein Vater war Patrizier des Imperiums und Senator von Siwenna. Er hieß Onum Barr.«

»Die Gründe für sein Exil sind mir hinlänglich bekannt«, unterbrach ihn Riose ungeduldig. »Sie können sich die Einzelheiten sparen.«

Der Siwennianer ignorierte den Einwand und fuhr unbeirrt fort: »Im Exil begegnete er eines Tages einem Wanderer; es war ein Händler vom Rand der Galaxis, ein junger Mann, der mit einem fremden Akzent sprach, der nichts von der jüngsten Geschichte des Imperiums wußte und der von einem Einzelschutzschirm umgeben war.«

»Ein Einzelschutzschirm?« blitzte Riose den alten Mann an. »Sie übertreiben, mein Guter! Welcher Generator könnte stark genug sein, ein Schutzfeld auf die Größe eines einzelnen Menschen zu komprimieren? Erzählen Sie mir jetzt nicht, er hat einen Generator von der Größe eines mehrstöckigen Gebäudes einfach auf einem Handkarren hinter sich hergezogen.«

»Der Mann, von dem ich spreche, ist einer der Zauberer, über die Sie so viele Gerüchte und Geschichten hören, und die Leute haben ihm den Namen ›Zauberer‹ nicht ohne Grund gegeben. Der Generator, den er bei sich trug, war auf den ersten Blick nicht zu erkennen, und doch hätte die schwerste Handwaffe, mit der Sie auf ihn schießen könnten, sein Schutzfeld nicht durchdringen können.«

»Und das ist die ganze Geschichte? Sind die Zauberer der Phantasie eines alten, durch das Exil und den Schmerz gebrochenen Mannes entsprungen?«

»Die ersten Berichte über die Zauberer stammen aus den Tagen vor der Zeit meines Vaters, Sir. Und die Beweise sind eindeutig. Nachdem er meinen Vater verlassen hatte, besuchte dieser Händler, den die Leute einen Zauberer nennen, einen Tech-Mann in der Stadt. Mein Vater hatte ihm den Weg dorthin beschrieben. Diesem Tech-Mann hat er einen Schutzschirmgenerator von der gleichen Art, wie er ihn trug, geschenkt. Als mein Vater dann nach dem blutigen Tod des Vizekönigs aus dem Exil zurückkehrte, gelang es ihm nach langem Suchen und Nachforschen, den Generator ausfindig zu machen . . .

Er hängt an der Wand hinter Ihnen, Sir. Allerdings funktioniert er nicht mehr. Er hat überhaupt nur zwei Tage funktioniert, aber wenn Sie sich ihn genau ansehen, werden Sie feststellen müssen, daß er unmöglich vom Imperium stammen kann.«

Bel Riose griff nach der Kette aus Metallkugeln, die an der gewölbten Wand haftete. Sie löste sich mit einem schmatzenden Geräusch, als das winzige Adhäsionsfeld auf die Berührung seiner Hand hin zusammenbrach. Der walnußgroße, ellipsenförmige Anhänger am Ende des Gürtels erregte sofort seine Aufmerksamkeit. »Ist das hier ...?«

»Ja, das war der Generator«, nickte Barr. »Es *war* der Generator. Wie er funktioniert hat, werden wir wohl nie herausfinden. Die elektronischen Untersuchungen haben ergeben, daß er zu einem einzigen Metallklumpen zusammengeschmolzen ist, aber selbst noch so sorgfältige Studien der Diffraktionsmuster haben uns keinen Aufschluß über die Einzelteile geben können, die vor der Verschmelzung vorhanden waren.«

»Dann beruht Ihr ›Beweis‹ also doch nur auf Vermutungen und nicht auf Fakten.«

Barr zuckte die Achseln. »Sie wollten ja unbedingt hören, was ich weiß, und haben sogar gedroht, es mit Gewalt aus mir herauszuholen. Was kümmert es mich da, wenn Sie mir nicht glauben wollen? Soll ich aufhören?«

»Fahren Sie fort!« befahl der General knapp.

»Nach dem Tod meines Vaters setzte ich seine Nachforschungen fort, und dabei kam mir der zweite Zufall, den ich eben erwähnt habe, zur Hilfe, denn Hari Seldon kannte Siwenna gut.«

»Und wer ist Hari Seldon?«

»Hari Seldon war Wissenschaftler zur Zeit Dalubens des Vierten. Er war der letzte und größte Psychohistoriker. Er hat uns einmal besucht, als Siwenna noch ein bedeutendes Handeszentrum war, wo Kunst und Wissenschaft blühten.«

»Hmmm«, brummte Riose mißmutig, »ich glaube, es gibt keinen abgewirtschafteten Planeten, der nicht von sich behauptet, daß er früher einmal reich war und seine Bewohner im Überfluß lebten.«

»Ich spreche von der Zeit vor zweihundert Jahren, als der Kaiser noch über den Rand der Galaxis herrschte und als Siwenna noch zum Zentrum gehörte und keine halbbarbarische Grenzprovinz war. Damals hat nämlich Hari Seldon den Verfall der Imperialen Macht und den Rückfall der ganzen Galaxis in eine Zeit der Barbarei vorausgesagt.«

Riose lachte plötzlich. »So? Hat er das vorausgesagt? Dann hat er sich aber gründlich geirrt, mein Guter. Das Imperium ist heute mächtiger, als es je gewesen ist. Hier im Grenzgebiet mag es vielleicht anders aussehen, aber Sie müssen einmal zum Zentrum kommen und sich mit eigenen Augen vom Wohlstand der inneren Planeten überzeugen.«

Der alte Mann schüttelte mit düsterer Miene den Kopf. »Der Verfall beginnt immer zuerst ganz außen, und in diesem Fall wird es noch eine Weile dauern, bis er auch das Herz erreicht hat. Der innere Verfall ist schon seit mehr als fünfzehnhundert Jahren im Gange, auch wenn dies nach außen hin nicht so ohne weiteres erkennbar ist.«

»Und dieser Hari Seldon hat also vorausgesagt, daß die gesamte Galaxis in die Barbarei zurückfällt«, sagte Riose amüsiert. »Und was hat er dagegen unternommen?«

»Er hat zwei Stiftungen an den entgegengesetzten Enden der Galaxis gegründet, wo sich die Besten, Jüngsten und Stärksten weiterentwickeln und wo sie überleben konnten. Zeit, Umstände und die beiden Planeten, auf denen die Stiftungen angesiedelt wurden, waren sorgfältig ausgewählt. Alles wurde so eingerichtet, daß sie sich, wie es die Berechnungen der psychohistorischen Mathematik vorhersagten, schon früh von der Imperialen Zivilisation trennen und sich zu den Keimzellen eines Zweiten Galaktischen Imperiums entwickeln würden – wodurch die Zeit der Barbarei von dreißigtausend auf nur tausend Jahre verkürzt werden wird.«

»Und woher wissen Sie das alles? Sie scheinen über die Details recht gut informiert zu sein.«

»Nein, keineswegs«, antwortete der alte Patrizier ruhig. »Was ich weiß, sind lediglich die Ergebnisse der Nachforschungen meines Vaters und meiner eigenen. Die Fakten sind dürftig, und viele Einzelheiten recht fragwürdig, aber ich bin überzeugt, daß der Kern der Geschichte wahr ist.«

»Sie sind offensichtlich sehr leicht zu überzeugen.«

»Glauben Sie? Immerhin stützen sich meine Informationen auf vierzig Jahre der Nachforschungen.«

»Hmmm. Vierzig Jahre! Ich könnte das Problem in vierzig Tagen lösen. Vielleicht sollte ich es sogar tun. Es wäre einmal etwas anderes.«

»Und wie würden Sie das anfangen?«

»Ganz einfach. Ich könnte versuchen, diese Stiftung, von der Sie sprechen, zu finden und sie mir einmal ansehen. Sie sagten, es gibt zwei davon?«

»In den Berichten ist von zweien die Rede, obwohl wir nur schlüssige Beweise für die Existenz einer haben. Aber das ist eigentlich nicht verwunderlich, wenn man davon ausgeht, daß die zweite am äußersten Ende der Längsachse der Galaxis liegen soll.«

»Nun, dann werden wir die nähere besuchen.« Der General hatte sich erhoben und rückte seinen Gürtel zurecht.

»Wissen Sie denn, in welche Richtung Sie sich wenden müssen?« erkundigte sich Barr.

»Ich denke schon. In den Berichten des vorletzten Vizekönigs, den Sie ja ermordet haben, ist häufig von Barbaren auf den äußeren Planeten die Rede. Er hat sogar eine seiner Töchter einem Barbarenfürsten zur Frau gegeben. Ich werde den richtigen Weg schon finden.«

Riose streckte die Hand aus. »Ich danke für Ihre Gestfreundschaft.«

Ducem Barr berührte sie leicht mit den Fingern und verbeugte sich dann förmlich. »Ihr Besuch war eine große Ehre für mich.«

»Was die Informationen betrifft, die ich von Ihnen bekommen habe«, fuhr der junge General fort, »so werde ich erst wissen, wie ich mich dafür bei Ihnen bedanken kann, wenn ich wieder zurückkomme.«

Ducem Barr begleitete seinen Gast bis zur Tür. Er sah dem davonfahrenden Wagen lange nach und murmelte leise: »*Falls* du zurückkommst.«

2

Die Zauberer

Stiftung – . . . nach vierzig Jahren der Expansion sah sich die Stiftung plötzlich mit einer Gefahr konfrontiert, die Bel Riose hieß. Die große Zeit Salvor Hardins und Hober Mallows war vorbei, und mit ihr waren auch solche Eigenschaften wie Wagemut und Entschlossenheit verschwunden . . .

Encyclopedia Galactica

In einem Raum, der so isoliert lag, daß sich ihm niemand unbemerkt nähern konnte, saßen vier Männer. Sie sahen einander flüchtig an und starrten dann wieder auf den Tisch, der sie trennte. Vor ihnen standen vier Flaschen und ebenso viele volle Gläser, die noch unberührt waren.

Und dann streckte der Mann, der am nächsten bei der Tür saß, plötzlich den Arm aus und begann, mit den Fingern auf der Tischplatte zu trommeln.

»Wie lange wollen wir denn noch so herumsitzen und uns stumm anstarren?« fragte er. »Ist es denn so wichtig, wer anfängt?«

»Dann fangen Sie an«, erwiderte der schwere Mann ihm gegenüber. »Schließlich sind Sie ja derjenige, der sich am ehesten Sorgen machen müßte.«

Sennett Forell grinste humorlos. »Weil Sie glauben, daß ich der Reichste bin. Oder weil Sie hoffen, daß ich am ehesten etwas unternehme? Denn ich nehme doch an, daß Sie nicht vergessen haben, daß es meine Handelsflotte war, die dieses Erkundungsschiff gekapert hat.«

»Sie hatten die größte Flotte und die besten Piloten«, warf ein dritter ein. »Und das heißt, daß Sie der Reichste sind. Es war ein großes Risiko, das fremde Schiff zu kapern, aber für uns wäre es noch gefährlicher gewesen als für Sie.«

Senett Forell grinste wieder. »Die Liebe zu riskanten Unternehmungen habe ich offenbar von meinem Vater geerbt. Allerdings sollte man solche Risiken nur dann eingehen, wenn es sich auch lohnt. Wobei ich Sie nochmals darauf hinweisen möchte, daß das ganze Unternehmen ohne Verluste auf unsere Seite abgegangen ist und das feindliche Schiff die anderen auch nicht mehr warnen konnte.«

Jedem auf der Stiftung war bekannt, daß es sich bei Forell um einen weitläufigen Verwandten des großen Hober Mallow handelte, und man nahm ebenso allgemein an, daß er Mallows unehelicher Sohn war, auch wenn niemand offen darüber sprach.

Der vierte Mann kniff die kleinen Augen zusammen. »Es gibt keinen Grund, sich auf dem Triumph auszuruhen«, erklärte er mit schleppender Stimme. »Schließlich haben wir nur ein einziges kleines Schiff gekapert, eine Tatsache, die darüberhinaus diesen jungen Mann wahrscheinlich noch mehr aufbringen wird.«

»Glauben Sie, er wartet auf einen triftigen Anlaß?« wandte Forell verächtlich ein.

»Ja, und wir haben ihm nun die Mühe erspart, sich selbst einen zusammenzubasteln«, erwiderte der vierte Mann langsam. »Hober Mallow und Salvor Hardin wären anders vorgegangen. Sie hätten es anderen überlassen, den unsicheren Weg der Gewalt zu gehen, während sie selbst ruhig und zielbewußt im stillen taktiert hätten.«

Forell zuckte die Achseln. »Immerhin hat das Schiff schon seinen Wert bewiesen. Einen Anlaß kann man sich immer irgendwie suchen, aber den gekaperten Kreuzer haben wir mit Gewinn verkaufen können.« In der Stimme des Händlers schwang Genugtuung mit. »Der junge Mann kommt aus dem alten Imperium.«

»Das wußten wir doch«, erinnerte ihn der zweite Mann, der kräftige, etwas vorwurfsvoll.

»Wir haben es vermutet«, korrigierte Forell ihn nachsichtig. »Wenn jemand mit einer Reihe von Schiffen kommt, überfreundlich tut und handeln will, ist es nur ratsam, sich ihn nicht zum Feind zu machen, bis man mit Sicherheit weiß, daß seine Versprechungen von Gewinnen nur vorgetäuscht sind. Aber jetzt . . .«

»Wir hätten vielleicht vorsichtiger sein sollen«, gab der dritte Mann zu bedenken. Seine Stimme klang fast weinerlich. »Wir hätten zuerst versuchen sollen, die Wahrheit herauszufinden. Vielleicht hätten wir sie entdeckt, bevor wir ihn wieder fort gelassen haben. Es wäre sicher am klügsten gewesen.«

»Diesen Punkt haben wir schon einmal diskutiert und verworfen«, sagte Forell und winkte mit der Hand ab, um anzudeuten, daß dieses Thema damit für ihn erledigt war.

»Die Regierung ist einfach zu nachgiebig«, beschwerte sich der dritte Mann. »Und der Bürgermeister ist ein Idiot.«

Der vierte Mann sah die anderen drei nacheinander an und nahm dann den Zigarrenstummel aus seinem Mund, den er achtlos in den Schlitz des Verbrenners neben ihm fallen ließ.

»Ich darf doch wohl annehmen«, meinte er spöttisch, »daß mein Vorredner nur aus Gewohnheit so spricht, denn wir alle wissen ja, daß *wir* hier die Regierung verkörpern.«

Die anderen nickten zustimmend.

Der vierte Mann hatte den Blick auf den Tisch gerichtet. »Dann wollen wir doch die Regierungspolitik beiseite lassen. Dieser junge Mann-. . . dieser Fremde hätte ein möglicher Kunde sein können. So etwas ist schon öfter vorgekommen. Sie haben alle drei versucht, ihn zu einem Vorvertrag zu überreden, obwohl Sie genau wissen, daß wir ein Abkommen – ein Gentlemen's Agreement – getroffen haben, das so etwas ausschließt. Aber Sie haben es trotzdem versucht.«

»Sie doch auch«, brummte der zweite Mann finster.

»Das weiß ich«, gab der vierte ruhig zurück.

»Ich schlage vor, wir vergessen, was wir hätten tun sollen«, mischte sich Forell ungeduldig ein, »und überlegen statt dessen, wie wir uns jetzt verhalten sollen. Nehmen wir an, wir hätten ihn wirklich verhaften oder umbringen lassen. Und dann? Wir kennen selbst jetzt seine Absichten noch nicht mit Sicherheit, und Sie werden mir wohl zustimmen, daß wir ein Imperium nicht vernichten können, indem wir einfach einen einzelnen auslöschen. Vielleicht stehen irgendwo Imperiale Flotten, die nur darauf warten, daß er nicht zurückkehrt.«

»Genau«, nickte der vierte Mann. »Was haben Sie nun von dem gekaperten Schiff erfahren können? Ich bin zu alt, um mir stundenlange Diskussionen anzuhören.«

»Das läßt sich mit wenigen Worten sagen«, brummte Forell. »Er ist ein Imperialer General, oder welchem Rang diese Position drüben auch immer entsprechen mag, hat schon in jungen Jahren seine militärische Brillanz unter Beweis gestellt – so hat man mir gesagt – und ist das Idol seiner Männer. Eine Karriere wie im Bilderbuch. Die Geschichten, die man über ihn erzählt, sind zweifellos zur Hälfte erfunden, aber auch so scheint er ein wahrer Wunderknabe zu sein.«

»Wer ist ›man‹?« wollte der zweite Mann wissen.

»Die Mannschaft des gekaperten Schiffs. Ich habe ihre Aussagen auf Mikrofilm festhalten lassen. Ich habe den Film an einem sicheren Ort deponiert, und wenn Sie ihn sehen möchten, dann werde ich ihn nachher zeigen. Sie können auch selbst mit den Leuten sprechen, wenn Sie es für notwendig halten. Das Wichtigste wissen Sie jetzt jedenfalls.«

»Und wie haben Sie das alles aus ihnen herausbekommen? Woher wollen Sie wissen, daß sie die Wahrheit gesagt haben?«

Forell runzelte die Stirn. »Sehen Sie, ich habe alle bekannten Verhörmethoden angewandt, angefangen von physischer Gewalt bis hin zur Sonde. Sie haben geredet, und Sie können mir glauben, daß sie die Wahrheit gesagt haben.«

»Früher«, mischte sich der dritte Mann plötzlich ein, »wäre man bei einer solchen Befragung rein psychologisch vorgegangen. Eine schmerzlose, aber äußerst zuverlässige Methode. Lügen wären dabei völlig ausgeschlossen gewesen.«

»Früher hat man eine Menge Dinge anders gemacht«, erwiderte Forell trocken. »Aber heute ist nun einmal nicht früher.«

»Und was wollte er nun hier, dieser Wunderknabe?« wollte der vierte Mann hartnäckig wissen.

Forell musterte ihn scharf. »Glauben Sie, er würde seiner Mannschaft Einzelheiten über die Pläne des Imperiums verraten? Die Männer hatten wirklich keine Ahnung, und Sie können versichert sein, daß ich alles versucht habe, um etwas aus ihnen herauszubekommen.«

»Das heißt . . .«

»Daß wir ganz offensichtlich unsere eigenen Schlußfolgerungen ziehen müssen.« Forell hatte wieder begonnen, mit den Fingern auf der Tischplatte zu trommeln. »Der junge Mann ist ein militärischer Führer des Imperiums, der sich bei uns als kleiner Fürst eines unbedeutenden Sternensystems irgendwo in einer abgelegenen Ecke der Peripherie ausgegeben hat. Schon diese Tatsache beweist uns, daß seine Motive von solcher Natur sind, daß es von Vorteil für ihn ist, wenn wir sie nicht kennen. Wenn wir nun seine wirkliche Stellung mit der Tatsache kombinieren, daß das Imperium schon einmal einen Angriff auf die Stiftung unterstützt hat, dürfte es nicht mehr schwer sein, seine Absichten zu verraten. Dieser erste Angriff auf uns ist fehlgeschlagen, und ich glaube kaum, daß uns das Imperium deshalb sehr freundlich gesinnt ist.«

»Und Sie haben keine stichfesten Beweise, die Ihre Vermutungen bestätigen?« erkundigte sich der vierte Mann vorsichtig. »Sie verheimlichen uns nichts?«

»Ich kann Ihnen gar nichts verheimlichen«, antwortete Forell gelassen. »Von jetzt an müssen wir unser Konkurrenzdenken ablegen und gemeinsam handeln.«

»Reden Sie von Patriotismus?«, fragte der dritte Mann verächtlich.

»Zum Teil mit Patriotismus«, entgegnete Forell unbewegt. »Mir geht es hier nicht um das zukünftige Zweite Imperium. Ich würde nicht eine Handelsmission aufs Spiel setzen, um seinen Weg zu ebnen. Aber glauben Sie, daß es meinen oder Ihren Geschäften zuträglich wäre, wenn uns das Imperium besiegen würde? Wenn das Imperium gewinnt, wird man sich wie die Aasgeier auf die Kriegsbeute stürzen.«

»Und das wären in diesem Fall wir«, ergänzte der vierte Mann trocken.

Der zweite Mann ließ sich plötzlich so hart zurückfallen, daß der Stuhl unter der Last seines Gewichtes krachte. »Wieso reden wir überhaupt über eine solche Möglichkeit? Das Imperium kann doch nicht gewinnen, oder? Schließlich wissen wir von Seldon, daß aus uns später einmal das Zweite Imperium entsteht. Wir haben es mit einer neuen Krise zu tun, das ist es. Drei hat es schon gegeben.«

»Ja, nur eine neue Krise!« wiederholte Forell düster. »Aber bei den ersten beiden hat uns Salvor Hardin geführt, und bei der dritten Hober Mallow. Wen haben wir jetzt?«

Er sah die anderen nacheinander an. »Seldons Gesetze der Psychohistorie, auf die man so bequem vertrauen kann, basieren meiner Ansicht nach unter anderem auf einer Variablen, die Eigeninitiative von seiten der Bevölkerung der Stiftung voraussetzt. Wenn ich es einmal mit einem etwas abgewandelten Sprichwort ausdrücken darf: Seldons Gesetze helfen denen, die sich selbst helfen.«

»Kommt Zeit, kommt Rat«, sagte der dritte Mann. »Was halten Sie davon?«

»Ein Sprichwort, auf das man sich nicht unbedingt verlassen sollte«, brummte Forell. »Also ich sehe die ganze Sache so: Wenn wir tatsächlich vor der vierten Krise stehen, dann hat Seldon sie vorausgesehen. Und wenn er sie vorausgesehen hat, dann kann sie auch überwunden werden, und es muß einen Weg geben, wie wir das schaffen können.

Das Imperium ist immer viel mächtiger als wir gewesen, und das ist es auch heute noch. Nur droht uns diesmal zum erstenmal ein direkter Angriff, so daß seine Überlegenheit eine ernste Gefahr für uns darstellt. Wenn es wirklich möglich ist, das Imperium zu besiegen, muß es, wie bei allen Krisen in der Vergangenheit, auch bei dieser einen gewaltlosen Weg geben, dies zu erreichen. Wir müssen den schwachen Punkt des Gegners finden und ihn dort angreifen.«

»Und wie sieht dieser schwache Punkt aus?« wollte der vierte Mann wissen. »Haben Sie eine Theorie?«

»Nein, das ist es ja gerade. Unsere großen Führer der Vergangenheit haben die schwachen Punkte ihrer Feinde immer erkannt und ihre Bemühungen auf diese Stellen konzentriert. Aber jetzt . . .«

In seiner Stimme schwang Hilflosigkeit mit, und im Moment schienen auch die anderen ratlos.

»Wir brauchen Spione«, schlug der vierte Mann vor.

»Richtig!« Forell nickte eifrig. »Ich weiß nicht, wann das Imperium angreifen wird. Vielleicht haben wir noch Zeit.«

»Hober Mallow hat sich persönlich in das Imperiale Territorium begeben«, erinnerte der zweite Mann.

Forell schüttelte den Kopf. »Nein, so direkt wollen wir nicht vorgehen. Wir sind alle vier nicht mehr die Jüngsten und haben längst Rost angesetzt, weil wir uns nur noch mit der Verwaltung unserer Geschäfte befassen. Was wir brauchen, sind junge Männer, deren Beruf es ist, andere Planeten anzufliegen . . .«

»Sie meinen die unabhängigen Händler?« fragte der vierte Mann.

Forell nickte. »Wenn wir noch so viel Zeit haben . . .« flüsterte er.

3
Das Vermächtnis

Bel Riose, der nervös auf und ab ging, blieb stehen und hob erwartungsvoll den Kopf, als sein Adjutant hereinkam. »Hat sich die *Starlet* inzwischen gemeldet?«

»Nein. Die Aufklärer haben das ganze Gebiet abgesucht, aber nichts gefunden. Commander Yume hat gemeldet, daß die Flotte bereitsteht für einen Vergeltungsangriff.«

Der General schüttelte den Kopf. »Nein, nicht wegen eines Patrouillenbootes. Noch nicht jedenfalls. Sagen Sie ihm, er soll seine – Nein, warten Sie! Ich gebe Ihnen die Botschaft schriftlich. Lassen Sie sie verschlüsseln und sie dann über Richtstrahl hinausschicken.«

Riose hatte weitergesprochen, während er schrieb, und jetzt warf er das Blatt Papier dem wartenden Offizier zu. »Ist der Siwennianer schon da?«

»Noch nicht.«

»Sorgen Sie dafür, daß man ihn zu mir bringt, sobald er ankommt.«

Der Adjutant verbeugte sich knapp und ging hinaus. Riose nahm seine ungeduldige Wanderung wieder auf.

Als sich die Tür das nächstemal öffnete, stand Ducem Barr auf der Schwelle. Langsam folgte er dem vorangehenden Adjutanten in den prunkvollen Raum, dessen Decke eine stereoskopische Darstellung der Galaxis war. Und vor ihm, genau in der Mitte, stand Bel Riose in voller Uniform.

»Guten Tag, Patrizier!« Der General schob dem alten Mann mit dem Fuß einen Stuhl zu und bedeutete seinem Adjutanten, sich zu entfernen. »Diese Tür bleibt geschlossen, bis ich sie selbst wieder öffne«, befahl er.

Vor dem Siwennianer blieb der General stehen, die Beine leicht gespreizt, die Hände hinter dem Rücken verschränkt, und wippte langsam und nachdenklich auf seinen Fußballen.

»Patrizier, sind Sie ein loyaler Untertan des Kaisers?« fragte er plötzlich.

Ducem Barr, der bisher mit gleichgültiger Miene geschwiegen hatte, runzelte die Stirn. »Ich habe keinen Grund, den Kaiser zu lieben.«

»Das heißt aber noch lange nicht, daß Sie ihn verraten würden.«

»Sicher. Aber wenn ich ihn auch nicht verraten würde, brauche ich ihm deshalb auch noch lange nicht zu helfen.«

»Zumindest im Normalfall. Aber wenn Sie in diesem Fall Ihre Hilfe verweigern«, sagte Riose bedeutungsvoll, »würden wir das als Verrat betrachten und entsprechend ahnden.«

Barr zog die Brauen zusammen. »Sparen Sie sich Ihre Drohungen für Ihre Untergebenen und sagen Sie mir einfach, was Sie von mir wollen.«

Bel Riose setzte sich und schlug die Beine übereinander. »Erinnern Sie sich noch an unser Gespräch vor einem halben Jahr?«

»Über Ihre Zauberer?«

»Richtig. Sie wissen noch, was ich damals tun wollte?«

Barr nickte. Seine Arme lagen schlaff in seinem Schoß. »Sie wollten ihnen einen Besuch abstatten, und Sie sind vier Monate fort gewesen. Haben Sie sie gefunden?«

»Sie gefunden? Das kann man wohl sagen«, rief Riose mit bebenden Lippen aus. Er schien sich nur mühsam beherrschen können, nicht mit den Zähnen zu knirschen. »Aber es sind keine Zauberer, Patrizier; es sind Teufel. Man kann es sich nicht vorstellen, wenn man es nicht mit eigenen Augen gesehen hat! Es ist eine Welt von der Größe eines Taschentuchs, oder besser eines Fingernagels. Sie haben praktisch keine Rohstoffe, so gut wie keine Macht und im Verhältnis zu unseren Maßstäben eine winzige Bevölkerungszahl – ein Planet, der in dieser Beziehung noch nicht einmal einem Vergleich mit den rückständigsten Welten der abgelegenen Präfekturen im Dark Star Gebiet standhielte. Und trotzdem sind die Menschen dort so stolz und ehrgeizig, daß sie überzeugt sind, eines Tages über die Galaxis zu herrschen.

Sie sind so selbstbewußt, daß sie noch nicht einmal Eile mit diesen Träumen haben. Sie gehen ganz ruhig und phlegmatisch vor und sprechen mit größter Selbstverständlichkeit von Jahrhunderten, bis sie ihr Ziel erreicht haben werden. Sie schlucken Planeten, wie es ihnen paßt, und stoßen ganz gemächlich von einem System ins nächste vor.

Und niemand hindert sie daran. Sie haben eine Handelsgemeinschaft aufgebaut, die mit ihren Tentakeln selbst jene Systeme umschließt, die sie mit ihren Spielzeugschiffen nie erreichen könnten. Ihre Händler – so nennen sich ihre Agenten – stoßen langsam aber sicher immer tiefer in die Galaxis vor.«

Ducem Barr unterbrach den zornigen Wortschwall. »Wieviel von dem, was Sie mir da erzählen, beruht auf Tatsachen, und wieviel entspringt lediglich Ihrem Zorn?«

Der General holte tief Luft und beruhigte sich wieder etwas. »Mein Zorn macht mich keineswegs blind. Ich sage Ihnen, ich bin auf Planeten gewesen, die näher bei Siwenna als bei der Stiftung liegen, und doch ist das Imperium dort nur ein Mythos, während die Händler zur Realität gehören. Man hat uns sogar für Händler gehalten.«

»Hat man Ihnen auf der Stiftung direkt gesagt, daß man nach der Herrschaft über die Galaxis strebt?«

»Gesagt, gesagt!« erregte sich Riose von neuem. »Das war nicht nötig. Außerdem konnte ich von den wichtigen Leuten nichts erfahren; sie redeten von nichts anderem als von Geschäften. Aber ich habe mit dem einfachen Mann auf der Straße gesprochen und mir so ein Bild von den Ansichten des Volks gemacht. Von ihrer ›Bestimmung‹, von der Selbstverständlichkeit, mit der sie an die ihnen bestimmte große Zukunft glauben. Es ist ein allgemeiner Optimismus, eine Stimmung, die sie nicht verheimlichen können und es auch gar nicht versuchen.«

Dem alten Patrizier war deutlich eine gewisse Genugtuung anzumerken. »Sie werden sicher bemerkt haben, daß sich das, was Sie herausgefunden haben, bisher ziemlich genau mit den Ergebnissen meiner eigenen Nachforschungen deckt.«

»Zweifellos ein glänzender Beweis für Ihre analytischen Fähigkeiten«, gab Riose sarkastisch zurück. »Aber es beweist auch, daß das Herrschaftsgebiet Seiner Kaiserlichen Majestät einer immer größer werdenden Gefahr ausgesetzt ist.«

Als Barr nur gleichgültig die Achseln zuckte, beugte sich Riose plötzlich vor, legte die Hände auf die Schultern des alten Mannes und sah ihm seltsam freundlich in die Augen.

»Nein, nein, Patrizier, keine Angst. Ich bin kein Barbar. Was mich angeht, so ist die alte Feindseligkeit Siwennas gegenüber dem Imperium eine störende Last, von der ich Sie und uns nur zu gern befreien würde. Aber ich bin als Soldat hier und darf mich nicht in innerplanetarische Angelegenheiten einmischen. Wenn ich das täte, würde man mich sofort zurückbeordern, und ich würde meine Karrierre sinnlos zerstören. Verstehen Sie das? Doch, ich weiß, daß Sie es verstehen. Deshalb lassen Sie uns wenigstens die Feindschaft zwischen uns beiden vergessen, denn Sie haben doch vor vierzig Jahren Ihre Rache gehabt. Offengestanden, ich brauche Ihre Hilfe.«

In Rioses Stimme lag eine Spur von Dringlichkeit, doch Ducem Barr schüttelte langsam und bedächtig den Kopf.

»Ich glaube, Sie begreifen es einfach nicht«, fuhr Riose bittend fort, »und ich bezweifle, daß ich es Ihnen überhaupt klarmachen kann. Ich kann auf Ihrem Gebiet nicht argumentieren, denn Sie sind der Gelehrte, nicht ich. Trotzdem müssen Sie zugeben, daß das Imperium – ganz gleich, wie Sie auch zu ihm stehen – Großes geleistet hat. Seine Streitkräfte mögen viel Schlimmes angerichtet haben, aber insgesamt gesehen haben sie doch Frieden und Zivilisation gebracht. Es war die Imperiale Flotte, die für den *Pax Imperium* gesorgt hat, unter dem die ganze Galaxis zweitausend Jahre lang vereint war. Vergleichen Sie die zwölftausend Jahre des Friedens unter der Herrschaft des Imperiums mit den zweitausend Jahren interstellarer Anarchie, die dieser Zeit vorausgegangen sind. Denken Sie an die Kriege und an all das Schreckliche, das jene Anarchie mit sich brachte, und sagen Sie mir dann, ob es sich unter diesen Umständen nicht wirklich lohnt, das Imperium zu erhalten.

»Überlegen Sie«, fuhr er überzeugend fort, »was aus den Randgebieten der Galaxis geworden ist, nachdem sie sich vom Imperium gelöst haben und unabhängig geworden sind, und fragen Sie sich, ob Sie es nur um kleinlicher Rachemotive willen zulassen würden, daß Siwenna seine

Stellung als Provinz unter dem Schutz einer mächtigen Flotte verliert und zu einer barbarischen Welt in einer barbarischen Galaxis wird, in der Dekadenz und Elend vorherrschen?«

»Sieht es so schlimm aus – und schon so bald?« murmelte der Siwennianer.

»Nein«, gab Riose zu. »So schnell wird diese Zeit nicht kommen, und wir selbst werden sie nicht mehr erleben, selbst wenn wir viermal so lange leben würden. Aber ich kämpfe nicht für mich selbst, sondern für das Imperium. Und für eine militärische Tradition, die Sie nicht verstehen werden. Es ist eine militärische Tradition, die auf der Imperialen Institution aufgebaut ist, der ich diene.«

»Sie drücken sich ziemlich geheimnisvoll aus, und ich finde es schwierig, hinter die Geheimnisse anderer zu kommen.«

»Lassen wir das. Sie haben jedenfalls verstanden, daß diese Stiftung eine Gefahr für das Imperium darstellt.«

»Immerhin bin ich es gewesen, der Sie auf diese, wie Sie es nennen, Gefahr aufmerksam gemacht hat, bevor Sie auf die Suche nach der Stiftung gingen.«

»Dann werden Sie also begreifen, daß wir sie schon in ihrem Anfangsstadium bekämpfen müssen, sonst ist es vielleicht zu spät. Sie wußten schon von dieser Stiftung, bevor irgend jemand anders von ihr gehört hat. Sie wissen mehr über Sie als jeder andere im Imperium. Sie wissen wahrscheinlich, wie man sie am besten angreifen kann und können mich wahrscheinlich auch vor den Gegenmaßnahmen von ihrer Seite warnen. Kommen Sie, wollen wir Freunde sein.«

Ducem Barr stand auf. »Die Hilfe, die ich Ihnen geben könnte, würde Ihnen nichts nützen«, antwortete er ausdruckslos.

»Diese Beurteilung überlassen Sie am besten mir.«

»Nein, ich meine es ganz im Ernst. Auch das mächtige Imperium könnte diesen winzigen Planeten nicht zerstören.«

»Und warum nicht?« Rioses Augen glitzerten wild. »Nein, bleiben Sie sitzen. Ich bestimme, wann Sie gehen dürfen. Warum nicht? Sie irren sich, wenn Sie glauben, daß ich diesen Gegner, den ich entdeckt habe, unterschätze. Ich habe bei meiner Rückkehr ein Schiff verloren, Patrizier«, fuhr er zögernd fort. »Ich habe keine Beweise dafür, ob es in die Hände der Stiftung gefallen ist, aber es hat sich seitdem nicht mehr gemeldet, und wenn es sich nur um einen Unfall handelte, dann hätte man sein Wrack irgendwo entlang der Route, die wir genommen haben, finden müssen. Es ist kein großer Verlust, aber es bedeutet, daß die Stiftung bereits die Feindseligkeiten eröffnet hat. Hinter einer solchen Eile und Furchtlosigkeit vor etwaigen Folgen könnten Geheimwaffen stehen, von denen ich nichts weiß. Vielleicht können Sie mir dabei weiterhelfen. Sagen Sie mir: Wie groß ist ihre militärische Macht?«

»Ich weiß es nicht.«

»Dann erklären Sie mir doch bitte, warum Sie gerade behauptet haben, daß das Imperium diesen kleinen Gegner nicht besiegen kann.«

Der Siwennianer setzte sich wieder und wich dem scharfen Blick des Generals aus. »Weil ich an die Prinzipien der Psychohistorie glaube«, erwiderte er langsam. »Es ist eine seltsame Wissenschaft, die ihre mathematische Reife unter einem Mann, Hari Seldon, erreichte und die mit ihm starb, denn seit jener Zeit hat niemand mehr mit ihr arbeiten können. In der kurzen Zeit ihrer Blüte zeigte sich jedoch, daß sie das wichtigste Instrument zum Studium der Menschheit ist, das es je gegeben hat. Sie sagte nicht das Verhalten einzelner voraus, sondern stellte präzise Gesetze auf, die sich mathematisch analysieren und extrapolieren ließen und es so möglich machten, die Massenreaktionen von großen Menschenmengen vorherzusagen und zu beeinflussen.« »Hmmm . . .«

»Und diese Psychohistorie, mit der sich Seldon und seine Gruppe beschäftigten, wendeten sie auf die Errichtung der Stiftung an. Ort, Zeit und Umstände sind mathematisch so berechnet, daß sie zwangsläufig zu der Entstehung eines neuen Imperiums führen.«

Rioses Stimme bebte vor Empörung. »Behaupten Sie, daß er mit seiner Kunst voraussagen konnte, daß ich die Stiftung angreifen und die und die Schlacht aus dem und dem Grund verlieren werde? Wollen Sie damit sagen, daß ich nur ein menschlicher Roboter bin, der blind einem vorherbestimmten Weg in den Untergang folgt?«

»Nein«, gab der alte Patrizier scharf zurück. »Ich habe schon erklärt, daß diese Wissenschaft nichts mit dem Verhalten einzelner zu tun hat. Was sie vorausgesehen hat, das ist der breite Hintergrund.«

»Dann befinden wir uns also hilflos in der lenkenden Hand der Göttin der Historischen Notwendigkeit.« »Der *Psychohistorischen* Notwendigkeit«, korrigierte ihn Barr nachsichtig.

»Und wenn ich mich nun auf mein Vorrecht der Willensfreiheit berufe? Wenn ich mich entscheide, nächstes Jahr anzugreifen, oder vielleicht überhaupt nicht? Wie flexibel ist denn diese Göttin? Und wie erfinderisch?«

Barr zuckte die Achseln. »Ganz gleich, ob Sie angreifen oder nicht, ob mit einem einzelnen Schiff oder mit der ganzen Macht des Imperiums, mit militärischer Macht oder mit wirtschaftlichem Druck, mit einer offenen Kriegserklärung oder einem Geheimangriff. Egal, was Sie in der Ausübung Ihres freien Willens tun, Sie werden auf jeden Fall verlieren.«

»Wegen Hari Seldons Vermächtnis?«

»Wegen des Vermächtnisses seiner Mathematik des menschlichen Verhaltens, das nicht zu beeinflussen oder zu verändern ist.«

Die beiden Männer sahen einander schweigend an, bis der General schließlich zurücktrat.

»Ich nehme die Herausforderung an«, sagte er einfach. »Das Vermächtnis eines Toten gegen den freien Willen eines Lebenden.«

4

Der Kaiser

Cleon II – . . . allgemein als »Der Große« bekannt. Als letzter starker Kaiser des Ersten Imperiums hat er sich um eine politische und künstlerische Renaissance verdient gemacht, die er in seiner langen Regierungszeit herbeiführte. Bekannter aber ist seine Verbindung mit Bel Riose, und im Volksmund ist er einfach »Rioses Kaiser«. In der Beurteilung seiner Regierung sollte man sich nicht dazu verleiten lassen, seine vierzigjährige Herrschaftszeit lediglich im Schatten der Ereignisse des letzten Jahres zu sehen . . .

Encyclopedia Galactica

Cleon II. war der Herr des Universums. Er litt aber auch an einer schmerzhaften und unerklärlichen Krankheit. Beide Tatsachen lassen sich durchaus miteinander vereinbaren und treten häufig gemeinsam auf. Es gibt genug Fälle in der Geschichte, die dies beweisen.

Aber Cleon dem Zweiten waren solche Überlegungen herzlich egal, denn sie änderten nichts an den Schmerzen, die er ertragen mußte. Es tröstete ihn nicht, daß sein Großvater noch ein selbsternannter Herrscher auf irgendeinem kleinen Planeten gewesen war, während er jetzt als Erbe eines Geschlechts galaktischer Herrscher, das bis weit in die Vergangenheit zurückreichte, im Lustschloß von Ammenetik dem Großen lebte. Und es tröstete ihn auch nicht, daß sein Vater die leprösen Flecken der Rebellion ausgemerzt und den Frieden und die Einheit wiederhergestellt hatte, die man unter Stanel VI. erlebt hatte, und daß in den fünfundzwanzig Jahren seiner Herrschaft nicht eine einzige Wolke der Revolte seinen Ruhm getrübt hatte.

Der Kaiser der Galaxis stöhnte auf, als er den Kopf auf das belebende Kraftfeld über seinem Kissen zurücklegte. Es war keine Berührung zu spüren, nur ein angenehmes Prickeln, bei dem sich Cleon entspannte. Mühsam setzte er sich auf und starrte griesgrämig auf die gegenüberliegende Wand des großen Schlafzimmers. Er war nicht gern allein hier, denn der Raum war viel zu groß für einen. Überhaupt waren alle Räume zu groß.

Aber es war immer noch besser, während dieser schmerzhaften Anfälle hier allein zu liegen, als sich die Mitleidsbezeugungen der Höflinge und ihr dummes Geschwätz anhören zu müssen. Besser, als in diese falschen Gesichter sehen zu müssen, hinter denen sich nur die Überlegungen verbargen, wie lange der Herrscher wohl noch zu leben hatte und wer der Glückliche sein mochte, der seine Nachfolge antreten würde.

Cleon mußte an seine Söhne denken. Er hatte drei, aufrichtige und vielversprechende junge Männer. Wo mochten sie jetzt sein? Wahrscheinlich warteten sie. Jeder beobachtete den anderen, und sie alle beobachteten ihn.

Er runzelte nachdenklich die Stirn. Und jetzt hatte Brodrig um eine Audienz gebeten. Brodrig, der aus einfachen Kreisen kam und ihm treu ergeben war; treu deshalb, weil ihn der ganze Hof, der in allen Belangen völlig zerstritten war, einmütig und unversöhnlich haßte.

Brodrig – der treue Favorit, der treu sein mußte, weil ihm nichts anderes übrigblieb. Und wenn er nicht sofort nach dem Tod seines Herrschers mit dem schnellsten Raumschiff, das es gab, floh, dann wartete mit Sicherheit die Gaskammer auf ihn.

Cleon II. berührte eine Erhebung auf der Armstütze seines breiten Diwans, worauf sich die große Tür am anderen Ende des Raumes aufzulösen schien.

Brodrig schritt über den roten Teppich herein und kniete sich vor seinem Herrscher nieder, um ihm die schlaffe Hand zu küssen.

»Wie fühlen Sie sich heute, Sire?« erkundigte sich der Privatsekretär mit besorgter Stimme.

»Ich lebe«, antwortete der Kaiser gereizt, »wenn man das noch als leben bezeichnen kann, wenn jeder Scharlatan, der ein medizinisches Buch lesen kann, meint, er könne nach Herzenslust an mir herumexperimentieren. Diese Quacksalber haben alles versucht, was es in der ganzen Galaxis gibt, und wenn sie etwas vergessen haben sollten, dann kommt garantiert morgen irgendein Schwätzer aus einem entlegenen Winkel meines Reiches, um es zu versuchen. Und dabei stützt er sich dann wieder auf ein anderes, angeblich neu entdecktes Fachbuch, das wie die meisten anderen in Wirklichkeit glatter Schwindel ist.

Beim Andenken meines Vaters«, grollte er zornig, »es scheint heute keinen Arzt mehr zu geben, der seinen eigenen Augen traut, wenn er eine Krankheit diagnostizieren soll, oder der den Puls ohne ein altes Buch, das ihm dabei hilft, fühlen kann. Ich bin krank, und sie schütteln nur ratlos den Kopf. Diese Schwachköpfe! Was können ihnen denn die alten Bücher helfen, wenn sie es hier vielleicht mit einer Krankheit zu tun haben, die es früher nicht gegeben hat. Wenn eine Krankheit nicht in ihren Büchern steht, dann ist sie eben unheilbar und Schluß. Ich hätte besser früher gelebt oder die Ärzte von früher heute.«

Der Kaiser stieß eine leise Verwünschung aus, während Brodrig pflichtbewußt schwieg.

»Wie viele warten draußen?« erkundigte sich Cleon mürrisch, wobei er mit dem Kopf in Richtung Tür deutete.

»Der Thronsaal ist so voll wie üblich, Sire«, gab Brodrig geduldig Auskunft.

»Sollen sie von mir aus warten. Lassen Sie verkünden, ich hätte mit dringenden Staatsgeschäften zu tun. Oder nein, warten Sie. Der Captain der Wache soll einfach sagen, ich würde heute keine Audienz geben, und er soll dabei eine gramvolle Miene aufsetzen. Vielleicht verraten sich die Heuchler unter ihnen.« Der Kaiser schnaubte verächtlich.

»Man erzählt sich, Sire«, sagte Brodrig ruhig, »daß Ihre Krankheit vom Herzen kommt.«

»Sollen die Leute es von mir aus glauben, wenn sie wollen. Es könnte für sie jedenfalls schmerzlicher werden als für mich, wenn sie daraufhin voreilig handeln. Aber nun sagen Sie mir, was Sie wollen, damit wir diese Sache schnell hinter uns bringen.«

Brodrig erhob sich aus seiner knienden Position. »Es geht um General Bel Riose, den Militärgouverneur von Siwenna«, erklärte er.

»Riose?« Cleon II. runzelte nachdenklich die Stirn. »Ich weiß im Augenblick nicht, wo ich ihn . . . Warten Sie, ist das nicht der Mann, der vor ein paar Monaten diese verrückte Meldung geschickt hat? Richtig, jetzt erinnere ich mich wieder. Er bat um die Erlaubnis, einen Eroberungsfeldzug zum Ruhm des Imperiums und des Kaisers führen zu dürfen.«

»Genau, Sire.«

Der Kaiser lachte kurz auf. »Hätten Sie sich träumen lassen, Brodig, daß ich noch solche Generäle habe? Was haben wir ihm damals eigentlich geantwortet? Ich glaube, Sie waren es, der sich damals dieser Angelegenheit angenommen hat, nicht wahr?«

»Ja, Sire. Ich habe ihn angewiesen, mehr Informationen zu schicken und nichts zu unternehmen, bis er entsprechende Befehle vom Imperium bekommt.«

»Hmm. Die beste Antwort. Wer ist dieser Riose eigentlich? Ist er jemals am Hof gewesen?«

Brodrig nickte und verzog kaum merklich den Mund. »Er hat seine Laufbahn vor zehn Jahren als Kadett im Gardekorps begonnen. Später hat er sich dann bei dieser Sache am Lemul-Sternenhaufen verdient gemacht.«

»Der Lemul-Sternenhaufen? Sie wissen, Brodrig, mein Gedächtnis ist nicht gerade – War das nicht die Sache, bei der ein junger Soldat zwei Schiffe vor einer Kollision mit . . . eh . . . mir fällt nicht mehr ein, womit es war, jedenfalls hat er zwei Schiffe gerettet. Die näheren Umstände sind ja auch nicht so wichtig.« Er winkte ungeduldig ab. »Auf jeden Fall war es irgend etwas Heroisches.«

»Dieser junge Soldat war Riose. Er wurde dafür befördert«, erklärte Brodrig trocken, »und zum Captain eines Patrouilleschiffes ernannt.«

»Und jetzt ist er schon Militärgouverneur eines Grenzsystems. Ein tüchtiger junger Mann, Brodrig.«

»Aber ein Risiko, Sire. Er lebt in der Vergangenheit und träumt von alten Zeiten, oder besser von dem Mythos, wie es in den alten Zeiten gewesen sein soll. Solche Männer sind an sich harmlos, aber da ihnen der Sinn für die Realität fehlt, können sie leicht von anderen mißbraucht werden. Er hat seine Leute übrigens fest in der Hand, wie ich gehört habe, und soll einer Ihrer beliebtesten Generäle sein.«

»So?« meinte der Kaiser nachdenklich. »Nun, Brodrig, finden Sie nicht auch, daß es beruhigend zu wissen ist, daß man nicht nur von Unfähigen umgeben ist? Nur weil jemand tüchtig ist, muß er ja lange noch nicht untreu sein.«

»Sicher nicht, aber fest steht doch, daß ein unfähiger Verräter nie eine Gefahr ist. Es sind immer die fähigen Leute, die man im Auge behalten muß.«

»Zählen Sie sich auch dazu, Brodrig?« Cleon II. lachte und verzog dann gequält das Gesicht. »Aber lassen wir das. Erzählen Sie mir lieber, was es Neues über diesen jungen Eroberer zu berichten gibt. Ich nehme doch an, Sie sind nicht nur gekommen, um mein Gedächtnis aufzufrischen.«

»Wir haben eine neue Nachricht von General Riose erhalten, Sire.«

»So? Und was sagt er?«

»Er hat den Heimatplaneten dieser Barbaren entdeckt und schlägt einen Feldzug gegen sie vor. Die Argumente, die er vorbringt, sind sehr ausführlich und weitschweifig. Ich möchte Eure Kaiserliche Majestät in Ihrem jetzigen Zustand nicht mit solchen langweiligen Dingen belästigen. Außerdem wird diese Angelegenheit in der nächsten Sitzung des Kronrats ausführlich diskutiert werden.« Er warf einen flüchtigen Blick auf das Gesicht des Kaisers.

Cleon II. runzelte die Stirn. »Vor dem Kronrat? Ist es denn eine Sache, die den Kronrat betrifft, Brodrig? Es läuft doch letztendlich nur wieder auf neue Forderungen nach einer großzügigeren Auslegung der Charta hinaus. Die Lords wollen immer mehr Privilegien.«

»Es wird sich wohl nicht vermeiden lassen, Sire. Vielleicht wäre es besser gewesen, wenn Ihr erlauchter Vater die letzte Rebellion ohne die Einführung dieser Charta hätte niederschlagen können. Aber da sie nun einmal da ist, werden wir uns zumindest noch eine Weile mit ihrer Existenz abfinden können.«

»Sie haben wohl recht. Dann sollen sich die Lords eben damit befassen. Ich verstehe nur nicht, warum Sie das Ganze so ernst nehmen, Brodrig. Ein junger General, der an irgendeiner abgelegenen Grenze des Imperiums mit ein paar Leuten den Eroberer spielen will, ist doch noch lange keine Staatsaffäre.«

Brodrig lächelte verkniffen. »Es geht zwar nur um einen romantischen Idioten«, entgegnete er kühl, »aber auch ein romantischer Idiot kann zu einer tödlichen Gefahr werden, wenn ihn ein unromantischer Rebell als Werkzeug benutzt. Sire, dieser Mann war hier sehr beliebt, und er ist es auch dort, wo er jetzt ist. Er ist noch sehr jung, und wenn er ein paar barbarische Planeten einnimmt, dann wird man ihn als Eroberer feiern. Ein junger Eroberer, der gezeigt hat, daß er die Begeisterung der Leute für sich gewinnen kann, stellt immer eine Gefahr dar. Auch wenn er selbst nicht die Absicht hat, einmal Ihren Platz einzunehmen, könnte doch einer unserer loyalen Lords sehr leicht auf die Idee kommen, ihn gegen Sie zu benutzen.«

Cleon winkte ungeduldig ab, und die hastige Bewegung ließ ihn vor Schmerz zusammenzucken. Langsam entspannte er sich wieder, doch sein Lächeln war gequält. »Sie sind ein wertvoller Ratgeber, Brodrig«, brachte er mühsam hervor. »Sie sind so mißtrauisch, daß es schon reicht, nur die Hälfte der von Ihnen vorgeschlagenen Vorsichtsmaßnahmen zu treffen, um völlig sicher zu sein. Wir werden das Problem den Lords vorlegen und uns anhören, was sie dazu zu sagen haben. Dann werden wir entsprechende Maßnahmen ergreifen. Dieser junge Mann hat doch noch nichts unternommen, oder?«

»Soweit ich seinem Bericht entnehmen kann, nein. Aber er hat um Verstärkung gebeten.«

»Um Verstärkung?« Der Kaiser hob fragend die Brauen. »Wie viele Schiffe stehen unter seinem Kommando?«

»Zehn Schlachtkreuzer, Sire, plus das übliche Kontingent an Hilfsschiffen. Zwei der Schlachtkreuzer sind mit Antriebsystemen ausgestattet, die aus der alten Armada gerettet werden konnten, und eins hat atomare Artilleriegeschütze an Bord, die aus der gleichen Quelle stammen. Die übrigen Schiffe sind in den letzten fünfzig Jahren auf unseren eigenen Werften gebaut worden und nicht weniger kampftauglich.«

»Zehn Schiffe müßten doch für einen Einsatz völlig ausreichen. Mein Vater hat mit weniger als zehn seine ersten Siege gegen den Usurpator Ricker errungen. Wer sind überhaupt diese Barbaren, gegen die er vorgehen will?«

Der Privatsekretär rümpfte herablassend die Nase. »Er bezeichnet sie in seinem Bericht als ›die Stiftung‹.«

»Die Stiftung? Was soll das sein?«

»Ich habe keine Aufzeichnungen darüber finden können, Sire, obwohl ich sehr gründlich in unseren Archiven nachgesehen habe. Das betreffende Gebiet liegt innerhalb der ehemaligen Provinz Anacreon, die vor zweihundert Jahren in Barbarei und Anarchismus zurückfiel, aber es gibt dort keinen Planeten, der unter dem Namen Stiftung bekannt ist. Ich habe allerdings Hinweise auf eine Gruppe von Wissenschaftlern gefunden, die damals in diese Provinz ausgesiedelt wurden, kurz bevor sie sich vom Imperium lossagte. Sie sollten eine Enzyklopädie zusammenstellen.« Er lächelte dünn. »Ich glaube, sie nannten sie die Enzyklopädie-Stiftung.«

»Nun, das sind recht dürftige Informationen. Wollen Sie mir im Ernst erzählen, daß Sie da eine Verbindung sehen?«

»Keineswegs, Sire. Nach der Trennung der Provinz Anacreon vom Imperium hat man nie wieder etwas von dieser Expedition gehört. Wenn ihre Nachkommen noch leben, dann sind sie mit größter Wahrscheinlichkeit wie alle ihre Nachbarn in die Barbarei zurückgefallen.«

»Und dieser Riose fordert nun Verstärkung an.« Der Kaiser warf seinem Privatsekretär einen nachdenklichen Blick zu. »Ich finde es höchst befremdlich, Brodrig. Da schlägt dieser Mann vor, mit zehn Schiffen gegen Wilde ins Feld zu ziehen, und fordert Verstärkung an, bevor er noch den ersten Schlag geführt hat. Langsam kann ich mich auch wieder an diesen Riose erinnern. Ein gutaussehender junger Mann, der aus einer kaisertreuen Familie stammte. In dieser Sache ist einiges unklar, Brodrig, das ich im Augenblick noch nicht verstehe. Vielleicht ist sie doch wichtiger, als es auf den ersten Moment scheint.«

Seine Finger spielten gedankenverloren mit dem Seidenlaken, das über seinen Beinen lag. »Ich brauche einen Mann da draußen, einen, der fähig und loyal ist. Brodrig . . .«

Der Sekretär senkte ergeben den Kopf. »Und die Schiffe, Sire?«

»Noch nicht.« Der Kaiser stöhnte leise auf, als er sich vorsichtig zurücklehnte. »Erst müssen wir Näheres wissen. Berufen Sie den Kronrat für heute in einer Woche ein. Dabei können wir auch gleich den neuen Haushalt vorlegen. In diesem Punkt werde ich mich durchsetzen, sonst fließt Blut.« Er bettete seinen schmerzenden Kopf auf das Kraftfeld. »Gehen Sie jetzt, Brodrig, und schicken Sie den Arzt herein. Auch wenn er von allen diesen Wichtigtuern der schlimmste ist.«

5

Der Krieg beginnt

Von der Basis Siwenna aus stießen die Schiffe des Imperiums vorsichtig in die unbekannten Weiten der Peripherie vor. Sie überbrückten die gewaltigen Entfernungen, die zwischen den einzelnen Planeten am Rande der Galaxis lagen, und tasteten sich bis an die Grenzen des Einflußbereiches der Stiftung vor.

Planeten, die zweihundert Jahre lang nur die Barbarei gekannt hatten, spürten plötzlich wieder die Gegenwart des Imperiums. Überall schwor man angesichts der massiven Artillerie, die die Hauptstädte einschloß, dem Kaiser bedingungslose Treue.

Zurück blieben kaiserliche Garnisonen, deren Soldaten das Raumschiff-und-Sonne Abzeichen auf ihren Uniformen trugen. Die älteren Leute merkten auf und erinnerten sich plötzlich wieder an die lange vergessenen Geschichten aus den Tagen ihrer Urgroßväter, die von einer Zeit berichteten, als das Universum groß und reich gewesen war, als überall Frieden geherrscht und dieses Raumschiff-und-Sonne Zeichen alles regiert hatte.

Die großen Schiffe drangen weiter vor, eroberten Planet für Planet und näherten sich immer mehr der Stiftung. Und mit jeder Welt, die in das umfassende Netz des Imperiums eingegliedert wurde, ging ein neuer Bericht zurück an Bel Riose, der sein Hauptquartier auf einem öden Planeten aufgeschlagen hatte, der ohne Sonne durch den Raum trieb.

Jetzt entspannte sich der General und lächelte Ducem Barr finster zu. »Nun, was sagen *Sie* dazu, Patrizier?«

»Ich? Was zählt schon meine Meinung? Ich bin kein Soldat.« Ducem Barr umfaßte mit einem flüchtigen Blick die Unordnung, die in der Felsenhöhle herrschte, wo Riose sein Hauptquartier hatte. Er hatte sie sich als Unterkunft ausbauen lassen, und jetzt stellte sie mit ihrer künstlichen Beleuchtung und dem Klima- und Heizsystem eine winzige Insel des Lebens inmitten einer toten Welt dar.

»Für die Hilfe, die ich Ihnen geben könnte oder wollte«, murmelte er, »könnten Sie mich nach Siwenna zurückkehren lassen.«

»Noch nicht, Patrizier. Noch nicht.« Der General drehte sich zu der riesigen, transparenten Kugel um, die die ehemalige Imperiale Präfektur Anacreon und seine Nachbarsysteme darstellte. »Später, wenn diese Sache vorbei ist, können Sie zu Ihren Büchern zurückkehren. Ich werde sogar dafür sorgen, daß man Ihnen und Ihren Kindern Ihren Familienbesitz zurückgibt.«

»Vielen Dank«, erwiderte Barr mit leiser Ironie, »aber ich bin nicht so überzeugt wie Sie, daß Ihr Plan gut ausgehen wird.«

Riose lachte kurz. »Jetzt fangen Sie nicht wieder mit Ihren düsteren Prophezeihungen an. Diese Kugel spricht eine deutlichere Sprache als alle Ihre Theorien.« Er fuhr fast zärtlich über ihre unsichtbaren Umrisse. »Können Sie etwas mit dieser Darstellung anfangen? Ja? Nun, dann überzeugen Sie sich selbst. Die goldenen Sterne stehen für das Territorium des Imperiums. Die roten repräsentieren jene Planeten, die zum Gebiet der Stiftung gehören, und die rosa die, welche vermutlich in ihren wirtschaftlichen Einflußbereich fallen. Und jetzt passen Sie auf . . .«

Riose drückte auf einen Knopf, und eine Reihe von Planeten, die bisher weiße Lichtpunkte gewesen waren, leuchteten plötzlich in einem tiefen Blau. Wie eine umgedrehte Tasse stülpten sie sich über die roten und rosa Sterne.

»Diese blauen Sterne hier sind von meinen Truppen eingenommen worden«, erklärte Riose mit einem Anflug von Befriedigung, »und meine Schiffe sind immer noch auf dem Vormarsch. Bisher sind wir nirgendwo auf Widerstand gestoßen. Die Barbaren verhalten sich ruhig. Offensichtlich schlummert die Stiftung ahnungslos vor sich hin.«

»Sie haben Ihre Stützpunkte sehr dünn angelegt, nicht wahr?« stellte Barr fest.

»Nein, keineswegs, auch wenn es auf den ersten Blick so aussehen mag. Zugegeben, ich habe verhältnismäßig wenig Stützpunkte errichten und ausbauen lassen, aber sie befinden sich in Schlüsselpositionen, die ich sorgfältig ausgesucht habe. Dadurch erziele ich mit einer geringen Streitmacht einen enormen strategischen Effekt. Diese Taktik bringt eine ganze Reihe von Vorteilen mit sich, die jemandem, der sich nicht intensiv mit der Raumkriegsführung beschäftigt hat, vielleicht nicht so ohne weiteres verständlich sind. Aber selbst Sie dürften mir zum Beispiel darin zustimmen, daß ich in einem in sich geschlossenen Gebiet unter meiner Kontrolle von jedem Punkt aus angreifen kann, und daß mich die Stiftung, wenn ich meine taktischen Manöver beendet habe, weder von der Flanke noch aus dem Rücken attackieren kann, weil ich ihnen dann nämlich keine Flanke und keinen Rücken mehr biete.

Diese Strategie ist vor allem bei den Feldzügen von Loris VI. vor etwa zweitausend Jahren angewendet worden, aber immer nur unvollkommen, denn der Feind wußte schon im voraus davon und hat entsprechend versucht, etwas dagegen zu unternehmen. Diesmal liegt der Fall anders.«

»Ein Fall wie aus dem Bilderbuch, was?« entgegnete Barr unbeeindruckt. »Wollen Sie sagen, daß mein Plan fehlschlägt?« blitzte der General ungeduldig.

»Er muß fehlschlagen.«

»Wissen Sie, daß es noch nie vorgekommen ist, daß die angreifenden Truppen bei einer erfolgreich abgeschlossenen Einkreisung verloren haben, es sei denn, es existiert außerhalb dieses Gebietes eine Flotte, die stark genug ist, die Umzingelung zu durchbrechen?«

»Wenn Sie es sagen, wird es wohl so sein.«

»Und Sie bleiben trotzdem bei Ihrer Behauptung, ich müßte verlieren?«

»Ja.«

Riose zuckte die Achseln. »Von mir aus.«

Er schwieg verärgert, bis Barr schließlich die Stille durchbrach. »Haben Sie schon Antwort vom Kaiser bekommen?«

Riose nahm eine Zigarette aus dem Behälter, der hinter seinem Kopf an der Wand hing, steckte sie zwischen die Lippen und zündete sie genüßlich an. »Sie meinen auf meine Anfrage nach Verstärkung? Ja, ich habe eine Antwort bekommen. Nur die Antwort und weiter nichts.«

»Das heißt: keine Schiffe.«

»Ja. Ich habe fast damit gerechnet. Offen gestanden, bereue ich es, Patrizier, daß ich auf Ihren Rat gehört und sie angefordert habe. Es stellt mich in ein falsches Licht.«

»Tut es das?«

»Natürlich. Schiffe sind knapp. Die Bürgerkriege der letzten zweihundert Jahre haben die Armada über die Hälfte ihrer Schiffe gekostet, und die, die übriggeblieben sind, befinden sich in ziemlich schlechtem Zustand. Wissen Sie, die Schiffe, die wir heute bauen, taugen im Grunde nichts, und ich glaube, daß es niemanden in der ganzen Galaxis gibt, der noch in der Lage ist, einen schnellen Hyperatomantrieb zu bauen.«

»Ich weiß«, nickte der Siwennianer nachdenklich. »Ich wußte nur nicht, daß *Sie* es auch wissen. Seine Kaiserliche Majestät kann also keine Schiffe erübrigen, eine Tatsache, die die Psychohistorie hätte voraussagen können. Wahrscheinlich hat sie es sogar. Ich würde sagen, daß die erste Runde damit an Hari Seldon geht.«

»Ich habe auch so genug Schiffe«, erwiderte Riose scharf. Ihr Seldon wird auf keinen Fall gewinnen. Sollte die Lage ernster werden, dann *werden* wir Schiffe bekommen. Immerhin kennt der Kaiser bisher ja noch nicht die ganze Geschichte.«

»So? Was haben Sie ihm denn verschwiegen?«

»Können Sie sich das nicht denken? Ihre Theorien natürlich.« Riose sah ihn grimmig an. »Ihre Geschichte ist mit allem Respekt höchst unwahrscheinlich. Erst wenn die Ereignisse sie bestätigen, wenn ich genügend Beweise in der Hand hätte, nur dann würde ich sie weitergeben.

Außerdem glaube ich«, fuhr Riose beiläufig fort, »daß Seine Kaiserliche Majestät über eine solche Geschichte, die schon fast an Majestätsbeleidigung grenzt, kaum erfreut sein dürfte.«

Der alte Patrizier lächelte. »Sie meinen also, daß er Ihnen weder glauben noch Ihnen dankbar sein würde, wenn Sie ihm erzählen, daß sein Thron durch ein paar Barbaren irgendwo am Ende der Galaxis in Gefahr gebracht werden könnte. In diesem Fall werden Sie kaum etwas von ihm zu erwarten haben.«

»Es sei denn, ein Sonderbotschafter ist *etwas*.«

»Wieso denn ein Sonderbotschafter?«

»Es ist üblich, daß bei jedem Feldzug, der im Namen des Imperiums geführt wird, ein direkter Vertreter der Krone anwesend ist.«

»Wirklich? Und warum?«

»Auf diese Weise will man auf allen Feldzügen das Symbol der persönlichen Führung des Kaisers bewahren. Im Laufe der Zeit hat dieser Brauch die Nebenfunktion bekommen, die Loyalität der Generäle zu festigen, ein Punkt, in dem er allerdings nicht immer Erfolg hat.«

»Ich kann mir nicht vorstellen, daß Sie davon begeistert sind, General. Ich meine, daß sich ein Außenstehender in Ihr Kommando einmischt.«

»Sie haben recht.« Riose wurde leicht rot. »Aber daran ist nun einmal nichts zu ändern . . .«

In diesem Augenblick leuchtete neben der Hand des Generals ein Licht auf, und kurze Zeit später fiel ein Metallzylinder aus dem Schlitz der Rohrpostanlage. Riose nahm die Nachricht heraus und rollte sie auseinander. »Ausgezeichnet! Endlich!«

Ducem Barr runzelte fragend die Stirn.

»Sie wissen doch sicher, daß wir einen dieser Händler gefangengenommen haben. Lebend – und mitsamt seinem Schiff, das ebenfalls unversehrt ist.«

»Ich habe davon gehört.«

»Nun, er ist gerade angekommen, und man wird ihn jeden Augenblick hereinbringen. Bleiben Sie ruhig sitzen, Patrizier. Ich möchte, daß Sie dabei sind, wenn ich ihn verhöre. Das ist eigentlich auch der Hauptgrund, warum ich Sie gebeten habe, heute zu mir zu kommen. Vielleicht werden Sie aus einigem eher schlau als ich.«

Als der Türsummer ertönte, drückte der General mit dem Fuß auf einen Hebel. Die Tür öffnete sich, und auf der Schwelle stand ein großer, bärtiger Mann. Er trug einen kurzen Rock aus einem weichen, lederartigen Synthetikmaterial, an dem sich eine Kapuze befand, die er in den Nacken geschoben hatte. Der Mann war nicht gefesselt und schenkte den bewaffneten Soldaten, die ihn umringten, nicht die geringste Aufmerksamkeit.

Er betrat gelassen den Raum und sah sich abschätzend um. Nachdem er seine Musterung beendet hatte, hob er grüßend die Hand und nickte dem General flüchtig zu.

»Wie heißen Sie?« fragte Riose knapp.

»Lathan Devers.« Der Händler hakte die Daumen in seinen breiten Gürtel. »Sind Sie der Boß von diesem Laden?«

Riose ignorierte die Frage. »Sind Sie ein Händler der Stiftung?«

»Stimmt auffallend. Hören Sie, wenn Sie der Boß hier sind, dann sagen Sie gefälligst Ihren Leuten, daß Sie die Pfoten von meiner Ladung lassen.«

Der General hob den Kopf und musterte den Gefangenen kalt. »Die Befehle hier gebe ich. Sie haben nichts weiter zu tun, als meine Fragen zu beantworten.«

»Na schön. Ich will keinen Ärger. Ich meine nur, weil sich einer Ihrer Jungs nämlich schon ein anständiges Loch in der Brust eingehandelt hat, weil er unbedingt an Sachen herumfummeln mußte, die ihn nichts angehen.«

Riose wandte sich an den diensthabenden Lieutenant. »Stimmt das, Vrank? In Ihrem Bericht war nicht die Rede davon, daß es Verluste auf unserer Seite gegeben hat.«

»Das hatte es auch nicht, Sir, als ich den Bericht abgegeben habe«, erwiderte der Offizier steif. »Dann wurden plötzlich Gerüchte laut, es befände sich eine Frau an Bord, worauf wir das Schiff durchsuchten. Wir fanden zwar keine Frau, aber eine Reihe unbekannter Geräte und Instrumente, die zum Warenbestand des Gefangenen gehören, wie der Mann behauptet. Eins von ihnen blitzte plötzlich auf, und der Soldat, der es gerade in der Hand hielt, fand dabei den Tod.«

Der General drehte sich wieder zu dem Gefangenen um. »Hat Ihr Schiff atomare Sprengstoffe an Bord?«

»Meine Güte, nein. Wozu? Dieser Schwachkopf hatte einen Atomlocher in der Hand, den er zufällig verkehrt herum hielt und der auf Maximalenergie eingestellt war. So was sollte man besser nicht tun. Da kann man sich gleich einen Strahler an den Kopf halten. Ich hätte ihn ja gewarnt, wenn ich nicht genug mit den fünf Leuten zu tun gehabt hätte, die gerade auf meinem Bauch hockten.«

Riose winkte dem wartenden Offizier. »Sie können abtreten. Und sorgen Sie dafür, daß niemand das Schiff betritt. Setzen Sie sich, Devers.« Der Händler nahm auf dem Stuhl Platz, den Riose ihm angewiesen hatte, und ertrug gelassen die prüfende Musterung des Generals und den fragenden Blick des alten Patriziers.

»Ich halte Sie für einen vernünftigen Mann, Devers«, begann Riose.

»Herzlichen Dank. Hat mein Gesicht Sie so beeindruckt, oder wollen Sie etwas von mir? Sie müssen wissen, ich bin immer zu Geschäften bereit.«

»Beides. Sie haben vernünftigerweise Ihr Schiff aufgegeben, statt Ihre Munition zu verpulvern und Gefahr zu laufen, von uns zerstört zu werden. Wenn Sie diese Lebenseinstellung auch weiterhin vertreten, können Sie sich eine gute Behandlung sichern.«

»Auf gute Behandlung stehe ich immer, Boß.«

»Schön, und ich auf gute Zusammenarbeit.« Riose lächelte und wandte sich leise an Barr. »Was soll man dazu sagen? Er ›steht‹! Haben Sie schon einmal einen derart entsetzlichen Dialekt gehört?«

»Okay, Boß«, nickte Devers gleichmütig. »Aber können Sie mir jetzt vielleicht auch verraten, von was für einer Zusammenarbeit Sie sprechen? Ich weiß nämlich im Augenblick nicht so ganz, was hier gespielt wird.« Er sah sich stirnrunzelnd um. »Wo bin ich hier überhaupt, und was soll das Ganze?«

»Ach ja. Sie entschuldigen, daß ich es versäumt habe, uns vorzustellen«, antwortete Riose gut gelaunt. »Der Gentleman hier neben mir ist Ducem Barr, Patrizier des Imperiums. Und ich bin Bel Riose, Peer des Imperiums und General in den Streitkräften Seiner Kaiserlichen Majestät.«

Der Händler klappte den Mund auf. »Imperium?« echote er ungläubig. »Dasselbe Imperium, von dem man uns in der Schule erzählt hat? Komisch! Ich habe immer irgendwie gedacht, daß es das Imperium längst nicht mehr gibt.«

»Dann sehen Sie sich um und überzeugen Sie sich, daß Sie im Irrtum waren.«

»Eigentlich hätte ich es mir ja gleich denken müssen.« Lathan Devers deutete mit seinem bärtigen Kinn zur Decke hinauf. »Das Schiff, das mich kassiert hat, sah auch viel zu groß und zu neu aus, als daß es von irgendeinem Königreich der Peripherie hätte sein können.« Er runzelte die Stirn. »Also würden Sie mir verraten, was für ein Spiel hier gespielt wird, Boß? Oder muß ich Sie General nennen?«

»Das Spiel heißt Krieg.«

»Aha. Imperium gegen Stiftung, was?«

»Richtig.«

»Warum?«

»Ich glaube, das können Sie sich denken.«

Der Händler überlegte und schüttelte dann den Kopf.

Riose ließ ihn zappeln. »Ich bin sogar sicher, Sie wissen, warum«, meinte er dann.

»Warum hier«, murmelte Lathan Devers und stand auf, um seinen Rock auszuziehen. Dann setzte er sich wieder und streckte die Beine aus.

»Ich denke mir, Sie rechnen damit, daß ich plötzlich aufspringe«, sagte er behaglich, »und wie ein wildgewordener Handfeger um mich schlage, was? Ich glaube, wenn ich es richtig anfangen würde, könnte ich Sie vielleicht sogar schaffen, und dieser alte Knabe, der da neben Ihnen sitzt und den Mund nicht aufkriegt, könnte mich kaum daran hindern.«

»Aber das tun Sie nicht«, stellte Riose überzeugt fest.

»Nein«, nickte Devers liebenswürdig. »Erstens könnte ich kaum einen Krieg verhindern, wenn ich Sie umbringen würde, denn es gibt sicher noch mehr Generäle außer Ihnen.«

»Sie sind ein kluger Kopf.«

»Und außerdem hätten mich Ihre Leute wahrscheinlich keine zwei Sekunden, nachdem ich Ihnen den Schädel eingeschlagen hätte, und dann würde ich schnell oder auch langsam vor die Hunde gehen, je nachdem. Sterben würde ich auf jeden Fall, und eine solche Aussicht behagt mir überhaupt nicht. Ich habe nämlich noch eine ganze Menge vor.«

»Ich habe ja gesagt, Sie sind ein vernünftiger Mann.«

»Aber tun Sie mir doch jetzt endlich den Gefallen und verraten Sie mir, was Sie damit meinten, als Sie sagten, ich wüßte schon, warum Sie uns an den Kragen wollen. Ich weiß es nicht, und ich kann Ratespiele nicht ausstehen.«

»Ist das so? Haben Sie schon einmal etwas von Hari Seldon gehört?«

»Nein. Ich habe Ihnen doch gerade *gesagt,* daß ich keinen Nerv für Ratespiele habe.«

Riose warf einen flüchtigen Blick auf Ducem Barr, der lächelte und dann wieder seinen träumerischen Ausdruck aufsetzte.

»Wenn Sie mich für dumm verkaufen wollen, Devers, dann müssen Sie schon früher aufstehen«, blitzte Riose. »Also hören Sie gut zu. Es gibt da irgendeine Tradition oder eine Geschichte – was genau es ist, interessiert mich auch nicht –, die besagt, daß aus Ihrer Stiftung irgendwann ein Zweites Imperium entstehen wird. Ich weiß über Hari Seldons psychohistorische Spinnereien Bescheid, und ich weiß auch von Ihren Aggressionsplänen gegen das Imperium.«

»Was Sie nicht sagen.« Devers nickte nachdenklich. »Und wer hat Ihnen das alles erzählt?«

»Spielt das eine Rolle?« entgegnete Riose gefährlich ruhig. »Sie sind nicht hier, um Fragen zu stellen, sondern um Fragen zu beantworten. Also sagen Sie mir, was Sie über diese Seldon-Fabel wissen.«

»Aber wenn es eine Fabel ist, dann . . .«

»Lassen Sie Ihre Wortspielereien, Devers.«

»Nein, ganz im Ernst. Ich weiß genauso viel oder wenig wie Sie. Sie haben völlig recht; es sind nur Spinnereien. Jede Welt hat eben ihre Träume, und da bekommt man zwangsläufig so einiges mit. Klar, ich habe von diesem Gerede über Seldon und ein Zweites Imperium und was weiß ich nicht noch gehört, Geschichten, die man abends den Kleinen vorliest, damit sie einschlafen. Die Jugendlichen sind sogar ziemlich scharf auf Seldon-Filme und – Thriller. Aber das Ganze ist wirklich nichts für Erwachsene. Jedenfalls nicht für intelligente.« Der Händler schüttelte den Kopf.

Der General sah ihn prüfend an. »So? Hören Sie auf zu lügen, Mann. Ich bin selbst auf ihrem Planeten Terminus gewesen. Ich kenne die Stiftung, und ich weiß, was die Leute denken und reden.«

»Und dann fragen Sie mich? Wo ich in zehn Jahren nie länger als zwei Monate hintereinander auf Terminus gewesen bin. Ich sage Ihnen, Sie verschwenden Ihre Zeit. Aber wenn Sie meinen, Sie müßten wegen dieser alten Geschichten unbedingt gegen die Stiftung Krieg führen, dann tun Sie es doch von mir aus.«

»Sind Sie denn so sicher, daß die Stiftung gewinnen wird?« mischte sich Barr zum erstenmal ein.

Der Händler drehte sich um. Eine feine Röte überzog sein Gesicht, von der sich an der Schläfe eine alte Narbe weiß abzeichnete. »Aha, Sie können also doch sprechen. Wie kommen Sie darauf, Doc?«

Riose nickte Barr flüchtig zu, und der Siwennianer fuhr leise fort: »Weil Sie anders reagieren würden, wenn Sie glaubten, Ihre Welt könnte verlieren. Ich weiß aus eigener Erfahrung, was es heißt, zu verlieren, denn meine Welt hat einmal verloren und leidet heute noch darunter.«

Lathan Devers kratzte sich am Bart, sah von einem zum anderen und lachte dann kurz, wurde jedoch sofort wieder ernst. »Hören Sie, Boß. Was bedeutet denn schon eine Niederlage? Ich habe Kriege und Niederlagen miterlebt. Was passiert denn schon, wenn der Sieger die Herrschaft übernimmt? Wen interessiert es? Glauben Sie, Jungs wie mich?« Er schüttelte spöttisch den Kopf.

»Sehen Sie«, fuhr der Händler bestimmt fort, »auf jedem Planeten gibt es gewöhnlich ein paar Fettsäcke, die die Macht in der Hand haben. Bei einer Eroberung müssen sie natürlich zuerst dran glauben, aber ihretwegen rege ich mich bestimmt nicht auf. Und die Leute? Der einfache Mann? Klar, ein paar werden dabei ins Gras beißen, und die anderen müssen eine Zeit lang erhöhte Steuern zahlen, aber am Ende läuft doch alles wieder auf das gleiche hinaus, und die Situation ist wieder die alte, nur daß eben ein paar andere Fettsäcke an der Macht sind.«

Ducem Barrs Nasenflügel bebten, und in seiner rechten Hand zuckte es, aber er sagte nichts.

Lathans Augen, denen nichts entging, waren auf den alten Patrizier gerichtet. »Sehen Sie, ich verbringe mein ganzes Leben im Raum, und was bekomme ich dafür? Ein paar lausige Prozent. Den fetten Gewinn streichen die Geldsäcke zu Hause ein. Aber wir, meine Kumpel und ich, wir schaffen das große Geld heran. Angenommen, *Sie* würden jetzt die Stiftung übernehmen, dann würden auch Sie uns brauchen. Sogar noch mehr als die jetzigen Bosse, denn Sie wissen nicht, wie der Laden läuft. Vielleicht könnten wir mit dem Imperium sogar bessere Geschäfte machen als jetzt, und ich bin schließlich ein Geschäftsmann. Wenn ich mir eine Extramark verdienen kann, bin ich immer zu haben.«

Er sah die beiden anderen herausfordernd an.

Minutenlang unterbrach niemand das Schweigen, bis plötzlich wieder ein Metallzylinder aus der Rohrpostanlage auftauchte. Der General öffnete ihn und überflog die Nachricht.

»Erbitten Anweisungen für die Positionen der einzelnen Schiffe. Befinden uns in voller Verteidigungsbereitschaft und warten auf weitere Befehle«, las er laut vor.

Riose griff nach seinem Umhang. Während er ihn umwarf, flüsterte er Barr ausdruckslos zu: »Ich überlasse den Mann jetzt Ihnen, Patrizier. Ich erwarte Resultate. Wir befinden uns im Krieg, und ich habe kein Erbarmen mit Versagern. Denken Sie immer daran!« Er hob grüßend die Hand und ging dann hinaus.

Lathan Devers sah ihm nach. »Es sieht ja fast so aus, als wäre ihm etwas über die Leber gelaufen. Was ist denn los?«

»Es sieht nach Kampf aus«, antwortete Barr barsch. »Die Streitkräfte der Stiftung scheinen zu einem ersten Gefecht bereit. Sie kommen besser mit.«

Die bewaffneten Soldaten, die sich im Raum aufhielten, begleiteten sie hinaus. Ihr ganzes Verhalten verriet Respekt vor dem alten Patrizier, wie der Händler bemerkte, als er Barr folgte.

Der Raum, in den die Soldaten sie brachten, war kleiner und spärlicher eingerichtet. Er enthielt zwei Betten, ein Visgerät, Dusche und Toilette. Die Soldaten marschierten wieder hinaus, und hinter ihnen schloß sich die dicke Tür mit einem dumpfen Knall.

»Hmmm«, brummte Devers und sah sich mißbilligend um. »Das sieht mir ja ganz nach einer Zelle aus.«

»Das ist es auch«, erwiderte Barr knapp und wandte dem Händler den Rücken zu.

»Und was für ein Spiel spielen Sie hier, Doc?« fragte Devers gereizt.

»Überhaupt keins. Sie stehen unter meiner Obhut, das ist alles.«

Der Händler erhob sich von dem Bett, auf dem er gesessen hatte, und baute sich vor dem Patrizier auf, der unbeweglich auf dem anderen Bett sitzenblieb. »So? Sie sind also für mich verantwortlich? Und warum sind Sie dann auch in dieser Zelle? Ich habe gesehen, daß die Waffen der Soldaten genauso auf Sie gerichtet waren wie auf mich. Sie waren ganz schön wütend wegen meiner Ansichten über Frieden und Krieg.«

Er wartete vergeblich auf eine Antwort. »Also schön, dann möchte ich Sie etwas anderes fragen. Sie haben gesagt, daß auch *Ihr* Planet einmal besiegt worden ist. Von wem denn? Von irgendwelchen Sternenleuten vom Außennebel?«

Barr hob den Kopf. »Nein. Vom Imperium.«

»Tatsächlich? Und was tun Sie dann hier?«

Barr schwieg vielsagend.

Der Händler schob den Unterkiefer vor und nickte dann langsam. Er zog das schwergliedrige Armband aus, das er um das rechte Handgelenk trug, und hielt es Barr hin. »Hier, probieren Sie das mal.« Er hatte ein identisches Armband am linken Handgelenk.

Der Siwennianer nahm es und legte es auf ein Nicken des Händlers hin um. Er spürte ein eigenartiges Prickeln im Arm, das aber rasch wieder verging.

Devers Stimme klang plötzlich verändert. »So, jetzt sind Sie an der Reihe, Doc. Sie können ruhig sprechen. Wenn dieser Raum abgehört wird, können sie jetzt nichts mehr verstehen. Dieses Armband, das ich Ihnen gegeben habe, ist ein Felddistorter, der noch aus Mallows Zeit stammt. Normalerweise verkaufe ich diese Dinger für fünfundzwanzig Kredite das Stück, aber weil Sie es sind, bekommen Sie ihn umsonst. Bewegen Sie nur die Lippen nicht beim sprechen und bleiben Sie ganz ruhig. Wenn Sie den Trick erst heraushaben, ist es ganz einfach.«

Ducem Barr fühlte sich plötzlich müde. Er spürte den prüfenden Blick des Händlers auf sich und wurde unsicher.

»Was wollen Sie?« brachte er zwischen verkrampften Lippen heraus.

»Das habe ich doch schon gesagt. Sie reden wie ein Patriot, obwohl Ihre eigene Welt vom Imperium besiegt und übernommen worden ist und Sie doch ganz offensichtlich auf gutem Fuß mit diesem General stehen. Wie paßt denn das zusammen?«

»Ich habe meinen Teil getan«, erwiderte Ducem Barr. »Ich habe einen Imperialen Vizekönig getötet.«

»Ja? Vor kurzem?«

»Nein. Es ist vierzig Jahre her.«

»Vierzig . . . Jahre!« wiederholte der Händler bedeutungsvoll. Er runzelte die Stirn. »Das ist eine lange Zeit. Weiß dieser Grünschnabel in Generalsuniform davon?«

Barr nickte. Devers musterte den Patrizier scharf. »Wollen Sie, daß das Imperium siegt?«

»Möge das Imperium und alles, was mit ihm zusammenhängt, für immer untergehen«, brach es plötzlich aus dem alten Mann heraus. »Ganz Siwenna betet tagtäglich darum. Ich hatte einmal Brüder, eine Schwester und einen Vater. Aber jetzt habe ich Kinder und Enkelkinder, und der General weiß, wo er sie findet.«

Devers wartete.

»Aber selbst dieser Gedanke könnte mich nicht aufhalten, wenn ich wüßte, daß sich das Risiko lohnt«, fuhr er flüsternd fort. »Denn sie wüßten zu sterben.«

»Sie haben also einen Vizekönig getötet?« sagte der Händler sanft. »Ich glaube, mir wird jetzt einiges klar. Wir hatten einmal einen Bürgermeister. Er hieß Hober Mallow. Er ist auch auf Siwenna gewesen. Das ist doch Ihre Welt, nicht wahr? Und dort hat er einen Mann namens Barr kennengelernt.«

Ducem Barr starrte ihn mißtrauisch an. »Was wissen Sie darüber?«

»Das, was jeder Händler der Stiftung weiß. Sie könnten ja einfach ein gerissener alter Bursche sein, den man hier in eine Zelle mit mir gesteckt hat, damit er mich zum Reden bringt. Sicher, sie zielen auch auf Sie, und Sie hassen das Imperium, aber was besagt das schon? Vielleicht wollen Sie auf diese Tour nur erreichen, daß ich Ihnen mein Herz ausschütte. Was würde sich unser guter General freuen. Nein, Doc, so einfach mache ich es Ihnen nicht.

Aber ich würde ganz gern einen Beweis von Ihnen sehen, daß Sie der Sohn von Onum Barr von Siwenna sind – der sechste und jüngste, der dem Massaker entkommen konnte.«

Ducem Barrs Hand zitterte, als er aus einer Nische in der Wand einen flachen Metallkasten holte und ihn öffnete. Er entnahm ihm eine Metallkette, die er dem Händler zuwarf.

»Sehen Sie sich die Kette gut an«, forderte er ihn auf.

Devers blinzelte überrascht und betrachtete das dickere Mittelglied der Kette näher. Dann stieß er einen leisen Fluch aus. »Das ist Mallows Monogramm, so wahr ich Lathan Devers heiße, und die Kette ist mindestens fünfzig Jahre alt.«

Er sah lächelnd auf.

»Schlagen Sie ein, Doc. Einen besseren Beweis als ein Atomschutzfeld für einen einzelnen hätten Sie mir nicht liefern können.« Und er hielt dem alten Mann seine große Hand entgegen.

6
Der Favorit

Die winzigen Schiffe waren plötzlich aus den dunklen Tiefen des Raums aufgetaucht und in das von der Imperialen Flotte besetzte Gebiet vorgestoßen, ohne einen Schuß abzugeben. Rioses Schlachtschiffe nahmen die Verfolgung auf und konnten zwei der feindlichen Boote zerstören, aber die übrigen waren verschwunden.

Die großen Schiffe gaben schließlich die Suche nach ihnen auf und kehrten zu ihrer ursprünglichen Aufgabe zurück. Sie eroberten Welt um Welt und näherten sich immer mehr der Stiftung.

Brodrig trug seine prächtige, maßgeschneiderte Uniform mit großer Würde. Im Augenblick spazierte er mit düsterer Miene durch einen Park auf dem Planeten Wanda, auf dem man vorübergehend das Imperiale Hauptquartier aufgeschlagen hatte.

Neben ihm ging Bel Riose. Der General hatte den Kragen seiner im Gegensatz zu der von Brodrig sehr bescheidenen grauschwarzen Uniform geöffnet.

Er deutete auf die glatte Bank, die einladend unter den breiten Blättern eines Farnbaums stand. »Sehen Sie, Sir. Ein Überbleibsel aus früheren Zeiten des Imperiums. Diese Bänke, auf denen sich einst Liebende ausruhten, stehen immer noch und sehen genauso aus wie am ersten Tag, während aus den Fabriken und Palästen längst Ruinen geworden sind.«

Er setzte sich. Der Privatsekretär Cleons II. blieb vor ihm stehen und hieb mit seinem Elfenbeinstock die Farnblätter über ihm ab.

Riose schlug die Beine übereinander und bot ihm eine Zigarette an. Dann bediente auch er sich. »Es bestätigt wieder einmal meinen Eindruck von der großen Weisheit Seiner Kaiserlichen Majestät, daß er uns einen so fähigen Beobachter wie Sie geschickt hat. Es enthebt mich aller Befürchtungen, die ich hätte, daß man diese Angelegenheit, die immer wichtiger und dringender wird, als unbedeutenden Feldzug irgendwo in der Peripherie unterschätzen könnte.«

»Die Augen des Kaisers sind überall«, antwortete Brodrig automatisch. »Wir unterschätzen keineswegs die Bedeutung dieses Feldzuges. Allerdings haben wir den Eindruck, daß Sie zu viel Nachdruck auf die damit verbundenen Schwierigkeiten legen. Ich kann mir eigentlich nicht vorstellen, daß die kleinen Schiffe, die diese Barbaren besitzen, ein so kompliziertes und langwieriges Manöver wie eine Umzingelung rechtfertigen.«

Riose wurde rot, blieb aber beherrscht. »Ich kann weder das Leben meiner Männer, deren Zahl auch so schon klein genug ist, noch die Zerstörung meiner Schiffe, für die es keinen Ersatz gibt, durch einen übereilten Angriff gefährden. Durch die Umzingelung dürften meine Verluste sechzig bis siebzig Prozent niedriger sein, so schwierig sie auch sein mag. Die militärischen Gründe für diese Freiheit meinerseits habe ich Ihnen ja bereits gestern erklärt.«

»Ja, aber ich bin kein Soldat. Sie haben mir erklärt, daß das, was nach außen hin das offensichtlich Richtige ist, in Wirklichkeit genau das Verkehrte ist. Nun gut, das lassen wir ja noch zu. Aber Ihre Vorsichtsmaßnahmen gehen doch wohl etwas zu weit. In Ihrem zweiten Bericht haben Sie gleichzeitig Verstärkung angefordert. Und das gegen einen verhältnismäßig unbedeutenden Gegner, mit dem Sie zu diesem Zeitpunkt noch nicht ein einziges Gefecht geführt hatten. Unter solchen Umständen Verstärkung anzufordern, ließe schon fast auf Unfähigkeit oder noch Schlimmeres schließen, hätten Sie nicht in der Vergangenheit schon oft genug Ihren Wagemut unter Beweis gestellt.«

»Danke«, erwiderte der General trocken, »aber ich möchte Sie daran erinnern, daß Wagemut nicht gleichbedeutend mit Blindheit ist. Man kann schon einmal ein Wagnis eingehen, wenn man den Gegner kennt und das Risiko wenigstens in ungefähr einschätzen kann; aber überhaupt gegen einen *unbekannten* Gegner vorzugehen, das an sich ist schon Wagemut. Genauso gut könnten Sie fragen, warum ein Hürdenläufer, der am Tag sicher jedes Hindernis nimmt, des Nachts plötzlich über einen Stuhl stolpert.«

Brodrig winkte ungeduldig ab. »Eine ziemlich dramatische Antwort, aber Sie genügt mir nicht. Sie sind selbst auf diesem barbarischen Planeten gewesen. Und Sie haben sogar einen Ihrer Gegner gefangennehmen können. Da wollen Sie noch von einem *unbekannten* Gegner sprechen?«

»Vergessen Sie nicht, daß man einen Planeten, der sich zweihundert Jahre lang isoliert entwickelt hat, nicht in einem einzigen Monat so genau analysieren kann, daß man ihn bedenkenlos angreifen könnte. Ich bin Soldat und keiner dieser Supermänner, die Sie in einem dreidimensionalen Film bewundern können. Und ein einzelner Gefangener, der nur irgendein Mitglied einer wirtschaftlichen Gruppe ist, die in keiner direkten Verbindung zu unserem Feind steht, kann mich sicher nicht in alle Geheimnisse der gegnerischen Strategie einweihen.«

»Haben Sie den Mann schon verhört?«

»Ja.«

»Und?«

»Er hat uns nicht viel weiterhelfen können. Sein Schiff ist ziemlich klein und für unsere Verhältnisse unbedeutend. Er verkauft kleine Spielereien, die keinen praktischen Wert besitzen. Die interessantesten Stücke werde ich dem Kaiser als Kuriositäten schicken. Natürlich ist einiges an seinem Schiff, das ich nicht verstehe, aber ich bin ja auch kein Tech-Mann.«

»Aber Sie haben doch Tech-Männer unter Ihren Leuten«, erinnerte ihn Brodrig.

»Das weiß ich auch«, entgegnete der General mit einer Spur Sarkasmus. »Aber diese Schwachköpfe müßten noch eine ganze Menge lernen, bevor sie mir irgendwie nützen könnten. Ich habe aber schon Experten angefordert, die die Funktionsweise der atomaren Feldkreise des gekaperten Schiffes erklären können. Bisher habe ich jedoch noch keine Antwort bekommen.«

»Die wenigen guten Tech-Männer, die es gibt, kann der Kaiser nicht entbehren. Sie werden doch sicher irgendwo in Ihrer großen Provinz einen Mann finden können, der sich in Atomtechnik auskennt.«

»Wenn es einen solchen Mann gäbe, dann hätte ich ihn längst die Triebwerke reparieren lassen, die in zwei meiner Schlachtschiffe eingebaut sind und nur unzureichend funktionieren – zwei Schiffe meiner kleinen Flotte, die aus Mangel an Energie keine größeren Schlachten schlagen können. Ein Fünftel meiner Flotte kann überhaupt nicht kämpfen und muß auf Positionen hinter der Front bleiben.«

Der Sekretär winkte ungeduldig ab. »Sie sind nicht der einzige, der solche Probleme hat, General. Der Kaiser hat ähnliche Schwierigkeiten.«

Der General warf seine zerdrückte Zigarette fort, die er nicht geraucht hatte, und zündete sich eine andere an. Er zuckte die Achseln. »Nun, was nicht möglich ist, ist eben nicht möglich. Allerdings muß ich doch sagen, daß ich mit meinem Gefangenen vielleicht weitergekommen wäre, wenn meine Psycho-Sonde richtig funktionieren würde.«

Der Privatsekretär hob die Brauen. »Sie besitzen eine Sonde?«

»Eine alte. Und das eine Mal, das ich sie brauche, läßt sie mich auch noch im Stich. Ich habe sie aufgestellt, während der Gefangene schlief, aber sie hat nichts aufgezeichnet. Die Sonde kann ich also vergessen. Ich habe sie an meinen eigenen Männern getestet, und da war das Ergebnis ganz zufriedenstellend, aber wieder ist niemand unter meinen Tech-Leuten, der mir erklären kann, warum sie bei dem Gefangenen versagt. Ducem Barr, der sich etwas in der Theorie auskennt, wenn er auch kein Mechaniker ist, meint, daß die Sonde vielleicht deshalb versagt hat, weil der Gefangene von Kindheit an fremde Umgebungen und Nervenreize gewöhnt ist. Ich weiß es nicht. Aber ich hoffe, daß er mir trotzdem noch von Nutzen sein kann. Deshalb ist er noch hier.«

Brodrig stützte sich auf seinen Stock. »Ich werde sehen, ob ich einen Spezialisten in der Hauptstadt bekommen kann. Was ist übrigens mit diesem anderen Mann, den Sie eben erwähnten? Dieser Siwennianer. Meinen Sie nicht, daß Sie zu viele Feinde um sich haben?«

»Er kennt unseren Gegner. Auch ihn behalte ich nur hier, weil ich hoffe, daß er mir in Zukunft noch nützlich sein kann.«

»Aber er ist doch Siwennianer und der Sohn eines ehemaligen Rebellen.«

»Er ist alt und schwach, und ich habe seine Familie als Geiseln.«
»Ich verstehe. Wissen Sie, General, ich möchte mich einmal selbst mit dem Händler unterhalten.«
»Selbstverständlich.«
»Allein«, fügte der Sekretär kalt und bestimmt hinzu.
»Selbstverständlich«, wiederholte Riose ausdruckslos. »Als loyaler Untertan des Kaisers akzeptiere ich seinen persönlichen Vertreter als meinen Vorgesetzten. Da sich der Händler allerdings in meinem Hauptquartier befindet, werden Sie die Front leider in einem spannenden Moment verlassen müssen.«
»So? Wieso spannend?«
»Spannend deshalb, weil heute der Ring geschlossen wird. Spannend deshalb, weil die Zwanzigste Grenzflotte in einer Woche gegen das Zentrum des Widerstands vorrücken wird.« Riose lächelte und wandte sich ab. Brodrig kam sich vor wie ein Ballon, in den jemand eine Nadel gestochen hat.

7

Die Bestechung

Sergeant Mori Luk gab einen idealen Gruppenführer ab. Er stammte von einem der Farmplaneten in den Plejaden, wo man dem harten Leben eines Farmers nur entrinnen konnte, indem man in die Dienste des Kaisers trat. Luk gehörte zu den typischen Vertretern dieses Schlages. Er hatte keine Angst vor Gefahr und stellte sich ihr mutig und erfolgreich. Er führte jeden Befehl unverzüglich aus, trieb seine Männer unbarmherzig an und verehrte seinen General zutiefst.
Trotzdem hatte er ein heiteres und sonniges Wesen. Wenn er in Ausübung seines Dienstes einen Mann töten mußte, geschah das zwar ohne Zögern, aber auch ohne Groll.
Daß Sergeant Luk jetzt anklopfte, bevor er die Tür öffnete, war ein weiteres Zeichen für sein Feingefühl, denn er war durchaus dazu berechtigt, ohne weiteres einzutreten.
Die beiden Männer, die gerade über ihrem Abendessen saßen, blickten auf, als er hereinkam, und einer von ihnen schaltete mit dem Fuß die quäkende Stimme ab, die aus dem alten Taschentransmitter neben dem Bett plärrte.
»Bringen Sie noch mehr Bücher?« wollte Lathan Devers wissen.
Der Sergeant reichte ihm eine aufgewickelte Filmrolle und kratzte sich im Nacken. »Es gehört Maschinist Orre, aber er will es wieder zurückhaben. Wissen Sie, er möchte es seinen Kindern als eine Art Souvenir schicken.«

Ducem Barr drehte die Rolle interessiert in den Händen. »Und woher hat Ihr Maschinist es? Er hat doch sicher keinen Transmitter dazu, oder?«

Der Sergeant schüttelte heftig den Kopf. »Der da ist der einzige.« Er deutete mit dem Kinn auf das Gerät neben Devers. »Orre hat dieses Buch von einem dieser kleinen Planeten hier draußen, die wir besetzt haben. Es war in einem großen Gebäude, und er mußte erst ein paar Einheimische töten, bevor er es sich holen konnte.«

Er sah es abschätzend an. »Ein hübsches Andenken – für Kinder.«

Der Sergeant zögerte und fuhr dann verstohlen fort: »Es gibt übrigens eine große Neuigkeit. Das heißt, eigentlich ist es noch ein Gerücht, aber ich kann es einfach nicht für mich behalten. Wissen Sie, der General hat es wieder einmal geschafft.« Er nickte langsam und gewichtig.

»So?« erwiderte Devers. »Und was hat er geschafft?«

»Den Ring geschlossen, das hat er geschafft. Die Umzingelung ist jetzt vollständig.« Der Sergeant kicherte stolz. »Ist er nicht ein toller Kerl? Gute Arbeit, nicht? Einer der Männer, der dabei war, sagt, es sei alles so glatt und leicht gegangen wie Sphärenmusik, was immer das auch sein mag.«

»Dann beginnt jetzt wohl die große Offensive?« fragte Barr leise.

»Das will ich hoffen«, polterte der Sergeant. »Ich will wieder zurück auf mein Schiff, jetzt, wo mein Arm wieder in Ordnung ist. Ich bin das Herumsitzen satt.«

»Nicht nur Sie«, brummte Devers gereizt. Er biß sich nervös auf die Unterlippe.

Der Sergeant sah ihn unsicher an. »Ich glaube, ich gehe jetzt besser wieder«, meinte er langsam. »Der Captain kommt gleich, und ich möchte nicht, daß er mich hier bei Ihnen sieht.«

An der Tür blieb er noch einmal stehen. »Übrigens, Sir«, wandte er sich verlegen an den Händler, »ich habe Nachricht von meiner Frau bekommen. Sie sagt, daß dieses Gefriergerät, das ich von Ihnen für sie bekommen habe, prima funktioniert. Es kostet sie nichts, und sie kann damit Lebensmittelvorräte für einen ganzen Monat einfrieren. Nochmals vielen Dank.«

»Schon gut. Gern geschehen.«

Die große Tür schloß sich geräuschlos hinter dem grinsenden Sergeanten. Ducem Barr stand auf. »Ein guter Tausch, diese Bücher gegen das Gefriergerät. Sehen wir uns das neue einmal an. Ach, der Titel fehlt.«

Er wickelte ein Stück des Filmstreifens ab und hielt ihn gegen das Licht. »Hmmm, was haben wir denn da? Das ist ›Der Garten von Summa‹, Devers.«

»So?« erwiderte der Händler gleichgültig. Er schob den Teller mit dem Rest des Abendessens zur Seite. »Setzen Sie sich, Barr. Was nützt uns denn so ein alter Klassiker. Haben Sie gehört, was der Sergeant gesagt hat?«

»Natürlich. Und?«

»Die Offensive beginnt. Und wir sitzen hier!«

»Wollen Sie lieber woanders sitzen?«

»Sie wissen, was ich meine. Es hilft uns nicht weiter, wenn wir hier herumsitzen und abwarten.«

»Nein?« Barr nahm vorsichtig den alten Film aus dem Transmitter und legte den neuen ein. »Sie haben mir in den letzten Wochen eine ganze Menge über die Geschichte der Stiftung erzählt, und ich habe den Eindruck, daß die großen Führer in den vergangenen Krisen auch nicht viel mehr getan haben als herumzusitzen – und abzuwarten.«

»Ja, schon, aber sie wußten auch, was passieren würde.«

»Glauben Sie? Ich nehme an, das haben sie gesagt, als alles vorbei war, aber vielleicht haben sie es tatsächlich gewußt. Es gibt allerdings keine Beweise dafür, daß die Dinge nicht genauso gut oder vielleicht sogar besser ausgegangen wären, wenn sie nicht gewußt hätten, was passieren würde.«

»Aber es gibt auch keine dafür, daß sie nicht möglicherweise auch schlechter hätten ausgehen können«, konterte Devers ärgerlich. »Mit solchen Argumenten zäumen Sie das Pferd beim Schwanz auf.« Er sah Barr nachdenklich an. »Angenommen, ich würde ihn umbringen?«

»Wen? Riose?«

»Ja.«

Barr seufzte. In seinen Augen spiegelten sich Erinnerungen an die Vergangenheit. »Mord ist keine Lösung, Devers. Ich habe es einmal getan, auch mit Grund. Damals war ich zwanzig. Aber ich habe gesehen, daß es keine Probleme löst. Ich habe zwar den Schurken auf Siwenna beseitigen können, aber dadurch konnte ich uns nicht vom Joch des Imperiums befreien. Und was zählt, ist das Joch des Imperiums, und nicht der kleine Schurke.«

»Aber Riose ist nicht einfach ein kleiner Schurke, Doc. Er ist diese ganze verdammte Streitmacht. Ohne ihn würde alles zusammenbrechen. Die Männer klammern sich an ihn wie Kinder an ihre Mutter. Der Sergeant strahlt über das ganze Gesicht, wenn er von ihm spricht.«

»Trotzdem. Dann kommen andere Armeen mit anderen Führern. Sie müssen das Übel bei der Wurzel packen. Da ist zum Beispiel dieser Brodrig – keiner hat mehr Einfluß beim Kaiser als dieser Mann. Er könnte auf Wunsch Hunderte von Schiffen bekommen, während sich Riose mit zehn herumschlagen muß. Ich kenne ihn vom Hörensagen.«

»So? Und was wissen Sie über ihn?« fragte der Händler gespannt.

»Soll ich Ihnen eine grobe Beschreibung geben? Dieser Brodrig ist ein Schurke aus niederen Kreisen, der sich mit unfehlbaren Schmeicheleien in der Gunst des Kaisers hochgearbeitet hat. Der ganze Hofadel, der selbst nur aus Parasiten besteht, haßt ihn aus tiefster Seele, weil er sich weder auf seine Familie berufen kann noch die seiner einfachen Herkunft angemessene Bescheidenheit zeigt. Er berät den Kaiser in allen Angelegenheiten und ist dessen willigstes Werkzeug. Er ist an sich treulos, aber dem Kaiser loyal ergeben, weil ihm nichts anderes übrigbleibt. Es gibt sicher niemanden im ganzen Imperium, der sich an Niederträchtigkeit und Grausamkeit mit ihm messen könnte. Es heißt, daß man die Gunst des Kaisers nur über Brodrig gewinnen kann und seine nur durch Niedertracht.«

»Ein reizender Bursche!« Devers zupfte nachdenklich an seinem sorgfältig gestutzten Bart. »Und er ist also der alte Knabe, den der Kaiser hierher geschickt hat, um Riose im Auge zu behalten. Wissen Sie, daß mir da plötzlich eine Idee kommt?«

»Jetzt ja.«

»Angenommen, dieser Brodrig faßt eine Abneigung gegen unseren blonden Schwarm der Armee?«

»Das hat er wahrscheinlich schon. Brodrig ist dafür bekannt, daß er seine Sympathien sehr spärlich verteilt.«

»Angenommen, er findet Riose mehr als unsympathisch. Was würde passieren, wenn das dem Kaiser zu Ohren kommt? Das könnte Riose doch ganz schön in Schwierigkeiten bringen.«

»Hmmm, wahrscheinlich ja. Aber wie wollen Sie das anfangen?«

»Ich weiß es nicht. Meinen Sie, er ließe sich bestechen?«

Der Patrizier lachte leise. »Schon möglich, aber nicht so, wie Sie den Sergeant bestochen haben. Nicht mit einem Gefriergerät. Aber selbst wenn Sie ihm etwas Interessantes anbieten könnten, würden Sie letztendlich doch als der Dumme dastehen. Wahrscheinlich kann man niemanden so leicht bestechen wie diesen Mann, aber dafür fehlt ihm selbst das bißchen Ehrlichkeit, das eine faire Bestechung voraussetzt. Sie könnten ihn zwar bestechen, aber er würde sein Wort niemals halten, nicht um alles Geld in der Galaxis. Denken Sie sich etwas anderes aus.«

Devers legte das Bein über sein Knie und begann, nervös mit dem Fuß zu wippen. »Es ist aber immerhin schon ein Ausgangspunkt . . .«

Er brach ab, denn es klopfte an der Tür, und gleich darauf trat der Sergeant ein. Er war aufgeregt, und sein breites, gerötetes Gesicht war ernst.

»Sir«, begann er, »ich bin Ihnen sehr dankbar, daß Sie mir das Gefriergerät gegeben haben, und Sie sind mir gegenüber immer sehr höflich gewesen, obwohl ich nur der Sohn eines einfachen Farmers bin und Sie so hohe Herren sind.«

Die große Erregung ließ seinen plejadischen Akzent noch mehr durchbrechen als gewöhnlich. Das soldatische Verhalten, das ihm in seiner Militärlaufbahn so mühsam anerzogen worden war, war plötzlich verschwunden, und er war jetzt nichts weiter als ein schwerfälliger Bauernsohn.

»Was ist denn los, Sergeant?« fragte Barr ruhig.

»Lord Brodig kommt her, hierher zu Ihnen. Morgen! Ich weiß es, weil der Captain angeordnet hat, daß sich meine Männer für eine Inspektion bereithalten sollen . . . morgen . . . für ihn. Ich dachte, ich sollte Sie vielleicht warnen.«

»Danke, Sergeant«, antwortete Barr. »Wir wissen Ihre Warnung zu schätzen. Beruhigen Sie sich. Ich glaube nicht . . .«

Der furchtsame Ausdruck auf dem Gesicht des Sergeanten ließ ihn verstummen. »Sie wissen nicht, was für Geschichten die Männer über ihn erzählen«, flüsterte er heiser. »Er hat seine Seele dem Satan verkauft. Nein, lachen Sie nicht. Man erzählt sich schreckliche Dinge über ihn. Es heißt, daß er Männer mit Strahlern hat, die ihm überall hin folgen, und wenn es ihm plötzlich in den Sinn kommt, dann befiehlt er ihnen, alle zu töten, die ihnen über den Weg laufen. Und wenn sie das dann tun, dann lacht er. Es heißt, daß sogar der Kaiser vor ihm Angst hat und daß er den Kaiser dazu bringt, Steuern zu erhöhen und sich nicht um die Klagen des Volkes zu kümmern.

Und es heißt auch, daß er den General haßt. Sie sagen, daß er den General am liebsten umbringen würde, weil der General so berühmt und klug ist. Aber das kann er nicht, weil der General sich zu wehren weiß, und weil er weiß, daß Lord Brodrig gefährlich ist.«

Der Sergeant blinzelte. Er begann angesichts seines plötzlichen Ausbruchs verlegen zu lächeln und ging zurück zur Tür. »Denken Sie daran, was ich Ihnen gesagt habe. Nehmen Sie sich vor ihm in acht.«

Dann ging er hinaus.

Devers sah entschlossen auf. »Es sieht so aus, als ob es das Schicksal gut mit uns meint. Das könnte die Antwort auf unser Problem sein.«

»Das hängt doch ganz von Brodrig ab, oder?« erwiderte Barr trocken.

Doch Devers hörte ihm nicht mehr zu. Er dachte nach.

Lord Brodrig zog den Kopf ein, als er die enge Kabine des Handelsschiffes betrat. Die beiden bewaffneten Männer, die ihn begleiteten, folgten ihm mit gezogenen Strahlern und den harten Mienen von Profi-Killern.

Der Privatsekretär machte in jenem Augenblick eigentlich nicht den Eindruck eines Mannes, der seine Seele an den Teufel verkauft hatte. Man hätte eher sagen können, daß mit seinem Eintreten etwas von der Pracht des Kaiserlichen Hofes in dieser grauen Umgebung Einzug gehalten hatte.

Sein steifes, maßgeschneidertes Kostüm verlieh ihm den Eindruck von Größe, und von ganz oben starrten kalte, ausdruckslose Augen über eine lange Nase auf den Händler hinunter. Die weißen Rüschen, die unter seinen Ärmeln hervorkamen, raschelten leise, als er jetzt den Elfenbeinstock auf den Boden setzte und sich auf den Griff stützte.

»Nein«, sagte er mit leichtem Kopfschütteln, »Sie bleiben hier. Vergessen Sie Ihre Spielzeuge; sie interessieren mich nicht.«

Er zog sich einen Stuhl heran, wischte mit einem schillernden Tuch, das am Griff seines Stocks befestigt war, sorgfältig über die Sitzfläche und nahm dann Platz. Devers sah herausfordernd auf den zweiten Stuhl, der daneben stand, doch Brodrig schüttelte den Kopf. »Sie werden in Gegenwart eines Peers des Imperiums stehenbleiben.«

Er lächelte.

Devers zuckte die Achseln. »Wenn Sie nicht an meinen Waren interessiert sind, warum bin ich dann hier?«

Der Privatsekretär wartete mit hochgezogenen Brauen, und Devers fügte langsam hinzu: »Sir.«

»Damit wir uns in Ruhe unterhalten können«, antwortete Brodrig. »Glauben Sie, ich würde zweihundert Parseks weit kommen, nur um Ihre Fracht zu inspizieren? Nein, ich wollte *Sie* sehen.« Er nahm eine kleine, rosa Pille aus einer verzierten Pillendose und steckte sie sich geziert in den Mund, um sie dann langsam und genüßlich zu lutschen.

»Zum Beispiel würde mich interessieren, wer Sie sind«, begann er. »Sind Sie tatsächlich ein Bürger dieser barbarischen Welt, die schuld an dieser ganzen militärischen Hektik ist?«

Devers nickte langsam.

»Und er hat Sie wirklich gefangengenommen, *nachdem* er dieses Gerangel begonnen hat, das er großspurig Krieg nennt? Mit er meine ich unseren jungen General.«

Wieder nickte Devers.

»Aha. Wie ich sehe, gehören Sie nicht gerade zu der redseligen Sorte. Dem werde ich jetzt etwas nachhelfen. Also, es scheint doch so, daß unser General einen sinnlosen Krieg mit einem riesigen Aufwand führt – und das wegen einer winzigen Welt irgendwo am Rand der Galaxis, auf die ein vernünftiger Mensch keinen einzigen Schuß verschwenden würde. Aber ich weiß auch, daß der General kein unvernünftiger Mensch ist. Ganz im Gegenteil. Ich würde sogar sagen, daß er äußerst intelligent ist. Können Sie mir folgen?«

»Offen gestanden, nein, Sir.«

Der Sekretär betrachtete angelegentlich seine Fingernägel. »Nun, dann hören Sie weiter zu. Der General würde weder seine Schiffe noch seine Männer für irgendeine ruhmvolle Tat aufs Spiel setzen. Sicher, er *redet* zwar von Ruhm und Imperialen Ehren, aber es ist doch ganz offensichtlich, daß es ihm in Wirklichkeit nicht bloß darum geht, als Held gefeiert zu werden. Hier ist mehr im Spiel als Ruhm und Ehre – und ich finde, er zeigt ein ungewöhnliches Interesse für Sie. Ihr Wohlergehen scheint ihm sehr am Herzen zu liegen. Wenn Sie *mein* Gefangener wären und *mir* so wenig erzählt hätten wie dem General, dann hätte ich Ihnen den Bauch aufgeschlitzt und Sie mit Ihren eigenen Därmen stranguliert.«

Devers verzog keine Miene. Sein Blick wanderte zu den beiden Leibwächtern des Sekretärs hinüber. Sie standen wie sprungbereite Bestien da und warteten anscheinend nur noch auf den Befehl, sich auf ihn zu stürzen.

Der Sekretär lächelte. »Offensichtlich sind Sie ein großer Schweiger. Wie mir der General erzählt hat, hat selbst eine Psycho-Sonde bei Ihnen keinen Erfolg gebracht. Womit er übrigens einen großen Fehler begangen hat, denn diese Behauptung hat mich zu der Überzeugung kommen lassen, daß unsere militärische Kanone mich belogen hat.« Der Sekretär hatte offensichtlich glänzende Laune.

»Mein ehrenwerter Händler, ich habe meine eigene Psycho-Sonde, von der ich annehmen darf, daß Sie bei Ihnen funktioniert. Sehen Sie hier . . .«

Zwischen Daumen und Zeigefinger hielt er plötzlich ein Bündel bedruckter, gelb-rosa Scheine, die alle identisch zu sein schienen.

»Das sieht wie Geld aus«, stellte Devers fest.

»Ja, es ist Geld – die härteste Währung des Imperiums, die Sie bekommen können, denn sie wird durch meinen Besitz gedeckt, der noch größer ist als der des Kaisers. Einhunderttausend Kredite. Hier! Zwischen zwei Fingern. Und sie gehören Ihnen!«

»Und was muß ich dafür tun, Sir? Sehen Sie, ich bin ein guter Händler, aber jeder Händler weiß auch, daß Geschäfte nie einseitig sind.«

»Was Sie dafür tun müssen? Mir die Wahrheit sagen! Was hat der General wirklich vor? Warum führt er diesen Krieg?«

Lathan Devers seufzte und strich sich nachdenklich über den Bart.

»Was er vorhat? Sie wollen wissen, worauf er aus ist?« Devers folgte jeder Bewegung des Sekretärs, der begann, langsam die Scheine zu zählen, die er in der Hand hielt. »Mit einem Wort: auf das Imperium.«

»Hmmm. Wie einfallslos! Es ist doch immer das gleiche. Aber sagen Sie mir, wie er das anfangen will. Wie sieht der Weg aus, der so breit und einladend vom Rand der Galaxis an die Spitze des Imperiums führt?«

»Die Stiftung hat viele Geheimnisse«, erklärte Devers. »Sie bewahren dort alte Bücher auf – sie sind so alt, daß die Sprache, in der sie geschrieben sind, nur einigen wenigen Männern an der Spitze bekannt ist. Aber diese Geheimnisse stehen unter unserem Ritual und der Religion, und niemand darf sie anwenden. Ich habe es versucht, und jetzt sitze ich hier – und zu Hause erwartet mich eine Todesstrafe.«

»Ich verstehe. Und diese alten Geheimnisse? Kommen Sie schon, für hunderttausend Kredite habe ich doch das Recht, sie zu erfahren.«

»Die Transmutation von Elementen«, antwortete Devers knapp.

Der Sekretär runzelte die Stirn, und in seine Augen trat eine Spur von Interesse. »Ich habe mir sagen lassen, daß eine Transmutation in der Praxis nach den Gesetzen der Atomphysik unmöglich ist.«

»Das ist richtig. Wenn man mit Atomkräften arbeitet. Aber die alten Wissenschaftler waren schlaue Jungs. Es gibt Energiequellen, die größer sind als die Atome. Wenn die Stiftung nun diese Quellen benutzen würde . . .«

Devers fühlte, wie es in seinem Magen zu kribbeln begann. Der Köder war ausgeworfen, und der Fisch hatte ihn bereits gesehen.

»Fahren Sie fort«, forderte der Sekretär ihn ungeduldig auf. »Ich bin überzeugt, daß der General das alles weiß. Aber was will er tun, wenn er diesen komischen Krieg beendet hat?«

»Mit dem Geheimnis der Transmutation kann er die Wirtschaft des ganzen Imperiums kontrollieren«, erklärte Devers mit fester Stimme. »Mineralvorkommen sind keinen Pfifferling mehr wert, wenn Riose Wolfram aus Aluminium und Iridium aus Eisen herstellen kann. Ein ganzes Produktionssystem, das auf der Seltenheit bestimmter Elemente und der Häufigkeit von anderen aufbaut, wird völlig aus dem Gleichgewicht geworfen. Es wird zu dem größten Chaos kommen, das das Imperium je erlebt hat, und nur Riose wird es aufhalten können. Außerdem verfügt er dann über diese neue Energie, von der ich gesprochen habe, und Riose wird sicher keine religiösen Skrupel haben, sie auszunutzen.

Jetzt kann ihn nichts und niemand mehr aufhalten. Die Stiftung kann praktisch nichts mehr retten, und wenn er sie erst besiegt hat, wird er in zwei Jahren Kaiser sein.«

»Soso.« Brodrig lachte. »Iridium aus Eisen, das sagten Sie doch, nicht wahr? Ich werde Ihnen jetzt ein Staatsgeheimnis verraten, Händler. Wissen Sie, daß sich die Stiftung bereits mit dem General in Verbindung gesetzt hat?«

Devers versteifte sich.

»Überrascht Sie diese Nachricht? Wieso? Mir ist jetzt auf einmal alles klar. Sie haben ihm hundert Tonnen Iridium pro Jahr für Frieden angeboten. Einhundert Tonnen Eisen, die sie unter Verletzung ihrer religiösen Prinzipien in Iridium umwandeln, um ihren Kopf zu retten. Ein gutes Angebot, aber kein Wunder, daß unser unbestechlicher General abgelehnt hat – wo er doch das Iridium und auch das Imperium haben kann. Und unser armer Kaiser hat ihn seinen einzigen ehrlichen General genannt. Sie haben sich Ihr Geld verdient, Händler.«

Er warf dem Händler die Scheine zu, und Devers fing sie hastig auf.

An der Tür blieb Lord Brodrig noch einmal stehen und drehte sich um. »Noch etwas, Händler. Meine Beschützer hier besitzen weder Trommelfelle noch Zungen, Bildung oder Intelligenz. Sie können weder hören noch sprechen oder schreiben, aber sie sind Experten auf dem Gebiet des Tötens. Ich habe Sie für hunderttausend Kredite gekauft, und ich will mein Geld gut investiert wissen. Sollten Sie irgendwann vergessen, daß Sie ein gekaufter Mann sind, und versuchen, Riose von unserem Gespräch zu erzählen, dann werde ich Sie töten lassen. Aber auf meine Weise.«

Auf seinem feinen Gesicht lagen plötzlich harte, grausame Züge, und aus dem aufgesetzten Lächeln war ein tödliches Grinsen geworden. Und für den Bruchteil einer Sekunde glaubte Devers, in den Augen seines

Käufers jenen Satan sehen zu können, der seinen Käufer seinerseits gekauft hatte.

Schweigend ging er vor den gezückten Strahlern der beiden Killer zurück in seine Zelle.

Und auf Ducem Barrs Frage antwortete er mit nachdenklicher Genugtuung: »Nein, das ist ja das Eigenartige. *Er* hat *mich* bestochen.«

Die zwei Monate harten Kriegs waren nicht spurlos an Bel Riose vorbeigegangen. Er war nervöser und ernster geworden und verlor schneller die Nerven als früher. »Warten Sie draußen, Soldat«, fuhr er jetzt Sergeant Luk, der seinen General so verehrte, ungeduldig an. »Und bringen Sie die beiden Männer zurück in ihre Zelle, wenn unser Gespräch zu Ende ist. Sorgen Sie dafür, daß wir ungestört bleiben. Verstanden?«

Der Sergeant salutierte und stakte steifbeinig aus dem Raum, während Riose mit angewidertem Gesicht die unerledigten Papiere, die auf seinem Schreibtisch lagen, in die oberste Schublade stopfte und sie mit einem Knall zuschlug.

»Setzen Sie sich«, forderte er die beiden wartenden Männer knapp auf. »Ich habe nicht viel Zeit. Um ehrlich zu sein, kann ich es mir im Augenblick überhaupt nicht erlauben, hier zu sein, aber ich muß Sie unbedingt sprechen.«

Er wandte sich an Ducem Barr, der interessiert über den Kristallwürfel strich, der Seine Kaiserliche Majestät, Cleon II. darstellte.

»Als erstes möchte ich Ihnen sagen, Patrizier, daß Ihr Seldon verlieren wird«, begann der General. »Sicher, er schlägt sich ganz tapfer, denn die Leute der Stiftung schwärmen aus wie wildgewordene Hummeln und kämpfen wie die Besessenen. Jeder Planet wird bis aufs Letzte verteidigt, und wenn wir sie eingenommen haben, rebelliert überall die Bevölkerung, so daß es genauso schwierig ist, die Planeten zu halten, wie sie zu erobern. Aber Tatsache ist, *daß* wir sie erobern und auch halten. Ihr Seldon verliert.«

»Noch hat er nicht verloren«, murmelt Barr.

»Die Stiftung ist offensichtlich weniger optimistisch als Sie. Sie haben mir Millionen angeboten, damit ich ihren Seldon nicht weiter herausfordere.«

»Es gehen Gerüchte um.«

»Ah, die Gerüchte eilen mir also schon voraus. Dann haben Sie vielleicht auch schon das neueste gehört?«

»Nein. Was sagt es?«

»Lord Brodrig, der Liebling des Kaisers, ist jetzt auf eigenen Wunsch mein Stellvertreter geworden.«

»Auf seinen eigenen Wunsch, Boß?« mischte sich Devers jetzt ein. »Wie soll ich denn das verstehen? Sagen Sie nur, Sie haben auf einmal Gefallen an dem Jungen bekommen?«

»Nein, das könnte ich nicht gerade behaupten. Er hat sich das Amt zu einem, wie ich meine, fairen und angemessenen Preis erkauft.«

»Und der wäre?«

»Die Bitte an den Kaiser um Verstärkung.«

Devers lächelte verächtlich. »Er hat sich also mit dem Kaiser in Verbindung gesetzt, was? Und ich nehme an, Boß, daß Sie jetzt nur noch darauf warten, daß die Verstärkung eintrifft.«

»Falsch! Sie ist schon da. Fünf Schlachtschiffe mit einem persönlichen Glückwunsch des Kaisers. Und weitere Schiffe sind unterwegs. Was haben Sie auf einmal, Händler?« fragte er spöttisch.

Devers Gesicht war plötzlich wie erstarrt. »Nichts!«

Riose kam hinter seinem Schreibtisch hervor und baute sich vor Devers auf, die Hand an seinem Strahler.

»Ich habe gefragt, was mit Ihnen los ist. Die Neuigkeit scheint Sie etwas zu verwirren. Sie haben doch nicht etwa plötzlich ein Interesse am Wohlergehen der Stiftung entdeckt?«

»Nein.«

»Hmmm. Einiges an Ihnen hat mich von Anfang an schon stutzig gemacht.«

»So, Boß?« Devers lächelte gepreßt und ballte die Fäuste in seinen Jackentaschen. »Verraten Sie es mir, und ich werde beweisen, daß Sie sich geirrt haben.«

»Schön, passen Sie auf. Sie haben sich ziemlich leicht gefangennehmen lassen. Sie haben schon nach dem ersten Schuß mit defektem Schutzschild aufgegeben. Und Sie haben Ihren Planeten verraten, ohne etwas dafür zu bekommen. Finden Sie das nicht merkwürdig?«

»Ich stehe lieber auf der Seite des Gewinners, Boß. Schließlich bin ich ein vernünftiger Mann, das haben Sie selbst gesagt.«

»Zugegeben, in diesem Punkt muß ich Ihnen recht geben. Aber finden Sie es nicht auch seltsam, daß wir seitdem keinen Händler mehr haben gefangennehmen können? Es gab kein Schiff, das nicht so schnell war, daß es uns mit Leichtigkeit entkommen konnte. Kein Handelsschiff, das nicht einen Schutzschild besaß, den die Geschütze eines leichten Kreuzers nicht durchbrechen konnten, wenn es sich dem Kampf stellte. Und kein Händler, der nicht bis zum letzten Atemzug gekämpft hat, wenn wir doch einen gestellt haben. Wir haben herausgefunden, daß es Händler sind, die diesen Guerillakrieg auf den besetzten Planeten anführen und die für diese fliegenden Überfälle im besetzten Raum verantwortlich sind.

Und Sie wollen der einzig vernünftige Mann sein? Sie haben weder gekämpft noch sind Sie geflohen, und Sie haben sich fast aufgedrängt als Verräter. Sie sind wirklich ein unglaublicher Mann – unglaublich verdächtig.«

»Ich verstehe, aber Sie können mir nichts vorwerfen«, erwiderte

Devers. »In den sechs Monaten, die ich jetzt hier bin, war ich immer brav und artig.«

»Das stimmt, und dafür habe ich Sie gut behandelt. Ich habe Ihr Schiff unberührt gelassen und Rücksicht auf Sie genommen. Und haben Sie mir meine Nachsicht gedankt? Nein. Sie waren noch nicht einmal bereit, mir etwas über die atomare Funktionsweise Ihrer Geräte zu sagen, obwohl es sicher nützlich sein könnte, weil ich annehme, daß nach diesen Prinzipien auch eine Reihe von Waffen der Stiftung aufgebaut sind. Habe ich recht?«

»Ich bin nur ein Händler«, wich Denvers aus, »und keiner dieser superklugen Tech-Männer. Ich verkaufe dieses Zeug, aber ich stelle es nicht her.«

»Nun, wir werden ja bald sehen, ob Sie die Wahrheit sagen. Deshalb bin ich auch hier. Wir werden zum Beispiel Ihr Schiff nach einem Schutzschild für einen einzelnen durchsuchen. Sie haben nie einen getragen, obwohl alle Soldaten der Stiftung einen haben. Ich schließe daraus, daß es Informationen gibt, die Sie mir vorenthalten wollen. Habe ich recht?« Als Devers nicht antwortete, fuhr er fort: »Ich werde die entsprechenden Beweise bekommen, das garantiere ich Ihnen. Ich habe die Psycho-Sonde mitgebracht. Sie hat zwar das erstemal versagt, aber der Kontakt mit dem Feind war sehr nützlich.«

Seine Stimme klang gefährlich ruhig, und Devers fühlte plötzlich den harten Druck einer Waffe in seiner Magengrube – die Waffe des Generals, die bisher in seinem Gürtel gesteckt hatte.

»Ziehen Sie das Armband da und alle anderen Gegenstände aus Metall aus, die Sie an sich haben, und geben Sie sie mir«, forderte ihn Riose drohend auf. »Aber langsam! Ich weiß jetzt, daß Psycho-Sonden nicht funktionieren, wenn man zum Beispiel einen Felddistorter bei sich hat. So ist es schön. Und jetzt geben Sie es mir.«

Auf dem Schreibtisch des Generals leuchtete ein Signal auf. Eine Metallkapsel fiel aus der Rohrpostanlage in den Schlitz neben Barr, der immer noch die dreidimensionale Büste des Kaisers in der Hand hielt.

Riose trat mit schußbereitem Strahler hinter seinen Schreibtisch. »Sie auch, Patrizier«, wandte er sich an Barr. »Ihr Armband spricht für sich. Da Sie mir allerdings früher geholfen haben und ich nicht rachsüchtig bin, werde ich über das Schicksal Ihrer Familie, die ich als Geisel habe, erst dann entscheiden, wenn ich weiß, was beim Einsatz der Psycho-Sonde herausgekommen ist.«

Und als sich Riose vorbeugte, um die Nachrichtenkapsel aus dem Schlitz zu nehmen, schlug Barr mit der Kristallbüste Cleon II. ganz ruhig und überlegt zu.

Es geschah so plötzlich, daß alles schon vorbei war, bevor Devers es überhaupt begriffen hatte. Es war, als hätte auf einmal ein Dämon von dem alten Mann Besitz ergriffen.

»Raus!« flüsterte Barr durch zusammengebissene Zähne. »Schnell!« Er griff sich Rioses Strahler und steckte ihn in sein Hemd.

Sergeant Luk drehte sich herum, als die beiden Männer herauskamen.

»Dann bringen Sie uns mal zurück, Sergeant!« sagte Barr leichthin.

Devers schloß die Tür hinter sich.

Sergeant Luk führte sie schweigend zu ihrer Zelle. Er wollte stehenbleiben, doch dann besann er sich anders, denn plötzlich spürte er den Druck einer Strahlermündung in seinen Rippen, und eine harte Stimme befahl: »Zum Händlerschiff.«

Devers ging vor, um die Luftschleuse zu öffnen. »Bleiben Sie da stehen, Luk«, wies Barr den Soldaten an. »Sie sind immer ein anständiger Mann gewesen, und wir werden Sie nicht töten.«

Doch der Sergeant hatte schon das Monogramm auf der Waffe erkannt. »Sie haben den General umgebracht!« rief er in verzweifelter Wut.

Mit einem wilden Schrei stürmte er auf den Patrizier zu und brach im Strahl der Waffe zusammen.

Das Handelsschiff war bereits aufgestiegen, als die Warnsignale am Kontrollpult zu blinken begannen und sich irgendwo auf dem kargen Planeten tief unter ihnen andere dunkle Formen in den Himmel erhoben.

»Halten Sie sich fest, Barr«, sagte Devers entschlossen. »Wollen doch mal sehen, ob sie ein Schiff haben, das mit meinem mithalten kann.«

Er wußte, daß das nicht der Fall war!

»Ich habe das Gefühl, daß der Köder, den ich Brodrig vor die Nase gehalten habe, zu gut war«, meinte er, als sie endlich im offenen Raum waren. »Es sieht ganz so aus, als hätte er gemeinsame Sache mit dem General gemacht.«

Lautlos raste das Schiff in die Tiefen der Sternenmasse, in die Galaxis.

8

Nach Trantor

Devers beugte sich über die kleine Kugel, die bisher noch tot war, und wartete auf ein Lebenszeichen. Der Peilstrahl suchte langsam und gründlich den Raum um sie herum ab.

Barr, der auf dem niedrigen Bett in einer Ecke der Kabine saß, sah dem Händler geduldig zu. »Keine Spur mehr von ihnen?« wollte er wissen.

»Von wem? Von den Jungs vom Imperium? Nein«, brummte Devers ungeduldig. »Wir haben sie schon vor einer ganzen Weile abgeschüttelt. Dem Raum sei Dank, daß wir bei den blinden Sprüngen, die wir durch den Hyperraum gemacht haben, nicht mitten in irgendeiner Sonne gelandet sind. Sie hätten uns nicht folgen können, selbst wenn sie genauso schnell gewesen wären wie wir.«

Er setzte sich zurück und öffnete mit einer raschen Handbewegung seinen Kragen. »Ich habe keine Ahnung, was die Jungs vom Imperium hier gemacht haben. Aber wir werden schon eine Lücke finden.«

»Dann wollen Sie also versuchen, zurück zur Stiftung zu kommen?«

»Ich werde mich mit dem Bund in Verbindung setzen – oder es jedenfalls versuchen.«

»Der Bund? Was ist das?«

»Der Bund der Unabhängigen Händler. Sie haben sicher noch nie etwas davon gehört, was? Machen Sie sich nichts draus. Sie sind nicht der einzige. Bisher haben wir uns noch zurückgehalten.«

Schweigen legte sich über die Kabine, während beide Männer gespannt den Funkempfänger beobachteten. Schließlich fragte Barr: »Sind wir denn in Reichweite?«

»Ich weiß es nicht. Ich kann nur ungefähr schätzen, wo wir uns im Augenblick befinden. Deshalb benutze ich auch den Peilstrahl. Aber es könnte Jahre dauern, bis er etwas findet.«

»So?«

Barr deutete auf den Empfänger, und Devers beeilte sich, seine Kopfhörer wieder aufzusetzen. In der kleinen, milchigen Kugel leuchtete plötzlich ein weißer Punkt auf.

Eine halbe Stunde lang dauerte es, bis Devers endlich den schwachen Funkstrahl aufgenommen hatte, der von einem Punkt im Hyperraum zu einem zweiten ging und dabei eine Entfernung überbrückte, für die das normale Licht fünfhundert Jahre benötigt hätte.

Dann setzte er sich erschöpft zurück und nahm die Kopfhörer ab.

»Lassen Sie uns etwas essen, Doc. Sie können sich auch duschen, wenn Sie wollen, nur gehen Sie bitte sparsam mit dem heißen Wasser um.«

Er ging zu einem der Schränke hinüber, die an einer Wand der Kabine standen, und durchstöberte seinen Inhalt. »Ich hoffe, Sie sind nicht ausgerechnet Vegetarier.«

»Nein, ich esse alles«, erwiderte Barr. »Was ist mit dem Bund? Haben Sie sie wieder verloren?«

»Ja, sieht so aus. Die Entfernung war ziemlich groß, zu groß für einen stabilen Funkstrahl. Aber es ist nicht so wichtig. Ich weiß, was ich wissen wollte.«

Er erhob sich aus der Hocke und stellte zwei Metallbehälter auf den Tisch. »Warten Sie fünf Minuten, Doc, und dann öffnen Sie ihn, indem Sie hier auf diesen Knopf drücken. Die Dinger enthalten Gemüse, Fleisch und so, und Bestecke – ganz bequem, wenn man es eilig hat und keinen großen Wert auf solche Nebensächlichkeiten wie Servietten und weiße Tischtücher legt. Ich nehme an, es interessiert Sie, was ich vom Bund erfahren habe.«

»Wenn es kein Geheimnis ist?«

Devers schüttelte den Kopf. »Sie können es ruhig wissen. Was Riose gesagt hat, stimmte.«

»Mit diesem Friedensangebot?«

»Hmmm – ja. Sie haben ihm ein Angebot gemacht, und er hat es abgelehnt. Es sieht schlecht aus. Es wird schon auf den Außensonnen von Loris gekämpft.«

»Liegt Loris in der Nähe der Stiftung?«

»Was? Ach ja, das können Sie ja nicht wissen. Loris ist eins der ehemaligen Vier Königreiche. Es gehört zur inneren Verteidigungslinie. Aber das ist nicht das Schlimme. Sie kämpfen gegen riesige Schiffe, mit denen sie es bisher noch nicht zu tun gehabt haben, und das heißt, daß Riose die Wahrheit gesagt hat, als er behauptete, Verstärkung bekommen zu haben. Und Brodrig hat tatsächlich die Seiten gewechselt, und ich habe alles verdorben.«

Mit bedrückter Miene öffnete er den Essensbehälter, und sofort erfüllte ein verlockender Duft den kleinen Raum. Ducem Barr hatte schon eine Gabel in der Hand und aß.

»Das wäre es wohl dann von wegen Improvisationen«, meinte der Patrizier. »Wir sitzen ziemlich hilflos hier. Zur Stiftung können wir nicht zurückkehren, weil wir die Imperialen Linien nicht durchbrechen können. Das einzige Vernünftige, was wir jetzt machen können, ist abwarten. Wenn Riose allerdings bis zur inneren Verteidigungslinie vorgestoßen ist, werden wir wohl kaum lange warten müssen.«

Devers warf die Gabel auf den Tisch. »Warten! Ist das alles, was Sie vorzuschlagen haben?« knurrte er. »Natürlich, für Sie steht ja auch nichts auf dem Spiel.«

»Meinen Sie?« Barr lächelte dünn.

»Ja. Ich werde Ihnen jetzt mal was sagen.« Devers blitzte den Patrizier gereizt an. »Ich bin es satt, nur dazusitzen und mir das Ganze aus der Entfernung anzusehen, als wäre es etwas, das ich durch ein Mikroskop betrachten würde. Irgendwo da draußen sterben jetzt vielleicht Freunde von mir, eine ganze Welt, meine Heimat. Aber Sie als Außenseiter können so etwas natürlich nicht verstehen.«

»Ich habe auch miterleben müssen, wie Freunde starben.« Der alte Mann hatte die Hände in den Schoß gelegt, und seine Augen waren geschlossen. »Sind Sie verheiratet?«

»Händler heiraten nicht.«

»Nun, ich habe zwei Söhne und einen Neffen. Sie sind zwar gewarnt worden, konnten aber aus bestimmten Gründen nicht entsprechend handeln. Unsere Flucht bedeutet den Tod für sie. Ich will hoffen, daß wenigstens meine Tochter und meine beiden Enkel den Planeten noch sicher haben verlassen können, aber auch wenn es ihnen gelungen sein sollte, habe ich schon mehr riskiert und mehr verloren als Sie.«

Devers hatte sich immer noch nicht wieder beruhigt. »Ich weiß. Aber es war ja Ihre eigene Entscheidung. Sie hätten ja auch auf Rioses Seite bleiben können. Ich habe Sie nicht gebeten . . .«

Barr schüttelte den Kopf. »Sie irren sich. Ich hatte keine andere Wahl. Denken Sie nicht, ich hätte das Leben meiner Söhne für Sie aufs Spiel gesetzt. Ich habe solange mit Riose kooperiert, wie ich es wagen konnte. Aber als er dann mit der Psycho-Sonde kam, gab es kein Überlegen mehr.«

Der Siwennianer öffnete die Augen, in denen jetzt ein schmerzvoller Ausdruck lag. »Vor über einem Jahr ist Riose das erstemal zu mir gekommen. Er sprach damals von einem Kult, der sich um die Zauberer gebildet hätte, aber er kannte nicht die Wahrheit. Es ist nämlich kein richtiger Kult. Sehen Sie, es ist jetzt vierzig Jahre her, daß Siwenna von jener Macht unterjocht worden ist, die jetzt Ihre Heimat bedroht. Fünf Aufstände sind niedergeschlagen worden. Und dann entdeckte ich die alten Aufzeichnungen über Hari Seldon – und jetzt wartet dieser ›Kult‹.

Er wartet auf die Ankunft der Zauberer, und er ist bereit für diesen Tag. Meine Söhne sind die Anführer der Wartenden. *Das* ist das Geheimnis, das ich in meinem Kopf aufbewahre und das die Sonde unter keinen Umständen ans Tageslicht bringen durfte. Und deshalb müssen sie als Geiseln sterben, denn die Alternative ist nicht nur ihr Tod als Rebellen, sondern auch der der Hälfte von Siwennas Bürgern. Sie sehen also, ich hatte keine andere Wahl. Und ich verstehe genau, worum es geht.«

Als Devers den Blick senkte, fuhr Barr leise fort: »Siwennas Hoffnungen hängen von einem Sieg der Stiftung ab. Und meine Söhne werden für den Sieg der Stiftung geopfert. Für sie hat Hari Seldon eine Rettung vorausberechnet. *Wir* dagegen wissen nicht, was uns erwartet. *Ich* habe nicht die Gewißheit, daß mein Volk gerettet wird – mir bleibt nur die Hoffnung.«

»Und trotzdem wollen Sie nichts tun als warten. Obwohl die Imperiale Flotte bereits bis Loris vorgestoßen ist.«

»Ich würde selbst dann immer noch voller Zuversicht warten«, entgegnete Barr schlicht, »wenn sie bereits auf Terminus selbst gelandet wären.«

Der Händler runzelte resignierend die Stirn. »Ich weiß nicht. So einfach kann es nicht sein. Es ist keine Zauberei. Psychohistorie schön und gut, aber sie sind schrecklich stark, und wir sind schrecklich schwach. Dagegen kann auch Seldon nichts tun.«

»Es gibt auch nichts zu tun, weil nämlich schon alles getan ist. Und jetzt nimmt alles den vorherbestimmten Lauf. Nur weil Sie nicht hören, wie sich die Räder drehen, heißt das lange nicht, daß nichts geschieht.«

»Vielleicht; aber es wäre mir doch lieber gewesen, wenn Sie bei Riose etwas kräftiger zugeschlagen hätten. Hätten Sie ihm doch den Schädel eingeschlagen. Er ist gefährlicher als seine ganze Streitmacht.«

»Den Schädel eingeschlagen? Wo Brodrig jetzt sein Stellvertreter ist?« Barrs Gesicht verzog sich vor Haß. »Dann hätte ganz Siwenna dafür büßen müssen. Brodrig hat schon vor langer Zeit unter Beweis gestellt, was für ein Mensch er ist. Es gibt eine Welt, auf der vor fünf Jahren jeder zehnte männliche Bewohner getötet wurde – und das nur, weil die Leute ihre fälligen Steuern nicht bezahlen konnten. Der Steuereintreiber damals war unser Brodrig. Nein, Riose soll ruhig leben. Seine Vergeltungsmaßnahmen sind gnädig im Vergleich zu denen, die Brodrig ergreifen würde.«

»Aber wir haben *sechs* Monate auf der feindlichen Basis vergeudet, und was haben wir erreicht?« Devers hatte die Finger so fest ineinander verschränkt, daß die Knöchel knackten.

»Warten Sie. Da fällt mir etwas ein . . « Barr suchte in seiner Tasche herum. »Vielleicht könnte Ihnen das hier etwas nützen.« Er warf einen kleinen Metallbehälter auf den Tisch.

Devers nahm ihn auf. »Was ist das?«

»Die Nachrichtenkapsel, die Riose bekommen hat, bevor ich ihn niedergeschlagen habe. Können Sie etwas mit ihr anfangen?«

»Ich weiß nicht. Es hängt davon ab, was drin steht!« Devers setzte sich und drehte den Zylinder vorsichtig in den Händen.

Als Barr unter der kalten Dusche wieder hervorkam und sich wohlig vor den warmen Lufttrockner stellte, sah er, daß Devers schweigend und konzentriert an der Werkbank saß.

»Was machen Sie da?« fragte er.

Devers hob den Kopf. In seinem Bart glitzerten Schweißperlen. »Ich bin dabei, diese Kapsel zu öffnen.«

»Können Sie sie denn ohne Rioses Persönlichkeitscode öffnen?« Barrs Stimme klang etwas überrascht.

»Wenn nicht, dann trete ich aus dem Bund aus und werde nie wieder ein Schiff führen. Ich habe gerade eine Elektronikanalyse des Kapselaufbaus vorgenommen, und ich habe hier ein kleines Gerät aus meiner Trickkiste, von dem das Imperium bestimmt noch nie etwas gehört hat. Es ist extra für solche Kapseln. Wissen Sie, ich bin nämlich früher einmal Einbrecher gewesen. Ein Händler muß sich ja schließlich auf allen Gebieten ein bißchen auskennen.«

Er beugte sich über die winzige Kapsel und fuhr mit einem kleinen, flachen Instrument über ihre Oberfläche. Jedesmal, wenn es mit der Kapsel in Berührung kam, sprühten rote Funken auf.

»Die Kapsel ist übrigens ziemlich primitiv gemacht«, sagte er zu Barr. »Diese Jungs vom Imperium sind nicht gerade Asse, wenn es um so feine Arbeiten wie das hier geht. Haben Sie schon einmal eine Kapsel der Stiftung gesehen? Sie ist erstens nur halb so groß und läßt sich vor allem nicht elektronisch analysieren.«

Plötzlich spannte sich sein ganzer Körper an, und unter seinem enganliegenden Overall traten deutlich die Schultermuskeln hervor. Langsam drückte er seine winzige Sonde auf die Kapsel –

Sie öffnete sich geräuschlos, und dann hielt Devers auch schon das Papier mit der Nachricht in der Hand.

»Von Brodrig«, erklärte er. »Das Papier löst sich noch nicht einmal auf«, fuhr er dann verächtlich fort. »Unsere Mitteilungen zersetzen sich innerhalb einer Minute in nichts.«

Ducem Barr bedeutete ihm zu schweigen und überflog die Botschaft.

Von: Ammel Brodrig, Sonderbotschafter Seiner Kaiserlichen Majestät, Privatsekretär des Rates und Peer des Imperiums An: Bel Riose, Militärgouverneur von Siwenna, General der Imperialen Streitkräfte, und Peer des Imperiums, Ich grüße Sie.

Planet 1120 leistet keinen Widerstand mehr. Die Offensive geht wie geplant voran. Der Feind ist sichtlich geschwächt, und das Endziel wird mit Sicherheit bald erreicht sein.

Barr hob den Kopf. »Dieser Narr!« rief er verbittert aus. »Dieser verdammte Geck! *Das* soll eine Nachricht sein?«

»Hmmm?« Auch Devers war etwas enttäuscht.

»Dieser Zettel sagt überhaupt nichts«, stieß Barr hervor. »Unser schleimiger Kaiserliebling meint, er müsse jetzt unbedingt den General spielen. In Rioses Abwesenheit ist er der Kommandant, und jetzt muß er seiner Aufgeblasenheit Genüge tun, indem er irgendwelche wichtigtuerischen Berichte über militärische Operationen durchgibt, mit denen er überhaupt nichts zu tun hat. ›Der-und-der Planet leistet keinen Widerstand mehr.‹ ›Die Offensive geht wie geplant voran.‹ ›Der Feind ist sichtlich geschwächt.‹ Dieser eingebildete, hohlköpfige Fatzke.«

»Augenblick. Warten Sie . . .«

»Werfen Sie sie fort.« Der alte Mann wandte sich zornig ab. »Natürlich habe ich von Anfang an nicht erwartet, daß die Kapsel etwas Galaxisbewegendes enthalten würde, aber in Kriegszeiten ist es doch logisch, anzunehmen, daß man mit einer solchen Botschaft, die den Empfänger nicht erreicht hat, etwas anfangen kann, das den weiteren Verlauf des Krieges beeinflussen könnte.«

Devers hatte sich inzwischen erhoben. »So, und jetzt halten Sie endlich den Mund und hören mir zu . . .«

Er hielt Barr die Mitteilung unter die Nase. »Lesen Sie das nochmal. Was meint er wohl, wenn er von ›Endziel‹ spricht?«

»Was schon? Die Eroberung der Stiftung, oder?«

»So? Vielleicht auch die Eroberung des Imperiums. Sie wissen wie ich, daß er *glaubt*, das sei das Endziel.«

»Und weiter?«

»Und weiter!« Devers lächelte schief. »Passen Sie auf, ich werde es Ihnen zeigen.«

Mit einem Finger schob er das Pergament mit der Nachricht in die Öffnung der Kapsel, die sich schloß, sobald es in ihr verschwunden war. Sie sah jetzt, nachdem der Verschlußmechanismus wieder eingeschnappt war, genauso unberührt aus wie vorher, und niemand hätte sagen können, daß sie von fremder Hand geöffnet worden war.

»Es gibt keine Möglichkeit, diese Kapsel zu öffnen, wenn man Rioses Persönlichkeitscode nicht kennt, oder?«

»Für das Imperium jedenfalls nicht.«

»Folglich können wir ihren Inhalt auch nicht kennen, und die Botschaft ist absolut echt.«

»Für das Imperium jedenfalls ja.«

»Und der Kaiser kann sie öffnen, nicht wahr? Alle Persönlichkeitscodes von Regierungsbeamten müssen registriert sein. So ist es zumindest bei uns auf der Stiftung.«

»Das gilt auch für das Imperium. Die entsprechenden Akten sind auf Trantor.«

»Wenn Sie als siwennianischer Patrizier und Peer Ihres Landes nun zu diesem Cleon, dem Kaiser, hingegen und ihm sagen würden, daß sein auserkorener Liebling mit seinem hochverehrten General gemeinsame Sache macht, und ihm als Beweismittel diese Kapsel vorlegen, was, glauben Sie, wird er dann unter Brodrigs ›Endziel‹ verstehen?«

Barr setzte sich mit ausdrucksloser Miene. »Moment, ich kann Ihnen nicht ganz folgen.« Er strich sich über eine Wange und fuhr dann fort: »Das ist doch nicht Ihr Ernst, oder?«

»Doch, mein voller.« Devers wurde zusehens erregt. »Hören Sie, von den letzten zehn Kaisern sind neun von einem ihrer Generäle ermordet worden. Sie haben es mir selbst erzählt. Der gute alte Kaiser würde uns so schnell glauben, daß Riose keine Zeit mehr hätte, seinen Kopf festzuhalten.«

»Es ist Ihnen tatsächlich ernst«, stöhnte Barr schwach. »Um Galaxis' willen, Mann, Sie können doch nicht eine Seldon-Krise mit einem so weitgeholten und unsicheren Plan überwinden. Stellen Sie sich vor, wir hätten die Kapsel nie in die Hände bekommen. Oder Brodrig hätte nicht ausgerechnet das Wort ›Endziel‹ benutzt. Seldon verläßt sich nicht auf solche Glückszufälle.«

»Aber es gibt kein Seldonsches Gesetz, das dagegen spricht, einen Glücksfall auszunutzen, wenn man zufällig auf einen stößt.«

»Natürlich nicht. Aber . . . aber . . .« Barr brach ab und fuhr dann ruhiger und beherrschter fort: »Hören Sie. Zuerst einmal: Wie wollen Sie überhaupt nach Trantor kommen? Sie kennen doch die Position des Planeten nicht, und ich kann mich auch nicht mehr an die Koordinaten erinnern, geschwiege denn an die Ephemeriden. Außerdem kennen Sie unsere eigene Position im Raum ja nicht.«

»Man kann sich im Raum nicht verirren«, grinste Devers, der bereits vor seinem Kontrollpult stand. »Wir werden auf dem nächsten Planeten landen und starten dann wieder mit unseren Koordinaten und den besten Navigationskarten, die für Brodrigs Hunderttausend zu haben sind.«

»*Und* mit einem hübschen runden Loch im Bauch. Wahrscheinlich hat schon jeder Planet in diesem Teil der Galaxis unsere Personenbeschreibungen.«

»Sie können einem mit Ihrem Pessimismus aber auch den letzten Nerv rauben, Doc«, seufzte Devers. »Jetzt passen Sie mal auf. Riose hat doch gesagt, mein Schiff hätte sich viel zu schnell ergeben, und damit hatte der gute Mann völlig recht. Dieses Schiff hier hat so viel Feuerkraft und so viel Saft hinter seinen Schutzschirmen, daß uns hier so leicht niemand aufhalten kann. Außerdem habe ich auch Einzelschutzschirme für uns. Die Jungs haben sie nicht gefunden, weil sie sie nicht finden sollten.«

»Schön«, brummte Barr. »Angenommen, Sie schaffen es bis nach Trantor? Wie wollen Sie es anstellen, daß der Kaiser Sie empfängt? Glauben Sie, er sitzt dort in einem Büro mit festen Öffnungsstunden?«

»Was halten Sie davon, wenn wir uns darüber den Kopf zerbrechen, wenn wir erst auf Trantor sind?«

»Von mir aus. Also einverstanden. Ich wollte Trantor schon immer mal kennenlernen. Tun Sie, was Sie nicht lassen können.«

Devers schaltete den Hyperatomantrieb ein, und Barr spürte den leichten Ruck, der den Sprung in den Hyperraum anzeigte.

9

Auf Trantor

Die Sterne waren hier so dicht wie das Unkraut auf einem verwahrlosten Acker, und Lathan Devers mußte bei der Berechnung der Sprünge durch den Hyperraum selbst die Dezimalstellen hinter dem Komma genau beachten. Es war ein ungewohntes Gefühl, nicht mehr weiter als ein Lichtjahr zu springen, und so dauerte der Flug durch das Sternenmeer verhältnismäßig lange.

Und dann lag, inmitten eines Sternenhaufens von zehntausend Planeten, deren Strahlen die umhüllende Finsternis zerrissen, Trantor vor ihnen, die Hauptstadt des Imperiums.

Aber Trantor war mehr als nur einfach ein Planet. Es war der Pulsschlag eines Imperiums, das zwanzig Millionen Stellarsysteme umfaßte. Ein Planet, der nur eine Funktion hatte: zu verwalten, der nur einen Zweck hatte: zu regieren, und der nur eins produzierte: Gesetze.

Die gesamte Welt war eine einzige Verdrehung von Funktionen. Auf ihrer ganzen Oberfläche gab es keine Lebewesen außer dem Menschen, seinen Haustieren und seinen Parasiten. Außerhalb des hundert Quadratmeilen großen Parks, der den kaiserlichen Palast einschloß, konnte man keinen Grashalm und kein Fleckchen unbebauten Bodens finden, und Wasser gab es nur in den unterirdischen Zisternen, in denen der Wasservorrat für einen ganzen Planeten gesammelt wurde.

Jenes glänzende, unzerstörbare Metall, das die Oberfläche von Trantor bedeckte, bildete das Fundament für die riesigen Stahlkonstruktionen, die sich wie ein Labyrinth über den Planeten ausdehnten. Die Gebäude waren untereinander durch Dämme und Korridore verbunden, zu einem einzigen Konglomerat verschweißt, und man konnte um den ganzen Planeten gehen, ohne auch nur ein einziges Mal diesen Komplex zu verlassen oder richtig die Stadt zu sehen.

Eine Schiffsflotte, deren Zahl größer war als die gesamte Kriegsflotte des Imperiums, versorgte die vierzig Milliarden Einwohner mit ihrem täglichen Bedarf, und die einzige Leistung dieser Einwohner bestand aus der komplexesten Verwaltung und Regierung eines Imperiums, die die Menschheit je erlebt hatte.

Zwanzig Agrarplaneten bildeten die Kornkammer von Trantor. Ein ganzes Universum stand dem Planeten zu Diensten . . .

Auf beiden Seiten von zwei riesigen Metallarmen gehalten, wurde das Handelsschiff vorsichtig auf die Rampe herabgelassen, die zum Hangar führte. Devers hatte es ohne größere Komplikationen geschafft, den Papierkrieg hinter sich zu bringen, der mit einer Landung auf Trantor verbunden war.

Zuerst waren sie an einem Kontrollpunkt im Raum aufgehalten worden, wo sie die ersten von insgeamt beinahe hundert Fragebögen hatten ausfüllen müssen. Sie waren ausgefragt und ins Kreuzverhör genommen worden, hatten sich einem Test mit einer einfachen Sonde unterziehen müssen, dann war das Schiff photographiert und eine Charakteranalyse der beiden Männer angefertigt worden, die anschließend registriert worden war, man hatte das Schiff nach illegalen Waren durchsucht, die Ladegebühr mußte entrichtet werden – und zu guter Letzt dann die Frage nach den Ausweisen und Besuchervisa.

Ducem Barr war Siwennianer und Untertan des Kaisers, aber Lathan Devers war ein Unbekannter und hatte nicht einmal einen Ausweis. Der zuständige Beamte runzelte sorgenvoll die Stirn und kam endlich zu dem Schluß, daß der Händler nicht einreisen durfte. Und nicht nur das; er sollte sogar zum Zweck einer offiziellen Untersuchung des Falles festgehalten werden.

Plötzlich tauchten von irgendwoher hundert Kredite in neuen Scheinen auf, gedeckt durch den großen Besitz Lord Brodrigs, und tauschten still und rasch ihre Besitzer. Und auf einmal waren die Sorgenfalten auf der Stirn des Beamten verschwunden. Aus einer entsprechenden Schublade flatterte ein neues Formular, das schnell und problemlos ausgefüllt und mit den persönlichen Angaben Devers versehen wurde.

Endlich durften die beiden Männer dann landen.

Im Hangar wurde das Schiff wieder photographiert, registriert, die Waren festgehalten, die Ausweise der Passagiere überprüft – und gegen eine entsprechende Gebühr schließlich freigegeben.

Und dann stand Devers auf einer Terrasse in der hellen Sonne, umgeben von plaudernden Frauen, lärmenden Kindern und Männern, die träge ihre Drinks schlürften und auf die großen Televisoren sahen, aus denen eine quäkende Stimme die neuesten Nachrichten aus dem Imperium verkündete.

In einem Zeitungsraum kaufte sich Barr für ein paar Iridiummünzen die *Imperialen Nachrichten* von Trantor, das offizielle Organ der Regierung. Im Hintergrund des Raumes war das leise Klappern von Maschinen zu hören, die in Übereinstimmung mit den Druckmaschinen in den über Korridore zehntausend Meilen – sechstausend Luftlinie – entfernten Büros der Imperialen Nachrichten neue Ausgaben druckten – und zur gleichen Zeit wurden in zehn Millionen anderer Nachrichtenräume, die über den ganzen Planeten verteilt waren, ebenfalls diese Ausgaben gedruckt.

»Was machen wir zuerst?« fragte Barr, während er sich die Überschriften ansah.

Devers versuchte, sich von dem Gefühl der Depression, das ihn befallen hatte, zu befreien. Er befand sich in einem Universum, das so weit von seinem eigenen entfernt war, auf einer Welt, die ihn mit ihrer Verworrenheit fast erdrückte, unter Menschen, die Dinge taten, die ihm unverständlich waren und deren Sprache fast ebenso unverständlich für ihn war. Die glänzenden Metalltürme, die ihn von allen Seiten umschlossen und sich so weit ausdehnten, wie das Auge reichte, bedrückten ihn, und in dem hektischen Treiben dieser Weltmetropole kam sich Devers schrecklich einsam und winzig vor.

»Ich glaube, die Entscheidung überlasse ich lieber Ihnen, Doc«, sagte er.

»Ich habe ja versucht, Sie auf diesen Augenblick vorzubereiten«, entgegnete Barr ruhig, »aber ich weiß, daß es schwer zu glauben ist, wenn man es nicht mit eigenen Augen gesehen hat. Wissen Sie, wie viele Leute den Kaiser täglich sehen wollen? Ungefähr eine Million. Und wissen Sie auch, wie viele er davon empfängt? Etwa zehn. Wir werden uns durch den ganzen Beamtenapparat vorarbeiten müssen, und das erschwert die Sache. Aber der Adel ist zu teuer für uns.«

»Wir haben doch noch fast hunderttausend.«

»Soviel würde uns schon ein einziger Peer des Imperiums kosten, und wir bräuchten mindestens vier oder fünf, um über sie an den Kaiser heranzukommen. Wenn wir es über die höheren Regierungsbeamten versuchen, sind es vielleicht fünfzig, aber jeder von ihnen kostet uns nur um die hundert Kredite. Das Reden übernehme ich, ja? Erstens würde man sowieso Ihren Akzent nicht verstehen, und außerdem sind Sie nicht mit den Regeln der imperialen Bestechung vertraut. Hier ist so etwas wirklich eine echte Kunst, das können Sie mir glauben. Aha!«

Auf der dritten Seite der *Imperialen Nachrichten* fand der alte Patrizier, was er gesucht hatte. Er reichte Devers die aufgeschlagene Zeitung.

Devers las den Artikel langsam. Das Vokabular war ihm zwar fremd, aber er konnte den Inhalt verstehen. Schließlich sah er mit sorgenvoll gerunzelter Stirn auf und schlug mit der Zeitung zornig in seine flache Hand. »Kann man glauben, was hier steht?«

»Mit Einschränkungen«, gab Barr ruhig zurück. »Ich kann mir nicht vorstellen, daß sie die Flotte der Stiftung besiegt haben. Das haben sie sicher schon ein paarmal geschrieben, wenn man davon ausgeht, wie die Berichterstattung eines Krieges in einer Hauptstadt gehandhabt wird, die weitab vom Schauplatz des Geschehens liegt. Die Wahrheit sieht wahrscheinlich so aus, daß Riose wieder eine Schlacht gewonnen hat, was eigentlich zu erwarten war. Hier steht, daß er Loris eingenommen hat. Ist das der Hauptplanet des Königreiches Loris?«

»Ja«, antwortete Devers düster, »das heißt, der des ehemaligen Königreiches Loris. Er liegt keine zwanzig Parseks von der Stiftung entfernt. Doc, wir müssen uns beeilen.«

Barr zuckte die Achseln. »Auf Trantor kennt man keine Eile. Wenn Sie es auf diese Weise versuchen, finden Sie sich wahrscheinlich schneller vor einer Strahlermündung wieder, als Sie es sich hätten träumen lassen.«

»Wie lange wird es dauern?«

»Vielleicht einen Monat, wenn wir Glück haben. Einen Monat, und hunderttausend Kredite – wenn diese Summe reicht. Und vorausgesetzt, daß es dem Kaiser nicht plötzlich einfällt, in seine Sommerresidenz zu fliegen, wo er überhaupt keine Audienzen abhält.«

»Aber die Stiftung . . .«

»Die kommt auch ohne uns zurecht. Das hat sie bisher ja auch geschafft. Kommen Sie, gehen wir etwas essen. Und danach werden wir uns Trantor am Abend ansehen. Wer weiß, ob wir noch einmal Gelegenheit haben werden, einen Planeten wie diesen zu besuchen.«

Der Leiter des Amtes Äußere Provinzen breitete hilflos die plumpen Hände aus und musterte die beiden Bittsteller aus kurzsichtigen Augen. »Aber der Kaiser ist indisponiert, meine Herrn. Es ist wirklich Zeitverschwendung, die Angelegenheit meinem Vorgesetzten vorzutragen. Seine Kaiserliche Majestät hält seit einer Woche keine Audienzen mehr ab.«

»Ich bin überzeugt, daß er uns empfängt«, erwiderte Barr betont selbstsicher. »Sie müßten uns nur an höherer Stelle empfehlen.«

»Unmöglich.« Der Beamte schüttelte den Kopf. »Das könnte mich meinen Posten kosten. Aber könnten Sie mir nicht vielleicht etwas mehr über Ihr Anliegen sagen? Ich möchte Ihnen selbstverständlich gerne helfen, aber dazu brauche ich nähere Informationen, etwas, das ich meinem Vorgesetzten als Grund präsentieren kann, daß er Ihre Angelegenheit weiterleitet.«

»Wenn wir unser Anliegen jedem unterbreiten könnten«, konterte Barr liebenswürdig, »dann dürfte es wohl kaum wichtig genug für eine Audienz bei Seiner Majestät sein. Ich schlage vor, daß Sie es einfach einmal versuchen. Vielleicht sollte ich Sie darauf aufmerksam machen, daß unser Anliegen auch für den Kaiser so wichtig ist, daß er Sie sicher für Ihre Hilfe belobigen wird.«

»Ja, aber . . .« Der Beamte brach ab und zuckte wortlos die Achseln.

»Versuchen Sie es«, drängte Barr. »Natürlich wissen wir um das Risiko, aber wir werden Sie für Ihre Bemühungen angemessen entschädigen. Und wir sind uns auch völlig der Größe des Gefallens bewußt, um den wir Sie bitten, aber Sie haben uns durch Ihre Liebenswürdigkeit ermutigt, uns überhaupt zu empfangen, damit wir Ihnen unser Problem erklären können. Wenn Sie uns erlauben würden, Ihnen als kleines Zeichen unserer Dankbarkeit das hier zu geben . . .«

Devers verzog das Gesicht. In den letzten vier Wochen hatte er sich diesen Vortrag, mit leichten Abänderungen, sicher zwanzig Mal anhören müssen. Wie immer endete er auch diesmal damit, daß einige Geldscheine rasch ihren Besitzer wechselten, aber was dann kam, war anders. Gewöhnlich verschwanden die Scheine blitzschnell, doch hier machte sich der Beamte keine Mühe, sie zu verstecken, sondern zählte sie langsam und betrachtete sie dann von allen Seiten.

»Durch den Kaiserlichen Privatsekretär gedeckt, soso. Harte Währung, was?« Seine Stimme klang leicht verändert.

»Um auf unser eigentliches Thema zurückzukommen . . .« drängte Barr.

»Einen Augenblick noch«, unterbrach ihn der Beamte. »Es würde mich wirklich interessieren, mit welchem Anliegen Sie zum Kaiser vorgelassen werden wollen. Das Geld hier ist ganz neu, und Sie müssen offensichtlich ein gutes Geschäft gemacht haben, denn ich bin nicht der erste Beamte, den Sie aufsuchen. Nun, was meinen Sie dazu?«

»Ich weiß wirklich nicht, worauf Sie hinauswollen«, erwiderte Barr.

»Nun, was würden Sie zum Beispiel sagen, wenn sich herausstellte, daß Sie sich illegal auf diesem Planeten aufhalten, da die Papiere Ihres schweigsamen Freundes hier nicht in Ordnung sind? Er ist ja kein Untertan des Kaisers.«

»Das streite ich ab.«

»Es wird Ihnen nichts nützen«, antwortete der Beamte gelassen. »Der

Beamte, der Ihnen diese Papiere für hundert Kredite ausgestellt hat, hat – unter Druck – gestanden. Wir wissen mehr, als Sie glauben.«

»Wenn Sie damit andeuten wollen, Sir, daß unser kleines Geschenk in Anbetracht des Risikos etwas großzügiger ausfallen müßte . . .«

Der Beamte lächelte. »Oh nein, keineswegs. Es ist mehr als großzügig.« Er warf die Scheine achtlos beiseite. »Was ich damit sagen will, war, daß sich der Kaiser persönlich für den Fall interessiert. Es ist doch richtig, meine Herren, daß Sie kürzlich Gäste von General Riose gewesen sind? Und daß Sie mit, um es einmal milde auszudrücken, erstaunlicher Leichtigkeit vom Militärhauptquartier haben fliehen können? Und ist es nicht auch richtig, daß Sie im Besitz eines kleinen Barvermögens sind, das durch Lord Brodrig gedeckt ist? Kurz gesagt, ich möchte behaupten, daß Sie beide zwei Spione und gedungene Mörder sind, die hierher geschickt worden sind, um . . . Nun, wir werden sicher bald von Ihnen erfahren, wer Sie geschickt hat und welchen Auftrag Sie haben!«

»Ich glaube nicht, daß wir es nötig haben, uns von einem kleinen Beamten solche Beleidigungen anhören zu müssen«, gab Barr samtweich zurück. »Auf Wiedersehen.«

»Sie werden nicht gehen.« Der Beamte stand auf, und plötzlich sah er überhaupt nicht mehr kurzsichtig aus. »Sie brauchen im Augenblick keine Fragen zu beantworten – das heben wir uns für später auf. Außerdem möchte ich endlich einen Irrtum aufklären. Ich bin nicht Leiter dieses Amtes, sondern Lieutenant der Imperialen Polizei. Sie sind verhaftet.«

Plötzlich hatte er einen glänzenden Strahler in der Hand. »Es werden heute noch einige einflußreichere Leute als Sie verhaftet werden. Wir sind dabei, ein ganzes Wespennest auszuräuchern.«

Devers stieß einen knurrenden Laut aus und griff nach seiner eigenen Waffe. In diesem Augenblick drückte der Lieutenant lächelnd ab. Der grelle Energiestrahl traf Devers mitten auf die Brust – und verpuffte harmlos an dem Schutzfeld, das den Händler umgab.

Dann schoß Devers, und der Kopf des Polizisten fiel von seinem Oberkörper herunter, der plötzlich nicht mehr da war. Den Mund noch immer zu einem Lächeln verzogen, lag er dort in einem Sonnenstrahl, der durch das neu entstandene Loch in der Wand hereinfiel.

Die beiden Männer verließen das Gebäude durch den Hintereingang.

»Schnell, zum Schiff«, krächzte Devers heiser. »Es kann nicht mehr lange dauern, bis sie Alarm geben.« Er stieß einen leisen Fluch aus. »Schon wieder ein Schuß in den Ofen. Ich glaube, der Teufel selbst hat sich gegen uns verschworen.«

Als sie ins Freie hinauskamen, sahen Sie, daß sich eine große Menschenmasse um die riesigen Televisoren drängte, aber sie hatten keine Zeit zu warten und achteten auch nicht auf die donnernde Stimme, die aus den Geräten dröhnte. Barr griff sich im Vorbeilaufen eine neue

Ausgabe der *Imperialen Nachrichten,* bevor sie in dem Hangar verschwanden, in dem sich ihr Schiff befand. Wenige Augenblicke später stiegen sie durch ein gewaltiges Loch, das sie mit einem Energiestrahl in das Hangardach gebrannt hatten, hinauf in den Himmel.

»Glauben Sie, sie erwischen uns?« fragte Barr.

Zehn Polizeischiffe waren dem unbekannten Schiff auf den Fersen, das den Hangar auf so unerhörte Weise verlassen und dabei auch noch sämtliche Geschwindigkeitsgesetze übertreten hatte. Irgendwo weiter hinter ihnen erhoben sich jetzt auch die schlanken Boote des Geheimdienstes, um die Verfolgung eines genau beschriebenen Schiffes aufzunehmen, das zwei identifizierte Mörder an Bord hatte.

»Passen Sie auf«, sagte Devers, als er in zweitausend Meilen Höhe den Hyperraumantrieb einschaltete. Der Sprung in unmittelbarer Nähe eines Planeten hatte zur Folge, daß Barr das Bewußtsein verlor und Devers alles nur durch eine Nebelwand des Schmerzes wahrnahm, aber als sie in unglaublich kurzer Zeit Lichtjahre überbrückt hatten, war von den Verfolgern keine Spur mehr zu sehen.

»Es gibt kein Imperiales Schiff, das meinem folgen könnte«, meinte er voll Stolz zu Barr.

Er schwieg. Schließlich fuhr er bitter fort: »Aber was hilft uns das, wenn wir jetzt nicht mehr wissen, wohin. Und kämpfen können wir gegen ihre Übermacht nicht. Was sollen wir jetzt tun? Was können wir überhaupt noch tun?«

Barr erhob sich mühsam von dem Feldbett, auf dem er gelegen hatte. Der alte Mann hatte die Nachwirkungen des Raumsprunges noch nicht ganz verkraftet, und jeder Muskel schmerzte. »Wir müssen nichts mehr tun«, sagte er jetzt. »Es ist alles vorbei. Hier, lesen Sie!«

Er reichte Devers die Ausgabe der *Imperialen Nachrichten,* die er auf ihrer Flucht mitgenommen hatte. Die Überschriften sagten genug.

»Riose und Brodrig – verhaftet«, murmelte Devers. Er sah Barr verständnislos an. »Wieso?«

»Das steht nicht in dem Artikel, aber das ist doch auch nicht wichtig, oder? Mit der Verhaftung Rioses und Brodrigs ist der Krieg mit der Stiftung vorbei, und ganz Siwenna rebelliert. Lesen Sie den Artikel.« Seine Stimme klang plötzlich müde. »Wir werden eine Provinz anfliegen und uns dort über die näheren Einzelheiten informieren. Und jetzt möchte ich gern schlafen, wenn Sie nichts dagegen haben.«

Und das tat er, während sich das Händlerschiff auf den Rückweg zur Stiftung machte.

10

Das Ende des Krieges

Lathan Devers fühlte sich entschieden unwohl und leicht gereizt. Er hatte einen prächtigen Orden bekommen und mit stoischer Gleichgültigkeit die schwülstige Rede des Bürgermeisters über sich ergehen lassen, die sich an die Verleihung des roten Samtbandes angeschlossen hatte. Damit war für ihn der zeremonielle Teil erledigt, aber er mußte aus Formalitätsgründen trotzdem noch bleiben. Formalitäten, die ihm verboten, laut zu gähnen oder sich bequem in einen Sessel zu flegeln, und schon bald sehnte er sich in den Raum zurück, wohin er gehörte.

Die siwennianische Delegation, unter Führung von Ducem Barr, unterzeichnete die Konvention, und Siwenna wurde die erste Provinz, die sich direkt von der politischen Herrschaft des Imperiums löste und sich unter die wirtschaftliche der Stiftung begab.

Fünf Schlachtschiffe der Imperialen Flotte, die gekapert worden waren, als sich Siwenna hinter den Linien der Imperialen Grenzflotte erhoben hatte, donnerten über sie hinweg und gaben Salutschüsse ab, als sie die Stadt überflogen.

Und jetzt gab es nichts weiter als Banketts, Förmlichkeiten und Konversation . . .

Jemand rief seinen Namen. Es war Forell, jener Mann, der mit den Einnahmen eines Morgens zwanzig Händler wie Devers kaufen konnte – und dieser Forell winkte ihn jetzt mit einer Mischung aus Freundlichkeit und Herablassung heran.

Devers trat auf den Balkon in die kühle Abendluft hinaus und verbeugte sich höflich, wobei er mißmutig das Gesicht verzog. Auch Barr war da und sah ihn lächelnd an. »Sie müssen mir helfen, Devers«, begrüßte er den Händler. »Man wirft mir allzu große Bescheidenheit vor, ein entsetzliches und völlig unnatürliches Vergehen.«

Forell nahm seine dicke Zigarre aus dem Mund. »Devers, Lord Barr behauptet, daß Ihr Flug nach Trantor nichts mit Rioses Abberufung und seiner Verhaftung zu tun habe.«

»Er hat recht, Sir«, antwortete Devers knapp. »Wir haben den Kaiser nicht zu Gesicht bekommen. Die Berichte über die Verhandlung, die wir uns auf dem Rückflug besorgt haben, beweisen, daß alles ein abgekartetes Spiel gewesen ist. Der General soll einer Hofintrige zum Opfer gefallen sein.«

»Er war also unschuldig?«

»Wer? Riose? Natürlich! Brodrig war zwar im Grunde ein Verräter, aber auch er war, was die Anklage betrifft, die man gegen ihn vorbrachte, völlig unschuldig. Das ganze Verfahren war eine Farce; aber eine notwendige, die voraussehbar und unvermeidlich war.«

»Da haben wir es wohl wieder einmal mit der psychohistorischen Notwendigkeit zu tun«, stellte Forell amüsiert fest.

»Richtig.« Barr wurde ernst. »Zuerst war ich, zugegeben, etwas verwirrt, aber als dann alles vorbei war, wurde mir plötzlich einiges klar. Wir wissen jetzt, daß der soziale Hintergrund des Imperiums einen Eroberungskrieg unmöglich macht. Unter einem schwachen Kaiser wird es von Generälen auseinandergerissen, die um einen wertlosen und mit Sicherheit todbringenden Thron kämpfen. Unter einem starken Kaiser verfällt das Imperium in eine Art Paralyse, in der der Zerfall zwar für den Augenblick aufgehalten wird, aber nur unter dem Verlust allen Wachstums.«

Forell zog an seiner Zigarre. »Sie drücken sich nicht gerade verständlich aus«, brummte er.

Barr lächelte. »Ich glaube, Sie haben recht. Es kommt daher, daß ich keine Ausbildung in der Psychohistorie habe. Es ist gar nicht so einfach, mathematische Gleichungen mit Worten auszudrücken. Lassen Sie mich überlegen . . .«

Barr dachte nach, während sich Forell entspannt gegen das Balkongeländer lehnte und Devers hinauf in den Himmel über ihm starrte und an Trantor denken mußte.

»Sehen Sie«, begann Barr dann, »Sie, Sir, und Sie, Devers, und auch alle anderen waren der Ansicht, daß man, um das Imperium zu schlagen, zunächst einmal den Kaiser und seinen General entzweien mußte. Sie, und Devers, und alle anderen hatten in diesem Punkt selbstverständlich recht – jedenfalls, was das Prinzip der inneren Entzweiung betrifft.

Allerdings waren Sie im Irrtum, anzunehmen, daß diese innere Entzweiung durch Einzelaktionen, durch momentane Inspirationen verursacht werden könnte. Sie versuchten es mit Bestechung und Lügen. Sie setzten Ihre Hoffnungen auf Ehrgeiz und Angst. Aber Ihre Anstrengungen waren vergeblich, und nach jedem Versuch sahen die Dinge sogar noch schlechter aus als vorher.

Und während Sie verzweifelt versuchten, Ihre Bemühungen zu einem Erfolg zu führen, und doch nichts weiter als kleine Wellen erzeugten, schob sich die Flutwelle von Seldon immer weiter vorwärts, ruhig – aber unaufhaltsam.«

Ducem Barr wandte sich ab und sah auf die Lichter einer feiernden Stadt hinunter. »Es war Seldons Vermächtnis, das uns lenkte; uns, den mächtigen General und den großen Kaiser, meine Welt und Ihre Welt. Hari Seldon wußte, daß ein Mann wie Riose letztendlich doch scheitern mußte, denn sein Erfolg trug dieses Scheitern bereits in sich, und je größer der Erfolg, desto sicherer mußte er scheitern.«

»Ich verstehe immer noch nicht, was Sie meinen«, warf Forell ein.

»Einen Augenblick«, fuhr Barr ruhig fort. »Sehen wir uns einmal die

Situation an. Ein schwacher General hätte uns ganz offensichtlich nie gefährlich werden können. Und ein starker General unter der Herrschaft eines schwachen Kaisers hätte uns ebenfalls nicht gefährlich werden können, denn er hätte die Arme nach einem lohnenswerteren Ziel ausgestreckt. Die Geschichte beweist, daß drei Viertel der Kaiser der letzten zweihundert Jahren rebellierende Generäle oder Vizekönige waren, bevor sie auf den Thron kamen.

Der Stiftung konnte also nur die Kombination eines starken Kaisers mit einem starken General gefährlich werden, denn da ein starker Kaiser nicht so ohne weiteres entthront werden kann, muß sich der starke General ein anderes Ziel suchen.

Nun erhebt sich die Frage, wodurch ein Kaiser denn stark bleibt. Warum blieb Cleon so stark? Die Frage ist ganz einfach zu beantworten. Er ist stark, weil er keine starken Untertanen duldet. Ein Höfling, der zu reich wird, oder ein General, der zu beliebt wird, ist gefährlich. Das beweist die Geschichte des Imperiums, und jeder Kaiser, der intelligent genug ist, ein starker Herrscher zu sein, wird das einsehen.

Riose hatte Erfolg, also wurde der Kaiser mißtrauisch. Er mußte mißtrauisch werden, wenn er stark bleiben wollte. Wies Riose nicht einen Bestechungsversuch zurück? Sehr verdächtig; der Kaiser vermutete Hintergedanken. Sympathisierte nicht der Höfling, dem er am meisten vertraute, plötzlich mit dem General? Auch dies war sehr verdächtig. Dabei war im Grunde nicht wichtig, *was* die beiden Männer taten. Entscheidend war Rioses *Erfolg*; der machte ihn verdächtig. Also wurde er zurückbeordert, angeklagt, verurteilt und ermordet. Und wieder siegt die Stiftung.

Sie sehen, die Stiftung hätte auf jeden Fall gewonnen, ganz gleich, wie die Ereignisse zusammengefallen wären. Sie mußte gewinnen, was immer auch Riose tat und was immer wir taten.«

Der Stiftungsmagnat nickte nachdenklich. »Schön! Aber was wäre nun passiert, wenn Kaiser und General eine Person gewesen wären? Was dann? Für diese Möglichkeit haben Sie uns noch keine Erklärung gegeben, und deshalb haben Sie mich noch nicht überzeugt.«

Barr zuckte die Achseln.

»Ich weiß nicht, ob ich Sie überzeugen kann, denn Beweise habe ich natürlich keine. Mir fehlen die mathematischen Grundlagen. Aber ich appelliere an Ihren gesunden Menschenverstand. Überlegen Sie doch! Was würde wohl in einem Imperium, in dem jeder Aristokrat und jeder starke Mann nach dem Thron strebt und ihn, wie die Geschichte zeigt, auch oft genug bekommt, mit einem Kaiser, selbst wenn er stark wäre, passieren, wenn er irgendeinen Krieg am Ende der Galaxis führte? Wie lange könnte er Trantor fernbleiben, bevor dort irgend jemand einen Bürgerkrieg anzettelt und er wieder nach Hause zurückkehren muß? Sicher nicht allzu lange.

Ich habe Riose einmal gesagt, daß die ganze Macht des Imperiums nichts gegen Seldons Vermächtnis auszurichten vermag.«

»Gut! Ausgezeichnet!« Forell war sichtlich erfreut. »Dann wollen Sie damit also sagen, daß uns das Imperium nie wieder gefährlich werden kann.«

»Ich habe jedenfalls diesen Eindruck«, nickte Barr. »Offen gestanden glaube ich kaum, daß Cleon das Ende des Jahres noch erleben wird. Dann kommt es zu den unvermeidlichen Streitigkeiten um seine Nachfolge, und das bedeutet den *letzten* Bürgerkrieg für das Imperium.«

»Dann gibt es keine Feinde mehr für uns«, meinte Forell.

»Vergessen Sie nicht die Zweite Stiftung«, erwiderte Barr nachdenklich.

Devis drehte sich plötzlich um und sah Forell düster an. »Vielleicht gibt es aber innere Gegner.«

»So?« fragte Forell kühl. »Und wen, zum Beispiel?«

»Zum Beispiel Leute, die es lieber sähen, wenn der Reichtum besser verteilt würde und nicht nur in den Händen derer liegt, die andere für sich arbeiten lassen. Sie verstehen doch, was ich meine?«

Langsam wich der Ausdruck der Verachtung aus Forells Augen und wurde eins mit Devers Zorn.

Teil II
Der Mutant

11
Bayta

Der Mutant – . . . Über den »Muli« wissen wir weniger als über jede andere Persönlichkeit von so herausragender Bedeutung für die Geschichte der Galaxis. Sein wirklicher Name ist bis heute unbekannt, und über seine Jugend gibt es nur Mutmaßungen. Selbst die Zeit, in der er zu großer Berümtheit gelangte, ist uns nur durch die Berichte seiner Widersacher und vor allem durch die Erzählungen einer jungen Frau vertraut . . .

Encyclopedia Galactica

Der erste Eindruck, den Bayta von Haven bekam, war nicht gerade überwältigend. Ihr Mann zeigte ihr den Planeten aus dem Raum – ein blasser Lichtfleck, der sich in der Leere am äußersten Rand der Galaxis verlor. Er lag noch hinter dem letzten Sternenhaufen, der nur aus wenigen zerstreuten Sonnen bestand, und selbst unter ihnen wirkte Havens Sonne noch klein und unbedeutend.

Toran war sich durchaus bewußt, daß der Rote Zwerg wenig eindrucksvoll wirkte, und kräuselte selbstbewußt die Lippen. »Ich weiß, Baby – wenn man von der Stiftung kommt, ist es etwas enttäuschend.«

»Etwas, Toran? Schrecklich. Ich hätte dich niemals heiraten sollen.«

Als sie sah, daß er leicht verletzt das Gesicht verzog, fuhr sie liebevoll fort: »Komm schon, Dummerchen. Du läßt jetzt schön die Unterlippe hängen und machst dieses Gesicht wie ein geprügelter Hund – du weißt schon, dieses Gesicht, bevor du dann deinen Kopf an meiner Schulter vergräbst und ich dir tröstend über das Haar streiche. Gib es zu, du hast erwartet, daß ich irgend etwas sagen würde wie ›Ich bin überall glücklich mit dir, Toran!‹ oder ›Ich würde mich selbst in den ödesten intergalaktischen Tiefen zu Hause fühlen, wenn du nur bei mir bist!‹ Na, hab ich recht?« Sie deutete mit dem Zeigefinger auf ihn, den sie rasch wieder zurückzog, bevor er zubeißen konnte.

»Wenn ich aufgebe und zugebe, daß du recht hast, machst du dann das Abendessen?« grinste er.

Sie nickte zufrieden, und er sah ihr nach, als sie verschwand.

Sie war keine ausgesprochene Schönheit, zumindest nicht im üblichen Sinn, auch wenn sich die meisten Männer nach ihr umdrehten. Sie hatte dunkles, glänzendes Haar, das glatt herunterfiel, und einen etwas zu breiten Mund. Das Schönste an ihr waren ihre mahagonifarbenen Augen, die immer voll Wärme strahlten.

Und hinter einer robusten und störrisch verteidigten Fassade einer praktischen, unromantischen und nüchternen Einstellung zum Leben lag jener weiche und liebevolle Kern, den man nur finden konnte, wenn man nach ihm stöberte und wenn man wußte, wie – und es sich vor allem nicht anmerken ließ, *daß* man ihn suchte.

Toran nahm ein paar überflüssige Einstellungen am Kontrollpult vor und entspannte sich dann. Er war gerade gesprungen und konnte im Augenblick nichts weiter tun, bevor das Schiff nicht einige Millimikroparseks im Normalraum zurückgelegt hatte. Also lehnte er sich zurück und warf einen Blick in den Vorratsraum, wo Bayta inzwischen zwei Essensbehälter herausgesucht hatte.

Sein Verhältnis zu Bayta war gekennzeichnet von einer Art Besitzerstolz, von jenem Gefühl der Zufriedenheit, das den Triumph eines Mannes begleitet, der drei Jahre lang am Rande eines Minderwertigkeitskomplexes geschwebt hatte.

Schließlich kam er aus der Provinz – und nicht nur das, er war auch der Sohn eines abtrünnigen Händlers. Bayta dagegen kam von der Stiftung – und nicht nur das, sie stammte sogar in direkter Linie von dem berühmten Hober Mallow ab.

Und jetzt wollte er sie mit nach Haven nehmen, einem felsigen Planeten mit Höhlenstädten. Und, was noch schlimmer war, sie der Feindseligkeit aussetzen, die man Händlern – für Stadtbewohner Nomaden – entgegenbrachte.

Trotzdem – nach dem Essen würde er den letzten Sprung einleiten!

Haven war ein kleiner, blutroter Feuerball, während sich der zweite Planet, dessen Rand von der Atmosphäre verzerrt wurde und der zur Hälfte im Dunkeln lag, nur schwach von der Schwärze des Alls abhob. Bayta beugte sich über den großen Bildschirm, der von einem Spinnennetz von kreuz und quer verlaufenden Linien bedeckt war, in dessen Mitte Haven II lag.

»Ich wünsche, ich hätte deinen Vater vorher kennengelernt. Wenn er mich nun nicht mag . . .«

»Dann wärst du das erste hübsche Mädchen, das er *nicht* leiden kann«, antwortete Toran lächelnd. »Bevor er seinen Arm verloren hat und sein Händlerleben aufgeben mußte, hat er – Nun, wenn du ihn danach fragst, dann wird er dir Geschichten erzählen, bis dir der Kopf schwirrt. Ich glaube, er phantasiert ganz gern ein bißchen dazu, denn ich habe nie gehört, daß er dieselbe Geschichte zweimal erzählt hat . . .«

Sie näherten sich jetzt schnell Haven II. Unter ihnen konnten sie hier und da durch die Wolkendecke das graue Binnenmeer erkennen. An den Küsten ragten zerklüftete Felsengebirge auf.

Je näher sie kamen, desto deutlicher sahen sie die Wellen des Ozeans, und irgendwo am Horizont tauchte für einen flüchtigen Augenblick das glitzernde Weiß der Gletscher auf, die sich an der Küste entlangzogen.

»Ist dein Anzug dicht?« brummte Toran unter dem Druck des Bremsmanövers.

Bayta nickte in ihrem schaumstoffgefütterten Druckanzug, der eng an der Haut anlag und von innen beheizt war.

Langsam senkte sich das Schiff auf die Landungsebene und setzte vorsichtig auf.

Die beiden jungen Leute traten steifbeinig hinaus in die Schwärze einer galaktischen Nacht, und Bayta schnappte unwillkürlich nach Luft, als sie die plötzliche Kälte und der eisige Wind trafen. Toran faßte sie am Ellbogen und führte sie über den glatten, von Schnee und Eis bedeckten Boden auf den Lichtschein weit vor ihnen zu.

Die Wachposten kamen ihnen auf halbem Weg entgegen, und nachdem Toran ein paar Worte mit ihnen gewechselt hatte, wurden sie weiterbegleitet. Vor ihnen öffnete sich ein Eingang in einem Felsen, und als Toran und Bayta ihn durchschritten, blieben Wind und Kälte hinter ihnen zurück, sobald sich das Tor lautlos wieder geschlossen hatte. Bei ihrem Eintreten sahen Männer von den Abfertigungstischen auf, und Toran präsentierte die erforderlichen Papiere.

Nach einem flüchtigen Blick in ihre Pässe durften sie weitergehen. »Dad hat offensichtlich schon alles geregelt«, flüsterte Toran seiner Frau zu. »Normalerweise dauert die Prozedur hier fünf Stunden.«

Als sie ins Freie hinauskamen, stieß Baya einen überraschten Schrei aus.

Die Höhlenstadt lag in hellem Tageslicht – das weiße Tageslicht einer jungen Sonne. Natürlich war es keine richtige Sonne, es wirkte nur so. Anstelle des Himmels breitete sich ein strahlendes Leuchten über ihnen aus. Die Luft war warm, und es roch nach Blüten und Grün.

»Wie wundervoll, Toran«, strahlte Bayta.

Ihr Mann grinste erfreut. »Natürlich läßt es sich nicht mit dem vergleichen, was du von der Stiftung her gewöhnt bist, aber das hier ist die größte Stadt auf Haven II. Zwanzigtausend Menschen leben hier, und ich glaube, du wirst sie mögen. Leider gibt es hier keine Vergnügungsmöglichkeiten, aber auch keine Geheimpolizei.«

»Oh, Torie, sie ist wie eine Stadt aus dem Bilderbuch. So freundlich – und alles ist so sauber.«

»Tja . . .« Toran sah sich mit seiner Frau um. Die Häuser waren meistens zweigeschossig und aus jenem glatten Stein erbaut, der typisch für diesen Planeten war. Statt der hohen Gebäude auf der Stiftungswelt und der riesigen Wohnblocks der alten Königreiche war hier alles kleiner und viel persönlicher.

Toran stupste sie plötzlich in die Seite. »Sie mal, Bay – da ist Dad. Nein, hier, du Dummchen, in der Richtung, in die ich zeige. Siehst du ihn?«

Bayta sah einen großen Mann, der wie wild winkte und dabei die Finger gespreizt hatte, als schlüge er in der Luft herum. Er rief ihnen irgend etwas zu, und sie folgte langsam ihrem Mann, der schon über den gepflegten Rasen auf seinen Vater zulief. Neben ihm entdeckte sie jetzt noch einen zweiten, weißhaarigen Mann, der von kleinerer Gestalt war und im Vergleich zu der kräftigen Statur des Einarmigen fast etwas verloren wirkte.

»Der Mann da neben ihm ist der Halbbruder meines Vaters«, rief ihr Toran über die Schulter zu. »Du weißt doch, der auch auf Terminus gewesen ist.«

Vater und Sohn fielen sich in die Arme, und der große Mann klopfte Toran glücklich auf den Rücken. Dann zog er seine kurze Jacke wieder zurecht, die von einem reich verzierten Gürtel gehalten wurde, sein einziges Zugeständnis an den Wohlstand.

Sein Blick wanderte von seinem Sohn zu dessen junger Frau. »Du hast dir einen verdammt schlechten Tag für deine Rückkehr ausgesucht, mein Junge«, meinte er dann etwas atemlos.

»Wieso? Ach ja, heute ist Seldons Geburtstag, nicht?«

»Genau. Ich mußte mir für den Weg hierher extra einen Wagen mieten. Randu hat mich gefahren. Glaubst du, ich hätte ein öffentliches Verkehrsmittel erwischen können?«

Er musterte jetzt Bayta ausgiebig. »Ich habe den Kristall mit deinem Bild hier bei mir«, wandte er sich freundlich an die junge Frau. »Es ist nicht schlecht – aber jetzt, wo ich dich mit eigenen Augen sehe, muß ich sagen, daß der Mann, der es gemacht hat, ein Amateur gewesen ist.«

Er hatte den kleinen, transparenten Würfel aus der Tasche gezogen, und im hellen Tageslicht schien das Bild einer lachenden Bayta lebendig zu werden.

»Ach das!« sagte Bayta. »Warum hat Toran ausgerechnet das geschickt? Ein Wunder, daß Sie mich trotzdem noch sehen wollten.«

»Aber, aber. Übrigens, ich bin Fran, ja? Weißt du, ich habe nichts übrig für Förmlichkeiten. Und jetzt schlage ich vor, daß du dich bei mir unterhakst und wir zusammen zum Wagen gehen. Bisher habe ich immer gedacht, mein Sohn wüßte nicht, was er tut, aber jetzt glaube ich, daß ich meine Meinung ändern werde. Ändern *muß*.«

»Was macht denn mein alter Herr so?« wandte sich Toran an seinen Onkel. »Macht er immer noch Jagd auf die Frauen?«

Als Randu jetzt lächelte, schien sich sein ganzes Gesicht in eine einzige große Falte zu legen. »Wenn er kann, ja, Toran. Manchmal fällt ihm ein, daß er bald sechzig wird, und dann ist er ganz niedergeschlagen. Aber so etwas dauert nie lange. Er ist schnell wieder der alte. Er ist eben noch ein Händler vom alten Schlag. Aber jetzt zu dir, Toran. Wie bist denn du an eine so hübsche Frau gekommen?«

Der junge Mann grinste und hakte sich bei dem Älteren unter. »Soll ich dir die letzten drei Jahre in einem Atemzug schildern, Onkel?«

In dem kleinen Wohnzimmer des Hauses, das Torans Vater bewohnte, schälte sich Bayta aus dem Schutzanzug, nahm die Kapuze ab und schüttelte ihre braune Mähne. Dann setzte sie sich, schlug die Beine übereinander und begegnete gelassen dem abschätzenden Blick des großen Mannes.

»Ich weiß, was du gerade überlegst«, sagte sie. »Ich werde dir helfen. Alter: achtundzwanzig; Größe: einszweiundsechzig; Gewicht: hundert Pfund; Fachausbildung: Geschichte.« Sie bemerkte, daß Fran immer so stand, daß sein fehlender Arm nicht auffiel.

Jetzt beugte er sich zu ihr vor. »Wo du von Gewicht sprichst – hundertzehn Pfund, würde ich sagen.«

Er lachte, als sie rot wurde. »Man kann das Gewicht einer Frau immer anhand ihres Oberarms schätzen«, wandte er sich an die übrigen. »Vorausgesetzt natürlich, man verfügt über die entsprechende Erfahrung. Möchtest du etwas trinken, Bay?«

»Hm, warum nicht«, nickte die junge Frau und verließ mit Fran das Zimmer, während Toran in den Bücherregalen nach neuen Ausgaben stöberte. Fran kehrte allein zurück. »Sie ist oben und macht sich etwas frisch«, erklärte er.

Er ließ sich in den schweren Ecksessel fallen und legte das von Rheumatismus geplagte linke Bein auf einen Hocker vor ihm. Sein Gesicht war noch von der Wiedersehensfreude gerötet, als sich Toran jetzt zu ihm umdrehte.

»Ich bin froh, daß du wieder zu Hause bist, mein Junge. Deine Frau gefällt mir. Und Köpfchen hat sie auch.«

»Was glaubst du, warum ich sie geheiratet habe«, antwortete Toran schlicht.

»Tja, mein Junge, das mit der Heirat ist immer so eine Sache«, brummte Fran. Sein Blick verfinsterte sich. »Es ist unüberlegt, sich fest zu binden. Ich habe es mein ganzes Leben lang vermieden.«

»Du kannst dich doch nicht mit Toran vergleichen, Franssart«, mischte sich jetzt Randu ein, der bisher schweigend in einer Ecke gestanden hatte. »Seit deiner Bruchlandung vor sechs Jahren bist du nie lange genug an einer Stelle geblieben, um dir ein Heim zu schaffen, das doch die Voraussetzung für eine vernünftige Ehe ist. Und außerdem, wer würde dich schon nehmen?«

Der einarmige Mann fuhr mit einem Ruck auf. »Was weißt du denn schon davon, du alter Zittergreis?« erwiderte er hitzig.

»Es ist doch nur eine legale Formalität«, fiel Toran hastig ein. »Eine Heirat hat auch ihre Vorteile.«

»Ja, vor allem für die Frau«, brummte Fran.

»Und wenn auch«, gab Randu zurück. »Die Entscheidung, ob er heiraten will oder nicht, liegt doch immer noch beim Mann. Unter den Angehörigen der Stiftung ist die Ehe eine alte Tradition.«

»Zwischen den Leuten von der Stiftung und einem anständigen Händler ist ein himmelweiter Unterschied«, wandte Fan ein.

»Meine Frau stammt von der Stiftung«, fiel Toran ein. Er sah von einem zum anderen und sagte ruhig: »Ich höre sie gerade kommen.«

Nach dem Abendessen drehte sich die Unterhaltung um allgemeinere Dinge. Fran trug seinen Teil dazu bei, indem er drei Geschichten aus seiner Vergangenheit zum besten gab, die zu gleichen Teilen mit Blut, Frauen, Profit und Phantasie gewürzt waren. Der kleine Fernseher lief, aber niemand schenkte dem klassischen Drama, das gerade gespielt wurde, irgendwelche Beachtung. Randu hatte es sich auf dem Sofa bequem gemacht und zog genüßlich an seiner langen Pfeife, während sein Blick auf Bayta gerichtet war. Die junge Frau hockte auf einem weichen Fell, das Fran vor langer Zeit von einer Handelsmission mit nach Hause gebracht hatte und das nur bei feierlichen Anlässen ausgebreitet wurde.

»Du hast also Geschichte studiert, mein Kind?« fragte er freundlich.

Bayta nickte. »Ich habe zwar meine Lehrer fast zur Verzweiflung gebracht, aber am Ende haben sie es doch geschafft, mir ein bißchen beizubringen.«

»Sie war so dumm, daß sie ein Stipendium bekommen hat«, grinste Toran.

»Und was hast du gelernt?« wollte Randu wissen.

»Soll ich dir das alles erzählen?« lachte Bayta.

Der alte Mann lächelte. »Das würde wahrscheinlich ein bißchen viel, nicht wahr? Mich würde aber interessieren, wie du die galaktische Situation siehst.«

»Ich glaube, daß eine Seldon-Krise bevorsteht«, erklärte Bayta. »Und wenn das *nicht* stimmt, dann ab in den Papierkorb mit dem ganzen Seldon-Plan.«

»Ts-ts«, brummte Fran in seiner Ecke. »Wie kann man nur so respektlos von Seldon sprechen.« Aber er war so leise, daß die anderen es nicht hörten.

Randu zog nachdenklich an seiner Pfeife. »So? Und was veranlaßt dich zu dieser Vermutung? Weißt du, ich bin früher auch einmal auf der Stiftungswelt gewesen und hatte ähnlich dramatische Ideen. Also verrate mir, wie du darauf kommst.«

»Nun«, Bayta runzelte nachdenklich die Stirn, als sie ihre nackten Zehen in dem weichen Fell des Pelzes vergrub und das schmale Kinn in eine Hand stützte, »wie ich es sehe, ging es Seldon in seinem Plan doch vor allem darum, eine Welt zu schaffen, die besser sein soll als die alte des Galaktischen Imperiums. Vor dreihundert Jahren, als Seldon die Stiftung gründete, begann dieses Imperium zu zerfallen – und wenn man der Geschichte glauben darf, dann zerfiel es aufgrund der drei Krankheiten, die Trägheit, Despotismus und eine ungleiche Verteilung der materiellen Güter heißen.«

Randu nickte langsam, während Toran voll Stolz auf seine Frau blickte. In seiner Ecke schnalzte Fran mit der Zunge und füllte sein Glas neu.

»Wenn die Überlieferungen stimmen«, fuhr Bayta fort, »dann sah Seldon den totalen Zusammenbruch des Imperiums mit Hilfe seiner psychohistorischen Gesetze voraus, und er wußte auch, daß dreißigtausend Jahre der Barbarei folgen würden, bevor ein neues Zweites Imperium entstehen konnte, das der Menschheit Zivilisation und Kultur wiedergibt. Und sein ganzes Lebensziel war darauf ausgerichtet, diese Periode der Barbarei zu verkürzen.«

»Und deshalb hat er die zwei Stiftungen gegründet«, warf Fran ein. »Gepriesen sei sein Name.«

»Ja«, nickte Bayta, »deshalb hat er die beiden Stiftungen gegründet. Unsere Stiftung war ein Refugium für die Wissenschaftler des zerfallenden Imperiums, die hier das Wissen der Menschheit und ihre Wissenschaft zu einer neuen Blüte bringen sollten. Seldon wählte den Planeten, auf dem er die Stiftung anlegte, wie auch alle anderen Umstände mit Bedacht, so daß er sicher sein konnte, daß in einem Jahrtausend aus ihr ein neues und größeres Imperium hervorgehen würde.«

Die anderen schwiegen ehrfürchtig.

»Es ist eine alte Geschichte«, sagte die junge Frau leise. »Ihr alle kennt sie. Jeder auf der Stiftung kennt sie. Aber ich dachte, es wäre vielleicht ganz gut, sie noch einmal kurz zu wiederholen. Heute ist Seldons Geburtstag, und auch wenn ich von der Stiftung bin und ihr von Haven seid, haben wir doch diesen Tag gemeinsam . . .«

Sie zündete sich eine Zigarette an und betrachtete nachdenklich die glühende Spitze. »Die Gesetze der Geschichte sind genauso absolut wie die der Physik, und wenn bei ersteren die Wahrscheinlichkeit eines Irrtums größer ist, dann nur aus dem einen Grund, weil die Geschichte sich früher nicht mit so vielen Menschen befaßte, wie die Physik mit Atomen, so daß individuelle Variationen mehr ins Gewicht fallen. Seldon sagte eine Reihe von Krisen voraus, die in den tausend Jahren der Entwicklung der Stiftung entstehen würden, und jede würde eine Veränderung für unsere Geschichte bedeuten und uns auf unserem vorherbestimmten Weg vorwärtstreiben. Es sind diese Krisen, die uns leiten – und aus diesem Grund muß jetzt eine neue Krise kommen.«

»Jetzt!« wiederholte sie heftig. »Seit der letzten sind fast hundert Jahre vergangen, und in diesen hundert Jahren haben sich die Schwächen des Imperiums bei unserer Stiftung wiederholt. Trägheit! Unsere herrschende Klasse kennt nur ein Gesetz: keine Veränderung. Despotismus! Sie kennt nur ein Mittel: Gewalt. Soziale Ungerechtigkeit! Sie kennt nur ein Ziel: das zu sichern, was sie an Besitzstand hat.«

»Während andere verhungern!« dröhnte Fran plötzlich und schlug mit der mächtigen Faust auf die Sessellehne. »Mädchen, du sprichst mir aus dem Herzen. Diese Fettwänste, die auf ihren Geldsäcken sitzen, ruinieren die Stiftung, während die ehrlichen Händler auf solchen Planeten wie Haven dahinvegetieren. Es ist eine Beleidigung Seldons, als würde man ihm Schmutz ins Gesicht werfen oder ihn anspucken.« Er hob den Arm und verzog das Gesicht. »Wenn ich doch nur meinen Arm noch hätte! Ich würde es ihnen schon zeigen!«

»Dad, reg dich doch nicht auf«, versuchte Toran seinen Vater zu beruhigen. »Reg dich nicht auf, reg dich nicht auf.« Fran schnitt eine Grimasse. »Wir werden hier für immer leben und auch sterben müssen – und da sagst du, reg dich nicht auf.«

»Unser guter Fran hier ist ein neuer Lathan Devers«, meinte Randu und deutete mit der Pfeife auf seinen Bruder. »Devers ist zusammen mit dem Urgroßvater deines Mannes vor achtzig Jahren in den Sklavenminen gestorben, weil er zwar sehr mutig, aber nicht gerade besonnen war . . .«

»Ja, und ich hätte es an seiner Stelle genauso gemacht«, donnerte Fran. »Devers war der größte Händler in der Geschichte – größer als dieser Schaumschläger Mallow, den die Leute von der Stiftung so verehren. Diese Schurken, die die Stiftung regieren, haben ihn umgebracht, weil er sich für die Gerechtigkeit einsetzte.«

»Rede weiter, Mädchen«, forderte Randu Bayta auf. »Rede weiter, sonst läßt er sich wieder den ganzen Abend über sein Lieblingsthema aus.«

»Ich bin im Grunde schon zu Ende«, erwiderte sie plötzlich bedrückt. »Wir brauchen die nächste Krise, aber ich weiß nicht, wie man sie provozieren kann. Alle progressiven Kräfte in der Stiftung werden ängstlich unterdrückt. Ihr Händler habt zwar den guten Willen, aber ihr werdet gejagt und seid untereinander uneinig. Wenn sich alle innerhalb und außerhalb der Stiftung, die so denken wie ihr, verbünden würden . . .«

Fran lachte rauh. »Hör sie dir an, Randu, hör sie dir an. Innerhalb und außerhalb der Stiftung, sagt sie. Mädchen, Mädchen, ist dir denn nicht klar, daß von der Stiftung nichts zu erwarten ist? Ein paar Leute halten die Peitsche in der Hand, und die anderen lassen sich prügeln – zu Tode prügeln. Der ganze verdammte Planet hat nicht mehr genug Mumm, um es mit einem einzigen anständigen Händler aufzunehmen.«

Bayta versuchte die ganze Zeit über schon, etwas zu sagen, doch Fran hatte sie einfach nicht zu Wort kommen lassen.

Toran beugte sich zu ihr herunter und legte ihr die Hand auf den Mund. »Du bist noch nie in der Stiftung gewesen, Dad«, sagte er kalt. »Du weißt nicht, wie es dort aussieht. Du kannst mir ruhig glauben, wenn ich dir sage, daß es eine tapfere und mutige Untergrundbewegung gibt. Bayta hat übrigens auch dazu gehört . . .«

»Schon gut, Junge, ich wollte euch nicht beleidigen. Jetzt verrate mir aber einmal, warum du so wütend bist.« Er wirkte ehrlich verwirrt.

»Das Problem bei dir ist das, Dad, daß du alles mit den Augen eines Provinzlers siehst«, fuhr Toran aufgebracht fort. »Du glaubst, nur weil sich ein paar hundert Händler in ihren Erdlöchern auf einem gottverlassenen Planeten am Rande des Nichts verkriechen, wären sie schon ein großartiges Volk. Sicher, wenn die Stiftung einen Steuereintreiber hierher schickt, verläßt er Haven nicht lebend, aber hältst du das für eine heldenhafte Tat? Was würdet ihr denn machen, wenn die Stiftung plötzlich eine ganze Flotte herschicken würde?«

»Wir würden sie zerstören«, antwortete Fran scharf.

»Und dabei selbst vernichtet werden – bei Terminus' Übermacht! Sie sind euch an Zahl, Waffen und Organisation haushoch überlegen – und sobald sie finden, es lohnt sich, werden sie euch das auch beweisen. Es wäre also sicher ratsam, wenn ihr bald versucht, Verbündete zu finden – wenn möglich auf der Stiftungswelt selbst.«

»Randu?« brummte Fran. In diesem Augenblick wirkte er wie ein mächtiger, aber hilfloser Bulle.

Randu nahm seine Pfeife aus dem Mund. »Der Junge hat recht, Fran. Und wenn du ehrlich bist, wirst du das auch zugeben müssen. Aber da es unangenehme Überlegungen sind, versuchst du, sie mit deinem Poltern zu übertönen. Trotzdem lassen sie sich nicht verdrängen. Ich werde dir jetzt auch verraten, Toran, warum ich dieses Thema angeschnitten habe.« Er zog nachdenklich an seiner Pfeife, klopfte sie schließlich im Ascher aus und stopfte sie neu.

»Du hast recht, Toran, als du andeutetest, die Stiftung könnte ein Interesse an uns bekommen. Wir haben in letzter Zeit zweimal Besuch bekommen – von Steuereinnehmern. Das Beunruhigende an dieser Sache ist, daß der zweite Besucher in Begleitung eines leichten Patrouillenschiffes kam. Sie landeten in Gleiar City und sind natürlich nie wieder gestartet. Aber ich bin sicher, daß jetzt weitere kommen werden. Und das weiß auch dein Vater, Toran.

Sieh ihn dir nur an, diesen alten Starrkopf. Er weiß genau, daß Haven in Schwierigkeiten steckt und daß wir völlig hilflos sind, und trotzdem wiederholt er immer wieder seine abgedroschenen Weisheiten. Aber wenn er sich dann abreagiert hat und wieder klar denken kann, sieht er das genauso ein wie wir alle, oder?«

»Wir alle?« echote Bayta. »Wer ist ›wir‹?«

Er lächelte ihr zu. »Wir haben eine kleine Gruppe gebildet, Bayta – nur hier in unserer Stadt. Wir haben zwar bisher noch nichts unternommen und auch noch keine Verbindung mit den anderen Städten aufgenommen, aber es ist immerhin ein Anfang.«

»Ein Anfang wofür?«

Randu schüttelte den Kopf. »Das wissen wir nicht – noch nicht. Wir hoffen auf ein Wunder. Genau wie du sind auch wir überzeugt, daß eine Seldon-Krise bevorsteht.« Er zeigte nach oben. »Die Galaxis besteht nur noch aus Splittern und Trümmern des ehemaligen Imperiums. Die Generäle werden unruhig. Meinst du nicht, daß einer von ihnen vielleicht einmal einen Vorstoß gegen die Stiftung unternehmen könnte?«

Bayta überlegte und schüttelte dann so heftig den Kopf, daß ihr die Haare ins Gesicht flogen. »Nein, nie. Jeder General weiß, daß es gleichbedeutend mit Selbstmord ist, wenn er die Stiftung angreift. Bel Riose ist das beste Beispiel dafür. Er war der beste General, den das Imperium hatte, und er ist gegen die Stiftung mit der Macht einer ganzen Galaxis gezogen. Trotzdem konnte er gegen den Seldon-Plan nicht gewinnen. Jeder General kennt diese Geschichte.«

»Und was ist, wenn wir sie ein bißchen dazu anspornen?«

»Wozu? Damit sie in der Gaskammer enden? Außerdem, womit?«

»Nun, es gibt da einen neuen Mann. Es ist in den beiden letzten Jahren so einiges über ihn bekannt geworden. Man nennt ihn den Muli.«

»Den Muli?« Bayta überlegte. »Hast du schon mal von ihm gehört, Torie?«

Ihr Mann schüttelte den Kopf. »Und was erzählt man über ihn?«

»Ich weiß nicht viel. Nur daß er siegt, auch wenn es aussichtslos scheint. Vielleicht übertreiben die Gerüchte etwas, aber es wäre doch bestimmt interessant, ihn näher kennenzulernen. Nicht jeder, der fähig und ehrgeizig genug ist, glaubt an Hari Seldon und seine psychohistorischen Gesetze. Wir könnten diese Skepsis unterstützen, und dann würde er vielleicht die Stiftung angreifen.«

»Und die würde natürlich gewinnen.«

»Ja – aber nicht unbedingt leicht. Es könnte eine Krise sein, und wir könnten eine solche Krise ausnutzen, indem wir einen Kompromiß mit den Despoten der Stiftung erzwingen. Schlimmstenfalls würden sie uns lange genug vergessen, damit wir in Ruhe weitere Pläne schmieden könnten.«

»Was sagst du dazu, Torie?«

Toran lächelte zurückhaltend und zupfte an einer braunen Locke, die ihr ins Gesicht fiel. »So, wie mein Onkel es beschreibt, könnte es nicht schaden, es einmal zu versuchen. Aber wer ist eigentlich dieser Muli? Was weißt du über ihn, Randu?«

»Noch nichts. Du könntest uns dabei helfen, etwas über ihn zu erfahren, Toran. Du und deine Frau, wenn sie will. Ich habe mit deinem Vater schon sehr ausführlich darüber gesprochen.«

»Worüber, Randu? Was sollen wir tun?« Der junge Mann warf seiner Frau einen fragenden Blick zu.

»Habt ihr eigentlich schon Flitterwochen gemacht?«

»Nun . . . ja . . . wenn du einen Flug von der Stiftung nach Haven als Flitterwochen bezeichnen willst.«

»Wie wäre es denn mit Kalgan? Es ist ein Planet mit einem subtropischen Klima – schöne Strände, Wassersport, Vogeljagd – das Ideale für einen erholsamen Urlaub. Er liegt ungefähr siebentausend Parseks zum Zentrum hin, also nicht allzu weit entfernt.«

»Und was gibt es auf Kalgan?«

»Den Muli! Oder zumindest seine Leute. Er hat Kalgan letzten Monat erobert, und zwar kampflos, obwohl der Kriegsherr von Kalgan gedroht hatte, den Planeten in die Luft zu jagen, bevor er ihn aufgeben würde.«

»Und wo ist dieser Kriegsherr jetzt?«

»Keine Ahnung.« Randu zuckte die Achseln. »Aber was haltet ihr von meinem Vorschlag?«

»Was sollen wir denn dort tun?«

»Ich weiß nicht. Fran und ich, wir sind alt und Provinzler. Fast alle Händler von Haven sind Provinzler, das sagst sogar du. Unser Handel ist beschränkt, und wir kommen nicht mehr so weit herum wie früher, zur Zeit unserer Vorfahren. Sei ruhig, Fran. Aber ihr beide kennt die Galaxis. Besonders Bayta hört man an, daß sie von der Stiftung kommt. Wir möchten nur, daß ihr herausfindet, was ihr herausfinden könnt. Wenn ihr Kontakt aufnehmen könntet . . . aber das erwarten wir natürlich nicht unbedingt. Ihr könnt unsere ganze Gruppe kennenlernen, wenn ihr wollt . . . oh, nein, nein, nicht vor nächster Woche. Ihr sollt euch erst ein bißchen erholen.«

Sie schwiegen, bis Fran unvermittelt lospolterte: »Wer will noch etwas zu trinken? Ich meine, außer mir?«

12

Captain und Bürgermeister

Captain Han Pritcher war eine so luxuriöse Umgebung zwar keineswegs gewöhnt, aber er ließ sich davon auch nicht beeindrucken. Aus Prinzip vermied er Selbstanalysen und jede Form von Philosophie und Metaphysik, die nicht direkt mit seiner Arbeit zu tun hatten.

Und das half.

Seine Arbeit bestand hauptsächlich in dem, was das Kriegsministerium als »Abwehr« bezeichnete, die Intellektuellen als »Spionage« und die romantisch Veranlagten als »Auskundschafterei«. Aber selbst solche Ausdrücke ändern letztendlich nichts an der Tatsache, daß »Abwehr«, »Spionage« und »Auskundschafterei« schmutzige Routinearbeit ist, bei der belogen und betrogen wird. Die Gesellschaft rechtfertigt sie als Arbeit im »Interesse des Staates«, aber da die Philosophie Captain Pritcher stets zu dem Schluß kommen ließ, daß selbst in diesem heiligen Interesse die Gesellschaft viel leichter zu beruhigen ist als das eigene Gewissen, lehnte er Philosophie ab.

Aber jetzt, hier im luxuriösen Vorzimmer des Bürgermeisters, beschäftigten sich seine Gedanken gegen seinen Willen mit seiner eigenen Person.

In den letzten Jahren war er bei Beförderungen regelmäßig übergangen worden, obwohl die Männer, die aufgestiegen waren, oft nicht die gleichen Fähigkeiten mitbrachten, wie er sie aufweisen konnte. Ständig hatte er einen Hagel von Tadeln und Verweisen von höheren Stellen über sich ergehen lassen müssen und ihn überlebt. Und trotzdem hatte er unbeirrt an seinem eigenen Weg festgehalten, in dem festen Glauben, daß man Insubordination im gleichen heiligen »Interesse des Staates« eines Tages als den guten Dienst anerkennen würde, der sie war.

Nun stand also hier im Vorzimmer des Bürgermeisters, mit fünf Soldaten als eine Art Ehrenwache zur Seite – und vor sich wahrscheinlich eine Kriegsgerichtsverhandlung.

Die schweren Marmortüren öffneten sich geräuschlos und gaben den Blick auf glänzende Wände, einen roten Teppichboden und zwei weitere Marmortüren mit Metallverzierungen frei. Zwei Hofbeamte in Uniformen, wie sie vor dreihundert Jahren modern gewesen waren, kamen heraus und riefen:

»Die Audienz für Captain Han Pritcher vom Nachrichtendienst.«

Sie traten zurück und verbeugten sich tief, als sich Captain Pritcher in Bewegung setzte. Seine Eskorte blieb an der äußeren Tür zurück, und er betrat allein das Arbeitszimmer des Bürgermeisters.

Es war ein großer, merkwürdig einfach eingerichteter Raum, und hinter dem großen, merkwürdig gewinkelten Schreibtisch saß ein kleiner Mann, der in dieser ganzen Riesigkeit etwas verloren wirkte.

Bürgermeister Indbur war der dritte Bürgermeister, der diesen Namen trug. Er war der Enkel des ersten Indbur, der ein brutaler und gleichzeitig äußerst fähiger Mann gewesen war. Erstere Eigenschaft hatte er durch die spektakuläre Art und Weise unter Beweis gestellt, wie er an die Macht gelangt war, letztere durch das Geschick, mit dem er die freien Wahlen, die doch nur noch eine Farce gewesen waren, abgeschafft und es dann zu verstehen gewußt hatte, als verhältnismäßig friedlicher Herrscher zu regieren.

Bürgermeister Indbur war auch der Sohn des zweiten Indbur, der der erste Bürgermeister der Stiftung gewesen war, der sein Amt durch

Erbrecht angetreten hatte – und der von seinem Vater nur eine der beiden Eigenschaften übernommen hatte: die Brutalität.

Bürgermeister Indbur war also der dritte dieses Namens und der zweite, der aufgrund des Erbrechtes auf diesem Platz saß, und er war auch der letzte der drei, denn er war weder brutal noch fähig, sondern nur ein ausgezeichneter Buchhalter, der zufällig als Sohn Indburs II. geboren worden war.

Für alle anderen außer ihm selbst war Indbur der Dritte eine seltsame Kombination von Ersatzcharakteristika.

Für ihn waren übertrieben sorgfältige geometrische Anordnungen ein »System«, das unermüdliche und fieberhafte Interesse an belanglosen Details der täglichen Verwaltungsarbeit betrachtete er als »Fleiß«, Unentschlossenheit in kritischen Situationen als »Vorsicht« und blinden Starrsinn, wenn er im Unrecht war, als »Entschlossenheit«.

Und trotz all dem verschwendete er kein Geld, brachte niemanden unnötig um und meinte es überhaupt ausgesprochen gut.

Das alles ging Captain Pritcher durch den Kopf, als er respektvoll vor dem großen Schreibtisch stehenblieb, und seine unbewegliche Miene verriet keinen seiner düsteren Gedanken. Er hüstelte nicht, scharrte nicht mit den Füßen und verursachte auch sonst keine Geräusche, bis der Bürgermeister von dem Blatt aufsah, auf das er sich eifrig Randnotizen gemacht hatte, es von dem ordentlichen Stapel von Papieren nahm, auf dem es lag, und es auf einen anderen legte.

Bürgermeister Indbur faltete vorsichtig die Hände ineinander, um die peinlich genaue Anordnung der Dinge auf seinem Schreibtisch nicht durcheinanderzubringen.

»Ah, Captain Han Pritcher vom Nachrichtendienst«, stellte er fest.

Und Captain Pritcher sank, wie es das Protokoll vorschrieb, mit einem Knie bis fast auf den Boden, während er den Kopf tief verbeugte.

»Erheben Sie sich, Captain Pritcher!«

Der Captain gehorchte, und der Bürgermeister fuhr freundlich fort: »Captain Pritcher, Sie sind hier wegen gewisser Disziplinarmaßnahmen, die Ihr Vorgesetzter gegen Sie ergriffen hat. Der Bericht ist mir natürlich vorgelegt worden, und da mich alles, was auf der Stiftung vorgeht, interessiert, habe ich Sie herkommen lassen, um von Ihnen Näheres in dieser Angelegenheit zu erfahren. Es überrascht Sie doch sicher nicht?«

»Keineswegs, Exzellenz«, erwiderte Captain Pritcher ausdruckslos. »Ihr Gerechtigkeitssinn ist sprichwörtlich.«

»Soso, ist er das?« Er klang erfreut, und die Kontaktlinsen, die er trug, verliehen seinen Augen einen harten Glanz. Bedächtig nahm er einen Aktenordner aus Metall in die Hand und ging dann die einzelnen Seiten durch, während sein Finger beim Vorlesen jeder Zeile folgte.

»Ich habe hier Ihre vollständige Akte vor mir, Captain. Sie sind dreiundvierzig Jahre alt und seit siebzehn Jahren Offizier der Streitkräfte.

Sie wurden auf Loris als Kind anacreonischer Eltern geboren, keine ernstlichen Kinderkrankheiten, einmal ein Anfall von Myo . . . nun, das tut nichts zur Sache . . . Grundausbildung an der Akademie der Wissenschaften, Fachgebiet Hyperantriebe, Abschluß mit . . . hmmm, ausgezeichnet, ich gratuliere . . . traten am einhundertzweiten Tag des zweihundertdreiundneunzigsten Jahres der Stiftungsära als Unteroffizier in die Armee ein.«

Er hob flüchtig den Kopf, als er den ersten Ordner beiseite legte und einen zweiten nahm.

»Sie sehen«, sagte er, »in meiner Regierung wird nichts dem Zufall überlassen. System und Ordnung ist alles!«

Er steckte sich ein rosa Geleebonbon in den Mund. Süßigkeiten waren sein einziges Laster, aber dem frönte er umso ausgiebiger. Dafür war der Bürgermeister erklärter Nichtraucher, und auf seinem Schreibtisch fehlte natürlich jener atomare Ascher zur Beseitigung von Ascheresten, den man sonst so gut wie überall fand.

Sein Besucher war ebenfalls Nichtraucher.

Der Bürgermeister las mit monotoner Stimme weiter und schob nur hin und wieder einen leisen Kommentar ein, ein freundliches Lob oder einen ebenso milden Tadel.

Schließlich legte er die Ordner wieder sorgsam aufeinander.

»Nun, Captain«, wandte er sich an Pritcher, »Sie scheinen ein ungewöhnlicher Mann mit überdurchschnittlichen Fähigkeiten zu sein und haben der Stiftung ohne jeden Zweifel schon sehr wertvolle Dienste geleistet. Aus Ihrer Akte geht hervor, daß Sie zweimal in Ausübung Ihrer Pflicht verwundet worden sind und daß man Ihnen den Verdienstorden für außergewöhnliche Tapferkeit verliehen hat. Wirklich bemerkenswert.«

Captain Pritchers Miene blieb ausdruckslos, während er stocksteif dastand. Das Protokoll verlangte es, daß ein Untertan, dem die Ehre einer Audienz beim Bürgermeister zuteil wurde, nicht Platz nehmen durfte – ein Punkt, der unnötigerweise durch die Tatsache unterstützt wurde, daß der einzige Stuhl, den es im Raum gab, der war, der sich unter dem Hintern des Bürgermeisters befand. Das Protokoll verlangte es weiter, daß der Besucher nur redete, wenn er direkt gefragt wurde.

Der Bürgermeister musterte den Soldaten eingehend, und seine Stimme nahm einen schärferen Ton an. »Trotzdem sind Sie seit zehn Jahren nicht befördert worden, und in den Berichten Ihrer Vorgesetzten wird immer wieder auf Ihren unbeugsamen Starrsinn hingewiesen. Es heißt, Sie zeigten ständig Ungehorsam Ihren Vorgesetzten gegenüber und ließen es an fälligem Respekt mangeln, seien nicht an einem guten Verhältnis zu Ihren Kameraden interessiert und außerdem ein unverbesserlicher Querulant. Wie erklären Sie das, Captain?«

»Ich tue das, Exzellenz, was ich für richtig halte. Meine Verdienste für den Staat und die Verwundungen, die ich bei meinem Einsatz für denselben davongetragen haben, beweisen, daß das, was ich für richtig halte, auch im Interesse des Staates ist.«

»Eine militärische Aussage, Captain, aber leider auch ein gefährlicher Grundsatz. Aber dazu später. Insbesondere wird Ihnen vorgeworfen, dreimal die Ausführung eines Auftrags verweigert zu haben, der von meinen persönlichen Vertretern unterzeichnet war. Was haben Sie dazu zu sagen?«

»Exzellenz, es ist ein Auftrag, der in einer kritischen Situation eher belanglos ist, während Dinge von vorrangiger Bedeutung einfach ignoriert werden.«

»Aha. Und woher wollen Sie wissen, daß diese Dinge, von denen Sie sprechen, wirklich von vorrangiger Bedeutung sind, und wenn ja, woher wollen Sie wissen, daß sie ignoriert werden?«

»Das ist nicht schwer zu sehen, Exzellenz. Meine langjährige Erfahrung und meine Kenntnisse – Dinge, die Ihnen auch meine Vorgesetzten bestätigen werden – haben mir das gezeigt.«

»Mein lieber Captain, ist Ihnen denn nicht bewußt, daß Sie sich in die Angelegenheiten Ihrer Vorgesetzten einmischen, wenn Sie sich anmaßen, eigenmächtig Entscheidungen in der Politik des Nachrichtendienstes zu treffen?«

»Exzellenz, ich diene in erster Linie dem Staat, und erst in zweiter meinen Vorgesetzten.«

»Irrtum, denn Ihr Vorgesetzter hat wieder einen Vorgesetzten, und dieser Vorgesetzte bin ich, und ich bin der Staat. Aber da Sie keinen Grund haben sollen, sich über meinen, wie Sie sagen, sprichwörtlichen Gerechtigkeitssinn zu beklagen, gebe ich Ihnen Gelegenheit, aus Ihrer Sicht die Insubordination zu schildern, die Sie begangen haben.«

»Exzellenz, seit eineinhalb Jahren führe ich das Leben eines zurückgezogenen Händlers auf dem Planeten Kalgan, um dort die Geheimdiensttätigkeit der Stiftung zu organisieren und eine Organisation aufzubauen, die den Kriegsherrn von Kalgan kontrollieren soll, insbesondere in Bezug auf seine Außenpolitik.«

»Das ist mir bekannt. Fahren Sie fort!«

»Exzellenz, in meinen Berichten habe ich immer wieder auf die strategisch wichtige Position von Kalgan und den Systemen, die der Planet kontrolliert, hingewiesen. Ich habe über den Ehrgeiz des Kriegsherrn berichtet, über seine Entschlossenheit, sein Herrschaftsgebiet auszudehnen, aber auch über seine positive – oder vielleicht besser neutrale – Einstellung gegenüber der Stiftung.«

»Ich weiß, was in Ihren Berichten steht. Fahren Sie fort!«

»Vor zwei Monaten bin ich zurückgekommen, Exzellenz. Damals gab es noch keinerlei Anzeichen für einen bevorstehenden Krieg, und es schien allen klar, daß Kalgan jeden möglichen Angriff zurückschlagen konnte. Vor vier Wochen tauchte dann plötzlich ein unbekannter Glücksritter auf und nahm Kalgan kampflos ein. Der frühere Kriegsherr ist mit größter Wahrscheinlichkeit tot. Niemand spricht von Verrat – es ist nur die Rede von der Macht und dem Einfallsreichtum dieses fremden Kondottieres – dieses Muli.«

»Dieses wer?« Der Bürgermeister beugte sich vor und starrte Captain Pritcher beleidigt an.

»Er ist unter dem Namen Muli bekannt, Exzellenz. Man weiß nicht viel über diesen Mann, aber was es an Gerüchten über ihn gibt, habe ich gesammelt und die herausgesucht, die der Wahrheit wohl am nächsten kommen. Er kommt offensichtlich aus sehr niedrigen Verhältnissen. Wer sein Vater war, ist unbekannt, und die Mutter starb bei seiner Geburt. Er wuchs als Vagabund auf, ein Kind der Raumhafenviertel und der Händlerschiffe. Diesen Namen, der Muli, unter dem er bekannt ist, soll er sich selbst gegeben haben. Seinen wirklichen kennt niemand. Muli steht, wie die volkstümliche Erklärung lautet, stellvertretend für seine ungeheure physische Stärke und die Raffinesse, mit denen er seine Ziele verfolgt.«

»Wie sieht es denn mit seiner militärischen Kraft aus, Captain? Die physische interessiert mich weniger.«

»Es ist von einer riesigen Flotte die Rede, Exzellenz, aber ich kann nicht sagen, wie weit diese Berichte von der Tatsache beeinflußt sind, daß Kalgan so rasch kapituliert hat. Das Gebiet, über das er herrscht, ist nicht besonders groß. Allerdings gibt es keine genaueren Angaben über die Grenzen. Ich bin der Meinung, Exzellenz, daß man sich mit diesem Mann etwas näher beschäftigen sollte.«

»Hmmm! Soso!« Der Bürgermeister verfiel in nachdenkliches Schweigen und zeichnete langsam mit vierundzwanzig Strichen seines Stiftes sechs hexagonal angeordnete Vierecke auf das oberste Blatt eines Schreibblocks, das er dann abriß, sauber zusammenfaltete und in den Abfallschlitz rechts von ihm steckte, wo es in einem Atomdesintegrator lautlos in seine Bestandteile aufgelöst wurde.

»Und jetzt verraten Sie mir bitte die Alternative, Captain. Sie sagen, daß man sich mit diesem Mann etwas näher beschäftigen ›sollte‹. Aber wie lautet denn Ihr *eigentlicher* Auftrag?«

»Exzellenz, irgendwo im Raum existiert ein Rattenloch von Planet, der offensichtlich keine Steuern bezahlt.«

»Und das ist alles? Vielleicht hat man es versäumt, Sie darüber aufzuklären, daß diese Leute, die ihre Steuern nicht bezahlen, die Nachkommen der rebellischen Händler aus unseren früheren Tagen sind – Anarchisten, Rebellen und Verrückte, die sich auf ihre Abstammung von der Stiftung berufen und die unsere Kultur verhöhnen. Vielleicht hat man es versäumt, Sie darüber aufzuklären, daß es nicht nur ein Planet ist, sondern daß es viele sind, mehr als wir wissen, und daß sich diese Planeten untereinander und mit den subversiven Elementen, die es auch innerhalb des Herrschaftsgebietes der Stiftung immer noch gibt, verschworen haben. Sogar hier bei uns gibt es sie, Captain!«

Der Bürgermeister hatte sich schnell wieder in der Gewalt. »Wußten Sie das, Captain?«

»Das alles ist mir bekannt, Exzellenz. Aber als Diener des Staates muß ich getreu dienen – und nur der dient getreu, der der Wahrheit dient. Wie immer die politischen Ziele dieser Händlernachkommen auch aussehen mögen – die Macht liegt bei den Kriegsherren, die sich die Splitter des alten Imperiums angeeignet haben. Die Händler besitzen weder Waffen noch andere Machtmittel. Und sie sind sich noch nicht einmal untereinander einig. Ich bin kein Steuereintreiber, der sich mit Bagatellen abgibt.«

»Sie sind Soldat, Captain Pritcher, und gehen von Waffen aus. Ich werde auf keinen Fall zulassen, daß Sie soweit gehen, selbst meiner Person den Befehl zu verweigern. Sehen Sie sich vor. Wenn man auch von meinem Gerechtigkeitssinn spricht, bedeutet das noch lange nicht Schwäche. Die Vergangenheit hat bewiesen, Captain, daß die Generäle des alten Imperiums uns ebenso wenig gefährlich werden konnten wie jetzt die Kriegsherren. Seldons Wissenschaft, die den Lauf der Geschichte vorhersagt, beruht nicht nur auf den Heldentaten eines einzelnen, wie Sie zu glauben scheinen, sondern auf den sozialen und ökonomischen Trends der Geschichte. Wir haben immerhin schon vier Krisen erfolgreich überwunden, oder nicht?«

»Das ist richtig, Exzellenz. Und doch kennt Seldons Wissenschaft nur einer richtig – und das ist, oder war, Seldon selbst. Wir können nur hoffen und vertrauen. In den ersten drei Krisen ist die Stiftung, so habe ich es jedenfalls in der Schule gelernt, von weisen Führern geleitet worden, die die Krisen vorausgesehen und rechtzeitig entsprechende Maßnahmen getroffen haben. Wer weiß, wie es ausgegangen wäre, wenn sie es nicht getan hätten.«

»Sicher, Captain. Nur haben Sie dabei die vierte Krise vergessen. Sie müssen doch zugeben, daß wir damals keine nennenswerte Führung hatten und gegen den intelligentesten Gegner, schwerste Geschütze und die stärkste Macht überhaupt antreten mußte. Trotzdem haben wir aufgrund der geschichtlichen Notwendigkeit gewonnen.«

»Das stimmt, Exzellenz. Aber diese Notwendigkeit, von der Sie sprechen, trat erst ein, nachdem wir über ein Jahr verzweifelt gekämpft hatten. Der notwendige Sieg hat uns fast fünfhundert Schiffe und eine halbe Million Menschenleben gekostet. Seldons Plan, Exzellenz, hilft denen, die sich selbst helfen.«

Bürgermeister Indbur runzelte die Stirn und war es plötzlich leid, den Geduldigen zu spielen. Er kam zu dem Schluß, daß Nachsichtigkeit nicht angebracht war, wenn sie zu endlosen Diskussionen führte und sich zu einem erhitzten Wortwechsel ausweitete.

»Wie auch immer, Captain«, erwiderte er deshalb steif, »Seldon ist die beste Garantie dafür, daß wir gegen die Kriegsherren gewinnen, und außerdem haben wir so schon genug zu tun, so daß ich eine Kräfteverschwendung einfach nicht erlauben kann. Diese Händler, die Sie als völlig ungefährlich betrachten, stammen von der Stiftung ab. Ein Krieg mit ihnen wäre ein Bürgerkrieg. In diesem Punkt gibt uns Seldons Plan keine Garantie, da auch *sie* zur Stiftung gehören. Sie müssen also zur Vernunft gebracht werden. Ich verlange, daß Sie Ihren Auftrag ausführen.«

»Exzellenz . .«

»Sie sind nicht gefragt worden, Captain. Führen Sie Ihren Befehl aus. Weitere Insubordination mir oder meinen Stellvertretern gegenüber werde ich als Landesverrat betrachten. Sie können gehen.«

Captain Pritcher beugte noch einmal das Knie und verließ dann rückwärts den Raum.

Bürgermeister Indbur, der dritte dieses Namens und der zweite Bürgermeister in der Geschichte der Stiftung, der dieses Amt durch Erbrecht angetreten hatte, fand langsam sein seelisches Gleichgewicht zurück und nahm ein neues Blatt von dem ordentlichen Stapel zu seiner Linken. Es handelte sich um einen Bericht über gewisse Einsparungen aufgrund von Einschränkungen bei den Metallbesätzen an den Uniformen der Polizeikräfte. Bürgermeister Indbur strich ein überflüssiges Komma aus, korrigierte ein falsch geschriebenes Wort, machte drei Randnotizen und legte das Blatt dann auf den ordentlichen Stapel zu seiner Rechten. Er nahm ein neues Blatt von dem ordentlichen Stapel zu seiner Linken . . .

Als Captain Han Pritcher vom Nachrichtendienst in sein Quartier zurückkehrte, fand er dort eine für ihn bestimmte Personalkapsel vor. Sie enthielt knappe Anweisungen, die rot unterstrichen und mit dem Stempel *»Dringend«* versehen waren. Unterschrieben war das Papier vom Bürgermeister persönlich.

Man schickte Captain Pritcher »unverzüglich auf den Rebellenplaneten Haven«.

Allein in seinem leichten Einmannjet nahm der Captain ruhig und bestimmt Kurs auf Kalgan, und in dieser Nacht schlief er den tiefen Schlaf eines starrsinnigen Mannes, der sich erfolgreich durchgesetzt hat.

13

Lieutenant und Clown

Wenn die Eroberung von Kalgan durch die Truppen des Muli auch siebentausend Parseks entfernt die Neugier eines alten Händlers, das Mißtrauen eines hartnäckigen Capitains und den Zorn eines pedantischen Bürgermeisters erregt hatte, so waren doch auf Kalgan selbst kaum

Veränderungen zu bemerken. Es ist die unvermeidliche Lektion für die Menschheit, daß sowohl zeitlicher wie auch räumlicher Abstand vieles deutlicher werden lassen, wenn man auch feststellen muß, daß die Menschheit diese Lektion nie gelernt hat.

Kalgan war und blieb Kalgan. Dieser Planet schien der einzige in jenem Quadranten der Galaxis zu sein, auf dem nicht bekannt war, daß das Imperium untergegangen war, daß die Stannells nicht mehr an der Herrschaft waren, daß die Macht zerbröckelt und die Zeit des Friedens vorbei war.

Kalgan war eine Welt des Luxus, und während das Gebäude der Menschheit in sich zusammenfiel, hielt sie ihren guten Ruf als Vergnügungszentrum, als Käufer von Gold und Verkäufer von Freizeitvergnügen aufrecht.

An diesem Planeten gingen die harten Zeiten der Geschichte spurlos vorbei, denn welcher Eroberer würde schon eine Welt, die über das entsprechende Kleingeld verfügte, sich Immunität erkaufen zu können, zerstören oder ernsthaft schädigen.

Trotzdem war Kalgan dann doch zum Hauptquartier eines Kriegsherrn geworden, der hier seine eigenen Gesetze eingeführt hatte.

Die gezähmten Dschungel, die gepflegten Strände und die blühenden Städte hallten wider von den Schritten angeworbener Söldner und beeindruckter Bürger. Die Planeten, die zu der Provinz Kalgan gehörten, wurden bewaffnet und ihr Geld zum erstenmal nicht für Bestechungen, sondern für die Anschaffung von Kriegsschiffen ausgegeben. Der neue Herrscher ließ keinen Zweifel daran, daß er entschlossen war, zu verteidigen, was ihm gehörte, und bestrebt, seinen Eroberungszug fortzusetzen.

Er war einer der großen Männer der Galaxis, ein Mann, der Krieg und Frieden machte, der ein Imperium aufbaute und eine Dynastie begründete.

Und dann war dieser Unbekannte mit dem lächerlichen Spitznamen gekommen und hatte ihn mitsamt seinen Waffen und seinem zukünftigen Imperium erobert – und das ohne einen einzigen Schuß.

Doch auf Kalgan ging das Leben wie gewohnt weiter, die uniformierten Bürger nahmen ihr altes Leben wieder auf, während die Söldner in die Truppen des neuen Herrschers eingegliedert wurden.

Es wurden wieder Jagden auf die zahmen Tiere des Dschungels veranstaltet, die nie ein Menschenleben forderten, und die Vogeljagden mit Jetgleitern, die nur für die großen Vögel tödlich endeten.

In den Städten konnte man wieder wie gewohnt den Vergnügungen nachgehen, wie sie sich mit der Größe der jeweiligen Geldbörse vereinbaren ließen, angefangen von den Vergnügungsstätten, die für einen halben Kredit der großen Masse der Erholungssuchenden zugänglich waren, bis zu jenen, die nur den Reichen offenstanden.

Toran und Bayta gingen in dem großen Strom der Urlauber unter, die täglich auf Kalgan ankamen. Sie ließen ihr Schiff in einem öffentlichen Hangar auf der Östlichen Halbinsel zurück und fuhren zu ihrem Ferienort an der Ostküste, wo sich die Angehörigen des Mittelstandes trafen. Man konnte sich hier genauso vergnügen wie anderswo auch, nur mit dem Unterschied, daß diese Gegend nicht so überlaufen war.

Bayta trug eine dunkle Sonnenbrille und ein dünnes weißes Kleid gegen die Hitze. Sie hatte ihre Knie umschlungen und sah jetzt abwesend auf ihren Mann, der langausgestreckt im weißen Sand lag.

»Übertreib es nicht«, hatte sie am ersten Tag zu ihm gesagt, aber Toran stammte von einem sterbenden Stern, und auch wenn er drei Jahre auf der Stiftung verbracht hatte, waren Sonne und Wärme noch immer etwas nicht Alltägliches für ihn. Nachdem er seine Haut zuvor einer Spezialbehandlung gegen Sonnenempfindlichkeit unterzogen hatte, lag er jetzt schon den vierten Tag hier am Strand.

Bayta legte sich dicht neben ihn, und die beiden jungen Leute begannen, sich leise zu unterhalten.

»Nein, wir sind wirklich noch keinen Schritt weitergekommen«, brummte Toran düster. »Wer ist er? Und vor allem, wo ist er? Auf dieser Welt erfährt man rein gar nichts über ihn. Vielleicht gibt es ihn überhaupt nicht.«

»Natürlich gibt es ihn«, erwiderte Bayta, ohne die Lippen zu bewegen. »Er ist einfach gerissen, das ist alles. Ich glaube, dein Onkel hat recht. Er könnte uns ganz nützlich sein – wenn uns noch soviel Zeit bleibt.«

Nach kurzem Schweigen flüsterte Toran: »Weißt du, Bay, ich habe mir in den letzten Tagen eine ganze Menge durch den Kopf gehen lassen. Und auf einmal scheint alles so leicht und einfach.« Seine Stimme wurde leiser, als würde er sich wieder in Träumereien verlieren, doch er rief sich in die Wirklichkeit zurück. »Weißt du noch, was Dr. Amann am College gesagt hat, Bay? Die Stiftung könne nie verlieren. Aber das heißt doch noch lange nicht, daß auch die Herrscher der Stiftung nie verlieren können. Hat die eigentliche Geschichte der Stiftung nicht damit begonnen, daß Salvor Hardin die Enzyklopädisten entmachtete und sich zum ersten Bürgermeister des Planeten Terminus ernannte? Und ist nicht im darauffolgenden Jahrhundert Hober Mallow mit ähnlich drastischen Methoden an die Macht gekommen? Es ist also schon *zweimal* vorgekommen, daß die Herrscher besiegt worden sind, also warum sollte es nicht auch diesmal möglich sein. Und warum nicht durch uns?«

»Deine Ideen sind uralt, Toran. Wirklich reine Zeitverschwendung.«

»Ist es das wirklich? Überleg doch mal weiter. Was ist Haven? Gehören wir nicht auch zur Stiftung? Wenn wir also gewinnen, gewinnt damit doch auch die Stiftung, nur die augenblicklichen Herrscher verlieren.«

»Zwischen dem, was wir wirklich ›können‹, und dem, was wir wollen liegt ein himmelweiter Unterschied, Toran. Also Schluß mit deinen Hirngespinsten.«

»Du hast nur wieder mal schlechte Laune«, brummte Toran. »Warum willst du mir unbedingt den Spaß verderben? Ich werde jetzt schlafen, wenn du nichts dagegen hast.«

Aber Bayta hörte ihm nicht mehr zu. Sie reckte den Kopf und begann plötzlich zu kichern. Dann nahm sie ihre Sonnenbrille ab und starrte den Strand hinunter, wobei sie ihre Augen mit einer Hand gegen die grelle Sonne abschirmte.

Toran hob den Kopf und drehte sich herum, um ihrem Blick zu folgen. Es war offensichtlich die spindeldürre Gestalt ein Stück von ihnen entfernt, die Baytas Aufmerksamkeit erregt hatte. Es war ein Mann, der die Beine hoch in die Luft gestreckt hatte und zum Vergnügen einer gaffenden Menge auf den Händen über den Sand lief. Er gehörte zu der großen Schar von Bettlern, die für ein paar Münzen ihre Verrenkungen machten.

Jetzt tauchte ein Strandwächter auf, um ihn zu verjagen, doch der Clown balancierte mit erstaunlicher Geschicklichkeit auf einer Hand und drehte dem Aufseher mit der anderen eine lange Nase. Als sich dieser daraufhin dem Clown mit einer drohenden Gebärde näherte, traf ihn ein Fußtritt in den Magen. Noch in der Bewegung des Trittes kam der Bettler behende auf die Füße und lief davon, während die aufgebrachte Menge den Aufseher vorerst an der Verfolgung hinderte.

Der Clown kam im Zickzack den Strand entlang, ging hier und da etwas langsamer, blieb aber nie stehen. Die Zuschauer hatten sich inzwischen wieder zerstreut, und auch der Aufseher war verschwunden.

»Ein komischer Vogel«, sagte Bayta belustigt, und Toran nickte gleichgültig. Der Clown war jetzt so nah, daß sie ihn gut erkennen konnten. Sein Gesicht wirkte durch die große Nase mit der breiten Spitze noch hagerer. Die langen, dürren Glieder und der dünne Körper, um die ein buntes Kostüm schlotterte, bewegten sich leicht und anmutig, trotzdem hatte man den Eindruck, als seien sie aufs Geratewohl zusammengeworfen worden.

Wenn man ihn ansah, mußte man unwillkürlich lachen.

Der Clown schien plötzlich zu merken, daß er beobachtet wurde, denn er war schon an ihnen vorbei, als er wieder kehrtmachte und zu ihnen trat, wobei sich seine großen braunen Augen auf Bayta hefteten.

Die junge Frau wurde verlegen.

Der Clown lächelte, wodurch sein spitzes Gesicht noch trauriger wirkte.

»Wenn ich von dem Verstand Gebrauch machen wollte, den mir der gute Geist gegeben hat, dann müßte ich mir sagen, daß diese Dame, die ich hier vor mir sehe, nicht wirklich sein kann«, begann er mit dem weichen Akzent der Zentralsektoren. »Denn welcher vernünftig denkende Mensch würde einen Traum als Realität ansehen. Trotzdem möchte ich lieber unvernünftig sein und meinen entzückten Augen Glauben schenken.«

Bei seinen Worten weiteten sich Baytas Augen. »Oooh«, seufzte sie.

Toran lachte. »Was für ein Schmeichler, meine bezaubernde Gattin. Los, Bay, das ist fünf Kredite wert. Gib sie ihm für seine Vorführung.«

Doch der Clown hatte schon abwehrend die dürren Arme hochgerissen. »Oh nein, meine Dame, Sie verkennen meine Absicht. Ich habe nicht um des Geldes willen, sondern um Ihrer strahlenden Augen und Ihrer Schönheit willen gesprochen.«

»Dann vielen Dank.« Bayta wandte sich an Toran. »Glaubst du, er hat einen Sonnenstich?«

»Aber nicht nur um der äußeren Schönheit willen«, fuhr der Clown immer erregter fort, »sondern auch der Klugheit, des Selbstbewußtseins und der Freundlichkeit des Geistes wegen.«

Toran erhob sich und streifte den kurzen weißen Bademantel über, der neben ihm lag. »So, und jetzt verrate mir, was du wirklich willst, mein Freund, und hör auf, die Dame zu belästigen.«

Der Clown wich erschrocken einen Schritt zurück, und sein magerer Körper zuckte zusammen. »Ich wollte bestimmt niemanden beleidigen, mein Herr. Ich bin fremd hier, und man sagt, ich sei etwas verwirrt im Kopf, aber trotzdem kann ich den Ausdruck eines Gesichts deuten. Aus den Zügen dieser Dame spricht ein freundliches Herz, das mir seine Hilfe in einer Notlage gewiß nicht versagt.«

»Können fünf Kredite diese Notlage beseitigen?« fragte Toran trocken und streckte dem Clown eine Münze entgegen.

Als dieser keine Anstalten machte, das Geld zu nehmen, mischte sich Bayta ein. »Laß mich mit ihm reden, Torie.« Dann fügte sie rasch hinzu: »Du darfst ihm nicht böse sein, weil er so seltsam spricht. Es ist doch nur sein Dialekt, und unsere Sprache klingt für ihn wahrscheinlich genauso fremd.«

Sie wandte sich an den Clown. »Was für Schwierigkeiten hast du? Es ist doch nicht der Strandaufseher, oder? Er wird dir nichts tun.«

»Oh, nein, nein, nicht er. Er ist nichts weiter als eine schwache Brise, die den Staub um meine Knöchel aufwirbelt. Ich fliehe vor einem anderen, und er ist ein Sturm, der die Welten zur Seite wirbelt. Vor einer Woche bin ich davongelaufen, habe in den Straßen der Stadt geschlafen und mich in der Menge versteckt. Ich habe schon in so vielen Gesichtern nach Hilfe gesucht, und hier finde ich sie nun.« Er wiederholte den letzten Teil etwas leiser und vorsichtiger, und in seinen Augen lag ein besorgter Ausdruck. »Und hier finde ich sie nun.«

»Nun, ich würde dir sehr gern helfen«, antwortete Bayta besonnen, »aber ich glaube nicht, daß ich dich vor einem Wirbelsturm beschützen kann. Um ganz ehrlich zu sein . . .«

Von irgendwo vor ihnen ertönte plötzlich eine mächtige Stimme.

»Da hätten wir ihn ja, diesen dreckigen Mistkerl . . .«

Es war der Strandaufseher, der mit hochrotem Kopf und einem gezückten Betäubungsstrahler auf sie zugelaufen kam.

»Halten Sie ihn fest. Lassen Sie ihn nicht entwischen.« Er hatte den Clown jetzt erreicht und packte ihn so fest an der Schulter, daß dieser einen wimmernden Laut ausstieß.

»Was hat er denn verbrochen?« wollte Toran wissen.

»Was er verbrochen hat? Sie fragen, was er verbrochen hat? Hör sich das einer an!« Der Aufseher zog ein rotes Taschentuch aus seiner Gürteltasche und wischte sich damit über seinen Nacken. »Ich werde Ihnen sagen, was er verbrochen hat«, sagte er langsam und genüßlich. »Er ist entflohen. Jeder auf Kalgan weiß das, und wenn er nicht diesen Zirkus auf seinen Händen veranstaltet hätte, hätte ich ihn schon früher erkannt.« Er schüttelte seinen Gefangenen in einem plötzlichen Anfall guter Laune grinsend an den Schultern.

»Er ist also entflohen, Sir?« fragte Bayta lächelnd. »Woraus denn?«

Um sie herum hatte sich inzwischen eine kleine Menschenmenge versammelt, und je mehr Zuhörer er hatte, desto wichtiger kam sich der Aufseher vor.

»Sie wollen wissen, woraus er entflohen ist?« rief er deklamierend. »Sagen Sie mir, haben Sie schon einmal etwas vom Muli gehört?«

Um sie herum wurde es mit einem Schlag totenstill, und Bayta spürte, wie sich ihr Magen bei dem Namen verkrampfte. Der Clown hielt unverwandt den Blick auf sie gerichtet – er zitterte noch immer unter dem harten Griff des Aufsehers.

»Und wer könnte dieses Lumpenbündel schon anders sein«, fuhr der Aufseher gewichtig fort, »als der Hofnarr seiner Lordschaft, der davongelaufen ist.« Wieder schüttelte er seinen Gefangenen. »Gibst du es zu, Narr?« Die Antwort war die nackte Furcht, die im Gesicht des Clowns stand. Bayta flüsterte ihrem Mann etwas zu.

Toran ging auf den Mann zu. »Ich würde vorschlagen, daß Sie den Mann jetzt erst einmal wieder loslassen. Er war gerade dabei, uns ein Tänzchen vorzuführen, und er hat sich seine fünf Kredite noch nicht verdient.«

»Ja, sicher!« Die Stimme des Aufsehers klang plötzlich beunruhigt. »Aber es ist eine Belohnung auf ihn ausgesetzt . . .«

»Sie werden sie bekommen, wenn Sie beweisen können, daß dieser Mann hier der Gesuchte ist. Und bis dahin ziehen Sie sich bitte zurück. Es ist Ihnen doch klar, daß Sie sich mit einem Gast anlegen, und das könnte ernste Folgen für Sie haben.«

»Und Sie legen sich mit seiner Lordschaft an, und das könnte ernste Folgen für *Sie* haben.« Er schüttelte den Clown noch einmal. »Gib dem Mann sein Geld zurück, du Bastard.«

Torans Hand schoß vor und entriß dem Aufseher die Pistole, wobei er ihm fast den halben Zeigefinger mit abgerissen hätte. Der Mann stieß einen Schrei aus, der eine Mischung aus Schmerz und Wut war. Toran schob ihn heftig zur Seite, und der Clown nutzte die Gelegenheit, sich hinter ihm zu verstecken.

Die Menge, die inzwischen nicht mehr zu überschauen war, schenkte den jüngsten Entwicklungen kaum Beachtung. Viele verdrehten die Köpfe und drängten weiter nach außen, als hätten sie beschlossen, ihren Abstand zum Zentrum des Geschehens aus Sicherheitsgründen zu vergrößern.

Plötzlich brach Unruhe aus, und weiter weg konnte man einen barschen Befehl hören. Es bildete sich eine Gasse, durch die nun zwei Männer mit schlagbereiten Elektropeitschen kamen. Auf ihren dunkelroten Hemden prangte ein herabfahrender Blitz, der einen Planeten unter ihm teilte. Den beiden folgte ein dunkler Riese in der Uniform eines Lieutenants. Nicht allein seine Hautfarbe war dunkel, auch sein Haar und seine Miene.

Der Riese sprach gefährlich leise, so, als habe er es nicht nötig, zu brüllen, um sich durchsetzen zu können. »Haben Sie uns benachrichtigt?« fragte er.

Der Aufseher hielt sich noch immer seine schmerzende Hand. »Ich erhebe Anspruch auf die ausgesetzte Belohnung«, erwiderte er mit verzerrtem Gesicht, »und ich beschuldige diesen Mann da . . .«

»Sie bekommen Ihre Belohnung«, unterbrach ihn der Lieutenant, ohne ihn anzusehen. Er winkte seinen Männern. »Abführen!«

Toran fühlte, wie sich der Clown verzweifelt an den Saum seines Bademantels klammerte.

»Tut mir leid, Lieutenant«, wandte er betont selbstsicher ein, »aber der Mann gehört mir.«

Die Soldaten hörten seine Worte mit ausdruckslosen Gesichtern. Einer hob langsam die Peitsche, ließ sie aber auf einen knappen Befehl des Lieutenants hin wieder sinken.

Der Offizier drehte sich zu Toran herum und baute sich in seiner ganzen Größe vor ihm auf. »Wer sind Sie?«

»Ein Bürger der Stiftung!«

Die Antwort machte Eindruck – zumindest auf die Menge. Das abwartende Schweigen verwandelte sich in aufgeregtes Flüstern. Der Name des Muli mochte zwar Furcht bei den Leuten erwecken können, aber letztendlich war er doch nur ein neuer Mann, während die Stiftung schon sehr alt war – sie hatte selbst das Imperium besiegt und beherrschte nun allein durch die Angst, die man vor ihr hatte, einen ganzen Quadranten der Galaxis mit rücksichtslosem Despotismus.

Der Lieutenant verzog keine Miene. »Wissen Sie, wer dieser Mann da hinter Ihnen ist?«

»Man hat mir gesagt, er sei vom Hof Ihres Führers geflohen, doch das einzige, was ich mit Sicherheit weiß, ist, daß er mein Freund ist. Sie müssen schon eindeutige Beweise für seine Identität vorlegen können, wenn Sie ihn mitnehmen wollen.«

Die Menge murmelte aufgeregt, doch der Lieutenant schenkte ihr keine Beachtung. »Haben Sie Papiere mit, aus denen hervorgeht, daß Sie Bürger der Stiftung sind?«

»Sie befinden sich auf meinem Schiff.«

»Sind Sie sich darüber im klaren, daß das, was Sie tun, illegal ist? Ich könnte Sie auf der Stelle erschießen lassen.«

»Sicher könnten Sie das. Aber damit hätten Sie einen Bürger der Stiftung erschossen, und das hätte mit größter Wahrscheinlichkeit zur Folge, daß man Sie – gevierteilt – als teilweise Wiedergutmachung zur Stiftung schicken würde. Es ist nicht das erstemal, daß ein Kriegsherr dies tut.«

Der Lieutenant fuhr sich über die Lippen. Er wußte, daß Toran recht hatte.

»Wie heißen Sie?« wollte er wissen.

Toran spürte, daß er Oberwasser hatte, und nutzte dies entsprechend aus. »Ich stehe Ihnen für weitere Auskünfte in meinem Schiff bereit. Sie können die Positionsnummer beim Hangar erfragen. Es ist dort unter dem Namen ›Bayta‹ registriert.«

»Sie geben den Entflohenen nicht heraus?«

»Vielleicht, wenn der Muli persönlich kommt, um ihn abzuholen. Schicken Sie Ihren Führer zu mir!«

Der Offizier wandte sich brüsk ab. »Zerstreut die Menge«, befahl er seinen Männern mühsam beherrscht.

Unter den Schlägen der Elektropeitschen stob die Menge kreischend auseinander.

Toran war schweigsam, als sie zurück zum Hangar gingen. Nur einmal riß er sich aus seinen Gedanken. »Liebe Galaxis, Bay, das möchte ich nicht noch einmal durchstehen«, sagte er fast zu sich selbst. »Ich habe Blut und Wasser geschwitzt . . .«

»Ja, ich hätte dich beinahe nicht wiedererkannt«, meinte sie mit einer Stimme, die immer noch zitterte. In ihren Augen lag etwas wie Bewunderung.

»Ich weiß eigentlich noch immer nicht genau, was passiert ist. Ich habe einfach dagestanden mit einer Pistole, mit der ich noch nicht einmal richtig umzugehen wußte, und mich durchgesetzt. Warum ich das getan habe, weiß ich selbst nicht mal richtig.«

Er sah auf die andere Seite des Ganges in dem Kurzstreckenjet, der sie zum Hangar brachte, zu dem Platz hinüber, in dem der Clown des Muli zusammengesunken eingeschlafen war. »Es war die Hölle.«

Der Lieutenant stand steif vor dem Garnisonschef. »Gut gemacht«, lobte ihn der Colonel. »Sie haben damit Ihren Teil erfüllt.«

Der Lieutenant zog sich nicht sofort zurück, sondern erwiderte mit besorgter Miene: »Der Muli ist öffentlich gedemütigt worden durch diesen Vorfall, Sir. Es wird notwendig sein, entsprechende Maßnahmen zu ergreifen, um den fälligen Respekt wiederherzustellen.«

»Diese Maßnahmen sind bereits getroffen worden.«

Der Lieutenant wandte sich halb um und antwortete fast widerwillig: »Befehle sind Befehle, Sir, und es ist die Pflicht eines Soldaten, zu gehorchen, aber vor diesem Mann mit seiner Betäuberpistole zu stehen und einfach seine Frechheiten zu schlucken – wirklich, Sir, das war die Hölle.«

14

Der Mutant

Der »Hangar« auf Kalgan war aus der Notwendigkeit heraus entstanden, die zahlreichen Schiffe der Besucher, die von anderen Planeten kamen, unterzubringen und gleichzeitig diesen Besuchern eine Unterkunft zu bieten. Der kluge Kopf, dem diese eigentlich einfache Lösung eingefallen war, war schnell zum Millionär aufgestiegen, und seine Erben zählten zu den reichsten Leuten auf Kalgan.

Der »Hangar« dehnt sich über mehrere Quadratmeilen aus, und der Ausdruck »Hangar« trifft im Grunde nicht den Kern der Sache. Es handelt sich genauer gesagt um ein Hotel – ein Hotel für Schiffe. Der Reisende bezahlt im voraus, und dann bekommt er einen Liegeplatz für sein Schiff zugewiesen, von wo aus er jederzeit wieder starten kann. Der Besucher wohnt in seinem Schiff, und gegen einen Aufpreis stehen ihm auch die üblichen Hotelleistungen wie die Verpflegung mit Nahrungsmitteln und die medizinische Versorgung sowie normale Schiffswartung und Beförderung in das Landesinnere zur Verfügung.

Der Besucher spart bei diesem System, denn er bezahlt nicht für Raumhangar und Hotel getrennt. Der Besitzer verkauft mit entsprechendem Gewinn ein Stück Boden für eine bestimmte Zeit, und die Regierung streicht enorme Steuern ein. Jeder hat seinen Spaß, und niemand verliert dabei. Einfach!

Der Mann, der sich jetzt leise durch die breiten Korridore bewegte, die die einzelnen Flügel des Hangars untereinander verbanden, hatte schon des öfteren über Neuartigkeit und Nützlichkeit des oben beschriebenen Systems nachgedacht, aber solche Gedanken waren müßigen Momenten vorbehalten und hier gänzlich fehl am Platze.

Vor ihm ragten die Schiffsrümpfe in ihren Liegeplätzen auf, und der

Mann schritt suchend Reihe für Reihe ab. Er war ein Experte auf diesem Gebiet, und auch wenn er bei der Hangarregistratur nicht mehr als den Flügel hatte erfahren können, in dem sich das gesuchte Schiff befand – und in jedem Flügel lagen Hunderte – halfen ihm doch seine speziellen Kenntnisse, genau diese eine zu finden.

Der Mann seufzte lautlos, blieb stehen und suchte eine der Reihen ab – ein unbedeutendes Insekt – angesichts der gewaltigen Metallmonster, die hier ruhten.

Hier und da drang Licht aus einem Bullauge heraus, das erkennen ließ, daß seine Besitzer schon früher von organisierten Vergnügen zu einfacheren – oder intimeren – Vergnügen in ihre eigenen vier Wände zurückgekehrt waren.

Der Mann zögerte, und sein Mund hätte sich wahrscheinlich in diesem Augenblick zu einem Lächeln verzogen, wenn er jemals gelächelt hätte. Dafür vollzog sich aber wohl in den Windungen seines Gehirns nun das geistige Äquivalent zu einem Lächeln.

Das Schiff, vor dem er schließlich stehenblieb, war schlank und offenbar sehr schnell. Die eigenartige Form bewies ihm, daß er am Ziel war. Es war keins der üblichen Modelle, sondern etwas Besonderes. Die meisten Schiffe, die in diesem Quadranten der Galaxis gebaut wurden, waren entweder Kopien von Schiffen der Stiftung oder von Technikern der Stiftung für den Export gebaut. Das hier aber war eindeutig ein Schiff der Stiftung – es wies zum Beispiel die typischen Ausbuchtungen in der Außenhaut auf, die Knoten des Schutzschirms, mit dem nur Schiffe der Stiftung ausgerüstet waren. Es gab noch weitere Merkmale.

Der Mann zögerte nicht.

Die elektronische Schranke, die die Schiffe umgab, ein Eingeständnis an die Privatsphäre der Besucher seitens der Hangarverwaltung, konnte den abendlichen Besucher nicht aufhalten. Zudem bedeutete ihm die Privatsphäre anderer nicht allzu viel. Mit Hilfe eines speziellen Neutralisators, den er bei sich trug, überwand er sie, ohne den Alarm auszulösen.

So erfuhr man im Schiff selbst also erst von der Anwesenheit eines Besuchers draußen, als dieser die Hand auf die kleine Photozelle neben der Hauptschleuse legte, worauf in der Wohnkabine ein gedämpftes Summen erklang.

Während dieser schweigenden und letzten Endes erfolgreichen Suche saßen Toran und Bayta in der recht zweifelhaften Sicherheit der Stahlwände ihrer *Bayta*. Der Clown des Muli, der den beiden erzählt hatte, daß er den beeindruckenden Namen Magnifico Giganticus trug, saß am Tisch und schlang das Essen in sich hinein, das Bayta vor ihn hingestellt hatte.

Mit traurigen braunen Augen sah er jetzt die junge Frau an, die in der Küche, wo er aß, hantierte.

»Der Dank eines Schwachen hat nicht viel Wert«, murmelte er, »aber Sie sollen ihn trotzdem bekommen, denn ich habe in dieser letzten Woche nur wenig gegessen – und wenn auch mein Körper schmächtig ist, so ist mein Appetit um so mächtiger.«

»Dann iß!« forderte ihn Bayta lächelnd auf. »Und vergeude deine Zeit nicht mit Dankesbezeugungen. Wenn ich mich recht erinnere, gibt es doch ein altes Sprichwort über Dankbarkeit.«

»Ja, das gibt es, Mylady. Ein weiser Mann soll einmal gesagt haben: ›Dankbarkeit ist am ehrlichsten, wenn sie nicht in leere Worte ausartet.‹ Aber leider scheine ich nur aus leeren Worten zu bestehen, Mylady. Als meine leeren Worte dem Muli noch gefielen, brachten sie mir ein Hofkostüm und einen großen Namen ein – Sie müssen wissen, daß mein ursprünglicher Name Bobo war, ein Name, der ihm nicht gefiel –, und dann, als meine leeren Worte ihn langweilten, brachten sie mir nur noch Schläge und Peitschenhiebe ein.«

Toran kam aus der Pilotenkabine zu ihnen. »Wir können nur warten. Ich hoffe, daß der Muli soviel Verstand hat einzusehen, daß ein Stiftungsschiff Stiftungsgebiet ist.«

Magnifico Giganticus, der frühere Bobo, riß die Augen auf. »Groß ist die Stiftung, vor der selbst die grausamen Diener des Muli erzittern.«

»Hast du auch schon von der Stiftung gehört?« fragte Bayta freundlich.

»Wer hat nicht schon von ihr gehört?« flüsterte Magnifico geheimnisvoll. »Man erzählt, daß es eine Zauberwelt ist, wo es Feuer gibt, das Planeten verzehrt, und seltsame und mächtige Geheimnisse. Es heißt, daß selbst dem höchsten Adel der Galaxis nie so große Ehre und Achtung zuteil wird wie einem einfachen Mann, der von sich sagen kann: ›Ich bin ein Bürger der Stiftung‹, und sei er auch nur ein Schiffbrüchiger oder ein Nichts wie ich.«

»Du wirst nie mit deinem Essen fertig werden, Magnifico, wenn du jetzt nicht aufhörst zu reden«, ermahnte ihn Bayta. »Hier, trink einen Schluck Milch. Sie schmeckt gut und ist gesund.«

Sie stellte einen Krug auf den Tisch und zog Toran aus der Küche.

»Was fangen wir jetzt an, Torie – ich meine, mit ihm da?« fragte sie und deutete mit dem Kopf in Richtung Küche.

»Wie meinst du das?«

»Ich meine, geben wir ihn heraus, wenn der Muli kommt?«

»Sicher, Bay. Was sollen wir sonst tun?« Seine Stimme klang unsicher, eine Tatsache, die noch von der nervösen Handbewegung unterstrichen wurde, mit der er sich eine Locke aus der Stirn strich.

»Bevor wir hierher kamen, hatte ich irgendwie angenommen, wir brauchten einfach nur nach dem Muli zu fragen und könnten dann sofort den geschäftlichen Teil unseres Besuches hier erledigen – unseren Auftrag erfüllen und weiter nichts.«

»Ich verstehe, was du meinst, Torie. Ich habe auch gehofft, daß wir dem Muli nicht persönlich begegnen würden. Ich dachte, wir könnten hier ein paar Informationen aus erster Hand sammeln und sie dann an die Leute weitergeben, die etwas mit ihnen anfangen können und etwas mehr als wir von interstellaren Intrigen verstehen! Ich bin nicht gerade ein begeisterter Spion.«

»Ein Punkt, den wir gemeinsam haben, Bay.« Er verschränkte die Arme und runzelte die Stirn. »Was für eine Situation! Wir hätten wahrscheinlich nie erfahren, daß es den Muli wirklich gibt, wenn nicht diese Sache mit seinem Hofnarren passiert wäre. Glaubst du, daß er kommen wird, um ihn sich abzuholen?«

Bay blickte zu ihm hoch. »Ich weiß nicht, was mir am liebsten wäre. Ich weiß überhaupt nichts mehr? Du?«

In diesem Augenblick ertönte der Summer. »Der Muli!« flüsterte Bayta ausdruckslos.

Magnifico war in der Tür aufgetaucht. »Der Muli?« echote er mit vor Schreck geweiteten Augen. Seine Stimme war nur noch ein Wimmern.

»Ich muß ihn hereinlassen«, murmelte Toran.

Er drückte auf einen Knopf, worauf sich die Luftschleuse öffnete und die äußere Tür hinter dem Neuankömmling wieder zuglitt. Auf dem Schirm war nur eine einzelne Gestalt zu erkennen.

»Es ist nur einer«, stellte Toran mit offensichtlicher Erleichterung fest. Mit bebenden Fingern schaltete er die Sprechanlage ein. »Wer sind Sie?«

»Ich schlage vor, Sie lassen mich erst herein, ja?« ertönte es leise aus dem Lautsprecher.

»Ich möchte Sie darüber aufklären, daß Sie sich auf einem Stiftungsschiff und damit laut internationalem Abkommen auf Stiftungsterritorium befinden.«

»Das weiß ich.«

»Machen Sie keine falsche Bewegung, sonst schieße ich. Ich bin bewaffnet.«

»Verstanden!«

Toran öffnete die innere Tür und legte den Finger an den Abzug seiner Waffe. Von draußen erklangen Schritte, dann wurde die Tür zur Kabine aufgedrückt, und im selben Augenblick rief Magnifico: »Das ist nicht der Muli. Das ist nur ein Mensch.«

Der »Mensch« verneigte sich flüchtig vor dem Clown. »Sehr richtig. Ich bin nicht der Muli.« Er breitete die Hände aus. »Ich bin unbewaffnet und komme in friedlicher Absicht. Sie können Ihren Strahler ruhig herunternehmen. Ihre Hand zittert so stark, daß es mich etwas beunruhigt.«

»Wer sind Sie?« fragte Toran barsch.

»Das könnte ich *Sie* fragen«, erwiderte der Fremde ruhig, »denn schließlich sind Sie es, der sich als jemand ausgegeben hat, der er gar nicht ist.«

»Wie kommen Sie zu dieser Behauptung?«

»Sie haben behauptet, Bürger der Stiftung zu sein, obwohl es im Augenblick keinen autorisierten Händler auf diesem Planeten gibt.«

»Sie irren sich. Außerdem, woher wollen Sie das wissen?«

»Weil *ich* ein Bürger der Stiftung *bin* und Papiere habe, die das beweisen. Wo sind denn Ihre?«

»Ich glaube, Sie machen jetzt besser, daß Sie verschwinden.«

»Sie können mir nicht drohen. Wenn Sie mit den Methoden der Stiftung vertraut sind, und ich nehme an, daß Sie das sind, auch wenn Sie kein Bürger der Stiftung sind, dann wissen Sie, daß automatisch das nächstgelegene Hauptquartier der Stiftung alarmiert wird, wenn ich nicht zu einer bestimmten Zeit wieder zurück auf meinem Schiff bin – dann nützen Ihnen auch Ihre Waffen nichts mehr.«

Toran zögerte unentschlossen, bis sich Bayta schließlich einmischte. »Steck den Strahler weg, Toran. Ich meine, du kannst ihm glauben.«

»Danke«, sagte der Fremde.

Toran legte die Waffe auf den Stuhl neben sich. »Was halten Sie davon, wenn Sie uns jetzt endlich verraten, warum Sie hier sind?«

Der Fremde blieb unbeweglich stehen. Er war groß und breit, und die harten Züge seines Gesichtes verrieten, daß ihm lächeln fremd war. Nur in seinen Augen lag ein weicher Ausdruck.

»Neuigkeiten verbreiten sich immer schnell«, begann er, »besonders wenn sie recht unglaublich klingen. Wahrscheinlich weiß mittlerweile jeder auf Kalgan, daß die Männer des Muli eine ganz schöne Schlappe von zwei Touristen der Stiftung einstecken mußten. Ich war über die wichtigsten Einzelheiten bereits kurz nach dem Geschehen informiert, und da sich, wie ich schon sagte, im Augenblick außer mir keine anderen Bürger der Stiftung hier aufhalten, wurde ich neugierig. Wir wissen so etwas immer.«

»Wer ist ›wir‹?«

»›Wir‹ sind – eben ›wir‹! Unter anderem ich! Ich wußte, wo Sie zu finden waren – Sie haben es am Strand ja selbst gesagt. Ich habe entsprechende Informationen bei der Hangarregistratur eingeholt und dann auf meine Weise Ihr Schiff gefunden.«

Unvermittelt wandte er sich an Bayta. »Sie stammen von der Stiftung – Sie sind dort geboren, nicht wahr?«

»So? Bin ich das?«

»Sie gehören der demokratischen Opposition an – man bezeichnet sie als den ›Untergrund‹. Ihren Namen habe ich zwar vergessen, aber an Ihr Gesicht erinnere ich mich ganz genau. Sie haben die Stiftung erst vor kurzem verlassen – und das konnten Sie wahrscheinlich auch nur, weil man Sie nicht für wichtig genug hielt.« Bayta zuckte die Achseln. »Sie scheinen eine ganze Menge zu wissen.«

»Sie haben recht. Sie sind zusammen mit einem Mann geflohen. Ist er es?«

»Spielt es eine Rolle?«

»Nein, ich möchte nur, daß wir uns richtig verstehen. Ich glaube, in der Woche, in der Sie so überstürzt abgereist sind, lautete die Parole: ›Seldon, Hardin und Freiheit‹. Ihr Gruppenführer war Porfirat Hart.«

»Woher wissen Sie das alles?« fragte Bayta wild. »Ist er verhaftet worden?« Toran wollte sie zurückhalten, doch sie riß sich los und ging auf den Fremden zu.

»Nein, er ist nicht verhaftet worden«, antwortete der Mann von der Stiftung ruhig. »Aber die Untergrundbewegung ist weit verbreitet, und man begegnet ihren Mitgliedern an den merkwürdigsten Orten. Ich bin Captain Han Pritcher vom Nachrichtendienst und ebenfalls ein Gruppenführer – unter welchem Namen, ist unwichtig.«

Er wartete einen Augenblick und fuhr dann fort: »Nein, Sie müssen mir nicht glauben. In unserem Geschäft ist es immer besser, wenn man mißtrauisch ist. Aber ich glaube, ich sollte jetzt langsam zur Sache kommen.«

»Sie sprechen mir aus dem Herzen«, brummte Toran.

»Darf ich mich setzen? Danke.« Captain Pritcher schlug die Beine übereinander und ließ einen Arm über die Stuhllehne herunterhängen. »Ich möchte mit der Feststellung beginnen, daß ich keine Ahnung habe, was hier eigentlich vor sich geht – das heißt, was Sie beide betrifft. Sie sind nicht von der Stiftung, und es ist nicht schwer zu erraten, daß Sie von einem der unabhängigen Händlerplaneten kommen müssen, eine Tatsache, die mich keineswegs stört. Aber mal eine Frage rein aus Neugier: Was haben Sie mit diesem komischen Vogel da vor, den Sie vor den Männern des Muli gerettet haben? Sie riskieren Ihr Leben, wenn Sie versuchen, ihm zu helfen.«

»Ich habe nicht die Absicht, Ihnen diese Frage zu beantworten.«

»Hmmm. Das hätte ich mir fast denken können. Aber für den Fall, daß Sie darauf warten sollten, daß der Muli mit seinem ganzen Hofstaat hier anrückt, kann ich Ihnen nur sagen: Entspannen Sie sich wieder! Das ist nicht seine Methode.«

»Nein?« stießen Bayta und Toran wie aus einem Mund hervor, während Magnifico in seiner Ecke freudig aufhorchte.

»Nein. Ich habe selbst schon versucht, Kontakt mit ihm aufzunehmen, und das gründlicher, als es zwei Amateure wie Sie beide können. Es funktioniert einfach nicht. Der Mann tritt nicht persönlich in Erscheinung, und es gibt noch nicht einmal Photos von ihm. Nur seine engsten Vertrauten wissen, wie er aussieht.«

»Und deshalb Ihr großes Interesse an uns, Captain? Wie soll ich denn das verstehen?« mischte sich Toran ein.

»In gewisser Weise erklärt es Ihre Frage von vorhin. Dieser Hofnarr ist der Schlüssel. Er gehört zu den wenigen Leuten, die den Muli *gesehen* haben. Ich brauche ihn. Er könnte den Beweis liefern, den ich brauche –

und ich brauche dringend etwas – um die Stiftung endlich wachzurütteln.«

»Sie wollen sie wachrütteln?« fragte Bayta scharf. »Wozu? Und in welcher Rolle wollen Sie sie alarmieren? Als rebellischer Demokrat oder als Geheimpolizist und Provokateur?«

Das Gesicht des Captains nahm einen harten Ausdruck an. »Wenn die gesamte Stiftung in Gefahr ist, Frau Revolutionärin, dann gibt es keine Demokraten oder Tyrannen mehr. Retten wir die Tyrannen vor einem noch schlimmeren und entmachten wir sie dann.«

»Und wer soll dieser noch schlimmere sein, von dem Sie sprechen?« blitzte Bayta.

»Der Muli! Ich weiß einiges über ihn, genug jedenfalls, um längst tot zu sein, wenn ich nicht so vorsichtig vorgegangen wäre. Aber schicken Sie zuerst den Hofnarren hinaus, damit wir uns in Ruhe unterhalten können.«

»Magnifico«, sagte Bayta, und auf einen Wink von ihr verließ der Clown den Raum.

»Der Muli ist ein gerissener Führer«, begann der Captain ernst und so leise, daß Bayta und Toran näher heranrückten. »Er ist so gerissen und intelligent, daß er sich mit Sicherheit über die Vorteile der Anziehungskraft und Ausstrahlung einer persönlichen Führung im klaren ist. Wenn er darauf verzichtet, muß er einen Grund haben. Und dieser Grund kann nur der sein, daß sein Auftreten in der Öffentlichkeit etwas an den Tag bringen würde, das unter allen Umständen geheimgehalten werden muß.«

Er winkte ab, als er sah, daß Bayta und Toran etwas fragen wollten. »Ich habe mich also an seinen Geburtsort begeben und die Leute dort ausgefragt«, fuhr er fort. »Sie werden vermutlich nicht mehr allzu lange leben, wenn der Muli davon erfährt. Es waren nur wenige, die sich noch an ihn erinnerten; an das Baby, das vor dreißig Jahren geboren wurde – an den Tod seiner Mutter – an seine merkwürdige Jugend. Und meine Nachforschungen haben ergeben, *daß der Muli kein Mensch ist*!«

Toran und Bayta zuckten unwillkürlich zusammen, als ihnen bewußt wurde, was seine Worte implizierten. Keiner von beiden konnte richtig begreifen, was der Captain da gesagt hatte, aber die Gefahr, die diese letzte Behauptung in sich barg, war nicht zu überhören.

»Er ist ein Mutant«, fuhr Captain Pritcher fort, »und seiner steilen Karriere nach zu urteilen ein äußerst intelligenter. Ich weiß nicht, ob er über solche Fähigkeiten verfügt, daß man ihn als ›Supermann‹ bezeichnen könnte, aber der Aufstieg von einem unbekannten Niemand zum Besieger des Kriegsherrn von Kalgan in nur zwei Jahren spricht für sich. Sie sehen jetzt sicher, worin die Gefahr besteht, oder? Ich halte es nämlich für unwahrscheinlich, daß Seldon in seinen Plan eine Laune der Natur mit ungeahnten biologischen Eigenschaften einkalkuliert hat.«

»Ich glaube es nicht.« Bayta schüttelte langsam den Kopf. »Es ist bestimmt nur ein fauler Trick. Warum haben uns seine Männer nicht einfach getötet – was sie ohne weiteres hätten tun können –, wenn er ein Supermann ist?«

»Ich habe Ihnen doch gesagt, daß ich nicht weiß, welche besonderen Fähigkeiten er besitzt. Vielleicht ist er noch nicht soweit, die Stiftung anzugreifen, und hält es im Augenblick noch für klüger, jede Provokation zu vermeiden. Und jetzt würde ich gern mit dem Hofnarren sprechen.«

Bayta rief Magnifico herein, der zitternd vor dem großen Fremden stehenblieb.

»Hast du den Muli mit eigenen Augen gesehen?« begann der Captain, während er den Clown eingehend musterte.

»Viele Male, verehrter Herr. Und ich habe ihn nicht nur gesehen, sondern oft genug seine Hand auf meinem Körper gespürt.«

»Das kann ich mir vorstellen. Kannst du ihn beschreiben?«

»Es ist schrecklich, sich an ihn zu erinnern, verehrter Herr. Er ist von mächtiger Gestalt. Sogar ein Mann wie Sie würde gegen ihn klein und unscheinbar wirken. Sein Haar ist feuerrot, und er ist so stark, daß ich mit meiner ganzen Kraft seinen ausgestreckten Arm nicht um die Breite eines Haares herunterziehen könnte.« Magnifico schien förmlich in sich zusammenzukriechen und nur noch aus Armen und Beinen zu bestehen. »Manchmal hat er sich einen Spaß daraus gemacht, mich am Gürtel zu nehmen und mit einem Finger so hoch über seinen Kopf zu halten, daß mir vor Angst schwindlig wurde, und dabei mußte ich ihm dann Gedichte vortragen. Erst nach dem zwanzigsten Vers nahm er mich dann wieder herunter, und jeder mußte ganz neu sein und sich reimen, sonst mußte ich wieder von vorn anfangen. Er ist stärker als alle anderen Männer der Galaxis, verehrter Herr, und bedient sich seiner Stärke auf grausame Weise. Und – keiner sieht seine Augen, verehrter Herr.«

»Wie? Wie war das?«

»Er trägt eine Brille, verehrter Herr, eine sehr seltsame Brille. Es heißt, daß sie undurchsichtig ist und er durch einen mächtigen Zauber trotzdem alles sehen kann, der alles, wozu Menschen fähig sind, bei weitem übersteigt. Ich habe gehört«, fuhr er leise und geheimnisvoll fort, »daß man stirbt, wenn man in seine Augen sieht. Er soll mit seinen Augen töten können, verehrter Herr.«

Magnificos Blick eilte von einem zum anderen. »Es ist wahr«, nickte er heftig. »So wahr ich lebe.«

Bayta holte tief Luft. »Es scheint so, als hätten Sie recht, Captain. Ich schlage vor, Sie übernehmen jetzt das Kommando.«

»Schön, dann überlegen wir, was als nächstes zu tun ist. Haben Sie noch irgendwelche Verpflichtungen hier?«

»Ich kann jederzeit starten.«

»Dann starten Sie. Es ist vielleicht richtig, daß der Muli die Stiftung nicht unnötig provozieren will, aber auf der anderen Seite kann er es kaum riskieren, Magnifico entkommen zu lassen. Deshalb wahrscheinlich auch die ganze Aufregung um den armen Teufel. Es könnte also durchaus sein, daß da oben Schiffe auf Sie warten. Es wird kaum Aufsehen erregen, wenn Sie irgendwo im Raum einen bedauerlichen Unfall haben.«

»Sie haben recht«, antwortete Toran düster.

»Aber Sie besitzen ja einen Schutzschild, und Ihr Schiff ist den Schiffen des Muli an Geschwindigkeit wahrscheinlich bei weitem überlegen. Ich schlage vor, daß Sie sofort nach Verlassen der Atmosphäre Kurs auf eine Kreisbahn zur anderen Hemisphäre nehmen und von da aus mit Höchstgeschwindigkeit in den Raum starten.«

»Und wenn wir wieder auf der Stiftung sind, Captain?« fragte Bayta kalt. »Was dann?«

»Nun, dann sind Sie hilfsbereite Bürger von Kalgan, oder nicht? Mir ist nichts anderes bekannt, oder?«

Toran begab sich wortlos zum Kontrollpult, und kurze Zeit später ging ein leiser Ruck durch das Schiff.

Erst nachdem Toran den Planeten Kalgan weit genug hinter sich gelassen hatte, daß er den ersten Sprung wagen konnte, entspannte sich Captain Pritcher etwas – denn es hatten keine fremden Schiffe versucht, sie aufzuhalten.

»Es sieht so aus, als ob er uns mit Magnifico einfach verschwinden läßt«, brummte Toran. »Das ist nicht besonders gut für Ihre Geschichte.«

»Es sei denn«, korrigierte ihn der Captain, »er *will*, daß wir mit ihm verschwinden, und das wäre nicht besonders gut für die Stiftung.«

Sie hatten den letzten Sprung hinter sich und befanden sich im Anflug auf die Stiftungswelt, als sie die ersten Nachrichten über das Ultrawellengerät empfingen.

Eine Nachricht wurde nur am Rande erwähnt. Wie es hieß, hatte ein Kriegsherr, dessen Namen der gelangweilt klingende Sprecher nicht erwähnte, bei der Stiftung Protest gegen die gewaltsame Entführung eines Mitglieds seines Hofes eingelegt. Der Ansager ging nicht näher auf das Thema ein, sondern fuhr sofort mit den Sportnachrichten fort.

»Also ist er uns doch schon einen Schritt voraus«, stellte Captain Pritcher mit eisiger Stimme fest. »Er scheint doch schon soweit zu sein, die Stiftung anzugreifen, und benutzt diese angebliche Entführung als Rechtfertigung für eine Aktion. Das erschwert die Sache für uns, denn wir müssen jetzt handeln, obwohl wir eigentlich noch nicht soweit sind.«

15

Der Psychologe

Nicht ohne Grund war jenes Element, das unter der Bezeichnung »freie Wissenschaft« bekannt war, die freieste Lebensform auf der Stiftung. In einer Galaxis, in der die Vormachtstellung – wie auch das Überleben – der Stiftung immer noch von ihrer technologischen Überlegenheit abhängig war, auch wenn sie in den letzten einhundertfünfzig Jahren enorm an rein militärischer Macht gewonnen hatte, nahm der Wissenschaftler eine gewisse Vorrangstellung in der Gesellschaft ein. Man brauchte ihn, und das wußte er.

Und genauso war Ebling Mis – nur wer ihn kannte, fügte hinter seinen Namen noch seine Titel – die freieste Lebensform in der »reinen Wissenschaft« der Stiftung. Auf einem Planeten, wo die Wissenschaft ein hohes Ansehen genoß, war er Der Wissenschaftler in Großbuchstaben. Man brauchte ihn, und das wußte er.

Es war also kaum verwunderlich, daß Ebling Mis, während andere ihr Knie beugten, sich weigerte, dies zu tun, und laut hinzufügte, daß zur Zeit seiner Vorfahren niemand das Knie vor einem jämmerlichen Bürgermeister gebeugt habe. Damals sei der Bürgermeister wenigstens noch richtig gewählt worden und hätte jederzeit wieder aus seinem Amt fliegen können, und die einzigen, die aufgrund ihrer Geburt irgendeinen Erbschaftsanspruch geltend machen könnten, seien nur die von Geburt an Schwachsinnigen.

Und es war ebenso wenig verwunderlich, daß Ebling Mis, nachdem er beschlossen hatte, Indbur großzügig zu erlauben, ihm die Ehre einer Audienz zu gewähren, nicht die übliche Einladung abwartete. Das weniger schäbige seiner beiden Jacketts für offizielle Anlässe lose über die Schultern gehängt und einen unmöglichen Hut schräg auf den Kopf gestülpt, zündete er sich eine verbotene Zigarre an und marschierte an zwei Dienern mit dämlichen Gesichtern vorbei munter in den Palast des Bürgermeisters.

Seine Exzellenz nahm den Eindringling erst zur Kenntnis, als er im Garten laute Proteste und noch lautere Flüche hörte, die aus dem Haus hinaus drangen.

Ganz langsam stellte Indbur seine Hacke beiseite, richtete sich ebenso langsam auf und runzelte langsam die Stirn. Indbur hatte nämlich die Gewohnheit, am frühen Nachmittag zwei Stunden in den Garten hinauszugehen – wenn das Wetter es zuließ –, und sich bei leichter Gartenarbeit von seinen anstrengenden Verwaltungsaufgaben zu erholen. Hier, in seinem Garten, blühten die Blumen in ordentlichen Rechtecken und Dreiecken, die aus genau abgegrenzten roten und gelben Reihen bestanden, mit violetten Tupfen an den Scheitelpunkten und sauber von Grün umsäumt. In seinem Garten durfte ihn niemand stören – *niemand*!

Während er auf das kleine Gartentor zuging, streifte er bedächtig seine schmutzverkrusteten Arbeitshandschuhe ab.

Und dann stellte er jene unvermeidliche Frage: »Was soll denn das?«

Seit Anbeginn der Menschheit ist präzise diese Frage in präzise dem gleichen Wortlaut bei solchen und ähnlichen Situationen von einer unglaublichen Vielfalt von Menschen immer wieder gestellt worden, und sie hat immer nur den einen Zweck und Sinn: der Würde seiner eigenen Person Ausdruck zu verleihen.

Diesmal kam auf diese rhetorische Frage tatsächlich eine Antwort, und zwar in der Gestalt von Ebling Mis, der mit einem heiseren Brüllen aus dem Haus gestürmt kam und drohend die Fäuste gegen die Diener des Bürgermeisters erhoben hatte, die noch Fetzen seines Rocks in den Händen hielten.

Mit mißbilligend gerunzelter Stirn bedeutete ihnen Indbur, sich zu entfernen, während sich Mis nach seinem ruinierten Hut bückte, den Schmutz abwischte und ihn sich unter den Arm klemmte.

»Jetzt passen Sie mal auf, Indbur«, dröhnte er. »Diese unaussprechlichen Elendsgestalten haben mir meinen Rock ruiniert. Ich werde Sie dafür haftbar machen.« Er stieß die Luft aus und wischte sich mit einer theatralischen Geste über seine Stirn.

Der Bürgermeister stand mit mißbilligender Miene stocksteif vor ihm und entgegnete aus seiner Höhe von einszweiundsechzig herunter: »Es ist mir nicht bekannt, Mis, daß Sie um eine Audienz gebeten haben. Und gewährt habe ich Ihnen erst recht keine.«

Ebling Mis sah mit einer Mischung aus Überraschung und Ungläubigkeit auf seinen Bürgermeister hinunter. »Heilige Galaxis, Indbur, haben Sie denn meine Nachricht nicht bekommen? Ich habe sie doch gestern einem dieser eingebildeten Fatzken in einer roten Uniform gegeben und ihm extra aufgetragen, sie sofort an Sie weiterzuleiten. Aber ich kenne ja Ihre Vorliebe für Formalitäten.«

»Formalitäten!« Indbur verdrehte verzweifelt die Augen. »Wissen Sie überhaupt, was Organisation ist? Sollten Sie mich demnächst wieder einmal zu sprechen wünschen, dann füllen Sie gefälligst vorher das entsprechende Formular auf Antrag der Gewährung einer Audienz aus, wie es die Verwaltung unseres Planeten für diesen Zweck vorgesehen hat, und zwar in dreifacher Ausführung. Dann warten Sie, bis man Ihnen nach einer gebührenden Bearbeitungszeit eine Mitteilung zuschickt, aus der Sie den Zeitpunkt der Audienz entnehmen können. Und zu diesem Zeitpunkt haben Sie dann in meinem Arbeitszimmer zu erscheinen, in angemessener Kleidung, versteht sich – haben Sie gehört, in angemessener Kleidung – und mit dem angemessenen Respekt.«

»So, und was haben Sie an meinen Sachen auszusetzen?« erwiderte Mis hitzig. »Das hier war mein bestes Jackett, bevor Ihre komischen

Figuren es in ihre Klauen bekommen haben. Und ich werde erst dann gehen, wenn ich Ihnen den Grund meines Kommens verraten habe. Glauben Sie mir, ich wäre schon längst wieder weg, wenn es nicht um eine Seldon-Krise ging.«

»Eine Seldon-Krise?« Indbur zeigte plötzlich Interesse. Mis war unbestreitbar ein großer Psychologe – er war Demokrat, ein Flegel und ganz gewiß ein Rebell, aber er war auch ein großer Psychologe. Der Bürgermeister war so verblüfft, daß er noch nicht einmal Worte fand, dem inneren Schmerz Ausdruck zu verleihen, der ihn durchfuhr, als er mitansehen mußte, wie Mis beiläufig eine Blume abrupfte, an ihr roch und sie dann achtlos fortwarf.

»Wenn Sie mir bitte folgen?« sagte er eisig. »Der Garten ist gewiß nicht der geeignete Ort für ein ernstes Gespräch.«

Er fühlte sich gleich besser, als er auf seinem erhöhten Stuhl hinter dem großen Schreibtisch saß und auf die wenigen Haare seines Besuchers hinuntersah, die dessen rosa Kopfhaut nur unzureichend verdeckten. Und es ging ihm noch besser, als er bemerkte, daß sich Mis mehrmals nach einem zweiten Stuhl umschaute, den es nicht gab, und schließlich etwas unbehaglich stehenblieb. Wieder völlig sicher fühlte er sich dann, als auf einen exakt bemessenen Druck des richtigen Knopfes an seinem Schreibtisch hin ein livrierter Diener hereinkam, sich unter zahlreichen Bücklingen bis zum Schreibtisch des Bürgermeisters vorarbeitete und dort einen metallenen Ordner ablegte.

»Und nun, um diese Audienz nicht unnötig in die Länge zu ziehen«, sagte er, jetzt wieder ganz Herr der Lage, »erklären Sie mir bitte in möglichst wenigen Worten den Grund für Ihr Kommen.«

»Sie wissen, womit ich mich in der letzten Zeit beschäftigt habe?« erwiderte Ebling Mis gelassen.

»Ich habe Ihre Berichte hier vor mir liegen«, antwortete der Bürgermeister zufrieden. »Soweit ich informiert bin, verfolgen Sie mit Ihren Untersuchungen der Mathematik der Psychohistorie den Zweck, Hari Seldons Arbeit nachvollziehen zu können, um dann zum Nutzen der Stiftung den vorherbestimmten Lauf der Zukunft voraussagen zu können.«

»Richtig«, brummte Mis trocken. »Als Hari Seldon die Stiftung gründete, hat er ganz bewußt darauf verzichtet, auch Psychologen hierher mitzunehmen, damit die Stiftung immer blind dem Lauf der geschichtlichen Notwendigkeit folgte. Bei meinen Nachforschungen habe ich mich vor allem auf Hinweise aus der Zeitgruft gestützt.«

»Das ist mir alles bekannt, Mis. Eine Wiederholung ist reine Zeitverschwendung.«

»Es ist keine Wiederholung«, tönte Mis verärgert, »denn was ich Ihnen sagen will, werden Sie in Ihren Berichten da mit Sicherheit nicht finden.«

»Was soll das heißen?« fragte Indbur verblüfft. »Nicht in den Berichten? Wie kann denn etwas, das nicht in . . .«

»Liebe Ga-la-xis! Jetzt lassen Sie mich endlich einmal ausreden, Sie widerwärtiger Giftzwerg. Und hören Sie auf, mir irgendwelche Dinge in den Mund zu legen und alles, was ich sage, in Frage zu stellen, sonst marschiere ich hier schnurstracks wieder heraus und überlasse Sie Ihrem Schicksal. Vergessen Sie nicht, Sie hirnverbrannter Esel, daß die Stiftung immer gewinnen wird, weil das unvermeidlich ist, aber wenn ich jetzt hinausgehe, dann ist es mit *Ihnen* aus.«

Bei diesen Worten warf er seinen Hut zu Boden, so daß die Gartenerde, die noch an ihm hing, herumflog, nahm mit einem Satz die Stufen zu dem Podest hinauf, auf dem Schreibtisch und Stuhl des Bürgermeisters standen, und setzte sich auf eine Tischkante, nachdem er zuvor einen Stapel Papiere beiseite geschoben hatte.

Indbur überlegte verzweifelt, ob er die Wache vor der Tür alarmieren oder lieber den in seinem Schreibtisch eingebauten Strahler benutzen sollte. Doch in Anbetracht seines aufgebrachten Besuchers, der drohend über ihm thronte, kam er zu dem Schluß, daß es wohl das beste für ihn war, wenn er gute Miene zum bösen Spiel machte.

»Dr. Mis«, begann er zaghaft, »Sie können sich nicht einfach . . .«

»Halten Sie den Mund«, schnauzte Mis ihn wütend an, »und hören Sie mir zu. Wenn das hier«, dabei schlug er mit der flachen Hand auf den Aktenordner, »meine gesammelten Berichte sein sollen, dann kann ich Ihnen nur sagen: werfen Sie sie weg. Alle Berichte, die ich schreibe, gehen zunächst durch die Hände von mindestens zwanzig Beamten, bis sie endlich bei Ihnen landen, und dann noch einmal an zwanzig weitere. Das ist ja schön und gut, wenn man nichts hat, was man geheimhalten will. Aber ich habe Ihnen jetzt etwas zu sagen, das wirklich geheim ist, so geheim, daß noch nicht einmal die Jungs, die für mich arbeiten, davon wissen. Sie haben zwar die Arbeit getan, aber jeder jeweils nur einen unzusammenhängenden Teil – und ich habe das Ganze dann zusammengesetzt. Sie wissen doch, was die Zeitgruft ist, oder?«

Indbur nickte, doch Mis, der die Situation begeistert genoß, schenkte ihm keine Beachtung, sondern fuhr sofort fort: »Nun, ich werde es Ihnen jedenfalls noch einmal erklären, denn wenn ich mich schon einmal in dieser Situation befinde, die ich mir wer-weiß-wie-lange herbeigewünscht habe, dann will ich sie auch so richtig auskosten. Ich kann Ihre Gedanken lesen, Sie komische Witzkarrikatur. Sie haben die Hand direkt neben dem kleinen Knopf, mit dem Sie einen Haufen bewaffneter Leute herholen können, die mich fertigmachen sollen, aber Sie fürchten sich vor dem, was ich weiß – Sie haben Angst vor einer Seldon-Krise. Außerdem muß ich Ihnen wohl nicht extra sagen, daß ich Ihnen den Hals umdrehen werde, wenn Sie auf irgendeinen Knopf auf Ihrem Schreibtisch drücken sollten. Dann helfen Ihnen auch Ihre Soldaten nichts mehr. Sie und diese beiden Blutsauger, die Ihr Vater und Großvater waren, haben die Stiftung sowieso schon lange genug ausgebeutet.«

»Das – das ist Hochverrat«, stotterte Indbur.
»Natürlich ist es das.« Mis sah ihn schadenfroh an. »Wie ärgerlich, daß Sie nichts dagegen unternehmen können. Und jetzt hören Sie mir zu. Mit der Zeitgruft wollte uns Hari Seldon helfen, die Krisen zu meistern. Für jede Krise hatte er eine helfende Erklärung vorbereitet. Vier Krisen – und viermal ist er erschienen. Das erstemal erschien er auf dem Höhepunkt der ersten Krise. Das zweitemal unmittelbar nach der erfolgreichen Überwindung der zweiten Krise. Und beide Male waren unsere Vorfahren anwesend, um zu hören, was er zu sagen hatte. Bei der dritten und vierten Krise hat man ihn vergessen – wahrscheinlich weil man seine Hilfe nicht brauchte. Meine Nachforschungen haben nun ergeben – das steht übrigens nicht in Ihren Berichten –, daß er trotzdem erschienen ist, immer genau zum richtigen Zeitpunkt. Begreifen Sie, worauf ich hinaus will?«
Er wartete nicht auf eine Antwort, sondern warf achtlos seinen Zigarrenstummel auf den Boden und zündete sich eine neue an. Es dauerte nicht lange, und beide waren in eine dicke Rauchwolke gehüllt.
»Offiziell habe ich versucht, der Wissenschaft der Psychohistorie auf den Grund zu kommen«, fuhr er gelassen fort. »Sie zu erforschen. Nun, kein Mensch würde *das* tun, und vor allem reichten dazu noch nicht einmal hundert Jahre aus. Ich habe mich mit etwas einfacheren Dingen befaßt und mich dabei vor allem auf die Zeitgruft konzentriert. Dabei habe ich unter anderem den Tag herausfinden können, an dem Hari Seldon mit größter Wahrscheinlichkeit das nächste Mal erscheinen wird. Ich kann Ihnen das genaue Datum nennen, mit anderen Worten den Zeitpunkt, an dem die nahende Seldon-Krise ihren Höhepunkt erreicht.«
»Wann ist das?« wollte Indbur gespannt wissen.
Und Mis ließ mit freudiger Begeisterung seine Bombe platzen. »In vier Monaten. In vier verdammten Monaten minus zwei Tage.«
»Vier Monate«, echote der Bürgermeister ungewöhnlich erregt. »Unmöglich.«
»Doch, es ist möglich.«
»Vier Monate? Wissen Sie, was das bedeutet? Wenn sie in vier Monaten eintreten würde, hieße das, daß sie bereits seit Jahren in der Entwicklung wäre.«
»Ja und? Gibt es ein Naturgesetz, nach dem der Reifeprozeß für alle sichtbar vor sich gehen muß?«
»Aber es sind doch keine Anzeichen erkennbar. Es gibt keine erkennbare Bedrohung.« Indbur rang besorgt die Hände. Plötzlich war es um seine Selbstbeherrschung geschehen. »Machen Sie jetzt, daß Sie von meinem Schreibtisch herunterkommen?« brüllte er wutentbrannt. »Ich brauche Ordnung. Wie soll ich sonst nachdenken können.«
Mis stand verblüfft auf und trat zur Seite.
Mit fahrigen Bewegungen räumte Indbur seinen Schreibtisch auf. »Sie

haben kein Recht, einfach so hierher zu kommen«, beschwerte er sich. »Wenn Sie Ihre Theorie wie es . . .«

»Es ist keine *Theorie*.«

»Ich sage aber, es *ist* eine Theorie. Wenn Sie sie, wie es sich gehört, zusammen mit den entsprechenden Beweisen und Argumenten vorgelegt hätten, wäre sie automatisch an das Ministerium für Historik weitergeleitet worden. Dort hätte man sie dann überprüfen können, worauf die Ergebnisse zu mir gekommen wären, und ich hätte anschließend dafür gesorgt, daß die nötigen Schritte unternommen werden. Wie die Dinge jetzt liegen, haben Sie mir grundlos meine Zeit gestohlen. Ah, hier ist es ja.«

Er hielt jetzt ein durchsichtiges, silbrig glänzendes Blatt in der Hand, das er dem Psychologen vor die Nase hielt.

»Das hier ist eine Zusammenfassung unserer Außenpolitik, die ich persönlich wöchentlich ausarbeite. Also passen Sie auf. Wir haben endlich die Verhandlungen mit Mores über ein Handelsabkommen abgeschlossen, die Verhandlungen mit Lyonesse in der gleichen Angelegenheit weitergeführt, eine Delegation zu irgendwelchen Feierlichkeiten nach Bonde entsandt, ein Protestschreiben was-weiß-ich weswegen von Kalgan bekommen, um das wir uns kümmern wollen, ein Protestschreiben wegen zu scharfer Handelsbestimmungen nach Asperta geschickt, um das sie sich kümmern wollen, und so weiter und so fort.« Der Bürgermeister ging flüchtig die übrigen Punkte durch und legte dann das Blatt auf den richtigen Platz im richtigen Ordner zurück, den er dann in der richtigen Ablage verstaute.

»Ich sage Ihnen, Mis, da ist nirgendwo ein Anzeichen für Unruhe oder Gefahr . . .«

In genau diesem Augenblick – ein Zufall, der so dramatisch war, daß er nur dem wirklichen Leben entspringen konnte – öffnete sich die Tür am anderen Ende des großen Raums, und ein Mann in Zivil trat ein.

Indbur erhob sich halb von seinem Stuhl. Er glaubte zu träumen, ein Eindruck, der oft entsteht, wenn zu viel auf einmal auf einen einstürzt. Nach Mis' unerhörtem Eindringen und seinen wilden Behauptungen sah er sich nun einem weiteren Eindringling gegenüber, der ebenso unverschämt wie der erste hereingeplatzt kam. Es war sein Sekretär, der, im Gegensatz zu Mis, aber wenigstens das Protokoll kannte.

Er verbeugte sich tief vor seinem Vorgesetzten.

»Nun!« sagte Indbur scharf.

»Exzellenz«, antwortete der Sekretär, das Gesicht dem Boden zugewandt, »Captain Han Pritcher vom Nachrichtendienst ist bei seiner Rückkkehr von Kalgan aufgrund seiner Insubordination laut früheren Anweisungen – Ihr Befehl X20-513 – verhaftet worden und wartet auf seine Exekution. Seine Begleiter werden noch verhört. Ein entsprechender Bericht ist bereits angefertigt worden.«

»Den ich schon vorliegen habe«, unterbrach ihn Indbur, der sich nur noch mühsam beherrschen konnte. *»Nun!«*

»Exzellenz, Captain Pritcher sprach von kriegerischen Absichten des neuen Kriegsherrn von Kalgan. Er ist laut früheren Anweisungen – Ihr Befehl X20-651 – nicht offiziell verhört worden, aber seine Aussagen sind aufgezeichnet und in einem entsprechenden Bericht zusammengefaßt worden.«

»Den ich schon vorliegen habe«, kreischte Indbur. *»Nun!«*

»Exzellenz, vor einer Viertelstunde haben wir eine Meldung von der salinnianischen Grenze bekommen. Demnach sind Schiffe, die als kalganische identifiziert worden sind, unerlaubt in das Stiftungsterritorium eingedrungen. Sie sind bewaffnet. Es ist bereits zu Kämpfen gekommen.«

Der Sekretär berührte mit dem Kopf jetzt fast den Boden, während Indbur stehenblieb. Ebling Mis schüttelte seine Überraschung ab, stieg zu dem Sekretär hinunter und klopfte ihm auf die Schulter.

»Ich schlage vor, Sie schicken diesen Captain Pritcher unverzüglich hierher. Los, gehen Sie schon.«

Der Sekretär verließ wortlos den Raum, und Mis wandte sich an den Bürgermeister. »Würden Sie nicht besser langsam Ihren Verwaltungsapparat in Gang bringen, Indbur? Vier Monate ist nicht gerade lange.«

Indbur stand mit ausdruckslosem Gesicht vor ihm. Nur in einem Finger schien noch Leben zu sein – und der zeichnete hastig Dreiecksformen auf der Schreibtischplatte vor ihm nach.

16

Die Konferenz

Wenn siebenundzwanzig unabhängige Handelsplaneten, die nur durch das Mißtrauen gegen ihren Mutterplaneten, die Stiftung, geeint sind, die Abhaltung einer Konferenz beschließen, und jeder dieser Planeten stolzer als der andere und durch seine eigene Isolation und die ständige Bedrohung von außen verbittert und stur ist, sind eine ganze Reihe langwieriger Vorverhandlungen nötig, um zunächst einmal alle an sich belanglosen Details zu klären.

Dazu gehörten nicht nur Fragen von politischer Bedeutung – zum Beispiel Abstimmungsmodus oder Stimmenvertretung, ob nach Planet oder nach Bevölkerungszahl, und auch nicht nur Fragen von sozialer Bedeutung – zum Beispiel wer wo an der Konferenz- wie auch an der Bankettafel sitzen würde.

Es ging in der Hauptsache darum, den Ort festzusetzen, an dem die Konferenz abgehalten werden sollte – und das war eine Frage von ungeheurer patriotischer Bedeutung. Die verschlungenen Pfade der Diplomatie führten schließlich zu Radole, ein Planet, der zu Beginn der Verhandlungen von ein paar klugen Köpfen vorgeschlagen worden war, weil er sehr zentral lag.

Radole war eine kleine Welt und, an militärischem Potential gemessen, vielleicht der schwächste Planet der siebenundzwanzig. Das war übrigens ein anderer Punkt, warum die logische Wahl gerade auf diesen Planeten fiel.

Radole gehörte zu den Bandplaneten, von denen es zwar eine ganze Reihe in der Galaxis gab, die aber nur zu einem geringen Teil bewohnt waren. Es war mit anderen Worten eine Welt, deren zwei Hemisphären nur die beiden Extreme glühende Hitze und eisige Kälte kannten und auf denen Leben nur in dem schmalen Band der Dämmerzone möglich war.

Eine solche Beschreibung klingt nicht gerade einladend für die, die noch nicht da gewesen sind, aber auch auf solchen Planeten gibt es hübsche Fleckchen, und eins davon war Radole City.

Die Stadt schmiegte sich an die sanften Hänge, zu denen das zerklüftete Gebirge abfiel, die sie von der kalten Hemisphäre und ihrem Eis trennten. Die Luft war hier warm und trocken, und die Strahlen einer Sonnenhälfte ergossen sich über das Gebiet. Und so wurde Radole City zu einem paradiesischen Garten, der in einem ewigen Morgen eines ewigen Junitages lag.

Jedes Haus war von einem bunten Blumengarten umgeben, und jeder Garten war wie ein Mistbeet, in dem seltsame, exotische Pflanzen angebaut wurden, die man auf anderen Planeten verkaufte – und so wurde Radole im Laufe der Zeit immer mehr eine produzierende Welt statt ein typischer Handelsplanet.

Radole City war also ein Ort, der zum Verweilen einlud, ein winziges Fleckchen Eden auf einem sonst unwirtlichen Planeten – und auch dies war ein Punkt, warum die logische Wahl gerade auf ihn fiel.

Die Fremden strömten von den anderen sechsundzwanzig Handelsplaneten herbei: Delegierte, Ehefrauen, Sekretärinnen, Reporter, Schiffe und ihre Besatzungen, und Radoles Bevölkerungszahl stieg fast auf das Doppelte an, und Radoles natürliche Reserven wurden einer enormen Belastung ausgesetzt.

Man aß, soviel man wollte, trank, soviel man wollt,e und schlief dafür um so weniger. Trotzdem gab es kaum jemanden unter all diesen Menschen, der sich nicht darüber im klaren gewesen wäre, daß die Galaxis langsam von einer Art ruhigem, fast trägen Krieg verzehrt wurde. Die Leute, die sich dessen bewußt waren, ließen sich in drei Klassen aufteilen. Da waren zunächst einmal die, die wenig wußten und um so zuversichtlicher waren . . .

Wie zum Beispiel der junge Raumpilot, der die Kokarde von Haven auf seiner Mütze trug und sein Glas vor die Augen hielt, durch das er das Mädchen, das vor ihm stand, bewundernd betrachtete.

»Wir sind auf dem Weg hierher direkt durch das Kriegsgebiet gekommen«, sagte er gerade. »Mit Absicht. Wir sind ungefähr eine Lichtminute mit Normalgeschwindigkeit geflogen und auch an Horleggor vorbeigekommen . . .«

»Horleggor?« unterbrach ihn ein hochgewachsener Einheimischer, der der Gastgeber dieser Party war. »Ist das nicht dort, wo der Muli letzte Woche diese schwere Schlappe eingesteckt hat?«

»Woher wissen Sie, daß er eine Niederlage hat einstecken müssen?« wollte der Pilot mit überlegener Miene wissen.

»Aus den Stiftungsnachrichten.«

»So? Nun, ich kann nur sagen, daß der Muli Horleggor inzwischen eingenommen hat. Wir hätten fast einen seiner Flottenkonvois gekreuzt, der gerade von dort kam. Nennen Sie das eine Niederlage, wenn man auf dem Planeten bleibt, gegen den man gekämpft hat, während die Besiegten fliehen?«

»Unsinn«, mischte sich ein anderer Gast ein. »Die Stiftung kann einiges einstecken. Sie hält vielleicht eine Weile still, aber wenn sie zurückschlägt – oh Mann!«

»Wie auch immer«, fuhr der Pilot von Haven nach kurzem Schweigen fort, »wir haben jedenfalls die Schiffe des Muli gesehen – ganz schöne Kähne, muß ich sagen. Und wissen Sie was? Sie sahen ziemlich neu aus.«

»Neu?« wiederholte der Einheimische nachdenklich. Er riß ein Blatt von einem Zweig über ihm ab und roch daran. Als er es zwischen den Fingern rieb, trat ein grünlicher Saft aus, der einen minzeartigen Geruch verströmte. »Wollen Sie mir erzählen, daß sie die Schiffe der Stiftung mit ein paar selbstgebastelten Kähnen besiegt haben? Nein, nein.«

»Aber wir haben sie doch mit eigenen Augen gesehen, Doc. Und ich kann immer noch einen Kometen von einem Schiff unterscheiden.«

Der Einheimische beugte sich vor. »Ich werde Ihnen mal etwas sagen. Hören Sie, machen Sie sich doch nichts vor. Ein Krieg fängt nicht einfach von sich aus an, und wir haben da ein paar kluge Köpfe, die alles in der Hand haben. Sie wissen schon, was sie tun.«

»Passen Sie nur auf«, mischte sich der dritte plötzlich lautstark ein. »Ich wette, die Stiftung wartet einfach bis zum letzten Moment, und dann – *peng*!« Er grinste mit weit aufgerissenem Mund dem Mädchen zu, das daraufhin von ihm abrückte.

»Sie glauben vielleicht alle, daß der Muli alles in der Hand hat«, sagte der Radolaner jetzt. »Nein!« Er winkte mit dem Zeigefinger. »Soweit ich weiß – und ich weiß es von ziemlich weit oben – ist er unser Mann. Wir bezahlen ihn, und wir haben wahrscheinlich auch die Schiffe gebaut, die er hat. Lassen Sie uns doch realistisch sein – wir haben es wahrscheinlich getan. Natürlich kann er die Stiftung auf die Dauer nicht endgültig besiegen, aber er kann sie auf jeden Fall ein bißchen ins Wanken bringen, und wenn es soweit ist – *dann sind wir am Zug.*«

»Fällt dir nichts anderes ein, als immer nur über Krieg zu reden, Klev?« beschwerte sich das Mädchen. »Ich finde es langweilig.«

»Also reden wir von etwas anderem«, nickte der junge Pilot zustimmend. »Wir können doch hübsche Mädchen nicht langweilen.«

Sie trennten sich, und der Pilot ging zusammen mit dem Mädchen weg, während aus dem Sonnenhaus hinter ihnen andere kleine Gruppen und Zweierpärchen auftauchen.

Die Unterhaltung wurde allgemeiner und oberflächlicher . . .

Dann gab es die zweite Gruppe derjenigen, die etwas mehr wußten und weniger zuversichtlich waren.

Wie zum Beispiel der einarmige Fran, der Haven als offizieller Delegierter vertrat. Er amüsierte sich prächtig und pflegte neue Freundschaften – mit Frauen, wenn er konnte und mit Männern, wenn er mußte.

Der alte Händler lag auf der Sonnenterrasse eines Hauses, das einem seiner neuen Freunde gehörte, und entspannte sich zum ersten – und wie sich später herausstellen sollte: vorletzten – Mal während seines Aufenthalts auf Radole. Das Haus seines neuen Freundes, eines gewissen Iwo Lyon, lag etwas abseits auf einem Hügel, umgeben von einem Blumengarten, der einen betäubenden Duft ausströmte und in dem man das Summen der Insekten hören konnte. Die Sonnenterrasse, auf der sich Fran jetzt genüßlich ausstreckte, war ein in einem Winkel von fünfundvierzig Grad angelegtes Rasenstück. Der Händler blinzelte in die Sonne über ihm.

»So etwas haben wir auf Haven nicht«, brummte er.

»Da mußt du erst mal die kalte Seite sehen«, antwortete Iwo träge. »Zwanzig Meilen von hier gibt es eine Stelle, wo das Oxygen wie Wasser fließt.«

»Komm schon.«

»Wirklich.«

»Weißt du, Iwo . . . Früher, bevor ich meinen Arm verloren habe, bin ich ziemlich viel herumgekommen, und – du wirst es mir vielleicht nicht glauben, aber einmal habe ich . . .« Die Geschichte, die jetzt folgte, war recht lang, und Iwo glaubte sie tatsächlich nicht.

»Nein, du hast recht«, gähnte Iwo jetzt, »so wie früher ist es heute wirklich nicht mehr.«

»Nein.« Fran schüttelte den Kopf. Dann wurde er plötzlich munter. »Hey, so allgemein kann man das aber nun auch wieder nicht sagen. Ich habe dir doch von meinem Sohn erzählt, nicht? *Er* ist noch einer vom alten Schlag. Ich wette, er wird einmal einen großartigen Händler abgeben. Ganz wie sein Vater. Das einzige Hindernis ist nur, daß er verheiratet ist.«

»Du meinst ganz legal, mit einem Ehekontrakt? Mit einem Mädchen?«

»Mit einem Mann bestimmt nicht. Ja, auch wenn ich immer noch nicht begreifen kann, warum er das getan hat. Die beiden haben übrigens ihre Flitterwochen auf Kalgan verbracht.«

»Kalgan? *Auf Kalgan?* Wann um alles in der Galaxis war das?«

Fran grinste breit. »Kurz bevor der Muli der Stiftung den Krieg erklärt hat«, antwortete er langsam.

»Wirklich?«

Fran nickte und bedeutete Iwo, näher heranzurücken. »Ich werde dir mal etwas verraten, wenn du versprichst, es für dich zu behalten«, sagte er heiser. »Mein Sohn ist mit einem bestimmten Grund nach Kalgan geschickt worden. Du wirst sicher verstehen, daß ich dir den Grund nicht sagen kann, aber wenn du dir die jetzige Lage ansiehst, kannst du ihn leicht erraten. Jedenfalls war mein Junge der ideale Mann für diesen Auftrag. Wir Händler brauchten einen handfesten Krach.« Er grinste gewitzt. »Und jetzt ist er da. Ich werde nicht verraten, wie wir es angestellt haben, aber – mein Junge ist nach Kalgan geflogen, und anschließend hat der Muli seine Schiffe losgeschickt. Mein Sohn!«

Iwo war sichtlich beeindruckt. »Toll.« Sein Ton wurde jetzt ebenfalls vertraulich. »Weißt du, ich habe gehört, daß wir fünfhundert Schiffe bereitstehen haben, die im richtigen Augenblick losschlagen sollen.«

»Vielleicht sogar noch mehr«, erwiderte Fran selbstbewußt. »Das ist so ganz nach meinem Herzen. Eine kluge Taktik.« Er kratzte sich geräuschvoll am Bauch. »Aber wir dürfen trotzdem nicht vergessen, daß der Muli ein gerissener Bursche ist. Die Vorfälle auf Horleggor machen mir ernsthaft Sorgen.«

»Ich habe gehört, er soll dort zehn Schiffe verloren haben.«

»Stimmt, aber er hatte noch hundert weitere, und die Stiftung mußte sich aus diesem Gebiet zurückziehen. Natürlich wollen wir, daß ihre augenblicklichen Tyrannen besiegt werden, aber das Tempo ist doch etwas zu schnell für meinen Geschmack.« Er schüttelte den Kopf.

»Was mich interessiert, ist, woher der Muli jetzt tatsächlich seine Schiffe bekommt. Es gehen Gerüchte um, daß wir sie ihm liefern.«

»Wir? Die Händler? Haven hat die größten Schiffswerften von allen unabhängigen Planeten, und wir haben für niemanden außer für uns selbst Schiffe gebaut. Willst du andeuten, daß ein Planet in Eigeninitiative Schiffe für den Muli baut, ohne sich vorher mit den anderen abzusprechen? Das . . . das ist doch reiner Unsinn.«

»Woher soll er sie sonst bekommen?«

Fran zuckte die Achseln. »Wahrscheinlich baut er sie selbst. Auch das macht mir Sorgen.«

Fran blinzelte und legte die Füße auf das glatte Holz der polierten

Fußstütze. Langsam schlief er ein, und sein leises Schnarchen vermischte sich mit dem Summen der Insekten.

Und zu guter Letzt gab es dann noch diejenigen, die eine ganze Menge wußten und überhaupt nicht zuversichtlich waren.

Wie zum Beispiel Randu, der am fünften Tag der Konferenz aller Händler die Haupthalle betrat, wo schon die beiden Männer auf ihn warteten, die er hierher gebeten hatte. Die fünfhundert Sitzplätze des großen Saales waren leer – und weitere Zuhörer wurden auch nicht erwartet.

»Wir drei vertreten etwa die Hälfte des militärischen Potentials der Unabhängigen Handelsplaneten«, sagte Randu rasch, bevor er sich setzte.

»Ja«, nickte Mangin, der von Iss kam, »mein Kollege und ich haben uns darüber schon unterhalten.«

»Ich bin zu einem klärenden und möglichst kurzen Gespräch bereit«, erwiderte Randu. »Ich halte nichts von langem Herumreden und Floskeln. Es sieht sehr schlecht für uns aus.«

»Aufgrund . . .« begann Ovall Gri von Mnemon.

»Aufgrund der Ereignisse der letzten Stunde. Aber einen Augenblick. Ich möchte von vorn anfangen. Zuerst einmal sieht es so aus, daß die Situation, in die wir jetzt ohne unser Zutun hineingeraten sind, nicht mehr unter unserer Kontrolle ist. Ursprünglich hatten wir nichts mit dem Muli zu tun, sondern haben uns an einige andere Leute gehalten, in erster Linie an den ehemaligen Kriegsherrn von Kalgan, den der Muli im ungeeignetsten Moment besiegt hat.«

»Sicher, das stimmt, aber der Muli ist doch ein gleichwertiger Ersatz«, wandte Mangin ein. »Einzelheiten sind doch unwichtig.«

»Vielleicht nicht, wenn Sie *alle* Einzelheiten kennen.« Randu beugte sich vor und legte die Hände mit den Handflächen nach oben auf den Tisch.

»Vor einem Monat habe ich meinen Neffen und seine junge Frau nach Kalgan geschickt«, begann er.

»Ihren Neffen?« rief Ovall Gri überrascht. »Ich wußte gar nicht, daß er Ihr Neffe war.«

»Und mit welchem Auftrag?« fragte Mangin trocken. »Das?« Er zeichnete mit dem Daumen einen Kreis hoch in der Luft.

»Wenn Sie damit den Krieg des Muli gegen die Stiftung meinen, nein. So hoch wollte ich nicht hinaus. Mein Neffe war völlig ahnungslos – er wußte weder etwas von unserer Organisation noch von unseren Zielen. Er glaubte, ich sei irgendein unbedeutendes Mitglied einer patriotischen Gruppe auf Haven und er selbst solle sich auf Kalgan nur etwas umsehen. Ich muß zugeben, daß ich eigentlich nicht genau wußte, was ich damit erreichen wollte. Vor allem interessierte mich die Person des

Muli. Er ist eine eigenartige Figur – aber damit sage ich Ihnen ja nichts Neues. Und zum zweiten hielt ich es für ganz interessant und lehrreich für einen jungen Mann, der schon einige Erfahrungen mit der Stiftung und ihrer Untergrundbewegung hatte und von dem ich annahm, er könnte uns in der Zukunft wertvolle Dienste leisten. Sie sehen . . .«

Ovall grinste über das ganze Gesicht. »Dann muß das Ergebnis seiner Reise Sie aber sehr überrascht haben, was? Hören Sie, wir alle wissen doch, daß Ihr Neffe einen Untergebenen des Muli im Namen der Stiftung entführt und ihm damit einen Kriegsgrund geliefert hat. Sie erzählen Märchen, Randu. Ich kann mir nicht vorstellen, daß Sie mit der Sache nichts zu tun hatten. Es war ein raffiniert eingefädelter Plan, geben Sie es zu.«

Randu schüttelte den weißen Kopf. »Nein, ich hatte wirklich nichts damit zu tun, genauso wenig wie mein Neffe. Es war ein Zufall, und jetzt sitzt der Junge auf der Stiftung im Gefängnis und wird vielleicht noch nicht einmal lange genug mehr leben, um zu sehen, wie das Ganze ausgeht. Ich habe gerade eine Nachricht von ihm bekommen. Sie ist einen ganzen Monat unterwegs gewesen und zuerst durch das Kriegsgebiet nach Haven geschickt und dann von dort nach hier weitergeleitet worden.«

»Und?«

Randu verschränkte die Hände. »Ich fürchte fast, uns erwartet ein ähnliches Schicksal wie das des Kriegsherrn von Kalgan. Der Muli ist ein Mutant!«

Einen Augenblick war es ganz still, und Randus Zuhörer schienen zwischen Skepsis und Entsetzen zu schwanken.

»Woher wollen Sie das wissen?« fragte Mangin schließlich mit unverändert ruhiger Stimme.

»Ich weiß es nur von meinem Neffen, aber immerhin ist er ja selbst auf Kalgan gewesen.«

»Was für ein Mutant soll er denn sein? Es gibt doch alle möglichen Mutanten.«

»Alle möglichen, ja, Mangin.« Randu konnte seine Ungeduld nur mühsam bezähmen. »Aber es gibt nur einen Muli. Spielt es eine Rolle, was für ein Mutant er ist, wenn er als Niemand angefangen hat, eine Armee auf einem winzigen Planeten als damalige Ausgangsbasis aufgestellt hat, danach einen Planeten, ein System und dann eine ganze Region erobert hat – und schließlich sogar die Stiftung angreift und es schafft, sie von Horleggor zu vertreiben? *Und das alles innerhalb von zwei oder drei Jahren!*«

Ovall Gri zuckte die Achseln. »Glauben Sie, er kann auch die Stiftung selbst besiegen?«

»Ich weiß es nicht. Nehmen wir an, er könnte es?«

»Tut mir leid, aber da kann ich Ihnen nicht mehr beistimmen. Die

Stiftung ist *unbesiegbar*. Hören Sie, was haben wir denn schon an neuen Fakten außer den Aussagen eines . . . nun, eines unerfahrenen jungen Burschen? Wir haben uns bisher ruhig verhalten und uns nicht durch die Siege des Muli nervös machen lassen. Und ich sehe auch keinen Grund, daran im Augenblick etwas zu ändern, es sei denn, der Muli geht bis zum Äußersten. Was meinen Sie?«

Randu, dem bewußt war, wie schwach seine Argumente waren, runzelte die Stirn. »Haben wir bisher schon Verbindung mit dem Muli aufgenommen?«

»Nein«, antworteten beide wie aus einem Mund.

»Also, aber Sie wissen genauso gut wie ich, daß wir es versucht haben, nicht wahr? Es ist doch richtig, daß unsere Konferenz auf Radole ziemlich unsinnig ist, wenn wir ihn nicht erreichen, oder? Und es ist doch auch richtig, meine Herren, daß wir bisher nicht weitergekommen sind – einfach weil wir den Muli nicht erreichen können. Wir haben tausend Schiffe einsatzbereit dastehen, die im richtigen Moment eingesetzt werden sollen, um die Stiftung unter unsere Kontrolle zu bringen. Ich bin der Meinung, daß es an der Zeit ist, etwas zu unternehmen. Ich finde, daß wir diese tausend Schiffe jetzt losschicken sollten – *gegen* den *Muli*.«

»Sie meinen, für den Tyrannen Indbur und diese Blutsauger, die über die Stiftung herrschen?« entgegnete Mangin hitzig.

Randu hob ungeduldig die Hand. »Ersparen Sie mir Ihre unsachlichen Folgerungen. Ich habe gesagt, gegen den Muli – *für* wen, interessiert mich nicht.«

Jetzt erhob sich Ovall Gri. »Damit will ich nichts zu tun haben, Randu. Wenn Sie unbedingt politischen Selbstmord begehen wollen, dann bringen Sie Ihren Vorschlag in der Versammlung heute abend vor.«

Ohne ein weiteres Wort verließ er den Saal. Mangin folgte ihm schweigend, während Randu allein mit seinen Überlegungen zurückblieb.

Und bei der Versammlung abends brachte er seinen Vorschlag dann doch nicht zur Sprache.

Am darauffolgenden Morgen kam Ovall Gri in sein Zimmer gestürmt. Man sah, daß sich der Delegierte hastig angekleidet und noch nicht einmal Zeit gefunden hatte, sich zu kämmen oder zu rasieren.

Randu, der gerade sein Frühstück beendet hatte, war so überrascht, daß er unwillkürlich seine Pfeife fallenließ.

»Mnemon ist heimtückisch aus dem Raum angegriffen worden«, erklärte Gri ohne Vorrede.

Randu runzelte die Stirn. »Die Stiftung?«

»Nein, der Muli!« brach es aus Gri heraus. Seine Stimme überschlug sich. »Der Angriff kam völlig grundlos und überraschend. Der größte Teil unserer Schiffe hatte sich der internationalen Flotte angeschlossen, und die wenigen, die zum Schutz unseres Planeten zurückgeblieben waren, konnten gegen die Übermacht nichts ausrichten. Sie sind einfach ausgelöscht worden. Es sind zwar noch keine feindlichen Truppen gelandet, und vermutlich wird es auch nicht dazu kommen, weil unsere Streitkräfte die Hälfte der angreifenden Schiffe zerstören konnten, aber trotzdem – es bedeutet Krieg zwischen uns und dem Muli – und ich bin gekommen, um zu fragen, wie Haven zu dieser Sache steht.«

»Haven wird sich mit Sicherheit an das halten, was in der Charta der Föderation vereinbart worden ist. Aber sehen Sie nun, daß ich recht hatte? Er greift auch uns an.«

»Dieser Muli ist ein Irrer. Glaubt er, er könnte das ganze Universum besiegen?« Er ließ sich auf den Stuhl neben Randu sinken und faßte den anderen am Handgelenk. »Aus den Berichten der Überlebenden geht hervor, daß der Muli – daß unser Gegner eine völlig neue Waffe besitzt. Einen Atomfeld-Depressor.«

»Einen was?«

»Die meisten unserer Schiffe wurden vernichtet, weil ihre Atomwaffen versagten«, erklärte Ovall Gri. »Es kann weder Zufall noch Sabotage gewesen sein. Es muß ein Abwehrsystem des Mulis gewesen sein, das allerdings nicht perfekt funktioniert hat, denn die Wirkung setzte zwischendurch aus. Es konnte teilweise neutralisiert werden. Genaueres weiß ich auch nicht, da die Berichte nur unvollständig sind. Aber auf jeden Fall könnte ein solches System die gesamte Kriegsführung verändern, und unsere ganze Flotte wäre mit einem Schlag veraltet.«

Randu fühlte sich auf einmal sehr alt. »Ich fürchte, daß hier ein Ungeheuer herangewachsen ist«, sagte er müde, »das uns alle verschlingen wird, wenn wir es nicht bekämpfen.«

17

Der Visi-Sonor

Das Heim von Ebling Mis, das in einem etwas bescheideneren Bezirk von Terminus City stand, war der Treffplatz der Intellektuellen, Literaten und Gelehrten von Terminus. Seine Charakteristika umfaßten eine breite Skala, je nachdem, welche subjektiven Quellen man zur Orientierung heranzog. Für einen nachdenklichen Biographen war es die »Symbolisierung eines Zufluchtsortes vor einer ungebildeten Realität«, ein Gesellschaftskolumnist erging sich in Schwärmereien über seine »schrecklich maskuline Atmosphäre nachlässiger Unordnung«, ein Universitätsprofessor bezeichnete es knapp als »akademisch, aber unordentlich«, ein Freund als »prima, wenn man Lust auf einen Drink hat und irgendwo in Ruhe die Füße aufs Sofa legen will«, und in einem Fernsehinterview, in dem es vor allem darum ging, einmal etwas zu zeigen, das aus dem Rahmen fiel, war vom »knallharten, nüchtern und sachlich eingerichteten Zuhause eines fluchenden und fast kahlköpfigen Ebling Mis« die Rede.

Für Bayta, der es nicht darum ging, mit ihrer Beschreibung einen gewissen Personenkreis anzusprechen, und die den Vorteil hatte, sich selbst ein Bild machen zu können, sah es einfach schlampig aus.

Abgesehen von den ersten Tagen war die Zeit im Gefängnis nicht so schlimm gewesen, wie sie sich vorgestellt hatte. Bei weitem nicht so schlimm jedenfalls, so schien es ihr, wie diese halbe Stunde, die sie jetzt schon im Heim des Psychologen warteten – vielleicht wurden sie sogar heimlich beobachtet? Im Gefängnis war sie wenigstens bei Toran gewesen . . .

Ihre Nervosität hätte sich wahrscheinlich noch stärker bemerkbar gemacht, wenn sie nicht gesehen hätte, daß Magnifico noch unruhiger und ängstlicher als sie selbst war.

Er hatte die dürren Beine unter das Kinn gezogen und hockte so zusammengekrümmt da, als wollte er sich möglichst klein machen, um nicht gesehen zu werden, und Bayta streckt automatisch die Hand aus, um ihm beruhigend über den Arm zu streichen. Magnicifo zuckte bei dieser Bewegung zusammen, dann verzog sich sein hageres Gesicht zu einem Lächeln.

»Sie sehen selbst, Mylady, daß mein Körper immer noch anders reagiert, als er meinem Verstand nach eigentlich müßte, und von einer fremden Hand nichts anderes als Schläge erwartet.«

»Du brauchst keine Angst zu haben, Magnifico. Ich bin ja bei dir, und ich werde nicht zulassen, daß dir jemand etwas tut.«

Der Clown sah sie von der Seite her an und wandte dann schnell den Blick wieder ab. »Aber man hat mich doch schon einmal von Ihnen und Ihrem gütigen Mann getrennt – und jetzt lachen Sie nicht über mich, aber ich war einsam, weil ich nicht bei meinen Freunden war.«

»Ich würde niemals über dich lachen, Magnifico. Auch ich war einsam.«

Magnificos Gesicht hellte sich auf, und er umschlang seine Knie fester. »Kennen Sie diesen Mann, der uns sehen will?« wollte er wissen.

»Nein. Aber er ist ein sehr berühmter Mann. Ich habe ihn schon öfter in den Nachrichten gesehen und auch schon viel von ihm gehört. Ich glaube, er ist ein guter Mann, Magnifico, und will uns nichts Böses.«

»Ja?« Der Clown rückte unruhig hin und her. »Das mag sein, Mylady, aber er hat mich schon einmal ausgefragt, und er war dabei so rauh und laut, daß er mir Angst gemacht hat. Ich verstehe oft nicht, was er wissen will, weil er so viele fremde Worte benützt, und dann weiß ich keine Antwort. Ein Mann, der sich über mich lustig machen wollte, hat mir einmal erzählt, daß in solchen Augenblicken das Herz in die Kehle steigt und sie verschließt, so daß man kein Wort mehr sagen kann, aber manchmal möchte ich ihm fast glauben.«

»Aber jetzt bist du doch nicht mehr allein. Wir sind nun zu zweit, und uns beiden kann er bestimmt keine Angst machen, nicht wahr?«

»Nein, Mylady.«

Irgendwo schlug eine Tür, und dann dröhnte eine laute Stimme durch das Haus. »Rrraus hier!« brüllte dieselbe Stimme dann plötzlich in unmittelbarer Nähe, und als die Tür aufging, konnte Bayta flüchtig zwei uniformierte Soldaten erkennen, die sich eilig zurückzogen.

Ebling Mis kam stirnrunzelnd herein, setzte ein Paket auf dem Boden ab und schüttelte Bayta kräftig die Hand. Die junge Frau erwiderte den Druck genauso fest. Der Psychologe litt offensichtlich an Spätzündung, denn er hatte sich bereits dem Clown zugewandt, als er sich wieder umdrehte und das Mädchen mit einem langen Blick bedachte.

»Verheiratet?« wollte er wissen.

»Ja. Mit allen legalen Formalitäten.«

»Und – wie klappt es mit der Ehe?« fragte Mis nach kurzem Überlegen.

»Bis jetzt ganz gut.«

Der Psychologe zuckte die Achseln und wandte sich wieder Magnifico zu. Nachdem er das Paket ausgepackt hatte, sagte er zu ihm: »Weißt du, was das hier ist, mein Junge?«

Magnifico war mit einem Satz von seinem Stuhl und strich liebkosend über die knopfartigen Tasten des Instruments. Dann schlug er vor Freude einen Purzelbaum, wobei er fast einen Stuhl ruiniert hätte.

»Ein Visi-Sonor«, krächzte er. »Und ein so wunderschöner dazu, daß er das Herz eines Toten vor Entzücken wieder zum Schlagen bringen könnte.« Seine langen Finger glitten geschickt über die Tasten, blieben hier und da liegen, und die Luft vor ihnen war plötzlich von einem weichen, rosa Leuchten erfüllt.

»Schön, mein Junge«, nickte Ebling Mis, »du hast gesagt, du könntest auf so einem Ding spielen, und jetzt hast du die Gelegenheit, es uns zu beweisen. Ich glaube, du mußt ihn vorher noch stimmen. Er kommt nämlich direkt aus einem Museum.« Dann wandte er sich leise an Bayta. »Ich hoffe, wir schaffen es, ihn zum Reden zu bringen.«

Er beugte sich näher zu ihr herüber. »Ohne Sie wird er nicht reden. Wollen Sie mir helfen?«

Sie nickte.

»Fein! Er ist offenbar völlig verängstigt, und ich bezweifle, daß er die Anwendung einer Psycho-Sonde geistig verkraften würde. Ich möchte es jetzt einmal anders versuchen, aber dazu muß er sich völlig sicher und zufrieden fühlen. Verstehen Sie?«

Wieder nickte Bayta.

»Dieser Visi-Sonor ist der erste Schritt auf diesem Weg. Er hat gesagt, daß er auf ihm spielen kann, und seine Reaktion gerade beweist, welche Freude er offensichtlich daran hat. Hören Sie seinem Spiel also zu und loben Sie ihn, ganz egal, ob er gut oder schlecht spielt. Und dann zeigen

Sie ihm möglichst deutlich, daß Sie mich sympathisch finden und Vertrauen zu mir haben. Vor allem aber halten Sie sich bei allem, was Sie tun, immer genau an mich.« Er warf einen flüchtigen Blick auf Magnifico, der in einer Ecke des Sofas hockte und mit geschickten Handbewegungen Einstellungen im Innern des Instrumentes vornahm. Er war ganz in seine Aufgabe vertieft.

»Haben Sie schon einmal ein Spiel auf einem Visi-Sonor gehört?« wollte Mis von Bayta wissen.

»Ja, ein einziges Mal«, gab die junge Frau zurück. »Es war bei einem Konzert, in dem auf fremden Instrumenten gespielt wurde. Besonders beeindruckt war ich ehrlich gesagt nicht.«

»Dann lag es wahrscheinlich am Spieler. Es gibt nur wenige wirklich gute Spieler. Es liegt eigentlich weniger an der Geschicklichkeit der Finger – es ist zum Beispiel wesentlich schwieriger, ein Piano mit mehreren Tastaturen zu spielen – als vielmehr an einer Art geistiger Gelöstheit. Deshalb«, fuhr er leise fort, »spielt unser Knochengestell da vielleicht besser, als wir vermuten. Oft sind nämlich die wirklich guten Spieler Schwachsinnige. Übrigens eins dieser seltsamen Phänomene, die die Psychologie zu einer äußerst interessanten Wissenschaft machen.«

Bemüht, leichte Konversation zu betreiben, fragte er: »Wissen Sie, wie dieses verdammte Ding funktioniert? Ich habe extra in einem Fachbuch nachgeschlagen, aber alles, was ich von den Erklärungen begriffen habe, ist, daß seine Ausstrahlungen direkt das Sehzentrum des Gehirns stimulieren, ohne den Sehnerv selbst zu erreichen. Es bedient sich also eines Sinnes, der normalerweise nie berührt wird. Wirklich bemerkenswert, wenn man es sich richtig überlegt. Die akustischen Geräusche werden ganz normal über Trommelfell, Cochlea und so weiter übertragen. Aber – Schsch! Er ist soweit. Würden Sie bitte auf den Schalter da drücken. Es ist besser, wenn es dazu dunkel ist.«

In der Dunkelheit des Raumes war Magnifico nur noch eine unförmige Gestalt und Ebling Mis ein schwer atmender Koloß. So sehr sich Bayta zunächst auch anstrengte, konnte sie anfänglich nichts Besonderes erkennen. Plötzlich entstand ein vibrierender, rötlicher Strich in der Luft, der auf und ab hüpfte. Er zog sich zusammen, dehnte sich aus und wurde immer breiter, um dann wie ein dünner Schleier auseinanderzureißen.

Mitten in der Luft tauchte eine rhythmisch pulsierende bunte Kugel auf, die sich aufblähte und abrupt zerplatzte. Unzählige formlose Tropfen wirbelten hoch durch die Luft und fielen wieder herunter, wobei sie bunte Bahnen hinter sich herzogen und seltsame Muster zeichneten. Sie verschmolzen zu kleinen Kugeln, die alle verschiedene Farben hatten – und dann fing Bayta an, richtig zu sehen und zu hören.

Sie entdeckte, daß die Farben und Figuren deutlicher wurden, wenn sie die Augen schloß; daß zu jeder noch so winzigen Bewegung ein Laut gehörte; daß sie die einzelnen Farben nicht identifizieren konnte, und schließlich, daß die Kugeln in Wirklichkeit keine Kugeln, sondern kleine Figuren waren.

Kleine Figuren; kleine, züngelnde Flammen, die flackerten und auf und ab tanzten; die plötzlich verschwanden und dann aus dem Nichts wieder auftauchten; die sich umkreisten und zu einer neuen Farbe verschmolzen.

Bayta wurde irgendwie an jene farbigen Sterne erinnert, wie man sie nachts sieht, wenn man die Augenlider so fest schließt, daß es schmerzt, und intensiv auf einen Punkt starrt. Da waren die altvertrauten Eindrücke des tanzenden Punktmusters aus Farben, die sich ständig verschieben, der konzentrischen Kreise, die sich zusammenziehen, und der gestaltlosen Formen, die übergangslos zu vibrieren scheinen. All das sah Bayta jetzt, nur größer und vielfältiger – und jeder kleine Farbklecks war eine winzige Figur.

Sie kamen auf sie zu, und Bayta hob unwillkürlich die Hände, um sie abzuwehren, doch plötzlich taumelten sie herunter, und einen Augenblick lang kam es ihr so vor, als befände sie sich inmitten eines bunten Schneegestöbers. Kaltes Licht glitt über ihre Schultern und Arme herab, löste sich schließlich von ihren Fingerspitzen und zog sich mitten in der Luft zusammen. Und unter diese optischen Eindrücke mischte sich die Musik von unzähligen Instrumenten, die in die Farben einfloß, so daß Bayta sie nicht mehr vom Licht unterscheiden konnte.

Sie fragte sich, ob Ebling das gleiche sah wie sie, und wenn nicht, was er dann sah. Der Gedanke verwischte, und dann . . .

Dann sah sie wieder. Diese kleinen Figuren . . . waren das wirklich Figuren, kleine Gestalten? . . . winzigkleine Frauen mit Feuerhaar, die sich so schnell bewegten, daß der Geist es nicht fassen konnte? . . . verbanden sich zu sternenförmigen Gruppen, die tanzten . . . die Musik war leises Lachen . . . das Lachen von Mädchen, das im Ohr erst entstand.

Die Sterne zogen sich zusammen, kamen aufeinander zu und nahmen langsam eine ganz bestimmte Gestalt an – und von unten schoß plötzlich ein Palast in die Höhe. Jeder Stein eine winzige Farbe, jede Farbe ein winziger Funken, jeder Funken ein spitzer Lichtstrahl, der seine Position veränderte und den Blick nach oben auf zwanzig juwelenbesetzte Türme lenkte.

Ein glänzender Teppich schoß heraus und wirbelte umher, spann ein unsichtbares Netz, das den ganzen Raum umschloß, und dann fuhren leuchtende Schößlinge aus ihm empor, teilten sich und wuchsen zu Bäumen heran, die ihr eigenes Lied sangen.

Und inmitten all der Formen und Klänge war Bayta, eingehüllt von der Musik. Sie streckte die Hand aus und berührte einen der zerbrechlichen

Bäume, und Blütennadeln schwebten herab und lösten sich mit einem sanften Klingen auf.

Jetzt erklangen Zimbeln, und vor ihr stieg eine Flammenfontäne auf, die sich über unsichtbare Stufen in Kaskaden in Baytas Schoß ergoß, aus dem sie überströmte und Bayta bald bis an die Hüften reichte, ein funkelndes Flammenmeer, während sich jetzt über ihrem Schoß ein Regenbogen spannte, auf dem die kleinen Figuren tanzten . . .

Ein Palast, ein Garten und winzige Männer und Frauen auf einer Brücke, deren Ende sie nicht sehen konnte. Sie tauchte ein in die Wogen sanfter Harfenklänge . . .

Und dann – eine Pause, ein ängstliches Zögern, Bewegungen, die nur noch nach innen gingen, ein rasches Zusammenfallen. Die Fahrben stoben auseinander, sammelten sich in einer Kugel, die schrumpfte, in die Höhe stieg und dann verschwunden war.

Plötzlich herrschte nur noch Dunkelheit.

Eine Hand tastete nach dem Lichtschalter, fand ihn, und augenblicklich wurde es wieder hell. Bayta blinzelte, bis ihr die Tränen kamen, als trauere sie um das, was so abrupt verschwunden war. Ebling Mis stand immer noch wie erstarrt da, die Augen vor Überraschung geweitet und den Mund geöffnet.

Der einzige, der sich rührte, war Magnifico, der begeistert über das Instrument strich.

»Es ist wirklich ein wunderbares Instrument, Mylady«, flüsterte er. »Es ist so fein und empfindlich, daß ich fast glaube, Wunder auf ihm vollbringen zu können. Wie hat Ihnen meine Komposition gefallen, Mylady?«

»Hast *du* das gemacht?« fragte Bayta verwundert. »Du ganz allein?«

Ihre Bewunderung ließ ihn bis zur Spitze seiner gewaltigen Nase erröten. »Ja, Mylady, ganz allein. Es ist meine eigene Komposition. Der Muli mochte sie nicht, aber ich habe sie sehr oft für mich allein gespielt. Einmal, in meiner Jugend, habe ich diesen Palast mit eigenen Augen gesehen – ein prächtiger Palast, in dem gerade ein Fest stattfand. Es waren viele Leute da, einer reicher gekleidet als der andere, und ich habe nie wieder soviel Pracht und Reichtum gesehen, auch nicht im Dienst des Muli. Ich habe nicht mehr als ein armseliges Bild all der Herrlichkeit schaffen können, aber es ist alles, wozu mein beschränkter Geist fähig ist. Ich nenne diese Komposition ›Erinnerung an das Paradies‹.«

Langsam kehrte auch Mis wieder in die Wirklichkeit zurück. »Hör mal, Magnifico«, begann er, »würdest du das auch für andere Leute spielen?«

Der Clown wich unsicher zurück. »Für . . . für andere?« stammelte er.

»Für Tausende«, rief Mis, »für Tausende, in den großen Sälen der Stiftung. Möchtest du dein eigener Herr sein, von allen bewundert, reich und . . . und . . .« Seine Phantasie verließ ihn. »Und was dazu gehört? Na? Was sagst du dazu?«

»Aber wie kann ich das sein, großer Herr, wenn ich doch nur ein kleiner Clown bin, ein armer Narr, über den man lacht?«

Der Psychologe stieß hörbar die Luft aus und fuhr sich mit dem Handrücken über die Stirn. »Aber du kannst spielen, Mann. Die Welt gehört dir, wenn du so vor dem Bürgermeister und den anderen Persönlichkeiten der Stiftung spielst. Würde dir das nicht gefallen?«

Der Clown warf einen zaghaften Blick auf Bayta. »Bleibt *sie* denn bei mir?«

»Natürlich, du Dummer«, lachte die junge Frau. »Glaubst du, ich würde mich jetzt von dir trennen, wo du bald reich und berühmt bist?«

»Ich würde alles Ihnen geben«, antwortete Magnifico ernst, »aber nicht mit allem Reichtum der Galaxis könnte ich wiedergutmachen, was Sie für mich getan haben.«

»Hör zu, Magnifico«, sagte Mis beiläufig, »würdest du mir zuerst einmal helfen . . .?«

»Was soll ich tun?«

Der Psychologe lächelte ihm beruhigend zu. »Ich habe eine kleine Sonde mitgebracht, mit der ich etwas herausfinden möchte. Es tut bestimmt nicht weh, und ich verspreche dir, daß sie nur die Oberfläche deines Gehirns berühren wird.«

Todesangst flackerte in Magnificos Augen auf. »Nicht eine Sonde. Ich weiß, was sie anrichten. Sie höhlen den Geist aus und lassen nichts als eine leere Hülle zurück. Der Muli hat es mit Verrätern gemacht und sie dann ohne Geist umherlaufen lassen, bis sich jemand ihrer erbarmt und sie getötet hat.« Er hob die Hand, um Mis abzuwehren.

»Das war eine psychische Sonde«, erklärte Mis geduldig. »Und selbst solche Psycho-Sonden richten nur dann Schaden an, wenn sie mißbraucht werden. Diese Sonde, die ich hier habe, ist völlig harmlos. Sie tastet nur die Oberfläche des Gehirns ab und würde selbst einem Baby nicht schaden.«

»Du mußt ihm vertrauen, Magnifico«, drängte Bayta. »Du sollst uns doch nur helfen, den Muli zu besiegen und ihn endgültig zu vertreiben. Und wenn das geschehen ist, dann werden wir beide, du und ich, reich und berühmt werden.«

Magnifico streckte ihr seine bebende Hand entgegen. »Halten Sie dann meine Hand?«

Bayta nahm sie in beide Hände, und dann sah der Clown mit großen Augen zu, wie zwei Elektroden auf ihn zukamen.

Ebling Mis lehnte sich lässig in dem üppigen Sessel in Bürgermeister Indburs Privatwohnung zurück und beobachtete mitleidlos den kleinen Mann, der nervös auf und ab lief. Er warf seinen Zigarrenstummel achtlos zu Boden und spuckte ein paar Tabakkrümel aus.

»Ach, übrigens, Indbur, wenn Sie mal etwas Vernünftiges für Ihr nächstes Konzert im Mallow-Saal haben wollen, dann rate ich Ihnen, diese Elektronikfritzen vor die Tür zu setzen und diesen Clown auf seinem Visi-Sonor für Sie spielen zu lassen. Ich sage Ihnen, Indbur, da wird Ihnen die Spucke wegbleiben.«

»Ich habe Sie nicht herkommen lassen, um mir Vorträge über Musik anzuhören«, erwiderte Indbur gereizt. »Sagen Sie mir lieber, was mit dem Muli ist. Was haben Sie herausgefunden?«

»Der Muli? Ach ja, ich habe es mit einer Sonde versucht, aber viel ist nicht dabei herausgekommen. Eine Psycho-Sonde hat keinen Zweck, weil dieser arme Kerl so eine Angst davor hat, daß durch seinen instinktiven Widerstand wahrscheinlich sämtliche Sicherungen bei ihm im Oberstübchen durchbrennen, sobald ich den Kreis schließe. Wenn Sie jetzt aufhören, so herumzuzappeln, dann werde ich Ihnen aber sagen, was ich mit der einfachen Sonde aus ihm herausgeholt habe . . .

Zuerst einmal, bei dem, was der Clown über die physische Kraft des Muli gesagt hat, können Sie einige Abstriche machen. Er ist bestimmt stark, aber wahrscheinlich übertreibt unser Clown gehörig, weil er eine Heidenangst vor ihm hat. Was offensichtlich stimmt, ist das mit seinen speziellen geistigen Fähigkeiten, denn er trägt eine komische Brille und kann mit seinen Augen töten.«

»Das wußten wir auch schon vorher«, brummte der Bürgermeister mürrisch.

»Sicher, aber die Sonde hat den letzten Beweis geliefert, daß es stimmt, und von diesem Punkt an gehe ich mathematisch vor.«

»Tatsächlich? Und wie lange wird es dauern, bis Sie auf diese Weise zu einem Ergebnis gekommen sind? Sie machen mich mit Ihrem Gerede noch verrückt.«

»Ich schätze, noch ungefähr einen Monat, dann kann ich Ihnen ein Ergebnis vorlegen. Oder aber auch nicht. Aber wenn schon! Wenn Seldon diese Situation nicht vorhergesehen hat, dann stehen unsere Chancen sowieso schlecht, sehr schlecht sogar.«

Indbur starte den Psychologen wütend an. »Jetzt habe ich Sie entlarvt, Sie Verräter. Das ist eine Lüge! Sie sind also auch einer von diesen Volksaufhetzern und Panikmachern, die die Bevölkerung der Stiftung aufhetzen und mir das Leben schwer machen!«

»Ich? Ich?« Auch Mis wurde langsam zornig.

»Denn so wahr ich hier stehe, die Stiftung wird siegen – sie *muß* siegen!«

»Trotz der Niederlage von Horleggor?«

»Es war keine richtige Niederlage«, widersprach der Bürgermeister. »Sie haben also auch diese Lüge geschluckt? Der Gegner war in der Überzahl, und außerdem wurden wir verraten . . .«

»Verraten? Von wem?« fragte Mis verächtlich.

»Von diesen verdammten Demokraten«, brüllte ihn der Bürgermeister an. »Ich wußte schon lange, daß unsere Flotte mit diesen demokratischen Subjekten durchsetzt war. Wir haben zwar den größten Teil unschädlich machen können, aber offensichtlich sind doch noch eine Reihe von ihnen übriggeblieben, denn wie sollte sich sonst erklären lassen, daß zwanzig Schiffe mitten im dicksten Kampfgewühl einfach aufgegeben haben. Das Ganze ist von den Demokraten inszeniert worden, und die angebliche Niederlage ist absichtlich von ihnen herbeigeführt worden.

Und jetzt, mein polternder, braver Patriot, Sie Inbegriff eines unverfälschten Naturburschen, jetzt verraten Sie mir doch gnädigerweise, was Sie mit den Demokraten zu tun haben.«

Ebling Mis zuckte gleichgültig die Achseln. »Ich glaube, bei Ihnen da oben piept's. Was ist mit der Niederlage danach, dem Verlust der Hälfte des siwennianischen Gebiets? Waren das wieder Ihre Demokraten?«

»Nein, damit haben die Demokraten nichts zu tun.« Der kleine Mann lächelte überheblich. »Es ist keine Niederlage, sondern ein Rückzug – die Stiftung hat sich immer zurückgezogen, wenn sie angegriffen wurde, bis sich die Situation, wie es der Lauf der Geschichte unvermeidlich vorsieht, zu unseren Gunsten wendet. Und das wird nicht mehr lange dauern. Die demokratische Bewegung, der sogenannte Untergrund, hat schon laut erklärt, daß sie der Regierung Treue schwört und bereit ist, sie zu unterstützen. Es könnte natürlich ein Täuschungsmanöver sein, mit dem sie ihre wahren Absichten verschleiern wollen, aber selbst wenn es so ist, sind ihre Erklärungen eine gute Propaganda für uns. Aber was noch besser ist . . .«

»Was? Sie haben eine noch bessere Nachricht?« spöttelte Mis.

»Urteilen Sie selbst. Vor zwei Tagen hat der sogenannte Bund der Unabhängigen Händler dem Muli den Krieg erklärt, wodurch die Flotte der Stiftung um tausend Schiffe vergrößert wird. Der Muli ist zu weit gegangen. Er hat vielleicht geglaubt, leichtes Spiel mit uns zu haben, weil wir untereinander zerstritten waren, aber unter dem Druck seines Angriffs haben wir uns vereint und sind auf einen Schlag ein mächtiger Gegner geworden. Er *muß* verlieren. Es ist unvermeidlich – wie immer.«

»Sie sind also tatsächlich davon überzeugt, daß Seldon auch das zufällige Auftreten eines Mutanten in seinen Plan miteinbezogen hat?« erwiderte Mis skeptisch.

»Ein Mutant! Wer will denn das behaupten? Außer einem desertierten Captain, zwei jungen Fremden und einem verrückten Hofnarren niemand! Sie vergessen offensichtlich den besten Gegenbeweis – den Sie selbst geliefert haben.«

»Ich?« Für einen Augenblick war Mis ehrlich überrascht.

»Natürlich, Sie«, entgegnete Indbur bissig. »In neun Wochen öffnet sich die Zeitgruft. Nun? Sie haben selbst gesagt, daß sie sich nur bei einer Krise öffnet. Wenn dieser Angriff des Muli *nicht* die Krise ist, wo ist dann die *wirkliche,* die Krise, für die sich die Gruft öffnet? Los, antworten Sie.«

Der Psychologe zuckte die Achseln. »Schön, wenn es Sie glücklich macht, dann glauben Sie doch, was Sie wollen. Ich möchte Sie nur um eins bitten: Schicken Sie mir eine Einladung zur Großen Öffnungszeremonie – für den Fall, daß der alte Seldon *tatsächlich* erscheint und das Ganze *nicht* so ausgeht, wie Sie es sich vorgestellt haben.«

»Von mir aus. Aber jetzt machen Sie, daß Sie verschwinden. Und kommen Sie mir die nächsten neun Wochen nicht mehr unter die Augen.«

»Mit größtem Vergnügen, du widerlicher alter Giftzwerg«, murmelte Mis, als er hinausging.

18

Der Fall der Stiftung

In der Zeitgruft herrschte eine Atmosphäre, die sich nicht genau beschreiben ließ. Es war keine Atmosphäre des Verfalls, denn Beleuchtung und Klimaanlage funktionierten wie gewöhnlich, die farbigen Wände waren leuchtend wie immer, und die am Boden befestigten Stühle bequem und schienen für die Ewigkeit gemacht. Die Gruft wirkte auch nicht alt, denn die drei Jahrhunderte, die vergangen waren, hatten keine sichtbaren Spuren hinterlassen. Und respekt- oder ehrfurchteinflößend war sie ebenfalls nicht, denn ihre Ausstattung war einfach und alltäglich – fast schon spärlich.

Aber wenn man die Summe von all dem, was sie nicht war, abzog, blieb immer noch etwas übrig – und dieses Etwas konzentrierte sich um den leeren Glaskasten, der die Hälfte des Raumes beherrschte. Viermal in drei Jahrhunderten war Hari Seldon dort erschienen und hatte gesprochen. Zweimal davon ohne ein Publikum.

Über drei Jahrhunderte und neun Generationen hatte sich der alte Mann, der noch die große Zeit des Galaktischen Imperiums erlebt hatte, als Projektion gezeigt – und immer noch wußte er mehr über die Galaxis seiner Nachkommen als diese Nachkommen selbst.

Und dieser leere Kasten wartete geduldig.

Bürgermeister Indbur traf als erster ein und mit ihm sein eigener Stuhl, der höher und breiter war als die anderen, die in der Gruft standen. Er wurde vor alle anderen gestellt, so daß Indbur allein vor dem Glaskasten thronte.

Der Beamte zu seiner Linken verbeugte sich feierlich. »Exzellenz, es ist alles für die Übertragung Ihrer offiziellen Verlautbarung heute abend vorbereitet.«

»Ausgezeichnet. Bis dahin werden die interplanetarischen Sondersendungen über die Zeitgruft wie geplant fortgesetzt. Selbstverständlich werden keine Voraussagen oder Spekulationen diesbezüglich geäußert. Ist die Reaktion der Öffentlichkeit weiterhin zufriedenstellend?«

»Durchaus, Exzellenz. Die böswilligen Gerüchte der letzten Wochen und Monate gehen immer mehr zurück. Die Bevölkerung faßt wieder Vertrauen.«

»Ausgezeichnet!« Er bedeutete dem Mann, sich zu entfernen, und zupfte seinen Kragen zurecht.

Zwanzig Minuten vor zwölf!

Eine ausgewählte Gruppe von führenden Persönlichkeiten – die Führer der beiden großen Handelsorganisationen von Terminus – kam jetzt allein oder zu zweit herein, umgeben von dem ihren finanziellen Verhältnissen und ihrem Rang in der Gunst des Bürgermeisters angemessenen Pomp. Die Männer traten nacheinander vor den Bürgermeister, begrüßten ihn und wurden dafür mit ein paar gnädigen Worten belohnt, bevor sie auf den ihnen zugewiesenen Stühlen Platz nahmen.

Von irgendwo tauchte plötzlich Randu von Haven auf, der inmitten des gekünstelten Zeremoniells etwas deplaciert wirkte, als er sich unangemeldet einen Weg nach vorn bahnte, wo der Bürgermeister saß.

»Exzellenz!« murmelte er, als er sich vor Indbur verbeugte.

Indbur runzelte die Stirn. »Ich kann mich nicht erinnern, Ihnen eine Audienz gewährt zu haben.«

»Ich bitte jetzt seit einer Woche um eine Audienz.«

»Ich bedaure, daß mich die mit dem Erscheinen von Hari Seldon verbundenen Staatsgeschäfte davon . . .«

»Das bedaure ich auch, Exzellenz«, unterbrach ihn Randu, »aber ich muß Sie bitten, Ihren Befehl zu widerrufen, die Schiffe der Unabhängigen Händler auf die Flotte der Stiftung zu verteilen.«

Indbur war aus Verärgerung über die Unterbrechung rot angelaufen. »Das ist nicht der richtige Augenblick für dergleichen Diskussionen.«

»Doch, Exzellenz, gerade jetzt«, flüsterte Randu drängend. »Als Vertreter der Unabhängigen Handelsplaneten muß ich Ihnen sagen, daß wir diesem Befehl nicht Folge leisten können. Er muß widerrufen werden, bevor Seldon unser Problem für uns löst. Wenn die Zwangslage erst vorbei ist, dann ist es zu spät für eine Versöhnung, und unsere Allianz wird zerbrechen.«

Indbur starrte Randu kalt an. »Sie vergessen offensichtlich, daß ich der Oberbefehlshaber der Stiftungsstreitkräfte bin. Habe ich das Recht zu militärischen Entscheidungen oder nicht?«

»Natürlich, Exzellenz, haben Sie dieses Recht, aber dieser Befehl ist unklug.«

»So? Das ist mir nicht bewußt. Was mir dagegen aber sehr wohl bewußt ist, das ist die Gefährlichkeit der Situation, wenn ich Ihren Leuten erlaube, die Flotten zu trennen. Eine geteilte Aktion hilft nur dem

Gegner. Wir müssen uns verteidigen, Botschafter, sowohl militärisch wie auch politisch.«

Randu merkte, wie sich seine Nackenmuskeln verkrampften, und diesmal vergaß er absichtlich den Titel, mit dem man den Bürgermeister anzureden pflegte. »Sie fühlen sich jetzt sicher, weil Seldon gleich erscheinen soll, und stellen sich gegen uns. Noch vor einem Monat waren Sie zu jedem Kompromiß bereit, als unsere Flotte den Muli bei Terel besiegte. Ich möchte Sie daran erinnern, Sir, daß die Flotte der Stiftung im offenen Kampf fünfmal besiegt worden ist, und daß es die Schiffe der Unabhängigen Handelsplaneten waren, die Ihre Siege errungen haben.«

Indbur runzelte drohend die Stirn. »Unter diesen Umständen sind Sie auf Terminus nicht länger erwünscht, Botschafter. Ich werde noch heute Ihre Abberufung verlangen. Außerdem werden wir überprüfen, welche Verbindungen Sie zu den subversiven demokratischen Kräften auf Terminus haben.«

»Wenn ich gehe, dann ziehen auch unsere Schiffe ab«, erwiderte Randu. »Und von Ihren demokratischen Kräften weiß ich nichts. Das einzige, was ich weiß, ist, daß sich Ihre Schiffe dem Muli ergeben haben, weil ihre hohen Offiziere, und nicht die einfachen Matrosen, Verräter waren, ob demokratisch oder nicht interessiert mich nicht. Bei Horleggor haben sich zwanzig Schiffe der Stiftung auf den Befehl ihres Konteradmirals hin kampflos ergeben, obwohl sie unbeschädigt und kampftüchtig waren. Der Konteradmiral war Ihr enger Vertrauter – er führte den Vorsitz bei der Verhandlung meines Neffen wegen dieses Zwischenfalls auf Kalgan. Und das ist nicht der einzige Fall, der uns bekannt ist. Wir werden unsere Schiffe und Besatzungen nicht unter das Kommando potentieller Verräter stellen.«

»Sie stehen ab sofort unter Bewachung«, erklärte Indbur.

Randu verließ den Raum unter den verächtlichen Blicken der herrschenden Clique von Terminus. Zehn Minuten vor zwölf!

Inzwischen waren auch Bayta und Toran eingetroffen. Als Randu an ihnen vorbeikam, standen sie auf und winkten ihn zu sich.

»Ihr seid also doch hier«, bemerkte der Botschafter lächelnd. »Wie habt ihr das geschafft?«

»Mit Magnificos Hilfe«, grinste Toran. »Er hat den Vermittler gespielt. Indbur will von ihm unbedingt eine Visi-Sonor Komposition über die Zeitgruft, zweifellos mit ihm selbst als Hauptfigur. Magnifico hat sich geweigert, ohne uns hierher zu kommen, und kein noch so gutes Zureden hat ihn davon abbringen können. Ebling Mis ist auch bei uns, oder war es jedenfalls. Er muß jedenfalls hier irgendwo sein. Was ist los, Onkel?« wollte er plötzlich wissen. »Du siehst so besorgt aus.«

Randu nickte. »Das ist kein Wunder. Wir gehen schlechten Zeiten entgegen, Toran. Ich fürchte, daß die Reihe an uns ist, sobald der Muli besiegt ist.«

Ein großer, weiß gekleideter Mann trat zu ihnen und verbeugte sich steif.

Bayta hielt ihm lächelnd die Hand entgegen. »Captain Pritcher! Sind Sie denn wieder im Raumdienst?«

Der Captain ergriff die ausgestreckte Hand und verbeugte sich tief. »Leider nein. Soweit ich weiß, habe ich es Dr. Mis zu verdanken, daß ich der Öffnung beiwohnen darf. Ich muß schon morgen wieder zur Bodentruppe zurück. Wie spät ist es?«

Es war drei Minuten vor zwölf!

Magnifico war ein Bild des Jammers. Er fühlte sich sichtlich fehl am Platze. Wie so oft hockte er zusammengekauert auf seinem Stuhl, um sich so klein wie möglich zu machen. Seine lange Nase war ganz spitz, und seine Augen wanderten nervös über seine Umgebung.

Er umfaßte Baytas Hand, und als sie sich zu ihm herunterbeugte, flüsterte er: »Meinen Sie, Mylady, daß alle diese großen Herren auch dabei waren, als ich . . . als ich auf dem Visi-Sonor gespielt habe?«

»Ganz bestimmt«, nickte Bayta. »Und ich bin sicher, daß sie finden, daß du der größte Spieler in der ganzen Galaxis bist und dein Konzert das beste war, das man je erlebt hat, also sei ganz ruhig und setz dich gerade hin. Zeig, wer du bist.«

Er lächelte ihr unsicher zu und nahm langsam seine langen Beine herunter.

Es war Punkt zwölf –

– und plötzlich war der Glaskasten nicht mehr leer.

Alles ging so schnell, daß es wahrscheinlich niemand richtig begriff. Von einem Moment auf den anderen war Hari Seldon erschienen.

Er saß in einem Rollstuhl, ein alter, verhutzelter Mann, dessen faltiges Gesicht von strahlenden Augen beherrscht wurde. In seinem Schoß lag ein Buch mit der Vorderseite nach unten.

»Ich bin Hari Seldon!« Seine Stimme war sanft und lebendig.

Atemloses Schweigen fiel über den Raum.

»Ich bin Hari Seldon! Ich weiß nicht, ob sich in diesem Augenblick überhaupt jemand hier befindet, denn ich kann den Raum natürlich nicht sehen, aber das spielt im Grunde auch keine Rolle. Ich bin ziemlich sicher, daß noch alles dem Plan entsprechend verläuft, denn für die ersten dreihundert Jahre liegt die Wahrscheinlichkeit fur die Einhaltung des vorausbestimmten Weges bei vierundneunzigkommazwei Prozent.«

Er brach ab und fuhr dann lächelnd fort: »Übrigens, sollte irgend jemand unter Ihnen stehen, so setzen Sie sich ruhig. Sie können auch rauchen, wenn Sie möchten. Da ich nicht wirklich hier bin, sind Förmlichkeiten überflüssig.

Befassen wir uns nun mit dem aktuellen Problem. Zum erstenmal sieht sich die Stiftung einem Bürgerkrieg gegenüber, der möglicherweise schon ausgebrochen ist. Bisher hat sie sich gegen alle Angriffe von außen erfolgreich wehren können, weil es die Gesetze der Psychohistorie so vorausberechnet haben. Der derzeitige Angriff erfolgt jedoch nicht von außen, sondern von einer allzu disziplinlosen Randgruppe der Stiftung auf eine allzu autoritäre Regierung. Das Geschehen war unvermeidbar, das Ergebnis offensichtlich.«

Das vornehme Publikum wurde langsam unruhig, und Indbur hatte sich schon halb von seinem Stuhl erhoben.

Bayta beugte sich mit besorgtem Blick vor. Wovon sprach der große Seldon überhaupt? Sie hatte ein paar Worte nicht verstanden . . .

»– daß der Kompromiß in zweierlei Hinsicht notwendig ist. Der Aufstand der Unabhängigen Händler bringt ein Element neuer Unsicherheit in eine Regierung, die möglicherweise zu selbstsicher geworden ist. Dadurch wird das Element der Opposition wieder stärker betont. Es ist wichtig, daß die Demokratie . . .«

Stimmen wurden laut. Die Zuhörer begannen, aufgeregt miteinander zu reden.

»Warum sagt er denn nichts über den Muli?« flüsterte Bayta ihrem Mann ins Ohr. »Ich weiß nichts von einem Aufstand der Händler.«

Toran zuckte die Achseln.

In der allgemeinen Unruhe redete die Gestalt im Rollstuhl ungestört weiter:

»– eine neue und stärkere Koalitionsregierung war das zwangsläufige und zuträgliche Ergebnis des Bürgerkriegs innerhalb der Stiftung, zu dem es unweigerlich kommen mußte. Jetzt stehen nur noch die Reste des ehemaligen Imperiums einer weiteren Ausdehnung im Wege, und mit Ihnen dürfte die Stiftung in den nächsten Jahren keine Probleme haben. Ich kann Ihnen heute natürlich noch nicht verraten, wie die nächste Kri–«

Es war jetzt so laut in der Gruft, daß Seldon nicht mehr zu verstehen war.

Ebling Mis, der neben Randu saß, wandte sich an den alten Botschafter. »Seldon scheint übergeschnappt zu sein. Er hat die falsche Krise erwischt«, brüllte er über den Lärm. »Waren die Händler tatsächlich auf einen Bürgerkrieg aus?«

»Ja, wir hatten einen solchen Plan«, antwortete Randu leise. »Aber als der Muli uns alle bedrohte, haben wir ihn aufgegeben.«

»Dann ist der Muli ein Faktor, den Seldon nicht in seine Berechnungen miteinbezogen hat. Was ist denn jetzt passiert?«

In der plötzlichen Stille sah Baytha, daß der Glaskasten jetzt wieder leer war. Die leuchtenden Wände waren übergangslos stumpf und tot geworden, und auch das leise Summen der Klimaanlage war nicht mehr zu hören.

Von irgendwo drang das auf- und abschwellende Schrillen einer Sirene herein. »Ein Luftangriff!« flüsterte Randu ausdruckslos.

Ebling Mis hielt seine Armbanduhr an sein Ohr und rief plötzlich: »Stehengeblieben. Hat irgend jemand eine Uhr, die noch funktioniert?« Seine Stimme klang wie ein Donnern im allgemeinen Schweigen.

Zwanzig Handgelenke fuhren zu zwanzig Ohren hoch, und bald wußten alle, daß keine Uhr mehr ging.

»Dann hat irgend etwas die gesamte Atomenergie in der Zeitgruft gestoppt«, stellte Ebling Mis düster fest. »Und – der Muli greift an.«

»Behalten Sie Platz, meine Herren«, rief Indbur. »Der Muli ist zwanzig Parseks weit weg.«

»Das war er vielleicht vor einer Woche«, brüllte Mis zurück. »Aber im Augenblick greift er Terminus an.«

Bayta saß wie betäubt auf ihrem Stuhl. Sie fühlte, wie etwas ihre Kehle zuschnürte, bis sie nur noch mit Mühe atmen konnte.

Draußen hatte sich inzwischen eine Menschenmenge versammelt, wie an den Geräuschen zu erkennen war, die in die Zeitgruft drangen. Eine Tür wurde aufgerissen, und ein Mann kam hereingestürmt. Indbur eilte ihm entgegen.

»Exzellenz«, flüsterte er, »der gesamte Verkehr in der Stadt und sämtliche Verbindungen nach draußen sind zusammengebrochen. Die Zehnte Flotte soll besiegt sein, und die Schiffe des Muli befinden sich unmittelbar vor der Atmosphäre. Der Generalstab . . .«

Indbur sackte in sich zusammen und blieb reglos auf dem Boden liegen. Über all dem herrschte Totenstille. Selbst die Menge draußen war ruhig, wie betäubt vor kalter Panik. Man half Indbur hoch und flößte ihm etwas Wein ein. Noch bevor er die Augen wieder öffnete, formte sein Mund ein lautloses Wort: »Kapitulieren!«

Bayta konnte nur mit Mühe die aufsteigenden Tränen unterdrücken – Tränen des Entsetzens und der hilflosen Resignation. Ebling Mis berührte sie am Arm. »Kommen Sie, junge Dame . . .«

Er zog sie hoch.

»Wir gehen«, sagte er, »und nehmen Sie Ihren Musiker da mit.« Die dicken Lippen des Psychologen waren weiß und bebten.

»Komm, Magnifico«, murmelte Bayta, doch der Clown wich erschrokken zurück. Sein Blick war glasig.

»Der Muli«, kreischte er. »Der Muli kommt, um mich zu holen.«

Als sie ihn am Ärmel fassen wollte, schlug er wie irre um sich. Toran beugte sich vor und versetzte ihm einen gutplazierten Kinnhaken, worauf Magnifico augenblicklich bewußtlos zusammensackte und Toran ihn wie einen Kartoffelsack hinaustragen konnte.

Am nächsten Tag landeten die schwarzen Kampfschiffe des Muli auf Terminus. Der gegnerische General fuhr in einem fremden Wagen durch die Hauptstraße der Stadt, der allein noch funktionierte, während der ganze übrige Verkehr einer Stadt, in der alle Fahrzeuge mit Atomenergie angetrieben wurden, stillag.

Genau vierundzwanzig Stunden, nachdem Seldon vor den ehemals Mächtigen der Stiftung erschienen war, erfolgte die Unterzeichnung der Kapitulationsurkunde.

Von allen Planeten der Stiftung waren jetzt nur noch die Unabhängigen Händler unbesiegt, und sie sollten nun das nächste Ziel des Muli – des Eroberers der Stiftung – sein.

19

Die Suche beginnt

Der einsam gelegene Planet Haven, der einzige Planet der einzigen Sonne eines glaktischen Sektors, der am Rande des intergalaktischen Vakuums lag, wurde belagert.

Vom rein militärischen Standpunkt aus konnte man mit Recht von einer Belagerung sprechen, denn auf galaktischer Seite befand sich der gesamte Raum vor Haven bis auf eine Distanz von zwanzig Parseks in der Hand des Muli. In den vier Monaten, die seit dem Fall der Stiftung vergangen waren, war Haven von allen anderen Planeten abgeschnitten worden. Seine Schiffe konzentrierten sich jetzt nur noch um den Planeten, so daß Haven nun selbst zur Kampfbasis geworden war.

Noch schlimmer als die Belagerung selbst aber war die Tatsache, daß sich bei der Bevölkerung von Haven langsam aber sicher das Gefühl der Hilflosigkeit und Resignation einschlich . . .

Bayta ging an den Plastiktischen vorbei zu ihrem Platz. Müde ließ sie sich auf den hohen Stuhl sinken, erwiderte mechanisch den Gruß einiger Bekannter und griff nach der Speisekarte.

Mit leichtem Widerwillen registrierte sie die verschiedenen Pilzgerichte, die in Haven als besondere Delikatesse galten, während sie auf der Stiftung als völlig ungenießbar betrachtet wurden. Plötzlich hörte sie ein Schluchzen neben sich und blickte auf.

Es war Juddee, ein blondes, einfaches Mädchen mit einer Stupsnase, das sie nur vom Sehen her kannte. Und diese Juddee saß nun da und schluchzte herzerweichend in ihr von Tränen feuchtes Taschentuch. Ihr formloser, strahlensicherer Overall war ihr über die Schultern gerutscht, und die durchsichtige Schutzmaske lag im Dessert, ohne daß sie es bemerkt hätte.

Bayta gesellte sich zu den drei Mädchen, die um sie herumstanden und versuchten, sie zu trösten.

»Was ist denn?« fragte sie flüsternd.

Eine von ihnen drehte sich zu ihr herum und zuckte die Achseln. »Ich weiß nicht«, meinte sie taktvoll. Offensichtlich wurde ihr im selben

Augenblick bewußt, daß es nicht gerade eine erschöpfende Antwort war, denn sie zog Bayta etwas beiseite.

»Sie hat wohl einen ziemlich harten Tag hinter sich. Und sie macht sich Sorgen um ihren Mann.«

»Ist er auf Raumpatrouille?«

»Ja.«

Bayta legte Juddee tröstend die Hand auf die Schulter.

»Warum gehen Sie nicht nach Hause, Juddee?« schlug sie vor.

Juddee hob, etwas verärgert über die abrupte Störung, den Kopf. »Ich habe diese Woche schon einen Tag gefehlt . . .«

»Dann fehlen Sie eben noch einmal. Wenn Sie so weitermachen, dann können Sie nachher überhaupt nicht mehr kommen. Sich kaputtzumachen, ist doch falscher Patriotismus, Juddee. Gehen Sie nach Hause. Arbeitet eins von euch Mädchen in ihrer Abteilung? Ja? Dann sagen Sie doch bitte dort Bescheid. Und Sie, Juddee, gehen jetzt am besten zuerst in den Waschraum und machen sich ein bißchen zurecht. Na los, auf mit Ihnen.«

Bayta kehrte wieder auf ihren Platz zurück und betrachtete erleichtert noch einmal die Speisekarte. Solche deprimierenden Stimmungen wie bei Juddee gerade waren ansteckend, und es war besser, wenn sie nach Hause ging, als mit ihrer Heulerei eine ganze Abteilung durcheinander zu bringen.

Widerwillig entschloß sie sich zu einem Gericht, drückte die entsprechenden Tasten neben ihrem Ellbogen und legte die Speisekarte auf ihren Platz zurück.

»Außer heulen bleibt uns ja auch nicht viel übrig«, sagte das große, dunkelhaarige Mädchen, das ihr gegenüber saß.

Ihre vollen Lippen bewegten sich kaum, als sie sprach, und Bayta bemerkte, daß ihr Mund zu jenem gekünstelten, angedeuteten Lächeln verzogen war, mit dem gewisse Leute alle Weisheiten, die sie von sich gaben, kommentierten.

Mit gesenkten Lidern dachte Bayta über die Worte des Mädchens nach, als auch schon das bestellte Essen aus dem Tischautomaten vor ihr auftauchte. Dankbar über die Ablenkung wickelte sie das Besteck aus und wartete, bis es abgekuhlt war.

»Wissen *Sie* denn etwas Besseres, Hella?« sagte sie.

»Oh ja«, erwiderte das dunkle Mädchen. »Das weiß ich!« Sie warf mit einer geschickten Bewegung ihre Zigarette in die dafür vorgesehene Vertiefung im Tisch, und noch bevor der Stummel den Boden erreicht hatte, wurde er von einem kurzen Atomblitz aufgelöst.

Hella stützte die Ellbogen auf den Tisch und legte ihr Kinn auf die zusammengefalteten Hände. »Wir könnten uns zum Beispiel mit dem Muli arrangieren und mit diesem ganzen Schwachsinn aufhören. Nur verfüge *ich* nicht über die . . . eh . . . entsprechenden Möglichkeiten, mich absetzen zu können, wenn der Muli das Regiment hier übernimmt.«

Bayta blieb ruhig. »Sie haben nicht zufällig einen Bruder oder Mann auf einem unserer Schiffe, oder?«

»Nein. Aber auch wenn nicht, sehe ich trotzdem keinen Sinn darin, wenn die Männer von Haven sich opfern.«

»Es würde aber noch schlimmer werden, wenn wir uns ergeben würden.«

»Die Stiftung hat auch kapituliert, und jetzt herrscht dort Frieden. Unsere Männer sind fort, und die Galaxis ist gegen uns.«

Bayta zuckte die Achseln. »Ich habe das Gefühl, Ihre Sorge um ›unsere Männer‹ gilt eher den Brüdern als den Männern der anderen Frauen«, erwiderte sie zuckersüß, um sich dann ihrem Essen zuzuwenden. Niemand außer ihr hatte es der Mühe wert gehalten, auf Hellas zynische Bemerkung einzugehen.

Nachdem sie ihr Geschirr in den Automaten gestellt hatte, räumte sie ihren Platz für ihre Nachfolgerin von der nächsten Schicht.

»Wer war denn das?« wurde Hella von einem neuen Mädchen gefragt, das drei Plätze weiter saß.

»Die Nichte unseres Koordinators.« Hella kräuselte spöttisch die Lippen. »Wußten Sie das nicht?«

»So?« Sie sah Bayta neugierig nach. »Was macht sie denn hier?«

»Sie arbeitet, genau wie wir. Es ist doch im Augenblick in, offen seinen Patriotismus zu zeigen. Mir wird richtig übel bei soviel demokratischer Gesinnung.«

»Du bist ungerecht, Hella«, wandte das untersetzte Mädchen rechts von ihr ein. Sie hat uns noch nie merken lassen, daß sie die Nichte des Koordinators ist. Wenn du es so siehst, warum hörst du dann nicht einfach auf, hier zu arbeiten?«

Hella ignorierte ihre Nachbarin und zündete sich eine neue Zigarette an.

Das neue Mädchen verfolgte gespannt eine Unterhaltung ein paar Plätze weiter. »– sie soll angeblich mit in der Gruft dabei gewesen sein – ja, wirklich, ihr wißt doch, als Seldon erschienen ist – der Bürgermeister muß unheimlich wütend gewesen sein, und es ist zu Krawallen gekommen. Sie konnte fliehen, bevor der Muli landete, und es heißt, daß es schrecklich aufregend gewesen sein soll – durch die Blockade zu kommen und so – vielleicht schreibt sie eines Tages ein Buch über ihre Flucht, wo doch Kriegsbücher im Augenblick so in sind. Und sie soll auch auf Kalgan gewesen sein – ihr wißt doch, das ist der Planet, auf dem sich der Muli niedergelassen hat – und . . .«

Ein Gong zeigte das Ende der Pause an, und langsam leerte sich der Speisesaal.

Die riesigen Höhlenlichter wurden langsam dunkel, und der künstliche Abend brach herein, als Bayta nach Hause kam.

Toran erwartete sie an der Tür. Er hatte ein Butterbrot in der Hand.

»Wo warst du so lange?« fragte er zwischen zwei Bissen. »Ich habe uns schon etwas zu essen gemacht. Nichts Besonderes, aber ich hoffe, es schmeckt.«

Doch Bayta hörte nicht zu. Sie musterte ihn überrascht. »Torie, wo ist deine Uniform? Warum bist du in Zivil?«

»Befehl, Bay. Randu steckt gerade bei Ebling Mis, aber ich habe keine Ahnung, was die beiden vorhaben.«

»Darf ich mitkommen, wenn du weg mußt?« Sie umarmte ihn impulsiv.

Er gab ihr einen Kuß, bevor er antwortete. »Ich denke schon. Es wird aber wahrscheinlich gefährlich.«

»Was ist schon nicht gefährlich?«

»Hm, da hast du eigentlich recht. Ach ja, ich habe schon jemanden zu Magnifico geschickt. Er wird wahrscheinlich auch mitkommen.«

»Dann wird er ja sein Konzert in der Motorenfabrik absagen.«

»Ich nehme es an.«

Bayta begab sich in die Küche, um sich anzusehen, was ihr Mann vorbereitet hatte. Es waren belegte Brote, die sie fachmännisch durchschnitt.

»Weißt du, Torie«, sagte sie dabei, »das mit dem Konzert ist wirklich schade. Die Mädchen in der Fabrik haben sich so darauf gefreut. Magnifico übrigens auch. Hm, er ist wirklich ein seltsamer Kauz.«

»Ich glaube, daß er einfach Muttergefühle in dir weckt, Bay, das ist es. Irgendwann werden wir ein Kind haben, und dann wirst du Magnifico schon vergessen.«

»Ich weiß nicht, ob meine Muttergefühle mehr als meinen Ehemann verkraften können«, murmelte Bayta über ihr Sandwich hinweg.

Dann legte sie es plötzlich nachdenklich auf den Teller.

»Torie?« fragte sie ernst.

»Mmmh?«

»Ich bin heute im Rathaus gewesen, Torie – in der Produktionsabteilung. Deshalb bin ich auch so spät nach Hause gekommen.«

»Was wolltest du denn da?«

»Weißt du . . .« Sie zögerte unsicher. »Ich . . . ich konnte es in der Fabrik einfach nicht mehr aushalten. Es fehlt irgendwie die Moral. Die Mädchen fangen einfach an zu heulen, ohne besonderen Grund. Wer nicht hysterisch wird, der läuft den ganzen Tag mit einem mürrischen Gesicht herum. Selbst die sonst so Braven fangen an zu maulen. In meiner Abteilung ist die Produktion um sicher fünfundsiebzig Prozent zurückgegangen, seit ich dort angefangen habe, und jeden Tag fehlen Mädchen.«

»Schön«, brummte Toran, »aber was hat das mit der Produktionsabteilung zu tun? Was wolltest du im Rathaus?«

»Mich umhören. Es ist überall so wie bei mir, Torie. Auf ganz Haven sinken die Produktionszahlen, während die allgemeine Unzufriedenheit immer größer wird. Der Amtsleiter, mit dem ich gesprochen habe – nachdem ich über eine Stunde in seinem Vorzimmer gewartet habe und er mich überhaupt nur empfangen hat, weil ich die Nichte des Koordinators bin –, hat nur die Achseln gezuckt und gemeint, er könne auch nichts daran ändern. Ehrlich gesagt hatte ich den Eindruck, daß es ihn überhaupt nicht interessiert.«

»Langsam, Bay.«

»Nein, wirklich.« Bayta wurde zunehmend erregt. »Irgend etwas stimmt einfach nicht. Es ist das gleiche Gefühl der Verzweiflung und Hilflosigkeit, das ich gehabt habe, als Seldon in der Zeitgruft plötzlich verschwunden war. Du hast es selbst doch auch gefühlt.«

»Ja, richtig.«

»Und jetzt ist es wieder da«, fuhr sie heftig fort. »Und wir werden dem Muli nie im Leben Widerstand leisten können. Selbst wenn wir genügend Schiffe und Waffen hätten – uns fehlt der Kampfgeist, der Wille – es hat keinen Zweck zu kämpfen, Torie . . .«

Toran hatte noch nie erlebt, daß Bayta geweint hatte, und sie tat es auch jetzt nicht. Jedenfalls nicht richtig. Er legte ihr beruhigend die Hand auf die Schulter und flüsterte: »Vergiß es, Liebling. Ich weiß, was du meinst. Aber wir können nichts . . .«

»Doch«, unterbrach sie ihn, »wir können wohl etwas tun! Jeder sagt das. Aber statt dessen sitzen wir einfach da und warten, bis das Henkerbeil auf uns herunterfällt.«

Sie beschäftigte sich wieder mit ihrem Sandwich, während Toran die Betten machte. Draußen war es inzwischen Nacht geworden.

Randu, der neuernannte Koordinator der Städtekonföderation von Haven – ein Amt in Kriegszeiten –, hatte sich sein Arbeitszimmer im oberen Stock zuweisen lassen, von dessen Fenster aus er einen Blick auf die Dächer und Grünanlagen der Stadt hatte. Im schwächer werdenden Licht der Höhlenbeleuchtung waren jetzt allerdings nur noch schemenhafte Umrisse und Formen zu erkennen. Randu machte sich nicht die Mühe, über die Symbolik dieses Bildes nachzudenken.

Er wandte sich an Ebling Mis, der nur Augen für das Weinglas in seiner Hand zu haben schien. »Auf Haven sagen wir, daß, wenn die Höhlenlichter erlöschen, es Zeit für die Gerechten und Fleißigen ist, sich zur Ruhe zu begeben.«

»Haben *Sie* in letzter Zeit viel geschlafen?«

»Nein! Es tut mir leid, Mis, daß ich Sie so spät noch hergebeten habe. Irgendwie arbeite ich im Moment lieber abends. Ist das nicht eigenartig?

Die Bewohner von Haven halten sich eigentlich ziemlich streng daran, daß man schlafen geht, wenn es dunkel wird. Ich normalerweise auch. Aber jetzt ist die Situation eine andere . . .«

»Sie verstecken sich«, stellte Mis ausdruckslos fest. »Den ganzen Tag über sind Sie von Menschen umgeben und fühlen ihre Blicke und die Hoffnungen, die sie auf Sie setzen. Nur in der Nacht fühlen Sie sich frei und unbeobachtet.«

»Dann spüren Sie es also auch? Dieses schreckliche Gefühl, hilflos und besiegt zu sein?«

Ebling Mis nickte langsam. »Ja. Es ist eine Massenpsychose, eine verfluchte Massenpanik. Was zum Teufel erwarten Sie, Randu? Wir haben es mit Menschen zu tun, die in dem blinden Glauben groß geworden sind, daß da ein Volksheld in der Vergangenheit den Lauf ihrer Geschichte in die Hand genommen und sich im voraus um alles gekümmert hat. Die Denkweise, die sich dabei entwickelt hat, ist wie eine Religion – wenn Sie verstehen, was ich damit sagen will?«

»Nein.«

Mis war nie begeistert, wenn er zu näheren Erklärungen gezwungen wurde, und er war es auch diesmal nicht. Er verzog mißmutig das Gesicht und starrte nachdenklich auf die lange Zigarre, die er zwischen den Fingern drehte. »Ich meine damit«, begann er, »daß diese Denkweise von starken Glaubensreaktionen geprägt ist. Der Glaube kann nur durch einen unerwarteten Schock erschüttert werden, der allerdings zu einer Spaltung des Geistes führt. Leichte Fälle sind zum Beispiel Hysterie und allgemeine Unsicherheit, schwerer Irrsinn und Selbstmord.«

Randu biß an einem Fingernagel. »Mit anderen Worten, wenn Seldon uns enttäuscht, haben wir keinen Halt mehr, und wir haben uns so lange auf ihn gestützt, daß unsere Muskeln jetzt so verkümmert sind, daß wir uns ohne diese Stütze nicht mehr aufrecht halten können.«

»Richtig. Die Metapher ist zwar etwas unglücklich, aber sie trifft den Kern.«

»Und Sie, Ebling, was ist mit Ihren Muskeln?«

Der Psychologe inhalierte tief und blies dann langsam den Rauch aus. »Sie haben vielleicht etwas Rost angesetzt, aber verkümmert sind sie nicht. Mein Beruf bringt es mit sich, daß man geistig etwas unabhängiger ist.«

»Sehen Sie denn einen Ausweg?«

»Nein, aber es muß einen geben. Vielleicht hat Seldon nicht mit dem Auftreten des Muli gerechnet. Vielleicht hat er unseren Sieg doch nicht festgelegt. Aber auf der anderen Seite hat er auch nie davon gesprochen, daß wir mit Sicherheit unterliegen werden. Im Augenblick sind wir auf uns selbst gestellt und können uns nicht auf Seldon verlassen. Der Muli muß zu schlagen sein.«

»Und wie?«

»Wie man jeden schlagen kann – indem man ihn an seinem schwachen Punkt angreift. Sehen Sie, Randu, der Muli ist kein Supermann, und das wird jedem klar werden, wenn er endgültig besiegt ist. Die Leute sehen ihn nur als Supermann an, weil ihn niemand kennt und sich um einen solchen ›großen Unbekannten‹ sehr schnell alle möglichen Gerüchte ranken. Angeblich soll er ein Mutant sein, und bei dem Wort Mutant denken alle gleich automatisch an einen Supermann. Aber das stimmt nicht.

Man schätzt, daß in der Galaxis jeden Tag mehrere Millionen Mutanten geboren werden. Von diesen Millionen lassen sich nur bei ein oder zwei Prozent unter dem Mikroskop und mit Hilfe der Chemie mutierte Eigenschaften feststellen. Von den ein oder zwei Prozent an Makromutanten, das sind die Mutanten, deren Mutationen mit dem bloßen Auge oder den bloßen Sinnen wahrzunehmen sind, sind wiederum ein oder zwei Prozent Mißbildungen, die auf Kuriositätenausstellungen oder in Laboratorien enden. Von den paar Makromutanten mit positiven Veränderungen sind die meisten harmlos, und ihre Mutation bezieht sich nur auf eine Eigenschaft, während sie im übrigen völlig normal sind. Verstehen Sie, was ich sagen will, Randu?«

»Ja, aber was hat das mit dem Muli zu tun?«

»Passen Sie auf. Wenn der Muli wirklich ein Mutant ist, dann können wir annehmen, daß er irgendeine besondere Eigenschaft besitzt, wahrscheinlich eine außergewöhnliche, geistige Fähigkeit, die ihm hilft, Planeten zu erobern. Aber im übrigen hat er zweifelsohne auch seine Schwachpunkte, wie jeder Mensch, und genau die müssen wir herausfinden. Er würde bestimmt nicht so geheimnisvoll tun und sich vor der Öffentlichkeit verstecken, wenn diese schwachen Stellen nicht deutlich und verhängnisvoll für ihn wären. Falls er *wirklich* ein Mutant ist.«

»Halten Sie es denn für möglich, daß er *keiner* ist?«

»Ich bin mir nicht sicher. Unsere Vermutungen, daß es sich bei dem Muli um einen Mutanten handelt, beruhen hauptsächlich auf den Aussagen Captain Pritchers vom früheren Nachrichtendienst der Stiftung. Und er wiederum orientierte sich an den vagen Erinnerungen der Leute, die den Muli – oder jemanden, der der Muli gewesen sein könnte – in seiner Jugend gekannt haben wollen. Pritcher hat alle Informationen gesammelt, die er bekommen konnte, aber es ist durchaus möglich, daß der Muli den Beweisen, die der Captain gefunden hat, etwas nachgeholfen hat. Es ist nämlich sicher, daß sein Ruf als Mutant und Supermann dem Muli außerordentlich geholfen hat.«

»Interessant. Wie sind Sie darauf gekommen?«

»Ich bin eigentlich nicht in dem Sinn darauf gekommen, daß ich an diese Alternative glaube. Es ist ganz einfach eine Möglichkeit, die mit berücksichtigt werden muß. Nehmen wir zum Beispiel an, Randu, der Muli hätte eine Form der Strahlung entdeckt, die die geistige Energie unterdrücken kann, genau wie er im Besitz einer Strahlung ist, mit der er atomare Reaktionen unterdrückt. Was dann? Das wäre doch eine Erklärung für das, was mit uns im Augenblick passiert – und was mit der Stiftung passiert ist, oder?«

Randu war in Gedanken versunken.

»Wie sind Sie mit dem Clown des Muli weitergekommen?« fragte er düster.

Ebling Mis zögerte. »So gut wie gar nicht«, antwortete er dann. »Ich habe damals, bevor die Stiftung in die Hände des Muli gefallen ist, so getan als ob, aber damit wollte ich vor allem dem Bürgermeister – und mir selbst auch – Mut machen. Aber wenn meine mathematischen Möglichkeiten nicht so beschränkt wären, Randu, dann könnte ich den Muli allein über den Clown genau analysieren. Und dann hätten wir ihn. Dann könnten wir auch die Merkwürdigkeiten erklären, die mir in letzter Zeit aufgefallen sind.«

»Zum Beispiel?«

»Denken Sie doch nach. Der Muli hat spielend die Flotte der Stiftung besiegt, aber es ist ihm nicht einmal gelungen, die wesentlich schwächeren Flotten der Unabhängigen Händler im offenen Kampf zum Rückzug zu zwingen. Die Stiftung nahm er durch Handstreich, die Unabhängigen Händler dagegen halten gegen die ganze Macht, die er aufbieten kann, stand. Er hat dieses Depressor-Feld das erstemal gegen die Atomwaffen der Unabhängigen Händler von Mnemon eingesetzt. Dabei war das Überraschungsmoment auf seiner Seite, und die Händler verloren die Schlacht, aber sie schafften es, das Feld zumindest nachher zu neutralisieren. Und danach hat er es nicht wieder erfolgreich gegen die Händler einsetzen können.«

»Gegen die Stiftung dagegen hat es funktioniert. Warum? Im Augenblick wissen wir nur so viel, daß es völlig unlogisch erscheint. Es muß also Faktoren geben, die wir noch nicht kennen.«

»Denken Sie an Verrat?«

»Verrat! Das ist doch völliger Unsinn, Randu. Jeder auf der Stiftung war überzeugt, daß sie siegen würden. Wer würde so dumm sein, die Siegerseite zu verraten?«

Randu trat vor das große Bogenfenster und starrte hinaus in die Dunkelheit. »Und jetzt sind wir ebenso überzeugt, daß wir verlieren werden, und wenn der Muli tausend schwache Stellen hätte oder nur ein Netz aus lauter Löchern wäre . . .«

Er drehte sich nicht um, sondern blieb vor dem Fenster stehen, den Rücken Mis zugewandt. Es war, als zöge er den Kopf tiefer zwischen die Schultern, und seine Hände tasten nervös nach einander. »Wir hatten keine Schwierigkeiten, von der Stiftung zu entkommen, Ebling«, fuhr er fort. Andere hätten genauso leicht entkommen können. Ein paar sind auch geflohen, aber die meisten sind dort geblieben. Mit einigen Überlegungen und Mühen hätten sie das Depressor-Feld neutralisieren können. Die Schiffe der Stiftungsflotte hätten nach Haven oder zu anderen nahegelegenen Planeten fliehen und von dort aus den Kampf weiterführen können, wie wir es jetzt tun. Aber was haben sie statt dessen getan? Sie sind zum Gegner übergelaufen.

Die Untergrundbewegung der Stiftung, auf die viele von uns so große Hoffnungen setzten, hat bisher nichts Effektives unternommen. Der Muli ist so schlau gewesen, den großen Händlern auch weiterhin ihr Eigentum und ihre Profite zu garantieren, und sie hatten daraufhin nichts Eiligeres zu tun, als sich auf seine Seite zu stellen.«

»Die Plutokraten sind schon immer gegen uns gewesen«, brummte Ebling Mis starrköpfig.

»Und sie besaßen auch immer die Macht. Hören Sie, Ebling. Wir haben guten Grund zu der Annahme, daß sich der Muli oder seine Leute bereits mit einflußreichen Personen unter den Unabhängigen Händlern in Verbindung gesetzt haben. Mindestens zehn der siebenundzwanzig Handelsplaneten sind schonn zu ihm übergelaufen, und rund zehn andere erwägen bereits diesen Schritt. Selbst auf Haven gibt es einige hochgestellte Persönlichkeiten, die bestimmt nicht traurig wären, wenn der Muli uns übernehmen würde. Ganz offensichtlich ist die Versuchung groß, eine gefährdete politische Macht aufzugeben, wenn man sich dadurch die Kontrolle über die Wirtschaft erhalten kann.«

»Sie glauben nicht, daß Haven den Muli schlagen kann?«

»Ich glaube, daß Haven gar nicht kämpfen *will*,« Randu drehte sich jetzt wieder zu dem Psychologen um, und seine Miene drückte tiefe Besorgnis aus. »Ich glaube, Haven wartet nur darauf zu kapitulieren. Das ist auch der Hauptgrund, warum ich Sie heute abend habe hierherkommen lassen. Ich möchte, daß Sie Haven verlassen.«

Ebling blies überrascht die Wangen auf. »So schnell?«

Randu fühlte sich auf einmal schrecklich müde. »Sie sind der beste Psychologe der Stiftung, Ebling. Die wirklichen Meisterpsychologen sind mit Hari Seldon ausgestorben, aber Sie sind der beste, der uns geblieben ist. Sie sind unsere einzige Hoffnung, den Muli doch noch besiegen zu können. Aber hier werden Sie nicht weiterkommen; Sie müssen zurück ins Imperium, oder besser zu dem, was noch von ihm übrig ist.«

»Nach Trantor?«

»Richtig. Von dem einstmals so mächtigen Imperium sind heute nur noch Knochen da, aber irgend etwas muß noch immer im Zentrum zu finden sein. Vielleicht können Sie dort mehr über die mathematische Psychologie erfahren; vielleicht genug, um den Geist des Clowns analysieren zu können. Er wird Sie begleiten.«

»Ich bezweifle, daß er mitkommt«, erwiderte Mis trocken, »und wenn er noch so viel Angst vor dem Muli hat, es sei denn, Ihre Nichte kommt ebenfalls mit.«

»Das weiß ich, Ebling, und genau aus diesem Grund werden auch Toran und Bayta mitkommen. Aber ich habe noch eine zweite und wichtigere Aufgabe für Sie. Hari Seldon hat vor dreihundert Jahren *zwei* Stiftungen gegründet, eine an jedem Ende der Galaxis. *Sie müssen diese Zweite Stiftung finden.*«

20

Der Verschwörer

Der Palast des Bürgermeisters – oder besser der ehemalige Palast des Bürgermeisters – erhob sich als düsterer Koloß in der Dunkelheit. Terminus City lag unter der verhängten Sperrstunde wie ausgestorben da, und das mattleuchtende Band der Milchstraße, das hier und da von einem vereinzelten Stern unterbrochen wurde, beherrschte den nächtlichen Himmel der Stiftung.

In dreihundert Jahren hatte sich die Stiftung von einem Privatobjekt einer kleinen Gruppe von Wissenschaftlern zu einem riesigen Handelsimperium entwickelt, das sich bis tief in die Galaxis ausdehnte, doch ein halbes Jahr hatte genügt, um es von seiner Höhe herunterstürzen zu lassen und aus dem mächtigen Imperium nichts weiter als eine eroberte Provinz zu machen.

Eine Tatsache, die sich Captain Pritcher weigerte zu begreifen.

Die düstere Atmosphäre der schweigenden Stadt, der dunkle Palast, den die neuen Machthaber besetzt hatten, sie waren deutliche Symbole, aber Captain Pritcher, der gerade das äußere Tor überwunden hatte und jetzt mit der winzigen Atombombe unter seiner Zunge im weitläufigen Park des Palastes stand, wollte sie nicht sehen.

Eine Gestalt kam näher – und der Captain beugte den Kopf.

»Das Alarmsystem ist nicht verändert worden«, flüsterte eine tonlose Stimme. »Gehen Sie weiter! Es wird nichts registrieren.«

Geräuschlos duckte sich der Captain unter dem niedrigen Torbogen und schlich den von Springbrunnen gesäumten Weg entlang, der zum ehemaligen Privatgarten des früheren Bürgermeisters führte.

Vor vier Monaten war er bei der Öffnung der Zeitgruft dabei gewesen, und was dann geschehen war, gab ihm seine Erinnerung in einzelnen und isolierten Eindrücken wieder, die ihn vor allem nachts mit überwältigender Wucht heimsuchten . . .

Der alte Seldon mit seiner Ansprache, die so völlig konfus gewesen war – die allgemeine Verwirrung – Indbur, wie er ohnmächtig zu Boden gesunken war – die erschrockene Menschenmenge, die sich draußen versammelt und schweigend auf die unvermeidliche Bekanntgabe der Kapitulation gewartet hatte – der junge Mann, Toran, der mit dem

Clown des Muli über der Schulter durch eine Seitentür verschwunden war.

Und irgendwie hatte auch er es geschafft, herauszukommen, sich einen Weg durch die Menschenmassen zu bahnen, die schon dabei waren, die Stadt – mit unbekanntem Schicksal und Ziel – zu verlassen.

Blind hatte er die verschiedenen Schlupfwinkel aufgesucht, von denen aus die demokratische Untergrundbewegung seit achtzig Jahren operiert hatte, ohne wirkliche Erfolge zu erzielen.

Die Schlupfwinkel waren verlassen.

Am nächsten Tag waren für eine kurze Zeit die schwarzen Schiffe des Gegners am Himmel zu sehen, die sich auf die Landefelder der nahen Stadt senkten, und Captain Han Pritcher glaubte, unter dem überwältigten Gefühl der Verzweiflung und Hilflosigkeit ersticken zu müssen.

Nach dreißig Tagen hatte er fast zweihundert Meilen zu Fuß zurückgelegt, sich die Kleidung eines Arbeiters in den Hydroponikanlagen angezogen, den er tot am Straßenrand gefunden hatte, und sich einen struppigen, feuerroten Bart wachsen lassen . . .

Und endlich gefunden, was von der Untergrundbewegung noch übriggeblieben war.

Die Stadt hieß Newton – in einem ehemals vornehmen Distrikt, der langsam aber sicher verkam; das Haus – ein unauffälliges Reihenhaus; der Mann – grobschlächtig und mit kleinen Augen, die Hände in den Taschen zu Fäusten geballt, wie er dort unbewegt in der Haustür stand.

»Ich komme von Miran«, murmelte der Captain.

»Miran ist früh dieses Jahr«, erwiderte der andere düster.

»Nicht früher als letztes Jahr«, sagte der Captain.

Der Mann machte immer noch keine Anstalten, ihn hereinzulassen. »Wer sind Sie?«

»Sind Sie nicht der Fuchs?«

»Beantworten Sie Fragen immer mit Gegenfragen?«

Der Captain zögerte einen Augenblick. »Ich bin Han Pritcher, Flottenkapitän und Mitglied der Demokratischen Untergrundpartei«, erklärte er dann. »Darf ich hereinkommen?«

Der Fuchs gab den Weg frei. »Mein richtiger Name ist Orum Palley«, stellte er sich vor. Er streckte die Hand aus, und der Captain ergriff sie.

Der Raum war ordentlich, aber einfach eingerichtet. In einer Ecke stand ein dekorativer Buchfilm-Projektor, der allerdings für den militärisch geübten Blick des Captains eher wie ein getarnter Strahler größeren Kalibers aussah. Das Projektsobjektiv war auf die Tür gerichtet und wurde wahrscheinlich ferngesteuert.

Der Fuchs, der dem Blick seines bärtigen Gastes gefolgt war, lächelte gepreßt. »Richtig! Aber nur zur Zeit Indburs und seiner Vampire. Gegen den Muli könnte es mir wahrscheinlich kaum helfen, was? Nichts hilft gegen den Muli. Haben Sie Hunger?«

Die Kiefermuskeln des Captains verkrampften sich unter dem dichten Bart, und er nickte.

»Es dauert eine Minute, wenn es Ihnen nichts ausmacht, den Augenblick zu warten.« Der Fuchs nahm zwei Dosen aus einem Schrank und stellte sie vor Captain Pritcher. »Legen Sie den Finger drauf und drücken Sie feste, wenn sie heiß genug ist. Mein Wärmekontrollgerät ist leider hin. Das sind solche Kleinigkeiten, die einen daran erinnern, daß Krieg ist – oder besser: war, nicht?«

Auch wenn seine Worte herzlich klingen mochten, war sein Ton alles andere als herzlich, und als er jetzt dem Captain gegenüber Platz nahm, musterte er seinen Gast mit einem kalten, nachdenklichen Blick. »Sollte mir irgend etwas an Ihnen nicht gefallen, dann bleibt nicht mehr als ein Haufen Asche von Ihnen übrig. Ich hoffe, Sie sind sich darüber im klaren.«

Der Captain gab keine Antwort. Er drückte auf eine der Dosen, deren Deckel augenblicklich aufsprang.

»Tut mir leid, daß es nur Eintopf ist«, sagte der Fuchs. »Aber die Lebensmittel sind knapp.«

»Ich weiß«, erwiderte Captain Pritcher. Er aß hastig und sah nicht auf.

»Ich habe Sie schon mal gesehen«, begann der Fuchs. »Aber irgendwie stört mich Ihr Bart.«

»Ich habe mich seit vier Wochen nicht mehr rasiert.« Er zögerte. »Was wollen Sie noch? Ich kannte die Parole und kann mich ausweisen.«

Der andere winkte ab. »Oh, ich bezweifle nicht, daß Sie Pritcher sind. Aber es gibt eine ganze Menge Leute, die die Parolen kennen und die Personen *sind,* für die sie sich ausgeben, die Ausweise haben – und trotzdem auf der Seite des Muli stehen. Haben Sie schon mal was von Levvaw gehört?«

»Sicher.«

»Nun, er ist zum Muli übergelaufen.«

»Was? Er . . .«

»Ja, der Mann, von dem man immer sagte, daß er lieber sterben als sich ergeben würde.« Der Fuchs verzog den Mund zu einem lautlosen Lachen. »Und dann Willig. Auch er gehört jetzt zu den Leuten des Muli! Und Garre und Noth! Auch sie. Warum dann nicht auch Pritcher, he? Wie wollten Sie mir das Gegenteil beweisen?«

Der Captain schüttelte wortlos den Kopf.

»Aber es spielt jetzt sowieso keine Rolle mehr«, fuhr der Fuchs leise fort. »Wenn Noth zu ihnen übergelaufen ist, dann haben sie auch meinen Namen – wenn Sie also wirklich zu uns gehören, sind Sie genauso in Gefahr wie ich.«

Der Captain war fertig mit essen und lehnte sich zurück. »Wenn Sie keine Organisation mehr haben, wo gibt es dann noch eine? Auch wenn die Stiftung kapituliert hat – ich gebe niemals auf.«

»So! Aber Sie können nicht ewig durch die Gegend ziehen, Captain. Man muß jetzt eine Reiseerlaubnis haben, wenn man von einer Stadt zur anderen will. Wußten Sie das nicht? Und Pässe? Haben Sie einen? Außerdem sollen sich alle Offiziere der alten Flotte beim nächstgelegenen Besatzungshauptquartier melden. Dazu gehören Sie auch, oder?«

»Ja.« Die Stimme des Captains klang hart. »Ich weiß auch, warum. Ich bin auf Kalgan gewesen, kurz nachdem der Planet vom Muli besetzt worden war. Nach einem Monat befand sich keiner der Offiziere des ehemaligen Kriegsherrn mehr auf freiem Fuß. Wer im Untergrund arbeitet, weiß, daß man zumindest einen Teil der Flotte kontrollieren muß, wenn man eine Revolution erfolgreich durchführen will. Das weiß der Muli offensichtlich auch.«

Der Fuchs nickte nachdenklich. »Das klingt logisch. Der Muli macht saubere Arbeit.«

»Ich habe dafür gesorgt, daß ich meine Uniform so schnell wie möglich loswurde. Dann habe ich mir einen Bart wachsen lassen. Vielleicht sind auch andere auf diese Idee gekommen.«

»Sind Sie verheiratet?«

»Meine Frau ist tot. Kinder habe ich nicht.«

»Dann kann man Sie also nicht mit Geiseln erpressen.«

»Nein.«

»Wollen Sie einen Rat?«

»Wenn Sie mir einen geben können.«

»Ich weiß nicht, was der Muli vorhat, aber am besten haben es im Augenblick immer noch die Facharbeiter. Die Löhne sind angehoben worden, und die Produktion von Atomwaffen steigt.«

»So? Das klingt nach einer weiteren Offensive.«

»Ich weiß es nicht. Der Muli ist ein verdammt gerissener Bursche. Vielleicht will er auch die Arbeiter auf diese Weise nur ruhig halten. Seldon hat mit seiner ganzen Psychohistorie nicht dahinterkommen können, da werde ich es erst gar nicht versuchen. Aber ich sehe, daß Sie Arbeiterkleidung tragen. Hat das etwas zu sagen?«

»Wenn Sie auf meine Ausbildung anspielen: Ich bin kein Facharbeiter.«

»Aber Sie hatten doch sicher eine militärische Ausbildung in Atomtechnik, oder?«

»Natürlich.«

»Das dürfte genügen. Die Atomfeld-Lager, Inc. hat ihre Fabrik hier bei uns in der Stadt. Sagen Sie ihnen einfach, Sie hätten Erfahrung. Diese Dreckskerle, die das Werk früher unter Indbur geführt haben, führen es immer noch – für den Muli. Sie werden keine Fragen stellen, solange sie noch mehr Arbeiter brauchen, um soviel wie möglich für sich herauszuschinden. Dort bekommen Sie einen Ausweis und damit, wenn Sie

Glück haben, ein Zimmer in der Arbeiterunterkunft der Gesellschaft. Am besten machen Sie sich sofort auf den Weg.«

Und so wurde aus Captain Han Pritcher von der Nationalen Flotte der Schutzschild-Techniker Lo Moro der Abteilung 45 in der Atomfeld-Lager, Inc. Und von einem Agenten des Nachrichtendienstes stieg er die soziale Leiter hinab auf die Stufe eines »Verschwörers« – eine Berufung, die ihn Monate später in den früheren Privatgarten Indburs führen sollte.

Captain Pritcher sah jetzt auf das Radometer, das er in der Hand hielt. Das innere Warnsystem war noch in Betrieb, also wartete er. Es blieb ihm noch eine halbe Stunde, bis die Atombombe in seinem Mund losgehen würde. Hastig fuhr er mit der Zunge über die winzige Kugel.

Als das Radometer dunkel wurde, schlich sich der Captain vorsichtig weiter.

Bisher war alles nach Plan verlaufen.

Nüchtern dachte er darüber nach, daß die Explosion der Atombombe seinen Tod bedeuten würde – aber auch den des Muli.

Und damit war dann der Höhepunkt eines viermonatigen Privatkriegs erreicht; ein Krieg, der irgendwann in einer Fabrik in Newton begonnen hatte . . .

Seit zwei Monaten trug Captain Pritcher nun Bleischürzen und einen schweren Gesichtsschutz und hatte sich in dieser Zeit, zumindest nach außen hin, den anderen Arbeitern angepaßt. Er arbeitete wie jeder, holte seinen Lohn ab, verbrachte seine Abende in der Stadt und sprach nie über Politik.

Zwei Monate lang sah und hörte er nichts mehr vom Fuchs.

Und dann stolperte eines Tages an seiner Arbeitsbank ein Mann gegen ihn, und Captain Pritcher fand einen Zettel in seiner Tasche, auf dem das Wort »Fuchs« stand. Er warf ihn in einen Atomverbrenner und wandte sich dann wieder seiner Arbeit zu.

An diesem Abend besuchte er den Fuchs in dessen Haus, wo er mit ihm und zwei anderen Männern, von denen er einen dem Hörensagen nach und den anderen vom Sehen her kannte, Karten spielte.

Sie unterhielten sich während des Spiels.

»Sie leben in der Vergangenheit«, begann der Captain, »und das ist ein großer Fehler. Seit achtzig Jahren wartet unsere Organisation auf den richtigen historischen Augenblick. Wir waren zu sehr von Seldons Psychohistorie verblendet, deren wichtigster Grundsatz der ist, daß der einzelne nicht zählt, keine Geschichte machen kann und daß er von den komplexen sozialen und ökonomischen Faktoren überrollt wird, die eine Marionette aus ihm machen.« Er ordnete seine Karten, schätzte sein Blatt ab und fügte dann, als er eine Karte herauszog, hinzu: »Warum bringen wir den Muli nicht um?«

»Und dann? Was würde uns das nützen?« erwiderte der Mann links von ihm heftig.

»Diese Einstellung ist typisch«, gab Captain Pritcher zurück und legte zwei Karten ab. »Was ist schon ein Mann – unter Billionen anderen. Die Galaxis wird nicht aufhören, sich zu drehen, nur weil ein Mensch stirbt. Aber der Muli ist nicht einfach ein Mensch, er ist ein Mutant. Er hat es fertiggebracht, den Seldon-Plan durcheinanderzubringen, und wenn Sie sich diese Tatsache einmal genau überlegen, werden Sie feststellen, daß das bedeutet, daß er – ein einzelner Mensch – ein Mutant – die gesamte Psychohistorie Seldons durcheinandergebracht hat. Wenn es ihn nicht gäbe, dann wäre die Stiftung nicht besiegt worden. Und wenn es ihn nicht mehr geben würde, dann wäre sie wieder frei.

Seit achtzig Jahren haben die Demokraten vergeblich versucht, ihre Ziele gegen die Bürgermeister und Händler mit friedlichen Mittel durchzusetzen. Greifen wir jetzt endlich zur Gewalt. Ich bin für ein Attentat.«

»Und wie wollen Sie das anfangen?« unterbrach ihn der Fuchs sachlich.

»Ich habe mir drei Monate lang den Kopf über diese Frage zerbrochen«, antwortete der Captain langsam, »und dann komme ich her und habe die Lösung in fünf Minuten.« Er warf einen flüchtigen Blick auf den Mann zu seiner Rechten, der ihm aus einem rosa Vollmondgesicht zulächelte. »Sie waren doch der Kammerherr des Bürgermeisters. Ich wußte gar nicht, daß Sie zur Untergrundbewegung gehören.«

»Und ich wußte nicht, daß Sie dazugehören.«

»In Ihrer Tätigkeit als Kammerherr mußten Sie doch sicher regelmäßig das Alarmsystem des Palastes überprüfen, oder nicht?«

»Ja.«

»Und jetzt hat der Muli sein Quartier dort aufgeschlagen.«

»Das hat er jedenfalls verkünden lassen – obwohl er im übrigen ein sehr bescheidener Eroberer ist, der keine Reden hält und auch nicht in der Öffentlichkeit auftritt.«

»Das spielt keine Rolle für uns. Wichtig ist, daß wir einen Mann haben, der sich als Kammerherr mit der Alarmanlage des Palastes auskennt.«

Das Spiel war zu Ende, und der Fuchs sammelte die Karten ein, um neu zu geben.

Der ehemalige Kammerherr nahm seine Karten einzeln auf und meinte achselzuckend: »Tut mir leid, Captain. Ich habe zwar das Alarmsystem überprüft, aber das war reine Routinearbeit. Ich kenne mich mit der Anlage sonst nicht aus.«

»Das habe ich mir schon gedacht. Wir könnten aber mit einer Psycho-Sonde die eidetische Erinnerung, die Sie von der gesamten Anlage haben, hervorholen.«

Das rötliche Gesicht des Kammerherrn verlor plötzlich alle Farbe und schien in sich zusammenzufallen. Seine Finger schlossen sich so fest um die Karten, daß sie knickten. »Eine Psycho-Sonde?« wiederholte er gepreßt.

»Sie brauchen keine Angst zu haben«, entgegnete der Captain scharf. »Ich weiß, wie man sie anwendet. Sie wird keine Nachwirkungen haben, außer daß Sie sich vielleicht ein paar Tage etwas müde fühlen. Und selbst wenn, dieses Risiko müssen Sie für unsere Organisation eben eingehen. Wir haben sicher einige Experten unter unseren Leuten, die anhand des Aufbaus der Alarmanlage die Wellenlänge-Kombinationen bestimmen können. Und es gibt auch bestimmt jemanden, der eine kleine Zeitbombe herstellen kann. Ich werde sie persönlich zum Muli bringen.«

Die Männer steckten die Köpfe zusammen.

»An einem bestimmten Abend wird es in Terminus City ganz in der Nähe des Palastes zu einem Aufruhr kommen. Ohne Gewalt, natürlich. Die Leute machen ein bißchen Unruhe – dann fliehen sie. Und in dieser Zeit, während die Palastwache abgelenkt ist . . .«

Mit diesem Augenblick begannen die Vorbereitungen für den Abend X, und Captain Han Pritcher von der Nationalen Flotte, der zum »Verschwörer« hinabgestiegen war, stieg damit die soziale Leiter noch ein paar Stufen hinunter und wurde zum »Attentäter«.

Captain Pritcher, der Attentäter, befand sich nun im Innern des Palastes und konnte mit grimmiger Miene feststellen, daß sich seine Theorie bestätigte. Ein gut ausgebautes Alarmsystem außerhalb des Palastes bedeutete wenige Wachen im Innern. Oder präziser gesagt, überhaupt keine.

Er hatte sich den Grundriß des Gebäudes genau eingeprägt und schlich nun lautlos die Treppe hinauf. Oben drückte er sich eng an die Wand und wartete.

Vor ihm lag die Tür zu einem Privatraum, und hinter dieser Tür mußte sich der Mutant aufhalten, der die Unbesiegbaren besiegt hatte. Er war zu früh – die Bombe würde erst in zehn Minuten losgehen.

Fünf Minuten vergingen, und noch immer war alles ruhig. Der Muli hatte noch genau fünf Minuten zu leben . . . Genau wie Captain Pritcher.

Einem plötzlichen Impuls nachgebend, ging er auf die Tür zu. Der Plan konnte nicht mehr fehlschlagen. Wenn die Bombe explodierte, würde auch der Palast in die Luft fliegen – der Palast und alles, was sich in ihm befand. Auch eine Tür konnte den Muli nicht schützen. Aber er wollte ihn sehen, bevor sie zusammen starben.

Mit aller Wucht warf sich der Captain gegen die Tür –

– die sich von selbst öffnete und blendendes Licht herausließ.

Captain Pritcher stolperte, fing sich aber wieder auf. Der Mann, der in der Mitte des Raums vor einem Goldfischglas stand, das von der Decke herabhing, sah nachsichtig auf.

Er trug eine nachtschwarze Uniform und versetzte jetzt dem Glas einen leichten Stoß. Es begann sich zu drehen, und der orange Fisch schwamm wie wild im Wasser herum.

»Treten Sie ein, Captain«, sagte er.

Captain Pritcher glaubte zu spüren, wie die winzige Kugel unter seiner Zunge zu wachsen anfing – obwohl er genau wußte, daß es physikalisch gesehen völlig unmöglich war. Noch eine Minute!

»Sie spucken besser diese komische Kugel aus, Captain«, empfahl ihm der uniformierte Mann, »damit Sie richtig reden können. Sie wird nicht explodieren.«

Die Minute verging, und dann senkte der Captain mit einer ruckartigen Bewegung den Kopf und ließ die silberne Kugel in seine Hand fallen. In einer Geste der Verzweiflung warf er sie wild gegen die Wand, doch es passierte nichts. Mit leisem Klingen prallte sie harmlos ab.

Der uniformierte Mann zuckte die Achseln. »Das wäre also erledigt. Es hätte Ihnen sowieso nichts genützt, Captain. Ich bin nämlich nicht der Muli. Sie müssen sich schon mit seinem Vizekönig begnügen.«

»Woher wußten Sie es?« murmelte der Captain erstickt.

»Nun, sagen wir, unser Geheimdienst arbeitet sehr zuverlässig. Ich kann Ihnen den Namen jedes Mitglieds Ihrer kleinen Bande nennen, jeden Schritt ihres Plans . . .«

»Und dann haben Sie bis jetzt gewartet?«

»Warum nicht? Ich hatte es mir unter anderem zur Aufgabe gemacht, Sie und einige andere hier zu finden. Ganz besonders Sie. Ich hätte Sie schon vor einigen Wochen verhaften lassen können, als Sie im Lager-Werk gearbeitet haben, aber so ist es viel besser. Wenn Sie nicht selbst auf die Idee mit dem Attentat gekommen wären, hätte einer meiner Leute Sie irgendwie darauf gebracht.«

»Ist das alles?« Captain Pritcher verzog keine Miene.

»Nein, ich fange erst an. Kommen Sie, Captain, setzen Sie sich. Überlassen wir heldenhafte Sprüche den Leuten, die dafür empfänglich sind. Sie sind ein fähiger Mann, Captain. Nach meinen Informationen haben Sie auf der Stiftung als erster die Macht des Muli erkannt. Von da ab haben Sie sich auf ziemlich verwegene Weise für das Vorleben des Muli interessiert. Sie haben auch mitgeholfen, seinen Clown von Kalgan wegzubringen, der übrigens noch immer nicht gefunden werden konnte und wofür er noch bezahlen wird. Wir wissen, was für ein fähiger Mann Sie sind, und der Muli gehört nicht zu denen, die einen fähigen Feind fürchten, solange Aussicht besteht, aus ihm einen fähigen Freund zu machen.«

»Darauf wollen Sie also hinaus? Oh nein!«

»Oh ja! Das ist doch der ganze Sinn und Zweck dieser Vorstellung heute abend gewesen. Sie sind ein intelligenter Mann, aber Ihre Verschwörung gegen den Muli ist jämmerlich fehlgeschlagen – wenn man dabei überhaupt von einer Verschwörung sprechen kann. Oder hat man Ihnen auf der Militärakademie beigebracht, Schiffe bei sinnlosen Aktionen zu vergeuden?«

»Dazu muß man erst einmal überzeugt sein, daß sie wirklich sinnlos sind.«

»Das sind sie, glauben Sie mir«, erwiderte der Vizekönig überzeugend. »Der Muli hat die Stiftung erobert und verwandelt sie jetzt in ein Arsenal, das ihm helfen soll, sein Endziel zu erreichen.«

»Und was für ein Ziel ist das?«

»Die Eroberung der gesamten Galaxis. Er will die Trümmer des alten Imperiums zu einem neuen zusammenfügen. Und das bedeutet die Verwirklichung des Seldon-Plans, Sie verbohrter Patriot, und zwar siebenhundert Jahre früher, als er es gehofft hat. Und Sie können uns dabei helfen.«

»Können schon, aber ich will nicht.«

»Soweit ich weiß, leisten nur noch drei der Unabhängigen Handelsplaneten Widerstand. Aber es wird nicht mehr lange dauern, bis sie sich ergeben werden. Und damit wären dann alle Streitkräfte der Stiftung besiegt. Weigern Sie sich immer noch, uns zu helfen?«

»Ja.«

»Sie werden uns helfen, das verspreche ich Ihnen. Freiwillige sind zwar die tüchtigsten Helfer, aber wir können auch andere gebrauchen. Leider ist der Muli im Augenblick nicht da. Er führt den Feldzug gegen die letzten Händler an, die noch Widerstand leisten. Aber er steht in ständigem Kontakt mit uns. Sie werden also nicht lange warten müssen.«

»Warten? Worauf?«

»Auf Ihre Bekehrung.«

»Ich glaube nicht, daß er dazu imstande ist«, gab der Captain eisig zurück.

»Sie irren sich. Er hat es auch geschafft, mich zu bekehren. Wissen Sie nicht mehr, wer ich bin? Kommen Sie, Sie sind doch auf Kalgan gewesen, also müssen Sie mich auch gesehen haben. Denken Sie nach. Ein Mann mit einem Monokel, einer pelzbesetzten roten Samtrobe, einem hohen Hut . . .«

Der Captain versteifte sich entsetzt. »Sie sind der ehemalige Kriegsherr von Kalgan.«

»Richtig. Und jetzt bin ich der loyale Vizekönig des Muli. Sie sehen, seine Überzeugungskraft ist beachtlich.«

21
Zwischenfall im Raum

Sie hatten die Blockade erfolgreich überwunden. In der unermeßlichen Weite des Raumes konnten die Schiffe des Belagerers nicht jeden Punkt überwachen, und mit einem erfahrenen Piloten und ein bißchen Glück konnte ein einzelnes Schiff durch die Maschen des Blockadenetzes schlüpfen.

Kaltblütig steuerte Toran das protestierende Schiff von einem Stern zum nächsten. Der Sprung in den Hyperraum aus einer Position in der Nachbarschaft einer Planetenmasse war zwar schwierig und nicht genau berechenbar, aber dafür konnte der Gegner sie hier nicht mit den Ortungsgeräten aufspüren.

Und als sie den Blockadegürtel der feindlichen Schiffe hinter sich gelassen hatten, war damit auch der Bereich überwunden, in dem man aufgrund des blockierten Subäthers keine Funksprüche hinausschicken konnte. Zum erstenmal seit mehr als drei Monaten fühlte sich Toran wieder frei.

Es verging eine Woche, bevor die neuen Sender des Gegners etwas anderes als langweilige Einzelheiten über die wachsende Kontrolle über die Stiftung ausstrahlten. Eine Woche, in der Torans bewaffnetes Handelsschiff mit raschen Sprüngen die Peripherie verließ.

Toran saß im Kontrollraum über seinen Navigationskarten, als ihn Elbling Mis rief.

»Was gibt's?« Toran rieb sich durch die Augen, als er den kleinen Raum betrat, den Bayta in ein Wohnzimmer verwandelt hatte.

Mis schüttelte den Kopf. »Wenn ich das wüßte. Die Nachrichtensprecher des Muli haben eben eine Sondermeldung angekündigt. Ich dachte, es würde Sie vielleicht interessieren.«

»Ja, könnte schon sein. Wo ist Bayta?«

»Sie deckt gerade den Tisch und überlegt sich, was wir heute abend essen.«

Toran setzte sich auf das Feldbett, in dem Magnifico schlief, und wartete. Das Schema, nach dem die Sondermeldungen des Muli gesendet wurden, war immer gleich. Den Anfang machte Kriegsmusik, dann folgte die monotone Stimme des Sprechers, die zuerst unbedeutendere Nachrichten behandelte. Dann kam eine Pause, die von Trompetengeschmetter beendet wurde, und endlich folgte der eigentliche Höhepunkt.

Während Toran geduldig zuhörte, murmelte Mis mit sich selbst.

Mit den für eine Kriegsberichterstattung typischen Worten las der Sprecher Meldungen über neueste Kämpfe vor.

»Schnelle Kreuzerstaffeln unter der Führung von General Sammin haben heute Iss stark bedrängt . . .« Das ausdruckslose Gesicht des Mannes verschwand vom Bildschirm und machte einem Schwarm von Schiffen Platz, die in der Leere des Raumes kämpften. Über das Donnern des Gefechtslärms fuhr die Stimme fort . . .

»Die herausragendste Leistung der Schlacht war der erfolgreiche Einsatz des schweren Kreuzers *Cluster* gegen drei feindliche Schiffe der ›Nova‹-Klasse . . .«

Das Bild wechselte die Richtung und zeigte eine Großaufnahme von einem mächtigen Schiff, das gerade einen feindlichen Angreifer zerstörte, nachdem das andere Boot in einer verzweifelten Attacke vergeblich versucht hatte, den Gegner zu rammen. Alle Einzelheiten wurden von der monotonen Stimme des Nachrichtensprechers kommentiert.

Nach einer kurzen Pause folgte ein ähnlicher Bericht über die Kämpfe um Mnemo, nur daß sich hier eine ausführliche Beschreibung einer Landung anschloß und Bilder von einer zerstörten Stadt und langen Reihen müder Kriegsgefangener.

Auch das System Mnemo befand sich jetzt praktisch in der Hand des Feindes.

Wieder eine Pause – und endlich waren die lange erwarteten Trompetenfanfaren zu hören. Der Bildschirm zeigte einen von Soldaten flankierten Korridor, den der Regierungssprecher in der Uniform eines Beraters mit raschen Schritten durchquerte.

Die Stille war bedrückend.

Schließlich blieb er vor der Kamera stehen und begann langsam und mit feierlicher Stimme:

»Auf Befehl unseres Souveräns wird bekanntgegeben, daß der Planet Haven, der sich bisher noch in kriegerischer Opposition seinem eigentlichen Willen widersetzt hatte, jetzt die Waffen gestreckt und kapituliert hat. In diesem Augenblick besetzen die Streitkräfte unseres Souveräns den Planeten, nachdem einige vereinzelte und planlose Widerstandsaktionen rasch niedergeschlagen werden konnten.«

Das Bild des Uniformierten verschwand, und statt dessen erschien wieder das Gesicht des ursprünglichen Sprechers, der gleichgültig verkündete, daß weitere Entwicklungen in der nächsten Sendung mitgeteilt werden würden.

Es folgte Tanzmusik, bis Ebling Mis aufstand und das Gerät ausschaltete. Toran verließ wortlos den kleinen Raum, und Mis machte keine Anstalten, ihn aufzuhalten.

Als Bayta aus der Küche kam, winkte der Psychologe sie heran.

»Sie haben Haven eingenommen.«

»So schnell?« Bayta sah ihn ungläubig an.

»Sie haben sich kampflos ergeben. Verdammt . . .« Er brach ab und schluckte. »Ich glaube, du läßt Toran im Augenblick besser allein. Es ist nicht leicht für ihn. Ich schlage vor, wir essen diesmal ohne ihn.«

Bayta warf einen Blick auf den Pilotenraum und wandte sich resignierend ab. »Also schön.«

Magnifico saß still am Tisch. Er sprach und aß nicht, sondern starrte ängstlich vor sich und schien vor Furcht wie erstarrt.

Ebling Mis schob abwesend sein Dessert von sich. »Zwei Handelsplaneten kämpfen«, sagte er rauh. »Sie kämpfen, erleiden große Verluste und werden besiegt, aber sie kapitulieren nicht. Nur Haven – genau wie die Stiftung . . .«

»Aber warum? *Warum?*«

Der Psychologe schüttelte den Kopf. »Irgendwie gehört auch dieser Punkt zu unserem Problem. Jedes unverständliche Detail ist ein Hinweis auf das wahre Wesen des Muli. Da ist einmal die Frage, wie er die Stiftung praktisch ohne Blutvergießen und im Handstreich erobern konnte, während die Handelsplaneten tapfer Widerstand geleistet haben. Diese Sache mit dem Depressor-Feld war dabei kaum von Bedeutung und wirkte bei keinem anderen als bei der Stiftung. Wir haben ja schon auf Haven diesen Punkt endlos diskutiert.

Randu äußerte einmal die Vermutung«, fuhr Ebling mit gerunzelter Stirn fort, »ob der Muli nicht im Besitz eines Willen-Depressors sein könnte, der den menschlichen Willen teilweise ausschaltet. Es wäre sicher eine logische Erklärung für das, was auf Haven passiert ist, aber warum hat man diese Waffe dann nicht auch bei Mnemon und Iss angewendet – die beiden Systeme wehren sich mit solcher Verzweiflung, daß der Muli die halbe Flotte der Stiftung zur Hilfe nehmen muß, um ihren Widerstand zu brechen. Richtig, bei der Kampfszene vorhin habe ich Schiffe der Stiftung erkannt.«

»Zuerst die Stiftung, und jetzt Haven«, flüsterte Bayta. »Die Katastrophen scheinen uns zu verfolgen, ohne uns selbst treffen zu können. Jedesmal entkommen wir um Haaresbreite. Meinen Sie, wir werden immer soviel Glück haben?«

Ebling Mis hatte ihr nicht zugehört, sondern redete ungeachtet weiter. »Aber da ist noch etwas – ein Punkt, der ebenfalls wichtig ist. Erinnern Sie sich noch an die Nachrichtenmeldung, Bayta, in der davon die Rede war, daß der Clown des Muli nicht auf Terminus gefunden werden konnte und man vermutete, daß er nach Haven geflohen oder von seinen Entführern dort hingebracht worden sei? Er muß wichtig sein, Bayta, denn warum würde man sonst soviel Aufhebens um ihn machen. Magnifico muß etwas über den Muli wissen, das niemand erfahren darf. Ich bin sicher, daß dies der Grund dafür ist, warum sie so scharf auf ihn sind.«

»Sir . . .« stotterte Magnifico. »Edler Herr . . . ich schwöre, daß ich nicht weiß, was Sie noch von mir wissen wollen. Ich habe Ihnen alles gesagt, was ich wußte, und mit Ihrer Sonde haben Sie dann auch das herausgeholt, was ich sonst noch wußte, ohne daß ich wußte, *daß* ich es wußte.«

»Ich weiß, Magnifico. Es muß sich um eine Kleinigkeit handeln, einen winzigen Hinweis, den ich bisher übersehen habe. Ich muß ihn finden – denn Mnemon und Iss werden auch bald fallen, und dann sind wir die letzten, die von der unabhängigen Stiftung übriggeblieben sind.«

Je näher man dem Zentrum der Galaxis kommt, desto dichter stehen die Sterne. Die Gravitationsfelder beginnen sich so stark zu überlappen, daß die bei einem Sprung eventuell auftretenden Störungen nicht mehr abzuschätzen sind.

Das bekam Toran zu spüren, als ein Sprung sein Schiff ganz in die Nähe eines roten Riesens brachte, der sie unweigerlich festhielt. Erst nach zwölf anstrengenden und schlaflosen Stunden gelang es Toran, das Schiff aus dem Griff des Planeten zu befreien.

Da seine Karten nicht sehr präzise waren und Toran selbst auch noch nicht über die entsprechende Erfahrung verfügte, kostete es ihn Tage, die jeweiligen Sprünge zu berechnen.

Das Ganze entwickelte sich schließlich zu einem Gemeinschaftsprojekt. Ebling Mis überprüfte Torans Berechnungen, während Bayta versuchte, aus den verschiedenen möglichen Routen die günstigste herauszufinden. Selbst Magnifico wurde zur Arbeit herangezogen und an den Rechencomputer gesetzt, wo er Routineberechnungen vornahm. Es war eine Aufgabe, die er schnell begriff und die ihm viel Spaß machte.

Nach vier Wochen konnte Bayta endlich zufrieden auf die rote Linie schauen, die sich durch das dreidimensionale Modell der Milchstraße in Richtung Galaktisches Zentrum wand. »Weißt du, woran mich das erinnert?« wandte sie sich schließlich erleichtert an Toran. »An einen Riesenwurm mit Magenverstimmung. So wie er sich krümmt, bringst du uns am Schluß noch zurück nach Haven.«

»Das tue ich bestimmt, wenn du jetzt nicht endlich still bist und mich in Ruhe arbeiten läßt«, brummte Toran und raschelte heftig mit den Karten.

»Und dabei gibt es höchst wahrscheinlich eine Route, die so schnurgerade wie ein Längengrad zum Ziel führt«, überlegte Bayta laut.

»Was du nicht sagst! Du vergißt, daß wahrscheinlich fünfhundert Schiffe fünfhundert Jahre gebraucht haben, bis sie diese Route endlich ausgearbeitet hatten, und auf meinen billigen Karten ist sie nun einmal leider nicht eingezeichnet. Außerdem ist nicht gesagt, daß die geraden Routen auch die besten oder sichersten sind. Wahrscheinlich wimmelt es dort nur so von Schiffen. Und ich finde überhaupt . . .«

»Um Galaxis' willen, hör auf mit deinen beleidigten Rechtfertigungen, du altes Ekel.« Bayta faßte ihn am Schopf.

»Autsch. Laß los!« Toran griff nach ihren Handgelenken und zog sie so heftig herunter, daß Stuhl, Toran und Bayta in einem wilden Knäuel zu Boden stürzten. Das Ganze artete in einen kleinen Ringkampf aus, der aber zum größten Teil aus Lachen und Scheinhieben bestand.

Toran kam sofort auf die Beine, als Magnifico atemlos hereinstürzte. »Was ist los?«

Er sah Toran ängstlich an. »Die Instrumente reagieren seltsam, Sir. Ich schwöre, daß ich nichts falsch gemacht habe . . .«

In Sekundenschnelle war Toran im Pilotenraum. »Weck Ebling Mis«, sagte er ruhig zu Magnifico. »Er soll sofort herkommen.«

»Wir sind entdeckt worden«, erklärte er Bay, die ihm gefolgt war und sich jetzt mit den Fingern durch die Haare fuhr, um ihre Frisur halbwegs in Ordnung zu bringen.

»Entdeckt?« Bayta ließ die Arme sinken. »Von wem denn?«

»Das weiß die Galaxis«, murmelte Toran, »aber ich nehme an, daß es jemand ist, der seine Strahler schon schußbereit auf uns gerichtet hat.«

Er setzte sich und begann, den Identifikationscode des Schiffs über Subäther durchzugeben.

Als Ebling Mis wenige Minuten später im Bademantel und mit verschlafenem Gesicht im Pilotenraum erschien, berichtete Toran mit gespielter Ruhe: »Wie es aussieht, befinden wir uns im Territorium eines lokalen Königreichs – der Autarkie Filia.«

»Nie davon gehört«, erwiderte Mis knapp.

»Ich auch nicht, aber wir sind von einem filianischen Schiff aufgehalten worden, und ich habe keine Ahnung, was sie mit uns vorhaben.«

Der Captain des filianischen Schiffes kam mit sechs Leuten im Gefolge an Bord des Handelsschiffs. Er war ein kleiner Mann mit schütterem Haar, einem schmallippigen Mund und pergamentartiger Haut. Er hustete bellend, als er Platz nahm und das Notizbuch, das er bei sich hatte, öffnete.

»Ihre Pässe und die Schiffspapiere bitte.«

»Wir haben keine«, antwortete Toran.

»Also keine Papiere, eh?« Er griff nach dem Mikrofon, das an seinem Gürtel hing und sprach rasch hinein. »Drei Männer und eine Frau. Papiere nicht in Ordnung.« Dann machte er sich eine zusätzliche Notiz in seinem Heft.

»Woher kommen Sie?« wollte er wissen.

»Von Siwenna«, entgegnete Toran vorsichtig.

»Wo liegt das?«

»Hundertausend Parseks, achtzig Grad westlich von Trantor, vierzig Grad . . .«

»Schon gut, schon gut!« Toran konnte sehen, daß der andere »Herkunft – Peripherie« vermerkt hatte.

»Und wohin wollen Sie?« fragte der Filianer weiter.

»Zum Trantor-Sektor.«

»Zweck dieser Reise?«

»Eine Vergnügungsreise.«

»Haben Sie Fracht an Bord?«

»Nein.«

»Hmm. Wir werden das überprüfen.« Er nickte kurz, worauf zwei Soldaten anfingen, sich auf dem Schiff umzusehen. Toran machte keine Anstalten, sie daran zu hindern.

»Was suchen Sie in unserem Territorium?« Der Filianer musterte Toran unfreundlich.

»Wir wußten nicht, wo wir waren. Ich habe nämlich keine vernünftige Karten.«

»Dafür müssen Sie hundert Kredit Strafe bezahlen – und natürlich die üblichen Zollgebühren et cetera.«

Er sprach wieder in das Mikrofon und hörte dann längere Zeit zu. »Kennen Sie sich mit Atomtechnik aus?« wandte er sich wieder an Toran.

»Ein bißchen«, entwortete Toran wachsam.

»Ja?« Der Filianer klappte sein Notizbuch zu und fügte hinzu: »Die Leute aus der Perpherie sollen mit solchen Dingen vertraut sein. Ziehen Sie einen Schutzanzug an und kommen Sie mit.«

»Was haben Sie vor?« mischte sich jetzt Bayta ein.

Toran schob sie sanft zur Seite. »Wohin?« fragte er kalt.

»Nur mit auf mein Schiff. Unsere Triebwerke funktionieren nicht richtig. Er da wird auch mitkommen.« Er zeigte auf Magnifico, der vor Schreck die Augen aufriß.

»Was soll er denn dabei?« erregte sich Toran.

Der Offizier hob den Kopf und musterte sein Gegenüber kalt. »In dieser Gegend sind Piratenüberfälle gemeldet worden, und die Beschreibung von einem dieser Verbrecher paßt in etwa auf Ihren Begleiter hier. Eine reine Routinesache. Wir überprüfen nur seine Identität.«

Toran zögerte unentschlossen, aber dem Argument von sechs Männern mit gezogenen Strahlern hatte er nichts entgegenzusetzen. Resignierend öffnete er den Schrank und zog die Anzüge heraus.

Eine Stunde später richtete er sich im Maschinenraum des filianischen Schiffes auf. »Die Antriebswerke sind völlig in Ordnung, soweit ich sehen kann. Die Sammelschienen stimmen, die L-Röhren arbeiten richtig und die Reaktionsanalyse ist auch okay. Wer ist überhaupt der Verantwortliche hier?«

»Ich«, meldete sich der Cheftechniker ruhig.

»Bringen Sie mich sofort hier raus . . .«

Er wurde auf das Offiziersdeck geführt und in einen kleinen Raum gebracht, in dem nur ein gelangweilter Lieutenant saß.

»Wo ist der Mann, der mit mir an Bord gekommen ist?«

»Bitte gedulden Sie sich noch einen Augenblick«, gab der Offizier zurück.

Fünfzehn Minuten später wurde Magnifico hereingeführt.

»Was haben sie mit dir gemacht?« wollte er wissen.

»Nichts. Wirklich nichts.« Magnifico schüttelte langsam den Kopf.

Nachdem sie zweihundertfünfzig Kredit an die Autarkie Filia bezahlt hatten – davon allein fünfzig für die sofortige Freigabe – waren sie endlich wieder im freien Raum.

»Sind wir ihnen denn noch nicht einmal eine Eskorte wert?« meinte Bayta mit einem gezwungenen Lachen. »Warum begleitet man uns denn nicht wie üblich bis an die Grenze des Königreiches?«

»Weil es kein filianisches Schiff war«, erwiderte Toran düster. »Und weil wir vorläufig nicht weiterfliegen werden. Kommt mal alle her.«

Sie versammelten sich um ihn.

»Das Schiff war ein Schiff der Stiftung«, stellte er mit weißem Gesicht fest, »und die Männer an Bord gehörten zu den Leuten des Muli.«

Ebling bückte sich, um die Zigarre aufzuheben, die ihm vor Überraschung aus der Hand gefallen war. »Hier?« fragte er ungläubig. »Wir sind doch dreißigtausend Parseks von der Stiftung entfernt.«

»Sicher, aber *wir* sind auch hier. Warum sollten sie dann nicht ebenfalls hier sein? Galaxis, Ebling, denken Sie, ich könnte ein Schiff nicht vom anderen unterscheiden. Die Antriebswerke haben mir genug gesagt. Glauben Sie mir, Ebling, es war ein Stiftungstriebwerk in einem Stiftungsschiff.«

»Und wie sind sie hier hergekommen?« überlegte Bayta. »Oder ist es völlig normal, daß sich zwei Schiffe bei solchen Distanzen so genau treffen können?«

»Das hat doch damit nichts zu tun«, erwiderte Toran hitzig. »Sie haben uns wahrscheinlich verfolgt.«

»Verfolgt?« echote Bayta spöttisch. »Durch den Hyperraum?«

»Es ist möglich«, mischte sich Ebling Mis müde ein. »Vorausgesetzt, man hat ein gutes Schiff und einen guten Piloten. Aber ich glaube ehrlich gesagt nicht an diese Möglichkeit.«

»Ich habe mir keine Mühe gegeben, meine Spur zu verwischen«, wandte Toran ein. »Selbst ein Blinder hätte in ungefähr unsere Route berechnen können.«

»Den Teufel hätte er gekonnt«, rief Bayta erregt aus. »Selbst wenn man in Betracht zieht, daß du unserem Ausgangskurs gefolgt bist, halte ich es für unmöglich. Wir sind gesprungen wie Betrunkene. Du weißt doch selbst, daß wir mehr als einmal nach dem Sprung total verdreht wieder in den Normalraum eingetreten sind.«

»Wir verschwenden doch nur unsere Zeit«, funkelte Toran seine Frau zähneknirschend an. »Ich weiß, daß es ein Stiftungsschiff mit Leuten des Muli ist. Sie haben uns gestoppt, haben unser Schiff durchsucht, und sie haben auch Magnifico gehabt. Allein – und mit mir als Geisel, um euch in der Hand zu haben für den Fall, daß ihr mißtrauisch geworden wäret. Und jetzt werden wir sie abschießen.«

»Moment mal!« Ebling Mis faßte ihn am Arm. »Wollen Sie uns alle in Gefahr bringen, nur weil Sie glauben, daß es sich bei diesem Schiff um ein feindliches Schiff handelt? Überlegen Sie doch mal: Warum sollten sie uns dann durch die halbe Galaxis verfolgen, wenn sie uns sich dann nur kurz ansehen und uns danach *wieder laufenlassen*?«

»Weil sie immer noch neugierig sind, wohin wir wirklich wollen.«

»Und warum haben sie uns dann gestoppt, wo sie doch wissen müssen, daß wir so mißtrauisch werden würden? Also, irgend etwas stimmt bei Ihren Überlegungen nicht.«

»Das ist mir egal. Ich tue das, was ich für richtig halte. Lassen Sie mich los, Ebling, oder ich schlage Sie nieder.«

Magnifico hatte die Unterhaltung von seinem Lieblingsstuhl aus verfolgt. Sein Mund zuckte jetzt vor Erregung. »Ich bitte um Vergebung, wenn ich mich so einfach einmische, aber meinem schwachen Geist ist gerade ein eigenartiger Gedanke gekommen.«

Bayta sah, daß ihr Mann gerade verärgert abwinken wollte, um den Clown zum Schweigen zu bringen, und hielt ihn jetzt ebenfalls am Arm fest. »Sprich ruhig, Magnifico«, ermunterte sie den Clown, bevor Toran etwas sagen konnte. »Wir hören dir gern zu.«

»Als ich auf dem fremden Schiff war«, begann Magnifico, »war ich vor Angst wie gelähmt. Mein Gedächtnis hat mich verlassen, und ich kann mich an kaum noch etwas erinnern. Da waren viele Männer, die mich anstarrten, und ich konnte nicht verstehen, was sie redeten. Aber dann sah ich ein Gesicht, das mir irgendwie vertraut war. Es war wie ein Sonnenstrahl, der durch eine dunkle Wolkenbank bricht. Zuerst nur ein schwacher Schimmer, der immer heller wurde, bis mein Gedächtnis plötzlich ganz klar war.«

»Wer war es?« wollte Toran wissen.

»Dieser Captain, der vor so langer Zeit mit uns zusammen gewesen ist. Damals, als Sie mich gerettet haben.«

Magnifico hatte offensichtlich mit einer Sensation aufwarten wollen, und das erfreute Lächeln, das jetzt auf seinem Gesicht lag, bewies, daß er mit der beabsichtigten Wirkung sehr zufrieden war.

»Captain . . . Han . . . Pritcher?« fragte Mis streng.

»Ich schwöre es, Sir.« Magnifico legte seine knochige Hand auf die magere Brust. »Ich würde es auch im Angesicht des Muli schwören, und wenn er es mit all seiner Macht leugnen würde.«

»Und was sollte das Ganze dann?« Bayta sah ihn verwundert an.

»Ich habe eine Theorie, Mylady«, antwortete der Clown eifrig. »Sie ist mir ganz plötzlich gekommen, so als habe der Galaktische Geist selbst sie mir eingegeben.« Er sprach lauter, um Torans Einwand zu übertönen.

»Mylady«, wandte er sich ausschließlich an Bayta, »wenn nun der Captain, genau wie wir, mit einem Schiff entkommen konnte? Wenn er, wie wir, mit einem bestimmten Ziel unterwegs war? Wenn er uns zufälig begegnet ist – wäre es dann verwunderlich, wenn er denkt, wir wären ihm gefolgt und hätten ihm aufgelauert, genau wie wir es von dem anderen Schiff glauben? Ist es dann nicht verständlich, daß er eine solche Komödie gespielt hat, um auf unser Schiff zu kommen?«

»Und warum sollten wir dann mit auf *sein* Schiff kommen?« wollte Toran wissen. »Kannst du mir das auch erklären?«

»Oh ja, sicher«, rief der Clown erregt aus. »Er schickte einen seiner Untergebenen her, der uns nicht kannte und der uns dann in das

Mikrofon beschrieb. Der Captain, der am anderen Ende zugehört hat, ahnte sicher, wer wir sind, denn es gibt bestimmt nicht viele in dieser großen Galaxis, die meiner jämmerlichen Gestalt ähneln. Und dann wollte er mich als letzten Beweis unserer Identität persönlich sehen.«

»Warum läßt er uns dann einfach wieder gehen, ohne mit mir gesprochen zu haben?« wandte Toran ein.

»Was wissen wir schon von seiner Mission und ihrem Geheimnis? Er hat gesehen, daß wir keine Feinde sind, und es dann für weiser gehalten, sich zurückzuziehen, um seinen Plan nicht dadurch zu gefährden, daß zu viele davon erfahren.«

»Sei nicht so eigensinnig, Torie«, sagte Bayta langsam. »Du mußt zugeben, daß es vieles erklärt.«

»Es könnte stimmen«, pflichtete ihr Mis bei.

Toran kam sich angesichts der dreifachen Opposition ziemlich hilflos vor. Es störte ihn, daß der Clown seine Erklärungen so fließend hervorgebracht hatte. Es klang fast wie auswendig gelernt. Irgend etwas stimmte da nicht. Aber er war unsicher geworden und merkte, wie seine Wut gegen seinen Willen verflog.

»Einen Augenblick habe ich gehofft, wir könnten wenigstens *ein* Schiff des Muli zerstören«, flüsterte er.

In seinen Augen stand die Trauer um den Verlust von Haven.

Und die anderen verstanden ihn.

22

Tod auf Neotrantor

Neotrantor – . . . Der kleine Planet Delicass, der nach der Großen Plünderung umgetauft wurde, war fast einhundert Jahre lang Sitz der letzten Dynastie des Ersten Imperiums. Es war eine Schattenwelt und ein Schattenimperium, und seine Existenz war nur von legaler Bedeutung. Unter den ersten Herrschern der Dynastie Neotrantors . . .

Encyclopedia Galactica

Der Planet hieß Neotrantor! Das neue Trantor! Aber dieser Name war auch die einzige Gemeinsamkeit, die er mit dem ursprünglichen Träger dieses Namens hatte. Nur zwei Parseks entfernt schien noch immer die Sonne des Alten Trantor, und noch immer kreiste jener Planet, auf dem noch im vergangenen Jahrhhundert die Imperiale Hauptstadt der Galaxis gelegen hatte, auf seiner ewigen Bahn durch den Raum.

Noch immer war das Alte Trantor bewohnt, aber jetzt lebten nicht mehr, wie vor fünfzig Jahren, vierzig Milliarden auf dem Planeten, sondern nur noch hundert Millionen. Die gewaltige Metallwelt war nur noch ein Trümmerhaufen, und überall waren noch die Spuren der Großen Plünderung zu sehen, die nun vierzig Jahre her war.

Es war merkwürdig, daß eine Welt, die zweitausend Jahre lang das Zentrum der Galaxis gewesen war – die über die gesamte Milchstraße geherrscht hatte und der Sitz der Gesetzgeber und Kaiser gewesen war –, in einem Monat sterben konnte. Es war merkwürdig, daß eine Welt, die weder von den Eroberungsfeldzügen eines Jahrtausends noch von den Bürgerkriegen und Palastrevolutionen eines weiteren Jahrtausends berührt worden war, nun doch gestorben war. Es war merkwürdig, daß der Stolz der Galaxis nur noch ein verwesender Leichnam war.

Und pathetisch!

Denn es würden Jahrhunderte vergehen, bis die in fünfzig Generationen von Menschenhand geschaffenen eindrucksvollen Metallbauten verfallen würden. Zum jetzigen Zeitpunkt waren sie nur deshalb nutzlos, weil der Mensch sie nicht mehr zu nutzen wußte.

Die Millionen, die von den Milliarden noch übriggeblieben waren, hatten die glänzende Metalloberfläche des Planeten aufgerissen und die nackte Erde freigelegt, die in tausend Jahren nicht mehr von der Sonne berührt worden war.

Umgeben von der mechanischen Perfektion, die der Mensch errichtet hatte, inmitten einer Welt, deren Natur vom Metall abgelöst war, kehrten sie zum Land zurück. Wo früher breite Straßen gewesen waren, wuchsen jetzt Weizen und Korn, und im Schatten der hohen Stahltürme grasten Schafherden.

Und jetzt gab es Neotrantor – ein an sich unbedeutender Planet, der immer im Schatten des mächtigen Trantors gestanden hatte, bis die kaiserliche Familie auf der Flucht vor dem Feuer und den Flammen der Großen Plünderung auf ihm Zuflucht gesucht hatte – und dort ausharrte, bis sich die Wogen der Revolution geglättet hatten. Und dort herrschte sie nun in geisterhaftem Prunk über die letzten Überreste des ehemaligen Imperiums.

Ein Imperium, das nur noch aus zwanzig Agraplaneten bestand!

Dagobert IX., Herrscher über zwanzig Welten, auf denen aufsässige Großgrundbesitzer und geknechtete Bauern lebten, war jetzt der Kaiser der Galaxis und Herr über das Universum.

Dagobert IX. war fünfundzwanzig Jahre alt gewesen, als er mit seinem Vater auf Neotrantor gelandet war, und er lebte immer noch in der alten Zeit, als das Imperium noch mächtig gewesen war und der Kaiser in Ruhm und Glanz geherrscht hatte. Sein Sohn dagegen, der vielleicht später einmal Dagobert X. werden würde, war auf Neotrantor geboren.

Das Imperium, das er kannte, umfaßte zwanzig Welten.

Jord Commasons offener Gleiter war das beste Fahrzeug seiner Art auf Neotrantor – und es gehörte nicht ohne Grund gerade ihm, denn

Commason war nicht nur der größte Großgrundbesitzer auf Neotrantor, sondern früher auch Begleiter und der böse Geist eines jungen Kronprinzen gewesen, der sich dem eisernen Regiment seines Vaters beugen mußte. Und jetzt war er Begleiter und noch immer der böse Geist eines Kronprinzen, der den alten Kaiser haßte und beherrschte.

Jord Commason saß also in seinem mit Perlmutt beschlagenen und mit Goldornamenten verzierten Gleiter, der jedem bekannt war, und betrachtete aus der Luft seine Ländereien, die Weizenfelder, seine gewaltigen Mähdrescher und Erntemaschinen, seine Pächter – und dachte über seine Probleme nach.

Neben ihm steuerte sein vom Alter gebeugter und verwelkter Chauffeur den Gleiter sicher durch die Luft. Auf seinem Gesicht lag ein Lächeln.

»Weißt du noch, was ich dir gesagt habe, Inchney?« begann Jord Commason in den Wind, die Luft und den Himmel.

Inchneys schütteres graues Haar zauste die sanfte Brise. Das Lächeln machte seinen schmallippigen Mund breiter, und die Falten in seinem verrunzelten Gesicht wurden tiefer. Es schien, als lächelte er im Bewußtsein eines Geheimnisses, das niemand außer ihm kannte.

»Ich erinnere mich noch daran, Sire, und ich habe darüber nachgedacht.« Seine Stimme war nur ein leises Flüstern.

»Und zu welchem Schluß bist du gekommen?«

Inchney mußte daran denken, daß er einmal ein junger und gutaussehender Mann und ein Lord auf dem früheren Trantor gewesen war. Und er mußte daran denken, daß er nun ein häßlicher alter Mann auf Neotrantor war, der von der Gnade des Squire Jord Commason lebte und sich dafür von Zeit zu Zeit auf Wunsch hin durch weise Ratschläge revanchierte. Er seufzte leise.

»Besucher von der Stiftung sind immer günstig für uns, Sire«, flüsterte er. »Vor allem, Sire, wenn sie mit einem einzelnen Schiff und nur einem kampffähigen Mann an Bord herkommen. Wir müssen überlegen, Sire, ob sie uns willkommen sind.«

»Willkommen?« echote Commason nachdenklich. »Vielleicht nicht. Aber diese Leute sind Zauberer und vielleicht sehr mächtig.«

»Große Entfernungen, Sire, verzerren oft die Wahrheit«, gab Inchney zu bedenken. »Die Stiftung ist nur ein einzelner Planet. Ihre Bewohner sind auch nur Menschen. Wenn Sie sie umbringen, sind sie genauso tot wie jeder andere.«

Inchney hielt den Gleiter auf Kurs. Unter ihnen wand sich das dunkle Band eines Flusses. »Und ist nicht in letzter Zeit von einem Mann die Rede, der sich die Peripherie untertan macht?« flüsterte er.

Commason horchte plötzlich auf. »Was weißt du darüber?«

Sein Chauffeur lächelte jetzt nicht mehr. »Nichts, Sire. Es war nur ein Gedanke.«

»Du sagst nichts ohne Grund«, erwiderte der Squire knapp und mit brutaler Direktheit. »Und wenn du weiterhin versuchst, mich auf diese Weise auszufragen, endest du noch am Galgen. Aber – schön, diesmal werde ich deine Neugier befriedigen. Dieser Mann ist als der Muli bekannt, und vor ein paar Monaten ist einer seiner Vertreter wegen . . . eh, in einer geschäftlichen Angelegenheit hier gewesen. Ich erwarte jetzt einen zweiten Mann wegen . . . wegen des Abschlusses.«

»Und diese Fremden? Können sie nicht diese Gesandten sein, auf die Sie warten?«

»Nein. Sie können sich nicht ausweisen.«

»Es heißt, daß die Stiftung erobert worden ist . . .«

»Von mir weißt du das nicht.«

»Es gehen gewisse Gerüchte um«, entgegnete Inchney gelassen, »und wenn das stimmt, dann könnte es sich bei diesen Fremden doch um Flüchtlinge handeln, die wir aus Freundschaft dem Muli gegenüber festhalten könnten, bis sein Mann eintrifft.«

»Meinst du?« überlegte der Squire zweifelnd.

»Und da allgemein bekannt ist, daß ein Eroberer auch auf seine Freunde nicht unbedingt Rücksicht nimmt, wäre es doch nur ein Mittel der ehrlichen Selbstverteidigung. Es gibt nämlich solche Apparate wie Psycho-Sonden, und wir haben vier Gehirne, die von der Stiftung sind, in unserer Gewalt. Sie könnten uns einige nützliche Dinge über die Stiftung verraten, vielleicht sogar einiges über den Muli selbst. Und dann brauchten wir uns vielleicht nicht mehr ausschließlich auf die Freundschaft des Muli zu verlassen.«

Commason runzelte nachdenklich die Stirn. »Und wenn die Stiftung nun nicht erobert worden ist? Wenn die ganzen Berichte nichts weiter als Lügen sind? Es ist immer gesagt worden, daß die Stiftung nie besiegt werden kann.«

»Zwischen Worten und Wirklichkeit ist ein großer Unterschied, Sire.«

»Trotzdem, Inchney. Was ist, wenn sie nun nicht besiegt worden ist? Was dann? Es stimmt, daß der Muli mir große Versprechungen gemacht hat –« Er merkte, daß er sich selbst in eine Falle hineinmanövriert hatte, und versuchte nun, sich wieder herauszureden. »Das heißt, es war eigentlich nur Prahlerei, große Worte, und große Worte sind nichts wert, nur die Taten zählen.«

Inchney lachte tonlos. »Ja, es sind die Taten, die zählen, aber man muß sie auch tun. Es ist kaum eine Furcht unbegründeter als die vor einer Stiftung, die am Ende der Galaxis liegt.«

»Bleibt immer noch der Prinz«, murmelte Commason mehr zu sich selbst als zu Inchney.

»Er verhandelt also auch mit dem Muli, Sire?«

Der Squire lächelte selbstzufrieden. »Ja, aber nicht so wie *ich*. Allerdings wird er von Tag zu Tag immer unkontrollierbarer. Es ist, als würde er von einem Dämon beherrscht. Wenn ich diese Leute verhaften lasse, könnte es durchaus sein, daß er sie für sich haben will – denn dumm ist er nicht–, und ich bin noch nicht zu einer Auseinandersetzung mit ihm bereit.« Er runzelte die Stirn, und seine dicken Wangen verzogen sich angewidert.

»Ich habe diese Fremden gestern einen Augenblick lang gesehen«, begann sein Chauffeur übergangslos. »Diese dunkle Frau ist eine sehr ungewöhnliche Frau. Sie geht mit dem freien Schritt eines Mannes, und ihre helle Haut bildet einen auffallenden Kontrast zu ihrem dunklen Haar.« Sein heiseres Flüstern klang fast bewundernd, und Commason drehte sich überrascht zu ihm um.

»Ich glaube«, fuhr Inchney fort. »daß der Kronprinz unter Umständen zu einem Kompromiß bereit sein würde. Er würde Ihnen vielleicht die anderen überlassen, wenn Sie ihm dafür das Mädchen geben . . .«

Endlich begriff der Squire. »Eine wundervolle Idee! Wirklich genial! Dreh um! Und, Inchney, wenn diese Angelegenheit so klappt, wie ich es mir vorstelle, dann können wir uns vielleicht über deine Freilassung unterhalten.«

Es schien fast wie eine höhere Fügung, als Commason bei seiner Rückkehr in seinem privaten Arbeitszimmer eine Personalkapsel vorfand. Die Mitteilung war über eine Wellenlänge angekommen, die nur wenigen bekannt war. Der Squire grinste zufrieden. Der Mann des Muli war auf dem Weg nach Neotrantor, und die Stiftung war tatsächlich besiegt.

Als Bayta den Palast des Kaisers zum erstenmal sah, war sie irgendwie enttäuscht, denn die Wirklichkeit war völlig anders als das Bild, das sie sich gemacht hatte. Der Raum, in dem sie sich befand, war klein und einfach, und der gesamte Palast konnte noch nicht einmal einem Vergleich mit dem des Bürgermeisters auf der Stiftung standhalten – und Dagobert IX. selbst . . .

Bayta hatte *genaue* Vorstellungen, wie ein Kaiser aussehen sollte. Auf *keinen* Fall sollte er aussehen wie der gutmütige Großvater von nebenan. Er sollte auch nicht dürr und so blaß und verwelkt sein – oder den Tee eigenhändig servieren und so offensichtlich um das Wohl seiner Besucher besorgt sein.

Aber so sah nun einmal die Realität aus . . .

Dagobert IX. lachte vergnügt in sich hinein, als er den Tee in ihre Tasse goß, die sie ihm steif entgegenhielt.

»Sie bereiten mir wirklich ein großes Vergnügen, meine Liebe. Endlich kann ich mich einmal ungezwungen bewegen, ohne Zeremonie und die Anwesenheit meiner Höflinge. Ich habe schon lange keine Besucher mehr gehabt, die aus meinen Außenprovinzen kamen. Mein Sohn kümmert sich jetzt um diese Dinge, weil ich doch allmählich das Alter spüre.

Sie haben meinen Sohn noch nicht kennengelernt? Ein guter Junge. Vielleicht ein bißchen eigensinnig, aber er ist eben noch jung. Möchten Sie eine Aromakapsel in Ihrem Tee? Nein?«

Toran versuchte, ihn zu unterbrechen. »Eure Kaiserliche Majestät . . .«

»Ja?«

»Eure Kaiserliche Majestät, wir wollten Sie keinesfalls stören . . .«

»Unsinn. Sie stören doch nicht. Heute abend findet ein offizieller Empfang statt, aber bis dahin haben wir Zeit für uns. Woher, sagten Sie noch, kommen Sie? Ich glaube, es ist schon ewig her, seit wir das letztemal einen offiziellen Empfang gegeben haben. Sagten Sie nicht, Sie kämen aus der Provinz Anacreon?«

»Wir kommen von der Stiftung, Eure Kaiserliche Majestät!«

»Ach ja, die Stiftung! Jetzt fällt es mir wieder ein! Ich habe nachsehen lassen, wo das liegt. Richtig, in der Provinz Anacreon. Ich bin nie persönlich da gewesen. Meine Ärzte haben mir weitere Reisen verboten. Ich kann mich gar nicht an die letzten Berichte meines dortigen Vizekönigs erinnern. Wie ist die Lage dort?« erkundigte er sich besorgt.

»Ich bringe keine Klagen, Majestät«, murmelte Toran.

»Das ist erfreulich zu hören. Ich glaube, ich werde meinen Vizekönig belobigen.« Toran blickte hiflos auf Ebling Mis, der sich jetzt einmischte. »Man hat uns gesagt, Sire, daß wir Ihre schriftliche Erlaubnis benötigen, wenn wir die Imperiale Universitätsbibliothek auf Trantor besuchen wollen.«

»Trantor?« wiederholte der Kaiser leise. »Trantor?«

Plötzlich trat ein schmerzlicher Ausdruck in sein schmales Gesicht. »Trantor?« flüsterte er. »Jetzt erinnere ich mich wieder. Ich habe vor, mit einer Flotte nach Trantor zurückzukehren. Sie dürfen mich begleiten. Gemeinsam werden wir den Rebellen Gilmer besiegen. Und gemeinsam werden wir das Imperium wiederherstellen!«

Sein gebeugter Rücken hatte sich gestreckt, und seine Stimme klang plötzlich energischer. Dann blinzelte er und fuhr leise fort: »Aber Gilmer ist tot. Jetzt fällt es mir wieder ein . . . Ja. Richtig! Gilmer ist tot! Trantor ist zerstört! Einen Moment lang dachte ich doch tatsächlich . . . Woher kommen Sie noch gleich, sagten Sie?«

»Ist er wirklich ein Kaiser?« flüsterte Magnifico Bayta ins Ohr. Ich habe immer gedacht, Kaiser wären größer und weiser als normale Menschen.«

Bayta bedeutete ihm zu schweigen. »Eure Kaiserliche Majestät, es würde uns sehr helfen, wenn Sie uns eine schriftliche Erlaubnis zum Betreten von Trantor erteilen würden.«

»Trantor?« Der Kaiser sah sie verständnislos an.

»Sire, der Vizekönig von Anacreon, in dessen Namen wir hier sprechen, läßt Ihnen mitteilen, daß Gilmer noch lebt . . .«

»Er lebt! Er ist nicht tot?« donnerte Dagobert. »Wo hält er sich auf? Das bedeutet Krieg!«

»Es darf noch nicht offiziell bekannt werden, Eure Majestät. Sein derzeitiger Aufenthaltsort ist noch ungewiß. Der Vizekönig hat uns mit dem Auftrag hierhergeschickt, Ihnen diese Tatsache mitzuteilen und nach Trantor zu gehen, wo wir mit größter Wahrscheinlichkeit Hinweise auf sein Versteck finden können. Sobald es uns bekannt ist . . .«

»Ja, ja . . . Er muß gefunden werden . . .« Der alte Kaiser stakste hinüber zur Wand und berührte mit zittrigen Fingern eine kleine Photozelle. »Meine Diener kommen nicht«, murmelte er nach einer kurzen Pause. »Ich kann nicht auf sie warten.«

Er kritzelte ein paar Worte auf ein Blatt Papier, unter die er ein verschnörkeltes »D« setzte. »Gilmer wird bald erfahren, wie mächtig sein Kaiser ist«, sagte er. »Woher kamen Sie doch noch gleich? Von Anacreon? Wie sieht die Lage dort aus? Hat der Name des Kaisers dort noch Macht und Einfluß?«

Bayta nahm ihm das Blatt ab. »Das Volk dort liebt Eure Majestät. Und jeder weiß, wie sehr Sie das Volk lieben.«

»Ich werde mein Volk auf Anacreon einmal besuchen, aber meine Ärzte sagen . . . mir fällt nicht mehr ein, was sie sagen, aber . . .« Er blickte auf, und in seine Augen trat ein gespannter Ausdruck. »Sagten Sie gerade etwas von Gilmer?«

»Nein, Eure Kaiserliche Majestät.«

»Er muß aufgehalten werden. Gehen Sie zurück zu Ihrem Volk und sagen Sie es ihm. Trantor wird nicht untergehen! Mein Vater führt im Augenblick die Flotte an, und dieser Rebell Gilmer soll mit seiner Brut im Raum erfrieren.«

Er stolperte zu einem Sessel und ließ sich müde hineinfallen. Sein Blick war wieder ausdruckslos. »Was sagte ich noch gerade?«

Toran stand auf und verbeugte sich tief. »Sie sind sehr freundlich gewesen, Eure Majestät, aber leider ist nun die Zeit, die man uns für eine Audienz zugestanden hat, um.«

Einen Moment lang sah Dagobert IX. wie ein richtiger Kaiser aus, als er sich erhob und stocksteif dastand, während seine Besucher rückwärts den Raum verließen –

– genau in die Arme von zwanzig bewaffneten Männern, die sie sofort umringten.

Eine Waffe blitzte auf –

Bayta kam zwar nur langsam, aber ohne das Gefühl des »Wo bin ich?« wieder zu sich. Sie erinnerte sich noch genau an den alten Mann, der sich Kaiser nannte, und an die anderen Männer, die draußen auf sie gewartet hatten. Das leichte Brennen in den Fingergelenken verriet ihr, daß man mit einer Betäuberpistole auf sie geschossen hatte.

Sie hielt die Augen geschlossen und lauschte mit fast schmerzhafter Konzentration auf die Stimmen um sie herum.

Es waren zwei Männer. Der eine sprach langsam und vorsichtig, und in dem servilen Ton, den er nach außen hin anschlug, schwang eine gewisse Schläue mit. Die Stimme des anderen war heiser und träge, aber dann wieder hektisch. Bayta gefiel keine von beiden.

Im Augenblick redete der Mann mit der trägen, schweren Stimme.

Bayta bekam noch die letzten Worte mit. »Er wird noch ewig leben, dieser alte Irre. Ich bin es langsam leid. Er regt mich auf. Ich will endlich mein Ziel erreichen. Schließlich bin ich nicht mehr der Jüngste.«

»Sehen wir uns doch zuerst einmal an, inwiefern uns diese Leute hier nützen können, Hoheit. Vielleicht könnten sie uns helfen, Ihre Pläne in die Tat umzusetzen.«

Die Antwort des Mannes mit der schweren Stimme war so leise, daß Bayta nur die beiden Worte »– das Mädchen –« verstand. Der Mann mit der vorsichtigen Stimme kicherte und erwiderte dann vertraulich: »Sie werden einfach nicht älter, Dagobert. Sie sind immer noch wie zwanzig.«

Sie lachten beide, und Bayta spürte, wie sich ein Klumpen in ihrem Magen bildete. Dagobert – Hoheit – Der alte Kaiser hatte doch einen eigensinnigen Sohn erwähnt, und Bayta wagte ihren Ohren nicht zu trauen. So etwas durfte es in Wirklichkeit doch gar nicht geben!

Toran unterbrach sie in ihren Gedanken. Er schien ebenfalls wieder aufgewacht zu sein und stieß einen lauten Fluch aus.

Bayta schlug die Augen auf. Torans Blick ruhte auf ihr, und sie sah, daß er jetzt erleichtert aufatmete. »Dieser Überfall wird noch ein Nachspiel haben. Lassen Sie uns auf der Stelle frei! Ich werde es dem Kaiser melden!«

Bayta fiel jetzt erst auf, daß sie durch ein starkes Attraktionsfeld mit Händen und Füßen an die Wand gefesselt war.

Der mit der schweren Stimme stellte sich vor Toran. Es war ein dicker Mann mit einem feisten Gesicht und schütterem Haar. An seinem spitzen Hut steckte eine Feder, und der Saum seiner Jacke war mit silbrigem Metallschaum verziert. »Der Kaiser?« wiederholte er sichtlich belustigt. »Dieser arme alte Irre?«

»Ich habe einen von ihm persönlich ausgestellten Paß bei mir. Kein Untertan darf uns festhalten.«

»Aber ich bin kein Untertan, du Raumwanze. Ich bin der Regent und Kronprinz und verlange, als solcher angeredet zu werden. Und was meinen armen idiotischen Vater betrifft, freut er sich, hin und wieder Besucher zu sehen. Wir lassen ihm den Spaß. Dann träumt er wieder von seinem alten Imperium. Im übrigen hat die Tatsache, daß Sie bei ihm waren, keine Bedeutung.«

Plötzlich stand er vor Bayta, die verächtlich zu ihm aufblickte. Er beugte sich so nah zu ihr herunter, daß sie seinen Pfefferminzatem roch.

»Ihre Augen gefallen mir, Commason«, stellte er fest. »Wenn sie sie offen hat, sieht sie sogar noch hübscher aus. Wirklich nicht übel. Es reizt den Appetit, ab und an einmal etwas Exotisches auf den Tisch zu bekommen, nicht wahr?«

Toran bäumte sich vergeblich in seinen Fesseln auf. Der Kronprinz ignorierte seine Anstrengungen und widmete sich statt dessen intensiver der jungen Frau. Bayta spürte, wie seine Finger über ihren Körper tasteten. Ebling Mis war immer noch bewußtlos, und sein Kopf hing auf seine Brust herunter, während Magnifico, wie Bayta etwas überrascht bemerkte, schon einige Minuten wach zu sein schien, denn er hatte die Augen weit geöffnet und sah die junge Frau aus braunen Augen aufmerksam an.

»Er hat meinen Visi-Sonor«, jammerte er und deutete mit dem Kinn auf den Kronprinzen.

Beim Klang der neuen Stimme wandte sich der Kronprinz um. »Das Ding ist also dir, du Ungeheuer?« Er streifte sich das Instrument mit dem grünen Halteband von der Schulter. Bayta hatte nicht bemerkt, daß er es bei sich trug.

Er fuhr ungeschickt über die Tasten, bekam aber keinen Ton heraus. »Kannst du auf dem Ding spielen, Ungeheuer?« fragte er.

Magnifico nickte.

»Sie haben ein Schiff der Stiftung geplündert«, meldete sich Toran plötzlich zu Wort. »Auch wenn es der Kaiser nicht kann, die Stiftung wird dieses Vergehen rächen.«

Es war der andere, Commason, der Toran antwortete. »*Welche* Stiftung? Oder ist der Muli nicht mehr der Muli?«

Toran schwieg, und der Prinz entblößte grinsend seine großen, unregelmäßigen Zähne. Die Fesseln des Clowns wurden gelöst, und man zerrte ihn unsanft auf die Füße. Dann bekam er den Visi-Sonor in die Hände gedrückt.

»Spiel für uns, Ungeheuer«, forderte ihn der Prinz auf. »Spiel uns ein Lied über Liebe und Schönheit für unsere fremde Lady hier. Zeig ihr, daß das Gefängnis meines Vaters kein Palast ist, aber daß ich sie in einen mitnehmen kann, wo sie in Rosenwasser baden kann – und wo sie erfährt, wie es ist, von einem Prinz geliebt zu werden. Sing von der Liebe eines Prinzen, Ungeheuer.«

Er legte ein Bein über einen Marmortisch und ließ den Fuß herunterhängen, wobei er Bayta mit einem lüsternen Blick bedachte, bei dem es ihr eiskalt den Rücken herunterlief. Wieder versuchte Toran vergeblich, sich aus dem Attraktionsfeld zu befreien. Auch Ebling rührte sich langsam und begann zu stöhnen.

»Meine Finger sind steif . . .« japste Magnifico.

»Spiel, Ungeheuer!« brüllte der Prinz, und auf eine Handbewegung hin verdunkelte Commason die Beleuchtung, während der Prinz die Arme vor der Brust verschränkte und spielte.

Magnificos Finger fuhren in raschen Folgen über die Tasten des

Instrumentes, und ein greller, glitzernder Regenbogen spannte sich durch den Raum. Ein leiser, weicher Ton erklang – ein schluchzendes Pulsieren. Es steigerte sich zu einem traurigen Lachen, durch das sich ein Geräusch wie dumpfe Glockenschläge in den Vordergrund drängte.

Die Dunkelheit schien intensiver und greifbar zu werden. Musik erreichte Bayta, gedämpft durch unsichtbare Decken. Wie eine einzelne Kerze, die auf dem Boden eines tiefen Brunnens brennt, drang helles Licht aus der Dunkelheit.

Automatisch strengte sie ihre Augen an. Das Licht wurde heller, blieb aber verwischt. Es bewegte sich verschwommen, in einem Chaos von Farben, während die Musik plötzlich blechern und böse wurde – sie steigerte sich zu einem schrillen Crescendo. Das Licht flackerte und paßte sich in der Bewegung dem raschen Rhythmus der Musik an. Irgend etwas wand sich im Licht. Etwas mit schrecklichen Schuppen aus Metall, das sich wand und seinen Rachen aufriß. Und die Musik wand und fauchte mit ihm im Einklang.

Bayta merkte, wie sie unwillkürlich gegen eine eigenartige Empfindung ankämpfte, und stieß im Geiste einen leisen Schrei aus. Es war fast wie damals in der Zeitgruft, wie kurz vor ihrer Flucht von Haven. Da war wieder jenes entsetzliche Netz aus Verzweiflung und Entsetzen, das sich um einen legte. Sie zuckte unter seinem Druck zusammen.

Die Musik bestand nur noch aus schrägen Dissonanzen und gräßlichem Lachen, und das nackte Entsetzen, das sich am Ende eines verkehrt gehaltenen Fernrohrs in dem kleinen Lichtkreis wand, verschwand, als sich Bayta verzweifelt abwandte. Ihre Stirn war kalt und schweißnaß.

Irgendwann verklang die Musik. Sie mochte sicher fünfzehn Minuten gedauert haben, und Bayta fühlte die Erleichterung, als es plötzlich still war. Es wurde hell, und dann beugte sich Magnifico mit schweißbedecktem Gesicht und großen, kummervollen Augen über sie.

»Mylady«, keuchte er. »wie geht es Ihnen?«

»Soweit ganz gut«, flüsterte sie, »aber warum hast du nur so etwas gespielt?«

Jetzt sah sie auch die übrigen Anwesenden. Toran und Mis hingen noch immer hilflos in ihren Fesseln, aber ihre Aufmerksamkeit wurde von der Gestalt des Prinzen angezogen, der leblos vor dem Tisch lag. Commason krümmte sich ebenfalls am Boden, hatte den Mund weit aufgerissen und stöhnte laut.

Als Magnifico einen Schritt auf ihn zu ging, zuckte er zurück und begann, wie irre zu schreien.

Magnifico wandte sich ab und befreite die anderen.

Sobald Toran los war, schnappte er sich den Großgrundbesitzer. »Sie kommen mit uns«, zischte er. »Wir brauchen Sie noch – damit wir sicher zu unserem Schiff kommen.«

Zwei Stunden später servierte Bayta in der Schiffsküche einen großen, selbstgebackenen Kuchen, und Magnifico feierte die Rückkehr in den Raum auf seine Art, indem er alle Tischmanieren großzügig übersah.

»Schmeckt's dir, Magnifico?«

»Hmmm – mmmh!«

»Magnifico?«

»Ja, Mylady?«

»Was war das da eigentlich, was du vorhin gespielt hast?«

Der Clown wand sich. »Ich . . . ich möchte es lieber nicht sagen. Ich habe es früher einmal gelernt. Der Visi-Sonor kann eine starke Wirkung auf das menschliche Nervensystem haben. Es war jedenfalls etwas Böses, und nichts für eine unschuldige Dame wie Sie, Mylady.«

»Oh, komm schon, Magnifico. So unschuldig bin ich auch wieder nicht. Du bist ein alter Schmeichler. Habe ich auch das gesehen, was *sie* gesehen haben?«

»Ich hoffe nicht. Ich habe es nur für sie gespielt. Wenn Sie etwas gesehen haben, dann war es nur eine Ahnung – ein Sehen aus der Entfernung.«

»Aber das hat mir schon gereicht. Weißt du, daß du den Preinzen mit deinem Spiel bewußtlos gemacht hast?«

»Ich habe ihn *getötet*«, erwiderte Magnifico durch zusammengebissene Zähne.

»Was?« Bayta schluckte.

»Er war tot, als ich aufgehört habe, sonst hätte ich noch weitergesielt. Auf Commason habe ich nicht geachtet; von ihm drohte nur Tod oder Folter. Aber der Prinz, Mylady, hat Sie mit lüsternen Augen angeschaut . . .« Halb entrüstet und halb verlegen brach er ab.

Bayta fühlte, wie merkwürdige Gedanken sich ihrer zu bemächtigen drohten, und schüttelte sie energisch ab. »Du bist ein wirklicher Ritter, Magnifico«, sagte sie anerkennend.

»Oh, Mylady.« Magnifico beugte sich errötend tiefer über seinen Kuchen, ohne jedoch weiter zu essen.

Ebling Mis sah aus dem Bullauge. Trantor war jetzt nicht mehr weit – sie konnten bereits mit dem bloßen Auge das Funkeln des Metalls erkennen. Toran stand neben ihm.

»Wir sind umsonst hergekommen, Ebling«, sagte er bitter. »Der Mann des Muli ist uns einen Schritt voraus.«

Ebling Mis fuhr sich mit der Hand über die Stirn und murmelte etwas Unverständliches.

»Diese Leute wissen, daß die Stiftung gefallen ist«, brummte Toran gereizt. »Ich sage Ihnen . . .«

»Was?« Mis blickte verwirrt auf. Dann legte er die Hand beruhigend auf Torans Arm und begann zusammenhanglos: »Toran, ich . . . ich muß immer auf Trantor sehen. Wissen Sie . . . ich habe da so ein merkwürdiges Gefühl . . . es ist schon die ganze Zeit da, seit wir auf Neotrantor gelandet sind. Es ist wie ein innerer Drang, der mich vorwärtsstößt. Ich kann es schaffen, Toran; ich weiß, daß ich es schaffen kann. Plötzlich sehe ich alles viel klarer, so klar, wie ich es noch nie gesehen habe.«

Toran sah ihn an und zuckte die Achseln. Mis' Worte konnten ihn nicht überzeugen.

»Mis« fragte er zögernd.

»Ja?«

»Haben Sie nicht das Schiff gesehen, das auf Neotrantor gelandet ist, gerade als wir gestartet sind?«

Mis überlegte kurz und schüttelte dann den Kopf.» Nein.«

»Aber ich habe es gesehen. Vielleicht bilde ich es mir auch nur ein, aber ich meine, es wäre dieses filianische Schiff gewesen.«

»Das mit Captain Han Pritcher an Bord?«

»Das mit Galaxis weiß wer wem an Bord. Wir wissen nur, was Magnifico gesagt hat – Ich glaube, es ist uns gefolgt, Mis.«

Mis erwiderte nichts.

»Stimmt etwas nicht mit Ihnen?« fragte Toran erstaunt. »Fühlen Sie sich nicht gut?«

Mis starrte mit leuchtenden Augen, in denen ein nachdenklicher und merkwürdiger Ausdruck lag, weiter aus dem Bullauge. Er gab keine Antwort.

23

Die Ruinen von Trantor

Die Lokalisation eines bestimmten Objekts auf der großen Welt Trantor stellt ein einzigartiges Problem in der Galaxis dar. Es gibt weder Kontinente noch Ozeane, nach denen man sich aus einer Entfernung von tausend Meilen im Raum orientieren könnte, keine Flüsse, Seen und Inseln.

Die metallbedeckte Welt war einmal eine einzige riesige Stadt gewesen – und war es übrigens immer noch –, und nur der alte Kaiserpalast ließ sich aus dem Raum von einem Fremden leicht identifizieren. Die *Bayta* befand sich auf einer niedrigen Umlaufbahn über den Planeten und suchte verzweifelt seine Oberfläche ab.

Von den Polarregionen, wo die Metalltürme eisverkrustet waren, weil die Wetter-Konditionierer offensichtlich nicht mehr richtig funktionierten, arbeiteten sie sich nach Süden vor. Hin und wieder fanden sie tatsächlich Übereinstimmungen zwischen dem, was sie sahen, und dem, was auf ihren Karten eingezeichnet war, die sie auf Neotrantor gekauft hatten – oder glaubten sie zumindest zu sehen.

Aber ihr Ziel war unverwechselbar, als sie es schließlich erreicht hatten. Die Lücke in der Metalloberfläche des Planeten war fünfzig Meilen breit, und über Hunderte von Quadratmeilen erstreckte sich das für diese Welt fremde Grün der Pflanzen.

Die *Bayta* schwebte in der Luft und orientierte sich langsam. Die einzige Hilfe dabei stellten die gewaltigen Fußdämme dar, die auf der Karte als lange gerade Pfeile eingezeichnet waren und da unter ihnen als glatte, schimmernde Bänder lagen.

Den in der Karte als Universitätsgelände ausgegebenen Bezirk fanden sie nach blinden Schätzungen, und endlich senkte sich das Schiff auf das flache Gelände, das früher einmal das Landefeld für die vielen ankommenden Boote gewesen sein mußte.

Als sie dann in die Metallwelt eindrangen, mußten sie erkennen, daß die Schönheit der Metallstadt, wie man sie aus der Luft sah, hier unten völlig verschwand. Nur allzu deutlich waren die häßlichen Spuren der Plünderung zu erkennen. Türme waren abgerissen, glatte Wände verzerrt und zerfetzt, und einmal bekamen die Neuankömmlinge einen flüchtigen Eindruck von rauchgeschwärzter, aufgerissener Erde.

Lee Senter beobachtete, wie das Schiff vorsichtig zur Landung ansetzte. Es war ein fremdes Schiff, nicht von Neotrantor, und er seufzte leise. Fremde Schiffe und die Ankunft von Bewohnern der Außenplaneten konnten das Ende der friedlichen Tage und die Rückkehr zu jenen rühmlichen Zeiten des Todes und Kampfes bedeuten. Senter war der Führer der Gruppe; ihm oblag die Aufsicht über die alten Bücher, und er hatte viel von jenen alten Zeiten gelesen. Genug, daß er wußte, daß er sie nicht zurückhaben wollte.

Es dauerte vielleicht zehn Minuten, bis das Schiff endlich auf der flachen Landefläche aufgesetzt hatte, und während dieser Zeit wanderten Senters Gedanken zurück in die Vergangenheit. Da war zuerst die große Farm, auf der er seine Kindheit verbracht hatte – eine Erinnerung, die nur noch vage und verschwommen wie eine hastende Menschenmenge war. Dann die Aussiedelung der Familien auf neues Land. Damals war er zehn gewesen, ein verstörtes, ängstliches Einzelkind.

Und dann die neuen Gebäude; die Metalloberfläche wurde aufgerissen, der nackte Boden umgepflügt und gedüngt; angrenzende Bauten mußten niedergerissen und eingeebnet werden, andere verwandelte man in Unterkünfte für die Leute.

Getreide wurde gesät und geerntet, man pflegte freundliche Verbindungen mit Nachbarfarmen . . .

Alles wuchs und blühte unter der friedlichen Selbstherrschaft. Eine neue Generation landverbundener Jugendlicher wurde geboren. Und dann kam der große Tag, als man ihn zum Führer der Gruppe wählte, und zum erstenmal seit seinem achtzehnten Geburtstag rasierte er sich nicht und sah die ersten Stoppeln seines späteren Vollbarts sprießen.

Aber jetzt sah es so aus, als würde die Galaxis in ihre friedliche Isolation eindringen und dem ruhigen Leben ein Ende machen.

Das Schiff war endlich gelandet, und schweigend sah Senter zu, wie die Ausstiegsluke geöffnet wurde. Vier Personen erschienen, die sich vorsichtig nach allen Seiten umblickten. Es waren drei sehr verschiedene Männer, ein alter, ein junger und einer, der ein bißchen an eine Vogelscheuche erinnerte. Den Schluß bildete eine Frau, die in der kleinen Gruppe genau wie ein Mann daherschritt. Senter nahm die Hand von seinem Bart und ging den Neuankömmlingen entgegen.

Er streckte ihnen beide Hände mit den harten, schwieligen Handflächen nach oben entgegen – das Zeichen des Friedens, das jeder kannte.

Der junge Mann kam auf ihn zu und erwiderte die freundschaftliche Geste. »Ich komme in friedlicher Absicht.«

Er sprach mit einem fremden Akzent, aber Senter konnte verstehen, was der andere sagte, und nickte freundlich. »Dann sei gegrüßt, Fremder. Die Gruppe heißt Sie willkommen. Haben Sie Hunger? Sie sollen zu essen bekommen. Haben Sie Durst? Wir werden Ihnen zu trinken geben.«

»Wir danken für Ihre Freundlichkeit und werden die Gruppe lobend erwähnen, wenn wir auf unsere Welt zurückkehren.«

Eine merkwürdige Antwort, aber Senter war mit ihr zufrieden. Hinter ihm lächelten jetzt auch die anderen Angehörigen der Gruppe, und aus den umliegenden Gebäuden tauchten die Frauen auf.

In seinem eigenen Quartier holte er die Spiegeldose aus ihrem Versteck und bot jedem Gast eine der langen, dicken Zigarren an, die nur besonderen Gelegenheiten vorbehalten waren. Vor der Frau, die wie selbstverständlich zwischen den Männern Platz genommen hatte, zögerte er. Die Fremden ließen offensichtlich eine solche Beleidigung zu – ja, sie schienen sie sogar zu erwarten. Steif hielt er ihr die Kiste hin.

Sie nahm lächelnd eine Zigarre und inhalierte genüßlich den würzigen Rauch. Lee Senters hatte bei diesem Anblick Mühe, ein aufsteigendes Gefühl der Empörung zu unterdrücken.

Die etwas gezwungene Unterhaltung vor dem Essen beschränkte sich auf das Thema der Landwirtschaft auf Trantor.

»Was ist mit Hydroponik?« fragte der alte Mann unvermittelt. »Für einen Planeten wie Trantor wäre diese Art des Anbaus doch sicher die beste Lösung.«

Senter schüttelte langsam den Kopf. Er fühlte sich unsicher, denn sein Wissen über solche Methoden stammte einzig aus den Lehrbüchern, die er gelesen hatte. »Künstlicher Anbau mit Hilfe der Chemie, wenn ich mich recht erinnere, nicht wahr? Nein, nicht auf Trantor. Dieser hydroponische Anbau erfordert eine gut entwickelte Industrie – zum Beispiel eine blühende chemische Industrie. Und in Kriegszeiten oder bei einer Katastrophe, wenn die Industrie zusammenbricht, müssen die Leute verhungern. Außerdem kann man nicht sämtliche Nahrungsmittel künstlich anbauen, weil einige dabei ihren Nährwert verlieren. Die nackte Erde ist immer noch billiger und besser – und viel zuverlässiger.«

»Ist Ihre Lebensmittelversorgung denn ausreichend?«

»Ausreichend, ja – wenn auch vielleicht ein wenig eintönig. Wir halten Hühner, die Eier legen, haben Milchvieh für unsere Molkereiprodukte – nur unser Fleisch beziehen wir in erster Linie über unseren Außenhandel.«

»Handel?« Der junge Mann zeigte plötzlich Interesse. »Sie handeln also. Was exportieren Sie?«

»Metall«, antwortete Senter knapp. »Sehen Sie sich nur um. Wir haben einen unerschöpflichen Vorrat an bereits verarbeitetem Metall. Sie kommen mit Schiffen von Neotrantor, demontieren ein ihnen zugewiesenes Gebiet – wodurch sie unser Ackerland erweitern – und lassen uns dafür Fleisch, Obstkonserven, Nahrungsmittelkonzentrate, Farmmaschinen und ähnliche Dinge hier. Dafür bekommen sie das Metall, und beide Seiten profitieren von dem Geschäft.«

Sie aßen Brot und Käse, wozu ein Gemüseeintopf serviert wurde, der ausgezeichnet schmeckte. Erst über dem Dessert aus kandierten Früchten, dem einzigen importierten Gericht bei diesem Essen, kamen die Fremden auf den eigentlichen Grund ihres Besuchs zu sprechen. Der junge Mann breitete eine Karte von Trantor vor ihnen aus.

Lee Senter studierte sie in Ruhe. Er hörte zu – und erwiderte ernst: »Das Universitätsgelände ist ein statisches Gebiet. Wir Farmer bauen dort nichts an, und wir betreten es auch möglichst nicht. Es ist eins der wenigen Relikte aus einer anderen Zeit, das wir nicht antasten.«

»Wir sind auf der Suche nach Wissen. Wir würden nichts durcheinanderbringen. Unser Schiff mag Ihnen als Bürge dienen.« Es war der alte Mann, der diesen Vorschlag erregt ausgesprochen hatte.

»Dann werde ich Sie dort hinbringen«, nickte Senter.

In dieser Nacht, als die Fremden schliefen, schickte Lee Senter eine Botschaft nach Neotrantor.

24

Der Bekehrte

Der dünne Strom des Lebens auf Trantor erstarb, als sie das weitläufige Universitätsgelände betraten. Feierliche Stille lag über dem ganzen Gebiet.

Die Fremden von der Stiftung wußten nichts von jenen Tagen der blutigen Plünderung, die nur vor der Universität haltgemacht hatte. Sie wußten nichts von jener Zeit nach dem Verfall der Imperialen Macht, als sich die blassen Studenten mit geliehenen Waffen mutig zu einer Freiwilligenarmee zusammengeschlossen hatten, um das größte Heiligtum der Wissenschaft zu verteidigen. Sie wußten nichts von dem Siebentägigen Kampf und dem anschließenden Waffenstillstand, der die Universität vor dem Zugriff der Plünderer bewahrt hatte, während überall sonst auf Trantor, selbst im Kaiserpalast, die Schritte von Gilmer und seinen Soldaten widerhallten, die für kurze Zeit die Herrschaft über Trantor übernommen hatten.

Die vier Neuankömmlinge erkannten nur, daß die Universität in einer Welt, in der das Alte verfallen war und emsige Hände nun Neues schafften, ein stilles und erhabenes Museumsstück war, das von der Größe vergangener Tage zeugte.

In gewissem Sinn waren sie Eindringlinge, die die Stille, die über dem Ort hing, störten. Es schien, als ginge ein protestierendes Raunen durch die Luft.

Die Bibliothek war nach oben hin nur ein kleines Gebäude, aber sie erstreckte sich weit in unterirdische Tiefen. Ebling Mis blieb vor dem Empfangszimmer stehen.

»Ich glaube, die Katalogräume sind ein Stück zurück. Ich werde hierbleiben.« Er hatte geflüstert, denn in dieser Atmosphäre sprach man unwillkürliche leise.

Er hatte die Stirn gerunzelt, und seine Hände zitterten. »Ich muß in Ruhe arbeiten können, Toran. Bringen Sie mir bitte die Mahlzeiten hier herunter, ja?«

»Natürlich. Wir werden Ihnen helfen, so gut wir können. Sollen wir unter Ihrer Führung mitarbeiten . . .«

»Nein. Ich muß allein sein . . .«

»Glauben Sie, das Sie alles finden werden, was Sie suchen?«

»Ich weiß es!« erwiderte Ebling Mis überzeugt.

Während der Zeit ihres Aufenthalts auf Trantor kamen Toran und Bayta dem, was man einen »geregelten Haushalt« nennt, näher als irgendwann in ihrer nun einjährigen Ehe. Es war allerdings ein recht seltsamer »Haushalt«, denn sie lebten zwar umgeben von verblichener Pracht, aber im Grunde sehr einfach. Sie bezogen die Lebensmittel, die sie brauchten, hauptsächlich von Lee Senters Farm und bezahlten dafür mit kleinen Atomgeräten, die zum Bestand eines jeden Händlerschiffs gehörten.

Magnifico lernte, mit den Projektoren im Lesesaal der Bibliothek umzugehen, und saß so begeistert über Abenteuerromanen und Liebesgeschichten, daß er darüber fast das Essen und Schlafen vergaß.

Ebling Mis ging es ähnlich. Er hatte sich völlig in seine Arbeit vergraben und sich ein Bett im Psychologie-Nachschlageraum aufstellen lassen. Sein Gesicht wurde hager und blaß. Seine Stimme hatte ihre Kraft verloren, und seine Flüche, die man sonst bei jeder Gelegenheit von ihm gehört hatte, blieben aus. Manchmal schien er sogar Mühe zu haben, Toran oder Bayta zu erkennen.

Nur Magnificos Gesellschaft störte ihn nicht. Der Clown brachte ihm seine Mahlzeiten und saß oft stundenlang da und sah stumm und fasziniert zu, wie der alternde Psychologe endlose Gleichungen übertrug, immer wieder rechnete und berechnete und zahllose Seiten im Hinblick auf ein Ziel vollkritzelte, das nur er sah.

Toran kam in das abgedunkelte Zimmer herein.

»Bayta!« sagte er scharf.

»Ja?« Bayta sah ihn schuldbewußt an. »Suchst du mich, Torie?«

»Natürlich. Wen denn sonst. Warum um alles in der Galaxis hockst du hier? Seit wir auf Trantor sind, hast du dich irgendwie verändert. Was ist los?«

»Oh Torie, hör auf«, erwiderte sie müde.

»Oh Torie hör auf!« äffte er ihr ungeduldig nach. Seine Stimme wurde weich. »Willst du mir nicht sagen, was mit dir los ist, Bay? Du hast doch etwas.«

»Nein! Es ist nichts, Torie. Du machst mich verrückt mit deiner ewigen Bohrerei. Ich – ich denke nur nach.«

»Du denkst nach? Worüber?«

»Über nichts. Schön, über den Muli, über die Stiftung, über Haven und all das. Über Ebling Mis und ob er etwas über die Zweite Stiftung herausfinden wird, und wenn ja, ob es uns weiterhelfen kann – und über zig andere Dinge. Bist du jetzt zufrieden?« Sie klang erregt.

»Wenn du also nur vor dich hin brütest, würde es dir dann etwas ausmachen, damit aufzuhören? Es ist nicht gerade angenehm für mich und nützt uns auch nichts.«

Bayta stand auf und lächelte schwach. »Also schön. Ich bin glücklich. Siehst du, wie ich mich freue und wie lustig ich bin?«

Irgendwo draußen stieß Magnifico plötzlich einen überraschten Schrei aus. »Mylady . . .«

»Was ist? Komm . . .«

Bayta brach abrupt ab, als in der Tür eine große Gestalt mit harten Zügen auftauchte –

»Pritcher!« rief Toran.

Bayta riß die Augen auf. »Captain! Wie haben Sie uns gefunden?«

Han Pritcher kam näher. Seine Stimme war ruhig und ausdruckslos, als er antwortete: »Ich bin jetzt Colonel – unter dem Muli.«

»Unter dem . . Muli!« echote Toran tonlos. Die drei standen da wie ein Tableau.

Magnifico kam aufgeregt herein und versteckte sich ängstlich hinter Toran, aber niemand schenkte ihm Beachtung.

»Wollen Sie uns festnehmen?« fragte Bayta, deren Hände so stark zitterten, daß sie sie ineinander verschränkte. »Sind Sie jetzt wirklich auf der anderen Seite?«

»Ich bin nicht hier, um Sie festzunehmen«, entgegnete der Colonel rasch. »In meinen Anweisungen ist nichts von Ihnen erwähnt. Was Sie betrifft, habe ich keinerlei Verpflichtungen dem Muli gegenüber, und ich wollte Ihnen aus alter Freundschaft helfen, wenn Sie es zulassen.«

Toran konnte sich nur mühsam beherrschen. »Wie haben Sie uns gefunden? Sie waren also doch auf dem filianischen Schiff? Sind Sie uns gefolgt?«

»Ja, ich war tatsächlich auf dem filianischen Schiff«, nickte Pritcher, und in seinen sonst steinernen Zügen war eine Spur von Verwirrung zu lesen. »Aber ich habe Sie eigentlich nur . . . nun . . . zufällig getroffen.«

»Ein Zufall, der mathematisch unmöglich ist.«

»Nein. Nur unwahrscheinlich, aber nicht unmöglich, also werden Sie meine Behauptung gelten lassen müssen. Auf jeden Fall haben Sie vor den Filianern – wobei ich erwähnen möchte, daß es natürlich kein solches Volk gibt – ausgesagt, Sie seien auf dem Weg zum Trantor-Sektor, und da der Muli bereits Kontakte auf Neotrantor geknüpft hat, wäre es nicht schwer gewesen, Sie dort verhaften zu lassen. Leider sind Sie dann wieder abgeflogen, bevor ich dort eintraf, wenn es sich auch nur um wenige Stunden gehandelt hat. Ich hatte jedenfalls noch genug Zeit, die Farmen auf Trantor zu informieren, daß man mich von Ihrer Ankunft benachrichtigen sollte. Das hat man getan, und nun bin ich hier. Darf ich mich setzen? Glauben Sie mir, ich komme in freundschaftlicher Absicht.«

Er nahm Platz, während Toran den Kopf senkte und verzweifelt nachdachte. Bayta machte sich wie betäubt daran, den Tee zuzubereiten.

Schließlich sah Toran ruckartig auf. »Nun, worauf warten Sie – *Colonel*? Wie sieht Ihre freundschaftliche Absicht aus? Wenn Sie uns nicht verhaften wollen, was haben Sie dann mit uns vor? Wollen Sie uns vielleicht nur in Schutzhaft nehmen? Los, rufen Sie schon Ihre Männer herein und geben Sie Ihre Befehle.«

Pritcher schüttelte geduldig den Kopf. »Nein, Toran. Ich bin aus eigenem Antrieb gekommen, um mit Ihnen zu reden. Ich möchte Sie von der Sinnlosigkeit Ihres Unternehmens überzeugen. Und wenn mir das nicht gelingt, dann gehe ich wieder. Das ist alles.«

»Das ist also alles? Dann sehen Sie zu, daß Sie Ihre Argumente so schnell wie möglich loswerden, und verschwinden Sie dann. Ich will keinen Tee, Bayta.«

Pritcher nahm dankend eine Tasse entgegen. Während er trank, sah er Toran fest an. »Der Muli ist wirklich ein Mutant«, erklärte er dann, »und seine besondere Fähigkeit macht ihn unbesiegbar . . .«

»Wieso? Was für eine Fähigkeit ist das denn?« fragte Toran spöttisch. »Aber das dürfen Sie uns sicher nicht verraten.«

»Doch. Sie können es ruhig wissen. Sehen Sie – er besitzt die Fähigkeit, das emotionale Gleichgewicht der Menschen beeinflussen zu können. Es mag nicht großartig klingen, aber es macht ihn unbesiegbar.«

»Das emotionale Gleichgewicht?« mischte sich Bayta ein. Sie runzelte die Stirn. »Könnten Sie das etwas näher erklären? Ich verstehe nicht, was Sie meinen.«

»Ich will damit sagen, daß es ein leichtes für ihn ist, einem fähigen General zum Beispiel das Gefühl bedingungsloser Loyalität dem Muli gegenüber und den festen Glauben an den Sieg des Muli einzugeben. Seine Generäle stehen unter emotionaler Kontrolle. Sie können ihn nicht hintergehen und werden nicht unsicher – und diese Kontrolle ist permanent. Seine erbittertsten Feinde macht er zu bedingungslos loyalen Untergebenen. Der Kriegsherr von Kalgan hat erst seinen Planeten aufgegeben und ist dann Vizekönig auf der Stiftung geworden.«

»Und Sie«, unterbrach ihn Bayta bitter, »begehen Verrat an unserer Sache und werden als Gesandter des Muli nach Trantor geschickt. Ich verstehe!«

»Moment. Ich bin noch nicht fertig. Die Fähigkeit des Muli wirkt auch noch anders. Verzweiflung ist ebenfalls eine Emotion! Im entscheidenden Augenblick verzweifelten die Schlüsselleute auf der Stiftung wie auch auf Haven. Ihre Welten fielen ohne großen Widerstand.«

»Wollen Sie damit sagen«, fragte Bayta gespannt, »daß dieses Gefühl, das ich damals in der Zeitgruft hatte, auf dem emotionalen Einfluß des Muli beruhte?«

»Ja. Wir alle haben es gespürt. Können Sie sich noch daran erinnern, wie es am Ende auf Haven war?«

Bayta wandte sich ab.

»Und wie es mit Planeten funktioniert, so funktioniert es auch mit einzelnen Menschen«, fuhr der Colonel ernst fort. »Der Muli kann frei nach Belieben diese Fähigkeit einsetzen, die aus einem einen treuen Diener macht, wenn er es will.«

»Und das soll ich glauben?« brummte Toran mißtrauisch.

»Wie sonst läßt sich erklären, daß sich die Stiftung und auch Haven ergeben haben? Und wie sonst läßt sich – meine Bekehrung erklären? Denken Sie doch nach, Mann! Was haben Sie oder ich in all der Zeit gegen den Muli ausrichten können? Nichts haben wir erreicht!«

Toran fühlte sich herausgefordert. »Doch, ich ja!« Mit einem eigenartigen Gefühl der Genugtuung rief er aus: »Sie sagten, Ihr toller Muli hätte Kontakte auf Trantor, ja? Und Sie hätten uns leicht verhaften lassen können? Diese Kontakte können Sie vergessen. Wir haben den Kronprinzen getötet, und der andere ist nur noch ein wimmernder Idiot. Und der Muli hat es nicht geschafft, uns festzuhalten.«

»Sie irren sich. Die beiden gehörten nicht zu uns. Der Kronprinz war ein dummer Säufer, und der andere, dieser Commason, unglaublich beschränkt. Er mochte zwar eine einflußreiche Position auf seinem Planeten einnehmen, aber im Grunde war er einfach böse und gemein und völlig unfähig. Wir hatten genau genommen überhaupt nichts mit ihnen zu tun. Sie dienten eigentlich eher als Tarnung . . .«

»Aber sie wollten uns doch festhalten, oder haben es jedenfalls versucht.«

»Auch in diesem Punkt irren Sie sich. Commason hatte einen Leibeigenen – ein Mann namens Inchney. Sie festzuhalten, das war *seine* Aufgabe. Er ist zwar alt, aber für unsere Zwecke noch sehr nützlich. Sehen Sie, ihn hätten Sie nie getötet.«

Bayta fuhr herum. Die Teetasse stand noch unberührt vor ihr. »Aber Sie geben doch selbst zu, daß der Muli an Ihren Emotionen herummanipuliert hat. Sie sind ein Untergebener des Muli und glauben an ihn, aber nicht aus freiem Willen, sondern weil Ihnen dieser Glauben eingeimpft worden ist. Welchen Wert sollten wir Ihren Ansichten beimessen, wenn wir genau wissen, daß Sie ja doch nicht mehr objektiv denken und urteilen können.«

Der Colonel schüttelte den Kopf. »Sie täuschen sich. Nur meine Emotionen sind kontrolliert. Mein Verstand arbeitet wie immer. Er mag vielleicht durch diese Kontrolle meiner Gefühle in eine bestimmte Richtung gedrängt werden, aber ich kann sehr wohl objektiv denken. Und seit ich von meinen früheren emotionalen Neigungen befreit bin, sehe ich vieles viel klarer.

Ich habe zum Beispiel eingesehen, daß der Plan des Muli intelligent und gut ist. Seit meiner – Bekehrung habe ich seine Karriere bis zu ihrem Anfang vor sieben Jahren zurückverfolgt. Mit seiner besonderen geistigen Fähigkeit hat er zunächst einen Kondottiere und seine Bande für sich gewinnen können. Mit ihnen – und seiner Fähigkeit – hat er dann einen Planeten erobert. Er hat solange seine Macht vergrößert, bis er sich schließlich an den Kriegsherrn von Kalgan wagen konnte. Jeder Schritt folgte logisch auf den vorhergehenden. Mit Kalgan in der Tasche verfügte er über eine erstklassige Floote, mit der – und mit seiner Fähigkeit – er die Stiftung angreifen konnte.

Die Stiftung ist der Schlüssel. Sie bildet das größte Industriegebiet der ganzen Galaxis, und nun, da er mit der Eroberung der Stiftung auch über die dazu gehörenden Atomtechniken verfügt, ist er wirklich der Herrscher über die Galaxis. Mit diesen Techniken – und mit seiner Fähigkeit – kann er die letzten Reste des Imperiums zwingen, seine Vorherrschaft anzuerkennen, und dann – nach dem Tod des alten Kaisers, der verrückt ist und nicht mehr allzu lange leben wird – *ihm* die Kaiserkrone aufzusetzen. Dann ist er auch dem Namen nach Herrscher über die Galaxis. Damit – und mit seiner Fähigkeit – wird sich ihm kein Planet der Galaxis mehr widersetzen können.

In den vergangenen sieben Jahren hat er ein neues Imperium aufgebaut. Mit anderen Worten, er hat in nur sieben Jahren das geschafft, wozu Seldons Psychohistorie noch weitere siebenhundert brauchen sollte. Endlich wird wieder Frieden und Ordnung in der Galaxis herrschen.

Und daran können auch Sie nichts ändern – genauso wenig wie Sie den Lauf eines Planeten mit bloßen Händen verändern könnten.«

Schweigen fiel über den Raum. Pritcher trank den Rest kalten Tees, der noch in seiner Tasse war, füllte sie neu und leerte sie in einem Zug. Toran kaute verzweifelt auf seinem Fingernagel, während Bayta mit kaltem, weißen Gesicht dastand.

»Sie können uns nicht überzeugen«, meinte Bayta schließlich mit unsicherer Stimme. »Wenn der Muli uns bekehren will, dann soll er selbst herkommen. Sie haben bestimmt auch bis zum letzten Moment gekämpft, oder?«

»Das habe ich«, antwortete Colonel Pritcher feierlich.

»Und wir werden es nicht anders halten.«

Colonel Pritcher erhob sich. »Dann gehe ich jetzt«, erklärte er in einem Ton, in dem etwas Endgültiges mitschwang. »Wie schon gesagt, mein jetziger Auftrag hat nichts mit Ihnen zu tun. Deshalb wird es auch nicht nötig sein, in meinem Bericht Ihre Anwesenheit hier zu erwähnen. Das ist keine besondere Gefälligkeit. Wenn der Muli Sie aufhalten will, dann hat er sicher schon andere Leute damit beauftragt, die Sie finden werden. Auch wenn ich nicht weiß, wieviel und ob es Ihnen helfen wird – ich für meinen Teil halte mich jedenfalls nur an meine persönliche Mission.«

»Danke«, antwortete Bayta schwach.

»Ach, wo ist eigentlich Magnifico? Komm, Magnifico, ich werde dir nichts tun . . .«

»Was ist mit ihm?« wollte Bayta wissen.

»Nichts. In meinen Instruktionen ist auch von ihm nicht die Rede. Ich habe zwar gehört, daß man nach ihm sucht, aber der Muli wird ihn schon finden, wenn er es für richtig hält. Ich werde jedenfalls nichts sagen. Geben Sie mir zum Abschied die Hand?«

Bayta schüttelte den Kopf, und Toran bedachte ihn mit einem verächtlichen Blick. Die eiserne Haltung des Colonels veränderte sich kaum merklich, und seine Schultern schienen ganz leicht nach vorn zu sacken. An der Tür drehte er sich noch einmal um.

»Noch etwas«, sagte er. »Glauben Sie nicht, daß ich nicht weiß, warum Sie so starrköpfig sind. Es ist bekannt, daß Sie auf der Suche nach der Zweiten Stiftung sind. Der Muli wird zu gegebener Zeit entsprechende Maßnahmen ergreifen. Nichts kann Ihnen helfen – Aber wir waren früher einmal Freunde, und irgend etwas hat mich gedrängt, Sie hier aufzusuchen. Ich habe jedenfalls getan, was ich konnte, und versucht, Ihnen zu helfen und Sie vor der Gefahr zu retten, bevor es zu spät ist. Auf Wiedersehen.«

Er salutierte knapp und ging hinaus.

»Sie wissen sogar von unseren Plänen über die Zweite Stiftung«, flüsterte Bayta zu Toran gewandt.

Währenddessen saß Ebling Mis tief unten in der Bibliothek verkrochen, ohne von all dem etwas zu bemerken. Im Licht einer einzelnen Birne kritzelte er hastig Notizen auf das Papier und murmelte triumphierend vor sich hin.

25

Tod eines Psychologen

Nach Pritchers Besuch hatte Ebling Mis noch zwei Wochen zu leben.

In diesen zwei Wochen besuchte ihn Bayta dreimal. Das erstemal spät abends, nachdem Colonel Pritcher sie kurz vorher aufgesucht hatte, das zweitemal eine Woche später, und das drittemal wieder eine Woche später – an Mis' letztem Tag, jenem Tag, an dem er starb.

An jenem Abend nach Colonel Pritchers Besuch saßen Bayta und Toran noch eine Stunde später zusammen und hingen ihren Gedanken nach.

»Torie, wir müssen es Ebling erzählen«, meinte Bayta irgendwann.

»Glaubst du, er kann uns helfen?«

»Wir sind nur zwei, und drei können die Last leichter tragen. Vielleicht kann er uns wirklich helfen.«

»Er hat sich verändert«, stellte Toran düster fest. »Er ist schmaler geworden. Irgendwie wirkt er, als könne ein Windhauch ihn umwerfen.« Er gestikulierte in der Luft, als könne er dort einen besseren Ausdruck finden. »Ich glaube nicht, daß er uns helfen kann. Manchmal denke ich, daß uns überhaupt nichts mehr helfen kann.«

»Nein, nicht!« Baytas Stimme klang atemlos. »Das darfst du nicht sagen, Torie, sonst glaube ich auch noch, daß der Muli uns schnappt. Komm, Torie, wir erzählen es Ebling. Jetzt sofort.«

Ebling Mis hob den Kopf, der auf den Arbeitstisch gesunken war, und starrte die beiden aus trüben Augen an, als sie eintraten. Seine Haare standen ihm wirr vom Kopf, und sein Gesicht war blaß.

»Was ist?« fragte er verständnislos. »Besuch für mich?«

Bayta kniete sich vor ihn. »Haben wir Sie geweckt? Sollen wir lieber wieder gehen?«

»Gehen? Wer ist es denn? Bayta? Nein, nein, bleiben Sie nur. Sind denn da keine Stühle? Ich habe doch welche gesehen . . .« Er fuhr ziellos mit der Hand durch die Luft.

Toran schob zwei vor ihn. Bayta setzte sich auf einen und nahm eine welke Hand des Psychologen in ihre. »Können wir mit Ihnen reden, Doktor?« Es kam nur selten vor, daß sie ihn mit seinem Titel anredete.

»Stimmt etwas nicht?« In seinen verlorenen Blick kam plötzlich wieder Leben, und seine blassen Wangen färbten sich leicht. »Stimmt etwas nicht?«

»Captain Pritcher ist hier gewesen«, begann Bayta. »Laß *mich* erzählen, Torie. Sie erinnern sich doch noch an Captain Pritcher, Doktor?«

»Ja . . . Natürlich . . .« Er fuhr sich mit der Hand über die Stirn. »Ein großer Mann. Demokrat.«

»Ja, genau der. Er kennt die mutierte Fähigkeit des Muli. Er ist hier gewesen, Doktor, und hat sie uns gesagt.«

»Aber das ist doch nichts Neues. Diese Frage ist längst beantwortet.« Er schien ehrlich erstaunt. »Habe ich es Ihnen denn nicht gesagt? Habe ich es vergessen?«

»Was haben Sie uns nicht gesagt?« warf Toran rasch ein.

»Na, das über die Mutation des Muli natürlich. Er beeinflußt Emotionen. Eine emotionale Kontrolle! Habe ich Ihnen das denn nicht gesagt? Wie konnte ich das nur vergessen?« Er nagte nachdenklich an seiner Unterlippe.

Seine Stimme wurde plötzlich lebhaft, und seine Lider hoben sich, als sei plötzlich wieder Ordnung in seine wirren Gedanken gekommen und er habe endlich den richtigen Faden gefunden. Er sprach wie in einem Traum und sah seine Besucher nicht direkt an, sondern eher zwischen ihnen hindurch. »Es ist im Grunde ganz einfach, und man braucht überhaupt keine speziellen Kenntnisse. In der Mathematik der Psychohistorie läßt es sich mit einer gewöhnlichen Gleichungsrechnung in – Nein, warten Sie, ich kann es Ihnen vielleicht besser in Worten erklären, dann ist es einfacher verständlich.«

Fragen Sie sich einmal selbst . . . Was kann Hari Seldons so genau vorausberechneten geschichtlichen Plan durcheinanderbringen?« Er sah Toran und Bayta fragend an. »Von welchen Voraussetzungen ging Seldon bei seinen Berechnungen aus? Zum einen davon, daß es in den nächsten tausend Jahren keine grundlegenden Veränderungen in der menschlichen Gesellschaft geben würde.

Nehmen wir das Beispiel, es wären größere Veränderungen in der Technologie der Galaxis eingetreten – man hätte ein neues Prinzip zur Energienutzung entwickelt oder die Forschungen auf dem Gebiet der elektronischen Neurobiologie abgeschlossen. Die daraus resultierenden sozialen Veränderungen hätten Seldons ursprünglichen Plan völlig umgeworfen. Aber das ist ja nicht passiert, nicht?

Oder nehmen wir an, irgendeine Macht außerhalb der Stiftung hätte eine neue Waffe entwickelt, gegen die sämtliche Waffen der Stiftung wirkungslos wären. Auch diese Möglichkeit hätte den Plan vom vorgezeichneten Weg abbringen können, wenn sie auch weniger wahrscheinlich ist. Doch das ist ebenfalls nicht eingetreten. Der Atomfeld-Depressor des Muli war zwar eine neue Waffe, konnte aber wirkungslos gemacht werden, bedeutete also keine Veränderung und Gefahr für Seldons Plan.

Aber Seldon ging noch von einer zweiten, wesentlich subtileren Voraussetzung aus. Er rechnete nämlich damit, daß die Reaktion der Menschen auf äußere Reize gleich bleibt. Wenn die erste Voraussetzung tatsächlich nach wie zutrifft, *dann muß die zweite nicht mehr gültig sein!* Irgendein unerwarteter Faktor muß die menschlichen Reaktionen verdreht und verändert haben, sonst hätte Seldon sich nicht geirrt, und die Stiftung wäre nicht gefallen. Und dieser Faktor kann nur der Muli sein.

Richtig? Oder liegt irgendein Fehler in meiner Argumentation?«

»Nein, nein, Doktor«, versicherte ihm Bayta und legte ihm beruhigend die Hand auf den Arm.

Mis freute sich wie ein Kind. »Ich sehe alles plötzlich so deutlich. Manchmal frage ich mich direkt, was in mir vorgeht, daß meine Gedanken so leicht sind. Manchmal muß ich an die Zeit zurückdenken, als ich so vieles nicht verstehen konnte, und jetzt ist doch alles so logisch. Es gibt keine Probleme mehr, denn wenn ich auf eins stoße, dann weiß ich irgendwie in meinem Innern sofort die Lösung. Und meine Theorien und Vermutungen bestätigen sich immer. Da ist irgend etwas in mir . . . es treibt mich vorwärts . . . immer weiter vorwärts, und ich kann nicht aufhören . . . ich will weder essen noch schlafen . . . immer nur weitermachen . . . immer weiter und weiter . . .«

Seine Stimme war nur noch ein Flüstern, und seine verwelkte, blaugeäderte Hand hatte er an die Stirn gelegt. In seinem Blick lag ein fanatischer Ausdruck, der langsam wieder verschwand.

»Ich habe Ihnen also nicht von den mutierten Fähigkeiten des Muli erzählt?« fuhr er ruhiger fort. »Aber . . . Sie sagten, Sie kennen sie doch?«

»Ja, Captain Pritcher hat sie uns verraten«, erwiderte Bayta. »Wissen Sie nicht mehr?«

»Er hat es Ihnen gesagt?« In seiner Stimme schwang eine Spur von Verärgerung mit. »Woher wußte er es denn?«

»Er ist vom Muli beeinflußt worden und gehört jetzt zu seinen Leuten. Er ist Colonel und kam zu uns, um uns den guten Rat zu geben, zum Muli überzuwechseln . . . und dabei hat er uns auch erzählt, welche mutierte Fähigkeit der Muli besitzt.«

»Dann weiß der Muli also, daß wir hier sind? Ich muß mich beeilen . . . Wo ist Magnifico? Ist er nicht bei Ihnen?«

»Magnifico schläft«, antwortete Toran ungeduldig. »Es ist immerhin schon nach Mitternacht.«

»Ist es schon so spät? Dann – habe ich geschlafen, als Sie hereinkamen?«

»Ja, das haben Sie, und Sie werden jetzt auch nicht weiterarbeiten«, sagte Bayta bestimmt. »Sie gehen brav ins Bett. Komm, Torie, hilf mir. Und wenn Sie sich noch viel wehren, stecke ich Sie zuerst unter die Dusche. Zieh ihm die Schuhe aus, Torie, und morgen kommst du herunter und bringst ihn mal wieder an die frische Luft, damit er hier unten nicht ganz verstaubt. Sehen Sie sich nur an, Ebling, nicht mehr lange, und ich finde noch Spinnweben an Ihnen. Haben Sie Hunger?«

Ebling schüttelte den Kopf und sah sie verwirrt an. »Würden Sie Magnifico morgen früh herunter schicken?« murmelte er.

Die beiden hatten ihn jetzt auf seine Schlafstelle verfrachtet, und Bayta deckte ihn zu. »*Ich* werde morgen herunterkommen, und zwar mit frischen Sachen. Sie werden ein schönes Bad nehmen und dann ein bißchen an die Luft gehen.«

»Nein«, widersprach Mis schwach. »Verstehen Sie? Ich habe zu viel Arbeit.«

Sein schütteres Haar breitete sich auf dem Kissen wie ein silberner Kranz um seinen Kopf aus. »Sie wollen doch wissen, wo die Zweite Stiftung ist, nicht?« flüsterte er.

Toran kam heran und setzte sich auf den Rand des Bettes. »Was ist mit der Zweiten Stiftung, Ebling?«

Der Psychologe zog einen Arm unter der Decke hervor, und seine Finger krallten sich in Torans Jackenärmel. »Die Stiftungen wurden auf einem Psychologenkongreß unter der Leitung von Hari Seldon begründet. Ich habe die Sitzungsprotokolle von diesem Kongreß gefunden, Toran. Fünfundzwanzig dicke Filmspulen. Ich habe die Zusammenfassungen schon durchgearbeitet.«

»Und?«

»Wenn man sich nur ein bißchen mit der Psychohistorie befaßt hat, kann man aus diesen ganzen Aufzeichnungen ohne weiteres die Position der Ersten Stiftung berechnen. Sie wird sogar recht häufig erwähnt, nur muß man eben die entsprechenden Gleichungen verstehen. Aber nirgendwo wird die Zweite Stiftung erwähnt, Toran. Es gibt keinerlei Hinweise auf ihre Position.«

Toran runzelte die Stirn. »Heißt das, daß sie nicht existiert?«

»Natürlich existiert sie«, rief Mis ärgerlich aus. »Ich habe nicht gesagt, daß sie *nicht* existiert. Sie wird nur so gut wie nie erwähnt. Alles, was mit dieser Zweiten Stiftung zu tun hat, ist besser versteckt und getarnt. Verstehen Sie? Weil sie die wichtigere der beiden ist! Sie ist die entscheidende Stiftung, *die, die zählt!* Und ich habe die Sitzungsprotokolle des Seldonkongresses. Noch hat der Muli nicht gewonnen –«

Bayta schaltete schweigend das Licht aus. »Schlafen Sie jetzt«, sagte sie, als sie hinausgingen und in ihr eigenes Quartier zurückkehrten.

Am nächsten Tag nahm Ebling Mis ein Bad, zog sich an und sah zum letztenmal die Sonne von Trantor und fühlte den Wind in seinem

Gesicht. Gegen Abend begab er sich wieder in die Tiefen der Bibliothek, aus denen er nicht wieder auftauchen sollte.

In der folgenden Woche lief alles seinen gewohnten Gang. Die Sonne von Neotrantor stand als ruhiger, heller Stern an Trantors Nachthimmel. Auf der Farm war man mit der Frühjahrsaussaat beschäftigt. Das Universitätsgelände lag wie immer still und verlassen da. Die Galaxis schien leer, und man hätte fast glauben können, daß es einen Mann namens Muli überhaupt nicht gab.

Bayta sah zu, wie Toran bedächtig seine Zigarre anzündete und hinauf in den blauen Himmel über ihm blickte, der zwischen den Metalltürmen um sie herum hindurchschimmerte.

»Ein schöner Tag«, bemerkte er.

»Ja, wirklich. Hast du alles aufgeschrieben, was wir brauchen, Torie?«

»Ich glaube schon. Ein halbes Pfund Butter, ein Dutzend Eier, grüne Bohnen . . . Ja, es steht alles auf der Liste, Bay.«

»Fein. Und paß auf, daß das Gemüse frisch ist und nicht noch aus der Zeit des letzten Kaisers hier übriggeblieben ist. Ach, übrigens, hast du Magnifico irgendwo gesehen?«

»Seit dem Frühstück nicht mehr. Wahrscheinlich hockt er unten bei Ebling und sieht sich einen Buch-Film an.«

»Schön. Und beeil dich bitte. Ich brauche die Eier nämlich bis zum Abendessen.«

Toran grinste und machte sich auf den Weg.

Als Torans Gestalt zwischen den Metalltüren verschwunden war, drehte sich Bayta um. Vor der Küchentür blieb sie stehen, sah sich langsam um und ging hinüber zum Aufzug, der sie hinunter zu Ebling Mis brachte.

Der Psychologe saß bewegungslos über dem Projektor, ganz auf einen Buch-Film konzentriert. Er erinnerte an eine erstarrte Wachsfigur. Neben ihm hockte Magnifico, der aufmerksam zusah – ein Haufen schlacksiger Glieder mit einem hageren Gesicht, das von der großen Nase dominiert wurde.

»Magnifico . . .«, sagte Bayta leise.

Magnifico stand hastig auf. »Ja, Mylady?« fragte er eifrig.

»Toran ist auf dem Weg zur Farm, Magnifico, und es wird länger dauern, bis er zurückkommt. Würdest du mir den Gefallen tun, ihm nachzugehen und ihm eine Nachricht von mir zu bringen?«

»Sehr gern, Mylady. Ich weiß, daß die Dienste, die ich Ihnen erweisen kann, beschränkt sind, aber wenn ich Ihnen helfen kann, dann tue ich es gern.«

Nachdem Magnifico gegangen war, stand sie allein neben Mis, der sich immer noch nicht rührte. Entschlossen legte sie ihm die Hand auf die Schulter. »Ebling . . .«

Der Psychologe zuckte erschrocken zusammen. »Was ist?« Er blinzelte. »Sind Sie es, Bayta? Wo ist Magnifico?«

»Ich habe ihn fortgeschickt, weil ich allein mit Ihnen sein wollte.« Sie zögerte. »Ich muß mit Ihnen reden, Ebling«, sagte sie bestimmt.

Der Psychologe wollte sich wieder über seinen Projektor beugen, doch Bayta hielt ihn zurück. Unter seiner Jacke konnte sie die mageren Knochen fühlen. Seit ihrer Ankunft auf Trantor hatte er viel an Gewicht verloren. Sein Gesicht war eingefallen und gelblich und nicht rasiert. Selbst im Sitzen waren seine Schultern nach vorn gebeugt.

»Ich hoffe, Magnifico stört Sie nicht, Ebling«, meinte Bayta. »Er hängt ja Tag und Nacht hier unten bei Ihnen herum.«

»Nein, nein. Überhaupt nicht! Ich habe nichts dagegen, wenn er hier bei mir sitzt. Er ist ganz ruhig und stört mich wirklich nicht. Manchmal bringt er Filme für mich weg oder holt neue. Er scheint immer zu wissen, was ich haben will, ohne daß ich etwas sagen muß. Lassen Sie ihn nur.«

»Also gut – Aber sagen Sie, Ebling, ist Ihnen eigentlich nichts aufgefallen? Hören Sie, Ebling? Ich habe Sie gefragt, ob Ihnen nichts aufgefallen ist.«

Sie zog einen Stuhl heran und starrte ihn intensiv an, als wollte sie die Antwort in seinen Augen lesen.

Ebling Mis schüttelte den Kopf. »Nein. Was meinen Sie?«

»Ich meine, daß sowohl Colonel Pritcher wie auch Sie selbst behaupten, der Muli könne die Emotionen der Menschen beeinflussen. Sind Sie sich da wirklich ganz sicher? Ist nicht Magnifico der beste Beweis, daß Ihre Theorie nicht stimmt?«

Mis schwieg.

Bayta unterdrückte den Wunsch, den Psychologen an den Schultern zu schütteln. »Was ist los mit Ihnen, Ebling? Magnifico war der Hofnarr des Muli. Warum hat der Muli ihn dann nicht in einen treuen und liebenden Untertan verwandelt? Warum sollte ausgerechnet Magnifico, der immer um den Muli herum war, ihn hassen, nur alle anderen nicht?«

»Aber . . . aber der Muli hat ihn beeinflußt. Bestimmt, Bay!« Je länger er sprach, desto sicherer schien er zu werden. »Der Muli wird seinen Clown kaum auf die gleiche Weise beeinflussen wie seine Generäle. Seine Generäle müssen an ihn glauben und loyal sein, der Clown dagegen soll ihn fürchten. Ist Ihnen nie aufgefallen, daß Magnificos panische Angst vor dem Muli pathologischer Natur ist? Glauben Sie wirklich, es sei normal, daß ein Mensch in dauernder Angst lebt? Eine solche Angst, wie Magnifico sie zeigt, wirkt schon komisch. Der Muli jedenfalls fand es bestimmt komisch – und außerdem war diese Angst sehr nützlich für ihn, da sie verhinderte, daß Magnifico uns mit Informationen über den Muli weiterhalf.«

»Wollen Sie damit sagen, daß alles, was uns Magnifico über den Muli gesagt hat, gelogen war?«

»Gelogen nicht, nur irreführend, weil seine pathologische Angst dazu geführt hat, daß er die Dinge anders sah, als sie in Wirklichkeit waren. Der Muli ist zum Beispiel wahrscheinlich keineswegs ein solcher Riese, wie Magnifico ihn beschrieben hat. Ich nehme eher an, daß er, abgesehen von seiner mutierten geistigen Fähigkeit, ein ganz gewöhnlicher Mann ist. Aber wahrscheinlich hat es ihm einfach Spaß gemacht, von dem armen Magnifico für einen Supermann gehalten zu werden . . .« Der Psychologe zuckte die Achseln. »Auf jeden Fall gibt es jetzt etwas anderes, das wichtiger ist als Magnificos Informationen.«

»Was ist das?«

Mis schüttelte den Kopf und wandte sich wieder dem Projektor zu.

»Was ist es?« wiederholte Bayta drängend. »Die Zweite Stiftung?«

Mis hob ruckartig den Kopf. »Habe ich Ihnen davon erzählt? Ich kann mich nicht daran erinnern, daß ich Ihnen davon erzählt habe.«

»Nein, das haben Sie auch nicht«, erwiderte Bayta. »Sie haben mir nichts gesagt, aber ich wünsche, Sie würde es jetzt endlich tun, weil ich es wirklich bald leid bin. Wie lange soll das Ganze noch dauern?«

Ebling Mis warf ihr einen reumütigen Blick zu. »Also . . . tut mir leid, meine Liebe . . . ich wollte Sie nicht verletzen. Manchmal vergesse ich . . . wer meine Freunde sind. Manchmal habe ich das Gefühl, daß ich nicht darüber sprechen sollte. Daß es wichtig ist, es geheimzuhalten – aber vor dem Muli, meine Liebe, nicht vor Ihnen natürlich.« Er klopfte ihr freundschaftlich auf die Schulter.

»Was ist mit dieser Zweiten Stiftung?« wollte Bayta wissen. Ebling Mis' Stimme war ein leises Flüstern. »Sie können sich nicht vorstellen, wie sorgfältig Seldon seine Spuren verwischt hat. Noch vor einem Monat hätte ich wahrscheinlich mit diesen Aufzeichnungen des Psychologenkongresses nichts anfangen können, aber dann kam diese seltsame . . . Erleuchtung. Trotzdem ist es auch jetzt noch schwierig. Die Protokolle, die nach dem Kongreß veröffentlicht worden sind, scheinen oft in keiner Beziehung zueinander zu stehen und sind immer sehr verwirrend. Mehr als einmal habe ich mich gefragt, ob die Teilnehmer des Kongresses selbst überhaupt wußten, was Seldon vorhatte. Manchmal habe ich fast den Eindruck, daß die ganze Konferenz im Grunde nur ein gigantisches Aushängeschild war, hinter dem er allein operiert hat . . .«

»Um die Stiftungen zu gründen?«

»Nur die Zweite! Unsere Stiftung war nichts Besonderes und leicht zu verwirklichen. Die Zweite Stiftung dagegen war nur ein Name. Sie wurde zwar auch erwähnt, aber wenn es genauere Angaben gab, dann waren sie in komplizierten mathematischen Formeln versteckt. Es gibt immer noch vieles, das ich nicht verstehe, aber in der letzten Woche habe ich mir doch ein vages Bild machen können.

Die Stiftung Nummer Eins war eine Welt der Physiker. Sie stellte ein Refugium für die verkümmernde Wissenschaft der Galaxis dar, wo sie bewahrt und weiterentwickelt werden sollte. Seldon nahm keine Psychologen mit, und diese Tatsache muß einen Grund gehabt haben. Man kam dann auf die Erklärungen, daß Seldons Psychohistorie nur dann richtig anwendbar war, wenn das menschliche Material, mit dem sie arbeitete, nicht wußte, was die Zukunft brachte, und deshalb in allen Situationen völlig natürlich reagierte. Können Sie mir folgen, meine Liebe . . .«

»Ja, Doktor.«

»Dann passen Sie auf. Die Stiftung Nummer Zwei war eine Welt der Geisteswissenschaftler. Sie war das genaue Spiegelbild unserer Welt, nur daß dort die Psychologie vorherrschte, während es bei uns die Physik war. Begreifen Sie?« fügte er triumphierend hinzu.

»Nein.«

»Überlegen Sie, Bayta. Benutzen Sie Ihren Kopf. Seldon wußte, daß er mit seiner Psychohistorie nur wahrscheinliche, nicht aber todsichere Voraussagen machen konnte. Er mußte in seine Berechnungen immer eine gewisse Fehlerquote miteinbeziehen, die im Laufe der Zeit immer größer wurde. Natürlich bemühte sich Seldon, sich dagegen so gut wie möglich abzusichern. Unsere Stiftung war rein naturwissenschaftlich gesehen praktisch unbesiegbar. Sie konnte ganze Armeen schlagen. Sie konnte die Gegner gegeneinander ausspielen. Aber sie war machtlos, wenn sie es mit einem geistigen Angriff eines Mutanten wie dem Muli zu tun hatte.«

»Dagegen können sich aber die Psychologen der Zweiten Stiftung wehren!« Bayta merkte, daß sie immer erregter wurde.

»Ja! Genau!«

»Aber sie haben doch bisher noch nichts unternommen.«

»Woher wollen Sie das wissen?«

Bayta überlegte. »Hmmm. Haben Sie denn Beweise, daß es anders ist?«

»Nein. Es gibt eine ganze Reihe von Faktoren, von denen ich noch nichts weiß. Die Zweite Stiftung kann genau wie wir nicht bereits voll ausgereift gegründet worden sein, sondern muß sich wie unsere langsam entwickelt haben und stärker geworden sein. Die Sterne wissen, wie stark sie jetzt ist. Stark genug, um gegen den Muli antreten zu können? Und sind Sie sich überhaupt der drohenden Gefahr bewußt? Haben sie fähige Führer?«

»Aber wenn sie Seldons Plan folgen, dann *muß* der Muli früher oder später von der Zweiten Stiftung besiegt werden.«

Ebling Mis runzelte nachdenklich die Stirn. »Schon wieder das alte Thema. Sehen Sie, die Zweite Stiftung ist wesentlich komplizierter als die Erste und deshalb auch anfälliger für Fehler. Und wenn die Zweite Stiftung den Muli nicht besiegen kann, dann sieht es schlecht für uns aus – sehr schlecht sogar. Es könnte unter Umständen das Ende der menschlichen Rasse bedeuten, so wie wir sie kennen.«

»Nein.«

»Doch. Stellen Sie sich vor, die Nachkommen des Muli erben seine gesitigen Fähigkeiten – Begreifen Sie? Homo sapiens würde unterliegen, und es würde eine neue herrschende Rasse entstehen – eine neue Aristokratie, in der der Homo sapiens nur noch ein Mensch zweiter Klasse ist und die Sklavenarbeit für die Herrscherrasse verrichten muß. Habe ich nicht recht, Bayta?«

»Ich glaube ja.«

»Und selbst wenn der Muli keine Dynastie errichten würde, würde er doch ein entstelltes neues Imperium schaffen, das nur von seiner besonderen Fähigkeit zusammengehalten wird. Mit seinem Tod würde es wieder auseinanderfallen, und die Situation in der Galaxis wäre wieder so wie vor seinem Erscheinen, nur daß es dann keine Stiftungen mehr gäbe, aus denen ein wahres und gesundes Zweites Imperium entstehen könnte. Es würde zigtausend Jahre der Barbarei bedeuten, deren Ende nicht abzusehen wäre.«

»Aber was können wir tun? Die Zweite Stiftung warnen?«

»Das wäre das einzig Richtige, denn sonst liefen wir Gefahr, daß sie unterliegen würde, weil sie die Gefahr zu spät erkennt. Aber es gibt keine Möglichkeit, sie zu warnen.«

»Keine?«

»Nein. Ich habe keine Ahnung, wo sie liegt. Es heißt, ›am anderen Ende der Galaxis‹, aber wie sollte man unter Millionen von Planeten den richtigen finden?«

»Geht es denn nicht aus den Aufzeichnungen hervor?« Bayta deutete mit dem Kinn auf die Filme, die den ganzen Tisch bedeckten.

»Nein. Jedenfalls habe ich bisher noch keine Hinweise finden können. Es muß etwas zu bedeuten haben, daß ihre Position so geheimgehalten wird. Es muß einen Grund geben . . .« In seine Augen trat ein verwirrter Ausdruck. »Es wäre mir recht, wenn Sie jetzt wieder gehen würden. Sie haben mich lange genug aufgehalten, und die Zeit drängt – sehr sogar.«

Er wandte sich gereizt ab.

Bayta hörte leise Schritte, und einen Augenblick später stand Magnifico in der Tür. »Ihr Mann ist wieder da, Mylady.«

Ebling Mis beachtete den Clown nicht. Er war schon wieder in seine Arbeit vertieft.

Am selben Abend erzählte Bayta ihrem Mann von ihrem Gespräch mit Mis. »Meinst du, daß er wirklich recht hat, Bay?« fragte Toran, nachdem er ihr zugehört hatte. »Glaubst du nicht, daß er . . .« Er zögerte.

»Ich bin sicher, daß er recht hat, Torie. Ich weiß, daß er krank ist. Du siehst ja selbst, wie sehr er sich verändert hat, wie dünn er geworden ist, wie leise er spricht. Aber du müßtest sehen, wie aufmerksam er wird, sobald du das Thema Muli oder Zweite Stiftung anschneidest. Dann drückt er sich wieder ganz klar und sachlich aus. Er weiß, was er sagt, und ich glaube ihm.«

»Dann gibt es also doch noch Hoffnung?« Es klang eher wie eine Frage.

»Ich . . . ich kann es dir nicht sagen. Vielleicht! Vielleicht auch nicht! Auf jeden Fall werde ich von jetzt ab immer einen Strahler bei mir tragen.« Toran sah, daß sie eine glänzende Waffe in der Hand hielt. »Für alle Fälle, Toran, nur für alle Fälle.«

»Was heißt das?«

In Baytas Lachen schwang eine Spur von Hysterie mit. »Vergiß es. Vielleicht bin ich auch ein bißchen verrückt – genau wie Ebling Mis.«

Von diesem Tag an hatte Ebling Mis noch genau eine Woche zu leben, und diese Woche verging ruhig und ohne Zwischenfälle.

Auf Toran wirkten diese sieben Tage irgendwie betäubend und stumpfsinnig. Die Wärme und bedrückende Stille ließen ihn in eine gewisse Lethargie verfallen. Das Leben schien in einer Art Winterschlaf erstarrt zu sein.

Mis hatte sich ganz in seine Arbeit vergraben, legte Toran und Bayta aber keine Ergebnisse vor. Er hatte sich regelrecht verbarrikadiert und wollte die beiden jungen Menschen nicht sehen. Der einzige Beweis dafür, daß er irgendwo dort unten saß, war Magnifico, der eine Art Verbindung zwischen dem Physiker und der Außenwelt darstellte. Der Clown war still und nachdenklich geworden. Er verbrachte immer noch viel Zeit bei Mis und brachte ihm auch das Essen.

Auch Bayta veränderte sich. Sie wurde stiller, verlor viel von ihrer früheren Lebhaftigkeit und schien meistens tief in Gedanken versunken. Einmal ertappte Toran sie dabei, wie sie mit dem Strahler spielte. Als sie sah, daß er sie beobachtet hatte, steckte sie ihn hastig weg und lächelte gezwungen.

»Was machst du mit dem Strahler, Bay?«

»Das siehst du doch. Ich habe ihn in der Hand gehalten. Ist das ein Verbrechen?«

»Du wirst dich noch einmal selbst mit dem Ding erschießen.«

»Wenn schon. Das wäre kein großer Verlust!«

Die Erfahrung hatte Toran gelehrt, daß es sinnlos war, mit ihr zu diskutieren, wenn sie sich wieder einmal in einer ihrer depressiven Stimmungen befand. Er zuckte wortlos die Achseln und ließ sie allein.

Am letzten Tag kam Magnifico atemlos hereingestürmt. Er klammerte sich ängstlich an Bayta. »Der gelehrte Doktor möchte Sie sprechen, Es geht ihm nicht gut.«

Es ging ihm wirklich nicht gut. Mis lag im Bett; seine Augen waren unnatürlich geweitet und glänzten fiebrig. Er war so ungepflegt und schmutzig, daß Bayta ihn fast nicht erkannt hätte.

»Ebling!« rief sie entsetzt.

»Lassen Sie mich reden«, krächzte der Psychologe und richtete sich mühsam auf einen Ellbogen gestützt auf. »Lassen Sie mich reden. Ich bin am Ende. Ich gebe die Arbeit an Sie weiter. Ich habe keine Notizen verwahrt und alle Berechnungen, die ich gemacht habe, verbrannt. Niemand sonst darf es wissen. Es soll nur in Ihren Köpfen sein.«

»Geh nach oben, Magnifico«, befahl Bayta.

Ebling Mis winkte kraftlos ab. »Lassen Sie ihn ruhig hierbleiben. Er kann hören, was ich zu sagen habe. Komm, Magnifico.«

Der Clown setzte sich rasch hin. Bayta starrte zu Boden und biß sich langsam auf die Unterlippe.

»Ich bin überzeugt, daß die Zweite Stiftung siegen kann«, flüsterte er heiser, »wenn der Muli sie nicht vorher entdeckt. Sie hat sich die ganze Zeit über verborgen gehalten, und das Geheimnis ihrer Lage muß auch weiterhin bewahrt bleiben. Sie müssen zu ihr . . . Sie müssen sie warnen. Es ist wichtig . . . vielleicht sogar entscheidend. Haben Sie mich verstanden?«

»Ja, ja sicher!« antwortete Toran ungeduldig. »Sagen Sie uns, wie wir zu ihr kommen, Ebling. Wo liegt sie?«

»Ich kann es Ihnen sagen«, murmelte Mis.

Aber er kam nicht mehr dazu.

Bayta hob mit bleichem, ausdruckslosem Gesicht ihren Strahler, zielte und drückte ab. Dort, wo eben noch Mis' Oberkörper gewesen war, war plötzlich nichts mehr, und in der Wand dahinter gähnte ein großes Loch. Der Strahler glitt aus Baytas tauben Händen und fiel polternd zu Boden.

26

Das Ende der Suche

Toran stand wie erstarrt da, während das Echo des Schusses in den Korridoren widerhallte und schließlich in einem dumpfen Flüstern erstarb. Es erstickte nicht nur das klirrende Geräusch von Baytas Strahler, als er zu Boden fiel, sondern auch Magnificos schrillen Schrei und Torans entsetztes Aufstöhnen.

Schweigen fiel über den Raum.

Baytas Kopf war tief heruntergefallen. In ihrem Gesicht glitzerten Tränen. Es war das erstemal, daß sie weinte.

Torans Muskeln waren bis zum Zerreißen angespannt. Er hatte die Zähne fest aufeinandergebissen und glaubte, seine Kiefer würden sich nie wieder entkrampfen. Magnificos Gesicht war eine starre Maske.

»Du gehörst also auch zu den Leuten des Muli!« stieß er schließlich gepreßt hervor. »Er hat dich also auch auf seine Seite gebracht.«

Bayta sah auf, und ihr Mund verzog sich in schmerzlicher Belustigung. »Ich? *Ich* soll auf seiner Seite sein? Ein schlechter Witz, Toran.«

Sie lächelte verzerrt und warf ihr Haar zurück. Langsam kehrte ihre Stimme zurück und klang wieder normal – fast jedenfalls. »Es ist vorbei, Toran; jetzt kann ich endlich reden. Wie weit ich es schaffe, weiß ich nicht, aber ich werde es zumindest versuchen . . .«

Toran entspannte sich langsam, und der Zustand der inneren Verkrampfung wich einem dumpfen Gefühl der Benommenheit. »Worüber willst du reden, Bay? Gibt es überhaupt noch etwas zu reden?«

»Hör mir zu, Toran. Weißt du noch, daß wir uns einmal darüber unterhalten haben, daß uns die Katastrophe, das Unglück überall hin folgt? Immer war es uns dicht auf den Fersen, ohne uns auch nur ein einziges Mal einzuholen. Wir befanden uns auf der Stiftung, die sich ergab, während die Unabhängigen Händler noch immer Widerstand leisteten – aber wir schafften es, noch rechtzeitig nach Haven zu entkommen. Wir befanden uns auf Haven, und Haven ergab sich, während die anderen immer noch Widerstand leisteten – und wieder gelang es uns, rechtzeitig zu entkommen. Dann flohen wir nach Neotrantor, das sich inzwischen mit Sicherheit ebenfalls dem Muli angeschlossen hat.«

Toran, der schweigend zugehört hatte, schüttelte jetzt den Kopf. »Ich verstehe nicht, was du meinst.«

»So etwas kommt normalerweise einfach nicht vor, Torie. Wir beide sind zwei völlig unbedeutende Personen, und wir fallen nicht ein ganzes Jahr lang von einem Strudel politischer Machtkämpfe in den nächsten – es sei denn, wir haben diesen Strudel bei uns. *Es sei denn, wir tragen den Infektionsherd mit uns herum!* Begreifst du jetzt?«

Toran biß sich auf die Lippen. Sein Blick fiel auf die blutigen Überreste dessen, was noch vor wenigen Augenblicken ein Mensch gewesen war. Er wandte sich mit bleichem Gesicht ab.

»Ich muß hier raus, Bay. Laß uns nach oben ins Freie gehen.«

Der Himmel hatte sich überzogen. Wind war aufgekommen und zauste in Baytas Haaren. Magnifico war ihnen schweigend nach draußen gefolgt und hörte ihnen reglos zu.

»Du hast also Ebling Mis getötet, weil du *ihn* für diesen Infektionsherd gehalten hast?« fragte Toran gepreßt. Dann bemerkte er den Ausdruck in ihren Augen. »War *er* der Muli?« Er weigerte sich, im Ernst an diese Möglichkeit zu glauben.

Bayta lachte hart. »Der arme Ebling und der Muli? Galaxis, nein! Ich hätte ihn nicht umbringen können, wenn er wirklich der Muli gewesen wäre. Er hätte die Emotion, die einen solchen Schritt begleitet, im voraus erkannt und sie in Liebe, Bewunderung, Entsetzen oder was immer ihm auch beliebte verwandelt. Nein, ich habe Ebling getötet, weil er *nicht* der Muli war. Ich habe ihn getötet, weil er wußte, wo die Zweite Stiftung liegt, und weil er es wenige Augenblicke später dem Muli verraten hätte.«

»Weil er es dem Muli verraten hätte?« echote Toran ausdruckslos. »Dem Muli . . .«

Dann stieß er einen überraschten Schrei aus und drehte sich entsetzt zu dem Clown um, der immer noch ruhig hinter ihnen hockte und offensichtlich überhaupt nicht verstand, wovon die Rede war.

»Doch nicht Magnifico?« flüsterte der junge Mann.

»Erinnerst du dich noch daran, was auf Neotrantor passiert ist. Denk mal nach, Torie . . .«

Doch ihr Mann schüttelte nur verständnislos den Kopf.

»Ein Mann ist auf Neotrantor gestorben«, fuhr Bayta müde fort. »Er ist doch gestorben, ohne daß ihn jemand angefaßt hat, nicht wahr? Magnifico hat auf seinem Visi-Sonor gespielt, und als er aufgehört hat, war der Prinz tot. Findest du das nicht merkwürdig? Ist es nicht seltsam, daß ein Mensch, der vor allem Angst hat und vor Furcht offenbar völlig hilflos ist, die Fähigkeit besitzt, nach Belieben zu töten?«

»Die Musik und die Lichteffekte haben eine intensive emotionale Wirkung . . .« begann Toran.

»Genau das ist es: eine *emotionale* Wirkung. Und was für eine!

Und zufällig sind emotionale Beeinflussungen die Spezialität des Muli. Das könnte natürlich wirklich ein reiner Zufall sein. Genau wie die Möglichkeit, daß ein Mensch, der von der Angst beherrscht wird, nach Belieben töten kann. Nehmen wir als Erklärung einfach an, daß der Muli seinen Geist manipuliert hat. Aber ich habe einen kleinen Eindruck von jener Komposition bekommen, die den Kronprinzen getötet hat, und dabei überkam mich das gleiche Gefühl der Verzweiflung wie damals in der Zeitgruft und auf Haven. Ich kann mich nicht irren, Toran, ich kenne das Gefühl zu genau.«

Toran sah sie nachdenklich an. »Du hast recht. Ich habe es auch gefühlt. Ich habe es vergessen. Ich hätte nie gedacht . . .«

»Auf Neotrantor ist es mir zum erstenmal aufgefallen. Es war nur eine Ahnung – eine Intuition, wenn du so willst. Ich hatte keine Anhaltspunkte, die meine Vermutung hätten bestätigen können, bis dann Pritcher kam und uns von der besonderen Fähigkeit des Muli erzahlte. Plötzlich begriff ich. Es war der Muli gewesen, der dieses Gefühl der Verzweiflung damals in der Zeitgruft hervorgerufen hatte; es war Magnifico, der das gleiche Gefühl auf Neotrantor hervorgerufen hatte. Und aus diesem Grund mußten der Muli und Magnifico ein und dieselbe Person sein. Ist es nicht ganz logisch, Torie?«

Bayta schien nahe daran, hysterisch zu werden, schaffte es aber, sich zu beherrschen. »Diese Entdeckung erschreckte mich zu Tode. Wenn Magnifico tatsächlich der Muli war, dann konnte er meine Emotionen lesen – und sie für seine eigenen Zwecke beeinflussen. Ich hatte Angst, er könnte etwas bemerken, also ging ich ihm aus dem Weg. Es war nicht weiter schwer, da auch er nicht mehr so oft mit mir zusammen war, weil er sich mehr für Ebling Mis interessierte. Ich nahm mir vor, Ebling Mis zu töten, bevor er zuviel verriet. Ich plante es ganz geheim – so geheim wie möglich. Ich versuchte, noch nicht einmal mein eigenes Bewußtsein etwas von diesem Plan wissen zu lassen. Ich hätte vielleicht versuchen können, den Muli zu töten – Aber dieses Risiko konnte ich nicht eingehen. Er hätte es wahrscheinlich gemerkt, und dann wäre alles verloren gewesen.«

Sie brach erschöpft ab.

»Ich kann es nicht glauben«, erwiderte Toran rauh. »Sieh ihn dir doch nur an, diese Jammergestalt. *Er* und der Muli? Er begreift ja noch nicht einmal, wovon wir reden.«

Aber als er jetzt mit den Augen seinem eigenen Finger folgte, sah er, daß Magnifico aufrecht dastand und ihn scharf und eingehend musterte. Seine Stimme klang plötzlich völlig verändert, und sein merkwürdiger Akzent war verschwunden. »Natürlich habe ich es begriffen, mein Freund. Ich habe nur gerade darüber nachgedacht, daß ich trotz meiner Klugheit und Voraussicht einen Fehler gemacht und dadurch viel verloren habe.«

Toran wich zurück, als habe er Angst, der Clown könnte ihn berühren oder ihn mit seinem Atem verseuchen.

Magnifico nickte. »Ich bin wirklich der Muli«, beantwortete er die unausgesprochene Frage.

Plötzlich wirkte er überhaupt nicht mehr komisch, und weder seine dürren Glieder noch seine große Nase reizten zum Lachen. Der ängstliche Ausdruck war gewichen, und sein ganzes Verhalten drückte Selbstsicherheit und Bestimmtheit aus.

Man konnte ihm ansehen, daß er es gewohnt war, Herr der Lage zu sein.

»Setzen Sie sich doch«, sagte er großzügig. »Machen Sie es sich ruhig bequem. Das Spiel ist vorbei, und ich möchte Ihnen jetzt gern eine Geschichte erzählen. Das ist eine meiner Schwächen: Ich lege Wert darauf, richtig verstanden zu werden.«

Dabei sah er Bayta an, und seine Augen waren immer noch die weichen, traurigen Augen von Magnifico, dem Clown.

»An meine Kindheit erinnere ich mich nicht gerne«, begann er. »Sie werden das vielleicht verstehen können. Ich bin schon als Kind krankhaft mager gewesen, und meine große Nase ist angeboren. Ich wuchs nicht wie andere Kinder auf. Meine Mutter starb bei meiner Geburt, und meinen Vater kenne ich nicht. So wuchs ich auf, gequält und verletzt, voll Selbstmitleid und Haß auf die anderen. Ich war als merkwürdiges Kind verschrien, und alle mieden mich, die meisten, weil sie mich nicht mochten, ein paar, weil sie Angst vor mir hatten. Es passierten seltsame

Dinge – Nun, ich möchte jetzt nicht näher darauf eingehen. Jedenfalls reichte es aus, um Captain Pritcher bei seinen Nachforschungen darauf zu bringen, daß ich ein Mutant bin, was mir selbst erst bewußt wurde, als ich schon über zwanzig war.«

Toran und Bayta hörten ihm fast geistesabwesend zu. Sie saßen nebeneinander im Gras, und seine Stimme spülte wie eine Meereswelle über sie hinweg. Der Clown – oder besser der Muli – ging vor ihnen auf und ab und hatte den Kopf gesenkt.

»Erst allmählich erkannte ich, welche besondere Fähigkeit ich besaß, und bis zum Schluß weigerte ich mich noch, es zu glauben. Für mich ist der Geist eines Menschen wie eine Skala mit einem Zeiger, der die jeweilig vorherrschende Emotion anzeigt. Es ist vielleicht ein schlechter Vergleich, aber anders kann ich es nicht beschreiben. Mit der Zeit merkte ich, daß ich den Geist der anderen beeinflussen und den Zeiger auf die Stelle verschieben konnte, wo ich ihn haben wollte, sogar für immer. Noch länger dauerte es, bis ich endlich begriff, daß die anderen das nicht konnten.

Mit dem Bewußtsein der Macht, die ich durch diese Fähigkeit besaß, kam auch der Wunsch nachzuholen, was ich in meiner Jugend versäumt hatte, mich für alles zu entschädigen, was ich hatte durchmachen müssen. Vielleicht können Sie mich verstehen. Oder vielleicht versuchen Sie es wenigstens. Es ist nicht einfach, das Leben zu ertragen, wenn man so aussieht wie ich. Man wird als Ungeheuer betrachtet, aber man denkt und fühlt genauso wie die anderen. Überall wird man verhöhnt und ausgelacht – weil man anders ist! Ein Außenseiter!

Sie haben das niemals durchmachen müssen!«

Magnifico sah hinauf zum Himmel und wippte mit verschränkten Armen auf den Fußballen. »Ich weiß, wie es ist, und schließlich beschloß ich, einmal die Rollen zu tauschen. Die anderen hatten ihren Spaß mit mir gehabt – und ich hatte es zweiundzwanzig Jahre geduldig ertragen. Aber jetzt war ich an der Reihe! Ich allein gegen die Galaxis. Ein fairer Kampf! Ich allein gegen Billionen!«

Er brach ab und bedachte Bayta mit einem flüchtigen Blick. »Ich hatte nur ein Problem«, fuhr er fort. »Ich selbst war ein Nichts. Wenn ich zu Macht kommen wollte, dann konnte das nur über andere geschehen. Erfolg hatte ich immer nur über Mittelsmänner. Es war genau wie Pritcher gesagt hat. Über einen Piraten kam ich an jenen Asteroiden, den ich zu meiner Operationsbasis machte. Über einen Industriellen eroberte ich dann meinen ersten Planeten. Über eine Reihe anderer, an deren Ende der Kriegsherr von Kalgan stand, bekam ich dann Kalgan und damit eine Flotte in die Hand. Dann war die Stiftung an der Reihe – und dies ist der Punkt, an dem Sie beide ins Spiel kamen.

Die Stiftung«, fuhr er leise fort, »war das schwierigste Problem, das sich mir stellte. Um sie zu besiegen, mußte ich einen beträchtlichen Teil ihrer herrschenden Schicht auf meine Seite ziehen oder irgendwie anders ausschalten. Ich hätte dabei ganz langsam und gezielt vorgehen können, aber ich wußte, daß es auch einen direkteren Weg geben mußte, und den suchte ich. Es ist nicht ganz leicht für mich, andere emotional zu kontrollieren. Wenn ein starker Mann fünfhundert Pfund stemmen kann, heißt das ja auch noch lange nicht, daß er mit diesem Gewicht den ganzen Tag herumlaufen kann. Deshalb ziehe ich es auch vor, meine Fähigkeit nicht einzusetzen, wenn es nicht unbedingt nötig ist. Also suchte ich mir Verbündete bei meinem ersten Angriff auf die Stiftung.

In der Rolle meines Hofnarren versuchte ich herauszufinden, wen die Stiftung als Spion nach Kalgan geschickt hatte, um etwas über meine Person zu erfahren. Daß sie jemanden geschickt hatte, daran zweifelte ich keinen Augenblick. Heute weiß ich, daß Han Pritcher der Mann war, nach dem ich Ausschau hielt, aber durch einen Zufall stieß ich damals auf Sie beide. Ich *bin* ein Telepath, aber in dieser Fähigkeit nicht perfekt, und Sie, Mylady, stammten von der Stiftung. Und von dieser Tatsache ließ ich mich irreführen. Die Tatsache, daß sich dann Captain Pritcher uns anschloß, war an sich nicht verhängnisvoll, aber es war der Ausgangspunkt für einen Fehler, der verhängnisvoll werden sollte.«

Toran, der bisher wortlos zugehört hatte, unterbrach den Bericht des Muli. »Einen Moment mal«, zischte er erregt. »Wollen Sie damit sagen, daß Sie mich damals beeinflußt haben, als ich diesen Lieutenant mit einer einfachen Betäubungspistole herausgefordert habe?« Er begann zu stottern. »Heißt das, daß ich die ganze Zeit unter Ihrer Kontrolle war?«

Ein schwaches Lächeln spielte um Magnificos Mundwinkel. »Ja. Fällt es Ihnen so schwer, es zu glauben? Überlegen Sie doch selbst – hätten Sie von sich aus Ihr Leben für einen dahergelaufenen Fremden, und noch dazu für einen so komischen Vogel, aufs Spiel gesetzt? Ich nehme an, daß Sie hinterher, als Sie wieder einen klaren Kopf hatten, Ihre Reaktion nicht mehr verstehen konnten.«

»Ja«, nickte Bayta. »Er war völlig verwirrt. Es kling logisch.«

»Toran war übrigens nie wirklich in Gefahr«, fuhr der Muli fort. »Der Lieutenant hatte die strikte Anweisung, uns auf jeden Fall gehen zu lassen. Von Kalgan aus sind wir drei dann zusammen mit Captain Pritcher zur Stiftung zurückgekehrt – und von da aus ließ sich mein Plan einfach verwirklichen. Wir waren anwesend, als die Kriegsgerichtsverhandlung gegen Captain Pritcher stattfand, und ich habe die Zeit auf meine Art genutzt. Die Militärrichter, die bei dieser Verhandlung dabei waren, führten später ihre Geschwader im Krieg gegen den Muli an. Sie gaben sehr schnell auf, und meine Flotte gewann die Schlacht um Horleggor und andere kleinere Gefechte.

Über Pritcher lernte ich dann Dr. Mis kennen, der mir, ganz von sich aus, einen Visi-Sonor brachte, und mir damit meine Aufgabe ungeheuer erleichterte. Aber ich muß mich berichtigen: So *ganz* von sich aus brachte er ihn doch nicht.«

»Deshalb diese Konzerte?« unterbrach ihn Bayta. »Ich habe schon die ganze Zeit überlegt, wozu sie dienten. Jetzt begreife ich.«

»Richtig«, antwortete Magnifico, »der Visi-Sonor, der genau genommen an sich schon ein Instrument zur Kontrolle von Emotionen ist, hilft mir, größere Menschenmengen und den einzelnen intensiver zu beeinflussen. Diese Konzerte, die ich auf Terminus wie auch auf Haven gab, bevor sie fielen, unterstützten die allgemeine Stimmung der Resignation. Ich hätte den Kronprinzen von Neotrantor zum Beispiel auch ohne den Visi-Sonor sehr krank machen können, aber ich hätte ihn nicht töten können. Verstehen Sie?

Aber meine wichtigste Entdeckung war Ebling Mis. Das heißt, er wäre es gewesen . . .« Magnificos Stimme nahm einen Moment lang einen verärgerten Ton an, doch dann fuhr er rasch fort: »Es gibt einen weiteren Aspekt der emotionalen Kontrolle, der Ihnen noch nicht bekannt ist. Die Intuition oder Ahnung, oder wie immer Sie es nennen wollen, kann ebenfalls als Emotion beeinflußt werden. Jedenfalls kann ich sie so beeinflussen. Aber Sie verstehen das wahrscheinlich nicht, oder?«

Er wartete nicht auf eine Antwort, sondern sprach sofort weiter: »Der menschliche Geist arbeitet sehr unrationell, das heißt, es werden nur ungefähr zwanzig Prozent des vorhandenen Potentials genützt. Wenn es für kurze Zeit zu einer größeren Nutzung kommt, bezeichnet man das als Ahnung, Intuition oder was weiß ich. Ich entdeckte schon ziemlich früh, daß ich die Leistungsfähigkeit des Gehirns ebenfalls beeinflussen, das heißt, steigern konnte. Es ist zwar tödlich für die betreffende Person, aber es kann sehr nützlich sein. Dieser Atomfeld-Depressor, den ich im Krieg gegen die Stiftung eingesetzt habe, war die Erfindung eines kalganischen Technikers, dessen Gehirn ich zu Höchstleistungen antrieb. Auch hier arbeitete ich wieder über andere.

Ebling Mis war ein richtiger Volltreffer. Er war ein äußerst fähiger Mann, und ich brauchte ihn. Schon bevor ich den Krieg gegen die Stiftung eröffnet hatte, hatte ich schon Botschafter entsandt, die mit dem Imperium verhandeln sollten. Damals begann ich auch mit der Suche nach der Zweiten Stiftung. Natürlich konnte ich sie ohne weiteres nicht finden, aber ich wußte auch, daß ich sie unbedingt finden mußte – und die Antwort auf dieses Problem hieß Ebling Mis. Bei richtiger Beeinflussung konnte er Hari Seldons Arbeit nachvollziehen.

Das ist ihm auch teilweise gelungen. Ich trieb ihn zu Höchstleistungen an. Es nahm ihn ungeheuer mit, aber ich wollte, daß er fertig wurde. Schließlich lag er im Sterben, aber er lebte . . .« Wieder schwang ein gereizter Unterton in seiner Stimme mit. »Er *hätte* lange genug gelebt. Wir drei hätten dann gemeinsam die Zweite Stiftung finden können. Es wäre der letzte Kampf gewesen – wenn ich nicht einen Fehler gemacht hätte.«

»Warum ziehen Sie das Ganze so in die Länge«, fiel Toran ein. »Sagen

Sie uns, was für ein Fehler das war und . . . und kommen Sie endlich zum Ende.«

»Ihre Frau war mein Fehler. Ihre Frau ist ein ganz ungewöhnlicher Mensch. Ich hatte noch nie jemanden wie sie getroffen. Ich . . . ich –« Magnificos Stimme versagte, und es bereitete ihm sichtlich Mühe weiterzusprechen. »Sie mochte mich ganz selbstverständlich«, fuhr er schließlich entschlossen fort, »ohne daß ich ihre Gefühle beeinflussen mußte. Sie fand mich weder abstoßend noch komisch. Sie hatte Mitleid mit mir. Sie *mochte* mich!

Begreifen Sie? Können Sie verstehen, was das für mich bedeutete? Es war das erstemal, daß mich jemand . . . Nun, ich freute mich darüber. Meine eigenen Emotionen betrogen mich, obwohl ich die aller anderen kontrollierte. Ich habe sie nicht beeinflußt, ich habe ihre Gefühle nicht manipuliert, denn ich mochte dieses *natürliche* Gefühl zu sehr. Und das war ein Fehler – der erste.

Sie, Toran, standen natürlich unter meinem Einfluß. Sie haben mir nie mißtraut und nie etwas an mir in Frage gestellt. Erinnern Sie sich noch daran, wie uns das ›filianische‹ Schiff stoppte? Man kannte übrigens unsere Position, weil ich die ganze Zeit über mit dem Schiff wie auch mit meinen Generälen in Verbindung stand und stehe. Als es uns stoppte, ging ich mit an Bord, weil ich Han Pritcher beeinflussen mußte, der sich als Gefangener auf dem Schiff befand. Als ich ihn verließ, war er Colonel, gehörte jetzt zu meinen Männern und hatte das Kommando über das Schiff. Das Ganze war so offensichtlich, daß es Ihnen normalerweise hätte auffallen müssen, Toran. Sie sind dann ja auch mißtrauisch geworden, aber Sie akzeptierten ohne zu zögern meine Erklärung, die an sich alles andere als überzeugend war. Verstehen Sie, was ich meine?«

Toran verzog das Gesicht. »Wie konnten Sie denn die ganze Zeit mit Ihren Generälen in Verbindung bleiben?« wollte er wissen.

»Das war nicht weiter schwierig. Ich habe einen Ultrawellensender benutzt. Entdeckt werden konnte ich nicht, denn wenn mich wirklich jemand mit dem Gerät überraschte – was übrigens ein paarmal vorgekommen ist – fehlte ihm nachher einfach ein Stück in seiner Erinnerung.

Auf Neotrantor spielten mir dann meine Gefühle wieder einen Streich. Bayta stand zwar nicht unter meiner Kontrolle, aber sie wäre trotzdem nie mißtrauisch geworden, wenn ich bei unserem Zusammentreffen mit dem Kronprinzen nicht so emotionell gehandelt hätte. Seine Absichten auf Bayta . . . machten mich wütend, und ich brachte ihn um. Es war eine alberne Reaktion. Ein unauffälliges Handgemenge hätte es genauso getan.

Und trotzdem wäre Ihr Verdacht immer noch nicht zur Gewißheit geworden, wenn ich Pritcher in seinem wohlgemeinten Rat unterbrochen hätte oder wenn ich mich weniger um Mis und mehr um Sie gekümmert hätte . . .« Er zuckte die Achseln.

»Das ist das Ende der Geschichte?«
»Das ist das Ende, ja.«
»Und nun?«
»Ich werde mein ursprüngliches Ziel weiterverfolgen, obwohl ich bezweifle, daß ich heutzutage noch so einen fähigen Kopf wie Ebling Mis finden werde. Ich werde mir überlegen müssen, wie ich die Zweite Stiftung auf andere Weise ausfindig machen kann. In gewisser Hinsicht könnte man sagen, daß Sie mich besiegt haben.«
Bayta war aufgesprungen. »In *gewisser* Hinsicht?« wiederholte sie triumphierend. »Nur in gewisser Hinsicht? Wir haben Sie *ganz* besiegt! Alle Ihre Siege, abgesehen von der Eroberung der Stiftung, zählen nichts, denn die Galaxis ist nur noch ein barbarisches Vakuum. Und Ihr Sieg über die Stiftung ist auch nur ein kleiner Sieg, weil niemand damit rechnen konnte, mit einer Krise wie *Ihnen* konfrontiert zu werden. Einen wirklichen Sieg erringen Sie nur, wenn Sie die Zweite Stiftung besiegen, und das wird Ihnen nicht gelingen. Die Zweite Stiftung wird nämlich *Sie* besiegen. Ihre einzige Chance bestand darin, sie ausfindig zu machen und loszuschlagen, bevor sie vorbereitet war. Und dazu ist es jetzt zu spät. Mit jeder Minute, die von nun an verstreicht, werden sie sich immer mehr auf den Muli vorbereiten. Vielleicht hat sich das jetzt, *in diesem Augenblick*, gerade in Gang gesetzt. Sie werden es noch erfahren – wenn sie zuschlägt und Ihre kurze Zeit der Herrschaft beendet, wenn Sie nichts weiter mehr sind als ein aufgeblasener Eroberer, der nur ein unbedeutendes Gastspiel im blutigen Lauf der Geschichte gegeben hat.«
Bayta war außer Atem. Sie holte tief Luft. »Wir haben Sie besiegt«, stieß sie hervor. »Toran und ich. Und jetzt kann ich zufrieden sterben.«
Die Augen des Muli, die auf ihr ruhten, waren die traurigen, liebevollen Augen von Magnifico. »Ich werde weder Sie noch Ihren Mann töten. Sie können mir nicht mehr schaden, und wenn ich Sie töte, bringt mir das Ebling Mis auch nicht zurück. Es ist alles meine eigene Schuld. Ich bin selbst verantwortlich für die Fehler, die ich gemacht habe. Sie sind frei und können gehen, wohin Sie wollen! Gehen Sie in Frieden – um unserer . . . Freundschaft willen.«
Er richtete sich stolz auf. »Trotzdem bin und bleibe ich der Muli, der mächtigste Mann der Galaxis. Und ich *werde* die Zweite Stiftung besiegen.«
Und Bayta schoß mit Ruhe und Überzeugung ihren letzten Pfeil ab. »Das werden Sie nicht! Ich glaube noch immer an die Weisheit Hari Seldons. Sie werden der erste und letzte Herrscher Ihrer Dynastie sein.«
Magnifico hob den Kopf. »Meiner Dynastie? Ja, ich habe oft mit diesem Gedanken gespielt. Daß ich eine Dynastie gründen könnte. Daß ich eine passende Gefährtin finden würde.«
Als Bayta den Blick in seinen Augen las, glaubte sie zu erstarren.
Magnifico schüttelte den Kopf. »Ich fühle Ihre Abscheu, aber das ließe

sich leicht ändern. Auch wenn es nur eine künstlich erzeugte Liebe wäre, würde kein Unterschied zwischen diesem Gefühl und der echten Empfindung bestehen. Aber die Dinge sind nun einmal so, wie sie sind. Ich nenne mich den Muli – aber nicht aufgrund meiner Stärke – offensichtlich nicht . . .«

Er wandte sich ab und ging davon, ohne sich noch einmal umzusehen.

Buch III

Die zweite Stiftung

Die zweite Stiftung
(Second Foundation)

Für Marcia, John und Stan

Teil I
Die Suche des Mutanten

1

Zwei Männer unter Einfluß des Muli

Der Mutant – . . . Nach dem Fall der Ersten Stiftung nahmen die konstruktiven Aspekte der Herrschaft des Muli immer mehr Gestalt an. Nachdem das erste Galaktische Imperium endgültig zersplittert war, gelang es diesem Mann, ein einheitliches Reich zu schaffen, das den Namen »Imperium« erstmals wieder zu Recht verdiente. Das frühere Handelsimperium der besiegten Stiftung, das vor allem durch die Voraussagen der Psychohistorie zusammengehalten worden wurde, war anders aufgebaut und nur ein lockerer Zusammenschluß von Planeten gewesen. Es ließ sich kaum mit dem straff geführten »Planetenbund« des Muli vergleichen, der während der sogenannten Suche ein Zehntel der Galaxis und ein Fünfzehntel ihrer Bevölkerung umfaßte . . .

Encyclopedia Galactica

Die Enzyklopädie weiß noch mehr über den Muli und sein Imperium zu berichten, aber diese Informationen stehen kaum in Zusammenhang mit den Fragen, die uns interessieren, und sind für unsere Zwecke auf jeden Fall zu trocken und nüchtern. Der Artikel befaßt sich hauptsächlich mit den wirtschaftlichen Umständen, die zum Aufstieg des Muli zum »Ersten Bürger des Bundes« – so der offizielle Titel – geführt haben, sowie mit den damit verbundenen wirtschaftlichen Konsequenzen.

Falls sich der Autor des Artikels darüber gewundert haben sollte, wie schnell der Muli innerhalb von fünf Jahren aus dem Nichts zum Herrscher über ein großes Reich aufgestiegen ist, schweigt er sich zumindest darüber aus. Falls ihn weiterhin die Tatsache überrascht, daß die Periode der Expansion plötzlich von einer fünfjährigen Periode der Territoriumskonsolidierung abgelöst wurde, so erwähnt er dies ebenfalls nicht.

Deshalb befassen wir uns jetzt nicht weiter mit der Enzyklopädie, sondern verfolgen unser eigentliches Vorhaben weiter und widmen uns der Zeit des Großen Interregnums – zwischen dem Ersten und Zweiten Imperium – nach den fünf Jahren der Konsolidierung.

Politisch gesehen befindet sich der Bund in einem Zustand der Ruhe, wirtschaftlich geht es aufwärts mit ihm. Nur wenige würden das Chaos vor der Zeit des Muli seiner jetzigen Friedensherrschaft vorziehen. Vielleicht findet man auf den Planeten, die bis vor fünf Jahren zur Stiftung gehört hatten, noch ein gewisses nostalgisches Bedauern, aber das ist auch alles. Die Führer der Stiftung waren entweder tot oder konvertiert; die Toten konnten dem Muli nicht mehr gefährlich werden, die Konvertierten waren ihm treu ergeben und sehr brauchbar.

Der Brauchbarste unter den Konvertierten war Han Pritcher, inzwischen zum Generalleutnant befördert.

In den Tagen der Stiftung war Han Pritcher Captain im Nachrichtendienst und Mitglied der oppositionellen Demokratischen Untergrundbewegung gewesen. Als sich die Stiftung dann dem Muli kampflos ergab, begann er den Kampf gegen ihn, bis er schließlich konvertiert wurde.

Die Konversion beruhte nicht, wie es sonst üblich ist, auf der freiwilligen Meinungsänderung aufgrund der besseren Argumente des anderen, eine Tatsache, der sich Han Pritcher sehr wohl bewußt war. Er war vom Muli manipuliert worden, denn der Muli war ein Mutant mit besonderen geistigen Fähigkeiten, die es ihm erlaubten, die Gefühle anderer zu seinen Gunsten zu beeinflussen. Aber das störte Pritcher wenig, und er hielt es für völlig in Ordnung. Diese Zufriedenheit mit der eigenen Konversion war eines ihrer wesentlichsten Symptome.

Han Pritcher war gerade von seiner fünften Großexpedition in die Weiten der Galaxis außerhalb des Bundes zurückgekehrt und befand sich auf dem Weg zu einer Audienz mit dem »Ersten Bürger«, der der Raumveteran und Geheimagent mit echter Freude entgegensah. Sein hartes, wie aus Stein gemeißeltes Gesicht verriet zwar keine seiner Regungen, aber solche äußeren Zeichen waren überflüssig, da der Muli in den Menschen hineinsehen und seine Gefühle lesen konnte, wie ein Normalsterblicher zum Beispiel das Zucken einer Augenbraue sieht.

Pritcher ließ seinen Gleiter in den Hangars des früheren Vizekönigs zurück und betrat das Palastgelände zu Fuß, wie es vorgeschrieben war. Auf diese Weise legte er rund eine Meile zurück, ohne einer Menschenseele zu begegnen. Pritcher wußte, daß er auf dem gesamten Palastgelände, das sich über Quadratmeilen erstreckte, keinen Wachposten, Soldaten oder bewaffneten Aufseher antreffen würde.

Denn beim Muli waren Schutzmaßnahmen überflüssig.

Er selbst war nämlich sein bester Schutz.

Seine eigenen Schritte hallten leise in seinen Ohren, als sich Pritcher den glänzenden und unvorstellbar starken Metallwänden des Palastes näherte, der sich riesig auf dem weiten Gelände und über der großen Stadt am Horizont erhob.

In diesem Palast würde er jenen Mann – ganz allein – finden, von dessen übermenschlichen geistigen Fähigkeiten die neue Aristokratie und die Existenz des Bundes abhing.

Die gewaltige, polierte Tür schwang auf, als der General näherkam, und er trat ein. Ein Aufzug brachte ihn hinauf in den höchsten Turm des Palastes, wo das Arbeitszimmer des Muli lag.

Die schmale Tür öffnete sich . . .

Bail Channis war jung – und unkonvertiert. Was, einfacher ausgedrückt, soviel bedeutet, daß seine Emotionen vom Muli bisher noch nicht beeinflußt worden waren. Sie waren genauso, wie sie sich aufgrund des Erbgutes und der Umweltbedingungen entwickelt hatten. Und auch er fand das so völlig in Ordnung.

Mit knapp dreißig genoß er ein erstaunlich hohes Ansehen in der Hauptstadt. Er sah gut aus und war geistreich und witzig – und deshalb erfolgreich in der Gesellschaft. Er war überdies intelligent und selbstbewußt – und deshalb erfolgreich beim Muli. Und er genoß beide Erfolge.

Jetzt hatte ihn der Muli zum erstenmal zu einer Privataudienz zu sich beordert.

Er ging die lange, glänzende Straße entlang, die schnurgerade zu den Aluminiumtürmen führte, in denen einst der Vizekönig von Kalgan unter den alten Kaisern residiert und geherrscht hatte. Später hatten die unabhängigen Prinzen von Kalgan, die in ihrem eigenen Namen herrschten, in diesem Palast residiert, und heute war er die Residenz des Ersten Bürgers des Bundes, der über ein eigenes Imperium herrschte.

Channis summte leise vor sich hin. Er konnte sich denken, warum der Muli ihn zu sich befohlen hatte. Es ging um die Zweite Stiftung! Jenes Gespenst, das drohend über allem ragte und das allein durch das Bewußtsein seiner Existenz den Muli veranlaßt hatte, seine Politik der unbegrenzten Expansion zugunsten einer abwartenden Haltung zurückzustellen, die offiziell als »Konsolidierungspolitik« bezeichnet wurde.

Im Augenblick gingen wieder eine ganze Reihe von Gerüchten um – Gerüchte lassen sich ja nie unterbinden. Es war von einer neuen Offensive die Rede. Der Muli habe die Zweite Stiftung entdeckt und wolle sie nun angreifen. Der Muli habe sich mit der Zweiten Stiftung geeinigt und sich die Galaxis mit ihr geteilt. Der Muli sei zu dem Schluß gekommen, daß die Zweite Stiftung überhaupt nicht existierte, und wolle nun die ganze Galaxis erobern.

Solche und ähnliche Gerüchte entstanden immer wieder in den Vorzimmern der Hauptstadt, und man tat normalerweise am besten daran, sie erst gar nicht zu beachten. Aber diesmal war es offensichtlich etwas anders, denn es schien, daß an den Gerüchten mehr war als üblich, was jenen, die es nach Krieg, militärischen Abenteuern und politischem Chaos gelüstete und die in Zeiten der Stabilität und des Friedens nicht auf ihre Kosten kamen, Anlaß zu freudigem Aufhorchen gab.

Zu diesen Leuten gehörte Bail Channis. Er hatte keine Angst vor der mysteriösen Zweiten Stiftung, und er hatte genauso wenig Angst vor dem Muli, eine Tatsache, mit der er in aller Öffentlichkeit prahlte. Es gab sicher ein paar, die sein Verhalten mißbilligten und darauf warteten, daß sich der Muli an diesem jungen und bei den Damen der Gesellschaft gern gesehenen Mann rächte, der Witze auf Kosten der äußeren Erscheinung des Mulis machte. Jedenfalls wagte niemand, es ihm nachzutun, und nur wenige, mit ihm zu lachen, aber als nichts passierte, stieg sein Ansehen in der Hauptstadt entsprechend.

Channis improvisierte einen Refrain zu der Melodie, die er summte, sinnlose Worte, wie sie im Augenblick oft wiederholt wurden: »Schon lange ist in aller Mund, die Zweite Stiftung bedroht unseren Bund.«

Er hatte jetzt den Palast erreicht, und vor ihm schwang die gewaltige, polierte Tür auf, um ihn einzulassen. Channis betrat den Aufzug, der ihn hinauf in den höchsten Turm des Palastes brachte, wo das Arbeitszimmer des Muli lag. Die schmale Tür öffnete sich . . .

Jener Mann, der nur einen Namen – der Muli – trug, und nur einen Titel – der Erste Bürger –, sah durch die einseitig transparente Wand hinaus auf die Lichter der großen Stadt am Horizont.

Die Sterne, die in der hereinbrechenden Abenddämmerung am Himmel erschienen, gehörten ausnahmslos zu seinem Reich.

Bei diesem Gedanken verzog sich sein Mund zu einem bitteren Lächeln. Sein Reich! Das Reich eines Mannes, den nur wenige je zu Gesicht bekommen hatten.

Er, der Muli, war nicht gerade eine sehenswerte Gestalt, und sein Anblick wirkte eher lächerlich. Er war groß und dabei ungewöhnlich hager und schien nur aus spindeldürren Gliedern und einer riesigen Nase zu bestehen, die sein Gesicht beherrschte.

Nur seine Augen ließen erkennen, daß der äußere Eindruck täuschte. Es waren braune, für den größten Eroberer der Galaxis seltsam weiche Augen, in denen eine Traurigkeit lag, die sich nie ganz verstecken ließ.

In der Stadt konnte man jenes Vergnügen finden, das eine luxuriöse Hauptstadt auf einem Luxusplaneten zu bieten hatte. Der Muli hätte seine Hauptstadt auch auf die Stiftungswelt legen können, den stärksten der inzwischen eroberten feindlichen Planeten, aber er lag zu weit abseits, am äußersten Rand der Peripherie. Kalgan, mit seiner zentralen Lage und seiner Tradition als Vergnügungsort für die Aristokratie, erschien ihm strategisch gesehen günstiger.

Aber auch hier, in dieser Umgebung der ewigen Ausgelassenheit und des ewigen Vergnügens, fand er keinen Frieden.

Man fürchtete ihn und gehorchte ihm, und vielleicht respektierte man ihn sogar – aus gebührender Entfernung. Aber wer konnte ihn ansehen, ohne mitleidige Verachtung zu empfinden? Nur jene, die er konvertiert hatte. Und welchen Wert besaß schon diese künstlich erzeugte Loyalität, der die Würze der Natürlichkeit fehlte? Er hätte wohltönende Titel annehmen und ein kompliziertes Ritual um seine Person ausarbeiten lassen können, aber auch das hätte nichts geändert. Es war besser – oder zumindest jedenfalls nicht schlimmer – einfach der Erste Bürger zu sein und sich vor der Öffentlichkeit zu verstecken.

Plötzlich wurde eine rebellische Stimme in ihm laut – eine starke und brutale Stimme. Er wollte die ganze Galaxis beherrschen! Fünf Jahre lang hatte er jetzt gezögert und sich hier in seinem Palast auf Kalgan vergraben, weil dort irgendwo im Raum diese beständige, ungewisse und unbekannte Bedrohung lauerte, die Zweite Stiftung hieß. Er war zweiunddreißig. Das war gewiß nicht alt, aber er fühlte sich alt. Auch wenn er übermenschliche geistige Fähigkeiten besaß, war er körperlich doch schwach. Jeder Stern! Jeder Stern, den er sehen konnte – und auch die, die er nicht sehen konnte! Sie alle mußten zu seinem Reich gehören!

Rache! Er wollte sich an einer Menschheit rächen, in der er ein Außenseiter war. An einer Galaxis, in die er nicht hineinpaßte. Ein Warnsignal machte ihn darauf aufmerksam, daß jemand den Palast betreten hatte, und von diesem Moment an konnte er jeden Schritt des Besuchers verfolgen. Gleichzeitig nahm er mit seinen besonderen geistigen Fähigkeiten das Gefühl der Zufriedenheit wahr, das von dem anderen ausging.

Er wußte sofort, wer der Besucher war. Es handelt sich um Pritcher.

Captain Pritcher von der früheren Stiftung. Jener Captain Pritcher, der von den Bürokraten ihrer degenerierten Regierung ignoriert und übergangen worden war. Jener Captain Pritcher, der dann zum schmutzigen Spion und potentiellen Attentäter gegen ihn geworden war und den er, der Muli, schließlich konvertiert hatte. Jener Captain Pritcher, den er zuerst zum Colonel und dann zum General befördert hatte und der jetzt galaxisweit für ihn kämpfte.

Der jetzige General Pritcher, der früher sein erbittertster Feind gewesen war, war ihm heute treu ergeben. Nur beruhte diese Loyalität nicht auf einer inneren Einsicht, auf Dankbarkeit oder auf was auch immer – General Pritcher war loyal, weil der Muli ihn in diese Richtung beeinflußt hatte.

Er hatte Pritcher die Loyalität und Liebe zu seinem Herrscher vor fünf Jahren in die obersten Schichten seines Gehirns eingepflanzt, aber tief darunter lagen immer noch die ursprünglichen Charakterzüge von unbeugsamem Starrsinn, Auflehnung gegen den Vorgesetzten und Idealismus – doch selbst der Muli konnte sie mittlerweile kaum mehr ertasten.

Als sich die Tür hinter ihm öffnete, drehte er sich um. Die transparente Wand wurde undurchsichtig, und das purpurfarbene Licht der Abenddämmerung wurde vom weißlichen Leuchten von Atomenergie abgelöst.

Han Pritcher nahm in dem Sessel Platz, auf den der Muli zeigte. Bei einer Privataudienz beim Muli wurde auf das bei anderen Herrschern übliche Protokoll wie Verbeugung oder Kniefall verzichtet. Der Muli war einfach der »Erste Bürger«. Man redete ihn mit »Sir« an, durfte in seiner Gegenwart sitzen und konnte ihm auch den Rücken zuwenden, wenn man zum Beispiel hinausging.

Für Han Pritcher war dies alles ein Beweis dafür, daß der Muli seine Machtposition als natürlich und selbstverständlich betrachtet, und der General empfand ein starkes Gefühl der Sympathie.

»Ich habe gestern Ihren Abschlußbericht bekommen«, begann der Muli. »Ich kann nicht leugnen, daß ich ihn etwas deprimierend finde, Pritcher.«

Der General runzelte die Stirn. »Sicher, das kann ich mir vorstellen – aber ich wüßte nicht, zu welchen anderen Schlußfolgerungen ich hätte kommen können. Es existiert einfach keine Zweite Stiftung, Sir.«

Der Muli überlegte und schüttelte dann langsam den Kopf, wie er es schon so viele Male getan hatte. »Ebling Mis hat uns den Beweis geliefert, daß sie doch existiert. Das dürfen wir nie vergessen.«

Da Pritcher wußte, worauf der Muli anspielte, antwortete er ohne nähere Erklärungen: »Mis ist vielleicht der größte Psychologe auf der Stiftung gewesen, aber im Vergleich zu Hari Seldon war er doch ein Waisenknabe. Als er damals Seldons Plan nachvollzogen hat, wurde er von Ihnen künstlich stimuliert. Es wäre doch denkbar, daß Sie ihn zu weit getrieben haben. Vielleicht hat er sich geirrt. Er *muß* sich geirrt haben, Sir.«

Der Muli seufzte und reckte das Kinn auf seinem spindeldürren Hals vor. »Wenn er nur eine Minute länger gelebt hätte. Er wollte mir gerade sagen, wo die Zweite Stiftung liegt. Ich sage Ihnen, er *wußte* es. Dann hätte ich nicht so lange warten müssen. Fünf lange Jahre, in denen ich keinen Schritt weitergekommen bin.«

Pritcher war zu keiner Kritik an seinem Herrscher fähig, der so eigensinnig an der Existenz der Zweiten Stiftung festhielt, da er geistig kontrolliert wurde, aber er fühlte sich doch leicht unbehaglich. »Welche Erklärung könnte es denn sonst geben, Sir?« fragte er. »Ich habe jetzt fünf Expeditionen in die Galaxis angeführt, deren Routen Sie selbst geplant haben. Es gibt nicht einen Asteroiden, den ich nicht überprüft hätte. Es ist jetzt dreihundert Jahre her, daß Hari Seldon in der Zeit des alten Imperiums zwei Stiftungen gegründet haben soll, aus denen später einmal ein neues Imperium hervorgehen sollte. Hundert Jahre danach wußte die ganze Peripherie von der Existenz der Ersten Stiftung, und noch fünfzig Jahre später, als sie sich den letzten Kampf mit dem alten Imperium lieferte, war sie in der gesamten Galaxis bekannt. Dreihundert Jahre sind seit der angeblichen Gründung der beiden Stiftungen vergangen – und wo ist nun die Zweite? In dieser ganzen Zeit hat niemand jemals von ihr gehört.«

»Ebling Mis hat gesagt, daß sie ihre Existenz geheimhält, weil sie nur auf diese Weise ihre Schwäche in Stärke verwandeln kann.«

»Aber so geheim, wie sie ihre Existenz hält, würde ich eher sagen, sie existiert *nicht*«, erwiderte Pritcher.

Der Muli hob den Kopf und musterte ihn scharf. »Ich *weiß*, daß sie existiert.« Er zeigte mit einem dürren Finger auf den General. »Wir werden eine neue Taktik einschlagen.«

Pritcher runzelte die Stirn. »Wollen Sie sich selbst auf die Suche machen, Sir? Davon würde ich Ihnen dringend abraten.«

»Nein, natürlich nicht. Sie werden noch einmal auf eine Expedition gehen – ein letztesmal. Allerdings zusammen mit jemand anderem.«

»Mit wem, Sir?« wollte Pritcher nach kurzem Schweigen wissen.

»Es gibt hier einen jungen Mann auf Kalgan. Er heißt Bail Channis.«

»Ich habe den Namen noch nie gehört, Sir.«

»Das kann ich mir vorstellen. Aber er ist sehr intelligent, ehrgeizig – und *nicht* konvertiert.«

Pritcher zuckte kaum merklich zusammen. »Ich kann in dieser Tatsache keinerlei Vorteil sehen, Sir.«

»Es gibt aber einen, Pritcher. Sie sind ein kluger und erfahrener Mann, und Sie haben mir bisher treu gedient. Aber Sie sind konvertiert. Ihre Motivation beruht einzig und allein auf einer künstlich erzeugten und unterstützten Loyalität mir gegenüber. Als ich Ihnen Ihre ursprüngliche Motivation genommen habe, haben Sie damit etwas verloren, einen inneren Schwung, den ich durch nichts ersetzen kann.«

»Das kann ich nicht sagen, Sir«, entgegnete Pritcher überzeugt. »Ich kann mich noch sehr gut daran erinnern, wie ich früher gewesen bin, als ich noch Ihr Gegner war, und ich fühle mich heute keineswegs anders.«

»Natürlich nicht.« Der Muli verzog den Mund zu einem Lächeln. »Aber Ihre Urteilsfähigkeit ist in dieser Beziehung kaum objektiv. Dieser Bail Channis dagegen ist ehrgeizig, weil es um seinen eigenen Vorteil geht. Er ist absolut vertrauenswürdig – nicht aus Loyalität mir gegenüber, sondern weil es für ihn von Vorteil ist. Er weiß, daß er mit mir steigt und fällt, und er würde deshalb alles tun, meine Macht auszudehnen, damit er möglichst lange mit mir oben bleibt. Wenn er Sie begleitet, dann sucht er vielleicht etwas intensiver und intuitiver als Sie – weil es um seinen eigenen Vorteil geht.«

»Warum heben Sie dann nicht meine Konversion auf«, wandte der General ein, »wenn Sie glauben, daß ich als Unkonvertierter fähiger wäre? Inzwischen können Sie mir doch sicher ganz vertrauen.«

»Das kann ich nie, Pritcher. Solange Sie sich in meiner Reichweite befinden, bleiben Sie konvertiert. Wenn ich Ihre Konversion jetzt rückgängig machen würde, wäre ich im nächsten Augenblick ein toter Mann.«

Der General hob zornig den Kopf. »Es schmerzt mich, daß Sie so über mich denken.«

»Ich wollte Sie nicht verletzen, aber Sie können unmöglich beurteilen, wie Sie sich verhalten würden, wenn Ihre Emotionen wieder frei und unkontrolliert wären. Der menschliche Geist wehrt sich gegen jede Kontrolle und reagiert sehr aggressiv darauf. Ein gewöhnlicher Hypnotiseur kann aus diesem Grund auch niemanden gegen seinen Willen hypnotisieren. Ich kann es, weil ich kein Hypnotiseur bin, und glauben Sie mir, Pritcher, jene Aggression Ihres kontrollierten Unterbewußtseins gegen mich, die Sie nicht zeigen können und deren Existenz Ihnen noch nicht einmal bewußt ist, ist eine Emotion, mit der ich nie konfrontiert werden möchte.«

Pritcher senkte resignierend den Kopf. Er fühlte sich müde und unsicher. »Aber woher wissen Sie, daß Sie diesem Mann trauen können?« brachte er schließlich mühsam hervor. »Ich meine, so absolut, wie Sie mir als Konvertiertem trauen können.«

»Nur, so absolut kann ich ihm wohl nicht vertrauen. Deshalb sollen Sie ihn ja auch begleiten.« Der Muli ließ sich in den breiten Sessel zurücksinken, in dem seine endlosen hageren Beine wie zwei überkreuzte, lebendig gewordene Zahnstocher wirkten. »Sehen Sie, Pritcher, es könnte ja sein, daß Sie tatsächlich auf die Zweite Stiftung stoßen – und es könnte dann sein, daß er sich von einer Übereinkunft mit ihnen mehr verspricht als mit mir . . . Sie verstehen, worauf ich hinaus will?«

Pritcher nickte mit leuchtenden Augen. »Ja, Sir.«

»Aber denken Sie immer daran, daß er soweit wie möglich freie Hand haben soll.«

»Natürlich, Sir.«

»Und . . . eh . . . Pritcher, dieser junge Mann ist eine ungewöhnlich gutaussehende und sympathische Erscheinung, und er kann äußerst charmant sein. Lassen Sie sich aber dadurch nicht täuschen. Er ist nämlich gefährlich und skrupellos. Sollten Sie sich mit ihm anlegen, dann achten Sie darauf, daß Sie entsprechend vorbereitet sind. Das wäre alles.«

Der Muli war wieder allein. Er löschte das Licht, und die Wand vor ihm wurde wieder transparent. Die Stadt hob sich als Lichtermeer gegen den purpurnen Himmel ab.

Wozu das alles eigentlich? überlegte er. Und wenn er wirklich einmal Herr über die geamte Galaxis war – was dann? Würde das etwas an der aufrichtigen und selbstbewußten Haltung von Männern wie Pritcher ändern? Würde ein Bail Channis deshalb plötzlich anders aussehen? Und er selbst, würde er dann ein anderer sein, als er jetzt war?

Er verfluchte sich für solche Gedanken. Welches Ziel war ihm eigentlich wirklich wichtig?

Wieder leuchtete das Warnsignal auf, und wieder konnte er die Schritte des Besuchers verfolgen, der soeben den Palast betreten hatte. Fast gegen seinen Willen nahm er das starke Gefühl der Zufriedenheit wahr, das von dem anderen ausging.

Er wußte sofort, wer der Besucher war. Es handelte sich um Channis. Diesmal fand er keine Uniformität vor, sondern jene ursprüngliche Vielfältigkeit eines starken Geistes, der unangetastet und nicht von ihm manipuliert war. Er sandte die verschiedensten Strömungen und Wellen aus. Da war einmal Vorsicht an der Oberfläche, in die sich ein Anflug von zynischer Belustigung mischte. Darunter lag dann die starke Strömung der Selbstsucht und Eigenliebe, hier und da von einer Spur von Grausamkeit durchsetzt, und ganz unten ruhte still und unbeweglich der Ehrgeiz, die Basis seines ganzen Charakters.

Der Muli wußte, daß er diese Strömungen und Wellen eindämmen und umlenken konnte und daß er auch die ruhende Basis durch eine andere ersetzen konnte, wenn er es wollte. Aber dann? Wenn er Channis' Lockenkopf in tiefer Bewunderung und Verehrung für ihn beugen konnte, würde er dadurch etwas an seiner eigenen Erscheinung ändern, die schuld daran war, daß er das Licht des Tages mied und die Nacht bevorzugte, daß er sich in seinem eigenen Imperium versteckte?

Als sich die Tür hinter ihm öffnete, drehte er sich um. Die transparente Wand wurde undurchsichtig, und die Dunkelheit der Nacht wurde vom weißlichen Leuchten von Atomenergie abgelöst.

»Sie erweisen mir eine nicht ganz unerwartete Ehre, Sir«, begann Bail Channis unbekümmert, nachdem er sich gesetzt hatte.

Der Muli rieb sich mit vier Fingern gleichzeitig über seine Nase. »Wieso das, junger Mann?« fragte er leicht gereizt.

»Ich nehme an, man könnte es als Intuition bezeichnen. Ich muß allerdings zugeben, daß sie nicht von ungefähr kommt, denn mir sind in letzter Zeit gewisse Gerüchte zu Ohren gekommen.«

»Gerüchte? Welches der zig Gerüchte, die im Augenblick im Umlauf sind, meinen Sie denn?«

»Die, in denen von einer neuen galaktischen Offensive die Rede ist. Ich kann nur meiner Hoffnung Ausdruck verleihen, daß sie gerechtfertigt sind und daß ich vielleicht eine angemessene Rolle dabei spielen darf.«

»Und Sie glauben, daß es tatsächlich eine Zweite Stiftung gibt?«

»Warum nicht? Ihre Existenz würde alles so viel interessanter machen.«

»Sie interessieren sich demnach für diese Zweite Stiftung?«

»Aber natürlich. Ihr Geheimnis fasziniert mich! Gibt es ein Thema, das mehr für Mutmaßungen hergibt als die mögliche Existenz der Zweiten Stiftung? Die Zeitungen schreiben in letzter Zeit ziemlich viel darüber – eine Tatsache, die für sich spricht, wie ich meine. Irgendein Autor hat sich für den *Cosmos* eine Geschichte ausgedacht, die von einer Welt aus rein geistigen Wesen handelt – damit spielt er auf die Zweite Stiftung an –, die ihre geistige Energie so weit entwickelt haben, daß sie es mit jeder in der Physik bekannten Energie aufnehmen können. Sie sind in der Lage, Raumschiffe auf eine Distanz von Lichtjahren zu zerstören oder Planeten aus ihrer Umlaufbahn zu bringen . . .«

»Interessant. Wirklich interessant. Aber sagen Sie mir: Welche Vorstellungen haben Sie denn zu diesem Thema? Schließen Sie sich dieser Theorie von einer geistigen Macht an?«

»Galaxis, nein! Glauben Sie, solche Wesen würden auf ihrem eigenen Planeten bleiben? Nein, Sir. Ich meine, die Zweite Stiftung hält sich verborgen, weil sie schwächer ist, als wir vermuten.«

»Wenn das so ist, dann kann ich sofort zum Grund für diese Audienz kommen. Was halten Sie davon, als Führer einer Expedition nach der Zweiten Stiftung zu suchen?«

Einen Augenblick schien es, als fühle sich Channis von der raschen Entwicklung der Ereignisse etwas überrollt. Er zögerte.

»Nun?« meinte der Muli ausdruckslos.

Channis runzelte die Stirn. »Natürlich würde ich diesen Auftrag sehr gern übernehmen. Aber welches Ziel soll die Expedition haben? Gibt es irgendwelche Informationen . . .«

»General Pritcher wird Sie begleiten . . .«

»Dann werde ich sie also *nicht* leiten?«

»Urteilen Sie selbst, wenn ich Ihnen alles erklärt habe. Sie stammen doch nicht von der Stiftung, nicht? Soweit ich weiß, sind Sie auf Kalgan geboren, ja? Schön. Dann ist Ihnen der Seldon-Plan vielleicht nur vage bekannt. Als das erste Galaktische Imperium seinem Untergang entgegenging, analysierte Hari Seldon gemeinsam mit einer Gruppe von Psychohistorikern, die mathematische Möglichkeiten besaß, welche uns in unserer heutigen degenerierten Zeit nicht mehr zur Verfügung stehen, die Zukunft der Galaxis und gründete zwei Stiftungen an den entgegengesetzten Enden der Galaxis. Die wirtschaftlichen und soziologischen Kräfte, die sich im Laufe der Zeit langsam entwickelten, sollten sie zur Wiege des Zweiten Imperiums werden lassen. Hari Seldon hatte berechnet, daß bis zur Entstehung dieses Zweiten Imperiums tausend Jahre vergehen würden – während es ohne die Stiftungen dreißigtausend Jahre dauern würde. Allerdings hatte er nicht mit *mir* gerechnet. Ich bin ein Mutant und damit ein unberechenbarer Faktor in der Mathematik der Psychohistorie, die nur mit der normalen Reaktion von großen

Menschenmassen arbeiten kann. Verstehen Sie, was ich sagen will?«

»Sicher, Sir. Nur verstehe ich nicht, was das alles mit meiner Person zu tun hat.«

»Das werden Sie gleich. Ich habe vor, die Galaxis jetzt zu vereinen – und damit den Seldon-Plan nicht in tausend, sondern in dreihundert Jahren zu erfüllen. Die eine Stiftung – die Welt der Physiker – blüht immer noch, aber unter *mir*. Aufgrund ihrer hohen technischen Entwicklung und unter dem Einfluß des Bundes hat man dort Atomwaffen entwickelt, denen niemand in der ganzen Galaxis etwas entgegenzusetzen hat – ausgenommen vielleicht die Zweite Stiftung. Aus diesem Grund muß ich mehr über sie herausfinden. General Pritcher ist überzeugt, daß sie nicht existiert, aber ich bin anderer Meinung.«

»Woher nehmen Sie diese Gewißheit, Sir?« fragte Channis vorsichtig.

Der Muli klang plötzlich entschieden verärgert. »Weil jemand an den Gehirnen, die sich unter meiner Kontrolle befinden, manipuliert hat! Man ist dabei äußerst geschickt zu Werke gegangen. Aber nicht so geschickt, daß ich es nicht merken würde. Die mysteriösen Manipulationen treten in vermehrtem Maß auf, und immer trifft es wichtige Männer in entscheidenden Augenblicken. Wundert es Sie da noch, daß ich mich in den letzten fünf Jahren eher abwartend verhalten habe?

Ich schicke Sie aus folgendem Grund mit auf diese Expedition: General Pritcher ist der beste Mann, der mir noch geblieben ist, also kann ich mir seiner nicht mehr sicher sein, was ihm selbst natürlich nicht bewußt ist. Sie aber sind ein Unkonvertierter und aus diesem Grund nicht so ohne weiteres als ein Helfer des Muli zu identifizieren. Es könnte Ihnen gelingen, die Zweite Stiftung länger zu täuschen als es einer meiner eigenen Männer könnte – vielleicht sogar lange genug. Verstehen Sie?«

»Hmmm. Ja. Sie werden meine Neugier entschuldigen, Sir, aber woran erkennen Sie, daß Ihre Leute manipuliert worden sind? Ich frage nur, damit ich eventuelle Veränderungen bei General Pritcher feststellen kann, sollten solche Veränderungen auftreten. Sind sie wieder wie vorher, bevor sie von Ihnen konvertiert wurden? Werden sie plötzlich disloyal?«

»Nein. Ich habe Ihnen ja gesagt, daß man sehr geschickt vorgeht. Es ist beunruhigender, weil es sehr schwierig ist festzustellen, ob der Betreffende einfach launenhaft ist, oder ob man ihn tatsächlich manipuliert hat. Sie sind nach wie vor absolut loyal, aber ihnen fehlt plötzlich sämtliche Initiative. Mir bleibt ein nach außen hin völlig normaler Mann, der aber in Wirklichkeit nutzlos wie eine Marionette ist. Im letzten Jahr sind sechs meiner besten Männer auf diese Weise beeinflußt worden.« Er verzog den Mund. »Sie leiten jetzt Ausbildungszentren – und ich kann nur für sie hoffen, daß sie nie wichtige Entscheidungen zu treffen haben.«

»Angenommen, Sir . . . angenommen, die Zweite Stiftung hat nichts damit zu tun. Es könnte doch zum Beispiel jemand wie Sie sein – ein anderer Mutant.«

»Das glaube ich nicht. Das Ganze ist zu sorgfältig und zu langfristig geplant. Ein einzelner hätte es eiliger. Nein, es ist eine ganze Welt, und Sie sollen meine Waffe gegen sie sein.«

»Es freut mich, daß Sie mir die Gelegenheit bieten, mich zu bewähren«, entgegnete Channis mit leuchtenden Augen.

Doch der Muli hatte einen plötzlichen Gefühlsausbruch seines Gegenübers wahrgenommen. »Ja, ich weiß, daß Sie der Ansicht sind, mir damit einen einzigartigen Dienst zu erweisen, der eine ebenso einzigartige Belohnung wert ist – vielleicht sogar die Ernennung zu meinem Nachfolger. Von mir aus. Aber auch die Bestrafung kann einzigartig ausfallen. Sie müssen wissen, daß sich meine Fähigkeiten nicht allein darauf beschränken, meine Untergebenen zu Loyalität zu beeinflussen.«

Ein hartes Lächeln spielte um seine Lippen, als Channis plötzlich entsetzt aus seinem Sessel aufsprang.

Den winzigen Bruchteil einer Sekunde lang hatte der junge Mann den Schmerz eines überwältigenden Leids gespürt. Es war ein fast physischer Schmerz gewesen, der die Umgebung um ihn herum hatte verschwimmen lassen. So plötzlich, wie er gekommen war, verging er auch wieder, und zurück blieb nur unbändiger Zorn.

»Zorn hilft Ihnen auch nicht . . .« sagte der Muli. »Ich merke, daß Sie versuchen, ihn vor mir zu verbergen, aber das können Sie nicht. Also denken Sie immer daran – das, was Sie gerade gefühlt haben, war nur eine kleine Kostprobe meiner vollen Fähigkeiten. Sie wären nicht der erste, den ich durch emotionale Kontrolle töten würde, und glauben Sie mir, es ist kein schöner Tod.«

Er zögerte. »Das wäre alles«, beendete er dann das Gespräch.

Der Muli war wieder allein. Er löschte das Licht, und die Wand vor ihm wurde wieder transparent. Der Himmel war schwarz, und über die unendliche Tiefe des Raums breitete sich das mattleuchtende Band der Milchstraße. Jener Nebel aus unzähligen schwachen Sternen, deren Schein zu einer einzigen Lichtwolke verschmolz.

Und er würde über diese Unendlichkeit herrschen . . .

Es gab nur noch eine letzte Kleinigkeit zu regeln, bevor er zu Bett ging.

Erstes Interludium

Der Ministerrat der Zweiten Stiftung war zusammengetreten. Für uns sind seine Mitglieder lediglich Stimmen, und weder der Ort der Konferenz noch die Identität der einzelnen sollen uns im Augenblick interessieren.

Es ist uns auch nicht möglich, den Verlauf dieser Konferenz auch nur teilweise wiederzugeben, denn das Ganze geht einfach über unser normales Begriffsvermögen hinaus.

Wir haben es hier mit Psychologen zu tun, und zwar nicht mit gewöhnlichen Psychologen. Man könnte sie eher als Wissenschaftler mit psychologischer Orientierung bezeichnen. Das heißt, es sind Männer, deren Auffassung von wissenschaftlicher Philosophie sich grundlegend von allen uns bekannten Orientierungen unterscheidet.

Die »Psychologie« von Wissenschaftlern, die inmitten von Axiomen groß geworden sind, die sich aus Beobachtungen in der Physik herleiten, hat kaum noch etwas mit dieser Psychologie zu tun, um die es hier geht.

Genauer kann ich es nicht erklären, denn es ist ähnlich, als wenn ich einem Blinden das Phänomen der Farben erklären wollte – und selbst auch nur ein Blinder bin.

Wir müssen uns darüber im klaren sein, daß die Anwesenden ganz genau wußten, was der andere dachte, eine Fähigkeit, die nicht nur auf der Kenntnis der diesbezüglichen Theorien beruhte, sondern vor allem auf der Anwendung dieser Theorien auf den einzelnen über einen langen Zeitraum hinweg. Reden, wie wir es kennen, war überflüssig. Ein einziges Wort sagte mehr als lange Sätze. Eine Geste, ein Laut, das Mienenspiel, selbst die Dauer einer Pause enthielt unzählige Informationen.

Deshalb nehmen wir uns die Freiheit, einen kleinen Teil der Konferenz frei in jene extrem spezifischen Wortkombinationen zu übertragen, die für einen von Kindheit an auf eine physikalische Philosophie orientierten Geist zum Verständnis nötig sind, auch wenn dadurch vielleicht einige feinere Nuancen verloren gehen.

Eine »Stimme« war vorherrschend; sie gehörte jener Person, die einfach als »Erster Sprecher« bezeichnet wurde.

»Wir wissen inzwischen alle«, sagte er, »was den Muli von seinem ursprünglichen Plan abgebracht hat. Ich kann nicht gerade behaupten, daß es rühmlich für die . . . nun, die Lage unserer Organisation ist. Offensichtlich hatte er uns damals fast entdeckt, indem er die Gehirnenergie eines ›Psychologen‹ der Ersten Stiftung künstlich stimulierte. Dieser Psychologe wurde aber getötet, unmittelbar bevor er dem Muli seine Entdeckung mitteilen konnte. Die Ereignisse, die zu seinem Tod führten, ergaben sich rein zufällig. Wenn Sie an diesem Punkt übernehmen.«

Eine leichte Veränderung des Tonfalls zeigte dem Fünften Sprecher, daß die Aufforderung an ihn gerichtet war. »Die Situation ist eindeutig falsch gehandhabt worden«, fuhr er fort. »Bei einem massiven Angriff sind wir höchst verwundbar, vor allem, wenn diese Attacke von einer solchen geistigen Superkraft wie dem Muli angeführt wird. Kurz nachdem er mit der Eroberung der Ersten Stiftung die Galaktische Vorherrschaft errungen hatte, genauer gesagt ein halbes Jahr später, flog er nach Trantor. Ein weiteres halbes Jahr, und er wäre hier gewesen. Die Chancen hätten in diesem Fall sechsundneunzigkommadrei, um exakt zu sein plus minus nullkommanullfünf Prozent zu eins, gegen uns gestanden. Wir haben beträchtliche Zeit darauf verwandt, jene Kräfte zu analysieren, die ihn gestoppt haben. Die Motivation für seine Eroberungspläne ist uns allen bekannt. Die inneren Auswirkungen seiner physischen Mißgestalt und geistigen Überlegenheit sind offensichtlich. Aber erst durch Phase Drei konnten wir – *nach den Tatsachen* – beurteilen, wie weit seine Reaktionen von einem anderen Menschen beeinflußt werden konnten, der eine ehrliche Zuneigung für ihn empfand.

Allerdings hat sich diese Situation im vorliegenden Fall rein zufällig ergeben. Unsere Agenten wissen mit Sicherheit, daß es eine Frau war, die den Psychologen des Muli getötet hat – eine Frau, zu der der Muli aus einer inneren Zuneigung heraus Vertrauen gefaßt hatte, und die er nicht geistig kontrollierte, einfach weil sie ihn mochte.

Seit diesem Zwischenfall – für diejenigen unter Ihnen, die an den Details interessiert sind, steht eine mathematische Abhandlung zu diesem Thema in der Zentralbibliothek –, ein Zwischenfall, der uns eine Warnung war, konnten wir den Muli mit unorthodoxen Mitteln, mit denen wir täglich Seldons gesamten Zukunftsplan gefährden, zurückhalten. Mehr hätte ich nicht zu sagen.«

Der Erste Sprecher wartete einen Augenblick, bis er sicher sein konnte, daß jeder alle Implikationen verstanden hatte. »Die Situation«, begann er dann, »ist äußerst instabil. Seldons ursprünglicher Plan ist soweit von den Vorausberechnungen abgewichen – und ich möchte betonen, daß wir alle aufgrund mangelnder Voraussicht in dieser Angelegenheit kläglich versagt haben –, daß wir mit einem Scheitern des Plans rechnen müssen. Die Zeit holt uns ein. Ich glaube, daß es nur noch eine Lösung für uns gibt – und selbst die ist äußerst gewagt.

Wir müssen uns vom Muli entdecken lassen – in gewisser Weise.«

Nach einer kurzen Pause, in der er die Reaktionen der anderen sammelte, fügte er hinzu: »Ich wiederhole: in gewisser Weise!«

2

Zwei Männer ohne den Muli

Das Schiff war startbereit, und es fehlte nur noch das Ziel. Der Muli hatte eine Rückkehr nach Trantor vorgeschlagen, jenem inzwischen toten Planeten, der einmal die Metropole des größten Imperiums gewesen war, das die Menschheit je gesehen hatte – die ehemalige Hauptstadt der Galaxis.

Aber Pritcher war dagegen gewesen, weil er der Ansicht war, daß dort bereits alle möglichen Forschungen versucht worden waren.

Er traf Bail Channis im Navigationsraum des Schiffes. Der Lockenkopf des jungen Mannes befand sich leicht in Unordnung, und eine einzelne Locke fiel ihm in die Stirn – fast, als habe er sie absichtlich so zurechtgezupft. Er begrüßte den General mit einem strahlenden Lächeln, und Pritcher merkte, wie sich alles in ihm unwillkürlich gegen den anderen versteifte.

Channis war offensichtlich aufgeregt. »Pritcher, das kann einfach kein Zufall sein.«

»Ich weiß nicht, wovon Sie sprechen«, erwiderte der General eisig.

»Ach so . . . Schön, dann holen Sie sich einen Stuhl, alter Knabe, damit wir uns in Ruhe unterhalten können. Ich habe mir übrigens Ihre Aufzeichnungen angesehen, und ich muß sagen, ich finde sie höchst interessant.«

»Wie . . . erfreulich, daß Sie so denken.«

»Was ich mich nur frage, ist, ob Sie zu dem gleichen Schluß gekommen sind wie ich. Haben Sie schon einmal versucht, das Problem deduktiv zu analysieren? Ich meine, es ist ja schön und gut, die Sterne aufs Geratewohl zu durchkämmen, und Sie haben bei Ihren fünf Expeditionen ja auch ein großes Gebiet untersucht. Aber haben Sie sich schon einmal überlegt, wie lange es dauern würde, bis Sie auf diese Weise jeden bekannten Planeten angeflogen haben?«

»Allerdings.« Pritcher drängte es nicht, dem anderen auf halbem Weg entgegenzukommen, allerdings war es wichtig zu wissen, was sein Gegenüber dachte – ein Mann, der nicht kontrolliert wurde und dessen Gedanken deshalb nicht berechenbar waren.

»Nun, dann gehen wir doch einmal analytisch vor und stellen wir zunächst fest, wonach wir überhaupt suchen.«

»Nach der Zweiten Stiftung«, antwortete Pritcher knapp.

»Nach einer Stiftung von Psychologen«, korrigierte ihn Channis, »die von Physik so wenig verstehen wie die Erste Stiftung von Psychologie. Da Sie im Gegensatz zu mir von der Ersten Stiftung stammen, müßte Ihnen eigentlich klar sein, was dies bedeutet. Wir müssen eine Welt finden, deren Bewohner mit Hilfe ihrer geistigen Fahigkeiten herrschen, die aber auf naturwissenschaftlichem Gebiet weit zurück sind.«

»Sind Sie davon überzeugt?« fragte Pritcher ruhig. »Nehmen Sie doch nur das nächstliegende Beispiel. Unser ›Planetenbund‹ ist gewiß in naturwissenschaftlicher Hinsicht nicht rückständig, obwohl unser Herrscher seine Macht ausschließlich seinen überlegenen geistigen Fähigkeiten verdankt.«

»Ja, aber nur, weil er sich auf die Technik der Ersten Stiftung stützen kann«, entgegnete der junge Mann mit einer Spur von Ungeduld, »und sie wiederum ist die einzige Wissensquelle dieser Art in der Galaxis. Die

Zweite Stiftung muß irgendwo zwischen den Trümmern des untergegangenen Imperiums liegen, wo sie keine solche Wissensquelle zur Verfügung hat.«

»Sie vertreten also die Ansicht, daß die Zweite Stiftung mit Hilfe ihrer geistigen Kräfte über eine Reihe von Planeten herrschen könnte, obwohl sie physikalisch gesehen völlig hilflos ist?«

»*Verhältnismäßig* hilflos. Ihr physikalisches Wissen reicht aus, um sich gegen die dekadenten Nachbarbereiche verteidigen zu können. Gegen den Muli, hinter dem eine technisch voll ausgereifte Atomwirtschaft steht, wären sie natürlich machtlos, denn aus welchem Grund sollten Hari Seldon, ihr Gründer, und nun sie selbst ihre Existenz sonst so verborgen halten? Ihre eigene Erste Stiftung machte aus ihrer Existenz kein Geheimnis, auch wenn sie vor dreihundert Jahren als kleine Stadt auf einem einsam gelegenen Planeten und völlig wehrlos begann.«

Pritcher lächelte spöttisch. »Und nun, nachdem Sie Ihre tiefgründige Analyse abgeschlossen haben, möchten Sie sicher eine Liste aller Königreiche, Republiken, Planetenstaaten und Diktaturen in diesem politischen Chaos da draußen, auf die Ihre Beschreibung paßt?«

»Sie haben sich also auch schon mit solchen Überlegungen befaßt?« stellte Channis unbeeindruckt fest.

»Sie werden es hier natürlich nicht finden, aber wir besitzen ein komplettes Verzeichnis der politischen Gebilde in der entgegengesetzten Peripherie. Haben Sie wirklich angenommen, der Muli würde auf gut Glück suchen?«

»Nun, in diesem Fall – was halten Sie von der Oligarchie Tazenda?« brach es aus dem jungen Mann heraus.

Pritcher rieb sich nachdenklich am Ohr. »Tazenda? Ach ja, richtig, ich glaube, ich kenne es. Es liegt allerdings nicht in der Peripherie, oder? Wenn ich mich recht entsinne, ist seine Position mehr zum Galaktischen Zentrum hin.« »Das stimmt. Und?«

»Aus den Berichten, die uns zur Verfügung stehen, geht hervor, daß die Zweite Stiftung am anderen Ende der Galaxis liegt. Das ist der einzige Anhaltspunkt, den wir haben. Wie kommen Sie da ausgerechnet auf Tazenda? Es liegt doch höchstens in einem Winkel von einhundertzehn bis einhundertzwanzig Grad zur Ersten Stiftung, nicht aber von einhundertachtzig Grad.«

»Sie vergessen einen zweiten Anhaltspunkt in den Berichten. Es heißt, daß die Zweite Stiftung auf ›Star's End‹ gegründet wurde.«

»Es gibt kein Gebiet in der Galaxis mit diesem Namen.«

»Weil es sich vermutlich um eine lokale Bezeichnung gehandelt hat, die später geändert wurde, um die Geheimhaltung zu gewährleisten. Vielleicht haben Seldon und seine Gruppe sich diesen Namen auch einfach ausgedacht. Ich finde jedenfalls, daß es eine gewisse Beziehung zwischen ›Star's End‹ und ›Tazenda‹ gibt, Sie nicht?«

»Weil sie ähnlich klingen? Das ist nicht gerade ein überzeugendes Argument.«

»Haben Sie sich schon einmal dort umgesehen?«

»Nein.«

»Aber Sie haben Tazenda doch in Ihren Berichten erwähnt.«

»Was? Ach so, ja – wir haben dort Wasser und Lebensmittel an Bord genommen. Mir ist nichts Bemerkenswertes an dem Planeten aufgefallen.«

»Sind Sie auf dem Hauptplaneten gelandet? Dem Sitz der Regierung?«

»Das kann ich Ihnen nicht mehr sagen.«

Channis schwieg unter dem eisigen Blick des Generals. »Würden Sie sich mit mir einen Augenblick die Linse ansehen?« fragte er dann.

»Natürlich.«

Die sogenannte Linse war die neueste Ausrüstung des modernen interstellaren Kreuzers. Es handelte sich dabei genau genommen um einen komplizierten Rechner, der das Bild des nächtlichen Himmels von irgendeinem beliebigen Punkt der Galaxis aus gesehen auf einen Bildschirm projizierte.

Channis stellte die entsprechenden Koordinaten ein und löschte dann die Wandbeleuchtung der Pilotenkabine. Der schwache, rötliche Schein, der vom Kontrollpult der Linse ausging, fiel auf das Gesicht des jungen Mannes und tauchte es in ein diffuses Licht. Pritcher hatte im Pilotensitz Platz genommen, die langen Beine überkreuzt, und wartete schweigend.

Nach einer Induktionsperiode wurden die Lichtpunkte auf dem Schirm heller. Und dann hatten sie plötzlich das Bild eines Sternenhimmels vor sich.

»Das hier«, erklärte Channis, »ist der nächtliche Himmel, wie man ihn im Winter von Trantor aus sieht. Meiner Ansicht nach ist dies ein entscheidender Punkt, den Sie bisher außer acht gelassen haben. Bevor wir unsere Suche beginnen, müssen wir uns zunächst von Trantor aus als Ausgangspunkt orientieren. Trantor war die Hauptstadt des Galaktischen Imperiums, und nicht nur politisch, sondern auch wissenschaftlich und kulturell gesehen von herausragender Bedeutung. Deshalb halte ich es für logisch, daß sich jede deskriptive Bezeichnung an Trantor orientiert. Ich muß Sie in diesem Zusammenhang sicher nicht darauf aufmerksam machen, daß Seldon zwar von Helikon stammte, ein Planet, der zur Peripherie hin liegt, aber mit seiner Gruppe auf Trantor arbeitete.«

»Was wollen Sie mir eigentlich beweisen?« Pritchers gleichgültige Stimme wirkte angesichts der wachsenden Begeisterung des jungen Mannes wie eine kalte Dusche, doch Channis ließ sich nicht stören.

»Ich werde es Ihnen sofort mit Hilfe dieser Karte erklären. Sehen Sie den dunklen Nebel da?« Der Schatten seines Arms fiel auf den Schirm, und Pritcher folgte dem Zeigefinger, der schließlich auf einem winzigen schwarzen Fleck stehenblieb, der wie ein Loch in dem Lichtmuster wirkte. »Auf den Sternenkarten ist er als Pelots Nebel verzeichnet. Passen Sie auf. Ich werde ihn jetzt näher heranholen.«

Der General hatte dieses Phänomen der Linsen-Bildvergrößerung schon mehrmals miterlebt, aber auch diesmal hielt er wieder unwillkürlich den Atem an. Er hatte das Gefühl, vor dem Sichtschirm eines Raumschiffs zu stehen, das mit unglaublicher Geschwindigkeit durch ein dichtes Sternenmeer raste, ohne den Sprung in den Hyperraum zu vollziehen. Vor ihnen teilten sich die Sterne und verschwanden am Rand des Schirms. Einzelne Lichtpunkte verdoppelten sich, wurden zu großen Kugeln. Nebelfetzen lösten sich in Myriaden von Punkten auf. Und begleitet wurde das Ganze immer von der Illusion der Bewegung.

»Sie werden bemerken«, fuhr Channis unterdessen fort, »daß wir uns auf einer direkten Linie von Trantor zu Pelots Nebel bewegen, so daß sich der Blickwinkel nicht verändert hat. Natürlich ist aufgrund der Gravitationsabweichung des Lichts eine geringfügige Kursabweichung möglich, aber ich bin sicher, daß sie nicht weiter von Bedeutung ist.«

Der Schirm wurde langsam wieder dunkler, je näher sie dem Zielpunkt ihrer Ausschnittsvergrößerung kamen. An den Rändern des diffusen Nebels strahlte wieder übergangslos das Universum der Sterne als Zeichen für jenes Licht, das nur deshalb nicht sichtbar war, weil es die wirbelnden Atome von Natrium und Kalzium, die Kubikparseks an Raum ausfüllten, verbargen.

Channis deutete gerade auf eine langgestreckte, merkwürdig geformte Öffnung im Nebel, die an einen grinsenden Mund, im Profil gesehen, erinnerte. Seine Umrisse bildete das Sternenlicht, mit dem er gefüllt war. »Sehen Sie das da? Die Bewohner jenes Gebietes nennen es den ›Mund‹ – ein sehr bezeichnender Name, wie ich meine, vor allem, wenn man bedenkt, daß er nur aus der Sicht von Trantor wie ein Mund aussieht.

Folgen wir jetzt dem ›Mund‹ die Kehle hinunter, jener Teil, wo er sich zu einem schmalen Lichtstreifen verengt.«

Wieder holte der Schirm einen Ausschnitt näher. Der Nebel verschwand zur Seite, während sich das Bild auf jenes schmale Band des ›Mundes‹ konzentrierte, dem Channis schweigend mit dem Finger folgte, bis er plötzlich vor einem einzelnen Stern stoppte, hinter dem nichts als tiefste Finsternis herrschte.

»›Star's End‹«, sagte der junge Mann einfach. »An diesem Punkt ist die Materie des Nebels so beschaffen, daß dieser eine Stern sein Licht genau in eine Richtung wirft – in die Richtung, in der Trantor liegt.«

»Versuchen Sie, mir weiszumachen . . .« begann der General mißtrauisch.

»Ich versuche gar nichts. Das, was Sie dort sehen, *ist* Tazenda – Star's End.«

Die Wandbeleuchtung ging wieder an, und die Linse wurde dunkel. Pritcher erhob sich und ging auf Channis zu. »Was veranlaßt Sie zu dieser Behauptung?«

Channis lehnte sich in seinem Sessel zurück. Auf seinem Gesicht lag ein seltsam verwirrter Ausdruck. »Ich bin rein zufällig darauf gekommen. Ich würde mich zwar gern mit intellektuellen Federn schmücken, aber leider muß ich zugeben, daß es wirklich reiner Zufall war. Aber ganz gleich, was es nun war, es paßt jedenfalls alles. Nach unseren Informationen handelt es sich bei Tazenda um eine Oligarchie. Der Planet herrscht über siebenundzwanzig bewohnte Welten. Naturwissenschaftlich gesehen ist er eher rückständig. Der wichtigste Punkt ist aber meiner Meinung nach der, daß sich die Herrscher unter keinen Umständen in die lokale Politik jener Stellarregion einmischen und keine Expansionspolitik betreiben. Ich finde, wir sollten diesem Planeten einen Besuch abstatten.«

»Haben Sie den Muli über Ihre Theorie informiert?«

»Nein. Und das werden wir auch nicht. Wir befinden uns mittlerweile im Raum und stehen unmittelbar vor dem ersten Sprung.«

Pritcher stürzte entsetzt zum Sichtschirm und schaltete ihn ein. Vor ihm sah er die Weite des Raumes. Langsam drehte er sich um, während seine Hand mechanisch nach dem harten, beruhigenden Griff des Strahlers fuhr.

»Wer hat den Befehl dazu gegeben?«

»Ich selbst, General.« Es war das erstemal, daß Channis ihn mit seinem militärischen Rang anredete. »Deshalb auch das Ablenkungsmanöver mit der Linse. Wahrscheinlich haben Sie von der Beschleunigung nichts gemerkt, weil wir genau in dem Augenblick gestartet sind, als ich die Ausschnittsvergrößerung vorgenommen habe und Sie die Bewegung deshalb nur für eine Illusion hielten.«

»Was haben Sie vor? Was soll das Ganze? Und wozu dann dieser Unsinn über Tazenda?«

»Das war kein Unsinn. Es war mir völlig ernst. Wir fliegen tatsächlich nach Tazenda. Wir sind heute gestartet, weil wir eigentlich erst in drei Tagen starten sollten. Sie glauben nicht an die Existenz der Zweiten Stiftung, General, aber ich tue es. *Sie* folgen einfach blind dem Befehl des Muli, ich erkenne dagegen die ernsthafte Bedrohung, die von ihr ausgeht. Die Zweite Stiftung hat jetzt fünf Jahre Zeit gehabt, sich vorzubereiten. Wie man sich dort vorbereitet hat, weiß ich nicht, aber es wäre durchaus möglich, daß man Agenten auf Kalgan hat. Wenn ich mein Wissen, wo sich die Zweite Stiftung befindet, nicht geheimgehalten hätte, wäre man mir wahrscheinlich sehr schnell auf die Spur gekommen, und ich wäre meines Lebens nicht mehr sicher gewesen. Da ich aber nun mal am Leben hänge, habe ich mein Wissen eben für mich behalten. Nur uns beiden ist bekannt, das Tazenda mit der Zweiten

Stiftung identisch ist, und Sie haben es erst erfahren, nachdem wir bereits im Raum waren.« Channis lächelte ironisch. Offensichtlich fühlte er sich ganz Herr der Lage.

Pritcher nahm seine Hand vom Strahler, und einen Augenblick lang spürte er ein vages Unbehagen. Was hinderte *ihn* daran zu handeln? Warum zeigte er selbst keine Initiative? Es hatte einmal eine Zeit gegeben, als er ein aufsässiger Captain im Handelsimperium der Ersten Stiftung gewesen war, als es nicht Channis, sondern *er* gewesen wäre, der eine solche unverzügliche und kühne Maßnahme ergriffen hätte. Hatte der Muli also recht? War sein kontrollierter Geist so sehr darauf bedacht zu gehorchen, daß er darüber alle Eigeninitiative verlor? Er fühlte eine Verzweiflung in sich aufsteigen, die ihn seltsam müde werden ließ.

»Gut!« sagte er langsam. »Aber ich möchte Sie doch bitten, sich in Zukunft mit mir abzusprechen, bevor Sie derartige Entscheidungen treffen.«

Sein Blick fiel auf das Warnsignal, das plötzlich aufgeflackert war.

»Das ist der Maschinenraum«, stellte Channis gleichgültig fest. »Ich habe ihnen gesagt, sie sollten mich benachrichtigen, wenn irgend etwas nicht in Ordnung ist. Halten Sie hier solange die Festung?«

Pritcher nickte stumm und dachte über das Elend nach, wenn man auf die fünfzig zuging. Auf dem Sichtschirm vor ihm funkelten nur einige vereinzelte Sterne, und dahinter breitete sich die unendliche Weite der Galaxis aus. Was wäre, wenn er plötzlich nicht mehr unter dem Einfluß des Muli stünde . . .

Es war ein Gedanke, bei dem er innerlich entsetzt zusammenzuckte.

Chefingenieur Huxlani musterte den jungen Mann in Zivil, der sich so selbstbewußt wie ein Flottenoffizier gab und offensichtlich eine einflußreiche Position einnahm, von oben bis unten. Für Huxlani, der praktisch seit seiner Jugend auf den Schiffen der Flotte gedient hatte, war Autorität gleichbedeutend mit militärischen Rangabzeichen.

Aber letztendlich hatte der Muli diesen Mann ausgesucht, und das Wort des Muli war Gesetz. Was er sagte und bestimmte, galt, und Huxlani stellte seine Entscheidung noch nicht einmal in seinem Unterbewußtsein in Frage. Die emotionale Kontrolle war sehr wirkungsvoll.

Wortlos reichte er Channis das kleine, ovale Objekt.

Der junge Mann wog es abschätzend in der Hand und lächelte gewinnend.

»Sie kommen doch von der Stiftung, nicht wahr, Huxlani?«

»Ja, Sir. Ich habe achtzehn Jahre in der Stiftungsflotte gedient, bevor der Erste Bürger die Regierung übernahm.«

»Sind Sie von der Stiftung als Ingenieur ausgebildet worden?«

»Ich habe die Technikerschule auf Anacreon besucht und einen Diplomabschluß als Techniker.«

»Ausgezeichnet. Und Sie haben dieses Ding hier im Kommunikationskreis gefunden, nachdem ich Sie gebeten hatte, sich einmal genau umzusehen?«

»Ja, Sir.«

»Gehört es dorthin?«

»Nein, Sir.«

»Und was ist es?«

»Ein Hypertracer, Sir.«

»Damit kann ich nicht viel anfangen. Ich bin nicht von der Stiftung. Was ist es also genau?«

»Es ist ein Gerät, mit dem man den Kurs eines Schiffes im Hyperraum verfolgen kann.«

»Mit anderen Worten, man kann uns überall hin verfolgen.«

»Ja, Sir.«

»Schön. Es handelt sich doch um eine ziemlich neue Erfindung, oder? Es wurde in einem der Forschungslaboratorien entwickelt, die der Erste Bürger eingerichtet hat, nicht wahr?«

»Ich glaube ja, Sir.«

»Das Gerät und seine Funktionsweise sind ein Regierungsgeheimnis. Richtig?«

»Ich glaube ja, Sir.«

»Und trotzdem befindet sich so ein Gerät hier an Bord. Wirklich merkwürdig.«

Channis wog den Hypertracer nachdenklich in der Hand. Plötzlich hielt er abrupt in der Bewegung inne. »Hier. Bringen Sie das Ding wieder dorthin zurück, wo Sie es gefunden haben. Es soll niemand wissen, daß wir es entdeckt haben. Verstanden? Und dann vergessen Sie diesen Zwischenfall.«

Der Chefingenieur unterdrückte einen fast reflexartigen Gruß, drehte sich auf dem Fuß um und ging hinaus.

Das Schiff bewegte sich auf einer Linie aus weit auseinanderstehenden Punkten durch den Raum. Diese Punkte stellten die kurzen Distanzen von zehn bis sechzig Lichtsekunden dar, die das Schiff jeweils im Normalraum zurücklegte. Dazwischen lagen Lücken von hundert und mehr Lichtjahren, die »Sprünge« durch den Hyperraum.

Bail Channis, der am Kontrollpult der Linse saß, betrachtete das Gerät mit einem Gefühl, das fast an Verehrung grenzte. Er stammte nicht von der Stiftung, und deshalb waren für ihn die Wunder der Technik keineswegs so selbstverständlich wie für andere.

Die Linse allerdings war selbst für Leute von der Stiftung etwas Besonderes. In ihrem kompakten Innern befanden sich genug elektronische Schaltkreise, um hundert Millionen einzelne Sterne in genauer Beziehung zueinander zu lokalisieren und zu projizieren. Und um die technische Meisterleistung komplett zu machen, war sie sogar in der Lage, einen bestimmten Abschnitt des Galaktischen Feldes auf irgendeine der drei Raumachsen zu verlegen oder ihn um einen Mittelpunkt rotieren zu lassen.

Die Entwicklung der Linse bedeutete fast eine Revolution im Interstellarflug. In den früheren Tagen des Interstellarflugs hatte es bis zu einer Woche Zeit gekostet, einen »Sprung« durch den Hyperraum zu berechnen – wobei der größte Teil dieser Zeit für die Berechnungen der momentanen Position des Schiffes im Raum aufgewendet wurde. Dies geschah mit Hilfe von mindestens drei weit auseinanderstehenden Sternen, deren Position in Bezug auf den willkürlichen Galaktischen Tripel-Nullpunkt bekannt war.

Entscheidend dabei ist das Wort »bekannt«. Für jemanden, der das Sternenfeld von einem bestimmten Bezugspunkt aus kennt, sind die Sterne genauso verschieden wie zum Beispiel die einzelnen Menschen. Nach einem Sprung von zehn Parseks erkennt er noch nicht einmal mehr seine eigene Sonne. Das heißt, wenn sie überhaupt noch zu sehen ist.

Die Antwort war die Spektralanalyse. Jahrhundertelang war es das Hauptanliegen der Interstellartechnik gewesen, die »Lichtzeichen« von immer mehr Sternen immer detaillierter zu analysieren. Auf diese Weise, wie auch mit der wachsenden Präzision des »Sprunges« selbst, ließen sich im Laufe der Zeit Standardflugrouten durch die Galaxis einführen, und der Interstellarflug wurde weniger eine Kunst als vielmehr eine Wissenschaft.

Aber selbst unter der Stiftung mit ihren hoch entwickelten Rechnern und einer neuen Methode, das Sternenfeld mit automatischen Optiken nach einem bekannten »Lichtzeichen« abzusuchen, dauerte es manchmal Tage, um drei Sterne zu lokalisieren und dann die Position des Schiffs zu berechnen, wenn der Pilot das Gebiet nicht kannte.

Und dann kam die Linse, und mit ihr änderte sich alles. Zum einen genügte jetzt nämlich ein einziger bekannter Stern, statt wie bisher drei, und zum zweiten konnte die Linse auch von solchen Raumneulingen wie Channis bedient werden.

Der nächste größere Stern war nach den Sprungberechnungen Vincetori, und Channis hoffte, daß der helle Stern, der jetzt im Zentrum des Sichtschirms stand, auch wirklich Vincetori war.

Der Projektionsschirm der Linse befand sich direkt neben dem Sichtschirm, und Channis tippte jetzt sorgfältig die Koordinaten von Vincetori ein. Dann schaltete er den Schirm der Linse ein, der augenblicklich ein Sternenbild zeigte, in dessen Zentrum ebenfalls ein heller Stern lag. Sonst schien es keine Gemeinsamkeit mit dem Blick auf den Raum vor ihm zu geben. Er stellte die Linse auf die Z-Achse ein, und eine

Überprüfung anhand des Photometers ergab, daß beide Zentrumssterne die gleiche Lichtstärke aufwiesen.

Channis suchte auf dem Sichtschirm nach einem weiteren Stern, der ähnlich hell war, und fand einen entsprechenden auch auf dem Projektionsschirm. Langsam stellte er den Schirm der Linse auf die gleiche Lichtbeugung ein, aber das Ergebnis war nicht zufriedenstellend. Channis verzog den Mund und drehte den Schirm weiter, bis er einen zweiten hellen Stern in der richtigen Position hatte, dann einen dritten. Endlich grinste er zufrieden. Das war's. Ein erfahrener Pilot hätte es vielleicht schon beim ersten Versuch geschafft, aber für ihn als Neuling waren nur drei auch eine beachtliche Leistung.

Nach der letzten Einstellung überschnitten sich die beiden Sternenbilder und legten sich immer genauer übereinander, bis die Sterne fast identisch waren. Channis nahm noch eine kleine Korrektur vor, und die beiden Bilder verschmolzen ineinander. Jetzt blieb nur noch eins zu tun. Aber die Position des Schiffes konnte nun direkt von der Skala abgelesen werden. Das Ganze hatte keine halbe Stunde gedauert.

Channis fand Han Pritcher in dessen Kabine. Der General wollte offensichtlich eben zu Bett gehen. Er hob den Kopf.

»Gibt es etwas Neues?«

»Eigentlich nicht. Noch ein Sprung, und dann haben wir Tazenda erreicht.«

»Ich weiß.«

»Ich möchte Sie nicht stören, wenn Sie müde sind, aber haben Sie sich schon den Film angesehen, den wir von Cil mitgenommen haben?«

Pritcher warf einen geringschätzigen Blick auf die Kassette, die in ihrer schwarzen Hülle auf dem niedrigen Bücherregal lag. »Ja.«

»Und was meinen Sie?«

»Ich glaube, daß Geschichte als Wissenschaft in diesem Teil der Galaxis kaum mehr vorhanden ist.«

Channis grinste. »Ich weiß, was Sie meinen. Ziemlich dürftig, nicht?«

»Es sei denn, Sie interessieren sich für die Biographien von Herrschern. Aber auch die sind wahrscheinlich ziemlich unzuverlässig. Wenn sich die Geschichtsschreibung in erster Linie mit Persönlichkeiten befaßt, kommt es zu einer Schwarz-Weiß-Zeichnung, je nachdem, wie der Autor es sieht. Der Film war im großen und ganzen uninteressant.«

»Aber Tazenda wird darin einige Male erwähnt. Deshalb habe ich ihn Ihnen auch gegeben. Es ist der einzige Film, den ich finden konnte, in dem von Tazenda die Rede ist.«

»Schön. Es hat dort gute und schlechte Herrscher gegeben. Sie haben ein paar Planeten erobert, ein paar Schlachten gewonnen und ein paar verloren. Aber viel geben diese Informationen nicht her. Ich halte nicht viel von Ihrer Theorie, Channis.«

»Offensichtlich haben Sie einiges übersehen. Ist Ihnen nicht aufgefallen, daß sie nie Koalitionen gebildet haben? Der Planet hat sich immer völlig aus allen politischen Angelegenheiten in dieser Ecke der Galaxis herausgehalten. Wie Sie richtig sagten, sie haben ein paar Planeten erobert und ihre Expansionspolitik abrupt eingestellt – und das ohne einen triftigen Grund, wie eine schwere Niederlage oder etwas in der Art. Es sieht ganz so aus, als hätte sich Tazenda nur so weit ausgebreitet, um sich abzusichern und keine Aufmerksamkeit zu erregen.«

»Von mir aus«, antwortete Pritcher gleichgültig. »Ich habe nichts dagegen, wenn Sie unbedingt dort landen wollen. Schlimmstenfalls verlieren wir etwas Zeit.«

»Oh nein. Schlimmstenfalls werden wir eine totale Niederlage einstekken müssen. Wenn es sich tatsächlich um die Zweite Stiftung handeln sollte. Vergessen Sie nicht, daß es ein Planet mit wer-weiß-wievielen Mulis wäre.«

»Was haben Sie vor?«

»Wir werden auf einem der kleineren Planeten landen, die zum Herrschaftsgebiet von Tazenda gehören, und versuchen, dort so viel wie möglich über Tazenda selbst zu erfahren. Dann sehen wir weiter.«

»Einverstanden. Und wenn Sie nichts dagegen haben, dann möchte ich jetzt gerne schlafen.«

Channis hob grüßend die Hand und verließ die Kabine.

Han Pritcher konnte nicht sofort einschlafen. Er lag wach in einer kleinen Kabine in einer Insel aus treibendem Metall irgendwo in der unendlichen Weite der Galaxis und hing seinen Gedanken nach.

Wenn man den Tatsachen glauben wollte – und Channis' Erklärungen klangen wirklich logisch und überzeugend –, dann mußte Tazenda die Zweite Stiftung sein. Es gab keine andere Möglichkeit. Aber wieso? Wieso gerade Tazenda?

Konnte es denn wirklich stimmen? Konnte Tazenda tatsächlich die Zweite Stiftung sein, ein Planet wie jeder andere, ein Splitter in den Trümmern eines Imperiums? Pritcher glaubte, vor sich das hagere Gesicht des Muli zu sehen und dessen dünne Stimme zu hören, wenn er von Ebling Mis, jenem Psychologen der Ersten Stiftung sprach, der – vielleicht – das Geheimnis der Zweiten Stiftung entdeckt hatte.

Pritcher erinnerte sich an die Spannung, die in den Worten des Muli gelegen hatte: »Es war, als hätte die Überraschung Mis völlig überwältigt. Es schien, als hätte er eine Tatsache entdeckt, die alle seine Erwartungen übertraf, die auf etwas völlig anderes hinwies, als er bis dahin angenommen hatte. Hätte ich statt seiner Gefühle doch nur seine Gedanken lesen können! Aber auch seine Emotionen waren deutlich genug – diese unglaubliche Überraschung beherrschte alles andere.«

Überraschung, das war das Schlüsselwort. Irgend etwas völlig Überraschendes! Und jetzt kam dieser grinsende Grünschnabel daher, stellte seine Theorie über Tazenda auf und redete dabei immer wieder davon, wie unauffällig und völlig normal dieser Planet war. Aber er mußte recht haben. Er *mußte*! Es klang alles so logisch und einleuchtend.

Ein letzter Gedanke kam Pritcher, bevor er endlich einschlief. Dieser Hypertracer war immer noch an der Ätherröhre, wo sie ihn gefunden hatten. Er hatte vor einer Stunde, als Channis gerade mit etwas anderem beschäftigt gewesen war, noch einmal nachgesehen.

Zweites Interludium

Sie trafen sich im Vorraum des Ratssaales, in dem sie wenige Minuten später die Punkte der anstehenden Tagesordnung erörtern würden, und tauschten ein paar flüchtige Gedanken.

»Der Muli ist also unterwegs.«

»Ich habe es schon gehört. Riskant! Äußerst riskant!«

»Nicht, wenn alles so läuft wie geplant.«

»Aber der Muli ist kein gewöhnlicher Mensch, und es ist schwierig, seine Leute zu manipulieren, ohne daß er es bemerkt. Die von ihm kontrollierten Personen lassen sich nur schwer von außen beeinflussen. Es heißt, daß er schon auf einige aufmerksam geworden ist.«

»Ja – aber das läßt sich kaum vermeiden.«

»Bei Leuten, die nicht unter seiner Kontrolle stehen, ist es einfacher, aber von denen, die wichtige Positionen unter ihm einnehmen, sind praktisch alle kontrolliert . . .«

Sie betraten den Ratssaal. Andere Angehörige der Zweiten Stiftung folgten ihnen.

3

Zwei Männer und ein Farmer

Rossem ist einer jener Randplaneten, die in der Galaktischen Geschichte kaum Beachtung finden, weil sie im Gegensatz zu den unzähligen von der Natur günstiger bedachten Planeten nur von zweitrangiger Bedeutung sind und deshalb eher übersehen werden.

In den letzten Tagen des Galaktischen Imperiums lebten dort ein paar politische Gefangene, während ein Observatorium und eine kleine Flottengarnison verhindern sollten, daß Rossem gänzlich verödete. Später, noch vor der Zeit Hari Seldons, als die Machtkämpfe begannen, suchten solche Leute auf Planeten wie Rossem Zuflucht, die der politischen Unsicherheit und der ständigen Gefahr des Lebens in den dicht besiedelten Zentren überdrüssig waren, wo Plünderungen von Planeten im Zuge der Kämpfe um die Kaiserkrone an der Tagesordnung waren.

In die kalten Ebenen des Planeten schmiegten sich kleine Dörfer. Rossems Sonne stand als blasser, kraftloser Ball am Himmel, der nur widerstrebend Wärme abgab. Neun Monate im Jahr fiel Schnee, der das Land mit einer dünnen weißen Decke überzog, unter der das einheimische Getreide ruhte. Aber wenn dann der Schnee schmolz und das Thermometer in den wenigen Sonnenwochen bis auf fünfzehn Grad anstieg, wuchs es in fast panischem Tempo.

Auf dem Weideland grasten kleine, ziegenähnliche Tiere, die mit ihren dreizehigen Hufen im Schnee nach Futter scharrten.

Die Menschen von Rossem lebten von Brot und Milch, und wenn sie einmal eines der Tiere erübrigen konnten, dann gab es sogar Fleisch. Die dunklen Wälder, die die Hälfte der Äquatorregion bedeckten, lieferten ein hartes, fein gemasertes Holz für den Hausbau, das zusammen mit Pelzen und Erz exportiert wurde. Von Zeit zu Zeit kamen Handelsschiffe des Imperiums und brachten im Tausch für diese Güter Landmaschinen, atomare Heizungen und sogar Fernsehgeräte, die den Farmern in der langen Winterperiode etwas Zerstreuung und Abwechslung boten.

Auf Rossem wußte man kaum etwas von den Ereignissen der Imperialen Geschichte. Neuigkeiten erfuhr man nur, wenn wieder einmal ein Handelsschiff landete oder gelegentlich neue Flüchtlinge eintrafen – einmal war es eine verhältnismäßig große Gruppe, die gemeinsam ankam und sich auf Rossem niederließ.

Von ihnen hörten die Farmer zum erstenmal von den ständigen Auseinandersetzungen, vom Rückgang der galaktischen Bevölkerung oder von tyrannischen Kaisern und rebellischen Vizekönigen. Dann seufzten sie, schüttelten den Kopf und zogen ihre Pelzkrägen dichter um die bärtigen Gesichter, wenn sie in den schwachen Strahlen der Sonne auf dem Dorfplatz saßen und über das Böse im Menschen philosophierten.

Irgendwann kamen dann keine Handelsschiffe mehr nach Rossem, und das Leben wurde härter. Die Lieferungen von Lebensmitteln, Tabak und Maschinen blieben aus. Die spärlichen Nachrichten, die über die Fernsehgeräte kamen, gaben immer mehr Anlaß zur Beunruhigung, bis es schließlich zur Gewißheit wurde: Trantor war geplündert worden. Die riesige Hauptstadt der ganzen Galaxis, das mächtige Trantor, die prunkvolle Residenz der Kaiser, war zerstört worden und lag in Trümmern.

Es war etwas Unvorstellbares, und vielen der Farmer von Rossem, die unter der blassen Sonne ihren kargen Boden bearbeiteten, schien es, daß damit das Ende der Galaxis unmittelbar bevorstand.

Und dann, an einem Tag wie jeder andere, landete plötzlich wieder ein Schiff. Die alten Männer in den Dörfern nickten weise und flüsterten, daß es zu Zeiten ihrer Väter so gewesen sei – aber die Wirklichkeit sah doch etwas anders aus.

Es war nämlich kein Imperiales Schiff, das auf Rossem landete. Auf dem Bug fehlte das leuchtende Raumschiff-und-Sonne Zeichen des Imperiums, und das plumpe Boot war offensichtlich aus den Resten älterer Schiffe zusammengebastelt worden. Die Männer, die mit ihm ankamen, nannten sich Soldaten von Tazenda.

Die Farmer waren verblüfft. Sie hatten zwar noch nie etwas von Tazenda gehört, empfingen die Soldaten aber trotzdem mit traditioneller Gastfreundlichkeit. Die Fremden erkundigten sich nach der Beschaffenheit des Planeten, nach der Zahl der Bewohner und der Städte – ein Ausdruck, der von den Farmern mit »Dorf« verwechselt wurde und für einige Verwirrung auf beiden Seiten sorgte –, nach der Wirtschaftsform und ähnlichem.

Dann landeten weitere Schiffe, und überall auf dem Planeten wurde verkündet, daß Rossem ab jetzt zum Herrschaftsgebiet von Tazenda gehörte und daß entlang des Äquators – des besiedelten Gebietes des Planeten – Steuerzentren eingerichtet würden, an die jährlich ein gewisser Anteil an Steuern in Form von Pelzen und Getreide zu entrichten sei.

Die Bewohner von Rossem schüttelten verwundert die Köpfe, weil sie mit dem Begriff »Steuern« nichts rechtes anzufangen wußten. Als dann die Steuereinnehmer zum erstenmal in den Hütten erschienen, bezahlten viele freiwillig, oder sie sahen stumm und erstaunt mit an, wie die uniformierten Fremden Getreide und Pelze auf große Lastwagen luden und abtransportierten.

Hier und da rotteten sich ein paar empörte Farmer zusammen, brachten aus irgendwelchen verstaubten Winkeln altmodische Jagdwaffen hervor und versuchten zu rebellieren – aber es blieb bei dem Versuch. Als die Männer von Tazenda kamen, zerstreuten sie sich widerwillig und mußten hilflos feststellen, daß ihr ohnehin schon harter Existenzkampf jetzt noch härter wurde.

Schließlich stellte sich ein neues Gleichgewicht ein. Der Gouverneur aus Tazenda residierte in dem Dorf Gentri, aus dem alle Bewohner ausgesiedelt worden waren. Er und seine Beamten hatten keinen Kontakt mit den Rossemiten. Sie blieben für die Besatzer fremde Wesen von einem anderen Stern. Die Steuereinnehmer, Rossemiten im Dienste von Tazenda, kamen regelmäßig, und im Laufe der Zeit gewöhnte man sich an ihr Erscheinen – und die Farmer lernten, vor dem Abgabetermin rechtzeitig ihr Korn zu verstecken und das Vieh in die Wälder zu treiben. Wenn dann die Steuereinnehmer erschienen, reagierten sie auf alle bohrenden Fragen zu ihrem Besitz nur mit einem Achselzucken und zeigten auf die absichtlich ärmlich eingerichteten Hütten und die wenigen Dinge, die man sehen konnte.

Als auch die im Laufe der Zeit immer weniger wurden, kamen die Steuereinnehmer nur noch selten, fast als wäre Tazenda es überdrüssig geworden, von einer so armen Welt ein paar lächerliche Steuergroschen einzutreiben.

Statt dessen entwickelte sich der Handel zwischen den beiden Planeten, den Tazenda offensichtlich für gewinnbringender hielt. Die Bewohner von Rossem erhielten im Tausch zwar nicht mehr die technisch hochentwickelten Geräte des Imperiums, aber die Maschinen und Nahrungsmittel von Tazenda waren immer noch besser als die einheimischen. Und was ebenfalls äußerst wichtig war: Endlich hatten die Frauen wieder etwas anderes anzuziehen als die grauen, selbstgesponnenen Sachen.

So glitt also wieder einmal die Galaktische Geschichte ruhig und friedlich an Rossem vorbei, und immer noch arbeiteten die Farmer hart und unermüdlich, um dem kargen Boden das zum Leben Notwendigste abzuringen.

Narovi prustete in seinen Bart, als er vor die Hütte trat. Der Wind trieb die ersten Schneeflocken über den hart gefrorenen Boden. Narovi sah hinauf zum Himmel, der sich überzogen hatte, und stellte fest, daß es keinen schweren Sturm geben würde. Er würde ohne größere Schwierigkeiten nach Gentri fahren und dort seinen Getreideüberschuß gegen Lebensmittelkonserven für den Wintervorrat eintauschen können.

Er öffnete die Tür der Hütte einen Spalt breit. »Ist der Wagen aufgetankt, Yunker?« rief er über seine Schulter hinweg.

Im Innern des Hauses war eine Stimme zu hören, und dann gesellte sich Narovis ältester Sohn zu ihm. Der junge Mann trug einen kurzen, noch etwas spärlichen roten Bart.

»Der Wagen ist aufgetankt und soweit in Ordnung«, antwortete er mürrisch, »aber die Achsen sind in miserablem Zustand. Ich kann nichts daran ändern. Ich habe dir gesagt, daß sie von einem Fachmann repariert werden müssen.«

Der alte Mann trat einen Schritt zurück und musterte seinen Sohn stirnrunzelnd. Dann streckte er das bärtige Kinn vor. »Kann ich vielleicht etwas dafür? Wo und wie sollte ich den Wagen reparieren lassen? Du weißt genau wie ich, daß unsere Ernten seit fünf Jahren mehr als dürftig sind. Wieviele unserer Tiere sind nicht an Seuchen gestorben, und die Pelze kommen auch nicht von selbst in unsere . . .«

»Narovi!« Die vertraute Stimme, die jetzt aus dem Innern der Hütte kam, ließ ihn abrupt verstummen. »Ja, ja«, brummte er dann. »Und jetzt mischt sich deine Mutter schon wieder einmal in Angelegenheiten ein, die nur Vater und Sohn etwas angehen. Hol den Wagen aus der Garage und sieh nach, ob der Anhänger richtig angekuppelt ist.«

Er schlug die Hände, die in Handschuhen steckten, zusammen und sah wieder zum Himmel hinauf, der sich immer mehr überzog. Die Sonne versteckte sich hinter grauen Wolken.

Narovi wollte den Kopf gerade wieder senken, als sein Blick auf ein dunkles Objekt fiel. Sein Finger fuhr automatisch in die Luft, während sich sein Mund ungeachtet der Kälte zu einem überraschten Ruf öffnete.

»Frau!« rief er aufgeregt. »Frau, komm her.«

In einem der Fenster tauchte der Kopf einer Frau auf, die ungehalten das Gesicht verzog. Ihr Blick folgte dem Finger ihres Mannes, und dann klappte sie vor Überraschung den Mund auf. Mit einem Schrei kam sie die Holztreppe heruntergestürzt und schnappte sich im Laufen einen alten Mantel und ein Stück Tuch, das sie sich zum Schutz gegen die Kälte um den Kopf band.

»Ein Raumschiff«, flüsterte sie ehrfürchtig, als sie draußen neben ihrem Mann stand.

»Was denn sonst?« gab Narovi ungeduldig zurück. »Wir haben Besuch, Frau, Besuch!«

Das Schiff setzte langsam zur Landung auf den gefrorenen Feldern im nördlichen Teil von Narovis Farm an.

»Was sollen wir nun tun?« fragte die Frau atemlos. »Können wir diesen Leuten unsere Gastfreundlichkeit anbieten? Können wir ihnen zumuten, sich in unsere ärmliche Hütte zu setzen und den Rest des Maiskuchens zu essen, der noch übrig ist?«

»Ist es dir lieber, wenn sie zu unseren Nachbarn gehen?« Narovis Gesicht, das von der Kälte ohnehin schon gerötet war, wurde noch roter, und er legte seiner Frau die Hand auf die Schulter.

»Du gehst jetzt wieder hinein, meine Liebe«, sagte er ungewöhnlich sanft. »und holst die beiden Stühle aus unserem Zimmer herunter. Dann schlachtest du ein Jungtier und machst einen anständigen Braten mit Wurzelknollen und frischen Maiskuchen, während ich jetzt diese Fremden aus dem Raum begrüßen werde . . . und . . . und –« Er brach ab, schob seine Mütze zur Seite und kratzte sich langsam am Kopf. »Ja, und ich werde dann einen Krug Kornschnaps auf den Tisch bringen. Ein guter Schluck kann nie schaden.«

Seine Frau hatte während seiner Worte ihren Mund auf- und wieder zugeklappt, ohne daß sie einen Ton herausgebracht hätte. Jetzt stieß sie ein empörtes Zischen aus.

Narovi hob ermahnend den Finger. »Weißt du noch, Frau, was die Dorfältesten neulich gesagt haben? Eh? Strenge dein Gedächtnis an. Sie sind höchstpersönlich – also muß es schon sehr wichtig sein! – von Farm zu Farm gegangen und haben uns gesagt, wir sollten sie *auf Befehl des Gouverneurs hin* sofort benachrichtigen, wenn ein Raumschiff hier landet.

Soll ich mir jetzt die Gelegenheit entgehen lassen, mir die Gunst der Machthaber hier zu sichern? Sieh dir das Schiff an. Hast du so etwas schon einmal gesehen? Die Menschen von den Außenplaneten sind reich und mächtig. Der Gouverneur selbst hält sie für so wichtig, daß die Dorfältesten mit seiner Botschaft bei diesem Wetter von Farm zu Farm gehen. Vielleicht ist die Nachricht, daß die Herren von Tazenda diese Leute so dringend erwarten, auf ganz Rossem verbreitet worden – und jetzt landen sie auf *meiner* Farm.«

Er trat vor Aufregung von einem Fuß auf den anderen. »Wenn wir sie jetzt gut bewirten und sie uns dann hinterher beim Gouverneur loben – Frau, dann brauchen wir uns um nichts mehr Sorgen zu machen.«

Seine Frau, die inzwischen durch ihre dünne Kleidung die beißende Kälte zu spüren begann, ging zurück ins Haus. »Dann beeil dich«, rief sie über ihre Schulter zurück, bevor sie die Tür hinter sich schloß.

Doch ihr Mann hörte sie nicht mehr, denn er war schon auf dem Weg zu der Stelle, wo das Schiff eben niederging.

Weder die Kälte dieser Welt noch die öde Umgebung oder der schwitzende Farmer vor ihm machte General Han Pritcher Sorgen.

Was ihn vielmehr bedrückte, war die Frage, ob ihre Taktik klug gewesen war. Er und Channis waren nämlich allein auf diesem Planeten gelandet.

Das Schiff befand sich im Raum, und aus dieser Richtung konnte nicht viel passieren. Trotzdem fühlte er sich unbehaglich. Natürlich war es wieder einmal Channis, der für diese Taktik verantwortlich war. Pritcher sah zu dem jungen Mann hinüber, der gerade fröhlich der Frau in dem dicken Pelz zuzwinkerte, die ihn mit offenem Mund anstarrte.

Channis schien sich völlig in seinem Element zu fühlen, was Pritcher mit einem säuerlichen Lächeln zur Kenntnis nahm. Sein Spiel würde kaum lange so weiterlaufen, wie er es sich vorstellte. Aber einstweilen blieben die Ultrawellen-Funkgeräte, die sie um das Handgelenk trugen, die einzige Verbindung zum Schiff.

Der Farmer verzog jetzt den Mund zu einem breiten Lächeln, verneigte sich ein paarmal und sagte dann mit einer Stimme, die vor Unterwürfigkeit nur so triefte: »Ehrenwerte Herren, erlauben Sie mir die Feststellung, daß mein ältester Sohn – ein guter und kluger Junge, der nur aufgrund unserer großen Armut nicht die Ausbildung erhält, die ihm, nach seiner Intelligenz bemessen, eigentlich zustehen würde – mir eben mitgeteilt hat, daß die Ältesten bald eintreffen werden. Ich werde mich bemühen, Ihnen Ihren Aufenthalt hier so angenehm zu machen, wie es meine bescheidenen Mittel erlauben. Leider bin ich nur ein armer Farmer, aber ich bin ein ehrlicher, hart arbeitender Mann, wie Ihnen jeder hier bestätigen wird.«

»Die Ältesten?« fragte Channis. »Sind das die Führer dieser Region?«

»Ja, das sind sie, edle Herren. Es sind alles ehrliche und gute Männer, und unser Dorf ist auf ganz Rossem als ehrlicher und anständiger Ort bekannt, auch wenn das Leben bei uns hart ist und die Felder nur wenig Ertrag bringen. Vielleicht können Sie den Ältesten gegenüber erwähnen, edle Herren, welchen Respekt und welche Gastfreundlichkeit ich Reisenden entgegenbringe – und vielleicht fordern sie dann einen neuen Motorwagen für unseren Haushalt an, denn der alte kommt kaum noch von der Stelle, und dabei sind wir doch auf ein Fahrzeug angewiesen.«

Er sah die beiden Fremden gespannt an, und Han Pritcher nickte gnädig, wie es seiner Rolle als »edler Herr« zukam.

»Wir werden dafür sorgen, daß die Ältesten erfahren, wie freundlich Sie uns aufgenommen haben.«

Pritcher nutzte die anschließende Pause, um sich zu Channis zu gesellen, der den Eindruck machte, als schliefe er halb.

»Ich kann nicht gerade behaupten, daß ich wild auf eine Begegnung mit den Ältesten bin«, sagte er. »Haben Sie sich schon mal Gedanken darüber gemacht?«

Channis sah ihn überrascht an. »Nein? Beunruhigt Sie irgend etwas?«

»Ich finde nur, daß es nicht gerade sinnvoll ist, wenn wir uns hier verdächtig machen.«

»Vielleicht wird sich bei unserem weiteren Vorgehen noch zeigen«, antwortete Channis leise, »daß wir es gerade darauf anlegen müssen, die Leute mißtrauisch zu machen. Ich glaube nämlich nicht, Pritcher, daß wir die Männer, die wir suchen, so ohne weiteres finden werden. Leute, die mit Hilfe ihrer geistigen Fähigkeiten herrschen, müssen nicht unbedingt mit denen identisch sein, die nach außen hin die Macht in den Händen haben. Die Psychologen der Zweiten Stiftung stellen wahrscheinlich im Verhältnis zur Gesamtbevölkerung eine verschwindend kleine Minderheit dar, ähnlich wie die Techniker und Wissenschaftler unserer Ersten Stiftung. Die normalen Einwohner sind vermutlich nur genau das, was das Wort schon sagt – normal. Es wäre nicht überraschend, wenn sich die Psychologen im Hintergrund halten und die Leute, die nach außen hin an der Macht sind, der festen Überzeugung sind, sie wären die wirklichen Herrscher. Vielleicht finden wir die Lösung zu unserem Problem hier auf diesem Planeten.«

»Tut mir leid, aber da kann ich Ihnen nicht mehr folgen.«

»Das ist doch alles ganz einfach, Pritcher. Tazenda ist wahrscheinlich eine riesige Welt mit wer-weiß-wieviel Millionen Einwohnern. Wie sollten wir unter so vielen Menschen die Psychologen identifizieren, um dem Muli berichten zu können, daß wir die Zweite Stiftung gefunden haben? Aber hier, auf diesem winzigen Farmplaneten, der zum Herrschaftsgebiet von Tazenda gehört, konzentrieren sich die Herrscher aus Tazenda in einem einzigen Dorf, dem Hauptdorf Gentri. Es sind wahrscheinlich nur ein paar hundert Leute, Pritcher, und unter ihnen *müssen* einfach einige Angehörige der Zweiten Stiftung sein. Wir werden dieses Dorf irgendwann aufsuchen, aber zuerst sprechen wir mit den Ältesten – ein logischer Schritt, wenn wir unser Ziel erreichen wollen.«

Ihr Gastgeber hatte den Raum zwischendurch verlassen. Jetzt kehrte er offensichtlich aufgeregt wieder zurück, und Channis und Pritcher traten unauffällig auseinander.

»Edle Herren, die Ältesten sind eingetroffen. Wenn ich Sie vielleicht noch einmal bitten dürfte, bei ihnen ein gutes Wort für mich einzulegen . . .« Er verbeugte sich wieder unterwürfig.

»Wir werden daran denken, das verspreche ich«, erwiderte Channis. »Sind das die Ältesten?«

Sie mußten es sein. Es waren drei Männer.

Einer von ihnen kam auf sie zu. Er verneigte sich ehrerbietig und sagte: »Sie erweisen uns eine große Ehre. Ein Wagen steht schon bereit, ehrenwerte Herren, und wir hoffen, daß Sie uns die Freude machen, uns zu unserer Versammlungshalle zu begleiten.«

Drittes Interludium

Der Erste Sprecher betrachtete nachdenklich den abendlichen Himmel. Wolkenfetzen schoben sich vor die Sterne. Das All sah entschieden feindselig aus. Daran war nicht zuletzt jenes seltsame Wesen, der Muli, schuld, das sich irgendwo da draußen befand. Allein der Gedanke an seine Existenz schien den Himmel zu einer dunklen Bedrohung werden zu lassen.

Die Versammlung war zu Ende. Sie hatte nicht lange gedauert. Die schwierige mathematische Aufgabe, das Verhalten eines parapsychischen Mutanten zu berechnen, den man nicht genau kannte, hatte eine Reihe von Fragen und Zweifeln aufgeworfen. Alle Permutationen mußten in Betracht gezogen werden.

Konnten sie trotzdem ganz sicher sein? Irgendwo in diesem Teil des Raumes – fast in Reichweite, wenn man von Galaktischen Maßstäben ausging – war der Muli. Was würde er tun?

Seine Männer waren verhältnismäßig leicht zu beeinflussen. Sie reagierten genau nach Plan.

Aber was war mit dem Muli selbst?

4

Zwei Männer und die Ältesten

Die Ältesten dieser Region von Rossem entsprachen nicht ganz den Vorstellungen, die sich Pritcher und Channis von ihnen gemacht hatten. Sie waren nicht einfach die Ältesten des Bauernstands, ältere, autoritäre und weniger freundliche Männer.

Ganz im Gegenteil.

Die würdevolle Haltung, die sie schon bei ihrer ersten Begegnung gezeigt hatten, war noch stärker hervorgetreten, bis sie ihr hervorstechendster Charakterzug geworden war.

Sie hatten sich mit ernsten und feierlichen Mienen um den ovalen Tisch versammelt. Die meisten waren schon über ihre erste Jugend hinaus, und nur wenige trugen Bärte, die aber im Gegensatz zu denen der normalen Farmer sorgfältig gepflegt und gestützt waren. Es war allerdings nicht zu übersehen, daß sie fast ausnahmslos nicht älter als vierzig waren und sich die Bezeichnung »Älteste« weniger auf das Lebensalter als vielmehr auf den Respekt bezog, den man ihnen entgegenbrachte.

Die beiden Besucher saßen am Kopfende des Tisches und versuchten, sich an die neue Atmosphäre zu gewöhnen, während sie an dem bescheidenen Mahl teilnahmen, das offensichtlich eher zeremoniellen Charakter als wirklichen Nährwert hatte.

Nach dem Essen folgten ein paar respektvolle Bemerkungen – die zu kurz und zu einfach waren, als daß man sie als Reden hätte bezeichnen können – von jenen Ältesten, die das höchste Ansehen genossen. Schließlich wurde die Atmosphäre lockerer und zwangloser.

Es hatte den Anschein, als hätten sie jetzt der Sitte, fremde Besucher würdevoll zu begrüßen, ausreichend Genüge getan und könnten sich endlich so geben, wie sie wirklich waren, nämlich neugierig und freundlich.

Sie drängten sich um die beiden Gäste und überschütteten sie mit Fragen.

Sie wollten wissen, ob es schwer sei, ein Raumschiff zu fliegen, wie viele Leute dazu nötig seien, ob es bessere Motoren für ihre Fahrzeuge gäbe, ob es stimmte, daß es auf anderen Planeten, wie zum Beispiel Tazenda, selten schneite, wie viele Menschen auf ihrer Welt lebten, ob sie so groß sei wie Tazenda, ob sie weit weg sei, aus welchem Material ihre Kleidung bestünde, die so einen eigenartigen metallischen Schimmer aufwies, warum sie keine Pelze trügen, ob sie sich jeden Tag rasierten, was das für ein Stein in Pritchers Ring sei – und und und . . .

Fast alle Fragen waren an Pritcher gerichtet, als sähen sie in ihm als Älterem die größere Respektsperson von beiden. Der General sah sich zu immer ausführlicheren Erklärungen gezwungen. Es war, als stünde er vor einer Gruppe neugieriger Kinder. Die Fragen der Ältesten klangen so naiv und ehrlich verwundert, daß Pritcher einfach nicht umhin konnte, sie alle geduldig zu beantworten.

Er erklärte ihnen, daß es nicht schwierig sei, ein Raumschiff zu fliegen und daß die Anzahl der Besatzungsmitglieder von der Größe des Schiffs abhinge und zwischen einer einzigen Person und vielen variiere, daß er mit der Bauart der Motoren ihrer Fahrzeuge nicht vertraut sei, daß man sie aber zweifellos verbessern könne, daß die klimatischen Bedingengen der verschiedenen Planeten immer wieder anders seien, daß viele hundert Millionen Menschen auf seiner Welt lebten, daß sie aber viel kleiner und unbedeutender als das große Imperium von Tazenda sei, daß ihre Anzüge aus einem Silikonmaterial bestünden und der metallische Schimmer durch die richtige Ausrichtung der Oberflächenmoleküle hervorgerufen würde, und daß sie künstlich heizbar seien, wodurch sich Pelze erübrigten, daß sie sich jeden Tag rasierten und daß der Stein in Pritchers Ring ein Amethyst sei. Der General merkte, wie er gegen seinen Willen immer zugänglicher wurde.

Und nach jeder Antwort begannen die Ältesten, sich aufgeregt zu unterhalten, als würden sie über die Informationen diskutieren, die sie erhielten. Es war schwierig, ihnen dabei zu folgen, denn sie verfielen in einen eigenen Dialekt, der sich im Laufe der Zeit aus der allgemeinen Galaktischen Sprache entwickelt hatte.

Ihre knappen Kommentare untereinander waren, so konnte man es etwa ausdrücken, fast zu verstehen, entzogen sich aber doch immer irgendwie dem Begreifen.

Schließlich mischte sich Channis in das Gespräch ein. »Wir haben Ihnen so viele Fragen beantwortet, meine Herren«, meinte er. »Ich meine, daß jetzt die Reihe an uns ist, Fragen zu stellen, denn schließlich sind wir fremd hier und würden gern so viel wie möglich über Tazenda erfahren.«

Plötzlich verstummten die bisher so redseligen Ältesten betroffen. Die Hände, die alle ihre Fragen mit lebhaften Gesten unterstrichen hatten, fielen schlaff herunter. Sie sahen einander hilfesuchend an, und offensichtlich wartete jeder darauf, daß der andere das Wort ergriff.

»Mein Begleiter interessiert sich dafür«, warf Pritcher rasch ein, »weil der Ruhm von Tazenda bis ans Ende der Galaxis gedrungen ist und wir natürlich dem Gouverneur von der Treue und Zuneigung der Ältesten von Rossem berichten wollen.«

Auch wenn kein Seufzer der Erleichterung zu hören war, hellten sich doch die Gesichter merklich auf. Einer der Ältesten strich sich mit Daumen und Zeigefinger über den Bart und antwortete dann für alle: »Wir sind treue Diener der Herren von Tazenda.«

Pritchers Verärgerung über Channis' direkte Frage legte sich langsam wieder. Es war beruhigend festzustellen, daß auch das Alter, das er in letzter Zeit so deutlich gespürt hatte, seiner Fähigkeit, die Fehler anderer auszubügeln, nichts hatte anhaben können.

»In dem Teil des Universums, aus dem wir kommen«, fuhr er fort, »ist nicht viel über die Geschichte der Herren von Tazenda bekannt. Sie herrschen sicher schon lange sehr wohlwollend über die Planeten ihres Territoriums.«

Derselbe Älteste, der vorhin schon gesprochen hatte, antwortete auch jetzt. In einer Art stillschweigendem Übereinkommen war er offensichtlich zum Wortführer geworden. »Nicht einmal die Großväter der ältesten

Mitglieder unseres Dorfes können sich an eine Zeit erinnern, in der die Herren nicht da waren.«

»Und war es eine Zeit des Friedens?«

»Ja!« Er zögerte. »Der Gouverneur ist ein starker und mächtiger Herr, der nicht zögern würde, Verräter hart zu bestrafen. Natürlich ist niemand von uns ein Verräter.«

»Aber sicher hat er in der Vergangenheit schon einige bestraft, die es verdient hatten.«

Wieder zögerte der Älteste. »Weder unter uns noch unter unseren Vätern oder den Vätern unserer Väter hat es je Verräter gegeben. Aber auf anderen Planeten hat es welche gegeben, und sie haben mit dem Leben bezahlt. Wir denken nicht gern an solche Dinge, denn wir sind alle bescheidene Farmer und interessieren uns nicht für Politik.«

In seiner Stimme und in den Blicken der anderen Ältesten lag tiefe Besorgnis.

»Können Sie uns vielleicht sagen, was wir tun müssen, um eine Audienz beim Gouverneur zu bekommen?«

Ein Ausdruck der Überraschung trat in die Gesichter der Männer.

Nach einer langen Pause erwiderte der Wortführer: »Ja wußten Sie das denn nicht? Der Gouverneur kommt morgen hierher. Er hat Sie erwartet. Ihr Besuch ist eine große Ehre für uns gewesen. Wir . . . wir hoffen, daß Sie ihn unserer Loyalität versichern werden.«

Pritcher verzog keine Miene. »Er hat uns erwartet?«

Der Älteste sah erstaunt auf die beiden Besucher. »Ja, wieso . . . wir erwarten Sie schon seit einer Woche.«

Sie waren für die Verhältnisse dieses Planeten zweifellos sehr luxuriös untergebracht. Pritcher hatte schon schlechter gewohnt, und Channis schien sich für seine Umgebung ohnehin nicht zu interessieren.

Zwischen den beiden Männern hatte sich ein Gefühl der Spannung entwickelt, das ganz anders war als bisher. Pritcher merkte, daß der Zeitpunkt für eine endgültige Entscheidung immer näher rückte, aber gleichzeitig verspürte er den Wunsch, sie noch herauszuzögern. Es bedeutete ein enormes Risiko, vorher dem Gouverneur zu begegnen, aber wenn er das Spiel gewann, konnte sich der Gewinn um ein Vielfaches erhöhen. Er fühlte Ärger in sich aufsteigen, als er die leichte Falte zwischen Channis' Augenbrauen und die leicht vorgeschobene Unterlippe sah, distinguierte Anzeichen für die Unsicherheit des anderen. Er haßte diese sinnlose Schauspielerei und sehnte sich danach, endlich damit aufhören zu können.

»Offensichtlich ist man uns einen Schritt voraus«, meinte er.

»Ja«, erwiderte Channis einsilbig.

»Mehr haben Sie dazu nicht zu sagen? Wir kommen hierher und müssen feststellen, daß uns der Gouverneur schon erwartet hat.

Womöglich werden wir vom Gouverneur noch zu hören bekommen, daß uns auch Tazenda schon erwartet. Was für einen Sinn hat unsere ganze Mission dann überhaupt noch?«

Channis blickte auf. Er gab sich keine Mühe, den müden Unterton in seiner Stimme zu verbergen. »Es ist ein Unterschied, ob man uns erwartet oder ob man weiß, wer wir sind und warum wie hierhergekommen sind.«

»Glauben Sie, Sie können solche Dinge vor den Angehörigen der Zweiten Stiftung lange geheimhalten?«

»Vielleicht. Warum nicht? Wollen Sie Ihre Hand dafür ins Feuer legen? Es könnte doch zum Beispiel so sein, daß man unser Schiff schon im Raum entdeckt hat. Fänden Sie es so ungewöhnlich, wenn ein Reich wie Tazenda Beobachtungsposten an seinen Grenzen unterhält? Auch wenn wir nur ganz normale Besucher wären, würde man sich für uns interessieren.«

»So sehr, daß uns der Gouverneur persönlich aufsucht statt umgekehrt?«

Channis zuckte die Achseln. »Mit diesem Problem können wir uns immer noch befassen. Warten wir erst einmal ab, was für ein Mann dieser Gouverneur überhaupt ist.«

Pritcher runzelte finster die Stirn. Langsam wurde die Situation lächerlich.

»Wir wissen zumindest eins«, fuhr Channis mit gekünstelter Munterkeit fort. »Tazenda muß die Zweite Stiftung sein, sonst wären sämtliche Beweise irreführend. Wie läßt sich sonst die Angst der Leute hier vor Tazenda erklären? Ich sehe keine Anzeichen für eine politische Herrschaft. Die Ältesten kommen doch offensichtlich zwangslos zusammen, und es scheint sich von außen niemand in ihre inneren Angelegenheiten einzumischen. Die Steuern, die sie erwähnt haben, scheinen mir weder sehr hoch zu sein noch werden sie energisch eingetrieben. Die Einheimischen reden zwar viel über ihre Armut, aber sie sind doch ganz gut dabei. Die Häuser sind zwar ziemlich primitiv und einfach, aber sie erfüllen doch offensichtlich ihren Zweck.

»Ehrlich gesagt, diese Welt fasziniert mich. Ich habe noch nie einen abschreckenderen Planeten gesehen, und trotzdem bin ich überzeugt, daß die Bevölkerung keine Not leidet und daß sich die Menschen hier in ihrer unkomplizierten Lebensweise ein Gefühl des Glücks und der Zufriedenheit bewahrt haben, die der Bevölkerung auf hochzivilisierten Planeten längst verlorengegangen ist.«

»Schwärmen Sie für das Landleben?«

»Um Galaxis' willen, nein.« Channis schien eine solche Vorstellung amüsant zu finden. »Ich wollte nur auf die Bedeutung dieser Tatsachen hinweisen. Tazenda weiß offenbar, wie man richtig herrscht. Seine Herrschaft unterscheidet sich gewaltig von der des alten Imperiums, der

Ersten Stiftung und auch der unseres eigenen Bundes. Während die anderen ihren Untertanen technischen Fortschritt auf Kosten ideeller Werte gebracht haben, fördert Tazenda Glück und Zufriedenheit. Sehen Sie denn nicht, daß die Orientierung ihrer Herrschaft völlig anders als normal ist? Sie regieren nicht physisch, sondern psychologisch.«

»So?« fragte Pritcher ironisch. »Und wie erklären Sie sich dann, daß die Ältesten so erschrocken von den Strafen sprechen, die diese freundlichen Herrscher bei Verrat verhängen? Wie läßt sich denn diese Tatsache mit Ihrer These vereinbaren?«

»Sind sie selbst denn bestraft worden? Sie haben doch nur von der Bestrafung anderer gesprochen. Ich habe das Gefühl, daß das Wissen um eine Bestrafung so fest in sie eingepflanzt worden ist, daß die Bestrafung selbst dabei überflüssig wird. Man hat sie in ihren Ansichten und Einstellungen soweit beeinflußt, daß es wahrscheinlich nicht einen einzigen Soldaten aus Tazenda auf diesem Planeten gibt, ganz einfach, weil es unnötig ist. *Begreifen* Sie das denn nicht, Pritcher?«

»Warten wir ab, bis wir mit dem Gouverneur gesprochen haben«, erwiderte der General kühl. »Was halten Sie übrigens von der Vorstellung, daß auch *wir* möglicherweise geistig beeinflußt werden?«

»*Daran* müßten *Sie* sich doch inzwischen gewöhnt haben«, gab Channis verächtlich zurück.

Pritcher wurde blaß und konnte sich nur mühsam beherrschen. Er wandte sich schweigend ab, und an diesem Tag sprachen die beiden Männer kein Wort mehr miteinander.

In der Nacht, als er sicher war, daß Channis fest schlief, stellte Pritcher den Ultrawellensender an seinem Handgelenk auf jenen Frequenzbereich ein, den Channis mit seinem Gerät nicht empfangen konnte, und rief das Schiff. Es meldete sich mit einem bestimmten Rhythmus von Schwingungen, die gerade an der Grenze der Wahrnehmungsschwelle lagen.

»Haben Sie schon Kontakt?« fragte der General zweimal.

Und zweimal kam die Antwort: »Nein. Wir warten noch.«

Pritcher stand auf. Es war kalt im Zimmer, und er zog die Pelzdecke enger um sich, als er sich auf einen Stuhl setzte und zum Fenster hinaus blickte. Der Nachthimmel mit den leuchtenden Sternen war hier so ganz anders als in der Peripherie, wo der diffuse Nebel der Milchstraße das nächtliche Bild beherrschte.

Irgendwo dort draußen zwischen den Sternen lag die Antwort auf all die Probleme, die ihn zu überwältigen drohten, und er sehnte sich endlich nach dem Ende.

Einen Augenblick lang mußte er wieder daran denken, ob der Muli recht gehabt hatte – ob er durch die Konversion wirklich seine Selbstsicherheit verloren hatte. Oder lag es einfach daran, daß er langsam alt wurde?

Es interessierte ihn im Grunde auch nicht.

Er war müde.

Der Gouverneur von Rossem traf ohne großes Aufgebot ein. Sein einziger Begleiter war der uniformierte Mann, der den Wagen lenkte.

Der Wagen selbst sah zwar recht luxuriös aus, schien aber dringend reparaturbedürftig. Pritcher stellte fest, daß er sich nur schwer steuern ließ und mehr als einmal ruckte, als der Fahrer offensichtlich zu schnell schaltete. Die ganze Konstruktion des Fahrzeugs ließ erkennen, daß es nicht mit atomarem, sondern mit chemischem Treibstoff lief.

Der Gouverneur aus Tazenda stieg vorsichtig aus und ging an den Ältesten vorbei, die sich respektvoll in zwei Reihen aufgestellt hatten, so daß sie eine Gasse für den hohen Gast bildeten. Ohne sie auch nur eines einzigen Blickes zu würdigen, betrat er rasch das Versammlungsgebäude. Die Ältesten folgten ihm.

Channis und Pritcher hatten die Ankunft des Gouverneurs von ihrem Quartier aus beobachtet. Der Neuankömmling war ein untersetzter und kleiner Mann, der eher durchschnittlich wirkte.

Aber was hatte das Äußere schon zu bedeuten?

Pritcher verfluchte sich wegen seiner Nervosität, auch wenn er nach außen hin völlig ruhig wirkte, weil er sich vor Channis keine Blöße geben wollte. Sein Blutdruck war merklich angestiegen, und seine Kehle war trocken.

Es handelte sich nicht um eine physische Angst. Pritcher gehörte zwar nicht zu jenen phantasielosen Menschen ohne Nerven, die zu dumm waren, jemals Angst zu empfinden – aber physische Angst ließ sich analysieren und überwinden.

Diesmal war es anders. Die Angst, die jetzt in ihm aufstieg, war nicht physischer Natur.

Er mußte daran denken, was er zu Channis über eine mögliche geistige Beeinflussung gesagt hatte.

Pritcher versuchte, sich zu erinnern, wie es damals gewesen war, bevor ihn der Muli konvertiert hatte – als er noch ein überzeugter Demokrat und Untergrundkämpfer gewesen war. Es fiel ihm schwer. Er konnte sich geistig nicht einordnen. Es war ihm nicht möglich, sich von der Beeinflussung des Muli zu lösen, mit dem er emotional verbunden war. Rein begriffsmäßig konnte er sich daran erinnern, daß er einmal versucht hatte, den Muli zu töten, aber was er damals gefühlt und empfunden hatte, das konnte er jetzt nicht mehr sagen, so sehr er sich auch anstrengte. Vielleicht handelte es sich dabei auch nur um eine Schutzmaßnahme seines eigenen Geistes, denn schon bei dem vagen Gedanken daran, wie seine Emotionen möglicherweise ausgesehen hatten, zog sich sein Magen zusammen.

Und wenn ihn nun der Gouverneur beeinflußte?

Wenn sich die substanzlosen geistigen Fühler eines Angehörigen der Zweiten Stiftung nach seinem Geist ausstreckten, um ihn auf die Seite des Gegners zu ziehen –

Als der Muli ihn damals konvertiert hatte, war ihm eine Veränderung überhaupt nicht bewußt geworden. Er hatte keinen Schmerz gefühlt, keinen geistigen Druck, gar nichts. Es war, als hätte er den Muli immer geliebt.

Wenn es wirklich vor langem einmal eine Zeit gegeben hatte, als er geglaubt hatte, ihn nicht zu lieben, sondern ihn zu hassen, kam sie ihm wie ein böser Alptraum vor, und der Gedanke daran erfüllte ihn mit Entsetzen.

Aber auch damals hatte er nichts gespürt.

Würde sich bei der Begegnung mit dem Gouverneur das wiederholen, was schon einmal geschehen war, nur daß es damals der Muli gewesen war, der ihn beeinflußt hatte? Würde danach das, was er für den Muli getan hatte, die ganze Zielsetzung seines jetzigen Lebens, plötzlich auch zu jenem verschwommenen Traum gehören, den das Wort Demokratie in sich barg. Würde auch der Muli dann nur noch ein Teil jenes Traumes sein und seine ganze Loyalität Tazenda gehören . . .

Abrupt drehte er sich um.

Er glaubte, würgen zu müssen.

Channis Stimme riß ihn aus seinen Gedanken. »Ich glaube, es ist soweit, General.«

Pritcher wandte sich wieder um. Einer der Ältesten hatte lautlos die Tür geöffnet und stand jetzt würdevoll auf der Schwelle.

»Seine Exzellenz, der Gouverneur von Rossem«, begann er, »ist erfreut, Ihnen eine Audienz gewähren zu können, und bittet Sie, seiner Einladung Folge zu leisten.«

»Aber sicher.« Channis rückte seinen Gürtel zurecht und stülpte sich eine Kapuze über den Kopf.

Pritcher biß die Zähne zusammen. *Jetzt* wurde es ernst.

Der Gouverneur von Rossem war nicht gerade eine eindrucksvolle Erscheinung. Barhäuptig, wie er war, mit Falten um die Augen und schütterem braunen Haar, das an einigen Stellen schon grau wurde, wirkte er eher wie ein freundlicher alter Herr. Der Blick, mit dem er die beiden Besucher musterte, schien abschätzend und streng, aber das Kinn unter dem gestutzten Bart war klein und weich und kennzeichnete ihn vielmehr als »schwachen« Charakter.

Pritcher mied seinen Blick und konzentrierte sich auf das Kinn, auch wenn er nicht wußte, ob das helfen würde – wenn überhaupt etwas helfen konnte.

»Willkommen auf Tazenda«, begrüßte sie der Gouverneur mit hoher, gleichgültiger Stimme. »Haben Sie schon gegessen?«

Er deutete mit einer würdevollen Handbewegung auf den U-förmigen

Tisch. Pritcher bemerkte, daß er lange, schmale Finger hatte, an denen die Adern deutlich hervortraten.

Sie verbeugten sich höflich und nahmen Platz. Der Gouverneur setzte sich an die Außenseite der Basis des U, die beiden Fremden ihm gegenüber an die Innenseite, während die Ältesten die Plätze an den beiden Schenkeln einnahmen.

Der Gouverneur sprach in kurzen, abgehackten Sätzen. Er lobte das Essen, das von Tazenda kam – tatsächlich war es etwas besser als das, was die Ältesten auf den Tisch gebracht hatten, wenn auch nicht viel –, ließ sich über die schlechten klimatischen Verhältnisse auf Rossem aus und machte einige Bemerkungen über die Probleme der Raumfahrt.

Channis sagte nur wenig, Pritcher überhaupt nichts.

Dann war das Essen beendet. Die Teller mit dem Dessert waren leer, die Servietten wurden beiseite gelegt, und der Gouverneur lehnte sich auf seinem Stuhl zurück.

Seine Augen funkelten.

»Ich habe mich nach Ihrem Schiff erkundigt. Selbstverständlich möchte ich dafür Sorge tragen, daß es sachgemäß gewartet wird. Ich habe mir sagen lassen, daß niemand weiß, wo es im Augenblick ist.«

»Wir haben es im Raum zurückgelassen«, erklärte Channis unbekümmert. »Es ist ein großes Schiff und für lange Reisen in manchmal gefährliche Gebiete ausgerüstet, und wir dachten, daß Sie womöglich an unserer friedlichen Absicht zweifeln könnten, wenn wir mit ihm hier gelandet wären. Also haben wir es vorgezogen, allein und unbewaffnet hier zu landen.«

»Wirklich ein Beweis für Ihre friedliche Absicht«, nickte der Gouverneur, aber er sah alles andere als überzeugt aus. »Es ist ein großes Schiff, sagen Sie?«

»Aber kein Kriegsschiff, Exzellenz.«

»Hmmm. Woher kommen Sie?«

»Von einer kleinen Welt im Santanni-Sektor, Exzellenz. Sie ist so unbedeutend, daß Sie wahrscheinlich noch nie von ihr gehört haben. Wir sind an Handelsbeziehungen mit Ihnen interessiert.«

»Ach, so, Handel. Und was haben Sie anzubieten?«

»Alle möglichen Maschinen, Exzellenz. Als Tausch dafür haben wir an Nahrungsmittel, Holz und Eisenerz gedacht . . .«

»Hmmm.« Der Gouverneur sah sie zweifelnd an. »Ich verstehe nur wenig von solchen Dingen. Vielleicht können beide Seiten von einem solchen Geschäft profitieren. Wenn ich Ihre Papiere genau überprüft habe – Sie werden natürlich verstehen, daß meine Regierung erst nach entsprechenden, ausführlichen Informationen zu Verhandlungen bereit ist – und mir Ihr Schiff angesehen habe, sollten Sie vielleicht direkt nach Tazenda weiterfliegen.«

Als er keine Antwort bekam, wurde der Gouverneur merklich kühler.

»Es ist allerdings absolut notwendig, daß ich mir vorher Ihr Schiff ansehe.«

»Das Schiff wird im Augenblick leider repariert«, erwiderte Channis schließlich vorsichtig. »Wenn Eure Exzellenz nichts dagegen haben, achtundvierzig Stunden zu warten, dann steht es zu Ihrer Verfügung.«

»Ich bin es nicht gewohnt, warten zu müssen.«

Zum erstenmal sah Pritcher seinem Gegenüber in die Augen, und er hielt unwillkürlich den Atem an. Einen Augenblick lang hatte er das Gefühl, in ihnen zu ertrinken, bis er sich dann entschlossen abwandte.

Channis schien völlig ungerührt. »Das Schiff kann erst in achtundvierzig Stunden landen, Exzellenz«, erklärte er. »Wir sind allein und unbewaffnet hergekommen. Können Sie da unsere ehrlichen Absichten bezweifeln?«

Nach einer langen Pause entgegnete der Gouverneur knapp: »Erzählen Sie mir von der Welt, von der Sie kommen.«

Damit war das Thema beendet. Es kam zu keinen weiteren Unerfreulichkeiten. Der Gouverneur hatte seine offiziellen Pflichten erfüllt und damit offenbar jedes Interesse an seinen Besuchern verloren. Die Audienz schleppte sich mühsam dahin, bis sie irgendwann beendet wurde.

Als sie wieder zurück in ihrem Quartier waren, zog Pritcher Bilanz.

Vorsichtig »überprüfte« er seine Gefühle. Er selbst konnte keine Veränderung an sich feststellen, aber mußte er das? Hatte er sich nicht damals, nachdem der Muli ihn konvertiert hatte, auch ganz wie immer gefühlt? Er beschloß, einen Test an sich durchzuführen.

Entschlossen rief er in sich hinein: »Die Zweite Stiftung muß gefunden und zerstört werden.«

Das Gefühl, das diese Worte begleitete, war aufrichtiger Haß. Es gab kein Zögern.

Und dann versuchte er, die Worte »die Zweite Stiftung« durch »der Muli« zu ersetzen, aber schon bei dem bloßen Gedanken daran stockte sein Atem, und seine Kehle war plötzlich wie zugeschnürt.

So weit, so gut.

Aber vielleicht war er anders beeinflußt worden – auf geschicktere und unauffälligere Weise. Hatte er sich nicht doch verändert? Es konnten kleine Veränderungen sein, deren Existenz allein schon verhinderte, daß er sie bemerkte.

Er wußte es nicht.

Pritcher riß sich von seinen Zweifeln los. Er sah zu Channis hinüber, der am anderen Ende des Raumes saß, während seine Finger mechanisch über die winzigen Knöpfe seines Ultrawellensenders glitten.

Und als endlich die Antwort kam, fühlte er eine ungeheure Erleichterung in sich aufsteigen.

Seine Miene blieb unbeweglich, aber tief im Innern stieß er einen Freudenschrei aus, und als sich Channis jetzt zu ihm umdrehte, wußte er, daß die Farce so gut wie zu Ende war.

Viertes Interludium

Die beiden Sprecher begegneten sich auf der Straße, und der eine hielt den anderen an.

»Ich habe Nachricht vom Ersten Sprecher.«

In den Augen des zweiten leuchtete es wissend auf. »Steht die Entscheidung bevor?«

»Ja! Hoffentlich erleben wir noch den Morgen!«

5
Ein Mann und der Muli

Channis ließ nicht erkennen, ob ihm eine Veränderung in Pritchers Verhalten und in ihrer Beziehung zueinander aufgefallen war. Er lehnte sich auf der harten Holzbank zurück und streckte die Beine aus.

»Was halten Sie vom Gouverneur?«

Pritcher zuckte die Achseln. »Ich weiß nicht. Besondere geistige Fähigkeiten scheint er mir nicht zu besitzen. Ein jämmerliches Exemplar eines Angehörigen der Zweiten Stiftung, wenn es das ist, worauf Sie hinaus wollen.«

»Ich glaube ehrlich gesagt nicht, daß er zur Zweiten Stiftung gehört. Wissen Sie, ich werde aus der Sache noch nicht so ganz schlau.« Channis machte ein nachdenkliches Gesicht. »Was würden *Sie* tun, wenn Sie zur Zweiten Stiftung gehörten? Angenommen, Sie wüßte, was uns hierher geführt hat. Was würden Sie mit uns machen?«

»Uns konvertieren, natürlich.«

»So, wie es der Muli macht?« Channis musterte ihn scharf. »Würden wir es merken, wenn sie uns wirklich konvertiert hätten? Ich glaube kaum – Und wenn sie nun nur einfache Psychologen sind, aber sehr intelligente?«

»In diesem Fall würde ich uns so schnell wie möglich beseitigen lassen.«

»Und unser Schiff? Nein.« Channis winkte ab. »Es geht doch nicht um uns, Pritcher. Auch wenn sie wirklich in der Lage sind, andere emotional zu kontrollieren, werden sie uns das kaum wissen lassen, denn es geht ihnen doch in erster Linie um den Muli. Gegen ihn müssen sie kämpfen; wir sind doch nur Handlanger. Deshalb machen sie es genau wie wir und sind zunächst einmal sehr vorsichtig. Ich glaube, daß sie genau wissen, wer wir sind.«

Pritcher sah ihn kalt an. »Was schlagen Sie also vor?«

»Wir warten«, antwortete Channis ungerührt. »Sollen *sie* den nächsten Schritt tun. Sie sind beunruhigt – vielleicht wegen des Schiffs, aber noch wahrscheinlicher wegen des Muli. Sie haben über den Gouverneur versucht, uns zu bluffen, aber es hat nicht funktioniert, weil wir uns nicht von ihm haben beeindrucken lassen. Als nächsten werden sie jetzt mit Sicherheit jemanden von der Zweiten Stiftung zu uns schicken, und er wird uns einen Handel vorschlagen.«

»Und dann?«

»Wir gehen auf den Handel ein.«

»Dazu wird es nicht kommen.«

»Warum nicht? Haben Sie Angst, ich wollte den Muli hereinlegen?«

»Nein. Der Muli würde schon mit Ihnen fertig. Aber ich bleibe dabei, daß es nicht soweit kommen wird.«

»Weil Sie meinen, wir schaffen es nicht, die Leute von der Zweiten Stiftung hereinzulegen?«

»Vielleicht würde uns das tatsächlich nicht gelingen. Aber auch das ist nicht der Grund.«

Channis' Blick fiel plötzlich auf die Faust des anderen und den Gegenstand, der sich darin befand. »Ich verstehe«, meinte er düster. »*Das* ist also der Grund.«

Pritcher nahm seinen Strahler hoch. »Richtig. Sie sind verhaftet.«

»Mit welcher Begründung?«

»Wegen Verrat am Ersten Bürger des Bundes.«

Channis preßte die Lippen zusammen. »Was soll das?«

»Das habe ich doch schon gesagt. Es geht um Verrat! Den ich aufgedeckt habe.«

»Und wo sind die Beweise? Sie phantasieren wohl! Ich glaube, Sie sind verrückt!«

»Nein, ich nicht – aber vielleicht Sie! Glauben Sie, der Muli schickt einen Grünschnabel wie Sie einfach so mit einer derart lächerlich aufgezogenen Mission los? Am Anfang konnte ich es nicht verstehen, und dann fing ich an zu überlegen. Warum hat er ausgerechnet *Sie* ausgewählt? Weil Sie so hübsch lächeln können und sich elegant kleiden? Oder weil Sie gerade achtundzwanzig sind?«

»Vielleicht weil er glaubt, mir vertrauen zu können. Oder sind Sie logischen Argumenten nicht zugänglich?«

»Oder vielleicht, weil man Ihnen nicht vertrauen kann. Was ebenso logisch klingt, wie Sie zugeben müssen.«

»Sagen Sie, was soll das eigentlich? Versuchen wir, uns gegenseitig mit Paradoxa zu übertreffen, oder geht es einfach darum, wer mit den meisten Worten am wenigsten aussagen kann?«

Pritcher ging mit dem Strahler in der Hand auf den jungen Mann zu und blieb schließlich dicht vor ihm stehen. »Stehen Sie auf!«

Channis kam dem Befehl ohne besondere Eile nach, und er zuckte auch nicht zusammen, als er die Strahlermündung auf seinem Bauch fühlte.

»Der Muli wollte unbedingt die Stiftung finden«, erklärte Pritcher. »Aber das ist weder ihm noch mir gelungen, da sie sich zu gut zu verbergen wußte. Es blieb also nur noch eine Möglichkeit, die Erfolg versprach: Wir mußten einen Suchenden finden, der das Geheimnis ihrer Position bereits kannte.«

»Und das war ich?«

»Ja. Es war mir damals noch nicht klar, aber auch wenn mein Verstand vielleicht etwas länger braucht als früher, funktioniert er doch immer noch recht gut. Wie leicht haben wir Star's End gefunden! Wie unglaublich schnell haben Sie das richtige Gebiet auf der Sternenkarte der Linse aus einer ungeheuren Zahl von Möglichkeiten herausgefunden. Und ganz selbstverständlich haben Sie auch sofort den richtigen Blickwinkel gewußt! Sie Narr! Halten Sie mich für so naiv, daß Sie geglaubt haben, ich würde so viele glückliche Zufälle auf einmal als völlig normal hinnehmen?«

»Sie meinen also, ich war zu erfolgreich?«

»Entschieden zu erfolgreich für einen loyalen Mann.«

»Nur weil sich die Maßstäbe, die Sie bei mir anlegen, an Ihren eigenen Mißerfolgen orientieren?«

Der Strahler bohrte sich tiefer in Channis', aber sonst verriet nichts außer dem kalten Glitzern in Pritchers Augen den aufsteigenden Zorn. »Weil Sie von der Zweiten Stiftung gekauft worden sind.«

»Gekauft?« In der Stimme des jungen Mannes schwang grenzenlose Verachtung mit. »Das müssen Sie erst beweisen.«

»Oder Sie werden zumindest geistig von ihnen beeinflußt.«

»Ohne daß der Muli es bemerkt hat? Das ist doch lächerlich!«

»Nein. Der Muli *hat* es bemerkt, Sie Dummkopf. Ja, richtig. Warum, glauben Sie, hätte er Ihnen sonst ein Schiff mitgeben sollen? Sie sollten uns zur Zweiten Stiftung führen, und das haben Sie ja auch getan.«

»Tut mir leid, aber da kann ich Ihnen nicht mehr folgen. Würden Sie die Güte besitzen, mir zu verraten, warum ich das tun sollte? Wenn ich wirklich ein Verräter wäre, warum sollte ich Sie dann ausgerechnet zur Zweiten Stiftung führen? Es wäre doch viel vernünftiger, wenn ich mit Ihnen einfach kreuz und quer durch die Galaxis geflogen wäre und genauso wenig wie Sie bei Ihren vorigen Expeditionen entdeckt hätte.«

»Es ging Ihnen in erster Linie um das Schiff. Die Leute von der Zweiten Stiftung müssen sehen, wie sie an Atomwaffen kommen, damit sie sich verteidigen können.«

»Da müssen Sie sich schon etwas Besseres einfallen lassen. Ein einzelnes Schiff wird ihnen nicht viel nützen, und wenn sie wirklich glauben sollten, daß sie aus diesem Schiff genug lernen können, um nächstes Jahr Atomkraftwerke zu bauen, dann müssen sie schon sehr naiv sein. So naiv wie Sie, wenn ich das bemerken darf.«

»Sie werden die Gelegenheit bekommen, das alles dem Muli persönlich zu erklären.«

»Fliegen wir wieder zurück nach Kalgan?«

»Im Gegenteil. Wir bleiben hier. Der Muli wird in fünfzehn Minuten hier sein – vielleicht auch noch früher. Er ist uns nämlich gefolgt, Sie Ausbund an Selbstgefälligkeit. Sie haben Ihre Rolle als Lockvogel gut gespielt. Sie haben unsere Opfer vielleicht nicht zu uns geführt, aber dafür haben Sie auf jeden Fall uns zu unseren Opfern geführt.«

»Darf ich mich setzen?« fragte Channis. »Ich möchte Ihnen etwas erklären. Ja?«

»Dabei können Sie auch stehenbleiben.«

»Also schön. Sie glauben also, daß der Muli uns gefolgt ist, weil im Kommunikationssystem des Schiffes ein Hypertracer installiert war?«

Channis hatte den Eindruck, daß der Strahler in der Hand des Generals ganz leicht zitterte, aber er konnte es nicht beschwören. »Ich sehe, Sie sind keineswegs überrascht. Oder doch? Ja, ich wußte davon. Und nun, nachdem ich Ihnen bewiesen habe, daß ich etwas wußte, von dem Sie nicht wußten, *daß* ich es wußte, werde ich Ihnen etwas erzählen, von dem ich weiß, daß *Sie* es nicht wissen.«

»Warum kommen Sie nicht endlich zur Sache, Channis? Brauchen Sie Zeit, um sich eine Ausrede zurechtzulegen?«

»Hören Sie zu. Natürlich gibt es Verräter, oder feindliche Agenten, wenn Sie diesen Ausdruck bevorzugen. Der Muli hat auf eine sehr seltsame Weise davon erfahren. Es sieht nämlich ganz so aus, daß einige seiner konvertierten Männer von anderer Seite manipuliert worden sind.«

Diesmal gab es keinen Zweifel daran, daß der Strahler zitterte.

»Ich möchte diese Tatsache besonders betonen, Pritcher, denn sie ist der Grund, warum der Muli gerade mich für diese Mission ausgewählt hat. Weil ich nämlich nicht konvertiert bin. Hat er Sie damals nicht darauf hingewiesen? Ganz egal, ob er Ihnen nun den wahren Grund verraten hat oder nicht.«

»Denken Sie sich etwas Besseres aus, Channis. Wenn ich gegen den Muli wäre, wüßte ich das.« Pritcher hatte ruhig und rasch seine Emotionen überprüft. Nein, es war keine Veränderung festzustellen. Der Mann log ganz offensichtlich.

»Sie meinen, Sie sind dem Muli immer noch treu ergeben? Vielleicht. An Ihrer Loyalität ist sicher nichts verändert worden, denn das wäre zu leicht aufgefallen, wie der Muli selbst bemerkt hat. Aber wie fühlen Sie sich geistig? Müde? Erschöpft? Haben Sie sich auf dem ganzen Flug wie immer gefühlt? Oder war es Ihnen manchmal seltsam zumute, so als wären Sie nicht Sie selbst? Was haben Sie vor – mir ein Loch durch den Bauch zu jagen, ohne daß Sie den Finger am Abzug haben?«

Pritcher zog den Strahler eine Handbreit zurück. »Was wollen Sie damit sagen?«

»Ich will damit sagen, daß Sie manipuliert worden sind. Man hat Sie von anderer Seite beeinflußt. Sie haben weder gesehen, daß der Muli den Hypertracer eingebaut hat noch jemand anders, aber Sie nehmen automatisch an, daß er es gewesen ist, und schließen daraus, daß er uns gefolgt ist. Natürlich, Sie haben Ihren Minisender, mit dem Sie sich auf einer Frequenz mit dem Schiff in Verbindung setzen können, die mein Gerät nicht hat. Ach, dachten Sie, ich wüßte das nicht?« Channis hatte seine äußere Gleichgültigkeit abgelegt, und seine Stimme klang jetzt zornig. »Aber es ist nicht der Muli, der uns von da draußen hierher folgt. Nein, es ist nicht der Muli.«

»Wer denn sonst?«

»Raten Sie. Ich habe den Hypertracer an dem Tag, als wir gestartet sind, gefunden, aber ich glaube nicht, daß ihn der Muli installiert hat. Welchen Grund hätte er denn gehabt, so etwas zu tun? Begreifen Sie denn nicht, wie unlogisch das ist? Wenn ich ein Verräter wäre und er es gewußt hätte, dann hätte er mich doch genauso leicht konvertieren können, wie er es mit Ihnen gemacht hat, und das Geheimnis um die Zweite Stiftung aus meinem Kopf holen können, ohne mich erst durch die halbe Galaxis zu schicken. Sie wissen genau wie ich, daß es vor dem Muli keine Geheimnisse gibt. Wenn ich die Position der Zweiten Stiftung also *nicht* kannte, dann konnte ich ihn doch auch nicht zu ihr führen. Warum also hätte er mich mit auf die Suche schicken sollen?

Der Hypertracer kann nur von einem Angehörigen der Zweiten Stiftung im Schiff installiert worden sein. Und *sie* sind es, die uns gefolgt sind. Hätten Sie sich so täuschen lassen, wenn man Sie nicht manipuliert hätte? Halten Sie es denn für völlig normal, wenn Sie eine solche Täuschung mit Scharfsinn verwechseln? *Ich* soll ein Schiff zur Zweiten Stiftung bringen? Was könnten sie denn schon mit einem Schiff anfangen?

Nein, Pritcher, sie sind nicht an dem Schiff interessiert, sondern an Ihnen. Sie wissen mehr als jeder andere über den Bund, mit Ausnahme des Muli, und im Gegensatz zu ihm sind Sie ungefährlich. Deshalb haben sie mich bewußt auf die richtige Spur geführt. Natürlich wußte ich, daß die Zweite Stiftung hinter uns her war und daß sie meine Suche lenkten. Also spielte ich ihr Spiel mit, und jede Seite versuchte, die andere zu bluffen. Sie wollten uns, und ich wollte ihre Position – und die Chancen standen für beide gleich.

Aber wenn Sie mich noch lange mit dem Strahler bedrohen, dann werden wir die Verlierer sein. Es ist ganz offensichtlich, daß Sie nicht aus eigenem Antrieb handeln, sondern von ihnen beeinflußt werden. Geben Sie mir die Waffe, Pritcher. Ich weiß, daß sich alles in Ihnen dagegen wehrt, aber denken Sie daran, daß es nicht Ihr eigener Entschluß ist. Sie stehen unter dem Einfluß der Stiftung. Geben Sie mir den Strahler, Pritcher, dann können wir der Gefahr, die auf uns zukommt, gemeinsam begegnen.«

Pritcher merkte zu seinem Entsetzen, daß er unsicher wurde. Es klang glaubwürdig! Aber konnte er sich denn so irren? Warum zweifelte er ständig an sich selbst? Warum war er nicht von sich überzeugt? Warum klang Channis so glaubwürdig?

Es klang logisch! Channis hatte recht.

Oder vielleicht doch nicht? Kämpfte sein gepeinigter Geist gegen einen Eingriff von außen?

War er geistig gespalten?

Verschwommen sah er Channis mit ausgestreckter Hand vor sich stehen – und plötzlich wußte er, daß er ihm den Strahlter geben würde.

Und als sich seine Muskeln gerade zusammenziehen wollten, um dem Befehl seines Gehirns Folge zu leisten, ging hinter ihm langsam die Tür auf – und er drehte sich um.

Es mag Männer in der Galaxis geben, die man mit einem anderen verwechselt, selbst wenn man sie in Ruhe betrachten kann. Gleichermaßen ist es möglich, daß man sich in einer geistigen Verfassung befindet, in der man auch Personen, die sich nicht ähnlich sehen, verwechselt. Bei dem Muli allerdings stehen beide Möglichkeiten außer Frage.

So sehr Pritcher auch verwirrt gewesen war, er spürte augenblicklich, wie ihn eine Welle kalter Ruhe durchströmte.

Von seiner äußeren Erscheinung her beherrschte der Muli keine Situation, auch diese nicht.

Er wirkte eher lächerlich in den dicken Sachen, die er trug; sie verbargen seinen dürren Körper, aber nicht genug, als daß er nun normale Proportionen besessen hätte. Sein Gesicht war vermummt, und alles, was davon noch zu sehen war, war die von der Kälte gerötete riesige Nase.

Ein grotesker Retter.

»Halten Sie Ihren Strahler fest, Pritcher«, befahl er.

Dann wandte er sich an Channis, der sich achselzuckend hingesetzt hatte. »Offenbar herrscht hier im Augenblick eine gewisse Verwirrung und ein emotionaler Konflikt. Wie kommen Sie darauf, daß nicht ich, sondern jemand anders Ihnen folgt?«

»Haben Sie einen Hypertracer im Schiff installieren lassen, Sir?« fragte Pritcher scharf.

Der Muli sah ihn kühl an. »Natürlich. Glauben Sie, daß eine andere

Organisation in der Galaxis als der Planetenbund über Geräte dieser Art verfügt?«

»Er sagte . . .«

»Nun, er ist doch hier, General. Wozu ihn dann zitieren? Sie hatten etwas gesagt, Channis?«

»Ja, aber es sieht ganz so aus, als hätte ich mich geirrt, Sir. Ich hatte angenommen, daß der Tracer von jemandem eingebaut worden war, der für die Zweite Stiftung arbeitete, und daß wir absichtlich hierher gelockt worden seien, weil sie etwas mit uns vor hätten. Dieser Gefahr wollte ich begegnen. Außerdem hatte ich den Eindruck, daß der General unter ihrem Einfluß stand.«

»Das klingt ganz so, als seien Sie jetzt anderer Meinung.«

»Ich muß zugeben, ich habe mich offenbar geirrt. Anders wären Sie nicht in der Tür erschienen.«

»Schön, dann unterhalten wir uns doch einmal in Ruhe über diese Sache.« Der Muli schälte sich aus seinem wattierten, elektrisch beheizten Schutzanzug. »Haben Sie etwas dagegen, wenn ich mich ebenfalls setze? Also – wir sind hier absolut sicher, und niemand wird uns stören. Kein Einheimischer auf diesem Eisklumpen wird sich heranwagen, das kann ich Ihnen versichern.« Ein grimmiger Ausdruck lag auf seinem Gesicht, als er auf seine Fähigkeiten anspielte.

Channis sah ihn fragend an. »Was soll diese Heimlichkeit? Kommt gleich jemand herein, der uns Tee serviert und Tanzmädchen mitbringt?«

»Wohl kaum. Wie war das doch gleich mit Ihrer Theorie, junger Mann? Ein Angehöriger der Zweiten Stiftung hat Sie also mit einem Gerät verfolgt, daß niemand außer mir besitzt, und – wie, sagten Sie, haben Sie diesen Planeten gefunden?«

»Ich kann mir die Tatsache, daß ich ihn so schnell entdeckt habe, Sir, nicht anders erklären, als daß man mir gewisse Ideen suggeriert hat . . .«

»Und dieser ›man‹ war eben dieser Angehörige der Zweiten Stiftung?«

»Ich wüßte nicht, wer sonst.«

»Ist Ihnen denn nie der Gedanke gekommen, daß ein Angehöriger der Zweiten Stiftung es kaum nötig hätte, Sie mit einem Tracer zu verfolgen, wenn er Sie dahin beeinflussen kann, diesen Planeten anzufliegen, wie Sie behauptet haben – und ich nehme an, daß Sie sich vorgestellt haben, daß er mit ähnlichen Methoden arbeitet wie ich, wobei ich betonen möchte, daß ich nur Emotionen, nicht aber Ideen beeinflussen kann.«

Channis hob abrupt den Kopf und begegnete dem Blick seines Herrschers mit einem überraschten Ausdruck, während sich Pritcher sichtlich entspannte.

»Nein.« Channis schüttelte den Kopf. »Der Gedanke ist mir nicht gekommen.«

»Oder daß die Zweite Stiftung Sie mit Sicherheit nicht beeinflussen konnte, wenn sie sich gezwungen sah, Ihre Spur mit einem Hypertracer zu verfolgen, und daß Sie in diesem Fall kaum so leicht hierher gefunden hätten. Ist Ihnen auch *dieser* Gedanke nie gekommen?«

»Nein, Sir.«

»Warum nicht? Ist Ihr Intelligenzquotient vielleicht plötzlich so stark gesunken?«

»Ich kann Ihre Frage nur mit einer Gegenfrage beantworten, Sir. Schließen Sie sich General Pritcher in seiner Beschuldigung an, ich sei ein Verräter?«

»Hätten Sie einen Beweis, der für Ihre Unschuld spricht, wenn es so wäre?«

»Nur denselben, den ich schon dem General dargelegt habe. Wenn ich ein Verräter wäre und die Position der Zweiten Stiftung wüßte, dann könnten Sie mich doch konvertieren und auf diesem Wege direkt erfahren, was ich weiß. Wenn Sie es für nötig hielten, mich zu verfolgen, dann konnte ich es demnach nicht wissen und bin kein Verräter. Sie sehen, ich beantworte Ihr Paradoxon mit einem anderen.«

»Und wie lautet Ihre Schlußfolgerung?«

»Daß ich kein Verräter bin.«

»Dem muß ich zustimmen, da Ihr Argument unwiderlegbar ist.«

»Darf ich mir dann die Frage erlauben, warum Sie uns heimlich gefolgt sind?«

»Weil es für alle Tatsachen noch eine dritte Erklärung gibt. Sowohl Sie wie auch Pritcher haben einige der Tatsachen auf Ihre Weise erklärt, aber nicht alle. Ich kann sie Ihnen alle erklären – wenn Sie mir solange zuhören wollen. Ich glaube aber kaum, daß Sie sich dabei langweilen werden. Setzen Sie sich, Pritcher, und geben Sie mir Ihren Strahler. Es besteht keine Gefahr, daß man uns angreifen könnte, weder hier noch von außen. Sogar nicht einmal mehr von der Zweiten Stiftung. Und das haben wir Ihnen zu verdanken, Channis.«

Der Raum wurde, wie es auf Rossem üblich war, von einem durch Strom zum Glühen gebrachten Draht erhellt. Von der Decke hing eine einzelne, nackte Glühbirne herab, in deren Licht jeder der drei Anwesenden seinen eigenen Schatten warf.

»Es liegt auf der Hand«, fuhr der Muli fort, »daß ich mir von Channis' Verfolgung etwas erhoffte. Da er mit überraschender Hast und Zielstrebigkeit sofort die Zweite Stiftung anflog, konnte es nur das sein, was ich mir erhoffte. Und da ich dieses Wissen um die Position der Zweiten Stiftung nicht direkt von ihm bekommen konnte, muß mich etwas daran gehindert haben. Das sind die Fakten. Channis kennt die Antwort, und ich auch. Begreifen Sie, Pritcher?«

»Nein, Sir?« Pritcher schüttelte verständnislos den Kopf.

»Schön, dann will ich es Ihnen erklären. Es gibt nur eine ganz bestimmte Gruppe von Personen, die sowohl die Position der Zweiten Stiftung kennen wie mich auch daran hindern können, dieses Wissen von ihnen zu erfahren. Ich glaube deshalb, Channis, daß Sie selbst ein Angehöriger der Zweiten Stiftung sind.«

Channis beugte sich vor und stützte die Ellbogen auf seine Knie. »Und Ihr Beweis?« fragte er aufgebracht. »Die Logik allein hat uns heute schon zweimal getäuscht.«

»Ich kann Ihnen den entsprechenden Beweis geben, Channis. Es ist ganz einfach. Ich habe Ihnen doch gesagt, daß einige meiner Männer manipuliert worden sind. Der Verantwortliche muß jemand gewesen sein, der a) nicht konvertiert und b) nahe am Geschehen war. Die Gruppe der in Frage kommenden Personen war groß, aber nicht unüberschaubar. Sie waren zu erfolgreich, Channis, und zu beliebt. Alles, was Sie anfingen, klappte zu gut. Ich wurde mißtrauisch . . .

Und als ich Ihnen dann die Leitung dieser Expedition übertrug, blieben Sie völlig gelassen. Ich habe Ihr Verhalten und Ihre Emotionen beobachtet. Sie haben weder Erregung noch Überraschung gezeigt, sondern blieben ruhig und unbeeindruckt. In diesem Fall war Ihr Selbstbewußtsein entschieden übertrieben. Ein wirklich fähiger Mann hätte bei einem solchen Auftrag zumindest eine gewisse Unsicherheit gezeigt. Da dies bei Ihnen nicht so war, mußten Sie entweder dumm sein – oder wurden von außen kontrolliert.

Es war nicht schwer, die beiden Möglichkeiten zu testen. In einem Augenblick, als Sie entspannt waren, habe ich mich Ihres Geistes bemächtigt, ihm tiefen Kummer suggeriert und mich dann wieder zurückgezogen. Ihre wütende Reaktion war so überzeugend, daß ich hätte schwören können, sie wäre natürlich, wenn da nicht vorher etwas anderes gewesen wäre. Als ich nämlich versuchte, Ihren Geist zu beeinflussen, habe ich für einen winzigen Moment Widerstand gespürt, bevor Sie sich in der Gewalt hatten. Das war der Beweis, den ich brauchte.

Niemand hätte meiner geistigen Kontrolle Widerstand leisten können – es sei denn, er verfügt über ähnliche Fähigkeiten.«

»Also gut«, sagte Channis leise. »Und jetzt?«

»Und jetzt werden Sie sterben – als Angehöriger der Zweiten Stiftung. Sie werden selbst einsehen, daß es sich leider nicht vermeiden läßt.«

Wieder sah Channis in eine Strahlermündung. Aber der Mann, der die Waffe diesmal in der Hand hielt, ließ sich nicht wie Pritcher beeinflussen, sondern war dem anderen geistig ein durchaus gleichwertiger Gegner.

Und die Zeitspanne, die ihm noch blieb, um die Situation zu ändern, war mehr als kurz.

Die Ereignisse, die nun folgten, lassen sich von jemandem, der nur über normale Sinne und geistige Fähigkeiten verfügt, nur schwer beschreiben.

Geben wir zunächst einmal das wieder, was Channis in dem Augenblick, als sich der Finger des Muli um den Abzug seiner Waffe legte, bewußt wurde.

Das momentane emotionale Bild des Muli war das einer äußersten Entschlossenheit, das nicht vom geringsten Zögern getrübt wurde. Hätte Channis hinterher die Zeit berechnen wollen, die von dem Augenblick des Entschlusses zu schießen, bis zum Freiwerden der Desintegrationsenergien verstrich, so wäre er auf ein Ergebnis von rund einer fünftel Sekunde gekommen.

Eine winzige Spanne.

Was dem Muli in der gleichen Zeitspanne bewußt wurde, war die Tatsache, daß das Emotionspotential von Channis' Gehirn plötzlich in die Höhe schnellte, ohne daß sein eigener Geist etwas davon wahrnahm, und daß gleichzeitig eine Woge nackten, unversöhnlichen Hasses aus einer unerwarteten Richtung über ihn hereinbrach.

Diese neue Emotion bewirkte, daß sich sein Daumen vom Abzug löste. Es konnte keinen anderen Grund geben, und fast gleichzeitig mit dieser Reaktion kam auch das Bewußtsein der veränderten Situation.

Sie bildeten ein Tableau, das vom Standpunkt der Dramatik, die ihm anhaftete, eigentlich viel zu kurz dauerte. Da war der Muli, der den Finger vom Abzug genommen hatte und gespannt auf Channis starrte. Da war Channis, der gespannt dastand und noch immer nicht zu atmen wagte. Und da war Pritcher, der wie ein sprungbereiter Tiger auf seinem Stuhl saß; jeder Muskel war bis zum Zerreißen angespannt; sein Gesicht, das sonst nie eine Regung zeigte, war plötzlich zu einer Totenmaske unvorstellbaren Hasses verzerrt, und seine Augen sahen einzig und allein den Muli.

Es war nicht nötig, daß Channis und der Muli viele Worte wechselten, denn ihre Art des Gedankenaustausches fand nicht auf der sonst üblichen Basis der Sprache statt. Da uns selbst aber solche Fähigkeiten versagt sind, müssen wir das, was zwischen ihnen vorging, in Worten ausdrücken.

»Sie stehen zwischen zwei Feuern, Erster Bürger«, sagte Channis gespannt. »Sie können nicht zwei Menschen gleichzeitig kontrollieren, nicht, wenn der eine davon ich bin – also entscheiden Sie sich. Pritcher steht jetzt nicht mehr unter Ihrem Einfluß. Ich habe das Band zwischen ihm und Ihnen durchtrennt. Er ist nun wieder der alte Pritcher, der Mann, der einmal versucht hat, Sie zu töten; der Mann, für den Sie der größte Feind der freien Menschheit sind und der sich jetzt dafür rächen will, daß Sie ihn fünf Jahre lang erniedrigt haben, Ihr treuer Diener zu sein. Ich halte ihn im Augenblick noch zurück, indem ich seinen Willen unterdrücke, aber wenn Sie mich jetzt töten, ist er frei und wird Sie umbringen, bevor Sie noch die Waffe auf ihn richten können.«

Der Muli wußte, daß der andere recht hatte, und blieb unbeweglich stehen.

»Wenn Sie aber versuchen sollten«, fuhr Channis fort, »ihn wieder unter Ihre Kontrolle zu bringen oder ihn zu töten, dann werden Sie nicht schnell genug sein, um *mich* aufhalten zu können.«

Der Muli bewegte sich immer noch nicht. Ein leiser Seufzer verriet, daß er verstand.

»Legen Sie also den Strahler weg«, forderte der junge Mann ihn auf, »und lassen Sie uns vernünftig miteinander reden. Dann können Sie Pritcher zurück haben.«

»Ich habe einen Fehler gemacht«, gab der Muli schließlich zu. »Ich hätte nicht zulassen dürfen, daß noch ein Dritter bei unserer Auseinandersetzung dabei war. Es war eine Variable zuviel. Es ist ein Fehler, für den ich wohl bezahlen muß.«

Er ließ den Strahler achtlos fallen und trat ihn mit dem Fuß an das andere Ende des Raumes. Gleichzeitig verlor Pritcher auf seinem Stuhl das Bewußtsein.

»Er wird wieder normal sein, wenn er aufwacht«, bemerkte der Muli gleichgültig.

Von dem Augenblick an, als der Muli den Finger um den Abzug seiner Waffe gelegt hatte, bis zu dem, als er sie fallenließ, waren nicht mehr als eineinhalb Sekunden verstrichen.

Doch unmittelbar unter der Grenze des Bewußtseins und für einen Zeitraum unmittelbar über jener der Wahrnehmung bekam Channis einen flüchtigen Einblick in den Geist des Muli. Er war immer noch von dem festen Glauben an seinen Sieg erfüllt.

6

Ein Mann, der Muli – und ein weiterer

Die beiden Männer standen sich scheinbar entspannt gegenüber, zwei völlig entgegengesetzte Pole – und jeder Nerv, der als emotionaler Detektor fungierte, vibrierte vor Erregung.

Der Muli war zum erstenmal seit Jahren unsicher, wie er weiter vorgehen sollte. Channis dagegen wußte, daß er dem anderen zwar im Augenblick noch Widerstand leisten würde, daß er aber wahrscheinlich verlieren würde, wenn der Muli ihn richtig angriff.

Aber solche Gedanken waren tödlich. Emotionale Schwäche zu zeigen, bedeutete, dem Muli eine Waffe gegen sich zu liefern. Noch immer las er im Geist seines Gegners eine flüchtige Emotion – das Gefühl eines Mannes, der sich seines Sieges gewiß ist.

Er mußte Zeit gewinnen . . .

Wo blieben die anderen? Warum war der Muli so zuversichtlich? Wußte er mehr als er, Channis? Aber die Gedanken seines Gegners verrieten nichts. Wenn er nur wüßte, was der andere dachte. Und trotzdem . . .

Channis zwang seine Gedanken in eine andere Richtung. Es gab nur eins: Er mußte Zeit gewinnen . . .

»Nachdem wir jetzt beide wissen, daß ich zur Zweiten Stiftung gehöre«, begann er, »und ich es auch nicht länger leugne, könnten Sie mir doch den Grund verraten, warum ich Ihrer Meinung nach hierher gekommen bin.«

»Oh nein.« Der Muli lachte spöttisch. »Nicht mit mir. Ich bin nicht Pritcher. Ich muß mich nicht mit Erklärungen rechtfertigen. Sicher hatten Sie Ihre Gründe dafür, daß Sie nach Tazenda gekommen sind, aber ganz gleich, wie sie aussehen, Sie haben genau das getan, was ich wollte, und mehr interessiert mich nicht.«

»Trotzdem muß es doch einiges geben, das Sie nicht verstanden haben. Ist Tazenda wirklich die Zweite Stiftung, die Sie finden wollten? Pritcher hat viel über Ihre vergeblichen Versuche erzählt, sie aufzuspüren, und auch von diesem Psychologen, Ebling Mis, dessen Fähigkeiten Sie sich bedient haben. Er war manchmal überaus redselig, nachdem ich ihn etwas . . . nun, ermuntert habe. Erinnern Sie sich, Erster Bürger. Denken Sie zurück an Ebling Mis.«

»Warum sollte ich?«

Channis fühlte, daß der Muli immer zuversichtlicher wurde, je mehr Zeit verstrich. Es schien, daß die Zweifel, die er am Anfang verspürt hatte, mehr und mehr einer selbstbewußteren Haltung wichen.

»Sie sind überhaupt nicht neugierig?« fragte der junge Mann, fest entschlossen, die aufkommende Verzweiflung zu unterdrücken. »Pritcher erzählte mir, daß Mis über *irgend etwas* sehr überrascht gewesen sei. Er habe unter einem inneren Zeitdruck gearbeitet und die Zweite Stiftung so schnell wie möglich warnen wollen. Warum? Und dann ist Ebling Mis gestorben, und die Zweite Stiftung wurde nicht gewarnt. Aber sie existiert – immer noch.«

Der Muli lächelte amüsiert.

Channis spürte einen plötzlichen Ausbruch an Grausamkeit auf ihn zu branden, der sich aber sofort wieder zurückzog. »Aber offensichtlich ist die Zweite Stiftung *doch* gewarnt worden«, gab er zurück. »Wie anders erklären Sie sich, daß ein gewisser Bail Channis nach Kalgan kam, um meine Männer zu manipulieren und die undankbare Aufgabe zu übernehmen, mich in die Irre zu führen? Die Warnung kam zu spät, das ist alles.«

»Dann wissen Sie also noch nicht einmal«, erwiderte Channis mitleidig, »was die Zweite Stiftung ist und was wirklich hinter all dem steckt.«

Er mußte Zeit gewinnen!

Der Muli fühlte das Mitleid des anderen, und er runzelte feindselig die Stirn. Dann rieb er sich in der für ihn typischen Geste mit vier Fingern über die Nase. »Schön, wenn es Ihnen Spaß macht. Was haben Sie mir also über die Zweite Stiftung zu erzählen?«

Channis redete betont langsam, und diesmal benutzte er Worte anstatt des emotionalen Gedankenaustauschs. »Soweit ich verstanden habe, war es das Geheimnis um die Zweite Stiftung, das Ebling Mis am meisten verwirrt hat. Har Seldon gründete seine zwei Stiftungen auf so verschiedene Weise. Die Erste war in relativ kurzer Zeit im größten Teil der Galaxis bekannt, während die Zweite völlig im Verborgenen blieb.

Sie werden das Wie und Warum nur begreifen können, wenn Sie sich in die intellektuelle Atmosphäre jener Zeit versetzen können, in der das Imperium im Sterben lag. Es war eine Zeit des Absoluten, zumindest was die Denkweise anbetraf. Und es war ein deutliches Zeichen für den Verfall der Kultur, daß man sich gegen alle Weiterentwicklungen von Ideen und Vorstellungen wehrte. Seldon wurde dadurch berühmt, daß er gegen diese Haltung kämpfte. Er war der letzte, der noch wirklich Initiative besaß und in der Lage war, etwas zu schaffen, und ihm ist es zu verdanken, daß man schon damals den schwachen Schein der aufgehenden Sonne eines neuen, Zweiten Imperiums am Horizont sehen konnte.«

»Wie dramatisch. Und dann?«

»Dann schuf er nach den Gesetzen der Psychohistorie seine Stiftungen, aber wer wußte besser als er, daß auch diese Gesetze relativ waren. Deshalb schuf er kein fertiges Produkt, denn fertige Produkte sind etwas für dekadente Köpfe. Er brachte lediglich einen Mechanismus in Gang, der sich weiterentwickeln sollte, und das Instrument für diese Weiterentwicklung war die Zweite Stiftung. *Wir*, Erster Bürger des Vorläufigen Planetenbundes, *wir* sind die Hüter des Seldon-Plans. Wir allein!«

»Versuchen Sie, sich selbst Mut zu machen«, unterbrach ihn der Muli verächtlich, »oder wollen Sie mich beeindrucken? Dann muß ich Ihnen sagen, daß mich Ihr Gerede über die Zweite Stiftung, den Seldon-Plan und das Zweite Imperium weder beeindrucken noch irgendeine Regung in mir erzeugen kann, sei es Begeisterung, Verständnis noch ein Gefühl der Verantwortung. Und noch eins, Sie armer Narr: Wenn Sie von der Zweiten Stiftung sprechen, dann sprechen Sie von ihr in der Vergangenheit, denn sie existiert nicht mehr.«

Channis fühlte, wie das Emotionspotential, das auf seinen Geist drückte, an Intensität zunahm, als der Muli jetzt aufstand und auf ihn zukam. Er versuchte verzweifelt, gegen den Einfluß des anderen anzukämpfen, aber da war etwas, das sich seines Geistes bemächtigte und ihn zu unterdrücken versuchte.

Er wich zurück, bis er hinter sich die Wand spürte. Der Muli stand wie ein drohendes Ungeheuer vor ihm, die Arme in die Seiten gestemmt, den Mund unter der riesigen Nase zu einem selbstsicheren Grinsen verzogen.

»Das Spiel ist aus, Channis«, sagte er. »Ja, es ist aus, denn die Zweite Stiftung existiert nicht mehr. Haben Sie verstanden? Sie existiert nicht mehr!

Worauf warteten Sie, als Sie Pritcher mit Ihrem Gerede hingehalten haben, obwohl Sie ihn doch ohne die geringste physische Anstrengung hätten willenlos machen und ihm seine Waffe abnehmen können? Sie warteten auf mich, nicht wahr, weil Sie wollten, daß ich Sie in einer Situation antreffen sollte, die meinen Verdacht nicht erregen würde.

Wie ärgerlich für Sie, daß ich schon längst mißtrauisch war und Bescheid wußte. Ich wußte, wer Sie waren. Ja, ich wußte es, Channis, Angehöriger der Zweiten Stiftung.

Aber sagen Sie mir, worauf Sie jetzt warten. Sie versuchen immer noch verzweifelt, mich hinzuhalten, und überschütten mich mit Worten, als hofften Sie, mich allein durch den Klang Ihrer Stimme an meinen Stuhl fesseln zu können. Und die ganze Zeit über, während Sie reden, warten Sie auf etwas. Ich weiß es. Aber es wird niemand kommen. Sie warten auf Ihre Verbündeten, die nicht kommen. Sie sind allein hier, Channis, und Sie werden auch allein bleiben. Wissen Sie, warum?

Weil Ihre Zweite Stiftung mich von Anfang an völlig falsch eingeschätzt hat. Ich kannte ihren Plan schon sehr früh. Sie dachten, ich würde Ihnen blindlings hierher folgen und eine leichte Beute sein. Sie waren wirklich nur ein Köder – ein Köder für einen jämmerlichen und dummen Mutanten, der so versessen darauf war, die Zweite Stiftung zu finden, daß er prompt in die Falle gehen würde. Aber glauben Sie wirklich, daß ich jetzt der Gefangene Ihrer Zweiten Stiftung bin?

Ist diesen Leuten denn nie der Gedanke gekommen, daß ich nicht so dumm bin, ohne meine Flotte hierher zu kommen – eine Flotte, der sie hilflos unterlegen sind? Ist ihnen nie der Gedanke gekommen, daß ich vielleicht nicht erst auf eine lange Diskussion oder darauf, daß irgend etwas passiert, warten könnte?«

»Meine Schiffe haben vor zwölf Stunden Tazenda angegriffen, und Sie haben meinen Befehl zu meiner vollsten Zufriedenheit ausgeführt. Tazenda liegt in Trümmern; alle Städte sind ausgelöscht. Es gab keinen Widerstand. Die Zweite Stiftung existiert nicht mehr, Channis – und ich, der komische, häßliche Schwächling, ich bin jetzt der Herrscher der Galaxis.«

Channis konnte nur schwach den Kopf schütteln.

»Nein . . . nein . . .«

»Ja . . . ja . . .« äffte der Muli ihn nach. »Sie sind wahrscheinlich der letzte Überlebende – aber nicht mehr lange.«

Es folgte eine bedeutungsvolle Pause, in der Channis einen lautlosen Schmerzensschrei ausstieß, als der Muli in seinen Geist eindrang.

Sein Gegner zog sich zurück. »Das überzeugt mich nicht«, murmelte er. »Sie haben den Test doch nicht bestanden. Ihre Verzweiflung ist nur vorgetäuscht. Ihre Angst ist nicht die Angst eines Mannes, dessen größtes Ideal zerstört worden ist, sondern die eines Mannes, der sich vor seiner persönlichen Vernichtung fürchtet.«

Der Muli umfaßte mit seinen dürren Fingern Channis' Kehle, und der junge Mann hing wehrlos in seinem Griff.

»Sie sind meine Garantie, Channis. Sie werden mir zeigen, wenn ich etwas übersehen haben sollte.« Die braunen Augen des Muli bohrten sich in die des anderen. Hartnäckig . . . Fordernd . . .

»Hatte ich recht, Channis? Habe ich Ihre Leute von der Zweiten Stiftung tatsächlich überlistet? Tazenda ist zerstört, Channis, und das total. Warum ist Ihre Verzweiflung dann nur vorgetäuscht? Wie sieht die Wirklichkeit aus? Ich muß die Wirklichkeit und die Wahrheit kennen! Reden Sie, Channis, reden Sie! Machen Sie den Mund auf! Habe ich doch etwas übersehen? Existiert die Gefahr immer noch? Reden Sie, Channis. Wo habe ich mich geirrt?«

Channis fühlte, wie die Worte gegen seinen Willen aus seinem Mund kamen. Er wollte sich dagegen wehren. Er biß die Zähne zusammen, er biß sich auf die Zunge. Er spannte jeden Muskel in seiner Kehle an.

Und trotzdem formten seine Lippen Worte – Worte, die förmlich aus ihm herausgezogen wurden.

»Wahrheit«, keuchte er, »Wahrheit . . .«

»Ja, die Wahrheit. Was habe ich übersehen?«

»Seldon hat die Zweite Stiftung hier gegründet. Hier, wie ich gesagt habe. Ich habe nicht gelogen. Die Psychologen kamen hier an und brachten die einheimische Bevölkerung unter ihre Kontrolle.«

»Auf Tazenda?« Der Muli tastete sich tief in das Bewußtsein des anderen vor und entriß ihm seine Gedanken. »Ich habe Tazenda zerstört«, drängte er brutal. »Sie wissen, was ich will. Sagen Sie es mir.«

»*Nicht* Tazenda. Ich *sagte,* daß die Angehörigen der Zweiten Stiftung nicht unbedingt mit der herrschenden Schicht identisch sein müssen; Tazenda war nur eine Tarnung . . .« Die Worte waren kaum zu verstehen, formten sich gegen jeden Funken Willen des jungen Mannes. »Rossem . . . Rossem . . . Rossem *ist der Planet* . . .«

Der Muli lockerte seinen Griff, und Channis sackte, von Schmerz und Qual betäubt zusammen.

»Und Sie dachten, Sie könnten mich täuschen?« sagte der Muli leise.

»Sie *haben* sich täuschen lassen.« Channis bäumte sich noch einmal verzweifelt auf.

»Aber nicht lange genug für Sie und Ihre Leute. Ich stehe in ständiger Verbindung mit meiner Flotte. Nach Tazenda kann die Reihe an Rossem kommen. Aber zuerst . . .«

Channis fühlte, wie sich tödliche Dunkelheit über ihn legte. Mechanisch hob er den Arm vor seine gepeinigten Augen, aber es half nicht. Die Dunkelheit drohte, ihn zu überwältigen, ihn zu ersticken, und während sein Geist immer tiefer in die Finsternis gezogen wurde, sah er noch ein letztesmal die spindeldürre Gestalt des Muli, der triumphierend lachte.

Das Geräusch verhallte. Es gab nur noch Dunkelheit, die ihn zärtlich umarmte.

Doch unvermittelt durchkreuzte ihn eine Empfindung, die wie ein greller Blitz am Nachthimmel war. Sie holte Channis langsam in die Wirklichkeit zurück, und mit von Tränen verschleiertem Blick nahm er verschwommen seine Umgebung wieder wahr.

Sein Kopf schmerzte unerträglich, und es kostete ihn unsägliche Mühe, die Hand zu heben.

Offensichtlich lebte er noch. Ganz langsam und sacht, wie Federn, die von einem sanften Luftstrom ergriffen werden, ordneten sich seine Gedanken und kamen zur Ruhe. Trost strömte von außen in seinen Geist. Langsam und gequält drehte er den Kopf – und wie ein scharfer Schmerz überkam ihn die Erleichterung.

Er sah nämlich, daß die Tür offen war, und auf der Schwelle stand der Erste Sprecher. Channis versuchte, etwas zu sagen, zu rufen, ihn zu warnen – doch seine Zunge blieb steif, und im selben Augenblick wußte er, daß der Muli ihn mit einem Teil seines starken Geistes immer noch unter Kontrolle hielt und ihn am Sprechen hinderte.

Wieder drehte er mühsam den Kopf. Der Muli war immer noch da. Er sah wütend und aufgebracht aus. Er lachte nicht mehr, sondern hatte die Zähne zu einem wölfischen Grinsen entblößt.

Channis spürte, wie sich der geistige Einfluß des Ersten Sprechers heilend über seinen Geist legte. Ein betäubendes Gefühl überkam ihn, als er für einen Augenblick in Kontakt mit der Abwehr des Muli kam und sich nach kurzem Kampf zurückzog.

»Schon wieder jemand, der mich kennenlernen möchte«, sagte er zähneknirschend und mit einer Wut, die für seinen hageren Körper fast grotesk wirkte. Dann tastete sein Geist nach draußen, in die Umgebung des Hauses . . .

»Sie sind allein«, stellte er fest.

»Ich bin ganz allein«, warf der Erste Sprecher ruhig ein. »Ich mußte allein kommen, denn schließlich bin ich es gewesen, der Sie und Ihre künftigen Schritte vor fünf Jahren falsch berechnet hat. Es würde mir eine gewisse Befriedigung geben, diesen Fehler ohne fremde Hilfe zu korrigieren. Unglücklicherweise habe ich nicht mit dem starken Emotionalen Abwehrfeld gerechnet, mit dem Sie dieses Haus umgeben haben. Es dauerte lange, bis ich es durchdringen konnte. Meine Gratulation zu dem Geschick, mit dem Sie es errichtet haben.«

»Darauf kann ich verzichten«, erwiderte der Muli feindselig. »Sparen Sie sich Ihre Komplimente. Sind Sie hergekommen, um genauso zu versagen wie dieser jämmerliche Schwächling da?«

Der Erste Sprecher lächelte. »Ich meine, daß dieser junge Mann dort, den Sie Bail Channis nennen, seinen Auftrag sehr gut erfüllt hat, vor allem wenn man bedenkt, daß er Ihnen geistig weit unterlegen war. Ich sehe, daß Sie ihm ziemlich übel mitgespielt haben, aber vielleicht werden wir ihn trotzdem ganz wiederherstellen können. Er ist ein tapferer Mann, denn er hat sich freiwillig für diese Mission gemeldet, obwohl wir mathematisch berechnet hatten, daß die Wahrscheinlichkeit, daß er einen dauerhaften Gehirnschaden davontragen würde, sehr groß war – eine wesentlich schrecklichere Vorstellung als die eines körperlichen Schadens.«

Channis bemühte sich vergeblich, etwa zu sagen, den Ersten Sprecher zu warnen. Es wollten keine Worte aus seinem Mund kommen, und das einzige, was sein Geist produzieren konnte, war jener Strom der Angst . . .

»Sie wissen sicher, daß Tazenda zerstört ist«, bemerkte der Muli ruhig.

»Ja, das weiß ich. Wir haben den Angriff vorausgesehen.«

»So?« antwortete der Muli grimmig. »Aber verhindern konnten Sie ihn nicht, was?«

»Nein, verhindern konnten wir ihn nicht.« Die Emotionen, die der Erste Sprecher bei dieser Vorstellung empfand, waren unschwer zu erkennen. Es war fast Entsetzen vor sich selbst, auf jeden Fall aber Abscheu. »Und es ist vielmehr mein Fehler als der Ihre. Wir hätten Ihre Fähigkeiten schon vor fünf Jahren erkennen müssen. Wir vermuteten allerdings schon von Anfang an – von jenem Zeitpunkt an, als Sie Kalgan eroberten –, daß Sie über die Fähigkeit verfügten, andere Menschen emotional zu kontrollieren. Es war durchaus kein so abwegiger Gedanke, Erster Bürger, und ich werde Ihnen auch sofort erklären, warum nicht.

Diese besondere emotionale Fähigkeit, wie Sie und ich sie besitzen, ist im Grunde nichts Neues. Sie ist genau genommen im menschlichen Gehirn angelegt. Die meisten Menschen sind in der Lage, auf eine primitive Weise Emotionen zu lesen, indem sie sie nach ihren Erfahrungen aus Gesichtsausdruck, dem Ton der Stimme und so weiter assoziieren. Bei einer ganzen Reihe von Tieren ist diese Fähigkeit noch wesentlich stärker ausgeprägt; sie benutzen weitgehend ihren Geruchssinn, auch wenn die entsprechenden Emotionen natürlich entschieden weniger komplex sind.

Tatsächlich sind die Anlagen zur direkten emotionalen Kommunikation beim Menschen sehr stark vorhanden, aber sie verkümmerten mit der Entwicklung der Sprache vor Millionen von Jahren. Es hat uns auf der Zweiten Stiftung sehr geholfen, daß dieser verlorengegangene Sinn zumindest teilweise wieder entwickelt worden ist.

Wir werden allerdings nicht mit diesen Fähigkeiten geboren, und die Tatsache, daß dieser Sinn vor einer Million Jahren verlorengegangen ist, bedeutet ein großes Hindernis für uns. Wir müssen ihn trainieren, wie man seine Muskeln trainiert, und darin liegt auch der wichtigste Unterschied zwischen Ihnen und uns, denn Sie wurden mit dieser Fähigkeit geboren.

Das konnten wir also voraussetzen, und wir konnten auch berechnen, welche Wirkung diese besondere Fähigkeit auf jemanden in einer Welt von Menschen haben mußte, die sie nicht besitzen. Ein Sehender in einer Welt von Blinden. Wir berechneten, wie weit Sie größenwahnsinnig werden mußten, und nahmen an, darauf vorbereitet zu sein. Nur ließen wir bei unseren Berechnungen leider zwei Faktoren außer acht.

Der erste war das wahre Ausmaß Ihrer Fähigkeit. *Wir* können andere Menschen nur beeinflussen, wenn wir in Sicherheit mit ihnen sind. Das ist auch ein Grund dafür, warum wir angesichts physischer Waffen hilfloser sind, als Sie vielleicht annehmen. Der Blickkontakt spielt bei der Ausübung unserer Fähigkeiten eine wichtige Rolle. Das ist bei Ihnen nicht der Fall. Wir wissen definitiv, daß Sie Leute unter Ihrer Kontrolle haben und sogar in engem emotionalen Kontakt mit ihnen stehen, auch wenn sie außer Sicht- und Hörweite sind. Leider entdeckten wir diese Tatsache zu spät.

Zum zweiten waren uns Ihre körperlichen Schwächen nicht bekannt, vor allen jene, die für Sie von so großer Bedeutung schien, daß Sie den Namen Muli annahmen. Wir wußten nicht, daß Sie nicht nur ein Mutant, sondern ein steriler Mutant waren, und so entging uns auch die psychische Störung, die auf diese Tatsache zurückzuführen ist. Wir rechneten nur mit Megalomanie, nicht aber auch mit einer sehr stark ausgeprägten psychopathischen Paranoia.

Die Verantwortung, daß wir diese Faktoren übersehen haben, liegt ganz allein bei mir, denn ich war zu dem Zeitpunkt, als Sie Kalgan eroberten, der Führer der Zweiten Stiftung. Als Sie die Erste Stiftung besiegten, entdeckten wir unsere Fehler, aber es war bereits zu spät – und für diesen Fehler mußten Millionen von Menschen auf Tazenda mit ihrem Leben bezahlen.«

»Und nun wollen Sie diese Situation korrigieren?« Der Muli kräuselte die Lippen zu einem ironischen Lächeln, und sein Geist vibrierte vor Haß. »Was wollen Sie tun? Wollen Sie mich mästen, damit ich nicht mehr so dürr bin? Wollen Sie mir meine Manneskraft wiedergeben? Mir die Erinnerung an eine schreckliche Kindheit in einer feindseligen Umwelt nehmen? Tut Ihnen leid, was *ich* habe durchmachen müssen? Oder daß ich unglücklich war? Ich tue das, was ich für nötig halte. Ich kümmere mich nicht um die Galaxis, denn sie hat sich auch nicht um mich gekümmert, als ich sie gebraucht hätte.«

»Ihre Empfindungen sind durchaus verständlich«, erwiderte der Erste Sprecher. Ich will Sie deshalb auch nicht verurteilen, ich möchte Sie nur ändern. Die Zerstörung Tazendas ließ sich leider nicht vermeiden, denn die Alternative wäre eine noch größere Zerstörung in der gesamten Galaxis über Hunderte von Jahren hinweg gewesen. Mit unseren begrenzten Mitteln haben wir getan, was wir konnten. Wir evakuierten so viele Menschen von dem Planeten, wie es möglich war. Wir dezentralisierten die Bevölkerung. Leider waren unsere Maßnahmen bei weitem nicht ausreichend. Millionen mußten trotzdem sterben – bedauern Sie das wirklich nicht?«

»Nein – genauso wenig wie ich es bedauere, daß in sechs Stunden hunderttausend auf Rossem sterben werden.«

»Auf Rossem?« fragte der Erste Sprecher rasch.

Er wandte sich an Channis, der sich inzwischen zu einer halb sitzenden Position aufgekämpft hatte, und die Kraft seines Geistes begann auszuströmen. Channis spürte, wie sich ein Zweikampf zwischen zwei Geisten um seinen eigenen entwickelte. Plötzlich hatte er das Gefühl, daß ein Kontakt durchtrennt wurde, und dann konnte er wieder sprechen. »Sir«, kamen die Worte aus seinem Mund, »ich habe völlig versagt. Kurz bevor Sie kamen, hat er mich geistig angegriffen und aus mir herausgeholt, was er wissen wollte. Ich war nicht in der Lage, ihm Widerstand zu leisten. Er weiß jetzt, daß nicht Tazenda, sondern Rossem die Zweite Stiftung ist.«

Und dann war er wieder im Bann des Muli.

Der Erste Sprecher runzelte die Stirn. »Ich verstehe. Und was haben Sie weiter vor?«

»Wissen Sie das wirklich nicht? Es liegt doch auf der Hand. Während Sie hier lang und breit über das Wesen der emotionalen Kommunikation geredet und mich mit Ausdrücken wie Größenwahn und Paranoia beschimpft haben, war ich nicht untätig. Ich habe mich mit meiner Flotte in Verbindung gesetzt und ihr meine Befehle gegeben. Falls ich sie nicht aus irgendeinem Grund widerrufe, wird ganz Rossem mit Ausnahme dieses einen Dorfes und eines Gebietes von hundert Quadratmeilen um es herum bombardiert. Und wenn dieser Auftrag ausgeführt worden ist, dann wird meine Flotte hier landen.

Es bleiben Ihnen also nur noch sechs Stunden, und in sechs Stunden können Sie weder meinen Geist besiegen noch die Bevölkerung von Rossem evakuieren.«

Der Muli breitete die Hände aus und lachte, während der Erste Sprecher offensichtlich Mühe hatte, diese neue Entwicklung der Dinge zu verarbeiten.

»Und die Alternative?« wollte er schließlich wissen.

»Warum sollte es eine Alternative geben? Ich habe durch eine Alternative nichts zu gewinnen. Soll ich vielleicht Mitleid mit der Bevölkerung von Rossem haben? Wenn meine Schiffe ungehindert hier landen können und sich alle Angehörigen der Zweiten Stiftung meiner emotionalen Kontrolle unterwerfen, dann widerrufe ich möglicherweise meinen

Befehl, Rossem zu bombardieren. Aber andererseits bedeutete es doch beträchtliche Umstände und ist der ganzen Mühe wahrscheinlich nicht wert, so daß ich keinen besonderen Wert darauf lege, daß Sie auf einen solchen Vorschlag eingehen. Was sagen Sie jetzt? Welche Waffe haben Sie gegen meinen Geist, der mindestens so stark ist wie Ihrer, und gegen meine Schiffe, gegen die Sie nichts, aber auch gar nichts auszurichten vermögen?«

»Welche Waffe ich habe?« wiederholte der Erste Sprecher langsam. »Eigentlich keine – nur daß ich eine Winzigkeit weiß, die Sie nicht wissen.«

»Von mir aus können Sie so viel und so lange reden, wie Sie wollen«, lachte der Muli. »Versuchen Sie es ruhig, aber Sie werden es trotzdem nicht schaffen, sich herauszureden.«

»Armer Mutant«, gab der Erste Sprecher zurück, »ich habe gar nicht vor, mich aus irgend etwas herauszureden. Überlegen Sie doch einmal selbst: Warum wurde gerade Bail Channis als Lockvogel nach Kalgan geschickt – Bail Channis, der zwar jung und tapfer, aber Ihnen doch geistig genauso unterlegen ist wie dieser schlafende Offizier, Han Pritcher, da? Warum bin nicht ich gegangen? Oder ein anderer unserer Führer, der Ihnen gleichwertig gewesen wäre?«

»Vielleicht waren Sie einfach nicht so dumm«, erwiderte der Muli zuversichtlich, »weil Sie vielleicht wußten, daß Sie alle mir unterlegen sind.«

»Der wirkliche Grund ist logischer. Sie wußten, daß Channis ein Angehöriger der Zweiten Stiftung war. Er besaß nämlich nicht die Fähigkeit, diese Tatsache vor Ihnen zu verheimlichen. Und Sie wußten auch, daß Sie ihm überlegen waren und gingen deshalb bedenkenlos auf sein Spiel ein. Sie folgten ihm, genau wie er es wollte, um ihn dann zu überlisten. Wäre ich an seiner Stelle nach Kalgan gekommen, hätten Sie mich getötet, denn ich wäre eine wirkliche Gefahr für Sie gewesen. Oder aber ich hätte meine Identität vor Ihnen verheimlicht und wäre dadurch dem Tod entgangen, aber jedenfalls wären Sie mir nicht hier hinaus gefolgt. Es war nur das Bewußtsein Ihrer eigenen Überlegenheit, das Sie hinauslockte. Und wenn Sie auf Kalgan geblieben wären, wo Sie von Ihren Leuten, Ihren Maschinen und Ihrer geistigen Macht geschützt waren, hätte ich nichts tun können.«

»Meine geistige Macht ist auch hier bei mir«, erwiderte der Muli, »und meine Männer und meine Maschinen sind ebenfalls nicht weit weg.«

»Das mag sein, aber Sie sind nicht auf Kalgan. Sie befinden sich hier, im Königreich Tazenda, das Ihnen logisch als Zweite Stiftung dargeboten worden ist. Sehr logisch sogar, denn Sie sind sehr klug, Erster Bürger, und Sie folgen nur der Logik.«

»Das ist richtig, und einen Augenblick lang gehörte der Sieg auch Ihrer Seite, aber ich habe trotzdem noch Zeit genug gehabt, aus Ihrem Mann hier die Wahrheit herauszuholen, nachdem mir bewußt geworden war, daß es noch eine andere Möglichkeit geben mußte.«

»Während wir unsererseits uns durchaus bewußt waren, daß Sie vielleicht noch diesen Schritt weitergehen würden, und Bail Channis entsprechend vorbereiteten.«

»Das war er nicht, denn ich habe mich bis in die Tiefen seines Unterbewußtseins vorgetastet, und ich weiß, daß er die Wahrheit gesagt hat, als er verriet, daß in Wirklichkeit Rossem die Zweite Stiftung ist. Sein Geist lag so offen vor mir wie ein aufgeschlagenes Buch, und er konnte mich nicht täuschen.«

»Da er das tatsächlich nicht konnte, war unsere Voraussicht um so bedeutungsvoller. Ich habe Ihnen ja schon gesagt, daß Bail Channis ein Freiwilliger war. Wissen Sie auch, was für ein Freiwilliger? Ich werde es Ihnen verraten. Bevor er unsere Stiftung verließ und nach Kalgan und zu Ihnen kam, unterzog er sich einem drastischen emotionalen Eingriff. Bail Channis hätte Sie nie täuschen können, deshalb wurde er selbst getäuscht – freiwillig, und weil es erforderlich war. Bail Channis glaubt mit vollster Überzeugung, daß Rossem die Zweite Stiftung ist.

Seit drei Jahren haben wir von der Zweiten Stiftung uns alle Mühe gegeben, Tazenda nach außen hin glaubwürdig als die Zweite Stiftung erscheinen zu lassen. Sie geben zu, daß wir erfolgreich waren, denn Sie sind uns bis nach Tazenda, und sogar noch weiter, bis nach Rossem gefolgt. Aber hier ist nun die Endstation.«

Der Muli war aufgesprungen. »Wollen Sie damit etwa sagen, daß auch Rossem nicht die richtige Zweite Stiftung ist?«

Channis, der noch immer auf dem Boden lag, fühlte, wie unter dem Einfluß des Ersten Sprechers der geistige Kontakt zum Muli endgültig zerbrach, und kam mühsam auf die Beine. »Sie meinen, Rossem ist *nicht* die Zweite Stiftung?« stieß er ungläubig hervor.

Alle Erinnerungen, alles, was er wußte, seine ganzen Gedanken wirbelten in seinem Kopf durcheinander.

Der Erste Sprecher lächelte. »Sie sehen, Erster Bürger, Channis ist genauso überrascht wie Sie. Natürlich ist Rossem nicht die Zweite Stiftung. Wir müßten doch verrückt sein, wenn wir unseren größten, mächtigsten und gefährlichsten Feind selbst zu unserer Welt führen würden. Oh nein!

Soll Ihre Flotte Rossem bombardieren, Erster Bürger, wenn Sie meinen, es müßte sein. Sollen Ihre Leute soviele Menschen töten, wie sie können. Sie schalten dadurch höchstens zwei Ihrer Gegner aus, und das sind Channis und ich – und damit stehen Sie auch nicht besser da als vorher.

Die Expeditionsgruppe der Zweiten Stiftung, die drei Jahre lang hier auf Rossem gewesen ist und alles vorbereitet hat, und zwar als Älteste in diesem Dorf, ist gestern abgeflogen und auf dem Weg nach Kalgan. Die

Gruppe wird mindestens einen Tag vor Ihrer möglichen Ankunft dort auf Kalgan eintreffen, und das ist auch der Grund, warum ich Ihnen das alles erzähle. Wenn ich meine Befehle nicht widerrufe, dann werden Sie bei Ihrer Rückkehr ein revoltierendes Imperium vorfinden, und die einzigen Getreuen, die Sie dann noch haben, werden Ihre Männer von Ihrer Flotte sein, die Sie hierher begleitet hat. Aber sie werden hoffnungslos in der Minderheit sein. Außerdem werden die Angehörigen der Zweiten Stiftung dafür sorgen, daß Sie niemandem mehr konvertieren. Mit Ihrem Imperium ist es aus, Mutant.«

Langsam beugte der Muli den Kopf, als Wut und Verzweiflung seinen Geist erfüllten. »Ja. Zu spät . . . Zu spät . . . Jetzt begreife ich alles.«

»Jetzt begreifen Sie es«, stimmte der Erste Sprecher zu, »und Sie begreifen es doch nicht.«

Einen Augenblick lang war der Geist des Muli ungeschützt. Es war ein Augenblick, mit dem der Erste Sprecher fest gerechnet und auf den er gewartet hatte. Rasch griff er nun ein und nahm im Bruchteil einer Sekunde eine totale Veränderung vor.

»Ich soll also nach Kalgan zurückkehren?« wollte der Muli plötzlich wissen.

»Ja. Wie fühlen Sie sich?«

»Ausgezeichnet.« Er runzelte die Stirn. »Wer sind Sie?«

»Ist das wichtig?«

»Nein, eigentlich nicht.« Der Muli winkte ab und schüttelte Pritcher an der Schulter. »Wachen Sie auf, Pritcher, wir kehren nach Hause zurück.«

Zwei Stunden später fühlte sich Channis wieder kräftig genug, allein zu gehen. »Wird seine Erinnerung nie wiederkehren?« wollte er wissen.

»Nein, nie mehr. Er behält zwar weiter seine geistigen Fähigkeiten und sein Imperium – aber seine Motive sind jetzt völlig anders. Mit dem Begriff ›Zweite Stiftung‹ wird er nichts mehr anzufangen wissen, und ab jetzt ist er ein Mann des Friedens. In den wenigen Jahren, die ihm aufgrund seiner körperlichen Mängel nur noch bleiben, wird er außerdem weitaus glücklicher als bisher sein. Und danach, wenn er tot ist, wird Seldons Plan weitergeführt werden – irgendwie.«

»Stimmt es wirklich«, drängte Channis, »daß Rossem nicht die Zweite Stiftung ist? Ich könnte schwören, daß es Rossem ist – ich *weiß* es. Ich bin doch nicht verrückt.«

»Nein, Sie sind nicht verrückt, Channis, nur verändert, wie ich vorhin schon sagte. Rossem ist *nicht* die Zweite Stiftung. Und nun kommen Sie! Auch wir kehren nach Hause zurück.«

Letztes Interludium

Bail Channis saß in dem kleinen, weißgekachelten Raum und entspannte sich. Er war zufrieden mit seinem gegenwärtigen Leben. Um ihn herum waren Wände, das Fenster und das Gras, das er draußen sehen konnte. Sie hatten keinen Namen und waren einfach nur Dinge. Außerdem gab es ein Bett, einen Stuhl und Bücher, die er sich auf dem Bildschirm am Fußende seines Bettes ansehen konnte. Eine Krankenschwester brachte ihm das Essen.

Zuerst hatte er versucht, die Dinge, die er hörte, zu begreifen. Zum Beispiel das, was die beiden Männer gesagt hatten.

»Totale Aphasie«, hatte der eine gemeint. »Wir haben alle Erinnerungen gelöscht, und ich glaube, daß sein Gehirn keinen Schaden gelitten hat. Jetzt müssen wir nur noch die Aufzeichnung seines ursprünglichen Gehirnwellenmusters in sein Gehirn zurückprojizieren.«

Irgendwie kamen ihm die Leute bekannt vor – als ob sie eine Bedeutung hätten. Aber warum sollte er sich darüber den Kopf zerbrechen?

Es war viel schöner, die schönen Farben auf dem Schirm am Fuß des Dings zu betrachten, auf dem er lag.

Und dann kam jemand herein und machte einiges mit ihm, worauf er sehr lange schlief.

Und als er dann wieder aufwachte, war das Bett plötzlich wieder ein Bett, und er wußte, daß er in einem Krankenhaus lag, und die Worte, die er hörte, hatten eine Bedeutung.

Er richtete sich auf. »Was ist passiert?«

Der Erste Sprecher stand neben ihm. »Sie sind auf der Zweiten Stiftung, und Sie haben Ihr Gedächtnis wieder zurück – Ihr ursprüngliches Gedächtnis.«

»Ja! Richtig!« Channis erkannte, daß er wieder er selbst war, und dieses Gefühl brachte ein ungeheures Gefühl des Triumphes und der Freude mit.

»Und jetzt sagen Sie mir, ob Sie nun wissen, wo die Zweite Stiftung liegt«, forderte der Erste Sprecher ihn auf.

Die Wahrheit brach wie eine Flutwelle über ihn herein, und Channis konnte keine Antwort geben. Wie Ebling Mis vor langer Zeit mußte auch er mit einem Augenblick der Überraschung kämpfen.

Schließlich nickte er langsam. »Bei allen Sternen der Galaxis – jetzt weiß ich es.«

Teil II

Die Suche der Stiftung

7

Arcadia

Darell, Arkady – . . . Schriftstellerin, geboren 11. 5. 362 S. Z., gestorben 1. 7. 443 S. Z. Obwohl sie hauptsächlich Romane veröffentlicht hat, ist sie durch die Biographie über ihre Großmutter Bayta Darell am bekanntesten geworden. Diese Biographie stützt sich auf Informantinnen aus erster Hand und dient seit Jahrhunderten als wichtigste Informationsquelle zu Fragen über den Muli und seine Zeit . . . Wie »Jahre der Erinnerung« ist auch ihr Roman »Zeit und Ewigkeit« eine fesselnde Betrachtung der kalganischen Gesellschaft in der ersten Zeit des Interregnums. Der Roman beruht, wie es heißt, auf authentischen Erlebnissen während eines Besuchs auf Kalgan in ihrer Jugend . . .

Encyclopedia Galactica

Arcadia Darell sprach entschlossen in das Mikrofon ihres Transkribers:

»Die Zukunft des Seldon-Plans, von A. Darell«, und dabei überlegte sie, daß sie später, wenn sie einmal eine berühmte Schriftstellerin war, alle ihre Meisterwerke unter dem Pseudonym Arkady schreiben würde. Einfach Arkady, ohne einen Familiennamen.

»A. Darell« war der Name, den sie bei Schulaufsätzen in Rhetorik und Stilübungen angeben mußte – einfach geschmacklos. Auch alle anderen Schüler mußten ihre Namen so schreiben, weil es eben so üblich war. Und außerdem war »Arcadia« auch wirklich ein Name für ein kleines Kind, und man hatte sie nur so getauft, weil es der Name ihrer Großmutter gewesen war. Ihre Eltern waren *absolut* phantasielos.

Immerhin war sie doch inzwischen schon vierzehn und zwei Tage, und man hätte meinen sollen, daß man sie langsam als erwachsen ansah und sie Arkady nannte. Sie verzog den Mund, als sie daran denken mußte, wie ihr Vater gerade lange genug von seinem Buch-Projektor aufgesehen hatte, um zu sagen: »Wenn du jetzt schon so tust, als seist du neunzehn, Arcadia, was machst du dann, wenn du fünfundzwanzig bist und alle Jungen denken, du wärst schon dreißig?«

Von ihrem Platz in ihrem Lieblingssessel aus konnte sie sich im Spiegel über der Kommode sehen. Sie setzte sich gerade auf und reckte den Hals so lang, daß sie sicher war, mindestens vier Zentimeter an königlicher Haltung gewonnen zu haben.

Einen Augenblick betrachtete sie kritisch ihr Gesicht – es war entschieden zu dick. Sie öffnete hinter geschlossenen Lippen die Zähne und sah sich von allen Seiten an, wie unnatürlich schmal ihr Gesicht auf einmal war. Dann fuhr sie sich mit der Zungenspitze über den Mund und senkte die Lider zu einem schläfrigen und sinnlichen Blick . . . Oh verflucht, wenn ihre Wangen doch nur nicht so *schrecklich* pauspäckig wären.

Arcadia versuchte, die Augen an den äußeren Augenwinkeln etwas auseinanderzuziehen, um jenen mysteriösen und exotischen Ausdruck der Frauen aus den inneren Sternensystemen zu bekommen, aber dabei waren ihre Hände im Weg, und sie konnte ihr Gesicht im Spiegel nicht mehr sehen.

Sie reckte ihr Kinn vor, drehte ihr Gesicht im Halbprofil dem Spiegel zu und sagte dann mit einer Stimme, die eine Oktave unter ihrer normalen Höhe lag: »Also wirklich, Vater, glaubst du im Ernst, es interessiert mich auch nur die Spur, was so ein paar dumme *Jungen* denken . . .«

Und dann erinnerte sie sich daran, daß sie noch immer das Mikrofon in der Hand hielt, murmelte düster: »Oh verflucht!« und schaltete es aus.

Auf dem blaßvioletten Papier des Transkribers mit dem pfirsichfarbenen Rand an der linken Seite stand folgendes:

»Die Zukunft des Seldon-Plans

»Also wirklich, Vater, glaubst du im Ernst, es interessiert mich auch nur die Spur, was so ein paar dumme Jungen denken.

»Oh, verflucht.«

Gereizt zog sie das Blatt aus dem Gerät, worauf augenblicklich ein neues einrastete.

Doch dann glättete sich ihr Gesicht, und sie verzog den Mund zu einem selbstzufriedenen Lächeln. Sie hielt sich geziert das Blatt unter die Nase. Genau richtig. Genau jenes Flair von Eleganz und Charme, das sie haben wollte. Und der Transkriber war das Tüpfelchen auf dem i.

Sie hatte das Gerät vor zwei Tagen bekommen, als sie volljährig geworden war. Arcadia hatte zu ihrem Vater gesagt: »Aber, Vater, jeder – einfach *jeder* in unserer Klasse, der auch nur ein bißchen auf sich hält, hat einen. Nur so ein paar altmodische Zöpfe schreiben noch mit Handmaschinen . . .«

Der Verkäufer hatte ihnen erklärt: »Dies hier ist das kompakteste und beliebteste Gerät, das im Augenblick auf dem Markt ist. Es buchstabiert und setzt die Satzzeichen exakt nach dem Sinn des Satzes. Glauben Sie mir, es ist eine gute Schulhilfe, da es den Benutzer zu einer sorgfältigen Aussprache und sorgfältigem Atmen ermuntert, wenn er sicher sein will, daß der Transkriber richtig buchstabiert und richtig die Satzzeichen setzt.«

Selbst dann noch hatte ihr Vater versucht, sie zu einer dieser altmodischen Handmaschinen zu überreden, als wenn sie eine ältliche, vertrocknete Lehrerin sei.

Aber als sie ihr Geburtstagsgeschenk schließlich bekam, war es doch das Modell, das sie hatte haben wollen, und das Ganze war vielleicht mit etwas mehr Tränchen und Schniefen vor sich gegangen, als es sich für eine erwachsene junge Dame von vierzehn gehörte. Das Gerät schrieb in einer ganz entzückenden weiblichen Handschrift, und die Großbuchstaben waren einfach wundervoll geschwungen und verschnörkelt.

Sogar der Ausdruck: »Oh verflucht« wirkte irgendwie noch vornehm und damenhaft in dieser Schrift.

Trotzdem war es langsam an der Zeit, daß sie ernsthaft zu arbeiten begann. Sie setzte sich aufrecht in den Sessel, zog den Bauch ein und holte tief Luft. Dann begann sie mit dramatischer Stimme:

»Die Zukunft des Seldon-Plans.

Ich darf voraussetzen, daß die Vergangenheit der Stiftung uns allen, die wir das große Glück haben, den ausgezeichneten Unterricht in unserem vorbildlichen Schulsystem zu genießen, ausreichend vertraut ist.

(Das war es! Genau der richtige Anfang, wie er Mill Erlking, dieser alten Hexe, gefallen würde.)

Diese Vergangenheit ist weitgehend mit der Vergangenheit des Seldon-Plans identisch. Die Frage, die heutzutage viele Menschen beschäftigt, ist die, ob der Plan, wie vorherbestimmt, fortgeführt werden kann, oder ob er vielleicht scheitert oder sogar schon gescheitert ist.

Zum besseren Verständnis dieser Frage ist es vielleicht ganz angebracht, einige der Höhepunkte des Plans von Hari Seldon kurz zu umreißen, soweit er der Menschheit bisher bekannt ist.

(Das war der leichteste Teil, denn sie hatte im vorigen Semester Moderne Geschichte belegt.)

Als das Erste Galaktische Imperium vor nunmehr rund vierhundert Jahren in jene Paralyse verfiel, die dem Ende vorausging, sah ein Mann – der große Hari Seldon – den Untergang des Imperiums voraus. Mit Hilfe der Wissenschaft der Psychohistorie, deren kompleckse mathematische Grundlagen seit langem vergessen sind,

(Sie zögerte einen Augenblick zweifelnd. Die Maschine hatte »komplexe« mit x geschrieben, und sie fand, daß das Wort so irgendwie seltsam aussah, aber dann seufzte sie resignierend. Der Transkriber war schließlich eine Maschine, und Maschinen hatten immer recht.)

. . . konnten er und die Männer, die mit ihm zusammenarbeiteten, die

Weiterentwicklung der großen sozialen und ökonomischen Strömungen, die zur damaligen Zeit vorherrschend waren, voraussagen. Sie erkannten, daß das Imperium, sich selbst überlassen, untergehen würde und daß danach dreißigtausend Jahre der Anarchie und des Chaos' folgen würden, bis sich aus den Trümmern des Ersten Imperiums ein neues erheben konnte.

Es war bereits zu spät, um den Untergang noch aufzuhalten, aber es war noch Zeit, etwas zu unternehmen, um die Periode der Anarchie zu verkürzen. Zu diesem Zweck wurde der Plan entwickelt, mit dessen Hilfe bereits tausend Jahre nach dem Untergang des Ersten Imperiums das Zweite entstehen sollte. Wir befinden uns jetzt am Ende des vierten Jahrhunderts dieser tausend Jahre, und es haben schon viele Generationen von Menschen gelebt und sind gestorben, während der Plan auf geheimnisvolle Weise seiner Verwirklichung entgegengeht.

Hari Seldon gründete damals zwei Stiftungen an den entgegengesetzten Enden der Galaxis und wählte dabei Zeit und Umstände dementsprechend, daß er mit einer bestmöglichen mathematischen Lösung seines psychohistorischen Problems rechnen konnte. In einer dieser beiden Stiftungen, und zwar der unseren, die hier auf Terminus gegründet wurde, konzentrierte er die physikalische Wissenschaft des Imperiums, und dank dieser Wissenschaft war die Stiftung in der Lage, sich erfolgreich gegen die Angriffe der barbarischen Königreiche zur Wehr zu setzen, die sich vom Imperium gelöst hatten und, am Rande der Galaxis gelegen, selbstständig wurden.

Unter Führung einer Reihe von klugen und heldenhaften Männern wie Salvor Hardin und Hober Mallow, die es verstanden, den Plan richtig auszulegen und unser Land sicher entlang seines verschlungenen Pfades zu leiten, konnte die Stiftung ihrerseits diese barbarischen Königreiche unter ihre Herrschaft bringen. Noch heute erinnert man sich auf allen unseren Planeten dieser Männer, auch wenn inzwischen Jahrhunderte vergangen sind.

Schließlich baute die Stiftung ein Handelssystem auf, das einen Großteil des siwennianischen und anacreonischen Sektors der Galaxis kontrollierte und dem es sogar gelang, die Reste des alten Imperiums unter seinem letzten großen General, Bel Riose, zu besiegen. Es schien, daß nichts den Seldon-Plan aufhalten konnte. Jede Krise, die Seldon geplant hatte, war genau zu dem vorausberechneten Zeitpunkt eingetreten und entsprechend gelöst worden, und mit jeder erfolgreichen Lösung kam die Stiftung dem Ziel eines Zweiten Imperiums und dem allgemeinen Frieden einen Riesenschritt näher.

Und dann,

(An dieser Stelle ging ihr der Atem aus, und sie stieß die Worte zischend zwischen ihren Zähnen hindurch, doch der Transkriber schrieb sie gleichermaßen würdevoll und anmutig nieder.)

. . . als das Erste Imperium endgültig untergegangen war und nur noch unfähige Kriegsherren über die Überreste des gestürzten Kolosses herrschten,

(Diesen Ausdruck hatte sie aus einem Krimi, den sie letzte Woche gesehen hatte, aber da die alte Miss Erlking sich nur für Symphonien und Vorträge interessierte, würde sie es kaum wissen.)

. . . tauchte der Muli auf.

Diesen seltsamen Mann hatte Hari Seldon bei seinem Plan nicht in seine Berechnungen miteinbezogen. Er war ein Mutant, dessen Geburt Seldon nicht hatte voraussehen können. Der Muli besaß die einzigartige und mysteriöse Fähigkeit, die Emotionen der Menschen zu beeinflussen und zu kontrollieren und sie dadurch seinem Willen zu unterwerfen. In atemberaubendem Tempo eroberte er einen Teil der Galaxis und baute sich ein Imperium auf, und schließlich besiegte er sogar die Stiftung.

Trotzdem blieb ihm die universelle Herrschaft über die Galaxis versagt, was dem Eingreifen einer klugen und mutigen Frau zu verdanken ist.

(Wieder einmal das alte Problem. Ihr Vater bestand darauf, daß sie für sich behielt, daß sie die Enkelin von Bayta Darell war. Dabei wußten alle, daß Bayta die größte Frau war, die je gelebt hatte, und daß sie den Muli allein gestoppt hatte.)

Die wahren Hintergründe dieser Geschichte sind allerdings nur sehr wenigen bekannt.

(So war es richtig! Wenn sie den Aufsatz vor der Klasse vorlesen mußte, konnte sie diesen letzten Satz doch mit getragener Stimme vorbringen, und dann würde mit Sicherheit irgend jemand danach fragen, wie denn die wahren Hintergründe der Geschichte aussahen. Und wenn sie danach gefragt würde, nun – dann mußte sie doch die Wahrheit sagen, oder? Im Geiste legte sie sich schon einige ausführliche Erklärungen zurecht, die möglichst interessant klangen.)

Nach fünf Jahren einer eher abwartenden Herrschaft fand eine Wandlung in der Motivation des Muli statt, deren tiefere Gründe nicht bekannt sind. Danach gab er alle seine Eroberungspläne auf, und die letzten fünf Jahre seines Lebens regierte er als aufgeklärter Herrscher.

Es heißt, daß diese Veränderung im Muli durch ein Eingreifen der Zweiten Stiftung bewirkt worden sei. Allerdings kennt bis heute niemand weder die Position dieser Zweiten Stiftung noch ihre genaue Aufgabe, so daß diese Theorie unbewiesen bleibt.

Seit dem Tod des Muli sind Jahrzehnte vergangen, und es stellt sich die Frage nach der Zukunft des Seldon-Plans. Der Muli hat die Entwicklung dieses Plans unterbrochen, und es schien, daß er ihn völlig zunichte gemacht hatte, aber nach seinem Tod erhob sich die Stiftung wieder wie eine Nova aus der Asche eines sterbenden Sterns.

(Dieser Vergleich war ihr selbst eingefallen.)

Der Planet Terminus ist heute wieder das Zentrum eines Handelsbundes und fast wieder so groß und reich wie früher, und sogar noch friedlicher und demokratischer.

Ist es so vorhergesehen? Existiert Seldons großer Traum noch immer? Und wird in sechshundert Jahren ein Zweites Galaktisches Imperium entstehen? Ich persönlich bin davon überzeugt,

(Jetzt kam der wichtigste Teil. Arcadia kannte Miss Erlkings Kommentare, die sie mit Rotstift unter die Aussätze kritzelte, schon auswendig: ›Das ist alles nur eine Beschreibung. Wo bleibt Ihre persönliche Meinung? Denken Sie nach! Geben Sie Ihre eigenen Ansichten wieder! Horchen Sie in sich hinein!‹ Horchen Sie in sich hinein! Was wußte die alte Erlking mit ihrem Gesicht wie eine saure Zitrone, das niemals lächelte, schon vom Innenleben eines jungen Mädchens . . .)

daß die politische Situation nie günstiger gewesen ist als heute. Das alte Imperium ist endgültig untergegangen, und die Zeit der Herrschaft des Muli beendete die Ära der Kriegsherren, die vor ihm regierten. Der größte Teil der Galaxis um uns herum ist zivilisiert und lebt in Frieden.

Im Innern ist die Stiftung darüberhinaus gesunder als je zuvor. Statt der despotischen Bürgermeister, die vor der Eroberung durch den Muli an der Macht waren, regieren jetzt Männer, die wie in früheren Zeiten demokratisch gewählt werden. Es gibt keine abtrünnigen Handelsplaneten mehr, denn sie haben sich wieder der Stiftung angeschlossen, und auch die Ungerechtigkeiten, die eine ungleiche Verteilung des Wohlstands begleiten, sind beseitigt worden.

Aus diesem Grund glaube ich, daß wir nicht mit einem Scheitern des Plans rechnen müssen, es sei denn, jene Theorien stimmen, nach denen die Zweite Stiftung selbst eine Gefahr für uns darstellt. Allerdings stützen sich solche Behauptungen nicht auf echte Beweise, sondern beruhen lediglich auf unbestimmten Befürchtungen und Aberglauben. Ich meine, daß wir genug Vertrauen in uns selbst, in unser Volk und in Hari Seldons großen Plan haben sollten, um gegen alle Zweifel in unserem Innersten gefeit zu sein, und

(Hmmm. Entsetzlich geschwollen hörte sich das an, aber etwas in dieser Art wurde nun einmal als Schluß erwartet.)

deshalb bin ich der Ansicht . . .«

An diesem Punkt brach der Aufsatz über »Die Zukunft des Seldon-Plans« ab, denn Arcadia wurde plötzlich von einem leisen Klopfen am Fenster ihres Zimmers abgelenkt, und als sie sich erschrocken umdrehte, sah sie hinter der Scheibe ein lächelndes Gesicht, dessen symmetrische Züge durch die kurze, vertikale Linie eines Fingers vor den Lippen auf interessante Weise betont wurden.

Nachdem sie sich von ihrer Überraschung etwas erholt hatte, ging sie hinüber zu der Couch, die vor dem breiten Fenster stand, kniete sich in die Polster und starrte nachdenklich hinaus.

Das Lächeln im Gesicht des jungen Mannes verschwand rasch. Während er sich mit einer Hand draußen am Fensterbrett festhielt, fuhr die andere in einer flüchtigen Geste durch die Luft. Arcadia gehorchte unbeeindruckt und ließ das untere Drittel des Fensters in den Rahmen zurückgleiten. Warme Frühlingsluft strömte in den klimatisierten Raum.

»Sie können nicht herein«, erklärte sie genüßlich. »Alle Fenster sind an die Alarmanlage angeschlossen und sprechen auf jeden Fremden an. Wenn Sie versuchen, hereinzukommen, geht überall im Haus der Alarm los.« Nach einer kurzen Pause fügte sie hinzu: »Es sieht ziemlich albern aus, wie Sie da draußen auf dem Sims herumbalancieren. Wenn Sie nicht aufpassen, fallen Sie noch herunter, brechen sich Ihren langen Hals und drücken unsere armen Blumen platt.«

»In diesem Fall«, erwiderte der Fremde, der mit ähnlichen Überlegungen beschäftigt war – wobei sich allerdings die Wahl seiner Worte etwas von der Arcadias unterschied – »könnten Sie doch das Alarmsystem abschalten und mich hereinlassen.«

»Kommt überhaupt nicht in Frage.« Arcadia schüttelte energisch den Kopf. »Sie haben sich bestimmt im Haus geirrt. Ich gehöre nicht zu den Frauen, die fremde Männer zu jeder Tages- und Nachtzeit in ihr . . . eh, Schlafzimmer steigen lassen.« Dabei senkte sie die Lider wieder zu jenem schläfrig-sinnlichen Blick – oder was sie dafür hielt.

Das Gesicht des jungen Mannes wurde unvermittelt ernst. »Hier wohnt doch Dr. Darell, oder?« fragte er leise.

»Ich wüßte nicht, was Sie das angeht.«

»Oh, Galaxis – Dann auf Wiedersehen . . .«

»Wenn Sie herunterspringen, junger Mann, werde ich eigenhändig den Alarm auslösen.« (Das mit dem jungen Mann war natürlich eine ironische Spitze, denn Arcadia hatte mit sachkundigem Blick sofort erfaßt, daß der Fremde so um die dreißig sein mußte – also in ihren Augen schon nicht mehr so ganz taufrisch war.)

Nach einer relativ langen Pause meinte der ungebetene Besucher gereizt: »Hören Sie mal zu, junge Dame, Sie wollen nicht, daß ich bleibe, aber Sie wollen auch nicht, daß ich gehe. Können Sie sich vielleicht endlich für etwas entscheiden?«

»Ich glaube, Sie können doch hereinkommen. Dr. Darell wohnt tatsächlich hier. Ich werde jetzt die Alarmanlage ausschalten.«

Der Fremde warf einen prüfenden Blick in das Zimmer, bevor er die Hand durch das Fenster steckte und sich hineinschwang. Nachdem er sich mit einer gereizten Bewegung die Hose abgeklopft hatte, richtete er sich mit gerötetem Gesicht wieder auf.

»Sind Sie auch ganz sicher, daß es Ihrem unschuldigen Innenleben und Ihrem guten Ruf nicht schadet, wenn man mich hier bei Ihnen findet?«

»Ihrer ist viel mehr in Gefahr als meiner, denn sobald ich draußen

Schritte höre, werde ich anfangen, um Hilfe zu schreien, und behaupten, daß Sie einfach hier eingedrungen sind.«

»Tatsächlich?« gab er spöttisch zurück. »Und wie wollen Sie erklären, daß die Alarmanlage abgestellt ist?«

»Pah! Nichts leichter als das. Das Zimmer hat nämlich gar keine.«

Der junge Mann runzelte ärgerlich die Stirn. »Das Ganze war also nur ein Bluff? Sag mal, Kleine, wie alt bist du überhaupt?«

»Es gehört sich nicht, eine Dame nach ihrem Alter zu fragen, junger Mann. Und ich bin es nicht gewöhnt, von Fremden so vertraulich angesprochen zu werden.«

»Ach so, Gnädigste, dann sind Sie wahrscheinlich die verkleidete Großmutter des Muli. Haben Sie etwas dagegen, wenn ich jetzt Ihre Gemächer verlasse, bevor Sie mir nachher noch an den Kragen wollen?«

»Ja, aber bitte über die Treppe. Mein Vater erwartet Sie nämlich schon.«

Der Fremde sah sie mißtrauisch an und hob eine Braue. »So? Ist Ihr Vater allein?«

»Ja.«

»Hat er in letzter Zeit Besuch gehabt?«

»Nur von Händlern – und jetzt von Ihnen.«

»Ist Ihnen irgend etwas Ungewöhnliches aufgefallen?«

»Ja – Sie!«

»Vergessen Sie mich einmal, ja? Oder nein, lieber doch nicht. Sagen Sie mir lieber, woher Sie wissen, daß Ihr Vater mich erwartet.«

»Och, das war nicht schwer zu erraten. Letzte Woche hat er eine Personalkapsel bekommen, die nur er persönlich öffnen konnte. Sie enthielt eine dieser Mitteilungen, die sich nach einem Augenblick auflösten. Die Kapsel selbst hat er in den Desintegrator geworfen, und gestern hat er Poli – das ist unser Mädchen – für vier Wochen frei gegeben, damit sie ihre Schwester in Terminus City besuchen kann. Heute nachmittag hat er das Bett im Gästezimmer bezogen. Ich konnte mir also denken, daß er jemand erwartete, und daß ich es nicht wissen sollte. Normalerweise hat er keine Geheimnisse vor mir.«

»Wirklich? Ich glaube, das würde ihm auch schwerfallen, denn Sie scheinen ja alles schon zu wissen, bevor er überhaupt Zeit hat, es Ihnen zu sagen.«

»Da könnten Sie recht haben.« Arcadia lachte. Langsam gefiel ihr diese Situation. Der Besucher mochte zwar nicht mehr taufrisch sein, aber mit den lockigen braunen Haaren und den strahlend blauen Augen sah er wirklich ganz passabel aus. Vielleicht würde sie später, wenn sie selbst älter war, noch einmal das Glück haben, jemanden wie ihn kennenzulernen.

»Und woher wußten Sie, daß *ich* der Besucher bin, den Ihr Vater erwartet?«

»Wer sollte es denn sonst sein? Es war nicht zu übersehen, daß er ganz heimlich jemanden erwartet, und dann tauchten Sie plötzlich vor meinem Fenster auf, um auf diesem recht umständlichen Weg ins Haus zu gelangen, anstatt durch die Haustür hineinzugehen, wie es jeder vernünftige Mensch tun würde.« Sie erinnerte sich an einen weisen Ausspruch und benutzte rasch die Gelegenheit, ihn einmal anzuwenden. »Männer sind ja so entsetzlich dumm!«

»Und Sie sind überhaupt nicht von sich eingenommen, was, Kleine – ich meine, Miss. Sie könnten sich doch zum Beispiel irren. Was würden Sie sagen, wenn ich jetzt erkläre, daß ich überhaupt nicht weiß, wovon Sie reden, und daß Ihr Vater nicht mich, sondern jemand anders erwartet?«

»Ich glaube kaum, daß ich mich irre. Ich habe Sie erst hereingelassen, nachdem ich gesehen habe, daß Sie Ihre Aktentasche fallengelassen haben.«

»Meine was?«

»Ihre Aktentasche, junger Mann. Ich bin ja nicht blind. Ich weiß, daß sie Ihnen nicht zufällig aus der Hand gefallen ist, denn Sie haben *zuerst* nach unten gesehen, als wollten Sie sicher gehen, daß sie auch dort hinfiel, wo Sie sie haben wollten. Als Sie sich dann vergewissert hatten, daß sie in die Hecke fallen würde, wo man sie nicht sehen würde, haben Sie sie losgelassen und hinterher *nicht* mehr nach unten gesehen. Die Tatsache, daß Sie den Weg durch das Fenster statt den üblichen durch die Haustür gewählt haben, spricht dafür, daß Sie sich erst umsehen wollten, bevor Sie sich richtig hineinwagten. Und nachdem ich Sie nicht so ohne weiteres einsteigen lassen wollte, kümmerten Sie sich zunächst einmal um Ihre Aktentasche und nicht um Ihre eigene Person, was bedeutet, daß Sie den Inhalt der Tasche für wichtiger halten als Ihre eigene Sicherheit, und *das* wiederum bedeutet, daß Sie wahrscheinlich ziemlich hilflos sind, solange Sie hier drinnen sind, während Ihre Aktentasche draußen liegt und wir wissen, daß sie da draußen ist.«

Sie brach ab, weil ihr die Luft ausging, und der Fremde nutzte die Pause, um zähneknirschend einzuwerfen: »Es sei denn, ich drehe Ihnen Ihren hübschen Hals um und verschwinde heimlich, *mit* meiner Aktentasche.«

»Das sollten Sie sich aber gut überlegen, junger Mann. Zufällig liegt da unter meinem Bett ein Baseballschläger, den ich innerhalb von zwei Sekunden in der Hand haben kann, und glauben Sie mir, ich bin sehr stark für ein Mädchen.«

Schweigen. Schließlich erwiderte der »junge Mann« mit gezwungener Höflichkeit: »Wenn wir jetzt schon so vertraulich miteinander sind, schlage ich doch vor, wir stellen einander vor. Ich heiße Pelleas Anthor. Und Sie?«

»Ich heiße Arca – Arkady Darell. Freut mich, Sie kennenzulernen.«

»Und jetzt seien Sie ein liebes Kind, Arkady, und sagen Sie doch bitte Ihrem Vater Bescheid, daß ich da bin.«

Arcadia sah ihn funkelnd an. »Ich bin für Sie kein liebes Kind. Außerdem finde ich, daß Sie ziemlich unhöflich sind – besonders, wenn Sie jemanden um einen Gefallen bitten.«

Pelleas Anthor seufzte. »Schön. Dann seien Sie doch bitte eine gute, nette und liebe alte Dame und sagen Sie trotzdem jetzt Ihrem Vater Bescheid.«

»So habe ich es auch nicht gemeint, aber schön, ich sage ihm Bescheid. Aber nicht so, wie Sie es sich vielleicht vorstellen. Sie glauben doch nicht, daß ich Sie auch nur einen Augenblick hier allein lassen würde?« Bei diesen Worten stampfte sie heftig mit einem Fuß auf den Boden.

Nach einem Augenblick wurden auf der Treppe hastige Schritte laut, und dann flog die Tür auf.

»Arcadia . . .« Dr. Darell brach überrascht ab und musterte den Fremden. »Wer sind Sie?«

Pelleas grinste sichtlich erleichtert. Dr. Toran Darell? Ich bin Pelleas Anthor. Sie haben meine Nachricht erhalten, nehme ich an. Zumindest hat Ihre Tochter mir das gesagt.«

»Meine *Tochter* hat Ihnen das gesagt?« Er runzelte die Stirn und sah Arcadia fragend an, die seinem Blick mit einer Unschuldsmiene begegnete.

»Ich habe Sie tatsächlich erwartet«, nickte Dr. Darell schließlich. »Wenn Sie bitte mitkommen?« Er wandte sich zur Tür, blieb aber abrupt stehen, weil ihm eine Bewegung aufgefallen war, die Arcadia im selben Moment bemerkt hatte.

Sie stürzte auf ihren Transkriber zu, aber es war schon zu spät, denn ihr Vater stand direkt neben dem Gerät. »Du hast vergessen, ihn abzustellen, Arcadia«, meinte er zuckersüß.

»Oh, Vater«, quietschte sie entsetzt, »es gehört sich nicht, anderer Leute Post zu lesen, besonders nicht, wenn es sich um etwas Vertrauliches handelt.«

»Aber Arcadia«, gab ihr Vater zurück, »Vertraulichkeiten mit einem fremden Mann in deinem Schlafzimmer? Als dein Vater ist es meine Pflicht, dich vor allem Bösen zu bewahren.«

»Oh, verflucht . . . das war es doch überhaupt nicht.«

Pelleas brach in Lachen aus. »Oh, doch, das war es doch, Dr. Darell. Die junge Dame wollte mich aller möglichen Untaten beschuldigen, und ich bestehe darauf, daß Sie unser Gespräch lesen, damit ich nicht hinterher noch in schlechten Ruf komme.«

»Oh . . .« Arcadia konnte nur mit Mühe die aufsteigenden Tränen unterdrücken. Ihr eigener Vater traute ihr nicht. Und dieser verfluchte Transkriber – Wenn dieser Idiot nicht so unerwartet an ihr Fenster geklopft hätte, daß sie vergessen hatte, das blöde Ding abzustellen! Jetzt würde ihr Vater ihr wieder endlos lange Vorträge darüber halten, wie sich junge Damen in ihrem Alter zu benehmen hatten.

»Arcadia«, sagte ihr Vater leise, »ich meine wirklich, daß eine junge Dame . . .«

Sie hatte es ja gewußt!

». . . gegenüber älteren Männern nicht so frech sein sollte.«

»Was hatte er auch draußen vor meinem Fenster zu suchen? Eine junge Dame hat ein Recht auf ihre Privatsphäre. Außerdem kann ich meinen ganzen Aufsatz jetzt noch mal neu schreiben.«

»Es handelt sich nicht darum, was er vor deinem Fenster zu suchen hatte. Du hättest ihn einfach nicht hereinlassen sollen. Statt dessen hättest du mich rufen sollen – vor allem, wenn du wußtest, daß ich ihn erwarte.«

»An deiner Stelle würde ich mich lieber erst gar nicht mit ihm abgeben«, entgegnete Arcadia trotzig. »Wenn er weiter an Fenstern herumklettert, statt ein Haus durch die Haustür zu betreten, wie es üblich ist, wird er noch alles verderben.«

»Arcadia, niemand hat dich nach deiner Meinung zu Dingen gefragt, von denen du keine Ahnung hast.«

»Das habe ich doch. Ich weiß, daß es um die Zweite Stiftung geht. Was sagst du jetzt?«

Dr. Darell schwieg überrascht. Arcadia merkte, wie es ihr auf einmal doch etwas flau im Magen wurde.

»Wer hat dir das gesagt?« wollte Dr. Darell wissen.

»Niemand – aber warum solltet ihr sonst so geheimnisvoll tun? Keine Angst, ich verrate bestimmt nichts.«

»Ich glaube, ich muß mich für meine Tochter entschuldigen, Mr. Anthor«, sagte Dr. Darell.

»Oh, bitte.« Anthors Stimme klang nicht gerade begeistert. »Es ist ja nicht Ihre Schuld, wenn sich Ihre Tochter den Mächten der Finsternis verschrieben hat. Aber bevor wir gehen, würde ich sie gern noch etwas fragen. Miss Arcadia . . .«

»Was wollen Sie?«

»Warum glauben Sie, ich könnte etwas verderben, wenn ich durch ein Fenster ein Haus betrete statt durch die Eingangstür?«

»Weil Sie dann genauso gut laut herausposaunen können, daß Sie etwas zu verbergen haben. Wenn ich ein Geheimnis habe, dann klebe ich mir doch kein Heftpflaster auf den Mund, damit alle Welt *weiß*, daß ich ein Geheimnis habe. Ich rede genau wie immer, nur natürlich über andere Dinge. Haben Sie schon einmal ein Sprichwort von Salvor Hardin gelesen? Er war unser erster Bürgermeister, müssen Sie wissen.«

»Das ist mir bekannt.«

»Er hat zum Beispiel gesagt, daß man nur mit einer Lüge Erfolg hat, die man nicht versteckt. Und er hat auch gesagt, daß es nicht so wichtig ist, ob etwas wahr *ist*, wenn es nur wahr *klingt*. Nun, und wenn Sie dann durch ein Fenster hereinkommen, dann ist das eine Lüge, die Sie verstecken und die nicht wahr klingt.«

»Was hätten Sie dann an meiner Stelle getan?«

»Wenn ich meinen Vater in irgendeiner supergeheimen Sache hätte sprechen wollen, dann hätte ich die Bekanntschaft meines Vaters in aller Öffentlichkeit gemacht und ihn wegen aller möglichen legalen Dinge aufgesucht. Und wenn dann jeder weiß, daß wir uns kennen, wird auch keiner mißtrauisch werden, wenn ich ihn irgendwann wegen dieser supergeheimen Sache aufsuche.«

Anthor warf dem Mädchen einen nachdenklichen Blick zu und wandte sich dann an Dr. Darell. »Gehen wir. Unten im Garten liegt eine Aktentasche, die ich noch holen möchte. Moment! Eine letzte Frage noch. Sie haben doch nicht wirklich einen Baseballschläger unter Ihrem Bett, Arcadia, oder?«

»Nein! Natürlich nicht.«

»Aha. Das hätte ich mir auch nicht vorstellen können.«

An der Tür blieb Dr. Darell noch einmal stehen. »Wenn du gleich deinen Aufsatz über den Seldon-Plan noch einmal neuschreibst, Arcadia, dann verzichte bitte doch auf irgendwelche geheimnisvollen Anspielungen auf deine Großmutter. Es ist überhaupt unnötig, dieses Thema anzuschneiden.«

Als er mit Pelleas die Treppe hinunterging, fragte der junge Mann übergangslos: »Entschuldigen Sie die Frage, Sir, aber wie alt ist Ihre Tochter eigentlich?«

»Sie ist vorgestern vierzehn geworden.«

»*Vierzehn*? Gütige Galaxis . . . Sagen Sie, hat sie Ihnen gegenüber je davon gesprochen, ob sie einmal heiraten möchte?«

»Nein, bisher noch nicht.«

»Sollte sie es jemals tun, dann erschießen Sie ihn. Ich meine den Mann, den sie heiraten will.« Er sah den Älteren ernst an. »Ich glaube, es könnte nichts Schrecklicheres für einen Mann geben, als mit einer Frau wie ihr zusammenzuleben, wenn sie erst zwanzig ist. Ich möchte Sie damit natürlich nicht kränken, Sir.«

»Nein, nein, ich glaube, ich verstehe schon, was Sie meinen.«

Oben saß der Gegenstand dieser tiefgründigen Analyse mit verdrießlicher Miene vor dem Transkriber und diktierte mürrisch: »Diezukunftdesseldonplans.« Das Gerät übertrug die Worte in fein geschwungenen Buchstaben auf das Papier und schrieb:

»Die Zukunft des Seldon-Plans.«

8
Der Seldon-Plan

Mathematik – . . . Die Synthese der Kalküle von n-Variablen und n-dimensionaler Geometrie bildet die Grundlage für jene mathematische Wissenschaft, die Seldon einmal als »meine kleine Algebra der Menschheit« bezeichnet hat . . .
Encyclopedia Galactica

Man denke sich einen Raum!

Die genaue Position dieses Raumes braucht uns im Augenblick nicht zu interessieren. Es genügt, wenn wir wissen, daß in diesem Raum die Zweite Stiftung mehr als irgendwo anders existent war.

Es war ein Raum, in dem sich seit Jahrhunderten die reine Wissenschaft konzentrierte – und doch enthielt er keine jener Dinge, die man automatisch mit dem Begriff »Wissenschaft« assoziiert. Das, was er beherbergte, war vielmehr eine Wissenschaft, die sich ausschließlich mit mathematischen Ideen befaßte, und das auf eine Weise, wie sie bei den uralten Rassen in den primitiven, prähistorischen Tagen vor der Entwicklung der Technologie üblich gewesen ist; in jener Zeit, als sich der Mensch noch nicht über die Grenzen eines einzigen Planeten ausgebreitet hatte.

Einmal befand sich in diesem Raum – geschützt durch eine geistige Wissenschaft, gegen die die gesamte physische Macht der übrigen Galaxis machtlos war – der Primärstrahl, der den Seldon-Plan darstellte – den ganzen.

Zum zweiten befand sich in diesem Raum ein Mann – der Erste Sprecher.

Er war der zwölfte in der Reihe der obersten Hüter des Plans, und sein Titel bedeutete nichts weiter, als daß bei den Versammlungen der Führer der Zweiten Stiftung er als erster das Wort hatte.

Sein Vorgänger hatte den Muli besiegt, aber die Reste dieser gewaltigen Auseinandersetzung lagen noch immer auf dem Weg, der dem Plan vorherbestimmt war. Seit fünfundzwanzig Jahren versuchten nun er und die übrigen Führer eine ganze Galaxis von starrköpfigen und dummen Menschen wieder zurück auf den richtigen Weg zu bringen . . . Eine kaum zu bewältigende Aufgabe.

Der Erste Sprecher sah auf, als sich die Tür öffnete. Während er in der Abgeschiedenheit dieses Raumes über ein Vierteljahrhundert verzweifelter Bemühungen nachgedacht hatte, die sich jetzt langsam und unaufhaltsam ihrem Höhepunkt näherten, waren seine Gedanken leicht erwartungsvoll auf den Neuankömmling gerichtet gewesen. Es war ein junger Mann, ein Schüler, einer von jenen, die vielleicht später einmal die Führung der Zweiten Stiftung übernehmen würden.

Der junge Mann blieb unsicher an der Tür stehen, so daß der Erste Sprecher zu ihm hingehen mußte, ihm freundlich die Hand auf die Schulter legte und ihn hereinführte.

Der Schüler lächelte schüchtern, und der Erste Sprecher erwiderte diese Geste, indem er sagte: »Zunächst einmal möchte ich Ihnen erklären, warum Sie hier sind.«

Sie sahen einander über den Schreibtisch hinweg an. Die beiden Männer kommunizierten auf eine Weise, die niemand verstehen konnte, der nicht selbst ein Angehöriger der Zweiten Stiftung war.

Die Sprache war ursprünglich eine Erfindung, wodurch der Mensch lernte, seine Gedanken und Emotionen – wenn auch unvollkommen – zu übermitteln. Indem er willkürliche Laute und Lautkombinationen entwickelte, die stellvertretend für bestimmte geistige Feinheiten standen, entstand eine Methode der Kommunikation – aber sie war schwerfällig und inadäquat und hatte zur Folge, daß viele der geistigen Feinheiten durch die grobe Sprache verlorengingen.

Das Resultat war eine Degeneration. Alles Leid, was die Menschheit erlebt hat, läßt sich auf die eine Tatsache zurückführen, daß kein Mensch in der Geschichte der Galaxis, mit Ausnahme von Hari Seldon und einigen wenigen nach ihm, den anderen wirklich verstehen konnte. Jeder lebte hinter einer undurchdringlichen Nebelwand, hinter der es niemanden außer ihm selbst gab. Hin und wieder kamen schwache Signale aus den Tiefen der Höhle, in der sich ein anderes menschliches Wesen verkrochen hatte – ein leiser Versuch, zueinander zu finden. Aber weil der eine den andern nicht kannte, ihn nicht verstehen konnte, ihm nicht traute und gleichzeitig vom frühen Kindesalter an das Gefühl des Schreckens und der Unsicherheit kannte, das mit jener unendlichen Einsamkeit verbunden war – deshalb die ständige Angst des Menschen vor seinem Mitmenschen und die wilde Gier des Menschen auf seinen Mitmenschen.

Zehntausende von Jahren waren der Mensch und sein Geist auf den Planeten gebannt gewesen, auf dem er sich entwickelt hatte – ein Geist, der von Anfang an dazu geschaffen war, die Gesellschaft der Sterne zu suchen.

Entschlossen hatte sich der Mensch instinktiv bemüht, die Beschränkungen, die die normale Sprache auferlegte, zu umgehen. Semantik, Logistik, Psychoanalyse – das alles waren Mittel, mit denen die Sprache entweder verfeinert oder vermieden werden konnte.

Die Psychohistorie war die Entwicklung der geistigen Wissenschaft, oder vielmehr die Fähigkeit, sie in mathematischen Formeln auszudrükken. Durch die Entwicklung jener Mathematik, die notwendig ist, wenn man die Fakten der Neurophysiologie und der Elektrochemie des Nervensystems verstehen will, die ihrerseits bis auf die Atomkräfte zurückverfolgt werden *mußten*, wurde eine wirkliche Entwicklung der Psychologie erstmals möglich. Und durch die Verallgemeinerung des psychologischen Wissens von einem einzelnen auf die Gruppe konnte schließlich auch die Soziologie in mathematischen Formeln ausgedrückt werden.

Die größeren Gruppen, die Milliarden, die auf einem Planeten lebten, die Billionen, die in Sektoren lebten, und die Trillionen, die in der gesamten Galaxis lebten, sie alle waren nicht mehr einfach nur menschliche Wesen, sondern ungeheure Kräfte, die sich statistisch berechnen ließen – so daß Hari Seldon die Zukunft deutlich vor Augen sah und dementsprechend den Plan zurechtlegen konnte.

Dieselben grundlegenden Entwicklungen der geistigen Wissenschaft, die die Entwicklung des Seldon-Plans herbeigeführt hatten, ermöglichten es dem Ersten Sprecher, auf die Sprache im üblichen Sinn zu verzichten, wenn er sich jetzt mit dem jungen Student unterhielt.

Jede Reaktion auf einen Reiz, wie geringfügig sie auch sein mochte, verriet alle noch so kleinen Veränderungen und aufflackernden Ströme im Gehirn des anderen. Der Erste Sprecher konnte zwar nicht die Emotionen des Studenten direkt lesen, wie es der Muli getan hätte – denn der Muli war ein Mutant mit Fähigkeiten gewesen, die über das Begriffsvermögen eines normalen Menschen und sogar über das eines Angehörigen der Zweiten Stiftung hinausgingen –, aber er war in der Lage, sie als Folge intensiver Übung durch Deduktion zu erkennen.

Da es aber für uns, die wir uns nur mittels der normalen Sprache verständigen können, unmöglich ist, die Kommunikationsmethode der Angehörigen der Zweiten Stiftung untereinander richtig zu begreifen oder zu verstehen, werden wir ab jetzt so tun, als unterhielten sie sich ganz so, wie wir es gewöhnt sind. Der Erste Sprecher benutzt in unserer weiteren Beschreibung des »Gesprächs« also ganz normal die Worte unserer Sprache, und auch wenn die Übersetzung vielleicht stellenweise eher mangelhaft ist, wird sie uns doch das Wichtigste wiedergeben können.

Anstatt nur auf eine bestimmte Art zu lächeln und einen Finger zu erheben, sagt der Erste Sprecher für uns also: »Zunächst möchte ich Ihnen erklären, warum Sie hier sind.

Sie haben«, fuhr er fort, »den größten Teil Ihres Lebens dem Studium der Wissenschaft des Geistes gewidmet. Sie haben alles gelernt, was Ihnen Ihre Lehrer beibringen konnten, und nun ist es für Sie und einige andere Ihrer Kommilitonen an der Zeit, sich auf Ihre spätere Aufgabe als Sprecher vorzubereiten.«

Die Reaktion auf der anderen Seite des Schreibtischs war heftige Erregung.

»Nein – Sie müssen diese Tatsache gelassen aufnehmen. Sie hatten gehofft, daß Sie sich qualifizieren würden, und Sie hatten befürchtet durchzufallen. Beide Emotionen, sowohl die Hoffnung wie auch die

Furcht, sind Schwächen. Sie *wußten*, daß Sie sich qualifizieren würden, aber Sie wollten diese Tatsache vor sich selbst nicht zugeben, weil Sie dachten, eine solche innere Gewißheit könnte Sie als zu selbstsicher und deshalb ungeeignet abstempeln. Das ist Unsinn! Der hoffnungslos dümmste Mensch ist der, der nicht weiß, daß er klug ist. Sie haben sich unter anderem deshalb qualifiziert, weil Sie *wußten*, daß Sie sich qualifizieren würden.«

Die Reaktion auf der anderen Seite des Schreibtischs war Entspannung. »So ist es richtig. Jetzt, da Sie nicht mehr so angespannt sind, können Sie sich besser konzentrieren und besser verstehen. Denken Sie immer daran: Es ist nicht nötig, die Gedanken unter strenger Kontrolle zu halten, um effektiv sein zu können. Viel wichtiger ist es, arglos und unbefangen zu sein und nicht zu versuchen, etwas zu verbergen. Meine Gedanken liegen Ihnen offen. Machen Sie es genauso.

Es ist keine leichte Aufgabe, Sprecher zu sein«, fuhr er fort. »Überhaupt ist es schon nicht leicht, Psychohistoriker zu sein, und auch der beste Psychohistoriker muß nicht unbedingt zum Sprecher geeignet sein. Man muß hier einen gewissen Unterschied machen. Ein Sprecher muß sich nicht nur der mathematischen Kompliziertheiten des Seldon-Plans bewußt sein; er muß sich mit seinen Zielen identifizieren können. Er muß den Plan *lieben* und nur für seine Verwirklichung leben. Mehr noch, der Plan muß wie ein lebendiger Freund aus Fleisch und Blut für ihn sein.

Wissen Sie, was das ist?«

Die Hand des Ersten Sprechers ruhte jetzt leicht auf dem schwarzen, glänzenden Würfel, der auf dem Schreibtisch stand und ziemlich gewöhnlich aussah.

»Nein, Sprecher, ich weiß es nicht.«

»Sie haben sicher schon einmal etwas vom Primärradianten gehört, nicht wahr?«

»Das ist er?« – Erstaunen schwang in der Stimme mit.

»Sie haben gedacht, er sei respekteinflößender und erhabener? Nun, das ist verständlich. Er wurde in den Tagen des Ersten Imperiums von Menschen aus Seldons Zeit geschaffen. Seit fast vierhundert Jahren hilft er uns jetzt, und in dieser Zeit hat er nicht einmal versagt. Glücklicherweise, möchte ich hinzufügen, denn kein Angehöriger der Zweiten Stiftung verfügt über das technische Wissen, ihn im Falle eines Defekts reparieren zu können.« Er lächelte leicht. »Die Angehörigen der Ersten Stiftung wären vielleicht in der Lage, ihn nachzubauen, aber sie dürfen natürlich nie von seiner Existenz erfahren.«

Er drückte auf einen Knopf an der Seite seines Schreibtischs, worauf es dunkel wurde. Allerdings nur für einen kurzen Augenblick, denn langsam leuchteten die beiden Längswände des Raumes auf. Zuerst schimmerten sie in einem weißlichen Licht, dann wurden hier und da einige dunkle Stellen sichtbar, bis sich schließlich die schwarzen Symbole der

Gleichungen, die an manchen Stellen von einem roten Haarstrich unterbrochen wurden, deutlich von dem hellen Hintergrund abhoben.

»Kommen Sie, treten Sie vor diese Wand. Sie werden keinen Schatten werfen, denn das Licht strahlt nicht auf gewöhnliche Weise vom Radianten aus. Um ehrlich zu sein, ich weiß nicht, welches Medium diesen Effekt bewirkt; ich weiß nur, daß Sie keinen Schatten werfen werden.«

Jede der beiden beleuchteten Wände war rund dreißig Fuß lang und zehn Fuß hoch und auf jedem Zentimeter von Symbolen bedeckt.

»Sie sehen hier nicht den ganzen Plan«, erklärte der Erste Sprecher. »Um ihn auf diese zwei Wände zu übertragen, müßten die einzelnen Gleichungen auf mikroskopische Größe verkleinert werden – aber das ist nicht nötig. Sie haben hier die wichtigsten Züge des Plans bis zu diesem Augenblick vor sich. Sie kennen doch seinen bisherigen Verlauf, nicht wahr?«

»Ja, Sprecher.«

»Erkennen Sie irgend etwas?«

Der Schüler zögerte. Dann zeigte er mit dem Finger auf eine Stelle, und noch während der Bewegung verschob sich die entsprechende Gleichung, an die er gedacht hatte, nach unten, bis sie in seiner Augenhöhe anhielt.

Der Erste Sprecher lachte leise. »Der Primärradiant ist auf Ihre Gedanken eingestellt. Der kleine Apparat birgt noch eine Reihe weiterer Überraschungen in sich. Was haben Sie zu der Gleichung zu sagen, die Sie ausgewählt haben?«

»Es handelt sich um ein rigellianisches Integral, das unter Verwendung der planetarischen Verteilungsfunktion auf die Existenz zweier vorherrschender ökonomischer Klassen auf dem Planeten plus auf ein instabiles Emotionsmuster schließen läßt.«

»Und was bedeutet dieses Integral?«

»Es stellt die Spannungsgrenze dar, da wir hier –« Wieder deutete er auf eine Stelle, und wieder verschoben sich die Gleichungen, »– da wir hier eine konvergierende Reihe haben.«

»Ausgezeichnet«, erwiderte der Erste Sprecher. »Sagen Sie mir, was Sie von all dem halten. Ist es nicht ein vollendetes Werk?«

»Doch, ganz eindeutig!«

»Falsch! Das ist es eben nicht!« Die Stimme des Ersten Sprechers klang scharf. »Es ist die erste Lektion, die Sie lernen müssen. Der Seldon-Plan ist weder vollständig noch korrekt. Er stellt einfach das Beste dar, wozu man zur damaligen Zeit fähig war. Mehr als ein Dutzend Generationen von Menschen haben in der Zwischenzeit über diesen Gleichungen gesessen, mit ihnen gearbeitet, sie bis zur letzten Dezimalstelle auseinandergenommen und dann wieder zusammengesetzt. Sie haben noch mehr getan. Sie haben nun fast vierhundert Jahre lang die Voraussagen und Gleichungen mit der Realität verglichen und daraus gelernt.

Sie haben mehr gelernt, als Seldon je wußte, und wenn wir Seldons Werk mit dem Wissen, das wir über die Jahrhunderte hinweg gesammelt haben, nachvollziehen könnten, könnten wir viel bessere Arbeit leisten. Haben Sie das verstanden?«

Der Schüler schien leicht entsetzt zu sein.

»Bevor Sie Sprecher werden«, fuhr der Erste Sprecher fort, »müssen Sie selbst einen eigenen Beitrag zum Plan leisten. Keine Angst, es ist wirklich keine Blasphemie. Jeder rote Strich, den Sie an der Wand sehen, kennzeichnet den Beitrag irgendeines unserer Sprecher seit Seldon. Einen Augenblick . . .« Er sah auf. »Da!«

Die ganze Wand war plötzlich in Bewegung.

»Das da«, sagte er, »ist meiner.« Eine dünne rote Linie umgab zwei sich gabelnde Pfeile und umschloß eine Fläche von sechs Quadratfuß an Symbolen auf beiden Seiten. Zwischen den beiden Pfeilen standen eine Reihe von Gleichungen in rot.

»Es scheint auf den ersten Blick nicht viel zu sein«, erklärte der Erste Sprecher. »Mein Beitrag steht an einem Punkt im Plan, den wir erst nach weiteren vierhundert Jahren erreichen werden. Es ist eine Periode, in der sich das zukünftige Zweite Imperium in der Gewalt von rivalisierenden Persönlichkeiten befindet, die es auseinanderbrechen lassen, wenn der Kampf zu ausgeglichen ist, oder die es in eine Art Erstarrungszustand verfallen lassen, wenn er zu ungleich ist. Beide Möglichkeiten sind hier berücksichtigt und weiterverfolgt worden, und in beiden Fällen ist auch dargelegt, wie man sie jeweils vermeiden kann.

Trotzdem bleiben es natürlich nur Wahrscheinlichkeiten. Eine Sicherheit gibt es nicht. Es ist also durchaus möglich, daß auch ein dritter Weg existiert, wenn diese Wahrscheinlichkeit auch relativ gering ist – sie liegt bei zwölfkommasechsvier Prozent, um genau zu sein. Aber es sind auch schon Fälle mit einer noch geringeren Wahrscheinlichkeit dennoch eingetreten, und der Seldon-Plan hat sich erst zu vierzig Prozent erfüllt. Dieser dritte Fall hier bedeutet einen möglichen Kompromiß zwischen zwei oder mehr der berücksichtigten rivalisierenden Persönlichkeiten. Dadurch würde das Zweite Imperium zuerst erstarren, und schließlich käme es zu schlimmeren Auseinandersetzungen und Bürgerkriegen, als es ohne einen Kompromiß der Fall gewesen wäre. Aber glücklicherweise kann auch diese Möglichkeit vermieden werden, und das war mein Beitrag.«

»Wenn ich etwas fragen darf, Sprecher: Wie wird diese Veränderung vorgenommen?«

»Durch das Einwirken des Radianten. Sie werden es zum Beispiel in Ihrem eigenen Fall erleben. Ihre Berechnungen werden von fünf verschiedenen Gremien streng geprüft, und Sie müssen darauf vorbereitet sein, sie gegen jeden noch so gnadenlosen Angriff verteidigen zu können. Dann läßt man zwei Jahre verstreichen, nach deren Ablauf Ihre

Darlegung noch einmal überprüft wird. Es ist schon mehr als einmal vorgekommen, daß eine scheinbar perfekte Arbeit erst nach einer Induktionsperiode von Monaten oder sogar Jahren ihre Fehler gezeigt hat. Manchmal entdeckt derjenige, der den Beitrag gestellt hat, diese Fehler auch selbst.

Wenn der Beitrag dann nach zwei Jahren der erneuten Prüfung, die ebenso ausführlich ist wie die erste, standhält und, was noch besser ist, wenn in der Zwischenzeit der junge Wissenschaftler weitere aufklärende Details und Beweise hat erbringen können, dann wird seine Arbeit dem Plan hinzugefügt. Es war der Höhepunkt meines Lebens, und es wird auch der Ihre sein.

Der Primärradiant kann auf Ihre Gedanken eingestellt werden, und Korrekturen oder Zusätze können durch den geistigen Kontakt vorgenommen werden. Es gibt aber nie einen Hinweis darauf, daß diese Korrekturen oder Zusätze Ihr Werk sind. Es gibt keine individuellen Beiträge in dem Sinn. Der Plan ist vielmehr unser aller gemeinsames Werk. Verstehen Sie?«

»Ja, Sprecher!«

»Dann lassen wir das jetzt.« Er ging zum Primärradianten, worauf die Wände wieder dunkel wurden, mit Ausnahme der normalen Raumbeleuchtung am oberen Rand. »Setzen Sie sich. Ich möchte Ihnen einiges sagen. Für den gewöhnlichen Psychohistoriker reicht es aus, sich in seiner Biostatik und seiner Neurochemischen Elektromathematik auszukennen. Bei einigen beschränkt sich ihr ganzes Wissen auf diese Gebiete. Diese Leute sind nur als statistische Techniker geeignet. Ein Sprecher dagegen muß in der Lage sein, den Plan, oder zumindest seine Philosophie und seine Ziele, ohne mathematische Formeln auszudrücken.

Zunächst einmal: Was ist überhaupt das Ziel des Plans? Bitte beschreiben Sie es mit Ihren eigenen Worten.«

Zum erstenmal bekam der Schüler die Gelegenheit, sich ausführlich zu äußern, und er zögerte einen Augenblick, bevor er begann. »Wenn ich davon ausgehe, was ich gelernt habe«, sagte er schüchtern, »meine ich, daß es das Ziel des Plans ist, eine menschliche Zivilisation auszubauen, deren Orientierung eine völlig andere ist als alles, was bisher dagewesen ist. Es handelt sich dabei um eine Orientierung, die nach den Erkenntnissen der Psychohistorie niemals spontan entstehen könnte . . .«

»Halt!« unterbrach ihn der Erste Sprecher. »Sie dürfen nicht ›niemals‹ sagen, denn das wäre eine Verzerrung der Tatsachen. Die Psychohistorie spricht nur von Wahrscheinlichkeiten. Das Eintreten irgendeines Ereignisses kann unendlich wahrscheinlich sein, aber die Wahrscheinlichkeit ist auf jeden Fall immer größer als null.«

»Ja, Sprecher. Die angestrebte Orientierung, wenn ich mich korrigieren darf, entsteht mit der größten Wahrscheinlichkeit nicht spontan.«

»Das ist besser. Um was für eine Orientierung handelt es sich?«

»Es ist die Orientierung einer Zivilisation, die auf der Wissenschaft des Geistes basiert. In der bisherigen Geschichte der Menschheit sind Fortschritte in erster Linie auf dem Gebiet der physikalischen Technologie erzielt worden, also der Fähigkeit, die unbelebte Welt um den Menschen zu kontrollieren. Die Kontrolle über sich selbst und über die Gesellschaft ist dem Zufall oder den vagen Versuchen von intuitiven ethischen Systemen überlassen, die auf Inspirationen und Emotionen beruhen. Das hat zur Folge, daß es nie eine Kultur gegeben hat, deren Stabilität über fünfundfünfzig Prozent gelegen hat, und auch solche Fälle sind nur auf großes menschliches Elend zurückzuführen.«

»Und warum ist diese Orientierung, von der wir sprechen, nicht spontan?«

»Weil eine große Minderheit der Menschen über das geistige Rüstzeug verfügt, die Wissenschaft der Physik weiterzuentwickeln, und diese Tatsache für alle einen primitiven und sichtbaren Gewinn bedeutet. Nur eine unbedeutende Minderheit dagegen ist fähig, die Menschheit durch die Entwicklungen der komplizierteren Wissenschaft des Geistes zu führen, die einen weniger vergänglichen, aber auch weniger offensichtlichen Gewinn mitbringt. Außerdem würden sich die Menschen auflehnen, da eine solche Orientierung zum Entstehen einer wohlwollenden Diktatur der geistig besten – einer Art geistigen Elite – führen würde. Diese Diktatur wäre nur unter Anwendung von Gewalt aufrechtzuerhalten, wodurch der Rest der Menschheit brutal unterdrückt würde. Eine solche Entwicklung läßt sich nicht mit unseren Vorstellungen vereinbaren und muß deshalb vermieden werden.«

»Und wie sieht die Lösung aus?«

»Die Lösung ist der Seldon-Plan. Die Bedingungen sind dermaßen festgelegt und aufrechterhalten worden, daß tausend Jahre nach seinem Einsetzen, also in sechshundert Jahren, ein Zweites Galaktisches Imperium entstanden sein wird, in dem die Menschheit bereit ist für eine Führung der Wissenschaft des Geistes. Im gleichen Zeitraum wird in der Zweiten Stiftung eine Gruppe von Psychologen herangewachsen sein, die ihrerseits bereit sind, diese Führung zu übernehmen. Ich nehme an, daß die Erste Stiftung den physischen Rahmen einer politischen Einheit liefert, während die Zweite Stiftung den geistigen Rahmen einer fertigen herrschenden Klasse mitbringt.«

»Das ist in ungefähr richtig. Glauben Sie, daß ein beliebiges Zweites Imperium, auch wenn es in dem von Seldon angegebenen Zeitraum entsteht, als Erfüllung seines Plans angesehen werden kann?«

»Nein, Sprecher, das glaube ich nicht. Es gibt mehrere mögliche Zweite Imperien, die sich in dem Zeitraum von neunhundert bis siebzehnhundert Jahren nach Beginn des Plans bilden können, aber nur eines von ihnen ist das *richtige* Zweite Imperium.«

»Und nun sagen Sie mir, warum es erforderlich ist, die Existenz der

Zweiten Stiftung geheim zu halten – vor allem vor der Ersten Stiftung.«

Der Schüler suchte nach einer versteckten Bedeutung hinter den Worten des Ersten Sprechers, konnte aber keine finden. Die Antwort bereitete ihm einige Mühe: »Aus dem gleichen Grund, aus dem auch die Einzelheiten des Gesamtplans vor der übrigen Menschheit verheimlicht werden müssen. Die Gesetze der Psychohistorie sind statistischer Natur und werden ungültig, wenn das Handeln einzelner nicht mehr willkürlicher Natur ist. Wenn eine größere Gruppe von Menschen die wichtigsten Einzelheiten des Plans kennen würde, dann würde ihr Handeln von diesem Wissen beeinflußt und wäre nicht mehr willkürlich im Sinn der Axiome der Psychohistorie. Mit anderen Worten, es ließe sich nicht mehr mit solcher Wahrscheinlichkeit wie bisher voraussagen. Sie mögen mir verzeihen, Sprecher, aber ich merke, daß die Antwort nicht befriedigend ist.«

»Das ist gut, denn sie ist in der Tat sehr unvollständig. Es ist nämlich die Zweite Stiftung selbst, die vor der Menschheit verborgen werden muß, nicht allein der Plan. Das Zweite Imperium existiert noch nicht, und wir haben es immer noch mit einer Gesellschaft zu tun, die sich gegen eine herrschende Klasse von Psychologen auflehnen und gegen sie kämpfen würde. Verstehen Sie?«

»Ja, Sprecher, ich verstehe. Dieser Punkt ist allerdings nie besonders hervorgehoben worden . . .«

»Sagen Sie es ruhig, wie es ist. Er ist überhaupt nie – jedenfalls in Ihrem Unterricht nicht – erwähnt worden, aber eigentlich müßten Sie von selbst darauf kommen können. Wir werden uns noch über viele solcher Fragen unterhalten. In einer Woche werden wir uns wiedersehen, und dann würde ich gern einige Bemerkungen von Ihnen zu einem Problem hören, das ich Ihnen jetzt erklären werde. Ich verlange keine vollständige mathematische Ausarbeitung, denn dazu würde selbst ein Experte ein Jahr benötigen. Was ich von Ihnen möchte, sind einige Angaben zu Trends und Richtungen . . .

Sie haben hier eine Gabelung im Plan zu einer Zeit vor rund fünfzig Jahren. Die erforderlichen Einzelheiten sind angegeben. Sie werden feststellen, daß der tatsächlich eingeschlagene Weg von allen Voraussagen abweicht. Sie sollen nun versuchen, einzuschätzen, nach welcher Zeit die Abweichung nicht mehr zu korrigieren ist. Darüberhinaus sollen Sie sich überlegen, wie das wahrscheinliche Ende aussieht, wenn sie nicht korrigiert wird, und auf welche Weise eine Korrektur möglich wäre.«

Der Schüler betrachtete mit unbewegtem Gesicht die Symbole, die über den Schirm des im Schreibtisch eingebauten Televisors liefen.

»Warum haben Sie gerade dieses spezielle Problem ausgewählt, Sprecher?« wollte der Schüler wissen. »Offensichtlich liegt hierbei mehr als nur eine rein akademische Bedeutung zugrunde.«

»Ausgezeichnet. Sie schlußfolgern genauso schnell, wie ich es erwartet habe. Das Problem beruht tatsächlich nicht auf bloßen Mutmaßungen. Vor ungefähr fünfzig Jahren tauchte plötzlich der Muli in der Geschichte der Galaxis auf und blieb zehn Jahre lang der wichtigste beherrschende Faktor im Universum. Niemand hatte mit diesem Mann gerechnet, und er brachte den Plan ernsthaft in Gefahr.

Um ihn zu stoppen, bevor er den Plan zum Scheitern brachte, waren wir damals gezwungen, gegen ihn aktiv zu werden. Wir mußten das Geheimnis unserer Existenz enthüllen und, was weitaus schlimmer ist, auch einen Teil unserer Macht. Die Erste Stiftung weiß nun von unserer Existenz, und ihr Handeln wird von diesem Wissen beeinflußt. Sehen Sie sich das vorliegende Problem an. Hier. Und hier.

Sie dürfen natürlich mit niemandem über das, was ich Ihnen hier zeige, sprechen.«

Der Schüler schwieg erschrocken, als er begriff, was er da sah. »Dann ist der Seldon-Plan gescheitert!« meinte er schließlich.

»Noch nicht. Er *hätte* lediglich scheitern können. Nach letzten Schätzungen liegt die Wahrscheinlichkeit eines Erfolgs *immer noch* bei einundzwanzigkommavier Prozent.«

9

Die Verschwörer

Dr. Darell und Pelleas Anthor verbrachten die Abende mit angenehmer Unterhaltung, während die Tage selbst ohne besondere Vorkommnisse verstrichen. Der junge Mann hätte ein ganz gewöhnlicher Gast sein können, und nachdem Dr. Darell ihn als einen entfernten Verwandten vorgestellt hatte, ließ das Interesse für ihn schnell nach.

Bei diesen abendlichen Unterhaltungen fiel hin und wieder ein Name. Nach kurzem Überlegen sagte Dr. Darell dann: »Nein«, oder vielleicht auch »Ja.« In letzterem Fall erging eine formlose Einladung an den Betreffenden: »Ich möchte, daß Sie meinen Cousin kennenlernen.«

Auch Arcadia traf ihre Vorbereitungen, wobei sie sich allerdings alle Mühe gab, so heimlich wie möglich vorzugehen.

So brachte sie zum Beispiel ihren Klassenkameraden Olynthus Dam dazu, ihr einen selbstgebauten Tonverstärker zu verehren. Die Methode, die sie anwandte, um ihr Ziel zu erreichen, ließ darauf schließen, daß sie später einmal der Untergang aller Männer sein würde, die mit ihr in Kontakt kamen. Sie zeigte nämlich plötzlich ein solches Interesse an Olynthus' Hobby – er hatte sich zu Hause eine kleine Werkstatt eingerichtet – und nicht zuletzt auch an Olynthus selbst, daß der arme Junge sich dabei überraschte, wie er 1. ihr in aller Ausführlichkeit das Arbeitsprinzip eines Hyperwellenmotors erklärte, 2. sich verlegen der großen Augen bewußt wurde, die bewundernd auf ihm ruhten, und 3. sein größtes Werk, den vorhin erwähnten Tonverstärker, in ihre Hände drückte, die sich bereitwillig öffneten.

Danach nahm Arcadias Interesse für ihren dicklichen Klassenkameraden merklich ab und hielt sich noch gerade so lange, daß er nicht auf die Idee kam, in dem Tonverstärker den Grund für ihre unerwartete Freundschaft zu erkennen. Noch Monate später hegte Olynthus mit jeder Faser seines Geistes die Erinnerung an jene kurze Zeit des Glücks in seinem jungen Leben, bis sie schließlich mangels weiterer Nahrung langsam verblaßte.

Am Abend des siebten Tages saßen fünf Männer in Dr. Darells Wohnzimmer. Sie hatten gerade gut gegessen und rauchten nun ihre Verdauungszigarre. Zur gleichen Zeit hockte Arcadia oben in ihrem Zimmer vor dem Produkt eines Bastlergenies namens Olynthus Dam.

Fünf Männer also. Da war einmal natürlich Dr. Darell, der mit seinen grauen Schläfen und dem tadellosen Anzug etwas älter als zweiundvierzig aussah. Dagegen wirkte Pelleas Anthor, der im Augenblick ein ernstes Gesicht machte, eher jungenhaft und etwas unsicher. Neben diesen beiden bereits bekannten Gesichtern befanden sich noch drei unbekannte im Zimmer: Jole Turbor, der etwas dickliche Fernsehreporter; Dr. Elvett Semic, ein Hochschulprofessor für Physik im Ruhestand, hager, mit vielen Runzeln im Gesicht und einem schlecht sitzenden Anzug, und als dritter Homir Munn, ein Bibliothekar, der groß und schlaksig und entsetzlich verlegen war.

»Wir sind nicht nur der Geselligkeit wegen hier an diesem Abend zusammengekommen«, ergriff Dr. Darell mit sachlicher Stimme das Wort. »Ich darf wohl voraussetzen, daß wir uns über diese Tatsache alle im klaren sind. Da die Wahl nicht zufällig auf Sie gefallen ist, muß ich Sie wohl kaum auf die Gefahr hinweisen, in der wir uns befinden. Ich will sie auf keinen Fall bagatellisieren, sondern betonen, daß wir auf jeden Fall alle, die wir hier sitzen, Verdammte sind.

Sie werden bemerkt haben, daß ich Sie ohne Heimlichkeiten für diesen Abend eingeladen habe. Sie sind ganz offiziell hier, die Fenster sind ganz normal auch von außen transparent, und dieser Raum ist nicht abgeschirmt. Wenn wir die Aufmerksamkeit des Feindes erregen, sind wir verloren, und je mehr Mühe wir uns geben, etwas zu verbergen, desto schneller kommt er uns auf die Spur.

(Was du nicht sagst, dachte Arcadia, die sich tiefer über das kleine Gerät beugte, aus dem zwar ein wenig blechern, aber trotzdem gut verständlich, die Stimme ihres Vaters drang.)

Verstehen Sie das?«

Elvett Semic verzog seine Unterlippe und entblößte die Zähne, was er immer tat, bevor er etwas sagte. »Fahren Sie fort«, drängte er. »Erzählen Sie uns lieber etwas über Ihren jungen Freund hier.«

»Er heißt Pelleas Anthor«, erwiderte Dr. Darell. »Er war ein Schüler meines ehemaligen Kollegen, Kleise, der im vergangenen Jahr gestorben ist. Vor seinem Tod hat Kleise mir Anthors Gehirnmuster geschickt, das inzwischen mit dem des Mannes, den Sie hier vor sich sehen, verglichen worden ist. Es reicht bis zu den Tiefenströmen des Unterbewußtseins, und es ist Ihnen wahrscheinlich bekannt, daß Gehirnmuster in dieser Genauigkeit selbst von einem erstklassigen Psychologen nicht kopiert werden können. Sollten Sie das nicht gewußt haben, müssen Sie sich mit meinem Wort zufriedengeben.«

»Ich meine, wir sollten versuchen, endlich zur Sache zu kommen«, warf Turbor ein. »Selbstverständlich zweifeln wir nicht an Ihrem Wort – schließlich sind Sie jetzt, nach Kleises Tod, der beste Elektroneurologe in der Galaxis. Das habe ich zumindest in meiner letzten Sendung über Sie gesagt, und ich bin davon überzeugt, daß es so ist. Sagen Sie, wie alt sind Sie, Anthor?«

»Neunundzwanzig, Mr. Turbor.«

»Hmmm. Sind Sie auch Elektroneurologe? Ein erfolgreicher?«

»Ich studiere noch. Aber ich arbeite sehr hart, und dabei kommt mir das, was ich von Kleise gelernt habe, natürlich sehr zugute.«

Jetzt mischte sich Munn ein. Wenn er sehr nervös war, stotterte er leicht. »I-Ich finde, w-wir sollten wirklich endlich zur S-Sache kommen. I-ich m-meine, wir reden v-viel zu viel.«

Dr. Darell runzelte die Stirn und warf einen flüchtigen Blick auf Munn. »Sie haben recht, Homir. Fangen Sie an, Pelleas.«

»Einen Augenblick noch«, erwiderte Pelleas Anthor langsam. »Ich verstehe Mr. Munns Spannung, aber bevor ich beginne, möchte ich zunächst die Gehirnmuster überprüfen.«

Darell runzelte die Stirn. »Was soll das, Anthor? Von welchen Gehirnmustern sprechen Sie?«

»Von Ihren allen, meine Herren. Sie haben meins überprüft, Dr. Darell, und nun möchte ich Ihre überprüfen. Haben Sie bitte Verständnis für diese Vorsichtsmaßnahme.«

Turbor nickte. »Der junge Mann hat völlig recht. Warum sollte er uns trauen?«

»Danke«, antwortete Anthor. »Wenn Sie uns jetzt vielleicht in Ihr Laboratorium führen würden, Dr. Darell? Ich habe mir heute morgen erlaubt, Ihr Gerät zu überprüfen.«

Die Wissenschaft der Elektroenzephalographie war eine neue und gleichzeitig alte Wissenschaft. Alt war sie in dem Sinn, daß das Wissen um die Mikroströme, die von den Nervenzellen von Lebewesen produziert werden, Teil jener immensen Kategorie des menschlichen Wissens war, dessen Ursprung im Laufe der Zeit völlig in Vergessenheit geraten war. Dieses Wissen reichte bis zu den Anfängen der Geschichte der Menschheit zurück . . .

Aber es war auch eine neue Wissenschaft. Das Wissen um die Existenz dieser Mikroströme wurde in den Zehntausenden von Jahren, die das Erste Imperium bestanden hatte, als eines jener Wissensgebiete vernachlässigt, die zwar recht interessant, aber im Grunde unnütz und überflüssig waren. Ein paar hatten versucht, die Ströme in bestimmte Kategorien einzuteilen, zum Beispiel Wachen-Schlafen, Ruhe-Erregung oder Gesund-Krank – aber so großzügig man diese Kategorien auch bemaß, man stieß doch immer wieder auf eine Vielzahl von Ausnahmen, die sie ungültig machten.

Andere hatten beweisen wollen, daß es, genau wie Blutgruppen, auch Gehirnwellengruppen gab, die von der äußeren Umwelt abhängig waren. Bei ihnen handelte es sich um Anhänger des Rassismus, die behaupteten, daß man die Menschheit in Unterrassen einteilen könnte. Eine solche Philosophie konnte sich aber begreiflicherweise in einem galaktischen Imperium, das zwanzig Millionen Stellarsysteme umfaßte und eine einzige politische Einheit bildete, nicht durchsetzen.

Außerdem wurde in einer Gesellschaft wie die des Ersten Imperiums, die sich ganz den Wissenschaften der Physik und der unbelebten Technologie verschrieben hatte, das Studium des Geistes stark vernachlässigt. Es fand weniger Beachtung, weil es keinen direkten Nutzen brachte, und wurde kaum unterstützt, weil es nicht genügend gewinnversprechend schien.

Nach der Auflösung des Ersten Imperiums degenerierte die Wissenschaft so weit, daß sogar die Atomkraft in Vergessenheit geriet und man auf Kohle und Öl zurückgriff. Die einzige Ausnahme bildete die Erste Stiftung, die das Wissen der Menschheit bewahren und weiterentwikkeln sollte. Aber auch hier war es die Physik, die die wichtigste Rolle spielte, während das Gehirn nur bei chirurgischen Eingriffen in den Mittelpunkt der Aufmerksamkeit rückte.

Hari Seldon sprach als erster das aus, was später als Tatsache akzeptiert wurde.

»Die Nervenströme«, hatte er einmal gesagt, »geben jede bewußte wie auch unbewußte Impuls- und Reaktionsveränderung wieder. Die auf einem Blatt Papier in Form von Höhen und Tiefen aufgezeichneten Gehirnströme stellen die vereinten Gedankenimpulse von Milliarden von Zellen dar. Theoretisch müßte man anhand einer genauen Analyse des Diagramms die Gedanken und Emotionen der Versuchsperson exakt bestimmen können. Es müßten sich Unterschiede und Veränderungen feststellen lassen, die nicht nur auf schwere physische Schäden, ob nun erblich oder erst nach der Geburt eingetreten, zurückzuführen sind, sondern auch auf wechselnde Gefühlszustände, fortschreitende Bildung und Erfahrung und selbst auf solche Feinheiten wie eine veränderte Lebensphilosophie der Versuchsperson.«

Aber auch Seldon mußte sich mit bloßen Spekulationen begnügen.

Und nun beschäftigten sich die Angehörigen der Ersten Stiftung seit rund fünfzig Jahren mit diesem Gebiet der Wissenschaft. Ihre Erkenntnisse beruhten auf neuen Methoden – zum Beispiel war ein neues Verfahren entwickelt worden, bei dem man Elektroden an die Schädelnähte ansetzte und direkt die Verbindung zu den grauen Zellen herstellen konnte, ohne vorher eine Stelle des Schädels rasieren zu müssen. Außerdem verfügte man nun über ein Gerät, das die Gehirnströme automatisch als Gesamtbild wie auch als separate Funktionen von sechs unabhängigen Variablen aufzeichnete.

Am bemerkenswertesten war aber wohl die Tatsache, daß die Enzephalographie und der Enzephaloge plötzlich zu hohem Ansehen kamen. Kleise, der bekannteste Enzephaloge, war bei wissenschaftlichen Tagungen mit dem gleichen Respekt behandelt worden wie ein Physiker, und Dr. Darell war, obwohl er sich inzwischen nicht mehr aktiv mit dieser Wissenschaft beschäftigte, für seine herausragenden Erkenntnisse in der enzephalographischen Analyse fast genauso bekannt wie für die Tatsache, daß er der Sohn von Bayta Darell war, der großen Heldin der letzten Generation.

Und nun saß Dr. Darell also in seinem eigenen Sessel und spürte den leisen Druck der Elektroden, während die Nadeln des Enzephalographen hin und her fuhren. Er saß mit dem Rücken zum Gerät, da der Anblick der aufgezeichneten Kurven bekanntlich die Testperson dazu veranlaßt, unbewußt zu versuchen, sie zu beeinflussen – aber Darell wußte auch so, daß die Hauptnadel jene sehr rhythmische und gleichmäßige Sigma-Kurve aufzeichnete, die bei seinem starken und disziplinierten Geist zu erwarten war. Eine zweite Nadel zeichnete den Zerebellarstrom auf, der sich in scharfen, fast zusammenhanglosen Sprüngen aus der Region des vorderen Hirnlappens und der gedämpften Kurve aus den tieferen Hirnregionen ausdrückte . . .

Sein eigenes Gehirnstrommuster war ihm so vertraut wie einem Künstler vielleicht seine Augenfarbe.

Pelleas Anthor gab keinen Kommentar ab, als Darell sich schließlich aus dem Sessel erhob. Schweigend betrachtete er die verschiedenen Kurven mit dem erfahrenen Blick eines Mannes, der genau weiß, nach welchen minimalen Inkongruenzen er sucht.

»Wenn Sie jetzt bitte Platz nehmen würden, Dr. Semic.«

Semics faltiges Gesicht war ernst. Die Elektroenzephalographie war eine Wissenschaft, über die er nicht viel wußte und deren plötzlicher Aufschwung ihn irgendwie etwas störte. Er war sich darüber im klaren, daß er alt war, und das Gehirnmuster würde diese Tatsache bestätigen. Sein ganzes Äußeres verriet es, angefangen von den Falten in seinem

Gesicht bis zu seinem gebeugten Gang – aber *diese* Dinge sprachen nur von seinem Körper. Die Gehirnstrommuster dagegen würden vielleicht ergeben, daß auch sein Geist alt war. Nachdem sein Körper die Wahrheit nicht mehr verbergen konnte, wurde jetzt auch seine letzte Schutzwand, sein eigener Geist, niedergerissen.

Als er Platz genommen hatte, legte ihm Anthor die Elektroden an. Der ganze Vorgang lief völlig schmerzlos ab und verursachte nur eine minimale Erregung, die weit unter der Wahrnehmungsgrenze lag.

Danach kam Turbor an die Reihe, der die fünfzehnminütige Prozedur gelassen und unbewegt über sich ergehen ließ. Der letzte war dann Munn. Beim ersten Kontakt der Elektroden mit seinem Kopf zuckte er erschrocken zusammen, und die ganze Zeit über rollte er die Augen, als wünschte er, die Augen nach innen drehen zu können, um zu beobachten, was da in seinem Gehirn passierte.

»Und nun . . .«, begann Darell, als sie fertig waren.

»Einen Augenblick«, unterbrach ihn Anthor entschuldigend. »Es befindet sich noch eine Person in diesem Haus.«

Darell runzelte die Stirn. »Sie meinen meine Tochter?«

»Ja. Sie werden sich daran erinnern, daß ich Sie darum gebeten habe, daß sie heute abend zu Hause bleibt.«

»Wollen Sie etwa auch bei ihr ein Enzephalogramm machen? Wozu, um alles in der Galaxis, soll das gut sein?«

»Tut mir leid, aber ich muß darauf bestehen.«

Darell zuckte die Achseln und stieg die Treppe hinauf zu Arcadias Zimmer. Das Mädchen, das dank seines Tonverstärkers rechtzeitig gewarnt worden war, hatte das Gerät schon ausgeschaltet und folgte nun seinem Vater gehorsam ins Laboratorium. Es war das erstemal in Arcadias Leben, daß ihr Elektroden angesetzt wurden – abgesehen von dem einen Mal, als man zu Identifikations- und Registrationszwecken ihr Basisgehirnmuster aufgezeichnet hatte, aber damals war sie noch ein kleines Kind gewesen. »Darf ich es sehen«, bat sie, als sie fertig war, und streckte verlangend die Hand aus.

Aber Darell schüttelte den Kopf. »Du kannst doch nichts damit anfangen, Arcadia. Übrigens, meinst du nicht, daß es langsam Zeit für dich ist, schlafen zu gehen?«

»Ja, Vater«, antwortete sie folgsam. »Gute Nacht.«

Sie lief hastig die Treppe hinauf, zog sich eilig aus und ließ sich in ihr Bett fallen. Mit Olynthus' Tonverstärker neben ihr auf dem Kopfkissen kam sie sich vor wie eine Detektivin aus einem Krimi und genoß jeden Augenblick dieses aufregenden »Abenteuers«.

Die nächsten Worte, die sie hörte, kamen von Anthor: »Die Analysen, meine Herren, sind alle zufriedenstellend. Auch die des Kindes.«

Kind hat er gesagt, dachte Arcadia empört und ballte im Dunkeln die Faust.

Anthor hatte inzwischen seinen Aktenkoffer geöffnet, dem er eine Reihe von Gehirnstrom-Aufzeichnungen entnahm. Allerdings handelte es sich dabei nicht um Originale. Auch der Koffer war mit einem Spezialschloß versehen, und wenn jemand anders als Anthor versucht hätte, ihn zu öffnen, hätte sich der Inhalt sofort selbsttätig vernichtet. Aber auch so zerfielen die Aufzeichnungen eine halbe Stunde nachdem sie aus dem Aktenkoffer genommen wurden.

Noch existierten sie jedoch. »Ich habe hier die Diagramme von einer Reihe von Regierungsbeamten von Anacreon«, erklärte Anthor rasch. »Einmal das eines Psychologen an der Universität von Locris, dann hier das eines Industriellen von Siwenna und so weiter.«

Die vier Männer drängten sich dicht um den jungen Mann. Sie alle, mit Ausnahme von Darell, sahen nur gezackte Striche auf einem Blatt Papier. Für Darell dagegen waren sie wie ein offenes Buch.

Anthor deutete auf ein Diagramm. »Sehen Sie hier dieses Plateau in den sekundären Tau-Strömen im vorderen Hirnlappen, Dr. Darell? Sie werden es bei sämtlichen Diagrammen finden. Würden Sie jetzt bitte mit Hilfe meines analytischen Rechenschiebers meine Behauptung nachprüfen?«

Den analytischen Rechenschieber konnte man im weitesten Sinn mit dem logarithmischen Rechenschieber vergleichen, wenn letzterer sich gegen den ersten auch eher wie ein Kinderspielzeug ausnahm und es ähnlich war, als würde man einen Wolkenkratzer neben eine kleine Hütte setzen. Darells rasche, geschickte Handbewegungen zeugten davon, daß er den Umgang mit diesem Gerät gewöhnt war. Er machte sich ein paar Notizen zu seinen Berechnungen und stellte schließlich fest, daß Anthors Aussage der Realität entsprach. In den Regionen des vorderen Hirnlappens, in denen man normalerweise einen starken Ausschlag hätte vermuten sollen, gab es nur waagerechte Striche.

»Wie würden Sie das interpretieren, Dr. Darell?« wollte Anthor wissen.

»Ich bin mir nicht sicher. Ohne nähere Analyse würde ich sagen, es ist einfach unmöglich. Selbst in einem Fall von Amnesie müßten wenigstens geringe Ausschläge der Nadel vorhanden sein. Vielleicht ein drastischer Gehirneingriff?«

»Ein Eingriff, sicher!« rief Anthor ungeduldig. »Aber nicht im physischen Sinn. Sie erinnern sich vielleicht daran, daß der Muli in der Lage war, solche Veränderungen zu bewirken. Er hätte sämtliche Emotionen oder geistigen Reaktionen so stark unterdrücken können, daß nur noch eine solche waagerechte Linie übriggeblieben wäre. Die zweite Möglichkeit ist . . .«

»Die Zweite Stiftung. Das wollten Sie doch sagen, nicht?« unterbrach ihn Turbor lächelnd.

Eine Antwort auf diese rhetorische Frage war überflüssig.

»Was hat Sie mißtrauisch gemacht, Mr. Anthor?« fragte Munn.
»Mich? Gar nichts. Es war Dr. Kleise, der mißtrauisch wurde. Er sammelte Gehirnstrommuster, ähnlich wie die Planetarische Polizei, aber nach anderen Gesichtspunkten. Er hatte sich nämlich auf Intellektuelle, auf Regierungsbeamte und Industrielle spezialisiert. Sehen Sie, es liegt doch auf der Hand, daß die Zweite Stiftung sehr behutsam und möglichst unauffällig vorgehen muß, wenn sie das Schicksal der Galaxis – unser Schicksal – wirklich lenkt. Dabei wird sie sich auf die Beeinflussung von Menschen konzentrieren, und zwar logischerweise auf solche Personen, die kulturell, industriell oder politisch gesehen von Bedeutung sind. Und mit diesen Leuten hat Kleise sich beschäftigt.«
»Das klingt ja alles schön und gut«, wandte Munn ein, »aber haben Sie auch Beweise für Ihre Behauptung? Wie verhalten sich diese Leute – ich meine die mit dem Plateau. Vielleicht ist es ein Phänomen, das sich auf ganz natürliche Weise erklären läßt.« Er sah die andern etwas hilfesuchend an, fand aber keine Unterstützung.
»Das überlasse ich Dr. Darell«, gab Anthor zurück. »Fragen Sie ihn, wie oft ihm ähnliche Fälle bei seinen Studien oder in der entsprechenden Fachliteratur schon vorgekommen sind. Und dann fragen Sie ihn, wie groß die Wahrscheinlichkeit dafür ist, daß bei tausend Diagrammen, die Dr. Kleise untersucht hat, mindestens einmal dieser Fall auftrat.«
»Ich glaube«, erwiderte Darell nachdenklich, »es besteht kein Zweifel daran, daß es sich um eine künstliche Beeinflussung handelt. Die betreffenden Personen sind geistig manipuliert worden. Irgendwie hatte ich sogar mit etwas Ähnlichem gerechnet . . .«
»Ich weiß, Dr. Darell«, antwortete Anthor. »Und ich weiß auch, daß Sie einmal mit Dr. Kleise zusammengearbeitet haben. Was mich interessiert, ist, warum Sie diese Beziehung abgebrochen haben.«

Es lag keine Feindseligkeit in dieser Frage, eher eine gewisse Vorsicht. Was folgte, war auf jeden Fall eine lange Pause. Dr. Darell sah seine Gäste an und erklärte dann brüsk: »Weil ich Kleises Kampf für aussichtslos hielt. Er wollte sich mit einem Gegner anlegen, dem er nicht gewachsen war. Wir – er und ich – standen kurz davor, etwas zu entdecken, das wir im Grunde schon wußten: Nämlich daß wir nicht unsere eigenen Herren waren. *Und das war etwas, das ich nicht wissen wollte.* Ich hatte sehr viel Selbstachtung. Ich wollte glauben, daß unsere Stiftung ihr eigener Herr und Meister war, daß unsere Vorväter nicht umsonst gekämpft hatten und gestorben waren. Also dachte ich, es wäre das beste, wenn ich einfach den Kopf in den Sand steckte, solange es keine eindeutigen Beweise gab. Ich konnte meine Stelle bedenkenlos aufgeben, da ich mit der Pension, die die Regierung der Familie meiner Mutter auf ewig zahlen wird, meinen Lebensunterhalt sehr gut bestreiten kann. Ich konnte mich zu Hause in meinem eigenen Laboratorium beschäftigen, und irgendwann würde das Leben zu Ende sein . . . Und dann starb Kleise . . .«

Semic entblößte die Zähne. »Ich habe diesen Kleise nie kennengelernt. Sagen Sie, woran ist er eigentlich gestorben?«

»Woran er gestorben ist?« mischte sich Anthor ein. »Wissen Sie, er hatte damit gerechnet. Ein halbes Jahr vor seinem Tod sagte er mir, daß er ziemlich nahe dran sei . . .«

»Und j-jetzt s-sind wir nahe dran, was?« bemerkte Munn mit trockenem Mund und auf- und abhüpfendem Adamsapfel.

»Richtig«, entgegnete Anthor ausdruckslos, »aber das sind wir nicht erst seit heute abend. Deshalb sind auch gerade Sie ausgewählt worden. Ich bin Kleises Schüler. Dr. Darell war sein Kollege. Jole Turbor hat sich im Fernsehen mehrmals gegen unser blindes Vertrauen in die rettende Hand der Zweiten Stiftung gewandt, bis die Regierung ihm Sprechverbot erteilt hat – der Verantwortliche, darf ich vielleicht hinzufügen, ist ein einflußreicher Finanzier, dessen Gehirnmuster ebenfalls dieses, wie Kleise es nannte, Manipulations-Plateau aufweist. Homir Munn besitzt die größte Privatsammlung von Informationen über den Muli und hat einige Arbeiten veröffentlicht, die sich mit Theorien zum Wesen und der Funktion der Zweiten Stiftung beschäftigen. Und Dr. Semic hat mehr als jeder andere zur Entwicklung der Mathematik der enzephalographischen Analyse beigetragen, auch wenn er sich vermutlich nicht darüber im klaren war, daß seine Mathematik so angewendet werden konnte.«

Semic schüttelte den Kopf. »Nein, junger Freund. Mein Fachgebiet war die Analyse der intranuklearen Bewegungen. Wenn es um Enzephalographie geht, bin ich völlig verloren.«

»Wir kennen nun also die Situation. Mit der Hilfe der Regierung können wir nicht rechnen. Ich weiß nicht einmal, ob sich der Bürgermeister oder einer seiner Mitarbeiter überhaupt über den Ernst der Lage im klaren sind. Aber eins weiß ich: Wir fünf haben nichts zu verlieren, aber eine ganze Menge zu gewinnen. Und je mehr wir erfahren, desto mehr können wir unternehmen. Wir bilden natürlich erst den Anfang, müssen Sie wissen.«

»Wie weit reicht diese Infiltration der Zweiten Stiftung eigentlich?« mischte sich Turbor ein.

»Das kann ich Ihnen nicht genau sagen. Alle Fälle von Manipulationen, die wir bisher entdeckt haben, beschränkten sich auf die äußeren Randgebiete der Nation. Der Hauptplanet ist möglicherweise noch nicht davon betroffen, aber mit Gewißheit kann ich es natürlich nicht sagen. Deshalb mußte ich Sie übrigens auch überprüfen. Sie, Dr. Darell, waren besonders verdächtig, da Sie die Forschungsarbeiten mit Kleise so abrupt aufgegeben hatten. Kleise hat Ihnen das übrigens nie verziehen. Ich dachte, daß Sie vielleicht auch schon von der Zweiten Stiftung beeinflußt waren, aber Kleise beharrte darauf, Sie seien einfach ein Feigling. Sie werden entschuldigen, Dr. Darell, wenn ich das so direkt sage, aber ich möchte, daß meine eigene Position ganz klar ist. Ich glaube, daß ich persönlich Ihre Haltung durchaus verstehen kann, und wenn es wirklich Feigheit war, dann betrachte ich es als verzeihlich.«

Darell holte tief Luft, bevor er antwortete. »Ich bin davongelaufen! Nennen Sie es von mir aus, wie Sie wollen. Ich wollte unsere alte Freundschaft jedoch auch danach noch aufrechterhalten, aber er hat mir nie wieder geschrieben oder mich angerufen, bis zu jenem Tag knapp eine Woche vor seinem Tod, als er mir Ihr Gehirnstromdiagramm schickte . . .«

»Wenn S-Sie nichts dagegen haben, meine Herren«, unterbrach ihn Homir Munn nervös, »d-dann erklären Sie mir doch bitte einmal, w-was das Ganze eigentlich s-soll. W-wir sind ein p-paar armselige Verschwörer, wenn uns nichts B-Besseres einfällt als nur reden und reden. Und ich w-wüßte nicht, was wir außer reden t-tun könnten. Das alles ist doch w-wirklich albern. G-Gehirnströme – s-so ein Hokuspokus, Was w-wollen Sie denn *tun*?«

Pelleas Anthors Augen strahlten. »Das werde ich Ihnen sagen. Wir brauchen zunächst einmal mehr Informationen über die Zweite Stiftung. Das ist das wichtigste. Der Muli hat fünf Jahre seiner Herrschaft mit der Suche nach solchen Informationen verbracht und doch nichts erreicht – so heißt es jedenfalls. Und plötzlich brach er seine Suche ab. Warum? Weil er einsah, daß es keinen Sinn mehr hatte? Oder weil er doch etwas herausgefunden hatte?«

»Reden . . . r-reden«, wandte Munn verbittert ein. »Auf d-diese Weise werden w-wir es nie erfahren.«

»Hören Sie mir zu. Der Muli regierte damals von Kalgan aus, ein Planet, der vor der Zeit des Muli nicht zum Einflußbereich der Stiftung gehörte und auch heute nicht mehr. Kalgan wird im Augenblick von einem gewissen Stettin regiert, jedenfalls so lange, bis es irgendwann zu einer neuen Palastrevolution kommt. Dieser Stettin nennt sich Erster Bürger und sieht sich als den Nachfolger des Muli. Wenn es überhaupt eine Tradition auf dieser Welt gibt, dann ist es die um die Übermenschheit und Größe des Muli – und diese Tradition ist so ausgeprägt, daß man sie schon fast als Aberglauben bezeichnen könnte. Der frühere Palast des Muli wird als Heiligtum angesehen. Niemand darf ihn ohne Erlaubnis betreten, und nichts, was sich in ihm befindet, ist jemals berührt worden.«

»Und?«

»Ich frage mich, warum. In Zeiten wie diesen geschieht nichts ohne Grund. Es wäre doch möglich, daß der Palast nicht nur der Tradition und des Aberglaubens wegen unantastbar ist. Was wäre, wenn die Zweite Stiftung das so arrangiert hätte? Kurz, wenn sich die Ergebnisse der fünfjährigen Suche des Muli in seinem Palast befinden . . .«

»Ach, w-was, U-Unsinn.«

»Warum nicht?« drängte Anthor. »Solange die Zweite Stiftung besteht, hat sie sich verborgen gehalten und sich so gut wie überhaupt nicht in Galaktische Angelegenheiten eingemischt. Ich weiß, daß es für uns am logischsten wäre, den Palast einfach zu zerstören oder zumindest die vorhandenen Informationen zu entfernen. Aber man muß eben die Psychologie dieser Meisterpsychologen berücksichtigen. Diese Leute sind wie Seldon, zweite Mulis. Sie arbeiten nicht physisch, sondern geistig, und sie würden nie etwas zerstören oder entfernen, wenn sie ihr Ziel genauso gut durch die Beeinflussung anderer Menschen erreichen können. Verstehen Sie?«

Als niemand antwortete, fuhr Anthor fort: »Und Sie, Mister Munn, sind der Mann, der uns die Informationen beschaffen wird, die wir brauchen.«

»Ich?« rief Munn überrascht. Er sah nervös von einem zum andern. »Ich bin kein Mann der Tat, kein Krimiheld. Ich bin ein einfacher Bibliothekar, und wenn ich Ihnen so gegen die Zweite Stiftung helfen kann, von mir aus, aber ich weigere mich ganz entschieden, wegen s-so einer Sache in den Raum zu gehen.«

»Hören Sie zu«, erwiderte Anthor geduldig, »Dr. Darell und ich sind beide der Meinung, daß Sie der richtige Mann für diese Aufgabe sind, und zwar ganz einfach, weil Sie am unauffälligsten sind. Sie sagen, Sie sind Bibliothekar. Ausgezeichnet! Sie haben jetzt schon die größte Sammlung von Informationen über den Muli, und Ihr ganzes Interesse konzentriert sich auf dieses Gebiet. Es ist also ganz natürlich, daß Sie noch mehr Informationen suchen, natürlicher als für irgend jemand anders. *Sie* könnten um die Erlaubnis bitten, den Palast auf Kalgan besuchen zu dürfen, ohne dabei Verdacht zu erregen. Man wird Ihre Bitte vielleicht ablehnen, aber man würde nicht mißtrauisch werden. Außerdem besitzen Sie eine eigene Raumyacht, und es ist bekannt, daß Sie im Urlaub fremde Planeten besuchen. Sie sind sogar schon auf Kalgan gewesen. Verstehen Sie .... Sie tun ganz einfach so wie immer.«

»Aber ich kann doch nicht einfach sagen: ›D-Darf ich bitte Ihr H-Heiligtum besichtigen, Mister Erster B-Bürger?‹«

»Wieso nicht?«

»W-Weil er es mir nie erlauben wird!«

»Dann kommen Sie eben wieder nach Hause, und wir lassen uns etwas anderes einfallen.«

Munn sah sich hilfesuchend um. Er hatte das Gefühl, zu etwas überredet zu werden, das er überhaupt nicht wollte. Doch er fand keine Unterstützung.

An diesem Abend wurden in Dr. Darells Haus zwei Beschlüsse gefaßt. Der erste bestand in Munns, wenn auch zögernder, Einwilligung, nach Kalgan zu fliegen, sobald sein Sommerurlaub begann.

Der zweite war eine höchst unbefugte Entscheidung seitens eines ganz inoffiziellen Mitglieds dieser abendlichen Versammlung, die gefaßt wurde, als es einen Tonverstärker abschaltete und sich etwas verspätet endlich zur Ruhe begab. Dieser zweite Beschluß soll uns allerdings vorerst noch nicht interessieren.

10

Der Schüler

Auf der Zweiten Stiftung war eine Woche vergangen, und wieder saß der Erste Sprecher dem Schüler gegenüber.

»Sie müssen zu interessanten Ergebnissen gekommen sein, sonst wären Sie nicht so erregt.«

Der Schüler legte die Hand auf die Blätter mit Berechnungen, die er mitgebracht hatte.

»Sind Sie sicher, daß es sich bei diesem Problem um ein reales Problem handelt?«

»Die Voraussetzungen entsprechen der Wahrheit. Ich habe nichts verändert.«

»Dann *muß* ich das Ergebnis akzeptieren, auch wenn ich es nicht will.«

»Natürlich. Aber wieso wollen Sie es nicht? Sagen Sie mir, was Sie derart beunruhigt. Nein, nein, legen Sie Ihre Ableitungen jetzt einmal beiseite. Ich werde sie später analysieren. Im Augenblick möchte ich etwas aus Ihrem Mund hören. Sagen Sie mir, zu welchem Schluß Sie gekommen sind.«

»Also gut, Sprecher . . . Es ist nicht zu übersehen, daß in der Grundpsychologie der Ersten Stiftung eine entscheidende Veränderung vor sich gegangen ist. Solange sie nur von der Existenz eines Seldon-Plans wußten, ohne jedoch Details zu kennen, waren sie zuversichtlich, aber unsicher. Sie wußten zwar, daß sie auf jeden Fall siegen würden, aber sie wußten weder wann noch wie. Die Folge dieser Ungewißheit war eine ständige Atmosphäre der Spannung – und genau das hatte Seldon gewollt. Mit anderen Worten, man konnte davon ausgehen, daß die Erste Stiftung unter Höchstdruck arbeitete.«

»Hmm – ich verstehe, was Sie meinen«, nickte der Erste Sprecher.

»Aber nun, Sprecher, wissen sie von der Existenz einer Zweiten Stiftung und kennen damit Details des Seldon-Plans. Sie haben zumindest eine vage Ahnung, daß die Zweite Stiftung als eine Art Wächter des Plans fungiert. Sie wissen, daß da jemand ist, der über jeden ihrer Schritte wacht und darauf achtgibt, daß sie nicht stolpern. Sie schreiten also nicht mehr so zielstrebig voran wie früher, sondern lassen sich treiben. Sie werden träge und verfallen in eine dekadente und hedonistische Kultur und bringen damit den Plan zum Scheitern. Sie *müssen* von innen heraus vorwärtsgetrieben werden.«

»Ist das alles?«

»Nein. Die Hauptreaktion sieht so aus, wie ich sie gerade geschildert habe. Aber es besteht eine große Wahrscheinlichkeit für eine weitere Reaktion, die Reaktion einer Minderheit. Das Bewußtsein, daß wir über den Plan wachen und den Lauf der Dinge kontrollieren, erzeugt bei einigen nicht Gleichgültigkeit, sondern im Gegenteil Feindseligkeit. Diese Reaktion ergibt sich aus dem Korillovschen Theorem . . .«

»Ja, ja. Ich kenne dieses Theorem.«

»Entschuldigen Sie, Sprecher, aber es ist schwierig, sich ganz ohne die Hilfe der Mathematik auszudrücken. Die Folge ist jedenfalls die, daß die Erste Stiftung nicht nur in einen Zustand der Lethargie verfällt, sondern daß sich ein Teil von ihr aktiv gegen uns wendet.«

»Ist *das* jetzt alles?«

»Es bleibt noch ein letzter Faktor übrig, dessen Wahrscheinlichkeit allerdings relativ gering ist . . .«

»Sehr gut. Und wie sieht dieser Faktor aus?«

»Solange die ganze Energie der Ersten Stiftung nur auf das Imperium gerichtet war und solange ihre einzigen Gegner gewaltige und veraltete Kolosse waren, die von den Trümmern der Vergangenheit übriggeblieben waren, konzentrierten sie sich in der Hauptsache auf die Physik. *Wir* dagegen bilden nun einen neuen, bedeutenden Teil ihrer Umwelt, und es könnte sein, daß diese Tatsache eine Veränderung in ihrer Einstellung bewirkt. Es besteht die Möglichkeit, daß sie versuchen, Psychologen statt Physiker zu werden . . .«

»Diese Veränderung«, unterbrach ihn der Erste Sprecher kühl, »hat bereits stattgefunden.«

Der Schüler hatte die Lippen zu einem dünnen Strich zusammengepreßt. »Dann ist also alles vorbei«, sagte er langsam. »Diese Veränderung steht in völligem Widerspruch zum Plan. Sprecher, hätte ich jemals davon erfahren, wenn ich . . . draußen gelebt hätte?«

»Sie fühlen sich jetzt gedemütigt, junger Mann«, entgegnete der Erste Sprecher ernst, »weil Sie geglaubt haben, so viel zu wissen, und plötzlich entdecken müssen, daß Sie so vieles, was offensichtlich war, doch nicht gewußt haben. Sie haben sich für einen der Herren der Galaxis gehalten und stellen nun fest, daß Sie unmittelbar vor der Vernichtung stehen. Es ist verständlich, daß Sie jetzt bei dem Gedanken daran, all die Jahre in einem Elfenbeinturm gelebt und nichts von der Realität erfahren zu haben, Unmut empfinden.

Mir ist es auch einmal so gegangen. Es ist eine ganz normale Reaktion. Trotzdem war es unumgänglich, daß Sie in den Jahren Ihrer Grundausbildung keinen direkten Kontakt mit der Galaxis hatten, daß Sie hier blieben, damit Sie alles Wissen aufnehmen konnten und Ihr Verstand sorgfältig geschärft wurde. Wir hätten Ihnen dieses . . . dieses Teilscheitern des Plans schon früher zeigen und Ihnen diesen Schock ersparen können, aber Sie hätten die Bedeutung dieser Tatsache noch nicht so genau begreifen können, wie Sie es jetzt tun. Sie sehen also keine Lösung für dieses Problem?«

Der Schüler schüttelte den Kopf und antwortete resignierend: »Nein, ich sehe keine.«

»Nun, das überrascht mich nicht. Passen Sie auf, junger Mann. Seit zehn Jahren folgen wir nun einer aktiven Handlungsweise, zu der wir uns nicht freiwillig entschlossen haben, sondern zu der wir gezwungen worden sind. Dazu gehören geringe Wahrscheinlichkeiten, riskante Annahmen . . . Manchmal waren wir sogar gezwungen, uns mit den Reaktionen einzelner zu befassen, weil es keinen anderen Weg gab, und ich muß nicht betonen, daß die Psychostatistik aus der Sache heraus ihre Gültigkeit verliert, wenn sie nicht mindestens auf die Bevölkerung eines ganzen Planeten angewendet wird.«

»Werden wir Erfolg haben?« fragte der Schüler gespannt.

»Das läßt sich jetzt noch nicht sagen. Wir haben die Situation bisher stabil halten können – aber zum erstenmal in der Geschichte des Plans müssen wir mit der Möglichkeit rechnen, daß ein einzelner ihn durch eine unerwartete Handlungsweise zum Scheitern bringt. Wir haben eine kleine Gruppe von Außenstehenden für unsere Zwecke beeinflußt und Agenten eingeschleust – aber das, was sie tun, ist vorherbestimmt. Sie würden niemals improvisieren, das müßte Ihnen klar sein. Da ich Ihnen nichts verheimlichen möchte, will ich Sie auch auf die schlimmste Möglichkeit vorbereiten: Wenn man uns hier, auf diesem Planeten, entdeckt, dann bedeutet das nicht nur das Scheitern des Plans, sondern auch unsere physische Vernichtung. Sie sehen also, die Lösung, zu der wir gekommen sind, ist nicht die beste.«

»So, wie Sie sie mir gerade beschrieben haben, würde ich sie kaum als wirkliche Lösung, sondern vielmehr als verzweifelten Versuch bezeichnen.«

»Nun, sagen wir lieber: ein logischer Versuch.«

»Wann tritt die Krise ein, Sprecher? Wann werden wir wissen, ob wir erfolgreich waren oder nicht?« »Innerhalb von einem Jahr.«

Der Schüler nickte langsam. Dann gab er dem Sprecher die Hand. »Jedenfalls bin ich froh, daß ich es weiß.«

Er wandte sich ab und ging hinaus.

Auf einen Knopfdruck hin wurde das große Fenster transparent, und der Erste Sprecher sah schweigend hinaus, über die gewaltigen Gebäude hinauf zu den Sternen.

Ein Jahr würde schnell vorüber sein. Und danach? Würde dann irgend jemand von ihnen, von den Erben des Seldon-Plans, am Leben sein?

11
Ein blinder Passagier

Etwas mehr als ein Monat war nach jenem Abend in Dr. Darells Haus vergangen, als man sagen konnte, daß der Sommer begonnen hatte. Begonnen heißt in diesem Fall, daß Homir Munn seinen Geschäftsbericht für das abgelaufene Jahr geschrieben, seinen Stellvertreter für die Zeit seiner Abwesenheit eingearbeitet und veranlaßt hatte, daß seine kleine Yacht *Unimara,* die er nach einer zärtlichen Romanze vor zwanzig Jahren auf diesen Namen getauft hatte, überprüft und raumtüchtig gemacht wurde.

Er verließ Terminus in etwas gereizter Stimmung. Niemand war zum Abschied am Raumhafen erschienen, und das ärgerte ihn. Natürlich wäre es aufgefallen, denn er war bisher immer allein gekommen, und er wußte, daß sie alles vermeiden mußten, was die Gegenseite mißtrauisch machen konnte. Aber er, Homir Munn, riskierte hier Kopf und Kragen, und niemand schien Anteil daran zu nehmen. Sie ließen ihn einfach allein.

Das dachte er zumindest.

Und weil er sich in diesem Punkt gewaltig irrte, herrschte am folgenden Tag sowohl auf der *Unimara* wie auch in Dr. Darells Haus am Rande der Stadt große Aufregung.

Sie begann, zeitlich gesehen, bei Dr. Darell und wurde durch das Hausmädchen Poli, deren Urlaub inzwischen nur noch eine angenehme Erinnerung war, ausgelöst. Sie kam nämlich völlig aufgelöst die Treppe heruntergestürzt und lief direkt in die Arme von Dr. Darell.

Sie versuchte vergeblich, etwas herauszubringen, und hielt ihm schließlich mit letzter Verzweiflung ein Blatt Papier und einen würfelförmigen Gegenstand vor die Nase.

Er nahm ihr die Dinge ungehalten ab. »Was ist los, Poli?«

»Sie ist *weg*, Doktor.«

»Wer ist weg?«

»Arcadia!«

»Was heißt das: Sie ist weg? Wo ist sie denn hin? Wovon reden Sie überhaupt?«

Poli stampfte mit dem Fuß auf. »Woher soll ich das wissen? Sie ist weg, und einen Koffer und ein paar Sachen hat sie auch mitgenommen. Den Brief da habe ich in ihrem Zimmer gefunden. Warum lesen Sie ihn nicht endlich, statt hier herumzustehen. Oh, diese Männer!«

Dr. Darell zuckte die Achseln und öffnete den Umschlag. Der Brief, den er enthielt, war ziemlich kurz und mit Ausnahme der eckigen Unterschrift: »Arkady« in der schwungvollen Schrift von Arcadias Transkriber geschrieben.

Lieber Vater;

ich habe mich absichtlich nicht persönlich von Dir verabschiedet, weil ich dann bestimmt wie ein kleines Kind zu heulen angefangen hätte, und dann hättest Du Dich für mich schämen müssen. Deshalb schreibe ich Dir lieber, wie sehr ich Dich vermissen werde, obwohl die Sommerferien mit Onkel Homir sicher wundervoll werden. Ich verspreche, gut auf mich aufzupassen, und werde bald wieder zurück sein. Dieses Ding, das bei dem Brief liegt, kannst du haben. Ich brauche es nicht mehr.

Viele Grüße
Deine Tochter Arkady.

Er las den Brief mehrmals, und mit jedem Mal wurde sein Gesichtsausdruck verständnisloser. »Haben Sie das gelesen, Poli?« fragte er erschrocken.

Poli verzog das Gesicht. »Ich habe nichts Verkehrtes getan, Doktor«, antwortete sie abwehrend. »Auf dem Umschlag stand ›Poli‹, und woher sollte ich wissen, daß der Brief für Sie bestimmt war? Ich schnüffle nie in anderer Leute Sachen, das müßten Sie doch wissen. Seit Jahren bin ich jetzt schon bei Ihnen und habe noch nie . . .«

Darell hob beschwichtigend die Hand. »Schon gut, Poli. Es ist nicht weiter wichtig. Ich wollte mich nur vergewissern, ob Sie wissen, was passiert ist.«

Er überlegte blitzschnell. Es hatte keinen Zweck, ihr einfach zu sagen, sie solle die Sache vergessen, denn damit hätte er einmal genau das Gegenteil erreicht, und zum anderen gab es das Wort »vergessen« nicht, was den Gegner anbetraf.

»Wissen Sie, Arcadia ist ein eigenwilliges Mädchen«, begann er deshalb vorsichtig. »Und sehr romantisch. Seit sie wußte, daß sie diesen Sommer eine Reise mit einem Raumschiff machen durfte, war sie schon die ganze Zeit ziemlich aufgeregt.«

»Und warum hat mir niemand davon erzählt?«

»Das Ganze hat sich so ergeben, während Sie in Urlaub waren, und dann haben wir einfach vergessen, es Ihnen zu sagen. Das ist alles.«

Polis ursprüngliche Aufregung verwandelte sich in Entrüstung. »Das ist alles, sagt er! Da geht das arme Ding mit nur einem einzigen Koffer aus dem Haus. Sie hat doch kaum Kleider mit. Wie lange bleibt sie übrigens weg?«

»Wegen ihrer Kleidung brauchen Sie sich wirklich keine Sorgen zu machen, Poli. Auf dem Schiff sind genügend Sachen für sie. Wir haben uns im voraus um alles gekümmert. Würden Sie jetzt bitte Mr. Anthor Bescheid sagen, daß ich ihn sprechen möchte? Ach ja, noch etwas: Ist das hier dieses Ding, das Arcadia in ihrem Brief meint?« Er drehte den Gegenstand in seiner Hand.

Poli warf den Kopf zurück. »Das kann ich Ihnen beim besten Willen nicht sagen. Das einzige, was ich weiß, ist, daß ich es bei dem Brief gefunden haben. Vergessen, es mir zu sagen . . . Wenn ihre Mutter noch leben würde . . .«

Darell machte eine ungeduldige Handbewegung. »Bitte sagen Sie jetzt Mr. Anthor Bescheid.«

Anthor reagierte auf die Neuigkeit etwas anders als Arcadias Vater. Er unterstrich seinen ersten Kommentar mit leicht gereizten Gesten – er raufte sich die Haare und schlug mit der Faust auf den Tisch, bis sich sein Zorn schließlich in Verbitterung verwandelte.

»Große Galaxis, worauf warten Sie denn? Worauf warten wir beide? Rufen Sie den Raumhafen an, sie sollen sich mit der *Unimara* in Verbindung setzen.«

»Langsam, Pelleas. Immerhin handelt es sich um meine Tochter!«

»Aber nicht um Ihre Galaxis!«

»Immer mit der Ruhe. Sie ist ein intelligentes Mädchen, Pelleas, und ich bin überzeugt, daß sie sich alles genau überlegt hat. Wir sollten besser versuchen, zuerst einmal ihre Überlegungen nachzuvollziehen. Wissen Sie, was das hier ist?«

»Nein? Warum?«

»Dieses Gerät hier ist ein Tonverstärker.«

»Das Ding da?«

»Es ist zwar selbstgebastelt, aber es funktioniert. Ich habe es getestet. Begreifen Sie nicht? Sie wollte uns auf diese Weise sagen, daß sie Zeuge unseres Gesprächs damals gewesen ist. Sie weiß, warum Homir nach Kalgan fliegt, und hat sich gedacht, es wäre sicher aufregend, ihn zu begleiten.«

»Große Galaxis«, stöhnte der junge Mann. »Noch ein Gehirn, das sich die Zweiten Stiftung schnappen kann.«

»Warum sollte die Zweite Stiftung in einem vierzehnjährigen Mädchen eine Gefahr sehen – es sei denn, wir provozieren ihre Aufmerksamkeit, indem wir zum Beispiel das Schiff aus dem Raum zurückrufen, nur um sie von Bord zu holen. Haben Sie vergessen, mit wem wir es zu tun haben? Wie leicht wir entdeckt werden können? Und wie hilflos wir dann wären?«

»Aber wir können doch nicht alles wegen einer verrückten Vierzehnjährigen aufs Spiel setzen.«

»Erstens ist sie nicht verrückt, und zweitens bleibt uns gar keine andere Wahl. Sie hätte den Brief nicht zu schreiben brauchen, aber sie hat es trotzdem getan, damit wir nicht denken, es wäre ihr irgend etwas zugestoßen, und die Polizei alarmieren. Aus dem Inhalt des Briefs zu schließen, sollen wir einfach so tun, als hätte Munn sich freundlicherweise angeboten, die Tochter eines alten Freundes mit auf eine Ferienreise zu nehmen. Was wäre daran so ungewöhnlich? Ich kenne Munn jetzt seit fast zwanzig Jahren, und er kennt Arcadia seit ihrem dritten Lebensjahr, als ich sie von Trantor mit hierher genommen habe. Warum sollte er sie also nicht mit in Ferien nehmen? Außerdem zerstreut die Tatsache, daß sie bei ihm ist, auch den letzten Verdacht, denn haben Sie schon einmal von einem Spion gehört, der ein vierzehnjähriges Mädchen mit auf eine Mission nimmt?«

»Schön. Und was meinen Sie, wird Munn tun, wenn er sie entdeckt?«

Dr. Darell hob die Brauen. »Ich weiß es nicht – aber ich nehme an, sie wird schon mit ihm fertig.«

An diesem Abend kam Dr. Darell sein Haus ungewöhnlich einsam vor, und er stellte fest, daß ihn das Schicksal der Galaxis herzlich wenig interessierte, wenn das Leben seiner verrückten kleinen Tochter auf dem Spiel stand.

Die Aufregung an Bord der *Unimara* war entschieden größer, auch wenn sie nur zwei Personen direkt betraf.

Arcadia, die sich im Gepäckraum der Yacht versteckt hatte, merkte sehr schnell, daß sich ihre Erfahrung, die sie mit dem Raumflug und Raumschiffen hatte, einmal zwar als vorteilhaft erwies, aber auf der anderen Seite doch höchst unzureichend war.

Zu den Vorteilen gehörte, daß sie mit dem Gefühl, das man bei der Anfangsbeschleunigung und vor allem beim ersten Sprung durch den Raum empfand, vertraut war und deshalb entsprechend ruhig und gelassen reagierte. Sie wußte außerdem, daß die Gepäckräume an die Klimaanlage des Schiffes angeschlossen waren und über Wandbeleuchtung verfügten. Ihr Verstand riet ihr aber, lieber im Dunkeln zu bleiben, wie es sich für einen richtigen Verschwörer gehörte. So wartete sie also geduldig und lauschte auf die leisen Geräusche, die zu ihr hereindrangen.

Es waren jene Geräusche, wie sie ein einzelner Mann verursachte. Das Schlurfen von Schritten, das Rascheln von Stoff, der sich an Metall reibt, das Ächzen eines Sessels unter einer plötzlichen Belastung, das leise Klicken eines Schalters und und und . . .

Aber es gab auch einiges, worauf Arcadia nicht vorbereitet gewesen war. In den Buch-Filmen oder auf den Televisoren schienen sich blinde Passagiere ewig versteckt halten zu können, wenn sie wollten. Natürlich bestand immer die Gefahr, daß sie zufällig gegen etwas stießen, das dann mit lautem Poltern zu Boden fiel, oder daß sie niesen mußten – man konnte schon fast damit rechnen, daß der blinde Passagier im Film niesen mußte. Da Arcadia also vorgewarnt war, verhielt sie sich entsprechend vorsichtig. Sie wußte auch, daß sie vielleicht hungrig und durstig werden würde, und hatte sich in weiser Voraussicht mit Konserven aus der Vorratskammer eingedeckt. Trotzdem blieb einiges, was im Film verschwiegen wurde, und irgendwann mußte Arcadia mit Erschrecken feststellen, daß sie sich nicht ewig in dem winzigen Raum verstecken konnte, und wenn sie auch alles noch so gut geplant hatte.

Da eine Einpersonenyacht wie die *Unimara* praktisch nur aus einem einzigen großen Raum bestand, in dem sich der Passagier aufhalten konnte, gab es kaum eine Möglichkeit, sich aus dem Gepäckraum zu schleichen, während Munn anderswo beschäftigt war.

Sie wartete krampfhaft auf irgendwelche Geräusche, die darauf schließen ließen, daß Munn schlief. Wenn sie nur gewußt hätte, ob er schnarchte. Zumindest wußte sie, wo sich die Koje befand, und konnte das Ächzen identifizieren, als Munn sich hineinlegte. Sie hörte einen langen Atemzug und ein ausgiebiges Gähnen. Arcadia wartete gespannt in der folgenden Stille, die nur unterbrochen wurde, wenn Munn sich in seiner Koje umdrehte.

Schließlich wagte sie es, die Tür vorsichtig zu öffnen. Sie spähte nach draußen . . .

Ein Geräusch, das aus der Richtung kam, in der Munn liegen mußte, brach abrupt ab.

Arcadia erstarrte. Totenstille herrschte um sie herum!

Ohne ein Geräusch zu verursachen, steckte sie langsam den Kopf durch die halb geöffnete Tür . . .

Homir Munn war noch wach gewesen – er hatte im Bett gelesen. Es war dunkel, und nur die kleine Bettlampe brannte. Arcadia sah, daß er angestrengt in ihre Richtung starrte, während er gleichzeitig mit einer Hand unter das Kopfkissen griff.

Arcadia zog den Kopf unwillkürlich ein. Plötzlich ging auch das Bettlicht aus, und es war stockfinster. »Ich habe einen Strahler in der Hand«, sagte Munn mit zitternder Stimme, »und ich werde jetzt schießen . . .«

»Nein, nicht schießen«, kreischte Arcadia. »Ich bin es doch nur.«

Es ist doch erstaunlich, was für eine zarte Blüte die Romantik doch ist. Schon eine Waffe in der Hand eines nervösen Schützen kann alles zerstören.

Jetzt ging überall das Licht an, und Munn hatte sich im Bett aufgesetzt. Die schon leicht angegrauten Haare auf seiner Brust und ein ein-Tag-alter Stoppelbart im Gesicht verliehen ihm ein etwas verruchtes Aussehen, das selbstverständlich täuschte.

Arcadia kam aus ihrem Versteck hervor und zupfte an ihrer Metallinjacke, die angeblich absolut knitterfrei war.

Einen Augenblick schien es so, als wollte Munn aus dem Bett springen, doch dann besann er sich und riß das Laken bis zum Kinn hoch. »W-wa . . . w-wawawa . . . w-was . . .« stotterte er.

»Wenn du mich bitte einen Augenblick entschuldigst«, sagte Arcadia artig. »Ich möchte mir eben die Hände waschen.« Sie kannte sich mit den Räumlichkeiten der Yacht aus und verschwand rasch hinter einer Tür. Als sie mit langsam wiederkehrendem Mut zurückkam, erwartete sie Homir Munn vor der Tür, äußerlich in einen alten Bademantel gehüllt und innerlich vor Wut schäumend.

»W-was um a-alles in der G-Galaxis machst d-du eigentlich hier an Bord? W-Wie bist du überhaupt hierher gek-kommen? W-was soll ich jetzt m-mit dir anfangen? Was hast d-du dir eigentlich d-dabei gedacht?«

Er hätte wahrscheinlich noch endlos so weiter gefragt, wenn ihn nicht Arcadia unschuldig unterbrochen hätte: »Ich wollte sooo gern mit dir kommen, Onkel Homir.«

»*Wohin*? Ich fliege nirgendwohin!«

»Doch. Du fliegst nach Kalgan, um dort Informationen über die Zweite Stiftung zu sammeln.«

Worauf Munn einen wilden Schrei ausstieß und einen totalen Nervenzusammenbruch zu erleiden schien. Einen Augenblick fürchtete Arcadia, er würde jetzt hysterisch werden oder mit dem Kopf gegen die Wand rennen. Er hielt noch immer den Strahler in der Hand, und Arcadia spürte, wie es ihr kalt den Rücken hinunterlief, als sie sah, wie er mit der Waffe herumfuchtelte.

»Vorsicht . . . Paß auf . . . Ruhig, Onkel Homir . . .« war alles, was ihr einfiel.

Doch Munn gelang es wieder Erwarten, sich verhältnismäßig schnell wieder zu beruhigen.

Allerdings warf er den Strahler mit einer solchen Wucht in die Koje, daß Arcadia glaubte, er müsse von selbst losgehen und ein riesiges Loch durch den Schiffsrumpf jagen.

»Wie bist du an Bord gekommen?« fragte er ganz langsam und betont ruhig.

»Es war ganz einfach. Ich bin mit meinem Koffer zum Hangar gegangen und habe gesagt: ›Hier ist Mr. Munns Gepäck‹, und der Aufseher hat nur genickt, ohne mich anzusehen.«

»Ich muß dich zurückbringen, das ist dir doch klar«, erklärte Munn und bedachte das Mädchen mit einem zornigen Blick. Es war doch nicht seine Schuld. »Das kannst du nicht«, gab Arcadia zurück, »denn damit würdest du nur unnötig Verdacht erregen.«

»Was?«

»Das müßtest *du* doch eigentlich am besten wissen. Schließlich sollst doch gerade *du* nach Kalgan fliegen, weil es nicht auffällt, wenn du als Sammler von Informationen über den Muli bittest, daß man dir erlaubt, dir die Aufzeichnungen des Muli anzusehen. Und du mußt dich dabei so natürlich verhalten, daß niemand mißtrauisch wird. Was meinst du aber, was passiert, wenn du mit einem Mädchen als blinder Passagier zurückfliegst? Vielleicht kommst du sogar in die Nachrichten.«

»W-woher hast du-du das mit Kalgan? D-das ist doch der reinste Unsinn . . .« Aber er wirkte so wenig überzeugend, daß selbst jemand, der nicht soviel wußte wie Arcadia, ihm kaum geglaubt hätte.

»Ich habe euch mit einem Tonverstärker belauscht«, erklärte das Mädchen stolz. »Ich weiß alles – deshalb *mußt* du mich mitkommen lassen.«

»Und was ist mit deinem Vater?« Munn versuchte, seinen letzten Trumpf auszuspielen. »Er wird doch glauben, du wärst entführt worden . . . vielleicht sogar schon tot.«

»Ich habe ihm einen Brief dagelassen«, erwiderte Arcadia und nahm Munn damit allen Wind aus den Segeln. »Er weiß, daß ich vernünftig bin und keinen Unsinn anstelle. Ich bin sicher, daß du sehr bald einen Funkspruch von ihm bekommen wirst.«

Munn konnte es sich nur als Hexerei erklären, als sich zwei Sekunden später das Funkgerät meldete.

»Ich wette, das ist mein Vater«, sagte Arcadia, und sie gewann ihre Wette.

Die Mitteilung war nicht lang und an Arcadia adressiert. Sie lautete: »Vielen Dank für das hübsche Geschenk. Ich bin sicher, daß es dir gute Dienste geleistet hat. Viel Spaß.«

»Na, was sagst du jetzt?« meinte Arcadia triumphierend.

Homir gewöhnte sich an ihre Anwesenheit. Nach einer Weile war er froh, daß sie da war, und schließlich fragte er sich sogar, wie er überhaupt ohne sie ausgekommen wäre. Sie lenkte ihn mit ihrer Schwatzerei ab und fand die Reise spannend und aufregend. Vor allem aber war sie völlig unbekümmert. Sie wußte, daß der Gegner die Zweite Stiftung war, aber das brachte sie nicht aus der Ruhe. Sie wußte, daß sie auf Kalgan auf Schwierigkeiten stoßen konnten, aber trotzdem konnte sie das Ende des Flugs kaum erwarten.

Vielleicht lag es daran, daß sie erst vierzehn war.

Auf jeden Fall hatte Munn auf dem einwöchigen Flug jetzt Unterhaltung. Wenn sie auch nicht gerade sehr erleuchtend war, da es sich in erster Linie um die Ansichten einer Vierzehnjährigen darüber handelte, wie man am besten bei dem Kriegsherrn von Kalgan vorging, fand Munn sie doch ganz amüsant und stellte fest, daß die Vorschläge mit sorgfältiger Überlegung vorgebracht wurden.

Während Homir ihr zuhörte und sich fragte, woher sie ihre etwas verzerrte Vorstellung vom großen Universum herhaben mochte, stellte er fest, daß er tatsächlich das Schmunzeln noch nicht verlernt hatte.

Es war am Abend vor dem letzten Sprung. Kalgan stand als leuchtender Stern in der Dunkelheit der Galaxis, in der hier, an ihrem Rand, nur wenige Planeten lagen.

Arcadia saß in dem einzigen Sessel und hatte die Beine übereinandergeschlagen. Sie trug eine Hose und ein ziemlich knapp sitzendes Hemd, das Homir gehörte. Ihre eigenen Sachen lagen frisch gewaschen und gebügelt für die Landung bereit.

»Weißt du, Onkel Homir, ich glaube, ich werde historische Romane schreiben«, begann sie. Sie genoß die Reise, vor allem, weil Onkel Homir ihr immer so bereitwillig zuhörte, und eine Unterhaltung machte doch erst richtig Spaß, wenn man mit einem wirklich intelligenten Menschen sprechen konnte, der einen auch ernst nahm.

»Ich habe soviele Bücher über alle großen Männer in der Geschichte der Stiftung gelesen«, fuhr sie fort. »Über Hari Seldon, Hardin, Mallow, Devers und wie sie alle heißen. Ich habe sogar fast alles gelesen, was du über den Muli geschrieben hast, auch wenn ich sagen muß, daß mir die Kapitel, in denen die Stiftung verliert, nicht besonders gefallen haben. Würdest du nicht auch lieber eine Geschichte lesen, in der die tragischen Kapitel einfach weggelassen sind?«

»Doch«, nickte Munn ernst, »aber dann ist es kein objektives Geschichtsbuch mehr, meinst du nicht auch, Arkady? Akademische Anerkennung bekommst du nur, wenn du die Wirklichkeit so schilderst, wie sie gewesen ist, auch wenn es vielleicht nicht immer erfreulich ist.«

»Pah! Wen interessiert denn schon akademische Anerkennung?« Er war wirklich lieb. Seit Tagen hatte er sie jetzt schon nicht mehr anders als Arkady genannt. »Meine Bücher sollen spannend sein und sich gut verkaufen. Sie sollen mich berühmt machen. Was hat man denn davon, Bücher zu schreiben, wenn man sie nicht verkaufen kann und berühmt wird? Weißt du, ich finde es langweilig, wenn ich nur bei ein paar verstaubten Professoren bekannt bin. Jeder soll mich kennen.«

Der Gedanke machte ihr Spaß, und sie kuschelte sich tiefer in den Sessel. »Sobald Vater es mir erlaubt, werde ich nach Trantor fliegen und dort Material über das Erste Imperium sammeln. Ich bin übrigens auf Trantor geboren. Wußtest du das?«

Natürlich wußte er es, aber er tat erstaunt. »Wirklich?« Arcadia belohnte ihn mit einem strahlenden Blick.

»Ja. Meine Großmutter . . . sie war Bayta Darell, du hast doch bestimmt schon von ihr gehört . . . sie ist einmal mit Großvater auf Trantor gewesen. Dort haben sie auch den Muli gestoppt, nachdem er praktisch schon die ganze Galaxis erobert hatte. Und mein Vater und meine Mutter haben auch die erste Zeit nach ihrer Hochzeit dort gelebt. Ich bin auf Trantor geboren worden, und ich habe dort gelebt, bis Mutter gestorben ist. Allerdings kann ich mich kaum mehr daran erinnern, denn damals war ich erst drei. Warst du schon mal auf Trantor, Onkel Homir?«

»Nein, leider nicht«, antwortete Munn geistesabwesend. Je näher sie Kalgan kamen, desto nervöser wurde er.

»Findest du nicht auch, daß es die romantischste Welt ist, die man sich denken kann? Mein Vater sagt, daß unter Stannel V. mehr Menschen auf ihr gelebt haben als heute auf *zehn* Planeten. Er hat mir erzählt, daß es eine ganze Welt – eine einzige riesige Stadt – aus Metall gewesen ist und daß sie die Hauptstadt der gesamten Galaxis war. Er hat mir Bilder gezeigt, die er auf Trantor gemacht hat. Es sind zwar jetzt nur noch Ruinen, aber ich finde es trotzdem einfach *um*werfend. Ich würde Trantor *so* gern noch einmal sehen. Wirklich . . . Homir!«

»So?«

»Warum machen wir nicht einfach einen Umweg über Trantor, wenn wir auf Kalgan alles erledigt haben?«

Munn hob abwehrend die Hände. »Nein, nein, komm mir nicht schon wieder damit! Wir machen hier keine Vergnügungsfahrt, vergiß das nicht.«

»Das weiß ich doch. Aber wir könnten doch sicher auch auf Trantor eine Unmenge von Informationen sammeln, meinst du nicht?«

»Nein, das meine ich nicht.« Er stand auf. »Komm, nimm die Füße vom Computer. Wir müssen den letzten Sprung machen, und dann ab mit dir ins Bett.« Wenigstens ein Gutes hatte die Tatsache, daß sie bald auf Kalgan landen würden, denn dann bekam er endlich einmal wieder ein richtiges Bett zu sehen. Er war es langsam leid, Nacht für Nacht auf einem Mantel auf dem Metallboden zu verbringen.

Die Berechnungen waren nicht weiter schwierig, denn das »Handbuch für Raumrouten« gab für die Strecke Stiftung-Kalgan alle nötigen Daten an. Mit dem Sprung überbrückten sie das letzte Lichtjahr, das noch zwischen der Yacht und Kalgan lag.

Dann war die Sonne von Kalgan endlich eine richtige Sonne – eine große, leuchtende Kugel, die aber durch die Fenster nicht zu sehen war, da sie sich auf der Sonnenseite automatisch verdunkelt hatten.

Morgen würden sie auf Kalgan landen.

12

Der Lord

Die Geschichte Kalgans war etwas ganz Besonderes, ganz anders als die der übrigen Planeten der Galaxis. Die Geschichte von Terminus, zum Beispiel, war die eines fast ununterbrochenen Aufstiegs, die von Trantor, der ehemaligen Hauptstadt der Galaxis, die eines fast ununterbrochenen Abstiegs. Kalgan dagegen . . .

Kalgan wurde zuerst zweihundert Jahre vor der Geburt von Hari

Seldon als Vergnügungswelt der Galaxis bekannt. Es war eine Vergnügungswelt in dem Sinn, daß sie aus dem Vergnügen ein Geschäft machte, und zwar ein äußerst einträgliches.

Die Vergnügungsindustrie von Kalgan war eine sehr stabile Industrie, genau genommen die stabilste Industrie in der ganzen Galaxis. Während überall sonst Chaos und Elend herrschten, blieb Kalgan von der allgemeinen Katastrophe praktisch unberührt. Ganz gleich, wie schlecht die ökonomischen und soziologischen Zustände in den Nachbarsektoren der Galaxis auch waren, es gab immer eine Eliteklasse. Und es ist das Hauptmerkmal einer Eliteklasse, daß ihre Angehörigen über Freizeit im Übermaß verfügten.

Und Kalgan stand ihnen gern zu Diensten, ob es nun die gezierten und parfümierten Dandies vom Imperialen Hof mit ihren herausgeputzten Damen waren, die rauhen Kriegsherren, die ihre blutig eroberten Welten in Eisen regierten, mit ihren Huren oder die schwergewichtigen Geschäftsmänner der Stiftung mit ihren üppigen Mätressen.

Auf Kalgan wurden sie alle gleich behandelt, denn sie alle hatten eins gemeinsam, und das war genügend Geld. Und da Kalgan für alle da war und niemanden ausschloß, da die Welt etwas zu bieten hatte, wonach immer Nachfrage bestand, und da sie sich wohlweislich nicht in politische Angelegenheiten einmischte und niemandem auf die Füße trat, florierte ihr Geschäft auch dann noch, als es allen anderen schlecht ging.

Das änderte sich allerdings, als der Muli kam, ein Eroberer, dem der Sinn nicht nach Vergnügen, sondern nur nach einem stand: zu erobern.

Und so wurde Kalgan für ein Jahrzehnt zur Metropole der Galaxis, auf der der Muli residierte; zum Zentrum des größten Imperiums seit dem Untergang des Galaktischen Imperiums.

Dann, mit dem Tod des Muli, kam das böse Erwachen. Die Stiftung fiel ab, und mit ihr der größte Teil der eroberten Gebiete. Fünfzig Jahre später war von jener kurzen Zeit der Macht nichts mehr geblieben als eine Erinnerung, ein Traum, von dem sich Kalgan nie wieder richtig erholte.

Der Planet konnte nicht mehr in seinen früheren Zustand einer unbeschwerten Vergnügungswelt zurückfinden, denn er hatte gefühlt, was es heißt, das Zentrum der Macht zu sein. Seit damals residierten auf ihm nun jene Männer, die von der Stiftung die Lords von Kalgan genannt wurden, die sich selbst aber in Anlehnung an den einzigen Titel des Muli die Bezeichnung Erster Bürger der Galaxis gegeben hatten.

Der gegenwärtige Lord von Kalgan hielt diese Position seit nunmehr fünf Monaten inne. Er hatte sie seiner Fähigkeit als Oberbefehlshaber der kalganischen Flotte und einem bedauernswerten Mangel an Wachsamkeit seitens des vorherigen Lords zu verdanken. Natürlich war niemand auf Kalgan so dumm, sein Anrecht auf diese Position in Frage zu stellen.

Solche Dinge kamen eben vor, und es war das beste, man akzeptierte sie stillschweigend.

Obwohl diese Art und Weise der Machtübernahme nicht unbedingt die fähigsten Männer begünstigte, sondern sehr häufig jene, die sich rücksichtslos und, wenn nötig, auch mit Blutvergießen durchsetzten, kam es gelegentlich doch vor, daß auch einmal ein fähiger Mann an die Spitze gelangte. Lord Stettin war so ein fähiger Mann, der sich darüberhinaus nicht leicht beeinflussen ließ.

Nicht von Seiner Eminenz, dem Premierminister, der so unparteiisch war, daß er schon dem letzten Lord gedient hatte, und der, wenn er lange genug lebte, auch dem nächsten treu dienen würden.

Und auch nicht von Lady Callia, die etwas mehr als nur Stettins Freundin und etwas weniger als seine Frau war.

An jenem Abend saßen diese drei in Lord Stettins Arbeitszimmer zusammen. Der Erste Bürger, ein fülliger Mann in Admiralsuniform, die er mit Vorliebe trug, saß mit finster gerunzelter Stirn steif auf seinem ungepolsterten Kunststoffstuhl. Sein Premierminister, Lev Meirus, sah ihn nachdenklich an, während er sich mit der Hand nervös über den grauen Bart strich. Lady Callia hatte sich anmutig auf der mit einer Pelzdecke überzogenen Schaumstoffcouch ausgestreckt und die vollen Lippen zu einem Schmollmund verzogen.

»Sir«, begann Meirus – man redete einen Lord, der sich bescheiden als Erster Bürger bezeichnete, nur mit diesem Titel an – »Sie scheinen den Lauf der Geschichte vergessen zu haben. Ihr eigenes Leben, in dem es eine Reihe von tiefgreifenden Veränderungen gegeben hat, verleitet Sie offensichtlich zu der Annahme, daß sich der Lauf der Menschheit ähnlich leicht verändern läßt. Aber das ist nicht so.«

»Der Muli hat das Gegenteil bewiesen.«

»Niemand kann in die Fußstapfen des Muli treten. Vergessen Sie nicht, daß er kein gewöhnlicher Mensch war. Und selbst er hat eine Niederlage hinnehmen müssen.«

»Poochie«, flötete Lady Callia plötzlich, doch eine ungehaltene Handbewegung des Ersten Bürgers ließ sie erschrocken verstummen.

»Stör uns nicht, Callia«, fuhr Lord Stettin sie an. »Ich habe dieses Herumsitzen satt, Meirus. Mein Vorgänger hat seine ganze Energie darauf verwendet, unsere Flotte so auszubauen, daß sie keinen Gegner in der ganzen Galaxis zu fürchten braucht. Aber er hat diese prächtige Waffe bis zu seinem Tod nicht eingesetzt. Verlangen Sie von mir, einem Admiral der Flotte, daß ich seinem Beispiel folge?

Wie lange wird es noch dauern, bis die Schiffe zu rosten beginnen? Im Augenblick ist die Flotte doch nur eine nutzlose Belastung für die Staatskasse. Ihre Offiziere sehnen sich nach Macht, die Männer nach Kriegsbeute. Können Sie das nicht verstehen?«

»Doch, natürlich verstehe ich, worauf Sie hinauswollen. Macht,

Kriegsbeute, Ruhm – das alles sind erfreuliche Dinge, wenn man sie hat, aber der Weg, wie man an sie herankommt, ist oft gefährlich und immer äußerst unerfreulich. Der erste Siegesrausch vergeht schnell, und die Geschichte hat mehr als einmal gezeigt, daß es unklug ist, die Stiftung anzugreifen. Selbst der Muli hätte besser daran getan, sich nicht an ihr zu versuchen . . .«

In Lady Callias blauen Augen schimmerten Tränen. Poochie kümmerte sich in letzter Zeit kaum um sie, und jetzt, da er ihr einmal einen Abend zu zweit versprochen hatte, mußte ausgerechnet dieser gräßliche, dünne Mensch, der sie nie richtig ansah, sondern vielmehr durch sie hindurch sah, kommen und sie stören. Und Poochie hatte ihn doch tatsächlich empfangen. Sie wagte nicht, etwas zu sagen, und unterdrückte mühsam ein Schluchzen.

Stettin sprach jetzt mit jener harten und ungeduldigen Stimme weiter, die sie so haßte. »Sie sind ganz einfach ein Sklave der Vergangenheit«, sagte er gerade. »Die Stiftung mag zwar inzwischen ein größeres Gebiet und mehr Menschen umfassen, aber die Planeten, die ihr angehören, bilden nur einen losen Bund, den man ohne weiteres zerbrechen kann. Was sie noch zusammenhält, ist die Trägheit, und mit ihr kann ich es aufnehmen. Sie sind noch immer von der früheren Zeit geblendet, als nur die Stiftung Atomkraft besaß. Die Gegner, mit denen sie es damals zu tun hatte, waren doch nur das, was noch von einem sterbenden Imperium übrig war, und danach hirnlose Kriegsherren, die die mit Atomwaffen ausgerüsteten Schiffe der Stiftung mit ihren alten Kähnen angreifen wollten.

Aber der Muli, mein lieber Meirus, hat das geändert. Er hat dafür gesorgt, daß das technische Wissen, das die Stiftung die ganze Zeit über für sich behalten hatte, der halben Galaxis zugänglich wurde und die Stiftung damit ihre Monopolstellung auf technischem Gebiet verlor. Wir sind ihr ein gleichwertiger Gegner.«

»Und was ist mit der Zweiten Stiftung?« wandte Meirus ruhig ein.

»Mit der Zweiten Stiftung?« wiederholte Stettin genauso gelassen. »Kennen *Sie* ihre Absichten? Sie brauchte zehn Jahre, um den Muli zu stoppen, wenn sie wirklich der entscheidende Faktor gewesen ist, was viele bezweifeln. Muß ich extra betonen, daß eine ganze Reihe von Psychologen und Soziologen der Stiftung überzeugt sind, daß der Muli den Seldon-Plan völlig durcheinandergebracht hat? Wenn der Plan gescheitert ist, wenn es ihn also nicht mehr gibt, dann ist ein Vakuum vorhanden, daß ich doch ausfüllen könnte.«

»Ich meine, wir wissen nicht genug über diese Dinge, um ein solches Risiko eingehen zu können.«

»*Wir* vielleicht nicht, aber wir haben doch einen Besucher von der Stiftung hier auf Kalgan. Wußten Sie das? Es handelt sich um einen gewissen Homir Munn, der, soweit ich informiert bin, einige Artikel über den Muli geschrieben hat und unter anderem ebenfalls der Meinung ist, daß es den Plan nicht mehr gibt.«

Der Premierminister nickte. »Ich habe von ihm gehört, oder jedenfalls von seinen Artikeln. Was will er hier?«

»Er möchte den Palast des Muli besuchen.«

»Tatsächlich? Ich halte es für ratsam, ihm die Genehmigung nicht zu erteilen. Man kann nie sagen, wie das Volk in seinem Aberglauben reagiert.«

»Ich werde es mir durch den Kopf gehen lassen – wir sprechen später noch einmal über diesen Punkt.«

Damit war die Unterredung beendet, und nachdem sich Meirus vor seinem Herrscher verbeugt hatte, verließ er das Zimmer.

»Bist du böse auf mich, Poochie?« fragte Lady Callia mit tränenerstickter Stimme.

»Habe ich dir nicht schon mehr als einmal verboten, mich in der Gegenwart anderer mit diesem lächerlichen Namen anzureden?« fuhr Stettin sie aufgebracht an.

»Früher hast du ihn aber gern gehört.«

»Heute nicht mehr, und ich will ihn auch nicht mehr hören.«

Er starrte sie mürrisch an und fragte sich, wieso er sie überhaupt noch ertragen konnte. Sie war ein weiches, hohlköpfiges Ding und ihm mit einer Anhänglichkeit und Zuneigung zugetan, die in dem harten Leben, das er führte, recht angenehm waren. Aber auch diese Zuneigung wurde langsam lästig. Callia träumte nämlich davon, Erste Lady zu werden.

Lächerlich!

Den Ansprüchen eines Admirals der Flotte mochte sie vielleicht gerecht geworden sein – aber jetzt, als Erster Bürger und zukünftiger Eroberer, brauchte er etwas anderes. Er wollte Erben haben, die sein Reich zusammenhielten. Der Muli hatte keine gehabt, und das war wohl auch der Grund, warum sein Imperium nach seinem Tod so schnell zerbrochen war. Er, Stettin, brauchte eine Frau aus einer der großen historischen Familien der Stiftung, mit der er eine Dynastie gründen konnte.

Er überlegte versuchsweise, ob er ihr nicht am besten sofort den Laufpaß geben sollte. Es wäre nicht schwer. Sie würde sicher heulen, aber dann . . . Er schob den Gedanken von sich. Manchmal hatte sie ja auch ihre guten Seiten.

Callias Stimmung besserte sich langsam wieder. Der alte Graubart war fort, und Poochie sah schon wesentlich freundlicher als vorhin aus. Sie erhob sich anmutig und glitt auf ihn zu.

»Du wirst doch nicht mit mir schimpfen, nicht wahr?«

»Nein.« Er tätschelte sie abwesend. »Aber jetzt setz dich hin und sei bitte einen Moment still. Ich muß nachdenken.«

»Über den Mann von der Stiftung?«

»Ja.«

»Poochie?« fragte sie zögernd.

»Ja?«

»Poochie, du hast gesagt, dieser Mann hätte ein kleines Mädchen bei sich. Erinnerst du dich? Könnte ich sie einmal sehen, wenn sie kommt? Ich habe noch nie . . .«

»Glaubst du im Ernst, ich würde ihn diesen Balg hierher mitbringen lassen? Ich habe doch keinen Kindergarten hier. Ich will nichts mehr davon hören, Callia.«

»Aber du brauchst dich doch gar nicht an ihr zu stören, Poochie. Ich werde mich schon um sie kümmern. Ich sehe so selten Kinder, und du weißt doch genau, wie gern ich Kinder habe.«

Er bedachte sie mit einem ironischen Blick. Callia mußte es doch immer wieder versuchen. Natürlich liebte sie Kinder, und ganz besonders *seine* Kinder, das hieß, seine *ehelichen* Kinder, und das wiederum hieß Heirat.

»Sie ist kein Kind mehr, meine Liebe«, klärte er sie auf, »sondern ein großes Mädchen von vierzehn oder fünfzehn.«

Callia sah ihn bittend an. »Könnte ich sie nicht trotzdem sehen? Sie könnte mir doch sicher so viel über die Stiftung erzählen. Weißt du, ich habe sie schon immer mal besuchen wollen. Mein Großvater stammte von dort. Nimmst du mich irgendwann einmal mit zur Stiftung, Poochie, ja?«

Stettin lächelte bei dem Gedanken. Vielleicht würde er das wirklich tun – als Eroberer. Es war eine Aussicht, die ihn sofort zugänglicher machte, und so meinte er gnädig: »Ja, wir werden einmal zusammen hinfliegen. Und von mir aus kannst du auch dieses Mädchen von der Stiftung sehen und dich mit ihr unterhalten, solange du Lust hast. Aber ohne mich, verstanden?«

»Natürlich. Ich verspreche dir, daß wir nicht in deine Nähe kommen werden. Ich werde sie in meinen eigenen Räumen empfangen.«

Callia war zufrieden und glücklich. Es kam in letzter Zeit nicht oft vor, daß sie ihren Kopf durchsetzen konnte. Sie legte ihm sanft die Arme um den Nacken und spürte, wie er sich nach kurzem Zögern entspannte und den Kopf auf ihre Schulter sinken ließ.

13

Die Lady

Arcadia genoß ihren Triumpf. Wie sehr sich ihr Leben doch verändert hatte, seit Pelleas Anthor an jenem Tag an ihr Fenster geklopft hatte – und das nur, weil sie den Weitblick und den Mut gehabt hatte, das zu tun, was sie hatte tun müssen.

Und jetzt war sie auf Kalgan. Sie war schon im Zentral-Theater von Kalgan gewesen – das größte in der Galaxis – und hatte einige große Stars, die sogar auf der weit entfernten Stiftung bekannt waren, *in natura* bewundern können. Und einen Einkaufsbummel hatte sie auch schon hinter sich. Natürlich hatte sie sich die Sachen selbst ausgesucht, denn Homir hatte überhaupt keine Ahnung von Mode. Ihre Wahl war auf lange, glänzende Kleider gefallen, in denen sie so schön schlank aussah. Homir hatte ihr einen Zehnkreditschein gegeben, und als sie ihn in kalganische Währung umgetauscht hatte, hatte sie dafür ein dickes Bündel Banknoten bekommen, mit denen sie nach Herzenslust einkaufen konnte.

Eine neue Frisur hatte sie sich auch machen lassen – im Nacken halb kurz, mit zwei glitzernden Locken über jede Schläfe. Dank einer Spezialbehandlung schimmerte ihr goldblondes Haar jetzt noch intensiver; es glänzte wie flüssiges Gold.

Aber das hier, das war der absolute Höhepunkt ihres Aufenthaltes auf Kalgan. Sicher, der Palast von Lord Stettin war nicht so prächtig und beeindruckend wie die Theater oder so geheimnisvoll und berühmt wie der Palast des Muli – den sie bisher nur auf einem Rundflug über den Planeten aus der Luft gesehen hatten – aber Lord Stettin war ein *richtiger* Lord. Arcadia war hin- und hergerissen.

Und nicht nur, daß sie sich jetzt im Palast dieses Lords Stettin befand – sie war doch tatsächlich von seiner Mätresse empfangen worden und saß ihr nun persönlich gegenüber. Diese Tatsache beeindruckte sie um so mehr, als sie wußte, welche wichtige Rolle solche Frauen in der Geschichte gespielt und welche Macht und welchen Einfluß sie gehabt hatten. Manchmal hatte sie sich sogar überlegt, wie es wohl wäre, wenn sie selbst eine solche mächtige und strahlende Frau wäre, aber aus irgendeinem Grund waren Mätressen auf der Stiftung nicht in Mode, und außerdem würde ihr Vater sicher ein Machtwort sprechen, wenn sie ihm mit so einem Vorschlag kam.

Lady Callia entsprach allerdings nicht so ganz den Vorstellungen, die sich Arcadia von einer richtigen Mätresse machte. Sie war etwas zu rundlich und sah überhaupt nicht gemein oder gefährlich aus. Vielmehr war sie leicht verblüht und kurzsichtig. Dann sprach sie mit einer hohen, fast schrillen Stimme, statt tief und kehlig, und . . .

»Möchten Sie noch etwas Tee, mein Kind?« fragte Callia gerade.

»Vielen Dank, sehr gern, Hoheit . . .« – oder wie redete man die Mätresse des Ersten Bürgers von Kalgan an?

Arcadia bemühte sich, so weltgewandt wie möglich zu erscheinen, und versuchte sich im Konversationston. »Wirklich ganz reizende Perlen, die Sie da tragen, Mylady.« (Sie hatte sich letztlich doch für »Mylady« entschieden, denn diese Anrede schien ihr am neutralsten zu sein.)

»Oh, ja? Finden Sie?« erwiderte Callia entzückt. Sie nahm die Kette ab und ließ sie in einer Hand hin- und herschwingen. »Gefällt sie Ihnen? Ich schenke sie Ihnen, wenn Sie möchten.«

»Oh, meine . . . Wirklich . . .« Arcadia hielt sie plötzlich in der Hand, gab sie jedoch nach einem Augenblick mit offensichtlichem Bedauern wieder zurück. »Ich glaube, Vater würde es nicht gern sehen.«

»Warum? Mag er keine Perlen? Sie sind doch sehr hübsch . . .«

»Nein, ich wollte sagen, er würde es nicht gern sehen, wenn ich sie annähme. Er sagt immer, daß man von anderen Leuten keine teuren Geschenke annimmt.«

»Nein? Aber . . . ich meine, ich habe diese Kette auch geschenkt bekommen. Von Poo- . . . vom Ersten Bürger.«

Arcadia wurde rot. »Ich wollte nicht . . .«

Aber Callia hatte mittlerweile das Interesse an diesem Thema verloren. Sie ließ die Perlen zu Boden fallen. »Sie wollten mir doch von der Stiftung erzählen«, meinte sie. »Tun Sie mir doch bitte den Gefallen, ja?«

Arcadia zögerte. Was sollte man von einer so tödlich langweiligen Welt denn schon erzählen? Für sie war die Stiftung gleichbedeutend mit einer Vorstadt, einem behaglichen Heim, dem lästigen Zwang, zur Schule zu gehen und einem insgesamt uninteressanten Leben. »Ich glaube, es ist dort genauso, wie man es immer in den Buch-Filmen sieht«, antwortete sie unsicher.

»Oh, Sie sehen sich Buch-Filme an? Wissen Sie, ich bekomme dabei immer so entsetzliche Kopfschmerzen. Was ich mir so gern anschaue, sind Filme über Ihre Händler – das waren noch wirkliche Männer. Ich finde sie unglaublich aufregend. Ist Ihr Freund, dieser Mr. Munn, auch ein Händler? Eigentlich sieht er ja nicht danach aus. Die richtigen Händler trugen Bärte und hatten tiefe Stimmen – und immer Erfolg bei Frauen. Oder sind Sie anderer Meinung?«

Arcadia lächelte höflich. »Das gehört heute zur Vergangenheit, Mylady. Ich meine, damals, in den Anfängen der Stiftung, da waren die Händler die Pioniere, die in den Raum vordrangen und der übrigen Galaxis die Zivilisation nahebrachten. Aber das ist heute längst nicht mehr so. Es gibt heutzutage keine Händler mehr, sondern nur noch Handelsinnungen und so etwas.«

»Wirklich? Wie schade. Was macht Mr. Munn denn sonst? Ich meine, wenn er kein Händler ist?«

»Onkel Homir ist Bibliothekar.«

Callia legte die Hand auf den Mund. »Heißt das, er kümmert sich um diese Buch-Filme? Ist das nicht eine alberne Beschäftigung für einen erwachsenen Mann?«

»Er ist ein sehr guter Bibliothekar, Mylady, und der Beruf, den er ausübt, wird auf der Stiftung hoch angesehen.« Arcadia setzte vorsichtig ihre kleine, buntschillernde Teetasse ab.

Ihre Gastgeberin war plötzlich ganz aufgeregt. »Mein liebes Kind, ich wollte Sie wirklich nicht beleidigen. Er ist bestimmt ein sehr *intelligenter* Mann. Ich habe es ihm sofort angesehen, als er mir vorgestellt wurde. Er hat *so* intelligente Augen. Und er muß schon ein richtiger und sehr mutiger Mann sein, wenn er den Palast des Muli besuchen will.«

»Mutig?« Arcadia wurde aufmerksam. Das war es, worauf sie gewartet hatte. Es konnte nichts anderes als eine Intrige bedeuten! Sie betrachtete angelegentlich ihre Fingernägel und fragte betont gleichgültig: »Warum muß man denn mutig sein, wenn man den Palast des Muli besichtigen will?«

»Ja wissen Sie das denn nicht?« Callia machte runde Augen, und ihre Stimme wurde dramatisch leise. »Es liegt ein Fluch auf dem Palast. Als der Muli starb, hat er vorher noch bestimmt, daß ihn niemand mehr betreten dürfe, bis ein neues Imperium der Galaxis entstanden sei. Niemand auf Kalgan würde es wagen, ihn zu betreten.«

Arcadia dachte nach. »Aber das ist doch nur Aberglaube . . .«

»Sagen Sie das nicht.« Callia schüttelte besorgt den Kopf. »Poochie sagt das zwar auch immer, wenn auch nicht in der Öffentlichkeit, weil es seiner Meinung nach leichter ist, ein abergläubiges Volk zu regieren, aber ich weiß, daß er den Palast noch nie betreten hat. Und Thallos, der vor Poochie Erster Bürger war, auch nicht.« Sie runzelte die Stirn. »Aber warum will Mr. Munn überhaupt den Palast besichtigen?« fügte sie neugierig hinzu.

An diesem Punkt trat Arcadias Plan in Aktion. Aus den Büchern, die sie gelesen hatte, wußte sie, daß die Mätresse eines Herrschers stets den größten Einfluß hatte und die wirkliche Macht hinter dem Thron verkörperte. Deshalb mußte sie versuchen, Lady Callia auf ihre Seite zu ziehen, falls Onkel Homir bei Lord Stettin keinen Erfolg haben sollte – wovon sie fest überzeugt war. Sicher, Lady Callia war eine etwas rätselhafte Figur, und besonders intelligent schien sie nicht gerade zu sein, aber wenn es doch in den Geschichtsbüchern stand . . .

»Aus einem ganz bestimmten Grund, Mylady«, antwortete Arcadia. »Aber Sie müssen mir versprechen, daß Sie niemandem davon erzählen.«

»Ich schwöre es.« Callia hob feierlich die Hand.

Arcadia überlegte sich genau, was sie jetzt sagte. »Onkel Homir hat sich sehr intensiv mit dem Muli beschäftigt und ist eine große Autorität auf diesem Gebiet. Er hat schon viele Bücher über dieses Thema geschrieben und glaubt, daß der Muli den Lauf der ganzen Galaktischen Geschichte geändert hat, als er damals die Stiftung eroberte.«

»Wirklich?«

»Er glaubt, daß der Seldon-Plan . . .«

Callia schlug die Hände zusammen. »Ich weiß über den Seldon-Plan Bescheid. In den Filmen über die Händler war immer die Rede von ihm. Irgendwie sollte die Stiftung mit seiner Hilfe immer siegen. Ich glaube, es hat auch irgend etwas mit Mathematik oder was es war zu tun, aber ich habe es nie so richtig begriffen. Ich finde es entsetzlich ermüdend, wenn ich mir lange Erklärungen anhören muß. Aber fahren Sie fort, meine Liebe. Ihnen höre ich gern zu. Wenn Sie etwas erklären, dann verstehe ich es wenigstens.«

»Nun, als der Muli die Stiftung besiegt hat, hat der Plan nicht funktioniert, und seitdem sieht es so aus, daß er endgültig gescheitert ist. Aber wenn das stimmt, wer soll dann das Zweite Imperium aufbauen?«

»Das Zweite Imperium?«

»Ja. Eines Tages muß ein Zweites Imperium gebildet werden, aber wie? Und genau das ist das eigentliche Problem. Außerdem bleibt noch die Zweite Stiftung.«

»Die *Zweite* Stiftung?«

»Ja, sie haben Seldons Nachfolge angetreten und planen den Lauf der Geschichte. Damals haben sie den Muli gestoppt, weil er noch nicht in den Plan paßte, aber vielleicht ist die Zeit inzwischen reif, und sie könnten Kalgan unterstützen.«

»Warum denn das?«

»Weil Kalgan die besten Voraussetzungen für den Kern eines neuen Imperiums bietet.«

Allmählich schien Callia zu begreifen, worauf Arcadia hinauswollte. »Meinen Sie damit, daß *Poochie* ein neues Imperium aufbauen wird?«

»Diese Möglichkeit besteht zumindest. Onkel Homir glaubt es auf jeden Fall, aber um ganz sicher zu sein, müßte er sich erst die Aufzeichnungen des Muli ansehen.«

»Das ist leider nicht so einfach, mein Kind«, gab Callia unsicher zurück.

Arcadia resignierte. Sie hatte ihr Bestmögliches getan.

Lord Stettin war äußerst schlechter Laune. Die Unterredung mit diesem Schwächling von der Stiftung hatte sich nicht im mindesten gelohnt. Es war geradezu peinlich gewesen. Er, der absolute Herrscher über siebenundzwanzig Welten, der Oberbefehlshaber der schlagkräftigsten Flotte in der ganzen Galaxis, der zukünftige Eroberer des Universums – er hatte sich mit einem solchen Bücherwurm herumquälen müssen.

Eine Unverschämtheit!

Er sollte also gegen die Gebräuche von Kalgan verstoßen, wie? Er sollte zulassen, daß der Palast des Muli geschändet wurde, damit so ein Trottel ein Buch schreiben konnte! Ein Dienst an der Wissenschaft! Um des allgemeinen Wissens willen! Große Galaxis! Hatte dieser Narr wirklich geglaubt, ihn mit solchen Phrasen umstimmen zu können? Außerdem – und bei diesem Gedanken überlief ihn eine leichte Gänsehaut – blieb noch der Fluch. Natürlich glaubte er nicht daran; kein vernünftiger Mensch konnte an solche Märchen glauben. Aber wenn er sich tatsächlich einmal über ihn hinwegsetzen sollte, dann mußte schon jemand mit einem besseren Grund kommen als dieser Stiftungsmensch.

»Was willst *du* denn schon wieder?« fauchte er, als Lady Callia hereinkam. Sie blieb erschrocken stehen und zuckte zusammen.

»Bist du beschäftigt?«

»Ja. Ich bin beschäftigt.«

»Aber du bist doch ganz allein, Poochie. Hast du nicht eine Minute Zeit für mich?«

»Ver . . . Schön, was willst du? Aber beeil dich.«

»Das kleine Mädchen hat mir erzählt, sie wollten den Palast besichtigen«, begann sie zögernd. »Ich dachte, wir könnten vielleicht mit ihr kommen. Er sieht bestimmt wundervoll aus von innen.«

»So, hat sie das gesagt? Dann wird sie aber sehr enttäuscht sein, wenn sie hört, daß aus ihren Plänen nichts wird. Weder sie noch wir werden in den Palast gehen. Und jetzt laß mich allein.«

»Aber warum denn nicht, Poochie? Warum willst du ihnen nicht erlauben, in den Palast zu gehen. Das kleine Mädchen hat gesagt, du würdest ein neues Imperium gründen!«

»Es interessiert mich nicht, was sie . . . Wie war das?« Er kam auf Callia zu und faßte sie am Arm. »Was hat sie dir gesagt?«

»Du tust mir weh. Wenn du mich so böse anstarrst, kann ich mich nicht mehr erinnern, was sie gesagt hat.«

Er ließ sie los, und Callia rieb sich über die roten Stellen, die seine Finger auf ihrem Arm hinterlassen hatten. »Ich mußte ihr versprechen, niemandem etwas davon zu erzählen«, meinte sie kläglich.

»Pech. Sag es mir trotzdem! *Sofort!*«

»Also, sie hat gesagt, daß der Muli den Seldon-Plan geändert hat und daß es irgendwo eine andere Stiftung gibt, die dir helfen wird, ein neues Imperium zu bilden. Das ist alles. Ach ja, und dann hat sie noch gesagt, daß Mr. Munn ein bedeutender Wissenschaftler ist und daß er im Palast des Muli die Beweise für seine Behauptung finden könnte. Das ist wirklich alles. Bist du böse?« Aber Stettin gab keine Antwort. Er verließ hastig den Raum, während ihm Callia mit Trauermiene nachstarrte. Nicht lange danach gingen zwei Anweisungen mit dem offiziellen Siegel des Ersten Bürgers hinaus. Die erste hatte zur Folge, daß fünfhundert Schiffe zu, wie es offiziell hieß, »Manöverzwecken«, in den Raum starteten. Die zweite bewirkte einige Verwirrung bei einem gewissen Bibliothekar.

Homir Munn brach die Vorbereitungen zum Abflug ab, als ihn die zweite Anweisung erreichte. Es war eigentlich keine direkte Anweisung, sondern vielmehr die Erlaubnis, den Palast des Muli betreten zu dürfen. Er las sie wieder und wieder, und er war dabei nicht gerade begeistert.

Arcadia dagegen war hocherfreut. Sie wußte, was passiert war.

Oder sie glaubte es zumindest.

14

Eine unerwartete Wendung

Poli deckte den Frühstückstisch, während sie mit einem Auge auf den Tischrekorder sah, der lautlos die Tagesnachrichten ausgab. Es ließ sich ohne weiteres mit ihrer Aufgabe vereinbaren, denn da alle Lebensmittel steril in Behältern verpackt waren, in denen sie gleichzeitig automatisch vorbereitet wurden, bestanden Polis Pflichten hinsichtlich des Frühstücks einzig und allein darin, es auszuwählen, die verschiedenen Sachen auf den Tisch zu stellen und die Reste hinterher wieder abzuräumen.

Sie schnalzte mit der Zunge und schüttelte den Kopf über das, was sie da gerade las.

»Was sind die Menschen doch böse«, meinte sie zu Dr. Darell, dessen Antwort in einem undefinierbaren Brummen bestand.

Ihre Stimme nahm jenen schrillen Ton an, in den sie automatisch verfiel, wenn sie das Böse in der Welt beklagte. »Sagen Sie, warum tun diese schrecklichen Kalganesen« – sie betonte jede einzelne Silbe des Wortes – »so etwas. Man sollte doch meinen, daß sie die Toten endlich ruhen lassen könnten. Aber nein, immer wieder müssen sie Ärger machen.

»Sehen Sie sich nur diese Überschrift an: ›Krawalle vor dem Konsulat der Stiftung.‹ Es ist immer der gleiche Ärger mit den Leuten; sie vergessen einfach viel zu schnell. Sie haben einfach kein Gedächtnis, Dr. Darell. Nehmen Sie doch nur den letzten Krieg, damals, nach dem Tod des Muli. Ich war noch ein Kind, aber ich weiß noch sehr gut, wie schrecklich es war. Ein Onkel von mir ist dabei umgekommen. Er war kaum älter als zwanzig, gerade zwei Jahre verheiratet und hatte eine kleine Tochter. Ich kann mich noch genau an ihn erinnern – er war blond und hatte ein Grübchen im Kinn. Irgendwo muß ich noch einen dreidimensionalen Würfel von ihm haben . . .

Und jetzt ist seine kleine Tochter selbst Mutter und hat einen Sohn, der in der Flotte dient. Wenn ihm etwas zustoßen würde . . .

Damals haben sogar die alten Männer mitkämpfen müssen. Sie wurden in der stratosphärischen Verteidigungslinie eingesetzt – die Kalganesen hätten ihr blaues Wunder erlebt, wenn sie soweit gekommen wären. Meine Mutter hat uns Kindern immer davon erzählt, daß die Lebensmittel rationiert seien, daß alles so teuer sei und die Steuern die Leute auffressen würden. Wir Kinder hatten natürlich immer Hunger . . .

Man sollte doch meinen, daß die Menschen irgendwann Vernunft annehmen und sich sagen müßten: ›Wir wollen nie wieder Krieg.‹ Sie wissen doch, wie schrecklich Krieg ist. Aber ich glaube, im Grunde liegt es gar nicht am einfachen Bürger. Ich glaube, auch die Kalganesen würden lieber zu Hause bei ihren Familien sein, statt mit ihren Schiffen durch den Raum zu fliegen und sich umbringen zu lassen. Ich sage Ihnen, schuld ist nur dieser Kerl da oben, dieser gräßliche Stettin. Ich frage mich wirklich, wieso solche Leute wie er so lange am Leben bleiben. Er hat seinen Vorgänger, diesen – wie heißt er doch noch gleich – ach ja, diesen Thallos aus dem Weg geräumt und sich dann zum Chef aufgespielt. Und jetzt hat er einen Höhenflug bekommen und meint, er müßte der Boß des ganzen Ladens werden.

Ich begreife einfach nicht, warum er so versessen darauf ist, sich mit uns anzulegen, wo es doch sicher ist, daß er verliert – sie verlieren immer. Vielleicht will es der Plan so, aber ich meine, es muß schon ein ziemlich böser Plan sein, wenn in ihm so viele Kriege und Schlachten und so viel Blutvergießen vorkommen. Aber es würde mir natürlich nie einfallen, Hari Seldon in Frage zu stellen, denn er konnte das alles sicher viel besser beurteilen als ich, und vielleicht sollte ich besser auch den Plan so akzeptieren, wie er ist. Hari Seldon wußte bestimmt, was er tat. Allerdings meine ich, daß auch *diese* andere Stiftung nicht ganz unschuldig ist. Sie könnten doch Kalgan jetzt stoppen und dafür sorgen, daß alles wieder in Ordnung kommt. Sie werden sowieso irgendwann eingreifen, und warum dann nicht jetzt, bevor irgendwelcher Schaden angerichtet wird.«

Dr. Darell sah auf. »Haben Sie etwas gesagt, Poli?«

Poli riß die Augen auf und zog dann verärgert die Brauen zusammen. »Nein, Doktor, nichts. Was sollte ich auch zu sagen haben? Poli hier, Poli da, Poli ist für alles gut, aber wenn Poli einmal den Mund aufmacht, weil sie vielleicht auch mal ihre Meinung sagen will, dann . . .« Der Rest ging in leisem Gezeter unter, als sie sich abwandte und wütend hinausrauschte.

Ihr Abgang machte auf Darell genauso wenig Eindruck wie ihr philosophischer Monolog.

Kalgan! So ein Unsinn! Kalgan war nur eine physische Bedrohung, und mit solchen Gegnern waren sie bisher immer fertig geworden.

Trotzdem konnte er die augenblickliche Krise nicht völlig ignorieren. Vor einer Woche hatte ihn der Bürgermeister gebeten, den Posten des Administrators für Forschung und Entwicklung zu übernehmen, und er hatte ihm für heute seine Antwort versprochen.

Nun . . .

Er fuhr sich nachdenklich durch das Haar. Ausgerechnet er! Aber konnte er den Posten ablehnen? Mit einer Weigerung würde er auffallen, und auffallen durfte er um keinen Preis. Was interessierte ihn denn Kalgan! Für ihn gab es seit jeher nur einen wirklichen Gegner.

Als seine Frau noch gelebt hatte, hatte er nur zu bereitwillig die Augen vor der Realität verschlossen und war vor ihr geflüchtet. Sie hatten lange, ruhige Tage auf Trantor verbracht, umgeben von den Ruinen der Vergangenheit! Er hatte das Schweigen einer Trümmerwelt und das Vergessen, das er auf ihr fand, genossen.

Aber dann war seine Frau gestorben, kaum fünf Jahre nachdem sie geheiratet hatten, und er hatte erkannt, daß er nur weiterleben konnte, wenn er jenen unbekannten und schrecklichen Gegner bekämpfte, der ihn seiner Würde als Mann beraubt hatte, indem er sein Schicksal beeinflußt hatte; jener Gegner, der aus dem Leben einen elendigen Kampf gegen ein vorherbestimmtes Ende gemacht hatte und den Lauf des Universums zu einem scheußlichen und tödlichen Schachspiel hatte werden lassen.

Man konnte es als Sublimierung betrachten; jedenfalls nannte er es so – aber wenigstens gab es seinem Leben einen Sinn. Zuerst war er an die Universität von Santanni gegangen, wo er mit Dr. Kleise zusammengearbeitet hatte. Es waren fünf sehr lehrreiche Jahre gewesen.

Aber Kleise war eben doch nur ein Theoretiker gewesen und der wirklichen Aufgabe nicht gewachsen – und als Darell zu dieser Überzeugung gekommen war, wußte er, daß es an der Zeit war zu gehen.

Kleise mochte zwar im geheimen arbeiten, aber er brauchte Männer, die für ihn und mit ihm arbeiteten. Er brauchte Testpersonen und wurde von ihrer Universität unterstützt. Und das alles waren Nachteile.

Kleise verstand das nicht, und Darell konnte es nicht erklären. Sie trennten sich als Feinde. Es war am besten so, denn Darell mußte als Besiegter gehen, als jemand, der resigniert hat – für den Fall nämlich, daß ihn jemand beobachtete.

Wo Kleise mit Diagrammen gearbeitet hatte, arbeitete Darell mit mathematischen Ideen in seinem Kopf. Kleise hatte einen Stab von Mitarbeitern, Darell arbeitete allein – in der Einsamkeit seines Vorstadthauses, während Kleises Arbeitsplatz die Universität war.

Und nun hatte er sein Ziel fast erreicht.

Die Angehörigen der Zweiten Stiftung waren nicht menschlich, was ihr Gehirn betraf. Der beste Physiologe und der erfahrenste Neurochemiker, sie konnten vielleicht nichts feststellen – aber es mußte einen Unterschied geben. Und da dieser Unterschied ein geistiger Unterschied war, mußte man ihn genau dort, nämlich im *Kopf*, suchen.

Wenn man zum Beispiel den Muli nahm – und er zweifelte nicht daran, daß die Angehörigen der Zweiten Stiftung diesem Mann an geistigen Fähigkeiten ebenbürtig waren, ganz gleich, ob sie angeboren oder erlernt waren – den Muli mit seinen Fähigkeiten, menschliche Emotionen zu lesen und zu beeinflussen, daraus den erforderlichen elektronischen Kreis herleitete und aus diesem wiederum die letzten Details des Enzephalogramms zog, die dann die Wahrheit offenbaren mußten.

Und jetzt war Kleise in der Person seines eifrigen Schülers Anthor in sein Leben zurückgekehrt.

So ein Unsinn! Dieser Anthor mit seinen Diagrammen und Aufzeichnungen von Leuten, die manipuliert worden waren! Er selbst hatte schon vor Jahren mit dieser Methode gearbeitet und feststellen müssen, daß sie wertlos war. Er wollte den Arm, nicht das Werkzeug. Trotzdem hatte er sich einverstanden erklärt, mit Anthor zusammenzuarbeiten, weil es so am unauffälligsten war.

Und aus dem gleichen Grund würde er auch den Posten des Administrators für Forschung und Entwicklung annehmen. Es war die unauffälligste Lösung, und so konnte er eine Verschwörung innerhalb einer anderen Verschwörung aufrechterhalten.

Er mußte an Arcadia denken und runzelte besorgt die Stirn. Hätte er weiter allein gearbeitet, wäre es nie soweit gekommen. Hätte er weiter allein gearbeitet, wäre niemand außer ihm in Gefahr gewesen. Hätte er weiter allein gearbeitet . . .

Er war wütend – wütend auf den toten Kleise, auf seinen Schüler Anthor, auf all die Narren, die es so gut meinten . . .

Nun, Arcadia konnte bestimmt auf sich aufpassen. Für ihr Alter war sie schon sehr reif.

Sie kam schon zurecht! flüsterte ihm eine innere Stimme beruhigend zu . . .

Tatsächlich?

In jenem Augenblick, als Dr. Darell an seine Tochter dachte, saß Arcadia in dem nüchtern eingerichteten Vorzimmer des Ersten Bürgers der Galaxis. Seit einer halben Stunde wartete sie jetzt schon hier und vertrieb sich die Zeit damit, müßig ihre Umgebung zu betrachten. Als sie mit Homir Munn hereingekommen war, hatten zwei bewaffnete Wachposten vor der Tür gestanden, die sie bei den vorigen Malen noch nicht gesehen hatte.

Sie war allein und fühlte sich angesichts der kalten, unpersönlichen Einrichtung zum erstenmal seit ihrer Ankunft auf Kalgan unbehaglich.

Aber warum eigentlich?

Weil Homir bei Lord Stettin war? Das konnte doch nicht der Grund sein, oder?

Sie merkte, wie sie wütend wurde. In den Buch-Filmen wußte der Held immer schon im voraus, was passieren würde, und war entsprechend vorbereitet, aber sie – sie saß einfach hier herum, während in der Zwischenzeit alles Mögliche geschehen konnte.

Denk nach, befahl sie sich. Denk nach. Vielleicht fällt dir dann etwas ein.

Zwei Wochen lang hatte Homir fast Tag und Nacht im Palast des Muli verbracht. Einmal hatte er sie mit Stettins Erlaubnis mitgenommen, aber der Palast hatte ihr nicht gefallen. Er war so düster und tot, und jeder Schritt hallte dumpf von den Wänden wider. Sie war sich vorgekommen, als wäre sie von allem Leben um sie herum ausgesperrt.

Da zog sie doch das Treiben in der Stadt vor, in der es so viel Angenehmeres zu sehen gab. Auch wenn Kalgan im Grunde ärmer war als die Stiftung, war hier alles viel interessanter, weil man hier das, was man besaß, mehr zur Schau stellte.

Wenn Homir aus dem Palast zurückkam, war er jedesmal überwältigt . . .

»Es ist wie ein Traum«, flüsterte er dann. »Könnte ich den Palast doch nur Stein für Stein abbauen, ihn nach Terminus transportieren lassen und ihn dort wieder aufbauen . . . Er würde ein phantastisches Museum abgeben.«

Von seiner früheren Unsicherheit und seinen Zweifeln war nichts mehr übriggeblieben. Statt dessen erfüllten ihn jetzt Eifer und Begeisterung. Der beste Beweis dafür war für Arcadia die Tatsache, daß er so gut wie nicht mehr stotterte.

»Ich habe Auszüge von den Berichten General Pritchers gefunden . . .« hatte er einmal gesagt.

»Ach ja, ich kenne ihn. Er hat die Stiftung verraten und die ganze Galaxis nach der Zweiten Stiftung abgesucht.«

»Nein, Arkady, so darfst du das nicht sehen. Er hat die Stiftung nicht verraten, sondern ist vom Muli konvertiert worden.«

»Ich sehe da keinen Unterschied.«

»Wie du richtig gesagt hast, hat er versucht, die Zweite Stiftung zu finden, aber ohne Erfolg. In den Originalaufzeichnungen des Seldon-Kongresses, auf dem die beiden Stiftungen vor fünfhundert Jahren gegründet wurden, ist nur einmal von der Zweiten Stiftung die Rede. An der betreffenden Stelle heißt es, daß sie ›am anderen Ende der Galaxis auf Star's End‹ liegt. Das ist der einzige Hinweis, auf den sich der Muli und Pritcher bei ihrer Suche stützen konnten. Sie wußten noch nicht einmal, wie sie die Zweite Stiftung hätten identifizieren können, wenn sie sie wirklich gefunden hätten. Der reinste Wahnsinn!

Ich habe Berichte von fast tausend Planeten gefunden«, fuhr er mehr zu sich selbst fort, aber Arcadia hörte weiter eifrig zu, »die sie untersucht haben, aber es sind sicher eine Million, die in Frage kämen. Und wir stehen genauso hilflos da wie die beiden . . .«

Arcadia schnalzte ehrfürchtig mit der Zunge.

Das Gespräch holte Homir in die Wirklichkeit zurück. »Aber reden bringt uns auch nicht weiter«, murmelte er leise.

Nun war Homir da drinnen bei Lord Stettin, während Arcadia im Vorzimmer wartete und spürte, wie sie grundlos immer nervöser wurde. Und genau das war es, was sie am meisten beunruhigte – daß es doch offensichtlich keinen Grund dafür gab.

Homir ging es auf der anderen Seite der Tür nicht besser. Er versuchte verzweifelt, sich zu konzentrieren und nicht zu stottern, natürlich mit dem Ergebnis, daß er kaum einen zusammenhängenden Satz herausbrachte.

Lord Stettin thronte in voller Uniform hinter seinem Schreibtisch, hatte eine überhebliche Miene aufgesetzt und unterstrich jeden seiner Sätze mit seiner geballten Faust.

»Sie haben jetzt zwei Wochen Zeit gehabt, und was haben Sie herausgefunden? Sagen Sie mir die Wahrheit! Wird meine Flotte siegen? Muß ich mich mit den Geistern der Zeiten Stiftung ebenso herumschlagen wie mit den Soldaten der Ersten?«

»I-Ich m-möchte noch einmal betonen, Mylord, d-daß ich k-kein Hellseher bin. I-Ich habe k-keine Ahnung.«

»Oder haben Sie vielleicht die Absicht zurückzufliegen und Ihre Landsleute zu warnen? Mich können Sie nicht täuschen. Ich will die Wahrheit hören, und wenn ich sie aus Ihnen herausquetschen muß.«

»I-ich sage dich d-die Wahrheit, und i-ich möchte Sie darauf aufmerksam m-machen, daß ich ein B-Bürger der Stiftung b-bin. S-sollten Sie s-sich an mir vergreifen, f-fordern S-Sie damit die Rache der Stiftung heraus.«

Der Lord von Kalgan lachte spöttisch. »Damit können Sie vielleicht kleinen Kindern Angst machen, aber nicht jemandem wie mir. Kommen Sie, Mr. Munn, ich habe jetzt lange genug Geduld mit Ihnen gehabt. Ich habe mir jetzt zwanzig Minuten lang den langweiligen Unsinn angehört, der Sie einige schlaflose Nächte gekostet haben muß, bis Sie sich ihn ausgedacht hatten. Ihre Mühe war umsonst. Ich weiß, daß Sie nicht nur gekommen sind, um Erinnerungen an den Muli auszugraben – in Wirklichkeit sind Sie aus einem ganz anderen Grund hier. Habe ich recht?«

Stettin war hinter seinem Schreibtisch hervorgekommen und blieb jetzt vor Homir Munn stehen, der vor Schreck kein Wort mehr herausbrachte. Der Lord, der das Entsetzen des anderen bemerkte, schlug ihm so fest auf die Schulter, daß Munn förmlich in seinem Sessel versank.

»Schön. Reden wir also offen miteinander. Sie suchen Informationen über den Seldon-Plan. Sie wissen, daß er nicht mehr zutrifft. Und Sie wissen vielleicht auch, daß ich jetzt unvermeidlich der Sieger bin. Es ist doch im Grunde nicht wichtig, wer das Zweite Imperium gründet, denn die Hauptsache ist schließlich, *daß* es überhaupt gegründet wird. Die Geschichte kennt keine Favoriten, was? Haben Sie Angst, es mir zu sagen? Wie Sie sehen, kenne ich Ihren Auftrag.«

»W-was wollen S-Sie?« stotterte Munn.

»Nur Ihre Anwesenheit. Ich möchte nicht, daß der Plan durch zu großes Selbstvertrauen verdorben wird. Sie verstehen von diesen Dingen mehr als ich und können kleine Fehler erkennen, die ich vielleicht übersehen würde. Kommen Sie, Mann, ich verspreche, Sie fürstlich für

Ihre Hilfe zu belohnen. Sie bekommen einen fairen Anteil von der Beute. Was haben Sie denn schon auf der Stiftung zu erwarten? Wollen Sie vielleicht versuchen, eine unvermeidbare Niederlage aufzuhalten? Den Krieg in die Länge zu ziehen? Oder ist es nur ein patriotischer Wunsch, für Ihr Land zu sterben?«

»I-ich . . .« begann Munn, aber er brachte kein Wort mehr heraus.

»Sie werden bleiben«, fuhr Stettin überzeugt fort. »Ihnen bleibt gar keine andere Wahl. Ach, da fällt mir übrigens ein, ich habe gehört, daß dieses Kind, mit dem Sie hergekommen sind, aus der Familie von Bayta Darell stammen soll.«

Homir brachte ein überraschtes: »Ja!« zustande. Er wußte, daß er im Augenblick nicht zu einer Lüge fähig gewesen wäre.

»Das ist doch eine angesehene Familie auf der Stiftung, oder?«

Homir nickte. »W-Wenn es Ihnen einfallen w-würde, I-Ihr etwas anzutun . . .«

»Wer redet denn von ›antun‹, Mann«, unterbrach ihn Stettin. »Ganz im Gegenteil. Wie alt ist sie eigentlich?«

»Vierzehn.«

»Aha! Hm, es steht jedenfalls fest, daß weder die Zweite Stiftung noch Hari Seldon höchstpersönlich junge Mädchen daran hindern könnten, erwachsen zu werden.«

Er drehte sich abrupt um und ging auf eine bespannte Tür zu, die er unvermittelt aufriß.

»Was zum Teufel machst du hier?« brüllte er hinaus.

Lady Callia sah ihn blinzelnd an. »Ich wußte nicht, daß du Besuch hast«, erwiderte sie mit unsicherer Stimme.

»Jetzt weißt du es. Wir werden uns später unterhalten, aber jetzt mach, daß du wegkommst.«

Ihre eiligen Schritte verhallten in dem langen Korridor.

Stettin wandte sich wieder an Munn. »Sie ist das letzte Überbleibsel eines Intermezzos, das schon viel zu lange gedauert hat. Es wird höchste Zeit, daß ich es beende. Vierzehn, sagten Sie?«

Homir, der plötzlich begriff, starrte den anderen entsetzt an.

Arcadia fuhr zusammen, als sie aus den Augenwinkeln heraus wahrnahm, wie sich eine Tür zum Vorzimmer geräuschlos öffnete. Die Gestalt, die dahinter auftauchte, blieb einen Augenblick reglos stehen und schlich dann auf Zehenspitzen zu dem Sessel, in dem das Mädchen saß.

Ihre Schritte hallten leise im Korridor wider. Lady Callia hielt Arcadias Hand so fest umklammert, daß es ihr weh tat, und das Mädchen folgte ihr willig. Vor Lady Callia hatte sie wenigstens keine Angst.

Aber was sollte das alles bedeuten?

Sie befanden sich jetzt in einem Boudoir, das ganz in Rosa und sehr weiblich eingerichtet war. Lady Callia blieb mit dem Rücken zur Tür stehen.

»Das war unser geheimer Weg zu mir . . . zu meinen Räumen, wissen Sie, von seinem Arbeitszimmer aus. Er, Sie wissen schon, wer.« Sie deutete mit dem Daumen hinter sich, eine Geste, die anzudeuten schien, welche Angst sogar sie vor dem Ersten Bürger hatte.

»Wir haben Glück gehabt . . .« Ihre Pupillen waren jetzt so groß, daß von der blauen Iris fast nichts mehr zu sehen war.

»Können Sie mir nicht sagen, was . . .«, begann Arcadia schüchtern.

Aber Lady Callia winkte ungeduldig ab. »Nein, mein Kind. Wir haben jetzt keine Zeit für lange Worte. Ziehen Sie sich Ihre Sachen aus. Bitte. Ich werde Ihnen andere holen, damit man Sie nicht erkennt.«

Sie hatte inzwischen einen Schrank geöffnet und zerrte wie wild Kleidungsstücke heraus, auf der Suche nach etwas, das ein vierzehnjähriges Mädchen tragen konnte, ohne wie eine offene Einladung für alle Kavaliere zu wirken.

»Hier, ich glaube, das geht. Es muß gehen. Haben Sie Geld? Hier, nehmen Sie das . . . ja, alles. « Sie zog sich den Schmuck von den Fingern und Ohren. »Fliegen Sie so schnell wie möglich wieder nach Hause – zurück zur Stiftung.«

»Aber Homir . . . was wird aus ihm?« Sie versuchte vergeblich, durch die Sachen, die Lady Callia ihr über den Kopf stülpte, einen Protest anzubringen.

»Er kommt nicht mehr von hier weg. Poochi wird ihn für immer hier festhalten, aber Sie dürfen auf keinen Fall bleiben. Oh, mein Kind, verstehen Sie denn nicht?«

»Nein.« Arcadia schüttelte den Kopf. »Ich verstehe überhaupt nichts.«

Lady Callia verschränkte die Hände fest ineinander. »Sie müssen zurück nach Hause, um Ihr Volk zu warnen, daß es Krieg geben wird. Begreifen Sie das nicht?« Der Schreck verlieh ihr paradox, wie es war, Energie und Tatkraft, die so ganz nicht zu ihr zu passen schienen. »Und jetzt kommen Sie!«

Sie nahmen einen anderen Weg hinaus! Vorbei an Beamten, die ihnen verwundert nachstarrten, aber keinen Anlaß sahen, jemanden aufzuhalten, den nur der Lord von Kalgan ungestraft aufhalten durfte. Die Wachposten, die sie passierten, schlugen die Hacken zusammen und präsentierten ihre Gewehre.

Arcadia hatte das Gefühl, als hätte ihre überstürzte Flucht eine halbe Ewigkeit gedauert, obwohl von dem Augenblick, als Lady Callia sie aus dem Vorzimmer geholt hatte, bis jetzt, als sie endlich vor dem Parktor standen und in der Ferne das Geräusch von Menschen und vorbeifahrenden Wagen hörten, kaum fünfundzwanzig Minuten vergangen waren.

Sie bekam plötzlich Angst und sah zurück. »Aber . . . aber . . . warum machen Sie das, Mylady . . . Und was passiert mit Onkel Homir?«

»Hören Sie zu. Gehen Sie jetzt, ja? Fahren Sie sofort zum Raumhafen. Beeilen Sie sich. Vielleicht sucht er schon nach Ihnen.«

Aber Arcadia zögerte noch. Sie sollte Homir allein zurücklassen, und jetzt, im Freien, kamen ihr plötzlich Zweifel. »Wäre das denn so schlimm?« fragte sie.

Lady Callia biß sich auf die Unterlippe. »Ich kann es einem jungen Mädchen wie Ihnen nicht erklären. Das gehört sich einfach nicht. Nun, Sie werden jetzt sehr schnell erwachsen werden, und ich . . . wissen Sie, ich habe Poochie kennengelernt, als ich sechzehn war. Ich darf es nicht zulassen, daß Sie in seiner Nähe bleiben. Verstehen Sie?« In ihrem Blick lagen eine Mischung aus Beschämung und eine Spur von Feindseligkeit.

Arcadia stand wie erstarrt da, als sie begriff, was Lady Callia ihr zu erklären versuchte. »Und was wird er mit Ihnen machen, wenn er es herausfindet?« flüsterte sie.

»Ich weiß es nicht«, gab ihre Retterin unsicher zurück. Dann drehte sie sich abrupt um und eilte den Weg zurück, den sie gekommen waren.

Arcadia blieb noch einen Augenblick reglos stehen, denn gerade in dem Moment, als Lady Callia sich hatte abwenden wollen, hatte Arcadia etwas gesehen. In diesen erschrockenen, verzweifelten Augen hatte sekundenlang ein kalter, amüsierter Ausdruck gelegen.

Ein Ausdruck, der ganz und gar unmenschlich war.

Natürlich konnte man viel in einen so flüchtigen Blick hineininterpretieren, aber Arcadia war sich ganz sicher, was sie gesehen hatte.

Sie lief wie von Sinnen auf die Straße und sah sich verzweifelt nach einer öffentlichen Telefonzelle um, von wo aus sie ein Taxi rufen konnte.

Sie war nicht mehr auf der Flucht vor Lord Stettin oder den Leuten, die er ihr möglicherweise auf den Hals hetzte – nein, sie rannte vor jemand ganz anderem davon.

Vor einer einzelnen, schwachen Frau, die ihr geholfen hatte zu fliehen. Vor einer Frau, die ihr Geld und Schmuck gegeben und ihr Leben aufs Spiel gesetzt hatte, um sie zu retten. Eine Frau, die – und das wußte Arcadia jetzt ganz sicher – eine Angehörige der Zweiten Stiftung war.

Das Lufttaxi kam mit einem sanften Ruck zum Stillstand, und der Luftwirbel, den es erzeugte, zauste in Arcadias Haaren, die unter der Pelzkapuze von Lady Callia hervorkamen.

»Wohin soll's denn gehen, Gnädigste?«

Arcadia versuchte, ihre Stimme möglichst tief klingen zu lassen, damit der Mann nicht merkte, daß er es mit einem jungen Mädchen zu tun hatte. »Wie viele Raumhäfen gibt es in der Stadt?«

»Zwei. Zu welchem wollen Sie?«

»Welcher liegt näher?«

»Kalgan Central, Lady.«

»Dann bitte zu dem anderen. Ich habe Geld genug.« Sie hielt ihm einen Geldschein in kalganischer Währung hin. Wieviel es war und ob es reichte, wußte sie nicht, aber der Taxifahrer grinste zufrieden.

»Stets zu Ihren Diensten, Lady. Unsere Taxis bringen Sie überall hin.«

Arcadia lehnte sich in die Polster zurück, während unter ihr die Lichter der Stadt vorbeizogen.

Was sollte Sie jetzt tun? *Was nur?*

In diesem Augenblick wurde ihr bewußt, daß sie nichts weiter als ein schrecklich dummes kleines Mädchen war, das hier ganz allein und weit weg von seinem Vater in einem Lufttaxi saß und fürchterliche Angst hatte. In ihren Augen schimmerten Tränen, und in ihrer Kehle hatte sich ein dicker Kloß gebildet.

Sie hatte keine Angst, daß Lord Stettin sie schnappen konnte, denn das würde Lady Callia schon zu verhindern wissen. Lady Callia! Sie war alt, dick und dumm, und trotzdem schaffte sie es irgendwie doch, beim Lord von Kalgan zu bleiben. Oh ja, Arcadia begriff plötzlich. Alles war so einfach!

Jene Einladung zum Tee, bei der Arcadia geglaubt hatte, so schlau zu sein. Die kluge, kleine Arcadia! Irgend etwas in ihrem Innern verkrampfte sich, und Arcadia haßte sich auf einmal selbst. Lady Callia hatte wahrscheinlich alles genau geplant. Sie hatte den Verlauf ihrer Unterhaltung gelenkt und sicher auch dafür gesorgt, daß Homir doch den Palast besichtigen durfte. *Sie*, die dumme Callia, hatte es so gewollt, und die kluge kleine Arcadia hatte ihr eine narrensichere Ausrede geliefert, die einmal ihre Opfer nicht mißtrauisch werden ließ und zum zweiten nur ein Minimaß an Aktion ihrerseits erforderlich machte.

Aber warum hatte Callia sie befreit? Homir blieb natürlich weiter ein Gefangener . . .

Es sei denn . . .

Es sei denn, sie kehrte als Lockvogel zur Stiftung zurück – ein Lockvogel, der andere in *ihre* Hände führen sollte.

Sie durfte nicht zur Stiftung zurückkehren . . .

»Wir sind da«, verkündete der Fahrer. Sie hatte überhaupt nicht bemerkt, daß das Taxi angehalten hatte. Seltsam!

Sie glaubte zu träumen.

Mit einem hastigen »Danke« drückte Arcadia dem Mann den Geldschein in die Hand, stieg aus und lief dann über das elastische Pflaster.

Lichter. Die sorglosen Gesichter von Männern und Frauen. Riesige Anzeigetafeln, auf denen die startenden und landenden Raumschiffe registriert wurden.

Wohin sollte sie fliegen? Es war ihr egal. Sie wußte nur, daß sie nicht zur Stiftung zurückkehren konnte. Jedes andere Ziel war ihr recht.

Was für ein Glück, daß Callia für einen winzigen Augenblick ihre Rolle vergessen hatte und sich hatte gehenlassen, weil sie dachte, es nur mit einem ahnungslosen Kind zu tun zu haben.

Aber dann wurde Arcadia plötzlich noch etwas anderes klar, etwas, das sich von Anbeginn ihrer Reise irgendwo in ihrem Unterbewußtsein geregt hatte – etwas, das sie mit einem Schlag erwachsen werden ließ.

Sie wußte, daß sie entkommen *mußte*.

Das war das wichtigste. Auch wenn sie jeden Verschwörer auf der Stiftung ausfindig machen und ihren eigenen Vater schnappen sollten – sie konnte und durfte die Stiftung nicht warnen. Sie durfte ihr Leben nicht allein für Terminus aufs Spiel setzen, denn sie war jetzt die wichtigste Person in der Galaxis. Sie war die *einzig* wichtigste Person in der Galaxis.

Dieser Gedanke schwebte über ihr, als sie vor dem Schalter stand und überlegte, welches Ziel sie wählen sollte.

Denn in der ganzen Galaxis war sie der einzige Mensch, außer *ihnen* natürlich, der wußte, wo die Zweite Stiftung lag.

15

In letzter Minute

Trantor – . . . Gegen Mitte des Interregnums war Trantor nur noch ein Schatten seiner selbst. Inmitten der gewaltigen Metallruinen lebte eine kleine Gemeinschaft von Farmern . . .

Encyclopedia Galactica

Die Atmosphäre eines Raumhafens am Rande der Hauptstadt eines dicht besiedelten Planeten ist unvergleichlich. Überall stehen die gewaltigen Metallriesen, und wenn man Glück hat, kann man beobachten, wie einer der eindrucksvollen Kolosse gerade landet oder startet. Alles geht praktisch geräuschlos vor sich, da die Antriebsenergie durch die lautlose Bewegung von Nukleonen geliefert wird, die sich zu kompakteren Anordnungen verschieben . . .

Fünfundneunzig Prozent der Fläche, die ein Raumhafen bedeckt, sind den Schiffen vorbehalten, den Männern, die sie warten, und den Computern, die alles steuern.

Nur fünf Prozent bleiben für die Ströme von Menschen übrig, die von hier aus zu allen Sternen der Galaxis starten. Kaum einer der Passagiere wird sich beim Anblick dieser Gewaltigkeit Gedanken darüber machen, welche technische Leistung hinter dem reibungslosen Ablauf des Raumhafenbetriebs steht. Vielleicht wird sich hin und wieder jemand erschrocken überlegen, was passieren würde, wenn die Technik versagt.

Wenn zum Beispiel einer dieser Tausende von Tonnen wiegenden Metallzylinder vom Richtstrahl abkommen und eine halbe Meile von seinem vorgesehenen Landepunkt entfernt abstürzen würde – vielleicht genau durch das Dach der riesigen Wartehalle, wo sich gerade tausend Menschen oder mehr aufhielten.

Allerdings würde nur ein wirklicher Neurotiker länger als einen Augenblick an eine solche Möglichkeit denken, denn dank der vorgeschriebenen Sicherheitsvorkehrungen war eine solche Katastrophe von vornherein ausgeschlossen.

Wenn sich die Menschen also nicht mit solchen Gedanken aufhalten, woran denken sie denn, wenn sie im Raumhafen stehen? Man muß sich vor Augen halten, daß es sich hier nicht einfach um eine Masse handelt, sondern um eine Masse mit einem Ziel, einer festen Absicht, die über dem Ganzen schwebt und sich auf die Atmosphäre legt. Hier bilden sich lange Schlangen, dort hüten Eltern ihre Kinder, woanders wird Gepäck abtransportiert – es ist eine Masse, die weiß, *wohin* sie will.

Und dann muß man sich die absolute psychische Isolation eines einzelnen Individuums in dieser so schrecklich zielbewußten Masse vorstellen, das *nicht* weiß, wohin es will, sich aber gleichzeitig mehr als alle anderen der Notwendigkeit bewußt ist, auf jeden Fall irgendwohin zu fliegen. Ganz gleich, wohin – oder jedenfalls beinahe.

Selbst wenn man kein Telepath ist und über keine der Fähigkeiten verfügt, Kontakt mit den Gedanken seiner Mitmenschen aufzunehmen, spürt man doch eine Spannung in der Atmosphäre, eine eigenartig konfliktierende Stimmung, die einen verzweifeln lassen kann.

Ähnlich erging es Arcadia Darell, die in fremden Sachen auf einem fremden Planeten stand, konfrontiert mit einer ihr fremden Situation und sich nach der Geborgenheit der Familie und des Zuhauses sehnte. Sie wußte, daß ihr von allen Seiten Gefahr drohte, und wünschte, irgendwo weit weg zu sein, wo niemand nach ihr suchte.

Ein vierzehnjähriges Mädchen, so müde, als wäre sie eine Achtzigjährige, und so ängstlich, als wäre sie noch keine fünf.

Wer von den Hunderten von Fremden, die sich an ihr vorbeidrängten, war ein Angehöriger der Zweiten Stiftung? Welcher Fremde würde ihr nicht helfen, wenn sie ihn ansprach, sondern sie sofort aus dem Weg räumen, nur weil sie wußte, wo die Zweite Stiftung lag?

Und dann sprach sie plötzlich jemand an.

»Hören Sie, Miss«, sagte eine Stimme, die ihre Gedanken wie ein Donnerschlag die Stille durchbrach, »wollen Sie jetzt ein Ticket lösen, oder stehen Sie hier nur einfach so herum?«

Erst jetzt wurde Arcadia bewußt, daß sie vor einem Ticketapparat stand. Man schob einen größeren Geldschein in den dafür vorgesehenen Schlitz und drückte dann den Knopf unter dem gewünschten Ziel, worauf man das Ticket mit dem Wechselgeld bekam. Es war im Grunde eine kinderleichte Angelegenheit, für die man nicht fünf Minuten vor dem Apparat herumstehen mußte.

Arcadia steckte einen Zweihundertkreditschein in den Schlitz, als ihr Blick zufällig auf den Knopf mit dem Ziel »Trantor« fiel. Trantor, die vergessene Hauptstadt eines vergessenen Imperiums – der Planet, auf dem sie geboren worden war. Sie drückte ihn wie im Traum, doch es erschien kein Ticket. Statt dessen leuchtete eine Zahl in roten Ziffern auf: 172,18 . . . 172,18 . . . 172,18 . . .

Das war der noch ausstehende Betrag, und nachdem Arcadia einen weiteren Zweihundertkreditschein eingeschoben hatte, spuckte der Apparat das Ticket dann zusammen mit dem restlichen Geld aus.

Sie steckte es unbesehen ein und beeilte sich weiterzugehen. Der Mann hinter ihr drängte sich vor, um ebenfalls sein Ticket zu ziehen, aber sie schob ihn einfach beiseite und lief davon, ohne sich noch einmal umzudrehen.

Aber wohin sollte sie laufen? Überall konnten ihre Gegner lauern.

Sie merkte nicht, wie sie auf die riesigen Leuchtschilder in der Luft starrte: *Steffani, Anacreon, Fermus* – auf einem stand sogar *Terminus*, jenes Ziel, das sie am liebsten gewählt hätte und das sie nicht zu wählen wagte . . .

Für eine kleine Summe hätte sie sich einen Signalator kaufen können, den man auf das gewünschte Ziel einstellte und der dann eine Viertelstunde vor dem Abflug ein Signal abgab. Aber solche Geräte waren für Leute, die nicht verfolgt wurden und Zeit hatten, an so etwas zu denken.

Und dann stieß sie plötzlich mit jemandem zusammen, weil sie nicht darauf geachtet hatte, wohin sie lief. Sie hörte ein überraschtes Grunzen, und eine Hand legte sich um ihren Arm. Sie versuchte verzweifelt, sich zu befreien, brachte aber vor Schreck noch nicht einmal einen Hilferuf zustande.

Der Mann hielt ihren Arm eisern umklammert und wartete. Sobald sich Arcadia etwas beruhigt hatte, hob sie vorsichtig den Kopf und betrachtete ihn etwas genauer. Er war nicht besonders groß und ziemlich dick. Das weiße, volle Haar war aus dem Gesicht zurückgekämmt und betonte die runden, deutlich bäuerlichen Züge.

»Was ist los?« fragte der Mann schließlich mit unverhohlener Neugier. »Sie sehen aus, als ob Sie Angst hätten, junge Dame.«

»Entschuldigung«, murmelte Arcadia nervös, »aber ich muß mich beeilen.«

Doch der Mann ignorierte ihre Bemerkung und meinte statt dessen: »Passen Sie auf. Sie werden noch Ihr Ticket verlieren.« Er nahm es ihr aus der Hand und betrachtete es mit einem zufriedenen Lächeln.

»Das habe ich mir doch gleich gedacht«, brummte er und brüllte dann plötzlich: *»Mama!«*

Sofort tauchte neben ihm eine Frau auf, die noch etwas kleiner, rundlicher und bäuerlicher als der Mann war. Sie nahm eine einzelne graue Locke, die ihr in die Stirn gefallen war, und schob sie unter ihren altmodischen Hut zurück.

»Warum mußt du immer so brüllen, Papa«, schüttelte sie vorwurfsvoll den Kopf. »Die Leute starren dich schon an, als ob sie glaubten, du wärst verrückt. Du bist hier nicht zu Hause auf unserer Farm.«

Dann warf sie Arcadia, die wie erstarrt dastand, ein strahlendes Lächeln zu und fügte hinzu: »Manieren hat er wie ein Bär.« Ihre Stimme wurde plötzlich scharf. »Papa, läßt du wohl das Mädchen los. Was machst du da überhaupt?«

Doch ihr Mann winkte nur mit Arcadias Ticket. »Sieh mal«, antwortete er, »sie fliegt nach Trantor.«

Mama strahlte plötzlich noch mehr. »Sie sind von Trantor? Ich habe gesagt, du sollst sie loslassen, Papa.« Sie setzte den großen Koffer, den sie trug, ab und drückte Arcadia mit sanfter Gewalt darauf nieder. »Setzen Sie sich, und ruhen Sie sich ein bißchen aus. Das nächste Schiff geht erst in einer Stunde, und die Wartebänke sind mit schlafenden Reisenden überfüllt. Sie sind von Trantor?«

Arcadia holte tief Luft und gab auf. »Ich bin dort geboren worden«, erklärte sie heiser.

Mama schlug freudig die Hände zusammen. »Seit einem Monat sind wir jetzt hier und haben in der ganzen Zeit noch niemanden von zu Hause getroffen. Wie schön. Sind Ihre Eltern . . .« Sie sah sich suchend um.

»Ich bin ohne meine Eltern hier«, sagte Arcadia vorsichtig.

»Was? Ganz allein? Ein junges Mädchen wie Sie?« In Mamas Gesicht spiegelte sich Entrüstung und Mitgefühl. »Wie kommt denn das?«

Papa zupfte an ihrem Ärmel. »Laß mich es erklären, Mama. Irgend etwas stimmt nicht mit ihr. Ich glaube, sie hat Angst.« Es hatte offensichtlich ein Flüstern werden sollen, aber er sprach immer noch so laut, daß Arcadia ihn genau verstehen konnte. »Ich habe sie beobachtet – sie lief kreuz und quer durch die Halle und wußte offenbar nicht, wohin. Bevor ich ihr noch Platz machen konnte, ist sie schon mit mir zusammengestoßen. Und weißt du was? Ich glaube, sie steckt in Schwierigkeiten.«

»Jetzt halt aber endlich den Mund, Papa. Kein Wunder, wenn die Leute mit dir zusammenstoßen.« Sie ließ sich neben Arcadia auf den Koffer nieder, der unter dem zusätzlichen Gewicht bedrohlich krachte, und legte dem Mädchen beschützend den Arm um die zitternden Schultern. »Läufst du vor jemandem weg, mein Kind?« meinte sie mütterlich. »Du brauchst keine Angst zu haben. Sag es mir ruhig. Ich werde dir helfen.«

Arcadia blickte in die gutmütigen grauen Augen der Frau neben ihr und merkte, wie ihre Lippen zu zittern begannen. Da war eine Stimme in ihr, die ihr sagte, daß hier Leute von Trantor waren, mit denen sie ruhig gehen konnte, die sich ihrer auf dem Planeten annehmen würden, bis sie wußte, was sie als nächstes tun und wohin sie sich als nächstes wenden sollte. Und eine andere, viel lautere Stimme rief ihr zu, daß sie sich nicht an ihre Mutter erinnerte, daß sie es so müde war, gegen das Universum zu kämpfen, daß sie sich nichts weiter wünschte, als in die Arme genommen zu werden und sich in einen Schoß kuscheln zu können, daß sie, wenn ihre Mutter noch gelebt hätte, vielleicht . . .

Und zum erstenmal an diesem Abend weinte sie, weinte sie wie ein kleines Kind und war froh über ihre Tränen. Mama hielt sie in ihren Armen und strich ihr sanft über den Kopf.

Papa stand hilflos vor den beiden und suchte verlegen nach einem Taschentuch, das ihm Mama aus der Hand riß, kaum daß er es gefunden hatte. Sie warf ihm einen ermahnenden Blick zu, mit dem sie ihm bedeutete zu schweigen. Die Menschen, die vorbeigingen, beachteten sie kaum, wie es so typisch für die anonymen Massen überall ist. Die drei waren wirklich allein.

Schließlich versiegten die Tränen, und Arcadia brachte ein schwaches Lächeln zustande, während sie sich mit Papas Taschentuch durch die Augen wischte. »Oh, Mann«, flüsterte sie, »ich . . .«

»Schsch! Nicht reden«, unterbrach Mama sie. »Bleib ganz still sitzen und ruh dich aus. Komm erst mal wieder zu Atem, und dann kannst du uns erzählen, was los ist, und wir werden schon dafür sorgen, daß alles wieder in Ordnung kommt.«

Arcadia versuchte, kühlen Kopf zu bewahren. Sie konnte ihnen nicht die Wahrheit sagen. Sie durfte niemandem die Wahrheit sagen – aber sie fühlte sich zu müde, um sich eine glaubwürdige Lüge auszudenken.

»Es geht mir schon wieder besser«, flüsterte sie.

»Gut«, erwiderte Mama. »Dann erzähl mir jetzt, was du für Probleme hast. Du hast doch nichts angestellt, oder? Egal, was du gemacht hast, wir werden dir auf jeden Fall helfen. Aber du mußt uns die Wahrheit sagen.«

»Für einen, der von Trantor kommt, tun wir alles, was, Mama?« fügte Papa großzügig hinzu.

»Halt den Mund, Papa«, antwortete Mama lakonisch.

Arcadia suchte in ihrer Handtasche herum, die sie bei dem raschen Kleiderwechsel in Lady Callias Zimmer hatte retten können. Endlich fand sie, was sie gesucht hatte und reichte es Mama.

»Hier sind meine Papiere«, erklärte sie scheu. Es handelte sich um einen Paß aus einem glänzenden Kunststoffmaterial, den ihr der Botschafter der Stiftung auf Kalgan am Tag ihrer Ankunft ausgestellt hatte und der von dem zuständigen kalganischen Beamten dann gegengezeichnet worden war. Das Ganze sah äußerst eindrucksvoll und auffallend aus. Mama warf einen verständnislosen Blick auf das Dokument und gab es dann an Papa weiter, der die Unterschriften stirnrunzelnd studierte.

»Du kommst von der Stiftung?« wollte er wissen.

»Ja, aber ich bin auf Trantor geboren. Sehen Sie, da steht . . .«

»Aha. Scheint in Ordnung zu sein. Du heißt Arcadia? Wo ist denn dein Onkel? Hier steht, du seist in Begleitung deines Onkels, Homir Munn, gekommen.«

»Er ist verhaftet worden«, antwortete Arcadia trübsinnig.

»Verhaftet?« fragten Mama und Papa wie aus einem Mund. »Weswegen? Hat er etwas angestellt?« fügte Mama hinzu.

Arcadia schüttelte den Kopf. »Ich weiß es nicht. Wir waren auf einer Ferienreise hier. Onkel Homir hatte geschäftlich mit Lord Stettin zu tun, aber . . .« Sie konnte nicht verhindern, daß sie sich schüttelte.

Papa war beeindruckt. »Mit Lord Stettin. Mmmh . . . dein Onkel muß ein wichtiger Mann sein.«

»Ich weiß nicht, um was es ging, aber Lord Stettin wollte unbedingt, daß *ich* bleibe . . .« Sie mußte an die letzten Worte von Lady Callia denken, die so glaubwürdig geklungen hatten. Da Callia, wie sie inzwischen wußte, eine Expertin auf diesem Gebiet war, würde diese Erklärung sicher auch ein zweitesmal abgenommen werden.

Als sie zögerte, erkundigte sich Mama interessiert: »Warum ausgerechnet du?«

»Ich weiß es auch nicht genau. Er . . . er wollte allein mit mir zu Abend essen, aber ich habe abgelehnt, weil ich wollte, daß Onkel Homir auch mit dabei war. Dann hat er mich so seltsam angesehen und mir die Hand in den Nacken gelegt.«

Papa hatte den Mund aufgeklappt, und Mama sah plötzlich sehr böse aus. »Wie alt bist du, Arcadia?«

»Fast vierzehneinhalb.«

Mama holte tief Luft. »Daß man solche Leute am Leben läßt. Jeder Hund auf der Straße ist besser als diese Kerle. Und jetzt bist du auf der Flucht vor ihm, Liebes, nicht wahr?«

Arcadia nickte stumm.

»Papa, du gehst jetzt zur Information und erkundigst dich, wann genau das Schiff nach Trantor landet. Beeil dich.«

Papa wollte gerade losgehen, blieb dann aber doch stehen. Aus den Lautsprechern über ihnen ertönte eine metallische Stimme, und fünftausend Augenpaare starrten augenblicklich nach oben.

»Männer und Frauen«, dröhnte die Stimme. »Der Raumhafen wird nach einem gefährlichen Verbrecher durchsucht. Er ist hermetisch abgeriegelt worden. Niemand kann hinein, und niemand darf hinaus. Wir werden uns aber bemühen, die Durchsuchung so schnell wie möglich durchzuführen. Da während dieser Zeit kein Schiff landen oder starten wird, werden Sie Ihr Schiff nicht verpassen. Ich wiederhole: Niemand wird sein Schiff verpassen. Gleich wird das Netz herabgelassen. Bleiben Sie unbedingt in Ihrem Quadrat, bis es wieder entfernt wird, andrerseits sehen wir uns gezwungen, Nervenpeitschen einzusetzen.«

Während die Stimme durch die riesige Wartehalle des Raumhafens tönte, stand Arcadia wie erstarrt da. Sie hätte sich nicht von der Stelle rühren können, selbst wenn sich alles Böse in der Galaxis zu einem Ball konzentriert und sich auf sie geworfen hätte.

Die Suche galt ihr, daran bestand gar kein Zweifel. Aber wieso . . .

Callia hatte ihre Flucht in die Wege geleitet, und Callia war eine Angehörige der Zweiten Stiftung. Warum dann die Suche jetzt? War Callias Plan gescheitert? *Konnte* sie überhaupt versagen? Oder gehörte das alles zu einem ganz anderen Plan, den sie nicht verstand?

Ein Augenblick der Schwäche überkam sie, und sie wollte aufspringen und rufen, daß sie aufgab, daß sie mit ihnen ging, daß . . . daß . . .

Aber Mama hatte sie schon am Handgelenk gepackt. »Komm! Schnell! Zur Damentoilette, bevor sie mit der Suche anfangen.«

Arcadia begriff nicht, folgte Mama aber gehorsam durch die Menge, während über ihnen die letzten Worte der Ankündigung aus den Lautsprechern dröhnten.

Das Netz senkte sich jetzt langsam herab, und Papa sah mit weit offenem Mund zu, wie es herunterkam. Er hatte schon oft davon gehört und gelesen, war aber selbst noch nie Zeuge dieses Vorgangs geworden. Das Netz bestand aus einer Reihe leuchtender Lichtstrahlen, die sich in regelmäßigen Abständen kreuzten und große Quadrate bildeten. Es war im Grunde harmlos, aber die Art und Weise, wie es sich langsam von oben herabsenkte, ließ bei den Betroffenen das schreckliche Gefühl aufkommen, sich in einer wirklichen Falle zu befinden und hilflos gefangen zu sein.

Es war mittlerweile bis auf Hüfthöhe heruntergekommen, und Papa fand sich allein in seinem Quadrat, während sich in den anderen um ihn herum die Menschen drängten. Es war auffällig, daß er so isoliert dastand, aber er wußte, daß er sich noch verdächtiger gemacht hätte, wenn er versucht hätte, sich unter die Menge um ihn herum zu mischen. Das hätte nämlich bedeutet, daß er eine der Lichtschranken hätte durchkreuzen müssen, womit er einen Alarm ausgelöst hätte und von der Nervenpeitsche getroffen worden wäre.

Also entschied er sich abzuwarten.

Weit hinten konnte er die Bewegung ausmachen, die von der Kette von Polizisten ausging, die sich methodisch durch die Wartehalle vorarbeiteten.

Es dauerte eine ganze Weile, bis schließlich einer der Beamten in sein Quadrat trat und sich sorgfältig seine Koordinaten notierte.

»Ihre Papiere!«

Papa reichte sie ihm, und der Polizist überflog sie sachkundig.

»Sie sind Preem Palver, auf Trantor geboren, seit einem Monat auf Kalgan und kehren nun nach Hause zurück. Antworten Sie mit ja oder nein.«

»Ja.«

»Was hatten Sie auf Kalgan zu tun?«

»Ich bin der Handelsbeauftragte unserer Farm-Kooperative. Ich bin zu Verhandlungen mit dem Landwirtschaftsministerium nach Kalgan gekommen.«

»Hmmm. Sie reisen in Begleitung Ihrer Frau? Wo ist sie jetzt? Sie steht in Ihren Papieren.«

»Bitte, meine Frau ist in . . .« Er zeigte mit dem Daumen in die Richtung, in der die Toiletten lagen.

»Hanto«, brüllte der Polizist, worauf ein zweiter Uniformierter auftauchte.

»Da steckt schon wieder jemand auf dem Klo. Und natürlich wieder mal eine Dame. Sie müssen sich doch die Türklinke in die Hand geben, so viele sind es. Schreib ihren Namen auf.« Er wies auf eine Stelle in den Papieren, an der Mamas Name erwähnt war.

»Ist sonst noch jemand bei Ihnen?«

»Meine Nichte.«

»Davon steht aber nichts in den Papieren.«

»Sie ist allein hergekommen.«

»Und wo ist sie? Schon gut, ich kann es mir denken. Schreib auch den Namen der Nichte auf, Hanto. Wie heißt sie? Notier dir Arcadia Palver. Sie bleiben hier, Palver. Wir werden uns um die Frauen kümmern.«

Papa mußte lange warten, bis er endlich Mama sah, die mit Arcadia an der Hand und den beiden Polizisten im Gefolge entschlossen auf ihn zumarschiert kam.

Sie betraten Papas Quadrat, und einer der Beamten meinte: »Ist diese gräßliche Nervensäge Ihre Frau?«

»Ja, Sir«, antwortete Papa beschwichtigend.

»Dann machen Sie ihr begreiflich, daß sie großen Ärger bekommt, wenn sie weiter so die Polizei des Ersten Bürgers beschimpft.« Er warf sich zornig in die Brust. »Ist das da Ihre Nichte?«

»Ja, Sir.«

»Zeigen Sie mir ihre Papiere.«

Mama sah ihren Mann scharf an und schüttelte dann langsam, aber bestimmt den Kopf.

Nach einer kurzen Pause sagte Papa mit einem schüchternen Lächeln: »Ich glaube, das werden wir nicht tun.«

»Was meinen Sie damit, Sie werden es nicht tun?« Der Beamte streckte die Hand aus. »Geben Sie sie schon her.«

»Wir genießen diplomatische Immunität«, erklärte Papa leise.

»Was soll das heißen?«

»Ich habe Ihnen bereits gesagt, daß ich der Handelsbeauftragte meiner Farm-Kooperative bin und in dieser Eigenschaft diplomatische Immunität als Abgesandter eines fremden Planeten besitze. Das geht auch aus meinen Papieren hervor, die ich Ihnen gezeigt habe. Und jetzt möchte ich bitte nicht weiter belästigt werden.«

Einen Augenblick wußte der Polizist nicht, was er sagen sollte. »Ich muß darauf bestehen, alle Papiere zu sehen«, erwiderte er schließlich. »Ich habe meine Befehle.«

»Verschwinden Sie«, mischte sich Mama plötzlich ein. »Wenn wir Sie brauchen sollten, sagen wir Ihnen schon Bescheid, Sie, Sie . . . *Holzkopf*.«

Der Polizist preßte die Lippen zu einem schmalen Strich zusammen. »Paß auf sie auf, Hanto. Ich hole den Lieutenant.«

»Ich hoffe, Sie brechen sich das Genick!« rief Mama ihm nach. Jemand begann zu lachen, brach aber abrupt wieder ab.

Die Durchsuchung war so gut wie beendet, und die Menge wurde langsam unruhig. Fünfundvierzig Minuten waren vergangen, seit sich das Netz heruntergesenkt hatte, und das war selbst für den Geduldigsten zuviel. Lieutenant Dirige beeilte sich deshalb, das Problem mit der aufsässigen kleinen Gruppe so schnell wie möglich zu lösen.

»Ist das hier das Mädchen?« fragte er ausdruckslos. Er hatte die Kleine nach der Beschreibung auf den ersten Blick erkannt. Soviel Aufregung um ein kleines Mädchen . . .

»Würden Sie mir bitte ihre Papiere zeigen?«

»Ich habe Ihren Leuten bereits erklärt . . .« begann Papa, doch der Lieutenant unterbrach ihn.

»Mir ist alles bekannt. Es tut mir leid, aber ich habe meine Befehle, die ich befolgen muß. Wenn Sie Protest einlegen wollen, können Sie das später tun. Im Augenblick möchte ich jedenfalls die Papiere des Mädchens sehen, und wenn nötig, mit Gewalt.«

Es entstand eine Pause. Der Lieutenant wartete geduldig.

»Gib mir deine Papiere, Arcadia«, sagte Papa schließlich heiser.

Arcadia schüttelte erschrocken den Kopf, aber Papa lächelte ihr aufmunternd zu. »Du brauchst keine Angst zu haben. Gib sie mir ruhig.«

Resignierend griff sie in ihre Tasche und reichte Papa den Ausweis. Er öffnete ihn, überprüfte ihn genau und gab ihn dann an den Lieutenant weiter, der sie seinerseits genau überprüfte. Er sah Arcadia einen langen Augenblick scharf an und gab ihr den Paß dann zurück.

»Alles in Ordnung«, nickte er. »Okay, Männer.«

Die Beamten entfernten sich, und keine zwei Minuten später hob sich das Netz wieder, und die Stimme aus den Lautsprechern verkündete, daß der Betrieb nun wieder normal weitergehe. Die befreite Menge setzte sich schnell wieder in Bewegung.

»Wieso . . . wieso . . .« stotterte Arcadia.

Papa legte den Finger auf den Mund. »Schsch. Sei jetzt besser still. Gehen wir zum Schiff. Es müßte jeden Augenblick landen.«

Sie befanden sich an Bord des Schiffes, wo sie eine Privatkabine und einen eigenen Tisch im Speiseraum hatten. Mittlerweile trennten sie schon zwei Lichtjahre von Kalgan, und Arcadia faßte endlich Mut, das Thema wieder zur Sprache zu bringen.

»Aber sie sind doch hinter *mir* her gewesen, Mr. Palver, und sie hatten doch meine Beschreibung und all das«, sagte sie. »Wieso haben sie mich dann laufenlassen?«

Papa, der gerade mit einer Scheibe Braten beschäftigt war, lächelte zufrieden. »Weißt du, mein Kind, die Sache läßt sich ganz einfach erklären. Wenn man, wie ich, schon so lange mit Agenten, Käufern und konkurrierenden Kooperativen zu tun hat, dann lernt man doch einige Tricks. Siehst du, Arcadia, als der Lieutenant deinen Paß öffnete, fand er darin einen zusammengefalteten Fünfhundertkreditschein. Verstehst du jetzt?«

»Ich werde es Ihnen zurückbezahlen . . . Ehrlich, ich habe genug Geld.«

»Weißt du«, Papa lächelte verlegen, als er abwinkte, »für eine Landsmännin . . .«

Arcadia war so schnell nicht zufrieden. »Und wenn er nun das Geld genommen und mich trotzdem verhaftet hätte? Und mich der versuchten Bestechung beschuldigt hätte?«

»Dann hätte er ja auch auf seine fünfhundert Kredit verzichten müssen. Nein, Arcadia. Glaub mir, ich kenne mich mit solchen Leuten besser aus als du.«

Aber Arcadia wußte, daß es nicht so war. *Diese* Leute kannte er nicht. Als sie an diesem Abend in ihrem Bett lag, dachte sie noch lange darüber nach. Ihr war klar, daß sich der Lieutenant nie hätte bestechen lassen, es sei denn, daß es so geplant gewesen war. Man wollte sie überhaupt nicht verhaften, und trotzdem hatte man sich alle Mühe gegeben, so zu tun als ob . . .

Warum? Um sicher zu gehen, daß sie Kalgan auch wirklich verließ? Und nach Trantor flog? Waren diese beiden beschränkten, aber so hilfsbereiten und liebenswürdigen Menschen nur Werkzeuge der Zweiten Stiftung und im Grunde genauso hilflos wie sie selbst?

Es mußte so sein!

Oder nicht?

Es war alles so sinnlos. Wie konnte sie glauben, es mit einem solchen Gegner aufnehmen zu können? Was immer sie tat, war vielleicht nur genau das, was jene schreckliche Macht wollte.

Trotzdem mußte sie versuchen, sie zu überlisten. Sie *mußte* es einfach!

16

Der Krieg beginnt

Aus Gründen, die den Bewohnern der Galaxis in jener Ära, über die wir hier sprechen, mit Sicherheit unbekannt waren, wird in der Intergalaktischen Standardzeit die Basiseinheit, also die Sekunde, als die Zeit definiert, in der das Licht 299 776 Kilometer zurücklegt. 86 400 Sekunden sind völlig willkürlich für den Zeitraum eines Intergalaktischen Standardtages festgesetzt worden, und 365 dieser Tage entsprechen einem Intergalaktischen Standardjahr.

Warum gerade diese Zahlen? Warum gerade 299 776? . . . Oder 86 400? . . . Oder 365?

Tradition, sagt der Historiker, für den die Frage damit erledigt ist. Wegen ganz bestimmter Beziehungen der Zahlen untereinander, sagen die Mystiker, die Kultanhänger, die Numerologen und Metaphysiker. Weil der ursprüngliche Heimatplanet der Menschheit bestimmte natürliche Umlaufzeiten hatte, aus denen sich diese Zahlen herleiten lassen, sagen einige wenige.

Aber genau wußte es niemand.

Wie auch immer, es war jedenfalls 185, 11 692 G. Ä., als die *Hober Mallow*, ein Kreuzer der Stiftung, auf das Geschwader aus Kalgan unter Führung der *Fearless* stieß und dann, als er sich weigerte, einen Suchtrupp an Bord zu lassen, beschossen und zerstört wurde. Das angegebene Datum ist der 185. Tag des 11 692. Jahres der Galaktischen Ära, die mit der Thronbesteigung des ersten Kaisers der traditionellen Kamble-Dynastie beginnt. Es war aber auch 185, 419 N. S. – nach Seldons Geburt gerechnet –, oder 185, 348 S. Z. – nach der Gründung der Stiftung gerechnet. Auf Kalgan schrieb man das Datum 185, 56 E. B. – nach dem Jahr gerechnet, als der Muli den Titel »Erster Bürger« angenommen hatte. Wenn auch die Tage, an denen die verschiedenen Zeitrechnungen tatsächlich zu zählen begonnen hatten, verschieden gewesen waren, hatte man aus Gründen der Bequemlichkeit dafür gesorgt, daß das Jahr überall die gleiche Anzahl von Tagen hatte und man überall den gleichen Tag schrieb.

Daneben gab es auf den Millionen von Planeten noch Millionen Lokalzeiten, die sich nach der Bewegung der benachbarten Himmelskörper richteten.

Aber ganz gleich, welche Zeitrechnung man nun nahm, ob 185 und 11 692, 419, 348 oder 56 – oder was auch immer – es war jedenfalls jener entscheidende Tag, der für die Historiker den Beginn des Stettin-Kriegs markierte.

Dr. Darell dagegen rechnete noch anders. Für ihn war es ganz exakt der zweiunddreißigste Tag, seit Arcadia Terminus verlassen hatte.

Kaum jemand wußte, was es Darell kostete, in dieser Zeit zumindest äußerlich völlig ruhig und gelassen zu erscheinen.

Aber Elmic Semic glaubte, es zu wissen. Er war ein alter Mann, der sich mit Vorliebe über sich selbst lustig machte und behauptete, daß seine Arterien so weit verkalkt seien, daß er nur noch sehr beschränkt denken könne. Er forderte die Unterschätzung seiner geistigen Fähigkeiten geradezu heraus und schien sie sogar fast zu begrüßen, denn er war immer der erste, der darüber lachte. Trotzdem waren seine Augen immer noch bemerkenswert scharf und sein Verstand aufgeweckt und klug.

Gerade verzog Semic den schmalen Mund. »Warum unternehmen Sie nicht etwas?«

Darell zuckte beim Klang der Stimme abwesend zusammen. »Wo waren wir gleich stehengeblieben?« brummte er.

Semic sah ihn mit ernstem Gesicht an. »Ich meine, Sie sollten etwas in dieser Sache mit Ihrer Tochter unternehmen.«

»Die Frage lautet: Können Sie einen Symes-Molff-Resonator für den angegebenen Bereich bekommen?« erwiderte Darell kalt.

»Nun, ich sagte, daß ich es könnte, nur haben Sie mir nicht zugehört . . .«

»Tut mir leid, Elvett, aber so liegen die Dinge nun einmal. Was wir jetzt tun, ist möglicherweise für alle Bewohner der Galaxis wesentlich bedeutungsvoller als die Frage, ob es Arcadia gut geht. Das heißt, für alle außer Arcadia und mir selbst natürlich, aber ich bin bereit, mich der Mehrheit anzuschließen. Wie groß würde der Resonator sein?«

Semic runzelte nachdenklich die Stirn. »Ich weiß es nicht genau. Sie finden die exakten Angaben in irgendeinem Katalog.«

»Wie groß ungefähr? Wiegt er eine Tonne, ein Pfund oder was?«

»Ach so, ich dachte, Sie wollten genaue Angaben wissen. Es ist ein ziemlich kleines Ding.« Er maß die Spanne vom Daumennagel bis zum ersten Gelenk. »Ungefähr so groß.«

»Schön, können Sie etwas in der Art bauen?« Er zeichnete eine rasche Skizze auf einen Notizblock, den er dann dem alten Physiker reichte. Semic betrachtete die Zeichnung nachdenklich und lächelte.

»Wissen Sie, wenn man so alt ist wie ich, dann verkalken die Arterien langsam aber sicher. Was haben Sie eigentlich vor?«

Darell zögerte. Im Augenblick hätte er alles darum gegeben, das physikalische Wissen des anderen zu besitzen, so daß er seine Gedanken nicht in Worten hätte ausdrücken müssen. Aber da es nun einmal nicht so war, erklärte er Semic seinen Plan.

Der Physiker schüttelte den Kopf. »Dazu brauchen Sie Hyper-Relais. Das ist das einzige, was schnell genug arbeitet. Und zwar eine ganze Menge.«

»Was mich interessiert, ist, ob sich das Gerät bauen läßt.«

»Sicher.«
»Können Sie die nötigen Teile beschaffen? Ich meine, ohne aufzufallen. Zum Beispiel unter dem Vorwand, daß Sie die Dinge für Ihre Arbeit brauchen.«
Semic rümpfte die Nase. »Fünfzig Hyper-Relais? So viele würde ich in meinem ganzen Leben nicht brauchen.«
»Wir arbeiten doch im Augenblick an einem Verteidigungsprojekt. Fällt Ihnen nicht irgendein harmloser Verwendungszweck ein? Das nötige Geld haben wir.«
»Hmmm. Vielleicht doch.«
»Wie klein können Sie das Gerät bauen?«
»Hyper-Relais sind auch in Kleinstausführung erhältlich . . . dann die Verdrahtung . . . Röhren – meine Güte, Darell, es gehören ein paar hundert Schaltkreise dazu.«
»Ich weiß. Wie groß?«
Semic deutete mit den Händen die vermutliche Grüße an.
»Zu groß«, kommentierte Darell. »Ich muß es am Gürtel tragen können.«
Langsam knüllte er seine Skizze zu einem kleinen Ball zusammen, den er in den Verbrenner warf, wo er in einer weißen Flamme verging.
»Wer ist das?« wollte er plötzlich wissen.
Semic beugte sich über seinen Schreibtisch und sah auf den kleinen, milchigen Schirm über dem Türsignal. »Es ist Anthor. Er hat noch jemanden bei sich.«
»Kein Wort zu den beiden von dem, was ich Ihnen gerade erzählt habe, Semic, ja? Wenn die andere Seite davon erfährt, kann es tödlich werden, und es ist schon genug, wenn zwei Leben auf dem Spiel stehen.«

Pelleas Anthor brachte eine Atmosphäre der Aktivität in Semics Büro, das sich ganz der Art des alten Physikers angepaßt zu haben schien. Der junge Student wirkte wie ein frischer Wind in der etwas verstaubten Umgebung.
»Dr. Darell, Dr. Semic – Orum Dirige«, stellte er die Männer einander vor. Der Mann, den er mitgebracht hatte, war groß, und die lange, gerade Nase verlieh seinem Gesicht einen etwas finsteren Ausdruck. Darell hielt ihm die Hand entgegen.
Anthor lächelte. »Polizeilieutenant Dirige«, fügte er erklärend hinzu. »Von Kalgan.«
Darell fuhr herum und musterte den jungen Mann eindringlich. »Polizeilieutenant Dirige von Kalgan«, wiederholte er nachdrücklich. »Warum haben Sie diesen Mann mit hierhergebracht?«
»Weil er der letzte war, der Ihre Tochter auf Kalgan gesehen hat. He, was soll das?«

Anthors zufriedenes Lächeln machte unvermittelt einem besorgten Ausdruck Platz, als er sah, daß sich Darell auf den Beamten gestürzt hatte. Er fuhr dazwischen, und es kostete ihn einige Mühe, bis er den Älteren endlich wieder in seinen Sessel gedrückt hatte.

»Was soll das, Darell?« Anthor strich sich eine braune Locke aus der Stirn, setzte sich auf die Schreibtischkante und wippte nachdenklich mit einem Bein. »Ich dachte, Sie freuen sich über die gute Nachricht.«

Darell wandte sich an den Polizisten. »Was heißt das, Sie waren der letzte, der meine Tochter gesehen hat? Ist sie tot? Ich will die Wahrheit wissen.« Sein Gesicht war vor Aufregung kalkweiß.

»Der letzte, der sie auf Kalgan gesehen hat«, erwiderte Dirige ausdruckslos. »Sie ist jetzt nicht mehr auf Kalgan. Mehr kann ich Ihnen auch nicht sagen.«

»Moment, Doc«, mischte sich jetzt Anthor ein, »lassen Sie mich das Ganze erklären. Tut mir leid, wenn ich vielleicht ein bißchen zu dramatisch gewesen bin, aber Sie haben sich in dieser Sache bisher so emotionslos verhalten, daß ich manchmal vergesse, daß Sie doch noch Gefühle haben. Zuerst einmal: Lieutenant Dirige gehört zu uns. Er wurde zwar auf Kalgan geboren, aber sein Vater stammte von der Stiftung und wurde unter dem Muli nach Kalgan gebracht. Ich verbürge mich für die Loyalität des Lieutenants für die Sache der Stiftung.

Als der tägliche Bericht von Munn plötzlich ausblieb, habe ich mich mit ihm in Verbindung gesetzt . . .«

»Warum?« unterbrach ihn Darell erregt. »Ich dachte, wir wären übereingekommen, in dieser Angelegenheit nichts zu unternehmen. Sie haben Ihr und unser Leben aufs Spiel gesetzt.«

»Weil ich schon länger als Sie mit dieser Sache zu tun habe«, gab Anthor ebenso heftig zurück.

»Weil ich über gewisse Kontakte auf Kalgan informiert bin, von denen Sie nichts wissen. Weil ich überhaupt mehr weiß als Sie. Verstehen Sie das?«

»Ich glaube, Sie sind völlig verrückt geworden.«

»Werden Sie mir jetzt zuhören?«

Nach kurzem Zögern senkte Darell den Blick.

Anthor verzog den Mund zu einem andeutungsweisen Lächeln. »Also passen Sie auf, Doc. Geben Sie mir ein paar Minuten. Fangen Sie an, Dirige.«

»Soweit ich weiß, Dr. Darell«, begann der Polizeibeamte, »befindet sich Ihre Tochter auf Trantor. Jedenfalls hat sie sich auf dem Ost-Raumhafen ein Ticket dorthin gekauft. Sie war in Begleitung eines Handelsbeauftragten von Trantor, der behauptete, sie sei seine Nichte. Ihre Tochter scheint einen ungewöhnlich weit verstreuten Verwandtenkreis zu haben, Doktor. Wenn ich recht informiert bin, war das ihr zweiter Onkel innerhalb von zwei Wochen, oder? Der Mann versuchte sogar, mich zu bestechen – wahrscheinlich glaubt er, das wäre auch der Grund, warum ich sie habe laufen lassen.« Er lächelte düster.

»Wie ging es ihr?«

»Ganz gut, soweit ich es beurteilen konnte. Sie hatte offensichtlich große Angst, aber das kann ich ihr nicht verdenken, denn die gesamte Polizei war hinter ihr her. Warum, weiß ich immer noch nicht.«

Darell holte tief Luft. Er merkte, daß seine Hände zitterten, und war bemüht, sich zu beherrschen. »Sie ist also unverletzt. Aber zurück zu ihrem Begleiter. Wer war dieser Handelsbeauftragte? Welche Rolle spielt er in dem Ganzen?«

»Ich habe keine Ahung. Kennen Sie Trantor?«

»Ich habe früher einmal dort gelebt.«

»Es ist jetzt eine Agrarwelt, die hauptsächlich Viehfutter und Getreide exportiert. Die Produkte Trantors sind von äußerst hoher Qualität und werden in der ganzen Galaxis verkauft. Es gibt etwa ein Dutzend Farm-Kooperativen auf dem Planeten, von denen jede ihren eigenen Beauftragten auf andere Planeten schickt. Die meisten von ihnen sind ziemlich raffinierte Typen – ich kenne die Akte von diesem hier. Er ist schon ein paarmal auf Kalgan gewesen, gewöhnlich in Begleitung seiner Frau. Er ist absolut ehrlich und völlig harmlos.«

»Hmmm.« Anthor überlegte. »Arcadia ist doch auf Trantor geboren, oder, Doc?«

Darell nickte.

»Es muß irgendwie damit zu tun haben. Sie wollte von Kalgan weg – und zwar möglichst schnell und möglichst weit – und da war Trantor doch das Nächstliegende. Finden Sie nicht?«

»Warum ist sie nicht hierher zurückgekommen?« wandte Darell ein.

»Vielleicht wurde sie verfolgt und kam auf die Idee, die Verfolger mit einem unerwarteten Ziel in die Irre zu führen.«

Dr. Darell hatte nicht den Mut weiterzufragen. Die Hauptsache war schließlich, daß sie in Sicherheit war, ob auf Trantor oder irgendwo anders in dieser dunklen und gräßlichen Galaxis spielte letztendlich keine Rolle. Er ging langsam auf die Tür zu, blieb aber stehen, als er Anthors Hand auf seinem Arm fühlte.

»Haben Sie etwas dagegen, wenn ich mit Ihnen nach Hause gehe, Doc?«

»Nein, natürlich nicht«, antwortete Darell mechanisch.

Bis zum Abend hatte sich Dr. Darell, zumindest nach außen hin, wieder halbwegs gefaßt. Er war nicht zum Abendessen erschienen, sondern hatte statt dessen mit fieberhaftem Eifer weiter an den mathematischen Grundlagen der enzephalographischen Analyse gearbeitet.

Es war schon fast Mitternacht, als er zurück in das Wohnzimmer kam. Pelleas Anthor war noch auf und drehte an den Knöpfen des Fernsehgerätes. Als er hinter sich die Schritte von Dr. Darell hörte, drehte er sich flüchtig um.

»Hallo? Auch noch nicht im Bett? Ich sitze jetzt schon eine halbe Ewigkeit hier und versuche, etwas mehr über die neueste Nachrichtenmeldung zu erfahren. Es heißt, daß der S. K. *Hober Mallow* überfällig ist und sich noch nicht gemeldet hat.«

»So? Und was vermutet man?«

»Was schon! Man nimmt an, daß Kalgan dahintersteckt. Es heißt, daß kalganische Kriegsschiffe in dem Raumsektor gesichtet wurden, aus dem sich die *Hober Mallow* zum letztenmal gemeldet hat.«

Darell zuckte die Achseln, und Anthor kratzte sich zweifelnd am Kopf.

»Hören Sie, Doc«, meinte er schließlich. »Warum fliegen Sie nicht nach Trantor?«

»Warum sollte ich?«

»Weil Sie uns hier doch nicht helfen können. Sie sind mit den Gedanken doch nicht bei der Sache, aber das ist in Ihrer Situation nicht verwunderlich. Aber Sie können sich nützlich machen, wenn Sie nach Trantor fliegen. Dort befindet sich nämlich unter anderem auch die Imperiale Bibliothek mit den vollständigen Aufzeichnungen über Seldon . . .«

»Nein! Die Bibliothek ist schon so oft zu Rate gezogen worden, aber bisher ist noch niemand damit weitergekommen.«

»Sie vergessen Ebling Mis.«

»So? Sicher, er hat *behauptet*, er wüßte, wo sich die Zweite Stiftung befände, und meine Mutter hat ihn fünf Sekunden darauf erschossen, damit er nicht unwissentlich dem Muli ihre Position verriet. Aber dadurch läßt sich natürlich auch nicht mehr nachprüfen, ob Mis die Position der Zweiten Stiftung wirklich gekannt hat. Und nach ihm hat es niemand mehr geschafft, anhand der Aufzeichnungen etwas Genaueres herauszufinden.«

»Ebling Mis arbeitete unter dem stimulierenden Einfluß des Muli, wenn Sie sich erinnern.«

»Ich weiß, aber ich bin der Meinung, daß Ebling Mis' Verstand aus genau diesem Grund nicht mehr ganz richtig funktionierte. Wissen Sie, wie ein Mensch reagiert, der von einem anderen emotional beeinflußt wird? Kennen Sie die geistigen Stärken und Schwächen in diesem Zustand? Jedenfalls werde ich nicht nach Trantor fliegen.«

Anthor runzelte die Stirn. »Warum gleich so heftig? Es war doch nur ein Vorschlag – meine Güte, ich begreife Sie einfach nicht. Sehen Sie sich im Spiegel an. Sie sehen zehn Jahre älter aus, und ein Blinder sieht doch, daß die augenblickliche Situation Sie fertigmacht. Sie können uns hier nicht nützen. Ich an Ihrer Stelle würde mich beeilen, meine Tochter zurückzuholen.«

»Richtig! Das würde ich am liebsten auch tun. *Und genau aus diesem Grund werde ich es nicht tun.* Sie, Anthor – und auch ich – wir haben es mit einem Gegner zu tun, der uns haushoch überlegen ist, und wenn Sie ehrlich sind, dann geben Sie das zu.

Seit fünfzig Jahren wissen wir jetzt, daß die Zweite Stiftung die eigentliche Nachfolge Seldons angetreten hat und die Erbin der Seldonschen Mathematik ist. Sie dürften wissen, was diese Tatsache bedeutet: Nämlich daß alles, was in der Galaxis geschieht, von ihnen in ihre Berechnungen miteinbezogen worden ist. Für uns ist das Leben nichts weiter als eine Reihe von Zufällen, denen wir mit Improvisationen begegnen. Für die Zweite Stiftung geschieht alles in einer bestimmten Absicht, und da sie durch ihre Vorausberechnungen wissen, was passiert, können sie allen Ereignissen vorbereitet entgegentreten.

Aber auch die Zweite Stiftung hat ihre Schwächen. Ihre Arbeit ist rein statistisch und bezieht sich auf eine große Menschenmasse. Welche Rolle *ich,* als Einzelner, im vorherbestimmten Lauf der Geschichte spiele, weiß ich natürlich nicht. Vielleicht ist mir gar keine bestimmte Rolle zugedacht, da der Plan dem einzelnen seine eigene Entscheidung und seinen freien Willen läßt. Aber ich bin auf jeden Fall ein wichtiger Faktor, und sie – *sie,* die Angehörigen der Zweiten Stiftung – müssen meine wahrscheinliche Reaktion zumindest vorausberechnet haben. Also bemühe ich mich, nicht nach meinem inneren Impuls, meinen Wünschen und meiner wahrscheinlichen Reaktion vorzugehen.

Statt dessen werde ich sie mit einer *un*wahrscheinlichen Reaktion konfrontieren. Ich bleibe hier, auch wenn ich mir verzweifelt wünsche, nach Trantor zu fliegen und meine Tochter zu holen. Nein! Gerade *weil* ich es mir so verzweifelt wünsche.«

Der junge Mann lächelte säuerlich.

»Sie kennen Ihre eigenen Gedanken nicht so genau wie *sie*. Es ist doch vorstellbar, daß sie – da sie Sie kennen – trotzdem genau wissen, wie Sie sich verhalten, weil sie Ihre Gedanken nachvollziehen können.«

»In diesem Fall gibt es keinen Ausweg mehr, denn wenn ich den Überlegungen folge, wie Sie sie gerade angedeutet haben, dann müssen sie diesen Schritt ebenfalls vorausgesehen haben. Es ist ein Teufelskreis, und was ich auch tue, es könnte genau das Verkehrte sein. Ich glaube allerdings nicht, daß man meine Tochter durch die halbe Galaxis gelockt hat, damit ich hier bleibe, wo ich bin, denn das hätten sie viel einfacher erreichen können, indem sie einfach gar nichts unternommen hätten. Ich glaube, sie wollten mich herausfordern, etwas zu unternehmen, und genau aus diesem Grund werde ich nichts unternehmen.

Und außerdem hat die Zweite Stiftung nicht bei allem, was geschieht, ihre Hand im Spiel, davon können wir ausgehen. Nicht alle Ereignisse sind auf ihren Einfluß zurückzuführen. Vielleicht haben sie überhaupt nichts mit Arcadias Entschluß, Munn zu begleiten, zu tun, und vielleicht ist sie auf Trantor in Sicherheit, wenn wir längst alle tot sind.«

»Nein«, fiel Anthor scharf ein, »jetzt liegen Sie völlig falsch.«

»Haben Sie eine bessere Erklärung?«

»Die habe ich – wenn Sie mir zuhören.«

»Reden Sie. Geduld habe ich genug.«

»Schön, also . . . wie gut kennen Sie Ihre Tochter?«

»Wie gut kennt ein Mensch den anderen? Offensichtlich kenne ich sie nicht gut genug.«

»Ich natürlich auch nicht, und wahrscheinlich kenne ich sie noch weniger als Sie, aber ich habe sie mit anderen Augen gesehen als ihr Vater. Punkt eins: Sie ist eine unglaubliche Romantikerin, das einzige Kind eines zurückgezogen lebenden Akademikers, aufgewachsen in einer unwirklichen Welt aus Film- und Buch-Film-Abenteuern. Sie lebt in einer Phantasiewelt aus Spionage und Intrige. Punkt zwei: Sie ist sehr intelligent, jedenfalls intelligent genug, uns zu überlisten. Sie wollte uns bei unserer ersten Zusammenkunft belauschen und hat es geschafft. Sie wollte mit Munn nach Kalgan und hat ihren Willen durchgesetzt. Punkt drei: Sie verehrt ihre Großmutter – Ihre Mutter –, die den Muli besiegt hat, über alle Maßen.

Das alles stimmt doch soweit, nicht wahr? Schön, dann weiter im Text. Im Gegensatz zu Ihnen habe ich mir von Lieutenant Dirige ausführlich Bericht erstatten lassen und mich darüberhinaus auch bei unseren Leuten auf Kalgan informiert. Sie sagen im wesentlichen alle das gleiche aus. Wir wissen jetzt zum Beispiel, daß der Lord von Kalgan Homir Munn zunächst seine Bitte, den Palast des Muli besichtigen dürfen, verweigert hat, es sich jedoch plötzlich anders überlegte, nachdem Arcadia bei Lady Callia gewesen war, einer sehr guten Freundin des Ersten Bürgers.«

»Und woher genau wissen Sie das?« unterbrach ihn Darell.

»Einmal wurde Munn von Dirige verhört, als die Suchaktion nach Arcadia begann. Selbstverständlich haben wir einen kompletten Bericht über alle Fragen und Antworten.

Und dann natürlich Lady Callia. Es heißt zwar schon seit einiger Zeit, daß Lord Stettin das Interesse an ihr verloren habe, aber dafür gibt es keinerlei Beweise. Sie behält nicht nur auch weiterhin ihre einflußreiche Stellung, sondern sie schafft es sogar, den Lord dazu zu bringen, daß er Munn doch erlaubt, den Palast des Muli zu betreten. Und nicht nur das; sie verhilft Arcadia auch ganz offen zur Flucht. Ein Dutzend Soldaten, die zu der Zeit gerade um Stettins weitläufige Villa Wache standen, haben bezeugt, daß sie die beiden am letzten Abend zusammen gesehen haben. Trotzdem wird Lady Callia nicht bestraft, obwohl man doch offensichtlich alles daran gesetzt hat, Arcadia zurückzubekommen.«

»Und was schließen Sie nun daraus?«

»Daß Arcadias Flucht sorgfältig geplant war.«

»Das habe ich bereits gesagt.«

»Ja. Aber ich habe noch etwas hinzuzufügen: Nämlich daß Arcadia gewußt haben muß, daß alles so inszeniert worden war. Ihre so intelligente Tochter, die überall Intrigen wittert, hat auch hier eine gewittert und ist den gleichen Überlegungen gefolgt wie Sie. Man wollte, daß sie zur Stiftung zurückkehrt, also ist sie statt dessen nach Trantor geflogen. Aber warum gerade Trantor?«

»Nun, warum?«

»Weil Bayta, ihr großes Idol, gerade diesen Planeten gewählt hat, als *sie* auf der Flucht war. Arcadia ist ihrem Beispiel gefolgt, sei es bewußt oder unbewußt. Und deshalb frage ich mich, ob sie beide vielleicht auf der Flucht vor ein- und demselben Gegner waren.«

»Vor dem Muli?« fragte Darell spöttisch.

»Natürlich nicht. Wenn ich von einem Gegner spreche, dann meine ich einen, gegen den sie nichts auszurichten vermochte. Sie war auf der Flucht vor der Zweiten Stiftung oder vor jemandem auf Kalgan, der mit ihr zu tun hat.«

»Wie meinen Sie das?«

»Glauben Sie, daß Kalgan immun gegen den Einfluß der Zweiten Stiftung ist? Sicher nicht. Wir sind doch beide zu dem Schluß gekommen, daß Arcadias Flucht geplant war. Richtig? Man hat nach ihr gesucht und sie auch gefunden, sie aber dann über Dirige trotzdem wieder entkommen lassen. Über Dirige, verstehen Sie? Und wieso? Natürlich weil er einer von uns war. Aber woher wußte die Gegenseite das? Rechneten sie damit, daß er ein Verräter war? Was meinen Sie, Doc?«

»Ich begreife nicht, worauf Sie hinauswollen. Soll das nun heißen, daß man sie doch finden wollte? Ehrlich gesagt, Anthor, langsam geht meine Geduld zu Ende. Kommen Sie endlich zum Schluß, damit ich ins Bett komme.«

»Ich bin gleich fertig.« Anthor holte aus der Innentasche seines Jacketts einen Papierstreifen hervor, der mit den vertrauten Zackenlinien eines Enzephalogramms bedeckt war. »Das hier ist Diriges Gehirnstromdiagramm«, erklärte Anthor ruhig. »Es wurde nach seiner Rückkehr von Kalgan gemacht.«

Darell betrachtete es einen Augenblick, und als er wieder aufsah, war sein Gesicht aschgrau. »Er wird manipuliert.«

»Genau. Er hat Arcadia nicht entkommen lassen, weil er einer von uns ist, sondern weil er unter dem Einfluß der Zweiten Stiftung steht.«

»Obwohl er doch gesehen hat, daß sie nach Trantor und nicht zurück zur Stiftung wollte?«

Anthor zuckte die Achseln. »Er war darauf programmiert, sie entkommen zu lassen, und darauf hatte er selbst keinen Einfluß. Sehen Sie, er war nur ein Werkzeug. Arcadia hat den unwahrscheinlichsten Weg gewählt und befindet sich jetzt vermutlich in Sicherheit. Zumindest solange, bis sich die Zweite Stiftung auf die veränderte Situation eingestellt hat und ihre Pläne entsprechend ändert . . .«

Er brach ab, denn am Fernsehgerät blinkte in diesem Augenblick ein kleines Signallicht auf, das eine Sondermeldung anzeigte. Auch Darell hatte es bemerkt und schaltete jetzt mit einer mechanischen Handbewegung den Apparat ein. Der Nachrichtensprecher war gerade mitten in einem Satz, aber noch bevor er ihn vollendet hatte, wußten sie, daß man die *Hober Mallow*, oder besser das, was von ihr übriggeblieben war, gefunden hatte und daß sich die Stiftung zum erstenmal seit fünfzig Jahren wieder im Krieg befand.

Anthor knirschte mit den Zähnen. »Sie haben es gehört, Doc, Kalgan hat uns angegriffen, und Kalgan befindet sich unter der geistigen Kontrolle der Zweiten Stiftung. Werden Sie jetzt dem Beispiel Ihrer Tochter folgen und nach Trantor fliegen?«

»Nein. Ich gehe das Risiko ein. Ich bleibe hier.«

»Dr. Darell, Sie sind nicht so intelligent wie Ihre Tochter. Manchmal frage ich mich wirklich, wie weit man Ihnen noch trauen kann.« Er musterte Darell einen Moment eindringlich und verließ dann wortlos den Raum.

Darell blieb unsicher – und fast verzweifelt – zurück.

Währenddessen lief das Fernsehgerät weiter, und auf dem Bildschirm wurde bis ins kleinste Detail die erste Stunde des Kriegs zwischen Kalgan und der Stiftung geschildert.

17
Krieg

Der Bürgermeister der Stiftung fuhr sich durch den Kranz von Haaren, der ihm noch geblieben war. »Wir haben soviele Jahre vergeudet«, seufzte er, »und soviele Chancen nicht genutzt. Ich möchte niemandem einen Vorwurf machen, Dr. Darell, aber wir haben eine Niederlage verdient.«

»Ich sehe keinen Grund, jetzt schon zu verzweifeln, Sir«, erwiderte Darell ruhig.

»Keinen Grund zu verzweifeln! Sie machen mir Spaß, Dr. Darell. Was bleibt uns denn sonst übrig? Kommen Sie mit . . .«

Er zog Darell zu dem dreidimensionalen Modell der galaktischen Doppelspirale, das auf eine Berührung von innen zu leuchten begann.

»Das gelb dargestellte Gebiet des Raumes gehört zum Herrschaftsgebiet der Stiftung«, erklärte der Bürgermeister aufgeregt, »das rote zu Kalgan.«

Das Bild, das sich Darell bot, war das einer roten Kugel in einer ausgestreckten gelben Faust, die sie auf allen Seiten umschloß – mit Ausnahme jener Seite, die zum Galaktischen Zentrum hin lag.

»Unsere Lage ist unser größtes Hindernis«, kommentierte der Bürgermeister. »Unsere Admirale machen kein Geheimnis daraus, daß wir uns vom strategischen Standpunkt aus gesehen in einer fast hoffnungslosen Position befinden. Sehen Sie hier. Der Feind kann seine Kräfte konzentrieren und uns von allen Seiten her angreifen. Gleichzeitig kann er sich aber auch mit einem Minimum an Aufwand wirkungsvoll verteidigen.

Wir dagegen liegen zu weit auseinander. Die durchschnittliche Distanz zwischen den bewohnten Systemen innerhalb des Stiftungsgebietes ist fast dreimal so groß wie bei Kalgan. Um von Santanni nach Locris zu gelangen, müssen wir eine Entfernung von zweitausendfünfhundert Pareks zurücklegen, während es für den Feind nur achthundert Parseks sind, wenn wir innerhalb unseres jeweiligen Territoriums bleiben . . .«

»Das ist mir alles völlig klar, Sir«, sagte Darell.

»Und trotzdem begreifen Sie nicht, daß diese Tatsache für uns die Niederlage bedeuten kann?«

»Ein Krieg wird nicht nur aufgrund von Entfernungen entschieden. Ich behaupte, wir können nicht verlieren. Es ist einfach unmöglich.«

»Wie kommen Sie darauf?«

»Ich gehe dabei von meiner eigenen Interpretation des Seldon-Plans aus.«

»Ach so.« Der Bürgermeister kräuselte spöttisch die Lippen. »Dann gehören Sie also auch zu denen, die auf die geheimnisvolle Hilfe der Zweiten Stiftung vertrauen.«

»Nein. Ich vertraue nur auf die geschichtliche Notwendigkeit – und natürlich auf Mut und Ausdauer.«

Aber hinter seiner nach außen hin gezeigten Zuversicht nagten doch leise Zweifel . . .

Was war, wenn . . .

Wenn Anthor doch recht hatte und Kalgan bewußt von der Zweiten Stiftung gelenkt und zu ihren Zwecken eingesetzt wurde. Wenn es ihnen nur darum ging, die Erste Stiftung zu besiegen und zu zerstören. Nein! Es ergab keinen Sinn!

Trotzdem . . .

Er lächelte bitter. Es war immer das gleiche. Er tappte blind im Dunkeln herum, während der Gegner genau wußte, was gespielt wurde.

Auch Stettin war sich über die Vor- und Nachteile der strategischen Positionen im klaren.

Der Lord von Kalgan stand vor einem identischen Modell der galaktischen Doppelspirale, wie es sich Darell zusammen mit dem Bürgermeister angesehen hatte. Der Unterschied war nur, daß der Bürgermeister sorgenvoll die Stirn gerunzelt hatte, während Stettin zufrieden vor sich hin lächelte.

Er trug seine eindrucksvolle Admiralsuniform und diagonal über die Brust, von der rechten Schulter bis zur Taille, jene dunkelrote Schärpe, den Orden des Muli, der ihm von seinem Vorgänger verliehen worden war, bevor er diesen sechs Monate später unter Anwendung leichter Gewalt abgesetzt hatte. Auf seiner linken Schulter funkelte ein Orden für besondere Verdienste im Krieg, der Silberstern mit den Doppelkometen und den zwei gekreuzten Schwertern.

Er wandte sich an die sechs Offiziere seines Generalstabs, die nicht weniger prächtige Uniformen als ihr Erster Bürger trugen, und an seinen Premierminister, der sich wie ein häßlicher dunkler Fleck in all der Pracht ausmachte.

»Ich denke, unser Vorgehen ist klar, meine Herren«, begann Stettin. Wir können es uns erlauben zu warten, während die Moral des Gegners mit jedem Tag, der verstreicht, schwächer wird. Wenn er versucht, sein gesamtes Gebiet zu verteidigen, sind seine Streitkräfte so auseinandergezogen, daß wir gleichzeitig an zwei Stellen zuschlagen können, nämlich hier . . . und hier.« Er zeigte auf zwei weiße Linien auf dem galaktischen Modell, die von der roten Kugel ausgehend schnurgerade durch die gelbe Faust schossen und Terminus auf zwei Seiten abschnitten. »Auf diese Weise spalten wir ihre Flotte in drei Teile auf, die wir dann nacheinander aufreiben können. Wenn sie versuchen, ihre Kräfte zu konzentrieren, müssen sie freiwillig zwei Drittel ihres Herrschaftsgebietes aufgeben und riskieren damit eine Rebellion.«

In die ehrfurchtsvolle Stille, die folgte, mischte sich plötzlich die fast zaghafte Stimme des Premierministers. »In sechs Monaten«, wandte er ein, »wird die Stiftung entsprechend stärker geworden sein. Wie wir alle wissen, verfügt sie über enorme Reserven; ihre Flotte ist der unseren zahlenmäßig überlegen, und ihre Reserven an Soldaten sind praktisch unerschöpflich. Vielleicht wäre ein rascher Vorstoß ratsamer.«

Als Zivilist hatte der Pemierminister den wenigsten Einfluß unter den Anwesenden, und Lord Stettin winkte lächelnd ab. »Diese sechs Monate – oder auch ein Jahr, wenn es sein muß – kosten uns nichts. Die Leute von der Stiftung werden sich nicht auf einen Angriff vorbereiten, weil sie von ihrer Ideologie her überhaupt nicht dazu fähig sind. Sie glauben fest daran, daß die Zweite Stiftung sie retten wird. Aber diesmal irren sie sich, was?« Die Offiziere senkten unsicher den Blick.

»Wie ich sehe, mangelt es Ihnen am rechten Selbstvertrauen«, stellte Lord Stettin eisig fest. »Muß ich die Berichte unserer Agenten im Stiftungsgebiet wiederholen? Oder wollen Sie nochmals hören, was dieser Homir Munn herausgefunden hat, der Agent der Stiftung, der jetzt . . . eh . . . für uns arbeitet? Vertagen wir die Konferenz auf später, meine Herren, ja?«

Mit gerunzelter Stirn kehrte Stettin in seine Privaträume zurück. Manchmal wurde er einfach nicht schlau aus diesem Homir Munn. Er war schon ein merkwürdiger Kauz, der leider nicht das hielt, was er anfänglich versprochen hatte. Trotzdem wußte er interessante Informationen zu berichten, die recht überzeugend und einleuchtend klangen – meistens dann, wenn Callia dabei war.

Er lächelte. Diese fette Närrin war also doch noch zu etwas nutze. Jedenfalls holte sie mit ihrer beschwatzenden Art mehr aus ihm heraus als er, und das mit weitaus weniger Mühe. Warum sollte er sie eigentlich nicht einfach diesem Munn überlassen? Callia. Diese Frau und ihre alberne Eifersucht. Galaxis! Hätte er doch bloß dieses Darell-Mädchen noch hier . . . warum hatte er Callia damals nicht den Hals dafür umgedreht?

Er begriff sich selbst nicht.

Vielleicht, weil sie so gut mit Munn umzugehen verstand. Und er brauchte Munn, denn der Bibliothekar hatte ihm zum Beispiel bewiesen, daß daß es, zumindest nach Ansicht des Muli, gar keine Zweite Stiftung gab. Seine Admirale brauchten eine solche moralische Aufrüstung dringend.

Er hätte diese Beweise liebend gern der Öffentlichkeit dargelegt, aber es war besser, daß die Stiftung weiterhin an eine Hilfe von außen glaubte, die es in Wirklichkeit nicht gab. War es wirklich Callia gewesen, die ihn davon überzeugt hatte? Ja, richtig. Sie hatte gesagt . . .

Ach was, Unsinn! Sie hatte ja überhaupt nichts zu sagen.

Trotzdem... Er schüttelte den Gedanken ab und ging langsam weiter.

18
Auf Trantor

Trantor war eine Welt, die in Ruinen lag und langsam wiederaufgebaut wurde, ein verblaßter Diamant inmitten einer verwirrenden Vielzahl von Sonnen hier im Zentrum der Galaxis, ein Planet, der gleichzeitig von der Vergangenheit und der Zukunft träumte.

Früher einmal war von hier aus das Galaktische Imperium regiert worden. Es war eine einzige riesige Stadt aus Metall gewesen, in der vierhundert Milliarden Beamte gelebt hatten; die gewaltigste Hauptstadt, die die Menschheit je gesehen hatte.

Und dann hatte der Verfall des Imperiums auch Trantor erreicht, und während der Großen Plünderung vor rund hundert Jahren war seine Macht endgültig gebrochen und seine Pracht zerstört worden. Nur noch tote Metallruinen, die sich wie drohende Finger in den Himmel reckten, zeugten stumm von einer großen Vergangenheit.

Die Überlebenden hatten die Metallhülle, die den ganzen Planeten umgab, aufgerissen und das Metall gegen Saatgut und Vieh an andere Planeten verkauft. Der nackte Erdboden wurde wieder freigelegt, und Trantor begann wieder ganz von vorn. Als primitiver Agrarplanet vergaß die Hauptstadt bald ihre ruhmvolle Geschichte.

Das heißt, sie hätte sie vergessen, wenn die mächtigen und fast unzerstörbaren Metallruinen sie nicht immer wieder an ihre Vergangenheit erinnert hätten.

Arcadia fühlte einen wehmütigen Stich, als sie auf den Horizont von Trantor blickte. Das Dorf, in dem die Palvers lebten, bestand aus einer Ansammlung von kleinen, primitiven Hütten, in deren weiterem Umkreis sich die goldgelben, satten Getreidefelder erstreckten.

Weit vor ihr, irgendwo dort hinter den Feldern, ragten immer noch die Zeugen der Vergangenheit in ihrem ganzen metallenen Glanz auf. Sie schienen in Flammen zu stehen, wenn sich die Strahlen der Sonne in ihrer leuchtenden Oberfläche fingen. In den Monaten, die sie jetzt schon auf Trantor lebte, war sie ein einziges Mal dort gewesen. Sie war über die glatten, nahtlosen Fahrbahnen spaziert und hatte sich in verstaubte Gebäude gewagt, in die nur durch Lücken in den zerstörten Wänden das Licht hereinfiel.

Sie war sich wie ein Eindringling vorgekommen. Es war Blasphemie.

Verstört war sie fortgelaufen, immer weiter, bis ihre Füße endlich wieder nackten Erdboden berührt hatten.

Und seitdem betrachtete sie die Ruinen der früheren Hauptstadt nur sehnsuchtsvoll aus der Ferne, denn sie wagte nicht, noch einmal jene brütende Stille zu stören.

Irgendwo auf dieser Welt war sie geboren worden – in der Nähe der alten Imperialen Bibliothek, die das wirkliche Trantor verkörperte. Sie war der geistige Mittelpunkt des Imperiums gewesen, das Allerheiligste. Nur sie allein war von der Großen Plünderung verschont geblieben, die ganz Trantor zerstört hatte, und seit einhundert Jahren bot sie der ganzen Galaxis Trotz.

Dort hatten Hari Seldon und seine Mitarbeiter ihren unbegreiflichen Plan ausgearbeitet. Dort hatte Ebling Mis das Geheimnis um die Zweite Stiftung gelöst, dort hatte er jene Entdeckung gemacht, die ihn so überrascht hatte, und dort war er auch getötet worden, damit er das Geheimnis nicht verraten konnte.

Dort, in der Nähe der Imperialen Bibliothek, hatten ihre Großeltern zehn Jahre lang gelebt, bis der Muli endlich starb und sie in ihre Heimat, zur Stiftung, zurückkehren konnten. Und dann war ihr Vater mit seiner jungen Frau zu dieser Bibliothek gekommen, um zu versuchen, das Rätsel um die Zweite Stiftung zu lösen, und war gescheitert. Dort war sie auch geboren worden und ihre Mutter gestorben.

Sie hatte die Bibliothek gern besucht, aber Preem Palver hatte nur den runden Kopf geschüttelt. »Sie liegt ein paar tausend Meilen von hier, Arkady, und es gibt hier so viel zu tun. Außerdem sollte man sie nicht in ihrer Ruhe stören. Weißt du, sie ist nämlich eine Art Heiligtum . . .«

Arcadia wußte, warum er nicht zur Bibliothek wollte. Es war ähnlich wie bei dem Palast des Muli: Die Zwerge der Gegenwart hatten Angst vor den Überresten der Riesen der Vergangenheit.

Sie konnte es dem kleinen Mann beim besten Willen nicht übelnehmen. Sie war jetzt seit fast drei Monaten auf Trantor, und in der ganzen Zeit waren er und sie – Papa und Mama – so lieb und fürsorglich zu ihr gewesen . . .

Und wie dankte sie es ihnen? Außer daß sie sie mit in einen gemeinsamen Untergang zog? Hatte sie ihnen vielleicht gesagt, welchen gefährlichen Gast die beiden da bei sich aufgenommen hatten? Nein! Sie hatte zugelassen, daß sie die tödliche Rolle ihrer Beschützer spielten.

Sie hatten die schlimmsten Gewissensbisse – aber was konnte sie anders tun?

Zögernd stieg sie die Treppe hinunter, als von unten Stimmen an ihr Ohr drangen.

Preem Palver hatte sich die Serviette in seinen Hemdkragen gestopft und griff nach seinem Teller mit Rühreiern.

»Ich war gestern in der Stadt, Mama«, begann er, während er sich die erste Gabelvoll in den Mund steckte.

»Und was gibt es für Neuigkeiten aus der Stadt?« fragte Mama gleichgültig. Sie setzte sich ebenfalls, sah sich suchend auf dem Tisch um und stand dann noch einmal auf, um das Salz zu holen.

»Keine besonders guten. Ein Schiff, das von Kalgan kam, ist gestern gelandet und hat die neuesten Zeitungen mitgebracht. Es herrscht Krieg.«

»Krieg? Soso! Von mir aus sollen sie sich doch gegenseitig den Schädel einschlagen, wenn sie so wenig Grips haben. Ist der Scheck mit deinem Gehalt schon da gewesen? Ich sage es dir noch mal, Papa. Du sollst dem alten Cosker endlich Bescheid sagen, daß es noch mehr Kooperativen gibt. Es ist schon schlimm genug, daß sie so schlecht bezahlen, daß ich mich schäme, meinen Freundinnen zu erzählen, was du verdienst, aber sie könnten doch wenigstens pünktlich bezahlen!«

»Ja, ja«, antwortete Papa gereizt. »Fang nicht schon beim Frühstück damit an, sonst bleibt mir noch der Bissen im Hals stecken.« Er griff nach einem Buttertoast. »Übrigens«, fügte er etwas ruhiger hinzu. »Es handelt sich um einen Krieg zwischen Kalgan und der Stiftung, und er geht jetzt schon seit zwei Monaten.«

Er ballte die Fäuste und hielt sie in einer drohenden Gebärde gegeneinander, als wollte er die kämpfenden Seiten darstellen.

»Hmmm. Und wie sieht es aus?«

»Für die Stiftung ziemlich schlecht. Du weißt ja selbst, wie es auf Kalgan zugeht. An jeder Ecke triffst du auf Soldaten. Kalgan war auf den Krieg vorbereitet, die Stiftung nicht – und dann: *Päng!*«

Plötzlich legte Mama ihre Gabel auf den Tisch und zischte: »Du Rindvieh!«

»Was?«

»Du Holzkopf! Warum kannst du auch nicht einmal deinen großen Mund halten?«

Sie machte ihm ein Zeichen, und als sich Papa umdrehte, sah er Arcadia wie erstarrt in der Tür stehen.

»Die Stiftung führt Krieg?« fragte sie tonlos.

Papa warf Mama einen hilflosen Blick zu und nickte dann.

»Und sie verlieren?«

Wieder nickte Papa.

Arcadia spürte, wie sich ein Kloß in ihrer Kehle bildete. Langsam trat sie an den Tisch. »Ist es etwa schon vorbei?« flüsterte sie.

»Vorbei?« echote Papa gespielt munter. »Wer hat gesagt, es sei schon vorbei? Im Krieg kann eine ganze Menge passieren. Und . . . und . . .«

»Setz dich, mein Schatz«, sagte Mama beschwichtigend. »Keiner sollte vor dem Frühstück zu viel erzählen. Mit leerem Magen kann man solche Nachrichten nicht gut verdauen.«

Aber Arcadia hatte ihr nicht zugehört. »Sind die Kalganer schon auf Terminus?« wollte sie wissen.

»Nein.« Papa schüttelte den Kopf. »Die Nachrichten sind von letzter Woche, und es heißt, daß sich Terminus heftig zur Wehr setzt. Wirklich. Du kannst es mir glauben, es ist die Wahrheit. Die Stiftung ist noch lange nicht besiegt. Soll ich die Zeitung holen?«

»Ja.«

Während sie widerwillig ihr Frühstück hinunterzwang, las Arcadia die Neuigkeiten, und ihre Augen füllten sich mit Tränen. Santanni und Korell waren – praktisch kampflos – erobert worden. Ein Geschwader der Stiftungsflotte war im Ifni-Sektor in einen Hinterhalt geraten und bis fast auf das letzte Schiff zerstört worden.

Und jetzt bestand die Stiftung nur noch aus den Vier Königreichen – dem ursprünglichen Herrschaftsgebiet, wie es unter Salvor Hardin, dem ersten Bürgermeister, ausgesehen hatte. Aber noch hatte sie nicht aufgegeben, sie kämpfte noch – und vielleicht gab es doch noch eine Chance . . . Sie mußte unter allen Umständen ihren Vater erreichen. Sie mußte ihm irgendwie eine Nachricht zukommen lassen.

Unbedingt!

Aber wie? Es herrschte immerhin Krieg.

»Müssen Sie bald wieder fort, Mr. Palver?« fragte sie Papa nach dem Frühstück.

Papa saß in einem bequemen Sessel auf dem Rasen vor dem Haus und sonnte sich. Er hielt eine dicke Zigarre zwischen den Fingern und sah aus wie ein freudestrahlender Mops.

»Ob ich bald wieder fort muß?« wiederholte er träge. »Du meinst auf eine Handelsmission? Wer weiß. Ich habe doch noch Urlaub, warum soll ich da jetzt schon wieder an Arbeit denken? Möchtest du denn von hier fort, Arkady?«

»Ich? Nein, mir gefällt es hier. Sie sind sehr gut zu mir, Sie und Mrs. Palver.«

Er tat ihre Worte mit einer Handbewegung ab.

»Ich mußte nur an den Krieg denken«, fuhr Arkadia fort.

»Wie kannst du nur an so etwas Häßliches denken? Du kannst doch nichts daran ändern, warum zerbrichst du dir also den Kopf wegen solcher Sachen?«

»Ich mußte nur daran denken, daß die Stiftung die meisten ihrer Farmplaneten verloren hat. Wahrscheinlich werden sie jetzt die Lebensmittel rationieren.«

Papa sah sie unsicher an. »Mach dir keine Sorgen. Es wird schon alles wieder gut werden.«

Aber Arcadia hörte ihm kaum zu. »Wissen Sie, ich wünsche, ich könnte ihnen zu essen bringen. Nach dem Tod des Muli rebellierte die Stiftung, und Terminus war eine Zeitlang völlig abgeschnitten, weil General Han Pritcher, der die Nachfolge des Muli angetreten hatte, uns belagerte. Die Lebensmittel wurden knapp, und mein Vater sagt, daß er von *seinem* Vater weiß, daß sie nur Aminosäure-Konzentrate hatten, die gräßlich schmeckten.

Stellen Sie sich vor: Ein einziges Ei kostete zweihundert Kredit. Und dann schafften sie es gerade noch rechtzeitig, den Feind zurückzuschlagen, und es konnten Schiffe mit Lebensmitteln von Santanni durchkommen. Es muß eine schreckliche Zeit gewesen sein, und jetzt ist es vielleicht genauso.«

Arcadia schwieg einen Augenblick. Schließlich meinte sie: »Wissen Sie, ich wette, daß die Stiftung jetzt jeden Preis für Lebensmittel zahlen würde. Stellen Sie sich vor, wenn eine Kooperative hier auf Trantor bereit wäre, das Risiko einzugehen . . . sie würden villeicht ein paar Schiffe verlieren, aber bevor der Krieg vorbei ist, wären sie Millionäre. So haben es die Händler der Stiftung früher immer gemacht. Wenn irgendwo ein Krieg war, haben sie das verkauft, was die Leute am dringendsten brauchten. Manchmal haben sie auf einer einzigen Tour zwei Millionen Dollar verdient – *Reingewinn*. Nur mit dem, was sie mit einem einzigen Schiff transportieren konnten.«

Papa horchte auf. Seine Zigarre war inzwischen ausgegangen, aber er merkte es nicht. »Ein Geschäft mit Lebensmitteln? Hmmm . . . Aber die Stiftung ist so weit weg.«

»Oh, ich weiß. Von hier aus ginge es auch wahrscheinlich nicht. Wenn man ein reguläres Passagierschiff nimmt, kommt man wahrscheinlich nicht weiter als bis Massena oder Smushyk, und dort müßte man sich dann ein kleineres Boot mieten, mit dem man durch die feindlichen Linien schlüpfen kann.«

Papa fuhr sich mit der Hand durch das Haar, während er rechnete.

Zwei Wochen später waren alle Vorbereitungen für die Reise getroffen. Mama schimpfte während dieser Zeit fast ununterbrochen ... Zuerst über die unglaubliche Hartnäckigkeit, mit der Papa sich in dieses selbstmörderische Abenteuer stürzte, und dann über die unglaubliche Hartnäckigkeit, mit der er sich weigerte, sie mitzunehmen.

»Warum regst du dich nur so auf, Mama«, versuchte Papa sie zu beruhigen. »Ich kann dich nicht mitnehmen. Das ist nichts für eine Frau. Du weißt doch genauso gut wie ich, daß ein Krieg kein Spaß ist.«

»Und warum gehst *du* dann? Du stehst schon mit einem Bein im Grab und willst noch den Helden spielen, du alter Trottel. Laß doch einen jüngeren gehen – und bleib du mit deinem dicken Bauch und deiner Glatze lieber zu Hause.«

»Ich habe keine Glatze«, gab Papa beleidigt zurück. »Ich habe noch eine ganze Menge Haare auf dem Kopf. Warum sollte ich einen solchen Auftrag einem anderen überlassen? Ich habe dir doch gesagt, daß er Millionen einbringen könnte.«

Sie nickte und gab schließlich nach.

Arcadia sprach noch einmal mit ihm, bevor er abflog.

»Fliegen Sie nach Terminus?« fragte sie.

»Ich denke schon. Du hast doch selbst gesagt, daß sie dort Brot und Reis und Kartoffeln brauchen. Ich werde mit ihnen verhandeln, und dann bekommen sie alles, was sie nötig haben.«

»Ich habe eine Bitte, Mr. Palver. Wenn Sie nach Terminus kommen, könnten Sie dann ... würden Sie vielleicht so freundlich sein, zu meinem Vater zu gehen?«

Papas Gesicht wurde weich. »Ich alter Esel ... da mußt du erst kommen und mich darum bitten«, erwiderte er verständnisvoll. »Natürlich werde ich ihn besuchen. Ich werde ihm sagen, daß du in Sicherheit bist und daß es dir gut geht und daß ich dich wieder zu ihm zurückbringe, wenn der Krieg erst vorbei ist.«

»Vielen Dank. Ich erkläre Ihnen jetzt, wie Sie ihn finden. Er heißt Dr. Toran Darell und lebt in Stanmark. Das liegt etwas außerhalb von Terminus City. Es geht eine kleine Verkehrsmaschine dorthin. Wir wohnen am Achannel Drive, Nr. 55.«

»Moment, ich schreibe mir die Adresse eben auf.«

»Nein, nein.« Arcadia schüttelte bestimmt den Kopf. Sie dürfen sich nichts notieren. Sie müssen die Adresse im Kopf behalten – und ihn ganz allein finden, ohne daß Sie jemand nach ihm fragen.«

Papa sah sie verwirrt an. Dann zuckte er die Achseln. »Schön, wenn du darauf bestehst. Also die Adresse ist Channel Drive, Nr. 55, in Stanmark etwas außerhalb von Terminus City, und man kommt mit einer kleinen Verkehrsmaschine dorthin. Richtig?«

»Ja. Übrigens, noch etwas.«

»Was?«

»Würden Sie ihm etwas von mir ausrichten?«

»Natürlich.«

»Ich muß es Ihnen aber ins Ohr flüstern.«

Er beugte sich zu ihr vor, und Arcadia flüsterte ihm etwas zu.

Papa warf ihr einen seltsamen Blick zu. »Das soll ich ihm ausrichten? Aber das gibt doch überhaupt keinen Sinn.«

»Er wird wissen, was es bedeutet. Sagen Sie ihm einfach, ich hätte Sie geschickt und gesagt, er wüßte schon, was es bedeutet. Sie müssen es aber genauso wiederholen, wie ich es Ihnen gerade gesagt habe, ja? Genauso! Werden Sie es auch nicht vergessen?«

»Wie sollte ich es vergessen? Es sind doch nur fünf kurze Worte. Also . . .«

»Nein, nein.« Arcadia höpfte vor Aufregung von einem Fuß auf den anderen. »Nicht wiederholen. Sie dürfen es niemandem sagen, außer meinem Vater. Versprechen Sie mir das?«

Papa zuckte wieder die Achseln. »Schön! Ich schwöre es!«

»Gut«, murmelte Arcadia bedrückt, und als sie ihm nachsah, wie er zum Lufttaxi ging, das ihn zum Raumhafen bringen sollte, fragte sie sich, ob sie nicht eben sein Todesurteil unterschrieben hatte. Vielleicht würde sie ihn nie wiedersehen.

Arcadia traute sich kaum, zurück ins Haus zu gehen und der lieben, so freundlichen Mama ins Gesicht zu schauen. Wenn alles vorbei war, würde sie sich vielleicht am besten das Leben nehmen für das, was sie ihnen angetan hatte.

19

Das Ende des Krieges

Quoriston, Die Schlacht bei – . . . Sie wurde am 17. 9. 377 S. Z. zwischen den Streitkräften der Stiftung und denen Lord Stettins von Kalgan geschlagen und gilt als das letzte große Gefecht während des Interregnums . . .

Encyclopedia Galactica

Jole Turbir fühlte sich in der Uniform, die er in seiner neuen Rolle als Kriegsberichterstatter trug, recht wohl. Er freute sich darüber, endlich wieder einmal in der Luft zu sein, und vergaß einen Teil der Verzweiflung über den aussichtslosen Kampf gegen die Zweite Stiftung über eine ganz andere Art des Kampfes, nämlich ein Kampf mit richtigen Schiffen und normalen Menschen.

Sicher, die Stiftung hatte bisher keine großen Siege erringen können, aber deshalb mußte man ja nicht gleich den Mut verlieren. Nach sechs Monaten Krieg war das Zentrum der Stiftung immer noch unbesetzt, und auch der harte Kern der Flotte war noch einsatzbereit. Mit den Schiffen, die seit Beginn des Krieges neu dazugekommen waren, war sie jetzt zahlenmäßig noch fast ebenso stark und technisch sogar noch stärker als vor der Niederlage bei Ifni.

Und währenddessen wurden die planetarischen Verteidigungslinien verstärkt, die Truppen besser ausgebildet – und die kalganische Eroberungsflotte verlor inzwischen an Schlagkraft, weil sie viel zu viel damit zu tun hatte, die »eroberten« Gebiete zu besetzen.

Im Augenblick befand sich Turbor mit der Dritten Flotte an der äußeren Grenze des anacreonischen Sektors. Im Zuge seines Vorhabens, diesen Krieg zu einem »Krieg des kleinen Mannes« zu machen, interviewte er gerade Fennel Leemor, der als Techniker freiwillig Dienst leistete.

»Erzählen Sie uns doch etwas über sich selbst, Soldat«, forderte Turbor seinen Interviewpartner auf.

»Da gibt's nicht viel zu erzählen.« Leemor trat verlegen von einem Fuß auf den anderen und lächelte strahlend, als könne er die Millionen von Zuschauern sehen, die ihn im Moment zweifellos sahen. »Ich bin auf Locri geboren und arbeite zu Hause in einer Gleiter-Fabrik als Abteilungsleiter. Ich bin verheiratet und habe zwei Kinder – zwei Mädchen. Sagen Sie, dürfte ich vielleicht einen Gruß an meine Familie durchgeben, falls sie gerade vor dem Bildschirm sitzt?«

»Natürlich. Jetzt haben Sie das Wort.«

»Mann, danke. Hallo Milla«, sagte er aufgeregt. »Falls du mir gerade zusiehst: Mir geht es gut. Und wie geht es Sunni und Tomma? Ich denke immer an euch, und vielleicht bekomme ich ein paar Tage Urlaub, wenn wir wieder im Hafen sind. Ich habe das Lebensmittelpaket bekommen, es aber sofort wieder zurückgeschickt. Wir werden hier ganz gut verpflegt, und ich habe gehört, daß es die Zivilisten da schlechter haben. So, ich glaube, das wäre alles.«

»Ich werde Ihre Familie besuchen, wenn ich wieder auf Locris bin, und mich überzeugen, daß es ihr an nichts mangelt.«

Der junge Mann lächelte breit und nickte. »Danke, Mr. Turbor. Vielen Dank.«

»Fein. Aber erzählen Sie uns doch noch etwas über sich . . . Sie sind ein Freiwilliger, nicht wahr?«

»Ja. Wenn sich jemand mit mir anlegen will, dann warte ich nicht erst auf eine schriftliche Einladung. Ich habe mich noch am selben Tag gemeldet, als ich das mit der *Hober Mallow* hörte.«

»Das nenne ich die richtige Einstellung. Haben Sie schon viel miterlebt? Ich sehe, Sie tragen da zwei Sterne für Gefechte am Ärmel.«

»Pah«, erwiderte der Soldat verächtlich. »Das waren keine richtigen Gefechte, sondern Verfolgungsjagden. Die Kalganer sind doch zu feige zu kämpfen, es sei denn, sie wissen sich haushoch in der Überzahl. Und selbst dann noch stellen sie sich nicht offen zum Kampf, sondern versuchen, eins unserer Schiffe nach dem anderen zu isolieren und es dann fertigzumachen. Ein Vetter von mir ist bei der Schlacht bei Ifni dabeigewesen und war auf der *Egling Mis*, dem Schiff, das entkommen konnte. Er hat mir erzählt, daß es dort genauso gewesen ist. Sie sind mit ihrer gesamten Hauptflotte über eins unserer kleinen Geschwader hergefallen, und selbst als sie uns bis auf fünf oder sechs Schiffe erledigt hatten, waren sie noch zu feige, offen zu kämpfen. Wir haben bei dieser Schlacht doppelt so viele Schiffe von ihnen erwischt wie sie von uns.«

»Dann glauben Sie also, daß wir den Krieg gewinnen werden?«

»Klar; jetzt, wo wir uns nicht mehr auf dem Rückzug befinden!

Und wenn die Dinge wirklich schlecht stehen sollten, dann greift bestimmt die Zweite Stiftung ein. Schließlich haben wir immer noch den Seldon-Plan – und das wissen *sie*.«

Turbor verzog den Mund. »Sie rechnen also fest mit der Hilfe der Zweiten Stiftung?«

Leemor sah ihn mit unverhohlener Überraschung an. »Natürlich. Wer tut das nicht?«

Lieutenant Tippellum kam nach dem Interview in Turbors Kabine. Er schob dem Reporter eine Zigarette zu und rückte seine Mütze zurecht.

»Wir haben einen Gefangenen gemacht.«

»So?«

»Ja, ein komischer kleiner Verrückter. Behauptet, diplomatische Immunität zu besitzen. Wahrscheinlich weiß kein Mensch, was wir jetzt mit ihm anfangen sollen. Er heißt Palvro oder Palver oder so ähnlich und behauptet, er käme von Trantor. Die Galaxis weiß, was er hier im Kriegsgebiet zu suchen hat.«

Turbor, der in seiner Koje gelegen hatte, richtete sich abrupt auf, und die kleine Pause, die er sich gerade hatte gönnen wollen, war vergessen. Er erinnerte sich noch sehr gut an sein Gespräch mit Darell, das er an dem Tag geführt hatte, als der Krieg gegen die Stiftung erklärt worden war.

»Preem Palver«, sagte er, und es klang wie eine Feststellung.

Tippellum starrte ihn überrascht an und blies den Rauch an seinen Mundwinkel heraus. »Genau. Woher um alles in der Galaxis wissen Sie das?«

»Das spielt im Augenblick keine Rolle. Kann ich mit dem Mann sprechen?«

»Keine Ahnung. Im Moment verhört ihn der Alte. Alle denken, er sei ein feindlicher Agent.«

»Sagen Sie dem Alten, daß ich den Mann kenne, wenn er wirklich der ist, für den er sich ausgibt. Ich übernehme die Verantwortung.«

Captain Dixyl auf dem Flaggschiff der Dritten Flotte hielt den Blick unverwandt auf den Detektor gerichtet, Jedes Schiff gab eine subatomare Strahlung ab, und jedes Zentrum einer solchen Strahlung erschien auf dem dreidimensionalen Detektorschirm als kleiner Lichtpunkt.

Sämtliche Lichtpunkte, die augenblicklich zu sehen waren, ließen sich mit jeweils einem Schiff der Stiftungsflotte identifizieren. Nachdem man diesen kleinen Spion, der behauptet hatte, politische Neutralität zu besitzen, aufgelesen hatte, war kein überzähliger Punkt mehr da. Das fremde Schiff hatte eine Zeitlang einige Aufregung verursacht, und der Captain hatte bereits in Erwägung gezogen, ihre Taktik zu ändern. Wie die Dinge jetzt aussahen . . .

»Ist alles klar?« fragte er jetzt.

Commander Cenn nickte. »Ich gehe mit meinem Geschwader in den Hyperraum: Radius – 10,00 Parseks, Theta – 268,52 Grad, Phi – 84,15 Grad. Rückkehr um 13.30 Uhr. Gesamtflugzeit 11,83 Stunden.«

»Richtig. Die entsprechenden Raum- und Zeitangaben müssen genauestens eingehalten werden. Verstanden?«

»Ja, Captain.« Der Commander sah auf seine Uhr. »Meine Schiffe sind um 01.40 Uhr startbereit.«

»Ausgezeichnet«, antwortete Captain Dixyl.

Die kalganische Flotte war noch nicht im Detektorbereich, aber es würde nicht mehr lange dauern. Man hatte entsprechende Informationen erhalten. Ohne Cenns Geschwader war die Dritte Flotte hoffnungslos in der Minderzahl, aber der Captain war dennoch zuversichtlich. Sehr zuversichtlich sogar.

Preem Salver musterte trübsinnig die Anwesenden. Zuerst diesen dürren Admiral, dann die anderen Uniformierten, und schließlich den großen, kräftigen Mann, der im Gegensatz zu den übrigen den Hemdkragen offen hatte und keine Krawatte trug und der sagte, er wolle mit ihm sprechen.

»Ich bin mir Ihrer Zweifel hinsichtlich dieses Mannes durchaus bewußt, Admiral«, sagte Jole Turbor gerade, »aber wenn Sie mir erlauben, ein paar Minuten allein mit ihm zu sprechen, könnte ich vielleicht einige Dinge aufklären.«

»Gibt es irgendeinen Grund, warum ich bei der Befragung nicht anwesend sein sollte?«

Turbor runzelte die Stirn. »Admiral, in der Zeit, die ich jetzt bei Ihrer Flotte bin, habe ich die Dritte Flotte bei meiner Berichterstattung ins beste

Licht gerückt. Meinen Sie nicht, Sie könnten mir jetzt auch einmal einen Gefallen tun und mich fünf Minuten mit diesem Mann alleinlassen? Sie können von mir aus Ihre Leute draußen vor der Tür postieren. Wie heißt es doch so schön? Eine Hand wäscht die andere. Sie verstehen mich?«

Der Admiral verstand.

Als sie allein waren, wandte sich Turbor an Palver. »Schnell – wie heißt das Mädchen, das Sie entführt haben?«

Palver starrte ihn nur mit großen Augen an und schüttelte den Kopf.

»Es ist kein Spaß«, drängte Turbor. »Wenn Sie nicht antworten können, sind Sie ein Spion, und Spione werden in Kriegszeiten auf der Stelle ohne Gerichtsverhandlung erschossen.«

»Arcadia Darell!« flüsterte Palver heiser.

»Na, wer sagt's denn. Ist sie in Sicherheit?«

Palver nickte.

»Hoffentlich, anders sieht es schlecht für Sie aus.«

»Es geht ihr gut, und sie ist wirklich in Sicherheit«, erklärte Palver leichenblaß.

Der Admiral kehrte zurück. »Nun?«

»Der Mann ist kein Spion, Sir. Sie können ihm ruhig glauben. Ich verbürge mich für ihn.«

»So?« Der Admiral runzelte die Stirn. »Dann würde es also stimmen, daß er eine Landwirtschaftskooperative auf Trantor vertritt, die einen Handelsvertrag mit Terminus über Getreide- und Kartoffellieferungen abschließen will. Schön, aber er kann jetzt trotzdem nicht fort.«

»Warum nicht?« fragte Palver hastig.

»Weil wir uns mitten in einer Schlacht befinden. Wenn sie vorbei ist – vorausgesetzt natürlich, wir leben dann noch –, werden wir Sie nach Terminus bringen.«

Die kalganische Flotte, die durch den Raum glitt, entdeckte die Schiffe der Stiftung bereits aus einer unglaublich großen Entfernung und wurde ihrerseits von der Gegenseite ebenfalls entdeckt. Wie winzige Leuchtkäfer erschienen sie auf den Detektoren der anderen Seite und überbrückten langsam die Leere zwischen ihnen.

Der Admiral der Stiftungsflotte runzelte die Stirn. »Das muß fast ihre gesamte Flotte sein, wenn ich mir die Zahl ihrer Schiffe ansehe. Trotzdem haben sie keine Chance gegen uns, jedenfalls nicht, wenn alles so klappt wie geplant.«

Commander Cenn war mit seinem Geschwader schon vor Stunden aufgebrochen, als der Feind erstmals entdeckt worden war. Jetzt ließ sich nichts mehr am Plan ändern. Entweder er klappte, oder er klappte nicht, aber der Admiral war trotzdem zuversichtlich. Genau wie seine Offiziere und die Mannschaften.

Wieder warf er einen Blick auf die Leuchtkäfer, die in präzisen Formationen immer näher kamen.

Die Flotte der Stiftung zog sich langsam zurück und lockte den Feind zunächst nur ganz leicht von seinem Kurs ab, dann mehr. Stunden vergingen.

Der Schlachtplan ging dahin, daß ein bestimmter Teil des Raumes von den kalganischen Schiffen eingenommen werden sollte. Die Schiffe der Stiftung wichen aus diesem Abschnitt zurück, während die des Feindes nachrückten. Versuchten sie, den Bereich wieder zu verlassen, wurden sie plötzlich erbarmungslos attackiert, während die anderen, die in diesem Teil blieben, in Ruhe gelassen wurden.

Es hing alles davon ab, daß die Schiffe von Lord Stettin nicht selbst die Initiative ergriffen – daß sie genau dort blieben, wo sie nicht angegriffen wurden.

Captain Dixyl sah auf seine Uhr. Es war 13.10 Uhr.

»Noch zwanzig Minuten«, stellte er fest.

Der Lieutenant, der neben ihm stand, nickte nervös. »Bisher sieht es so aus, als würde alles nach Plan verlaufen. Neunzig Prozent der feindlichen Flotte sind bereits eingeschlossen. Wenn es weiter so reibungslos klappt . . .«

»Ja! *wenn* . . .«

Die Schiffe der Stiftung kamen jetzt wieder vor – und zwar sehr langsam. Nicht so schnell, daß sie die kalganische Flotte zum Rückzug veranlaßt hätten, aber doch gerade so schnell, daß sie den Feind davon abhielten vorzurücken. Er zog es vor abzuwarten.

Die Minuten verstrichen.

Um genau 13.25 Uhr ertönte auf den fünfundsiebzig Schiffen der Dritten Flotte das Signal des Admirals, worauf sie plötzlich mit Höchstgeschwindigkeit auf die vorderste Linie des Gegners vorrückten, der selbst dreihundert Schiffe stark war. Die kalganischen Abwehrschirme flackerten auf, und Energiestrahlen schossen hinaus. Die gesamte Aktion der kalganischen Formation konzentrierte sich auf die eine Richtung, aus der der Gegner plötzlich tollkühn angriff. Gnadenlos und scheinbar selbstmörderisch drängte die Dritte Flotte vor . . .

Um exakt 13.30 Uhr tauchten fünfzig Schiffe unter Commander Cenn wie aus dem Nichts auf. Sie hatten den Hyperraum gleichzeitig wieder verlassen, waren an einer genau berechneten Stelle wieder in den Normalraum eingetreten und griffen jetzt den Feind im Rücken an.

Die Falle war perfekt.

Die kalganische Flotte war zwar zahlenmäßig weiterhin überlegen, aber durch den Überraschungsangriff völlig demoralisiert. Ihre erste Reaktion war Flucht, und sobald sie die geschlossene Formation aufgaben, waren sie so gut wie verloren.

Schon nach kurzer Zeit war jeder Widerstand gebrochen.

Von dreihundert kalganischen Schiffen, die den Großteil der Gesamtflotte dargestellt hatten und ihr ganzer Stolz gewesen waren, erreichten noch knapp sechzig, die meisten davon schwer beschädigt, Kalgan. Die Stiftung hatte achtzig Schiffe von insgesamt hundertfünfundzwanzig verloren.

Preem Palver landete gerade auf dem Höhepunkt der Siegesfeiern auf Terminus und hatte das Gefühl, mitten in einen Hexenkessel hineingeraten zu sein. Aber als er den Planeten wieder verließ, hatte er zwei Dinge erreicht und eine Bitte erhalten.

Die beiden Dinge, die er erreicht hatte, waren: 1. ein Abkommen mit der Stiftung, in dem vorgesehen war, daß Palvers Kooperative monatlich zwanzig Schiffsladungen mit Nahrungsmitteln zu Kriegspreisen lieferte, wobei dank der letzten Schlacht kein Risiko mehr für die Schiffe der Kooperative bestand, und 2. die Übermittlung der fünf Worte, die ihm Arcadia gesagt hatte, an ihren Vater, Dr. Darell.

Einen Augenblick lang hatte ihn Darell sprachlos angestarrt und ihm dann seine Bitte aufgetragen. Palver sollte Arcadia eine Antwort überbringen. Es war ein Auftrag, der ihm gefiel, denn die Antwort war einfach und verständlich. Sie lautete: »Komm zurück. Es besteht keine Gefahr mehr.«

Lord Stettin schäumte vor hilfloser Wut. Da hatte er mitansehen müssen, wie seine größte Waffe, seine Flotte, die sein ganzer Stolz gewesen war, jämmerlich geschlagen nach Hause zurückkehrte. Er fühlte sich wie ein Vulkan kurz vor dem Ausbruch, aber er wußte genau, daß er nichts mehr ändern konnte, und wenn er sich noch so aufregte.

Seit Wochen hatte er nicht mehr richtig geschlafen und sich seit drei Tagen nicht mehr rasiert. Er hatte alle Audienzen abgesagt. Seine Admirale waren sich selbst überlassen, und niemand wußte besser als der Lord von Kalgan, daß er jederzeit mit einer Rebellion rechnen mußte.

Lev Meirus, sein Premierminister, konnte ihm auch nicht weiterhelfen. Er stand schweigend da, ein alter, grauer Mann, der sich mit der für ihn typischen Geste mit einem hageren Finger über Nase und Kinn fuhr.

»Jetzt sagen Sie doch auch endlich einmal etwas!« brüllte ihn Stettin an. »Wir sind besiegt, Mann, verstehen Sie? *Besiegt*! Und warum? Ich weiß nicht, warum. So sieht es aus. Ich weiß es nicht. Wissen Sie es vielleicht?«

»Ich glaube ja«, antwortete Meirus ruhig.

»Verrat!« zischte Stettin leise. Er hatte jetzt die Stimme gesenkt. »Sie haben von dem Verrat gewußt und nichts gesagt. Sie haben schon dem Idioten gedient, der vor mir auf diesem Platz gesessen hat, und Sie denken, auch meinem Nachfolger Ihre Dienste anbieten zu können.

Wenn ich herausbekomme, daß es sich wirklich so verhält, dann werde ich mir etwas Besonderes für Sie einfallen lassen.«

»Ich habe mehr als einmal versucht, Ihnen meine Zweifel klarzumachen«, antwortete Meirus unbeeindruckt. »Ich habe sie Ihnen immer wieder vorgehalten, aber Sie haben ja den Rat der anderen vorgezogen, weil das Ihrem Ego mehr schmeichelte. Meine Befürchtungen haben sich nicht nur erfüllt, sondern es ist noch schlimmer gekommen, als ich gedacht habe. Wenn Sie mir auch jetzt nicht zuhören wollen, Sir, dann sagen Sie es nur. Ich werde sofort gehen und später Ihrem Nachfolger helfen, dessen erste Amtshandlung zweifellos die Unterzeichnung eines Friedensvertrags sein wird.«

Stettin starrte seinen Premierminister wütend an und ballte die Fäuste. »Reden Sie schon, Sie widerliche Schlange. Los, Mann!«

»Ich habe Ihnen oft genug gesagt, Sir, daß Sie nicht der Muli sind. Sie können vielleicht Schiffe und Kanonen kontrollieren, aber Sie können nicht Menschen kontrollieren. Ist Ihnen überhaupt klar, mit wem Sie sich da angelegt haben? Sie kämpfen gegen die Stiftung, die unbesiegbar ist – die Stiftung, die unter dem Schutz des Seldon-Plans steht und aus der einmal ein neues Imperium entstehen soll.«

»Es gibt keinen Plan. Jetzt nicht mehr. Das hat Munn gesagt.«

»Dann irrt sich Munn eben. Und selbst wenn er doch recht hätte, was dann? Sie und ich, Sir, wir sind nicht das Volk. Die Männer und Frauen von Kalgan und auch die Bewohner der angeschlossenen Planeten glauben fest an den Seldon-Plan, genau wie alle in diesem Teil der Galaxis. Fast vierhundert Jahre Stiftungsgeschichte beweisen, daß die Stiftung unbesiegbar ist. Weder die Königreiche noch die Kriegsherren oder das alte Galaktische Imperium haben es geschafft, sie zu schlagen.«

»Sie vergessen den Muli.«

»Ja, aber der Muli war nicht im Plan vorgesehen. Sie dagegen sind es. Und was noch schlimmer ist: das Volk weiß das. Ihre Streitkräfte ziehen also von vornherein schon mit der Befürchtung in den Kampf, wahrscheinlich eine Niederlage hinnehmen zu müssen. Sie fühlen den Plan über sich, also sind sie besonders vorsichtig und überlegen zu lange, bevor sie zuschlagen. Das gleiche Wissen um die Existenz des Plans aber, das Ihre Truppen verunsichert, füllt auf der anderen Seite den Feind mit Zuversicht. Selbst Niederlagen können ihn nicht demoralisieren, denn er weiß, daß er letztendlich doch der Sieger bleiben wird.

Und wie sieht es mit Ihrer eigenen Moral aus, Sir? Sie befinden sich überall in Feindesgebiet. Ihr eigenes Herrschaftsgebiet ist noch unbesetzt und wird es wahrscheinlich auch bleiben – trotzdem sind Sie besiegt. Sie glauben selbst nicht an die Möglichkeit eines Sieges, weil Sie genau wissen, daß sie nicht existiert.

Beugen Sie sich also, bevor man Sie in die Knie zwingt. Beugen Sie sich freiwillig, damit Sie wenigstens noch etwas retten können. Sie haben auf Technik und Übermacht vertraut, und diese Dinge haben Ihnen geholfen, soweit es möglich war. Sie haben nicht auf die Stimme des Verstandes und der Moral gehört und verloren. Nehmen Sie wenigstens jetzt einen Rat an! Sie halten immer noch diesen Bürger der Stiftung, Homir Munn, gefangen. Lassen Sie ihn frei. Schicken Sie ihn mit Ihrem Friedensangebot zurück nach Terminus.«

Stettin hatte die Lippen zu einem schmalen Strich zusammengepreßt und knirschte mit den Zähnen. Er wußte, daß ihm keine andere Wahl blieb.

Am ersten Tag des neuen Jahres verließ Homor Munn Kalgan. Mehr als sechs Monate waren seit seiner Ankunft vergangen, und in dieser Zeit hatte ein Krieg gewütet, der inzwischen fast wieder zu Ende war.

Er war allein gekommen und ging mit einer Eskorte. Er war als einfacher Privatmann gekommen und flog als – wenn auch inoffizieller – Botschafter des Friedens nach Terminus zurück.

Aber noch etwas viel Wichtigeres hatte sich in diesen sechs Monaten geändert, und das betraf seine früheren Befürchtungen bezüglich der Zweiten Stiftung. Munn mußte bei diesem Gedanken unwillkürlich lächeln und malte sich in allen Einzelheiten aus, wie es sein würde, wenn er ihnen endlich die Wahrheit sagen könnte, ihnen allen: Dr. Darell, dem energischen jungen Mann Anthor und allen anderen »Mitstreitern« . . .

Er wußte alles. Er, Homir Munn, kannte endlich die Wahrheit.

20
»Ich weiß . . .«

Die beiden letzten Monate des Stettin-Kriegs vergingen für Homir Munn wie im Flug. In seiner neuen Rolle als Sonderbotschafter stand er im Mittelpunkt des interstellaren Interesses, und er mußte zugeben, daß ihm seine Aufgabe Spaß machte.

Es kam zu keinen größeren Gefechten mehr – abgesehen von ein paar kleineren Scharmützeln, die kaum von Bedeutung waren –, und der Friedensvertrag wurde ausgehandelt, ohne daß die Stiftung dabei wesentliche Zugeständnisse hätte machen müssen. Stettin durfte sein Amt behalten, aber das war auch praktisch so gut wie alles, was ihm noch blieb. Seine Flotte wurde aufgelöst, seinen Gebieten außerhalb des Heimatsystems Autonomie und die freie Entscheidung darüber zugestanden, ob sie wieder zu ihrem früheren, unabhängigen Status zurückkehren oder sich dem Planetenbund der Stiftung anschließen wollten.

Der Krieg wurde offiziell auf einem Asteroiden innerhalb Terminus' eigenem Stellarsystem beendet, auf dem die älteste Flottenbasis der Stiftung lag. Lev Meirus unterzeichnete für Kalgan, und Homir fungierte als interessierter Beobachter.

Während dieser ganzen Zeit sah er weder Dr. Darell noch einen anderen seiner Freunde, aber das hatte Zeit. Was er zu sagen hatte, konnte warten, und bei dem Gedanken daran mußte er, wie immer, lächeln.

Dr. Darell kehrte ein paar Wochen nach der Unterzeichnung des Friedensvertrags nach Terminus zurück, und noch am selben Abend seiner Ankunft trafen sich in seinem Haus jene fünf Männer, die hier vor zehn Monaten zusammengekommen waren, um die ersten Pläne für den Kampf gegen die Zweite Stiftung zu schmieden.

Sie zogen das Essen in die Länge und setzten sich dann zu einem Glas Wein zusammen. Niemand schien das alte Thema wieder anschneiden zu wollen.

Es war Jole Turbor, der schließlich das Wort ergriff. »Na, Homir, Sie sind ja inzwischen richtig bekannt geworden«, brummte er und sah nachdenklich auf sein Glas. »Sie haben Ihre Sache übrigens wirklich gut gemacht.«

»Ich?« Munn lachte vergnügt. Aus irgendeinem Grund stotterte er schon seit Monaten nicht mehr. »Ich hatte damit doch überhaupt nichts zu tun. Arcadia hat das alles arrangiert. Wie geht es ihr übrigens, Darell? Ich habe gehört, sie kommt wieder nach Hause?«

»Richtig«, antwortete Darell ruhig. »Ihr Schiff müßte noch in dieser Woche hier eintreffen.« Er musterte stirnrunzelnd die Gesichter um sich herum, aber er las nur Freude und Erleichterung in ihnen. Weiter nichts.

»Dann ist also wirklich alles vorüber«, sagte Turbor. »Wer hätte sich das vor zehn Monaten träumen lassen? Munn ist auf Kalgan gewesen und kommt sicher wieder zurück. Arcadia ist auf Kalgan und Trantor gewesen und kommt ebenfalls bald zurück. Und wir haben einen Krieg geführt und ihn gewonnen. Da heißt es, daß der Lauf der Geschichte mit allen seinen Höhen und Tiefen vorausbestimmt ist, aber müssen Sie nicht ehrlich zugeben, daß es doch viel eher so aussieht, als ob das alles nur Zufall war?«

»Unsinn«, fiel Anthor scharf ein. »Sie reden, als hätten wir einen Krieg gewonnen, dabei haben wir nichts weiter als ein unbedeutendes Gefecht zu unseren Gunsten entscheiden können, dessen einziger Zweck es war, uns von dem wirklichen Gegner abzulenken.«

Betretenes Schweigen stellte sich ein, in dem nur Homir Munns zufriedenes Lächeln fehl am Platze zu sein schien.

Anthor schlug mit der Faust wütend auf die Sessellehne. »Ja, ich spreche von der Zweiten Stiftung. Wenn ich es richtig sehe, bemühen Sie sich doch alle tunlichst, sie möglichst mit keinem Wort zu erwähnen und nur ja nicht an sie zu denken. Ist die allgemeine Siegesstimmung, die von dem ganzen Planeten Besitz ergriffen hat, auch auf Sie übergesprungen? Dann machen Sie Ihrer Begeisterung von mir aus Luft, klopfen Sie sich gegenseitig auf die Schulter und werfen Sie Konfetti aus dem Fenster – und wenn Sie dann endlich wieder zur Vernunft gekommen sind, dann lassen Sie uns in Ruhe wieder über unser Problem sprechen, das heute noch genauso besteht wie damals vor zehn Monaten, als Sie aus lauter Angst vor einem unbekannten Gegner kaum den Mund aufbekamen. Glauben Sie wirklich, daß wir jetzt keine Angst mehr vor der Zweiten Stiftung haben müssen, nur weil wir diesen Krieg gegen einen größenwahnsinnigen Despoten gewonnen haben?«

Außer Atem und mit hochrotem Kopf brach er ab.

»Würden Sie jetzt zur Abwechslung einmal mir zuhören, Anthor«, mischte sich Munn unbeeindruckt ein. »Oder ziehen Sie es vor, Ihre Rolle als polternder Verschwörer weiterzuspielen?«

»Sagen Sie, was Sie zu sagen haben, Homir«, antwortete Darell, »aber tun Sie mir den Gefallen und fassen Sie sich kurz. Lange Reden bringen uns auch nicht weiter.«

Homir lehnte sich in seinem Sessel zurück und füllte sein Weinglas aus einer Karaffe, die auf einem Tisch neben ihm stand.

»Ich sollte nach Kalgan fliegen«, begann er, »um mir die Aufzeichnungen im Palast des Muli anzusehen. Ich habe mehrere Monate damit verbracht, sie auszuwerten. Wie ich schon angedeutet habe, haben wir es Arcadias genialem Eingreifen zu verdanken, daß mir der Lord von Kalgan den Zutritt zum Palast gestattete. In der Zeit, die ich mit dem Studium dieser Aufzeichnungen zugebracht habe, habe ich, unter anderem dank meiner früheren Informationen über das Leben des Muli und seine Zeit, wichtige Erkenntnisse gewonnen.

Aufgrund dieser Erkenntnisse, zu denen ich über eindeutige Beweise gelangt bin, ist es mir wohl als einzigem möglich, die tatsächliche Gefahr, die von der Zweiten Stiftung ausgeht, richtig einzuschätzen. Jedenfalls kann ich es eher als unser aufgeregter junger Freund hier.«

»Und wie schätzen Sie dann diese Gefahr ein?« blitzte ihn Anthor an.

»Gleich null.«

Nach einem Moment fragte Elvett Semic mit unglaubiger Miene: »Sie meinen, es besteht überhaupt keine Gefahr?«

»Genau. Freunde, *es gibt keine Zweite Stiftung!*«

Anthor schloß langsam die Augen. Sein Gesicht war blaß und ausdruckslos. Munn genoß es sichtlich, im Mittelpunkt der allgemeinen Aufmerksamkeit zu stehen. »Und«, fuhr er schließlich fort, »es hat überhaupt noch nie eine gegeben.«

»Wie kommen Sie zu dieser überraschenden Schlußfolgerung?« wollte Darell wissen.

»Ich kann nicht sagen, daß sie so überraschend ist«, gab Munn zurück. »Sie alle kennen doch die Geschichte von der Suche des Muli nach der Zweiten Stiftung. Aber ist Ihnen auch bewußt, wie intensiv – und wie einzigartig diese Suche war? Der Muli verfügte über ungeheure Quellen und Möglichkeiten, und er hat alles versucht. Er war einzigartig in seinen geistigen Fähigkeiten – und trotzdem ist er gescheitert. Seine Suche nach der Zweiten Stiftung blieb erfolglos.«

»Natürlich«, unterbrach ihn Turbor. »Weil die Zweite Stiftung über die entsprechenden Möglichkeiten verfügt, ihre Position geheimzuhalten.«

»Selbst vor einem Mutanten wie dem Muli? Nein, das kann ich mir nicht vorstellen. Wie auch immer, jedenfalls werden Sie kaum von mir erwarten, daß ich Ihnen in fünf Minuten eine Zusammenfassung sämtlicher Aufzeichnungen liefere, die sich in dem Palast befinden. Wenn erst das Seldon-Museum eröffnet ist, meine Herren, in dem diese Aufzeichnungen, wie im Friedensvertrag vorgesehen, untergebracht werden, steht es Ihnen frei, Ihre eigenen Analysen zu machen. Wenn Sie sich in Ruhe mit ihnen befaßt haben, werden Sie zwangsläufig zu demselben Schluß kommen wie ich: Es gibt keine Zweite Stiftung, und es hat nie eine gegeben.«

»Dann können Sie mir sicher auch verraten, was den Muli schließlich gestoppt hat, wenn es nicht die Zweite Stiftung gewesen sein kann?« warf Semic ein.

»Was schon? Der Tod natürlich, der uns alle eines Tages stoppen wird. Der größte Aberglaube unserer Zeit ist die Annahme, der Muli sei auf seinem Eroberungszug durch das Eingreifen einer mysteriösen Macht gestoppt worden, die sogar ihm geistig überlegen war. So etwas passiert, wenn man die Dinge durch eine falsche Brille betrachtet.

Jeder in der Galaxis weiß, daß der Muli sowohl physisch wie auch geistig nicht so war wie andere Menschen. Er starb sehr jung, mit Mitte dreißig, weil sein mißgestalteter Körper einfach nicht mehr lebensfähig war. Schon die letzten Jahre vor seinem Tod war er ein Invalide. Er ist körperlich nie so gesund gewesen wie ein normaler Mensch. Schön, trotzdem hat er die Galaxis erobert, bis ihn dann der Tod eingeholt hat. Es ist überhaupt ein Wunder, daß er es bei seinem physischen Zustand so weit gebracht und so lange gelebt hat. Ist es denn so schwer zu begreifen? Sie müssen sich einfach die Zeit nehmen, alles aus einem ganz neuen Blickwinkel heraus zu betrachten.«

»Schön, versuchen wir es, Munn«, nickte Darell nachdenklich. »Es ist vielleicht einmal ganz interessant, und zumindest werden wir auf diese Weise in unseren Überlegungen etwas flexibler werden. Fangen wir mit diesen manipulierten Leuten an, deren Enzephalogramme Anthor uns vor jetzt knapp einem Jahr vorgelegt hat. Wie läßt sich Ihrer Meinung nach denn dieses Phänomen erklären?«

»Ganz einfach. Wie alt ist die Wissenschaft der enzephalographischen

Analyse? Oder, anders ausgedrückt, wie weit entwickelt ist das Studium der Nervenbahnen?«

»Auf diesem Gebiet stehen wir erst ganz am Anfang«, erwiderte Darell. »Wir stecken sozusagen noch in den Kinderschuhen.«

»Genau. Inwieweit können wir dann sicher sein, daß Ihre Interpretation dieser Plateaus, auf die Anthor Sie bei den Gehirnstrom-Diagrammen hingewiesen hat, auch zutrifft? Natürlich haben Sie Theorien entwickelt, aber wissen Sie auch, ob sie stimmen? Sind Sie wirklich ganz sicher, daß diese Plateaus ein schlüssiger Beweis für die Existenz einer geheimnisvollen Macht sind, obwohl alle anderen Indizien dagegen sprechen? Ist es nicht immer sehr einfach, das Unbekannte auf übermenschliche Einflüsse und geheimnisvolle Mächte zurückzuführen?

Es handelt sich dabei im Grunde um ein Phänomen, das so alt ist wie die Menschheit selbst. In der Geschichte der Galaxis sind immer wieder Fälle bekannt, in denen isolierte Planetensysteme in den Zustand der Barbarei zurückgefallen sind und alle Zivilisation vergessen haben. Und was konnten wir dort lernen? Doch eins in jedem Fall: daß nämlich die Wilden ihnen unerklärlichen Naturkatastrophen wie Stürme, Seuchen oder Überschwemmungen auf das Eingreifen übermenschlicher Wesen zurückführen.

Ich glaube, man bezeichnet es als Anthropomorphismus, und in dieser Beziehung geht es uns nicht viel besser als den Wilden. Da uns die Wissenschaft des Geistes immer noch mehr oder weniger unverständlich ist, erklären wir alles, was wir nicht begreifen können, mit der Existenz von Supermenschen – in diesem Fall die Angehörigen der Zweiten Stiftung, nur weil Seldon sie einmal erwähnt hat.«

»Dann erinnern Sie sich also *doch* noch an Seldon«, warf Anthor ein. »Ich dachte schon, Sie hätten ihn vergessen. Seldon hat doch gesagt, daß es eine Zweite Stiftung gibt. Wie erklären Sie denn das?«

»Wissen Sie vielleicht, welche Absichten Seldon wirklich verfolgte? Wissen Sie denn, warum er behauptet hat, daß eine Zweite Stiftung existiert? Vielleicht war sie nur ein notwendiges Schreckgespenst, das einem ganz bestimmten Zweck diente. Wieso konnten wir Kalgan zum Beispiel besiegen? Wie haben Sie es doch noch gleich in Ihrem letzten Artikel ausgedrückt, Turbor?«

Turbor kratzte sich am Kopf. »Ich sehe, worauf Sie hinauswollen. Ich bin gegen Kriegsende auf Kalgan gewesen, Darell, und es war nicht zu übersehen, daß das Volk völlig demoralisiert war. Sie waren fast überzeugt, daß sie verlieren würden, weil sie dachten, daß die Zweite Stiftung letztendlich eingreifen und uns zum Sieg verhelfen würde.«

»Genau«, nickte Munn. »Ich bin während des ganzen Kriegs auf Kalgan gewesen und habe alles miterlebt. Ich habe Stettin erklärt, es gäbe keine Zweite Stiftung, und er hat mir geglaubt. Allerdings ist ein ganzes

Volk, das sein Leben lang an eine Sache geglaubt hat, nicht so leicht zu überzeugen, so daß der Mythos von der Zweiten Stiftung schließlich doch einen sehr nützlichen Zweck in Seldons kosmischem Schachspiel erfüllt hat.«

Anthor öffnete abrupt die Augen und musterte Munn scharf. *»Ich sage, Sie lügen.«*

Homir wurde blaß. »Ich glaube, daß ich mir eine solche Beschuldigung weder gefallen lassen noch mich in irgendeiner Weise dazu äußern muß.«

»Ich will Sie damit nicht persönlich angreifen, Munn. Sie können nicht dafür, daß Sie lügen, weil es Ihnen gar nicht bewußt ist. Trotzdem lügen Sie.«

Semic legte die Hand auf den Arm des jungen Mannes. »Immer mit der Ruhe, junger Freund.«

Anthor schüttelte die Hand unwillig ab. »Langsam glaube ich, die Nerven mit Ihnen zu verlieren. Hören Sie, ich haben diesen Mann erst ein paarmal gesehen, aber selbst mir fällt auf, wie sehr er sich in der Zwischenzeit verändert hat. Sie kennen ihn schon seit Jahren und bemerken es nicht. Ich begreife das nicht. Wollen Sie behaupten, daß dieser Mann, dem Sie die ganze Zeit zugehört haben, noch der alte Homir Munn ist? Ich sage, er ist nicht mehr der Homir Munn, wie *ich* ihn kenne.«

Überraschtes Schweigen legte sich über den Raum, das nur von Munns schriller Stimme durchbrochen wurde: »Wollen Sie etwa behaupten, ich sei ein Betrüger?«

»Vielleicht nicht im herkömmlichen Sinn.« Anthor mußte schreien, um sich in dem Stimmentumult Gehör zu verschaffen. »Trotzdem sind Sie es. Ruhe jetzt! Ich verlange, daß Sie mich anhören.«

Anthor runzelte drohend die Stirn, und langsam trat tatsächlich Ruhe ein. »Erinnert sich vielleicht noch jemand unter Ihnen an den Homir Munn, wie ich ihn früher gekannt habe – den introvertierten Bibliothekar, der immer so verlegen war, wenn er etwas sagte, daß er unwillkürlich zu stottern anfing? Gleicht dieser Mann ihm etwa noch? Der Mann hier vor Ihnen redet überzeugt und selbstsicher, kommt mit einer Menge Theorien, und vor allem, er stottert nicht mehr. Ist *er* wirklich der echte Homir Munn?«

Selbst Munn sah jetzt verwirrt aus. »Was halten Sie davon, wenn wir ihn auf die Probe stellen?« schlug Anthor vor.

»Und wie?« wollte Darell wissen.

»Ausgerechnet *Sie* fragen, wie? Es liegt doch auf der Hand. Sie haben doch noch das Enzephalogramm, das wir vor zehn Monaten von ihm gemacht haben, nicht wahr? Machen Sie ein neues und vergleichen Sie dann die beiden.«

Er zeigte auf den Bibliothekar, der zweifelnd die Stirn runzelte. »Ich wette, er weigert sich.«

»Ich weigere mich nicht«, erwiderte Munn herausfordernd. »Ich weiß, daß ich noch immer derselbe bin.«

»So, wissen Sie das *wirklich*?« gab Anthor verächtlich zurück. »Ich gehe sogar noch weiter. Ich traue keinem der Anwesenden hier im Raum. Und deshalb will ich, daß sich jeder einer Analyse unterzieht. Es war Krieg. Munn ist auf Kalgan gewesen, Turbor auf einem Schiff, mit dem er durch das ganze Kriegsgebiet geflogen ist, und auch Darell und Semic sind fort gewesen – wo, das weiß ich nicht. Ich bin als einziger hiergeblieben, wo ich sicher war, und ich traue im Augenblick niemandem von Ihnen. Und damit alles ganz fair zugeht, unterziehe ich mich ebenfalls dem Test. Sind Sie einverstanden? Sonst gehe ich jetzt und mache allein weiter.«

Turbor zuckte die Achseln. »Von mir aus.«

»Ich habe ja bereits gesagt, daß ich nichts dagegen habe«, erklärte Munn.

Semic hob zustimmend die Hand, und Anthor wartete nur noch auf ein Zeichen von Darell. Schließlich nickte auch dieser.

»Fangen wir mit mir an«, sagte Anthor.

Der junge Mann saß steif und mit geschlossenen Augen im Sessel, während die Nadeln leise über das Papier fuhren. Darell suchte aus seinen Akten den Hefter mit Anthors altem Enzephalogramm heraus und zeigte es ihm.

»Das ist doch Ihre Unterschrift, nicht wahr?«

»Ja, ja das ist mein Diagramm. Vergleichen Sie es jetzt mit dem neuen.«

Mittels eines Scanners wurden die beiden Aufzeichnungen auf eine Leinwand projiziert. »Da, sehen Sie da«, tönte Munns aufgeregte Stimme durch die Dunkelheit. »Da ist eine Abweichung.«

»Das sind die Primärströme des vorderen Hirnlappens. Es hat nichts weiter zu bedeuten, Homir. Diese Veränderungen, auf die Sie zeigen, werden durch eine starke innere Erregung, in diesem Fall ist es Zorn, hervorgerufen.«

Darell berührte einen Knopf, worauf sich die jeweils sechs Kurven jedes Diagramms überlagerten und zu einem einzigen Diagramm verschmolzen. Nur bei den Primärströmen des vorderen Hirnlappens blieb eine geringfügige Abweichung.

»Zufrieden?« fragte Anthor.

Darell nickte kurz und tauschte dann mit dem jungen Mann den Platz. Nach ihm kamen Semic und Turbor an die Reihe. Schweigend wurden die Diagramme verglichen, und jedesmal war das Resultat negativ.

Munn war der letzte. Er zögerte einen Augenblick und meinte dann mit unsicherer Stimme: »Hören Sie, ich bin der letzte und stehe unter einer enormen nervlichen Belastung. Ich erwarte, daß Sie das berücksichtigen.«

»Natürlich«, beruhigte ihn Darell. »Aber Ihre bewußten Emotionen haben nur einen Einfluß auf die Primärströme, und die sind nicht von Bedeutung.«

Eine Ewigkeit schien zu vergehen, und Totenstille erfüllte den Raum . . .

Und als die beiden Diagramme in der Dunkelheit verglichen wurden, sagte Anthor plötzlich mit heiserer Stimme: »Es handelt sich um ein Phänomen, das wir ganz einfach nicht begreifen können. Hat er das nicht gesagt? Es gibt keine Manipulation von außen; das Ganze ist lediglich eine anthropomorphische Idee – aber sehen Sie es sich trotzdem an! Es ist sicher nur ein Zufall!«

»Was ist los?« krächzte Munn aufgeregt.

Darell legte ihm besänftigend die Hand auf die Schulter. »Ruhig, Munn . . . Sie sind manipuliert worden; Sie sind von *ihnen* beeinflußt worden.«

Als die Raumbeleuchtung wieder anging, sah sich der Bibliothekar völlig verstört um und versuchte zu lächeln.

»Sie machen sicher nur Spaß. Sie verfolgen doch eine bestimmte Absicht damit. Sie wollten mich nur auf die Probe stellen und sehen, wie ich reagiere.«

Darell schüttelte den Kopf. »Nein, Homir. Es stimmt.«

Munns Augen füllten sich plötzlich mit Tränen. »Aber ich fühle mich genau wie immer. Ich kann es nicht glauben. Sie stecken alle unter einer Decke«, fügte er heftig hinzu. »Es ist eine gemeine Verschwörung.«

Darell versuchte, ihn zu beruhigen, doch Munn schüttelte seine Hand ab. »Sie wollen mich umbringen«, fauchte er. »Galaxis, Sie haben vor, mich umzubringen.«

Anthor warf sich auf den Tobenden und versetzte ihm einen Fausthieb, der Munn außer Gefecht setzte. Auf dem Gesicht des Bewußtlosen lag immer noch der Ausdruck unbeschreiblicher Angst.

Anthor stand langsam auf. Er war blaß. »Am besten, wir fesseln ihn und legen ihm einen Knebel an. Wir können ja danach überlegen, was wir mit ihm anfangen.« Er strich sich das lange Haar aus der Stirn zurück.

»Wie sind Sie darauf gekommen, daß etwas mit ihm nicht stimmte?« fragte Turbor.

Anthor sah ihn spöttisch an. »Das war nicht schwer zu raten. *Zufällig weiß ich nämlich, wo die Zweite Stiftung liegt.*«

Je mehr Schocks in kurzer Zeit aufeinanderfolgen, desto schwächer wird ihre Wirkung . . .

Und so sagte Semic fast gelassen: »Wirklich? Ich meine, wir haben ja eben mit Munn etwas Ähnliches erlebt . . .«

»Nein, das kann man nicht vergleichen«, gab Anthor zurück. »Erinnern Sie sich noch, Darell, was ich an dem Tag, als der Krieg ausgebrochen ist, zu Ihnen gesagt habe? Ich habe versucht, Sie zu überreden,

Terminus zu verlassen. Ich hätte Ihnen damals schon sagen können, was ich Ihnen heute sage, aber ich wußte nicht, ob ich Ihnen trauen konnte.«

»Wollen Sie damit behaupten, daß Sie die Antwort schon seit einem halben Jahr kennen?« Darell lächelte.

»Ich kenne sie seit dem Tag, als ich erfuhr, daß Arcadia nach Trantor geflogen ist.«

Darell runzelte die Stirn und senkte den Kopf. »Was hatte denn Arcadia mit der Sache zu tun? Worauf wollen Sie hinaus?«

»Es ist doch ganz einfach. Arcadia verläßt Kalgan und flieht von dort aus ausgerechnet nach Trantor, zum Mittelpunkt der Galaxis, anstatt nach Hause zurückzukehren. Lieutenant Dirige, unser bester Mann auf Kalgan, wird manipuliert. Homir Munn fliegt nach Kalgan, und auch er wird manipuliert. Der Muli hat die Galaxis erobert und schlug sein Hauptquartier ausgerechnet auf Kalgan auf, und ich frage mich, ob er vielleicht nicht nur ein Eroberer, sondern in erster Linie ein Werkzeug war. Ganz gleich, was wir nehmen, wir stoßen immer wieder auf Kalgan – Kalgan, der Planet, der seltsamerweise von den politischen Machtkämpfen des letzten Jahrhunderts praktisch unberührt geblieben ist.«

»Und was schließen Sie aus all dem?«

»Das liegt doch auf der Hand.« In Anthors Augen lag ein gespannter Ausdruck. »Ich glaube, daß sich die Zweite Stiftung auf Kalgan befindet.«

»Ich bin selbst auf Kalgan gewesen, Anthor«, unterbrach ihn Turbor. »Letzte Woche noch. Wenn es dort eine Zweite Stiftung gibt, dann muß ich verrückt sein. Ich persönlich denke eher, daß *Sie* derjenige sind, der hier verrückt ist.«

Der junge Mann starrte ihn zornig an. »Sie sind ein alter Esel«, zischte er. »Was für eine Vorstellung haben Sie denn von der Zweiten Stiftung? Glauben Sie, es ist ein Kindergarten? Erwarten Sie, daß sie rote Signalschilder mit der Aufschrift ›Zweite Stiftung‹ entlang der Schiffsrouten aufstellen, damit jeder weiß, wo man sie findet? Hören Sie zu, Turbor. Wo immer sie auch sein mögen, sie bilden auf jeden Fall eine straffe Oligarchie. Sie müssen sich auf dem Planeten, auf dem sie leben, genauso gut versteckt halten wie sich der Planet selbst in der Weite der Galaxis verborgen hält.«

Turbor fixierte ihn mißtrauisch. »Ihre Art gefällt mir nicht, Anthor.«

»Ich bin wirklich untröstlich«, erwiderte der junge Mann sarkastisch. »Sehen Sie sich doch einmal hier auf Terminus um. Wir befinden uns hier genau im Zentrum – im Herzen der Ersten Stiftung mit all ihrem physikalischen Wissen. Nun, und wieviele der Bewohner von Terminus sind nun Physiker? Können *Sie* einen Energietransmitter bedienen? Oder was wissen Sie über die Funktionsweise eines Hyperatomantriebs? Nun? Der Anteil der Physiker an der Gesamtbevölkerung von Terminus – selbst hier, verstehen Sie – beträgt weniger als ein Prozent.

Wie wird es dann erst auf der Zweiten Stiftung sein, die doch alles daransetzt, ihre Existenz geheimzuhalten? Es wird dort noch weniger Psychologen geben als bei uns Physiker, und sie werden sich sogar vor ihrer eigenen Welt versteckt halten.«

»Sicher«, wandte Semic vorsichtig ein, »aber wir haben doch Kalgan gerade erst besiegt.«

»Oh, natürlich. Natürlich haben wir das«, gab Anthor ironisch zurück. »Und wir feiern diesen Sieg auch gebührend. Sogar jetzt noch. Immer noch werden Feuerwerke abgeschossen, und der Siegesjubel tönt uns aus den Fernsehern entgegen. Und nun, nachdem wir uns jetzt wieder auf die Suche der Zweiten Stiftung machen, wo werden wir da wohl als letztes suchen? Na? Richtig! Auf Kalgan!

Sicher, wir haben Kalgan geschlagen, aber im Grunde haben wir ihnen damit nicht wirklich schaden können. Wir haben ein paar Schiffe zerstört, ein paar tausend Menschen getötet, ihr Imperium aufgelöst und ihnen einen Teil ihrer kommerziellen und wirtschaftlichen Macht abgenommen – aber das alles ist eigentlich kaum von Bedeutung. Ich bezweifle, daß wir damit auch nur einen einzigen Angehörigen der Gruppe haben treffen können, die tatsächlich die herrschende Klasse auf Kalgan verkörpert. Ganz im Gegenteil, wahrscheinlich fühlen sie sich jetzt sicherer als zuvor. Aber sie haben nicht mit mir gerechnet. Was sagen Sie jetzt, Dr. Darell?«

Darell zuckte die Achseln. »Wirklich interessant, Ihre Theorie. Ich überlege gerade, wie sie sich mit einer Botschaft von Arcadia vereinbaren läßt, die ich vor ein paar Monaten erhalten habe.«

»Sie haben eine Botschaft von Arcadia bekommen?« fragte Anthor interessiert. »Und was läßt sie Ihnen ausrichten?«

»Das kann ich auch nicht genau sagen. Es sind nur fünf Worte. Aber es ist wirklich interessant . . .«

»Hören Sie, Anthor«, mischte sich Semic ein, »da ist ein Punkt, den ich noch nicht verstehe.«

»Und der wäre?«

Semic wählte seine Worte sorgfältig und sprach betont langsam. »Also, Homir Munn hat doch vorhin gesagt, daß uns Hari Seldon an der Nase herumgeführt hat, als er behauptete, er hätte eine Zweite Stiftung gegründet. Und jetzt sagen *Sie* das genaue Gegenteil, daß Seldon also doch nicht gelogen hat.«

»Richtig. Seldon hat gesagt, er hätte eine Zweite Stiftung gegründet, und das hat er auch getan.«

»Schön, aber er hat auch noch etwas anderes gesagt. Er hat gesagt, daß er die beiden Stiftungen an den entgegengesetzten Enden der Galaxis errichtet hätte. Dann hat er uns also *doch* an der Nase herumgeführt, junger Mann – denn Kalgan liegt nicht am entgegengesetzten Ende der Galaxis.«

Anthor schien verstimmt. »Das ist doch völlig unwichtig. Vielleicht gehörte das nur zu seinem Plan, ihre Position geheimzuhalten. Überlegen Sie doch selbst – Was für einen Zweck hätte es denn gehabt, die Psychologen am anderen Ende der Galaxis anzusiedeln? Welche Funktion haben sie? Sie sollen doch dafür sorgen, daß der Plan wie vorherbestimmt durchgeführt wird. Und wer spielt die wichtigste Rolle im Plan? Das sind wir, die Erste Stiftung. Von wo aus kann uns die Zweite Stiftung am besten im Auge behalten und damit die ihr zugedachte Aufgabe erfüllen? Vom anderen Ende der Galaxis aus? Lächerlich! Sie befinden sich keine fünfzig Parseks von hier entfernt, was viel logischer ist.«

»Das ist ein Argument, das überzeugend klingt«, stimmte Darell zu. »Ich sehe, daß Munn inzwischen wieder bei Bewußtsein ist. Ich schlage vor, wir binden ihn wieder los. Er kann uns doch nicht gefährlich werden.«

Anthor sah aus, als wollte er protestieren, doch Homir nickte heftig. Fünf Sekunden später rieb er sich genauso heftig seine Handgelenke.

»Wie fühlen Sie sich?« erkundigte sich Darell.

»Miserabel«, antwortete Munn düster, »aber das geht schon vorbei. Ich habe gehört, was er gesagt hat, und mich würde interessieren, wie wir nun weiter vorgehen sollen.«

Die anderen schwiegen ratlos.

Munn lächelte bitter. »Schön, nehmen wir also an, Kalgan ist wirklich die Zweite Stiftung. Aber wer auf Kalgan sind die Angehörigen der Zweiten Stiftung? Wie wollen Sie sie finden? Und was wollen Sie tun, wenn Sie sie tatsächlich finden sollten?«

»Sie werden sich vielleicht wundern, aber diese Fragen kann ich Ihnen zufällig beantworten«, erwiderte Darell. »Wollen Sie wissen, was Semic und ich im letzten halben Jahr gemacht haben? Vielleicht werden Sie dann auch besser verstehen, warum ich unbedingt auf Terminus bleiben wollte, Anthor.«

Dr. Darell faltete die Hände. »In erster Linie habe ich mich während dieser Zeit sehr intensiv mit der enzephalographischen Analyse befaßt. Einen Angehörigen der Zweiten Stiftung mit Hilfe eines Enephalogramms zu identifizieren, ist schon etwas schwieriger als diese Sache mit dem Plateau – und es ist mir, genau genommen, auch nicht gelungen, aber ich war nahe an der Lösung.

Weiß jemand unter Ihnen zufällig, auf welche Weise man die Emotionen anderer beeinflussen kann? Seit der Zeit des Muli haben sich zahlreiche Autoren immer wieder mit diesem Phänomen auseinandergesetzt, und es ist eine ganze Menge Unsinn darüber geschrieben worden. Fast immer ist es als etwas Geheimnisvolles und Übersinnliches dargestellt worden, was natürlich weit an der Wahrheit vorbeigeht. Jeder weiß, daß das menschliche Gehirn unzählige elektromagnetische Felder erzeugt, und jeder weiß auch – oder sollte es zumindest wissen –, daß jede noch so flüchtige Emotion diese Felder mehr oder weniger stark verändert.

»Stellen wir uns nun einen Menschen vor, der die besondere Fähigkeit besitzt, diese sich ständig verändernden Felder wahrzunehmen und sein Gehirn sogar auf die gleiche Wellenlänge auszurichten. Das heißt, ein bestimmter Teil seines Gehirns würde sich auf das entsprechende Feldmuster einstellen, das es wahrnimmt. Wie das genau funktioniert, weiß ich nicht, aber das spielt auch weiter keine Rolle. Wenn ich zum Beispiel blind wäre, könnte ich auf diese Weise trotzdem die Bedeutung der Photone und Energiequanten verstehen und begreifen, daß die Absorption eines Photons mit einem bestimmten Energiebetrag eine chemische Veränderung in einem Organ des menschlichen Körpers bewirken kann und auf diese Weise nachweisbar ist. Natürlich könnte ich zum Beispiel aber nicht begreifen, was Farbe ist.

Können Sie mir folgen?«

Anthor nickte entschlossen, die anderen etwas unsicherer.

»Dieser hypothetische Teil des Gehirns, auf den ich mich beziehe, bezeichnen wir ihn ruhig einmal als Resonanzorgan, dieses hypothetische Resonanzorgan also könnte, indem es sich auf die von anderen Gehirnen ausgesandten Felder einstellt, ›Gefühle wahrnehmen‹ und sogar ›Gedanken lesen‹, was noch viel schwieriger ist. Von hier aus ist es ein leichter Schritt dazu, sich ein ähnliches Organ vorzustellen, mit dem man ein anderes Gehirn beeinflussen kann. Es könnte mit seinem stärkeren Feld das schwächere eines anderen Gehirns orientieren – ähnlich wie ein starker Magnet die atomaren Dipole in einem Eisenstab orientiert und sie magnetisch macht.

Ich habe nun eine Funktion entwickelt, die die erforderliche Kombination von Nervenbahnen zur Bildung eines solchen Organs, wie ich es eben beschrieben habe, angeben könnte. Diese Funktion ist jedoch so kompliziert, daß sie mit den mathematischen Mitteln, die uns heute zur Verfügung stehen, nicht zu lösen ist. Und das bedeutet, daß es mir leider nie möglich sein wird, einen Angehörigen der Zweiten Stiftung allein anhand seines Enzephalogramms identifizieren zu können.

Aber ich konnte etwas anderes tun. Mit Dr. Semics Hilfe habe ich ein Gerät konstruiert, das man als ›Gedankenstörer‹ bezeichnen könnte. Die moderne Wissenschaft ist heute durchaus in der Lage, eine Energiequelle zu schaffen, die das einem Enzephalogramm ähnliche Muster eines elektromagnetischen Feldes imitiert. Darüber hinaus läßt es sich aber auch so verändern, daß es ›Störungen‹ erzeugt, die das betreffende Gehirn gegen jede Beeinflussung von außen abschirmen.

Können Sie mir immer noch folgen?«

Semic kicherte. Er hatte zwar nicht gewußt, worum es ging, als er

Darell beim Bau dieses Gerätes geholfen hatte, aber er hatte doch gewisse Vermutungen gehegt, und sie bewahrheiteten sich jetzt.

»Ich glaube schon«, nickte Anthor.

»Dieses Gerät läßt sich im Grunde einfach herstellen«, fuhr Darell fort, »und als Koordinator für Forschung und Entwicklung standen mir alle Mittel der Stiftung zur Verfügung. Inzwischen sind alle wichtigen Gebäude auf Terminus, angefangen von den Büros des Bürgermeisters bis zu meinem Haus hier, auf diese Weise abgeschirmt. Wir können jeden Ort vor einer Beeinflussung von seiten der Zweiten Stiftung oder eines zukünftigen Muli absichern. Das war es, was ich Ihnen zu sagen hatte.«

Er streckte die geöffnete Hand aus.

Turbor sah ihn verblüfft an. »Dann ist also alles vorbei. Bei Seldon, es ist alles vorbei.«

»Nun«, erwiderte Darell, »eigentlich noch nicht.«

»Wieso? Was meinen Sie damit: noch nicht?«

»Ich meine damit, daß wir noch immer nicht wissen, wo die Zweite Stiftung liegt!«

»Was?« dröhnte Anthor. »Wollen Sie damit sagen . . .«

»Ja, genau das will ich damit sagen. Kalgan ist nicht die Zweite Stiftung.«

»Woher wollen Sie das wissen?«

»Ganz einfach«, brummte Darell. »*Weil ich nämlich zufällig weiß, wo die Zweite Stiftung liegt.*«

21

Die Antwort, die überzeugte

Turbor begann schallend zu lachen, bis er schließlich völlig außer Atem abbrach. Er schüttelte den Kopf und meinte japsend: »Na, dann wünsche ich uns allen eine amüsante Nacht, wenn das die ganze Zeit über so weitergehen soll. Es ist ja ganz lustig, daß jeder glaubt, er wäre der einzige, der wirklich weiß, wo die Zweite Stiftung liegt, aber so kommen wir doch nicht weiter. Vielleicht liegt die Zweite Stiftung überall. Vielleicht befindet sie sich nicht auf einem einzelnen Planeten, sondern ihre Angehörigen sind über die ganze Galaxis verstreut. Aber was soll uns das jetzt noch kümmern, da Darell ja sagt, daß wir nun eine perfekte Abwehrmethode besitzen?«

Darell lächelte freudlos. »Das genügt nicht, Turbor, denn auch dieser ›Gedankenstörer‹ hilft uns nicht weiter. Wir können nicht ewig mit der geballten Faust dastehen und verzweifelt in allen Richtungen nach dem Feind Ausschau halten. Es genügt nicht, wenn wir wissen, *wie* wir gewinnen können, wir müssen auch endlich wissen, gegen wen wir kämpfen. Und es *gibt* diese Welt, auf der wir den Gegner finden.«

»Kommen Sie endlich zur Sache«, drängte Anthor müde. »Was wissen Sie?«

»Arcadia«, antwortete Darell, »hat mir eine Botschaft ausrichten lassen, und erst dann war mir plötzlich alles klar. Ohne sie wäre ich wahrscheinlich nie darauf gekommen, obwohl es doch das Nächstliegende ist. Es war eine ganz einfache Botschaft, die lautete: ›Ein Kreis hat kein Ende.‹ Verstehen Sie?«

»Nein«, antwortete Anthor und sprach damit ganz offensichtlich auch die Gedanken der anderen aus.

»Ein Kreis hat kein Ende«, wiederholte Munn nachdenklich und runzelte die Stirn.

»Nun«, fuhr Darell ungeduldig fort, »mir war jedenfalls in diesem Augenblick alles klar. Was wissen wir mit absoluter Sicherheit über die Zweite Stiftung? Ich werde es Ihnen sagen! Wir wissen, daß Hari Seldon sie am anderen Ende der Galaxis gegründet hat. Homir Munn nahm an, daß Seldon log, als er von der Gründung der Zweiten Stiftung sprach. Pelleas Anthor dagegen nahm an, daß Seldon zwar nicht gelogen hatte, was die Existenz der Stiftung betraf, aber nicht ihre wahre Position verraten habe. Ich behaupte nun, daß Seldon genau genommen überhaupt nicht gelogen hat; ganz im Gegenteil, er hat die volle Wahrheit gesagt.«

Was ist denn das andere Ende der Galaxis? Die Galaxis ist ein flaches, linsenförmiges Gebilde mit einem kreisförmigen Querschnitt. Ein Kreis aber hat, wie Arcadia erkannte, kein Ende. *Wir*, die Erste Stiftung, liegen auf Terminus und damit am Rand dieses Kreises. Laut Definition befinden wir uns am Ende der Galaxis. Und jetzt folgen Sie dem Rand dieses Kreises und versuchen Sie, das andere Ende zu finden. Gehen Sie ihm nach – aber Sie werden gar kein anderes Ende finden, sondern lediglich zum Ausgangspunkt zurückkehren . . .«

»Und *dort* werden Sie die Zweite Stiftung finden.

Dort?« wiederholte Anthor. »Sie meinen *hier*?«

»Ja, ich meine hier!« rief Darell überzeugt. »Wo sollte sie sonst liegen? Sie haben selbst gesagt, daß die Zweite Stiftung die Wächterin des Seldon-Plans sei und in dieser Funktion kaum am anderen Ende der Galaxis liegen würde, wo sie völlig isoliert wäre. Sie hielten eine Entfernung von fünfzig Parseks für wesentlich logischer. Ich sage Ihnen, daß selbst diese Entfernung noch zu groß ist. Am logischsten ist nämlich gar keine Distanz. Und wo wären sie am sichersten? Wer würde ausgerechnet hier schon nach ihnen suchen? Es ist das alte Prinzip, daß das nächstliegende Versteck meistens auch das sicherste ist.

Warum war Ebling Mis so überrascht, als er die Position der Zweiten Stiftung entdeckte? Da saß er auf Trantor und suchte verzweifelt nach ihrem Geheimnis, weil er sie vor dem Muli warnen wollte, und mußte plötzlich entdecken, daß der Muli bereits beide Stiftungen mit einem Schlag eingenommen hatte. Und warum hat der Muli selbst sie nicht gefunden? Warum nicht? Wenn man nach einem gefährlichen Gegner sucht, würde man doch kaum unter den Gegnern suchen, die man bereits erobert hat. Deshalb hatten die Psychologen Zeit genug, ihre Pläne zu schmieden, um den Muli aufzuhalten, und es ist ihnen auch geglückt.

Es ist alles sehr einfach, daß man fast verrückt werden könnte. Da sitzen wir hier mit unseren Überlegungen und Plänen und glauben, daß niemand etwas davon weiß, und dabei befinden wir uns die ganze Zeit mitten im feindlichen Lager. Es ist fast zum Lachen.«

Anthor sah Darell skeptisch an. »Glauben Sie im Ernst an diese Theorie, Dr. Darell?«

»Ja, ich bin mir ganz sicher.«

»Dann könnte doch jeder, dem wir hier auf der Straße begegnen, ein Angehöriger der Zweiten Stiftung sein, der unsere Gedankenimpulse liest.«

»Richtig.«

»Und trotzdem hat man uns die ganze Zeit über unbehelligt Pläne schmieden lassen?«

»Unbehelligt? Wer hat Ihnen gesagt, daß man uns nicht behelligt hat? Sie haben doch selbst bewiesen, daß Munn manipuliert wurde. Woraus entnehmen Sie, daß wir ihn aus freier Entscheidung nach Kalgan geschickt haben oder daß Arcadia ganz von sich aus uns abgehört hat und ihm gefolgt ist? Sehen Sie! Wahrscheinlich sind wir die ganze Zeit über unablässig behelligt worden. Außerdem genügt es doch völlig, was sie bisher getan haben. Es nützt ihnen viel mehr, uns an der Nase herumzuführen, als uns einfach zu stoppen.«

Anthor überlegte und schüttelte dann immer noch unzufrieden den Kopf. »Ich weiß nicht, mir gefällt die Sache nicht. Ihr Gedankenstörer ist doch im Grunde wertlos. Wir können nicht ewig hier im Haus bleiben, und mit unserem jetzigen Wissen sind wir verloren, sobald wir es verlassen. Es sei denn, Sie können für jeden Bewohner der Galaxis so ein kleines Gerät bauen.«

»Nein, Anthor, ganz so hilflos sind wir doch nicht. Diese Angehörigen der Zweiten Stiftung haben einen ganz speziellen Sinn, der uns fehlt. Er ist ihre Stärke, aber gleichzeitig auch ihre Schwäche. Ich will Ihnen ein Beispiel geben. Können Sie sich eine Waffe denken, die bei einem normalen, sehenden Menschen sehr wirksam ist, bei einem Blinden dagegen völlig nutzlos?«

»Sicher«, antwortete Munn sofort. »Ein grelles Licht.«

»Richtig«, nickte Darell. »Zum Beispiel eine starke Taschenlampe.«

»Ja und?« fragte Turbor.

»Die Analogie liegt doch auf der Hand. Ich habe einen Gedankenstörer konstruiert, der ein künstliches elektromagnetisches Muster aussendet, das auf das Gehirn eines Angehörigen der Zweiten Stiftung ähnlich wirkt wie bei einem normalen Menschen ein grelles Licht. Mit dem einen Unterschied allerdings, daß der Gedankenstörer wie ein Kaleidoskop ist und sein Muster ständig verändert – so schnell, daß das Gehirn, das die Impulse empfängt, ihnen nicht mehr folgen kann. Wir könnten es dann mit einem Blinklicht vergleichen, das Kopfschmerzen verursacht, wenn man es längere Zeit beobachtet. Jetzt intensivieren Sie dieses Licht oder das elektromagnetische Feld so lange, bis es blendet, und es wird unerträgliche Schmerzen verursachen. Aber nur bei denen, die dafür empfänglich sind; alle anderen bemerken nichts davon.«

»Wirklich?« meinte Anthor mit wachsender Begeisterung. »Haben Sie das schon ausprobiert?«

»An wem denn? Natürlich nicht. Aber ich weiß, daß es funktioniert.«

»Wo haben Sie denn das Gerät, mit dem Sie das Feld hier um dieses Haus kontrollieren? Ich würde es mir gern einmal ansehen.«

»Hier.« Darell griff in seine Jackentasche und zog einen kleinen, zylinderförmigen Gegenstand heraus, den er dem jungen Mann zuwarf.

Anthor betrachtete das schwarze Gerät eingehend und zuckte dann die Achseln. »Jetzt bin ich auch nicht schlauer als vorher. Sagen Sie, Darell, welchen dieser Knöpfe darf ich nicht berühren? Ich möchte nicht aus Versehen die ganze Abschirmung ausschalten.«

»Keine Angst, das können Sie nicht«, erklärte Darell gleichgültig. »Der betreffende Schalter ist gesperrt.« Er versuchte, ihn zu bewegen, doch er blieb starr.

»Und wozu dient dieser Knopf hier?«

»Damit regeln Sie die Impulsfolge – und mit diesem hier die Intensität. Das ist der Knopf, den ich vorhin meinte.«

»Darf ich . . .« fragte Anthor, der den Finger auf den Intensitätsregler gelegt hatte.

»Warum nicht?« Dr. Darell zuckte die Achseln. »Wir werden doch nichts davon merken.«

Langsam, fast widerstrebend, drehte Anthor den Kopf zuerst in die eine Richtung und dann in die andere. Turbors Kiefer mahlten, während Munn nervös mit den Augen zwinkerte. Es schien, als wollten sie mit ihren unzulänglichen Sinnen Impulse aufzunehmen versuchen, die sie nicht aufnehmen konnten.

Schließlich schüttelte Anthor den Kopf und warf das Gerät in Darells Schoß zurück. »Wenn Sie es sagen, wird es wahrscheinlich stimmen. Obwohl ich mir eigentlich nicht richtig vorstellen kann, daß wirklich etwas passiert sein soll, als ich an dem Knopf gedreht habe.«

»Das ist verständlich, Pelleas Anthor.« Darell lächelte gepreßt. »Das Gerät, das ich Ihnen gerade gezeigt habe, war nämlich nur eine

Attrappe. Sehen Sie, hier habe ich noch ein zweites.« Er öffnete mit einer raschen Bewegung sein Jackett und nahm ein identisches Modell des Reglergerätes, das an seinem Gürtel hing.

»Passen Sie auf.« Mit diesen Worten drehte Darell den Intensitätsregler auf Maximum.

Anthor stieß plötzlich einen unmenschlichen Schrei aus und sank zu Boden. Sein Gesicht war leichenblaß. Er krümmte sich vor Schmerzen und riß sich wie von Sinnen an den Haaren.

Munn hob hastig die Füße, aus Angst, Anthor könnte ihn berühren, und in seinem Blick lag nacktes Entsetzen. Semic und Turbor saßen da wie zwei Gipsfiguren, steif und kalkweiß.

Schließlich drehte Darell den Knopf wieder in seine Ausgangsposition zurück. Anthor zuckte noch einmal schwach und blieb dann liegen. Er lebte, und seine Brust hob und senkte sich zuckend.

»Wir müssen ihn auf die Couch legen«, sagte Darell. »helft mir.«

Turbor nahm Anthors Füße. Es war, als würden sie einen Mehlsack hochheben. Nach langen Minuten ging der Atem des jungen Mannes endlich ruhiger, und schließlich schlug Anthor die Augen auf. Sein Gesicht war gelb und schweißnaß und seine Stimme nur noch ein heiseres, fast unverständliches Flüstern.

»Nein«, murmelte er, »nicht! Nicht nochmal! Sie wissen ja nicht . . . Sie wissen nicht . . . Ahhh.« Was er hatte sagen wollen, ging in einem langgezogenen Stöhnen unter.

»Wir werden es nicht mehr tun, wenn Sie uns die Wahrheit sagen«, erwiderte Darell. »Sie sind ein Angehöriger der Zweiten Stiftung?«

»Bitte einen Schluck Wasser«, ächzte Anthor.

»Holen Sie ihm ein Glas Wasser, Turbor«, sagte Darell, »und bringen Sie die Whiskyflasche mit.«

Nachdem sie dem jungen Mann einen Schluck Whisky und zwei Gläser Wasser eingeflößt hatten, wiederholte Darell seine Frage. Anthor entspannte sich langsam . . .

»Ja«, nickte er schwach. »Ich bin ein Angehöriger der Zweiten Stiftung.«

»Die hier auf Terminus liegt, nicht?« fuhr Darell fort.

»Ja, ja. Sie hatten in allen Punkten recht, Dr. Darell.«

»Sehr gut! Und jetzt erzählen Sie uns, was in den letzten sechs Monaten passiert ist. Los, sagen Sie die Wahrheit.«

»Ich möchte schlafen«, murmelte Anthor.

»Später! Reden Sie erst!«

Der junge Mann stieß einen tiefen Seufzer aus und begann dann zu sprechen. Die anderen mußten sich zu ihm herunterbeugen, um ihn verstehen zu können. »Die Situation wurde immer gefährlicher. Wir wußten, daß sich die Physiker von Terminus für enzephalographische Analysen interessierten und daß sie irgendwann wahrscheinlich ein solches Gerät wie den Gedankenstörer entwickeln würden. Wir sahen, daß die allgemeine Einstellung der Zweiten Stiftung gegenüber immer feindseliger wurde, und das mußten wir ändern, ohne dadurch allerdings den Seldon-Plan zu ruinieren.

Wir . . . wir versuchten, die Bewegung gegen die Zweite Stiftung unter unsere Kontrolle zu bringen, indem wir uns ihr anschlossen. Auf diese Weise wollten wir den Verdacht und die Bestrebungen, die Zweite Stiftung zu finden, in eine falsche Richtung lenken. Als weiteres Ablenkungsmanöver sorgten wir dafür, daß Kalgan der Stiftung den Krieg erklärte. Deshalb habe ich auch Munn dorthin geschickt. Stettins angebliche Mätresse gehörte zu uns. Sie beeinflußte Munn dahingehend, daß er die entsprechenden Schritte unternahm . . .«

»Callia . . .« rief Munn, aber Darell bedeutete ihm, zu schweigen.

»Arcadia folgte ihm«, fuhr Anthor unbeirrt fort. »Das war etwas, das wir nicht vorausberechnet hatten – wir können nicht alles voraussehen –, also mußte sich Callia darum kümmern, daß sie nach Trantor floh, wo sie keinen Schaden anrichten konnte. Das ist alles. Und nun haben wir doch verloren.«

»Sie versuchten absichtlich, mich nach Trantor zu locken, nicht wahr?« fragte Darell.

Anthor nickte. »Ich wollte Sie aus dem Weg haben. Ich konnte den Triumph in Ihren Gedanken lesen. Es war klar, daß Sie kurz vor der Entdeckung dieses Gedankenstörers standen.«

»Und warum haben Sie mich nicht manipuliert?«

»Das . . . konnte ich nicht. Ich hatte meine Anweisungen. Wir mußten einem bestimmten Plan folgen. Eigenmächtiges Handeln hätte alles zunichte gemacht. Sie müssen wissen . . . unser Plan sagt nur Wahrscheinlichkeiten voraus . . . genau wie Seldons Plan.« Die Sätze kamen nur noch stoßweise und fast zusammenhangslos heraus. Sein Kopf ruckte wie im Fieber hin und her.

»Wir arbeiteten mit einzelnen . . . nicht Gruppen . . . entsprechend niedrig war die Wahrscheinlichkeit . . . haben verloren. Außerdem- . . . wenn Sie manipuliert worden wären . . . jemand anders das Gerät erfunden . . . sinnlos . . . mußten nur *gelegentlich* beeinflussen . . . unauffälliger . . . Erster Sprecher eigenen Plan . . . kenne nicht alle Aspekte . . . nur . . . funktionierte nicht . . . ahh . . .« Er schloß die Augen.

Darell schüttelte ihn unsanft. »Sie dürfen noch nicht schlafen. Wieviele sind Sie?«

»Was? WassagenSie . . . ach so . . . nicht viele . . . überrascht . . . fünfzig . . . brauchen nicht mehr.«

»Alle hier auf Terminus?«

»Fünf . . . oder sechs draußen . . . wie Callia . . . muß schlafen.«

Er nahm noch einmal alle Kraft zusammen, und sein Blick wurde für einen kurzen Augenblick wieder klar. Es war ein letzter Versuch, sich zu rechtfertigen und die Niederlage abzuschwächen.

»Fast hätte ich Sie doch geschafft. Ich hätte die Abschirmung ausgeschaltet und Sie manipuliert. Wir hätten ja gesehen, ob Sie es mit mir hätten aufnehmen können. Aber dann haben Sie mir diese Attrappe gegeben . . . hatten mich die ganze Zeit im Verdacht . . .«

Und dann war er eingeschlafen.

»Wie lange verdächtigten Sie ihn schon, Darell?« wollte Turbor erstaunt wissen.

»Vom ersten Tag an«, gab Darell ruhig zurück. »Er sagte, er käme von Kleise. Aber ich kannte Kleise und wußte genau, daß wir als Feinde auseinandergegangen waren. Er war besessen von seiner Arbeit gegen die Zweite Stiftung, und ich hatte ihn im Stich gelassen. Ich hatte triftige Gründe dafür, denn ich hielt es für das beste und sicherste, meine eigenen Ziele zu verfolgen. Aber das konnte ich Kleise nicht begreiflich machen, und selbst wenn ich versucht hätte, es ihm zu erklären, hätte er mich kaum angehört. Er hielt mich für einen Feigling und Verräter und möglicherweise sogar für einen Agenten der Zweiten Stiftung. Er war ein Mann, der nicht vergeben konnte, und von dem Tag an, als wir uns trennten, bis kurz vor seinem Tod habe ich nichts mehr von ihm gehört. Und dann, in den letzten Wochen seines Lebens, kam ganz plötzlich ein Brief von ihm. Er schrieb mir als altem Freund – als wäre nie etwas zwischen uns vorgefallen – und empfahl mir seinen besten und vielversprechendsten Schüler als Mitarbeiter, mit dem ich die abgebrochenen Untersuchungen fortführen sollte.

So etwas paßte überhaupt nicht zu ihm, und ich kam zu dem Schluß, daß Kleise den Brief nur unter einem fremden Einfluß geschrieben haben konnte. Ich begann mich zu fragen, ob man mit seiner Empfehlung nicht ganz einfach versuchen wollte, einen Agenten der Zweiten Stiftung bei mir einzuschleusen. Wie sich herausgestellt hat, lag ich mit meiner Vermutung tatsächlich richtig . . .«

Er seufzte und schloß einen Augenblick lang die Augen.

»Was fangen wir denn nun mit ihnen an?« warf Semic vorsichtig ein. »Ich meine, mit diesen Leuten von der Zweiten Stiftung?«

»Ich weiß es nicht«, erwiderte Darell unsicher. »Wir könnten sie zum Beispiel irgendwohin ins Exil schicken. Wir könnten die Männer und Frauen voneinander trennen oder, noch besser, sie sterilisieren – und in fünfzig Jahren gehört die Zweite Stiftung dann nur noch der Vergangenheit an. Vielleicht wäre aber auch ein rascher Tod die beste Lösung für sie.«

»Glauben Sie, wir könnten diese besondere Fähigkeit, die sie besitzen, ebenfalls erwerben?« fragte Turbor. »Oder werden sie mit ihr geboren, genau wie der Muli?«

»Ich weiß es nicht. Ich vermute, daß sie diese Fähigkeit durch langes Trainieren entwickeln, denn es gibt in der Enzephalographie Hinweise darauf, daß diese Fähigkeit in jedem menschlichen Gehirn latent vorhanden ist. Aber was wollen Sie mit ihr anfangen? Sie haben doch gesehen, daß sie *ihnen* auch nicht geholfen hat.«

Er runzelte die Stirn.

Auch wenn er nicht weitersprach, war ihm doch deutlich anzusehen, was er gerade dachte.

Das Ganze war zu einfach gewesen . . . viel zu einfach. Die Unbesiegbaren waren besiegt worden wie die Bösewichter in einem Film, und das wollte ihm nicht gefallen.

Galaxis! Woher sollte er wissen, daß er nicht wieder einmal nur eine Marionette war. Daß er nur benutzt wurde?

Arcadia würde bald nach Hause kommen . . . Darell schreckte zurück vor dem, was ihm letzten Endes noch bevorstand.

Sie war jetzt seit zwei Wochen wieder zu Hause, und noch immer rang er mit sich, ob er mit ihr über seine Zweifel reden sollte. Sollte er es wirklich tun? Arcadia hatte sich in der Zeit ihrer Abwesenheit auf merkwürdige Weise verändert; aus dem Kind war eine junge Frau geworden. Sie stellte seine Verbindung zum Leben dar, sie war die lebende Erinnerung an eine bittersüße Ehe, die kaum länger als die Flitterwochen gedauert hatte.

Und dann, eines späten Abends, sagte er so beiläufig wie möglich: »Sag mal, Arcadia, wie bist du eigentlich darauf gekommen, daß sich beide Stiftungen auf Terminus befinden?«

Sie waren im Theater gewesen, auf den besten Plätzen, wo jeder seinen eigenen dreidimensionalen Bildschirm hatte. Sie hatte für diese Gelegenheit ein neues Kleid bekommen und war rundherum glücklich.

Sie musterte ihren Vater einen Augenblick lang und zuckte dann die Achseln. »Keine Ahnung, Vater. Ich wußte es auf einmal.«

Dr. Darell hatte das Gefühl, als würde sich eine eiskalte Faust um sein Herz schließen.

»Denk nach«, forderte er sie auf. »Es ist wichtig. Wie bist du darauf gekommen, daß sich beide Stiftungen auf Terminus befinden?«

Arcadia runzelte die Stirn. »Hmmm, ja, also da war Lady Callia. Ich wußte, daß *sie* zur Zweiten Stiftung gehörte, und das hat Anthor ja auch bestätigt.«

»Aber sie war auf Kalgan«, bohrte Darell. *»Wie bist du dann ausgerechnet auf Terminus gekommen?«*

Arcadia überlegte lange, bevor sie antwortete. Wie war sie wirklich auf Terminus gekommen? Was hatte sie auf diese Idee gebracht? Sie hatte das Gefühl, daß ihr die Antwort auf der Zunge lag, aber sie brachte sie nicht über die Lippen.

»Lady Callia wußte über alles mögliche Bescheid«, erklärte sie schließlich. »Sie mußte ihre Informationen von Terminus bekommen haben. Klingt das nicht einleuchtend, Vater?«

Darell schüttelte stumm den Kopf.

»Vater«, rief sie, »*ich wußte es.* Je länger ich darüber nachgedacht habe, desto sicherer wurde ich. Es war so *logisch.*«

Ihr Vater sah sie merkwürdig an. »Das genügt nicht, Arcadia. Wenn es um die Zweite Stiftung geht, sind Intuitionen immer verdächtig. Das begreifst du doch, oder? Vielleicht ist es tatsächlich eine Intuition gewesen – vielleicht hat man dich aber auch in diese Richtung beeinflußt.«

»Beeinflußt? Du meinst, sie haben mich manipuliert? Nein. Nein, das ist ganz unmöglich.« Sie wich langsam vor ihm zurück. »Hat Anthor nicht auch gesagt, daß ich recht habe? Er hat doch die Wahrheit gesagt. Er hat alles zugegeben. Und du hast doch die ganze Gruppe hier auf Terminus gefunden. Die Psychologen der Zweiten Stiftung, nicht wahr? Stimmt das nicht, Vater?« Sie war außer Atem.

»Ich weiß, aber . . . Arcadia, darf ich ein Enzephalogramm von deinen Gehirnströmen machen?« Sie schüttelte heftig den Kopf. »Nein, bitte nicht! Ich habe solche Angst.«

»Vor mir, Arcadia? Es gibt nichts, wovor du Angst haben müßtest. Aber wir müssen uns überzeugen. Das verstehst du doch, nicht wahr?«

Danach unterbrach ihn Arcadia nur noch ein einziges Mal. Es war, bevor er den Enzephalographen einschaltete. Sie klammerte sich an seinen Arm. »Was passiert, wenn ich *wirklich* anders bin, Vater? Was wirst du dann tun müssen?«

»Überhaupt nichts, Arcadia. Solltest du wirklich manipuliert sein, dann werden wir Terminus verlassen und zurück nach Trantor gehen. Nur wir beide, du und ich . . . und dann kann uns egal sein, was in der Galaxis passiert.«

Nie in seinem Leben war Darell eine Analyse so langsam vorgekommen, und nie hatte sie ihn eine solche Überwindung gekostet wie diesmal, und als alles vorbei war, schlug Arcadia die Hände vor das Gesicht, weil sie Angst vor dem Ergebnis hatte. Dann hörte sie ihn lachen, und das sagte ihr mehr als alle Worte. Sie sprang auf und warf sich in seine ausgebreiteten Arme.

Während er sie an sich preßte, begann er aufgeregt zu sprechen: »Das Haus ist völlig abgeschirmt, und deine Gehirnströme sind absolut normal. Wir haben sie, Arcadia! Jetzt beginnt für uns das Leben erst richtig.«

»Vater«, japste sie, »nimmst du jetzt die Medaille an?«

»Woher wußtest du denn, daß ich sie abgelehnt habe?« Er hielt sie auf Armeslänge von sich und lachte dann wieder. »Na, egal. Du weißt ja doch alles. Also gut, du darfst auf dem Podest stehen und bekommst deine Medaille und deine Ansprache.«

»Vater?«
»Ja?«
»Nennst du mich von jetzt ab Arkady?«
»Aber . . . einverstanden, Arkady.«
Langsam wurde ihm die Bedeutung ihres Sieges bewußt und erfüllte ihn mit tiefer Befriedigung. Die Stiftung – ihre Erste Stiftung und von jetzt ab auch die einzige – herrschte nun ganz allein über die Galaxis. Es gab kein Hindernis mehr zwischen ihnen und dem Zweiten Imperium – dem wirklichen Ziel des Seldon-Plans.
Sie brauchten nur noch die Hand auszustrecken . . .
Und das verdankten sie . . .

22

Die Antwort, die stimmte

Irgendein Raum auf irgendeiner Welt!
Und ein Mann, dessen Plan funktioniert hatte.
Der Erste Sprecher sah den Schüler an. »Fünfzig Männer und Frauen«, sagte er. »Fünfzig Märtyrer! Sie wußten, daß es ihren Tod oder lebenslängliche Haft bedeutete, und wir durften sie noch nicht einmal orientieren, damit sie stark blieben, weil wir damit rechnen mußten, daß man eine solche Orientierung bemerkt hätte. Trotzdem sind sie nicht schwach geworden. Sie haben den Plan bis zum Ende durchgeführt, weil sie den höheren Plan liebten.«
»Hätten nicht weniger auch genügt?« fragte der Schüler zweifelnd.
Der Erste Sprecher schüttelte langsam den Kopf. »Fünfzig war die unterste Grenze. Weniger hätten unglaubwürdig gewirkt. Objektiv gesehen hätten es sogar fünfundsiebzig sein müssen, um Spielraum für Fehler zu lassen. Wie auch immer. Haben Sie sich mit dem Aktionsablauf befaßt, wie er von dem Rat der Sprecher vor fünfzig Jahren ausgearbeitet worden ist?«
»Ja, Sprecher.«
»Und ihn mit den tatsächlichen Entwicklungen verglichen?«
»Ja, Sprecher.« Er zögerte einen Augenblick.
»Ich war sehr überrascht, Sprecher.«
»Ich weiß. Das ist nicht verwunderlich. Wenn Sie wüßten, wie viele unserer Leute monatelang – ja, sogar jahrelang – an der Perfektionierung dieses Plans gearbeitet haben, wären Sie wahrscheinlich weniger überrascht. Und nun erzählen Sie mir, was passiert ist – in Worten. Ich möchte, daß Sie die mathematischen Formeln in Worten ausdrücken.«
»Ja, Sprecher.« Der junge Mann konzentrierte sich. »In erster Linie war es wichtig, die Angehörigen der Ersten Stiftung davon zu überzeugen,

daß sie die Zweite Stiftung gefunden *und zerstört* hatten. Auf diese Weise wurde der ursprüngliche Zustand wiederhergestellt. Wie ganz zu Anfang weiß Terminus nichts mehr von unserer Existenz und handelt dementsprechend unbeeinflußt von einem solchen Wissen. Wir befinden uns wieder in Sicherheit – auf Kosten von fünfzig Menschen.«

»Und welchem Zweck diente der Kalganische Krieg?«

»Damit sollte der Stiftung gezeigt werden, daß sie in der Lage war, einen physischen Feind zu besiegen – um den Schaden wiedergutzumachen, den der Muli ihrer Selbstachtung und Selbstsicherheit zugefügt hatte.«

»In diesem Punkt ist Ihre Analyse unvollständig. Denken Sie daran, daß uns die Bevölkerung von Terminus mit gemischten Gefühlen betrachtete. Sie haßten und beneideten uns gleichzeitig wegen unserer angeblichen Überlegenheit, und auf der anderen Seite verließen sie sich blindlings auf uns als ihre Beschützer. Wenn wir vor Ausbruch des Kalganischen Kriegs ›vernichtet‹ worden wären, wäre auf der ganzen Stiftung Panik ausgebrochen, und wenn Stettin dann angegriffen hätte, hätten sie nicht den Mut gehabt, gegen ihn zu kämpfen, und angegriffen hätte er auf jeden Fall. Nur im vollen Siegesrausch würde unsere ›Vernichtung‹ kaum nachteilige Auswirkungen nach sich ziehen. Schon wenn wir ein Jahr gewartet hätten, wäre es zu spät gewesen.«

Der Schüler nickte. »Ich verstehe. Dann wird der Lauf der Geschichte nun ohne Abweichungen seinem vorherbestimmten Weg folgen.«

»Es sei denn, es treten weitere unvorhergesehene Zwischenfälle auf«, schränkte der Erste Sprecher ein.

»Aber dafür sind *wir* ja da«, erwiderte der Schüler. »Nur – da ist noch ein Aspekt der gegenwärtigen Situation, der mir Sorgen macht, Sprecher. Die Erste Stiftung ist immer noch im Besitz dieses Gedankenstörers – eine äußerst gefährliche Waffe für uns. Und das ist doch ein Punkt, der gegenüber früher anders ist.«

»Ein gutes Argument. Nur haben sie niemanden mehr, gegen den sie das Gerät verwenden können. Da es uns ja, wie sie jetzt glauben, nicht mehr gibt, ist der Gedankenstörer nutzlos geworden, und ähnlich wird es mit der enzephalographischen Analyse werden. Sie werden zu anderen Erkenntnissen kommen, die sich als lobenswerter erweisen. Diese erste Generation der geistigen Wissenschaftler auf der Stiftung wird also gleichzeitig auch die letzte sein – und in hundert Jahren wird kaum noch jemand wissen, daß es einmal so etwas wie einen Gedankenstörer gegeben hat.«

»Nun . . .« Der Schüler überlegte. »Sie haben vermutlich recht, Sprecher.«

»Ich möchte vor allem, junger Mann, daß Sie sich um Ihrer zukünftigen Position im Rat willen darüber im klaren sind, auf wieviele Details bei unserem Plan für die letzten fünfzehn Jahre zu achten war, und das einzig und allein deshalb, weil wir mit Individuen arbeiten mußten. Denken Sie zum Beispiel daran, wie Anthor genau im richtigen Augenblick den Verdacht auf sich lenken mußte, obwohl das eigentlich noch verhältnismäßig einfach war.

Oder an die Art und Weise, wie die Atmosphäre auf Terminus so manipuliert werden mußte, damit niemand vorzeitig erkannte, daß Terminus das eigentliche Ziel ihrer Suche war. Dieses Wissen um die angeblich wirkliche Position der Zweiten Stiftung mußte jenem jungen Mädchen, Arcadia, suggeriert werden, aber damit sie es nicht vorzeitig ihrem Vater mitteilte, war es nötig, sie nach Trantor zu schicken. Sie beide, das Mädchen und sein Vater, stellten die beiden Pole eines Hyperatomantriebs dar, die ohne den anderen nutzlos sind. Damit sie aktiv werden, muß der richtige Schalter umgelegt werden, der Kontakt hergestellt werden – und daß dieser Kontakt im richtigen Augenblick hergestellt wurde, dafür habe ich gesorgt!

Auch die entscheidende Schlacht mußte entsprechend beeinflußt werden. Die Flotte der Stiftung mußte mit Selbstvertrauen erfüllt und die von Kalgan demoralisiert werden. Und dafür habe ich ebenfalls gesorgt!«

»Ich habe den Eindruck«, entgegnete der Schüler, »daß Sie – ich meine, daß wir alle uns darauf verlassen haben, Darell würde keinen Verdacht schöpfen, daß Arcadia unser Werkzeug war. Meinen Berechnungen nach lag aber die Wahrscheinlichkeit, daß er *doch* Verdacht schöpfen würde, bei dreißig Prozent. Was wäre denn passiert, wenn er tatsächlich mißtrauisch geworden wäre?«

»Auch diese Möglichkeit haben wir berücksichtigt. Was haben Sie über die Gehirnstromplateaus gelernt? Was sind sie? Doch ganz gewiß kein Beweis dafür, daß das betreffende Gehirn emotional beeinflußt worden ist. So etwas läßt sich nämlich auch durchführen, ohne daß es hinterher auch nur im geringsten nachweisbar ist, auch nicht anhand der subtilsten enzephalographischen Analyse. Übrigens eine Konsequenz des Leffertschen Theorems. Was sich nachweisen läßt, das ist der Fall, wenn eine emotionale Tendenz entfernt worden ist.

Natürlich sorgte Anthor dafür, daß Darell alles über diese Gehirnstromplateaus erfuhr, was er wissen mußte.

Nun – Wann kann man jetzt einen Menschen manipulieren, ohne daß es sich nachweisen läßt? Doch genau dann, wenn man dazu keine vorhandene emotionale Tendenz beseitigen muß. Mit anderen Worten, wenn der Betreffende ein neugeborenes Kind mit einem noch völlig unvoreingenommenen Geist ist. Ein solches Kind war hier auf Trantor Arcadia Darell, als wir vor genau fünfzehn Jahren anfingen, unseren Plan in die Tat umzusetzen. Sie wird natürlich nie erfahren, daß sie damals beeinflußt worden ist. Eigentlich war es sogar zu ihrem eigenen Vorteil, denn ist sie früher erwachsen als andere und wesentlich intelligenter.«

Der Erste Sprecher lächelte. »Am verblüffendsten ist eigentlich die Ironie, die in dem Ganzen liegt. Sehen Sie, seit vierhundert Jahren haben sich so viele von Seldons Formulierung ›am anderen Ende der Galaxis‹ irreführen lassen. Sie haben versucht, das Problem mit naturwissenschaftlichen Methoden zu lösen, indem sie das andere Ende mit Winkelmessern und Rechenschiebern berechnet haben und dabei schließlich entweder auf einen Punkt in der Peripherie in einem Winkel von hundertachtzig Grad um die Galaxis oder auf den Ausgangspunkt zurückgekommen sind.

Trotzdem lag für uns die größte Gefahr in der Tatsache, daß ein Wissenschaftler *auch* auf physikalische Weise auf die Lösung hätte kommen können. Sie wissen, daß die Galaxis nicht einfach irgendein flaches, ovales Gebilde ist, genauso wenig wie die Peripherie keinen geschlossenen Kreis darstellt. In Wirklichkeit ist sie eine Doppelspirale, auf deren Hauptarm fast achtzig Prozent aller besiedelten Planeten liegen. Terminus liegt am einen Ende dieses Spiralarmes, wir am anderen . . . denn was ist denn das entgegengesetzte Ende einer Spirale? Nun, doch natürlich ihr Zentrum.

Aber die Lösung nach diesen naturwissenschaftlichen Überlegungen braucht uns nicht weiter zu interessieren. Die Lösung hätte viel einfacher und logischer gefunden werden können, wenn man sich daran erinnert hätte, daß Hari Seldon ein *Soziologe* und kein Physiker gewesen ist und seine Gedankenprozesse dementsprechend orientiert waren. Was bedeutet der Ausdruck ›die entgegengesetzten Enden‹ für einen Soziologen? Die entgegengesetzten Enden auf der Sternenkarte? Sicher nicht, denn das ist eine rein mechanische Interpretation.

Die Erste Stiftung wurde in der Peripherie angesiedelt, wo das frühere Imperium am schwächsten war, wo der Einfluß seiner Zivilisation am geringsten und von seinem Wohlstand und seiner Kultur kaum etwas zu spüren war. Und wo liegt nun *soziologisch* gesehen das entgegengesetzte Ende der Galaxis? Doch genau dort, wo das alte Imperium am stärksten, der Einfluß seiner Zivilisation am größten und sein Wohlstand und seine Kultur am deutlichsten spürbar war.

Und das ist hier, genau im Zentrum der Galaxis! Auf Trantor, der Hauptstadt des Imperiums zu Seldons Zeit.

Und dabei ist doch alles so einleuchtend. Har Seldon hat die Zweite Stiftung gegründet, damit sie sein Werk weiterführt, verbessert und beschützt. Das ist seit fünfzig Jahren bekannt – oder zumindest hat man es vermutet. Und wo ließ sich diese Aufgabe am besten erfüllen? Natürlich auf Trantor, wo Seldons Gruppe gearbeitet hatte und wo die Daten von Jahrzehnten gesammelt worden waren. Darüberhinaus sollte die Zweite Stiftung den Plan vor Feinden schützen, und auch das war bekannt. Und wer war der größte Feind für Terminus und den Plan?

Das war Trantor! Denn auch wenn das Imperium im Untergang

begriffen war, wäre es doch in den ersten dreihundert Jahren des Plans in der Lage gewesen, die Stiftung zu vernichten, wenn es das wirklich gewollt hätte.

Als Trantor dann vor knapp hundert Jahren endgültig fiel und geplündert und völlig vernichtet wurde, konnten *wir* selbstverständlich unsere Basis schützen und dafür sorgen, daß die Imperiale Bibliothek und ihre Umgebung unangetastet blieb. Es ist eine Tatsache, die in der ganzen Galaxis bekannt ist, trotzdem entging allen auch dieser mehr als deutliche Hinweis.

Hier auf Trantor hat Ebling Mis unser Geheimnis entdeckt, und hier haben wir dafür gesorgt, daß er nicht mehr dazu kam, es weiterzugeben. Dazu mußten wir es so einrichten, daß eine ganz normale junge Frau von der Stiftung den Muli trotz seiner übermenschlichen Fähigkeiten besiegen konnte, auch wenn wir damit rechnen mußten, daß wir auf diese Weise den Verdacht auf den Planeten, auf dem das passierte, also auf Trantor ziehen würden . . . Hier studierten wir zum erstenmal eingehend den Muli und arbeiteten danach den Plan aus, der zu seiner Niederlage führen sollte. Hier wurde Arcadia geboren, und hier nahmen auch die Ereignisse ihren Anfang, die die Geschichte der Galaxis wieder auf den durch den Seldon-Plan vorherbestimmten Weg bringen sollten.

Und alle diese Mängel in unserer Tarnung, diese manchmal mehr als deutlichen Hinweise auf unsere tatsächliche Position blieben unbeachtet, weil Seldon den Ausdruck ›am anderen Ende‹ auf seine Weise auslegte und sie auf die ihre.«

Der Erste Sprecher hatte weniger zu dem Schüler als vielmehr zu sich selbst gesprochen. Er stand jetzt vor dem Fenster und blickte hinauf zur Galaxis, die jetzt für immer sicher war.

»Hari Seldon nannte Trantor ›Star's End‹«, flüsterte er, »und diese poetische Umschreibung ist durchaus zutreffend. Das ganze Universum ist einmal von diesem Planeten aus gelenkt worden, und alle Sterne richteten sich nach ihm aus. ›Alle Wege führen nach Trantor‹, sagt ein altes Sprichwort, ›und dort enden die Sterne.‹«

Noch vor zehn Monaten hatte der Erste Sprecher mit den schlimmsten Befürchtungen vor diesem Fenster gestanden und genau wie jetzt die Sterne betrachtet, die nirgendwo so dicht waren wie hier im Zentrum der Galaxis. Aber jetzt lag ein Ausdruck tiefer Zufriedenheit auf seinem rundlichen Gesicht.

Preem Palver lächelte . . .

ENDE